*Meinen Töchtern
Elena, Elisabeth und Clara
in Liebe gewidmet*

*Omnia vincit amor*
Vergil

PERSONEN

CINTIA BAROZZI, Tochter eines reichen Seidenwebers
PAOLO LOREDAN, Schiffsbauer

NICCOLÒ GUARDI, junger Patrizier
GREGORIO, sein älterer Bruder
EDUARDO GUARDI, Vater von Niccolò und Gregorio

LUCIETTA, Cintias Cousine
MONNA BAROZZI, Cintias Mutter
IPPOLITO BAROZZI, Cintias Vater

DARIA LOREDAN, Paolos Stiefmutter und Kurtisane
CASPARO LOREDAN, Darias Sohn und Paolos Bruder
GIULIO, Darias Leibwächter
ESMERALDA, Kurtisane

GIOVANNI PELLEGRINI, Freier und Luciettas Liebhaber
AGOSTINO MEMMO, Verwalter der Seidenweberei
IMELDA, alte Frau
TODARO, Krankenpfleger von der Pestinsel

VITO FARSETTI, Mann aus der Ägäis
ABBAS, Araber mit Wohnsitz in Konstantinopel
TAMINA, seine Tochter
MAHMUT SINAN, Pascha
MURAT, Leibwächter bei Abbas
AYLIN, Hure in Konstantinopel

TOMMASO FLANGINI, entfernter Onkel Cintias
LODOVICA, seine Frau
ANSELMO, beider Sohn

SIMON, jüdischer Arzt
CATTALDO, Arzt
JUANA, portugiesische Zofe
GIOVANNI, Cintias Leibwächter
AMMIRAGLIO TASSINI, Paolos Vorgesetzter im Arsenal
MARIA, stummes Mädchen
EUFEMIA, Niccolòs alte Amme
SABINA, Köchin
GIUSEPPE, Hausdiener und Ruderknecht
VICENZO, Bootsführer
COSIMA UND MARTA, Kurtisanen
CALERGI, Freier

Jüdischer Kaufmann
Französischer Kaufmann
Venezianische Kaufleute
Neapolitanischer Krämer
Dominikanerprior
Köchin im Hause Guardi
Hebamme

Teil 1

Venedig, Sommer 1510

Der Mann torkelte auf sie zu und übergab sich dicht vor Cintias Füßen, kaum, dass sie aus der Gondel gestiegen war. Der Bootsführer, der ihr auf den Kai geholfen hatte, wich zurück und fluchte lautstark, während Cintia teils entsetzt, teils angeekelt auf der *Fondamenta* stehen blieb.

Der Mann vor ihr erbrach sich ein weiteres Mal, und da Cintia zu nah bei der Kanalmauer stand, um auszuweichen, bekam sie diesmal noch mehr ab als beim ersten Schwall.

»Verdammt«, würgte der Mann hervor. »Der Wein muss schlecht gewesen sein!« Mit beiden Händen hielt er sich den Leib und sackte vor ihr in die Knie.

Cintia betrachtete fassungslos die Bescherung auf der Vorderseite ihres Gewandes und gleich darauf den Verursacher.

Der Mann, der vor ihr kauerte, war verschwitzt und dünstete üble Gerüche nach schalem Wein und Erbrochenem aus. Er wirkte, als hätte er sich nach einer durchzechten Nacht mit letzter Mühe auf den Heimweg gemacht.

Cintia hatte das vage Gefühl, den Mann zu kennen, doch sie konnte von seinem Gesicht nur wenig sehen, da er den Kopf gebeugt hatte und dunkle Locken in seine Stirn hingen. Er war noch jung, in den Zwanzigern, und wenn er stand, war er sicherlich recht groß, denn sogar wenn er hockte, reichte sein Kopf bis an Cintias Hüfte. Sein schwarzes Gewand war zwar schlicht geschnitten, aber von gediegener Qualität, ebenso wie die ledernen Schnabelschuhe. Wie ein armer Schlucker sah er nicht aus.

»Will ... zu *Messèr* Barozzi, dem Seidenweber«, stieß er mit undeutlicher Stimme hervor.

»Das ist mein Vater«, sagte Cintia spontan.

»Weiß ich. Muss ... mit ihm sprechen. Habe vorgestern schon mit ihm geredet. Muss aber noch ... dringend ...«

»Was ist hier los?«, fragte Cintias Mutter, die noch in der Gondel saß. »Was fehlt dem Mann?«

»Er ist betrunken«, antwortete Vicenzo, der Bootführer. Er sprang neben Cintia auf die Fondamenta, packte den Mann, zerrte ihn ein paar Schritte bis zur nächsten Hausecke und ließ ihn kurzerhand dort liegen, bevor er zurückkehrte, um Cintias Mutter und anschließend ihrer Cousine Lucietta aus der Gondel zu helfen.

»Himmel«, sagte Monna Barozzi naserümpfend. Sie machte einen Bogen um die Lache, die der Mann hinterlassen hatte. »Diese Trunkenbolde werden immer dreister! Jetzt veranstalten sie ihre Gelage schon bei uns vor dem Haus! Und das am helllichten Tag!« Sie vergewisserte sich, dass der Saum ihres Umhangs nicht mit der übel riechenden Flüssigkeit auf dem Pflaster in Berührung gekommen war, während sie an Cintias Seite eilte und missbilligend deren verschmutztes Gewand betrachtete.

»Komm, wir gehen hinein. Es wird höchste Zeit, dass du dich auf heute Abend vorbereitest.«

Cintia zögerte; sie schaute noch einmal zu dem Mann hinüber, der stöhnend an der Hauswand hockte.

»Vielleicht ist er krank«, meinte Cintia.

»Diese Krankheit ist von der Sorte, die alle Männer regelmäßig und ganz unabhängig von ihrem Stand befällt«, versetzte ihre Mutter. »Man nennt es Suff. Das einzige Mittel dagegen wäre Mäßigung, oder besser noch: Abstinenz. Aber wer hätte je von einem Mann gehört, der sich dem unterwerfen wollte?« Ihre Bemerkung abschwächend, fügte sie hinzu: »Außer vielleicht die frommen Mönche. Und, nun ja, dein Vater natürlich.« An Vicenzo gewandt, fügte sie hinzu: »Schaff ihn fort und lade ihn irgendwo anders ab. Es geht nicht an, dass er hier vor unserem Haus seinen Rausch ausschläft, wenn später unsere Gäste eintreffen.«

Gemeinsam mit Lucietta ging sie weiter, in Richtung der schmalen Gasse, die an der Seite des Hauses entlang zum landseitigen Eingang führte.

Cintia folgte den beiden, blieb aber unterwegs stehen und drehte sich zu dem Mann um.

Monna Barozzi blickte sich ungeduldig um. »Was ist los?«

»Ich weiß nicht … Mir war, als hätte ich ihn schon einmal gesehen.«

»Das kann sehr gut sein«, meinte Monna Barozzi. »Abends frönen sie dem Schnaps und schlimmeren Lastern, aber morgens gehen sie in die Kirche und zu den heiligen Prozessionen wie alle guten Christenmenschen. Wenn du ihn gesehen hast, dann dort.«

»Nein, ich glaube nicht.« Der Mann hatte den Kopf gehoben, und nun sah Cintia sein Gesicht und erinnerte sich an ihn. Diese Nase, die aussah, als wäre sie einmal gebrochen und schief wieder zusammengewachsen, die Kerbe in der Mitte des Kinns, das dunkel vom Bartschatten war. So ein Gesicht vergaß man nicht.

»Er war bei Papa im Kontor. Ich stand zu weit weg, um ihre Unterhaltung zu verstehen, aber ich glaube, es ging um Geschäfte.« Sie zögerte. »Allerdings war er da nicht betrunken.«

»Dein Vater treibt mit vielen Leuten Handel«, sagte ihre Mutter. »Leider sind auch einige darunter, denen man als Frau ungern begegnet. So wie der da.« Sie deutete abfällig auf den Fremden. »Falls er wirklich Geschäfte zu bereden hat, soll er in nüchternem Zustand wiederkommen.«

»Aber vielleicht ist es wichtig. Wir sollten Vater Bescheid sagen.«

»Nein. Was immer der Mann will, es kann bis morgen warten. Heute ist *dein* Abend. Wenn ein Mädchen sich verlobt, sollte es an nichts anderes denken, vor allem nicht an die schlechten Dinge im Leben.«

Cintia wagte einen Protest. »Aber Mama, ich denke doch nicht an schlechte Dinge!«

»Es reicht schon, dass du so viel über die Welt da draußen nachsinnst. Der Platz gut erzogener junger Frauen ist zu Hause.«

»Ach, Mama, immer nur zu Hause zu hocken ist so langweilig!«

»Du vergisst immer wieder, wie gut du es hast«, hob Monna Barozzi hervor. »Denk nur an all die schönen Kleider! Davon habe ich in deinem Alter nicht mal träumen können! Dein Vater hat dir sogar gestattet, Lesen und Schreiben zu lernen! Und Rechnen gleich noch dazu! Es ist undankbar, dass dir das immer noch nicht reicht!«

Cintia zuckte die Achseln. Ihre Mutter hielt ihr oft vor, dass nicht einmal den Mädchen aus adligen Familien Unterricht zuteil wurde, es sei denn, sie hatten Brüder, für die ohnehin ein Lehrer ins Haus kommen musste. Auch in den Klöstern durften die Mädchen lesen und schreiben lernen, doch Cintia vermutete, dass es dort außer biblischen Texten kaum Lektüre gab. Ihr war klar, dass der Unterricht, den sie selbst genossen hatte, ein Privileg bedeutete, doch alles in ihr sträubte sich dagegen, deswegen demütige Dankbarkeit zu empfinden.

Monna Barozzi folgte Lucietta und wandte sich bei der Pforte ungeduldig zu Cintia um, die in der Gasse stehen geblieben war. »Was ist, Kind?«

»Vielleicht sollte Vicenzo den Mann zu einem Medicus bringen«, sagte Cintia. »Am Ende ist er womöglich doch krank.«

»Unsinn. Komm endlich ins Haus.«

»Sofort, Mama.« Cintia schaute die Gasse entlang zum Kanal, wo soeben die Gondel in ihrem Blickfeld auftauchte. Laut rief sie: »Vicenzo! Warte!«

Vicenzo stand auf der Ruderbank und schaute geradeaus in Fahrtrichtung. Er reagierte nicht auf ihr Rufen. Der Ruderknecht war nicht mehr der Jüngste, sein Gehör hatte schon vor langer Zeit nachgelassen.

Sein Oberkörper bewegte sich in gleichmäßigem Rhythmus, während er das lange Ruder ein ums andere Mal durchs Wasser zog. Von dem Mann, den er beförderte, war nichts zu sehen, bis auf einen Arm, der über die Bordwand baumelte und im Wasser nachgezogen wurde, schlaff und scheinbar leblos. Wenige Augenblicke später war das Boot Cintias Blicken entschwunden. Sie wandte sich ab, um ins Haus zu gehen.

Von dort, wo er lag, konnte er nicht viel anderes sehen als den grauen Himmel. Am oberen Rand seines Gesichtsfeldes glitten schemenhaft die Silhouetten der imposanten Palazzi vorbei, die den Canal Grande säumten, mit filigranen Verzierungen gekröntes Mauerwerk, bunte Fenster und Ornamente auf poliertem Marmor. Seine Hand fühlte sich merkwürdig kalt und taub an, und erst nach einer Weile begriff er, dass sie im Wasser trieb. Richtig, er war auf dem Boot, auf das der Diener ihn auf Geheiß von Monna Barozzi verfrachtet hatte, um ihn woandershin zu schaffen.

»Mein Name ist Paolo Loredan«, sagte er.

Als keine Reaktion kam, begriff er, dass er die Worte nur gemurmelt hatte. Er versuchte, lauter zu sprechen, doch er brachte nur ein schwaches Würgen hervor, untermalt von dem stetigen Platschen des Ruders.

Vage fragte Paolo sich, wohin die Fahrt wohl gehen mochte. Bis auf die Hand, die im Wasser hing, schien sein ganzer Körper zu brennen. Ihm wurde wieder übel, und als er merkte, dass er sich erneut erbrechen musste, wandte er den Kopf zur Seite, damit sein Auswurf ihm nicht im Hals stecken blieb und ihn erstickte. Er hatte Glück. Alles, was er ausspie, landete auf den mit feinem Teppich ausgelegten Bootsplanken.

Er hörte den Gondoliere fluchen. Die Ausdrücke, mit denen er seinen unfreiwilligen Passagier bedachte, waren alles andere als schmeichelhaft.

Paolo überlegte, wie der Name des Dieners lautete. Barozzis

Tochter hatte ihn eben noch gerufen, daran erinnerte er sich genau. Die kleine Göre mit den rabenschwarzen Haaren und diesen seltsam blauen Augen, die nächsten Monat den schönen Gregorio heiraten sollte, ehrenwerter Spross aus dem feinen Hause Guardi. Ob sie wusste, was sie sich damit einhandeln würde? Es hieß, sie sei klug, nicht nur in dem Sinne, wie es manche belesene Menschen waren, sondern mit Scharfsicht und Urteilsvermögen ausgestattet. Allerdings fragte er sich, ob ihr diese Eigenschaften, die von ihrem Vater ausgehandelte Ehe betreffend, viel nützten.

Paolo würgte erneut, doch es kam nichts mehr außer galligem Schleim.

»Du elender Taugenichts«, polterte der Gondoliere. »Dich werde ich Sitten lehren! Anständiger Leute Boot zu besudeln! Na warte, dafür wirst du bezahlen!«

Die Gondel trieb knirschend gegen die Kaimauer, und gleich darauf war das Knarren von Holz gegen Holz zu hören, als das Ruder aus der *Forcola* gezogen wurde.

»Warte, Vicenzo«, sagte Paolo hastig. Der Name des Dieners war ihm wieder eingefallen. »Ich heiße Paolo Loredan und bin ein Neffe des Dogen.« Diesmal sprach er lauter, er hörte sich selbst sehr deutlich, auch wenn es wie das Krächzen eines kranken Raben klang. Gleichwohl hatte er sich dem Mann gerade noch rechtzeitig vorgestellt, denn nur einen Lidschlag darauf landete das Ruderblatt krachend neben seiner Schulter. Paolo hatte den deutlichen Eindruck, soeben mit knapper Not einem harten Hieb entgangen zu sein. Die Worte des Alten bestätigten ihn in seinem Verdacht.

»Du lügst«, sagte Vicenzo, aber Paolo hörte trotz seines erbärmlichen Zustands, wie unsicher es klang. »Ein Neffe des Dogen würde sich nicht so herumtreiben und schon am Vormittag betrunken in der Gosse liegen!« Der Alte hockte sich vor ihn auf eine der Sitzbänke, die Hände über den Knien herabhängend.

»Ich bin nur ein entfernter Neffe«, gab Paolo zu. Er brachte die Worte kaum heraus, so elend fühlte er sich. »Dennoch würde es dir schlecht bekommen, mich zu schlagen oder irgendwo wie Unrat auf einem schmutzigen Campo abzuladen. Ich habe wichtige Geschäfte mit deinem Herrn, Messèr Barozzi.« Er merkte, dass seine Stimme bei jedem Wort brach und immer undeutlicher wurde, und er fragte sich, ob der Alte ihn überhaupt verstanden hatte. Dazu kam, dass er sich kaum bewegen konnte. Er war schwächer als ein neugeborenes Kind. Seine Arme und Beine gehorchten ihm nicht mehr, sein Kopf schmerzte, als hätte ihn jemand mit dem Hammer traktiert, und seine Eingeweide vollführten wahre Bocksprünge. In seinem Körper wütete das Fieber, so viel war ihm klar. Noch vor ein paar Stunden – oder war es gar schon Tage her? – hatte er gedacht, einige Humpen Wein könnten die innere Hitze und die Schmerzen vertreiben. Er hatte die Galeerendocks verlassen und war geradewegs vom Arsenal in eine Schänke gegangen, daran erinnerte er sich noch deutlich. Und er wusste auch noch, dass er Messèr Barozzi aufsuchen wollte, aus demselben Grund wie neulich. Doch alles, was sich nach dem Verlassen der Schänke ereignet hatte, war nur noch bruchstückhaft in seinem Gedächtnis vorhanden. Er hatte sich auf den Weg gemacht und sein Ziel erreicht, das lag auf der Hand, aber wie er es in seinem Zustand geschafft hatte, zur Ca' Barozzi zu gelangen, war ihm schleierhaft. Möglicherweise hatte er doch zu viel getrunken.

»Ich habe Geld«, krächzte er. »Bring mich nach Hause.« Er merkte, dass er im Begriff war, wieder ohnmächtig zu werden. Die Umrisse von Vicenzo, der über ihm aufragte, verschwammen mit dem grauen Himmel.

»Wo wohnt Ihr?«

Obschon kaum noch bei Bewusstsein, registrierte Paolo die höfliche Anrede; anscheinend hatte er Vicenzo überzeugt.

»Wo wohnt Ihr?«, wiederholte dieser seine Frage.

Paolo dachte nach und erwiderte etwas, aber gleich darauf wusste er nicht mehr, ob er die richtige Antwort herausgebracht hatte. Doch das spielte ohnehin keine Rolle mehr, denn die Welt um ihn herum versank in Dunkelheit.

Die Ca' Barozzi befand sich in San Marco am Canal Grande, unweit der Kanalbiegung im Rialtobezirk. Ippolito Barozzi, Cintias Vater, hatte das Haus vor etwa zehn Jahren bauen lassen. Das Gebäude war im klassischen venezianischen Stil errichtet, mit einem Wassertor, durch das man vom Kanal aus in den *Andron* gelangte, den Wassersaal des Hauses, von dem zu beiden Seiten Wirtschafts- und Lagerräume abgingen. Darüber befand sich das *Mezzanin* mit den Gesinderäumen, und darüber wiederum lag das pompös ausgestattete Repräsentationsgeschoss, dessen Herzstück ein großer *Portego* bildete, eine über die gesamte Länge des Hauses reichende Halle mit schimmernden Terrazzoböden und Wänden, die mit goldgeprägtem Leder bespannt waren. Über diesem *Piano nobile* gab es ein weiteres Stockwerk, fast ebenso hoch und weitläufig wie das erste und ähnlich prunkvoll eingerichtet. Dort, im zweiten Obergeschoss, hatten Cintia und ihre Cousine Lucietta ihre Gemächer. Anders als die meisten älteren Palazzi besaß die Ca' Barozzi neben der Außentreppe auch ein inneres Treppenhaus, das alle Geschosse miteinander verband, sodass niemand von der Familie das Haus verlassen musste, um von einem Stockwerk ins andere zu gelangen.

Cintia stand am offenen Fenster ihrer Kammer. Eine schwache Bö fuhr von draußen herein und wehte ihr das Haar vor die Augen. Sie strich es achtlos beiseite und blickte hinaus auf den *Canalezzo*, auf dem zahlreiche Boote dahinglitten, schnell oder langsam, je nach Bauart und Beladung. Leichte, schmale Gondeln, breite *Traghetti* und schwerfällige Lastkähne waren im Schatten der Häuser unterwegs, es war ein ständiges bewegtes Auf und Ab. Die Silhouetten der Palazzi an der gegenüberliegenden Seite des Kanals waren überstrahlt von einem seltsam diffusen Licht, in dem die ganze Stadt zu schweben schien, durchscheinend und schwerelos. Cintia dachte an die elegische Beschreibung, die sie vor Kurzem in einem erbaulichen Traktat gelesen hatte. Der Verfasser hatte Venedig ein von Gold überhauchtes, steinernes Schiff genannt, eine Bezeichnung, die sich Cintia eingeprägt hatte, weil sie von so treffender Poesie war. Auf Abertausenden eichener Pfähle ruhend und zugleich schwimmend, bestand dieses Schiff in Wahrheit aus unzähligen Inseln, umgeben von zweierlei Wassern: brackig, versumpft und verschilft zur *Terraferma* hin, und frisch strömend in Richtung des Lido, durch dessen Pforten die unzähligen Galeeren der weltgrößten Seemacht auf das offene Meer hinausgelangten.

Die Glocken der Kirchen ringsum begannen zu läuten, scheinbar zögernd zunächst, dann immer kräftiger, bis von den Türmen der Stadt ein steter Schall ausging, der wie ein einziger, von allen Seiten zugleich kommender, auf- und abschwellender Ton über der Stadt lag. Es war die Stunde der Komplet, des Abendgebets. Cintia senkte den Kopf und sprach rasch ein Ave-Maria. Sie bat die heilige Jungfrau um Beistand für alles Kommende, und auch darum, dass das Glück der letzten Wochen ihr weiterhin hold bleiben möge.

Mit beiden Händen fuhr sie über ihr lose herabhängendes Hemd, das in reichen Falten ihren Körper umhüllte. Später, wenn sie für das Fest angekleidet war, würde das zarte Gewebe wie leuchtender Nebelhauch aus den Schlitzen und dem Ausschnitt ihrer *Gamurra* hervorschimmern und das Auge des Betrachters auf ihr Haar und ihre ungewöhnlichen Augen lenken.

Bis vor wenigen Monaten hatte ihre Cousine Lucietta sie noch damit geneckt, dass ihre Arme und Beine lang und schmal wie bei einem Füllen waren, doch alles Ungelenke hatte sich noch vor ihrem letzten Geburtstag verloren. Sie wurde bald siebzehn und war damit unbestreitbar eine Frau, das hatte sogar ihre Mutter gesagt, und Cintia glaubte es, weil sie in der letzten Zeit Sehnsüchte hatte, die ganz anders waren als die ihrer Kindheit. Es waren dies nicht etwa banale Sehnsüchte nach schöneren Kleidern oder hellerem Haar; das waren Wünsche, wie Lucietta sie hegte. Cintias Haar war schwarz wie die Nacht und ließe sich auch mit noch so viel Zitrone und Sonnenlicht nicht aufhellen, und wertvolle Kleider besaß sie bereits zur Genüge. Nein, sie sehnte sich danach, zu heiraten. Nicht irgendwen, sondern Gregorio Guardi. An seiner Seite würde sich alles ändern; sie käme endlich heraus aus der behüteten, ereignislosen Stille ihres Elternhauses. Die Liebe würde ihr zu einem anderen, aufregenden Leben verhelfen und die schreckliche Langeweile beenden. Nichts würde mehr so sein, wie es war.

Cintia konnte kaum noch zählen, wie oft sie bereits hinter ihren Eltern in sittsamer Haltung durch das Kirchenportal geschritten war und dabei zugleich fieberhaft nach Gregorio Ausschau gehalten hatte. Immer, wenn sie seine hochgewachsene, schlanke Gestalt auftauchen sah, spürte sie ihren Herzschlag.

Wenn Gregorio im Kreise seiner Familie die Kirche oder einen Festsaal betrat, war es Cintia stets ein Leichtes, ihn sofort in der Menge auszumachen. Er war wie ein strahlender Held aus einer griechischen Sage, auch äußerlich. Gregorio war nicht nur größer als sein Vater und sein jüngerer Bruder Niccolò, sondern sein Haar war auch ungewöhnlich hell. Wie ein goldener Wasserfall quoll es unter seinem Barett hervor und tanzte in Locken auf seinen Schultern, als wollte es mit den Stickereien auf seinem Wams um die Wette leuchten.

Sie konnte es kaum erwarten, seine Frau zu werden. Allein die Tatsache, dass er kurz nach dem letzten Markusfest um sie angehalten hatte, war für sie der endgültige Beweis, dass das Schicksal sie von Anfang an hatte zusammenführen wollen.

»Was ist mit dir, träumst du?«

Cintia drehte sich zu Lucietta um, die sie mit dieser Bemerkung aus ihren Gedanken gerissen hatte. Ihre Cousine stand hinter ihr, das Festkleid für den Abend über dem Arm – für Cintia war es an der Zeit, sich für die Feier herzurichten. Unten im Portego sowie den tiefer gelegenen Wirtschaftsräumen waren die letzten Vorbereitungen im Gange. Scharen von Bediensteten eilten durchs Haus. Das Essen wurde erhitzt und zum Servieren auf Platten angerichtet, die Tische für das Gastmahl wurden geschmückt, die Stühle zurechtgerückt. Die Musiker waren schon vor einer Weile eingetroffen und stimmten ihre Instrumente. Bald würden die ersten Gäste erscheinen, um am Prunkbankett anlässlich der Verlobungsfeier teilzunehmen. Alles, was in Venedig Rang und Namen hatte, wurde zu diesem Fest der Familie Barozzi erwartet, darunter Mitglieder des Zehnerrats, ein *Savio del Collegio*, ein Prokurator sowie die Häupter diverser angesehener *Scuole*. Und natürlich Gregorio Guardi, ihr zukünftiger Gatte.

Cintia folgte Lucietta in das Ankleidezimmer und schlüpfte mit Luciettas Hilfe in die Gamurra.

»Halt still, sonst sitzt es nachher nicht richtig«, sagte Lucietta, während sie die Schnüre zusammenzog und an den richtigen Stellen das Unterkleid zurechtzupfte. »Lass dich ansehen!« Lucietta fasste Cintia bei den Schultern und drehte sie zu sich herum.

Cintia fragte sich, warum sie sich mit einem Mal wie ein Lamm fühlte, das für eine Begutachtung vorbereitet wurde. Nicht zum Zwecke der Schlachtung, sondern zur Schätzung, wie viel Wolle es wohl abwerfen mochte.

»Was hast du?«, wollte Lucietta wissen. »Welche Gedanken gehen dir durch den Kopf? Du bist schon seit Stunden so merkwürdig geistesabwesend.«

Cintia wunderte sich, dass es Lucietta überhaupt auffiel. Den ganzen Tag über war ihre Cousine hauptsächlich mit ihrem eigenen Aussehen beschäftigt gewesen und hatte gejammert, weil ihr neues Kleid trotz sorgfältiger Anprobe unter den Armen kniff.

Forschend blickte sie Cintia an. »Ist dir nicht gut?«

»Mir fehlt nichts«, wehrte Cintia ab.

»Doch«, widersprach Lucietta. »Ich merke es dir an!« Ein argwöhnischer Ausdruck trat auf ihr rundes Gesicht. »Liebst du ihn etwa nicht mehr?«

»Natürlich liebe ich ihn!«, rief Cintia sofort. Mit einem raschen Blick auf die offenen Fenster dämpfte sie ihre Stimme. »Ich will seine Frau werden. Heute ist der Tag, auf den ich schon seit Ewigkeiten warte!«

»Und danach wirst du dich nach der Hochzeit sehnen! Aber die paar Wochen gehen schnell vorbei.« Schwärmerisch lächelnd drehte Lucietta sich um die eigene Achse und intonierte dabei ein Liebeslied. »Du wirst mit ihm glücklich sein bis an dein Lebensende! Gemeinsam werdet ihr reich und mächtig sein!« Ihre Augen leuchteten erwartungsvoll. »Du wirst nicht nur dich selbst, sondern auch mich mit den schönsten Kleidern versorgen! Und wir gehen zusammen zum Karneval und zur *Sensa*! Vielleicht fahren wir sogar eines Tages auf dem *Bucintoro* mit, im Gefolge des Dogen!« Sie hielt inne. »Du nimmst mich doch mit, wenn du einst auf den Bucintoro eingeladen wirst, oder?«

»Ja, sicher. Aber …« Cintia stockte, dann sagte sie: »Ich habe kürzlich dieses Gerede gehört …«

»Welches Gerede?«

»Es war beim Kirchgang. Hinter mir sprachen zwei Männer darüber, und es klang … merkwürdig.«

Lucietta musterte sie befremdet. »Was haben diese Männer denn genau gesagt?«

»Ach … es war nicht wichtig.«

Tatsächlich hatten die Männer darüber geredet, dass Gregorio dringend Geld heiraten musste; ihren Bemerkungen zufolge war das Haus Guardi im Begriff, infolge der kriegsbedingten schlechten Geschäftslage völlig zu verarmen, weshalb die Familie sich auch so beeilt hatte, nach einer Braut mit üppiger Mitgift Ausschau zu halten, ganz ohne Rücksicht auf deren bürgerliche Herkunft.

Cintia war durch dieses Gespräch bis in die Grundfesten erschüttert. Bis zu jenem Moment hatte sie sich wegen ihres bürgerlichen Standes nie minderwertig gefühlt. Die Guardis mochten einer alteingesessenen Adelsdynastie entstammen, doch nach Cintias Dafürhalten musste ihr Vater nicht hinter einem

Patrizier zurückstehen. Anders als die zumeist schon reich geborenen *Nobili* hatte Ippolito Barozzi sich aus schlichten Verhältnissen hochgearbeitet, ein Umstand, der nicht nur ihn selbst, sondern auch seine Familie, vor allem aber Cintia mit Stolz erfüllte. Angefangen hatte er als sehr junger Mann mit einer kleinen Weberei auf der Giudecca, doch schon zu der Zeit von Cintias Geburt hatte er seine Geschäfte ausgedehnt, und inzwischen war er Eigner mehrerer Manufakturen. Die Stoffe ließen sich gar nicht so schnell fertigen, wie er sie verkaufen konnte.

Er war einer der angesehensten *Cittadini* der Stadt – und überdies einer der wohlhabendsten.

Lucietta beharrte auf einer Antwort. »Diese Männer müssen über etwas geredet haben, was dich aus der Ruhe brachte. Also was war es?«

»Na ja, sie sprachen … Sie sprachen über das Geld.«

»Welches Geld?«

»Meine Mitgift.«

Luciettas Augen verengten sich. »Was gibt es an deiner Mitgift auszusetzen? Sie ist höher als die Mitgiften aller anderen *Donzelle* in Venedig, das weiß ich genau! Ich sitze die meiste Zeit zu Hause, das ist leider wahr, aber über solche wichtigen Dinge bin ich genau informiert!«

»Niemand sagt etwas gegen die Höhe meiner Mitgift«, erklärte Cintia.

»Aha, ich verstehe!«, rief Lucietta empört. »Die Männer meinten, dass Gregorio Guardi dich nur wegen deines Geldes heiraten will!« Entschieden schüttelte sie den Kopf. »Das ist das Dümmste, was ich je hörte. Ihr seid füreinander geschaffen, du und Gregorio. Ein schöneres Paar hat die Stadt noch nicht gesehen, das schwöre ich!«

Cintia glaubte es nur zu gerne. Ihr war jedes Wort recht, das ihre Bedenken zerstreute. Hinzu kam, dass niemand von den Guardis, erst recht nicht Gregorio, ihr je Anlass zu der Vermutung gegeben hatte, sie sei nur um ihrer Mitgift willen eine gute Partie. Er war ihr stets mit der allergrößten Zuvorkommenheit begegnet. Auf all den Banketten und anderen Festen, die reihum das ganze Jahr über in den venezianischen Palazzi von den reichen Familien der Stadt ausgerichtet wurden, hatten sie sich jedes Mal bestens miteinander unterhalten, vor allem, seit zwischen ihren Familien feststand, dass er sie heiraten würde. Er hatte Cintia die höflichsten Komplimente gemacht, sei es ihre Frisuren oder ihre Kleidung betreffend oder aber die Art, wie sie sich ausdrückte. Er war ihr zugeneigt, davon war sie überzeugt.

Dass Gregorios Vater, Eduardo Guardi, sich wegen einer Heirat an ihren Vater gewandt hatte, war Cintia als die natürlichste Sache der Welt erschienen. Ihre Mitgift, so kam es ihr im Nachhinein vor, war bei alledem höchst nebensächlich.

Dennoch ließ sich nicht abstreiten, dass es bei dem anstehenden Ehekontrakt um sehr viel Geld ging.

»Komm, sieh dich an«, befahl Lucietta, während sie Cintia zu einem der großen Spiegel zog. »Dann kommst du ganz schnell auf andere Gedanken.«

Cintia musterte ihr Spiegelbild. Wenn man sich im passenden Abstand vor dem Spiegel aufstellte, konnte man sich nahezu von Kopf bis Fuß betrachten. Die Spiegel in der Ca' Barozzi waren Meisterwerke der Glaskunst, von verblüffender und bis dahin unerreichter Reinheit, gehalten von kostbar geschnitzten, goldverzierten Rahmen. Sie stellten ein Symbol für den Reichtum der Familie dar, wenn auch nur eines von vielen. Gemälde in Öl und Tempera, *al fresco* aufgebrachte Deckenbilder, seidene Draperien, kristallene Kandelaber, aufwendig geschnitzte Truhen und Lehnstühle – es gab nicht allzu viele Palazzi am Canal Grande, die kostbarer ausgestattet waren als die Ca' Barozzi.

Das Hausmädchen hatte bereits Kerzen angezündet, deren Licht sich in den Spiegeln fing und die Gestalten der beiden jungen Frauen umriss.

Cintia vermochte keinen Gefallen an ihrer Erscheinung zu

finden, ein merkwürdiges Phänomen, über das sie schon häufig nachgedacht hatte. Ihre Schönheit, von anderen oft gepriesen, war ihr selbst auf seltsame Weise gleichgültig. Wohl nahm sie davon Kenntnis und fand die Ansicht der anderen nach objektiven Kriterien bestätigt, aber darüber hinaus bewegte es sie nicht. Manchmal stand sie vor dem Spiegel und betrachtete ihr glattes, ausdrucksloses Gesicht, versuchte, die Empfindungen hinter dieser runden Stirn zu ergründen, bis sie schließlich anfing, Grimassen zu schneiden, weil es die Zeit besser vertrieb als ergebnisloses Nachdenken.

Lucietta zupfte an ihrem kneifenden Kleid herum und klagte gleichzeitig über ihren bäuerlich gebräunten Teint. Cintia wusste, dass ihre Cousine für ihr Leben gern Bleiweiß verwendet hätte, so wie viele Frauen es taten, um ihre Haut aufzuhellen, doch Monna Barozzi hatte verboten, dass die Mädchen sich anmalten.

»Das ist der Nachteil, wenn man sich zum Bleichen der Haare in die Sonne setzen muss«, erklärte Lucietta unzufrieden. »Die Haut wird einfach zu dunkel davon! Ich sehe aus wie eine Frau vom Lande! Oder nein, schlimmer: wie eine *alte* Frau vom Lande.«

Lucietta war im März zweiundzwanzig geworden, ein Zustand, der in ihren Augen demjenigen altersbedingter Gebrechlichkeit kaum nachstand. Dabei war sie recht hübsch, wie Cintia fand. Mit ihrem feinen Blondhaar, den hellblauen Augen, der zarten Haut und einem Körper, dessen Rundungen sich unter jedem noch so züchtigen Gewand deutlich abzeichneten, wirkte sie auf viele Männer attraktiv, doch ebenso wie Cintia hatte sie immer unter strenger Obhut gestanden und niemals ohne Begleitung von Aufsichtspersonen das Haus verlassen dürfen.

Cintia erinnerte sich noch genau an den Tag, als ihre Cousine zu ihnen gekommen war. Bleich und verweint hatte das Mädchen vor Ippolito Barozzi gestanden, die Blicke beharrlich zu Boden gesenkt. Elf Jahre war Lucietta damals alt gewesen, Cintia sechs.

Luciettas Vater war kurz zuvor der Schwindsucht zum Opfer

gefallen. Auch ihre Mutter war zu jener Zeit schon tot, bei einer Fehlgeburt verstorben. Lucietta hatte nach dem Tod ihres Vaters völlig allein auf der Welt gestanden, weshalb die Barozzis als ihre nächsten Verwandten von den Behörden ersucht wurden, die Vormundschaft für das nahezu mittellose Kind zu übernehmen. Monna Barozzi hatte sofort zugestimmt, obwohl die Verwandtschaft eher weitläufiger Art war; Luciettas Vater war ein Vetter von Ippolito Barozzi gewesen.

Monna Barozzi hatte indessen rasch den praktischen Nutzen dieses Familienzuwachses erkannt. Cintia war ihr einziges Kind; zu Monna Barozzis Leidwesen hatte Gott sie und ihren Mann nicht mit weiteren Sprösslingen segnen wollen. Lucietta kam gerade richtig, um Cintia wie eine ältere Schwester vor dem zu bewahren, was ihr Tag für Tag am meisten zusetzte: der gähnenden Langeweile, die das ereignislose Luxusleben als einzige Tochter reicher Eltern ihr auferlegte. Nach einigen anfänglichen Streitigkeiten hatten die beiden Mädchen sich gut verstanden. Sie hatten gemeinsam Unterricht gehabt und auch sonst während all der Jahre die meiste Zeit zusammen verbracht.

Als Lucietta ins heiratsfähige Alter gekommen war, hatten die Barozzis ihr eine Reihe passender Männer ans Herz gelegt; zwei Mal war Ippolito Barozzi sogar schon dazu übergegangen, konkrete Pläne für eine Verehelichung mit einem infrage kommenden Kandidaten auszuhandeln, doch Lucietta hatte ihren Onkel beide Male angefleht, davon Abstand zu nehmen. Ippolito Barozzi hatte zwar respektable und tüchtige Männer ausgesucht, die einen untadeligen Lebenswandel pflegten, doch beide lebten nicht annähernd in solchen Verhältnissen wie die Barozzis. Der eine, ein Tuchhändler, besaß zwar ein eigenes Haus, doch war dieses ebenso alt wie windschief und lag an einem stinkenden kleinen Seitenkanal, und außer ihm wohnte noch sein bettlägeriger Vater darin. Der andere Kandidat, erster Vorarbeiter aus einer der Seidenwebereien der Barozzis, war bereits das zweite Mal verwitwet und mit Zahnfäule geschlagen.

Keiner der beiden hätte es Lucietta ermöglichen können, auf Damastlaken zu schlafen und Seidenkleider zu tragen, geschweige denn den Luxus, von Dienstboten umsorgt zu werden. Kurzum, Lucietta hatte rasch begriffen, dass sie es im Vergleich zu ihrem bisherigen Leben nur schlechter treffen konnte, wenn sie heiratete. Da ihr jedoch klar war, dass sie mit solchen Einwänden nicht unbedingt Gehör finden würde, behauptete sie, sich auf keinen Fall von Cintia trennen zu wollen. In mehreren tränenreichen Ausbrüchen warf sie sich Monna Barozzi und dem Herrn des Hauses zu Füßen und beteuerte, lieber ihr Leben hinzugeben als die innige Verbundenheit, die sie für ihre Ziehschwester empfand. Frohen Herzens wolle sie für den Rest ihres Lebens auf die Segnungen der Ehe verzichten, wenn sie dafür nur den Barozzis, vor allem aber Cintia dienen dürfe. Cintia hatte dieses Theaterspiel mit offenem Mund zur Kenntnis genommen und sich dann auf die Zunge gebissen, um nicht laut loszulachen.

Ippolito Barozzi hatte sich brummend bereit erklärt, weitere Pläne zur Verheiratung Luciettas vorerst aufzugeben. Mittlerweile waren alle zufrieden mit dieser Entwicklung; die Aussicht, dass Lucietta Cintia begleiten würde, wenn diese als junge Braut in ihr neues Heim zog, hatte für die gesamte Familie etwas Tröstliches, vor allem für Monna Barozzi, die es nicht ohne Argwohn sah, dass die Guardis einen reinen Männerhaushalt führten.

Cintia hatte den Gedanken an ihre Mutter noch nicht zu Ende gedacht, als diese unvermittelt den Raum betrat und in die Hände klatschte. »Auf, auf, ihr Mädchen! Wo bleibt ihr nur? Jeden Augenblick werden die ersten Gäste eintreffen!«

Monna Barozzi war ebenso wie Cintia und Lucietta festlich gekleidet. Sie sah blendend aus in dem schwarzen, mit Goldfäden durchwirkten Seidenkleid, das ihr makelloses Dekolleté und ihren langen, schlanken Hals zur Geltung brachte. Kein

Grau zeigte sich in ihrem Haar, obwohl sie die vierzig schon überschritten hatte. Die Haut ihres Gesichts war straff und glatt. Ihr Haar war nicht so dunkel wie das ihrer Tochter, sondern eher von einem sanften Brünett, doch es war deutlich zu sehen, dass Cintia ihr Aussehen geerbt hatte. Bei beiden war die Gesichtsform gleich: die runde Stirn, die ein wenig schräg geschnittenen Augen, die feine klassische Nase und der herzförmige Mund.

»Lass mich dein Kleid anschauen.« Abermals sah Cintia sich prüfenden Frauenblicken ausgesetzt, und wieder überkamen sie dabei dieselben merkwürdigen Gefühle wie vorhin. Verdattert fuhr sie zusammen, als ihre Mutter sie unversehens in die Arme zog und sie an sich drückte. Derlei Liebesbekundungen waren normalerweise nicht Monna Barozzis Art. Wenn sie etwas mitzuteilen hatte, so war das in aller Regel eher Tadel als Lob, körperliche Zuneigung wie ein Kuss auf die Stirn oder gar diese Umarmung waren kostbare Raritäten.

Cintia schmiegte sich an ihre Mutter und genoss die Nähe, ohne groß nachzudenken. Es tat gut, so von jemandem gehalten zu werden, den man lieb hatte, und bange fragte sie sich, ob sie bei Gregorio ähnlich empfinden würde. Zärtlichkeit, das erkannte sie mit einem Mal, war ein Aspekt in ihrem Leben, den sie bisher hatte entbehren müssen. Sie war von ihren Eltern immer behütet und umhegt worden, doch körperliche Hinwendung hatte es so gut wie nie gegeben. Manchmal fühlte sie sich wie ein glatt polierter Stein, hübsch anzusehen, aber kühl und ohne spürbares Leben.

»Hör zu«, sagte Monna Barozzi unvermittelt, fast so, als hätte sie in diesem Moment einen besonderen Entschluss gefasst. »Ich weiß, dass du denkst, du musst ihn unbedingt heiraten, weil du glaubst, dass er der Mann deiner Träume ist.«

»Das ist er ganz gewiss«, mischte Lucietta sich ein. Sie stand ein paar Schritte entfernt mit dem Rücken zu den beiden anderen und beargwöhnte sie im Spiegel. »Sie liebt Gregorio und will seine Frau werden!«

»Sei still, du dummes Ding«, befahl Monna Barozzi ihr. Zu Cintia sagte sie: »Es ist alles mit Eduardo Guardi ausgemacht, das ist wohl wahr.« Ihr Gesicht verzog sich kurz, als sie den Namen von Cintias künftigem Schwiegervater erwähnte. »Doch eines sollst du wissen, mein Kind: Falls du deine Meinung noch ändern willst, so wird kein Mensch dich zwingen können, Gregorios Frau zu werden.«

»Warum sollte Cintia ihre Meinung ändern?«, rief Lucietta. In ihrer Stimme lag ein Hauch von Panik. »Sie wird alles bekommen, was sie will! Herrliche Kleider! Luxuriöse Gemächer! Heerscharen von Dienern! Jeden Tag die köstlichsten Leckerbissen aus einer der besten Küchen der Stadt! Sie wird die Frau eines *Nobile*, dessen Name im Goldenen Buch der Stadt steht!«

»Sei still«, sagte Monna Barozzi abermals, diesmal in schärferem Tonfall. Sanfter und an Cintia gewandt, fügte sie hinzu: »Der Himmel weiß, dass es in einer Ehe am wichtigsten ist, in Frieden miteinander leben zu können. Freundschaft und Verständnis und gegenseitige Hochachtung – das sind Dinge, die an oberster Stelle stehen sollten. Gregorio ist ein sanfter und guter Mann. Er würde dir niemals wehtun, so viel weiß ich sicher. Das andere hingegen ...« Ihre Augen wurden schmal, und ihre Lippen pressten sich kurz zusammen, bevor sie weitersprach. »Das andere vergeht so schnell, sofern es überhaupt je vorhanden ist. Es ist wie ein Feuer, das binnen weniger Herzschläge zu Asche niederbrennt, und irgendwann ist es, als wäre es nie da gewesen.«

»Nie da gewesen«, echote Lucietta. Ihre Miene drückte Zustimmung aus.

»Und allzu oft ist es ohnehin nicht das, wovon man träumt«, fuhr Monna Barozzi fort. »Man kann sogar sehr gut darauf verzichten, wenn du mich fragst.«

»O ja, man kann es«, pflichtete Lucietta ihr eifrig bei. »Ich kann es ja auch, und es macht mir überhaupt nichts aus!«

»Deine Ansicht ist hier nicht gefragt!« Monna Barozzi

blitzte Lucietta wütend an, doch diese zuckte nur die Achseln und senkte in stummem Trotz den Blick.

Verwirrt musterte Cintia zuerst ihre Cousine und dann ihre Mutter, die sie aus der Umarmung entlassen hatte und einen Schritt zurückgetreten war. »Ich weiß nicht, was du meinst, Mutter«, bekannte sie.

»Nun, so wichtig ist es auch wieder nicht«, meinte Monna Barozzi leichthin. Wie schon beim Betreten des Gemachs klatschte sie auffordernd in die Hände. »Und jetzt wird es höchste Zeit, dass wir nach unten gehen und unsere Gäste in Empfang nehmen!«


Obwohl die Sonne längst untergegangen war, lag die Julihitze immer noch drückend über der Stadt. Niccolò Guardi schwitzte unter seiner festlichen Kleidung, und sein Bein schmerzte stärker als sonst, während er hinter seinem Vater und seinem Bruder aus der Gondel stieg.

Die Ca' Barozzi lag vor ihm in der Abendsonne wie ein seltenes, funkelndes Juwel, von unten begrenzt durch die schwarz glitzernde Wasseroberfläche, von oben durch den violett durchscheinenden Himmel. Vor dem Kai waren zahlreiche Gondeln vertäut, lauter teure Boote, die den reichsten Männern der Stadt gehörten. Ippolito Barozzi hatte sich nicht lumpen lassen, so wie er auch sonst an nichts sparte, um seinen Wohlstand zu demonstrieren.

Ein Diener der Barozzis vertäute ihre Gondel und verneigte sich, als die Neuankömmlinge an ihm vorbei zum Haus eilten. Niccolò unterdrückte einen Fluch, während er, behindert durch seinen Umhang und das schmerzende Bein, seinem Vater und Gregorio zur Pforte folgte.

Die Feier war bereits im Gange. Sie hätten schon früher hier sein sollen, waren jedoch durch den unseligen Streit aufgehalten worden, der seinen Bruder um ein Haar daran gehindert hätte, überhaupt herzukommen. Es hatte der ganzen Befehlsgewalt seines Vaters bedurft, um Gregorio in die Pflicht zu nehmen. Der Streit war im Boot weitergegangen, und er war immer noch nicht zu Ende. Für eine Weile hatte es gar den Anschein gehabt, als werde diese ganze Farce wie eine Seifenblase zerplatzen, bevor sie ihren Fortgang nehmen konnte. Der Druck, der auf ihnen allen lastete, drohte übermächtig zu werden und sie zu Fehlern zu verleiten. Sein Vater hatte das erkannt und ein Machtwort gesprochen, was Niccolò einerseits freute, ihn jedoch andererseits auch an den Rand der Verzweiflung brachte.

Der Grund dafür war Cintia. Es war immer Cintia gewesen, von Anfang an.

Sie erreichten die Pforte und wurden von einem Lakaien im Empfang genommen, der ihnen unter höflichen Bücklingen den Weg zur Treppe wies. Niccolò humpelte hinter seinem Vater und seinem Bruder die Treppe hinauf und hörte dabei nur mit halbem Ohr, wie die beiden stritten. Er für seinen Teil dachte an Cintia.

»Ich erwarte von dir, dass du dich zusammenreißt«, zischte sein Vater in Richtung Gregorio. Der zuckte zusammen und schaute unglücklich und zugleich bockig drein, verkniff sich aber beim Anblick des zornroten Gesichts seines Vaters eine Erwiderung. Eduardo Guardi war ein Mann, dem es nicht schwerfiel, anderen Furcht einzujagen. Ende der vierzig, breitschultrig und stiernackig, bot er bereits äußerlich einen Respekt einflößenden Anblick. Zudem war er von überaus cholerischem Wesen und wies unverzüglich jeden in die Schranken, der es wagte, anderer Meinung zu sein als er selbst.

Niccolò hatte ebenfalls hin und wieder noch Angst vor dem Jähzorn seines Vaters. Nicht mehr so viel wie früher, als er noch ein Junge gewesen war, aber ganz abgelegt hatte er seine Furcht immer noch nicht. Eduardo Guardi zögerte nicht, seine Söhne zu schlagen, wenn er wütend war, und das kam nicht gerade selten vor.

»Wag es ja nicht, meine Pläne zu sabotieren«, zischte Eduardo Guardi seinen ältesten Sohn an. »Willst du zusehen, wie wir zu einem Haufen erbärmlicher Habenichtse werden? Die Hochzeit findet wie geplant statt, und du wirst sie verdammt noch mal wie ein ganzer Mann auf dich nehmen! Du wirst mit erhobenem Haupt deine Ehegelübde sprechen, haben wir uns verstanden? Danach kannst du meinethalben tun und lassen, was du willst!«

Gregorio war trotz des Zorns seines Vaters noch nicht bereit, klein beizugeben. »Es wäre nicht recht. Es ist eigentlich überhaupt nicht recht, sie zu heiraten.«

»Wir waren uns einig«, meinte sein Vater mit leiser, drohender Stimme. »Noch dieses Jahr findet die Hochzeit statt, sonst sind wir ruiniert.«

»Aber du hast doch mit den Alaunlieferungen aus Ungarn noch Trümpfe im Ärmel, das hast du selbst gesagt!«

Idiot, dachte Niccolò verächtlich. Sein Bruder würde es nie begreifen. Mit dem Alaun hätte die *Compagnia* Guardi sich leicht konsolidieren können, das war das einzig Zutreffende an Gregorios Annahme. Sogar der ruinöse Verlust der letzten Schiffsfracht nach Zypern, die von türkischen Piraten erbeutet worden war, wäre durch die Alaunlieferungen auszugleichen gewesen. Aber seit dem vergangenen Jahr herrschte wieder Krieg, und dieser war schlimmer als alle anderen zuvor. Venedig war gleichsam umzingelt von feindlichen Mächten. Zur See von Osmanen und Piraten, zu Lande von Franzosentruppen und Kaiserlichen. Man konnte von Glück sagen, wenn überhaupt noch Lieferungen von außen in die Lagune gelangten. Und dieses Glück war den Guardis derzeit nicht beschieden, wie auch immer man es drehte und wendete. Während andere Handelshäuser sich am Krieg eine goldene Nase verdienten, hatten die Guardis bislang nur Pech gehabt.

Niccolò wurde schlagartig von den Geräuschen des Festes aus seinen Gedanken gerissen. Sie hatten das Piano nobile erreicht und gingen durch den großen, mit Schnitzereien überladenen Prunkbogen in den Portego, wo bereits getafelt wurde. Zahlreiche Bedienstete eilten hin und her und trugen Speisen und Getränke auf. In einer Ecke des Raums spielten Musiker eine fröhliche Weise. Ein Teil der anwesenden Gäste stand in Gruppen beieinander. Die Menschen unterhielten sich und lachten, der Raum war erfüllt von Stimmengewirr und dem Klang der Musik. Essensgerüche mischten sich mit schweren Parfümdüften und dem würzigen Kräuteraroma, das vereinzelt aus glimmenden Räucherschalen aufstieg.

Er sah sie sofort. Cintia stand an der Fensterseite des großen Saals bei ihren Eltern, die sich angeregt mit einigen Gästen unterhielten. Niccolò konnte die Augen nicht von ihr wenden. Sie trug ein blaues Kleid, und ihr schwarzes Haar leuchtete wie von eigenem Leben beseelt im Licht der zahlreichen Kandelaber.

Niccolò fühlte, wie sich sein Inneres zusammenzog. Sie hatte die Neuankömmlinge bemerkt und wandte sich ihnen zu, freudestrahlend und so glücklich, dass niemand es übersehen konnte. Doch ihr Lächeln galt nicht ihm, Niccolò, sondern Gregorio.

Niccolò aber war derjenige, dessen Herz dabei anfing zu rasen. Er konnte sie nicht ansehen, ohne dass er so reagierte. Ein ebenso wilder wie unvernünftiger Drang überkam ihn, während er an der Seite seines Bruders und seines Vaters langsam auf die Gruppe beim Fenster zuhinkte. Es zuckte Niccolò förmlich in den Händen, seinen Bruder zu schlagen. Gregorio, der immer alles bekommen hatte, was Niccolò sich je erträumt hatte – allem voran die Braut, die nicht dem Bräutigam, sondern dem künftigen Schwager den Atem verschlug. Heimführen würde sie jedoch Gregorio. Gregorio mit dem Geburtsrecht des Älteren, nicht schmächtig und verkrüppelt wie sein Bruder, sondern groß und schön und strahlend, jeder Zoll ein Held. Gregorio, der sich alle Welt gewogen machte, indem er einfach nur lächelte. Gregorio, der zwei gesunde Beine hatte und mit einem Frohsinn gesegnet war, der nicht enden würde, solange er lebte. Gregorio, der es niemals schaffen würde, Cintia so zu lieben, wie sie es verdiente.

Niccolòs Augen brannten, während er sie anstarrte. Sie lachte seinen Bruder an, den Kopf anmutig zur Seite geneigt, sodass ihr langer, schmaler Hals freilag. Ihre Lippen, voll und rot, waren wie zum Kuss geschürzt, und in einer Mischung aus Erregung und Entsetzen über seine eigene Begierde spürte Niccolò, wie sich sein Glied versteifte. Es war ihm schon häufiger passiert bei ihrem Anblick, sogar in der Kirche, doch noch nie mit dieser unvermittelten Heftigkeit wie in diesem Moment. Mit einem Mal drängte es ihn danach, vorwärtszustürzen und sie zu berühren. Sie an sich zu reißen und sie zu küssen. Er war achtzehn Jahre alt und hatte noch nie eine Frau besessen, und er wünschte sich mit verzweifelter Eindringlichkeit, sie möge die Erste sein, mit der er diese besondere Erfahrung, der er schon so lange entgegenfieberte, teilen konnte.

Doch sie hatte nur Augen für Gregorio, diesen Heuchler. Zugegeben, er handelte auf Befehl des Vaters, doch Heuchelei war es trotzdem.

Die Erwachsenen begrüßten einander, wobei sich Eduardo Guardi mit herzlicher Jovialität hervortat. Ippolito Barozzi, Cintias Vater, wirkte ein wenig zurückhaltend, sein Lächeln gezwungen. Seine bleiche Gesichtsfarbe und der Husten, der ihn hin und wieder schüttelte, ließen darauf schließen, dass er gesundheitlich nicht auf der Höhe war. Doch er zwang sich dazu, auf vollendete Weise seinen Pflichten als Gastgeber nachzukommen, was Niccolòs Eindruck abermals bestätigte: Ippolito Barozzi war daran gelegen, seiner Familie endlich zu dem Status zu verhelfen, dem er von allein auch bei allem Reichtum nicht näherkommen würde: Er strebte nach dem Adelsstand. Wenn schon nicht für sich, so doch für seine Tochter und damit zugleich für all seine Nachkommen. Sein Enkel würde dereinst einen Platz im Großen Rat einnehmen und im Goldenen Buch der Stadt stehen, womit sein Aufstieg den Glanz erhalten würde, der ihm noch fehlte. Die Mitgift, die Barozzi dafür bereitstellen musste, bedeutete für ihn keine große Beeinträchtigung. Sein Vermögen betrug ein Vielfaches von dem, was seine Tochter als Morgengabe erhielt. Für die

Guardis indessen war dieses Geld die letzte Rettung vor dem sicheren Ruin.

Niccolò betrachtete den Gastgeber verstohlen und stellte in Gedanken Vergleiche an.

Ippolito Barozzi war ein hochgewachsener, schlanker Mann um die vierzig, weit weniger grobschlächtig als Eduardo Guardi. Beide Männer waren in das edle Schwarz der reichen Kaufleute gekleidet, doch wenn man sie nebeneinander stehen sah, wirkte der distinguierte Seidenweber Barozzi weit aristokratischer als der kräftig gebaute, rotgesichtige Guardi.

Monna Barozzi, die sich an der Seite ihres Gatten hielt, war eine ausnehmend schöne Frau, Cintia ähnelte ihr auffallend. Nur das eigensinnige Kinn, so fand Niccolò, hatte das Mädchen vielleicht eher vom Vater.

Gleich darauf wurde er gewahr, wie Monna Barozzi ihn musterte. Ein Hauch von Misstrauen lag in ihrem Blick. Vermutlich hatte sein Gesicht mehr verraten, als ihm lieb sein konnte. Er blickte zu Boden und versuchte, möglichst arglos dreinzuschauen, doch er spürte, wie sie ihn betrachtete. Er fragte sich, was sie wohl von ihm denken mochte. Bisher hatte er nicht den Eindruck gewonnen, dass sie viel von ihm hielt. Niccolò verkrampfte sich und schaute erst auf, als er Cintia sprechen hörte.

»Ihr kommt spät«, meinte sie, den strahlenden Blick auf Gregorio geheftet. Dieser lächelte zurück, deutlich weniger herzlich als die künftige Braut, was indessen vermutlich außer Niccolò niemandem auffiel. Die Erwachsenen waren ein paar Schritte zur Seite getreten, wie unabsichtlich, um dem jungen Paar die Möglichkeit ungestörter Unterhaltung zu geben. Nur Niccolò blieb stehen, um nichts von dem sich anbahnenden Gespräch zwischen Cintia und seinem Bruder zu verpassen.

»Es gab noch wichtige Verpflichtungen, ein Gespräch mit einem Händler, der nicht warten konnte«, log Gregorio. »Aber nun sind wir ja da. Seit Wochen freue ich mich, dich endlich wiederzusehen! Die letzte Feier ist schon länger her, und beim Kirchgang können wir immer nur ein paar Worte wechseln.«

Das klang wie ein brav einstudierter Text. Niccolò unterdrückte ein höhnisches Lächeln, doch gleich darauf schämte er sich, als er Cintias glückliches Gesicht sah. Sie glaubte Gregorio jedes Wort und schaute ihn an, als sei er Sonne und Mond zugleich. Sie war mit so himmelschreiender Offensichtlichkeit in seinen Bruder verliebt, dass es Niccolò beinahe körperlich schmerzte.

Glaub ihm nicht!, wollte er rufen. Doch natürlich brachte er kein Wort über die Lippen.

»Ich werde uns einen Becher Wein holen«, fuhr Gregorio fort. Er lächelte, sein breites, betörendes Lächeln. »Du möchtest doch sicher mit mir trinken?« Schon im Gehen begriffen, meinte er über die Schulter hinweg: »Übrigens, in diesem Kleid siehst du zauberhaft aus. Es passt wunderbar zu deinen Augen.«

Dieses Kompliment hatte er Cintia schon ein Dutzend Mal gemacht. Jedes Mal war es Niccolò unehrlicher vorgekommen, doch das war etwas, womit er sich im Augenblick nicht befassen wollte, weil es ihn sonst den Rest seiner Beherrschung gekostet hätte.

Gregorio ging davon, während Cintia wie vom Donner gerührt stehen geblieben war und ihm nachschaute. Rasch trat Niccolò ein paar Schritte an sie heran.

»Das war nicht sehr höflich«, meinte er beiläufig.

»Was?«, fragte sie, zerstreut und ohne ihn eines Blickes zu würdigen.

»Dass er dich hier stehen lässt, nur um Wein zu holen. Es laufen genug Diener herum, die servieren.«

»Er wird sicher gleich wieder hier sein.« Sie sagte es in einem verteidigenden Tonfall, der klarmachte, dass sie keinen Tadel am Verhalten ihres künftigen Gatten duldete. Immerhin wandte sie nun ihren Blick Niccolò zu, dem augenblicklich heiß wurde, als er gewahrte, wie forschend sie ihn anschaute, fast so, als sähe sie ihn zum ersten Mal. »Du bist groß geworden, Niccolò.«

Er war machtlos gegen den Ärger, der in ihm aufstieg. »Ich bin fast ein Jahr älter als du.«

Damit war er immer noch drei Jahre jünger und einen Kopf kleiner als sein Bruder, was sich bis ans Ende seiner Tage nicht ändern würde. Er las diese Erkenntnis in Cintias Augen und blickte beklommen zur Seite. Doch gleich darauf straffte er sich. So nah wie jetzt war er ihr noch nie gewesen, geschweige denn, dass er bisher je eine Möglichkeit gehabt hatte, mit ihr unter vier Augen zu sprechen. Sie standen unweit der Loggia, an einer Stelle, wo weder Bedienstete noch Besucher vorbeikamen und ihre Unterhaltung störten. Die nächste Gruppe von Gästen war etliche Schritte entfernt.

Eindringlich blickte Niccolò Cintia an. »Ich muss mit dir sprechen.«

Sie lächelte, und es durchfuhr ihn heiß, als er das kleine Grübchen in ihrer rechten Wange sah. »Wir sprechen doch gerade miteinander«, meinte sie.

Sie reckte sich auf die Zehenspitzen, und Niccolò machte sich klar, dass sie nach seinem Bruder Ausschau hielt. Dennoch bemühte sie sich, ihrem künftigen Schwager gegenüber höflich zu sein und Konversation zu machen. »Freust du dich schon auf das Kloster, Niccolò?«

Niccolò zwang sich zu einem Lächeln. »Ich glaube nicht, dass ich ins Kloster gehe.«

Sie wirkte erstaunt. »Aber ich dachte, das sei bereits klar! Ist dir nicht sogar schon ein fester Platz als Novize bei den Dominikanern zugewiesen?«

Er straffte sich. »Ich will nicht ins Kloster. Und ich denke, es wird mir noch gelingen, meinem Vater das begreiflich zu machen.«

Cintia runzelte die Stirn. »Warum auf einmal dieser Sinneswandel?«

»Es ist kein Sinneswandel. Ich wollte nie ins Kloster.« Tatsächlich hatte er sich von Anfang an dagegen gewehrt, obwohl es allgemeiner Sitte und auch der Familientradition der Guardi entsprach, dass die jüngeren Söhne in ein Kloster eintraten, ebenso wie jüngere Töchter. In den Genuss einer Heirat sowie des väterlichen Erbes kamen regelmäßig nur Erstgeborene. Üblicherweise fiel jüngeren Söhnen oder Töchtern nur selten eigenes Vermögen zu. Manchmal durften sie auch im Haushalt der älteren Geschwister leben, als unverheiratete, unbezahlte Betreuer von Neffen und Nichten. Die meisten Nachgeborenen bevorzugten demgegenüber das Leben im Kloster, vor allem die jungen Männer, zumal sich innerhalb der Geistlichkeit durchaus Aufstiegsmöglichkeiten boten, die ihnen als untergeordnetem Mitglied eines Patrizierhaushalts versagt blieben.

Doch Niccolò stand nicht der Sinn nach einer kirchlichen Pfründe.

»Ich will Händler werden«, sagte er gelassen. »Ich möchte im Geschäft meines Vaters arbeiten.«

Cintia lächelte ungläubig. »Das geht aber doch nicht, Niccolò! Gregorio wird eines Tages die Compagnia Guardi übernehmen!«

»Das ist nicht in Stein gemeißelt. Brüder können eine *Colleganza* bilden, das tun viele.«

»Heißt das, dein Vater hat dir in Aussicht gestellt …«

»Nein«, unterbrach er sie. Er merkte, dass sein Tonfall rüde klang und bemühte sich sofort um mehr Verbindlichkeit. »Er ist nicht damit einverstanden. Noch nicht. Aber ich werde seine Meinung noch ändern, das weiß ich.«

Tatsächlich hatte Niccolò unzählige Male versucht, darüber mit seinem Vater zu reden, was jedes Mal unweigerlich mit einem Wutanfall Eduardo Guardis endete. Hatte er Niccolò jedoch zu Anfang anlässlich solcher Debatten noch mit Backpfeifen traktiert, war es zuletzt höchstens zu verbalen Zurechtweisungen gekommen. Im vergangenen Monat hatte sein Vater gar seinem Drängen nachgegeben, sich mit den Konten- und Lieferbüchern befassen zu dürfen. Niccolò hatte es damit begründet, dass er sich im Kloster ohnehin mit dieser Materie vertraut machen müsse, um irgendwann kirchliche Pfründen verwalten zu können. In Mathematik war er immer ein sehr guter Schüler gewesen, weitaus begabter als sein Bruder, und in den Klöstern

40

waren geschickte Buchhalter gefragt, denn es galt dort beinahe ebenso sehr wie im regulären Handel, Vermögen zu betreuen und zu vergrößern.

Danach hatte er seinen Vater mit Fragen zu Liefermengen, Kreditbriefen und Handelswegen überrascht, was diesem zuerst unwilliges Stirnrunzeln, dann jedoch immerhin sachliche, wenn auch widerstrebend erteilte Auskünfte entlockt hatte.

»Vielleicht kannst du ja eines Tages für deinen Bruder arbeiten«, schlug Cintia mit diplomatischem Lächeln vor. »Euer Handelshaus ist groß und mächtig. Sicher wird sich Gregorio über fähige Hilfe im Kontor freuen.«

»Ich will mehr als eine Hilfe sein!«, sagte Niccolò barsch. »Ich will Verantwortung tragen und Erfolg haben.«

»Aber du bist noch ein Junge!«

Ihre Antwort versetzte ihn in helle Wut, und bestürzt erkannte Niccolò, dass er – wenn auch nur einen winzigen Moment lang – gern so reagiert hätte, wie sonst sein Vater in solchen Situationen: Er wollte sie ohrfeigen. Erschrocken ballte er die Rechte zu einer zitternden Faust, als könne er damit diesen scheußlichen Drang ungeschehen machen. Tief durchatmend fuhr er fort: »Ich bin kein Junge, sondern ein Mann. Und so wahr ich hier stehe: Eines Tages werde ich die Geschicke des Hauses Guardi lenken, besser als Gregorio es je könnte. Und besser auch als mein Vater.«

Cintia wirkte schockiert, und Niccolò war nicht minder bestürzt über das, was er da eben geäußert hatte. Beklommen lauschte er seinen eigenen Worten nach, doch gleich darauf verflog die Furcht über seine eigene Kühnheit und machte ruhiger Gewissheit Platz. Er hatte lediglich die Wahrheit ausgesprochen, eine Wahrheit, die bereits seit langer Zeit in ihm begründet lag und die alle anderen nur noch begreifen mussten. Es würde ihm schon noch gelingen!

Cintia hingegen wirkte nicht überzeugt. Sie bedachte ihn mit zweifelnden Blicken, doch diesmal rief es keine Angriffslust in ihm wach. Er lächelte siegessicher, da er sich mit einem Mal aus unerklärlichen Gründen so stark fühlte wie nie zuvor. Das hing auch mit ihr zusammen, wie er unvermittelt begriff. Sie nahm ihn wahr, und er hatte sie zum Nachdenken gebracht. Es würde nicht lange dauern, und sie würde auch seine Stärke erkennen.

»Ich wollte dir eigentlich etwas anderes sagen«, meinte er rasch, bevor sie ihre Aufmerksamkeit von ihm abwenden konnte. »Ich weiß, du wirst bald Gregorio heiraten, heute wird ja nun auch offiziell die Hochzeit angekündigt.« Er hielt inne und sammelte sich für seine nächsten Worte. Alles in ihm drängte danach, sie zu bestürmen, seinen Bruder zu vergessen und sich stattdessen für ihn zu entscheiden, doch er wusste, wie lächerlich er sich damit machen würde. Seine Zeit mochte noch kommen, darauf hoffte er inständig, doch heute konnte er nicht mehr tun, als sich Cintia gewogen zu stimmen und ihr seinen guten Willen zu zeigen. »Du wirst ihn heiraten«, wiederholte er. »Es muss wohl sein, obwohl es sicherlich in mancherlei Hinsicht ein Fehler ist ...« Abermals stockte er, weil er die Unmutsfalte sah, die sich auf ihrer glatten Stirn zeigte. »Es ist bestimmt nicht *dein* Fehler«, versicherte er hastig. »Es ist nur ...« Er schüttelte den Kopf. »Ach, was soll's. Man kann es nicht ändern, jedenfalls nicht im Augenblick.«

Sie musterte ihn mit deutlichen Anzeichen von Ärger. »Sag mir einfach, was du zu sagen hast, denn ich kann nicht die ganze Zeit nur mit dir hier herumstehen.«

Niccolò kämpfte die Wut nieder, die sich wieder in ihm breitmachen wollte. Um Gelassenheit bemüht, blickte er ihr fest in die Augen. »Ich möchte dir etwas versprechen, Cintia.«

Zum ersten Mal hatte er ihren Namen ausgesprochen, von Angesicht zu Angesicht. Es war eine so beunruhigend köstliche Erfahrung, dass er es gleich noch einmal tun musste. »Cintia, ich möchte dich meiner Verbundenheit versichern. Ganz unabhängig davon, dass du die Frau meines Bruders sein wirst und damit bald sowieso zur Familie gehörst – du kannst stets auf mich zählen. Wann immer du Hilfe brauchst, gleichviel aus welchen Gründen – ich stehe für dich ein und beschütze dich. Solltest du je Kummer und Sorgen haben, oder sonstwie Unterstützung brauchen, zögere nie, zu mir zu kommen. Ich werde immer dein Freund sein. Immer. Solange ich lebe.« Atemlos beendete er den Satz und blickte sie an, voll ängstlicher Erwartung, wie sie seine Äußerungen aufnehmen würde. Seine Sorge war jedoch umsonst; sie wirkte kein bisschen pikiert oder gar verärgert, im Gegenteil. Ihre Züge wurden weich, und ein Leuchten trat in ihre Augen. »Ach, Niccolò, das ist lieb von dir! Ich danke dir von Herzen für diese Worte der Treue und Zuneigung!« Sie schluckte und lächelte ihn an, sichtlich gerührt und beeindruckt, und er war so glücklich wie nie zuvor in seinem Leben.

Cintia betrachtete diesen merkwürdigen jungen Mann in einer Mischung aus Mitleid und Besorgnis, in die sich jedoch auch eine Spur aufkeimender Zuneigung mischte. Er war gar so eifrig in seinem Bemühen, Eindruck auf sie zu machen und ihr zu gefallen. Bei früheren Anlässen hatte sie ihn kaum je beachtet, er war für sie einfach Gregorios jüngerer Bruder. Sie hatten einander höflich begrüßt, wenn sie sich beim Kirchgang oder auf den von ihren Familien veranstalteten Feiern trafen. Er dauerte sie, weil er von Geburt an verkrüppelt war. Sein rechtes Bein war steif und zwang ihn zu einer langsamen, mühseligen Gangart. Cintia hatte sich schon häufig gewundert, dass er so völlig anders aussah als sein Bruder. Gregorio war groß und schlank, während Niccolò um einiges kleiner war und so dunkel wie sein Bruder hell. Sie waren wie Tag und Nacht, vom Wesen her wie vom Aussehen. Gregorio zeigte sich stets offen und herzlich und lachte gern und viel. Sein jüngerer Bruder hingegen wirkte zumeist in sich gekehrt und abweisend, mit grüblerisch umwölkter Miene. Im Augenblick allerdings schien er wie verwandelt. Es überraschte Cintia, wie ein Lächeln einen Menschen verändern konnte. Er wirkte gelöst und sah seinem Bruder tatsächlich mit einem Mal ähnlich, strahlend und beinahe sogar hübsch.

Doch dieser Eindruck verflog sofort, als Cintia ihn mit einer kurzen Entschuldigung stehen ließ, um sich zu Gregorio zu gesellen. Der jähe Ausdruck von Enttäuschung in seiner Miene entging ihr nicht, als sie sich abwandte. Sie verspürte das Bedürfnis, ihn zu besänftigen. Bevor sie davonging, blickte sie über die Schulter zurück und lächelte ihm noch einmal zu. Dann galten ihre Blicke nur noch Gregorio, der sich mit einem der Gäste unterhielt. Als sie näher trat, bemerkte er sie, und Cintia kam es vor, als glitte ein Schatten über seine Züge, bevor er ihr lächelnd zunickte und sein Glas hob, um ihr zuzuprosten.

Sie hatte nicht vergessen, dass er eigentlich ihr den Wein hatte bringen wollen. Eine Spur von Ärger begleitete diesen Gedanken, doch dann gewann ihre Vorfreude wieder die Oberhand. Bald war es so weit, das große Ereignis stand unmittelbar bevor – die offizielle Verlobung mit Gregorio Guardi. Gleich nach dem Bankett, so hatte ihr Vater es angekündigt, würde er seine Rede halten. Die letzten leeren Platten, Schüsseln und Teller wurden gerade abgetragen. Bald würde der Hausherr vortreten und das Wort ergreifen.

Cintia blickte sich unruhig nach ihrem Vater um, doch er war nirgends zu sehen. Ihre Mutter unterhielt sich mit einigen Gästen, und Eduardo Guardi, ihr künftiger Schwiegervater, schlenderte mit aufgeräumter Miene durch den Portego. Er strahlte Cintia an, als er ihrer ansichtig wurde. Sie erwiderte sein Lächeln, doch es kostete sie ein wenig Überwindung. Bisher hatte sie nur selten Gelegenheit gehabt, mit ihm zu sprechen. Mehr als einige kurze, höfliche Wortwechsel hatte es nicht gegeben. Es war nicht so, dass sie Eduardo Guardi nicht mochte, dafür kannte sie ihn nicht gut genug, aber seine joviale Art lag ihr nicht. Seine Leutseligkeit war ihr eine Spur zu aufgesetzt, sein Lachen wirkte auf sie zuweilen gekünstelt. Manchmal mochte sie kaum glauben, dass er einen Sohn wie Gregorio hatte, der so viel echte Herzlichkeit ausstrahlte.

44

Cintia durchquerte den Saal und hielt weiter nach ihrem Vater Ausschau. Hier und da wurde sie von Gästen angesprochen, worauf sie stets wohlerzogen antwortete. Schließlich betrat sie den Raum, der vom hinteren Teil des Portego abging. Hier hielten ihre Eltern sich häufig auf, wenn kleinere Gästerunden zu bewirten waren. Es gab einen großen Tisch zum Speisen und etliche bequeme Sitzgelegenheiten. Zugleich diente dieses Gemach dem Hausherrn und seiner Gattin als Schlafraum. An diesem Abend war das gewaltige Pfostenbett jedoch verhängt und der Raum für die Feier hergerichtet worden. Hierher konnten sich die Gäste zurückziehen, denen die Musik im Portego zu laut war. Plaudernd und lachend saßen sie in den Lehnstühlen oder standen in Grüppchen beisammen. Ebenso wie im Hauptraum unterhielten sich die Besucher auch hier allem Anschein nach glänzend. Bisher war das Fest hervorragend gelungen, fand Cintia. Die Rede ihres Vaters würde es vollkommen machen.

Doch auch hier war er nicht zu finden. Cintia suchte die übrigen Räume des Piano nobile ab, ohne ihn anzutreffen. Schließlich stieß sie auf Lucietta, die mit einigen jungen Leuten zusammenstand und ganz in ihrem Element war. Sie wiegte sich ein wenig hin und her, fast wie unabsichtlich, als fühle sie sich im Einklang mit der durch den hohen Raum schwebenden Musik, doch ein gewisses Glitzern in ihren Augen brachte Cintia zu der Annahme, dass die Bewegung nur dazu diente, die kostbar schimmernde Seide des neuen Kleides in Schwingung zu versetzen und so das Auge des Betrachters darauf zu lenken. Offenbar war Lucietta damit erfolgreich, doch dann bemerkte Cintia, dass die Blicke der beiden jungen Männer, die vor ihrer Cousine standen, sich überwiegend auf das wogende Dekolleté Luciettas richteten. Unwillkürlich schaute Cintia über die Schulter hinter sich, halb und halb damit rechnend, ihre Mutter auftauchen zu sehen. Im Hause Barozzi war es ein Naturgesetz, dass ihre Mutter immer dann auf der Bildfläche erschien, wenn Cintia oder Lucietta sich in irgendeiner Form unbotmäßig benahmen. Doch im Augenblick war Monna Barozzi nirgends zu sehen, obwohl sie sich vorhin noch im Portego mit einigen Gästen unterhalten hatte.

»Lucietta, wo sind meine Eltern?«

Ihre Cousine zuckte die Achseln. »Ich weiß nicht. Waren sie eben nicht noch da?«

Cintia wandte sich an einen vorbeieilenden Diener. »Hast du meine Eltern gesehen?«

Der Lakai blieb stehen und verneigte sich kurz. »Der Herr ist nach unten ins Kontor gegangen, *Madonna*. Eure Mutter ist ihm gefolgt.«

Cintia bedankte sich und ließ ihre Cousine stehen, um nach unten in das Mezzanin zu gehen. In dem Halbgeschoss oberhalb der Wasserhalle befanden sich nicht nur Lager- und Wirtschaftsräume, sondern auch ein Kontor, in das sich Ippolito Barozzi gelegentlich zum Arbeiten zurückzog. Nicht selten brachte er Schriftstücke aus der Weberei mit nach Hause, Warenbestellungen, Lohnabrechnungen und Lieferlisten, über denen er stundenlang brüten konnte.

Ein nicht unbeträchtlicher Teil seines Erfolges war seiner Ansicht nach regelmäßigen Kontrollen und ordentlicher Buchhaltung zu verdanken. »Nur sorgfältigste Prüfung hilft Fehler zu vermeiden«, so pflegte er zu sagen. Was er folglich an wichtigen Arbeiten tagsüber nicht in der Weberei erledigen konnte, nahm er an den Abenden mit nach Hause.

Während Cintia die Treppe hinuntereilte, überlegte sie besorgt, was so dringend sein konnte, dass ihr Vater sich ausgerechnet an diesem Abend in sein Kontor begab. Er ging nur dorthin, wenn er arbeiten wollte. Oder um allein zu sein, wenn er über etwas Wichtiges nachdenken musste. Was war geschehen? Hatte er eine größere Lieferung verloren? Oder waren womöglich schlimme Nachrichten aus dem Krieg eingetroffen? Eine Zeit lang hatte eine düstere Stimmung die Stadt beherrscht, weil allenthalben damit gerechnet wurde, dass die Franzosen einmarschierten. In der Kirche und bei den Prozessionen hatten die Leute bedrückt die Köpfe gesenkt und murmelnd ihre Sorgen ausgetauscht. Flüchtlinge aus den von Feinden besetzten Gebieten waren scharenweise in die Stadt geströmt, täglich trafen Boote mit verletzten Soldaten ein. Während man in der Stadt schon den Kanonendonner der sich nähernden Front hören konnte, hatten die Menschen voller Furcht dem Untergang der glorreichen Republik entgegengesehen.

Zur Freude der Venezianer hatte sich jedoch inzwischen das Blatt gewendet. Der Papst war aus der Allianz der Feinde ausgeschert. Er hatte Frieden mit Venedig geschlossen und seine Truppen in den Kampf gegen die Franzosen geschickt. Danach hatte sich die Lage entspannt, alles wirkte wieder normal. Doch der Schein trog, denn der Krieg war nicht vorbei, wie Cintia wusste, auch wenn die Scharmützel nun weiter entfernt von hier stattfanden, weil es den venezianischen Truppen mithilfe der päpstlichen Streitkräfte gelungen war, die angreifenden Franzosen vom Rand der Lagune zurückzutreiben.

Als Cintia das Kontor erreichte, war durch die offene Tür die besorgte Stimme ihrer Mutter zu hören. »Ich werde sofort nach einem Medicus schicken lassen«, sagte Monna Barozzi.

»Nicht doch«, gab Ippolito Barozzi mit schwacher Stimme zurück. »Es ist nur ein vorübergehendes Unwohlsein. Ein Glas Wein, und es geht mir bestimmt wieder besser.«

Monna Barozzi beugte sich über ihren Mann und tupfte ihm mit einem feuchten Tuch die Stirn ab. Er saß zusammengesunken auf einem Schemel, das Gesicht im Schein der Talgleuchte fast so weiß wie das gefältelte Hemd, das aus seinem geöffneten Wams hervorschaute.

»Du hast hohes Fieber«, gab Cintias Mutter zurück. »Dagegen richtet ein Glas Wein nichts aus. Warum hast du nicht gesagt, dass es dir zu viel wird?« Sie schüttelte den Kopf. »Himmel, ich hätte es selbst merken müssen, du hast dich ja am Morgen schon nicht gut gefühlt!«

»Die Verlobung ... Ich muss hinaufgehen, bestimmt warten sie schon alle!«

Ippolito Barozzi versuchte, sich aufzurichten, fiel aber sofort schwer atmend zurück. »Muss mit Guardi reden. Diese … Sache. Das müssen wir vorher klären, mit ihm und Gregorio. Ich werde ihm sonst meine Tochter nicht anvertrauen.« Stöhnend hielt er inne, bevor er hervorstieß: »Wieso habe ich das erst so spät erfahren?«

»Nun, ich hätte es dir vorher sagen können, aber wozu?«, sagte seine Frau. »Solche Dinge sind nicht unüblich, das muss die Gattin eines Patriziers wohl aushalten.« Sie wandte sich um und sah Cintia in der Tür stehen. »Kind! Gut, dass du da bist. Kümmere dich kurz um deinen Vater, während ich die Diener hole. Sie müssen ihn zu Bett bringen. Unterdessen lasse ich nach dem Medicus schicken. Dein Vater ist vom Fieber befallen.«

Gleich darauf war ihre Mutter davongeeilt und überließ Cintia ihrer aufkommenden Furcht. Fieber war gleichsam das Synonym für alle möglichen grässlichen Leiden, von denen viele unausweichlich zum Tod führten. Wie oft hatte sie schon gehört, dass von jemandem berichtet wurde, der an einem Fieber litt, und wenig später war der Betreffende gestorben! Die Angst um ihren Vater schnürte ihr die Luft ab. Zugleich spürte sie zu ihrer Beschämung eine weitere Regung, die sie sofort zu unterdrücken versuchte: Enttäuschung. Ihr Vater würde nun, da er so krank war, wohl kaum noch die Verlobung verkünden können. Das große Ereignis würde heute nicht mehr stattfinden. Ihr sank das Herz, doch dann riss sie sich zusammen und eilte an seine Seite. Sie nahm seine Hand und erschrak, als sie die Hitze spürte, die von seiner Haut ausging. Cintia erinnerte sich an den vorletzten Winter, als zuerst sie und später Lucietta stark gefiebert hatten, jedoch war das mit einer schlimmen Erkältung einhergegangen, von der sie sich beide rasch wieder erholt hatten. Damals hatte Cintia an Luciettas Bett gesessen und ihre Hand gehalten, so wie jetzt die ihres Vaters, die – im Vergleich zu der ihrer Cousine – förmlich glühte. Hilflos starrte Cintia ihren Vater an. Sein Kopf sackte noch mehr vornüber, bis sein Kinn auf seiner Brust ruhte.

48

»Cintia«, sagte er. »Mein kleines Mädchen ...« Seine Stimme klang lallend, als hätte er zu viel Wein getrunken. »Ich fürchte ... mir wird gerade übel. Ich muss ...« Gleich darauf übergab er sich. Mit einem entsetzten Aufschrei zuckte Cintia zurück, was dazu führte, dass ihr Vater, plötzlich der Stütze ihrer Hand beraubt, vom Stuhl rutschte und zu Boden sackte. Kraftlos versuchte er, sich aufzustützen, schaffte es aber nur, sich in eine sitzende Position hochzuhieven. Die Schultern an die Wand gelehnt und den Kopf auf den angezogenen Knien ruhend, saß er dort wie ein Häufchen Elend.

Cintia holte scharf Luft, weil der Anblick sie an den Fremden erinnerte, der genauso gestöhnt und sich vor ihren Füßen erbrochen hatte. Dieser Mann hatte mit ihrem Vater gesprochen, vor wenigen Tagen erst. Vielleicht hatte sie ja recht gehabt mit ihrer Befürchtung, dass er gar nicht betrunken gewesen war, sondern krank. Womöglich hatte er sogar ihren Vater angesteckt!

Sie verspürte den Impuls, davonzurennen, doch diese Anwandlung verflog sofort, als ihr Vater erneut aufstöhnte. »Kind«, murmelte er. »Gib mir zu trinken! Ich verbrenne vor Durst.«

Hastig sah Cintia sich um und war erleichtert, als sie den Krug und den Becher entdeckte, die neben dem Lesepult standen. Behutsam hielt Cintia ihrem Vater den Becher an die Lippen und stützte seinen Kopf, damit er den mit Wasser verdünnten Wein trinken konnte. Ihre Hände und ihr Kleid wurden dabei von dem Erbrochenen befleckt, das seine Hemdbrust und die Beinkleider tränkte, doch darauf achtete sie nicht, denn im nächsten Augenblick verschluckte er sich beim Trinken und rang unter qualvollem Husten nach Luft.

»Ich helfe dir, Vater«, sagte sie hastig, während sie den Becher wegstellte und ihm mit dem Saum ihres Unterkleides das Gesicht sauber wischte. Zu ihrem Schrecken hustete er weiter und rutschte dabei seitlich an der Wand nach unten, bis er vollends auf dem Boden lag, die Glieder verkrümmt und zitternd und die Lippen dunkel angelaufen.

49

»Vater«, rief Cintia entsetzt. Sie sprang auf die Füße und sah sich hektisch um, als könne sie auf diese Weise etwas entdecken, das Hilfe versprach. Ihr fiel jedoch nichts weiter ein, als einen kleineren Seidenballen aus dem benachbarten Lagerraum zu holen und ihrem Vater unter den Kopf zu schieben. Zu ihrer Erleichterung kehrte kurz darauf endlich ihre Mutter zurück. Als Monna Barozzi sah, dass ihr Mann auf dem Boden lag, schrie sie erschrocken auf. Hastig eilte sie zu ihm und versuchte, ihn aufzurichten.

»Lauf los«, fuhr sie den Diener an, der hinter ihr die Kammer betreten hatte. »Hol jemanden, der dir hilft, meinen Mann zu Bett zu bringen. Er kann unmöglich hierbleiben!«

Mit einer hastig gemurmelten Zustimmung eilte der Diener davon, während Monna Barozzi ihren Mann mit Cintias Hilfe in eine sitzende Stellung hochzog.

»War dir übel?«, fragte Monna Barozzi. »Du hast dich übergeben, Ippolito. Vielleicht hast du etwas Schlechtes gegessen!« Ihrer Stimme war anzuhören, wie sehr sie hoffte, diese Erklärung möge zutreffen.

Ihr Mann stöhnte und murmelte vor sich hin, war aber offenbar nicht mehr bei klarem Verstand, denn die Worte, die er von sich gab, ergaben kaum Sinn. »Habe es … ihm versprochen«, stieß er leise und mit verwaschener Stimme hervor. »Die Bande des Blutes … Ich schulde es ihr. Habe … Unrecht auf mich geladen.«

»Was redest du da?«, rief Monna Barozzi. »Wem schuldest du was? Und welche Blutsbande meinst du?«

»Daria«, brachte Ippolito mit erstickter Stimme hervor.

»Deine Schwester? Was will sie? Geld?«

»Ich habe ihr Unrecht getan … mich schuldig gemacht …«

»Unsinn! Du tatest das, was sich gehörte. Was geht sie uns an, diese Daria Loredan? Sie hat sich ihr Bett so gemacht, wie sie es wollte. Wir haben unser eigenes Leben und sie das ihre!«

Mit Befremden gewahrte Cintia, dass ihre Mutter sich förmlich in Rage redete. Gleich darauf hielt Monna Barozzi jedoch inne und sammelte sich, um mit gemäßigter Stimme fortzufahren: »Es wird höchste Zeit, dass du ins Bett kommst. Ich werde dir einen Sud gegen das Fieber zubereiten lassen, dann wirst du dich rasch besser fühlen.«

»Die Gäste ... Die Verlobung ...«

»Es wird heute keine Verlobung geben«, sagte Monna Barozzi entschieden. »Die Gäste habe ich eben gerade davon unterrichtet, dass du plötzlich erkrankt bist. Die meisten haben sich bereits auf den Heimweg gemacht, auch die Guardis. Sie lassen dir ihre Empfehlung aussprechen und wünschen dir baldige Genesung. Eduardo will in ein paar Tagen zusammen mit Gregorio hier vorsprechen, um wegen der Heirat vertraglich alles unter Dach und Fach zu bringen, wie er sich ausdrückte. Den Ehekontrakt, so meinte er, könntet ihr bei der Gelegenheit auch ohne Fest besiegeln.« Monna Barozzis Stimme nahm einen abfälligen Klang an. »Er scheint es über die Maßen eilig zu haben. Nun ja, das sehen wir noch. Wenn es dein Wunsch ist, die andere Geschichte vorher mit ihm zu regeln, solltest du es tun.«

Cintia fragte sich verwirrt, was ihre Mutter damit meinte. Doch gleich darauf spielte das keine Rolle mehr. Ein weiterer Hustenanfall schüttelte ihren Vater, und als er endete, waren seine Lippen und sein Kinn von blutigem Auswurf besprenkelt. Gleich darauf schloss er die Augen und blieb besinnungslos liegen, schwer und stoßweise atmend.

Monna Barozzi beugte sich bestürzt über ihren Mann, dann winkte sie hastig die beiden Diener heran, die aus dem Gesindetrakt herübergekommen waren und wartend in der Tür standen. »Hebt ihn vorsichtig auf und tragt ihn nach oben. Aber nehmt die Außentreppe, es kommen immer noch Gäste herunter.«

Nur wenige Augenblicke später stand Cintia allein im Kontor ihres Vaters, verschwitzt, mit schmutzigem Kleid und klebrigen Händen. Das Haar hing ihr in unordentlichen Strähnen ums Gesicht, und das Schmuckband um ihren Hals schnürte ihr den Atem ab. Sie zitterte vor Furcht um ihren Vater und wäre ihren Eltern gern nach oben gefolgt, doch sie fürchtete, schon beim ersten Schritt zu fallen, weil ihr die Knie so sehr schlotterten, dass sie aneinanderschlugen. Sie hatte noch nie erlebt, dass ihre Mutter derartig die Fassung verlor, noch hatte sie ihren Vater je so schwach und krank gesehen. Ihre Mutter schimpfte zwar zuweilen mit ihr, war aber ansonsten die Ausgeglichenheit in Person. Und ihr Vater war stets wie ein Fels in der Brandung, ruhig, stark und unbesiegbar. Cintia empfand ihre eigene Erinnerung daran, wie er sich vorhin zuckend vor ihren Füßen gewunden hatte, als unwirklich, beinahe so, als hätte sie sich alles nur eingebildet. Doch der Geruch nach Krankheit und ihr besudeltes Gewand waren unwiderlegbare Beweise für das, was geschehen war. Mit schleppenden Schritten setzte sie sich schließlich in Bewegung und verließ die Kammer, in der Absicht, nach oben in ihre Gemächer zu gehen und sich auszukleiden und gründlich zu waschen. Auf halbem Wege durch die Wasserhalle hörte sie den Ausruf einer Magd. »Wir sollten alle beten, dass Gott uns nicht die schlimmste Heimsuchung schickt! Vorhin sprach jemand von einem Kranken auf der Giudecca, bei dem fing es auch vorgestern an, zuerst Fieber, dann Bluthusten. Alles binnen eines Tages. Es heißt, seine Haut sei schon ganz schwarz!«

Gefolgt wurde dieser Satz von Fußgetrappel, als zuerst die Musiker und dann auch die letzten Gäste fluchtartig das Haus verließen. Cintia blickte aus einem der Fenster und sah sie zur Fondamenta hasten, wo sie ihre Gondeln bestiegen und die Ruderknechte zur Eile antrieben.

Der Geräuschpegel, der vorhin noch im Wirtschaftsbereich des Hauses geherrscht hatte, war merklich abgefallen. Nur hier und da war Getuschel vom Gesinde zu hören, bis auch diese Laute verebbten. Es war still geworden in der Ca' Barozzi, eine merkwürdige, lähmende Ruhe, fast so, als hielten alle Bewohner des Hauses den Atem an. Auch Cintia hörte einige Herzschläge lang auf zu atmen und lauschte in die Nacht hinaus, als könnte sie dort noch einmal das grauenhafte Wort hören, das in den leise geführten Unterhaltungen der Dienstboten vorhin immer wieder gefallen war. Seither hatte das Grauen einen Namen, und er lautete *Pest*.

Mit einem ruckartigen Atemzug kehrte sie in die Wirklichkeit zurück, schürzte ihre Röcke und rannte nach oben.

 Daria blickte besorgt dem Arzt entgegen, als dieser endlich aus Paolos Kammer kam.

»Was fehlt ihm, *Dottore*? Ist es ernst?«

Der Arzt wich vor ihr zurück, als sie näher treten wollte. »Bleibt weg von mir«, sagte er leise, aber bestimmt. »Jede Berührung kann Euch den Tod bringen!«

Daria presste beide Hände gegen den Hals, als könnte sie so das jähe Flattern ihres Pulses eindämmen.

»Ich hatte es schon befürchtet, müsst Ihr wissen«, fuhr der Arzt fort. »Ich bin heute bereits zu mehreren Fällen wie diesem gerufen worden.« Mitgefühl stand in seinem Blick. »Es tut mir sehr leid.«

Sie hatte beim Anblick der Beulen an Paolos Körper das Schreckliche ebenfalls bereits vermutet, aber gehofft, es handle sich lediglich um Schwellungen vom Fieber.

»Bitte, er wird doch nicht ...« Sie konnte es nicht aussprechen.

Der Arzt, ein älterer Jude namens Simon, zuckte die Achseln. »Ob er es übersteht, bleibt Gottes Ratschluss überlassen. Sicher habt Ihr schon genug über die Krankheit gehört, um zu verstehen, dass ich keine verlässlichen Prognosen aussprechen kann. Zu befürchten ist vor allem, dass die Lunge befallen wird. Wenn er Bluthusten bekommt, sind die Aussichten schlecht.« Ein resignierter Ausdruck trat auf seine hageren, immer ein wenig traurig wirkenden Züge. »Gibt es jemanden in Eurem Haushalt, der die Pest schon hatte? Wenn nicht, schicke ich Euch eine Pflegerin.«

»Ich selbst hatte sie. Als Kind, im Jahre 1484.«

»Dann seid Ihr gegen die Krankheit gefeit«, sagte Simon. »Ihr könnt Euren Stiefsohn pflegen, das macht es einfacher. Alle anderen Bewohner des Hauses müssen sich jedoch strikt von ihm fernhalten.«

Daria erinnerte sich mit Entsetzen daran, dass Casparo geholfen hatte, Paolo ins Haus zu tragen. Er selbst hatte ihn auf der Fondamenta liegend vorgefunden, nachdem ein Nachbar berichtet hatte, dass er dort von einem schimpfenden Bootsführer abgeladen worden war wie ein verschimmelter Mehlsack.

»Mein Sohn Casparo hat geholfen, Paolo ins Haus zu tragen.« Daria holte Luft. »Ich habe den Jungen sofort auf seine Kammer geschickt. Wird es helfen, die Krankheit von ihm fernzuhalten, wenn er dort bleibt?«

»Vorausgesetzt, er hat sich nicht bereits infiziert«, antwortete Simon.

Daria nickte, um Beherrschung bemüht.

»Noch etwas.« Es war Simon sichtlich peinlich, was er noch vorzubringen hatte. »Euren ... hm, Salon ... Ihr solltet ihn für eine Weile geschlossen halten. Nur für alle Fälle. So lange, bis man weiß, womit man rechnen muss. Es kann schon überall in der Stadt sein, müsst Ihr wissen. Manchmal sind es nur wenige Fälle, aber die Gefahr, dass es sich in Windeseile ausbreitet, besteht jedes Mal.«

Abermals nickte Daria, die allmählich ihre Panik in den Griff bekam. Es war niemandem damit gedient, wenn sie hysterisch wurde, am allerwenigsten Casparo und Paolo. Den Salon zu schließen, war ihre geringste Sorge. Sie würde die Mädchen anweisen, das Haus nicht zu verlassen und keine Männer mehr zu empfangen, und sie selbst würde darauf achten, dass Casparo in seiner Kammer blieb, obwohl er vermutlich jetzt schon darauf brannte, wieder durch die Stadt zu streifen. Wäre die politische Lage anders gewesen, hätte sie ihn sofort auf die Terraferma geschickt, doch dort herrschte Krieg, mit allen damit verbundenen

54

Unwägbarkeiten und Gefahren. Gebiete, die heute noch als sicher galten, konnten morgen schon wieder vom Feind bedroht sein.

Aufmerksam hörte sie zu, als der Arzt ihr weitere Anweisungen gab. Er riet ihr, bestimmte Kräuter zu verbrennen, um die giftigen Dünste zu vertreiben, vor allem aber legte er ihr ans Herz, alle Gebrauchsgegenstände, die für die Krankenpflege benutzt wurden, stets sorgfältig in Essig zu reinigen und auch die Hände damit abzureiben. Ferner empfahl er, ihrem Stiefsohn so oft wie möglich einen Sud aus ausgekochter Weidenrinde einzuflößen.

»Das senkt das Fieber und reinigt das Blut«, erklärte Simon. »Ich lasse Euch eine ausreichende Menge davon schicken.«

Er zählte eine Reihe weiterer Vorsichtsmaßregeln auf, die es zu beachten galt. Bevor er ging, händigte Daria ihm einen kleinen Beutel mit Münzen aus, fast doppelt so viel, wie er sonst für Hausbesuche zu nehmen pflegte. Er war schon häufiger hier gewesen, etwa, wenn eines der Mädchen krank war, oder früher, als Casparo diverse Kinderkrankheiten durchgemacht hatte, daher wusste sie, dass er nicht viel darauf gab, was er verdiente. Er hatte keine Familie zu versorgen, und seine besten Jahre als Mann lagen längst hinter ihm. Auf Reichtümer war er nie aus gewesen, sondern hatte sich von jeher den Belangen der Kranken verschrieben. Simon arbeitete in einem Hospital unweit vom Kloster San Lorenzo und galt als einer der fähigsten Ärzte Venedigs. Daria war froh, dass er sofort hatte kommen können, als sie nach ihm geschickt hatte, und es war ihr ein Anliegen, ihre Dankbarkeit zu zeigen, indem sie ihn gut entlohnte. Jemand anderen hätte sie vielleicht vielsagend lächelnd aufgefordert, einmal in ihrem Salon vorbeizuschauen, doch bei ihm wäre ihr das falsch vorgekommen. Er bedankte sich höflich und steckte das Geld ein.

Daria begleitete ihn zur Pforte und befahl anschließend ihrem Leibwächter Giulio, den Mädchen sowie dem Gesinde entsprechende Anweisungen zu erteilen.

»Aber wasch dich vorher«, sagte sie. »Du hast Paolo angefasst.«

»Ich hatte als Knabe die Pest.«

»Das ist gut«, sagte sie mit einiger Erleichterung. Wenigstens ihn würde sie nicht verlieren! »Trotzdem musst du dich waschen und umkleiden, denn wie Simon vorhin erklärte, kann der Pestdunst auch in die Kleider dringen und auf diesem Wege weitergetragen werden.«

Er nickte mit gleichmütiger Miene. »Soll ich den Mädchen die Wahrheit sagen?«

»Natürlich. Sonst käme vielleicht die eine oder andere auf den Gedanken, sich über meine Anordnungen hinwegzusetzen und trotz allem Freier zu empfangen. Du weißt ja, wie leichtfertig sie manchmal sind.«

»Und unbedacht«, fügte Giulio hinzu. »Sie könnten versuchen, wegzulaufen, wenn sie hören, was los ist.«

»Dafür bist du ja da«, entgegnete sie. »Du wirst es verhindern, zu ihrem eigenen Wohl. Schließlich stehen sie unter unserem Schutz.« Sie besann sich kurz und fügte dann hinzu: »Wer gehen will, mag gehen. Sag ihnen das. Ich halte niemanden auf. Sag ihnen aber auch, dass die Krankheit vielleicht schon überall in der Stadt ist und dass daher die, die jetzt gehen, auf keinen Fall zurückkehren können.« Sie hielt inne, um kurz nachzudenken. »Wenn du das erledigt hast, gehst du mit dem Küchendiener auf den Markt und besorgst so viele Vorräte, wie auf den Handkarren passen.«

Abermals nickte Giulio, mit stoischer Miene, wie es seine Art war. Seine Gesichtszüge ließen selten erkennen, was er dachte. Gerade das machte ihn, neben seiner gewaltigen Körperkraft und seiner katzenhaften Schnelligkeit mit Dolch und Degen, für Daria zu einem schätzenswerten Diener. Er blieb auch im Angesicht von Gefahren stets gelassen, ein Wesenszug, der ihr schon immer Achtung abgenötigt hatte.

Sie wartete nicht, bis er gegangen war, sondern eilte sofort zu Casparos Kammer und stieß die Tür auf. Er sprang hinter

56

seinem Zeichentisch hervor, kaum, dass sie den Raum betreten hatte. »Was ist los?«, rief er aufgeregt. »Was hat der Medicus gesagt? Was fehlt Paolo?«

»Mein Kleiner, ich habe keine guten Nachrichten. Wir müssen uns auf das Schlimmste gefasst machen. Es ist die Pest.«

Sein Gesicht erstarrte vor Schreck, und er schluckte heftig. »Wird er sterben?«, flüsterte er.

»Nicht, wenn ich es verhindern kann. Ich werde ihn pflegen.«

»Ich helfe dir!«, sagte Casparo eifrig. Seine hoch aufgeschossene, schlaksige Gestalt, die in rührendem Widerspruch zu seinen noch kindlich anmutenden Zügen stand, straffte sich energisch. Mit dem Kohlestift, den er zum Zeichnen benutzt hatte, stach er heftig in die Luft. »Ich werde alles tun, um der Gefahr Einhalt zu gebieten!«

»Das kannst du am besten, indem du hier in deiner Kammer bleibst und abwartest, was weiter geschieht.«

»Du meinst, ich könnte mich bei Paolo angesteckt haben?« Er warf sich in die Brust. »Das schreckt mich nicht! Vor der Pest habe ich keine Angst! Nur Feiglinge und Schwächlinge winden sich winselnd im Staub, wenn sie krank werden! Ich werde mich hohnlachend über alle erheben, die sich in ihren Kammern verkriechen wie armselige Memmen!«

Ihr wurde das Herz weit, während sie ihn betrachtete und dabei überlegte, wie sehr er doch seinem Vater glich. Es handelte sich um eine Ähnlichkeit, die weit über das Körperliche hinausging. Casparo war schon jetzt größer als Geremio, womöglich würde er eines Tages sogar seinen Bruder im Wachstum einholen, wenn er weiter so in die Höhe schoss. Doch seine Art zu reden entsprach manchmal so unverkennbar derjenigen seines Vaters, dass Daria vor Wehmut die Kehle eng wurde. Diese Tapferkeit, diese Bereitschaft, gegen jede Vernunft zu handeln, um des reinen Heldenmuts willen – das waren eindeutige Wesenszüge von Geremio Loredan, dem strahlenden Ritter ihrer Jugend.

Grüblerisch erwog Daria beim Anblick ihres Sohnes, ob der

Junge möglicherweise auch jene Eigenschaften seines Vaters entwickeln würde, die – sogar bei vornehmer Formulierung – nur als weniger erstrebenswert bezeichnet werden konnten. Würde auch er eines Tages auf den absurden Gedanken verfallen, todesmutig in den Krieg zu ziehen und sein Leben aufs Spiel zu setzen, um die Ehre der *Serenissima* zu schützen und zu mehren? Würde auch er sein letztes Geld in eine Spielhölle tragen, weil er in blinder Zuversicht auf die Macht der Sterne vertraute? Oder sich gar duellieren, weil es jemand gewagt hatte, seine Frau zu beleidigen?

Sofort verneinte Daria in Gedanken all diese Fragen. Damals war sie jung und verliebt gewesen und hatte vieles geschehen lassen, was sie mittlerweile zu verhindern wüsste.

Vielleicht würde sie, wenn sie sich mehr Mühe mit dem Jungen gab und ihn mit noch mehr Umsicht erzog, es sogar schaffen, dass er sich von dem Hirngespinst der Malerei löste und Paolo ein wenig ähnlicher wurde. Schließlich waren die beiden Halbbrüder. Auch in Casparos Adern musste daher ein wenig von diesem besonderen Blut fließen, das Paolo stets so pragmatisch, überlegen und kühl agieren ließ.

Casparo riss sie abrupt aus ihren Gedanken, weil er Anstalten machte, tatendurstig an ihr vorbei aus der Kammer zu stürmen, offenbar in der festen Absicht, gegen die Pest zu Felde zu ziehen. Sie stellte sich ihm in den Weg. »Wo willst du hin?«

»Zu meinem Bruder. Ich werde mich um ihn kümmern.«

»Das wirst du schön sein lassen. Ich allein werde ihn pflegen, da ich, im Gegensatz zu dir, die Pest schon hatte und sie überlebte.« Sie musterte ihn besorgt. »Wie fühlst du dich, mein Kleiner?«

»Mutter!« Er wirkte ungeduldig. »Nenn mich bitte nicht mehr so! Ich bin ein Mann!«

»Du bist erst fünfzehn. Und du wirst den Befehlen deiner Mutter gehorchen, bis du alt genug bist, eine eigene Familie zu gründen, die du dann nach deinem Willen kommandieren darfst.« Sie lächelte unwillkürlich. »Falls du eine Frau findest, die dich lässt.«

Damit hatte sie, wie sie unschwer an seinen sich rötenden Wangen erkannte, einen wunden Punkt bei ihm berührt. Er hatte erst vor wenigen Monaten angefangen, sich für das weibliche Geschlecht zu interessieren, was ihn, ebenso wie die Veränderungen, die sein Körper in der letzten Zeit erfahren hatte, in heillose Verwirrung stürzte.

»Es muss doch etwas geben, das ich tun kann!« Mit dramatischer Gebärde wies er mit dem Kohlestift in Richtung der Kammer, in der Paolo lag. »Wer wird sich um ihn kümmern, wenn du schläfst?«

»Ich werde dafür sorgen, dass es ihm an nichts mangelt«, versprach sie. »Hab keine Angst. Ich werde alles für Paolo tun, was in meiner Macht steht.«

Casparo nickte widerstrebend, und nun sah sie auch die Furcht in seinen Augen. Er liebte und bewunderte seinen älteren Halbbruder mit der ganzen Kraft seines immer noch kindlichen Wesens. Falls Paolo der Pest zum Opfer fiele, würde Casparo es nur schwer verwinden können.

»Du bleibst hier«, sagte sie in unnachgiebigem Ton. »Du kannst in deiner Kammer ausnahmsweise sogar malen, wenn du willst. Ich lasse dir Farben und Holzplatten bringen.«

Ihr Angebot war eine Versuchung für ihn, wie sie sofort erkannte. Unter normalen Umständen achtete sie darauf, dass er es nicht übertrieb mit seinem Gekleckse; es reichte, dass er ständig mit Kohle und Papier hantierte, beides nicht gerade Insignien einträglichen Erwerbs. Er sollte eines Tages eine Tätigkeit verrichten, die ordentlichen Gewinn versprach, und sie würde dafür sorgen, dass es so kam, wie sie es sich für ihn vorstellte.

»Versprich mir, dass du dich meinem Willen beugst und dieses Zimmer nicht verlässt, bis ich es erlaube!«

Er nickte, doch der Widerspruchsgeist stand ihm ins Gesicht geschrieben. Die Sorge um ihn drohte sie zu überwältigen,

59

doch für den Augenblick blieb ihr nichts weiter übrig, als es dabei bewenden zu lassen. Sie eilte davon, um nach ihrem kranken Stiefsohn zu sehen.

Monna Barozzi hatte Cintia und Lucietta befohlen, ihre Räume nicht zu verlassen. Um ihrer Forderung Nachdruck zu verleihen, hatte sie die beiden eingeschlossen.

Cintia war, den Befehlen ihrer Mutter folgend, nach dem Zusammenbruch ihres Vaters gemeinsam mit Lucietta zu Bett gegangen. Geschlafen hatten sie indessen beide kaum; sie waren in aller Herrgottsfrühe wieder aufgestanden und hatten nach einem raschen Morgengebet die Stunden des Tages in unruhiger Erwartung verbracht, bis es wieder dunkel wurde. Auch der darauf folgende Tag verging in öder Ereignislosigkeit, bis abermals Dunkelheit den Beginn einer neuen Nacht ankündigte. Seither saß Cintia in seltsamer Starre auf einem Schemel beim Fenster, das zu öffnen ihre Mutter ihr untersagt hatte. Lucietta hielt sich im selben Raum auf wie sie, doch im Gegensatz zu Cintia lief sie ruhelos auf und ab und erging sich in wehklagenden Vermutungen, was wohl alles noch an Schrecklichem auf sie zukommen mochte. Anders als Cintia hatte sie bereits viele Geschichten über die Pest gehört. Eine alte Kinderfrau hatte ihr alles Mögliche darüber erzählt, als sie noch klein gewesen war. »Ihre ganze Familie ist unter grauenhaften Qualen an der Seuche gestorben«, hatte Lucietta flüsternd berichtet. Und dann hatte sie all die unaussprechlichen Leiden aufgezählt, von denen die Pestkranken den Erzählungen ihrer Amme zufolge dahingerafft wurden. Cintia hätte sich am liebsten die Ohren zugehalten, aber eine morbide Neugierde zwang sie, sich alles genau anzuhören, bis sie am Ende beinahe aufgeschrien hätte vor Abscheu und Furcht.

Vater wird nicht sterben, sagte Cintia sich in Gedanken ein ums andere Mal, immer wieder, fast wie bei einer Litanei. Vielleicht ist es gar nicht die Pest, sondern nur ein beliebiges Fieber, von dem er bald wieder genesen wird!

Doch die Tatsache, dass sie und Lucietta den ganzen Tag eingeschlossen blieben und niemand kam, um sie zu beruhigen, sprach für sich.

Um ihre Furcht zu bekämpfen, nahm sie ihren Rosenkranz in die Hände und betete stumm ein Marienpsalter, den Kopf über die Schnur mit den Perlen gesenkt, während Lucietta umherlief und dabei vor sich hinmurmelte, dass sie es nicht verdiente, so jung zu sterben, schon gar nicht, ohne je richtig geliebt zu haben.

Die Mädchen bewohnten zwei Kammern, die nebeneinanderlagen und nur durch eine Verbindungstür getrennt waren. In dieser Nacht jedoch blieben sie, wie auch schon in der vorhergehenden, wie auf eine stumme Absprache hin zusammen in Cintias Kammer. Cintia hätte es ebenso wenig wie Lucietta ertragen können, allein zu sein, und an Schlaf war ohnehin nicht zu denken. Sie betraten die nebenan liegende Kammer, in der sonst Lucietta schlief, lediglich, um den Nachtstuhl zu benutzen, den ihnen, bevor sie eingeschlossen worden waren, eine Dienerin am Vortag in aller Hast gebracht hatte, ebenso wie frische Kerzen, zwei Krüge mit Wasser und ein wenig Brot, Käse und Obst. Kerzen, Wasser und Speisen hatten sie in Cintias Kammer geholt und den Nachtstuhl wegen der Geruchsbelästigung drüben gelassen. Als klar wurde, dass niemand kam, um ihn zu leeren, begann Cintia, sich auf das Schlimmste einzustellen. Einmal, am Vortag, hatte sie lauthals nach ihrer Mutter gerufen, doch es war nur eine der Mägde gekommen und hatte sie durch die geschlossene Tür angeherrscht, dass Monna Barozzi andere Sorgen habe, als sich um sie zu kümmern. Die Pest, setzte die Magd hinzu, habe schon mehrere Dutzend Menschen im Sestiere befallen, und Cintia und Lucietta sollten um Gottes willen in ihren Gemächern bleiben.

Danach war niemand mehr an die Tür gekommen, um mit ihnen zu sprechen. Die Zeit verstrich, ohne dass etwas geschah.

Cintia konnte sich kaum auf ihr Gebet konzentrieren, weil sie immer wieder auf die wenigen Geräusche lauschte, die zu ihnen drangen. Einmal vernahm Cintia das laute Schluchzen ihrer Mutter, unterbrochen vom Gerede der Mägde, das auf schlimme Weise unheilvoll klang.

Dann, zu fortgeschrittener Abendstunde, waren mit einem Mal andere, weit erschreckendere Geräusche zu vernehmen. Cintia unterbrach sich in ihrem Gebet und hob lauschend den Kopf. Sie hörte von unten einen schrillen Schrei und dann einen dumpfen Aufprall, gefolgt von trappelnden Schritten. Gleich darauf ertönten weitere Schreie und danach Schritte, die alle in Richtung Treppe führten, so überstürzt und ungeordnet, als würden alle, die noch laufen konnten, Hals über Kopf aus diesem Haus fliehen.

Lucietta war bei dem ersten lauten Schrei mitten im Satz verstummt und in die hinterste Ecke des Zimmers zurückgewichen. »Etwas Furchtbares muss geschehen sein! Der Tod ist im Haus! Ich spüre es! Wie gut, dass wir eingeschlossen sind! Dann kann er nicht zu uns herein!«

»Sei still!« Cintia lief zur Tür und drückte ihr Ohr gegen das Holz. »Mutter?«, rief sie. »Mutter, hörst du mich?«

Niemand antwortete ihr. Es waren auch keine weiteren Schritte mehr zu hören. Im Haus herrschte gespenstische Stille.

Eine Weile saßen sie in lähmendem Schweigen da, in der Hoffnung, noch einmal Stimmen zu hören, doch es blieb totenstill. Irgendwann läuteten die Nachtglocken der umliegenden Kirchen zur Matutin. Es kam selten vor, dass Cintia das gedämpfte Nachtläuten überhaupt wahrnahm; meist schlief sie um diese Zeit zu tief. Doch diesmal klangen die Glockentöne wie Vorboten eines grauenhaften Unglücks.

Als es Stunden später zur Laudes läutete, hielt Cintia es nicht länger aus. Von Panik überwältigt, eilte sie zur Tür. »Mutter?«, rief sie, diesmal lauter als zuvor. Nacheinander rief sie die Namen der Dienstboten, wieder und wieder. Am Ende schrie sie und schlug mit den Fäusten gegen die Tür, um auf sich aufmerksam zu machen, doch wieder kam keine Antwort.

»Hör auf!«, rief Lucietta, die Hände schluchzend gegen die

Ohren gepresst. »Es kommt doch niemand! Wir sind ganz allein im Haus! Alle haben uns verlassen!«

Cintia lief zum Fenster und öffnete den Laden, wohlwissend, dass sie damit den Zorn ihrer Mutter heraufbeschwor, doch es kümmerte sie nicht. Im ersten Moment war die sanfte Brise, die durchs offene Fenster hereindrang, wohltuend gegenüber der Hitze, die ihnen den ganzen Tag über das Atmen in der Kammer erschwert hatte. Doch gleich darauf war zu spüren, dass die Schwüle des Tages immer noch über dem Canal Grande hing. Wie stets in den Sommermonaten roch es nach Fäulnis. Der Gestank, der vom Wasser her kam, wurde vom lauen Nachtwind durch die Gassen geweht und drang dort, wo er auf die Fassaden der Gebäude traf, als erstickender Hauch durch Öffnungen von Fenstern und Türen. Cintia widerstand dem Impuls, den Fensterladen wieder zuzuschlagen. Von ihrer Amme hatte Lucietta erfahren, dass der Pesthauch mit jedem Luftzug in die Häuser kam, und Cintia hatte keinen Anlass, das anzuzweifeln. Ihr verzweifeltes Verlangen, sich Gewissheit über die Lage im Haus zu verschaffen, war jedoch stärker als die Furcht. Dennoch hielt sie vorsichtshalber die Luft an, bevor sie den Kopf hinausstreckte, um die Umgebung zu betrachten.

Es war dunkel, doch das Mondlicht ließ genug von der Umgebung erkennen, um eine Orientierung zu ermöglichen. Cintia kam es zunächst vor, als sei dies eine ganz gewöhnliche Sommernacht. Der Mond spiegelte sich im Wasser des Kanals, und die Häuser auf der gegenüberliegenden Seite waren bleiche, von spitzenartigem Marmorflechtwerk gekrönte Flächen vor dem dunklen Himmel. Hier und da waren Gondeln und Boote auf dem Wasser zu sehen, die gleitenden Schemen vom Geflacker der Laternen umrissen wie von auf und ab tanzenden Irrlichtern.

Dann näherte sich eines der Boote, ein Sàndolo mit eingerolltem Segel. Der Mast ragte wie ein drohender Finger in die Dunkelheit. Der *Barcaruolo* stand am Heck, den Kopf eingezogen und die Schultern gebeugt wie von einer schweren

63

Last, während er mit gleichmäßigen Stößen des langen Ruders den Kahn vorantrieb. Cintia beugte sich weiter aus dem Fenster, als das Boot unmittelbar unter ihrem Fenster vorbeiglitt. Sie öffnete den Mund, um den Mann anzurufen und ihn um Hilfe zu bitten. Doch die Stimme versagte ihr, als sie erkannte, welche Fracht er beförderte. Im Licht der Laterne, die am Mast hing, waren notdürftig in Leinentücher eingewickelte Gestalten zu sehen. Hier und da lugten Gliedmaßen heraus, ein Fuß, eine Hand, einmal auch ein Kopf. Das fahle Gesicht war dem Himmel zugewandt, die Augen weit aufgerissen, als könnten sie noch sehen.

Lucietta war neben Cintia getreten. »Ein Pestboot«, stieß sie hervor. »Davon hat meine Amme mir auch erzählt! Sie fahren die Kanäle auf und ab und holen alle Verstorbenen, um sie zu Sammelgräbern zu bringen! Sie müssen vor die Häuser gelegt werden, denn die Totenwache ist bei Pestopfern verboten. Sieh nur, es ist mindestens ein halbes Dutzend! Bestimmt eine ganze Familie!«

Cintia zog rasch den Fensterladen zu und holte tief Luft. »Wir müssen nachsehen, was hier im Haus geschehen ist.«

»Es ist sicherlich niemand mehr da. Hast du nicht die Schritte gehört? Wenn du mich fragst, sind sie alle weggelaufen.«

»Mutter würde nie weggehen und uns hier drin allein lassen.«

Lucietta schwieg bedeutungsvoll, und Cintia wusste sich in ihrer Verzweiflung nicht anders zu helfen, als abermals mit den Fäusten gegen die Tür zu schlagen und nach ihrer Mutter zu rufen. Außer Atem und mit blutig geschürften Fingerknöcheln hielt sie schließlich inne, um zu lauschen, doch von allen Seiten umfing sie lähmende Stille.

Lucietta rang nach Worten, und als sie schließlich sprach, war die Hysterie in ihrer Stimme nicht zu überhören. »Niemand wird kommen, um uns herauszulassen! Wir werden hier drin verhungern und verdursten! Das Wasser ist fast aufgebraucht!«

»Sei nicht albern«, entfuhr es Cintia. »Irgendwer wird uns hören und die Tür öffnen.«

»Und wenn nicht?« Lucietta wurde lauter, ihre Stimme drohte überzukippen. »Wer soll uns denn hören? Etwa die, die tot oder krank in den Kammern liegen? Oder diejenigen, die alle weggelaufen sind, weil sie Angst hatten, auch von der Pest geholt zu werden?«

Es war nur zu offensichtlich, dass Lucietta ihre Lage treffend umschrieb, doch Cintia weigerte sich schlicht zu glauben, dass ihre Eltern tot waren. Gleich darauf jedoch erstarrte sie vor Schreck, denn ihr ging auf, dass sie bisher an eines gar nicht gedacht hatte: Was, wenn ihre Eltern schwer krank in ihren Betten lagen und niemand zur Stelle war, um ihnen zu helfen?

Sie eilte zurück zum Fenster und stieß abermals den Laden auf. Es scherte sie nicht, dass der Wind, der ihr das Haar vor die Augen wehte, vielleicht vom Pesthauch gesättigt war.

»Gib mir eine Kerze, rasch!«, befahl sie Lucietta.

Lucietta brachte ihr ein Windlicht, das Cintia mit ausgestrecktem Arm aus dem Fenster hielt. Ein weiteres Boot näherte sich der Ca' Barozzi, und diesmal zögerte Cintia nicht, den Barcaruolo zu rufen. Sie winkte laut schreiend mit dem Windlicht und machte damit so nachhaltig auf sich aufmerksam, dass der Mann bereits zu ihr hochschaute, als die Gondel noch etliche Bootslängen vom Haus entfernt war.

»Zu Hilfe!«, schrie sie. »Wir sind hier eingeschlossen! Niemand im Haus kann uns die Tür öffnen! Bitte helft uns!«

Der Mann starrte zu ihr hoch, und erst jetzt erkannte Cintia, welch unziemlichen Anblick sie bieten musste in ihrem Unterkleid und mit ihrem aufgelösten Haar. Genau wie Lucietta hatte sie, seit sie hier eingeschlossen waren, nicht sonderlich viel Mühe auf ihre Erscheinung gelegt. Vor allem hatte sie es nicht über sich gebracht, eine Gamurra anzulegen, dafür war es viel zu heiß und stickig in der Kammer.

Sie raffte das Hemd über der Brust zusammen und winkte abermals. »Ich gebe Euch Geld! Bitte helft uns!«

Der Mann hielt tatsächlich mit dem Rudern inne und ließ die Gondel gegen die Fondamenta treiben. Er nahm die Kappe ab und starrte zu ihr hinauf. »Wen meinst du mit *uns*, schönes Kind?«

»Meine Cousine und ich. Sie ist hier bei mir in der Kammer. Meine Mutter hat uns vorgestern hier eingeschlossen. Doch nun sind alle Diener fort, und niemand hört unser Rufen!«

»Du meinst, ihr beiden seid ganz allein, du und deine Cousine? Ist das ein Pesthaus?«

Sie bejahte zögernd. Im Licht der Bootslaterne konnte Cintia sehen, dass seine Erscheinung kaum zu der edlen, mit wertvollen Stoffen geschmückten Gondel passte. Sein Gesicht war übel vernarbt, die Zähne nur noch schwarze Stummel und die Kleidung ein Sammelsurium von Lumpen. »Na, dann will ich doch mal den guten Samariter geben.« Er lachte, und es klang in Cintias Ohren auf eigentümliche Weise abstoßend.

»Sicher sind doch noch Leute im Haus«, sagte sie eilig. »Wahrscheinlich sind sie alle zu sehr mit der Pflege der Pestkranken beschäftigt. Es würde reichen, wenn Ihr einen Büttel zu Hilfe ruft. Oder … irgendjemanden. Fahrt lieber weiter, Ihr könntet Euch sonst anstecken.«

»Die Pest macht mir keine Angst. Sie holt immer nur die anderen. Mit mir meint sie es gut.« Grinsend deutete er vor sich in das Boot, auf mehrere Säcke, die dort in Haufen aufgetürmt lagen. Cintia zog sofort den richtigen Schluss. Der Mann war ein Dieb. Vermutlich hatte er nicht nur Wertgegenstände aus den Häusern von Kranken und Toten gestohlen, sondern auch die Gondel. Und so, wie er aussah, mochte Cintia nicht ausschließen, dass er auch schon Schlimmeres getan hatte. Hastig überlegte sie, was zu tun sei, um ihn am Betreten des Hauses zu hindern, doch er hatte bereits angelegt, die Laterne von der Ruderbank genommen und die Fondamenta erklommen. »Alsdann, schönes Mädchen! Dein Retter naht!« Sein Kichern ging in ein heiseres Lachen über, während er in der landseitigen Gasse verschwand, die zur Eingangspforte führte.

»Wird er uns helfen?« Lucietta war in sicherer Entfernung vom Fenster stehen geblieben. Erwartungsvoll lauschend wandte sie sich zur Tür. »Ich höre schon seine Schritte im Haus! Dem Himmel sei Dank!«

Cintia schüttelte den Kopf. »Ich traue dem Mann nicht«, flüsterte sie. »Er sieht schrecklich aus!«

»Du meinst, er ist vielleicht auch bereits an der Pest erkrankt?«, wollte Lucietta furchtsam wissen.

»Nein, ich denke, dass er Übles im Schilde führt. Auf mich wirkte er wie ein Dieb oder Halsabschneider.«

Lucietta hielt die Luft an. »Warum hast du ihn dann hergebeten?«

»Weil ich erst hinterher merkte, wie er aussieht«, gab Cintia gereizt zurück.

»Um Gottes willen, was tun wir jetzt?«

Beide horchten auf die Geräusche, die er im Haus verursachte. Es klang danach, als ob er das Piano nobile durchsuchte, denn aus den unter ihnen liegenden Räumen hörten sie es rumoren. Hin und wieder ertönte auch ein Krachen, wie von herabfallenden Gegenständen.

Einmal war deutlich sein Fluchen zu hören, bei dem er auf wüste Weise den Namen des Herrn schmähte.

»Er geht wieder«, flüsterte Lucietta. »Hörst du?«

Tatsächlich hatte der Mann das Haus verlassen, denn nun war das Klappern seiner *Zòccoli* auf der Gasse zu hören. Rasch lugte Cintia aus dem Fenster und erkannte sofort, dass sie ihn völlig zu Recht verdächtigt hatte. Der Mann schleppte einen Sack mit Diebesgut zur Fondamenta und warf ihn in die Gondel, zu seinen übrigen Beutestücken.

Dann wandte er sich wieder dem Haus zu und schaute an der Fassade hoch. Cintia wich von dem nur einen Spaltbreit offenen Laden zurück. Diesmal hatte sie die Lampe nicht mit zum Fenster genommen; es brannte nur noch eine Stundenkerze auf einem Tischchen an der gegenüberliegenden Wand der Kammer. Dennoch hatte sie das Gefühl, dass der Mann sie genau gesehen hatte und nun darüber nachsann, welche Untaten er als Nächstes begehen könne. Tatsächlich machte er

67

keine Anstalten, in die Gondel zu steigen, sondern ging zurück zur Pforte.

»Er kommt zurück«, wisperte Lucietta überflüssigerweise. Sie rang die Hände vor dem fülligen Busen und blickte sich voller Panik um. »Wir müssen uns verstecken!«

»Wir sind zu zweit«, gab Cintia zurück. Es klang weit mutiger, als sie sich fühlte.

Wenig später waren die Schritte des Mannes im Haus zu hören, zuerst auf der Treppe ins Obergeschoss, dann direkt im Saal vor ihrer Zimmertür.

»Meine Süße, ich bin gekommen, um dich freizulassen! Versprochen ist versprochen!«

Cintia griff nach einem Kerzenhalter und stellte sich hinter die Tür. Gleichzeitig signalisierte sie ihrer Cousine, stehen zu bleiben und den Mann abzulenken, sobald er den Raum betrat.

Lucietta schüttelte jedoch angstvoll den Kopf und stellte sich Schutz suchend dicht neben Cintia, worauf diese um ein Haar einen Wutschrei ausgestoßen hätte über so viel Unverstand.

Ihr blieb jedoch nicht mehr viel Zeit, über neue Taktiken nachzudenken, denn der Schlüssel drehte sich im Schloss, und die Tür wurde aufgestoßen. Mit angehaltenem Atem, den Bronzeleuchter fest umklammernd, blieb Cintia hinter der Tür stehen. Gleich darauf streckte der Mann den Kopf ins Zimmer. Cintia holte mit dem Kerzenhalter aus, doch sie kam nicht dazu, ihm den beabsichtigten Schlag zu versetzen, denn der Mann verfügte über bessere Reflexe als erwartet und wich mit katzenhafter Schnelligkeit zur Seite. Im nächsten Augenblick hatte er ihr mit einem harten Fausthieb den Leuchter aus der Hand geschlagen. Ein weiterer Hieb, mit voller Kraft ausgeführt, traf sie in die Rippen. Unter der Wucht des Schlages stürzte sie und blieb am Boden liegen, davon überzeugt, dass sie sterben müsse, weil sie nicht mehr atmen konnte. Ihr Körper war wie gelähmt vor Schock und Schmerz; dennoch nahm sie wahr, wie der Räuber die laut schreiende Lucietta packte und aufs Bett stieß, wo er ihr einen heftigen Schlag versetzte, der das Schreien abrupt verstummen ließ. Lucietta wimmerte schmerzerfüllt, doch diese Laute wurden gleich darauf vom Geräusch reißenden Stoffs übertönt.

»Halt still, du dummes Weib!«, schrie der Mann.

Cintia entdeckte, dass sie wieder Luft holen konnte, in winzigen, flachen Zügen zwar nur, aber es reichte, um die Schwärze, die sich vor ihren Augen auszubreiten drohte, zu vertreiben. Auch bewegen konnte sie sich wieder. Mühsam rollte sie herum und kämpfte sich auf die Knie hoch. Immer noch nach Luft ringend, schob sie sich keuchend bis zur Wand, wo sie sich abstützte und dann hochstemmte.

Im Widerschein der Laterne, die der Mann mitgebracht und vor der Türschwelle auf dem Boden abgestellt hatte, war zu sehen, dass er auf dem Bett kniete und Lucietta mit Schlägen traktierte. Strampelnd und sich windend hielt sie sich Arme und Hände vors Gesicht. Gleichzeitig keilte sie mit den Füßen aus und versuchte, ihren Peiniger vom Bett zu treten.

»Na gut«, keuchte der Mann. »Du willst es ja nicht anders, du dumme Gans!« Er griff an seinen Gürtel und zückte ein langes Messer, das er Lucietta an die Kehle hielt. »Halt still, oder ich schneide dir schon vorher den Hals durch!«

Cintia hatte es trotz der lähmenden Atemnot und dem Stechen in ihren Rippen geschafft, den Kerzenleuchter aufzuheben. Noch unsicher auf den Füßen und bei jedem Schritt gegen den wütenden Schmerz in ihrer Mitte ankämpfend, torkelte sie zum Bett. Sie schlug mit aller Macht zu, doch als der Leuchter herabfuhr, bewegte der Mann sich, sodass er nur an der Schulter getroffen wurde.

Mit einem Aufschrei warf er sich herum. »Du Hexe! Kannst du nicht warten, bis du an der Reihe bist?« Er stach mit dem Messer auf sie ein. Die Klinge fetzte durch ihren herabhängenden Ärmel und erwischte sie dicht unterhalb des Ellbogens. Wohl merkte Cintia, dass er sie verletzt hatte, doch es kümmerte sie nicht. Keuchend hob sie erneut den Kerzenleuchter und ließ ihn abermals niedersausen, und diesmal traf sie besser. Der massive Bronzehalter landete direkt auf dem Schädel des Mannes, mit einem ekelerregend dumpfen Geräusch. Ohne einen Laut brach der Mann zusammen und rutschte vom Bett. Cintia trat das Messer zur Seite und beugte sich vorsichtig über den Liegenden, bereit, ein weiteres Mal zuzuschlagen. Doch der Mann lieb reglos liegen.

Laut heulend kämpfte Lucietta sich von der Matratze hoch und kletterte vom Bett. »Ist er tot?«

»Ich weiß nicht«, stieß Cintia hervor.

»Er wollte mir Gewalt antun!«, rief Lucietta. »Es war so schrecklich! Er hat mich … *geschlagen*! Und er wollte mich küssen!« Empörung und Ekel ließen ihre Stimme zittern.

Cintia sparte sich eine Antwort. Stattdessen warf sie den Leuchter zur Seite und untersuchte ihren Arm. Erleichtert stellte sie fest, dass der Schnitt zwar lang war, aber nicht allzu tief. Trotzdem blutete es, ein Anblick, der ihr Übelkeit verursachte.

»Er hat dich mit dem Messer verletzt!«, schrie Lucietta. »Lieber Gott, sieh nur, wie du blutest!«

»Ich sehe es ja«, erwiderte Cintia gereizt. Ihr war schwindlig, und ihre Rippen schmerzten bei jedem Atemzug. Sie konnte nur eines denken: Sie musste die Kammer so schnell wie möglich verlassen.

Lucietta empfand offenbar ähnlich, sie lief eilig auf bloßen Füßen hinaus in den Saal und wartete, bis Cintia ihr gefolgt war. »Was tun wir jetzt?«, wollte sie wissen. Im Licht der Laterne des Eindringlings, die immer noch auf dem Boden stand, sah ihr Gesicht geschwollen aus und war tränennass. »Wo sollen wir hingehen?« Sie sprach im Tonfall eines kleinen Mädchens, als sei nicht sie, sondern Cintia die Ältere. »Wer hilft uns jetzt?«

Cintia gab keine Antwort, denn im Augenblick galt es nur noch, herauszufinden, was mit ihren Eltern geschehen war. Sie ergriff die Laterne und eilte zur Treppe.

Darias Hände zitterten vor Müdigkeit, während sie eine frische Kerze an der niedergebrannten anzündete und sie in den flüssigen Wachsresten befestigte. In den vorangegangenen Nächten hatte sie kaum geschlafen, und auch tagsüber hatte sie, bis auf einen kurzen Schlummer zwischen den beiden Morgenläuten, nicht zur Ruhe gefunden. Giulio hatte ihr bei Paolos Pflege geholfen, so gut es ging, aber auch er stieß allmählich an die Grenzen seiner Kräfte. Zwei der Mädchen waren erkrankt, die übrigen völlig außer sich, und zwischendurch galt es, Casparo gut zuzureden, damit er widerspruchslos in seiner Kammer blieb. Vom Gesinde waren bis auf die Köchin und den Gondoliere alle weggelaufen, als herauskam, dass die Pest im Haus wütete. Vermutlich wären auch diese beiden verschwunden, wäre nicht die Köchin schon weit über siebzig gewesen und der Gondoliere geistig kaum weiterentwickelt als ein fünfjähriger Knabe.

Der Arzt war noch einmal da gewesen, aber auch er hatte es eilig gehabt, weiterzukommen: Überall in der Stadt gab es Kranke, und etliche Bürger waren der Pest bereits zum Opfer gefallen. Die Leute verbarrikadierten sich in ihren Häusern, andere wiederum flohen vor der Seuche aufs Festland oder zu Verwandten auf die Nachbarinseln. Viele Venezianer aber nutzten die mit Verzweiflung aufgeladene Stimmung in der Stadt auch, um ungehemmten Ausschweifungen oder gar dem Verbrechen zu frönen. Das öffentliche Leben befand sich einesteils in unnatürlichem Aufruhr, andererseits war es zum Erliegen gekommen: Kein ankommendes Schiff durfte mehr den Hafen anlaufen, keine Seefracht gelöscht werden, und die Menschen mieden Versammlungen wie Märkte und Messen.

Unterdessen kreuzten die Pestboote auf den Kanälen, Totengräber luden die Leichen auf und bestatteten sie in eilig ausgehobenen Erdlöchern am Rande der Stadt. Seuchenfähren brachten die Kranken auf eine Insel am Lido, wo sie im Pesthospital ausharren mussten, bis sie starben oder gesundeten.

Daria trat an Paolos Bett und betrachtete ihn. Solange sie es verhindern konnte, ob mit Geld oder anderen Mitteln, würde niemand ihn noch sonst einen der Ihren fortbringen. Simon, der jüdische Arzt, war ein Verfechter der Quarantäne, hielt aber nicht das Geringste von den Verhältnissen auf der Pestinsel und überantwortete die von ihm behandelten Kranken daher niemals den Behörden, auch wenn es gegen die Vorschriften war.

Paolo glühte immer noch vor Fieber, und die Beulen an seinem Körper waren zu monströser Größe angeschwollen, manche dick wie eine Männerfaust. Sein Atem ging so rasselnd und schwer, dass Daria schon seit einer Weile mit jenem blutigschwarzen Auswurf rechnete, von dem sie wusste, dass er den baldigen Tod einleitete. Doch bisher hatte Paolo kein Blut gehustet, und auch seine Haut hatte sich nicht schwarz verfärbt, was Simon zufolge ein weiteres Anzeichen für den drohenden Tod gewesen wäre. Stattdessen war kurz nach dem Vesperläuten eine der Beulen aufgebrochen, und bald darauf eine weitere. Danach war Paolo ein wenig ruhiger geworden. Daria tupfte ihm Blut und Eiter von den aufgeplatzten Schwellungen in der Leistengegend, und sie kühlte seinen Körper mit feuchten Wickeln, so wie Simon es ihr erklärt hatte.

Sie setzte sich zu ihm ans Bett und träufelte ihm von dem Sud, den die Köchin auf Geheiß des Arztes gekocht hatte, zwischen die aufgesprungenen Lippen. Dass Paolo trotz seiner Bewusstlosigkeit jeden Tropfen dieses Heilgebräus schluckte, bestärkte Darias aufkeimende Hoffnung, dass er seine Lebensgeister nicht gänzlich verloren hatte.

Abermals wischte sie ihm die schmierigen Wundsekrete und den Schweiß vom Leib, darauf bedacht, ihm keine Schmerzen zuzufügen. Er lag nackt vor ihr, kein Laken bedeckte seine Glieder. Die Hitze in der Kammer war ohnehin kaum auszuhalten, und da seine Haut vor Fieber brannte, mochte sie ihm nicht noch zusätzliche Wärme durch eine Decke zumuten. Außerdem wollte sie die scheußlichen Beulen im Auge behalten. Simon hatte ihr erklärt, dass es im Wesentlichen darauf ankam, wie diese Anzeichen der Pest sich entwickelten. »Nach außen müssen sie aufbrechen!«, hatte er betont. »Das Beste ist, sie öffnen sich von allein, anderenfalls muss man sie aufschneiden. Entleeren sie nämlich ihr tödliches Gift nach innen in den Körper, verringern sich die Aussichten auf ein Überleben beträchtlich!«

Geistesabwesend betrachtete sie ihren Stiefsohn. Sein Körper war sogar nach anspruchsvollsten Maßstäben ansehnlich, mit gut ausgebildeter Muskulatur überall dort, wo es einen Mann männlich aussehen ließ, mit langen, wohlgestalteten Armen und Beinen, kräftigen Schultern und straffer Haut. Sein Bart war, seit er krank war, wild gewuchert und hätte seinem Gesicht zweifellos einen gefährlichen Anstrich verliehen, wäre die Haut darunter nicht so bleich gewesen. Mit beiläufigem Interesse ließ Daria ihre Blicke über jenen Teil seines Körpers gleiten, der für die meisten Männer den Mittelpunkt des Lebens bildete, und sie fand, dass Paolo sogar im unschuldsvollen Zustand der Ohnmacht auch dort ein Bild der Vollkommenheit bot.

Er war mit seinen fünfundzwanzig Jahren ganz sicher Zoll für Zoll ein Mann, doch oft kam es ihr so vor, als hätte er sich seit seiner Kindheit in seinem Wesen nie gewandelt. Vielleicht lag es daran, dass sein Charakter damals schon so deutlich ausgeprägt gewesen war. Bereits im Alter von neun Jahren hatte er bedachtsam und zielstrebig auf sie gewirkt, fast erwachsen – das genaue Gegenteil von seinem Vater und seinem Halbbruder. Falls es überhaupt etwas gab, das ihm die Fassung hätte rauben können, so war es zumindest für Daria bisher nicht zutage getreten. Temperament und Gesundheit waren bei ihm gleichermaßen unverwüstlich. Er war nicht ein einziges Mal krank gewesen, seit sie ihn kannte. Wie oft hatte sie gesagt, dass er robust wäre wie ein Ackergaul? Und dann musste seine erste Erkrankung gleich die tödlichste von allen sein!

Er stöhnte und schluckte krampfartig.

»Paolo, ganz ruhig. Ich bin bei dir. Du bist krank, aber bald wird es dir besser gehen. Hier, trink ein bisschen von dem Sud, mein Junge. Es schmeckt grässlich, ich weiß, aber Simon hat behauptet, dass es hilft.« Sie hatte wie schon in der vorangegangenen Nacht den Eindruck, dass es ihn beruhigte, ihre Stimme zu hören. Vorsichtig goss sie ein wenig von dem Fiebertrank in seinen offenen Mund, und zu ihrer Erleichterung schlürfte er es auch diesmal sofort hinunter. Sie merkte, dass er mehr trinken wollte, doch sie fürchtete, er könne sich verschlucken. So tropfte sie geduldig nach und nach winzige Mengen des Suds zwischen seine Lippen, bis es ihm reichte und er wieder einschlummerte.

Irgendwann nach dem ersten Nachtläuten musste sie ebenfalls eingedöst sein, denn die Stundenkerze war ein ganzes Stück heruntergebrannt, als sie wieder zu sich kam. Ihr Körper war steif und wie zerschlagen vom langen Sitzen, obwohl sie sich einen halbwegs bequemen Lehnstuhl an das Krankenlager gerückt hatte.

Paolo hatte angefangen, zu reden. Er murmelte ohne Unterlass vor sich hin, leise, aber in zusammenhängenden Sätzen, in denen es um Schiffsbau ging. Es klang, als hielte er jemandem einen Vortrag, wie das richtige Maß von Plankenlängen zu ermitteln sei. Daria, die wenig Sinn für derlei Konstruktionsfragen hatte, registrierte in erster Linie die Tatsache, dass er überhaupt wieder redete. Jemand, der so viel sprach, konnte unmöglich im Sterben liegen! Oder waren das Fieberfantasien? Rasch nahm sie eines der brennenden Talglichter und beugte sich über ihn, um ihn zu untersuchen. Seine Haut fühlte sich nach wie vor heiß an, er hatte zweifellos immer noch Fieber. Aber es war sicher nicht mehr so hoch wie während des vergangenen Tages, und als sie ihn näher betrachtete, stellte sie fest, dass zwei weitere Beulen sich geöffnet hatten. Auch sein Atem ging ruhiger, das Rasseln beim Luftholen hatte sich deutlich verringert. Tränen der Erleichterung stiegen Daria in die Augen. Er redete nicht im Fieber, sondern im Traum!

Sie gab ihm zu trinken; anschließend befeuchtete sie Leinentücher mit frischem Wasser und legte ihm neue Wickel an. Während er trank, hatte er notgedrungen aufgehört zu reden, doch nach einer Weile sprach er wieder, und diesmal hatte es nichts mit Booten oder Schiffen zu tun.

»Muss Barozzi warnen«, flüsterte er. »Kann Guardi nicht trauen, ist zu allem entschlossen.«

»Guardi?«, versetzte sie überrascht, für einen Moment außer Acht lassend, dass ihr Stiefsohn nicht richtig bei sich war. »Du meinst Eduardo Guardi? Wer hätte ihm je trauen können! Wen will er diesmal umbringen?« Sie sagte es nur halb im Scherz. »Was hast du mit denen zu schaffen?«, setzte sie misstrauisch hinzu. »Und was hast du mit Barozzi zu tun?«

Doch er konnte sie im Schlaf nicht hören. Sie wusch ihn und überlegte dabei, ob er wirklich mit Barozzi hatte sprechen wollen, und falls ja, warum sie nichts davon wusste. Sie hielt sich zugute, eine der bestinformierten Frauen Venedigs zu sein. Wenn jemand über das, was in der Stadt geschah, Bescheid wusste, so war sie es.

Unwillkürlich fragte sie sich, wann sie ihrem Bruder zuletzt begegnet war. Es war Jahre her, mindestens vier oder fünf, vielleicht sogar noch länger, und auch dieses eine Mal war die Begegnung nur zufällig erfolgt, während einer der zahlreichen, übers ganze Jahr verteilten *Andate*, bei der Ippolito in der Reihe der Gildemeister mitmarschiert war. Sie gehörte einer anderen *Contrada* an und besuchte folglich eine andere Kirche als Ippolito Barozzi, wofür er und seine Frau vermutlich dankbar waren, denn Daria wusste, wie unangenehm es beiden war, sie zu sehen. So gingen sie seit über zwanzig Jahren getrennte Wege. Absurderweise bewegten sie sich dabei durchaus in den gleichen Kreisen. Viele Männer, die seine Gesellschaften besuchten oder mit ihm Geschäfte machten, kamen auch zu ihr, doch zugegeben hätte das in der Öffentlichkeit niemand.

Natürlich wusste sie, was für ein Leben ihr Bruder führte, obwohl er so vollständig mit ihr gebrochen hatte. Ippolito Barozzi war ein reicher und ehrenwerter Mann, ein aufrechter Christ und untadeliger Bürger mit einer ebenso untadeligen Familie, und nie hätte er seinen guten Ruf mit einer verdorbenen, sündigen Schwester befleckt. Fast lachte Daria bei dem Gedanken, dass seine Tochter ausgerechnet einen Guardi heiraten sollte, zu allem Überfluss auch noch einen, der sie niemals glücklich machen würde. Doch diese Aufwallung bitterer Schadenfreude verflog sofort.

Wie kam Paolo dazu, mit Ippolito zu sprechen?

Ein Klopfen an der Tür schreckte sie auf. Giulio schaute herein, seine Miene war ernst. Daria fuhr hoch. »Casparo?«, fragte sie besorgt.

Er nickte stumm. Entsetzt sprang sie auf. »Ich habe noch vor einer Stunde nach ihm geschaut«, stieß sie hervor. »Da ging es ihm gut!«

»Es geht ihm immer noch gut«, sagte Giulio lakonisch. »Wahrscheinlich zu gut. Vorhin erschien er oben und verlangte eines der Mädchen. Er sagte, dass er ein Mann sei und nicht sterben wolle, ohne diese Erfahrung gemacht zu haben. Wenn seine Mutter schon ein Hurenhaus betreibe, wolle auch er endlich davon etwas haben.«

»Nein!«, entfuhr es Daria.

Giulio nickte. »Doch, leider. Ich machte ihn höflich darauf aufmerksam, dass du das ganz sicher nicht erlaubst, woraufhin er wütend wurde und mich einen Stiefel leckenden Lakaien nannte sowie einen in hündischer Ergebenheit am Rockzipfel einer Frau hängenden Feigling.«

Daria rieb sich müde das Gesicht. »Also hat er es herausgefunden.«

Giulio hob die Brauen. »Dass ich dir ergeben bin?«

»Verspotte mich nicht«, fuhr sie ihn an.

»Es war klar, dass er es eines Tages erfährt«, sagte Giulio sanft. »Was hast du erwartet?«

Niedergeschlagen schüttelte sie den Kopf. »Ich hätte ihn besser abschirmen müssen. Darauf Acht geben müssen, mit wem er seine Zeit verbringt. In der letzten Zeit war er zu viel draußen! Bestimmt haben diese grässlich aufgeblasenen Nachbarsjungen irgendwelche Andeutungen gemacht!« Sie blickte argwöhnisch zum Bett hinüber. »Paolo wird ihm doch nichts davon erzählt haben, oder?«

»Nein, das glaube ich nicht, aber es spielt auch keine Rolle. Früher oder später wäre es ihm ohnehin klar geworden. Was hast du dir vorgestellt? Dass du auf ewig diese Art von Geselligkeiten veranstalten kannst, ohne dass es ihm je auffällt? Du wolltest es ja ändern, aber vielleicht hast du zu lange gewartet.«

Daria biss sich auf die Unterlippe. »Du meinst, jetzt ist es zu spät?«

Casparo hatte in den letzten Jahren durchaus einige Male wissen wollen, wieso im zweiten Stock des alten Palazzo, in dem sie wohnten, mehrere junge Frauen lebten, in deren Gemächern Woche für Woche Feste gegeben wurden, zu denen sich meist nur Männer einfanden.

Daria machte sich nichts vor; ihr war seit längerer Zeit klar, dass ihre ausweichenden Antworten kaum dazu taugten, Casparos Neugier auf Dauer zu stillen, doch sie hatte diese Einsicht immer wieder erfolgreich verdrängen können und sich gesagt, dass der richtige Zeitpunkt, alles in andere Bahnen zu lenken, noch käme.

Wut stieg in ihr auf. Sie war die Witwe eines alteingesessenen Patriziers und besaß als solche durchaus ein gewisses Ansehen in der Stadt, doch das war nur der schöne äußere Schein, der von den ehrbaren Bürgern mühelos durchschaut wurde und sie nicht vor abfälligen Blicken schützte. Dabei war ihr Haus weit davon entfernt, als Bordell zu gelten. Sie bot eine erlesene Küche, hochklassige Musik und ein perfektes Luxusambiente. Ihre Mädchen hatten Stil und waren gebildet, ebenso wie sie selbst, und zu ihren Gesellschaften waren nur ausgewählte Besucher geladen, ein illustrer Zirkel, in dem Kultur und Lebensart hochgehalten wurden und längst nicht jeder willkommen war. Dennoch war sie in den Augen all jener tugendhaften Christenmenschen, die in der Kirche hinter ihrem Rücken über sie tuschelten, nichts weiter als eine teure Hure.

»Wo ist er jetzt?«, wollte sie wissen.

»Ich habe ihn wieder mit runtergebracht. Er ist zurück auf sein Zimmer gegangen und wird sicherlich fürs Erste dort bleiben.«

»Ohne Ärger zu machen? Woher dieser Sinneswandel?«

Giulio lächelte schwach, was seinem Gesicht im flackernden Licht des Kerzenscheins einen dämonischen Anstrich verlieh. »Esmeralda hatte einen ihrer Ehrfurcht gebietenden Auftritte. Deinem Sohn verschlug es jedenfalls augenblicklich die Sprache.«

»Ich kann es mir vorstellen«, sagte Daria. »Mit ihr ist nicht gut Kirschen essen, wenn sie wütend ist.«

»Wie geht es Paolo?«, wollte Giulio wissen.

»Besser. Sein Fieber ist gesunken, die Beulen brechen auf. Du musst eine Weile bei ihm wachen. Ich werde zu den Mädchen gehen, sie brauchen gewiss meinen Beistand.«

Giulio musterte sie. »Du selbst brauchst ebenfalls Beistand.« Seine Worte klangen sachlich, doch sie meinte, in seinem Blick eine Spur von Mitgefühl zu erkennen.

»Mir fehlt nichts«, sagte sie unwirsch. Sie hasste es, wenn er sie in schwacher Stimmung sah. Sie hatte ihr Leben in jeder Lage im Griff. Niemand sollte glauben, Daria Loredan könne jemals so weit verweichlichen, dass sie anlehnungsbedürftig würde.

»Zumindest brauchst du Schlaf«, meinte Giulio.

»Ein bisschen müde bin ich wohl, aber das wird vergehen, wenn ich mich bewege. Irgendwann wird diese dumme Krankheit vorbei sein, dann kann ich immer noch schlafen.«

»Mute dir nicht zu viel zu.«

»Und du hör auf, mich wie ein unmündiges Kind zu behandeln.«

»Niemand könnte auf die Idee verfallen, du wärst ein Kind. Warst du überhaupt je eines?«

»Wenn du mich so fragst: Ich erinnere mich kaum. Es ist zu lange her, und ich lebte schon immer lieber in der Gegenwart als in der Vergangenheit.«

»Vergiss die Lampe nicht.« Er reichte ihr eines der Windlichter. Sie nahm es entgegen und bedachte ihren langjährigen Leibwächter mit einem schwachen Lächeln. »Was täte ich ohne dich!«

»Was du immer tust. Deinen Weg gehen.«

Sie nickte ihm zu, bevor sie an ihm vorbei die Kammer verließ und mit raschen Schritten davoneilte.

Cintia ging mit der Laterne des Räubers voran, und Lucietta folgte ihr dichtauf, die Finger in Cintias Hemd gekrallt, als würde sie ohne diesen Halt zusammenbrechen. Ihre stoßweisen Atemzüge zeigten, dass sie den Schock immer noch nicht verwunden hatte.

Cintia hingegen empfand im Nachhinein die gewaltsame Attacke durch den Einbrecher als eigenartig unwirklich, fast so, als wäre alles gar nicht geschehen. Die Dunkelheit des Hauses und die nicht minder unheimliche, alles überdeckende Stille der hohen Räume schienen sich unterdessen zu einer einzigen lauernden Gefahr zu verbinden.

Ihre Füße fanden den Weg zur Treppe in den Portego wie von allein. In diesem Haus kannte sie jeden Zoll des Fußbodens, wusste genau, an welchen Stellen Möbel standen und Türen in andere Räume führten. Ihre Finger glitten über das Geländer, das aus dick geflochtenem, seidenüberzogenem Seil bestand und an den Absätzen von bronzenen Löwenköpfen gehalten wurde. Die glatten Knäufe fühlten sich kühl an, ebenso wie der polierte Terrazzo unter ihren nackten Fußsohlen.

Die Angst vor dem, was sie vorfinden mochte, drückte ihr die Luft ab, und auf dem Weg zur großen Schlafkammer ihrer Eltern musste sie innehalten und durchatmen, weil sie fürchtete, vor lauter Angst zu ersticken. Die Rippen taten ihr dort, wo sie die Faust des Räubers getroffen hatte, immer noch bei jedem Atemzug weh, doch dieser Schmerz war nebensächlich angesichts dessen, was sie im Licht der Laterne erblickte, als sie das Schlafgemach ihrer Eltern betrat.

79

Ihre Mutter lag auf dem Rücken, nicht im Bett, sondern mitten im Zimmer auf dem Fußboden. Ihr Haar war aufgelöst und lag wie eine dunkle Lache um ihren Kopf herum ausgebreitet. Wie die Mädchen war sie im Unterkleid, doch das ehemals weiße Hemd war von dunklen Flecken übersät, über der Brust sogar so breitflächig, dass es aussah, als wäre es dort schwarz.

»Mutter?«, flüsterte Cintia, während sie langsam nähertrat. Ihre Mutter regte sich nicht, und als bei Cintias nächstem Schritt vollends das Licht der Laterne auf die hingestreckte Gestalt am Boden fiel, war auch zu erkennen, dass Monna Barozzi ohne jeden Zweifel tot war. Ihre gebrochenen Augen standen weit offen, und der Mund war wie in einem letzten stummen Röcheln ebenfalls geöffnet. Und unter ihrem Kinn, quer über den Hals, zog sich fast von einem Ohr bis zum anderen ein weiter Schlitz – der blutige Beweis, dass nicht die Pest, sondern ein Mord ihrem Leben ein Ende bereitet hatte.

»Mutter!«, schrie Cintia. Sie ließ die Lampe fallen, sodass die Kerze durch den Aufprall erlosch und vollständige Dunkelheit sie umfing. Lucietta schrie hinter ihr ebenfalls und geriet ins Straucheln. Sie stieß gegen Cintia und brachte sie aus dem Gleichgewicht, sodass beide Mädchen stolperten und hinfielen. Cintia fiel zu ihrem grenzenlosen Schrecken halb auf ihre tote Mutter, spürte den leblosen Körper unter sich, der starr war wie ein Stück Holz.

Lucietta, die wiederum auf Cintia gefallen war, kroch wimmernd ein Stück weg und kniete sich hin. Von erstickten Schluchzern unterbrochen, betete sie zur Heiligen Jungfrau und flehte um Hilfe. Als hätte die Muttergottes sie erhört, tauchte inmitten der Dunkelheit ein Licht auf, das schwankend näher kam.

»Hier sind wir!«, rief Lucietta beschwörend. Gleich darauf mündete ihr Ausruf in einen schrillen Schrei, denn der vermeintliche Retter war niemand anderer als ihr Peiniger, der offenbar wieder zu sich gekommen und ihnen gefolgt war. In

der einen Hand trug er eines der Talglichter aus Cintias Schlafgemach, mit der anderen hielt er seinen Dolch umklammert. Er
wirkte mitgenommen, aber auch über alle Maßen wütend. Mit
gezücktem Messer stürzte er auf Cintia los, die ihm am nächsten stand. Mit einem Sprung zur Seite versuchte sie, dem Angriff auszuweichen, doch der niederfahrende Dolch hätte sie
fraglos getroffen, hätte der Mann nicht mitten in der Bewegung
innegehalten. Durch seinen aufgerichteten Körper fuhr ein
Ruck, und ein lautes Ächzen entrang sich seiner Brust.

Fassungslos verfolgte Cintia, wie der Räuber in die Knie
brach und den Blick auf den Mann freigab, der hinter ihm stand
und soeben seine Schwertklinge aus dem Rücken seines Geg-
ners zog. Mit einem Tritt half er nach und stieß auf diese Weise
den anderen vollends nieder, bis dieser ohne jedes Lebenszeichen auf dem Boden liegen blieb. Der Neuankömmling, der
in der freien Hand eine Laterne trug, beugte sich kurz über den
Gefallenen, um sich zu vergewissern, dass aus dieser Richtung
keine bösen Überraschungen mehr drohten, dann wandte er
sich Cintia zu. »Es scheint, als wäre ich gerade noch rechtzeitig
gekommen.«

»Niccolò!«, stammelte Cintia. »Was tust du denn hier?«

Der Bruder ihres künftigen Gatten lächelte, einen Ausdruck
reinen Triumphs im Gesicht. »Dich retten.« Er stellte die Lampe
zu seinen Füßen ab, schob das Schwert zurück in die Scheide
und streckte ihr die Hand hin, um ihr aufzuhelfen.

Sie ließ sich von ihm hochziehen, und als sie schwankte,
hielt er sie bei den Schultern fest.

»Das alles war zu viel für dich«, bemerkte er. »Du musst dich
ausruhen!«

Er hob die Lampe wieder auf und führte sie vom Leichnam
ihrer Mutter weg, an Lucietta vorbei, die immer noch auf dem
Boden hockte und vor sich hinschluchzte. Cintia löste sich aus
Niccolòs Griff und stolperte weiter, zu dem großen Pfostenbett
in der Ecke des Raumes. Dort blieb sie stocksteif stehen.

Niccolò war ihr eilig gefolgt. »Herr im Himmel! Schau nicht

hin!« Er schob sich zwischen Cintia und das Bett, doch sie trat einfach einen Schritt zur Seite.

»Vater«, flüsterte sie. Zitternd hielt sie sich am Bettpfosten fest, weil sie sonst vor Entsetzen zusammengesunken wäre. Es stand außer Frage, dass man auch ihn ermordet hatte. Seine Kehle klaffte wie bei Cintias Mutter von einem mörderischen Schnitt, aus dem genug Blut geflossen war, um die Kissen unter seinem Kopf schwarz wirken zu lassen.

Cintia konnte sich nicht länger aufrecht halten. Sie brach neben dem Bett in die Knie, die Hände vors Gesicht geschlagen. Dumpfe, abgehackte Schreie drangen an ihr Ohr, und erst nach einer Weile erkannte sie, dass es ihre eigenen waren. Nur undeutlich wurde sie gewahr, dass Niccolò sie abermals hochzog. Halb ziehend, halb schleppend verfrachtete er sie aus der Kammer in den Portego und drängte sie dort, sich auf dem langen, steiflehnigen Prachtsofa niederzulegen.

»Ruh dich aus«, sagte er. »Du musst keine Angst mehr haben. Solange ich mich um dich kümmere, kann dir nichts geschehen.«


Wildes Glücksempfinden durchströmte ihn, während er das Mädchen betrachtete. Noch nie hatte er sich so mächtig gefühlt, beinahe kam er sich vor wie ein siegreicher Held am Ende einer gewonnenen Schlacht. Er hatte Cintia vor dem sicheren Tod bewahrt!

Der Schock hatte sie benommen gemacht; sie lag stumm und zitternd auf dem Sofa und schaute unter den gesenkten Lidern hindurch ins Leere. Besorgt fragte er sich, ob sie womöglich auch bereits an der Pest erkrankt war, doch keine Macht der Welt hätte ihn jetzt dazu gebracht, sie im Stich zu lassen. Er hinkte in den Schlafraum zurück und brachte Lucietta dazu, sich hochzurappeln und ihm in den Portego zu folgen. Sie stand ebenfalls unter dem Eindruck des Geschehenen, doch bei ihr äußerte sich der Schreck, anders als bei Cintia, in unzusammenhängendem Geheule und Gestammel. Viel Brauchbares konnte er ihr nicht entlocken. Sie und Cintia waren zwei Tage und zwei Nächte lang eingeschlossen gewesen und hatten nur anhand der Geräusche von außen erraten können, was derweil unten im Haus geschehen war. Geschrei und das Getrappel vieler Schritte hatten offenbar eine wilde Flucht der Dienerschaft aus dem Haus eingeleitet, danach war es still geworden, bis Cintia diesen Galgenstrick zu Hilfe gerufen hatte, der jetzt tot nebenan in der Schlafkammer lag.

Als Niccolò von Lucietta erfuhr, dass der Fremde Cintia mit dem Messer verletzt hatte, eilte er sofort zu ihr, um nach der Wunde zu sehen. Doch der Schnitt, den er an ihrem Arm entdeckte, stellte sich als harmlos heraus; er blutete kaum noch und würde mit einem leichten Verband schnell verheilen.

Niccolò befahl Lucietta, sich zu Cintia zu setzen und bei ihr zu bleiben, während er das Haus durchsuchte. »Wo ein Plünderer sich herumgetrieben hat, könnten noch andere sein.«

»Bitte lass uns hier nicht allein«, flehte Lucietta.

Niccolò schnitt ihr barsch das Wort ab. »Sei nicht so eine weinerliche Memme! Ich bin schnell wieder da, also reiß dich zusammen!«

Das brachte sie vorläufig zum Verstummen, doch während er zur Innentreppe ging, hörte er schon wieder ihr Schluchzen. Er durchsuchte alle Räume des Hauses, zunächst die im Ober- und Dachgeschoss, dann die Kammern, die zu beiden Seiten vom Portego abgingen, sowie schließlich das Mezzà mitsamt den Vorrats- und Arbeitsräumen beidseits des Andron. In einer der Gesindeschlafkammern fand er die Leiche einer Frau mittleren Alters, der Kleidung und den sichtbaren Habseligkeiten nach zu urteilen offenbar eine Küchenmagd. Die anderen Räume waren allesamt menschenleer. Nach dem unvermuteten Ausbruch der Pest in Venedig war die Ca' Barozzi nicht der einzige Palazzo, der zum Ziel von Verbrechern geworden war. Niccolò hatte am Vortag von einem Patrizierhaushalt in San Polo gehört, von dessen Mitgliedern die Hälfte erstochen worden war, während die Pest sich die andere Hälfte holte. Das, was in den letzten beiden Tagen hier im Hause der Barozzis geschehen war, hätte zu anderen Zeiten großes Aufsehen erregt, doch unter dem Einfluss der Seuche war das sonst wohlgeordnete öffentliche Leben in der Stadt durcheinandergeraten. Ob jemand durch einen Mord oder die Pest zu Tod kam, kümmerte kaum noch jemanden. Man würde die Barozzis sowie die beiden anderen Toten in Massengräber werfen, und wenn sie Glück hatten, las ein Priester anschließend noch eine Totenmesse.

Niccolò ging zurück in den Portego, wo die Mädchen eng aneinandergeschmiegt auf dem Sofa hockten und ihn im Licht der Talgleuchte, die er ihnen hingestellt hatte, in stummer Apathie anstarrten. Beim Anblick von Cintia erfüllte ihn Beschützerdrang, während er ihre Cousine am liebsten mit rüden Worten zur Vernunft gebracht hätte. Doch dann wandte er sich rasch dringenderen Angelegenheiten zu. Ohne es den Mädchen großartig zu erklären, begann er, die Toten nach draußen zu befördern. Bald würde das nächste Pestboot auftauchen, bis dahin sollten die Leichen zur Abholung bereitliegen, womit zugleich das schlimmste Grauen aus diesem Haus verschwunden wäre.

Zuerst zerrte er den Leichnam von Ippolito Barozzi aus dem Bett, wickelte und knotete ihn fest in eines der fleckigen Laken ein und schleppte ihn Schritt für Schritt durch den Portego zur Außentreppe. Draußen stellte es sich wegen seines steifen Beins als überaus mühselig heraus, die Last die Stufen hinabzubefördern; um ein Haar wäre Niccolò dabei gestürzt. Er drehte sich zum Haus zurück und horchte ein paar Atemzüge lang; dann schubste er kurzentschlossen die Leiche die Treppe hinunter. Das dumpfe Knäcken, das dabei ertönte, deutete darauf hin, dass der in Totenstarre befindliche Körper durch den Sturz beträchtlich in Mitleidenschaft gezogen wurde, doch Niccolò schluckte seinen Ekel rasch herunter. Es tat ja niemandem mehr weh. Mit der Leiche von Monna Barozzi, die ebenso steif war wie die ihres Gatten, verfuhr er ähnlich. Die Magd musste schon länger tot sein; aus ihrem Körper war die Totenstarre bereits wieder gewichen, während sie bei dem Gauner, den er zuletzt nach draußen zerrte, noch nicht eingesetzt hatte. Als er endlich alle vier Leichen durch die schmale Gasse neben dem Haus bis auf die Fondamenta geschleppt hatte, war er in Schweiß gebadet und vom Blut sowie den übrigen Körpersäften der Toten beschmiert. Es widerte ihn bis in die tiefste Seele an, was er hier tun musste, doch er wusste keine andere Lösung, um das schaurige Chaos zu ordnen und auf diese Weise den Schrecken von Cintia zu lindern. Sorgfältig kontrollierte er nochmals, ob alle Leichen ordentlich eingewickelt waren und nirgends Körperteile herausschauten. Erschöpft, aber halbwegs zufrieden betrachtete er anschließend das Ergebnis seiner Bemühungen. Hastig bekreuzigte er sich über den Toten und sprach ein kurzes Gebet, mit dem er die Seelen der armen Verstorbenen zur Aufnahme in das Himmelreich empfahl. Er bat Gott um Vergebung für all ihre Sünden, und da er schon dabei war, auch gleich für seine eigenen und diejenigen all derer, die er kannte und schätzte.

Auf dem Weg zurück ins Haus zog er sein besudeltes Wams aus, doch er stank immer noch, als hätte er in den Abfällen einer Abdeckerei gewühlt. Liebend gerne hätte er sich gewaschen und umgekleidet, bevor er Cintia wieder vor die Augen trat, doch das musste zwangsläufig warten, bis die wirklich wichtigen Dinge erledigt waren.

Als er mit schmerzendem Bein die Außentreppe zum Portego hinaufgehumpelt kam, hatten sich die Mädchen von dem Sofa erhoben und warteten bereits auf ihn. Die großen Fenster an der Vorderfassade des Palazzo waren geöffnet; eine Brise fuhr durch die Loggia herein und vertrieb die stickigen Ausdünstungen von Tod und Siechtum. Die Morgendämmerung war heraufgezogen und erfüllte den großen Saal mit fahlem Licht.

Lucietta weinte immer noch leise vor sich hin. Cintia hingegen gab keinen Laut von sich. Ihr Gesicht war kreidebleich und ihr Hemd von Blut und Schweiß befleckt, doch ansonsten wirkte sie gefasst. Beinahe verwundert nahm Niccolò zur Kenntnis, wie ruhig sie war. Aufrecht stehend und mit starrer Miene suchte sie seinen Blick. Nie war sie ihm schöner erschienen als in diesem Moment. Es verlangte ihn mit solcher Sehnsucht danach, sie in die Arme zu schließen, dass er die Hände verschränken musste, um diesem Drang Einhalt zu gebieten.

»Warum ist Gregorio nicht gekommen?«, wollte sie wissen.

Er hatte mit der Frage gerechnet, doch er konnte nicht verhindern, dass er zusammenzuckte, als er sie so unvermittelt aus ihrem Mund hörte. Warum musste sie ausgerechnet als Erstes nach seinem Bruder fragen, der sich einen feuchten Kehricht um sie scherte? Erkannte sie denn immer noch nicht, was er, Niccolò, für sie tat? Schuldete sie ihm denn nicht Dank dafür, dass er sie gerettet hatte?

»Er ist weggelaufen«, sagte er mit wohlberechneter Grausamkeit. Er hätte es ihr gerne schonend beigebracht, aber sie wollte es ja unbedingt wissen.

»Was meinst du mit *weggelaufen*?«

»Oh, sicher, es gibt vermutlich mehrere Arten, wegzulaufen.« Niccolò gab sich keine Mühe, den Sarkasmus in seiner Stimme zu unterdrücken. »Bei meinem werten Bruder war es jene eine, die den Feigling antreibt. Er hatte ganz einfach Angst.«

»Du meinst, vor der Pest?«

Er merkte, dass sie ihm nicht glaubte, und tatsächlich hatte er nicht die volle Wahrheit gesagt. Letztere würde sie erst recht kränken, doch anscheinend gab es keinen anderen Weg, als damit herauszurücken, sonst würde sie nicht begreifen, warum die Umstände sich geändert hatten.

»Er hatte nicht nur um sich selbst Angst«, räumte Niccolò widerstrebend ein. »Sondern auch um seine Familie.«

»Um dich und deinen Vater?«, fragte Cintia stirnrunzelnd. »Weshalb sollte er deswegen weglaufen?«

»Ich meine seine richtige Familie. Er hat eine Frau und einen Sohn.«

Cintia wankte wie unter einem Schlag. »Du lügst! Wie kann er eine Frau haben? Er will *mich* zur Frau nehmen!«

86

»Er ist nicht verheiratet«, meinte Niccolò einschränkend.
»Jedenfalls nicht richtig. Sie ist von niederer Geburt, nicht
einmal *Popolanin*. Dennoch ist sie mehr als eine Mätresse für
Gregorio. Er ist so oft bei ihr und dem Kind, wie er nur kann.«
Er blickte Cintia aufmerksam an, damit ihm nicht die geringste
Regung in ihren Zügen entging. Wiederum empfand er Be-
wunderung, weil ihr Mienenspiel kaum etwas von dem inneren
Aufruhr preisgab, den er mit seiner Erklärung bei ihr ausgelöst
haben musste.

Bevor sie weitere Fragen stellte, fuhr er rasch fort: »Als die
Pest in der Stadt ausbrach, hat er sich sofort aufgemacht und ist
zu ihr geeilt, um sie und den Kleinen in Sicherheit zu bringen.«

Niccolò bemerkte die Fassungslosigkeit in ihrem Blick. Der
Anflug leiser Genugtuung, den er dabei spürte, verging sofort,
denn es war nicht zu übersehen, wie sehr diese Nachricht sie
schockierte. Nach allem, was sie hatte durchmachen müssen,
war dies zweifellos nicht der schlimmste Schicksalsschlag, aber
sicherlich einer, der ihr nun auch noch den letzten Funken
Hoffnung raubte. Ihm wurde klar, dass ihre Gefasstheit nur aufgesetzt war, das Ergebnis mühsamer Beherrschung. Wiederum
hätte er sie gern umarmt, diesmal, um sie zu trösten, doch er
ahnte, dass sie dergleichen gerade jetzt sicherlich kaum ertragen
könnte. Folglich flüchtete er sich in Erklärungen, damit sie das
Ganze besser verstand – und möglichst rasch erkannte, dass sie
trotz allem eine Zukunft hatte.

»Er kennt sie schon seit Jahren und liebt sie über alles,
ebenso wie seinen Sohn. Bestimmt kommt er vorläufig nicht
wieder, zumindest nicht, solange hier in der Stadt die Pest gras-
siert.« Abwägend blickte er sie an. »Ich werde nicht ins Kloster
gehen, Cintia. Nachdem Gregorio weg war, hatte ich mit Vater
noch eine längere Unterhaltung deswegen.« Er verschwieg, dass
sein Vater seiner Forderung, nicht ins Kloster einzutreten, keineswegs zustimmend gegenüberstand, sondern ihm lediglich
wortlos zugehört hatte. Jene Wortlosigkeit wiederum war vermutlich in erster Linie auf ein Übermaß an Schnaps zurückzu-

führen, in welchem Eduardo Guardi seinen Zorn über Gregorios unvermutetes Verschwinden hatte ertränken wollen. Wieder nüchtern, hatte er sich nicht mit Niccolòs erneut vorgetragenen Argumenten befasst, sondern war unverzüglich aufgebrochen, um Gregorio zurückzuholen. Indessen war das letzte Wort in dieser Sache noch längst nicht gesprochen, so viel stand für Niccolò fest. Ins Kloster würde er jedenfalls nicht gehen.

Er räusperte sich. »Kurz und gut, mit Gregorio kannst du nicht mehr rechnen, zumindest nicht als Ehemann. Das ist eine Tatsache, der du ins Auge sehen musst. Allerdings brauchst du keinesfalls auf den Schutz der Guardis zu verzichten. Unsere Familie steht zu ihrem Wort. Mit einer gewissen … Änderung.«

In angespannter Erwartung blickte er sie an. Gleichzeitig ballte er die Hände zu Fäusten, weil er Luciettas fortwährendes Heulen nicht länger ertrug. Nur zu gern hätte er sie gepackt und geschüttelt, damit dieses Gewinsel ein Ende nahm.

Verunsichert beobachtete er Cintia, denn er meinte, in ihren Zügen Unwillen zu bemerken. Damit lag er richtig, wie er gleich darauf erkannte, denn aus ihren nächsten Worten sprach unverhohlener Zorn. »Eine Änderung?«, fuhr sie ihn an. »Was für eine Änderung?«

Er sammelte sich, um Worte zu finden, die ihren Ärger nicht noch mehr schürten. Doch Lucietta kam ihm zuvor. Es zeigte sich, dass sie trotz ihres ständigen Gejammers sehr genau zugehört hatte, denn sie meinte mit ungläubiger Miene: »Ich glaube, *er* will dich heiraten!« Zu Niccolòs grenzenloser Wut kicherte sie kurz, ein Laut, der gleich darauf in ausgedehntes Schniefen überging. Mit großen Augen sah sie ihn dabei an, als bemerkte sie ihn zum ersten Mal. »Du kannst Cintia nicht heiraten. Dein Vater wird das niemals erlauben.«

»Das werden wir ja sehen«, sagte er angriffslustig.

»Und selbst wenn er zustimmt, kann daraus nichts werden«, fuhr Lucietta fort. »Cintias Eltern sind nicht mehr da. Ohne die Genehmigung eines Vormunds wird sie niemanden heiraten können.«

»Es wird sich alles finden«, sagte er mit größtmöglicher Gelassenheit.

»Nichts wird sich finden.« Cintia verschränkte die Arme vor der Brust, als würde sie frieren. »Du redest Unsinn. Ich empfinde für dich höchstens wie für einen Bruder.«

»Du könntest lernen ...«

Sie schnitt ihm das Wort ab. »Schweig! Meine Eltern sind tot! Und du kommst hier herein und nutzt mein Entsetzen und meine Schwäche aus, erzählst mir Schauermärchen über deinen Bruder und willst mich gleichzeitig dazu bringen, dich zu heiraten. Was Gregorios angebliche Mätresse angeht: Ich glaube dir kein Wort, jedenfalls so lange nicht, bis ich selbst mit ihm über alles gesprochen habe!« Zorn und Empörung schwangen in ihrer Stimme mit. »Und was meine Eltern betrifft – sie sind ermordet worden, das habe ich genau gesehen! Warum hast du sie überhaupt zum Kanal gebracht? Sie sind nicht an der Pest gestorben! Ich will nicht, dass sie in ein Massengrab kommen! Sie sollten hergerichtet und in der Kirche aufgebahrt werden! Unser Priester muss benachrichtigt werden, Pater Enzo! Er soll herkommen und sich um alles kümmern!«

»Alle Toten aus einem Pesthaus müssen von amtlichen Leichensammlern abgeholt werden«, sagte Niccolò, mühsam gegen seine Enttäuschung über ihre Reaktion ankämpfend. »Das ist Vorschrift. Und Totenwachen sind verboten, Aufbahrungen in der Kirche ebenfalls. Aber ich werde mich um eine ordentliche Beisetzung deiner Eltern bemühen und rede deswegen mit dem Priester. Versprechen kann ich jedoch nichts.«

Lucietta mischte sich ein. »Immerhin ist der Mörder durch deine Hand gestorben und hat damit seine Strafe bereits erhalten. Das hast du wirklich gut gemacht. Du bist sehr tapfer, obwohl du eigentlich noch ein Junge bist!« Gleich darauf schwächte sie ihr Lob weiter ab. »Der Kerl hat Wertsachen aus dem Haus geschleppt und in seine Gondel geworfen, das solltest du rasch hereinholen, bevor ein anderer Gauner es findet.«

Niccolò hatte sich bereits zum Gehen gewandt, um seine

Wut und seine Enttäuschung zu verbergen. »Ich lege das Diebesgut auf die Treppe«, sagte er mit abgewandtem Gesicht. »Und dann gehe ich zu diesem Pater und rede mit ihm.«

Er war schon bei der Tür, als Cintias Stimme ihn innehalten ließ. »Niccolò?«

Zögernd drehte er sich zu ihr um. Barfuß und in ihrem zerrissenen, schmutzigen Hemd stand sie mitten im Raum, eine reglose Gestalt. Die Sonne war aufgegangen und umhüllte den zierlichen Körper mit einer Gloriole aus Licht. Sie war unnatürlich bleich, ihre Augen waren kummervolle Seen. Es presste ihm das Herz zusammen, weil er es kaum ertragen konnte, sie so zu sehen.

Sie blickte ihn unverwandt an. »Ich habe etwas vergessen.«

»Was?«, fragte er atemlos.

»Dir zu danken. Ich stehe tief in deiner Schuld. Du hast mir das Leben gerettet.«

»Das würde ich immer wieder tun«, sagte er einfach. »Solange ich lebe.«

Mit diesen Worten wandte er sich ab und hinkte hinaus.


Kaum war er fort, ließ Lucietta wieder ein ersticktes Schluchzen hören. »Jetzt sind wir allein und ohne Schutz! Wir hätten ihn bitten sollen, bei uns zu bleiben!«

Cintia fuhr zu ihr herum. »Wenn du jetzt nicht endlich mit diesem Geflenne aufhörst, werde ich wahnsinnig!«

Lucietta prallte sichtlich zurück vor Schreck. Immerhin stellte sie das Weinen ein. Mit einem Zipfel ihres Hemdes rieb sie sich das Gesicht ab. »Es tut mir leid, wenn ich dich mit meiner Trauer störe.« Sie brachte es fertig, dass ihre Erwiderung nicht nur leidend, sondern zugleich auch schnippisch klang.

»Und was ist mit mir?«, fragte Cintia mit zitternder Stimme. »Es sind immerhin *meine* Eltern, die gestorben sind!«

Lucietta schluckte merklich. »Mein armes Lämmchen, du

hast ja so recht! Du bist von uns beiden eigentlich diejenige, die Tränen vergießen sollte!«

Cintia fragte sich, ob sie hier einen Vorwurf heraushörte. Tatsächlich verspürte sie kein Bedürfnis, zu weinen. Eher fühlte sie sich nach den Vorfällen der vergangenen Nacht wie erstarrt, als wäre ihr Körper inwendig aus Eis, das ihr ganzes Sein bei der leisesten falschen Bewegung in Stücke zersplittern lassen könnte. Das Grauen über den Tod ihrer Eltern lähmte sie, und das, was Niccolò ihr über Gregorio erzählt hatte, tat ein Übriges. Hinzu kam die körperliche Erschöpfung, die, anstatt nachzulassen, stetig zunahm. Ihr ganzer Leib bestand nur noch aus Schmerz.

»Ich muss mich ausruhen«, murmelte sie.

»Du kannst dich unmöglich so hinlegen«, wandte Lucietta ein. »Sieh nur, wie du aussiehst! Willst du in dieser Verfassung erscheinen, wenn Niccolò später mit Pater Enzo zurückkommt? Wir müssen uns waschen und ankleiden.«

Cintia sah ein, dass ihre Cousine recht hatte. Gemeinsam gingen sie in die Küche, um dort Wasser zum Waschen zu erhitzen. Als sie den Raum betraten, schlug ihnen fauliger Gestank entgegen. Im kalten Kochkamin hingen Töpfe, in denen sich das Essen zersetzte, und auf dem großen Tisch und den Anrichten lagen schimmelnde Nahrungsreste.

Lucietta blickte sich voller Ekel um. Dann schaute sie nicht minder angewidert an sich herunter. »Ich würde so gern ein Bad nehmen! Ich fühle mich so ... beschmutzt!«

Cintia erging es nicht anders. Allein die Vorstellung, in einem Badezuber mit heißem Wasser all die Schmerzen und das Blut abwaschen zu können, war bereits eine Wohltat. Doch noch lieber hätte sie sich einfach nur ins Bett gelegt, um zu schlafen und so all das Schreckliche zumindest zeitweilig zu vergessen.

»Wir müssen Wasser heiß machen«, sagte Lucietta mit zweifelndem Blick auf das Ungetüm von Wasserkessel.

»Dazu müssten wir erst den Kamin anheizen«, erwiderte Cintia.

91

Bisher waren sie nur sehr selten in der Küche gewesen, und bei diesen wenigen Gelegenheiten hatten sie sich zumeist darauf beschränkt, die Küchenmägde um Leckereien anzubetteln. Noch seltener hatten sie beim Zubereiten der Speisen zugeschaut. Beide hatten sie hier niemals auch nur einen einzigen Handschlag getan und hatten folglich nicht die geringste Ahnung von Küchenarbeit; nicht einmal so elementare Vorgänge wie das Kochen von Wasser waren ihnen vertraut.

Immerhin schafften sie es ohne größere Schwierigkeiten, an dem Ziehbrunnen, der an die auf dem *Campo* hinter dem Haus liegende Zisterne angeschlossen war, genug Wasser zu schöpfen, um zwei Kübel zu füllen. Sie wuschen sich in der Küche, weil sie wenig Lust verspürten, das Wasser nach oben in ihre Zimmer zu schleppen. Cintia bekam dabei zum ersten Mal eine ungefähre Vorstellung davon, welche Arbeit damit verbunden war, für all die vielen kleinen und größeren Annehmlichkeiten zu sorgen, die sie von jeher für selbstverständlich gehalten hatte. Allein das Hieven des vollen Kübels kostete so viel Kraft, dass ihr überall der Schweiß ausbrach. Anschließend bereitete es ihr fast ebenso viel Mühe, sich von Kopf bis Fuß zu waschen. Beim Bücken tat ihr alles weh, vor allem aber der Kopf, in dem die *Marangona* zu hämmern schien.

»Ich habe solchen Hunger!«, sagte Lucietta, die ihre Waschungen beendet hatte und nun durch die Küche schlenderte. »Aber von diesem ganzen Zeug, das hier herumliegt, kann man bestimmt nichts mehr essen. Es stinkt furchtbar!« Auf der Suche nach genießbarer Nahrung wühlte sie in der angrenzenden Vorratskammer herum und kam mit einem halben Schinken zurück. »Schau nur, der sieht gut aus.« Sie stöberte herum und fand ein Messer. »Soll ich dir auch ein Stück abschneiden? Wir können Zwieback dazu essen, in der Speisekammer ist welcher. Oh, und ich habe auch Wein entdeckt. Ich mache uns einen Krug auf, ja?«

Cintia ließ sich auf einen Schemel sinken und stützte den schmerzenden Kopf in die Hände. Hatte sie vorhin noch geschwitzt, so war ihr jetzt eiskalt. Es kam ihr vor, als hätte sie mit dem Waschen ihre letzten Kräfte verbraucht. Durst hatte ihre Kehle ausgedörrt, und gierig trank sie von dem verdünnten Wein, den Lucietta ihr reichte – nur um nach wenigen Schlucken ruckartig den Becher abzusetzen.

*Wie kann ich hier sitzen und trinken, als wäre mein Durst wichtiger als meine toten Eltern?*

Wie bei einem Kaleidoskop wechselten in ihrem Kopf die Bilder. Ihre Mutter, tot auf dem Boden. Ihr Vater, ebenso leblos auf dem Bett. Das geronnene Blut in den aufgeschlitzten Kehlen ... Sie würgte und spie den letzten Schluck von dem Wein wieder aus.

Abermals wurde sie von einem Würgen geschüttelt.

»Hier, du musst auch was essen.« Lucietta schob ihr ein Brett mit einer Scheibe Schinken hin.

Der intensive Geruch des Geräucherten verursachte Cintia erst recht Übelkeit. Sie wandte sich ab. »Mir ist nicht gut. Ich habe keinen Hunger.«

»Keinen Hunger?«, wiederholte Lucietta ungläubig und mit vollen Backen kauend. »Du hast gestern schon kaum was gegessen! Wahrscheinlich fühlst du dich deswegen so miserabel. Iss nur rasch ein paar Bissen, dann kommst du auf andere Gedanken!«

Anstelle einer Antwort legte Cintia den Kopf auf die verschränkten Arme. Sie war so erschöpft, dass sie nicht mehr klar denken konnte. Ihre Eltern ... All das Blut ...

Nur einen Augenblick ausruhen, dachte sie. Wenn mir nur nicht der Kopf so wehtäte!

Dann verschwammen ihre Gedanken, bis nichts mehr übrig war außer dem Schmerz und der Kälte.

Das Nächste, was sie wieder wahrnahm, war ein schriller Aufschrei, der von Lucietta stammte. Die Stimme schmerzte ihr in den Ohren und verstärkte das Hämmern in ihrem Kopf.

»Du bist kochend heiß!«, stammelte Lucietta dicht neben ihr. »Du bist ... krank! Oh, Herr im Himmel, bitte lass es nicht

93

die Pest sein!« Sie schluchzte laut auf, und Cintia hätte ihr gern verboten, schon wieder zu heulen, doch ihre Stimme gehorchte ihr nicht. Ich werde sterben, dachte sie seltsam teilnahmslos. Der Räuber hat mich nicht erwischt, aber dafür die Pest. Ob irgendwer um sie trauern würde? Lucietta vielleicht, sie würde zumindest eine Weile weinen, so wie sie es immer tat. Und Niccolò möglicherweise, denn er hatte sie heute wieder so angesehen, als bedeute sie ihm etwas.

Gregorio? Nein, der gewiss nicht. Er hatte ja schon eine Frau, die er liebte und um die er sich kümmerte.

Ihre Eltern hätten um sie getrauert, sehr sogar, davon war Cintia überzeugt. Doch nun waren sie tot und konnten keine Tränen mehr vergießen. Dafür würden sie vielleicht im Himmelreich auf sie warten. Bald war sie bei ihnen, dann war alles wieder gut …

Abermals hörte sie Lucietta schreien, diesmal weiter weg. »Zu Hilfe! So helft uns doch! Wir sind hier ganz allein! Niemand kümmert sich um uns!«

Das waren die letzten Worte, die Cintia verstand. Bei ihrem nächsten Atemzug versank die Welt unaufhaltsam in einem tintenschwarzen Nichts.


Paolos bewusste Wahrnehmungen kehrten nur langsam zurück. Seine Glieder fühlten sich an, als seien sie allesamt gebrochen und unvollständig wieder zusammengewachsen. In der Leiste und unter einer Achsel brannte und zog es wie von Messerwunden. Sein Kopf steckte in einer zu engen Schraubzwinge, und in seinem Mund hatte sich die Zunge in modriges Leder verwandelt.

Er gab es rasch auf, seine Schmerzzustände näher zu ergründen. Stattdessen konzentrierte er sich auf sein Gehör, das ebenfalls nach und nach wiederkehrte. Der Widerhall von Glockengeläut drang an seine Ohren, und unwillkürlich zählte er die Schläge – es läutete zur Terz.

Zugleich wurde ihm klar, dass er krank sein musste, denn er roch brennende Kräuter. Es gab kaum etwas, das er mehr hasste. Von Kind an brachte er diesen Geruch mit Krankheit und Tod in Verbindung. In der Zeit, als seine Mutter im Sterben lag, hatten immer Kräuter in ihrem Zimmer gebrannt. Im Rückblick kam es ihm oft vor, als hätte ihr Sterben eine Ewigkeit gedauert, und in all diesen endlosen, quälenden Wochen hatte sie nach Luft gerungen, gehustet und gestöhnt, während das Haus von diesem Geruch erfüllt war.

»Muss ich sterben?« Die Laute kamen aus seiner eigenen Kehle, also stammten sie von ihm selbst, doch für Paolo hörte es sich an wie das Ächzen eines verendenden Tiers.

»Da du in der Lage bist, danach zu fragen, bestehen gute Aussichten, dass du es nicht musst«, sagte eine Frauenstimme in der Nähe seiner Füße. Immerhin, diese Stimme kannte er, sie hörte sich an wie immer, nur sehr erschöpft.

»Daria«, flüsterte er. »Was ist los mit mir?«

»Du hast die Pest.« Sie hielt inne. »Hast du Durst? Warte, ich gebe dir zu trinken.«

Er spürte, wie sie sich über ihn beugte. Eine widerlich bitter schmeckende, lauwarme Flüssigkeit wurde ihm zwischen die Lippen geträufelt. Sein Durst war jedoch tatsächlich gewaltig, er schluckte alles, was ihm in den Mund lief, obwohl er es wegen des scheußlichen Geschmacks am liebsten sofort ausgespien hätte.

»Dieser Gestank …«

»Es tut mir leid, mein Junge, aber Pestkranke verbreiten nun mal keine Wohlgerüche. Ich habe dich gewaschen, so gut es ging, und in der letzten Nacht hat Giulio sogar dein Bett bezogen, aber …«

»Es sind die … Kräuter. Sie stinken.«

»Oh. Nun ja. Im Grunde bin ich da ganz deiner Meinung, weißt du. Simon hat jedoch darauf bestanden, dass wir sie abbrennen. Hm, ich denke, sie haben ihren Dienst getan.«

Er hörte sie rascheln und dann zur Tür gehen. Gleich darauf

ließ der durchdringende Kräuterdunst nach. Paolo zwang sich, die Augen zu öffnen. Er lag in seinem Bett, wie er sofort an der Umgebung erkannte. Im Zimmer herrschte mattes Dämmerlicht, da die Läden geschlossen waren. Die Luft war stickig und heiß, und tatsächlich stammte der Gestank nicht nur von den Kräutern. Er konnte nicht umhin festzustellen, dass auch er selbst widerwärtig roch, wie etwas, das längst verwest und aus der Erde ausgegraben worden war. Außerdem hing ein deutlicher Essiggeruch in der Luft, der jedoch die Ausdünstungen seines Leibes nicht überdecken konnte.

»Wie lange …?«, brachte er mühsam heraus.

Daria erschien in seinem Blickfeld. Sie sah aus wie immer, bis auf den Zug von Müdigkeit um Mund und Augen. Sie wirkte beherrscht, doch er kannte sie lange genug, um den Ausdruck von Erleichterung zu erkennen.

Sanft legte sie die Hand auf seine Schulter. »Du warst zwei Tage und zwei Nächte ohne Bewusstsein. Davor musst du auch schon krank gewesen sein, denn du warst in der Nacht, bevor sie dich brachten, nicht hier. Ich hatte mir schon Sorgen gemacht, weil es nicht deine Art ist, die ganze Nacht wegzubleiben.«

Paolo erinnerte sich nur bruchstückhaft an jene Nacht. An den Wein, den er getrunken hatte, um die Kopfschmerzen zu vertreiben. An die verschwörerische Unterhaltung, die er belauscht hatte. An die Gefahren, gegen die er hatte ankämpfen wollen. Doch all das war weit weg, fast so, als sei es Jahre her. Die Erinnerung an diese Ereignisse war im Nebel des Fiebers gefangen, nur einzelne Fetzen wurden beim Nachdenken erkennbar, ohne dass ihm ein Gesamtbild vor Augen trat. Er würde sich später genauer damit befassen, vielleicht fiel ihm dann alles wieder ein.

»Ippolito Barozzi«, sagte er krächzend.

»Was ist mit ihm?«

Er hatte den Eindruck, dass ihre Stimme reserviert klang.

»Ich wollte dringend zu ihm, das weiß ich noch. Danach ist alles weg.«

»Du hattest Glück, dass du einer der Ersten warst.«

»Der Ersten wovon?«

»Der Pestkranken. In diesen Tagen werden die meisten von ihnen, die man auf der Straße findet, gleich auf die verfluchte Insel gebracht, wo sowieso alle sterben. Ippolitos Gondoliere brachte dich hierher, das war dein Glück.«

Auch daran erinnerte sich Paolo wieder. Und daran, dass er Barozzis Tochter gesehen hatte, die schwarzhaarige Cintia, deren Verlobung an jenem Abend verkündet werden sollte.

»Was hast du mit meinem Bruder zu schaffen?«, fragte Daria unvermittelt.

»Ich … weiß nicht«, murmelte er kraftlos. Im Moment wusste er es wirklich nicht, und überdies sagte ihm eine innere Stimme, dass er, selbst wenn er sich erinnert hätte, es Daria nicht unbedingt mitteilen sollte.

Er fragte nach Casparo. Daria berichtete von den Eskapaden des Jungen und behauptete, es sei einfacher, einen Sack voller Flöhe zu hüten als den Knaben. Sie habe ihn kurzerhand eingeschlossen. Anschließend erzählte sie, was sich in der Stadt ereignet hatte, seit er an der Pest erkrankt war. Ganz Venedig befand sich in Aufregung, überall herrschten Furcht und Chaos, nachdem in mehreren Sestieri gleich am ersten Tag des Ausbruchs Dutzende von Pestfällen gemeldet worden waren. In den folgenden Tagen war die Anzahl der Erkrankten auf ein Mehrfaches angestiegen, das Pestboot durchfuhr ständig alle großen Kanäle. Der reguläre Schiffsverkehr war eingestellt worden, vor allem die einlaufenden Schiffe waren strengsten Quarantänevorschriften unterworfen.

»Wird im Arsenal noch gearbeitet?«, wollte Paolo wissen.

Daria zuckte die Achseln. »Das kann ich dir nicht sagen. Offen gestanden bin ich in den letzten Tagen nicht viel herumgekommen, ich war die meiste Zeit hier bei dir. Das, was ich gehört habe, weiß ich von Simon, der seither drei Mal kam.« Sie seufzte. »Eines der Mädchen ist gestorben, eine ist krank, aber es scheint so, als käme sie durch. Natürlich können auch die anderen noch erkranken, von daher können wir alle erst aufatmen, wenn dieser Pestausbruch vorüber ist. Simon hat gemeint, es könne ebenso gut Wochen wie Monate dauern, möglicherweise bis zum Winter. Seiner Meinung nach ist es schneller vorbei, wenn alle Kranken strikt zu Hause bleiben und die Pflegekräfte viel Essig verwenden.«

»Du scheinst große Stücke auf diesen Arzt zu halten.« Paolo merkte, dass seine eben erst erwachten Lebensgeister sich bereits wieder verabschieden wollten.

»Nun, einen Besseren kenne ich nicht. Bis jetzt hatte er immer recht.«

»Hat er gesagt, was ich tun kann, um schneller wieder gesund zu werden?«, murmelte Paolo.

»Möglichst viel von dem Sud trinken und das Bett hüten.«

»Wie lange dauert diese Krankheit?«

»Bis du gesund bist«, erwiderte Daria pragmatisch. »Hier, trink noch etwas. Und dann solltest du ruhen.«

Dazu brauchte Paolo keine besondere Aufforderung. Er musste sich schnellstmöglich erholen, um das zu erledigen, woran ihn die Krankheit gehindert hatte. Ihm war soeben wieder eingefallen, warum er Ippolito Barozzi hatte sprechen wollen.

Mit letzter Kraft trank er von dem scheußlichen Gebräu, bevor er wieder in einen unruhigen und von unangenehmen Träumen durchsetzten Schlummer fiel.

Die Ereignisse nach Cintias Zusammenbruch waren, wie Lucietta später behaupten sollte, von einer Verkettung unseliger Zufälle beeinflusst. Ein Seuchenarzt, der im Auftrag der *Signoria* mit seinen beiden Gehilfen die Pesthäuser aufsuchte, kreuzte mit seinem Boot auf dem Canalezzo, als Lucietta von der Fondamenta aus um Hilfe rief. Er hörte sie schreien und legte vor der Ca' Barozzi an. Ein Blick auf die Toten, die dort säuberlich in Leinen gewickelt aufgereiht lagen, reichte ihm, um seine Schlüsse zu ziehen. Als seine Gehilfen gleich darauf einen weiteren Pesttoten in der Gondel im Wassersaal entdeckten, bestätigte sich seine Annahme, dass es diesen Haushalt schwer getroffen hatte. Die junge Frau, die ihn um Hilfe anflehte, war körperlich in gutem Zustand, doch um ihre Beherrschung war es schlecht bestellt. Die Entdeckung des Toten im Wassersaal – der jungen Frau zufolge war er der Gondoliere der Familie – hatte sie vollends um ihre Fassung gebracht. Der Arzt konnte es ihr nicht verdenken. Der Leichnam des Alten war schwarz angelaufen vor Pestflecken und überdies in der Sommerhitze aufgedunsen. Fliegen umschwärmten den Toten, als die Gehilfen des Arztes ihn zu den übrigen Leichen schleppten und dort ablegten.

Die junge Frau ließ sich unterdessen kaum beruhigen. Es bedurfte einer Menge guten Zuredens, bis der Arzt endlich ihrem Gestammel eine vernünftige Aussage entnehmen konnte. Er erfuhr, dass es eine weitere Kranke im Haus gab, was wiederum seine Beurteilung der Lage festigte. Das Mädchen, zu dem sie ihn gleich darauf führte, war tatsächlich schwer krank, von der Seuche bereits gezeichnet. In ihrem Nacken saß eine der tückischen Beulen, in denen sich das tödliche Gift dieser Krankheit sammelte. Flüchtiges Bedauern erfasste ihn, als er sah, wie jung und schön sie war. Doch gerade die Jungen und Starken wurden weit häufiger Opfer der Seuche als die Älteren, der Herrgott allein wusste, warum. Der Arzt seufzte unter seiner schnabelartigen Maske, die ihm, ebenso wie der lederne, bodenlange Mantel, das Atmen erschwerte und ihn in seinem eigenen Schweiß beinahe ersticken ließ. Er erkundigte sich bei der jungen Frau, ob es Angehörige gebe, die über den Verbleib des Mädchens in Kenntnis zu setzen seien, und als sie das nach kurzem Nachdenken verneinte, befahl er seinen Gehilfen, die Kranke auf das Boot zu tragen. Anschließend wies er die junge Frau an, ein paar Kleidungsstücke und Decken einzupacken.

»Nehmt nicht mehr, als Ihr tragen könnt. Und steckt Geld ein, falls Ihr welches besitzt.«

Sie eilte ins Haus, ohne Fragen zu stellen, und war bald darauf zurück, fertig angekleidet und einen Schließkorb hinter sich herziehend. Unter der Last ächzend, hievte sie den Korb auf das Boot und nahm erschöpft auf einer der Bänke Platz.

»Wollt Ihr etwa mitkommen?«, erkundigte er sich überrascht.

Erstaunt blickte sie ihn an. »Denkt Ihr vielleicht, ich bleibe mutterseelenallein in diesem Haus? Die ganze Familie ist tot, das Gesinde ist weg! Cintia und ich sind die Einzigen, die noch übrig sind!«

»Habt Ihr denn keine Verwandten, zu denen Ihr gehen könnt? Ihr könntet auch ... nun ja, einfach hierbleiben. Ihr seid nicht krank.«

»Ich würde niemals allein hierbleiben! Letzte Nacht wollte uns ein Räuber töten! Es könnte wieder einer kommen, und wer steht mir dann bei?« Entschieden schüttelte sie den Kopf. »Keine Macht der Welt wird mich von Cintia trennen. Sie ist alles, was ich in diesem Leben noch habe. Ich würde ihr bis in die Hölle folgen, wenn es sein muss.«

Der Arzt nickte verständnisvoll. Nicht wenige Menschen entschlossen sich, ihre Angehörigen auf dieser unausweichlichen und oftmals zugleich letzten Reise zu begleiten.

»Wo bringt Ihr uns denn hin?«, wollte die junge Frau wissen.

»Zum Lazzaretto Vecchio. Das ist ein Ort für Pestkranke.«

»Ist sie ... Hat Cintia die Pest?«

»Nun ja, leider.«

Das verschlug ihr nachhaltig die Sprache. Wie vom Donner gerührt saß sie da, eine von zu viel Leid gezeichnete junge Frau, die unter anderen Umständen wie das blühende Leben selbst ausgesehen hätte. Der Arzt erwartete einen weiteren Tränenausbruch, aber sie blieb stumm und reglos auf ihrem Platz sitzen. Hin und wieder zitterten ihre Lippen, doch sie gestattete sich keinen Laut. Abermals verspürte der Arzt Mitleid. Er hatte eine Tochter, die ungefähr im Alter dieser jungen Frau war. Sie hatte bereits zwei Kinder, und die Angst, ihr und den Kleinen könne etwas geschehen, begleitete ihn schon seit Tagen, seit dem unerwarteten Ausbruch der Seuche, die das Leben in der Stadt so nachhaltig zu verändern im Begriff war wie seit einem Vierteljahrhundert nicht mehr, dem letzten schlimmeren Pestjahr. Damals war er noch ein junger Mann gewesen, aber er erinnerte sich noch sehr gut an die unzähligen Toten, die es in Venedig damals zu beklagen gab. Auch der neuerliche Ausbruch hatte schon viele Menschenleben gefordert. Nicht wenige Venezianer flohen deshalb aus der Stadt, andere verbarrikadierten sich in ihren Häusern und mieden sogar den Gang zur Kirche, aber manche feierten auch wilde Feste, als gebe es kein Morgen. Es würde Wochen dauern, bis die Lage in der Stadt sich wieder beruhigte.

Die Pest, dachte der Arzt, veränderte die Menschen, auch die Gesunden. Sobald diese Krankheit ausbrach, geriet die Weltordnung aus den Fugen. Die Seuche förderte entweder das Beste oder das Schlimmste bei den Menschen zutage, dazwischen gab es selten etwas.

Wie schon so oft zuvor sann der Arzt über die Ursachen für die Verbreitung der Pest nach. Vor Jahren hatte er die Schriften von Pietro da Tossignano und Alessandro Benedetti studiert, die sich wissenschaftlich mit dem Thema auseinandergesetzt hatten. Persönlich neigte der Arzt eher den Thesen Benedettis zu, der im Sinne von Galenus und Hippokrates die Luft als Ausbreitungsweg benannte. Tatsächlich hatte der Arzt infolge eigener Erfahrungen diese These vielfach bestätigt gefunden. Feuchte, stehende und faulige Luft erhöhte die Gefahr. Zugleich konnte aber die Seuche auch durch Gegenstände, die vorher ein Kranker berührt hatte, auf Gesunde übertragen werden, etwa durch Kleidung und Bettwäsche, weshalb zu erwägen war, dass sich die giftigen Dünste auch an lebloses Material hefteten und ihren Weg durch die Poren der Haut fanden. Dergleichen musste nach Ansicht des Arztes als zusätzlicher Ausbreitungsweg in Betracht gezogen werden. Eines Tages, so überlegte er müßig, sollte er vielleicht auch einmal eine Abhandlung darüber schreiben. Bis dahin aber würde er sich durch Maske, Handschuhe und den langen Mantel schützen, sowohl vor dem Miasma als auch vor den Berührungen der Kranken.

Einer seiner Gehilfen führte das Ruder. Er war jung und stark und trieb das Boot rasch vorwärts, und bald gelangten sie von der Mündung des Canalezzo in das Hafenbassin von San Marco, wo am Kai das Traghetto lag, mit dem die Pestkranken, die sie heute einsammelten, später fortgebracht werden würden.

Das kranke Mädchen lag bewusstlos und in Decken gehüllt zu Füßen der jungen Frau auf dem Boden des Bootes. Ihr schwarzes Haar war wie ein Vorhang über ihr Gesicht gefallen, und der schmale Körper regte sich nicht, bis auf die gelegentlichen Anfälle von Schüttelfrost, die, ebenso wie Gliederschmerzen, Übelkeit und rasendes Kopfweh, für den Beginn dieser Krankheit typisch waren. Die junge Frau, die auf der Bank saß und auf das Mädchen niederschaute, hatte die Hände gefaltet und betete leise – das einzig wirklich Sinnvolle, das in diesem Fall noch zu tun war.

Die Luft, die vom Meer hereinkam, war angenehm frisch, eine Wohltat im Vergleich zu den erstickend fauligen Dünsten in den Kanälen. Der Arzt glaubte, es vertreten zu können, die Schnabelmaske ein wenig zu lüften. Er drehte den Kopf zum Meer und ließ sich den Wind um die Nase wehen, bevor er die Maske wieder überstülpte und sich dem Kai zuwandte.

Wer nicht um die Schrecknisse der vergangenen Woche wusste, mochte meinen, dass dies ein ganz gewöhnlicher Sommertag sei. Die Stadt lag wie ein Juwel in der Sonne, scheinbar unberührt von den Gefahren des Krieges und der Seuche, obwohl beides von so unmittelbarer Bedrohung war, dass es die herrliche Serenissima, so wie der Arzt sie in diesem Augenblick vor sich sah, im nächsten Sommer womöglich nicht mehr gab.

Zahlreiche Türme erhoben sich in schlanker Eleganz über dem Meer der Dächer, an vorderster Stelle der Campanile von San Marco, ein weithin sichtbares Wahrzeichen der Stadt. Die durchbrochenen Abschlüsse des Maßwerks, das den Dogenpalast zierte, hoben sich vor dem sattblauen Himmel ab wie zarte Spitze, und die prachtvoll verzierten Kuppeln der Markusbasilika leuchteten in reinem Gold. Auf den ersten Blick deutete nichts darauf hin, dass diese Idylle trog, doch wer genauer hinschaute, bemerkte den entscheidenden Unterschied: Auf der Piazza San Marco, der ans Hafenbassin grenzenden Piazzetta sowie der gesamten Mole herrschte weit weniger Betrieb als sonst, denn die Venezianer waren davon überzeugt, dass die Pest übers Meer kam, mit den Schiffen, die tagtäglich die Stadt anliefen. Dieser unumstößlichen Erkenntnis folgend, hatten die Behörden es bis auf Weiteres verboten, dass Frachtschiffe hier ihre Ladung löschten. Die Galeeren, die von der Levante kamen, mussten in Istrien vor Anker gehen, und jene, die trotz Inkrafttretens der Sperrvorschriften noch den Lido passierten, durften seit Ausbruch der Seuche nur noch die Vigna Murata anlaufen. Dort blieben sie in Quarantäne, bis sichergestellt war, dass niemand an Bord die Pest in sich trug. Kranke Besatzungsmitglieder dagegen wurden sofort zum Lazzaretto Vecchio befördert, auf die Insel Santa Maria di Nazareth.

Dasselbe geschah mit den Kranken, die der Arzt täglich mit seinen Gehilfen in der Stadt abholte.

Abermals seufzte der Arzt unter seiner Pestmaske, während er die beiden unschuldigen jungen Geschöpfe betrachtete, deren Leben durch die Seuche eine so einschneidende Wende erfahren hatte. Lange würde ihr irdisches Dasein vermutlich nicht mehr währen, denn von dem trostlosen kleinen Eiland, zu dem man sie bringen würde, gab es nur selten eine Wiederkehr. Nicht von ungefähr hatten die Venezianer für diese Stätte der Siechen und Sterbenden einen treffenderen Namen.

Man nannte sie die Insel der Verdammten.

*Teil 2*

Venedig, Sommer 1510

Schon während der Überfahrt zu der Lazarettinsel erkannte Lucietta, was für einen schweren Fehler sie begangen hatte. Ihre Situation hatte sich bisher nicht verbessert, sondern wurde von Stunde zu Stunde unerträglicher. Das Traghetto, auf das man sie und Cintia an der Riva degli Schiavoni gebracht hatte, war voll beladen mit einem halben Dutzend todkranker Menschen, die stöhnten und ihre Körperausscheidungen nicht mehr kontrollieren konnten. Einer von ihnen, ein junger Mann, schrie und schlug um sich, sodass die Decken verrutschten und Beulen sichtbar wurden, die so groß wie Äpfel waren. Eine Frau hustete und blutete dabei aus Mund und Nase, und ein Kind, das sich kaum noch bewegte, hatte schwarz verfärbte Hände und Arme. Starr vor Entsetzen saß Lucietta inmitten der Kranken und hoffte, dass sie bald die Insel erreichten, die der Arzt erwähnt hatte. Er hatte sie gefragt, ob sie Geld hätte; vermutlich wollte er dafür, dass er sie und Cintia auf diesen Pestkahn verfrachtet hatte, auch noch eine Entlohnung. Im Nachhinein war sie froh, dass sie gelogen hatte; sie hatte einfach behauptet, in der Aufregung nicht daran gedacht zu haben. In Wahrheit hatte sie alles an Wertsachen zusammengerafft und eingepackt, was sie tragen konnte. Es war nicht weiter schwierig gewesen, eine passende Auswahl zu treffen. Die Goldkassette und der Schmuck der Barozzis hatten immer noch in dem Sack gesteckt, den Niccolò zum Haus zurückgebracht hatte. Sie hatte kurzerhand alles in einen Beutel gestopft, den sie unter ihrer

Gamurra verborgen hatte, eine Handvoll Goldmünzen sowie diverse Ringe und ein mehrreihiges Perlencollier, das sicher ein Vermögen wert war. Lucietta war dankbar für ihre Umsicht, die sie dazu bewogen hatte, Niccolò dazu aufzufordern, das Diebesgut zurückzuholen, denn er hatte diese Aufgabe mehr als zufriedenstellend erfüllt: Lucietta hatte auf der Außentreppe nicht nur einen Sack gefunden, sondern auch zwei weitere, in denen sich die Beute aus anderen Haushalten befand; offenbar hatte Niccolò angenommen, dass es sich hierbei ebenfalls um Eigentum der Barozzis handelte.

Doch Luciettas Triumph über den Gewinn dieser Preziosen hielt nicht lange vor. Kein Gold der Welt konnte Cintia wieder gesund machen, und ihr galt nun Luciettas ganze Sorge. Sie hockte dicht neben ihrem Schützling auf den Planken des Bootes und betete leise, denn wenn einer Cintia noch helfen konnte, so war es Gott allein.

Außer den sechs Kranken und ihr selbst befanden sich auf dem Traghetto nur eine alte, gebückt beim Mast hockende Frau sowie ein wortkarger, nach Fisch stinkender Mann, der Segel und Ruder bediente. Soweit ihn zwischendurch Anwandlungen von Mitteilungsbedürfnis überkamen, erschöpften sich diese darin, dass er in hohem Bogen ins Meer spuckte oder hin und wieder lautstark rülpste. Die alte Frau war vollständig in Schwarz gekleidet und ebenso wenig auf Unterhaltungen bedacht wie der Barcaruolo. Sie hatte keine Zähne mehr und schaute die meiste Zeit in starrer Versunkenheit ins Wasser. Das Kind war ihr Enkel, wie Lucietta auf ihre Frage hin erfahren hatte. Alle anderen Familienmitglieder waren in der letzten Nacht und am frühen Morgen an der Pest verstorben, beide Eltern und drei Kinder. Wenn mehr als vier sterben, so hatte die alte Frau behauptet, müssten die übrigen Kranken der Familie auf die Insel. Dorthin, so hatte sie tonlos hinzugefügt, kam man zum Sterben.

Nach dieser Auskunft versuchte Lucietta, eine Unterhaltung mit dem Bootsführer in Gang zu bringen. Sie erklärte ihm, dass die Toten in der Ca' Barozzi mitnichten alle Pestopfer seien.

»Das waren nur die Köchin und der alte Vicenzo«, zählte sie an den Fingern auf. »Messèr Barozzi und seine Frau wurden umgebracht, und ihr Mörder auch. Damit waren es eigentlich nur zwei. Hört Ihr? Cintia muss gar nicht auf diese Insel!« Verzweifelt bemühte sie sich, ihm klarzumachen, dass schon jemand auf dem Weg gewesen war, die *Militi* zu holen, weil es sich schließlich um Mord handelte, und sie versuchte, dem Bootsführer in einfachen Worten begreiflich zu machen, dass das Ganze im Grunde nur ein dummes Versehen war. »Dieser Arzt hätte uns gar nicht mitnehmen dürfen!«, rief sie, um ihn endlich dazu zu bewegen, sie anzusehen, während sie ihm ihre Argumente entgegenschleuderte. Doch er stierte nur stumm geradeaus, auf die Insel, die sich vor ihnen in der Abendsonne erhob, ein schattiger Umriss vor dem dahinterliegenden, lang gezogenen Gürtel des Lido.

Die alte Frau nuschelte etwas.

»Was?«, fragte Lucietta irritiert.

»Er ist taub«, wiederholte die Alte, kaum verständlich wegen der fehlenden Zähne. »Und wir werden gleich da sein. Es gibt keinen Weg zurück.«

Als hätten ihre Worte prophetische Kraft, starb gleich darauf eine der Frauen. Mit einem letzten Hustenstoß gab sie einen Schwall Blut von sich, worauf ihre Augen brachen und ihr Kopf zur Seite fiel.

Es drängte Lucietta mit aller Macht danach, unverzüglich in Tränen auszubrechen. Ihre Augen schwammen bereits in der salzigen Flüssigkeit, und sie wusste, dass es nur eines Atemzugs bedurfte, um sie dem Gefühl der Erleichterung näherzubringen, das sich immer einstellte, wenn sie weinte. Weinen, so hatte ihr schon vor vielen Jahren ihre Kinderfrau erklärt, reinigte die Seele. Diese wohltuende, von großer Wahrheit getragene Weisheit war Lucietta so tief in Fleisch und Blut übergegangen, dass sie sich oft fragte, warum andere Menschen nicht häufiger weinten. Weinen hatte zudem den Effekt, dass einem stets Trost zuteilwurde, und außerdem lenkte es, so merkwürdig das anderen vielleicht scheinen mochte, wirksam vom Grund des Kummers ab. Sich dem Schmerz hinzugeben war nach Luciettas Dafürhalten weit weniger schrecklich, als den Schmerz zu bekämpfen. Gegen den Kummer anzukämpfen bedeutete nämlich, Angst zu haben, diesen Kampf zu verlieren. Sofortiges Weinen war somit ein probates Mittel gegen alle Ängste.

Leider beeinträchtigte es auch das klare Denken. Und im Moment, das erkannte Lucietta mit unausweichlicher Deutlichkeit, gab es niemanden, der wie sonst für sie mitdenken konnte. Sie war nicht nur zum ersten Mal in ihrem Leben auf sich gestellt, sondern trug auch die alleinige Verantwortung für einen vollkommen hilflosen Menschen, der ihr das Liebste und Teuerste auf der Welt war. Sie hatte keineswegs übertrieben, als sie zu dem Arzt gesagt hatte, dass sie Cintia notfalls bis in die Hölle folgen würde.

Und das hatte sie im Grunde wohl auch schon getan.

Kalter Schrecken bemächtigte sich ihrer, als sie die Gestalten sah, die an der Anlegestelle warteten, ein halbes Dutzend abgerissener, ungepflegter Menschen in zerlumpter Kleidung, die sich gegenseitig Zoten zuriefen, als das Boot gegen den Steg trieb. Der Barcaruolo half zwei dazukommenden Männern, die Kranken auf Tragen zu legen und sie an Land zu schleppen. Die Tote brachten zwei andere weg, zu einem Stück Brachgelände außerhalb der Mauern, die das vor ihnen liegende Anwesen umfriedeten.

Lucietta blieb dicht bei Cintia und wich den neugierigen Blicken eines triefäugigen Individuums mit verfilzten Haaren aus, welches das Kopfende von Cintias Trage übernommen hatte. »Na, noch so gut zu Fuß? Wir sind wohl noch nicht richtig krank, wie? Bloß die arme Kleine hier, ist das deine Schwester? Was hast du in dem Korb da, hä? Kleider?«

Obwohl sie unter der Last des Korbs wankte, nickte sie betont höflich und tat so, als wäre dies ein ganz normales Gespräch, wie zwischen Nachbarn beim Kirchgang.

»Bist ein hübsches Ding. Vielleicht besuche ich dich mal in

der Nacht. Außer, du bist dann schon tot.« Ein keckerndes Lachen begleitete seine letzten Worte.

Lucietta geriet ins Stolpern, als sie den Mann so reden hörte. So, wie er aussah und vor allem roch, erinnerte er sie fatal an den Räuber, der in der letzten Nacht versucht hatte, ihr Gewalt anzutun. Sie sah sich nach einer Amtsperson um, bei der sie sich über das Benehmen dieses scheußlichen Subjekts beschweren konnte, doch die übrigen Männer wirkten auch nicht vertrauenerweckender als dieser.

Die schaurige Prozession führte durch einen Torbogen zu einem kastellähnlichen Gebäude, das um einen tristen Innenhof herum errichtet war. Nicht weit von diesem Komplex entfernt sah Lucietta eine Kirche sowie, darum gruppiert, einige ärmliche Häuser, und jenseits davon karges, vereinzelt von Mangroven bewachsenes Strandland. Insgesamt machte die Insel einen äußerst trostlosen Eindruck, und unwillkürlich musste Lucietta an die Worte der alten Frau denken, die davon gesprochen hatte, dass man zum Sterben hierherkam.

Sie blickte sich nach der Alten um. Stoisch schlurfte diese neben den Trägern her, die ihr Enkelkind beförderten. Es hatte sich während der ganzen Reise nicht geregt, und Lucietta hätte sich nicht gewundert, wenn es bereits gestorben wäre.

Besorgt blickte sie, wie schon so häufig in den letzten Stunden, zu Cintia, doch hier zeigte sich keine Veränderung. Das Mädchen war in tiefer Bewusstlosigkeit gefangen, die Augen fest geschlossen und das Gesicht bleich wie Kreide. Die Atemzüge waren deutlich hörbar und klangen mühsam, als müsse Cintia gegen einen Widerstand nach Luft ringen.

Gleich darauf wurde Luciettas Aufmerksamkeit abgelenkt, denn es ertönten Kommandos, wie die neu ankommenden Patienten zu verteilen seien.

Cintia sowie das Kind und eine kranke Frau wurden in einen Raum getragen, der auf den ersten Blick eher wie ein Verlies wirkte als ein halbwegs akzeptables Zimmer. Das einzige Fenster war winzig, und die Grundfläche so erbärmlich klein, dass kaum Platz für die Schlafstätten war. Mehrere leere Strohsäcke, verteilt auf dem schmutzigen Steinboden, warteten auf die neu hinzugekommenen Kranken, nur einer war bereits belegt, von einer Frau, die einen Spaltbreit die Augen öffnete, als die Träger hereingepoltert kamen und unter allerlei Geschimpfe ihre Lasten abluden.

Lucietta schrie empört auf, als Cintia einfach von der Trage auf den Strohsack gekippt wurde, als sei sie ein Sack Unrat, doch die Männer lachten nur rüde und machten schmutzige Witze.

»Um Christi willen, wo sind wir hier gelandet?«, fragte Lucietta verstört.

Niemand antwortete ihr. Der widerliche Träger näherte sich ihr. »Du bist gesund, du musst eigentlich woandershin. Die Vorschriften besagen, dass Gesunde woanders hinkommen als die Kranken.«

»Bitte, ich will bei Cintia bleiben!«

Er blickte sie abwägend an. »Du bist ein nettes Mädchen. Wenn du gut zu mir bist, kann ich einiges für dich tun.«

Er legte seine Hand an ihren Hals und streichelte sie. Lucietta zuckte vor Abscheu zusammen und hätte am liebsten mit der Faust in sein abstoßendes Gesicht geschlagen, doch sie zwang sich, die Berührung zu ertragen und entrang sich sogar ein zuvorkommendes Lächeln.

»Du scheinst schon länger hier zu sein«, sagte sie.

»Fünf Jahre. Aber irgendwann gehe ich wieder in die Stadt zurück.«

»Bist du ein Krankenpfleger?«

»Pfleger, Träger, Totengräber«, meinte der Mann grinsend. »Ich heiße übrigens Todaro, genau wie der Säulenheilige auf der Piazzetta.« Es war unmöglich zu sagen, ob er dreißig oder eher sechzig Jahre alt war. Die schwarzen Zahnstummel, der schmutzige Bart und die triefenden Augen ließen ihn wie einen wandelnden Leichnam aussehen.

»Wie ist dein Name, Kleine?«

»Lucietta.«

»Ein schöner Name für eine schöne Frau!« Todaro betrachtete sie bewundernd, dann warf er einen kurzen Blick auf Cintia, die besinnungslos auf dem Strohsack lag, welcher der Tür am nächsten war. »Deine Schwester ist auch sehr schön, aber ich mag es nicht, wenn sie wie tot daliegen. Daran kann kein normaler Mann auf Dauer Freude haben.«

Lucietta schluckte ihren Ekel herunter. Sie hätte nie für möglich gehalten, dass es nach den Vorkommnissen der letzten Nacht noch etwas hätte geben können, das sie so sehr anwidern könnte wie der Kerl, der sich auf sie geworfen hatte, um ihr Gewalt anzutun, doch sie hatte sich getäuscht. Mit diesem stinkenden Mann hier inmitten kranker Menschen zu stehen und sich nicht mit aller Macht gegen seine Aufdringlichkeiten zur Wehr zu setzen, erforderte alles an Willenskraft, was sie aufbringen konnte. Sie sprach im Stillen erneut ein Dankesgebet, weil sie daran gedacht hatte, den Dolch mitzunehmen. Es war mehr ein Impuls als eine bewusste Entscheidung gewesen, ihn einzupacken, doch nun ahnte sie, dass sie ihn vielleicht noch einmal brauchen konnte.

Weit dringender jedoch brauchte sie Informationen, auch wenn sie von diesem widerwärtigen Subjekt kamen, das ihr seinen übel riechenden Atem ins Gesicht blies.

»Gibt es auch Ärzte hier?«, fragte sie. »Und wer ist für das Hospital zuständig?«

»Es gibt einen Medicus, der ein oder zwei Mal die Woche kommt und Beulen aufschneidet oder zur Ader lässt. Den schickt die zuständige Verwaltung, die *Provveditori alla Sanità*. In ihrem Auftrag begraben wir die Toten und versorgen die Lebenden, und unser Priester nimmt den Sterbenden die Beichte ab und gibt ihnen die letzte Ölung.« Er lachte. »Wenn er gerade mal klar genug im Kopf dafür ist.«

»Wer beschafft Essen und Trinken für die Kranken?«

Todaro zuckte die Achseln. »Na, wir. Dort ist Wasser, das muss für die Nacht reichen.« Er deutete auf einen Krug, der neben der Tür auf dem Boden stand. »Viel essen will hier niemand. Die meisten sterben ziemlich schnell. Die anderen kriegen Zwieback. Vielleicht kann ich morgen welchen für dich besorgen.« Er kicherte. »Wenn du nett bist.«

Darauf ging sie nicht ein. »Ich habe eine Kirche gesehen und Häuser. Wohnen Leute hier auf der Insel?«

»Wir wohnen hier«, kam es lapidar zurück.

»Du meinst, die Männer, die vorhin an der Anlegestelle standen und die Kranken getragen haben?«

Er nickte. »Die und ihre Familien. Die meisten, die hier leben, arbeiten im Hospital. Sonst gibt es ja hier nichts. Ein paar von den anderen kommen auch vom Lido.« Er grinste werbend. »Ich bin nicht verheiratet, falls du das denkst!«

»Was nicht ist, kann ja noch werden«, versetzte Lucietta höflich.

Offenbar gedachte er, der Unterhaltung eine ihm genehmere Richtung zu geben. Abermals befummelte er ihren Hals. »Du fühlst dich so weich an!« Seine Hand rutschte tiefer und schloss sich um eine Brust. »Ah, und da erst!«

Lucietta biss die Zähne zusammen und trat einen Schritt zurück. »Ich bin eine ehrbare Frau! Und wir sind nicht allein!«

Er blickte sich irritiert um. Die Kranken nahmen keine Notiz von dem, was um sie herum geschah, und die Alte hatte sich neben dem Lager ihres Enkels auf den Boden gehockt und die Augen geschlossen.

»Außerdem hast du sicher längst erkannt, dass ich nicht wie die anderen bin«, fuhr Lucietta schmeichelnd fort. »Ich bin kein leichtes Mädchen! Aber auch du bist nicht wie die anderen, das habe ich sofort bemerkt! Du scheinst ein wirklich … netter Bursche zu sein. Bisher waren alle garstig zu mir, aber du nicht. Du hast ein großmütiges Wesen und benimmst dich anständig und freundlich!«

Das gab ihm offenbar zu denken. Seiner zweifelnden Miene war anzusehen, dass er einerseits nicht den geringsten Wert auf langes Getändel legte und es eher seinem Naturell entsprochen hätte, dem Objekt seiner Begierde ohne großes Federlesen seinen Willen aufzuzwingen. Andererseits schien er jedoch auch in höchstem Maße davon angetan, mit Komplimenten bedacht zu werden. Anscheinend erlebte er das zum ersten Mal; außerdem hatte er es vermutlich nicht oft mit Frauen zu tun, die aufrecht stehend seinen Blick erwiderten und einen eigenen Willen besaßen, der auch mit einschloss, seine Zudringlichkeiten nicht widerspruchslos hinzunehmen.

»Erzähl mir mehr von dieser Insel«, sagte Lucietta. »Alles, was es zu wissen gibt! Vielleicht möchtest du mir ja auch die Örtlichkeiten zeigen.«

Todaro kratzte sich am Kopf. Schaudernd gewahrte Lucietta, wie bei dieser Aktion etliche Läuse aus dem verfilzten Haarwust hervorkrabbelten.

»Hier gibt es nichts zu sehen«, sagte er unwirsch. Er trat unruhig von einem Fuß auf den anderen und blickte sie schließlich mit einer Spur von Tücke an. »Ich würde dir die Insel zeigen, wenn du mir später was von dir zeigst.«

Lieber würde sie sterben, doch für den Augenblick galt es, Haltung zu bewahren und für Cintia sowie sich selbst das Beste aus dieser schrecklichen Lage herauszuholen.

»Ich schlage vor, wir beratschlagen das lieber morgen, denn ich bin furchtbar müde«, sagte sie mit gewinnendem Lächeln. »Auch muss ich mich um meine … Schwester kümmern, sie liegt mir sehr am Herzen. Und dann möchte ich etwas essen und trinken.«

»Heute gibt es nichts mehr zu essen«, sagte der Mann. Es klang grob. Anscheinend war sein Vorrat an Freundlichkeit erschöpft. Abermals blickte er sie lauernd an, bevor er sich grußlos abwandte und die Kammer verließ.

Lucietta verbrachte eine unruhige Nacht, was teils an der unbequemen Schlafstatt lag, teils an den ungewohnten Geräuschen. Die Kranken in der Kammer stöhnten oder schrien im Fieberdelirium, und jedes Mal schreckte Lucietta hoch, voller Furcht, es könne Cintia schlechter gehen. Doch zu ihrer Erleichterung war das nicht der Fall. Cintias Körper fühlte sich zwar heiß an, ein Zeichen dafür, dass sie nach wie vor fieberte, aber ansonsten zeigte sie keine Anzeichen einer Krise, denn ihr Atem klang wesentlich leichter als bei den anderen Kranken. Jedes Mal, wenn sie zu sich kam und sich bemerkbar machte, gab Lucietta ihr von dem Wasser zu trinken, und hin und wieder nahm sie auch selbst ein paar Schlucke. Von den anderen bediente sich niemand, außer der Alten, die einmal zum Trinken aufstand, sich aber ansonsten die ganze Nacht über nicht regte. Lucietta erwog kurz, den übrigen Kranken zu trinken zu geben, doch dann wäre womöglich für Cintia nicht mehr genug übrig geblieben.

Solange sie trinken konnte, würde sie nicht sterben.

Anderen war dieses Glück jedoch nicht beschieden. Bei Anbruch der Morgendämmerung sah Lucietta die Alte vor dem Lager des Kindes knien und beten. Es lag reglos und seltsam steif da, und Lucietta erkannte, dass es in der Nacht gestorben war. Auch eine der anderen Kranken war der Pest erlegen. Als von der nahe gelegenen Kirche das erste Morgenläuten ertönte, erschien ein Mann in der Tür und fragte in geschäftsmäßigem Ton, wie viele Tote es gebe. Als nicht sofort eine Antwort kam, machte er sich selbst ein Bild und verschwand wieder, nur um wenig später mit einem zweiten Mann zurückzukommen. Sie legten beide Toten zusammen auf eine Trage und brachten sie hinaus. Die Alte rappelte sich hoch und ging mit ihnen, gebückt und verhutzelt wie eine lahme Krähe.

Unentschlossen warf Lucietta einen Blick auf Cintia. Da diese ruhig und friedlich schlief, glaubte Lucietta, es verantworten zu können, das Gelände in einem kurzen Rundgang zu erkunden. Zuvor jedoch nahm sie alle Wertsachen an sich und versteckte sie zusammen mit dem Dolch in der Leibbinde, die sie unter ihrer Gamurra angelegt hatte. Sie fühlte sich wie zerschlagen von der unruhigen Nacht, und darüber, wie sie aussah, mochte sie gar nicht erst genauer nachdenken. Der Geruch, der ihr von ihrem eigenen Körper in die Nase stieg, als sie ins Freie trat, verursachte ihr fast ebenso viel Übelkeit wie der Hunger, der schon seit Stunden in ihren Eingeweiden wütete. Sie musste bald etwas essen, sonst würde sie, falls sie nicht vorher von der Pest befallen würde, noch vor lauter Schwäche krank werden.

Auf der weiten Fläche zwischen den Gebäuden waren vereinzelt Leute unterwegs, vermutlich die Dörfler, die Todaro erwähnt hatte und die nun ihren Aufgaben als Krankenbetreuer nachgingen.

Lucietta sah, wie die Männer die beiden Leichen von der Trage auf eine Karre luden und diese, begleitet von der neben ihnen herschlurfenden Alten, zum nächsten Tor zogen. Neugierig folgte Lucietta ihnen. Der Weg führte zwischen Büschen und verkrüppelt wirkenden Bäumen hindurch zu einem kargen Gelände, das offenbar als Friedhof diente, denn Lucietta beobachtete von ferne, wie die Männer die Leichen von der Karre zogen und in eine Grube hievten. Der eine nahm eine Schaufel und warf einige Ladungen sandiger Erde hinterher. Anschließend zogen beide Männer mitsamt der Karre wieder davon, während die Alte neben der Grube stehen blieb. Lucietta duckte sich hinter einen Busch und wartete, bis die Totengräber vorbeigegangen waren, dann eilte sie weiter zur der Grube, bis sie die Alte erreicht hatte.

Lucietta würgte trocken, als sie gewahrte, was für ein unvorstellbarer Anblick sich vor ihren Augen auftat. In dem Erdloch, das ungefähr drei mal drei große Schritte maß und vielleicht ebenso tief war, lagen mindestens zehn Tote, eher mehr, einfach übereinandergeworfen wie Abfall, die Körper nur von einer dünnen Schicht Erde bedeckt. Es sah ganz danach aus, als sollten heute hier noch weitere Leichen landen, bis die Grube voll genug war, um sie zu schließen. Offenbar machte sich hier niemand mehr die Mühe, die Verstorbenen einzeln zu bestatten, geschweige denn, sie in Särge zu betten oder sie vor der Beisetzung herzurichten, zu waschen und schön anzukleiden, wie es sonst Sitte war.

Und diese Grube war nicht die einzige. Als Lucietta sich auf dem Gelände umschaute, entdeckte sie weitere, erst vor Kurzem aufgeschüttete Grabstätten, mindestens ein halbes Dutzend an der Zahl.

Die würdelose Barbarei dieser Massengräber trieb Lucietta die Tränen in die Augen, und ehe sie sich versah, zitterte ihr ganzer Körper von den Schluchzern, die ihr ohne Unterlass entwichen. Sie sagte sich, dass es ein Fehler sei, in dieser Situation zu weinen, denn wenn nicht *sie* stark wäre, wer dann? Möglicherweise gingen die beiden Männer gerade jetzt erneut in die Kammer, um weitere Menschen zu holen, die sie anschließend einfach wie wertlosen Abfall in diese Grube warfen. Wen scherte es denn unter diesen Umständen schon, ob jemand bereits richtig tot war? Spätestens am nächsten oder übernächsten Tag wäre er es sowieso, das war hier offenbar der Lauf der Dinge.

Eine grausige Vision vor Augen, in der die Totengräber Cintia bei lebendigem Leib in das Loch hinabstießen, rannte Lucietta ohne innezuhalten zum Hospital zurück. Auf ihrem Weg begegneten ihr zwei Frauen. Sie bedachten Lucietta mit misstrauischen und bohrenden Blicken.

»... sieht wirklich ganz gesund aus«, hörte sie die eine im Vorbeilaufen sagen, und von der Antwort der anderen bekam sie auch noch ein paar Worte mit. »... Todaro den Kopf verdreht, diesem armen Tropf ...«

Sie achtete nicht auf die beiden, sondern eilte weiter, durch den Torbogen in den Innenhof des Hospitals und von dort in die Kammer, in der Cintia lag.

Ein Schrei entwich ihr, als sie die Gestalt sah, die sich über die Liegende beugte, und ihre Hand glitt bereits unter ihr Gewand, zu der Stelle, wo sie den Dolch versteckt hatte. Gleich darauf schrie sie abermals, diesmal jedoch vor Erleichterung, denn sie kannte den Mann, der soeben zu ihr herumfuhr. Es war Niccolò Guardi.

»Immer, wenn ich dich sehe, musst du entweder schreien

oder heulen!«, stellte er mit verärgerter Miene fest. »Kannst du nicht ein einziges Mal versuchen, dich zu beherrschen?«

Lucietta hätte ihm erklären können, dass sie genau das einen ganzen Tag lang getan hatte, doch da ihr Gesicht immer noch nass vom letzten Tränenausbruch war, hätte sich das wenig glaubhaft angehört. Aber das kümmerte jetzt niemanden mehr. Sie waren gerettet!

»Du kommst uns holen!«, rief sie glücklich aus.

Ihr sank das Herz, als er ernst den Kopf schüttelte. »Du ahnst nicht, wie viel Bestechungsgeld ich zahlen musste, um hierherkommen zu können. Aber kein Geld der Welt würde ausreichen, Pestkranke von der Insel zurück in die Stadt zu bringen.«

»Ich bin nicht krank!«

»Das sehe ich. Der Arzt kommt heute, wie ich hörte. Er wird dir sicher die Rückreise gestatten, zumindest wirst du auf die Vigna Murata wechseln dürfen, dort ist es bei Weitem nicht so fürchterlich wie hier. Jeder, der zufällig das Glück hat, von der Krankheit zu genesen, kommt ins Lazzaretto Nuovo und bleibt dort vierzig weitere Tage in Quarantäne.«

»Dann wäre ich also allein dort? Ohne Cintia?« Als Niccolò bejahte, schüttelte sie sofort den Kopf. »Dann kommt das nicht infrage. Entweder bleibe ich mit ihr hier, oder ich gehe zusammen mit ihr fort.«

Er wirkte erleichtert. »Das ist sehr tapfer von dir. Offen gestanden befürchtete ich schon, ich müsste selbst hierbleiben.«

Auf unerklärliche Weise verärgerte sie diese Äußerung. »Da du ja so sehr darauf versessen bist, dich mit Cintia zu vermählen, wäre es durchaus angemessen, dass du ihr beistehst«, bemerkte sie spitz.

Das brachte ihn auf. »Natürlich stehe ich ihr bei!«, fuhr er sie an. »Aber gewiss nicht, indem ich hier tatenlos herumsitze, sondern indem ich nach Venedig zurückfahre, um dort die Mittel zu beschaffen, die nötig sind, um ihr dieses grausame Los zu erleichtern! Ich will dem Arzt Geld geben, damit er sie besser behandelt als alle anderen Kranken, die er jemals betreut hat! Und sie soll eine saubere Lagerstatt bekommen, nicht in so einem Loch wie diesem liegen!« Angeekelt blickte er sich um, und Lucietta stellte bei der Gelegenheit fest, dass auf den vorhin erst frei gewordenen Strohsäcken bereits wieder zwei neue Kranke lagen. Der Nachttopf war ausgeleert worden, dennoch hing der Gestank nach Fäkalien und Krankheit als schwerer Dunst in der elenden Kammer.

»Es ist die Hölle, in die man sie verschleppt hat!«, stieß Niccolò hervor, wilden Hass im Blick. Er spuckte aus und blickte sich wütend um. »Wer dafür die Verantwortung trägt, bekommt mein Schwert zu schmecken!«

Lucietta duckte sich unwillkürlich, sagte aber kein Wort.

»Als ich hörte, wo man euch hingebracht hat, dachte ich nicht lange nach. So schnell ich konnte, habe ich jeden *Soldo* zusammengekratzt und alles diesem Kahnführer in den Rachen geworfen. Ich wäre schon früher gekommen, aber niemand sonst läuft derzeit diese Insel an, auch nicht für noch so viel Geld. Allein, den Kerl zu überreden, mich auf seiner nächsten Pestfuhre mitzunehmen, war ein hartes Stück Arbeit.«

»Ich dachte, er sei taub.«

»Das ist er auch. Er versteht jedoch manche Gebärden. Vor allem solche, die ausreichend vergoldet sind.« Erbittert fügte Niccolò hinzu: »Hätte ich gewusst, was mich hier erwartet, hätte ich mehr Geld mitgebracht, wem auch immer ich es hätte stehlen müssen. Aber so muss ich noch einmal zurück. Ich werde so schnell wie möglich wiederkommen, wahrscheinlich heute Abend, mit der nächsten Fuhre dieses tauben Burschen. So lange musst du Cintia mit deinem Leben beschützen!«

»Oh, dessen kannst du gewiss sein«, sagte Lucietta hastig. »Einen Tag halten wir hier schon aus.« Es lag ihr auf der Zunge, ihm von den Preziosen zu erzählen, die sie heimlich mitgenommen hatte, doch das verkniff sie sich gerade noch rechtzeitig. Sobald er erfuhr, dass sie bereits über die nötigen Geldmittel verfügte, um Cintias Lage zu erleichtern, würde er womöglich auf Nimmerwiedersehen verschwinden und sie hier im Stich lassen. Dieser Bursche konnte viel erzählen, aber sie traute ihm nicht. In seinem Blick lag etwas Fanatisches, das ihn ihr zutiefst unheimlich machte, was umso beängstigender war, als er erst achtzehn Jahre zählte und somit eigentlich noch ein halbes Kind war.

Er warf einen langen Blick auf Cintia, bevor er sich zögernd abwandte.

»Warte«, sagte Lucietta rasch. »Bevor du gehst ... Du könntest noch etwas Wichtiges tun.« Sie drehte sich von ihm weg und griff unter ihre Gamurra. Aus dem Beutel, der in der Leinenbinde unterhalb ihrer Brust steckte, zog sie einen der Ringe hervor.

»Das ist ein altes Erbstück«, behauptete sie. »Ich trage den Ring immer bei mir, als Glücksbringer. Du könntest ihn in meinem Auftrag einem der Männer geben, mit der ... ähm, Bitte, mich und Cintia heute mit gutem Essen zu versorgen, damit wir nicht Hunger leiden müssen.«

Er nahm den Ring entgegen und betrachtete ihn stirnrunzelnd. »Er sieht sehr wertvoll aus. Woher hast du ihn?«

»Das ist das Einzige, was mir noch von meinen Eltern geblieben ist«, log Lucietta. Sie wunderte sich, wie leicht ihr das Schwindeln fiel. Es war beinahe, als könnte man sich daran gewöhnen, wenn man es erst oft genug getan hatte. Oder wenn man nur genug Hunger hatte, so wie sie in diesem Augenblick.

»Ich würde ja selbst zu ihm gehen und entsprechende Bitten an ihn richten«, fuhr sie fort. »Aber man muss vor den Menschen hier Angst haben, vor allem vor den Männern. Sie kennen keine Gnade und kein Mitleid. Sie werfen die Toten ohne Seelenmesse in Massengräber und sprechen keinerlei Gebete für die armen Verstorbenen. Die grässlichen Umstände hier hindern sie nicht einmal daran, unziemliche Begierden zu entwickeln.« Lucietta machte eine wohl berechnete Pause, bevor sie fortfuhr: »Dieser Todaro hat sogar schon gesagt, wie schön er Cintia findet.«

Zu ihrem Verdruss rief ihr Bericht bei Niccolò keineswegs das gewünschte Verständnis hervor. Statt ihr zu versprechen, sich mithilfe des Rings bei Todaro einer besseren Versorgung und eines weniger zudringlichen Verhaltens zu versichern, geriet Niccolò in heillosen Zorn. »Wo ist der Kerl?«, brüllte er, die Hand am Schwertknauf. »Den werde ich Benehmen lehren!«

»Oh«, stammelte Lucietta. »Nun, also … Ich weiß nicht …«

Weitere Einwände wurden abgeschnitten, denn ohne auf sie zu achten, stürmte Niccolò hinaus. Lucietta war drauf und dran, ihm zu folgen, doch dann sah sie, dass Cintia wach war und versuchte, sich auf ihrem Lager aufzusetzen. »Wo sind wir hier?«, flüsterte sie. »Und was ist das für ein grauenhafter Gestank!«

»Mein armes kleines Lämmchen!«, rief Lucietta aus. »Nur ganz ruhig! Ich helfe dir!« Sie weinte wieder, doch diesmal aus tief empfundener Dankbarkeit. »Es geht dir besser! Du kannst sitzen und sprechen!« Sie wiegte das Mädchen in ihren Armen, bis sie merkte, dass Cintia sich beengt fühlte, da sie versuchte, sich loszumachen.

Lucietta strich ihr über das Haar. »Wir sind an einem grässlichen Ort, aber nun, da du auf dem Wege der Besserung bist, können wir bald von hier fort.«

»Besserung wovon? Warum sind wir nicht in unserem Haus?«

»Das ist eine lange Geschichte«, sagte Lucietta ausweichend. Sie betastete Cintias Stirn und ihre Hände, und tatsächlich fand sie sich in ihrer Annahme bestätigt: Cintias Fieber war gesunken. Ihre Haut fühlte sich bei Weitem nicht mehr so heiß an wie in der Nacht. Auch war nun zu sehen, dass die Beule am Nacken sich geöffnet haben musste. Das ausgetretene Sekret war zu Schorf erstarrt, die Schwellung zurückgegangen.

»Lass mich auch den Rest anschauen, mein Lämmchen!« Lucietta lüpfte Cintias Hemd und betrachtete die übrigen Stellen, wo sich für gewöhnlich die Pestbeulen bildeten, doch sie fand nur glatte, makellose Haut. Auch diese Art von Pest gab es, wie ihr die alte Amme erzählt hatte – minder schwere Krankheitsfälle, die schon nach ein bis zwei Tagen abklangen.

Auch die Amme hatte die Pest in dieser leichten Form durchlitten und sie überlebt; einen vergleichbaren Verlauf hatte nun Cintias Krankheit genommen, sie war folglich dem Tod entronnen.

Lucietta spürte einen Weinkrampf nahen, doch Cintia gebot ihr Einhalt. Mit schwacher, aber entschiedener Stimme bestand sie darauf, sofort über alle bisherigen Vorfälle ins Bild gesetzt zu werden. Lucietta holte tief Luft, dann fügte sie sich in das Unvermeidliche.


Niccolò wusste, dass es Zeit war, zur Anlegestelle zurückzugehen; der taube Bootsführer hatte ihm mit ungeduldigen Gesten klargemacht, dass er nicht lange auf ihn warten würde. Doch ans Zurückfahren war im Augenblick kein Denken. Siedend vor Wut hinkte er, so schnell er konnte, auf die ersten Leute zu, deren er ansichtig wurde. Es handelte sich um eine Gruppe von Männern, die an einem Ziehbrunnen beisammenstanden. In ihre Unterhaltung mischte sich hin und wieder Gelächter, sie waren bester Laune.

Voller Grauen sah Niccolò beim Näherkommen, dass nur ein paar Schritte von ihnen entfernt ein Leichenkarren stand, auf dem mehrere Tote lagen. Offenbar hatte Lucietta mit dem, was sie ihm eben erzählt hatte, keineswegs übertrieben. Dass Menschen angesichts des täglich wiederkehrenden Todes derart abstumpfen konnten, mochte durch reine Vernunft noch zu erklären sein, aber eine Entschuldigung gab es dafür in Niccolòs Augen nicht.

»Wo finde ich einen Mann namens Todaro?«, herrschte er den Erstbesten an, als er die Gruppe der Männer erreichte. Der Angesprochene wies auf einen schmierigen, eher klein gewachsenen Burschen mit verzottelten Haaren und wenig ansprechender Physiognomie. »Das ist Todaro.«

Niccolò fühlte sich von allen Seiten beobachtet; ihm blieb nicht verborgen, dass die Männer mit unverhohlen gierigen Blicken seine Kleidung taxierten und dabei die maßgefertigten

Stiefel ebenso registrierten wie die teuren Silberbeschläge seines Gürtels. Er führte kein Geld mit sich, aber es war nicht zu übersehen, dass das, was er am Leibe trug, für diese Männer wertvoll genug war, um möglicherweise dafür das Risiko einzugehen, ihn umzubringen. Nach allem, was er bisher gesehen hatte, gab es unter diesen Leuten kaum Skrupel. Niemand konnte sie daran hindern, ihn hinterrücks zu erstechen, ihn mit den übrigen Toten in eine dieser Gruben zu werfen, von denen Lucietta gesprochen hatte, und später zu behaupten, er wäre wie die anderen der Pest zum Opfer gefallen – falls sich überhaupt irgendwer in Venedig für seinen Verbleib interessierte. Sein Vater und sein Bruder hielten sich nach wie vor auf der Terraferma auf; der Himmel allein wusste, ob und wann sie zurückkehrten. Auch sonst wusste niemand, wo er war, außer diesem tauben Bastard, der vermutlich schon längst wieder abgelegt hatte und ohne ihn davongefahren war.

Mühsam hielt er an sich und dachte über seine nächsten Schritte nach. Niemandem wäre gedient, wenn er sich infolge eigener Unvorsichtigkeit zum Ziel eines Angriffs machte. Es galt nun, umsichtig zu handeln.

»Werter Herr, wäre es wohl möglich, Euch auf ein kurzes Wort zur Seite zu nehmen?«, erkundigte er sich mit falscher Höflichkeit bei Todaro.

Diesem sackte die Kinnlade herab bei dieser Ansprache, und ihm fiel nichts anderes ein, als mit schafsähnlichem Gesichtsausdruck zu nicken und sich zögernd in Bewegung zu setzen, um Niccolò zu folgen, während dieser so rasch wie möglich ausschritt, um von den anderen wegzukommen. Sicherheitshalber ging Niccolò durch den Torbogen hinaus in freies Gelände, um auf diese Weise unbehelligt von neugierigen oder böswilligen Blicken mit Todaro reden zu können.

»Werter Herr, es ist sehr freundlich von Euch, mir Euer Ohr zu leihen«, sagte er glatt. »Ihr müsst wissen, ich bin nicht sehr bewandert mit den Belangen dieser Krankenstätte, insofern kann ich Eure Hilfe dringend brauchen.« Er musterte den verschlagen aussehenden Kerl unter gesenkten Lidern und widerstand nur mühsam dem Verlangen, ihm gleich hier und jetzt sein Schwert in den dürren Leib zu rammen. »Wie ich hörte, seid Ihr einer der … hm, Betreuer, die meine Verlobte versorgen.«

»Ihr meint, dieses schöne Weib in der Kammer, aus der Ihr eben kamt?«

Niccolò merkte sofort, dass der Mann keineswegs so dumm war, wie er aussah. Der Kerl roch den Braten und wollte sich Vorteile verschaffen, egal welche. Folglich sah Niccolò keinen Anlass, länger um den heißen Brei herumzureden. Er präsentierte den Ring auf der flachen Hand, ein kunstvoll geschliffener Smaragd in massiver Goldfassung. Todaro leckte sich die Lippen und griff danach, doch Niccolò zog die Hand weg.

»Den Ring kriegst du gleich«, sagte er, ohne länger Höflichkeit zu heucheln. »Als Gegenleistung erwarte ich, dass meine Verlobte und das andere Mädchen eine Kammer nur für sich bekommen, und zwar innerhalb der nächsten Stunde. Ferner werden beide mit ausreichend Essen und Trinken versorgt, ebenfalls sofort. Meinst du, das ließe sich machen?«

»Essen und eine einzelne Kammer, für einen Tag? Wieso nicht?« Todaro gab sich lässig, doch die Gier in seinem Blick war nur zu deutlich zu erkennen. Der Ring reichte ihm nicht, er wollte mehr, und zwar möglichst bald. Vermutlich argwöhnte er bereits, die Frauen könnten an der Pest sterben, bevor ihr Retter mit weiteren Reichtümern zurückkehrte, um das Bestechungsgeld aufzustocken.

»Ich verstehe, worauf du hinauswillst«, sagte Niccolò. »Aber zum einen habe ich im Moment nichts von Wert außer diesem Ring bei mir, und zum anderen bleibt mir nicht mehr viel Zeit.« Unruhig blickte Niccolò sich nach dem Boot um, doch zu seiner Erleichterung lag es noch am Landesteg. Allerdings meinte er, bei dem Barcaruolo bereits deutliche Anzeichen von Ungeduld auszumachen.

»Wenn das Boot das nächste Mal herkommt, bin ich wieder

an Bord. Ich bringe genug Gold mit, um das Abkommen, das wir eben getroffen haben, zu verlängern.« Er warf dem Burschen den Ring zu, und Todaro fing ihn mit einer geschickten Drehung seines Handgelenks aus der Luft. Er biss darauf, beäugte ihn aus der Nähe, knurrte zufrieden und steckte ihn ein. Als er Anstalten machte, sich zum Gehen zu wenden, packte Niccolò ihn beim Kragen und riss ihn zurück. Er hatte blankgezogen und drückte dem Mann die Spitze seines Kurzschwerts an die Kehle. »Ich war noch nicht fertig.« Er übte mehr Druck aus, bis er einen Tropfen Blut hervortreten sah. »Das hier bekommst du, wenn du es wagst, den Frauen zu nahe zu treten oder sie sonstwie ungebührlich zu behandeln. Das schließt übrigens auch mögliche Übergriffe durch deine Kumpane mit ein, also bilde dir nicht ein, mir später zu erzählen, dich treffe an irgendwelchen bedauerlichen Vorfällen keine Schuld. Verstehen wir uns?«

Todaro schielte an seiner Nasenspitze vorbei auf die scharfe Klinge und deutete ein vorsichtiges Nicken an.

»Ich glaube, das hier verstehst du noch besser«, sagte Niccolò. Mit einem harten Schlag hieb er gegen einen Busch, worauf mehrere Äste in einem Schauer von Blättern durch die Luft flogen und mit sauber durchtrennten Schnittstellen auf dem Boden landeten. »So könnte es einigen von deinen Körperteilen ergehen, Todaro, falls du der Meinung bist, mich betrügen zu können. Und damit du gar nicht erst auf den Gedanken kommst, unsere Abmachung zu brechen, lasse ich dich hiermit wissen, dass ich an höchster Stelle deinen Namen hinterlegen werde. Denn wisse, ich bin der Neffe eines der *Signori di Notte*.«

Die Erwähnung der berüchtigten venezianischen Geheimpolizei verfehlte nicht die beabsichtigte Wirkung. Todaro erbleichte merklich und nickte abermals, diesmal nachdrücklicher.

»Denk an das Gold, das du von mir bekommst«, sagte Niccolò. »Und vor allem an das hier.« Er stach mit dem Schwert in

Todaros Richtung, der daraufhin einen erschreckten Satz machte und anschließend eilig davonlief.

Niccolò wandte sich ab. Gern hätte er noch einmal nach Cintia gesehen und sich davon überzeugt, dass Lucietta sie ausreichend bewachte, doch dafür blieb keine Zeit. Er schob das Schwert in die Scheide und humpelte hastig zum Strand.

Die Mädchen wussten nicht, wie ihnen geschah, als bald darauf Todaro zusammen mit einem der anderen Männer in ihre Kammer platzte und ihnen erklärte, es solle ihnen für heute an nichts mangeln. Die Worte *für heute* betonte er, als hätten sie eine besondere Bedeutung, doch er hielt sich nicht mit Erklärungen auf. Stattdessen schleppten er und der andere Mann die übrigen Kranken aus der Kammer und brachten sie fort. Auch die Alte, die stumm vom Begräbnis ihres Enkels zurückgekehrt war, wurde hinausgescheucht. Gleich darauf kam Todaro mit einer Schüssel zurück, in der sich ein Brei aus Milch, Zwieback und zerdrücktem Obst befand. Sogar Löffel hatte er mitgebracht. Zwei saubere Decken und ein Krug verdünnter Wein waren weiterer unverhoffter Luxus, mit dem er sie bedachte, bevor er sich, nicht ohne das bereits vertraute Lauern in seinen Blicken, stumm zurückzog und sie allein ließ.

Lucietta war danach geradezu euphorisch, doch als Stunde um Stunde verging, ohne dass irgendetwas geschah, verfiel sie wieder in Trübsal. Cintia, die trotz ihrer Appetitlosigkeit auf Luciettas Drängen ein paar Bissen von dem Brei zu sich genommen hatte, schlief die meiste Zeit, doch es war ein Schlaf der Genesung. Dieser Meinung war auch der Medicus, der am späten Nachmittag in einer Wolke aus Kräuterdampf und mit Handschuhen an den Händen in die Kammer stolziert kam. Er betrachtete die abgeschwollene Pestbeule an Cintias Nacken, befragte sie wegen eventueller weiterer Beulen oder aber Pestflecken, und als er erfuhr, dass es keine gab, bot er an, sie vorsorglich zur Ader zu lassen, um so die Heilung zu fördern.

Lucietta lehnte dieses Ansinnen jedoch entschieden ab. Der Anblick von Blut, so ihre Erklärung, würde die arme Kranke zu sehr schockieren, da sie von sehr zartem Gemüt sei.

Damit meinte sie eher ihr eigenes zartes Gemüt, doch ihre Äußerung enthielt zugleich mehr als nur ein Quäntchen Wahrheit. Cintia hatte seit ihrem Erwachen an kaum etwas anderes denken können als an ihre Eltern. Der Anblick der toten Körper hatte ihr den ganzen Tag vor Augen gestanden. Die Ungeheuerlichkeit der Geschehnisse war immer noch so überwältigend, dass sie sich wie betäubt fühlte. Ob ihre Schwäche nun eher von der gerade erst überstandenen Pest herrührte oder von dem Entsetzen über die Gräueltat, vermochte sie nicht zu sagen, aber es war ohnehin gleichgültig. Sie wusste nicht, warum sie überhaupt noch lebte. Ihr Inneres war wie eine einzige, schreckliche Wunde, als hätte sich eine harte Faust um ihr Herz gekrampft, um es langsam zu zerreißen. Immer wieder stiegen die Bilder ihrer toten Eltern vor ihrem geistigen Auge auf, in sämtlichen schaurigen Einzelheiten, und jedes Mal würgte es sie im Hals, als müsse sie das Grauen ausspeien, das in ihr nistete.

Der Arzt teilte ihnen mit, dass sie, sobald sämtliche Zeichen der Pest verschwunden seien und sich auch bei Lucietta keinerlei Krankheitsmerkmale zeigten, gemeinsam zur Vigna Murata ins Lazzaretto Nuovo gebracht würden, wo die übrige Zeit der festgelegten Quarantäne zu verbringen sei. Dort, so erklärte er ihnen, sei die Unterbringung nicht ganz so erbärmlich wie auf dieser Insel, doch infolge des Umstandes, dass die Menschen im Lazzaretto Nuovo nicht pestkrank seien, sondern sich bester Gesundheit erfreuten, müsse man sich auf Unannehmlichkeiten anderer Art einrichten.

»Es wird dort sehr viel gestohlen«, sagte er. »Waren und Güter der Reisenden und der anderen Bewohner verschwinden regelmäßig in den Durchgangslagern, wo sie verwahrt werden, und diese Unsitte setzt sich auch im Kleinen fort, folglich gilt es, auf sämtliche Habseligkeiten gut Acht zu geben. Hier wird weit weniger gestohlen als dort, wenn ich das einmal so unver-

blümt äußern darf. Doch das ist nicht einmal das Schlimmste.«
Der Arzt räusperte sich. »Auch andere … Übergriffe sind dort
häufiger zu beobachten als hier. Hm, nun ja, es liegt sicher daran, dass die Patienten hier nicht von sonderlichem Tatendrang
beseelt sind, sondern eher, hm, hinfällig. Auf der Vigna Murata
hingegen leben nicht nur die Rekonvaleszenten, sondern vor
allem die Schiffsreisenden, die von der Signoria zur Beobach-
tung dorthin verwiesen wurden. Es sind recht grobe Kerle
darunter, Matrosen, wenn Ihr wisst, was ich meine. Als junge
Damen von Kultur und Liebreiz solltet ihr vorgewarnt sein.«

Cintia glaubte ihren Ohren und Augen nicht zu trauen, zuerst meinte sie, die Nachwirkungen des Fiebers und die Trauer
um ihre Eltern trübten ihre Wahrnehmungen, doch es war nicht
zu übersehen, dass der Arzt versuchte, mit ihnen zu schäkern,
und das, obwohl er bestimmt alt genug war, um ihr Vater zu
sein. Seine besondere Aufmerksamkeit galt Lucietta. Er starrte
in den verrutschten Ausschnitt ihres Hemdes, das sie wegen der
Hitze nicht vollständig geschlossen hatte, ebenso wenig wie die
nur nachlässig geschnürte Gamurra.

Noch erstaunter war Cintia, als sie die Erwiderung ihrer
Cousine hörte.

»Was für ein umsichtiger, ja sogar weit blickender Mann
Ihr seid!« Es klang, als sei sie in ihrem ganzen Leben noch nie
einem solchen Ausbund an Kompetenz begegnet. »Sucht Ihr
auch gelegentlich das Lazzaretto Nuovo auf?«

»Mindestens zwei Mal in der Woche.«

»Dann freuen wir uns jetzt schon, auch dort unter Eurem
medizinischen Schutz zu stehen!«

Er reckte sich auf die Zehenspitzen. »Madonna, Eure Worte
ehren mich! Und ich bin so unhöflich! Gestattet, dass ich mich
Euch vorstelle! Dottore Cattaldo, ganz zu Euren Diensten!«

Lucietta stellte sich selbst und Cintia ebenfalls vor, woraufhin der Arzt zu ihrer Überraschung erklärte, er habe sie bereits
vor Tagen kennengelernt, schließlich sei er es gewesen, der sie
aus verzweifelter Lage gerettet habe.

Lucietta wirkte ratlos, kam dann aber offenbar dahinter, was er meinte. »Dann müsst Ihr dieser … Arzt mit der grausigen Maske sein«, sagte sie pikiert. »Kein Wunder, dass ich Euch nicht gleich erkannte.«

»Die Maske und den Mantel trage ich nur bei akuten Seuchenfällen«, sagte Dottore Cattaldo beflissen. »Bei Genesenden halte ich die Handschuhe für ausreichend.« Er ging zur Tür. »Und ich möchte nicht unerwähnt lassen, dass ich außerhalb der Pestzeiten auch als regulärer Medicus praktiziere und alle gewöhnlichen Leiden behandle. Nicht, dass Euch solche je ereilen mögen, aber falls doch, so seid versichert, dass Ihr auf Dottore Cattaldo zählen könnt! In jeder Hinsicht, wenn ich das noch hinzufügen darf!« Er deutete einen Kratzfuß an. »Auf bald, die Damen! Ich empfehle mich!« Mit einer Verneigung zog er sich zurück. Kaum hatte sich die Tür hinter ihm geschlossen, machte Lucietta ihrem Unmut Luft. »Hier zudringliche Totengräber, dort zudringliche Matrosen, und zu guter Letzt dieser Medicus, der auch nicht viel besser ist – sind eigentlich alle Männer so? Muss man ihnen schöntun, um als Frau auf dieser Welt nicht unterzugehen?«

Darauf wusste Cintia keine Antwort. Angesichts der apokalyptischen Ereignisse, die hinter ihr lagen, waren die Eigenarten der Männerwelt bedeutungslos. Wenn sie überhaupt an einen Mann dachte, dann an Gregorio. Tatsächlich drängte er sich, obwohl ihre Gefühle überwiegend um den Tod ihrer Eltern kreisten, immer wieder in ihre Gedanken. Wie sehr sie sich danach gesehnt hatte, seine Frau zu werden!

Dann, mit einem Mal, erschien Niccolò vor ihrem inneren Auge, und sie dachte an die kompromisslose, fast besessene Entschlossenheit, mit der er sie für sich gewinnen wollte. Er hatte sie mehr als nur einmal gerettet, allen Gefahren zum Trotz, die ihm selbst daraus erwuchsen. Es tat gut zu wissen, dass es jemanden gab, dem sie so viel bedeutete.

Dieser Gedanke brachte sie zum Grübeln. Tatsächlich war sie ihm so wichtig, dass er bedenkenlos sein eigenes Leben für sie einsetzte. Er wollte sie offenbar um jeden Preis zu der Seinen machen. Schloss das auch Handlungen ein, die sich nicht ganz so edel ausnahmen wie seine bisherigen Rettungsaktionen – vielleicht sogar Lügen, seinen Bruder betreffend? Hatte er ihm womöglich jene *Familie* nur angedichtet, damit Cintia sich von Gregorio ab- und stattdessen ihm zuwandte? War diese Frau, von der Niccolò erzählt hatte, vielleicht nichts weiter als eine dieser unwichtigen Liebschaften, die junge Patrizier oft eingingen, ohne wirkliche Bindungsabsicht oder sonstige Verpflichtungen? Könnte Gregorio am Ende doch noch frei für sie sein?

Kaum war ihr diese Überlegung in den Sinn gekommen, als sie sich auch schon festzusetzen begann, bis daraus ein Funke Hoffnung wurde. Ihre Eltern waren gestorben, und sie selbst war auf einer Pestinsel gestrandet, aber es musste irgendwann die Zeit kommen, da sie all diese Schrecknisse überwand. Sie würde sich alles zurückholen. Ihr Zuhause, ihre Liebe, die Freude am Leben. Eines Tages würde all das wieder ihr gehören!

An dem Tag, als Simon, der Medicus, ihn für genesen erklärte, versuchte Paolo, unverzüglich wieder sein gewohntes Leben aufzunehmen. Es war still im Haus, niemand ließ sich blicken, nachdem der Arzt gegangen war, und Paolo war sicher, an Langeweile zu sterben, wenn er nichts dagegen unternahm. Er erhob sich, wusch sich gründlich von Kopf bis Fuß, schabte sich den Bart ab, kleidete sich frisch an – und sank ermattet wieder auf sein Lager zurück. Simon hatte ihn ermahnt, es für den Anfang nicht zu übertreiben und höchstens aufzustehen, um zum Nachtstuhl zu gehen.

»Leichte Kost, ein guter, leichter Wein und noch mehr Schlaf – das alles hilft Euch in den nächsten Wochen wieder auf die Beine.«

Paolo hatte bereitwillig genickt und dem Arzt versichert, alle Anweisungen zu beherzigen, gleichzeitig hatte er jedoch bereits dringend anstehende Arbeiten in der Werft überdacht. Dabei hatte er sich als Zugeständnis an seinen geschwächten Körper vorgestellt, vielleicht nur für zwei oder drei Stunden zu arbeiten statt wie sonst von früh bis spät. Dass er es nicht einmal aus dem Haus schaffen würde, war ein Schlag für ihn, den er kaum verwinden konnte. Erschöpft und verärgert blieb er für eine Weile liegen, bis er einen neuen Versuch unternahm, auf die Beine zu kommen.

Die Arbeit im Arsenal musste er sich wohl für die nächsten paar Tage aus dem Kopf schlagen, doch es ging nicht an, wie ein Kleinkind das Bett zu hüten. Noch wacklig auf den Beinen, aber entschlossen, die schwachen Glieder durch Bewegung zu stärken, machte er sich auf, um nach seinem Bruder zu sehen, den er die ganze Woche während seiner Krankheit kein einziges Mal zu Gesicht bekommen hatte.

Die Tür zu Casparos Kammer war verschlossen. Paolo drehte den Schlüssel, öffnete die Tür und schaute ins Zimmer. Der Junge stand an seiner Staffelei beim Fenster und malte.

»Paolo!« Freude leuchtete in Casparos Augen, und eilig kam er seinem Bruder entgegen. »Du darfst wieder aufstehen!«

»Eigentlich nicht, aber wenn ich weiterhin im Bett liege, wachse ich da noch fest.«

»Wie geht es dir? Du bist dünn geworden!«

»Hm, ich fühle mich auch so. Ich fürchte, ich habe seit ungefähr einer Woche nichts gegessen, es sei denn, man zählt diesen faden Haferbrei von heute Morgen mit.« Lächelnd blickte Paolo seinen Bruder an. »Und was ist mit dir? Alles in Ordnung? Geht es dir gut?«

»Nein, überhaupt nicht. Wie kann es einem Gefangenen gut gehen?« Es klang verbittert. »Ich darf malen, aber wenn man ständig eingesperrt ist, macht selbst das bald keinen Spaß mehr! Ich wünschte, ich dürfte endlich aus dieser Kammer heraus!«

»Nun, frag deine Mutter, sicher wird sie es erlauben.«

»Nein, eher lässt sie mich noch eine Woche länger hier schmoren«, sagte Casparo trotzig. Er wischte sich die farbverschmierten Hände an seinem ohnehin schon rettungslos beklecksten Kittel ab. »Eines ihrer Hurenmädchen ist gestern krank geworden. Mutter dachte wohl, es wäre ausgestanden, aber dann hat es doch noch eine erwischt.«

»Was weißt du über die Mädchen?«, fragte Paolo vorsichtig.

Casparo zuckte die Achseln. »Alles. Ihr dachtet wohl, ich sei ein dummer Tropf, nicht wahr? Aber selbst der größte Trottel bemerkt irgendwann, in welchem … Haus er lebt.«

»Hast du schon mit deiner Mutter darüber gesprochen?«

Casparo schüttelte den Kopf. »Sie hatte in den letzten Tagen keine Zeit, es kam immer nur Giulio. Er bringt mir Essen und Wasser und führt mich zum Abtritt wie ein kleines Kind, und hinterher schließt er mich wieder ein.«

»Nimm es auf dich wie ein Mann und sei froh, dass du von der Pest verschont bleibst«, empfahl Paolo dem Jungen pragmatisch. »Glaub mir, ich weiß, wovon ich rede. Es ist eine scheußliche Krankheit. Wenn du meine Beulen gesehen hättest, wüsstest du, was ich meine.« Er blickte seinen Bruder mit, wie er hoffte, ausreichend mahnendem Blick an, klopfte ihm auf die Schulter und ging wieder, vergaß jedoch nicht, die Tür zu verschließen. Daria konnte sehr ungemütlich werden, wenn man ihre Wünsche missachtete.

Während er in seine eigene Kammer zurückkehrte, überlegte Paolo, wie Daria wohl dieses neue Problem zu lösen gedachte. Wäre es nach ihm gegangen, hätte man Casparo schon längst reinen Wein eingeschenkt und ihm erklärt, was es mit den Mädchen im zweiten Obergeschoss auf sich hatte. Der Junge hatte – ebenso wie seine Mutter und Paolo – seine Kammer im Mezzanin, das vom zweiten Obergeschoss um einiges entfernt war, da sich dazwischen noch das unbenutzte Piano nobile befand. Zudem war besagtes Stockwerk nur über die Außentreppe zu erreichen, was zusätzlich für räumliche Trennung sorgte. Doch natürlich hatte der Junge die Mädchen schon seit Jahren aus und ein gehen sehen, das ließ sich nicht verhindern, wenn man unter einem Dach wohnte.

Daria hatte auf Casparos unvermeidliche Fragen einfach behauptet, sie hätte die oberen Räume an die Damen vermietet, und damit hatte der Junge sich eine ganze Weile lang zufriedengegeben. Armer Bursche, wie musste ihm jetzt zumute sein! Paolo unterdrückte ein Seufzen, nicht nur, weil Casparo ihm leidtat, sondern weil er sich selbst ebenfalls bedauerte. Er hasste es, durch die Nachwirkungen der Krankheit zur Untätigkeit verdammt zu sein, zumal er zeitlebens vor Gesundheit nur so gestrotzt hatte.

Weit ärger war jedoch, dass die Pest immer noch im Haus umging. Beklommen fragte er sich, welches der Mädchen es wohl zuletzt getroffen hatte. Mit der einen oder anderen hatte ihn im Laufe der Jahre mehr verbunden als nur ein kurzes freundliches Gespräch zwischen Tür und Angel. Nicht, dass er sich allzu oft auf Darias Gesellschaften entspannte, dafür fehlte ihm die Zeit, aber hin und wieder kam es doch vor. Es bot sich gleichsam an, weil er dafür nur zwei Treppen hochsteigen musste und dieses Bordell mit Sicherheit das sauberste und ordentlichste in ganz Venedig war. Paolo wusste, dass die meisten unverheirateten – und sicher auch viele der verheirateten – Männer der Stadt ihn glühend um diesen Komfort beneideten, der indessen nur ein vermeintlicher war: Paolo hatte von Anfang an dafür bezahlen müssen, genauso viel wie jeder andere. Nicht etwa, weil Darias Geschäftssinn so ausgeprägt war – das war er ganz und gar nicht –, sondern weil sie fand, ihr damals noch jugendlicher Stiefsohn müsse lernen, den Wert einer Leistung zu schätzen. Sie vertrat den Standpunkt, dass auch der dem Manne gewährte Beischlaf ein geldwertes Gut sei, und keinesfalls dürfe jenes gering geschätzt werden, indem man danach trachtete, es sich umsonst zu verschaffen.

»Diese Mädchen leben von ihren Körpern«, hatte sie ihm erklärt. »Andere Güter besitzen sie nicht, und zudem reicht auch das nur für wenige gute Jahre, in denen sie für die schlechten vorsorgen müssen. Wer kostenlos bei ihnen liegen will, stiehlt ihnen ihr Hab und Gut.«

Er war damals siebzehn gewesen und hatte sich in eines der Mädchen verguckt, eine temperamentvolle, schwarzhaarige Tscherkessin, die nur ein paar Monate in Venedig geblieben war, bevor sie sich mit einem durchreisenden Schweizer davongemacht hatte. Und Paolo hatte seinerzeit als Geselle im Arsenal bereits seine ersten festen Einkünfte erzielt, sodass er fürs Herumhuren bezahlen konnte, so wie die anderen Männer auch. Merkwürdigerweise hatte es ihm jedoch geholfen, dass Daria ihm dafür Geld abverlangte. Das Bezahlen hatte die Peinlichkeit und die Scham nicht verringert, dafür aber die Angst, bei dem eigentlichen Vorgang etwas falsch zu machen, oder genauer: als Mann zu versagen. Außerdem hatte er die Logik verstanden, die Darias Erklärungen zum Wert einer Leistung innewohnte, denn was wusste er damals schon von der Liebe, die für den Geschlechtsakt und damit einhergehende Zärtlichkeiten eine weit mächtigere Triebfeder war als Geld.

Mittlerweile wusste er mehr darüber, genug jedenfalls, um sich nicht mehr die Finger daran zu verbrennen. Von Zeit zu Zeit ein unverbindliches Zwischenspiel mit einem von Darias käuflichen Mädchen – das war alles, was er vonseiten der Weiblichkeit benötigte.

Vor der Tür seiner Kammer hielt er inne. Die Beine taten ihm weh, jeder einzelne Muskel seines Körpers protestierte gegen die Anstrengung, doch er hatte keine Lust, sich wieder hinzulegen. Die Feuchtigkeit, die vom Kanal hereinzog, verband sich mit der sommerlichen Hitze zu einer unerträglichen Schwüle, die in den Räumen lastete und das Liegen zu einer Qual machte. Er war müde, doch später hatte er noch genug Zeit zum Schlafen.

Casparo hat recht, ich bin nur noch Haut und Knochen, dachte er. Seine *Calze* hingen an ihm wie ein Sack, und wenn er seinen Oberkörper betastete, fühlte er jede einzelne Rippe. Er sagte sich, dass er ebenso gut hätte tot sein können, doch zugleich fragte er sich, wie er in diesem kläglichen Zustand je wieder harte Arbeit leisten sollte. Simon hatte ihm eingeschärft, dass er sich Zeit nehmen müsse, um wieder richtig gesund zu werden, und jetzt erst erkannte Paolo, dass dazu in der Tat mehr gehörte, als nur von der Pest genesen zu sein. Müßig überlegte er, ob er sich in der Küche etwas zu essen holen sollte. Hunger hatte er keinen, doch allein von der winzigen Portion Brei, die er auf Darias Drängen am frühen Morgen heruntergewürgt hatte, würde er gewiss nicht wieder zu Kräften kommen.

Er dachte immer noch darüber nach, ob er etwas essen oder doch lieber zuerst ruhen sollte, als er aus dem oberen Bereich des Hauses einen schrillen Frauenschrei hörte. Damit war ihm die Entscheidung, wohin er sich wenden wollte, abgenommen. Er fluchte kurz, weil er in seinem Zimmer sein Schwertgehenk nicht sofort fand, folglich musste es die Armbrust tun. Er nahm sie vom Wandbord, spannte hastig den Bolzen ein und beeilte sich, zur Außentreppe zu kommen. Auf dem Weg nach oben hörte er abermals einen Schrei, und diesmal erkannte er Darias Stimme. Sie würde niemals schreien, es sei denn, sie befand sich in einer schlimmen Notlage, so gut kannte Paolo seine Stiefmutter. Gleich darauf vernahm er das Wutgebrüll eines Mannes, dann weitere Frauenschreie.

Paolo bemühte sich, einen kühlen Kopf zu bewahren, konnte aber nicht verhindern, dass sein Herz raste. Zum einen rührte das daher, dass er durch die Krankheit geschwächt und noch weit davon entfernt war, kraftvoll eine Treppe hinaufspringen zu können, aber hauptsächlich lag es daran, dass er in seinem Leben noch nicht allzu viele Kämpfe ausgefochten hatte. Er ging zwar wie die meisten Edelleute selten unbewaffnet aus dem Haus; sein Schwert gehörte schon beinahe zu seiner Tracht wie die schwere Wappenkette und das schwarze Wams. Sein Vater sowie nach diesem ein Fechtmeister hatten ihn jahrelang gelehrt, mit den unterschiedlichsten Waffen umzugehen, so wie es sich für einen jungen Edelmann geziemte. Doch bis auf zwei oder drei bedrohliche Situationen, in denen es ausgereicht hatte, blankzuziehen, um den jeweiligen Angreifer in die Flucht zu schlagen, hatte er seine Erfahrungen aus den Übungen noch nicht nutzen müssen.

Auf dem Treppenabsatz in Höhe des Piano nobile hörte er die Stimmen deutlicher; es klang, als flehte Daria um ihr Leben. Paolo beschleunigte seine Schritte und war im Nu oben. Sein Atem flog, und die Hand mit der Armbrust zitterte. Er meinte die Stimme seines Vaters zu hören. »Niemals darf deine Hand zittern, wenn du vor dem Gegner stehst, denn das wäre ein Eingeständnis deiner Angst und deiner Schwäche.«

Die Tür zum zweiten Obergeschoss stand offen. Mit wenigen Schritten durchmaß Paolo das Vestibül und erreichte den großen Saal. Auf den ersten Blick sah es für Paolo aus, als hätten sich mehrere Menschen zu einem Schauspiel zusammengefunden, um für ein Stück zu proben, in dem es um blutige Ränke und Mord ging. Daria kniete auf dem Boden, und hinter ihr stand ein Mann, der sie bei den Haaren gepackt hatte und ihr einen Dolch an den Hals hielt. In ihrem Gesicht stand Todesangst. Zwei der Mädchen, ein Schwesternpaar namens Marta und Cosima, standen händeringend nur wenige Schritte entfernt, die Gesichter tränenüberströmt.

Der Mann, der Daria das Messer an die Kehle hielt, war Eduardo Guardi.

»Lass sie los!« Paolos Stimme klang sogar in seinen eigenen Ohren armselig schwach und infolge des Treppensteigens atemlos.

Guardi wandte ihm das Gesicht zu, machte aber keine Anstalten, Paolos Befehl zu folgen. Er lachte mit gebleckten Zähnen, als er die Armbrust sah. »Sieh da, er hat sie sogar gespannt! Ob er auch damit schießen kann, dieser Sohn eines Versagers?« Er zerrte Daria auf die Füße und stellte sich so hin, dass ihr Körper vor dem seinen einen Schild bildete. »Schieß doch, wenn du glaubst, dass du den Mut eines Mannes hast!« Höhnisch blickte er über Darias Schulter. »Mit Hammer und Säge bist du besser als beim Waffengang, was? Schieß doch! Er hat dir schließlich alles beigebracht, dein nichtsnutziger Vater, oder?«

Paolo war sich bewusst, dass Guardi ihn provozieren wollte. Er hatte nur einen Schuss, und wenn der Bolzen danebenging, könnte Guardi in aller Ruhe zuerst Daria und dann ihn umbringen.

Paolo verlegte sich aufs Reden. »Wie hast du dir das gedacht, Eduardo Guardi? Willst du zuerst Daria und dann die Mädchen töten, und zum Schluss mich? Dir wird wohl nichts anderes übrig bleiben, da sonst unliebsame Zeugen von deinen Mordtaten berichten werden.«

Guardis Gesicht hatte sich dunkel verfärbt vor Wut. »Glaub mir, ich bringe euch um, einen nach dem anderen werde ich abstechen, und wenn du nur ein wenig später heraufgekommen wärst, könnte ich mich bereits um dich kümmern!«

»Nach Lage der Dinge müsstest du zuerst Daria und dann die Mädchen umbringen«, sagte Paolo mit erzwungener Ruhe. »Aber sobald Daria tot zu deinen Füßen niedersinkt, bist du ein Ziel, das ich unmöglich verfehlen kann.« Er rückte ein paar Schritte näher und legte mit der Armbrust an. »Glaub mir, auf diese Entfernung habe ich noch nie danebengeschossen. Die Pest mag mir übel zugesetzt haben, aber ich schwöre, dass ich auf den Zoll genau dein rabenschwarzes Herz treffe.«

Zu seinem Erstaunen war seine Stimme nun, im Gegensatz zu vorhin, völlig ruhig. Dasselbe galt für seine Hände. Mit einem Mal wusste er, dass er keineswegs geprahlt hatte. Er würde Guardi treffen. Der Mann würde es nicht wagen, Daria zu töten.

Paolo hatte ihn richtig eingeschätzt. Guardi leckte sich über die Lippen, sein Blick glitt hin und her und blieb dann an der Tür hängen. Er setzte sich in Bewegung und zerrte Daria mit sich, immer darauf bedacht, dass ihr Körper zwischen ihm und der auf ihn gerichteten Armbrust blieb. Schweiß stand auf seinem feisten, rot angelaufenen Gesicht, und eine Wolke von Alkoholdunst umgab ihn.

Paolo ließ ihn nicht aus den Augen. »Wenn du ihr auch nur ein Haar krümmst, trifft dich mein Bolzen in den Rücken, während du versuchst, über die Treppe zu fliehen.« Bedachtsam setzte er hinzu: »Wenn du sie gehen lässt, lasse auch ich dich gehen.«

»Wir werden uns ein anderes Mal wiedersehen, Paolo Loredan!«, stieß Guardi hervor. Bei der Tür angelangt, versetzte er Daria einen Tritt, der sie vorwärtsstürzen ließ, auf Paolo zu. Stolpernd rang sie um ihr Gleichgewicht, während Guardi gleich darauf verschwunden war.

Paolo fing Daria mit einem Arm auf und horchte nach draußen, doch die Schritte Guardis waren bereits verklungen. Marta eilte zum Fenster und schaute hinaus. »Er steigt in seine Gondel! Jetzt fährt er davon!« Schluchzend wandte sie sich ihrer Schwester zu. Die beiden umarmten einander unter Tränen. Zwei weitere Mädchen lugten verängstigt aus ihrer Kammer; als sie merkten, dass der ungebetene Gast verschwunden war, setzte erleichtertes Getuschel ein.

»Hat er dich verletzt?«, fragte Paolo seine Stiefmutter.

Sie schüttelte den Kopf. Ihr Gesicht war beinahe so weiß wie ihr Hemd, die Gamurra zerrissen. »Mir fehlt nichts.«

»Wo ist Giulio? Da brauchst du einmal deinen Leibwächter und seinen schnellen Dolch, und er ist nicht da!«

»Er musste die Köchin zum Markt begleiten, es war nichts mehr zum Essen im Haus«, versetzte Daria. »Vermutlich hat Eduardo darauf gewartet, dass Giulio aus dem Haus geht.« Sie ordnete ihre Kleidung und raffte ihr aufgelöstes Haar zusammen. Ihre Bewegungen waren fahrig und kündeten von der ausgestandenen Todesangst.

Paolo musste sich hinsetzen. Seine Knie zitterten, und ihm war schlecht. Im Nachhinein war er froh, dass er noch nichts gegessen hatte, denn sein revoltierender Magen hätte jetzt unweigerlich jede Mahlzeit von sich gegeben. Er schleppte sich zu einem der Sofas an der Längsseite des Saals und ließ sich darauf fallen. »Was wollte der Kerl?«

»Er wollte mich tatsächlich umbringen.« Es klang sachlich, aber Paolo hörte das winzige Zittern in ihrer Stimme. Im Ge-

139

gensatz zu anderen Zwischenfällen – es kam immer wieder einmal vor, dass sie sich gegen betrunkene, randalierende Freier zur Wehr setzen musste – hatte dieses Erlebnis sie nachhaltig erschüttert.

»Hat er einen Grund genannt?«, fragte Paolo.

»Er hat sogar eine ganze Rede gehalten. Damit ich begreife, warum ich sterbe.« Verachtung und Wut sprachen aus Darias Miene. »Es lief darauf hinaus, dass er seinen kostbaren Sohn an Lucia verloren hat. Und dass es meine Schuld sei, weil sie eine von meinen Huren war.«

Paolo hob die Brauen. »Hat er vergessen, dass er selbst derjenige war, der Gregorio zum ersten Mal mit hergebracht hat?«

»Dennoch war sie eine von meinen Huren, in dem Punkt hat er recht.« Daria zuckte die Achseln. »Er meinte, es sei an der Zeit, dass ich dafür büße. Den verdienten Lohn der Kupplerin, so nannte er es.« Sie rieb sich die Kehle, wo eine winzige Blutspur auf die Schärfe von Guardis Klinge hinwies.

»Warum erst heute, nach all den Jahren?«, fragte Paolo.

»Weil Gregorio sich offenbar mit Lucia und dem Kleinen aufs Festland davongemacht hat. Eduardo wollte ihn zurückholen, aber Gregorio hat sich geweigert. Er will dort bleiben, mit Lucia und seinem Sohn. Für immer.«

Paolo pfiff durch die Zähne. »Das muss dem guten Guardi wahrhaftig schwer zugesetzt haben!«

»Hinzu kommt, dass sein jüngerer Sohn an der Pest erkrankt ist und mit dem Tod ringt. Dabei ist Eduardo offenbar klar geworden, dass er alles verlieren kann. Er sagte zu mir: *Nun bleibt mir gar nichts mehr.*« Daria schüttelte erschöpft den Kopf. »Wenn ich nicht wüsste, was er für ein Scheusal ist, hätte er mir beinahe leidtun können.«

Paolo, der wohl um Guardis üble Charaktereigenschaften wusste, seiner Stiefmutter aber einige Informationen aus jüngerer Zeit voraushatte, machte sich seine eigenen, recht düsteren Gedanken. An dem Tag, als er dringend mit Ippolito Barozzi über Guardi und dessen Pläne hatte sprechen wollen, hatte die

Pest ihn niedergestreckt, aber das versäumte Treffen würde er so bald wie möglich nachholen. Solange Gregorio mit Lucia und seinem Sohn auf der Terraferma weilte, konnte er nicht Cintia Barozzi heiraten, womit schon einiger Aufschub gewonnen war. Doch Darias nächste Worte ließen ihn vor Schreck erstarren.

»Seine schlimmste Wut rührt wohl daher, dass seine größte Hoffnung gestorben ist. Ohne Cintia keine Mitgift, und ohne Mitgift der endgültige Ruin für die Compagnia Guardi.«

»Was meinst du?«

»Mein Bruder mitsamt seiner Familie – sie sind alle tot.«

Es dauerte einige Augenblicke, bis Paolo begriff, was sie gesagt hatte. Ippolito Barozzi war tot! Es war geschehen, und er hatte es nicht verhindern können!

»Wann?«, fragte er angespannt. »*Wann* ist er gestorben?«

Sie zuckte die Schultern. »Ich habe es ja selbst eben erst von Guardi gehört, er hat mir keine Einzelheiten mitgeteilt, mir nur mit höhnischer Schadenfreude ins Gesicht geschleudert, dass die Pest meinen Bruder und seine Familie geholt hat.«

»Also ist er an der Pest gestorben.«

»Das scheint dich zu freuen«, stellte Daria stirnrunzelnd fest.

»Ich bin lediglich erleichtert, dass es die Pest war, die ihn tötete, denn ich musste fürchten, dass jemand ihn umbringt, bevor ich ihn warnen konnte.«

»Wovor warnen?«

»Ich habe eine Unterhaltung belauscht«, sagte er. »Das war in der Nacht, als ich krank wurde. Zu jener Zeit hatte ich schon höllische Kopfschmerzen, und mir war entsetzlich schwindlig. Ich war eigentlich zu ihm gefahren, um noch einmal mit ihm über … Geschäfte zu reden. Als ich aus dem Boot stieg, ging es mir sehr schlecht. Ich setzte mich für einen Moment auf die Fondamenta vor Barozzis Haus, um mich kurz auszuruhen. Vermutlich habe ich dann die Besinnung verloren, denn als ich wieder zu mir kam, war es rabenschwarze Nacht. Außerdem lag ich flach auf dem Rücken und hörte zwei Männer miteinander

141

sprechen. Sie saßen in einer Gondel, die dicht neben mir im Wasser lag. Es war sehr dunkel. Falls sie mich überhaupt sahen, dachten sie vermutlich, dass ich einen Rausch ausschlafe. Sie redeten sehr leise, fast flüsternd. Der eine sagte: Hier ist Barozzis Haus. Seine Schlafkammer ist im Piano nobile, auf dieser Seite vom Portego. Am besten ist es, ihm die Kehle durchzuschneiden, dann kann er nicht schreien.«

»Lieber Himmel!«, sagte Daria. »Und dann?«

»Der andere gab zurück: Und was ist mit seiner Frau? Worauf der Erste antwortete: Dasselbe.«

»Um Gottes willen! Was geschah weiter?«

»Ich rappelte mich hoch und versuchte zu erkennen, wer da gesprochen hatte, aber das Boot war schon weitergefahren. Ich sah mich nach einer Möglichkeit um, ihm zu folgen, doch ich verlor wieder das Bewusstsein. Als ich das nächste Mal zu mir kam, war es heller Tag. Ich erinnere mich, dass Barozzis Gondoliere mich wie einen Sack auf sein Boot warf und fortbrachte, hierher.«

»Und du meinst, die Mörder, die du belauscht hast, waren auf Geheiß von Guardi unterwegs?«

»Natürlich. Wer sonst könnte ein Interesse an seinem Tod haben? Vermutlich war es so gedacht, dass Barozzi gleich nach der Unterzeichnung des Ehekontrakts sterben sollte, ebenso wie seine Frau. Cintia ist ihr einziges Kind und damit alleinige Erbin. Durch eine Vermählung mit Gregorio wäre den Guardis folglich alles zugefallen, nicht nur die Mitgift. Barozzis Vermögen beträgt ein Vielfaches davon.« Paolo stutzte, ihm kam ein neuer Gedanke. »Ob nun dir als seiner Schwester das Erbe zusteht? Oder Casparo, als seinem Neffen?«

»Du bist verrückt!«

»Das würde ich an deiner Stelle nicht so vorschnell behaupten.«

»Natürlich«, versetzte sie spöttisch. »Sicher bin ich bald die reichste Frau der Stadt. Dann kann ich diesen ... Betrieb hier schließen und Casparo auf eine Zukunft als ehrbaren, wohlsituierten Seidenhändler vorbereiten.« Sie spann den Faden fort. »Und du könntest ein großes Schiff bauen. Ich meine, ein *richtig* großes.« Ein dünnes Lächeln trat auf ihre Züge. »Vorausgesetzt, ich werde als reiche Erbin auf meine späten Tage weich und gebe dir dafür Kredit.« Doch eine andere Frage beschäftigte sie offenbar noch mehr. »Warum bist du überhaupt bei Ippolito gewesen?« Argwohn zeichnete sich in ihrer Miene ab. »Was hattest du mit ihm zu schaffen?«

»Es ging um Geschäfte. Langweilige Dinge, die dich nicht interessieren.« Er merkte selbst, wie ausweichend das klang, und um einem weiteren Verhör aus dem Weg zu gehen, rappelte er sich von dem Sofa hoch und ging zur Tür.

»Paolo Loredan!«, rief Daria in befehlsgewohntem Ton hinter ihm her. »Wo gehst du hin?«

»Ich brauche noch Ruhe«, sagte er über die Schulter. »Sogar der stets unfehlbare Simon hat mir verboten, aufzustehen.«

Auf der Treppe spürte er bei jedem Schritt seinen Körper, als wäre er ein uralter Mann ohne jede Kraft. Als er jemanden unten an der Pforte hörte, brachte er rasch die Armbrust in Anschlag, doch es war nur Giulio, der, schwer beladen mit Körben voller frischer Nahrungsmittel, die Tür von der Gasse zum Innenhof aufstieß und mit der Köchin dem Nebeneingang zustrebte, durch den man in das Mezzà gelangte.

Paolo folgte den beiden ins Haus und kehrte auf direktem Weg in seine Kammer zurück, wo er sich unverzüglich zu Bett begab. Es dauerte nicht lange, bis er, restlos erschöpft von den vorangegangenen Ereignissen, in einen tiefen Schlaf fiel. Kurz bevor er einschlummerte, gingen seine Gedanken zu Barozzis Tochter. Die schöne Cintia mit den schwarzen Haaren und den violetten Augen ... Ob ihr Tod wohl ein schrecklicher gewesen war? Als letzte Empfindung nahm er ein vages Bedauern mit in den Schlaf, weil sie so jung hatte sterben müssen.

Cintia war indessen weit entfernt davon, das Zeitliche zu segnen. Ihr Gesundheitszustand besserte sich von Tag zu Tag. War sie beim ersten Besuch des Arztes noch zu schwach gewesen, um sich von ihrem Lager zu erheben oder mehr als ein paar Worte zu sprechen, konnte sie am darauffolgenden Tag schon wieder einige Schritte tun.

Niccolò erschien täglich auf der Pestinsel, was ihren Betreuer Todaro zunächst dazu bewog, sie mit noch mehr Höflichkeit als zuvor zu behandeln. Am zweiten Tag gab Niccolò Lucietta den Ring zurück, den sie ihm überlassen hatte, und dabei berichtete er, dass er einiges an Gold hatte aufwenden müssen, um das wertvolle Schmuckstück bei Todaro auszulösen.

Lucietta hatte Cintia auch die übrigen Schätze gezeigt, die sie von Venedig mit auf die Lazarettinsel geschmuggelt hatte, und die beiden hatten sich darauf geeinigt, den Besitz geheim zu halten. Es mochten Zeiten kommen, da sie noch dringend darauf angewiesen waren.

Nach den Schilderungen von Dottore Cattaldo über die Diebereien auf der Vigna Murata fanden sie es beide erst recht angebracht, besondere Vorsicht walten zu lassen.

Das galt umso mehr, als Niccolò ab dem vierten Tag nicht mehr kam.

Was sein Fernbleiben anging, konnten Cintia und Lucietta nur Vermutungen anstellen, doch sie befürchteten das Schlimmste. »Ich glaube, er hat sich nicht wohlgefühlt, als er gestern hier war«, sagte Lucietta bedrückt. »Sein Blick war trüb, und er strich sich ständig über die Augen, als wäre er müde. Einmal sah ich ihn taumeln und dachte, es sei wegen seines Beins, aber ich fürchte, er hat die Pest. Nichts sonst hätte ihn abhalten können, wiederzukommen.«

Nachdem Niccolò mehrere Tage hintereinander nicht erschienen war, gebärdete Todaro sich, als hätte er nie ein Bestechungsgeld erhalten. Sein Benehmen wurde von Tag zu Tag dreister. Wie unabsichtlich berührte er die Mädchen im Vorbeigehen, und einmal griff er Cintia, während sie schlief, ganz un-

144

geniert an die Brust. Sie wurde davon wach, während er über sie gebeugt dahockte und sie lüstern anstarrte. Wäre nicht in diesem Augenblick Lucietta von der Latrine zurückgekehrt, wäre es womöglich zu weiteren Übergriffen gekommen.

Cintia beschwerte sich bei Dottore Cattaldo über die Zudringlichkeiten, worauf der Arzt den Mann zur Rede stellte. Todaro behauptete, er habe nur Cintias Herzschlag fühlen wollen, da er gefürchtet habe, sie könne gestorben sein.

Als Cintia ihm später blutige Rache durch Niccolò in Aussicht stellte, lachte Todaro nur. »Der war schon krank, als er das letzte Mal hier war. Ich habe ein Auge für die Pest, auch schon für die ersten Anzeichen. Das Gift steckte ihm im Körper, ich sah es ihm an! Euer Held ist längst tot, darauf wette ich. Und du bist nun wieder ganz allein, meine Schöne.« Er musterte sie feixend. »Kein Verlobter mehr weit und breit!«

Hasserfüllt funkelte Lucietta ihn an. Sie saß neben Cintia auf dem Strohsack, die Hand unter ihrem Gewand, die Finger um den dort versteckten Dolch gekrampft.

Todaro fixierte sie mit stechendem Blick. »Irgendwann müsst ihr beide schlafen. In den Nächten ist hier schon so mancher verschwunden.«

Bei diesen Worten bekamen die jungen Frauen es noch mehr mit der Angst, doch auch um Niccolò machten sie sich Sorgen.

»Falls er wirklich die Pest bekommen hat, brachte er dieses Opfer allein um unseretwillen«, sagte Cintia bedrückt.

»Um deinetwillen«, verbesserte Lucietta. »Dieser Junge ist besessen von dir.«

»Er hat nicht nur mir geholfen, sondern auch dir. Wir sollten beide für ihn beten.«

»Und für mich auch!«, ergänzte Lucietta rasch. »Wenn er krank wurde, kann mir dasselbe widerfahren!« Sie bekreuzigte sich. »Lass uns schnell beten! Ich will nicht krank werden!«

»Falls du es doch wirst, musst du mir rechtzeitig das Messer geben«, sagte Cintia in ernstem Ton. »Damit ich deine Ehre bis aufs Blut verteidigen kann.« Sie kicherte, als sie Lucietas ent-

145

setzten Blick sah. »Das war ein Scherz! Du wirst nicht krank, jetzt nicht mehr, nachdem du schon so lange verschont geblieben bist. Dottore Cattaldo hat gesagt, dass er jeden Soldo darauf wettet. Manche kriegen die Krankheit einfach nicht, das waren seine Worte, du hast es doch auch gehört.«

Dennoch bestand Lucietta darauf, dass sie gemeinsam einen Marienpsalter beteten und nach jedem Ave-Maria die Muttergottes um ein gesundes Weiterleben anflehten. Cintia hatte indessen Schwierigkeiten, sich auf das Gebet zu konzentrieren, denn ihre Gedanken kreisten um die unerhörte Tatsache, dass sie vorhin Heiterkeit empfunden hatte. Wie konnte sie scherzen, nachdem ihre Eltern eines so furchtbaren Todes gestorben waren? War sie denn so gefühllos? Gleich darauf erkannte sie jedoch, dass dem nicht so war, denn der schon bekannte Schmerz flutete wieder in Wellen über sie herein, und der Anflug von Frohsinn, dessen sie sich eben noch geschämt hatte, war so weit entfernt, als hätte es ihn nie gegeben. Stumm und in sich gekehrt hockte sie Stunde um Stunde auf ihrem Strohlager und litt wie ein Tier, unfähig, die scheußlichen Bilder, auf denen sie wieder und wieder ihre toten Eltern sah, zu verdrängen.

Ohnedies gab es keinen Anlass zu fröhlicher Stimmung. Niccolòs Fernbleiben führte bald dazu, dass die Vorzugsbehandlung aufhörte. Sie bekamen nur noch die dürftige Kost, die auch den übrigen Kranken gereicht wurde, sofern diese überhaupt genug Kraft zum Essen aufbrachten. Die meisten Menschen, die auf die Insel kamen, starben ohnehin nach kurzer Zeit an der Seuche, höchstens eine Handvoll überlebte. Nur selten sahen die Mädchen eine der ausgemergelten, hohläugigen Gestalten, denen sie zuweilen auf dem Weg zu den Latrinen begegneten. Meist handelte es sich um Menschen, die noch erbärmlicher und abgerissener gekleidet waren als die Inselbewohner und von diesen somit kaum je eines Blickes gewürdigt wurden, im Gegensatz zu Cintia und Lucietta, die sich ordentlich kleideten, sich täglich das Haar kämmten und an der Zisterne Wasser holten, um wenigstens Gesicht und Hände sauber zu halten. Bald wurde deutlich, dass sie mit ihrem Äußeren mehr Aufmerksamkeit auf sich zogen, als ihnen lieb sein konnte. Sie waren nicht nur jung und hübsch, sondern trugen Gewänder aus feinen Stoffen, was auf keinen der Menschen zutraf, die ihnen auf der Insel bisher begegnet waren. Es blieb nicht aus, dass sie damit Missgunst und Ablehnung hervorriefen. Mit jedem Tag, der verging, kam ihnen die Umgebung bedrohlicher vor. Wären die Leute nicht die meiste Zeit mit der Krankenversorgung und anderen Arbeiten beschäftigt gewesen, hätten die Mädchen sich nicht mehr aus ihrer Kammer herausgetraut.

Das Pestboot kam nun nicht mehr jeden Tag, und es brachte auch nicht mehr so viele Kranke wie zu Beginn ihres Eintreffens. Zwar gab es den Berichten des Arztes zufolge in allen Sestieri der Stadt sowie den umliegenden Inseln immer noch Krankheitsfälle; da sich nun jedoch die meisten Bewohner Venedigs vorsahen und größere Zusammenkünfte weitgehend mieden, hielt sich das Ausmaß der Verbreitung in Grenzen. Die Panik, die beim Ausbruch der Pest die Stadt in Aufruhr versetzt hatte, war laut Dottore Cattaldo längst abgeebbt. Sobald feststand, dass die Anzahl der Toten überschaubar blieb, war wieder der Alltag in Venedig eingekehrt. Der Arzt erklärte ihnen, dass er mit einem Abflauen der Krankheit rechne, sobald es kälter werde. »Mit dem Winter verliert das Übel seine Kraft. Schwüle und Wärme lassen es gedeihen, aber die Kälte hemmt es.«

Cintia und Lucietta, die in der immer noch hochsommerlichen Hitze der Pestinsel fast zu ersticken glaubten und täglich sahen, wie Pestleichen in die Erdlöcher geworfen wurden, mochten nicht auf den rettenden Winter warten. Sie bestürmten den Arzt, sie endlich auf die Vigna Murata in die Rekonvaleszenz zu entlassen. Dottore Cattaldo zeigte sich jedoch ihren Bemühungen gegenüber unnachgiebig und verwies darauf, dass die Stelle, an der Cintias Pestbeule gesessen hatte, erst vollständig abgeheilt sein müsse, bevor er einer Überstellung ins Lazzaretto Nuovo zustimmen könne. Ein paar Tage werde es schon noch dauern; er wolle bei seinem nächsten Besuch darüber befinden.

Folglich saßen sie nach beinahe zwei Wochen immer noch auf der Insel fest, in ständiger Furcht vor Todaro sowie den anderen Pflegern, deren Blicke ihnen jedes Mal heimtückischer und habgieriger erschienen.

Als Cintia wieder kräftig genug war, konnten sie immerhin der stinkenden, verdreckten Enge der Kammer entfliehen und hin und wieder einen Spaziergang unternehmen oder aber gemeinsam die Messe besuchen. Die Gottesdienste wurden in dem Kirchlein Santa Maria di Nazareth abgehalten, das sich inmitten einiger windschiefer Häuser und Hütten auf einem kleinen Campo am nordwestlichen Zipfel der Insel befand. Der Priester war steinalt und sein Latein kaum verständlich; die Mädchen sahen ihn manchmal im Messgewand über die Insel schlurfen, in brabbelnde Selbstgespräche vertieft. Einmal hörten sie, wie er zu den Pestheiligen Sankt Sebastian und Sankt Rochus redete, als gingen diese neben ihm her. Er war so offensichtlich nicht mehr im vollständigen Besitz seiner Geisteskräfte, dass sie gar nicht erst den Versuch unternahmen, seinen seelsorgerischen Beistand zu erbitten. Er machte sich ja nicht einmal die Mühe, den Massenbegräbnissen durch seinen Segen zu mehr Pietät zu verhelfen.

Ungeachtet des Schreckens, der infolge der Pest und ihrer Ausprägungen der Insel anhaftete, verliefen die Tage in eintöniger, beinahe träger Gleichförmigkeit. Jeder tat das, was ihm an Aufgaben zugewiesen war, ob es nun um das Wegkarren von Toten oder sonstige Arbeiten ging, wie das Hegen der Gärten, das Fischen oder die Hauswirtschaft. Auf der Insel gab es ein paar Gemüsebeete sowie einige Ställe mit Ziegen und Hühnern, und in den Wirtschaftsgebäuden, die an das Hospital grenzten, wurde Brot gebacken und gekocht.

Anderer Lebensbedarf wurde von einem Lastkahn gebracht, den Cintia jedoch bisher erst einmal hatte landen sehen. Sie fragte eine der Waschfrauen, wie oft das Boot die Insel anlief, doch anstelle einer Antwort erntete sie nur einen abschätzigen, fast hasserfüllten Blick.

Die Feindseligkeit, die ihnen von allen Seiten entgegenschlug, wurde von Tag zu Tag spürbarer.

Ihr Durchhaltevermögen wurde auf eine harte Probe gestellt, als nach dem letzten Besuch des Arztes wieder andere Kranke zu ihnen in die Kammer gebracht wurden. Cintia und Lucietta rückten mit ihren Habseligkeiten eng in einer Ecke zusammen, doch dem Stöhnen der Leidenden, dem allgegenwärtigen Gestank und der quälenden Bedrückung durch die schmutzige Umgebung konnten sie nicht entfliehen, es sei denn, in Gedanken oder, wie Lucietta, durch stundenlanges Weinen und Beten.

Cintia flüchtete sich mehr und mehr in die unterschiedlichsten Tagträume. Sie stellte sich vor, in Venedig zu sein, in dem weitläufigen, von der Sonne erleuchteten Palazzo ihrer Eltern. Die vielen goldgerahmten Spiegel warfen ihr strahlendes Ebenbild zurück, und sie war wieder die Elfe mit dem ebenholzschwarzen Haar, die in den vielen Märchen, die ihr früher ihre Kinderfrau erzählt hatte, die Hauptrolle gespielt hatte. Sie träumte, dass sie mit ihren Eltern und Lucietta in die Kirche ging, wo Gregorio schon auf sie wartete, die Augen leuchtend vor Stolz und Liebe. In diesen Träumen war er ihr Ehemann, und sie legte die Hand auf seinen Arm und schritt an seiner Seite durch das Kirchenschiff, durchdrungen von dem Bewusstsein, dass nichts und niemand sie je trennen konnte. Sie war sein Weib, und er gehörte ihr allein.

Manchmal malte sie sich auch aus, wie sie ihren Vater in die Seidenweberei begleitete. Sie hörte das Rattern der Webstühle, neue und erstaunlich genau arbeitende Geräte, die besten, die es in Venedig gab, und sie sah die goldenen und silbernen Garne aufblitzen, die zur Verzierung in die Stoffe eingearbeitet wurden. Sie ließ die Hände über die feinen Ballen gleiten, die aufgestapelt in den Magazinen lagen, der Reichtum ihrer Familie und zugleich der ganze Stolz ihres Vaters. Die leuchtende Seide fühlte sich kühl und glatt unter ihren Fingerspitzen an, und sie meinte sogar, den unverwechselbaren Geruch einzuatmen, der dem gewaschenen und parfümierten Gewebe entströmte, wenn es aufgerollt und bereit für den Transport ins Lager gebracht wurde.

Cintia schwelgte in den Erinnerungen an die wenigen kostbaren Tage, die sie mit ihrem Vater in der Manufaktur hatte verbringen dürfen. Schon beim bloßen Gedanken daran schlug ihr Herz schneller, und sie konnte für eine kurze Weile beinahe vergessen, dass ihr Vater sie nie wieder mit dorthin nehmen würde.

Es gehört alles mir!, dachte sie in fieberhafter Sehnsucht. Es wartet nur darauf, dass ich es in Besitz nehme! Wenn ich nur erst von dieser Insel fortkomme, dann kann ich jeden Tag dorthin gehen und beim Seidenweben zusehen! Vielleicht es sogar eines Tages selbst versuchen!

Diese kurzen Tagträume waren jedes Mal schneller vorbei, als sie es ertragen konnte, und deshalb schlichen sich bald auch andere Vorstellungen in ihre Gedanken, solche, in denen sie Todaro und ihre anderen Peiniger mit dem Kerzenhalter niederschlug, genauso wie den Einbrecher im Haus ihrer Eltern. Nach und nach wurden ihre Fantasien blutrünstiger. Sie sah sich nach dem Dolch greifen, den Lucietta stets am Leib trug, und stellte sich vor, wie sie damit zuerst auf den widerwärtigen, triefäugigen Todaro losging und anschließend auf alle anderen, die ihr zu nahe kommen wollten.

Am schlimmsten aber waren die immer wiederkehrenden Erinnerungen an jene Augenblicke, als sie ihre Eltern mit aufgeschlitzten Kehlen im Schlafgemach gefunden hatte. Nichts half dagegen, weshalb Cintia die meiste Zeit wie gelähmt vor Trauer war. Manchmal saß sie einfach nur da und wartete auf Tränen, hatte doch Lucietta immer wieder betont, wie heilsam es sei, zu weinen. Doch nicht einmal diese Erleichterung war Cintia vergönnt; sie litt so sehr, dass sie dachte, nur der Tod könne ihr helfen, aber ihre Augen blieben trocken.

Eine Frau, die über die Wasch- und Scheuermägde des Hospitals die Oberaufsicht führte, kam am vierzehnten Tag nach ihrer Ankunft zu ihnen und ordnete an, dass sie sich am nächsten Morgen zur Arbeit einzufinden hätten. Ihre in schneidendem Ton vorgebrachte Anweisung duldete keinen Widerspruch. »Wer helfen kann, muss mit anpacken!«, sagte sie. »Sogar die alte Frau, die am selben Tag gekommen ist wie ihr, steht von früh bis spät an den Waschtrögen. Verzogene Gören in feinen Kleidern, die sich hier auf unsere Kosten durchfressen, können wir nicht gebrauchen.«

Cintia wollte aufbegehren und ihr von dem Geld erzählen, dass Todaro von Niccolò bekommen hatte, um ihnen hier ein besseres Leben zu ermöglichen, doch sie ahnte, dass das die Feindseligkeit höchstens verschlimmern würde. Habgier und Neid, das hatte sie mittlerweile begriffen, waren bei den in Armut lebenden Menschen auf dieser Insel ganz alltäglich, und alles, was dazu diente, solche Regungen zu schüren, würde ihre Lage verschlechtern.

Sie stellten sich bereits auf weitere elende Zeiten ein, doch am Nachmittag desselben Tages erschien zu ihrer Überraschung Besuch. Todaro brachte einen Fremden zum Eingang ihrer Kammer.

Es handelte sich um einen dürren Mann in den Fünfzigern, der Cintia mit einem breiten Lächeln bedachte, nachdem er den Hut vom Kopf gezogen und das parfümierte Tuch vom Gesicht weggenommen hatte. »Mein armes Kind! So ein Glück, dass ich mich jetzt um dich kümmern kann!«

Cintia musterte ihn fragend. »Es tut mir leid, Messèr ...«

»Flangini. Tommaso Flangini. Kennst du mich nicht mehr? Hm, du warst wohl noch zu klein und erinnerst dich nicht an mich.«

Stirnrunzelnd betrachtete sie ihn näher. Er sah aus wie ein alter Krämer. Sein Wams war schäbig, seine Schnabelschuhe durchgewetzt. Haupthaar und Bart waren dünn und nicht sonderlich gepflegt, und sein Gesicht mit der schnabelartigen Nase erinnerte an einen lauernden Raubvogel. Auf Cintia wirkte seine ganze Erscheinung unangenehm.

»Nun, vielleicht seid Ihr so gut, mir auf die Sprünge zu helfen«, sagte sie höflich. »Euer Name sagt mir leider nichts. Ich glaube nicht, dass ich Euch kenne.«

»Ich bin dein Onkel, mein Kind.«

Konsterniert blickte sie ihn an. »Ich habe keinen Onkel.«

»Oh, aber ja doch, sicher wurde bei dir zu Hause schon über mich gesprochen.«

»Nicht, dass ich wüsste«, sagte Cintia wahrheitsgemäß. »Mein Vater hatte nur eine Schwester, wie ich kurz vor seinem Tod erst erfahren habe.« Sie hielt inne, weil die Erinnerung an ihren fieberkranken Vater sie überwältigte. Sie grübelte über den genauen Wortlaut der Unterhaltung nach, die ihre Eltern in ihrem Beisein geführt hatten. Ihre Mutter hatte sogar den Namen dieser Tante genannt, Daria Loredan. Cintia wusste das noch so genau, weil die Frau denselben Familiennamen trug wie der Doge. Die ganzen Tage, die seither vergangen waren, hatte sie nicht mehr daran gedacht, doch nun fiel ihr alles wieder ein. Warum war über diese Daria Loredan nie gesprochen worden? Woher rührte die Ablehnung ihrer Mutter dieser Frau gegenüber?

Von einem Onkel war dagegen nie die Rede gewesen.

»Ich bedaure«, sagte Cintia. »Ich wusste nicht, dass ich einen Onkel habe. Von Euch haben meine Eltern nie gesprochen. Nur dieses eine Mal über die Schwester meines Vaters.«

»Deine Mutter hatte eine Cousine, bestimmt hat sie früher einmal von ihr erzählt! Von deiner Tante Lodovica.« Erklärend setzte er hinzu: »Das ist meine Frau. Wir leben auf dem Lido.«

Cintia dachte nach. »Mutter erwähnte einmal eine Cousine namens Lodovica.«

»Siehst du«, sagte Tommaso Flangini triumphierend.

»Aber das ist lange her, und ich lernte sie nie kennen.«

»Ach, es gab da einmal einen alten Streit, als du noch sehr klein warst, doch das ist längst vergeben und vergessen. Der arme Ippolito, Gott schenke seiner Seele Frieden.« Flangini reckte sich auf die Zehenspitzen, um an ihr vorbei einen Blick in die Kammer zu erhaschen; offenbar nahm er erst jetzt die scheußlichen Einzelheiten ihrer Unterbringung war. In der Nacht waren zwei Frauen gestorben und bereits zum Verscharren fortgebracht worden, doch es lagen noch zwei weitere Kranke auf den Strohlagern, in schmutzige Laken gehüllt, hustend, stöhnend und im Fieberdelirium gekrümmt. Cintia und Lucietta hatten sich, so gut es ging, an der Pflege beteiligt, so wie schon bei den anderen Frauen, die man in den letzten Tagen zu ihnen in die Kammer gebracht hatte. Es war jedoch bereits abzusehen, dass alle Hilfe vergeblich war, denn auch diese beiden würden sicher den nächsten Tag nicht mehr erleben.

»Wie grauenhaft«, sagte Flangini. »Doch das ist ja bald vorbei, verlass dich auf deinen guten alten Onkel.« Abermals verzogen sich seine schmalen Lippen zu einem Lächeln, und wie schon zuvor kam es Cintia aufgesetzt vor.

»Habt Ihr keine Angst vor der Pest?«, wollte Cintia wissen. Dass jemand sich herwagte, obwohl er damit rechnen musste, sich anzustecken, nötigte ihr Bewunderung ab. Doch Flanginis Antwort ließ den neu erwachten Respekt sofort schwinden. »Ich hatte als Kind die Pest«, teilte er ihr mit. »Aber trotzdem komme ich lieber nicht näher, man weiß ja nie.«

»Warum seid Ihr hier?« Hoffnungsvoll fügte sie hinzu: »Kommt Ihr uns abholen?«

Er wirkte befremdet. »Uns?«

Cintia deutete auf Lucietta. »Das ist meine Cousine Lucietta. Sie gehört als meine Ziehschwester zur Familie.«

»Äh … Ach ja. Nein, holen kann ich euch noch nicht, erst nach der vorgeschriebenen Frist. Ich wollte nur … sehen, ob es euch gut geht.«

Cintia warf einen bezeichnenden Blick auf Todaro, der bei der Zisterne herumlungerte und neugierig herüberstarrte. »Es gibt Subjekte hier, die uns nach dem Leben trachten.«

Lucietta verstand sofort, was Cintia mit dieser Äußerung bezweckte, und mit tragischer Stimme setzte sie hinzu: »Dass wir noch leben, ist nur unserer Vorsicht zu verdanken. Wir fürchten uns jede Nacht halb zu Tode. Als wir anfangs hier waren, hat uns Cintias künftiger Schwager beschützt, doch er konnte nicht mehr kommen.«

Der Mann nickte. »Davon hörte ich. Es hieß, Guardis jüngerer Sohn bekam die Pest.«

Cintia erschrak. »Was wisst Ihr darüber? Ist er tot?«

Flangini zuckte die Achseln. »Keine Ahnung. Mit den Guardis habe ich nichts zu schaffen.«

»Gregorio Guardi wird mich heiraten«, erklärte Cintia mit mehr Selbstsicherheit, als sie fühlte.

»Das geht wohl nicht, da er sich aus dem Staub gemacht hat. Außerdem kam es noch nicht zum Ehekontrakt mit den Guardis, und dabei bleibt es auch.«

»Was meint Ihr damit?« Argwöhnisch musterte sie ihn. »Warum soll ich ihn nicht mehr heiraten können? Wer bestimmt das denn?«

»Ach, das sind langweilige Vormundschaftsfragen, darüber reden wir, wenn das alles hier vorbei ist.« Er blickte sich zu Todaro um. »Ich nehme an, das ist der Kerl, vor dem du Angst hast, wie?« Seufzend nahm er seine Börse vom Gürtel. »Ich hatte schon befürchtet, dass es mich was kosten wird. Aber Hauptsache, du bist gesund und bleibst es auch. Ich werde mich um alles Weitere kümmern. Mach dir keine Sorgen mehr. In diesem Sinne – auf bald, Nichte.« Bei diesen Worten rang er sich abermals ein Lächeln ab, bevor er sich nach einer kurzen Verbeugung entfernte. Cintia sah ihn mit Todaro palavern, und nachdem eine Handvoll Münzen den Besitzer gewechselt hatte, verschwand der Besucher eilig in Richtung Strand.

»Ich kann diesen Tommaso Flangini nicht leiden«, sagte Lucietta, während sie neben Cintia in die offene Tür trat. »Sein Lächeln war … falsch.«

Cintia widersprach nicht, denn sie war derselben Meinung. »Was er wohl mit *Vormundschaftsfragen* meinte?«

»Nun, wir haben noch nicht darüber gesprochen, aber irgendwer wird sich künftig um dich kümmern müssen. Ich glaube, es wird so ähnlich sein wie bei mir damals, nachdem meine Eltern tot waren. Aus der Verwandtschaft wird ein Vormund bestellt, der für dich die Verantwortung übernimmt. Es scheint so, als wolle er Anspruch darauf erheben. Gebe Gott, dass wir nicht zu schrecklichen Menschen kommen!«

Cintia blickte ihre Cousine entsetzt an. »Du meinst, wir dürfen vielleicht gar nicht mehr nach Hause?«

Lucietta hob nur die Schultern. Ihr Mund zitterte, sie kämpfte sichtlich mit den Tränen.

Cintia schlang unwillkürlich die Arme um den Oberkörper; trotz der drückenden Hitze fröstelte sie mit einem Mal.

Todaro kam näher. In seiner Miene zeigte sich die übliche Verschlagenheit. »Dein Onkel gab mir Geld, damit dir nichts zustößt«, teilte er ihr grinsend mit. »Aber nur für dich. Nicht für die schöne blonde Lucietta. Ich habe ihn eigens gefragt. Er sagte wörtlich: Die brauche ich nicht, die kann meinetwegen weg.« In seinen Augen funkelte es, während er Lucietta von oben bis unten taxierte. »Aber *ich* kann dich ganz gut gebrauchen. Na, freust du dich schon?« Beiläufig schob er eine Hand unter sein Wams und griff sich zwischen die Beine. »Bis der Arzt euch entlässt, dauert es noch ein paar Tage«, flüsterte er. »Ich krieg dich, verlass dich drauf!«


Venedig, Spätsommer 1510


In der zweiten Woche nach seiner Erkrankung konnte Niccolò wieder aufstehen, zumindest für kurze Zeit. Er schaffte es vom Bett bis zum Fenster und wieder zurück, und seit einigen Tagen bewältigte er sogar den Gang zum Abtritt, was aus seiner Sicht allerdings keine wirkliche Verbesserung darstellte, da er immer noch zu schwach war, um das Haus zu verlassen. Sein Vater ließ sich nicht bei ihm blicken; bei den ersten Anzeichen von Niccolòs Krankheit hatte er sich im Mezzà verschanzt und niemanden mehr zu sich gelassen. Hätte nicht die Köchin dafür gesorgt, dass am zweiten Tag von Niccolòs Krankheit seine alte Amme Eufemia zurückkehrte und ihn pflegte, wäre er sicherlich schon tot.

Eufemia hatte, wie sie Niccolò erzählte, die letzten Jahre bei ihrer Schwester auf Murano gelebt, und als sie von der Köchin erfuhr, dass ihr früherer Schützling an der Pest erkrankt war, hatte sie nicht gezögert, ihm beizustehen.

»Wenn es nach deinem Vater gegangen wäre, hätte das Pestboot dich auf die Insel der Verdammten geschafft, jedenfalls sagte er mir das, als ich herkam. Geld hat er mir keines gegeben, der ehrenwerte Messèr Guardi. Er meinte, es zwinge mich ja niemand, dich zu pflegen.«

Niccolò hatte ihr versprochen, sie zu entlohnen, sobald er wieder gesund wäre, doch sie hatte nur verärgert den Kopf geschüttelt. »Glaubst du, ich tue das um des Geldes willen? Wer hat dich denn gestillt, gewickelt und umhergetragen, bis du selbst laufen konntest? Ich liebte dich mehr als mein Leben, und daran hat sich nichts geändert. Noch heute verfluche ich den Tag, an dem dein Vater mich fortschickte.«

Tatsächlich war es schon viele Jahre her, und Niccolò, der damals kaum vier Jahre alt gewesen war, erinnerte sich nur noch dunkel daran. Eines Tages war Eufemia einfach fort gewesen, und er hatte geweint und nach ihr gefragt. Sein Vater hatte ihm lapidar erklärt, sie sei tot.

Damit hatte Niccolò nun einen Grund mehr, seinen Vater zu hassen.

Manchmal drang das Grölen und Lallen von Eduardo Guardi aus dem Mezzà herauf in den ersten Stock, wo Niccolò seine Schlafkammer hatte. Sein Vater betrank sich täglich bis zur Besinnungslosigkeit, und wenn ihm der Schnaps ausging, brüllte er so lange herum, bis die Köchin ihm neuen besorgt hatte. Alle anderen Diener waren fortgelaufen, zum einen wegen der Pest, zum anderen, weil sie kein Geld mehr bekamen. Auch die Köchin hatte bereits angekündigt, bald zu verschwinden, obwohl sie schon seit fast zwanzig Jahren bei den Guardis diente. Niccolò hatte daraufhin nachdrücklich erklärt, für den rückständigen Lohn aufzukommen, sobald er gesund wäre.

Daran, dass er das letzte Geld seines Vaters genommen hatte, um für Cintias Überleben zu sorgen, mochte er im Augenblick nicht denken, und schon gar nicht darüber reden. Sollte sein Vater doch weiterhin glauben, Diebe hätten die Kassette mit dem Gold gestohlen, während er auf der Terraferma gewesen war, um Gregorio zur Heimkehr zu bewegen.

Einen Teil der Dukaten besaß Niccolò noch, versteckt unter seiner Matratze, doch er wollte das Geld nicht angreifen, bevor er nicht wusste, wie viel er davon noch benötigte, um Cintia zu helfen oder um andere zu bestechen, für sie zu sorgen. Die Köchin und Eufemia mussten eben noch eine Weile auf ihren Lohn warten. In zwei, spätestens drei Tagen, so überlegte er, wäre er wieder kräftig genug, um Cintia zu besuchen. Sicher war sie auch längst wieder auf den Beinen und konnte daher mit ihm reden. Ihm vielleicht sogar für seine Hilfe danken! Die Vorstellung, dass sie ihm dankte und ihn dabei anlächelte, hob seine Laune so sehr, dass er sich fast wieder gesund fühlte.

An diesem Tag war er immerhin ausreichend bei Kräften, um hinunter ins Mezzà zu gehen. Eufemia lief jammernd hinter ihm her und behauptete ein ums andere Mal, er werde bestimmt stürzen und sich den Hals brechen, doch er achtete nicht auf sie. Auf Höhe des Piano nobile blickte er durch die hintere Loggia in den Portego. Die Köchin hatte ihm erzählt, dass sein Vater Zierrat, Spiegel und Gemälde aus dem großen Saal verpfändet hatte, damit sie ihm weiterhin Schnaps und hin und wieder auch etwas zum Essen besorgen konnte; trotzdem war der Anblick der kahlen Wände in dem vorher so prunkvollen Raum für Niccolò eine unangenehme Überraschung.

Wut und Enttäuschung hinderten ihn, sich auf seine Schritte

157

zu konzentrieren, mit der Folge, dass er tatsächlich um ein Haar gestürzt wäre. Er schwitzte stark, und sein ganzer Körper zitterte, als er endlich das Mezzà erreicht hatte. Sein verkrüppeltes Bein schmerzte heftig, und zum ersten Mal überlegte er, ob es vielleicht ratsam wäre, künftig einen Stock zu benutzen, zumindest so lange, bis er wieder Herr seiner Kräfte war.

Die Köchin trat aus der Küche auf den Gang hinaus und verbeugte sich, als er näher kam. »Ihr seid wieder auf den Beinen! Dem Himmel sei Dank! Nun kann sich jemand um alles kümmern!« Sie verbeugte sich abermals und reichte ihm ein Stück weißes Brot. »Ganz frisch, *Domine*, gerade aus dem Ofen! Esst, damit Ihr zu Kräften kommt!«

»Später«, sagte er. »Ich will zuerst mit meinem Vater reden.«

»Ja, tut das! Und anschließend will ich Euch eine gute Mahlzeit auftragen!«

In ihrem Blick stand Erleichterung, und Niccolò meinte sogar, eine Spur von Ehrfurcht in ihrer Miene zu erkennen. Er war nicht sicher, ob dieser Eindruck vielleicht trog, doch als er kurz darauf seinen Vater in volltrunkenem Zustand vorfand, begriff er, warum die Köchin ihre letzte Hoffnung auf ihn setzte. Es gab niemanden sonst im Haus, der ihren Respekt verdient hätte. Von den Männern der Familie Guardi war er der Einzige, der noch klar bei Verstand war. Sein Bruder hatte seine Vernunft für ein Flittchen aufgegeben, sein Vater die seine im Suff ertränkt. Die Wertsachen der Familie waren verkauft, die Dienerschaft davongelaufen, und Niccolò war zudem davon überzeugt, dass sein Vater sich seit Wochen nicht um die Compagnia gekümmert hatte. Er war Händler und konnte nur verdienen, indem er Waren kaufte und verkaufte, doch dazu musste er täglich zur Prokuratie oder zum Rialto, wo die Kaufleute sich zum Abschluss ihrer Geschäfte trafen. In den Lagerhäusern waren die Handelsgüter zu prüfen, und in den Häfen galt es, das Stauen und Löschen von Schiffsfracht zu überwachen. Es gab Kontorschreiber und Handelsgehilfen, die für Eduardo Guardi arbeiteten, doch ohne seine Anweisungen würden sie nichts unternehmen.

Niccolò hinkte in die Kammer, in der sein Vater seit fast zwei Wochen hauste; die Einrichtung war spartanisch und eher einem Knecht angemessen als dem Herrn des Hauses. Tatsächlich hatte hier zuvor der Bootsführer gewohnt, der bei Ausbruch der Pest als einer der Ersten das Weite gesucht hatte.

Eduardo Guardi war rücklings auf der schmalen Bettstatt niedergesunken. Seinem offenen Mund entwich ein röchelndes Schnarchen, und auch sonst wirkte er wie jeder beliebige Säufer, der sich von einem ausufernden Zechgelage nach Hause und dort gleich voll bekleidet ins Bett geschleppt hatte. Seine Hemdbrust war mit undefinierbaren Flecken übersät, und auch die nachlässig geschnürten Beinkleider starrten vor Schmutz. Er hatte sich ersichtlich seit Tagen nicht umgezogen, von Waschen oder Kämmen ganz zu schweigen. Es stank zum Erbarmen in der kleinen Kammer, nach Schnaps, Schweiß und Exkrementen. In der Ecke neben dem halb offenen Fenster stand eine Lache Urin; offenbar hatte sein Vater versucht, sein Wasser ins Freie abzuschlagen und dabei das Ziel verfehlt.

Wilder Zorn brandete in Niccolò auf. Mit großen Schritten und ohne Rücksicht auf die Schmerzen in seinem Bein humpelte er zum Bett und packte seinen Vater bei der Schulter. Er rüttelte ihn hart, und als außer einem unwilligen Stöhnen keine Reaktion kam, zerrte er seinen Vater in eine sitzende Position hoch und stieß ihn mit Rücken und Hinterkopf gegen die Wand.

»Vater! Um Himmels willen, das muss aufhören! Wir gehen alle vor die Hunde, wenn du nur besoffen hier herumliegst! Steh auf und sieh zu, dass du wieder nüchtern wirst!«

Eduardo Guardi öffnete mühselig ein Auge und stierte ihn an. »Du widerlicher kleiner Krüppel«, lallte er. »Wieso hat die Pest dich nicht umgebracht? Verschwinde, oder ich hole den Stock.«

Niccolò verlor vollends die Beherrschung. Rasend vor Wut hob er die Hand und schlug seinem Vater ins Gesicht, immer wieder, sicher ein halbes Dutzend Mal.

Dabei konnte er nicht klar denken; er sah nur die Bilder vor sich. Bilder, auf denen er selbst ein kleiner Junge war und sein Vater mit dem Stock auf ihn eindrosch, bis sein Rücken und sein Hintern bluteten. Eduardo Guardi war der Meinung gewesen, sein Sohn hätte die Hiebe verdient, denn er hatte geweint. Nur Mädchen und Memmen weinen, hatte er erklärt, und dann hatte er das Weinen aus Niccolò herausgeprügelt. Die Methode war einfach: Er hatte ihn einfach so oft und so lange geschlagen, bis keine Tränen mehr kamen, nie wieder.

Eduardo war durch Niccolòs Schläge aus seinem Rausch gerissen worden, doch die Wucht der Treffer hatte ihn zugleich betäubt. Ein- oder zweimal hatte Niccolò statt mit der flachen Hand mit der Faust zugeschlagen. Sein Vater blutete aus der Nase und stöhnte laut, als Niccolò ihn endlich losließ.

»Das wirst du büßen«, murmelte Eduardo. »Du hast die Hand gegen deinen Vater erhoben, dafür schlage ich dich tot.«

Niccolò spürte einen Anflug von Angst, doch dann reckte er sich. Er war kein Junge mehr, sondern ein erwachsener Mann, und wie er eben bemerkt hatte, war er trotz seines verkrüppelten Beines und der kaum überstandenen schweren Krankheit seinem Vater an körperlicher Kraft nahezu ebenbürtig. Er dachte daran, wie er, ohne zwischendurch auszuruhen, all die Leichen aus der Ca' Barozzi hinaus auf die Fondamenta geschleppt hatte. Er erinnerte sich, mit welcher Leichtigkeit er den Einbrecher erstochen hatte. Auch diesen Widerling Todaro hatte er mühelos in die Schranken gewiesen. Er würde sich von niemandem mehr schlagen lassen, schon gar nicht von seinem Vater!

»Erhebe du noch einmal die Hand gegen *mich*«, erwiderte er kalt, »und du wirst erleben, dass ich besser mit dem Schwert umgehen kann als du. Das vierte Gebot wird mich gewiss nicht daran hindern, den mir zustehenden Platz in diesem Haus einzufordern. Ich habe dir vorhin schon bewiesen, dass ich zu einer Todsünde imstande bin, nicht wahr?« Er packte seinen Vater beim Kragen und wuchtete ihn vom Bett hoch, bis er Auge in Auge vor ihm stand.

»Gregorio ist weg, finde dich damit ab. Ich bin nun dein einziger Sohn, es gibt sonst niemanden, der den Namen und das Geschäft weiterführen kann. Behandle mich entsprechend, dann wirst du keinen Grund zur Klage haben.«

Sein Vater musterte ihn aus halb geschlossenen Augen. Blut strömte aus seiner Nase und mischte sich mit dem Speichel, der ihm bei seinen nächsten Worten von den Lippen spritzte. »Ich werde ihn zurückholen«, sagte Eduardo nuschelnd. »Er wird sich besinnen.«

Niccolò stieß ihn auf das Bett zurück. »Träum du nur noch eine Weile. Aber bis dahin werden wir die Compagnia weiterführen, als gäbe es ihn nicht.« Höhnisch fügte er hinzu: »Natürlich bliebe noch die Möglichkeit, dass ich mich allein um alles kümmere – als gäbe es *dich* nicht.«

Diese Worte ließ er nachwirken, während er zur Tür hinkte. »Betrachte es als Glücksfall, dass ich dir meine Hilfe anbiete«, sagte er leichthin. »Du hast einen schlechten Sohn verloren, aber dafür einen besseren dazugewonnen. Führe es dir vor Augen und vergiss es nicht.«

Wilder Triumph durchflutete ihn, während er langsam in Richtung Küche ging. Sein Körper schmerzte, als hätte sein Vater ihm Prügel verabreicht statt umgekehrt, und er war so erschöpft, dass ihm nicht einmal tagelanger Schlaf als ausreichendes Heilmittel erschien.

Dennoch kehrte er nicht in seine Schlafkammer zurück, sondern setzte sich in der Küche zu Tisch, obwohl er nicht den geringsten Hunger verspürte. Die Köchin und Eufemia standen dicht zusammen beim Herd, die Hände in die Schürzen gekrampft und die Gesichter starr vor Schreck. Es war nicht zu übersehen, dass sie alles mitbekommen hatten.

»Du erwähntest vorhin, dass du etwas zubereitet hast«, sagte er sanft zu der Köchin. »Nun kannst du mir auftragen. Ich freue mich auf die Mahlzeit.«

Sie kamen zu dritt, in der zweiten Nacht nach Todaros Drohung. Mit einer Selbstverständlichkeit, als hätten sie jedes Recht dazu, betraten sie die Kammer. Der erste Mann, der hereinkam, war Todaro. Er trug ein Windlicht, das er neben der Tür abstellte, und Cintia, die in dieser Nacht die erste Wache übernommen hatte, brachte gerade noch einen Warnruf über die Lippen, als der Nächste auch schon bei ihr war und ihr den Mund zuhielt. Der Dritte half Todaro, Lucietta zu überwältigen. Die wachte zwar auf, bevor die Männer sie erreichten, aber das Messer konnte sie nicht mehr erheben. Todaro trat es ihr aus der Hand, während sein Kumpan sie bei den Haaren packte und ihren Kopf nach hinten bog. Lucietta gab einen schrillen Schrei von sich, doch Cintia wusste genau, dass niemand darauf reagieren würde. Hier schrien oft Kranke vor Schmerzen oder Überlebende vor Trauer und Entsetzen. Schreie und Stöhnen waren in diesem Hospital mindestens so alltäglich wie Beten und Essen.

Gleich darauf traf Todaros Faust Luciettas Gesicht, worauf ihr Schrei sich abrupt in ersticktes Stöhnen verwandelte. Todaro riss Luciettas Gewand entzwei, bis im flackernden Licht der Kerze ihr nackter weißer Körper sichtbar wurde – ebenso der Beutel, den sie zwischen den Brüsten trug. »Ah, was haben wir denn hier für Schätze!« Todaro beugte sich über sie.

»Beeil dich«, sagte der andere Mann, der ihr die Hände festhielt. »Ich will sie haben, und du hast gesagt, du machst schnell, damit ich auch noch fertig werde, bevor jemand kommt!«

»Wir können sie so oft haben, wie wir wollen«, sagte Todaro. »Hauptsache, wir schaffen sie alle beide raus und in die Grube, bevor es hell wird.«

»Alle beide?«, meinte der Mann, der Cintia mit der einen Hand den Mund zuhielt und mit der anderen ihre Kehle so fest zusammendrückte, dass sie zu ersticken glaubte. »Aber du hast Geld von dem Onkel der Kleinen genommen!«

»Hier drin ist viel mehr.« Todaro hatte Lucietta den Beutel vom Hals gerissen und äugte sichtlich erfreut hinein. »Wir sagen dem Kerl einfach, dass sie doch noch gestorben ist. Sonst erzählt sie ihm am Ende noch, dass wir das Gold genommen haben, und dann gibt es vielleicht eine Untersuchung wegen Diebstahls. Besser, es bleibt keine der beiden übrig.«

»Und wir nehmen das Gold.«

»Du sagst es.«

»Aber vorher die Weiber.« Der Mann, der Cintia im Klammergriff hielt, lachte roh.

»Ganz recht, und zwar jetzt sofort.« Todaro nestelte zwischen seinen Beinen herum. Der abstoßende Anblick seines Gemächts rief in Cintia ungeahnte Kräfte wach, die es ihr ermöglichten, dem Kerl, der sie festhielt, mit aller Macht in die Finger zu beißen und sich gleichzeitig gegen den Griff um ihren Hals zu wehren. Er riss die Hand von ihrem Gesicht und schrie unterdrückt auf, worauf sie sich vollends unter ihm herauswand und von ihm wegkroch, in die Richtung, wo vorhin der Dolch gelandet war. Sie sah die Klinge im Kerzenlicht blitzen und streckte die Hand danach aus, doch bevor sie das Heft packen konnte, wurde sie von hinten zurückgerissen. Der Mann zerrte grob an ihren Haaren und schlug ihr ins Gesicht. »Du kleines Luder!«

In einer Mischung aus Wut und Entsetzen sah Cintia, dass auch er sich bereits entblößt hatte. Und nun merkte sie auch, wie stark er war. Er war weder sonderlich groß noch muskulös und obendrein seinem Aussehen nach schon ziemlich alt; dennoch waren ihre Körperkräfte im Vergleich zu den seinen kaum ausgeprägter als die eines Kindes. Hinter ihr schrie Lucietta gedämpft auf, aber Cintia konnte nicht sehen, was sich dort abspielte, weil ihr Verfolger sich auf sie geworfen hatte. Er zwang ihr mit den Knien die Beine auseinander und lachte, während sie versuchte, ihn abzuwerfen. »Ja, mach nur«, feuerte er sie an. »Ich mag es, wenn meine Weiber wild sind!«

Voller Abscheu spürte sie, wie er sein Glied gegen ihren Unterleib drückte und versuchte, sich dort auf eine Weise Zugang zu verschaffen, von der sie bisher nur unaussprechliche Andeutungen gehört hatte. Die üblen Ausdünstungen seines Körpers und der Anblick seiner geschwürigen Kiefer brachte sie zum Würgen, und der Ekel vor seinen groben Zudringlichkeiten war so stark, dass sie fast ohnmächtig wurde. Sie bäumte sich gegen den Griff seiner Faust auf, mit der er ihre Hände über dem Kopf zusammendrückte, während er mit der anderen Hand suchend zwischen ihren Schenkeln herumtastete und dabei fluchte, sie solle endlich stillhalten. Durch ihr wildes Zerren gelang es ihr schließlich, wenigstens eine Hand freizubekommen. Ihre Finger trafen auf einen metallischen Gegenstand neben ihrem Kopf. Das Messer! Sie tastete danach, bekam es zu fassen und stieß blindlings zu, in das Gesicht über ihr. Der Mann fuhr mit einem Aufheulen zurück, und in einer Mischung aus Grauen und wilder Genugtuung sah Cintia, dass die Klinge in sein linkes Auge gedrungen war, so tief, dass mindestens die halbe Messerlänge darin verschwunden war. Der Mann riss sich den Dolch stöhnend aus der Wunde, worauf ein Schwall aus Wasser und Blut über seine Wange strömte. Er ließ das Messer fallen und drückte sich die Hände gegen das Gesicht, als könne er so verhindern, dass das Auge endgültig auslief. Torkelnd stemmte er sich hoch, brach jedoch gleich darauf zusammen und wälzte sich auf dem Boden. Sein Körper zuckte heftig, versteifte sich ruckartig – und wurde dann schlaff. Cintia, die immer noch flach auf dem Rücken lag, wagte nicht, sich zu bewegen. Sie hielt die Luft an und beobachtete den neben ihr liegenden Mann, während ihr Herz zum Zerspringen raste. Sie konnte sein Gesicht nicht sehen, weil er ihr den Rücken zuwandte, doch er gab kein Lebenszeichen von sich und rührte sich auch nicht, als sie ihn mit dem Ellbogen anstieß.

Die beiden anderen Männer hatten den Vorfall überhaupt nicht registriert, so sehr waren sie mit ihrem eigenen Vorhaben beschäftigt. Todaro kniete zwischen Luciettas Schenkeln und traktierte sie mit den Fäusten.

»Du kannst nicht«, stellte sein Kumpan fest. »Vorhin stand er dir noch, aber jetzt sieht er aus wie eine alte Wurstpelle. Was ist los? Ist dir auf einmal die Lust vergangen?« Er deutete mit dem Kinn auf Cintia. »Der alte Zegno ist schon fertig mit der da, und du hast noch gar nicht angefangen! Du hast gesagt, du beeilst dich, damit ich sie auch noch haben kann! Wieso lässt du mich nicht als Ersten ran? Dann wäre ich schon fertig! Bei mir geht es schnell!«

Todaro heulte vor Wut auf. »Es geht gleich wieder! Siehst du? Siehst du?« Im Rhythmus der Schläge, die er auf Luciettas Körper niederprasseln ließ, begann seine Manneskraft sich tatsächlich wieder zu regen.

Wie aus dem Nichts erschien eine Hand und legte sich auf Cintias Schulter. Mit einem Schreckenslaut fuhr sie auf – und stieß erleichtert den Atem aus, als sie sah, dass kein neuer Feind sie bedrohte. Es war die Alte, die sich unbemerkt in die Kammer geschlichen hatte. Sie hockte wie eine schwarze Krähe im Schatten zwischen den Krankenlagern, den Zeigefinger zum Zeichen des Schweigens auf die Lippen gelegt. Mit raschem Griff hob sie den Dolch auf und streckte ihn Cintia hin. In der anderen Hand hielt sie einen Gegenstand, der ebenfalls als Waffe verwendet werden konnte – einen nadelspitzen, armlangen Bratspieß.

Die Alte warf Cintia einen bezeichnenden Blick zu. Sie war so ausgemergelt und klein, als könne ein Windhauch sie fortwehen, doch ihre Miene war starr vor Entschlossenheit, und in ihren Augen stand nichts als Kälte.

Sie deutete stumm mit dem Bratspieß auf den Mann, der hinter Lucietta hockte und ihre Arme festhielt, womit sie Cintia zugleich Todaro als Ziel zuwies. Ein Zischen kam zwischen ihren zahnlosen Kiefern hervor. »Auf drei!«

»Jetzt«, keuchte Todaro. »Jetzt kann ich!«

»Wird auch Zeit«, sagte der andere, während er gebannt auf Todaros Unterleib glotzte.

»Drei«, sagte Cintia, während sie Todaro den Dolch in den Rücken stieß. Zeitgleich durchbohrte die Alte mit dem Spieß den anderen Mann, der mit einem pfeifenden Keuchen umfiel und nach Luft schnappend liegen blieb. Todaro machte indessen keine Anstalten, zusammenzubrechen. Das Messer steckte in seinem Rücken, doch der Angriff hatte ihn nicht außer Gefecht gesetzt. Seinen eigenen Dolch aus dem Gürtel ziehend, kämpfte er sich auf die Füße. Er taumelte, fing sich aber wieder, um sich mit dem gezückten Messer auf Cintia zu stürzen. Sie tat einen Schritt zur Seite, doch er hätte sie ohnehin nicht mehr erreicht. Die Alte hatte dem anderen Mann den Spieß aus dem Leib gezogen und rammte ihn Todaro in die Seite. Dieser Treffer brachte ihn endlich zu Fall, doch er blieb bei Bewusstsein und hob an, mit erstickter Stimme Drohungen auszustoßen, worauf die Alte ihm das Messer aus der Hand riss und es ihm in die Brust bohrte. Er verstummte gurgelnd und versuchte, wegzukriechen, blieb aber nach wenigen schwächlichen Bewegungen reglos liegen.

Lucietta rappelte sich vom Boden hoch und trat ihm hart in die Seite. »Du Scheusal! Du widerwärtiger Hund!«

Er stöhnte und krümmte sich unter den Tritten, bevor er endgültig die Besinnung verlor. Zugleich erhob sich weiteres Stöhnen in der Kammer, und Cintia fuhr herum, bereit, sich abermals zur Wehr zu setzen. Es waren jedoch nur die Pestkranken, deren Anwesenheit Cintia nun erstmals wieder bewusst wahrnahm. Vermutlich hatten sie schon die ganze Zeit gestöhnt und gejammert, so wie sie es fast immer taten, wenn sie nicht ohnmächtig waren, aber Cintia hatte sich vorhin so vollständig auf ihr eigenes Überleben konzentriert, dass sie die Anwesenheit der Kranken vergessen hatte.

»Was tun wir jetzt?«, fragte Lucietta. Schwer atmend betastete sie ihren Körper, wo sich bereits die Male von Todaros Hieben abzuzeichnen begannen. Sie zuckte zusammen, als sie eine schmerzende Stelle berührte, und mit einem Wutschrei trat sie ihren Peiniger abermals in die Rippen. Diesmal rührte er sich nicht, weshalb sie ihre Attacke widerwillig einstellte und sich stattdessen bückte, um den Beutel vom Boden aufzuklauben.

»Wir gehen weg von hier«, sagte die Alte. Sie sprach lispelnd und war schlecht zu verstehen, weil sie keine Zähne mehr hatte, doch ihr Tonfall war entschlossen. »Wir nehmen ein Boot, ich weiß, wo eines liegt, das wir unbemerkt stehlen können. Bis zum Lido ist es nicht weit, man kann ja fast rüberspucken. Ihr seid jung und kräftig und könnt rudern. Zu dritt schaffen wir es.« Sie warf einen Seitenblick auf den Beutel in Luciettas Hand. »Außerdem habt ihr Geld. Wir können uns durchschlagen und zu meiner Nichte gehen, die wohnt auf dem Lido und kann uns für ein paar Nächte aufnehmen. Ist nicht mal weit von hier, nur eine halbe Stunde Fußmarsch, wenn wir auf direktem Wege übersetzen.«

»Hat sie ein Haus?«, fragte Lucietta.

Die Alte lachte kurz. »Unsereins hat keine Häuser. Sie lebt als Küchenmagd bei einem Bauern. Dort bewohnt sie mit ihrem Mann eine kleine Kate. Sie nehmen mich vielleicht auf. Ich bin schon alt, kann aber noch gut arbeiten und brauche nicht viel zum Essen.«

»Wir könnten zu deinem Onkel gehen«, sagte Lucietta zu Cintia. »Der wohnt doch auch auf dem Lido.«

Diese dachte an das aufgesetzte Lächeln dieses merkwürdigen, schäbig gekleideten Mannes und schüttelte entschieden den Kopf. »Nein, ich will nach Hause. Wir müssen eine Möglichkeit finden, zu den Guardis zu gelangen, damit ich mit Gregorio sprechen kann.«

»Aber Niccolò hat doch gesagt, dass Gregorio …«

»Niccolò kann viel erzählen. Ich glaube ihm kein Wort.«

»Warum sollte er dich belügen?«, fragte Lucietta.

»Weil er mich für sich selbst will.«

Lucietta runzelte die Stirn. »Ach so. Tatsächlich, das stimmt ja! Darüber habe ich noch gar nicht nachgedacht.« Sie besann sich, und Tränen stiegen ihr in die Augen. »Aber wann hätte ich das auch tun sollen. Nachdenken, meine ich. Die ganze Zeit war hier alles so …« Sie blickte sich um, als fiele ihr erst jetzt wieder ein, unter welchen erbärmlichen Umständen sie hier in der letzten Zeit hausen musste, ganz zu schweigen von dem, was eben passiert war. Sie presste die zitternden Lippen zusammen und holte Luft. »Du hast recht. Wir sollten versuchen, nach Hause zu kommen und dann zu den Guardis gehen. Wenn wir erst mit Gregorio sprechen können, wird alles gut. Du wirst seine Frau, und wir werden nie wieder etwas so Furchtbares erdulden müssen wie ...« Sie suchte nach Worten, fand aber offensichtlich keine, die angemessen das erlittene Leid beschrieben. Als ihr Blick auf die hingestreckten Gestalten der Männer fiel, erschauerte sie.

»Wir nehmen die Karre«, sagte die Alte.

Cintia nickte. »Es ist wohl nötig.«

»Ich gehe sie holen.« Die Alte huschte aus der Kammer.

»Was ist nötig?«, wollte Lucietta wissen.

»Wir müssen die Männer ... wegbringen.«

Luciettas Augen weiteten sich. »Du meinst ... zu den Gruben?«

Cintia zuckte die Achseln. »Wenn wir sie hier liegen lassen, wird man sie beim ersten Hahnenschrei finden, oder schon vorher. Wenn sie dagegen einfach ... weg sind, wird man glauben, dass sie vielleicht gezecht haben und irgendwo einen Rausch ausschlafen. Dann sucht man vorläufig nicht nach ihnen, und auch nicht nach uns, obwohl wir verschwunden sind – man wird denken, dass *wir* in der Grube liegen.«

Lucietta dachte nach, dann schluckte sie. »Du hast recht.« Trotzig fügte sie hinzu: »Sie haben es verdient. Wenn schon die armen Pesttoten kein christliches Begräbnis bekommen, soll es diesen Verbrechern auch nicht vergönnt sein.«

Zu dritt schleppten sie die schlaffen Körper der Männer hinaus und luden sie auf die Karre. Die Alte leuchtete mit dem Windlicht voraus, und so rasch wie möglich zogen sie den Leiterwagen durch das Tor der Außenmauer, hinaus auf das Brachgelände zu den Massengräbern. Wie immer war eines davon offen; es lagen erst wenige Leichen in dem frisch ausgehobenen Loch. Sie zerrten die Toten vom Karren und warfen sie in die Grube. Cintia würgte während der gesamten Prozedur vor Ekel.

Lucietta schwang die Schaufel, und beide warfen sie Erde über die Leichen, bis sie hinreichend bedeckt waren. Niemand würde sich die Mühe machen, nachzusehen, wer als Letztes auf diese Weise begraben worden war. Spätestens am nächsten Morgen würden die anderen Totengräber weitere Leichen hinzuwerfen und mit Erde zuschütten. Auf diese Weise würden Todaro und seine Kumpane in dem Grab vermodern, ohne dass jemand ihre Wunden zu Gesicht bekam.

Gemeinsam eilten sie zurück zum Hospital, um den Schließkorb mit ihren Habseligkeiten aus der Kammer zu holen. Er trug sich leichter als bei der Ankunft, denn es war längst nicht mehr so viel darin wie vorher. Trotz aller Vorsichtsmaßnahmen waren ihnen seit ihrer Ankunft zwei Kleider, Kämme, ein kleiner Handspiegel, Seife und einige Stücke Wäsche gestohlen worden. Doch dafür waren alle Wertsachen vollzählig vorhanden, denn Lucietta hatte den Beutel mit dem Schmuck und dem Gold stets bei sich getragen.

Lucietta und die Alte waren bereits hinausgegangen, und Cintia wollte gerade die Tür der Kammer hinter sich zuziehen, als sie die Stimme hörte.

»Warte!«

Sie blieb abrupt stehen und wandte sich um. Vier Frauen lagen verteilt im Raum, auf den stinkenden, von Urin und Blut durchfeuchteten Strohmatratzen, die auszutauschen sich seit ihrer Ankunft noch niemand die Mühe gemacht hatte. Eine der Frauen war bei Einbruch der Nacht bereits tot gewesen. Normalerweise hätten Todaro und die beiden Männer sie am frühen Morgen abgeholt, so wie sie es sonst auch immer taten. Zwei weitere Kranke, die mit ihnen die Kammer teilten, waren so hinfällig, dass sie kaum noch Leben in sich hatten. Cintia und Lucietta hatten ihnen hin und wieder etwas Wasser eingeflößt und neben ihnen gebetet, mehr konnte man für diese armen Menschen nicht tun. Keine der beiden würde den nächsten Tag überleben, so viel hatte Cintia inzwischen über die Pest gelernt.

169

Die vierte der Frauen, die man am Abend des Vortages gebracht hatte, war noch sehr jung, vielleicht achtzehn oder neunzehn, und damit kaum älter sie selbst. Cintia hatte an ihr bisher weder Beulen noch Pestflecken gesehen, doch die junge Frau hatte sich erbrochen, und ihr Fieber war so hoch, dass ihre Haut förmlich brannte. Wenn man sie berührte, war es, als fasste man einen heißen Ofen an. Sie hatte stundenlang fantasiert und von den nahenden Todesengeln gesprochen, was Lucietta mehrfach zu Bittgebeten für die arme Sterbende inspiriert hatte.

Doch das Mädchen lebte noch, und Cintia meinte sogar, statt des bisherigen sinnlosen Fiebergemurmels deutliche Worte zu verstehen.

»Warte«, kam es erneut krächzend von dem Strohlager. »Wohin geht ihr?«

Cintia war hin- und hergerissen zwischen dem Drang, so schnell wie möglich zu verschwinden, und dem Wunsch, dem armen Wesen, dessen Stunden so bald gezählt sein würden, noch eine letzte Hilfe zu erweisen. »Möchtest du Wasser? Komm, ich gebe dir etwas.«

Zu ihrem Erstaunen trank das Mädchen gierig und viel und verschüttete dabei fast nichts, und anschließend fiel sie nicht wieder ins Fieberdelirium zurück, wie es die Pestkranken sonst nach ihren kurzen, trüben Phasen des Wachseins taten. Ihre Augen waren weit geöffnet, und in ihnen stand ein fragender Ausdruck. Sie war bei klarem Verstand.

»Wohin geht ihr? Wollt ihr fliehen?«

»Wir … ja«, sagte Cintia verblüfft. Sie befühlte die Stirn der jungen Frau. Sie kam ihr nicht mehr ganz so heiß vor wie bei ihrer Ankunft. »Warum willst du das wissen?« Cintia strich ihr begütigend über die Hände. »Du solltest dich ausruhen und ein bisschen schlafen.«

»Ich bin nicht pestkrank«, sagte das Mädchen. Ihre Stimme war schwach und heiser, klang aber unverkennbar wütend.

»Aber warum bist du denn hergebracht worden?«

»Ich bin reingelegt worden. Ein Mann warf mich vor ein

Haus voller Kranker, und mit denen wurde ich dann wegge-schleppt und hergebracht.«

»Aber ... warum hast du nichts gesagt, als sie dich holten?«

»Weil ich halb tot vor Fieber war. Ich habe das manchmal. Es kommt plötzlich, dauert wenige Tage, und dann vergeht es wieder. So wie jetzt. Danach bin ich wieder völlig gesund.« Noch kraftlos, aber mit entschiedenen Bewegungen stemmte die junge Frau sich zum Sitzen hoch. »Ihr müsst mich mitneh-men. Hier lebe ich keine drei Tage. Ich habe gesehen, was sie mit euch machen wollten. Die anderen Kerle sind nicht viel besser.«

»Aber ...«

»Willst du mich in dieser Hölle allein lassen? Es wird doch wohl noch eine mehr auf dieses Boot passen, oder?« Sie warf Cintia einen abwägenden Blick zu. »Außerdem habe ich in Ve-nedig eine Bleibe, in einem schönen Haus. Ich kann euch dort-hin mitnehmen.«

Cintia war so perplex, dass sie mit dem Nächstbesten he-rausplatzte, was ihr in den Sinn kam. »Wie heißt du?«

»Esmeralda.«

»Das ist ein schöner Name«, erwiderte Cintia höflich, weil ihr nichts Besseres einfiel.

»Tja, Ehre, wem Ehre gebührt. Du solltest mich sehen, wenn ich gebadet und anständig gekleidet bin. Dann passt der Name zu mir. Man sagt, ich sei eine ungewöhnliche Schönheit. Jetzt wohl eher nicht. Also, nimmst du mich mit, Cintia? Du heißt doch Cintia, oder?«

»Cintia, wo bleibst du«, flüsterte es von draußen, womit Cintia einer Antwort auf Esmeraldas Frage enthoben war.

»Wir ... hm, wir müssen Esmeralda mitnehmen.«

»Wer, um Gottes willen, ist Esmeralda?«, kam es zurück. Lucietta hatte sich in der offenen Tür aufgebaut und blickte entgeistert herüber.

Cintia half dem Mädchen von der Matratze auf, was sich als nicht gerade einfach herausstellte, da sie kein Leichtgewicht war. Esmeralda war groß gewachsen und obendrein üppig gebaut, ihre Formen sogar um einiges ausgeprägter als bei Lucietta.

»Was tust du da?«, wollte Lucietta ungläubig wissen.

»Sie ist das Opfer eines Verrats geworden. Sie hat keine Pest.«

»Woher willst du das wissen?«

»Weil sie es mir erzählt hat und ich ihr glaube.«

»Glaub es mir ruhig ebenfalls«, sagte Esmeralda zu Lucietta. »Ich bin nicht pestkrank.«

Gegen diese schlichte Feststellung konnte Lucietta nicht viel einwenden, zumal Esmeralda bereits auf den Füßen stand. Pestkranke konnten für gewöhnlich nicht mehr viel erzählen und schon gar nicht aufstehen.

Cintia fasste Esmeralda unter und stützte sie, so gut es ging. Gemeinsam stolperten sie hinter Lucietta her, die den Schließkorb schleppte. Im Licht der Laterne, die von der Alten vorausgetragen wurde, bildeten sich um sie herum schwankende Schatten, als würden sich von allen Seiten her Verfolger auf sie stürzen. Cintia hatte Mühe, die Kranke aufrecht zu halten und nicht ständig zu stolpern; sie spürte ihre eigene Erschöpfung nach dem Überfall und der Beseitigung der Leichen bis in die Knochen.

Trotz aller Widrigkeiten erreichten sie schließlich unbemerkt das Strandstück jenseits der Gemüsebeete, wo an einem Landungssteg die wenigen Ruderboote vertäut lagen, die den Inselbewohnern zur Verfügung standen.

Die Alte, die bereits vorher ein geeignetes Gefährt ausgesucht hatte, wies auf einen der Kähne, und in konzentrierter Eile hievten sie zuerst Esmeralda und dann die Kiste hinein. Cintia wartete, bis auch die Alte und Lucietta ins Boot gestiegen waren, dann ließ sie sich selbst hinab und suchte sich einen Platz. Die Alte hieß sie jedoch, stehen zu bleiben, und drückte ihr ein langes Ruder in die Hand.

»Aber ich weiß nicht …«, sagte Cintia zögernd. »Ich habe

noch nie …« Sie hielt inne. Wahrscheinlich hatten die anderen ebenso wenig Erfahrung im Rudern wie sie selbst. Ein Blick zurück zu der jetzt von Dunkelheit umfangenen Insel reichte, um ihre Bedenken zu zerstreuen. Nie wieder wollte sie dorthin zurück, eher würde sie sterben. Diese Erkenntnis setzte eine ungeahnte Stärke in ihr frei. Hatte sie vorher geglaubt, restlos erschöpft zu sein, zwang sie nun mit schierer Willenskraft ihren Körper, zu gehorchen. Entschlossen schob sie das lange Holzblatt der Ruderstange ins Wasser und stieß das Boot vom Steg weg. Die Alte gab ihr Anweisungen und zeigte ihr, wie sie mit den Füßen besseren Halt gewann, um mehr Schwung in die Bewegungen legen zu können.

Das Laternenlicht warf milchige Kreise aufs Wasser, während der hölzerne Bug die Wellen vor ihnen teilte. Vor dem mondhellen Himmel erhob sich in nicht allzu weiter Entfernung die Küstenlinie des Lido. Die Alte hatte recht, sie würden nicht lange brauchen, bis sie wieder festen Boden unter den Füßen hatten.

Cintia ruderte konzentriert und mit regelmäßigen Bewegungen. Nach einer Weile taten ihr die Hände und Arme weh, aber es kümmerte sie nicht, im Gegenteil. Der Schmerz schien ihr wie ein Symbol dafür, dass sie aus eigener Kraft eine Schicksalswende herbeiführen konnte. Dieser Gedanke vermittelte ihr Hoffnung und stimmte sie sogar zuversichtlich. Sie würde Gregorios Frau werden, komme, was da wolle! Er würde ihr bei allem helfen, was zu tun war, um ihr Leben wieder in Ordnung zu bringen.

An dieser Stelle rissen ihre Überlegungen ab, um eine andere Richtung zu nehmen. Was würde sie tun, wenn Gregorio nicht da war, um ihr zu helfen? Wenn niemand da war? Angst wollte sich ihrer bemächtigen, und für eine Weile kreisten ihre Gedanken ziellos umher. Schließlich bildete sich jedoch aus dem geistigen Wirrwarr eine neue Form heraus, eine andere Prämisse, gestaltlos noch, doch mit einem Kern, der so hart war wie Eisen. Mit einem Mal wusste sie die Antwort: Wenn niemand da war, um ihr aus der Not zu helfen, würde sie es selbst schaffen. Noch wusste sie zwar nicht, auf welche Weise, doch irgendwie würde es ihr gelingen. Es war, als würde sich ihre Seele unter dieser Gewissheit weiten und in die Unendlichkeit der Nacht hinausgreifen, dorthin, wo es eine verheißungsvolle Zukunft gab, frei von Gefahren und Angst.

»Du bist so still«, sagte Lucietta. Sie saß neben der Alten auf der mittleren Bank und blickte zu Cintia auf. »Woran denkst du?«

»Wie ich es schaffen kann, dass alles wieder gut wird.«

»Darüber nachzudenken ist immer der erste und wichtigste Schritt«, kam es leise von Esmeralda. Halb sitzend, halb liegend hatte sie sich zwischen den Bänken niedergekauert und sich eine Decke um die Schultern gezogen. Im Widerschein der Laterne war ihr Gesicht geisterhaft bleich.

»Wir sind gleich da«, sagte die Alte. »Faseln könnt ihr morgen noch. Schont eure Kräfte für den Marsch.«

Das Ufer war nur noch wenige Bootslängen entfernt; eine sandige, schilfbewachsene Fläche erstreckte sich vor ihnen, fremdes Ödland, das sich in der Dunkelheit verlor.

»Ich hoffe, du kennst den Weg«, sagte Lucietta zweifelnd zu der alten Frau. Diese gab keine Antwort, sondern kletterte aus dem Boot und nahm die Laterne an sich, um gleich darauf ohne besondere Ankündigung loszumarschieren.

Die Mädchen beeilten sich, ihre Siebensachen zusammenzuraffen. Lucietta ergriff den Korb, Cintia stützte Esmeralda, und gemeinsam machten sie sich auf den Weg ins Ungewisse.

# Venedig, Herbst 1510

Erst in der zweiten Septemberhälfte fühlte Paolo sich wieder stark genug, um zur Arbeit zu gehen. Jedenfalls nahm er an, stark genug zu sein, was sich bald darauf als Irrtum herausstellen sollte. Er ließ sich mit dem Boot zum Arsenal fahren, doch er hatte kaum den Weg vom Hauptportal bis zu den Docks geschafft, als ihm klar wurde, dass die Anstrengung noch zu viel für ihn war. Der *Ammiraglio*, ein Mann namens Enrico Tassini, dem die Arbeiter von Paolos unvermutetem Erscheinen berichtet hatten, kam herangeeilt und sah gerade noch, wie Paolo sich schwitzend und restlos erschöpft unter dem Vordach der Werfthalle auf einem Balken niederließ, um sich dort auszuruhen. Sofort befahl er Paolo, unverzüglich nach Hause zu gehen. Im Arsenal werde ohnehin seit Wochen nur mit halber Kraft gearbeitet, berichtete er. Viele der Arbeiter waren an der Pest gestorben oder noch krank, es liefen weit weniger Schiffe vom Stapel als sonst.

»Niemandem nützt es, wenn einer unserer besten *Protomastri dei Marangoni* seine wiedergewonnene Gesundheit zu früh aufs Spiel setzt«, sagte Tassini, ein Endfünfziger mit einer löwenartigen Haartracht und einem sorgsam gestutzten Vollbart, der beinahe dieselbe Silberfarbe hatte wie die Mütze, die er im Gefolge des Dogen bei den Ehrenprozessionen trug. »Wir alle haben hier Dankgebete gesprochen, dass die Seuche Euch nicht das Leben gekostet hat. Seht nun zu, dass nicht Leichtsinn das Glück wieder zerstört. Geht heim und kuriert Euch aus. Kommt zurück, wenn Ihr wieder bei Kräften seid, aber auf keinen Fall vor Ablauf nächster Woche.«

Paolo hätte gern widersprochen, musste aber einsehen, dass sein Vorgesetzter recht hatte. Er war erst seit zwei Stunden auf, konnte sich aber kaum noch aufrecht halten. Der Schweiß floss ihm in Strömen vom Körper, und er war unfähig, dem Zittern seiner Beine Einhalt zu gebieten.

Indessen wollte er nicht wieder gehen, ohne Tassini das Zugeständnis abzuringen, auf das er aus war. »Wenn ich wiederkomme, möchte ich mit Euch über meine neuen Entwürfe reden«, sagte er. »In den letzten beiden Wochen hatte ich viel Zeit zum Nachdenken. Und zum Zeichnen. Ich habe …«

»Neue und noch bessere Ideen?« Tassini seufzte. »Es ist nicht die richtige Zeit, Loredan. Wir liegen mit halb Europa im Krieg, und es herrscht die Pest.«

»Venedig führt so gut wie immer Krieg, und wenn nicht gerade die Pest herrscht, dann passt etwas anderes nicht.« Paolo versuchte, im Ton sachlich zu bleiben und sich den aufsteigenden Ärger nicht anmerken zu lassen. Der Ammiraglio war ein erfahrener Praktiker und weit davon entfernt, ein Visionär zu sein. Wenn man ihn überhaupt beeindrucken konnte, dann mit Zweckmäßigkeit und Rationalität. Paolo hatte daher während seiner Ausbildung schon früh gelernt, einen kühlen Kopf zu bewahren, vor allem, wenn es um Neuerungen bei den Konstruktionen ging. Bei der einen oder anderen Kleinigkeit, etwa einer Umgestaltung der Ruderblätter oder der Duchten, war es ihm auch durchaus schon gelungen, die anfängliche Skepsis des Ammiraglio zu überwinden. Doch Paolo schwebten grundlegendere Änderungen im Galeerenbau vor, und damit fand er kein Gehör. Somit würde wohl nie die richtige Zeit kommen, denn bei regulärem Betrieb wurden im Arsenal täglich Galeeren vom Stapel gelassen, eine Arbeit, die vollen Einsatz erforderte, auch den seinen. Als Protomastro hatte er eine ganze Mannschaft von Zimmerleuten unter sich, und es wurde von ihm erwartet, dass er die laufenden Arbeiten überwachte, statt neue Konstruktionspläne zu ersinnen und umzusetzen. Um dergleichen jemals angehen zu können, brauchte er die Genehmigung der leitenden Arsenalbehörde, der *Eccelentissima Banca*.

»Ein Modell«, sagte Paolo, dem soeben ein ebenso kühner wie trefflicher Gedanke kam. »Mehr will ich nicht. Seht Euch meine Zeichnungen an. Lasst mich ein Modell im Maßstab eins zu zehn bauen und es Euch vorführen, und dann sehen wir weiter.«

Tassini hob die buschigen Brauen. »Eins zu zehn? Das hört sich vernünftig an. Und machbar. Ich werde mit den Provveditori reden.«

Diesmal konnte Paolo nicht an sich halten. »Ist das nötig? Wegen eines kleinen Modells?«

»Es wird viel von Eurer Arbeitszeit kosten. Und einen Teil der Werft beanspruchen. Über beides kann ich nicht einfach frei gebieten.« Es klang begütigend, aber es war auch verhaltener Tadel herauszuhören. Paolo wollte aufbegehren, doch Tassini kam ihm zuvor. »Es gibt andere Dinge, die ich für Euch tun kann, etwa Eure Bezahlung betreffend. Ihr seid noch nicht lange Protomastro, aber Ihr habt Euch bereits in hervorragender Weise bewährt. Das wollte ich schon längst beim *Patron in Banca* zur Sprache bringen ...«

Paolo nickte verdrossen und stand von dem Balken auf. »Das ist sehr großzügig von Euch«, sagte er, um Höflichkeit bemüht. Sie hatten ihm schon einmal vor nicht allzu langer Zeit den ohnehin recht ordentlichen Lohn erhöht, so wie er auch andere Privilegien genoss, teils wegen seiner Fertigkeiten als Baumeister, teils aber auch, weil er – ungewöhnlich für einen Handwerksmeister – von Adel war. Sein Vater war zwar ein armer Schlucker gewesen, doch der Familienname derer von Loredan sicherte Paolo eine Anerkennung, die über das, was einem Holzbaumeister gegenüber gebräuchlich war, hinausging. Ihm war gestattet, außerhalb des Arsenals zu wohnen, und man sah es ihm nach, dass er einen erklecklichen Teil seiner Zeit auf das Ersinnen neuer Konstruktionsarten verwendete. Seine Verbesserungsvorschläge, zumindest jene, die er bisher hatte umsetzen dürfen, hatten sich bestens bewährt. Den Behördenleitern im Arsenal lag folglich daran, dass er zufrieden war, doch zugleich achteten sie auch darauf, dass er sich – jedenfalls aus ihrer Sicht betrachtet – nicht allzu sehr in seinen Erfindergeist hineinsteigerte, sondern stattdessen seinen Teil dazu beitrug, dass täglich Schiffe in üblicher Anzahl und nach gewohntem Muster vom Stapel liefen. Somit war es an Paolo, ihnen zu beweisen, dass alles, was er vorhatte, Venedig nur zum Vorteil gereichen konnte. Er wollte bessere Schiffe bauen, und Venedig würde den Nutzen daraus ziehen.

»Wir reden noch einmal darüber, sobald ich wieder richtig einsatzfähig bin«, sagte Paolo.

»Das sollten wir tun«, erwiderte Tassini. Er wirkte erleichtert, aber auch eine Spur besorgt, als ahnte er bereits, dass Paolo nicht lockerlassen würde.

Paolo verabschiedete sich höflich von dem Ammiraglio und machte sich dann, ungeachtet seiner Schwäche, doch noch auf einen kurzen Rundgang durch die Halle, in der die riesigen Schiffsleiber zusammengefügt wurden. Stück für Stück entstanden dort Rümpfe, Decks, Duchten, Trennwände und Aufbauten, unter der Mitwirkung aufeinander eingespielter Gruppen von Zimmerleuten, die jeden Handgriff blind beherrschten. Hier wurde gehämmert, dort gesägt, an anderer Stelle wurden mit Flaschenzügen die vorgefertigten Bauteile nach oben gehievt, um am passenden Ort ihren angestammten Platz einzunehmen. Der Geruch von frisch gesägtem Holz hing in der Luft, schwer und betäubend, und Paolo sog ihn beinahe gierig ein, die reine Wohltat nach den langen Tagen voller Kräutergestank und Krankheitsdunst. Er betrachtete die Galeere, die gerade im Bau war, ein großes Gerippe aus Balken und Streben, dem man bereits die fertige Form ansah. Dutzende Männer kletterten mit geübten Bewegungen über Leitern und Gerüste um den Rumpf herum und arbeiteten an der Verschalung.

Paolo kniff die Augen halb zusammen und stellte sich vor, wie der Schiffskörper aussehen würde, wenn man seine Änderungen berücksichtigte. Nicht so viel anders, nur eben an den entscheidenden Stellen. Und natürlich wäre alles erheblich größer, was vermutlich der springende Punkt war, wenn es darum ging, für einen solchen Bau die Genehmigung zu bekommen, denn hierbei ging es um viel Geld.

Er wechselte einige Worte mit den Arbeitern, nickte ihnen zum Abschied zu und machte sich dann auf den Heimweg.

Am Kanal außerhalb des Hauptportals winkte Paolo eine Mietgondel heran. Als er sich im Schatten der *Felze* auf der Bank niederließ, war er bereits so erschöpft, dass er sich nach seinem Bett sehnte, und er verfluchte zum wiederholten Male die Krankheit, die ihn so viel Kraft gekostet hatte. Der Bootsführer wandte sich ihm zu: »Wohin, Domine?«

Paolo zögerte und gab dann einem Impuls nach. »Bringt mich zur Ca' Barozzi am Canalezzo.«

Unterwegs sah er an mehreren Häusern Pestfahnen hängen, was ihm in Erinnerung rief, dass die Schrecken der Seuche immer noch nicht vorbei waren. Die anfängliche Kopflosigkeit hatte einer dumpfen, pragmatischen Ergebenheit Platz gemacht. Es wurde bereits dankbar darüber gesprochen, dass die istrische Region mit mehreren Tausend Toten wesentlich härter betroffen war als das Gebiet der Lagune mit nur einigen Hundert, und die Dankesmessen wegen des raschen Abflauens der Epidemie mehrten sich.

Die Kranken wurden, sofern sie überhaupt lange genug lebten, nach wie vor mit Pestbooten eingesammelt und fortgebracht, wobei es sich hier meist um die ärmeren Leute aus den engen Mietskasernen oder die im Arsenal lebenden Arbeiter handelte, die wegen der drohenden Ansteckungsgefahr nicht in ihren Behausungen bleiben durften. Die Bessergestellten blieben zumeist in der von ihnen selbst gewählten Isolation ihrer eigenen Häuser und ließen sich dort pflegen.

»Wir sind da, Domine«, sagte der Bootsführer. Die Gondel erreichte den Palazzo der Familie Barozzi. Paolo hatte keinen Blick für die kostbaren bunten Fenster aus Muranoglas oder für die aufwendigen Fresken. Er sah nicht die kunstvoll gemeißelten Löwenköpfe auf den Balustraden, auch nicht die ebenmäßigen schlanken Säulen vor dem Wassertor oder das filigrane Maßwerk der Dachgesimse. Ihm fiel lediglich die Pestfahne ins Auge, die von der Brüstung der Loggia flatterte.

»Haltet kurz an«, sagte Paolo. »Ich will nachsehen, ob ich jemanden dort antreffe.«

»Domine, das ist ein Pesthaus«, warnte der Gondoliere.

»Das sehe ich wohl, aber ich hatte die Krankheit bereits.«

Der Gondoliere bekreuzigte sich. »Mit Verlaub, Domine, lasst mich weiterfahren, denn wenn Ihr in das Haus geht, bringt Ihr vielleicht die Seuche mit auf mein Boot.«

»Fahr nur, ich kann hinterher das restliche Stück zu Fuß gehen.«

Er entlohnte den Bootsführer und überlegte, dass es höchste Zeit war, einen neuen Gondoliere für die Familie anzuheuern. Daria hatte einen beschäftigt, der jedoch, wie viele der anderen Bediensteten, bei Ausbruch der Pest fortgelaufen war. Immerhin hatte der Bursche, was in diesen Tagen keineswegs selbstverständlich war, die Gondel dagelassen.

Paolo wollte gerade in die schmale Gasse einbiegen, die seitlich von der Ca' Barozzi zur Pforte führte, als er die leise Männerstimme hörte und mitten im Schritt verharrte.

»Natürlich ist Ippolito Barozzi tot, und seine Frau auch, das ist mir bekannt. Aber seine Tochter Cintia lebt, ebenso deren Cousine Lucietta. Sie waren auf der Pestinsel, doch jetzt sind sie verschwunden, und kein Mensch weiß, wo sie sind ...«

Eine andere, ebenso gedämpfte Männerstimme unterbrach: »Wenn sie auf die Pestinsel gebracht wurden, sind sie sicher ebenfalls längst tot. Da sterben fast alle.«

»Nein«, sagte der Erste ungeduldig. »Ich habe sie gesehen und mit ihr gesprochen. Cintia Barozzi war von der Pest genesen und wieder auf den Beinen, es ging ihr gut.«

»Dann ist sie vielleicht in das andere Lazarett gekommen, wo die Genesenden hingebracht werden.«

»Nein, da ist sie nicht«, kam es ungeduldig zurück. »Ich sagte doch, sie ist verschwunden. Aber irgendwann wird sie bestimmt hierherkommen, weil dies ihr Zuhause war. Und du sollst die Augen offen halten, dafür gebe ich dir Geld.«

»Und Euch Bescheid sagen, sobald sie auftaucht?«

»Ganz recht. Wenn du sie entdeckst und mir schnellstmöglich Nachricht bringst, wohin sie von hier aus geht, gebe ich dir zwei Dukaten extra.«

»Das ist gutes Geld.« Gier klang aus der Stimme des Mannes. »Dennoch muss ich wissen, was Ihr im Schilde führt. Ihr wollt dem Mädchen doch nicht etwa Böses tun? Ich kannte sie schon, als sie klein war, ein herzallerliebstes Kind mit schwarzen Zöpfen und Grübchen in den Wangen ...«

»Deshalb sollst du ja Acht geben, ob sie herkommt«, sagte der andere ungeduldig. »Weil du in der Nachbarschaft wohnst und sie kennst. Und natürlich habe ich nichts Böses im Sinn. Mir liegt nur an ihr, weil sie eine Verwandte ist und ich mich verantwortlich fühle. Hier hast du deine erste Vorauszahlung.«

Paolo hörte Münzen klimpern. Gleich darauf ertönten Schritte, die sich näherten. Er trat die Flucht nach vorn an, schritt kräftig aus und bog um die Ecke, um im nächsten Moment mit jemandem zusammenzuprallen, der ihm entgegenkam.

»Oh, verzeiht!« Paolo gab sich überrascht. »Ich war in Eile.«

Der Mann musterte ihn irritiert, schöpfte aber offensichtlich keinen Verdacht. Brummelnd ging er weiter zur Fondamenta, wo er einen alten Kahn bestieg, mit dem er eigenhändig davonruderte. Stirnrunzelnd blickte Paolo ihm nach. Der Mann sah aus wie ein kleiner Kaufmann oder Krämer, mit speckigem Wams, zotteligem Haar und einer Ausdünstung, die darauf schließen ließ, dass er seinem Körper nur höchst selten Wasser oder gar Seife angedeihen ließ.

Der andere Mann lungerte noch am Ende der Gasse herum. Er warf Paolo einen flüchtigen Blick zu und verschwand dann durch einen Torbogen. Paolo machte sich nicht die Mühe, ihm zu folgen, denn zum einen hatte der Bursche sich längst verdrückt und war sicherlich nicht für neugierige Fragen zu haben, und zum anderen konnte Paolo ihn ohnehin jederzeit leicht finden – der Mann würde sich die nächste Zeit häufig vor dem Haus herumtreiben, schließlich wollte er sich die Belohnung verdienen.

Paolo ging weiter bis zur Pforte und rüttelte probehalber daran. Wie erwartet, war sie verschlossen. Er hatte gehört, dass das Haus vorläufig beschlagnahmt worden war, nachdem feststand, dass Ippolito Barozzi und seine Frau an der Pest gestorben waren und auch die Tochter als tot galt. Bis die Frage nach möglichen Erben geregelt war, blieb der Besitz Ippolito Barozzis in der Obhut der Signoria. In Venedig gab es für alles und jedes eine Behörde, so auch für Nachlässe, denen keine Erben zuzuordnen war – die *Officiali ai cattaveri*. Daria hatte zwar für sich und Casparo inzwischen Erbansprüche angemeldet, aber derzeit war die Tätigkeit der Beamten, so wie alle anderen Arbeiten in Venedig auch, von den Auswirkungen der Seuche beeinträchtigt, zumal es wegen der vielen Pesttoten auch noch genug andere Erbschaftsangelegenheiten zu regeln gab. Es mochte noch Wochen dauern, bis in dem Fall eine Klärung zustande kam. Allerdings stellte sich die Sachlage nun völlig anders dar, wenn, wie er vorhin gehört hatte, Cintia Barozzi tatsächlich noch lebte. Dann wäre auf jeden Fall sie die alleinige Erbin ihres Vaters.

In Gedanken versunken ging Paolo weiter und tauchte ein in das verwinkelte Gassengewirr, das sich hinter den Prachthäusern am Canalezzo entlangzog. Von hier aus war es nicht weit bis zum Rialto, wo sich sonst immer das Volk an den Markttagen tummelte, jetzt aber nur wenige Menschen zu sehen waren. Er erreichte Darias Haus; auf sein Klopfen hin ging zunächst die Sichtklappe in der Pforte auf, und das kahle Haupt von Giulio wurde sichtbar, bevor der hünenhafte Leibwächter die Tür öffnete.

»Du warst nicht lange weg«, stellte Giulio fest. »Haben sie keine Arbeit mehr für dich im Arsenal? Oder reicht deine Kraft noch nicht aus?«

Paolo zuckte die Achseln. »Arbeit ist genug da. Und die Kraft kommt auch bald wieder. Ist Daria da? Ich muss mit ihr sprechen.«

»Sie ist oben.«

Als Paolo in den kleinen Innenhof trat, hörte er von oben glockenhelles Lachen, das vom Klang einer Flöte untermalt wurde.

»Ist Männerbesuch gekommen?«, fragte er stirnrunzelnd.

»Daria fand es angebracht, den normalen Betrieb wieder aufzunehmen.«

»Angebracht?«, wiederholte Paolo gedehnt. »Ist das nicht etwas verfrüht? Die Pest ist keineswegs vorüber. Ich sah eben noch in der Stadt die Seuchenfahnen flattern.«

»Nun, hier bei uns ist sie ausgestanden.«

Paolo seufzte unhörbar und überlegte, ob er Daria Geld anbieten sollte, damit sie das Bordell noch für einige Wochen geschlossen halten konnte. Viel besaß er nicht, aber einiges hatte er seit seiner letzten Beförderung sparen können. Doch dann verwarf er diesen Gedanken rasch wieder, denn mit dem, was er aufbieten konnte, würde sie ohnehin nicht weit kommen, nicht bei dem Lebensstandard, den sie und die Mädchen pflegten. Daria war vermutlich durchaus zu Recht der Ansicht, dass sie es sich nicht länger leisten konnte, ihr Haus weiterhin geschlossen zu halten. Eines der Mädchen war gestorben, eines weggelaufen, aber es lebten immer noch acht andere hier. Außerdem Casparo, die Köchin, der Leibwächter sowie inzwischen auch wieder mehrere Mägde – alle waren sie abhängig von Daria, die zwar oft auf den Leichtsinn und die Erfolglosigkeit ihres verstorbenen Gatten, Paolos Vater, schimpfte, selbst jedoch nie Anstalten gemacht hatte, in der Zeit zu sparen, um in der Not nicht zu verarmen. Paolo wusste, dass sie keinerlei Rücklagen besaß. Sie hätte wohl noch einigen Tand verkaufen können, doch das taten in diesen Zeiten des Krieges und der Seuche allzu viele Venezianer, als dass es viel eingetragen hätte. Hoffnungen auf das Erbe ihres Bruders wollte Daria sich nicht machen, bevor es nicht spruchreif wäre, jedenfalls hatte sie das geäußert. »Mit Geld zu spekulieren, das man höchstwahrscheinlich am Ende sowieso nicht bekommt, hat noch keinem gutgetan«, hatte sie dazu nur gemeint.

Folglich brachte sie wieder das zum Einsatz, was ihr sichere und gute Einkünfte bescherte: ihre Mädchen und ihre verruchten Luxusfeiern.

Paolo zögerte, doch dann sagte er sich, dass er es genauso gut jetzt erledigen könnte statt später. Er wandte sich zur Treppe, verhielt aber mitten im Schritt, als ihn sein Bruder ansprach. Casparo stand in der offenen Tür zum Mezzà und starrte ihn vorwurfsvoll an. »Du willst nach oben gehen?«

Paolo seufzte abermals, diesmal jedoch nicht im Stillen, sondern deutlich hörbar. »Ich habe mit deiner Mutter zu reden.«

»Das habe ich auch! Sie ist seit Stunden da oben, und ich will sie dringend etwas fragen.« Es klang anklagend.

»Das kann ich ja für dich machen und dir dann die Antwort überbringen«, sagte Paolo matt. Ihm war nicht nach einer Auseinandersetzung zumute, während sein Bruder ganz den Eindruck hervorrief, als wäre ihm gerade nichts lieber als das. Casparos Gesicht zeigte einen kämpferischen Zug, was allerdings ein wenig dadurch gemildert wurde, dass er an Wangen und Nase mit blauer Farbe beschmiert war. Auch an seinem Kittel gab es Flecken, ebenso auf seinen Zòccoli.

»Warum darfst du nach oben gehen, ich aber nicht?«, fragte Casparo, das Kinn vorgeschoben.

»Darüber hatten wir doch schon geredet.«

»Das reicht mir aber nicht. Ich bin nicht bereit, hinzunehmen, dass meine Mutter eine Kupplerin ist.« Es klang verbittert. »Sie verkauft junge Frauen an Männer! Das ist … widerlich!«

Aus Sicht eines fünfzehnjährigen Jungen war das wohl die traurige Wahrheit, dachte Paolo bedrückt. Doch was ließ sich an den Verhältnissen ändern, ohne dass sie alle ihr gewohntes Leben aufgeben mussten? Er hätte die Familie wohl mit seinen Einkünften ernähren können, aber nicht in dieser Umgebung und mit dem Luxus, an den Daria ebenso gewöhnt war wie Casparo. Ihn selbst scherte es nicht sonderlich, was die Witwe seines Vaters nach dessen Tod unternommen hatte, um sich über die Runden zu bringen; schließlich hatte sie dasselbe schon vor ihrer Ehe getan.

»Was genau willst du, Casparo? Ich meine, außer deine Mutter dafür zu verurteilen, dass sie dir ein Leben im Luxus bereitet?«

Casparo erwiderte trotzig seinen Blick. »Sie soll mit der Kuppelei aufhören. Es ist sündhaft.«

»Du willst, dass sie die Mädchen fortschickt?«

Casparo nickte heftig.

»Tja, das wäre eine Möglichkeit. Aber wohin sollen sie gehen? Sie haben kein anderes Zuhause. Hier werden sie von reichen Liebhabern versorgt, sie leben wie Prinzessinnen. Was sollen sie sonst tun – etwa die Nachttöpfe von irgendwelchen Herrschaften schrubben? Das wäre vielleicht ehrbar, aber sicher nicht das, was sie sich vom Leben erträumen. Glaub mir, es gibt weit Schlimmeres als das, was sie tun.« Bedachtsam fügte er hinzu: »Casparo, es ist vielleicht an der Zeit, dass du daran denkst, dich auf eigene Füße zu stellen. Du sagst selbst, dass du bereits ein Mann bist. Männer können für sich selbst geradestehen.«

Damit hatte er bei Casparo einen wunden Punkt berührt, wie er sofort erkannte. Sein Bruder errötete unter der Farbe, die sein Gesicht besprenkelte. »Ich kann arbeiten«, sagte Casparo sofort. »Sogar schwer!«

»Das weiß ich, mein Kleiner.«

»Nenn mich nicht so!«

»Verzeih. Ich vergesse immer, dass du wirklich beinahe ein Mann bist.« Paolo lächelte ihn an.

Casparo blickte grollend zu Boden; seine ganze Haltung signalisierte Unsicherheit, doch es war nicht zu übersehen, dass er voller Tatendrang steckte und die Situation so, wie sie sich ihm darstellte, nicht hinnehmen wollte.

Paolo ging das Herz auf vor Liebe; Erinnerungen an früher stürmten auf ihn ein. Casparo, wie er, kaum dass er ein paar Schritte hintereinander laufen konnte, schon Möbel und Treppen erklimmen wollte. Wie er, als er gerade ein paar Worte beherrschte, gekräht hatte, dass er groß sei und nicht mehr im Gitterbettchen schlafen wollte. Und manchmal, vor allem, wenn er müde gewesen war, hatte er die Ärmchen nach Paolo ausgestreckt, wortlos, die Augen voller anbetender Liebe zu seinem älteren Bruder. Paolo hatte ihn hochgenommen, doch es war ihm peinlich gewesen, das Kind zu herzen, vor allem, wenn Daria oder andere ihm dabei zusahen. So hatte er sich darauf beschränkt, Casparo in die Luft zu werfen und ihn wieder aufzufangen, bis der Kleine vor Vergnügen kreischte und hellwach war, sodass Daria schimpfte, weil er nun nicht mehr würde einschlafen können.

»Du musst nicht hierbleiben, wenn du daran Anstoß nimmst, was oben geschieht. Ich kann jederzeit eine Wohnung in der *Marinarezza* bekommen, und du könntest dort mit mir leben.«

»Warum bist du überhaupt noch hier bei uns? Hat dich nie gestört, dass Mutter ...«

»Doch«, räumte Paolo ein. Als er in Casparos Alter gewesen war, hätte er nur zu gern manchmal das Weite gesucht. Das, was sich im zweiten Obergeschoss abspielte, hatte ihn abgestoßen – und ihn zugleich unwiderstehlich angelockt. Es war diese Zerrissenheit, die ihn verstört hatte, und seinem Bruder erging es nun ebenso. Allerdings mit dem Unterschied, dass es für Casparo eine Möglichkeit gab, dem Dilemma auszuweichen.

Behutsam fuhr er fort: »Es hat mich früher oft gestört, aber ich blieb trotzdem. Du und Daria – ihr beiden seid meine Familie.«

»Dann bist du geblieben, weil du an uns hängst?«

»So ist es«, sagte Paolo wahrheitsgemäß.

»Wenn ich wegginge, wäre es schwer für Mutter.«

»Es würde sie treffen, aber sie würde es verstehen.«

»Vielleicht lässt sie mich gar nicht fort!«

»Doch, das täte sie, zumal es nur zu deinem Besten wäre. Zum einen vertraut sie mir und würde dich daher jederzeit meiner Obhut überlassen, und zum anderen könntest du bei der

Gelegenheit lernen, dir mit deiner Hände Arbeit Geld zu verdienen.«

Casparo schaute zweifelnd drein. »Du meinst, ich soll ein Handwerker werden?«

»Nun, ich bin auch einer«, sagte Paolo trocken.

»Dürfte ich dann auch malen?«

»Warum nicht? Sofern du nach der Arbeit noch Lust dazu hast.«

Casparo seufzte. »Am liebsten würde ich immer malen, nicht nur manchmal!« Eifrig setzte er hinzu: »Ich könnte doch bei einem Maler in die Lehre gehen! Vielleicht sogar beim großen Bellini! Zorzo da Castelfranco hat auch bei ihm gelernt, und heute ist er ein bekannter Künstler!«

Paolo überlegte, wie er seinem Bruder beibringen sollte, dass er es auch in hundert Jahren nicht zu den Fertigkeiten eines Bellini oder Giorgione bringen würde, ganz gleich, wo er in die Lehre ging. Casparo hatte ein Gespür für Farbkompositionen, doch das Figürliche lag ihm nicht. Er malte die herrlichsten Fantasieblumen, aber von menschlicher Anatomie in der Kunst verstand er so viel wie ein Esel vom Singen. Auch bei größter Anstrengung würde er es in der Malerei nicht sehr weit bringen.

»Das Malen wollen viele erlernen, aber nur sehr wenige bringen es zum echten Künstler«, sagte Paolo. Diese Erwiderung hielt er für ausreichend diplomatisch, doch offenbar war sie das nicht, denn Casparo fuhr auf: »Du denkst, ich hätte kein Talent!«

»Nicht doch«, protestierte Paolo. Nach kurzem Zögern meinte er: »Wir können in einer Malerwerkstatt um eine Lehrstelle nachsuchen.« Diesen Vorschlag konnte er getrost machen, denn keiner der bekannten Malermeister würde seinen Bruder für eine Lehre auch nur in Betracht ziehen. Rasch fügte er hinzu: »Falls es nicht klappt, kann ich dich im Arsenal zur Ausbildung anmelden.«

»Aber vom Schiffsbau verstehe ich überhaupt nichts!«

»Das würdest du ja dort lernen.«

»Du meinst, zum Malen brauche ich Talent, zum Schiffebauen aber nur einen großen Bruder, der was davon versteht?«

Paolo verkniff sich ein Lächeln. »So ist es nun mal«, sagte er. »Das Handwerk bildet sich innerhalb der Familie fort.«

»Niemand in der Familie hat je Schiffe gebaut, bevor du damit anfingst«, widersprach Casparo.

»Nun ja, einer muss immer damit anfangen, nicht wahr?«

»Aber du hast es von alleine geschafft.«

Damit traf er den entscheidenden Punkt. Paolo war nicht durch Vater oder Großvater zum Schiffsbau gekommen wie fast alle Marangoni im Arsenal, sondern als Außenseiter. Einerseits war dieser Werdegang, vor allem für den Sohn eines Patriziers, sehr ungewöhnlich, andererseits jedoch folgerichtig: Er hatte nicht nur Interesse für diese Art von Arbeit mitgebracht, sondern auch ein Höchstmaß an Begabung, und beides hatte sich mit zäher Ausdauer verbunden sowie einem unermüdlichen Ehrgeiz, der ihn dazu getrieben hatte, nicht lockerzulassen, bis er aufgrund einer Empfehlung dem damaligen Protomastro für die von ihm angestrebte Ausbildung im Arsenal vorgeschlagen wurde. Ein ausreichendes Maß an handwerklichen Vorkenntnissen hatte er sich fast zwei Jahre lang als Tagelöhner in einer der vielen kleinen Werften angeeignet, die es in Venedig außerhalb des Arsenals gab. Dort wurden keine Galeeren gebaut, sondern nur gewöhnliche Lastkähne, Sàndoli und Fischerkoggen, doch ein Schiff war ein Schiff, und das Holz, das bei allen Arten verarbeitet wurde, immer das Gleiche. Er war schon fast sechzehn gewesen, als er durch die Empfehlung des Werftbetreibers ins Arsenal gekommen war, doch das meiste, was man den Lehrjungen dort beibrachte, hatte er bereits beherrscht, und es hatte nicht lange gedauert, bis er dem Ammiraglio auffiel, der nicht gezögert hatte, Paolo zu fördern und sein Fortkommen zu beschleunigen.

»Ich würde auch gern etwas aus eigener Kraft schaffen«, sagte Casparo.

Paolo streckte die Hand aus und zauste ihm das Haar. »Das wirst du.«

»Sobald ich achtzehn bin, kann ich Offiziersanwärter zur See werden«, meinte Casparo eifrig. »Als Patrizier habe ich sogar die Pflicht zum Seedienst, vor allem, wenn Krieg herrscht!«

Damit hatte er nicht Unrecht, zumindest galt das als offizielle Lesart, doch hätten alle Patriziersöhne in Kriegszeiten auf See oder in der Armee Dienst tun müssen, wären wohl kaum noch welche in der Stadt. Als Paolo ins wehrfähige Alter gekommen war, gab es gerade keinen Krieg, und als im Vorjahr wieder einer ausgebrochen war, wären die *Savi agli Ordini* nicht im Traum darauf verfallen, ihn vom Schiffsbau abzuziehen und zu den Truppen zu schicken.

»Ich könnte *Sopracomito* auf einer Kriegsgaleere werden«, überlegte Casparo. In seine Ohren war Röte gestiegen, und er wippte auf den Fußspitzen, ein Zeichen dafür, dass er sich für diese Idee begeisterte.

»Bis du alt genug dafür bist, dauert es noch ein paar Jahre«, konstatierte Paolo. »Es kann allerdings nicht schaden, in der Zwischenzeit den Schiffsbau zu erlernen, dann hättest du den anderen Sopracomiti schon eine Menge voraus.«

Unentschlossen blickte er zur Treppe. Es drängte ihn danach, Daria zu berichten, was er heute zufällig beim Haus ihres verstorbenen Bruders erfahren hatte, doch es kam ihm nicht passend vor, gerade jetzt nach oben zu gehen, während Casparo mit anklagender Miene dabei zusah. Er unterdrückte ein Seufzen, dann wandte er sich dem Jungen zu.

»Was hältst du davon, wenn wir zusammen in die Küche gehen und nachsehen, ob noch was von dem gebratenen Huhn da ist?«

Das war der beste Vorschlag, den er hatte machen können. Casparos Miene hellte sich sichtlich auf; Jungen in seinem Alter hatten immer Hunger.

»Ja, lass uns in die Küche gehen«, stimmte Casparo zu. »Ich glaube, ich kann ein ganzes Huhn allein aufessen!«

Nachdem die Mädchen fast zwei Wochen lang die drückende Hitze und den durch alle Bretterritzen eindringenden Gestank nach Schweinemist in der Gesindekate des Bauern ertragen hatten, brachte die Alte endlich die ersehnte Nachricht: Es war ihr gelungen, einen verschwiegenen Fährmann zu finden, der sie vom Lido zur Hauptinsel übersetzen würde.

In den ersten Tagen nach ihrer Ankunft hatten sie sich nicht hinausgetraut, denn die Nichte der alten Frau hatte berichtet, dass Militi auf dem Lido unterwegs waren. Es hieß, man habe die toten Männer in der Pestgrube gefunden, und im Zuge dieser Entdeckung sei auch das Verschwinden der Mädchen aufgefallen, woraufhin, was niemand von ihnen für möglich gehalten hatte, eine Untersuchung eingeleitet worden war. Die Nichte meinte, dass sicher bald Gras über die Sache wachsen würde; die Männer hatten keinen bedeutenden Rang innegehabt, und davon abgesehen könnten sich die Verantwortlichen ohnehin zusammenreimen, was geschehen war. Es sei jedoch besser, sich einstweilen nicht blicken zu lassen.

Folglich blieben sie in der Kate hocken und gingen nur bei Nacht ins Freie, um sich die Füße zu vertreten und frische Luft zu schnappen.

Immerhin hatte es ein glücklicher Zufall gefügt, dass der Bauer und seine Frau an den ungeladenen Gästen keinen Anstoß nehmen konnten. Der Herr des Anwesens war gemeinsam mit dem Stallknecht nach Mestre zu einem Viehmarkt gesegelt, um dort Zuchteber zu kaufen, und seine Frau war tags darauf zu ihrer Mutter nach Burano aufgebrochen. Sie hatte eine der beiden Hausmägde mitgenommen; die andere war geblieben und entdeckte wenig später, dass sich Fremde in der Kate versteckt hielten, doch da sie sich mit der Nichte der Alten gut verstand, gab es keine Schwierigkeiten.

Erst nach Tagen erfuhren die Mädchen den Namen der alten Frau. Später überlegte Cintia manchmal, wie eigenartig es doch war, dass es so lange gedauert hatte. Es war fast, als hätte das schlimme Schicksal sie im Laufe der letzten Wochen in beliebig austauschbare Wesen verwandelt, bei denen es keine Rolle spielte, ob sie lebten oder starben, geschweige denn, ob sie einen Namen trugen. Die Pest war schuld daran, doch es war nicht nur die Seuche allein, die das unsägliche Elend bewirkt hatte. Verantwortlich waren letztlich die Menschen, die, durch den allseits drohenden Tod aller Skrupel entblößt, nicht nur die Nächstenliebe vergaßen, sondern sich auch jeglicher Moral entäußerten. Wo der Unterschied zwischen Leben und Tod alle Bedeutung verlor, war der Name des Einzelnen völlig ohne Belang.

Cintia stellte sich der Erkenntnis, dass auch sie selbst von dieser Verrohung betroffen sein musste, denn anders ließ es sich nicht erklären, dass sie eine schaurige Freude dabei empfunden hatte, einen Mann zu töten, und dass es nicht einmal nach ihrem Eintreffen hier auf dem kleinen Gehöft von Bedeutung gewesen war, wie ihre Retterin hieß.

Letzteres war auch eher durch einen Zufall herausgekommen; Cintia hatte ein Gespräch zwischen der Hausmagd und der Nichte mit angehört. »Wie heißt deine Tante?«, hatte die Magd wissen wollen.

»Imelda«, hatte die junge Frau erwidert.

Es war bereits ausgemacht, dass die Mädchen, sobald sich eine Gelegenheit zur Überfahrt in die Stadt ergab, den Hof verlassen würden. Imelda hatte beschlossen, zu bleiben; sie wollte beim Bauern wegen einer Stelle als Magd vorsprechen.

In der Nacht der geplanten Rückkehr nach Venedig blieb Cintia wach, weil vereinbart worden war, dass sie auf das zweite Nachtläuten horchen sollten – das Signal zum Aufbruch.

Sie bemerkte, dass die alte Frau ebenfalls nicht zur Ruhe fand. Imelda wälzte sich ruhelos auf ihrem Lager hin und her. Ihr Strohsack befand sich wie die übrigen in der Ecke neben dem Kamin, wo ihre Nichte den Besuchern in der Küche der nur zwei Räume umfassenden Kate ein Lager bereitet hatte. Den Schlafraum teilte die Nichte sich mit einer Stallmagd, die sonst dort nächtigte, wo nun die Gäste lagerten.

Cintia hatte sich aufgesetzt und lauschte in die Dunkelheit. Lucietta und Esmeralda schliefen fest; von beiden waren gleichmäßige Atemgeräusche zu hören, bei Esmeralda hin und wieder durchsetzt von leisen Schnarchlauten. Das Mädchen hatte sich von dem Fieber rasch wieder erholt; der nächtliche Marsch unmittelbar nach ihrer Flucht hatte sie zwar am Ende vor Erschöpfung zusammenbrechen lassen, doch zurückgeblieben war von der ganzen Anstrengung nur ein leichter Schnupfen, der mittlerweile auch schon fast auskuriert war. »Ich bin gesund wie ein Pferd«, hatte sie lapidar gemeint. »Wenn ich nicht gerade das dumme Fieber habe.« Cintia verstand sich gut mit dem Mädchen; sie hatte eine erfrischend offene, burschikose Art und hielt nicht hinterm Berg mit dem, was sie dachte. Indessen führte gerade das zugleich dazu, dass Esmeralda und Lucietta gelegentlich in Streit gerieten, der sich meist daran entzündete, dass Lucietta zu nah am Wasser gebaut hatte, wie Esmeralda sich verächtlich ausdrückte, oder daran, dass Lucietta sich dagegen wehrte, die wenigen verfügbaren Wäschestücke mit ihrer neuen Gefährtin zu teilen, die selbst nichts mitgebracht hatte, außer den Sachen, die sie am Leib trug. Sie hatte bereits angedroht, Lucietta auch nichts von *ihren* Sachen abzugeben, sobald diese wieder in Reichweite waren. Sie hatte schon des Öfteren von den kostbaren Kleidungsstücken erzählt, die sie in dem Haus aufbewahrte, wohin sie die Mädchen mitnehmen wollte. »Drei Kleider aus reiner Seide«, hatte sie geschwärmt. »Eines blau, eines rot, eines gelb. Und die feinsten, weißesten Hemden für darunter, so duftig und von solcher Stofffülle, dass sich drei Mädchen darunter verstecken könnten.« Sie lachte herzhaft. »Oder zwei Männer.« Sie hatte noch mehr solcher Äußerungen getan, die sich auf Männer und ihre Vorliebe für hübsch gekleidete Frauen bezogen, und Cintia hatte sich bereits befremdet gefragt, ob Esmeralda einen Hang zu frivolem Benehmen hatte. In jedem Fall schien sie großen Wert auf alle möglichen Äußerlichkeiten zu legen.

Das Haus, in dem sie lebte, schilderte sie in den glühendsten

Farben, als einen Hort von Luxus und Bequemlichkeit, und auch über das Essen geriet sie ins Schwärmen. Als Cintia sie einmal fragte, ob das Haus ihren Eltern gehörte, schüttelte Esmeralda den Kopf. Nein, sagte sie, ihre Eltern seien tot. Besitzerin des Hauses sei eine entfernte Tante, und nicht nur Esmeralda, sondern auch mehrere Cousinen von ihr lebten dort.

»Die Tante – ist sie sehr streng zu euch?«

Esmeralda lachte. »Ach wo! Wir dürfen fast alles tun, was wir wollen!«

»Auch auf dem Kanal spazieren fahren?«, fragte Cintia begierig. »Und auf den Märkten bummeln?«

»Natürlich. So oft wir wollen, sogar unverschleiert. Wir müssen nicht im Haus bleiben wie andere Mädchen, die nur zu den *Andate* oder Kirchgängen nach draußen dürfen. Wir führen ein freies Leben. Und wir feiern häufig, meist zwei Mal die Woche. Unsere Feste sind wundervoll! Wir lachen und tanzen und haben die ganze Nacht Spaß!«

»Aber ... wird deine Tante uns auch aufnehmen wollen? Es wäre ja nur für ein paar Tage, bis ich meine Angelegenheit geklärt habe.«

»Ganz sicher nimmt sie dich auf, auch für länger. Solange du magst, würde ich meinen. Du bist das schönste Geschöpf, das ich je sah, und Bildung besitzt du obendrein auch noch. Ich gebe es ungern zu, aber du wirst uns alle in den Schatten stellen. Und deine Cousine ist auch nicht übel, nur das viele Heulen muss sie sich abgewöhnen, dann wird es nicht die geringsten Schwierigkeiten geben.«

Cintia fand es zwar befremdlich, dass ihre Schönheit maßgeblich für ein vorübergehendes Unterkommen in Esmeraldas Zuhause sein sollte, doch sie hinterfragte es nicht weiter; dafür hatte sie schon zu oft erlebt, dass für andere Menschen ihr Aussehen im Vordergrund stand. Für Niccolò etwa, der sie immer mit Blicken verschlungen hatte, als wäre er ein Verhungernder und sie die rettende Speise. Was wohl aus ihm geworden war? Bald würde sie es erfahren, denn sie war fest entschlossen, so bald wie möglich zu den Guardis zu gehen, um mit Gregorio zu sprechen. Einstweilen jedoch war sie froh, dass es einen sicheren, sauberen Ort gab, den sie vorher aufsuchen konnte, um sich zu sammeln und sich in einen präsentablen Zustand zu versetzen. Ihr erschien das von Esmeralda gepriesene Heim als derart erstrebenswerte Zuflucht, dass sie den Gestank und die Enge in der Kate noch schlechter ertragen konnte. Vor allem die geschilderten Freiheiten kamen ihr wie der Inbegriff leuchtender Träume vor. Auf dem Canalezzo spazieren fahren! Oder über die Piazza und die Mole schlendern! Wie sehr sie sich nach der lichten Schönheit Venedigs sehnte! Hatte sie in der vergangenen Woche noch gedacht, das Leben in einer Kammer mit Pestkranken sei die Hölle auf Erden, erschien ihr nun die niedrige, verrußte Bauernkate, wo kaum zwanzig Schritte entfernt Schweinekoben und Abtritt um die Wette stanken, als mindestens ebenso schrecklich.

Einziger Lichtblick war das Essen. Es war nahrhaft und genießbar, denn Imeldas Nichte konnte gut kochen, und die Zutaten, die sie dafür verwendete, waren frisch und reichlich vorhanden. Es gab meist Eintopf, der geschmacklich von wenig Raffinesse zeugte, aber dafür durften sie sich jeden Tag satt essen. An einem Ziehbrunnen beim Haupthaus konnten sie sich sogar waschen, wenngleich sie dafür stets vorsorglich den Einbruch der Dunkelheit abwarteten.

Auch die Überfahrt sollte bei Nacht stattfinden, sodass sie im frühen Morgengrauen die Stadt erreichen und ohne Aufsehen zum Haus von Esmeraldas Tante gelangen konnten.

Cintia hielt es nicht länger auf dem kratzigen, harten Strohlager. Sie stand auf, stieg vorsichtig über die schlafende Lucietta hinweg und ging nach draußen, wo sie im schwachen Licht des Mondes bemerkte, dass auch Imelda die Kate verlassen hatte. Die alte Frau stand mit dem Rücken zu ihr am Rand der festgestampften Lehmfläche, die das bäuerliche Anwesen umgab, und sie schaute in Richtung Venedig – nur, dass es in der Ferne nichts zu sehen gab, weil es dunkel war. Sichtbar waren in dieser

Richtung nur einige Felder, ein Stück Strand und dahinter das Meer, dessen Oberfläche den diffusen Schimmer des Mondlichts widerspiegelte.

Cintia trat neben Imelda, von einer seltsamen Scheu erfüllt. »Kannst du nicht schlafen?«, fragte sie befangen.

Die Alte gab keine Antwort.

»Imelda«, sagte Cintia zögernd. »Ich wollte dir schon seit einer Weile etwas sagen. Ich … es muss sehr schlimm für dich gewesen sein, auf der Pestinsel. Als dein kleines Enkelkind starb …« Sie hielt inne, denn betroffen wurde sie gewahr, dass sie nicht einmal wusste, ob das Kind ein Junge oder ein Mädchen gewesen war. Sie holte Luft. »Wie war sein Name? Wie hieß das Kind?«

»Piero«, sagte Imelda. Es war kaum zu verstehen, ein Hauch vor der Weite der Nacht.

»Ein schöner Name«, sagte Cintia. »Bestimmt war er ein liebes Kind.«

»Das war er«, kam es in tonlosem Lispeln zurück. »Ein kleiner Wildfang manchmal, aber immer lieb. Er hatte den Himmel in den Augen, weißt du. So wie seine Mutter, meine Tochter. Sie hatten die gleichen Augen, so blau, dass man den Himmel darin sehen konnte.«

Cintia schluckte. »Imelda …« Abermals rang sie nach Worten. »Ich möchte dir mein Beileid aussprechen. Das habe ich noch gar nicht getan. Zuerst war ich krank, und dann … Es ist unverzeihlich, dass ich es nicht früher tat. Es … tut mir so leid.« Sie gab einen zittrigen Seufzer von sich. »Ich fühle mit dir.«

Und das tat sie wirklich. Der Schmerz über den Tod des armen Kleinen traf sie mit solcher Macht, dass es ihr förmlich den Atem verschlug. Sie keuchte, holte ruckartig Luft, und dann erschütterte ein Schluchzen ihren Körper. Die Tränen stürzten ihr aus den Augen und nässten ihre Wangen, ihr Kinn und ihren Hals. Sie weinte; zum ersten Mal, seit ihre Eltern gestorben waren, konnte sie weinen! Ungehemmt schluchzend sank sie in die Knie und barg ihr Gesicht in den Armen, als sie die Qual nicht länger ertragen konnte. Die Erkenntnis, dass sie nicht um das tote Kind und dessen Mutter, sondern um ihre Eltern und ihr eigenes verlorenes Leben trauerte, verschlimmerte ihr Elend noch.

Sie merkte nur undeutlich, dass Imelda neben ihr in die Hocke ging und den Arm um ihre Schultern legte. »Schäm dich nicht dafür«, flüsterte die Alte. »Du hattest danach noch gar nicht geweint, oder? Aber das musst du tun. Nur wenn du um sie weinst, wirst du es überwinden.«

Unter abgerissenen Schluchzern stieß Cintia hervor: »Ich konnte kein Totengebet für sie sprechen! Nicht einmal an ihrem Grab werde ich beten können, weil ich nicht weiß, in welcher Grube man sie verscharrt hat! Mein Vater – er lag doch schon im Sterben! Warum musste ihm sein Mörder noch die Kehle durchschneiden? Und meine Mutter ... Sie war der liebste Mensch, den man sich nur vorstellen kann! Niemals hat sie einen Menschen schlecht behandelt, ihr Leben lang war sie freundlich zu allen!«

Imelda murmelte begütigend irgendwelche Worte, die Cintia nicht verstand. Irgendwann hörte sie auf zu weinen und wischte sich das Gesicht.

»Wie hast du es ertragen?«, fragte sie mit erstickter Stimme die alte Frau. »Wie konntest du es aushalten? Du hast durch die Pest deine Familie verloren! Wie schaffst du es nur, danach noch weiterzuleben?« In diesem Moment empfand sie die Trostlosigkeit ihres Lebens als so umfassend, dass sie sich wirklich wünschte, die Pest hätte sie geholt. Alles erschien ihr hohl und hoffnungslos. Was sollte sie tun, wenn Gregorio sie nicht heiraten wollte? Würde man sie zu dem schrecklichen Onkel bringen, der ihr Vormund sein wollte? Allein die Vorstellung ließ sie innerlich erstarren, und die Angst, allem Kommenden wehrlos ausgeliefert zu sein, wurde übermächtig.

Zu ihrem Erstaunen fing die Alte an zu sprechen. »Ich habe sechs Kinder und drei Enkel begraben. Meine Eltern, meine Geschwister, zwei Ehemänner. Aber solange ich lebe, sind sie nicht wirklich fort. Sie alle sind bei mir geblieben, in meinen Gedanken und Gebeten. Ich bin noch da, um ihrer zu gedenken, und solange ich das tue, lebt ein Teil von ihnen weiter. Ich bete für ihre Seelen und bleibe noch ein bisschen auf dieser Welt.« Sie legte den Kopf schräg, als wolle sie lauschen. Ihr störrisches graues Haar fiel ihr auf eine Schulter, und das Mondlicht zeichnete ein feines Gitternetz in die Haut ihres Gesichts, das einen entrückten Ausdruck angenommen hatte. »Ich bin alt, mehr als siebzig Jahre habe ich auf dem Buckel. Aber ich kann meiner Lieben gedenken und dabei die Sonne auf meiner Haut spüren.« Sie hob den Kopf und wandte sich zu Cintia um. »Und ich kann noch den Himmel in den Augen der anderen sehen. In deinen Augen, da steht auch der Himmel.«

Cintia nestelte die Goldstücke hervor, die sie vorhin eingesteckt hatte. Am Abend hatte es deswegen einen Disput mit Lucietta gegeben, die alles, was sie an Wertsachen besaßen, für Notfälle aufbewahren wollte, doch Cintia hatte darauf bestanden, Imelda für ihre Hilfe zu entlohnen. Die beiden blanken Dukaten schimmerten matt auf ihrer Handfläche, als sie sie der alten Frau hinstreckte.

Imelda musterte das Geld erstaunt. »Was ist damit? Du hast mir schon das Gold für den Bootsmann gegeben.«

»Das hier ist für dich. Falls der Bauer dich nicht hier arbeiten lassen will ...«

»Er wird. Ich bin alt, aber kräftig. Und seine Frau trägt ein Kind, wie ich hörte. Er wird zusätzliche Hilfe dringend nötig haben. Auf die Kinderpflege verstehe ich mich gut, das wird er zu würdigen wissen. Außerdem hält er große Stücke auf meine Nichte. Keine kocht so gut wie sie, und auch sonst packt sie an wie keine zweite. Er wird froh sein, noch jemanden von diesem Schlag in seine Dienste nehmen zu können.«

»Vielleicht kommst du dennoch einmal in eine Lage, in der du weder arbeiten noch dich sonstwie versorgen kannst. Dann wirst du das Geld brauchen.« Sie drückte der Alten die Dukaten in die Hand. »Sobald ich eine verheiratete Frau bin und einem

Haushalt vorstehe, werde ich nach dir schicken lassen«, versprach sie. »Bei mir wirst du immer zu essen und ein Dach über dem Kopf haben.«

Die alte Frau blickte sie an, stumm und prüfend. Ihre Stimme klang rau, als sie schließlich weitersprach. »Du bist ein gutes Kind«, sagte sie, nuschelnd wegen ihrer zahnlosen Kiefer. Gleich darauf schüttelte sie den Kopf und berichtigte sich. »Nein, kein Kind. Du bist kein Kind mehr. Du bist eine erwachsene Frau. In dir steckt viel Kraft, mehr, als du denkst. Du bist stark. Viele Kämpfe stehen dir noch bevor, aber du wirst nicht untergehen. Du wirst dem Leben die Stirn bieten und dich nicht bezwingen lassen.« Sie hielt inne und fuhr dann fort: »Der Himmel in deinen Augen – er leuchtet auch bei Dunkelheit.« Sie streckte die Hand aus und fuhr Cintia über das Haar. »Geh deinen Weg und lass dich nie davon abbringen!«

Horchend wandte sie den Kopf, und auch Cintia hörte von der nächstgelegenen Kirche das schwache Bimmeln der Nachtglocke, das Zeichen für ihren Aufbruch. Hastig lief sie zur Kate zurück, um die anderen zu wecken.

Der Bootsmann war ein wortkarger junger Bursche. Er war, wie er erzählte, der Sohn eines Fischers, und da er sowieso bei Morgengrauen hinausfahren müsse, käme es auf eine Stunde früher auch nicht an. Hin und wieder warf er den Mädchen einen vorsichtigen Seitenblick zu, sagte dann aber nichts weiter und konzentrierte sich auf sein Boot. Er bediente das Segel mit ruhigen Handgriffen und blickte nur selten auf den Kompass, um den Kurs zu kontrollieren. Die Nacht war mondhell, doch um sie herum war nur das schwarze, ölig glänzende Meer. Hin und wieder tauchten mangrovenüberwucherte Inselchen aus der Dunkelheit auf, unbewohnt und karg wie viele dieser winzigen Eilande, die es in der Lagune gab. Die Luft war frisch und salzig; vom offenen Meer her wehte eine steife Brise, die das Segel zum Knattern brachte und den Geruch nach Fisch vertrieb, der dem Boot anhaftete.

Am Horizont zogen die ersten fahlen Ausläufer der Morgendämmerung auf, als sich der äußere Zipfel von Castello vor ihnen aus der Dunkelheit schälte, ein ungefüger Schatten, der ihnen zeigte, dass sie ihr Ziel bald erreichen würden. In der Einfahrt zum Canal Grande holte der Bootsführer das Segel ein und setzte die Fahrt mit dem Ruder fort.

Fackellicht erhellte den Dogenpalast und die Mole, auf der trotz der frühen Stunde bereits Betrieb herrschte. Von ferne sah man die Wachleute beim Palazzo Ducale patrouillieren und Marktleute ihre Waren von Booten auf die Piazzetta schleppen.

Esmeralda wies dem jungen Mann den Weg; sie wurde zusehends aufgeregter, während das Boot durch die verwinkelten Kanäle von San Marco glitt. Es war heller geworden, doch die Sicht hatte sich zugleich deutlich verschlechtert, weil Frühnebel die Gassen und Wasserwege verhüllte. Als farbloser, dicker Dunst wallte er von allen Seiten heran und verbarg Brücken, Kais und Fassaden. Die Laterne am Mast vermochte das undurchdringliche Grau nicht zu erhellen, und auch die vereinzelt erkennbaren Fackellichter an den Häusern waren nur gelbliche Flecken in der Dämmerung. Esmeralda hatte sich erhoben. Sich am Mast festhaltend, starrte sie angestrengt in den Nebel. »Gleich sind wir da!«, rief sie mit gedämpfter Stimme. »Da vorn! Das Haus an der nächsten Ecke!« Sie zeigte mit dem Finger darauf, und Cintia, die schon die ganze Zeit neugierig auf das angekündigte Luxusdomizil war, folgte mit Blicken der angezeigten Richtung. Was sie dabei zu Gesicht bekam, entsprach so vollständig ihren Erwartungen, dass sie sich erleichtert zurücklehnte. Der Palazzo war schon älter und nicht ganz so groß wie der ihrer Eltern, und er befand sich nicht an einem der Hauptkanäle, sondern an einem schmalen Wasserweg unweit der Rialtobrücke, doch er verfügte neben dem Mezzà über zwei Vollgeschosse und wirkte gepflegt und elegant mit seinen bunten, im Nebel verschwimmenden Fresken, den Bleiglasfenstern und den Porphyrsäulen vor der Loggia. Zur Wasserseite hin gab es keine Fondamenta, aber landseitig führte eine schmale Gasse am Haus vorbei zur Pforte. Cintia atmete tief durch, während sie an der Wassertreppe aus dem Boot stieg und sich von dem jungen Mann den Schließkorb reichen ließ. Voller Nervosität wartete sie, bis Esmeralda und Lucietta ebenfalls ausgestiegen waren. Der Bootsführer nickte ihnen zum Abschied zu, bevor er den Kahn von der Ufermauer wegstieß und mit langsamen Ruderstößen im Nebel verschwand.

Cintia und Lucietta folgen Esmeralda zur Pforte, wo das Mädchen energisch den Türklopfer betätigte. Es dauerte eine Weile, bis sich eine Klappe in der großen Holztür auftat. In der Öffnung wurde das verschlafene Gesicht eines kahlköpfigen Mannes sichtbar. »Esmeralda?«, fragte er ungläubig.

»In alter Frische«, stimmte Esmeralda zu. »Machst du uns bitte auf, Giulio?«

»Wen hast du da mitgebracht?«

»Das sind zwei Neue. Sehr hübsche, kluge Mädchen. Habe ich zufällig getroffen.«

Knarrend tat sich vor ihnen die Tür auf, und vor ihnen stand ein Hüne von einem Mann, der nur mit einem Lendentuch bekleidet war. Offenbar kam er gerade aus dem Bett. Er war ein schierer Berg aus Muskeln, mit gewaltigem Brustkasten, dicken Oberarmen und einem Hals, der fast so breit war wie der Kopf. Das Gesicht war scharf geschnitten, die Haut dunkel wie Nussholz. Das Windlicht, das er hielt, verschwand beinahe in seiner großen Hand; der Kerzenschein ließ seine Glatze und die Haut seiner Brust leuchten, als sei beides poliert. Er sah gefährlich aus, wie ein urzeitlicher Krieger auf Beutezug.

Das alles nahm Cintia mit einem raschen Blick zur Kenntnis, bevor sie verlegen die Augen abwandte, nicht ohne vorher eine rasche Begrüßung zu stammeln sowie eine Entschuldigung wegen der Störung.

Sie drängten sich in dem Innenhof, während der Mann die Pforte wieder schloss und sich zu ihnen umwandte. »Wo zum

Teufel warst du die ganze Zeit?«, wollte er von Esmeralda wissen.

»Das ist eine lange Geschichte. Aber jetzt bin ich wieder da, das ist das Wichtigste.«

»Du bist weggelaufen. Und es galt ganz klar die Regel, dass diejenigen, die weglaufen, hier nicht mehr erwünscht sind.«

»Ich bin nicht weggelaufen!«, protestierte Esmeralda. »Ich habe mich nur mit Giacomo getroffen.« Sie hob die Hand. »Ich schwöre, dass ich das Geld, das er mir versprochen hat, nicht für mich behalten wollte! Aber dann … Ich habe das Fieber gekriegt, und dieser Idiot hat es mit der Angst bekommen und mich einfach vor einem Pesthaus abgeladen. So landete ich auf der Insel der Verdammten.« Sie deutete auf Cintia und Lucietta. »Die beiden hier haben mir geholfen, von da wegzukommen. Wir haben uns zum Lido durchgeschlagen, und da blieben wir dann, bis wir jemanden fanden, der uns wieder in die Stadt zurückbrachte. Da sind wir nun also.« Sie lächelte den skeptisch dreinschauenden Riesen an. »Sei doch froh, dass ich wieder da bin. Und sogar mit Ersatz für die arme Beata! Sieh dir diese wunderbaren Mädchen an, vor allem die schwarzhaarige Fee hier. Ist sie nicht ein Gedicht?«

Cintia fühlte sich von Kopf bis Fuß begutachtet. »Sehr hübsch«, räumte Giulio ein. »Aber darüber ist das letzte Wort noch nicht gesprochen.«

»Bitte, dürfen wir jetzt erst mal nach oben gehen?«, fragte Esmeralda quengelnd. »Ich habe seit ewigen Zeiten nicht mehr richtig geschlafen! Davon, *worauf* ich all die Nächte nicht richtig geschlafen habe, will ich gar nicht erst reden!«

Giulio wirkte unentschlossen. »Na gut«, sagte er nach kurzem Zögern. »Ich will die Herrin deswegen nicht aufwecken. Aber seid leise, es gab gestern Abend eine Feier, und zwei oder drei Besucher sind noch hier.«

»Wir werden schon niemanden stören.« Esmeralda wandte sich lächelnd zu Cintia und Lucietta um. »Kommt mit, ihr zwei. Ich zeige euch mein Zimmer. Mein Bett ist riesig, wir können

201

leicht zu dritt darin schlafen, bis ihr eine eigene Kammer bekommt.«

Erleichtert folgte Cintia dem Mädchen über die Außentreppe, die sich in einem offenen Wendelturm befand, hinauf zum zweiten Stockwerk, wo Esmeralda behutsam die Tür öffnete und ihnen bedeutete, ihr zu folgen. Sie betraten ein Vestibül und dann einen weitläufigen Saal, der nur dürftig vom matten Licht der Morgendämmerung sowie einem auf einem Tischchen brennenden Talglicht erhellt war. Von dort führte Esmeralda sie in eine Schlafkammer.

»Wartet, ich hole eine Kerze, man sieht ja sonst kaum was von meinem schönen Zimmer.« Esmeralda eilte zurück in den großen Saal und kehrte gleich darauf mit einer brennenden Kerze zurück. »Endlich wieder zu Hause«, sagte sie frohlockend – und prallte empört schnaufend zurück.

»Marta! Cosima! Was soll das? Das ist *meine* Kammer!«

Mit gelindem Erschrecken sah Cintia, dass in dem riesigen Pfostenbett zwei Mädchen lagen, die sich, aufgeschreckt von Esmeraldas Ausruf, verschlafen aufsetzten. »Dein Bett ist größer als unseres«, sagte eines der Mädchen, eine schlanke Dunkelhaarige, die ungefähr in Esmeraldas Alter sein musste. Die andere, die ihr sehr ähnlich sah, fügte hinzu: »Und außerdem bist du weggelaufen.«

»Ich bin nicht weggelaufen«, sagte Esmeralda verärgert. »Wäre ich weggelaufen, hätte ich ja wohl meine Kleider nicht hiergelassen.« Ihr Gesicht verzog sich misstrauisch. »Habt ihr etwa auch meine Sachen genommen, als ich weg war?«

Die schuldbewusste Miene der beiden Mädchen zeigte, dass Esmeraldas Verdacht nicht grundlos war. »Oh!«, sagte sie empört. »Wie konntet ihr!«

»Wir dachten, du wärst aus Angst vor der Pest so schnell verschwunden, dass dir die Kleider egal waren«, verteidigte eine der beiden die unbefugte Inbesitznahme.

»Raus aus meinem Bett«, befahl Esmeralda. »Ich bin müde und Cintia und Lucietta ebenfalls. Und wenn ich ausgeschlafen habe, will ich als Erstes meine Sachen zurück, sonst gibt es Ärger!«

Murrend kämpften sich die Mädchen aus den zerwühlten Laken. Esmeralda trat mit der Kerze in der Hand näher, und jetzt erst erkannte Cintia, dass die Mädchen nicht allein waren. Der Mann im Bett war nicht zugedeckt und trug auch sonst keinen Faden am Leib. Splitternackt, die Glieder weit von sich gestreckt, lag er leise schnarchend auf dem Rücken.

Cintia keuchte entsetzt auf und wich einen Schritt zurück. Lucietta ließ ein erschrockenes *Lieber Gott!* entweichen, während sie an Cintias Seite eilte und sich an ihr festklammerte.

»Den müsst ihr mitnehmen«, verlangte Esmeralda. Wut lag in ihrer Stimme. »Bevor ich ihm ein Messer ins Herz stoße.«

Eines der Mädchen rüttelte den Schlafenden an der Schulter, worauf dieser hochfuhr und sich verwirrt umschaute. Er war noch recht jung, vielleicht Ende zwanzig, und zeigte einen leichten Ansatz zur Leibesfülle. Sein bartloses, rundes Gesicht wirkte freundlich und harmlos. Als er die fünf Mädchen rund um das Bett stehen sah, drückte seine Miene Verblüffung aus. »Oh! Also … Ich hätte nicht gedacht … So viele!« Er wirkte mit einem Mal leicht besorgt. »Na ja, ich weiß nicht … Ich meine, ich weiß nicht, ob ich noch so viel Energie … Hm, wir könnten es versuchen, oder?« Dann fiel sein Blick auf Esmeralda, und seine Miene wurde starr. »Oh, Liebes! Du lebst ja!«

»Sieh an«, versetzte Esmeralda zornig. »Das hättest du wohl nicht gedacht, nachdem du mich zu den Kranken geworfen hast, als wäre ich Abfall.«

»Ich dachte, du hättest die Pest!«

»Verschwinde, sonst vergesse ich mich!«

»Esmeralda, mein Liebes, es tut mir leid!«

»Ich sehe, wie leid es dir tut«, sagte Esmeralda grimmig, während sie bezeichnend auf seine beiden Gespielinnen blickte. »Raus aus meinem Bett.« Wütend funkelte sie Cosima und Marta an. »Und ihr auch, aber schnell!«

Der Mann schlang sich ein Laken um die Hüften, bevor er

aus dem hohen Bett kletterte. Cosima und Marta suchten unterdessen seine Kleidungsstücke zusammen, dann verließen alle drei die Kammer.

»War das der Mann, der daran schuld ist, dass du auf die Pestinsel gekommen bist?«, fragte Cintia.

Esmeralda nickte, doch ihr Grimm schien bereits nachzulassen. »Sein Name ist Giacomo Pellegrini. Er wird teuer bezahlen, glaub mir. Unter einem Diamantring mit passendem Armreif kommt er mir nicht davon.«

»Ist das hier … ein Kurtisanenhaus, Esmeralda?« Luciettas Augen waren kugelrund vor Neugier.

»Was glaubt ihr denn, eh? Aber keine Sorge, es wird euch niemand zu nahetreten, es sei denn, ihr sprecht eine Einladung aus.« Esmeralda stellte die Kerze ab und begann sich zu entkleiden. »Ich für meinen Teil muss jetzt ins Bett. Macht schon, zieht euch aus und legt euch hin. Ein paar Stunden Schlaf sollten wir wenigstens bekommen, bevor uns jemand aufscheucht. Sie haben gestern gefeiert und werden daher ebenfalls nicht allzu bald aus den Federn finden.«

Cintia begann, ihre Kleidung abzulegen. Tatsächlich war der Schlaf wichtiger als all die brennenden Fragen, die seit dem Betreten dieses merkwürdigen Hauses auf sie einstürmten.

Draußen vor den Fenstern zog hinter dem Nebeldunst mit rötlichem Schein der Morgen auf, während die Mädchen das Bett erklommen und sich aneinanderschmiegten, so wie sie es in den vergangenen Wochen immer getan hatten, um einander durch körperliche Nähe die Kraft und die Wärme zu spenden, die sie in der feindseligen Umgebung hatten entbehren müssen.

Lucietta atmete geräuschvoll aus und schniefte dann kurz, als wollte sie weinen, lag dann aber still. Bald darauf war sie eingeschlafen, wie an ihren regelmäßigen Atemzügen zu erkennen war. Auch Esmeralda fand rasch in den Schlaf, wovon das leise Schnarchen kündete, an das Cintia sich schon gewöhnt hatte.

Cintia blieb noch eine Weile wach, den Kopf an Luciettas weiche Brust geschmiegt. Den Herzschlag ihrer Cousine im Ohr, versuchte sie, ihre Gedanken zu ordnen und Pläne zu schmieden, doch in ihrem Kopf wirbelten die Bilder der vergangenen Wochen umher wie flatternde Vögel, die sich nicht einfangen ließen.

Schlaf endlich, befahl sie sich. Sobald sie aufwachte, konnte sie immer noch über all das nachdenken!

Zumindest eines war ihr jetzt schon klar. Ihr Leben war nicht sinnlos oder gar verloren. Sie stand erst am Anfang und hatte Ziele, für die es sich zu kämpfen lohnte. Falls sie je damit scheiterte, so lag es in Gottes Fügung, nicht jedoch daran, dass sie aufgegeben hätte. Sie spürte es bis in ihre Seele. Wenn sie dafür einstand, konnte sie jener Mensch werden, den Imelda in ihr sah: jemand, der den Himmel in seinen Augen hatte, was immer das auch bedeutete.

Venedig, Herbst 1510

Cintias Schlaf war von blutigen Träumen durchsetzt. Immer wieder sah sie den Einbrecher in ihre Kammer kommen, sein Messer an Luciettas Kehle. Sie hörte das knirschende Geräusch, mit dem der Kerzenhalter auf seinem Schädel landete, und sie sah ihn unter Niccolòs Klinge fallen. Dann ihre Eltern, immer wieder ihre toten Eltern, und schließlich das Lazzaretto Vecchio. Die Tage auf der Pestinsel flogen in schaurigen Bildern an ihr vorbei, einzelne davon mehrfach, etwa der Augenblick, als sie dem Mann, der sie schänden wollte, den Dolch ins Auge stieß. In ihrem Traum lebte er weiter, riss sich das Messer heraus und raste im Blutrausch. Todaro gesellte sich zu ihm, und gemeinsam rückten sie näher, während Imelda vergeblich versuchte, ihnen mit dem Bratspieß Einhalt zu gebieten. Dann wechselte das Bild ein weiteres Mal, wurde abgelöst von der Szenerie, in der Todaros schlaffer Körper in die Grube fiel und Lucietta eine Schaufel Erde auf seinen Kopf warf. Wieder und wieder sah Cintia die Erde auf ihn fallen, bis er nach und nach verschwand. Nur eine Hand von ihm schaute noch heraus, die Finger blutig und gekrümmt, und mit einem Mal bewegte sich die Hand und streckte sich nach ihr aus. Dann wechselte das Bild, und alles fing von vorn an, nur mit umgekehrten Vorzeichen. Das war der schlimmste Teil des Traums, denn sie selbst war es nun, die aus der Kammer auf den Friedhof geschleppt wurde. Todaro warf sie in die Grube und schaufelte Erde auf ihren Körper, immer mehr, bis ihr Gesicht bedeckt wurde und sie langsam erstickte ...

Mit einem keuchenden Laut fuhr Cintia hoch. Wild blickte sie sich um, versuchte mit jagendem Puls, die drohende Gefahr zu lokalisieren. Doch da war niemand, außer Lucietta und Esmeralda, die neben ihr schliefen. Sie lag in dem gewaltigen, von Pfosten gestützten Bett, das den Mittelpunkt in Esmeraldas Kammer bildete. Der Raum, in dem sie sich befand, war ihrem eigenen Gemach im Hause ihrer Eltern recht ähnlich. Großzügig geschnitten, mit einem marmorverkleideten Kamin, zwei Lehnstühlen, einem zierlichen Sofa nebst Tischchen, einer Truhe und einem Spiegel ausgestattet, ließ er keine Wünsche offen. Die Draperien und sogar die Bettwäsche waren hier ähnlich wie in ihrer eigenen Kammer.

Alles in allem hatte Esmeralda nicht übertrieben. Dieses Haus war tatsächlich luxuriös ausgestattet.

Vorsichtig, um die beiden anderen nicht zu wecken, schlüpfte Cintia aus dem Bett und ging zum Fenster. Sie lugte durch die Läden und sah die gegenüberliegende Häuserfront. Die Schatten unter den vorgebauten Brüstungen standen fast senkrecht, es musste also um die Mittagszeit sein.

Im Nachhinein ärgerte sie sich, dass sie nicht gleich darauf gekommen war, welchen Zwecken dieses Haus diente; schließlich hatte die eine oder andere Bemerkung Esmeraldas durchaus darauf hingedeutet. Wahrscheinlich gab es weder Cousinen noch eine Tante, und seien sie noch so entfernt verwandt.

Natürlich hatte sie vorher schon davon gehört, dass es derartige Häuser in Venedig gab, primitive ebenso wie edle; es waren angeblich weit mehr, als die Behörden zählen konnten. Auf den Festen ihrer Eltern hatte sie Gäste darüber reden hören, die leider immer sofort verstummt waren, sobald Cintia sich näherte. Doch sie hatte genug mitbekommen, um nicht völlig ahnungslos dazustehen.

Nun befand sie sich also in einem Hurenhaus, denn Esmeralda war ebenso wie Cosima und Marta eine Kurtisane, daran bestand kein Zweifel. Bislang fand Cintia daran jedoch nichts furchtbar oder abstoßend. Im Gegenteil, sie brannte darauf, den Rest des Hauses zu sehen und die anderen Mädchen kennenzulernen. Ob es tatsächlich stimmte, dass sie so oft ausgehen durften, wie sie wollten? Was für eine unvorstellbare Freiheit!

Gleich darauf drängte sich Cintia jedoch der Gedanke auf, dass es womöglich auch andere Seiten des Kurtisanenlebens gab, die weniger erfreulich sein mochten; insbesondere musste sie dabei an den scheußlichen Anblick denken, den Todaros entblößter Unterleib geboten hatte. Doch weder Esmeralda noch Marta oder Cosima hatten den Eindruck erweckt, geschundene, gequälte Kreaturen zu sein, folglich musste es auch Fälle geben, in denen intime männliche Übergriffe erträglich waren. Alle verheirateten Frauen zum Beispiel hielten dergleichen mühelos aus, da es zum Ehestand gehörte, sich dem Mann geschlechtlich hinzugeben, so viel wusste Cintia – von Lucietta, die darüber von ihrer alten Amme ins Bild gesetzt worden war und es ihrerseits Cintia in allen Einzelheiten berichtet hatte. Nicht den genauen Hergang, davon wusste sie selbst nicht viel, aber sie hatte von fleischlicher Vereinigung gesprochen und dass dieselbe eine eheliche Pflicht sei. Rein technisch musste es sich in der Art abspielen, wie Todaro es mit Lucietta vorgehabt hatte, oder der widerliche Kerl auf der Pestinsel, der sich an ihr selbst hatte vergreifen wollen. Allein die Vorstellung, dergleichen freiwillig erdulden zu müssen, rief Ekel in Cintia hervor.

Doch wenn es ohne Gewalt geschah, mit einem Mann, den man gern hatte, der gut aussah und angenehm roch … Cintia spürte, wie ihre Wangen heiß wurden, denn unwillkürlich dachte sie an Gregorio. Wenn er sich ihr auf diese Weise nähern würde, ihren Leib dort unten berührte oder ihre Brüste umfasste … Erneut wurde ihr warm, diesmal an den Körperteilen, an die sie eben gedacht hatte, eine Empfindung, die ihr peinlich war, obwohl niemand es mitbekam.

Ein menschliches Bedürfnis lenkte sie gleich darauf von diesen Regungen ab – sie musste dringend Wasser lassen. Hinter einem Wandschirm fand sie zwar einen Nachtstuhl, doch der Behälter war fast voll. Die Nase rümpfend, verließ sie auf leisen Sohlen die Kammer und machte sich auf die Suche nach dem Abtritt.


Paolo verharrte mitten im Schritt, als er das Mädchen sah. Sie stand oben auf der Treppe im Wendelturm, nur mit einem Hemd bekleidet. Suchend streiften ihre Blicke umher – und blieben dann an Paolo hängen, der gerade aus dem Mezzà kam und im Begriff war, den Innenhof in Richtung Pforte zu durchqueren.

Er erkannte sie sofort. Dass ihm vor Verblüffung der Mund offen stand, merkte er erst, als ein winziges Insekt auf seiner Zunge landete. Er spuckte es aus und riss sich damit zugleich aus seiner Erstarrung. Langsam ging er zur Treppe und betrachtete fassungslos das Mädchen, das unter seinen Blicken zuerst zurückgewichen war, nun aber wieder vortrat und ihn auf eine Weise anschaute, die erkennen ließ, dass sie ebenso perplex war wie er.

»Ich kenne Euch«, sagte sie schließlich, während sie langsam die Treppe herunterkam. Ein wachsamer Ausdruck lag auf ihren Zügen, als sie unten stehen blieb. »Ihr wart bei meinem Vater im Kontor. Und dann vor unserem Haus, an dem Tag, als ...« Sie stockte, und in ihrem Gesicht arbeitete es, als müsse sie an etwas Furchtbares denken.

»Ihr wart nicht betrunken, nicht wahr?«, fragte sie, um Beherrschung bemüht. »Ihr hattet die Pest!«

Er nickte mechanisch und wollte etwas sagen, doch sie kam ihm zuvor.

»Es ist Eure Schuld, dass mein Vater starb!«

Er starrte sie an.

»Ihr habt ihm die Seuche gebracht«, stieß sie hervor. »Euretwegen wurde er krank, und hätte ihn die Pest nicht hilflos gemacht, so hätte er sicher ...« Wieder hielt sie inne, als wäre das, was sie sagen wollte, zu quälend, um es auszusprechen.

Doch dann straffte sie sich, und ihr war anzusehen, dass sie ihre Beherrschung zurückgewann. »Verzeiht, natürlich konntet Ihr nichts dafür«, meinte sie schließlich widerwillig. Langsam kam sie näher. »Wie ist Euer Name?«, wollte sie wissen. »Und warum wart Ihr bei meinem Vater?«

»Mein Name ist Paolo Loredan.« Er deutete eine höfliche Verbeugung an. »Ich hatte geschäftlich mit Eurem Vater zu tun. Mein aufrichtiges Beileid zu seinem Tod, ebenso zu dem Eurer Frau Mutter. Es hat mich bestürzt, davon zu hören. Euch dagegen lebendig wiederzusehen freut mich sehr.«

Seine Neugier wurde übermächtig. »Seid Ihr letzte Nacht mit Esmeralda hergekommen? Giulio hat mir davon erzählt, aber er nannte nicht Euren Namen.«

»Ja, Esmeralda brachte uns mit, meine Cousine und mich.«

»Woher kennt Ihr sie?«

»Wir trafen einander auf der Pestinsel und schlugen uns danach zusammen durch. Lucietta und ich bleiben nur ein paar Tage, höchstens. Ich bin nicht hier, um ...« Sie blieb auf halber Treppe stehen und musterte ihn argwöhnisch. »Nicht, dass Ihr denkt, ich würde ...«

»Ihr würdet ...? Oh, ich verstehe«, sagte er peinlich berührt. »Nun, das nahm ich gewiss nicht an. Warum auch?«

Sie musterte ihn, allem Anschein nach höchst erstaunt. »Aber ... wieso ... Seid Ihr nicht einer von den ... ähm, Männern, die hier ...« Sie brach ab, und ihre Wangen färbten sich noch einen Ton dunkler.

»Ich komme nicht von oben, sondern ich wohne hier«, erwiderte er ein wenig steif, auf den Eingang zum Mezzà deutend.

»Oh, wirklich.« Sie dachte kurz nach. »Dann gehört Ihr wohl zur Familie von Esmeraldas ... ähm, Tante?«

»Ihre Tante?« Er runzelte die Stirn. »Ach so, Daria. Sie ist nicht wirklich Esmeraldas Tante.«

»Das dachte ich mir.«

213

»Dafür ist sie meine Stiefmutter.«

Sie stutzte kurz. »Daria … Heißt sie etwa so wie Ihr? Loredan?«

Er nickte verdattert.

»Dann könnte sie *meine* Tante sein!«, rief sie überrascht aus. »Ich weiß nicht viel von ihr«, fuhr sie eifrig fort. »Nur den Namen, den ich kürzlich erst erfuhr, ebenso wie ich zum ersten Mal überhaupt hörte, dass ich eine Tante habe! Eure Stiefmutter – sie ist doch meine Tante, oder?«

»Natürlich ist sie Eure Tante.« Paolo räusperte sich abermals. »Ich nahm an, Ihr wüsstet, dass dies hier Daria Loredans Haus ist, und aus Eurem Kommen schloss ich, dass Ihr hier Zuflucht suchen wollt.«

»Nein, wie denn auch? Ich wusste überhaupt nicht, wo sie wohnt. Ich habe sie nie gesehen und wusste nichts von ihr außer dem Namen.«

Paolo hob die Schultern. »Dass Euer Vater unter den gegebenen Umständen nie von ihr sprach, ist bedauerlich, aber wohl verständlich.«

Darauf ging sie nicht ein. »Was für ein glücklicher Zufall!«, rief sie. »Ich meine, dass ich hierher geraten bin! Das erleichtert so vieles!«

Paolo war darüber so vollständig einer Meinung mit ihr, dass er sie spontan anlächelte. Er hatte bereits jemanden beauftragt, auf der Pestinsel und dem Lido Erkundigungen über den Verbleib des Mädchens einzuziehen, und sein nächster Schritt hätte darin bestanden, den Kerl zu finden, der vor der Ca' Barozzi den Späher angeheuert hatte, was nun nicht mehr nötig war. Dass Cintia hierher gefunden hatte, war in der Tat eine überaus glückliche Fügung, die einiges von der Schuld von ihm nahm, die er auf sich lasten fühlte, seit er vom Tod ihres Vaters erfahren hatte.

Ob Daria sich über das Erscheinen ihrer Nichte freuen würde, war eine andere Frage. Hatte sie es zunächst als utopisch abgetan, das Erbe ihres Bruders anzutreten, war sie sich mittlerweile durchaus darüber im Klaren, das Geld mehr als nötig zu haben. Durch die Pest war sie in finanzielle Bedrängnis geraten. Den Bordellbetrieb hatte sie zwar wieder aufgenommen, aber die Freier kamen nur zögernd, und viele der Stammkunden überhaupt nicht. Die Angst vor der immer noch nicht überstandenen Seuche hielt die Männer fern, denn jeder wusste, dass man sich bei Kurtisanen eher Krankheiten holte als anderswo.

Paolo wurde abrupt aus seinen Gedanken gerissen, als er gewahr wurde, dass Cintia sein Lächeln erwiderte. Sie tat es auf eine Weise, dass ihm der Atem stockte. Hatte er schon vorher bemerkt, dass sie hübsch war, so war er durch nichts auf den Anblick vorbereitet, den sie bot, wenn ein strahlendes Lächeln auf ihr Gesicht trat. Er fühlte sich davon auf seltsame Weise überrumpelt; fast wollte Ärger in ihm aufkeimen, weil es ihn derartig aus der Ruhe brachte, zumal es an ihrer übrigen Erscheinung nichts Aufreizendes gab.

Sie war barfuß, trug ein formloses Baumwollhemd, das ihren Körper bis zu den Fußknöcheln verhüllte, und das Haar hing ihr in zerzausten Flechten über die Schultern. Doch sobald sie lächelte, machten allein die Grübchen in ihren Wangen, die perlweißen Zähne und das tiefe, fast violette Blau ihrer Augen sie zu einer so hinreißenden Schönheit, dass man kaum die Blicke von ihr lösen konnte.

Paolo rief sich zur Ordnung, was ihm nicht schwerfiel, denn für gewöhnlich neigte er keineswegs zu elegischen Gefühlsanwandlungen. Wenn er Schönheit wahrnahm, so wie eben, befleißigte er sich dabei einer Herangehensweise, mit der er auch Kunstwerke, Gebäude, vor allem aber Schiffe betrachtete. Schönheit war nichts weiter als das Ebenmaß von Proportionen, wie er neulich erst in der sehr überzeugenden Abhandlung von Luca Pacioli gelesen hatte.

Sich abermals räuspernd, blickte er das Mädchen an. »Da du gewissermaßen tatsächlich meine Cousine bist, wenn auch nur angeheiratet, schlage ich zunächst vor, wir wählen die familiäre Anrede.«

»Ich habe nichts dagegen, zumal das hier im Haus sicher die übliche Umgangsform ist.«

Er runzelte die Stirn, nicht ganz sicher, ob sie sich vielleicht über ihn lustig machte, doch ihre Miene wirkte aufrichtig und arglos.

»Ich werde dich also Paolo nennen und du mich Cintia«, sagte sie.

Er nickte. »Ganz recht. Sicher möchtest du nun deine Tante Daria kennenlernen.«

»Oh, ja, unbedingt. Aber vielleicht sollte ich mich zuerst … herrichten.« Sie deutete auf ihr Hemd und machte Anstalten, wieder nach oben zu gehen, doch er gebot ihr Einhalt.

»Dort oben wirst du dich nun nicht mehr aufhalten. Das ist nicht die passende Umgebung.«

Ihr blieb der Mund offen stehen. »Aber …«

»Dort wohnen die Kurtisanen. Die Familie hat ihre Räume hier unten. Wir führen, auch wenn es auf den ersten Blick vielleicht ein wenig befremdlich erscheint, einen durchaus ehrbaren Haushalt.«

Cintia machte nicht den Eindruck, als fände sie seine Argumente überzeugend. »Meine Cousine ist noch da oben, und meine Sachen ebenfalls. Und Esmeralda finde ich wirklich sehr liebenswürdig, sie hat …«

»Ich lasse nach deiner Cousine schicken und dir Kleidung bringen. Eine Magd kann dir ein Bad bereiten und einen Raum im Mezzà herrichten, sobald du dich mit Daria bekannt gemacht hast.«

»Oh, ja, ein Bad!«, rief Cintia sehnsüchtig aus. »Ich würde sterben für ein Bad!« Sie hielt inne, einen erschrockenen Ausdruck im Gesicht, als hätte sie etwas Schlimmes gesagt. In ihren Augen stand mit einem Mal eine dunkle Kälte, die sie älter wirken ließ.

Paolo erkannte sofort, was in ihr vorging. Ein Wort, von ihr nur als Floskel dahergesagt, reichte, um grauenhafte Erinnerungen über sie hereinbrechen zu lassen. Sie war noch sehr jung, erst siebzehn, wie er wusste, und sie hatte einen furchtbaren Verlust erlitten. Er hatte am eigenen Leib erfahren, was es bedeutete, früh die Eltern zu verlieren, und das Mitgefühl, das ihn unvermittelt erfasste, rief den Impuls in ihm wach, sie in den Arm zu nehmen und zu trösten.

Sofort setzte er sich über diese absurde Regung hinweg. Schon zum zweiten Mal in wenigen Minuten hatte sie unerwünschte Regungen in ihm hervorgerufen, es war höchste Zeit, dass er das Verhalten an den Tag legte, das ihm am ehesten gemäß war – Vernunft und Gelassenheit. Alles andere – Trost, Zuwendung, sanfte Nähe – waren Frauenbelange, die wollte er getrost Daria überlassen.

Dennoch hatte er das Gefühl, etwas sagen zu müssen, um ihr die Sorgen zu nehmen. »Deine Tante ist freundlich und großzügig und wird dich gern willkommen heißen. Folge mir, dann werde ich sie dir vorstellen.«


Cintia tappte auf bloßen Füßen hinter Paolo her und betrachtete mit einer Spur von Grimm den geraden Rücken vor ihr. Sie ärgerte sich darüber, wie die Dinge sich derzeit entwickelten, obwohl sie im Grunde erleichtert sein sollte, ihre Tante gefunden zu haben. Hier war sie immerhin zum ersten Mal seit Wochen in Sicherheit und musste nicht um ihr Leben fürchten. Und falls die Unterredung, die sie so bald wie möglich mit Gregorio führen wollte, nicht in ihrem Sinne ausging, war ein Zuhause bei einer freundlichen Tante sicher nicht zu verachten.

Trotzdem spürte Cintia eine vage Enttäuschung, dass sie nun die übrigen Mädchen nicht kennenlernen sollte. Sie würde weder an deren Feiern teilnehmen noch nach Herzenslust unverschleiert in der Gondel spazieren fahren dürfen.

Doch die Aufregung, ihre bis dahin unbekannte Tante kennenzulernen, überwog ihre Unzufriedenheit, und zugleich wuchs ihre Neugier. Wie Daria Loredan wohl aussah? Und wie war es dazu gekommen, dass sie mit der Familie gebrochen hatte? Möglicherweise war es auch umgekehrt gewesen, und sie war verstoßen worden, weil sie einen lockeren Lebenswandel geführt hatte. Fragen über Fragen drängten sich Cintia auf, und sie brannte darauf, mehr über die fremde Verwandte zu erfahren.

Auch der Mann, der vor ihr herging, hatte ihr Interesse geweckt. Welche Geschäfte dieser Paolo Loredan wohl mit ihrem Vater getätigt hatte? Ob er auch im Seidenhandel zu tun hatte? Seinem Äußeren nach war ihm körperliche Arbeit nicht fremd. Er war groß und kräftig gebaut, und die gebräunte Haut ließ darauf schließen, dass er sich häufig im Freien aufhielt. Sein Gesicht hätte man beinahe schön nennen können, wäre nicht die gebrochene Nase, die ihn in Verbindung mit den buschigen dunklen Brauen eher düster aussehen ließ. Düster schien auch sein Wesen zu sein; Lucietta hätte ihn zweifellos als *kalten Fisch* bezeichnet. Sein Lächeln hatte seinen Gesichtsausdruck zwar völlig verändert, doch nur einen Augenblick lang. Er verhielt sich förmlich und steif, was sich nicht nur in seiner Art zu reden, sondern auch in seiner Körperhaltung ausdrückte, beinahe, als hätte er einen Ladestock verschluckt. Cintia wusste nicht recht, ob sie ihn leiden mochte; im Moment ärgerte sie sich eher über ihn, weil er sie dazu nötigte, hinter ihm herzutrotten wie ein folgsames Kind, noch dazu barfuß und im Hemd und völlig derangiert von den Strapazen der letzten Zeit. Darüber, wie sie roch, mochte sie gar nicht erst nachdenken. Sie, Lucietta und Esmeralda hatten sich zwar regelmäßig an dem Ziehbrunnen des Bauern waschen können, doch eine Haarwäsche und heißes Wasser sowie parfümierte Seife hatten sie seit dem Tag, als sie ihr Elternhaus verlassen hatte, entbehren müssen. Ihre Fingernägel waren schwarz gerändert, das Haar fettig, ihr Körper von juckenden Ekzemen befallen. Außerdem war sie dünn geworden, wie sie bei einem Blick in Esmeraldas Spiegel festgestellt hatte; das nahrhafte Essen von Imeldas Nichte hatte nicht gereicht, ihrem Körper die früheren Rundungen zurückzugeben. Vom Gang, durch den Paolo Loredan sie führte, gingen diverse Kammern ab, die offenbar der Hauswirtschaft und der Vorratshaltung dienten; auch die Küche war hier untergebracht, wie Cintia aus den Gerüchen schloss, die ihr entgegenströmten. Sofort begann ihr Magen zu knurren; die letzte Mahlzeit lag lange zurück, seit dem gestrigen Vespermahl hatte sie nichts mehr zu sich genommen. Sie überlegte gerade, ob sie Paolo bitten sollte, ihr etwas zum Essen zu besorgen, als er sich zu ihr umdrehte und sie forschend anblickte. »Hast du Hunger?«

Sie nickte verblüfft.

»Ich lasse dir von der Köchin eine Kleinigkeit herrichten, dann kannst du essen, sobald deine Unterredung mit deiner Tante beendet ist.«

»Das wäre wunderbar, danke.« Immerhin schien ihr neuer Verwandter trotz seiner gestelzten Art ein gutes Gespür für ihre Befindlichkeiten zu haben.

Ihr Weg führte sie gleich darauf an der offenen Küchentür vorbei. Cintia sah eine Frau in mittleren Jahren, mit Kittelschürze und Haube versehen, die am großen Kochkamin stand und in einem Topf rührte, dem verlockende Dünste entstiegen. Es duftete nach einem gehaltvollen Fleischeintopf, und Cintia lief das Wasser im Mund zusammen, erst recht beim Anblick des frisch gebackenen Brotlaibs, der – noch dampfend – auf einem Holzbrett ruhte und darauf wartete, angeschnitten zu werden.

Cintia stöhnte unhörbar, doch Paolo war bereits weitergeeilt, in den Teil des Hauses, wo sich die Wasserhalle mit der umlaufenden Galerie befand. Dort roch es alles andere als angenehm; der typische Geruch der Kanäle an warmen Tagen, modrig, ein wenig fischig sowie nach Fäkalien und den Algen, die unter der Wasseroberfläche trieben und sich an den Pfahlgründungen absetzten. Auf der Galerie des Andron waren keine Waren gelagert wie in der Ca' Barozzi; dieser Bereich diente hier nur als Durchgang zur anderen Seite des Mezzà, wo sich offenbar Wohnräume befanden.

Cintia fragte sich, warum die Familie ihrer Tante ausgerechnet im abgelegensten Teil des Hauses wohnte. Jemand, der einen Palazzo wie diesen besaß, lebte für gewöhnlich nicht im Mezzanin, das eigentlich der Wirtschaftsführung diente. Herrschaftliche Wohnbereiche befanden sich beim venezianischen Palazzo in den beiden Hauptgeschossen, dem Piano nobile sowie dem darübergelegenen Stockwerk, beide repräsentativ und großzügig geschnitten, mit weitläufigen Räumen, großen Fenstern und kunstvoll gestalteten Wänden, Böden und Decken. Doch in diesem Haus schien eine andere Aufteilung zu gelten. Auf der Suche nach dem Abtritt hatte Cintia vorhin von der Außentreppe aus einen Blick durch die Loggia in das Piano nobile geworfen, das völlig unbewohnt ausgesehen hatte.

Cintia setzte an, Paolo Loredan danach zu fragen, doch in diesem Moment blieb er vor einer Zimmertür stehen und klopfte. Es dauerte eine Weile, bis die Tür aufging und eine Frau erschien, die Cintia sofort als ihre Tante erkannte. Die Ähnlichkeit mit ihrem Vater war nicht zu übersehen. Die brünetten Locken, in die sich bei Ippolito Barozzi bereits die ersten grauen Strähnen gemischt hatten, die ausdrucksvollen Augen, das energische Kinn, der großzügig geschwungene Mund. Wie Cintia trug sie ein Unterkleid, und das zerwühlte Haar sowie die vom Schlaf verklebten Augen deuteten darauf hin, dass sie gerade aus dem Bett kam. Es lag somit auf der Hand, dass sie in der vergangenen Nacht ebenfalls an der Feier im zweiten Obergeschoss teilgenommen hatte. Ob sie auch …

Paolo riss Cintia aus ihren unzüchtigen Gedanken. »Hier ist jemand, den du sicher begrüßen willst«, sagte er zu seiner Stiefmutter.

Daria Loredan starrte Cintia an, als sehe sie einen Geist. Ihr Blick glitt zu Paolo, ihre Lippen bewegten sich, als wolle sie etwas sagen, doch sie blieb stumm.

»Sie ist es, Daria«, sagte er. »Du täuschst dich nicht.«

»Wie hast du so schnell …«

»Nicht ich habe sie hergebracht, sie kam von ganz allein. Oder genauer, Esmeralda brachte sie mit.«

»Esmeralda ist wieder da?«

»Sie war nicht weggelaufen. Irgendwie hat es sie wohl auf die Pestinsel verschlagen, aber lass es dir von ihr selbst erzählen. Ich weiß es auch nur aus zweiter Hand, von Giulio. Wichtig ist jetzt nur, dass deine Nichte wohlbehalten eingetroffen ist.«

Widerstreitende Empfindungen zeigten sich in Darias Miene, wobei schwer zu sagen war, welche davon überwog – Überraschung oder Groll.

Immerhin richtete sich ihr Ärger nicht gegen Cintia, wie diese gleich darauf erleichtert feststellte, sondern gegen ihren Stiefsohn. »Was ist das für ein unmögliches Benehmen? Wie kommst du dazu, sie im Hemd durchs Haus zu zerren? Und mich zu nötigen, ihr ebenfalls im Hemd gegenüberzutreten?«

Für einen Moment wirkte Paolo irritiert, doch sofort kehrte sein kühler Gesichtsausdruck zurück. »Sie hat oben geschlafen und kam gerade nach unten, als ich zur Arbeit gehen wollte«, sagte er. »Giulio hatte sie in der Nacht ins Haus gelassen, doch er hatte dabei keine Ahnung, wer sie ist. Selbstverständlich konnte ich sie vorhin nicht wieder nach oben gehen lassen, also brachte ich sie her, damit du alles Weitere veranlassen kannst.«

»Es hat mir nicht geschadet, dort oben zu schlafen«, sagte Cintia. Sie hob das Kinn. »Ich fand es überaus angenehm. Esmeralda hat ein schönes Zimmer, und sie ist sehr gastfreundlich. Auch die anderen haben einen guten Eindruck auf mich gemacht.«

»Welche anderen?« Paolo runzelte die Stirn »Hast du dort oben verfängliche Dinge gesehen?«

Cintia ärgerte sich über seinen schulmeisterlichen Ton. »Zwei Mädchen, die in Esmeraldas Bett lagen. Mit einem Mann.«

Es freute sie diebisch, dass er errötete und verärgert die Lippen zusammenpresste. Herausfordernd lächelte sie ihn an, doch das schien seine Abwehrhaltung noch zu verstärken. »Das wird sich nicht wiederholen«, sagte er, in diesem gelassenen Ton, der ihren Widerspruchsgeist auf eine Weise reizte, die ihr neu war.

»Jedenfalls nicht vor deinen Augen«, fuhr er fort. »Du bist

ein ehrbares Mädchen, und es wird die Aufgabe deiner Tante sein, dafür zu sorgen, dass es dabei bleibt.«

»Oh, die paar Tage werde ich niemandem Schande machen. Ich sagte ja, dass ich nur vorübergehend die Gastfreundschaft meiner Tante in Anspruch nehmen muss.« Sie nickte Daria höflich zu. »Bitte verzeih meine Unhöflichkeit, vor allem, dass ich so mit der Tür ins Haus falle. Es freut mich sehr, dich kennenzulernen. Lass mich dir bei dieser Gelegenheit von Herzen danken, dass du mich aufnimmst. Leider wusste ich bis vor Kurzem gar nicht, dass ich eine Tante habe.«

»Das kann ich mir denken. Für Ippolito war ich tot, sinnbildlich jedenfalls.« Sie musterte Cintia mit zusammengezogenen Brauen. »Du bist deiner Mutter wie aus dem Gesicht geschnitten. Sie war eine bildschöne Frau.«

»Das sagten viele.« Jäh vom Schmerz der Erinnerung erfasst, biss Cintia sich auf die Unterlippe und hielt die Luft an, um nicht in Tränen auszubrechen.

»Tut mir leid, dass du sie verloren hast«, fuhr ihre Tante fort. »Dasselbe gilt natürlich für deinen Vater, meinen armen Bruder, Gott hab ihn selig.« Fragend musterte sie Cintia. »Was meintest du eben damit, dass du nur vorübergehend hierbleiben wirst?«

»Ach, das sagte ich ja noch gar nicht. Ich will so bald wie möglich Gregorio aufsuchen, meinen Verlobten. Durch den plötzlichen Tod meiner Eltern und die furchtbaren Begleitumstände der Pest war ich verhindert, die näheren Einzelheiten unserer Vermählung mit ihm zu besprechen, doch das will ich umgehend nachholen.«

»Aha, du willst ihn aufsuchen. Nun, warum nicht. Ich schlage vor, du klärst diese Angelegenheit, sobald du dich … nun, ein wenig erholt hast. Ein Bad, ein paar Nächte gesunden Schlafs, reichlich gutes Essen. Einige Tage wirst du schon brauchen, um nicht mehr wie eine Vogelscheuche auszusehen. In diesem Zustand willst du sicher nicht zu ihm gehen.«

»Nein, natürlich nicht«, sagte Cintia überrumpelt. Ihre Tante hatte recht. So ausgemergelt und ungepflegt konnte sie sich Gregorio nicht präsentieren.

»Bis du dich erholt hast, bleibst du natürlich mein geschätzter Gast. Nein …« Daria hielt inne und schüttelte den Kopf. »Nicht mein Gast, viel mehr als das. Ein liebes Mitglied der Familie. Neben meinem Stiefsohn und meinem Sohn wirst du einen festen Platz in meinem Leben haben.«

»Du hast … einen Sohn?« Cintia betrachtete ihre Tante perplex. Davon hatte niemand ihr erzählt. Sie hatte einen Vetter!

»Casparo ist ein bisschen jünger als du, fünfzehn«, sagte Daria freundlich. »Du wirst dich sicher gut mit ihm verstehen. Vielleicht möchtest du ihm hin und wieder ein wenig Gesellschaft leisten, denn er darf wegen der Pest das Haus nicht verlassen. Du hattest die Krankheit ja bereits, wie ich hörte.«

Cintia nickte – und trat von einem Fuß auf den anderen. Sie musste so dringend zum Abtritt, dass es kaum noch auszuhalten war. Daria musterte sie scharf und lächelte dann leicht, während sie sich an ihren Stiefsohn wandte. »Paolo, dein Benehmen ist wirklich manchmal unmöglich, weißt du das?«

»Wie du meinst«, erwiderte er, sich zum Gehen wendend. »Ich darf mich empfehlen. Um alles Weitere wirst du dich wohl selbst kümmern.« Er nickte Cintia zu. »Ich sage der Köchin Bescheid, sie wird dir zu essen geben.«

»Danke!«, rief sie ihm nach. Sie wartete, bis er außer Sicht war und seine Schritte verklungen waren. Dann wandte sie sich ihrer Tante zu. »Ich … hm …«

»Der Abtritt ist draußen im Innenhof, das Holzhäuschen neben der Pforte.«

Cintia bedankte sich abermals, diesmal sehr eilig, und flog förmlich davon. Zu ihrem Verdruss rannte sie auf dem Weg nach draußen in Paolo hinein, als dieser aus der Küche kam. Er umfing sie blitzartig mit beiden Armen und bewahrte sie so vor dem sicheren Sturz. Unversehens fühlte sie sich hart an seinen Körper gepresst – und war verwirrt von der Fülle ungewohnter Empfindungen, die sie dabei durchströmten. Da war zunächst sein Geruch, der ihr in die Nase stieg und auf merkwürdige Weise ihre Sinne lähmte. Sie spürte seine Rippen an den ihren, seine Muskeln, seine Knochen, die Wärme, die von ihm ausging, sowie seinen Atem auf ihrer Stirn. Ihr Herz raste, als wäre sie meilenweit gerannt, und in ihrer Magengrube flatterte es. Er ließ sie sofort los, und sie wich augenblicklich einige Schritte zurück. »Verzeihung«, stieß sie hervor. Es klang so gepresst, dass sie sich rasch räusperte, um mit normaler Stimme weiterzusprechen. Doch auch ihre nächsten Worte hörten sich an, als hätte bei dem Zusammenprall ihre Stimme gelitten. »Ich muss … rasch hinaus.« Und schon lief sie davon, so schnell sie konnte. Das Hemd flatterte um ihre Beine, hastig hielt sie es fest, damit sie nicht stürzte. Schritt für Schritt entfernte sie sich von ihm, doch die ganze Zeit spürte sie seine Blicke in ihrem Rücken.

Paolo war ebenfalls auf dem Weg nach draußen, als Daria ihn zurückrief. Von unguten Gefühlen erfüllt, ging er zu ihr.

»Was kann ich für dich tun?«, fragte er höflich, aber mit mühsam unterdrückter Ungeduld. Er brannte darauf, endlich zum Arsenal zu kommen, und war bereits voller Vorfreude. So rasch wie möglich wollte er dem Ammiraglio seine Konstruktionspläne für das neue Galeerenmodell präsentieren.

»Ich brauche deine Hilfe«, sagte Daria drängend. »Du hast doch gehört, was sie gesagt hat.«

»Was meinst du?«

»Sie will zu den Guardis gehen.«

»In dem Punkt kannst du sicher ganz unbesorgt sein, denn Gregorio ist nicht in der Stadt, zumindest war das der letzte Stand der Dinge, als wir uns kürzlich darüber unterhielten.«

»Er wird aber wiederkommen«, sagte sie. »Vielleicht ist er sogar schon wieder zu Hause.«

Paolo blickte sie erstaunt an. »Wie kommst du darauf? Hast du neue Erkenntnisse?«

Sie nickte mit umwölkter Miene. »Lucia ist tot, und der Kleine auch. Gestern kam jemand vom Festland und berichtete es mir.«

Ein Stich des Bedauerns durchfuhr Paolo. Nicht um Gregorios Willen; der Bursche war ihm herzlich gleichgültig, ebenso wie der Rest der Familie Guardi. Aber Lucia war ein fröhliches, hübsches junges Geschöpf gewesen, bei allen beliebt und gern gesehen, und ihr kleiner Sohn war keine zwei Jahre alt geworden.

Paolos eben noch erwartungsvolle Stimmung hatte sich schlagartig verdüstert. »Die verfluchte Pest«, sagte er.

Sie schüttelte den Kopf. »Es war nicht die Pest. Sie wurde umgebracht, und das Kind auch. Gregorio war fortgegangen, zur Jagd. Als er zurückkam, lagen sie beide tot im Haus. Jemand hat ihnen die Kehle durchgeschnitten.«

Erschüttert nahm Paolo diese Nachricht zur Kenntnis. »Weiß man, wer es war?«

»Irgendwelche durchziehenden Banditen, so heißt es. Gestohlen wurde nichts, jedenfalls nichts von Wert, was aber sicher auch daran lag, dass nicht viel da war. Gregorio und Lucia lebten dort sehr schlicht. Aber in schlechten Zeiten, so wie diesen, schlitzen die Räuber den Leuten auch für geringe Beute die Gurgel auf.«

»Und was soll ich deiner Meinung nach jetzt tun?«, wollte Paolo wissen. Er überlegte kurz. »Du könntest Cintia verbieten, zu den Guardis zu gehen. Sie ist eine minderjährige Waise und hat keine Entscheidungsbefugnisse, und du bist immerhin ihre Tante. Ich gehe übrigens nach wie vor davon aus, dass es Eduardo Guardi war, der deinen Bruder nach Unterzeichnung des Ehekontrakts umbringen lassen wollte. Die Pest mag diesen Mordplan durchkreuzt haben, aber die Gesinnung Guardis bleibt dieselbe: Er ist absolut skrupellos. Cintia wäre dort nicht besonders gut aufgehoben, ob mit oder ohne Gregorio.«

Daria wiegte den Kopf. »Ihr einen Besuch bei Gregorio zu untersagen wäre keine gute Idee. Du hast sie doch reden hören. Glaubst du etwa, sie würde sich was verbieten lassen? Sie ist dickköpfiger als du und Casparo zusammen, und sie hat Schneid. Ich habe ihr in die Augen gesehen, und in denen steht ihr ganzes Wesen geschrieben.«

»Sie hat eindrucksvolle Augen«, stimmte Paolo sofort zu. Kaum hatte er es gesagt, ärgerte er sich, dass er schon wieder auf eine Weise an das Mädchen dachte, die seinem vernunftgeprägten Denken abträglich war. »Aber sie braucht auch Erziehung, so viel steht fest.«

Daria lachte kurz. »Rede keinen Unfug. Sie ist kein Kind, sondern eine Frau. Brauchte ich vielleicht Erziehung, als ich siebzehn war? Ich schlief mit mehr Männern, als ich zählen konnte! Kein Mensch hätte sich zu jener Zeit noch erdreisten wollen, mich zu erziehen. Mit siebzehn ist man alt genug, um seine eigenen Vorstellungen vom Leben zu verwirklichen. Ich tat es jedenfalls. Ich nahm Männer in mein Bett, aber erzogen hat mich von denen keiner. Eher war es umgekehrt.«

Paolo versteifte sich, das Thema war ihm peinlich. Sie merkte es und lächelte sardonisch, so wie es ihre Art war, wenn die Sprache auf die näheren Umstände ihres Gewerbes kam.

»Du wirst immer noch rot, wenn wir darüber reden, was ich früher tat«, stellte sie fest.

»Du tust dieselben Dinge heute noch.«

»Nur noch selten und nur mit guten Freunden«, gab sie spöttisch zurück.

»Egal wie oft oder wie selten – es ist mir völlig gleichgültig. Sofern es mich überhaupt stört, dann aus dem nämlichen Grund wie dich selbst: wegen Casparo.« Er deutete nach oben. »Du hast dieses … Geschäft so lange betrieben, wie es irgend ging, aber du weißt selbst, dass sich jetzt einiges ändern muss. Er hat es bemerkt und ist nicht gewillt, es einfach so hinzunehmen. Er wird langsam ein Mann, und du, seine Mutter, bist eine Kurtisane.«

»Kann es sein, dass du ein selbstgerechter Moralist bist?«, fuhr sie ihn an.

»Nein, gewiss nicht. Es tut mir leid, falls ich dich verletzt haben sollte.«

Tatsächlich lag es ihm fern, sie beleidigen zu wollen, das hatte sie nicht verdient. Sie hatte nichts anderes getan, als für sich und Casparo das Beste aus ihrem Leben herauszuholen. Wie konnte er ihr das vorhalten? Er selbst hätte sie und seinen Bruder vielleicht einigermaßen über die Runden bringen können, zumindest seit seinem Aufstieg zum Protomastro. Doch das Leben, das er ihnen hätte bieten können, wäre äußerst schlicht, mit einem Alltag, der Daria alltägliche Pflichten wie Kochen, Waschen und Putzen abverlangt hätte. Beinahe hätte Paolo gelacht bei dem Gedanken, Daria könne je einen Putzlappen in die Hand nehmen, geschweige denn einen Kochlöffel.

Nein, die einzige Option wäre, mit Casparo allein fortzugehen.

Bisher war das nicht infrage gekommen. Die Ehe zwischen Daria und seinem Vater hatte Paolo an sie gebunden, und später, als Casparo dazugekommen war, hatte sie das erst recht zusammengeschmiedet. Paolo brauchte Daria nicht, aber er konnte sein Leben auch nicht ohne sie gestalten, zumindest nicht, solange Casparo seiner Mutter bedurfte. Mittlerweile war der Junge jedoch alt genug, und das wusste Daria.

»Also, was möchtest du, dass ich nun wegen deiner Nichte tue?«, fragte er mit wachsender Ungeduld.

»Zweierlei«, sagte sie sofort. »Zum einen sollst du Cintia zu den Guardis begleiten. Falls Gregorio schon zurück ist und sich trotz seiner Trauer von seinem Vater dazu überreden lässt, die Eheschließung mit Cintia erneut voranzutreiben, musst du einschreiten.«

»In welcher Form?«, fragte er belustigt. »Soll ich mein Schwert ziehen?«

»Das wäre ein Gedanke, denn ich weiß, dass du ein guter Fechter bist«, versetzte sie schmunzelnd. »Nein, du wirst lediglich höflich darauf hinweisen, dass Cintia mein Mündel ist und daher alle weiteren Heiratspläne mit mir abzustimmen sind.

Dann sorgst du dafür, dass sie heil und gesund wieder hierherkommt.«

»Sie ist nicht dein Mündel.«

Sie verzog das Gesicht. »Damit kommen wir zu der zweiten Angelegenheit, in der du mir behilflich sein sollst. Es geht um die Übernahme der Vormundschaft.«

»Du willst Cintias Vormund werden?« Paolo hob die Brauen. »Wenn es um amtliche Kontakte geht – ich kenne den Sekretär eines Zehnerrats ...«

»Ich kenne drei Zehnerräte persönlich, und zwar hautnah«, versetzte Daria trocken. »Nachdem du mir erzählt hattest, dass meine Nichte möglicherweise noch lebt, habe ich sie alle gesprochen und um Rat wegen einer möglichen Vormundschaft gefragt. Einer von denen war es auch, der mir klarmachte, wo dabei das Problem liegt.«

»Ich vermute, an der Art, wie du deinen Lebensunterhalt verdienst.«

»Das ist richtig«, sagte sie ruhig. »Als Betreuerin einer armen Waise wäre ich nicht gerade die erste Wahl, auch wenn ich tausend Eide schwöre, nie mehr Männer in mein Haus zu lassen. Der Zehnerrat, mit dem ich am besten befreundet bin, hat gute Beziehungen zu den *Procuratori de citra*, genauer gesagt, einer von denen ist sein Schwager, der ihm wiederum wegen früherer Gefälligkeiten sehr verpflichtet ist. Man könnte also durchaus Einfluss nehmen. Aber meine ... Lebensumstände sind zu prekär; es müsste ein Faktor hinzukommen, der das aufwiegt. Zumal noch ein anderer Aspirant im Spiel ist, dieser raffgierige Kerl vom Lido, der mit einer Cousine von Cintias Mutter verheiratet ist – einer Cousine zweiten Grades, wie ich herausfand, man stelle sich das vor! Dieser Tommaso Flangini hat sich bei den Behörden bereits als Vormund angedient.«

Paolo staunte nicht schlecht. »Du hast dich über all diese Dinge schon informiert, obwohl du noch gar nicht wusstest, ob das Mädchen jemals nach Venedig zurückkommt?«

Sie zuckte die Achseln. »Du hast mir erzählt, dass sie noch

lebt und dass ein Verwandter nach ihr sucht, folglich galt es, Pläne für den Fall ihrer Rückkehr zu schmieden, und sei es nur vorsorglich. Warum soll ein schmieriger kleiner Krämer vom Lido schneller zum Zuge kommen als ich? Entschieden ist noch nichts, aber bei unveränderter Sachlage hätte ich die schlechteren Karten, obwohl ich wesentlich näher mit Cintia verwandt bin als dieser Flangini.« Sie blickte Paolo unverwandt an. »Mein Freund, der Zehnerrat, ist ein ziemlich kluger und vorausschauender Mann. Er schlug mir eine Lösung vor, die so bestechend einfach wie wirkungsvoll ist. Und an diesem Punkt kommst du ins Spiel, mein lieber Junge. Mit einem großen Gefallen, den du nicht nur mir, sondern uns allen erweisen kannst.«

Paolo betrachtete seine Stiefmutter abwägend. Er hatte keine Ahnung, was sie ausgeheckt hatte, doch sein Gefühl sagte ihm, dass es ihm ganz und gar nicht gefallen würde, und er fragte sich, wie weit er gehen würde, um ihre Wünsche zu erfüllen.

Er war ihr auf mancherlei Weise verpflichtet. Sie hatte ihn gepflegt und tagelang bei ihm gewacht, als er todkrank gewesen war. Doch auch schon früher hatte sie sich seiner angenommen. Als sie seine Stiefmutter wurde, war er neun Jahre alt gewesen, ein mutterloser, verschlossener Knabe mit einem Vater, der zwar liebenswert war, aber auch voller Hirngespinste steckte, die ihm selten Zeit für seinen Sohn ließen. Daria hatte sich in dieser Situation als reiner Segen erwiesen. Sie hatte schon vor der Hochzeit ihr Kurtisanenleben aufgegeben, und sie waren eine richtige Familie geworden, fast so wie früher, als seine Mutter noch gelebt hatte, nur dass viel mehr gelacht und gescherzt wurde, seit Daria zu ihnen gehörte. Sie hatte dafür gesorgt, dass sie eine gute Zeit hatten – die glücklichste seines Lebens, jedenfalls bis zum Tod seines Vaters. Er verdankte ihr viel und würde folglich einiges auf sich nehmen, um ihr behilflich zu sein.

»Was also soll ich tun?«, fragte er.

»Es hätte mehrere Vorteile«, sagte sie eifrig. »Der erste und wichtigste wäre, dass es keine Schwierigkeiten wegen einer Vormundschaft gäbe, da die nötige Genehmigung direkt vom zuständigen Prokurator als Amtsvormund erteilt werden könnte – von ebenjenem Schwager des Zehnerrats, du weißt schon. Und diese Genehmigung, so viel ist sicher, würden wir problemlos bekommen.«

»Die Genehmigung wozu?«, fragte Paolo alarmiert.

»Hier gilt der rechtliche Grundsatz *Consensus facit nuptias*«, sagte Daria anstelle einer Antwort. »Jedenfalls erklärte es mir mein Freund, der Zehnerrat, mit genau diesen Worten. Gesetzlich kann gegen die von einem Mädchen getroffene Wahl, sofern sie passend ist, nicht vorgegangen werden, daher wäre die Zustimmung des Amtsvormundes nur eine Formalität.«

»Du kannst doch nicht allen Ernstes meinen …«

Sie fiel ihm ins Wort. »Der zweite Vorteil wäre, dass du künftig nicht nur als ehrbarer, achtbarer Patrizier leben würdest, wie es deinem angestammten Geburtsrecht entspricht, sondern auch deinen Bruder in dieses Leben einbeziehen könntest. Ihr beide wäret wahre Loredan, nicht verarmt wie euer Vater.« Lächelnd fuhr sie fort: »Ich selbst bräuchte nicht viel. Nur genug für mein Alter. Und wer weiß, vielleicht mache ich bis dahin sogar hier weiter wie immer.« Sie besann sich. »Ach nein, besser nicht. Man soll das Schicksal nicht herausfordern.« Trotzig schob sie das Kinn vor. »Wäre das Mädchen an der Pest gestorben, hätten Casparo und ich alles bekommen, was mein Bruder besaß. Er war reich wie Midas! Es ist nur gerecht, dass sein Vermögen in der Familie bleibt. Sollen es sich etwa am Ende die scheußlichen Guardis unter den Nagel reißen? Oder lieber dieser hinterhältige Flangini?«

Konsterniert starrte Paolo sie an. »Das ist nicht dein Ernst! Sag mir, dass du Scherze machst!«

»Du tust gerade so, als würde ich verlangen, dass du sie umbringst«, verteidigte sich Daria. »Du sollst ihr lediglich die Vorzüge einer solchen Regelung schmackhaft machen.«

»Ich kann nicht glauben, dass das wirklich dein Ernst ist.«

»Gewöhn dich einfach an den Gedanken, und du wirst rasch

bemerken, dass es gar nicht so schlimm ist.« Sie lächelte. »Heirate sie, und wir sind alle Sorgen auf einmal los!«

So konzentriert wie möglich hörte Niccolò den Verhandlungen zu, die sein Vater mit dem jüdischen Kaufmann führte, doch sein Bein schmerzte vom langen Stehen, was seine Aufmerksamkeit beeinträchtigte.

Wie eine verstreute Schar schwarzer Krähen bevölkerten die Kaufleute die Kolonnaden der Prokuratie entlang der Piazza San Marco. Nur vorübergehend hatte die Pest sie ferngehalten; mittlerweile trafen sich die meisten von ihnen wieder an den gewohnten Handelsplätzen, auf dem Markusplatz, am Rialto, den Magazinen an der Riva degli Schiavoni oder im Hafen bei den großen Frachtgaleeren.

Eduardo Guardi besprach mit dem jüdischen Händler die Einzelheiten eines Wolltransports, genauer, wie viel Geld er dafür verlangte, dass er bei der Einfuhr seinen Einfluss als Zollmakler geltend machte. Als Inhaber einer der vom Rat vergebenen Maklerstellen im Zollwesen konnte man zwar nicht reich werden, aber durchaus einiges an Geld einnehmen, vorausgesetzt, man kümmerte sich intensiv um das Geschäft, und in dem Punkt gab es an Eduardo Guardi derzeit nicht viel auszusetzen. In den beiden letzten Wochen hatte er sich wieder in den Mann zurückverwandelt, den Niccolò von früher kannte, mit anderen Worten, sein Vater trank nur noch abends und ging tagsüber seinen Geschäften nach. Er hatte sogar an der letzten Sitzung des Großen Rats teilgenommen, wozu er sich vorher schon lange nicht mehr hatte aufraffen können.

Sicher war dieser Umschwung teilweise auf die Prügel zurückzuführen, durch die er seinen Vater aus Suff und Elend gerissen hatte, doch eine innere Stimme sagte Niccolò, dass es neben jenen Schlägen noch andere Ursachen für die unerwartete Wandlung geben musste. Hin und wieder meinte er, die höhnischen Seitenblicke seines Vaters zu spüren, fast so, als beobachte

Eduardo ihn voller Tücke, während er geheime Pläne schmiedete. In seinen Zügen war dann eine seltsame, boshafte Regung auszumachen, eine Mischung aus Hass und Schadenfreude, und Niccolò war sicher, sich das nicht nur einzubilden.

»Fragen wir doch meinen Sohn nach seiner Meinung«, sagte Eduardo Guardi, sich zu ihm umwendend.

Niccolò fuhr zusammen. Anstatt weiter zuzuhören, hatte er seinen Gedanken nachgehangen, weil er den Eindruck gehabt hatte, alles Wichtige sei verhandelt. Innerlich fluchend straffte er sich und blickte seinem Vater mitten ins Gesicht.

»In welcher Angelegenheit?«, versetzte er gelassen. Die Genugtuung, ihn unsicher oder gar ängstlich zu sehen, würde er seinem Vater nicht verschaffen. Beiläufig legte er die Hand an den Schwertgriff, scheinbar unabsichtlich, aber zugleich auf eine Weise berechnend, die für seinen Vater alles andere als missverständlich war. Nimm dich in Acht!, besagte diese Geste.

»Ich fragte gerade Euren Vater, ob Ihr nun anstelle Eures Bruders im Begriff seid, Euch in die Geschäfte einzuarbeiten. Ich sah Euch häufiger an der Seite Eures Vaters, und da dachte ich …«

»Ihr denkt richtig«, sagte Niccolò. »Ich werde künftig für die Compagnia Guardi arbeiten und hoffe, mehr und mehr bei den Handelsgeschäften mitwirken zu können.«

»Es hieß zunächst, Ihr wolltet ins Kloster gehen.«

»Davon kann keine Rede sein. Mein Vater braucht mich.«

Von Eduardo Guardi kam ein kehliger Laut, es klang wie ein stoßweises Lachen, hätte aber auch ein Husten sein können. Als Niccolò sich zu ihm umdrehte, war der Gesichtsausdruck seines Vaters wie üblich undurchdringlich.

»Der Handel scheint Euch zu liegen, das ist jedenfalls mein Eindruck«, sagte der Jude freundlich.

Er war im Auftrag eines Konsortiums deutscher Kaufleute in der Stadt und koordinierte die Einfuhr von Wollstoffen. Zu den Aufgaben Eduardo Guardis gehörte es wiederum, Lagerkapazitäten und -dauer festzulegen und beides im Auftrag der Signoria mit dem deutschen Handelshaus, dem Fondaco dei Tedeschi, abzustimmen – und die Beitreibung der Zölle und Steuern zu überwachen. Niccolò konnte sich kaum eine leichtere Art vorstellen, um Geld zu verdienen, obwohl er mittlerweile herausgefunden hatte, dass es weit einträglichere Geschäfte gab. Der jüdische Kaufmann etwa, mit dem sein Vater vorhin verhandelt hatte, schöpfte enorme Gewinne aus dieser Wolllieferung, weil er das hohe Risiko auf sich genommen hatte, den Transport der Ware durch Kriegsgebiete auf seine Kosten zu organisieren und ihn mit Begleittruppen zu schützen, was sich entsprechend auf den Preis der Wolle niederschlagen würde. Viele Warentransporte gingen derzeit wegen der fortdauernden Kampfhandlungen auf dem Festland verloren, und diejenigen, die – teils nach langen, mühseligen Umwegen – endlich doch noch die Lagune erreichten, waren zwangsläufig weit teurer als zu Friedenszeiten. Demgemäß bot sich hier für risikofreudige Händler eine Möglichkeit, steinreich zu werden – oder auch alles zu verlieren, so wie es Eduardo Guardi mit seinen Alaungeschäften ergangen war. Er hatte zu viel auf eine Karte gesetzt und sich dabei ruiniert; Konkurrenten waren ihm zuvorgekommen und hatten die Gewinne eingestrichen.

Eduardo Guardi verabschiedete sich von dem Juden, und gemeinsam gingen er und Niccolò durch den Torbogen des Uhrturms in Richtung Rialto, wo sie bei San Giacometto einen anderen Kaufmann treffen wollten.

Unterwegs sann Niccolò über die wechselvolle wirtschaftliche Lage nach, sowohl jene in Venedig als auch die der Compagnia Guardi. Mit den Maklergeschäften konnte Eduardo Guardi zwar noch halbwegs den Schein wahren und das Nötigste zum Leben verdienen, doch um die inzwischen angehäuften Schulden zu begleichen, würde es nie und nimmer reichen. Schon seit Tagen überlegte Niccolò immer wieder, mit welchen Geschäften sich die besten Gewinne erzielen ließen. Was das Risiko betraf, so konnte man dieses getrost vernachlässigen, denn es gab so gut wie nichts mehr zu verlieren. Am Vortag hatte er, während sein Vater sich mit einem Händler am Rialto besprach, die Unterredung zweier Kaufleute in der Nähe mit angehört, die sich über indischen Pfeffer unterhielten. Sie klagten darüber, dass die venezianische Vormachtstellung im Pfefferhandel zusammenbrach, weil die Portugiesen eine neue Seeroute gefunden hatten, die den Transportweg verkürzte. Die Portugiesen waren es auch, die Anfang des Jahres kurzerhand indische Gebiete annektiert hatten, um ihren Anspruch auf die neue Vorherrschaft im Gewürzhandel zu festigen. Niccolò hatte sich gefragt, ob schon jemand unter den venezianischen Kaufleuten versucht hatte, mit den portugiesischen Händlern zusammenzuarbeiten. Portugal gehörte wohl der feindlichen Liga an, doch Niccolò hatte bereits gehört, dass der Krieg seine Bedeutung verlor, wenn Kaufleute unterschiedlicher Nationen gute Geschäfte miteinander machen konnten. Sobald es darum ging, genug Geld zu verdienen, spielte es keine Rolle mehr, wer einem dazu verhalf, egal ob Freund oder Feind.

Niccolò und sein Vater hatten San Giacometto am Rialto erreicht, den Ort, wo Geldwechsler und Goldhändler ihre Läden hatten. Es herrschte das übliche Menschengewimmel, die Leute gingen in Scharen ihren Besorgungen nach. Niccolò blickte sich an der für den Treffpunkt vereinbarten Stelle nach dem Kaufmann um.

Eduardo Guardi betrachtete seinen Sohn spöttisch. »Du kommst dir wohl sehr wichtig vor, was?«

Niccolò hielt den Blicken seines Vaters beharrlich stand. »Ich lerne jeden Tag dazu. Du solltest dankbar sein, dass ich dein gelehriger Schüler bin, sprachen wir nicht schon darüber? Bald weiß ich so viel wie Gregorio, nein, sogar noch mehr. Dann wirst du froh sein, einen Sohn zu haben, der deine Geschäfte führt, besser, als mein Bruder es je vermocht hätte.«

»Du dummer Krüppel wirst nie ein guter Geschäftsmann werden«, höhnte Eduardo. Verächtlich fügte er hinzu: »Was will so ein schwächlicher Knabe schon ausrichten in der Welt der Händler?«

Wut durchströmte Niccolò, und seine Hand fuhr reflexartig zum Schwertgriff, doch er besann sich rechtzeitig und bezwang seinen Ärger, denn er erkannte, dass sein Vater ihn nur reizen wollte. Bei dieser Erkenntnis verwandelte sich sein Zorn augenblicklich in Misstrauen. Die letzten Wochen hatte es leidlich geklappt zwischen ihm und seinem Vater; Eduardo Guardi hatte ihn, zuerst widerwillig, dann mit wachsendem Gleichmut zu allen geschäftlichen Besprechungen mitgenommen. Er hatte all seine Fragen zufriedenstellend beantwortet, ihm die Handelsbücher gezeigt, gemeinsam mit ihm Warenbestände besichtigt und es ihm sogar überlassen, Bestelllisten auszufertigen und Zolldokumente zu prüfen. Doch seit ein paar Tagen war dieses mühsam errungene Gleichgewicht in ihrem Miteinander gestört; bei seinem Vater hatte sich wieder derselbe verletzende Ton eingeschlichen wie früher.

Niccolò grübelte über die möglichen Gründe dieses Rückfalls nach, während Eduardo Guardi den Kaufmann, mit dem er verabredet war, erspähte und ihn heranwinkte. Diesmal achtete Niccolò darauf, keinen einzigen Satz des Gesprächs zu verpassen, denn es ging um den Handel mit Seide, für den er sich schon seit geraumer Zeit interessierte. Der Kaufmann, ein überanstrengt wirkender Mann Mitte vierzig, arbeitete für die Compagnia des verstorbenen Ippolito Barozzi, dessen Geschäfte nun von Beauftragten der Signoria abgewickelt wurden. Man hatte den Kaufmann – sein Name war Agostino Memmo – der Einfachheit halber bis auf Weiteres als treuhänderischen Verwalter eingesetzt, sowohl für die Manufakturen als auch den Verkauf.

»... könnte einen guten Gehilfen dringend brauchen«, sagte er gerade zu Eduardo Guardi. »Einen, der sich auf die Seide versteht und auf den Verkauf. Habe schon bei der Signoria vorgesprochen, damit mir zusätzliche Gelder für Hilfskräfte bewilligt werden, aber sie lassen sich Zeit.«

»So sind unsere Behörden«, sagte Guardi abfällig.

»Es geht das Gerücht, die Tochter habe überlebt«, sagte Memmo. »Cintia Barozzi.«

Guardi warf ihm einen scharfen Blick zu. »Was Ihr nicht sagt!«

Memmo zuckte die Achseln. »Genaues weiß niemand. Sie war auf der Pestinsel, hieß es. Dann verschwand sie spurlos. Irgendwer behauptete, sie sei später noch auf dem Lido gewesen, doch wie gesagt, es sind nur Gerüchte.«

In wilder Hoffnung hatte Niccolò die Luft angehalten, als Memmo Cintias Namen nannte. Sein Bein zitterte, als die schmerzliche Anspannung nachließ – wieder kein eindeutiges Lebenszeichen! Doch solange er nicht Klarheit über ihren Verbleib hatte, würde er seine Suche nach ihr nicht aufgeben. Er zehrte immer noch von dem Gold, das er seinem Vater gestohlen hatte, und bezahlte davon Männer, die nach ihr forschten. Einer von ihnen hatte herausgefunden, dass sie sich tatsächlich eine Weile auf dem Lido aufgehalten hatte, doch dann hatte sich ihre Spur wieder verloren. Kein Mensch wusste, wo sie war. Vielleicht lebte sie schon längst nicht mehr ... Der Rest der Unterhaltung zwischen seinem Vater und Memmo wurde in seinen Ohren zu einem bedeutungslosen Raunen, er hörte nicht mehr zu. Es verlangte ihn mit Macht danach, wegzulaufen, egal wohin, nur fort.

»Was ist mit dir, willst du länger Löcher in die Luft starren?«, fuhr sein Vater ihn an. »Messèr Memmo hat dich was gefragt!«

»Ja?«, stammelte Niccolò. »Verzeiht, ich war in Gedanken.«

»Ich unterbreitete Eurem Vater gerade den Vorschlag, dass Ihr bei mir ein wenig über den Seidenhandel lernen könntet, wenn Ihr wollt. Mir scheint, Ihr seid ein zupackender junger Mann mit wachem Geist. Aufs Rechnen und Schreiben versteht Ihr Euch, und von Eurem Vater erfuhr ich, dass Ihr die Buchhaltung nach Pacioli beherrscht. Viel zahlen kann ich Euch nicht, es wäre eher ein Taschengeld, wie gesagt, die Signoria ...«

»Ja«, stieß Niccolò hervor. »Ich bin einverstanden!« Es erschien ihm wie ein Wink des Himmels, dass ihm hier so unversehens die Gelegenheit geboten wurde, sich in der Weberei ihres Vaters nützlich zu machen. Es war, als könne er ihr auf diese Weise näherkommen – sich an einem Ort aufhalten, den sie über alles liebte! Er wusste, dass sie das tat, denn Niccolò war dabei gewesen, als sie es seinem Bruder erzählt hatte. Sie hatte Gregorio dabei auf diese besondere Art angesehen, die jeden Mann um den Verstand bringen musste, nur nicht das Objekt ihrer Sehnsucht, denn Gregorio hàtte sich darauf versteift, sein Leben lang nur Lucia lieben zu können, die Hure aus dem Haus der Daria Loredan.

Cintia hatte davon gesprochen, wie sehr sie sich wünschte, öfter mit ihrem Vater in die Seidenmanufaktur gehen zu dürfen, und sie hatte mit leuchtenden Augen beschrieben, wie es dort aussah und was die Menschen dort taten. Mit verzweifelter Inbrunst hatte Niccolò sich in diesem Augenblick gewünscht, an seines Bruders Stelle zu sein, denn dann hätte er zu ihr sagen können, wie sehr es ihn freuen würde, sie dorthin zu begleiten.

Nun stand es ihm frei, diesen Ort ihrer Träume kennenzulernen, und nichts würde ihn davon abhalten können. Seine Laune hellte sich ein wenig auf, und es fiel ihm nicht weiter schwer, der restlichen Unterhaltung zwischen Memmo und seinem Vater zu folgen und sich sogar hin und wieder mit eigenen Äußerungen daran zu beteiligen.

Später, als er mit seinem Vater nach Hause ging, war er in beinahe friedlicher Stimmung. Doch damit war es vorbei, als er das Boot am Anlegesteg sah. Er kannte diesen Sàndolo. Niccolò spürte die Blicke seines Vaters auf sich ruhen, und ihm war klar, dass Eduardo Guardi darauf wartete, dass sein Sohn ihn ansah. Langsam, fast widerstrebend wandte Niccolò sich seinem Vater zu – und erkannte unvermittelt die Wahrheit. Eduardo Guardi hatte gewusst, dass dieses Boot hier liegen würde. In seinen Augen stand ein Ausdruck boshaften, fanatischen Triumphs. Seit Tagen musste Eduardo Guardi genau das vorausgesehen haben, daher auch sein verändertes Benehmen.

»Willst du nicht reingehen?«, fragte er mit scheinheiliger Freundlichkeit. »Komm schon, sonst wächst du noch hier fest, kleiner Krüppel! Was ist, freust du dich denn gar nicht, dass dein Bruder heimgekehrt ist?« Frohlockend warf er den Kopf zurück und lachte. »Endlich ist mein Sohn wieder da! Mein einziger, wirklicher Sohn!«

Stumm und wie betäubt folgte Niccolò seinem Vater zur Pforte. Es kam ihm vor, als sei sein Leben mit einem Schlag zu Ende.

Nach fast einer Woche im Haus ihrer Tante kam es Cintia zuweilen so vor, als hätte es die Zeit davor mit all den schaurigen Erlebnissen nicht gegeben, so wenig unterschied sich ihr Leben von jenem, das sie früher bei ihren Eltern geführt hatte. Den lieben langen Tag saß sie in ihrer Kammer herum, schaute aus dem offenen Fenster auf die kaum eine Armlänge entfernte Hauswand des Nachbargebäudes, unterhielt sich hin und wieder müßig mit Lucietta oder lag, halb lethargisch, halb in Gedanken vertieft, auf ihrem Bett. Aus dem freien Leben, das Esmeralda ihnen in Aussicht gestellt hatte, war nichts geworden, da sowohl Daria als auch Paolo streng darauf achteten, dass Cintia stets im Haus blieb. Waren die beiden einmal nicht anwesend, sorgte der große, kahlköpfige Leibwächter dafür, dass die diesbezüglichen Anordnungen der Hausherrin eingehalten wurden. Auch nach oben durften sie nicht gehen; die Kurtisanen im zweiten Stock hatten die Anordnung bekommen, sie nicht zu sich zu lassen, wie Cintia von Lucietta gehört hatte, die Esmeralda einmal beim Abtritt getroffen hatte.

Binnen kürzester Zeit fühlte Cintia sich von derselben lähmenden Langeweile befallen, die sie schon früher als so quälend empfunden hatte. Dazu kam die anhaltende Trauer um ihre Eltern, die sie oft zum Weinen brachte, was unweigerlich dazu führte, dass Lucietta ebenfalls in Tränen ausbrach. So weinten beide über ihr Schicksal und hielten einander dabei in den Armen, weil die Körpernähe der jeweils anderen der einzige Trost war, den sie finden konnten.

Hier in der Ca' Loredan trachtete jeder nur danach, sie von allem abzuschirmen, das auch nur einen Hauch Abwechslung in ihren Alltag hätte bringen können. Auf ihr Ansinnen, schnellstmöglich bei den Guardis vorsprechen zu wollen, hatte Daria freundlich lächelnd erklärt, sie werde eine Botschaft dorthin schicken lassen. Als Cintia sich tags darauf bei ihr erkundigte, ob sie den Guardis ihr Kommen angekündigt habe, bejahte Daria das ebenso freundlich. »Ich habe den kommenden Mittwoch vorgeschlagen. Bis dahin ist sicher auch dein Kleid fertig.«

Das bedeutete, fast eine weitere Woche warten zu müssen, eine Aussicht, die Cintias Geduld auf eine harte Probe stellte. Immerhin bot das Kleid, das Daria für Cintia in Auftrag gegeben hatte, eine erfreuliche Abwechslung im eintönigen Einerlei dieser Tage, die sich ansonsten in ihrem Verlauf ähnelten wie ein Ei dem anderen. Die Anproben, zu denen Daria eigens eine Schneiderin herbestellt hatte, schufen eine erwartungsfrohe Stimmung bei Lucietta, von der sich auch Cintia anstecken ließ. Schon immer hatte Lucietta sich wie ein Kind daran freuen können, wenn es neue Kleider für sie oder Cintia gab; dann schnatterte sie den ganzen Tag ohne Unterlass nur über Farben, Applikationen und Zuschnitt der betreffenden Gewänder. Die beiden Vormittage, an denen die Schneiderin bei ihnen war, verliefen in angeregter Atmosphäre, doch der jeweils nächste Tag verstrich wieder mit ermüdender Ereignislosigkeit, bis die schlichte, nicht sonderlich helle Kammer, die man für Cintia und Lucietta im Mezzanin hergerichtet hatte, Cintia fast wie ein Gefängnis vorkam. Das Zimmer lag unmittelbar neben Darias eigenem Gemach und war zuvor von Casparo bewohnt worden, dem Sohn der Hausherrin, den man vorübergehend in die Kammer seines Bruders umquartiert hatte. *Bis alles geklärt ist*, hatte Daria dazu mit liebenswürdigem Lächeln gesagt.

Inzwischen wusste Cintia auch, warum die Familie die beengten Wohnverhältnisse im Mezzanin den Prachträumen des Piano nobile vorzog. Es handelte sich dabei um ein Zugeständnis an die kindliche Unschuld Casparos, der offenbar erst vor

Kurzem von den genauen Umständen, unter denen seine Mutter für seinen Lebensunterhalt sorgte, erfahren hatte.

Cintia hatte den Knaben mittlerweile ein wenig näher kennengelernt. Darias Anregung folgend, hatte sie ihn gelegentlich in seiner Kammer besucht und sich mit ihm unterhalten. Zu ihrer Überraschung war ihr Cousin völlig anders geartet als sein kühler, zurückhaltender Bruder. Von seinem Wesen her war Casparo herzlich und überschwänglich, er sprühte förmlich vor liebenswürdigem Eifer, fast wie ein Kind, das danach drängte, die Welt zu entdecken. Im Grunde traf diese Einschätzung wohl auch zu, denn seine bisherigen Lebenserfahrungen beschränkten sich auf die Kenntnisse, die sein Hauslehrer ihm vermittelt hatte, sowie auf diverse – in Cintias Augen recht stümperhafte – Versuche in der Malerei. Voller Stolz hatte er ihr einige seiner bisherigen Werke vorgeführt und sie nach ihrer Meinung befragt. Sie hatte es nicht übers Herz gebracht, ihm die Wahrheit zu sagen, sondern stattdessen höflich seine Linienführung gelobt sowie die Ausdruckskraft der Farben. Von Malerei verstand sie nicht viel, aber sie wusste, wann sie ein gutes Bild vor sich hatte. Im Portego ihrer Eltern hingen einige Gemälde wirklich großer Künstler, unter anderem zwei herrlich leuchtende, großformatige Bilder von Giovanni Bellini und ein verstörend schönes Landschaftsbild von dem Maler Zorzo da Castelfranco, den man auch Giorgione nannte. Als Cintia einmal beim Abendbrot davon erzählte, hatte Daria bedauernd eingeworfen, dass er vor Kurzem an der Pest gestorben sei.

Zur Vesper kam die Familie stets zu einer gemeinsamen Mahlzeit zusammen, die an dem großen runden Tisch in der Küche stattfand. In der Küche wurde auch gebadet, in einem Holzzuber, der hinter einem Wandschirm aufgestellt wurde, wenn jemanden aus der Familie das Bedürfnis nach gründlicher Körperwäsche überkam. Seit ihrem Eintreffen hatte Cintia, sehr zum Schrecken der Hausmagd, zwei Mal ein Bad genommen, und Lucietta ebenfalls, wobei sie der Einfachheit halber beide dasselbe Badewasser benutzt hatten, so wie sie es auch früher stets gehalten hatten.

Paolo, so hatte Cintia bereits festgestellt, pflegte ebenfalls häufiger zu baden, als es ihrer Erfahrung nach in gut situierten Haushalten üblich war – auch er hatte in der Zeit, seit sie hier war, zwei Mal den Zuber benutzt. Einmal hatte sie ihn, als sie gerade an der offenen Küchentür vorbeikam, bei den Vorbereitungen gesehen. Nackt bis auf ein Tuch, das um seine Hüften geschlungen war, hatte er eigenhändig einen Kübel mit dampfend heißem Wasser hinter den Wandschirm geschleppt. Aus einem ihr unerklärlichen Impuls heraus war sie stehen geblieben und hatte seinen muskulösen Rücken angestarrt, die behaarten Beine und das sich unter dem Tuch abzeichnende straffe Hinterteil. Mit trockenem Mund und dem eigenartigen Gefühl, nicht mehr richtig atmen zu können, hatte sie dagestanden, außerstande, ihre Blicke von seinem Körper zu lösen. Erst, als er sich zu ihr umgedreht hatte, war sie hastig zurückgewichen und davongeeilt. Wenige Stunden später hatte sie beim gemeinsamen Abendbrot so getan, als wäre nichts geschehen.

Tags darauf kam die Schneiderin mit dem fertigen Kleid. Die Anprobe fand in Darias Gemach statt, wo es einen Spiegel von ausreichender Größe gab, sodass Cintia sich nun zum ersten Mal selbst in dem Kleid sah.

Die Schneiderin zupfte hier und da Falten des Unterkleides durch die Schlitze des Gewandes heraus, bis sie den Kontrast zwischen dem Weiß des Hemdes und dem strahlenden Blau der Gamurra ihren Vorstellungen entsprechend zur Geltung gebracht hatte.

»Es ist wundervoll!«, rief Lucietta begeistert aus.

Unterdessen schritt Daria mit eindringlichen Blicken um Cintia herum.

»Perfekt«, meinte sie schließlich ruhig. Da sie selten zu gefühlsbetonten Äußerungen neigte, vor allem, wenn es um Lob oder Freude ging, war diese karge Bemerkung als Höchstmaß an Anerkennung zu werten.

Dagegen sah Cintia sich außerstande, das Kleid in irgendeiner Weise zu würdigen. Erschrocken über ihren eigenen Anblick, konnte sie die Augen nicht von der blauen Seide lösen, die ihren Körper umhüllte. Sie erblickte jedoch nicht ihr Spiegelbild, sondern sah sich in ihren Erinnerungen, wie sie mit ihrem Vater in der Manufaktur Seidenstoff betrachtet hatte. Eine lange Bahn war das gewesen, die gerade zu einem Ballen gerollt wurde, das Gewebe so fein und schimmernd, als hätte jemand Lapislazuli geschmolzen, es in Fäden gezogen und zu dieser herrlichen Pracht versponnen und gewebt.

Mit einem Mal wusste sie ohne den geringsten Zweifel, dass die Seide für dieses Kleid aus der Weberei ihres Vaters stammte, aus jener Stoffbahn, sie sie gemeinsam angeschaut hatten.

Plötzlich schien der Stoff an ihrem Körper zu brennen, als würden Flammen vom Saum heraufzüngeln, und fast hätte sie sich in heftigem Schrecken das Gewand heruntergerissen. Die Hände zu Fäusten geballt, bezwang sie ihre aufkommende Hysterie und holte tief Luft, da sie merkte, dass die anderen sie befremdet musterten.

»Gefällt es Euch denn nicht?«, fragte die Schneiderin betroffen.

»O doch!« Cintia lächelte mechanisch, während in ihrem Inneren der Schmerz tobte. »Es ist … schön.«

»Du hattest an dem Abend deines Verlobungsfestes ein ähnliches Kleid an«, sagte Lucietta. Ihre Augen leuchteten, und die Lippen zitterten vor unterdrückten Emotionen. »Erinnerst du dich?«

»Es war ein anderes Blau, und es war anders geschnitten«, sagte Cintia knapp. Sie wollte nicht über jenes Kleid sprechen. Auch wenn es sich noch in ihrem Gemach in der Ca' Barozzi befinden mochte – was nicht auszuschließen war, weil sie es dort ausgezogen und auf einem Schemel liegen gelassen hatte –, so würde sie es doch nie wieder tragen. Es waren Flecken darauf, vom blutigen Auswurf ihres Vaters, den sie zwei Tage später mit durchschnittener Kehle in seinem Bett gefunden hatte.

Die Gedanken an das Schreckliche ließen sich nicht verdrängen; dennoch brachte Cintia es fertig, sich halbwegs beherrscht ihrer Tante zuzuwenden. »Ich möchte dir herzlich für dieses Kleid danken. Es ist wundervoll. Ein schöneres besaß ich nie.«

Das war bei Licht betrachtet die Wahrheit. Ihre Eltern hatten ihr zwar etliche hübsche Kleider schneidern lassen, aber die waren allesamt für ein junges Mädchen gedacht, mit sittsamem Ausschnitt und nicht sonderlich figurbetont. Dieses neue hingegen war das Kleid einer Frau, mit taillierender Schnürung, einem tief angesetzten Ausschnitt sowie Abnähern unter der Brust, die den Busen formten und hoben. Erst jetzt kam Cintia dazu, diesen Aspekt des Gewandes näher ins Auge zu fassen, und sie sah sich im Spiegel erröten, während sich die schwellenden Halbkugeln ihrer Brüste beim Atmen über der blauen Seide hoben und senkten. Unwillkürlich hielt sie die Luft an, doch das führte nur dazu, dass sich ihr Busen noch höher schob und fast aus dem Gewand herausquoll.

Über ihrer Schulter sah sie im Spiegel Darias Gesicht mit jenem leicht sarkastischen Lächeln, das sich bei ihrer Tante immer zeigte, wenn sie sich über etwas amüsierte.

»Du bist wahrhaftig eine exquisite Schönheit. Wenn du in diesem Kleid vor Gregorio Guardi hintrittst, wird er auf der Stelle zu deinen Füßen niedersinken.«

Es war schwer zu sagen, ob das als Kompliment gemeint war, denn Cintia glaubte, auch versteckten Spott herauszuhören. »Du hast zweifellos ein gutes Auge dafür«, sagte sie höflich, während ihre Gedanken unvermittelt zu Gregorio gingen. Nur ein Tag noch, dann würde sie erfahren, ob das, was Niccolò behauptet hatte, Lüge oder Wahrheit war. Inzwischen hatte sie gehört, dass er nicht an der Pest gestorben war, wofür sie Gott bereits in einem erleichterten Gebet gedankt hatte. Doch es war ein merkwürdiges Unbehagen geblieben, das sich verstärkte, wenn sie daran dachte, dass sie ihm bald wieder gegenüberstehen würde.

Daria riss sie aus ihren Gedanken. »Ich glaube, soeben ist Paolo heimgekommen.« Sie hob horchend den Kopf, dann eilte sie zur Kammertür und öffnete sie. Ein fröhliches Lächeln auf den Lippen, rief sie den Namen ihres Stiefsohnes. »Komm her, das musst du dir ansehen! Cintia hat ihr neues Kleid an, ein zauberhafter Anblick!«

Als er gleich darauf in der offenen Tür auftauchte und die Anwesenden begrüßte, machte er nicht den Eindruck, sonderlich angetan von der Situation zu sein.

»Ein schönes Kleid«, sagte er höflich, ohne richtig hinzusehen und schon im Begriff, weiterzugehen. Daria folgte ihm, und bald darauf drangen erregte Wortfetzen herüber, die auf einen Streit zwischen den beiden hindeuteten.

Offenbar von dem Disput angelockt, tauchte Casparo auf. Vor der offenen Tür von Cintias Kammer blieb er stehen und schaute sie mit offenem Mund an, als könne er nicht glauben, was er sah. Er schluckte hart, und man sah seinen Adamsapfel hüpfen, während seine Blicke über ihre Erscheinung huschten und an ihren Brüsten hängen blieben.

»Oh«, sagte er gepresst.

Sein offenes junges Gesicht zeigte so unverstellt all seine Regungen, dass Cintia eine Aufwallung von Zärtlichkeit für den Jungen spürte, so wie es ihr öfter erging, wenn sie mit ihm sprach. Hätte sie je einen jüngeren Bruder gehabt, so hätte sie bestimmt Ähnliches für ihn gefühlt wie für Casparo.

»Das Kleid ist ... herrlich«, sagte er heiser.

Die Schneiderin kicherte mit abgewandtem Gesicht, und Lucietta gab ein Hüsteln von sich, mit dem sie ihre Belustigung kaschierte. Cintia hingegen bemühte sich um eine ernste Miene.

»Es freut mich, wenn es dir gefällt.«

»Du ... ähm, du würdest mir eine große Ehre erweisen, wenn du mir ... wenn du mir einmal Modell sitzen würdest«, platzte er heraus, die Ohren glühend vor Aufregung.

»Du meinst, in diesem Kleid?« Cintia hatte Mühe, ein schelmisches Lächeln zu unterdrücken.

»Ähm, es ginge auch ohne das Kleid.« Er hielt inne, während flammende Röte sich von den Ohren über sein ganzes Gesicht ausbreitete. »Ich meine natürlich, es ginge auch mit einem *anderen* Kleid.«

Diesmal brachen sowohl die Schneiderin als auch Lucietta in Gelächter aus, während Cintia weiterhin um eine ernsthafte Miene rang. Casparo schaute betreten drein, doch dann zuckte es in seinen Mundwinkeln, und gleich darauf lachte er ebenfalls, ein gutmütiges Jungenlachen, mit dem er bewies, dass er Späße auf seine Kosten nicht nur aushalten, sondern sich daran auch erfreuen konnte.

Spontan ging Cintia zu ihm und legte ihm die Hand auf die Schulter. »Ich sitze dir gern Modell. Vielleicht möchtest du mich als Flora malen, mit vielen Blumen. Wir können welche besorgen, am besten Rosen, die blühen noch überall.« Mit warmer Stimme fügte sie hinzu: »Du malst wundervolle Rosen, finde ich.«

Er schluckte erneut, und fasziniert stellte Cintia fest, dass sich die Röte in seinen Wangen noch vertiefte, bis sein Gesicht einen satten Scharlachton angenommen hatte. Rasch ließ sie seine Schulter los, da sie vermutete, ihn dadurch noch mehr in Verlegenheit zu bringen.

»Ich geh dann mal wieder«, verkündete Casparo, um mit dem nächsten Atemzug genau das zu tun. Mit einem Satz war er bei der Tür und gleich darauf verschwunden.

»Er ist so niedlich«, sagte Lucietta inbrünstig.

»Wie ein Welpe«, bestätigte die Schneiderin. »Aber eines Tages, das prophezeie ich, wird er ein Held und Herzensbrecher, so wie sein Vater.«

»Wie war sein Vater denn?«, fragte Cintia neugierig.

»Genau wie mein Vater, denn es war derselbe Mann«, kam es von der Tür.

Dort stand mit undeutbarer Miene Paolo, die Daumen hinter den Gürtel gehakt und den Rücken gegen den Türstock gelehnt. Während die Schneiderin rasch ihre Sachen zusammenpackte und sich verabschiedete, stieß er sich ab und kam näher, um dicht vor Cintia stehen zu bleiben.

»Ich habe vorhin dein Kleid nicht richtig angesehen.« Er lächelte leicht. »Daria hat recht, ich war wieder mal unhöflich. *Schlechtes Benehmen*, das waren ihre Worte.«

Cintia fühlte sich von einer seltsamen Atemnot befallen, weil er ihr so nah war, kaum eine Armlänge entfernt. Sie wollte etwas sagen, stockte dann aber, weil ihr Kopf mit einem Mal wie leer gefegt war.

Seine Blicke glitten über ihren Körper. »Die Farbe ist wirklich etwas Besonderes. Lapislazuliblau, nicht wahr? Genau wie deine Augen.«

»Ich weiß nicht«, sagte Cintia mit rauer Stimme.

»Warst du heute schon an der frischen Luft?«, fragte Paolo unvermittelt.

Sie schüttelte stumm den Kopf.

»Wir dürfen nicht raus«, warf Lucietta ein. Sie stand neben dem Spiegel und warf Paolo wachsame Blicke zu.

»Ihr dürft nicht *alleine* raus«, berichtigte Paolo sie. »Wie wäre es mit einem kleinen Spaziergang? Bis zum Abendbrot bleibt noch ein wenig Zeit.«

»Oh, ich muss ... noch einen Brief schreiben«, behauptete Lucietta. »Aber Cintia geht bestimmt gerne mit.«

Cintia warf ihr einen erstaunten Blick zu. Wenn Lucietta je einen zusammenhängenden Satz geschrieben hatte, dann nur auf Geheiß des Hauslehrers und mit größtem Widerwillen.

»Ich würde gern einen Spaziergang machen«, sagte Cintia wahrheitsgemäß. Am liebsten hätte sie hinzugefügt, dass ihr hier seit Tagen die Decke auf den Kopf fiel, aber sie fürchtete, das könne undankbar klingen. Ihre Tante hatte sich ihrer und Luciettas voller Gastfreundschaft angenommen, sie versorgte sie beide mit dem besten Essen, beherbergte sie in einer warmen Kammer mit sauberen Betten, ja, sie hatte sogar ein kostbares Seidenkleid für ihre Nichte schneidern lassen, ohne eine Gegenleistung zu verlangen. Es wurde nicht einmal von ihnen erwartet, im Haushalt zu helfen, weder in der Küche noch bei der Wäsche, obwohl Cintia seit ihrem Aufenthalt bei Imeldas Nichte genau wusste, wie viel Arbeit beides verursachte. Sie wurden verwöhnt, ohne dafür arbeiten zu müssen, und man verlangte lediglich von ihnen, im Haus zu bleiben, was für Frauen gehobenen Standes keine Strafe bedeutete, sondern zum normalen Alltag gehörte. Im Haushalt ihrer Eltern hatte Cintia es nie anders erlebt, weshalb sie sich im Grunde nicht beklagen konnte. Zur Kirche durfte man gehen, ebenso zu den Andate, und manchmal, wenn das Schicksal es gut mit einem meinte, auch zu einer festlichen Zeremonie auf der Piazza, etwa anlässlich des Karnevals oder der Sensa, oder auch zum Empfang hoher ausländischer Staatsgäste. Dergleichen kam jedoch – abgesehen von den langweiligen Andate oder den noch langweiligeren Kirchgängen – nur äußerst selten vor.

»Wollen wir?« Paolo reichte ihr höflich seinen Arm und führte sie zur Tür. Lucietta kam ihnen mit einer wollenen Stola hinterhergelaufen, die sie Cintia über die Schultern drapierte. »Damit du dich nicht verkühlst.« Sie beugte sich nah zu ihr und zischte ihr etwas ins Ohr.

»Wie bitte?«, fragte Cintia leise, doch anstelle einer Antwort schüttelte Lucietta nur den Kopf, wich Paolos Blicken aus und eilte zurück in die Kammer. »Bis später«, rief sie von drinnen, bevor sie hastig die Tür zuknallte.

Irritiert schaute Cintia über die Schulter zurück, doch gleich darauf war Luciettas merkwürdiges Benehmen auch schon vergessen, denn sie hatte Mühe, sich Paolos großen Schritten anzupassen. Er führte sie immer noch am Arm, ganz wie ein fürsorglicher älterer Cousin. Nur, dass es sich für sie nicht anfühlte, als sei er ein Verwandter – was er genau genommen auch gar nicht war. Nicht einmal mit Daria war er richtig verwandt, denn er war nur ihr Stiefsohn.

· Während er sie ins Freie geleitete, sagte sich Cintia, dass sie Konversation machen sollte, einfach, um überhaupt etwas von sich zu geben, statt sich wie ein stummes Schaf durch die Gegend ziehen zu lassen. Nach einem raschen Räuspern glaubte sie, ihre Stimme unter Kontrolle zu haben; zu genau erinnerte sie sich noch an jenen unerwarteten Zusammenprall auf dem Gang, als er sie kurz an sich gepresst hatte und sie darauf gepiepst hatte wie eine atemlose Maus. Merkwürdig, dass ihr dieser Moment, als er sie an seinen Körper gedrückt hatte, seither wieder und wieder in den Sinn gekommen war … Bevor ihre Gedanken noch weiter abschweifen konnten, rang sie sich zu einer Frage durch, der erstbesten, die ihr in den Sinn kam.

»War er denn ein Held und Herzensbrecher?«

Erstaunt blickte er sie von der Seite an. »Wer?«

»Dein Vater.«

»Oh. Hm, nun ja, ein Held war er sicher, jedenfalls aus meiner Sicht. Da ich noch ein Knabe war, als er starb, sollte das nicht verwundern. Viele Väter sind die Helden ihrer jungen Söhne.« Er hielt inne, um die Pforte zur Gasse zu öffnen. »Wollen wir eine Fahrt mit der Gondel machen?«

»O ja!«, rief Cintia aus. Sie liebte das Gondelfahren über alle Maßen; leider hatten ihre Eltern ihr nicht allzu häufig Gelegenheit dazu gegeben, nicht etwa, weil sie es unschicklich fanden, sondern weil sich dazu keine Notwendigkeit ergab – schon allein deswegen, weil es so selten Anlässe gab, zu denen die Mädchen das Haus verlassen durften. Zur Kirche waren sie stets zu Fuß gegangen, und zu den Andate logischerweise auch, da Prozessionen, von der Sensa abgesehen, in Venedig zu Lande stattfanden. Die wenigen Male, da sie ihre Mutter oder ihren Vater bei Gondelfahrten begleitete, hatte sie verschleiert neben ihnen in der abgehängten Felze gesessen und nicht viel von der Stadt gesehen.

An der Fondamenta winkte Paolo eine Mietgondel heran und half Cintia beim Einsteigen. Sie kam sich richtiggehend verrucht vor, als sie ihr hübsches neues Kleid raffte und in der offenen Felze Platz nahm. Nachdem Paolo dem Gondoliere einige Anweisungen erteilt hatte, setzte er sich neben sie. »Soll ich den Vorhang schließen?«, fragte er. »Es geht ein frischer Wind.«

»Nein! Ich meine, nein, lass es offen, ich mag den Wind, und mir ist nicht kalt.«

Ihr wurde bewusst, wie dicht er neben ihr saß. Er war ihr so nah, dass sie seine Hüfte an der ihren fühlte. Unwillig sagte sie sich, dass daran nichts Besonderes sei, doch sie konnte nicht verhindern, dass ihr Herz heftig schlug. Halb ärgerlich, halb verwirrt erkannte sie, dass er einen eigentümlichen Einfluss auf sie ausübte, dem sie sich trotz aller Anstrengungen nicht entziehen konnte. Tief Luft holend, bat sie: »Erzähl mir mehr von deinem Vater. Wie kam die Schneiderin darauf, dass er ein Herzensbrecher ist?«

Paolo dachte nach. »Nun, vielleicht, weil er so gut aussah. Jedenfalls sagt man ihm das nach. Er war groß, hatte dunkle Locken, breite Schultern und kräftige Glieder.«

»Also sah er aus wie du.«

Paolo verzog das Gesicht. »Das wollte ich damit keineswegs zum Ausdruck bringen. Außerdem, so heißt es, war das Unwiderstehlichste an ihm sein Lächeln.«

»Oh. Ach so.« Nach dieser Äußerung verfiel Cintia in Schweigen. Nur knapp hatte sie sich die Erwiderung verkneifen können, dass ihr an Paolo auch das Lächeln am besten gefiel. Richtig strahlend gelächelt hatte er erst ein Mal, an dem Morgen, als sie einander im Innenhof begegnet waren. Dieses Lächeln hatte ihn völlig verwandelt, er hatte mit einem Mal wie ein umwerfend schöner Mann ausgesehen, was wohl den Schluss darauf zuließ, dass er doch mehr Ähnlichkeit zu seinem Vater aufwies, als er wahrhaben wollte.

»Was hast du noch von deinem Vater?«, fragte sie. Gleich darauf fuhr sie rasch fort: »Ich will nicht neugierig sein! Gebiete mir Einhalt, wenn ich dir zu viele Fragen stelle!«

Er schüttelte nachsichtig den Kopf. »Nein, es ist schon in Ordnung. Diese Frage kann ich außerdem leicht beantworten. Mein Vater hat mir alles beigebracht, was es über den Schwertkampf und den Umgang mit der Armbrust zu wissen gibt. Er meinte, ich solle später ein großer *Condottiere* werden. Oft reiste

er auch mit mir auf die Terraferma, um mir das Reiten beizubringen. Schon mit fünf Jahren fing ich an, bei ihm das Fechten und das Schießen zu lernen. Nachdem er tot war, hatte ich
noch weitere fünf Jahre regelmäßigen Unterricht im Waffen-
gebrauch, das hatte er testamentarisch verfügt. Und sogar im
Voraus beim Fechtmeister bezahlt.«

»Das war sehr … umsichtig von deinem Vater«, warf Cintia
ein.

»Vor allem in Anbetracht der Tatsache, dass er mir außer den
Fechtstunden nichts vererbt hat«, sagte Paolo trocken. Mit leiser Belustigung fuhr er fort: »Abgesehen von dem guten Namen, versteht sich.«

»Der Name Loredan – er ist einer der ältesten und edelsten
von Venedig, nicht wahr? Unser Doge heißt auch so.«

»In der Tat.« Diesmal war die Belustigung nicht zu überhören. »Und ein paar weniger bedeutende Zeitgenossen ebenfalls,
unter anderem auch der eine oder andere arme Schlucker.«

»Als solchen siehst du dich doch hoffentlich nicht!«

Er runzelte die Stirn. »Hm, nein, das wohl nicht. Ich bin
Schiffsbauer und ziemlich stolz darauf.«

Damit kam er zu einem Punkt, der sie brennend interessierte.
»Schiffsbau!«, sagte sie eifrig. »Das klingt furchtbar schwierig!
Sicher hast du sehr lange gebraucht, um es zu erlernen!«

»Ich fing mit vierzehn an und lerne immer noch dazu. Es ist
ein Beruf, bei dem man niemals auslernt.«

»Genau wie bei der Seidenweberei«, erwiderte sie. »Es gibt
immer Neues zu erfahren. Methoden des Färbens, der Garnauf-
wicklung, der Verwendung anderer Materialien wie Gold oder
Silber, oder auch die Einzelheiten der Technik. Die Webstühle
etwa …« Sie stockte, weil die Erinnerungen an ihren Vater sie
überwältigten.

Paolo schien zu spüren, was ihr durch den Kopf ging. Behutsam legte er seine Hand auf die ihre. »Er fehlt dir sehr, oder?«

Sie nickte. Angespannt schaute sie zum Ufer hinüber, ohne
wirklich etwas zu sehen. »Manchmal denke ich, das Schlimmste

schon hinter mir zu haben«, sagte sie mühsam. »Dann wieder holt mich alles ein, mit einem Schlag. Ich sehe sie wieder vor mir, Vater und Mutter, wie sie da lagen, hingemetzelt und tot, und dann ist es, als wäre es eben erst geschehen.«

»Hingemetzelt?« Seine Stimme klang überrascht. »Was sagst du da!?«

»Ich sprach noch nicht darüber, weil ich Tante Daria nicht aufregen wollte. Außerdem macht es meine Eltern ja auch nicht wieder lebendig. Aber: Ja, sie sind ermordet worden. Mein Vater wäre sicher sowieso gestorben, er hatte schon Blut gespuckt.« Sie hielt inne, um Atem zu schöpfen. »Auf der Pestinsel habe ich gelernt, dass alle, die Blut spucken, dem Tod geweiht sind. Auch die mit den schwarzen Stellen auf der Haut. Niemand kann das überleben, sie sterben alle. Mein Vater hatte auch diese Flecken. Trotzdem wurde er getötet. Und meine Mutter …« Sie versuchte, sich zu erinnern, wie ihre Mutter ausgesehen hatte, doch ihr kam immer nur das Bild der klaffenden Halswunde ins Gedächtnis. Sie schüttelte den Kopf. »Ich weiß nicht, ob sie die Pest hatte. Aber es spielt keine Rolle, denn auch sie wurde umgebracht.«

»Erzähl mir davon«, sagte Paolo tonlos. »Erzähl mir alles.«

Es kostete sie Mühe, und sie musste immer wieder nach Worten suchen, doch irgendwie brachte sie es fertig, ihm alles zu berichten, angefangen von der Erkrankung ihres Vaters bis zu ihrer Flucht von der Pestinsel. Auch die Episode mit den Männern, die sie und Lucietta des Nachts überfallen hatten, um sie zu schänden und zu töten, ließ sie nicht aus.

Als sie geendet hatte, saß Paolo wie versteinert da, den Blick ins Leere gerichtet. Betroffen beobachtete sie ihn. »Dass dich das so trifft, hatte ich nicht erwartet. Ich bin doch noch mal davongekommen, das ist alles, was zählt.«

»Was dir geschah, ist entsetzlich, aber was du sagst, stimmt: Du lebst und hast alles überstanden. Doch deine Eltern … Ich dachte, sie starben an der Pest. Dass man sie ermordet hat …« In seinem Gesicht arbeitete es, und es war zu sehen, wie fas-

251

sungslos er war – für Cintia ein verwunderlicher Umstand, da er sich sonst stets so beherrscht zeigte wie kein anderer Mensch, den sie kannte.

»War mein Vater dir ein so guter Freund?«

Er schüttelte den Kopf. »Wir haben uns einige Male unterhalten, aber Freunde wurden wir nicht, dafür kannten wir einander nicht gut genug. Es ist nur ... Ich hörte jemanden über die Mordpläne sprechen, in der Nacht, bevor du mich dort auf der Fondamenta vor eurem Haus liegen sahst. Wäre ich nicht so krank gewesen, hätte ich deinen Vater warnen können.«

Schockiert wandte Cintia sich ihm zu. »Es war eine geplante Tat? Aber wer ...« Sie verstummte hilflos. »Dieser Kerl, den Niccolò erstochen hat ... Er kam allein, und er legte erst an, als ich ihn rief, das könnte ich beschwören!« Fieberhaft dachte sie nach, doch sie war sicher, dass der Mann erst auf ihre Bitte um Hilfe hin die Gondel zur Ca' Barozzi gesteuert hatte. »Ich verstehe es nicht«, murmelte sie. »Mir kam es nicht so vor, als hätte er geplant, unser Haus zu betreten, geschweige denn, meine Eltern zu ermorden. Und er war ganz gewiss allein unterwegs, das weiß ich genau.«

»Ich hörte in der besagten Nacht zwei Männer sprechen«, sagte Paolo. »Gesehen habe ich niemanden, es war zu dunkel. Auch die Stimmen habe ich nicht erkannt. Die Männer sprachen sehr leise, es war fast ein Flüstern, und wären sie nicht so nah gewesen, hätte ich sicher nichts verstanden. Sie saßen in einem Boot, das dicht an der Kaimauer vorbeifuhr. Möglicherweise waren es nur gedungene Helfershelfer, und derjenige, der die Tat ausgeheckt oder ausgeführt hat, war gar nicht dabei.«

Schockiert erkannte Cintia, dass sie all das hätte verhindern können. Hätte sie nur genauer hingeschaut, als Paolo ihr an jenem Tag auf der Fondamenta entgegengetorkelt kam, dann wäre ihr klar geworden, dass er nicht betrunken war, sondern krank. Sie hätte ihn anhören müssen, dann hätte sie von den Mordplänen erfahren!

»Dich trifft keine Schuld«, sagte Paolo, dem offenbar klar

war, was sie dachte. »Du kannst nicht das Geringste dafür! Hör auf, dir das einzureden!«

Abrupt wandte sie sich zur Seite; sie wollte nicht, dass er die Tränen sah, die ihr in die Augen schossen. Wie durch einen Schleier erblickte sie die vor ihnen liegende Kanalkrümmung. Sie waren in den Canalezzo eingebogen; wenn sie in dieser Richtung weiterfuhren, würden sie an der Ca' Barozzi vorbeikommen.

Nach kurzem Schweigen fragte Paolo: »Bist du sicher, dass dieser Dieb, den Niccolò erstochen hat, der Mörder deiner Eltern war? Könnten sie nicht schon vorher tot gewesen sein?«

Sie wischte sich kurz und heftig über die Augen und wandte sich ihm wieder zu. »Woher soll ich das wissen?«

»Nun, es gibt verschiedene Anzeichen. Etwa, wie sich ihre Körper angefühlt haben. Waren sie warm, als hätten sie kurz vorher noch gelebt, oder waren sie schon kalt?« Er musterte sie aufmerksam. »Hast du sie berührt, als du sie fandest?«

Hastig schüttelte sie den Kopf, dann besann sie sich. »Doch, ich berührte meine Mutter. Als der Mann mich mit dem Messer verfolgte, stolperte ich und fiel …« Tief Luft holend, hielt sie inne. »Ich fiel auf sie. Auf ihren Körper. Aber ich kann nicht sagen, ob er kalt oder warm war. Es war furchtbar heiß an diesem Tag, sogar das Wasser aus dem Brunnen war warm.«

»Tote werden nach einer Weile steif«, sagte Paolo behutsam. »Sie bleiben es eine Zeit lang, bis der Körper wieder schlaff wird. Hast du … Ist dir in der Richtung vielleicht etwas aufgefallen?«

Sie starrte ihn an, dann nickte sie ruckartig. »Ja! Ja, sie war steif! Ich erinnere mich noch, wie merkwürdig ich diese Starre fand!« Sie schüttelte den Kopf. »Warum habe ich das nicht hinterfragt?«

»Wenn du vorher noch nicht mit dem Tod in Berührung gekommen bist, bestand dazu kein Anlass. Woher solltest du so etwas wissen? Außerdem musstest du gerade in diesem Moment um dein eigenes Leben bangen.«

Ihr fiel eine weitere Einzelheit ein. »Das Blut an ihren Körpern ... Es war vollkommen getrocknet! Das hätte ich doch merken müssen!«

»Du warst außer dir und völlig durcheinander. Und vergiss nicht, dass du zu jener Zeit selbst schon die Krankheit im Körper hattest und nicht mehr klar denken konntest.« Düster schloss er: »Damit steht fest, dass deine Eltern vorher getötet wurden. Nicht dieser Dieb hat sie umgebracht, sondern jemand anderer.«

»Aber ... Niccolò hätte doch erkennen müssen, dass sie schon länger tot waren! Es muss ihm aufgefallen sein, denn er hat sie nach draußen getragen!«

»Ein bemerkenswerter Kraftakt für einen Jungen mit einem steifen Bein. Und ja, er hat es sicher bemerkt, davon kannst du ausgehen.«

»Warum hat er es mir nicht gesagt? Lucietta erwähnte sogar noch in seinem Beisein, wie gut es sei, dass der Mörder durch Niccolòs Hand an Ort und Stelle seine gerechte Strafe erfahren habe. Sie lobte ihn dafür, und Niccolò hat das nicht richtiggestellt!«

»Warum hätte er das tun sollen? Nach allem, was ich bisher gehört habe, legt er großen Wert darauf, dich zu beeindrucken. Jemand, der den Mörder deiner Eltern mit einem Schwertstreich gerichtet hat, nimmt zweifellos höheres Ansehen in deinen Augen ein als jemand, der nur einen hergelaufenen Dieb ersticht.«

»Dieser Dieb war im Begriff, mich mit seinem Messer aufzuspießen.«

»Wohl wahr, von daher schmälert es seine Leistung sicher nicht. Aber es gab noch einen Grund, warum er dir nicht unbedingt mitteilen musste, dass deine Eltern schon vorher tot waren.«

Cintia wusste es, bevor er es aussprechen konnte. »Er wollte mich nicht zusätzlich belasten.« In Gedanken versunken, fügte sie leise hinzu: »So ist er. Das ist seine Art.«

»Nun, zweifellos war er stets sehr um dich bemüht, das ist ihm anzurechnen, wenngleich man dabei auch nicht übersehen darf, dass er sich über die Maßen in seine jugendliche Schwärmerei für dich verrannt hat. Davon abgesehen ist er ein tüchtiger junger Mann, zäh und zielstrebig.« Es klang zurückhaltend, doch Cintia war momentan nicht in der Lage, sich mit Niccolò zu befassen, ebenso wenig damit, was Paolo von ihm hielt. In ihrem Inneren herrschte Aufruhr, verursacht durch die unerwartete Erkenntnis, dass ihre Eltern nicht einem gewöhnlichen Einbrecher, sondern einem gezielten Mordkomplott zum Opfer gefallen waren. Um Beherrschung ringend, versuchte sie, ihre Gedanken zu ordnen.

Gleichviel, wie sehr sie grübelte – sie fand keine Erklärungen, die Licht in das Dunkel gebracht hätten.

Paolo fasste es in Worte. »Hör auf, dir darüber den Kopf zu zerbrechen. Vielleicht lässt sich zu gegebener Zeit mehr herausfinden, aber im Moment sicher nicht. Zum einen macht es deine Eltern nicht lebendig, und zum anderen beschert es dir höchstens Schwermut. Ich kann dir aus eigener Erfahrung sagen, dass es in so einer Situation am besten ist, den Blick nach vorn zu richten.«

»Was meinst mit *aus eigener Erfahrung*?«, erkundigte sie sich.

»Mein Vater wurde ebenfalls ermordet. Eigentlich wollte er in den Krieg gegen die Franzosen ziehen, und hätte er dort sein Leben verloren, wäre es wohl für niemanden weiter bemerkenswert gewesen, abgesehen davon, dass man ihn als Held der *Serenissima Repubblica* gefeiert hätte. Aber lange bevor er die Truppen erreichte, wurde sein Zug während einer nächtlichen Rast von einer Bande marodierender Räuber überfallen, die damals den Küstenstreifen entlang der Terraferma unsicher machten. Fast alle wurden im Schlaf umgebracht. Bis die Überlebenden sich aufrappelten, waren die Mörder schon geflohen. Ein paar Männer seines Zuges brachten seinen Leichnam nach Venedig zurück und berichteten, was geschehen war. Meinem Vater war mit einer Axt der Schädel gespalten worden. Ich hatte das zweifelhafte Privileg, die verheerenden Folgen dieses Schlags aus nächster Nähe zu sehen, da ich bei der Totenwache am Kopfende der Bahre saß.«

»Das ist … furchtbar«, sagte Cintia mit ehrlicher Anteilnahme. Schaudernd zog sie die Stola fester um ihre Schultern. »Du warst doch noch ein Knabe!«

»Für dich war der Anblick deiner toten Eltern sicher nicht minder schlimm, denn du bist auch noch ein halbes Kind.«

Aus unerklärlichen Gründen ärgerte sie diese Antwort, und sie verfiel in Schweigen, das sie auch dann nicht brach, als sie ein Stück weit voraus am Ufer das Haus ihrer Eltern sah.

»Es sieht ganz normal aus, nicht wahr?«, fragte Paolo. »So, als wäre nichts geschehen.«

Sie nickte angestrengt. Tatsächlich deutete nichts am Anblick der Ca' Barozzi auf die Tragödie hin, die sich im Sommer hier zugetragen hatte.

Die Zeit, die seither verstrichen war, schrumpfte unversehens auf die Dauer eines Augenblicks zusammen, und Cintia saß mit einem Mal nicht mehr neben Paolo in einer Gondel, sondern wieder in der stickigen Schwüle ihrer Kammer, gemeinsam mit Lucietta, umgeben von der Stille des Todes.

Gewaltsam riss sie sich aus ihrer Erstarrung und schüttelte die grausigen Bilder ab. Es kreuzten nun keine Pestboote mehr auf dem Canalezzo, denn die Seuche hatte ihren Höhepunkt überschritten; es hieß, dass nur noch wenige Fälle auftraten. Das Alltagsleben hatte wieder in der Stadt Einzug gehalten, mitsamt dem lebhaften Bootsverkehr, den sie, seit sie denken konnte, aus dem Fenster ihrer Kammer beobachtet hatte. Gondeln, Fährboote und Lastkähne zogen in buntem Durcheinander vorbei, auf ihnen Menschen voll emsiger Geschäftigkeit. Von überall her waren launige Rufe, Gelächter und Flüche zu hören, sowohl auf dem Wasser als auch von den Kais her.

Doch das Grauen war bloß einen Atemzug entfernt; sie musste nur die Augen schließen, dann hatte sie wieder den Geruch von Tod und Siechtum in der Nase, der schwer und betäubend im Schlafgemach ihrer Eltern gehangen hatte, ebenso wie später in der Kammer auf der Pestinsel. Das Stöhnen und Wimmern der Sterbenden drang an ihr Ohr, als säße sie wieder neben ihnen, hilflos zum Ausharren verdammt, ohne eine Möglichkeit zur Flucht. Sie hörte das dumpfe Geräusch, mit dem die Körper in den Massengräbern landeten, und sie roch den Gestank der verwesenden Leichen. Und dann war es wie in ihrem Albtraum – sie selbst lag in dem Grab, und Todaro warf von oben Erde auf sie herab.

»Tu das nicht«, befahl Paolo ihr. »Öffne die Augen und schau nach vorn, wie ich es dir gesagt habe.«

Mit äußerster Anstrengung gehorchte sie. Die Abendsonne überzog den Palazzo ihrer Eltern mit unwirklichem Leuchten, ließ die Porphyrsäulen der Loggien und die kegelartigen Kamine schimmern, als seien sie aus purem Gold. Golden war auch die Wasseroberfläche vor dem Haus, von der leise die Wellen gegen die Kaimauern und die Arkaden des Wassertors schwappten, als hätte die Hand eines Riesen in großzügiger Geste ungezählte Dukaten darauf verteilt, die nun im Rhythmus der Strömung auf und nieder wogten, sanft und friedlich und ohne den Hauch eines Bösen.

»Wir können umdrehen«, sagte Paolo sanft.

Sie schüttelte heftig den Kopf. »Nein, ich will es sehen.«

Er nickte, als hätte er es nicht anders erwartet.

»Du hast den Gondoliere angewiesen, hierher zu fahren, nicht wahr?«, fragte sie. »Warum hast du das getan?«

»Weil es wichtig ist, sich den Ängsten, die einen umtreiben, frühzeitig zu stellen. Oft ist es so, dass man von dem, was man am meisten fürchtet, zugleich auch am meisten angezogen wird.«

Damit lag er richtig, und wieder erstaunte es sie, in welchem Maße er es vermochte, ihre Gedanken und Gefühle zu erspüren. »Ja«, sagte sie leise. »Ja, es zog mich her, stärker, als ich vorher ahnte. Es ist mein Zuhause, immer noch. Der einzige vertraute und sichere Ort, den ich je kannte.«

Als sie an dem Haus vorüberfuhren, horchte sie in sich hinein, ob sie dort anhalten wollte, doch schnell schlug sie sich diesen Gedanken aus dem Kopf. So weit war sie noch nicht. Vielleicht bald, aber nicht an diesem Tag. Dennoch erleichterte es sie, dass Paolo ihr ermöglicht hatte, das Haus zu betrachten; es war ein erster Schritt von vielen, die sie noch gehen musste, um nach und nach die erlebten Schrecken zu bewältigen. Sie setzte bereits an, ihm für diese Ausfahrt zu danken, als sie die Bewegung in der Gasse neben dem Haus bemerkte. Ein Mann stand dort und blickte herüber, mit offenem Mund, das Gesicht starr vor Verblüffung. Als er gewahr wurde, dass sie ihn gesehen hatte, schlug er einen Haken und war im nächsten Moment zwischen den Häusern verschwunden.

»Das war ein Nachbar«, sagte Cintia. »Er war ganz außer sich, hast du gesehen? Sicher hatte er angenommen, ich wäre schon längst tot.«

»Bestimmt ist er überglücklich, dass du wieder aufgetaucht bist.«

Cintia meinte, aus Paolos Stimme einen Hauch Sarkasmus herauszuhören, doch bevor sie ihn darauf ansprechen konnte, sah sie, wie der Mann wieder am Ufer auftauchte, diesmal ein Stück weiter voraus. Er hatte offenbar die nächstmögliche Abkürzung durch die Gassen genommen, um ihnen zu folgen.

»Zweifellos ärgert er sich jetzt schwarz, weil er kein eigenes Boot zur Hand hat«, sagte Paolo trocken.

»Wie kommst du auf diesen Gedanken?«, wollte Cintia erstaunt wissen.

»Es gibt gewisse Leute, die sehr daran interessiert sind, dich so rasch wie möglich aufzuspüren.«

»Das verstehe ich nicht. Wer sollte daran Interesse haben?«

»Mein liebes Kind, dein Vater war ein äußerst reicher Mann. Und du bist seine einzige Erbin.«

Es verstimmte sie, dass er sie schon wieder mit der Bezeichnung *Kind* bedachte; diese erneute Anspielung auf ihre Jugend erschien ihr wie ein Versuch, sie in Schranken zu weisen, die für sie nicht sichtbar, dafür aber umso fühlbarer waren. Ihr Missmut darüber überwog sogar ihr Befremden wegen des Nachbarn, der immer noch am Ufer stand und danach trachtete, sie nicht aus den Augen zu verlieren.

Paolo wies den Gondoliere an, in den nächsten Seitenkanal an der gegenüberliegenden Uferseite einzubiegen.

»Wenn derjenige, der mich finden will, auf mein Geld aus ist – könnte er dann nicht auch meine Eltern umgebracht haben?« Angespannt blickte Cintia Paolo an, der, den Kopf aus der Felze gereckt, nach dem Verfolger Ausschau hielt.

»Das ist gut möglich«, sagte Paolo, ohne näher darauf einzugehen. Zufrieden fügte er hinzu: »Wir haben ihn abgehängt. Auch, wenn er jetzt noch eine Mietgondel erwischt – wir sind ihm durch die Lappen gegangen.«

»Ich möchte der Sache nachgehen«, sagte Cintia verärgert. »Wir sollten zurückfahren und ihn zur Rede stellen. Seinen Namen kenne ich zwar nicht, aber ich weiß, wo er wohnt. Zumindest kann er uns sagen, wer ihn beauftragt hat, nach mir Ausschau zu halten!«

»Das weiß ich bereits«, versetzte Paolo gelassen. »Es handelt sich um einen Gerber vom Lido. Sein Name ist Tommaso Flangini.«

»Den kenne ich!«, rief Cintia überrascht. »Er besuchte mich auf der Pestinsel! Angeblich ist er ein Onkel von mir, genauer, der Ehemann einer Cousine meiner Mutter. Wenn ich es richtig verstanden habe, will er die Vormundschaft für mich übernehmen.«

»Du *hast* das richtig verstanden. Interessant, dass er dich dort besucht hat. Ihm muss sehr daran liegen, Macht über dich zu bekommen. Vielleicht hat er Schulden.«

Entsetzt blickte Cintia Paolo an. »Könnte er … meine Eltern getötet haben?«

Paolo zuckte die Achseln. »Auszuschließen ist es nicht.«

»Ich will nicht, dass er mein Vormund wird! Er ist … scheußlich! Ich kann ihn nicht leiden!«

»Niemand muss dein Vormund werden, wenn du Gregorio Guardi heiratest. Dazu bedarf es lediglich einer Genehmigung des zuständigen Prokurators als Amtsvormund.«

»Dann wird sich gewiss alles in meinem Sinne fügen.« Cintia

sagte es voller Trotz, als müsste es allein dadurch, dass sie es aussprach, wahr werden.

»Wir sollten uns noch ein wenig die Füße vertreten«, meinte Paolo. »Das wird dir helfen, dich zu beruhigen, und wir können den Ausflug, der bisher sicher nicht sonderlich erbaulich für dich war, ein wenig angenehmer ausklingen lassen.«

Cintia hatte nichts dagegen einzuwenden, der Vorschlag sagte ihr zu. Sie merkte, wie ihr freier ums Herz wurde. Der Wind wehte ihr ins Gesicht, die Luft war angenehm kühl, aber nicht kalt, das Wasser teilte sich plätschernd vor dem Bug der Gondel. Die letzten Sonnenstrahlen des Tages tauchten die Türme und Palazzi in jenes unwirklich matte Licht, das Venedig wie die Schöpfung eines Märchenerzählers aussehen ließ, ein Gebilde aus Gold und Juwelen, im Dunst verschwommen, sodass der Betrachter nicht entscheiden konnte, ob die Stadt vor seinen Augen zum Greifen nah war oder unerreichbar fern.

Die Gondel glitt durch die Kanäle von San Polo, unter hölzernen Brücken hindurch, vorbei an den eng stehenden Häuserzeilen, zwischen denen sich schmale Gassen schlängelten wie schattige Finger. Hier und da tat sich auch ein Campo vor ihren Blicken auf, gekrönt von dem Turm einer Kirche oder dem Maßwerk mehrstöckiger Häuser.

Cintia sog den Anblick ihrer Umgebung fasziniert in sich auf; sie hätte stundenlang alles betrachten können. Mit jedem weiteren Detail, das sie sah, wuchs ihre Sehnsucht nach etwas, das sie nicht näher bezeichnen konnte, weil sie bisher selbst nicht gewusst hatte, dass sie es wollte. Die Schönheit ihrer Heimatstadt erschloss sich vor ihren Augen hinter jeder Kanalbiegung neu in unzähligen Eindrücken, die auf schwindelerregende Weise zugleich fremd und vertraut anmuteten.

Dies ist die Stadt, in der ich geboren wurde und wo ich zu Hause bin, dachte sie erstaunt. Und doch weiß ich so wenig von ihr! Bekannt waren ihr nur die wenigen Plätze, Kanäle und *Salizade*, über die sie ihr Weg, gemeinsam mit ihren Eltern, zur Kirche oder zu Prozessionen innerhalb San Marcos geführt hatte, und dann noch der Ausblick von ihrer Kammer über den Canalezzo. Damit hatte es sich auch schon gehabt. Nie hatte sie die Gelegenheit gehabt, sich um des reinen Vergnügens willen einmal die übrigen Sestieri anzusehen.

»Was ist das für ein gewaltiges Bauwerk?«, fragte sie, auf ein riesiges Backsteingebäude deutend.

»Santa Maria Gloriosa dei Frari«, sagte Paolo. »Mittlerweile nennt man es hier nur noch kurz die Frari-Kirche. Der Franziskanerorden hat sie errichtet.«

»Sie sieht noch ganz neu aus.«

»Das liegt daran, dass die Fassade erst vor ein paar Jahren fertiggestellt wurde. Der Rest ist schon länger da. Innen ist die Kirche prachtvoll ausgestattet. Mehrere berühmte Dogen haben hier ihre Grabmäler, eines kunstvoller gestaltet als das andere.« Er deutete auf das Gelände westlich von der Kirche. »Dort drüben soll bald ein Zunfthaus gebaut werden sowie eine weitere Kirche, zu Ehren des heiligen Rochus. Ich habe schon die Pläne gesehen.«

»Du interessierst dich für den Kirchenbau?«

»Er ist in vielerlei Weise dem Bau von Schiffen nicht unähnlich«, sagte Paolo. »Dazu muss man nur manche hölzernen Deckengewölbe näher betrachten. In Santo Stefano zum Beispiel. Daran habe ich selbst mitgebaut.«

»Bauen Schiffszimmerleute auch Dachstühle von Kirchen?«

»Ja, im Winter, wenn es im Schiffsbau nicht so viel zu tun gibt wie sonst.«

»Das würde ich gern einmal sehen«, meinte Cintia impulsiv.

»Ich kann dir so ein Deckengewölbe zeigen, wenn sich die Gelegenheit bietet.« Er befahl dem Gondoliere anzulegen und half Cintia auf die Fondamenta. »Komm, wir gehen noch ein paar Schritte. Oder hast du Hunger? Die anderen haben sicher schon gegessen.«

»Ich bewege mich lieber ein wenig«, sagte sie. Ihr Magen meldete sich protestierend, doch um nichts in der Welt hätte sie bereits jetzt in die zwar behagliche, aber auch beengende Abge-

261

schiedenheit des Mezzanin in der Ca' Loredan zurückkehren mögen.

Die wohltuend frische Luft, die lichte Weite des Campo vor der Kirche, der Himmel, der sich im Schein der untergehenden Sonne violett färbte und für den hoch aufragenden Kirchturm einen atemberaubenden Hintergrund bildete – all das rief eine Empfindung in Cintia hervor, die sie in dieser Form noch nicht erlebt hatte, eine Regung, die sich zunächst nur als diffuse Sehnsucht bemerkbar gemacht hatte, dann Gestalt annahm und nun ganz leicht einzuordnen war: Es war das Gefühl von Freiheit.

Betäubt von dieser Erkenntnis, zugleich aber voller Klarsichtigkeit, wusste Cintia mit einem Mal, dass sie genau das immer von ihrem Leben gewollt hatte. Unter den Fittichen ihrer Eltern aufgewachsen, war sie zwar stets in Sicherheit gewesen, doch es war jene Art von Sicherheit, die nicht nur langweilte, sondern auch lähmte und mit der Zeit Verzweiflung hervorrief. Die Sicherheit eines luxuriösen Gefängnisses.

Im Stillen gelobte sie sich, dass sie danach streben wollte, sich dieses köstliche Gefühl, das sie vorhin zum ersten Mal deutlich wahrgenommen hatte, zu bewahren und alles zu unternehmen, dass niemand es ihr streitig machen konnte. Sie wollte durch die Stadt streifen können, so wie die Menschen, die sie überall sah. Wie die Frauen, die ihre Körbe über den Campo trugen, oder die Männer, die in Gondeln vorbeifuhren. Eine Gruppe spielender Kinder rannte ihnen lärmend entgegen und entfernte sich über die nächste Brücke, ohne dass es ihnen jemand verbot. Cintia schaute ihnen fasziniert hinterher. Niemals hatte sie im Freien spielen dürfen!

»Du siehst aus, als hättest du gerade einen wichtigen Entschluss gefasst«, sagte Paolo in ihre Gedanken hinein. »Immer, wenn du dein Kinn auf diese Weise vorschiebst und die Augen zusammenkneifst, setzt du dir irgendwas in den Kopf, das du unbedingt haben willst. Du kommst mir dann vor wie jemand, der einen guten Kampf nicht scheut.«

Sie konnte nicht anders, sie musste lachen. »Und du kommst mir vor wie jemand, der sich aufs Gedankenlesen versteht. Wie machst du das? Wendest du geheime Zaubermittel an?«

Seine Augen wurden weit, als sie lachte, und sie meinte, seine Blicke auf ihrem Mund zu spüren, was eine eigenartige Erregung in ihr hervorrief, so ähnlich wie in jenem Moment, als sie ihn unbekleidet gesehen hatte. Jetzt erst wurde ihr auch die Berührung seiner Hand auf ihrem Arm richtig bewusst, die Wärme seiner Finger, die durch die Schichten ihrer Kleidung bis zur bloßen Haut vordrang.

»Keine Zaubermittel.« Seine Stimme war ein wenig belegt. »Mir scheint nur manchmal, als würde ich dich schon sehr gut kennen.«

Eindringlich blickte sie ihn an, auf seltsame Weise gebannt von dem Ausdruck in seinem Gesicht. Dieses Gesicht, das so anziehend und gleichzeitig so abweisend sein konnte. Seine Lippen, so stellte sie fest, waren fast sinnlich geschwungen, doch das bemerkte man nur bei näherem Hinschauen, weil seine gebrochene Nase, das gekerbte Kinn und die buschigen Brauen in den Vordergrund traten und ihn auf beinahe grobe Weise streng aussehen ließen. Nur wenn er lachte, verlor sich dieser Eindruck.

»Wir sollten jetzt umkehren«, sagte er leise und ohne sie anzublicken.

Sie nickte rasch, um ihre Verwirrung zu verbergen. »Ja, das sollten wir. Wenn ich es recht bedenke, habe ich doch langsam Hunger. Dennoch möchte ich nicht versäumen, dir für diesen Ausflug zu danken. Es war … schön.«

»Findest du das wirklich?«

»Ja«, sagte sie ruhig.

Wortlos führte er sie zurück zur Anlegestelle, wo der Gondoliere auf sie wartete. An der Fondamenta half er ihr ins Boot und setzte sich neben sie in die Felze. Die Rückfahrt zur Ca' Loredan verlief in merkwürdig angespanntem Schweigen.

Sie aßen zu zweit zu Abend; die anderen hatten ihr Vespermahl schon vorher eingenommen. Auch beim Essen blieb
Paolo stumm und in sich gekehrt, und die ganze Zeit über stand
eine steile Falte zwischen seinen Brauen, als wäre er voller Sorgen. Von der besonderen Stimmung, die während des Ausflugs
zwischen ihnen bestanden hatte, war nichts mehr zu spüren.

Als Cintia sich später zum Schlafengehen fertig machte,
wurde sie von Lucietta mit Fragen bestürmt.

»Wo wart ihr? Wie war er zu dir?«

»Wir waren in San Polo. Er war ... freundlich.«

»Mehr nicht? Habt ihr gescherzt? Geredet? Hat er dir Komplimente gemacht?«

»Ach, lass mich, ich bin müde.«

Bevor sie einschlief, sann sie darüber nach, wie merkwürdig es doch war, dass sie den ganzen Abend über nicht an den
Besuch bei den Guardis am nächsten Tag gedacht hatte. Dabei
waren ihre Gedanken in den letzten Wochen mit nichts anderem beschäftigt gewesen, als sich vorzustellen, wie es sein
würde, Gregorio endlich wiederzusehen. Sein schönes Gesicht,
auf dem stets ein Lächeln lag, die strahlenden Augen ...

Gregorio, dachte sie, bereits halb vom Schlaf umfangen. Wo
warst du die ganze Zeit, als ich dich so sehr gebraucht hätte?

Am nächsten Morgen war sie früh wach; das Morgenmahl
nahm sie vor allen anderen zu sich. Anschließend verwandte sie
viel Zeit auf ihr Äußeres, fast so wie an jenem Tag im Sommer, als
sie sich für ihre Verlobung schön gemacht hatte. Auch diesmal
half ihr Lucietta beim Ankleiden und frisierte ihr das Haar. Zum
Prüfen des Ergebnisses gab es nur ihren kleinen Handspiegel, der
kaum groß genug war, um darin das Gesicht zu betrachten, und
Cintia fand zu ihrem Leidwesen, dass sie weder hübsch noch erwartungsvoll aussah, sondern ungewöhnlich bleich und ernst.

Nach ihrem Dafürhalten passte das Kleid nicht zu dem bevorstehenden Anlass; es war viel zu elegant, vor allem aber zu
gewagt. Als sie am Vorabend mit Paolo zu der Gondelfahrt aufgebrochen war, hatte sie sich wesentlich wohler darin gefühlt.

Bei einer größeren Auswahl an Garderobe hätte sie sicherlich ein anderes Kleid gewählt als dieses, doch unter ihren Kleidungsstücken, welche die Zeit auf der Pestinsel und auf dem Lido überstanden hatten, gab es nur noch ein einziges feineres Gewand. Infolge der gründlichen Wäsche, die nötig gewesen war, um den Gestank von Krankheit und Schweinemist herauszubringen, war es jedoch eingelaufen und an Brust und Schultern zu eng geworden, sodass Cintia kaum atmen konnte, wenn sie es anhatte. Sie hatte beschlossen, es nicht mehr zu tragen, auch deshalb, weil es sie an die schlimme Zeit erinnerte, die hinter ihr lag. Ein weiteres Gewand, das sie die letzten Wochen über fast täglich angehabt hatte, passte zwar gut, war aber aus schlichter Baumwolle und schon ganz ausgebleicht vom vielen Waschen und Plätten. Dann gab es noch eine recht ansehnliche leinene Gamurra, die Cintia jedoch nur widerwillig trug, und auch immer nur dann, wenn das andere Kleid in der Wäsche war – das Gewand hatte früher Beata gehört, der Kurtisane, die an der Pest gestorben war.

Im Haus ihrer Eltern lagen genug Kleider, doch darüber war noch kein Wort gesprochen worden. Nicht einmal Lucietta, der sonst Äußerlichkeiten über alles gingen und die fortwährend über die Armseligkeit ihrer derzeitigen Garderobe klagte, hatte nach ihren Kleidern verlangt, die in der Ca' Barozzi zurückgeblieben waren. Fast war es wie eine unausgesprochene Vereinbarung zwischen ihnen, nicht daran zu rühren – noch nicht.

»Ich möchte mich umziehen«, sagte Cintia unvermittelt. »Dieses Kleid will ich heute nicht tragen. Es ist zu weit ausgeschnitten.«

Zu ihrer Verwunderung stimmte Lucietta ihr sofort zu. »Ein wenig schlichter kann nicht schaden.«

Eilig half sie Cintia beim Ablegen des neuen Kleides. Zufrieden nickend begutachtete sie Cintia anschließend in dem anderen, abgetragenen Gewand. »Darin siehst du eher aus wie du selbst, finde ich.«

Rasch richtete sie Cintia noch einmal die Haare, während

diese sich ein letztes Mal in dem Handspiegel betrachtete und sich fragte, wieso sie sich so bedrückt fühlte. Heute sollte ihr Freudentag sein, sie würde Gregorio wiedersehen!

Lucietta hatte sie beobachtet. »Du machst dir doch keine Sorgen, oder?«, fragte sie. »Es wird schon alles gut gehen!« Hastig fügte sie hinzu: »Auch wenn es stimmt, was Niccolò über Gregorio gesagt hat – es muss noch lange nicht bedeuten, dass er dich nicht lieben kann! Viele Männer können das! Ich meine, zwei Frauen lieben. Oder sogar noch mehr. Ich weiß es aus berufenem Munde!«

»Was soll das heißen?« Cintia musterte ihre Cousine erstaunt.

»Esmeralda hat es mir erzählt. Sie weiß alles über die Liebe zwischen Männern und Frauen!« Hastig fügte Lucietta hinzu: »Ich traf sie auf dem Weg zum Abtritt.«

Cintias Argwohn erwachte. »Du lügst! Du warst oben! Du hast sie besucht!«

»Ich hatte keine Lust, vor Langeweile zu sterben!«, verteidigte sich Lucietta. »Du hast hier viel mehr Abwechslung als ich! Du hast ein neues Kleid bekommen, du warst mit Paolo spazieren ...«

Sie hielt inne, offenbar fiel ihr sonst nichts ein – was nicht verwunderte, da es weiter nichts aufzuzählen gab. Es sei denn, man wollte die kurzen Besuche in Casparos Kammer ebenfalls als aufregenden Zeitvertreib werten, wozu sich Lucietta aber offenbar wohlweislich nicht verstieg, zumal sie selbst immer dabei gewesen war.

Ungezählte Fragen lagen Cintia auf der Zunge, doch dann hörte sie, wie sich Schritte näherten.

Gleich darauf klopfte es, und Paolo erschien in der Tür. »Es ist so weit. Bist du fertig?« Seine Stimme klang so sachlich, als teilte er ihr mit, dass das Mittagsmahl aufgetischt sei.

Cintia erhob sich mit klopfendem Herzen von dem Schemel, auf dem sie gesessen hatte. Mit einem Mal kam ihr die ganze Situation so absurd vor, dass sie am liebsten den Spiegel an die Wand geworfen hätte. Stattdessen reichte sie ihn an

Lucietta weiter und ging zur Tür, wobei sie Paolo verstohlen musterte. Er wirkte verändert, aber erst beim zweiten Hinsehen erkannte Cintia, woran es lag: Er war formeller gekleidet als sonst und trug ein vornehmes schwarzes Samtwams, mit einem schneeweißen, reich gefältelten Hemd darunter und Beinkleider aus fein gewirkter, dunkler Wolle. In der Hand hielt er ein Barett, ebenfalls aus Samt und mit einer glänzenden Fasanenfeder verziert. Besonderer Blickpunkt seiner Aufmachung war jedoch die schwere, goldene Wappenkette, die von einem Schulterstück zu anderen reichte, sichtbarer Beweis dafür, dass er von Adel war. Weitere Zeichen seines Patrizierstandes waren der schwere Siegelring an seiner Rechten sowie der reich beschlagene Gürtel, deren kunstvolle Verzierungen jeweils die Motive des Familienwappens abbildeten.

Lucietta, die bei seinem Anblick hörbar nach Luft geschnappt hatte, sagte artig: »Was für ein schönes Wams!« Sie hielt Cintia, die soeben die Kammer verlassen wollte, am Arm zurück. »Warte, da ist noch ein Faden hinten am Kleid, den will ich noch rasch abzupfen.« Zu Paolo meinte sie: »Geh nur schon voraus, Cintia kommt gleich nach.«

Er nickte gleichmütig und zog sich zurück, während Lucietta die wollene Stola holte und sie Cintia um die Schultern legte. »Falls es wider Erwarten nichts wird mit Gregorio, beherzige das, was ich dir gestern schon gesagt habe!«, flüsterte sie.

Cintia hob die Brauen. »Du meinst, was du mir ins Ohr gezischt hast, bevor ich zu der Spazierfahrt aufgebrochen bin? Ich hatte kein einziges Wort davon verstanden.«

»Ich hatte gesagt, dass Gregorio nicht der einzige akzeptable junge Mann in Venedig ist. Gewiss, er ist weit und breit der schönste, niemand hat dieses herrliche blonde Haar und solche strahlend blaue Augen. Sein Lachen lässt einen dahinschmelzen, so viel ist sicher, und ich weiß, dass du ihn schon seit deiner Kindheit über alles liebst und dass es dir sicher das Herz zerreißt, falls er sich nicht von seiner Vergangenheit lösen will und weiter an seiner albernen Tändelei mit dieser Lucia festhält ...

Ach, wir wollen gar nicht drüber reden, das verursacht dir nur Kummer.«

Cintia lauschte dem Geplapper ihrer Cousine nur mit halbem Ohr – bis zu dem Augenblick, da sie den Namen hörte. »Lucia?«, fragte sie. »Wer ist das?« Die Kehle wurde ihr eng. »Ist das Gregorios … Frau?«

»Sie war früher eine Kurtisane, stell dir vor«, sagte Lucietta. »Hier im Haus! Er kam als … hm, Besucher her und hat sich unsterblich in sie verliebt!«

»Woher weißt du das?«

»Von Esmeralda.«

»Aber …«

»Jetzt eil dich! Paolo wartet!«

Doch Cintia rührte sich nicht von der Stelle. »Also stimmt es! Niccolò hat die Wahrheit gesagt! Gregorio hat eine andere Frau!«

»Ich sagte doch, das eine muss das andere nicht hindern! Nun mach schon, es wird Zeit!« Mit drängender Stimme schloss Lucietta: »Und wenn sich all deine Träume dennoch zerschlagen – denk an meine Worte!«

Aufgewühlt von dieser unerwarteten Wendung, verließ Cintia die Kammer und strebte blindlings dem Ausgang entgegen. Noch im Gang hörte sie von draußen wütende Stimmen. Paolo und Daria stritten wieder miteinander, doch Cintia konnte nicht verstehen, worum es ging. Als sie aus dem Haus trat, verstummte der Disput abrupt.

Daria lächelte Cintia an. »Ich wollte nicht versäumen, dir alles Gute zu wünschen«, sagte sie mit warmer Stimme. »Du hast eine schreckliche Zeit hinter dir, und es wird höchste Zeit, dass du Frieden und Liebe findest. Mögen all deine Wünsche sich heute erfüllen.« Ihre Brauen hoben sich. »Du hast das neue Kleid ja gar nicht an.«

»In diesem hier fühle ich mich wohler.«

»Nun, wie du meinst. Sicher ist es einerlei.« Sie ergriff Cintias Hände und drückte sie. »Du bist ein gutes Kind, du hast es verdient, glücklich zu werden.« Nach einem raschen Kuss auf Cintias Stirn trat sie zurück und machte den Weg frei. Cintia folgte Paolo durch die Außenpforte auf die Gasse, vergeblich bemüht, gegen den Aufruhr in ihrem Inneren anzukämpfen.

Erst beim Besteigen der Gondel wurde sie gewahr, dass auch Paolo alles andere als gelassen war. Ließ sein Gesichtsausdruck sonst selten etwas anderes erkennen als Gleichmut, so wirkten seine Züge nun angespannt, beinahe sogar verkniffen. Er war blasser als sonst, und in seinen Augen schwelte es unheilvoll.

»Streitet ihr öfter, du und deine Stiefmutter?«

»Nein«, sagte er wortkarg.

»Ging es um mich?«

Er zuckte nur die Achseln, offenbar wollte er nicht darüber reden. Sie beließ es dabei, denn ihre Gedanken kreisten ohnehin hartnäckig um andere Fragen. Gregorio liebte eine Kurtisane! So sehr, dass er sie vor der Pest in Sicherheit gebracht hatte, während die Frau, die er hatte heiraten sollen, ihm völlig gleichgültig war.

Während die Gondel aus dem schmalen Rio in den Canalezzo einbog und an der Riva del Carbon entlangfuhr, saßen sie beide stumm in der Felze und starrten geradeaus, bis Paolo schließlich das Schweigen brach.

»Was ist los mit dir?« Es klang wachsam und zugleich vorsichtig, als müsse er jedes Wort sorgfältig abwägen. »Du siehst nicht aus, als ob du dich auf die Begegnung freust.«

»Wer weiß, ob ich Grund habe, mich zu freuen.«

»Hat sich seit der letzten Woche etwas geändert? Es war doch dein dringlichstes Anliegen, deinen Liebsten wiederzusehen.«

Der kaum versteckte Spott in seiner Stimme brachte sie auf. »Woher willst du wissen, ob er mein Liebster ist?«

»Nun, er stand kurz davor, dich zu ehelichen, oder nicht? Und noch gestern Abend sprachen wir darüber, dass die versäumte Hochzeit baldmöglichst nachgeholt werden soll, damit sich …« Er hielt inne, um mit Bedacht ihre eigenen Worte vom

269

Vorabend zu wiederholen: »Damit sich für dich alles zum Guten fügt.«

»Er hat eine Geliebte!«, brach es aus ihr heraus. »Und nicht nur das, die beiden haben einen Sohn! Er ist mit beiden aufs Festland gezogen. Ich dachte, Niccolò hätte mir nur was vorgelogen, damit ich mich aus lauter Verzweiflung für ihn entscheide!«

»Und was bringt dich nun darauf, dass er dir die Wahrheit erzählt hat?«

»Ich weiß es eben jetzt besser als vorher.«

»Aha.« Nach dieser knappen Bemerkung versank er erneut in Schweigen, dann sagte er unvermittelt: »Sie ist tot.«

Fassungslos fuhr Cintia zu ihm herum. »Wer? Gregorios Geliebte?«

»Sie hieß Lucia. Sie und ihr kleiner Sohn starben auf der Terraferma. Mit anderen Worten, Gregorio ist frei. Vor ein paar Wochen kehrte er nach Venedig zurück und lebt nun wieder im Haus seines Vaters.«

»Du wusstest es die ganze Zeit und hast mir nichts davon gesagt?« Ihre Stimme zitterte vor Empörung.

»Wovon?« Seine Miene war so unergründlich wie eh und je. »Dass sie gestorben ist oder dass Gregorio mit Lucia liiert war?«

»Wie kannst du nur so dumm fragen?!«, fuhr sie ihn an – und erschrak gleich darauf über ihre eigenen Worte. Noch nie war sie jemandem auf so unhöfliche Art über den Mund gefahren. Paolo hatte etwas an sich, das sie dazu trieb, die Beherrschung zu verlieren. Ob es in seiner Absicht lag oder einfach seinem Wesen entsprach, vermochte sie nicht zu bestimmen, doch sie wusste, was sie selbst dabei fühlte: Am liebsten hätte sie ihn geschlagen, auch dies ein Verlangen, das ihr sonst fremd war.

Diesmal war sie, anders als bei der Frage nach dem Streit zwischen Paolo und Daria, nicht bereit, das Thema auf sich beruhen zu lassen. »Du wusstest es«, wiederholte sie erbittert. »Warum gibst du es nicht zu?«

»Ich gebe es zu.« Seine Stimme klang gelassen, doch Cintia

meinte auch, eine Spur von Ärger herauszuhören, was sie erst recht erboste. Wenn jemand Grund hatte, sich zu ärgern, dann doch allein sie!

»Alle Welt wusste von dieser Beziehung«, fuhr er fort. »Sogar deine Cousine. Ebenso deine Eltern. Glaubst du etwa, sie hätten nicht alles über den Mann in Erfahrung gebracht, dem sie ihre kostbare Tochter als Ehefrau an die Seite geben wollten?«

»Aber …« Sie brach ab und begann, ihr Gedächtnis nach verräterischen Bemerkungen und Reaktionen von Lucietta oder ihren Eltern zu durchforsten, und beinahe sofort fiel ihr das Gespräch wieder ein, das zwischen ihr, ihrer Mutter und Lucietta am Abend des Verlobungsfestes geführt worden war. Sie erinnerte sich an die merkwürdigen Andeutungen ihrer Mutter über nicht näher bezeichnete Aspekte des Ehelebens sowie an die spätere Unterhaltung ihrer Eltern im Kontor ihres Vaters, aus der hervorging, dass noch etwas mit den Guardis zu klären sei. Cintia war nicht schlau daraus geworden, doch in diesem Augenblick begriff sie schlagartig, worum es dabei gegangen war. Sie erinnerte sich an alles, was ihre Mutter gesagt hatte, Wort für Wort.

*Der Himmel weiß, dass es in einer Ehe am wichtigsten ist, in Frieden miteinander leben zu können. Freundschaft und Verständnis und gegenseitige Hochachtung – das sind Dinge, die an oberster Stelle stehen sollten. Das andere hingegen vergeht so schnell, sofern es überhaupt je vorhanden ist. Es ist wie ein Feuer, das binnen weniger Herzschläge zu Asche niederbrennt, und irgendwann ist es, als wäre es nie da gewesen …*

Sie schüttelte den Kopf, als könne sie so vor sich selbst leugnen, was nun mit solch erschreckender Klarheit feststand. Ihren Eltern war es nur um den guten Namen gegangen! Um die Ehre, in den Adelsstand einzuheiraten! Es reichte ihnen, dass Cintia den Auserwählten liebte. Ob dieser in der Lage war, ihre Gefühle zu erwidern, hielten sie für unwichtig. Nach ihren Vorstellungen zählten allein *Verständnis* und *gegenseitige Hochachtung*.

Cintia fühlte sich verraten wie noch nie in ihrem Leben, und das Schlimmste daran war, dass es ihre eigenen Eltern gewesen waren, die sie auf diese Weise getäuscht hatten.

Paolo riss sie aus ihren Gedanken. »Du hast schwärmerische Vorstellungen von der Ehe«, sagte er, und diesmal klang es deutlich gereizt. »Was immer du dir in deinen mädchenhaften Träumen eingebildet hast – deinen Eltern solltest du deswegen keinen Vorwurf machen. Nicht nur, weil es die Erinnerung an sie beflecken würde, sondern weil es schierer Unsinn wäre. Nach Lage der Dinge haben sie immer nur das Beste für dich gewollt. Sie wussten, wie vernarrt du in Gregorio Guardi bist, und sie wollten deine Wünsche durch diese Heirat erfüllen. Dass er zugleich als Nobile für die Tochter eines Bürgerlichen eine gute Partie war, mag deinem Vater entgegengekommen sein, aber den Ausschlag gab es für ihn gewiss nicht. Die meisten Ehen beginnen mit sehr viel weniger als dem, was dich bei Gregorio Guardi erwartet hätte.« Er schwieg eine Weile. Düster über den Kanal blickend, fügte er schließlich hinzu: »Vielleicht hofften deine Eltern, dass eines Tages seine Zuneigung zu dir erwachen möge. Das liegt, wenn man dich näher kennt, durchaus im Bereich des Möglichen, weißt du.«

Cintia wollte diese nebulösen und auch sonst wenig hilfreichen Erklärungen nicht hören; am liebsten hätte sie sich die Ohren zugehalten. Die Lippen zusammengepresst, blickte sie stur geradeaus und sagte kein einziges Wort mehr, bis das Haus der Guardis vor ihr auftauchte. Der Gondoliere steuerte das Boot zu den terrassenförmig aufsteigenden Stufen der Fondamenta und vertäute es an einem der dort aufragenden Pfähle.

Paolo wollte Cintia aus dem Boot helfen, doch sie ignorierte seine ausgestreckte Hand, raffte die Röcke und kletterte allein auf den Kai. Mit unbewegter Miene folgte er ihr und blieb neben ihr stehen, während sie mit mulmigen Gefühlen das Haus anstarrte. Es war ein prächtiger Palazzo, sogar noch schmuckvoller als das Haus ihrer Eltern, mit farbigen Marmorinkrustationen und schillernd bunten Glasfenstern, in denen die ganze Kunst der *Fioleri* von Murano zum Ausdruck kam.

»Du musst das hier nicht machen«, sagte Paolo. Seine Stimme klang nicht verärgert wie vorhin, sondern überraschend sanft. »Niemand kann dich zwingen, dich auf diese Weise zu demütigen.«

»Wer sagt denn, dass es mich demütigt?« Sie reckte das Kinn und erwiderte angriffslustig seinen Blick. »Du hast selbst gesagt, dass er frei ist. Und ich bin steinreich, sofern es zutrifft, was ich gestern von dir gehört habe. Und dass er lernen kann, mich zu lieben, hast du ebenfalls betont. Welche Voraussetzungen könnten besser sein?« Ihr Tonfall triefte vor Sarkasmus, doch nicht einmal ihr selbst entging das Zittern, das dabei mitschwang. Angst und Unsicherheit hatten sich ihrer bemächtigt, und eine Stimme in ihrem Inneren flüsterte ihr zu, dass sie sich das hier wirklich nicht antun musste. Mehr als nur eine böse Ahnung sagte ihr, dass sie einen Fehler beging, sich einem Mann anzudienen, den sie zwar liebte, seit sie denken konnte, der sie aber um einer anderen Frau willen verschmäht hatte. Auch wenn er sich jetzt für sie entschied, so würde sie immer die zweite Wahl bleiben. Solange sie lebte, würde dieser Makel an ihr haften.

»Ich gehe mit«, sagte Paolo. Es klang, als machte er sich bereit, jeden Widerspruch im Keim zu ersticken, doch Cintia hatte nicht vorgehabt, es ihm zu verwehren. Im Gegenteil, sie war froh, nicht allein hineingehen zu müssen.

Während sie der Pforte zustrebte, zog sie die Stola fester um ihre Schultern. Mit trotziger Hoffnung sagte sie sich, dass immer noch alles gut werden könnte. Vielleicht würde Gregorio sie reumütig in Empfang nehmen, ihr beteuern, dass die zurückliegende Affäre ein Irrtum gewesen sei und sie, Cintia, die einzige wahre Liebe seines Lebens. Danach konnten sie beide gemeinsam von vorn anfangen und alle Schrecken der Vergangenheit hinter sich lassen.

Paolo betätigte den Türklopfer, und nach einer Weile wurde ihnen von einer Frau aufgetan, der Kleidung und dem Geruch nach eine Küchenmagd oder Köchin.

»Ihr wünscht?«, fragte sie, die Hände an der Schürze abwischend.

»Mein Name ist Cintia Barozzi. Ich bin heute mit Messèr Gregorio Guardi verabredet. Bitte bring mich zu ihm.«

Im Gesicht der Frau spiegelte sich blanker Unglaube, der sich indessen gleich darauf in entgeistertes Begreifen verwandelte. »Wahrhaftig, Ihr seid es, ich erkenne Euch wieder! Einmal sah ich Euch auf einer Andate mit Euren Eltern! Cintia Barozzi, die Tochter des Seidenwebers! Ihr lebt und steht vor mir!« Sie bekreuzigte sich. »Alle Welt hielt Euch für tot, an der Pest verstorben wie Eure armen Eltern!«

»Nun, dazu kam es nicht. Ich war krank, wurde aber wieder gesund. Letzte Woche ließ ich eine Botschaft hierher senden, und daraufhin wurde mir mitgeteilt, ich solle mich heute hier einfinden.«

»Wirklich? Hm, davon weiß ich nichts. Es ist auch nichts für einen Besuch vorbereitet.« Sie schüttelte sorgenvoll den Kopf. »Aber mir wird ja auch nicht immer alles mitgeteilt. Lieber Himmel, die Zeiten haben sich wahrhaftig geändert!« Sie knickste kurz. »Verzeiht mir meine freie Art zu reden, es steht mir nicht an. Wartet einen Moment hier, ich unterrichte meinen Herrn von Eurem Kommen. Er wird wissen, was zu tun ist.«

Sie eilte in Richtung Treppe und ließ die Besucher in der offenen Tür stehen.

Cintia blickte befremdet zu Paolo auf. »Was hat das zu bedeuten? Wieso weiß man hier nichts von meinem Besuch?«

»Lass es uns herausfinden.« Er nahm ihren Arm und schob sie zielstrebig zu der Treppe, die hinauf ins Piano nobile führte.

»Wir können doch nicht einfach …«

»Doch, wir können sehr wohl«, unterbrach er sie, bereits auf der dritten Stufe.

Notgedrungen musste sie ihm folgen, wenn sie nicht unverrichteter Dinge allein unten bleiben wollte. Zuerst widerstrebend, dann immer entschlossener ging sie hinter ihm die Treppe hinauf und dann durch den mit Stuckornamenten überladenen Portikus, der den Durchgang zum großen Saal bildete.

Der Portego selbst war zu Cintias Überraschung gähnend leer. Keines der sonst für solche Säle üblichen zeremoniellen Möbelstücke zierte den Raum, noch gab es Spiegel, Gemälde, Draperien oder sonstigen Zierrat. Sogar die kostbare, mit Goldprägung versehene Lederbespannung war stellenweise von den Wänden entfernt worden, sodass der nackte Putz darunter zum Vorschein kam. Der Saal wirkte ähnlich verlassen und unbewohnt wie der Portego in der Ca' Loredan.

Paolo pfiff lautlos durch die Zähne. »Sieh an«, murmelte er.

Die Köchin, die gerade im Begriff war, einen der angrenzenden Räume zu betreten, hatte sie gehört. Verschreckt fuhr sie zusammen und bedachte sie mit befremdeten Blicken.

»Domine«, sagte sie dann ehrerbietig zu jemandem in dem Gemach. »Besuch ist gekommen!«

»Welcher Besuch? Uns besucht niemand.« Die Männerstimme aus der Kammer hallte durch den leeren Saal, während derjenige, der die Worte ausgesprochen hatte, gleich darauf in der offenen Tür auftauchte. Auch er zuckte zusammen, als er die Besucher am Portikus stehen sah, doch in seiner Miene zeigten sich gänzlich andere Regungen als bei der Köchin. Der Mann war Niccolò Guardi, und als er Cintia erblickte, trat ein Ausdruck fassungsloser Freude auf sein Gesicht.


So schnell, wie sein verkrüppeltes Bein es zuließ, hinkte er auf sie zu. Seine Gefühle überschlugen sich in einem wilden Durcheinander. Zu seiner Beschämung merkte er, dass ihm die Tränen in die Augen schossen.

»Cintia«, stammelte er. »Cintia! Du lebst! Du bist zurückgekommen!«

»Ja, das bin ich.« Ihr Lächeln fiel ein wenig gequält aus. »Gesund und munter, nicht zuletzt dank deiner Hilfe.«

Er starrte sie an, hilflos seinen Emotionen ausgeliefert. Wochenlang hatte er nach ihr fahnden lassen, doch ihre Spur hatte sich auf dem Lido verloren. Einer der Männer, die er ausgeschickt hatte, war auf eine Bauernmagd gestoßen, die sie wohl für ein paar Wochen beherbergt hatte, doch sie hatte behauptet, Cintia sei eines Tages einfach verschwunden. Und nun stand sie hier, lebendig und wohlauf, im Hause seiner Familie, als hätte es die Pest, die sie aus der Stadt vertrieben hatte, nie gegeben!

Ungezählte Fragen brannten ihm auf der Seele, doch er hatte bereits bemerkt, dass sie nicht allein gekommen war. Im ersten Moment des Wiedersehens war das von größtmöglicher Belanglosigkeit gewesen, doch nun trug dieser Umstand dazu bei, dass er sich um Beherrschung bemühte. In die Wiedersehensfreude mischten sich andere Empfindungen, allen voran die bittere Gewissheit, dass sie nicht um seinetwillen hergekommen war, sondern zweifelsohne, um seinen Bruder zu besuchen. Er entnahm es ihrem peinlich berührten Gesichtsausdruck, für den er selbst verantwortlich war, da er sich benahm wie ein Idiot. Es war keine gute Idee, wie ein liebeskranker Trottel auf sie loszustürmen, kaum, dass sie einen Fuß ins Haus gesetzt hatte. Doch rückgängig machen ließ es sich ebenso wenig, folglich beschloss er, einfach so zu tun, als wäre alles in bester Ordnung. Dennoch konnte er nicht verhindern, dass seine Hände von dem Bedürfnis, sie zu berühren, heftig zitterten. Rasch verschränkte er sie hinter dem Rücken und richtete sich zugleich straff auf, um von seinem unsicheren Stand und dem steifen Bein abzulenken.

»Wie ist es dir ergangen?«, fragte er in möglichst jovialem Ton. »Und vor allem – wo hast du die ganze Zeit gesteckt? Nachdem ich die Pest überstanden hatte, wollte ich nach dir sehen, aber da warst du nicht mehr auf der Insel. Ich habe mir große Sorgen um dich gemacht.«

»Wir waren für eine Weile auf dem Lido«, sagte sie. Es klang auf unabsichtliche Weise vage, doch Niccolò erkannte sofort, dass sie nicht über diese Zeit sprechen wollte. »Es freut mich sehr, dass du die Pest ebenfalls unbeschadet überstanden hast. Wir haben oft für dich gebetet, Lucietta und ich.« Voller Wärme fuhr sie fort: »Da ich dich nun schon als Ersten der Familie Guardi antreffe, möchte ich unbedingt die Gelegenheit wahrnehmen, dir von ganzem Herzen für deine Hilfe zu danken! Ohne deinen tapferen Beistand wäre unser Schicksal auf der Pestinsel sicherlich besiegelt gewesen. In der schlimmsten Not warst du unser Retter!«

»Ach, das war nichts Besonderes«, versicherte Niccolò mit aller Gelassenheit, die er in seine Stimme legen konnte. Zugleich beobachtete er aus den Augenwinkeln ihren Begleiter, einen hochgewachsenen, dunkellockigen Patrizier, der ihm bekannt vorkam. Da er selten ein Gesicht vergaß, kam er nach wenigen Augenblicken darauf, wen er vor sich hatte: Paolo Loredan, von dem es hieß, er habe es vorgezogen, im Gegensatz zu seinem Vater nicht das Leben eines adligen, aber bitterarmen Taugenichtses zu führen, sondern ein Handwerk zu erlernen. Er hatte sich, aus Niccolòs Sicht durchaus achtenswert, zum Schiffsbauer ausbilden lassen.

Weniger Bewunderung vermochte Niccolò indessen dem Umstand zu zollen, dass Paolo Loredan mit seinem Halbbruder im Haus von dessen Mutter lebte, die nach wie vor jenem Gewerbe frönte, auf das sie sich am besten verstand. Im Bordell dieser Daria Loredan hatte Gregorio seine große Liebe Lucia kennengelernt, und so schloss sich dieser Kreis. Was allerdings Cintia mit diesen Leuten zu schaffen hatte, entzog sich Niccolòs Kenntnis, doch er war entschlossen, es so bald wie möglich herauszufinden.

»Ich bin gekommen, um Gregorio zu besuchen.« Sowohl in ihrer Stimme als auch ihrer Haltung lag Entschlossenheit, doch Niccolò meinte, auch Unsicherheit zu spüren.

»Er ist doch zu Hause, oder?«, fragte sie.

»Er ist hier. Es wäre jedoch klüger gewesen, wenn du dein Kommen angekündigt hättest.«

»Aber das tat ich! Meine Tante ließ in meinem Namen eine Botschaft herschicken! Der heutige Tag war für ein Treffen bestimmt worden!«

277

Niccolò runzelte die Stirn. »Davon weiß ich nichts. Normalerweise bin ich über alle Vorgänge hier im Haus unterrichtet.« Fragend blickte er Cintia an. »*Tante*? Hast du eine Verwandte, bei der du untergekommen bist?«

»Eine Schwester meines Vaters, bei der ich vorübergehend lebe, bis …«

»Bis alle Fragen der anstehenden Heirat geklärt sind«, mischte sich Paolo ein. Er bedachte Niccolò mit einem dünnen Lächeln. »Wenn Ihr jetzt so freundlich sein wollt, uns zu Eurem Bruder zu führen?« Er hob die Brauen. »Vielleicht möchte ja auch Euer Herr Vater bei der Unterredung zugegen sein, schließlich betrifft sie familiäre Belange, die auch in seinem Interesse liegen.«

»Mein Vater ist außer Landes«, sagte Niccolò knapp. Zögernd und nach möglichst schonenden Formulierungen ringend, fuhr er fort: »Cintia, ich hatte dir doch erzählt, dass Gregorio … Nun ja, ich hatte dir gesagt, dass er auf die Terraferma gereist war, und auch die Gründe dafür hatte ich dir genannt …«

»Wie wir inzwischen hörten, gibt es diese Gründe nicht mehr«, unterbrach Paolo ihn. »Und er ist wieder hier. Nun?« Ungeduld lag in seiner Stimme, ebenso ein Hauch von Verachtung, für den Niccolò ihn gern geschlagen hätte. Dann wurde er gewahr, dass der andere verstohlen die Wände musterte. Dabei wurde Niccolò der entwürdigende Zustand dieses einst so repräsentativen Saals peinlich bewusst, und einmal mehr fühlte er sich von dem sträflichen Impuls durchdrungen, seinen Vater für diese Schande zu töten. Doch Eduardo Guardi war, zum ersten Mal seit längerer Zeit, weit weg von Venedig, in Auslandsgeschäften unterwegs. Von seiner Fahrt nach Amsterdam wurde er nicht vor Dezember zurückerwartet.

Seit seiner Abreise sah Niccolò sich in der glücklichen Verfassung, in eigener Verantwortung die Familiengeschäfte zu führen. Eigentlich hätte diese Aufgabe seinem Bruder gebührt, zumindest hatte sein Vater es so bestimmt, bevor er mit frischem Tatendrang die Handelsgaleere nach Holland bestiegen hatte, doch Gregorio war nur zu erleichtert gewesen, Niccolòs

278

Vorschlag zu folgen und alle Arbeit seinem Bruder zu überlassen. Seitdem kümmerte Niccolò sich nicht nur um das Kontor der Seidenweberei Barozzi, sondern auch um die Angelegenheiten der Compagnia Guardi, während Gregorio sich tagaus, tagein mit dem befasste, was ihn seit Wochen vollauf vereinnahmte: Er gab sich seiner Trauer hin. Noch nie hatte Niccolò einen Menschen gesehen, der stärker mit Schwermut geschlagen war als sein Bruder. Hin und wieder tat Gregorio ihm leid, doch die meiste Zeit konnte er ihn nur verachten.

Unverwandt erwiderte er die Blicke von Paolo Loredan. »Es ist wohl wahr, dass mein Bruder wieder hier wohnt, und ebenso stimmen die Informationen über die ... tragische Veränderung seiner Lebensumstände. Keineswegs möchte ich Cintia daran hindern, ihn aufzusuchen, das liegt mir völlig fern. Hättet Ihr mich jedoch eben aussprechen lassen, wäre es mir möglich gewesen, Euch über ... nun, gewisse zusätzliche Umstände ins Bild zu setzen.«

»Bringt uns besser gleich zu ihm, dann können wir uns selbst ein Bild machen«, forderte Paolo ihn auf. Es klang so gönnerhaft und selbstbewusst, dass Niccolò sich in schmählicher Weise seiner Jugend sowie seiner körperlichen Unterlegenheit bewusst wurde; dieser Loredan war mindestens sieben oder acht Jahre älter als er und ein gestandener Mann. Breitschultrig, mit langen, kräftigen Beinen und einem kantigen Gesicht, dessen finstere Züge Unnachgiebigkeit und Entschlusskraft ausdrückten. Das Schwertgehenk trug er wie jemand, der mit der Waffe umgehen konnte. Doch das war nicht der springende Punkt, wie Niccolò gleich darauf erkannte. Bestürzt wurde er gewahr, dass dieser Paolo nicht nur einfach irgendein beliebiger Begleiter war. Er war ein Feind. Ein Konkurrent um die Gunst Cintias. Möglicherweise war es ihr selbst gar nicht klar, aber Niccolò, der sich durch jene besondere und unvergleichliche Nähe mit ihr verbunden fühlte, wusste ohne jeden Zweifel, dass Paolo Loredan Cintia für sich haben wollte. Er mochte sie hergebracht haben, um ihr einen Gefallen zu erweisen, oder weil sie

279

darauf bestanden hatte und er keinen Weg sah, diesen Besuch zu verhindern, doch bestimmt würde er nicht tatenlos mit ansehen, dass Cintia und Gregorio Heiratspläne schmiedeten. Von daher erklärten sich auch seine wachsame, leicht gereizte Art und die Düsterkeit seiner Blicke.

»Niccolò, fühlst du dich nicht gut?«, fragte Cintia besorgt. »Du bist auf einmal so bleich.«

»Nein, es ist alles in Ordnung.« Er zwang sich zu einem Lächeln. »Ich führe dich am besten umgehend zu Gregorio. Alles Weitere kannst du dann direkt mit ihm besprechen. Soll ich einstweilen eine kleine Stärkung servieren lassen, vielleicht ein Glas Wein?« Er winkte der Köchin, die diensteifrig im Hintergrund wartete. »Hol Wein für unsere Gäste.«

Sie verschwand eilig über die Treppe nach unten, nicht ohne Niccolò vorher einen fragenden Blick zuzuwerfen. Er konnte es ihr nicht verdenken; auch er war von quälender Ungewissheit erfüllt, wenn auch weniger wegen des bevorstehenden Gesprächs zwischen Cintia und seinem Bruder als vielmehr wegen des Mannes an ihrer Seite. Doch im Augenblick ließ sich nichts dagegen unternehmen, folglich tat er besser daran, seine Kräfte nicht mit sinnlosem Grübeln zu vergeuden. Ohne auf Paolo zu achten, wies er Cintia den Weg zu der Kammer, die neben der seinen lag. Er hielt sich nicht mit Klopfen auf, da er wusste, dass Gregorio es ohnehin nicht hören würde. Um diese Tageszeit schlief er so tief, dass kaum ein Geräusch ihn zu wecken vermochte. Während er in den Nächten oft durchs Haus geisterte und sein trostloses Schluchzen bis in den letzten Winkel des Piano nobile zu hören war, fand er tagsüber nur selten die Kraft zum Aufstehen. Paolo wusste, dass Gregorio sich bei einem *Farmacisto* Mohnsaft besorgt hatte, der sowohl den Schmerz dämpfte als auch die Seele beruhigte, bis hin zum totenähnlichen Schlaf.

Cintia fuhr heftig zusammen, als sie das bleiche, schnarchende Wrack im Bett liegen sah. Ihre Reaktion erinnerte Niccolò an jenen Tag, als er seinen Vater zum ersten Mal in einer

280

ähnlichen Verfassung gefunden hatte, bewegungslos und benommen vom Vollrausch.

»Das war es, was ich dir sagen wollte«, meinte er sachlich. »Es geht ihm nicht gut. Er kann nicht mit ihrem Tod fertig werden.« Er ging zum Bett und rüttelte Gregorio an der Schulter. »Bruder, wach auf! Es ist Besuch gekommen! Cintia ist hier, sie will dir Guten Tag sagen! Hast du ihre Nachricht nicht erhalten?«

Gregorio öffnete die triefenden Augen und blickte stöhnend zu ihm auf. »Cintia? Ich habe keine Nachricht erhalten. Wo ist sie?« Sichtlich benommen kämpfte er sich in eine sitzende Stellung hoch. Als er Cintia erkannte, gab er einen erschütterten Laut von sich. »Du bist es wirklich! Ich dachte, du wärst an der Pest gestorben!« Fragend wandte er sich Niccolò zu. »Erzähltest du mir nicht, sie sei tot, genau wie ihre Eltern?« Seine Stimme klang undeutlich und lallend, als hätte er getrunken, was bei Cintia, wie Niccolò es erwartet und erhofft hatte, bestenfalls Mitleid hervorrief. Andere Regungen vermochte er in ihrer Miene nicht zu erkennen, vor allem nicht den Hauch jener anbetenden Bewunderung, die sonst immer ihr Gesicht zum Strahlen gebracht hatte, sobald Gregorio in ihrem Blickfeld aufgetaucht war.

»Ich hörte von deinem … Verlust«, sagte Cintia leise. »Es tut mir sehr leid.«

»Es war nicht recht von mir, dir meine Liebe zu Lucia zu verschweigen«, murmelte Gregorio. »Und auch sie selbst hätte ich niemals verleugnen dürfen.« Er wandte den Kopf zur Seite, als wolle er sein verquollenes Gesicht verbergen. Doch dann sah Niccolò, dass seinem Bruder Tränen über die Wangen liefen. Meine Güte, dachte er angewidert, wie schwach ein Mensch durch die Liebe werden kann! Zugleich schwor er sich, bei all seiner Liebe zu Cintia nie so tief zu sinken wie Gregorio, der sich nicht entblödete, vor den Augen Fremder als winselndes Bündel Hilflosigkeit im Bett zu hocken.

»Es tut mir alles sehr leid«, wiederholte Cintia erschüttert. »Ich wusste nicht, dass sie dir so viel bedeutet hat! Unter diesen

Umständen würde ich niemals … Ach, es war sowieso eine ganz dumme Idee. Wir vergessen es einfach.« Sie legte Gregorio kurz die Hand auf die Schulter und drückte sie teilnahmsvoll. »Hoffentlich kommst du recht bald über deinen Schmerz hinweg. Ich wünsche dir für die Zukunft alles Gute! Leb wohl, Gregorio.«

Hastig zog sie sich aus der Kammer zurück, gefolgt von Paolo, der sie zum Portikus geleitete.

Niccolò hinkte ein paar Schritte hinter ihnen her, viel zu schnell, wie der Schmerz in seinem Bein ihm gleich darauf verdeutlichte. »Cintia …? Warte doch, die Köchin kommt bestimmt gleich mit dem Wein …«

»Habt Dank für Eure Hilfe«, sagte Paolo über die Schulter zu ihm. »Einen besseren Bruder könnte Gregorio nicht haben.« Diesmal klang seine Stimme beinahe freundlich, doch es schwang auch ein gebieterischer Ton mit, der deutlich machte, dass diese Angelegenheit hiermit endgültig abgeschlossen war. Bevor er mit Cintia durch den Portikus schritt, trafen sich seine und Niccolòs Blicke ein letztes Mal, und Niccolò meinte, in den Augen des anderen dasselbe zu erkennen, was Cintia vorhin für seinen Bruder empfunden hatte – Mitleid.

Hass und Wut wallten in Niccolò auf, so unerwartet stark, dass die Schmerzen in seinem Bein kaum noch zu spüren waren. Während er die Schritte der Besucher auf der Treppe verhallen hörte, fluchte er lautlos vor sich hin. Es dauerte lange, bis er seine Fassung zurückgewann.


Paolo beobachtete Cintia, während er ihr in die Gondel half. Der Schreck über das eben Erlebte war ihr noch anzumerken, aber Paolo hatte den Eindruck, dass sie nicht allzu niedergeschmettert war. Es verhielt sich so, wie er vorher schon vermutet und ihr am Vortag auf den Kopf zugesagt hatte: Sie hatte in kindlicher Schwärmerei an Gregorio gehangen, nicht mit echter Liebe. Liebe hätte sich vorhin in der Kammer dieses bedauernswerten Menschen nicht so schnell in Mitleid verwandeln können; hätte sie ihn wirklich geliebt, hätte sie nicht mit solcher Eile fortgewollt.

Während der Gondelfahrt zur Ca' Loredan schwieg sie beharrlich. Ihre Lider blieben gesenkt, sie blickte ihn kein einziges Mal an, doch Paolo hörte nicht auf, sie intensiv zu beobachten.

In ihm selbst herrschte ein wahres Chaos aus Gefühlen. Das übelste darunter war leicht zu erkennen – Selbsthass, wegen seiner eigenen Beteiligung an dieser ganzen Scharade. Doch die anderen Empfindungen schienen ihm nicht minder lästig, etwa der ständig wiederkehrende Drang, sich zu Cintias Beschützer aufschwingen zu wollen, oder diese ganz und gar unpassende Erregung, die ihn immer dann überkam, wenn er ihren Mund betrachtete oder das sachte Schwingen ihrer Hüften beim Gehen.

Davon abgesehen musste er sich mit einem gewissen Sarkasmus eingestehen, dass der Besuch bei den Guardis geradezu perfekt verlaufen war, als hätte Daria nicht nur die Vorbereitungen getroffen, sondern den Hergang von Anfang bis Ende nach ihren Vorstellungen inszeniert. Nun galt es nur noch, alles zum geplanten Abschluss zu bringen.

Paolo richtete sich auf der Bank auf und setzte zu seiner sorgsam vorformulierten Ansprache an, doch er kam nicht einmal zum ersten Wort.

Ihre Lider hoben sich, und im Licht der schräg einfallenden Oktobersonne waren ihre Augen von einem unwirklich violetten Blau. In ihrem Blick lag keine Niedergeschlagenheit, sondern schwelende Wut.

Sie musterte ihn unverwandt und sagte dann mit klarer Stimme: »Das habt ihr sauber eingefädelt, du und meine Tante. Sicher kannst du dein Glück kaum fassen, dass alles in eurem Sinne verlaufen ist, wie?«

Vor Verblüffung blieb ihm der Mund offen stehen. Um sich zu fassen, räusperte er sich mehrmals. »Seit wann hegst du diese Annahme? Erst seit eben, oder schon vorher?«

»Frag nicht so dumm«, fuhr sie ihn an. »Spätestens seit gestern war mir klar, dass du und deine Tante irgendein abgekarte-

283

tes Spiel mit mir treibt. Das Kleid! Der gemeinsame Ausflug! Nicht einmal das dümmste Kind hätte so unbedarft sein können, das zu übersehen!«

»Wenn du es wusstest – wieso bist du dann gestern überhaupt mitgekommen?«

»Weil ich dachte, dass es keine Rolle spielt. Es taugte dazu, die Zeit totzuschlagen, bis zu meinem Treffen mit Gregorio. Ich wusste nicht, wie schlimm es um ihn steht, ich hoffte ...« Sie atmete tief durch. »Der Besuch bei ihm war überflüssig, das ist mir jetzt klar. Aber ich musste es versuchen. Ich *musste* einfach!«

»Warum?«, fragte Paolo in sachlichem Tonfall. »Du liebst ihn doch in Wahrheit gar nicht.«

»Weil es mir immer noch wünschenswerter erschien, Gregorio für eine Ehe mit mir einzunehmen, als eine der beiden anderen Optionen zu wählen.«

»Welche anderen Optionen meinst du genau?«

Erbost funkelte sie ihn an. »Willst du mich abermals mit einer dummen Frage beleidigen?«

»Oh«, sagte er perplex. »Ähm, dann ... muss ich dir die nächste dumme Frage ja gar nicht erst stellen, oder?« Rasch fügte er hinzu: »Wobei ich vorab davon ausgehe, dass eine der beiden von dir eben erwähnten Optionen darin bestünde, Tommaso Flanginis Mündel zu werden, wovon ich ja schon vorher wusste, dass du das nicht willst.«

Darauf blieb sie ihm die Antwort schuldig, aber das Glimmen in ihren Augen signalisierte unversöhnlichen Zorn.

Er wartete eine Weile, bevor er es wagte, sie erneut anzusprechen. »Und?«

»Und, was?«

»Was ist mit der zweiten Option?« Er räusperte sich. »Ich weiß, eigentlich ist diese Frage überflüssig, da du sie ja vorhergesehen hast, aber ich dachte, ich spreche sie aus, weil es ... nun ja, eine gewisse Tradition widerspiegelt. Es ist einfach ...« Er suchte nach Worten. »Es ist höflicher. Also: Kannst du dir vorstellen, mich zum Gemahl zu nehmen?«

Sie musterte ihn, als sei er ein seltenes Tier mit fremdartigen Eigenschaften.

Irritiert fragte er sich, wie um Himmels willen es zu dieser absurden Situation hatte kommen können. Gleich darauf beantwortete er sich die Frage selbst: Sowohl Daria als auch er hatten das Mädchen in höchstem Maße unterschätzt. Das kindlich unschuldige Aussehen täuschte, denn hinter dieser glatten Stirn arbeitete ein messerscharfer Verstand. Trotz Guardis Ausfall als Bräutigam war sie weit davon entfernt, ihn als Retter in der Not zu betrachten oder gar als personifizierte Lösung all ihrer Probleme.

Er hätte den Einzelheiten ihres Berichts über all das, was ihr seit dem Ausbruch der Seuche widerfahren war, mehr Aufmerksamkeit schenken sollen. Eine behütete, wohlerzogene junge Frau von kaum siebzehn Jahren schlug nicht mit einem Kerzenhalter einen Dieb nieder oder stach einem Vergewaltiger ein Messer ins Auge, es sei denn, dass ihr Wesen einen Kern eiserner Entschlossenheit barg. Erst vor kurzer Zeit und unter schlimmen Umständen hatte sie gelernt, sich gegen heimtückische Feinde zu wehren, doch wie es schien, beherrschte sie diese Disziplin bereits meisterhaft.

Immer noch schwieg sie, während er sie fortwährend betrachtete, die Augen leicht zusammengekniffen. An ihr war nichts Kindliches mehr. Als sie wieder sprach, war ihre Stimme kühl und klar.

»Ich werde darüber nachdenken und dir morgen meine Entscheidung mitteilen.«


Daria nahm seine Neuigkeiten ungerührt auf. Noch vor dem Abendessen hatte er sie zu einer Unterredung gebeten und sie schnellstmöglich in ihrer Kammer aufgesucht, um ihr alles zu berichten.

»Es ist besser, wenn sie es vorher weiß«, meinte sie nur gleichmütig. »Dann fängt eure Ehe nicht unter falschen Vorzeichen an.

Du warst doch derjenige, dem der Aspekt der Täuschung an dem ganzen Vorhaben so verhasst war. Nun ist genau das ausgeräumt, was dir missfallen hat. Du solltest zufrieden sein.«

»Immerhin bleibt die Tatsache bestehen, dass wir versucht haben, sie in eine bestimmte Richtung zu drängen, ohne ihr vorher reinen Wein einzuschenken.«

»Von Drängen kann keine Rede sein. Sie hätte früh genug selbst gemerkt, dass gerade das, was wir ihr auf dem Silbertablett anbieten, die brauchbarste aller Lösungen ist.«

»Aus ihrer Sicht ist es nur die zweitbeste Option«, wiederholte er Cintias Worte vom Nachmittag.

Daria zuckte die Achseln. »Wer will es ihr verdenken. Du bist nicht gerade der feurigste Galan unter venezianischer Sonne. Immer dann, wenn du sie hättest entflammen sollen, hast du dich von deiner kältesten Seite gezeigt. Nicht einmal das schöne neue Kleid hat geholfen.«

Verärgert blickte er seine Stiefmutter an. »Ich muss verrückt gewesen sein, als ich mich von dir dazu überreden ließ, wie ein Schwachkopf auf Freiersfüßen mit ihr diese Gondelfahrt zu unternehmen. Zu allem Überfluss auch noch just, nachdem du sie in dieses Kleid gesteckt hattest! Ebenso gut hättest du ein Schild aufhängen können, auf dem deine Absichten niedergeschrieben sind!«

»Es sind auch *deine* Absichten, mein lieber Junge. Anfangs magst du gedacht haben, es nur für deinen Bruder zu tun, damit er ein Leben führen kann, das seinem Namen entspricht, aber ...«

»Ich habe deinem Plan *ausschließlich* um seinetwillen zugestimmt«, fiel Paolo ihr gereizt ins Wort. »Wir wissen doch beide, dass er am Schiffsbau nicht viel Freude finden würde, und eher lernt ein Ochse fliegen, als dass Casparo in der Malerei reüssiert. Er wäre zur See gegangen oder zu den Infanteristen und wäre dort schneller gefallen als alle anderen.« Erbittert schloss er: »Niemand ist so ungeschickt mit der Waffe wie mein Bruder.«

Daria lächelte nachsichtig. »Das weiß ich doch, mein Lieber, ich bestreite es gar nicht. Merkst du nicht, dass wir beide am selben Strang ziehen?« Sie legte den Kopf gegen die Lehne des Sessels, auf dem sie eher lag als saß, und fuhr sich müßig mit den Fingern durch das offene Haar. Sie war schöner denn je; ihre Haut war zart wie Milch, und das rotseidene Gewand, das sie trug, entblößte mehr von ihrer Figur, als dass es verhüllte. Sie würde heute nicht am Vespermahl teilnehmen, sondern später im zweiten Obergeschoss mit den Besuchern speisen. Zur Feier des Tages hatte sie eine Reihe von Stammkunden zu einem rauschenden Fest eingeladen. »Natürlich tust du es für Casparo«, fuhr Daria leichthin fort. »Aber erzähl mir doch nicht, dass du dich auf dem Altar der Bruderliebe aufopfern musst. Das wäre eine gar zu lächerliche Lüge.« Sie betrachtete ihn von unten herauf. »Mir ist nicht entgangen, wie du sie ansiehst.«

Er fühlte sich ertappt. Dies war einer der verhassten Momente, in denen sie ihn völlig durchschaute, ohne dass er etwas dagegen tun konnte. Doch er hatte sich gut genug unter Kontrolle, um seine Verlegenheit nicht zu zeigen.

»Ich wollte dich nur über den Stand der Dinge informieren«, sagte er mit aller Gelassenheit, die er aufbringen konnte.

»Danke«, sagte sie freundlich. »Ich werde mich darauf einzustellen wissen. Einstweilen bin ich jedoch glücklich, dass unser Plan aufgeht.«

»Noch hat sie sich nicht für mich entschieden«, sagte er knapp.

Sie lachte. »Rede keinen Unfug. Wie soll sie sonst entscheiden?«

Er zuckte die Achseln. »Du warst nicht dabei, als sie sagte, dass sie mir morgen ihre *Entscheidung mitteilen* wird. Ich rechne durchaus mit Schwierigkeiten. Wir dürfen nicht den Fehler machen, sie zu unterschätzen.« Er hielt inne, bevor er entschieden hinzusetzte: »*Ich* mache diesen Fehler ganz gewiss nicht mehr.«

»Das ehrt dich und wird sie sicher für dich einnehmen«, meinte Daria fröhlich. Sie stand auf und trat vor ihren Spiegel, um ihre Frisur zu ordnen, die wie ein Wasserfall von Löckchen über ihre nackten Schultern und Arme floss.

Missmutig stellte Paolo fest, dass er sich dieses Gespräch hätte sparen können. Weder hatte er dadurch zusätzliche Erkenntnisse gewonnen noch hatte es dazu beigetragen, seine wachsende Unruhe zu verringern.

Als er sich zur Tür wandte, hielt Daria ihn auf. »Wie wäre es, wenn du dir heute Nacht ein bisschen Vergnügen gönnst? Du warst lange nicht mehr oben, und wer weiß, vielleicht ist es die letzte Gelegenheit für lange Zeit.«

Er gab keine Antwort, doch ihr Kichern hörte er bis auf den Gang hinaus, auch noch, nachdem er die Tür hinter sich zugeworfen hatte.


Nach dem Zubettgehen erzählte Cintia ihrer Cousine von dem Besuch bei den Guardis und ihrem nachfolgenden Gespräch mit Paolo. Lucietta, die neben ihr im Bett lag, rührte sich nicht; es kam Cintia sogar vor, als hätte sie das Atmen eingestellt. Kaum hatte sie jedoch ihren Bericht beendet, kam wieder Leben in ihre Cousine. Schniefen und bebende Bewegungen zeigten an, dass Lucietta weinte.

»Findest du es so furchtbar?« Cintia tastete in der Dunkelheit nach Luciettas Arm und drückte ihn tröstend. »Ich weiß, für mich war es auch nicht leicht, ihn in dieser Verfassung vorzufinden. Er war so … verändert. Früher, da war er immer so fröhlich und liebenswürdig, aber heute lag er dort, als sei er im Begriff zu sterben.« Sie dachte kurz nach. »Nein, viel schlimmer noch«, fuhr sie fort. »Es war, als wäre er schon tot. Gestorben mit der Frau, die er so geliebt hatte.« Sie seufzte. »Was hätte ich noch vor Wochen darum gegeben, diese Frau zu sein!«

Erleichtert stellte sie fest, dass Luciettas Schluchzen bereits verebbte. So schlimm konnten die Neuigkeiten ihre Cousine also nicht getroffen haben. »Wir müssen uns damit abfinden«, sagte Cintia, beruhigend und entschieden zugleich. »Wo eine Tür sich schließt, wird eine andere sich auftun. Du bist doch diejenige, die immer diesen Spruch parat hat, wenn im Leben etwas misslingt.«

»Das weiß ich doch, du Dummerchen«, meinte Lucietta, immer noch schniefend. »Und ich weine ausnahmsweise nicht aus Kummer, sondern vor Glück, weil der Herr meine Gebete erhört hat.«

»Welche Gebete?«

»Dass du Paolos Frau wirst statt die von Gregorio. Du ahnst nicht, wie sehr ich es mir gewünscht hatte!«

»Allmählich schon«, versetzte Cintia missmutig. »Angedeutet hattest du es ja bereits, wenn ich dein Getuschel und deine Anspielungen richtig auslege. Aber dass Gregorio so schnell aus deiner Gunst gefallen ist, hätte ich nun doch nicht erwartet. Schließlich hast du ihn immer so glühend in den Himmel gelobt.«

»Da kannte ich ja Paolo noch nicht!« Eifrig fuhr Lucietta fort: »Er gefällt mir viel besser! Er ist nicht nur von altem Adel, sondern beherrscht obendrein ein kunstvolles und enorm wichtiges Handwerk, nämlich den Schiffsbau! Ich hörte, dass er im Begriff ist, sich einen großen Namen als Konstrukteur zu machen! Er versteht sich aufs Fechten und Schießen und ist von höflichem Wesen!« Sich besinnend, schränkte sie ein: »So schön wie Gregorio ist er nicht, aber das ist sowieso kein anderer Mann. Und mit der Zeit fällt es einem auch gar nicht mehr auf, denn er hat da etwas an sich …« Ihr entwich ein vielsagendes Seufzen.

»Sagtest du nicht, er wäre ein kalter Fisch?«, warf Cintia trocken ein.

»Nun ja, er könnte manchmal etwas mehr Wärme zeigen, aber vielleicht gewinnt er in diesem Punkt, wenn man ihn länger um sich hat.«

»Das mag wohl sein, aber darum geht es mir nicht. Von einer Ehe mit ihm verspreche ich mir andere Dinge, als seine Wärme zu gewinnen.«

»Welche denn?«, fragte Lucietta verdutzt.

»Ich will frei sein.«

»Was meinst du mit *frei sein*?«

»Ich will mein Leben selbst in die Hand nehmen. Ich will

dahin gehen können, wo es mich hinzieht, und das tun, was ich möchte.«

»Ah, ich verstehe.« Abermals seufzte Lucietta, diesmal sehnsüchtig. »Du willst ein Leben führen, wie Esmeralda es uns in Aussicht gestellt hatte!« Rasch schränkte sie ein: »Natürlich ohne ... ähm, ohne das andere. Nur das, was man zum Zwecke der eigenen Erbauung erleben will! Fröhliche Gesellschaften besuchen und dabei tanzen! Den Karneval feiern! Auf dem Canalezzo spazieren fahren! Sich viele schöne Kleider nähen lassen!« Nach kurzem Nachdenken schloss sie voller Begeisterung: »Vielleicht können wir sogar ins Theater gehen!«

Belustigt und mit warmer Zuneigung stellte Cintia fest, dass Lucietta sich, die Zukunft betreffend, wie üblich ganz zwanglos einen Platz an ihrer Seite zuordnete.

»Du hast recht«, stimmte sie ihrer Cousine zu, obwohl es nur ein Teil der Wahrheit war. Vielleicht wollte sie wirklich all das, was Lucietta eben aufgezählt hatte, doch sie spürte mit drängender Deutlichkeit, dass das bei Weitem nicht genug war. Die Freiheit, von der sie träumte, war wesentlich umfassender, ließ sich nicht auf die genannten Details beschränken. Vielleicht bestand diese Freiheit auch nur darin, dass sie die Dinge, nach denen sie strebte, überhaupt erst entdecken durfte, ohne dass Konventionen oder Menschen sie daran hinderten. Dies war eine Art von Freiheit, die sie in ihren Ausmaßen zurzeit noch nicht ergründen konnte; eigentlich war es eher eine Vorstellung von Freiheit, aus der sich die Realität erst herausbilden musste. Diese Realität nicht nur zu erforschen, sondern sie auch selbst zu formen, in welcher Weise auch immer – das war ihr Anspruch, nicht mehr und nicht weniger.

»Ich habe seinen Antrag noch nicht angenommen«, murmelte sie.

Lucietta fuhr neben ihr auf. »Du wirst es dir doch jetzt nicht wieder anders überlegen? Stell dir vor, was dann auf dich zukäme! Willst du das Mündel dieses grässlichen Flangini werden? Seinen Befehlen folgen? Es vielleicht hinnehmen, dass er dir nie die Ehe gestatten wird, weil er selbst die Herrschaft über dein Vermögen behalten will?«

Cintia war keineswegs davon überzeugt, dass es die Gesetze der Serenissima zwingend vorsahen, dass ausgerechnet Flangini zu ihrem Vormund bestellt wurde, wenngleich Paolo es ihr so dargestellt hatte. Doch darüber wollte sie nicht debattieren. Ihre Entscheidung hatte sie ohnehin längst getroffen. Im Nachhinein war sie nicht einmal sicher, ob sie ihren Entschluss nicht bereits gefällt hatte, bevor sie Gregorio wiedergesehen hatte.

»Morgen«, sagte sie leise, die Augen bereits geschlossen. »Morgen werde ich es ihm sagen.«

In der Nacht hatte sie den schon bekannten Albtraum – sie war wieder auf der Pestinsel. Todaro und die beiden Männer drangen in ihre Kammer ein und schleppten sie und Lucietta hinaus auf das Feld, wo die Gräber lagen. Eine der Gruben war halb voll mit Leichen, Cintia konnte die ausgemergelten Körper genau sehen. Und dann wurde sie dazugeworfen, roch den Gestank der Toten und spürte ihre verwesenden Leiber. Entsetzlich war der Augenblick, als sie entdeckte, dass ihre toten Eltern bei ihr lagen, dort in dem furchtbaren Grab; sie wollte schreien, doch ihre Kehle war zugeschnürt, als gäbe es keine Luft zum Atmen mehr auf der Welt. Am schlimmsten war jedoch der Moment, als die Männer begannen, von oben Erde auf sie zu werfen, Schaufel um Schaufel, bis sie nahezu bedeckt war und nur noch ihr Gesicht herausschaute. Gleich darauf prasselte die letzte Ladung herab und bedeckte ihre Augen, ihre Nase und ihren Mund, sodass sie langsam erstickte.

Keuchend fuhr sie auf und starrte in die Dunkelheit, während ihr eigener Herzschlag ihr in den Ohren dröhnte und ihr Atem in abgehackten Stößen kam.

Sie wachte immer an dieser Stelle auf, exakt in dem Augenblick, in dem die Erde auf ihr Gesicht fiel und sie zu ersticken drohte. Manchmal hatte sie Angst, wie es enden mochte, wenn sie je weiterträumte. Irgendwer, vermutlich Lucietta, hatte ihr einmal erzählt, dass viele Menschen im Schlaf starben, möglicherweise an den Schrecken ihrer Träume.

Schwitzend und zitternd schwang sie die Beine aus dem Bett und blieb sitzen, bis sie wieder frei atmen konnte. Sie lauschte, doch im Zimmer herrschte Stille, und als sie die Hand ausstreckte und die Kissen berührte, merkte sie, dass Lucietta nicht mehr neben ihr lag. Rasch stieg sie aus dem Bett und bewegte sich mit ausgestreckten Händen durch die Kammer, bis sie das Tischchen mit der Kerze erreicht hatte, doch es war leer. Lucietta hatte den Raum verlassen und das Windlicht mitgenommen.

Mit einem Schlag war die Angst wieder da. Stolpernd lief Cintia zur Tür, nicht darauf achtend, dass sie sich dabei an Möbeln und Wänden stieß, und erst als sie auf dem Gang stand und dort das unstete Flackern einer Nachtleuchte sah, beruhigte sie sich wieder. Sie nahm das Talglicht an sich und machte sich auf die Suche nach Lucietta. Als sie diese nicht auf dem Abtritt vorfand, lenkte sie ihre Schritte ohne zu zögern zur Außentreppe. Es war fast so, als träumte sie noch. Auf einer Ebene ihres Denkens war ihr durchaus bewusst, wie absurd es war, dass sie nun diese Treppe hinaufstieg, um nach ihrer Cousine zu suchen, mitten in der Nacht, nur mit einem dünnen Hemd bekleidet, ein Nachtlicht vor sich hertragend. Doch gleichzeitig erschien es ihr ganz normal, beinahe folgerichtig, als hätte sie einen Weg beschritten, welcher der nächstliegende von vielen möglichen war. Die Szenerie um sie herum war von bizarrer Unwirklichkeit. Hier draußen im Freien war es nicht völlig dunkel; sie hätte auch ohne die Talgleuchte genug sehen können. Mondlicht fiel in silbrigen Streifen über die Mauer und in den Innenhof; es zeichnete graue Muster auf Treppe und Hauswände, und der wilde Wein, der sich dort über den Außenputz rankte, hatte sich in vom Wind bewegte, vielblättrige Schatten verwandelt. Der Geruch nach Algen und Fäulnis, der tagsüber oft vom Kanal durch die Fenster ins Haus zog, war immer noch da, doch er war unterlegt von schweren, ungewohnten Düften.

Cintia sog die Luft ein, um ihnen nachzuspüren, und was sie schließlich wahrnahm, erschien ihr auf unbestimmte Weise zugleich fremdartig und vertraut, abstoßend und betörend. Gleich darauf gesellten sich Geräusche zu den Gerüchen, irgendwo weiter oben ging eine Tür auf, und Gelächter scholl heraus, ebenso wie Flötenmusik. Gleich darauf fiel die Tür zu, und es war wieder ruhig. Dafür näherten sich von oben Schritte, und Cintia, die gerade den Treppenabsatz des Piano nobile erreicht hatte, blies hastig die Flamme der Talgleuchte aus und wich in die Schatten der Loggia zurück.

Zwei Gestalten kamen im Licht eines mitgeführten Windlichts die Treppe herunter und blieben unten im Innenhof stehen. Cintia wagte nicht, sich zu bewegen, während sie hoffte, dass die Besucher baldmöglichst verschwanden. Als die beiden unten im Hof ein Gespräch begannen, wurde jedoch klar, dass es sich nicht um Gäste handelte, sondern um die Hausherrin und ihren Leibwächter. Geräuschlos trat Cintia einen Schritt vor, den Körper an eine Säule geschmiegt, und blickte vorsichtig nach unten.

Daria hatte das Windlicht zu ihren Füßen abgestellt; vor ihr stand Giulio, die Arme vor der Brust verschränkt.

»Ah, ein bisschen frische Luft! Das tut gut nach der Hitze!« Daria sprach mit gedämpfter Stimme, doch die Wände um sie herum fingen ihre Worte ein und trugen sie zu Cintia hinauf, die alles hörte, als stünde ihre Tante neben ihr.

»Ich bin es müde, Giulio«, sagte Daria. »Manchmal wünschte ich, das Rad der Zeit zurückdrehen zu können und ganz von vorn anzufangen.«

»Nun, bald kannst du von vorn anfangen, oder nicht? Das Rad der Zeit wurde zwar nicht zurückgedreht, aber es hat einen neuen Schwung in eine bessere Richtung genommen.«

Daria lachte leise, doch es klang eher bitter als froh. »Du kannst auch schlimme Dinge so poetisch ausdrücken. Das war schon immer deine Gabe. Alles ganz leicht und natürlich aussehen zu lassen.«

»Nein, in Wahrheit ist es deine Gabe, und ich passe mich dir nur an.«

»Ich weiß.« Sie seufzte. »Du warst schon immer mein großer Beschützer und Retter in der Not.«

»Natürlich«, sagte er ruhig. »Du hältst mein Herz in deinen Händen.«

Abermals seufzte sie. »Wenn ich nur wüsste, was ich wirklich will! Meine Pläne scheinen aufzugehen, das ist wohl wahr, aber es war ein Irrtum zu glauben, dass mich das glücklich machen würde.«

»Es gibt kein flüchtigeres Gut als Glück«, sagte Giulio trocken.

Cintia sah den matten Glanz, mit dem das Windlicht sich auf seinem kahlen Schädel spiegelte, als er den Kopf neigte, um seiner Herrin näher zu sein.

Verdattert sah Cintia, wie die beiden einander umarmten, doch gleich darauf fuhren sie wieder auseinander, als sich oben erneut die Tür öffnete und ein weinseliger Besucher die Treppe hinabwankte. Launig verabschiedete er sich an der Pforte von Daria.

»Du schönes Geschöpf der Nacht«, meinte der Mann lallend. »Du bist einzigartig in Venedig! Ach, was sage ich: auf der ganzen Welt!«

»Da du weit herumgekommen bist, betrachte ich es als wunderbares Kompliment«, sagte Daria. Sie küsste den Mann auf beide Wangen und wich nicht zurück, als er ihr Hinterteil befummelte. »Hast du noch nicht genug?«, fragte sie kichernd. »Dann lass dir sagen, dass du künftig woanders deine Triebe ausleben musst! Bei mir wird es keine Feiern mehr geben!«

Der Mann tat so, als zucke er unter einem heftigen Hieb zurück, was Daria ein Lachen entlockte. »Du warst immer schon ein Spaßvogel. Ich werde dich vermissen.«

»Wie kannst du mir das antun!«, klagte der Mann, nuschelnd vom reichlichen Weingenuss. »Nirgends findet ein Mann so ein Haus wie dieses, oder eine Frau wie dich! Welch ein Verlust es wäre, auf die schönste *Cortigiana* der Stadt verzichten zu müssen! Was bringt dich zu diesem Sinneswandel? Legt dir jemand Steine in den Weg? Nenne mir seinen Namen, und ich töte ihn für dich, um das Hindernis zu beseitigen!«

»Das Hindernis trägt den Namen Ehrbarkeit«, sagte Daria. »Aber tröste dich, denn wer weiß, wie lange die vorhält. Und nun scher dich davon, sonst reut mich mein Entschluss schon, bevor ich damit anfangen kann, ihn in die Tat umzusetzen.«

Der Mann küsste sie abermals, dann stimmte er einen zotigen Gesang an und torkelte durch die Pforte auf die Gasse hinaus.

»Hörte ich eben richtig?«, wollte Giulio wissen. »Klingt da wirklich eine Spur Bedauern aus deiner Stimme, wenn du vom Aufhören sprichst?«

»Das ist es ja, was mir zu schaffen macht. Das Leben, das mir die ganze Zeit als so erstrebenswert vor Augen stand – ich weiß nicht, ob ich dafür gemacht bin. Um Casparos willen war es richtig, für ihn habe ich all das auf mich genommen, habe intrigiert, bestochen, erpresst, manipuliert, mich von hässlichen Beamten besteigen lassen. Habe dieses unreife, bockige kleine Ding hofiert, das keine Ahnung vom Leben hat und nicht weiß, was es will.«

Cintia spürte es hinter ihren Schläfen pochen, und sie verspürte den Drang, vorzutreten und sich bemerkbar zu machen. Ein unerklärlicher Impuls brachte sie jedoch dazu, schweigend in der Dunkelheit zu verharren.

»Auch wenn der Weg bis dahin vielleicht lang und mühsam ist«, fuhr Daria fort. »Eines Tages wird Casparo das Leben führen, das seinem Vater verwehrt blieb. Er wird ein ehrenhaftes, anerkanntes, wohlhabendes Mitglied der Gesellschaft sein, an den Sitzungen des Großen Rates teilnehmen und bei den Andate im Gefolge des Dogen marschieren. Und das Geld meines Bruders wird ihm dazu verhelfen, diesen ihm angestammten Platz einzunehmen, so wahr ich hier vor dir stehe. Dafür würde ich alles verkaufen, sogar meine Seele. Auf jeden Fall aber diese Göre, und wenn es sein muss, auch Paolo.« Sie lachte kurz. »Aber der verkauft sich ja schon selbst.«

Cintias Hände ballten sich zu Fäusten, bis sie schmerzhaft die Nägel im eigenen Fleisch spürte. Zorn und Scham brodelten in ihr, bis sie meinte, aufschreien zu müssen, um die Anspannung zu durchbrechen. Doch noch während sie um Beherrschung rang, eilte Daria zu dem Latrinenhäuschen und riss die Tür auf.

»Leer«, sagte sie, während sie einen Schritt zurücktrat. Es klang erleichtert. »Merkwürdig. Einen Moment lang war ich sicher, sie wäre hier und könnte mich hören.« Kopfschüttelnd trat sie wieder an Giulios Seite. »Meine Nerven liegen blank. Es war alles ein bisschen viel in der letzten Zeit. Komm, wir gehen rein. Ich brauche ein bisschen Ruhe. Heute will ich nicht mehr nach oben.«

Gemeinsam mit ihrem Leibwächter verschwand sie im Haus. Cintia wartete eine Weile, unschlüssig, was sie als Nächstes tun sollte. Sie könnte wohl auf ihre Kammer gehen, aber falls sie unterwegs Daria oder Giulio in die Arme lief, käme sie in Erklärungsnot. Außerdem wollte sie immer noch wissen, was sich gerade dort oben im zweiten Stock abspielte und wo Lucietta steckte.

Zögernd löste sie sich von der Säule, hinter der sie sich verborgen hatte, und betrat von der umlaufenden Loggia aus wieder den runden Wendelturm, um die Treppe bis zum verbotenen Stockwerk emporzusteigen. Sie zuckte zusammen, als das leise Bimmeln der Nachtglocken von den umliegenden Kirchtürmen die Stille durchbrach. Es war später, als sie gedacht hatte. Das kurze Geläut verklang bereits wieder, während Cintia zaudernd die Tür öffnete. Vor ihr tat sich ein von einer Stundenkerze schwach erhelltes Vestibül auf, das als Garderobe diente. An Wandhaken und Kleiderständern hingen diverse Jacken und Umhänge, allesamt von teurer Machart, aus Samt oder Seide und reich betresst und bestickt.

Leises Kichern ertönte aus dem angrenzenden Saal, und als Cintia aus dem Durchgang spähte, sah sie im unsteten Licht der dort brennenden Kandelaber in einer Ecke des Raums einen jungen Mann auf dem Terrazzoboden hocken, der völlig versunken auf der Flöte spielte. Nicht weit von ihm stand ein Paar eng umschlungen an der Wand, die Frau entkleidet bis auf einen seidenen Schal, den sie um die Hüften gewunden hatte, sowie eine mit Federn verzierte Gesichtsmaske; der Mann war nackt bis aufs Hemd. Noch während Cintia hinsah, hob er die Frau auf seine Arme und verschwand mit ihr im benachbarten Gemach.

Auf einem Sofa sah Cintia eines der Mädchen, die sie in der Nacht ihres Eintreffens in Esmeraldas Bett vorgefunden hatte, entweder Cosima oder Marta – Cintia wusste immer noch nicht, wer welche von beiden war. Bei ihr war ein Mann, oder genauer, das Mädchen saß auf ihm, völlig nackt, die Schenkel um seine Hüften geschlungen, die Fersen gegen seinen Rücken gedrückt, während er sich träge von unten gegen ihren Leib stieß, das Gesicht zwischen ihren Brüsten verborgen und die in Strumpfhosen steckenden Beine weit von sich gestreckt. Das Mädchen hatte den Kopf zurückgelegt und stöhnte im Takt der Stöße, mit denen ihr Körper emporgehoben wurde. Das Haar floss ihr in züngelnden Wellen über den Rücken und schleifte mit den Spitzen am Boden. Eine der langen Strähnen hing in einer halb leeren Weinkaraffe, neben der ein umgeworfenes Glas lag, ein nebensächliches Detail, das Cintias Blicke nur flüchtig auf sich zog, bevor sie wieder das kopulierende Paar auf dem Sofa anstarrte. Noch nie hatte sie dergleichen gesehen, wenngleich sie bereits eine ungefähre Vorstellung gehabt hatte, wie es vonstatten gehen musste. Hier gewann sie jedoch zum ersten Mal einen Eindruck, dass der fleischliche Akt mit Lust und Freude verbunden sein konnte, was ihr vorher kaum möglich erschienen war.

Cosima – oder Marta – bewegte sich in wiegendem Gleiten, und auf ihrem zur Seite geneigten Gesicht war deutliche Verzückung zu erkennen. Die Bewegungen des Mannes wurden schneller, und das Mädchen keuchte immer lauter und warf den Kopf hin und her, während der Mann an ihren Brüsten saugte und ihre Hinterbacken packte, um fester und tiefer in ihren Leib stoßen zu können.

Wie gebannt stand Cintia da, die Arme herabhängend, als

hätte sie jegliche Kraft verloren. Tatsächlich hatte sich eine seltsame Schwäche ihrer bemächtigt, zugleich aber auch eine zitternde Erregung, die von ihrer Mitte aus in ihre Glieder flutete und sich dort, wo ihre Schenkel zusammentrafen, in schmelzender Hitze sammelte. Sie wurde gewahr, dass ihr Atem sich beschleunigte, während das Mädchen auf dem Mann auf und nieder wippte und dabei mit kurzen, unterdrückten Schreien den Kopf hin und her warf, dass ihre Haare nur so flogen.

Der erlöste Aufschrei des Mädchens übertönte den Schreckenslaut, den Cintia von sich gab, als sich unerwartet eine Hand auf ihre Schulter legte. Sie fuhr herum und fand sich Auge in Auge mit Lucietta wieder. »Was tust du hier?«, wollte Lucietta sichtlich schockiert wissen.

Cintia atmete durch. »Dasselbe könnte ich dich fragen.«

Lucietta, das Gesicht gerötet bis unter die Haarwurzeln, wand sich vor Verlegenheit. »Ich konnte nicht schlafen.«

»Und ich habe schlecht geträumt und wurde wach.«

Der Schrei des Mädchens war verebbt, und Cintia, die sich rasch wieder umdrehte und die beiden zusammengesunkenen Gestalten auf dem Sofa sah, empfand eine Mischung aus Schuldbewusstsein und vagem Ärger, weil sie den Eindruck hatte, ihr sei etwas entgangen.

»Wie lange bist du schon hier?«, wollte Lucietta wissen.

»Lange genug.«

Lucietta packte Cintia und zog sie zum Vestibül. »Du bist zu jung für diese Dinge.«

»Das ist Unsinn! Ich werde bald heiraten!«

»Trotzdem. Solche … Angelegenheiten sind nichts für ein ehrbares junges Mädchen. In der Ehe macht man dergleichen nicht.«

»Woher willst du das wissen?«

»Was glaubst du, warum all diese Männer herkommen? Hätten sie das, was sie hier bekommen, zu Hause bei ihren Gattinnen, bräuchten sie keine Kurtisanen. So viel ist sicher.«

»Oh«, sagte Cintia betreten. Sie lugte aus dem Vestibül zurück in den Saal. Das Mädchen war aufgestanden und zog den Liebhaber unter allerlei Gekicher ebenfalls vom Sofa. Hand in Hand schlenderten sie in eines der angrenzenden Gemächer, aus dem gleich darauf Gelächter zu hören war.

Lucietta war Cintias Blicken mit leuchtenden Augen gefolgt. Ihre Wangen waren hochrot, und ihre füllige Gestalt in dem nachlässig übergestreiften Kleid bebte vor Aufregung. »Ich bin jetzt schon das dritte Mal hier oben«, berichtete sie flüsternd. »Sie lassen mich zusehen, wenn ich mich ruhig verhalte. Manche von ihnen … mögen es, wenn jemand zusieht, weißt du. Der Freier von Cosima zum Beispiel. Das war der Mann, mit dem sie eben … Und ich … ich sehe gern zu! Jedes Mal gefällt es mir besser! Ist es nicht einfach wunderbar? Ich meine, du hast es doch auch gerade gesehen! Es geht ihnen hier einfach so … gut!« Sie presste die Hände auf ihren sich rasch hebenden und senkenden Busen. »Das Leben hier oben – es erscheint mir wie ein einziges rauschendes Fest! Die Mädchen … sie tun Dinge mit den Männern … Und die Männer mit ihnen … Manchmal sind sie mit mehreren zusammen, es ist … unbeschreiblich! Du müsstest es selbst sehen, um es zu verstehen. Aber das kann ich nicht zulassen, du bist noch so unschuldig und jung. Ich dagegen – ich bin verloren. Verloren und verdammt, der Himmel sei mir gnädig!« Sie schlug sich mit der Faust gegen die Brust. »Es ist sündig und böse, du brauchst es mir nicht erst zu sagen! Ich habe gebetet, glaub mir, unzählige Male habe ich den Herrn angefleht, diese hitzigen und verworfenen Gedanken von mir zu nehmen! Aber es ist stärker als ich! Die Fleischeslust hat mich gepackt und beherrscht mich!« Ihre Züge nahmen einen kläglichen Ausdruck an, während sie schloss: »Ich glaube, ich bin vom Teufel besessen!«

»Nicht doch«, sagte Cintia zerstreut. Unter all dem Gelächter und dem anhaltenden Flötenspiel hatte sie ein Geräusch gehört, das sie irritierte. Es war eine männliche Stimme, die sie kannte.

Paolo hob den Kopf und blickte zur Tür, genau in dem Moment, als Cintia sie aufstieß.

Mit offenen Haaren, barfüßig und nur mit ihrem weißen Nachtgewand bekleidet, stand sie dort und starrte ihn an.

Die Lust verließ ihn mit einem Schlag, es war beinahe, als hätte es sie vorher nicht gegeben. Esmeralda, die mit dem Rücken zur Tür vor ihm kniete, bemerkte wohl, dass ihn seine Manneskraft verlassen hatte, erkannte aber nicht die Ursache.

Fragend blickte sie zu ihm auf. »Was ist?«

Peinlich berührt trat er einen Schritt zurück, zerrte Teile seines herabfallenden Hemdes vor seine Blöße. Esmeralda drehte sich auf den Knien um und kicherte, als sie Cintia sah. »Na so was! Was tust du denn hier? Willst du etwa mitmachen?«

Paolo, der hastig seine Beinkleider übergestreift hatte, verließ den Raum und schlug die Tür zu, bevor Esmeralda weitere Äußerungen dieser Art von sich geben konnte. Ohne großes Federlesen fasste er Cintia am Arm und zerrte sie hinüber ins Vestibül. Es wunderte ihn nicht weiter, dort Lucietta vorzufinden; er hatte sie vorhin schon bemerkt, war aber nicht mehr dazu gekommen, sie fortzuschicken, weil sie schneller davongehuscht war, als er sie erreichen konnte. Er hatte angenommen, dass sie wieder nach unten gegangen war – was sie vielleicht sogar getan hätte, wäre nicht vorher Cintia aufgetaucht.

»Was willst du hier oben?«, wollte er barsch wissen.

»Vielleicht hatte ich ja dasselbe im Sinn wie du«, gab Cintia bissig zurück.

»Du hast hier nichts verloren!«

»Aber du anscheinend umso mehr.« Ihre Wangen leuchteten hochrot, ob vor Scham oder vor Zorn, war schwer zu sagen. »Mir scheint, ich habe mir von einem Hurenbock die Ehe antragen lassen!«

Angesichts der eindeutigen Beweislage konnte er das schlecht bestreiten. »Wie es aussieht, trifft das wohl leider zu. Unter den gegebenen Umständen kann ich dir nicht übel nehmen, wenn du dich weigerst, meinen Antrag anzunehmen. Betrachte ihn hiermit als zurückgezogen.«

Lucietta gab einen erschrockenen Protestlaut von sich. Paolo achtete nicht auf sie. An Cintia gewandt, meinte er: »Wenn du gestattest, geleite ich dich zurück in dein Schlafgemach.« Er bot ihr höflich den Arm, doch sie machte keine Anstalten, sich einzuhängen. Herausfordernd blickte sie ihn an. »Würdest du auch herumhuren, wenn wir Mann und Frau wären?«

»Nun, da du zweifellos nach dem … Vorfall von eben kein Interesse mehr an einer Ehe mit mir haben dürftest, ist diese Frage wohl rein akademisch.«

»Wer sagt, dass ich dich nicht mehr heiraten will?«, fuhr sie ihn an.

Verdutzt ließ er den Arm sinken. »Darf ich das so verstehen, dass …«

Sie schnitt ihm das Wort ab. »Ich habe meine Bedingungen«, erklärte sie hochmütig. »Und ich bin gekommen, um sie dir mitzuteilen.«

Ein betrunkener Freier kam mit unsicherem Gang näher, eine Weinflasche schwenkend. »Ah, ein neues Gesicht! Und was für eins!« Anerkennend grinste er Cintia an und hielt ihr die Weinflasche hin. »Komm, du süßes Geschöpf, trink einen Schluck mit mir!« Er deutete mit dem Daumen über die Schulter zurück in den Saal. »Du kannst drinnen auf mich warten, ich bin gleich wieder da.« Lüstern griff er nach Cintias Brust, doch seine Hand fand ihr Ziel nicht mehr. Paolos Faust flog hoch und traf das Gesicht des Mannes, der mit blutender Nase zurücktorkelte und sich an der Wand festhielt. Die Weinflasche war herabgefallen und auf dem Terrazzoboden zersprungen. »Was soll das?«, beschwerte sich der Mann nuschelnd, während er seine Nase betastete und anschließend seine blutigen Finger betrachtete. »Du Mistkerl! Meine Nase ist gebrochen! Wie kommst du dazu, mir dieses Liebchen streitig zu machen? Ich habe bezahlt, und zwar eine ganze Menge!«

»Wenn du dich nicht auf der Stelle verziehst, Calergi, sorge ich mit dem Schwert dafür, dass du nie wieder ein Liebchen beglücken wirst. Und wenn du das nächste Mal in Gegenwart meiner Braut erscheinst, wirst du einen ausreichenden Abstand wahren, sonst widerfährt dir dasselbe.«

Im Hintergrund seufzte Lucietta mit hörbarer Begeisterung, während der Mann Cintia mit zweifelnden Blicken bedachte. Als Paolo sich drohend bewegte, machte er sich eilends davon, vor sich hinmurmelnd, dass ehrbare junge Bräute anders aussähen, sich vor allem aber woanders aufhielten. Paolo hätte ihm dafür am liebsten zum Abschied noch einen Tritt verpasst, doch nach Lage der Dinge war wohl nicht zu leugnen, dass der Kerl recht hatte. Während das leise Schimpfen des Mannes auf der Treppe verklang, umfasste Paolo seine künftige Gattin und hob sie mit Schwung auf die Arme.

Cintia schnappte überrascht nach Luft. »Was soll das werden?«

»Hier liegen überall Scherben, also trage ich dich, damit du dich nicht verletzen kannst. Wir gehen jetzt runter, damit du mir deine Bedingungen mitteilen kannst.«

Ungeachtet ihrer Proteste setzte er sie auch auf der Treppe noch nicht ab, sondern trug sie durch den Wendelturm hinunter bis zum Piano nobile. Auf der dort vorgebauten Loggia stellte er sie auf die Füße und öffnete die Eingangstür, deren knarrende Angeln zeigten, dass sie selten benutzt wurde. Anders als im oberen Stockwerk gab es hier kein Vestibül, sondern man gelangte von der Loggia aus unmittelbar in den Portego, der sich von der Rückseite des Hauses bis zu der am Kanal gelegenen Hauptfassade erstreckte.

»Warte hier«, befahl Paolo. »Ich hole Licht.«

Eilig lief er wieder nach oben und holte ein Windlicht aus Esmeraldas Kammer. Sie grinste ihn wissend an, doch er achtete nicht weiter auf sie. Lucietta stand immer noch im Vestibül, offenbar unschlüssig, ob sie gehen oder bleiben sollte.

»Für heute hast du genug gesehen.« Gebieterisch deutete er mit der Lampe nach draußen. »Du kannst gleich mit hinuntergehen und dann in eure Kammer zurückkehren. Cintia wird

nachkommen, sobald meine Unterredung mit ihr beendet ist.«
Sein Tonfall duldete keinen Widerspruch, und Lucietta machte
auch keine Anstalten, aufzubegehren, sondern folgte ihm bereitwillig nach draußen. Auf der Treppe blieb sie jedoch stehen
und sagte mit leiser, beschwörender Stimme: »Mit ihr kannst du
nicht so reden wie gerade mit mir, das wäre ein Fehler!«

»Was?«, fragte er verblüfft.

»In diesem Befehlston. Wenn du sie maßregelst, würde sie
dich am Ende vielleicht doch nicht nehmen! Sie ist nämlich
furchtbar eigensinnig! Es gibt etwas, das sie unbedingt haben
will, darauf wird sie auf keinen Fall verzichten!«

»Und was ist das?«

»Ihre Freiheit.«

»Worin genau besteht die?«

»Na … Sie will …« Lucietta dachte kurz nach und zählte
dann auf: »Sie will mit der Gondel spazieren fahren und Feste
feiern und schöne Kleider besitzen. Hm, und vielleicht ein
Theater besuchen.«

»Hat sie das gesagt?«

Lucietta zuckte die Achseln. »Kann sein, dass ich noch was
vergessen habe, deshalb möchte ich mich nicht festlegen.«

»Danke für deine Informationen.«

»Gern geschehen. Gute Nacht, und danke für das Licht.«
Sie lächelte ihn verschwörerisch an, nahm ihm die Lampe aus
der Hand und eilte treppabwärts davon. Einen Fluch unterdrückend, kehrte Paolo noch einmal um und holte ein weiteres
Windlicht. Als er endlich den Portego im Piano nobile betrat,
sah er Cintia nirgends; erst, als er mit der Lampe durch den
Raum schritt, erblickte er sie. Sie hatte eines der vorderen Fenster geöffnet und stand vor der zum Kanal weisenden Loggia.
Das von der Fondamenta heraufscheinende Fackellicht umriss ihre Silhouette und machte ihr Hemd an den Säumen
durchscheinend, sodass er ihre Fesseln und Handgelenke sehen
konnte, ebenso wie ihren geschwungenen Hals, der freilag, weil
sie das Haar zurückgestrichen hatte.

Schweigend gesellte er sich zu ihr, in der Erwartung, dass sie zu reden beginnen würde. Doch wieder erstaunte sie ihn, denn sie blieb stumm. Allerdings erschien sie ihm nicht abweisend, sondern einfach nur nachdenklich, weshalb er still abwartete, bis sie von sich aus zu sprechen anfing.

»Das mit den Kleidern und der Gondel ist Unsinn«, sagte sie nach einer Weile schließlich.

»Du hast gehört, was deine Cousine gesagt hat?« Er unterdrückte ein Grinsen. »Wenn es Unsinn war, wirst du also schön brav im Haus bleiben und schlichte schwarze Kleider tragen. Und die Theaterbesuche können wir uns auch sparen.«

Der Anflug eines Lächelns zeigte sich um ihren Mund, doch sofort war sie wieder ernst. »Es war kein völliger Unsinn, aber als Beispiele taugen diese Dinge nur, wenn man Luciettas Wünsche zugrunde legt. Sie ist mit alledem, was sie da aufgezählt hat, restlos zufrieden. Ich fahre auch gerne mit der Gondel aus, aber andere Dinge sind für mich weit wichtiger.«

»Sag mir, welche.«

»Zuallererst das, was Lucietta schon erwähnte. Die Art, wie ein Mann mit einer Frau umgeht. Es mag das Recht eines Ehemannes sein, seiner Frau Befehle zu erteilen und sie sich seinem Willen untertan zu machen. Aber ich hasse es, gegängelt zu werden. Ich will wie eine erwachsene Frau behandelt werden und Herrin meiner Entscheidungen sein. Niemand soll mich herumkommandieren und mir das verbieten, was ich gern tun möchte.«

»Ich könnte dir versprechen, dass ich solches Verhalten unterlasse, aber das wäre nicht ehrlich, weil es nicht meinem Wesen entspricht. Ich bin seit Jahren daran gewöhnt, Befehle zu erteilen, denn anders kann man mit einem Haufen rauer Schiffszimmerer nicht umgehen. Doch natürlich ist mir klar, dass du kein Zimmermann bist, sondern eine kluge und mutige junge Frau.«

Er sah das Leuchten in ihren Augen und war auf alberne Weise stolz, sie mit dieser schlichten kleinen Wahrheit für sich einnehmen zu können. »Was ich dir also versprechen kann, ist Folgendes: Ich würde mich bemühen, deinen Willen stets zu achten.«

»Das ist ein gutes Versprechen, aber es umfasst nicht alles. Es gibt Dinge, die du mir *unbedingt* versprechen musst. Nein, du musst sie mir schwören!«

»Nenne sie mir, und ich sage dir, ob ich es kann.«

»Du darfst mich niemals schlagen und dich mir niemals mit Gewalt aufzwingen.«

»Wie kommst du darauf, dass ich das täte?«, fragte er erstaunt.

In einer Geste, die zugleich schutzsuchend und verlegen wirkte, schlang sie sich die Arme um den Leib. »Es gibt Männer, die nehmen sich einfach von einer Frau, was sie wollen.«

»Tut mir leid, ich vergaß«, sagte er rasch. »Du hast es ja selbst erlebt.« Er schüttelte den Kopf. »Noch nie habe ich die Hand gegen eine Frau erhoben, und gewiss werde ich nicht bei meiner eigenen damit anfangen. Ich schwöre dir also, dich niemals zu schlagen, noch werde ich mich dir je aufzwingen.« Ernst erwiderte er ihren Blick. »Die fleischliche Vereinigung zwischen Mann und Frau sollte stets Freude, nicht Last sein. Keiner von beiden sollte es erdulden müssen, in welcher Form auch immer. Ich werde dir das Recht überlassen, den Zeitpunkt zu bestimmen, so du ihn je für gekommen hältst.« Bedächtig fügte er hinzu: »Natürlich werde ich, bis es so weit ist, nicht herumhuren – ich nehme an, das wäre dein nächstes Anliegen gewesen.«

Trotz des unzureichenden Lichts war zu erkennen, dass sie errötete. Hastig und mit gesenkten Lidern nickte sie. »Das ist … ein rechtschaffener Handel.«

»Willst du darüber reden?« Er räusperte sich, von einer Welle der Verlegenheit erfasst und sich nachträglich für seine Schwäche verfluchend, die ihn heute ins Bordell getrieben hatte. Tatsächlich hatte die Aussicht, dass dieser Besuch vielleicht der letzte für alle Zeiten sein würde, seine Lust auf schändliche

Weise angestachelt. »Ich meine, über den … Vorfall oben. Ich könnte …« Er räusperte sich abermals. »Ich könnte es dir erklären. Falls dir an einer Erklärung gelegen ist.«

»Nein.« Es klang ebenso bestimmt wie abweisend. »Ich kenne alle Erklärungen, die es dafür gibt. Männer sind ihren Trieben willenlos ausgeliefert.«

»Hör zu, das ist nicht …«

»Ich will nicht darüber sprechen.« Sie wirkte verletzt und wütend – und sehr jung.

Stumm schalt er sich einen Narren, denn mit einem Mal erkannte er die wahren Gründe, warum er hier bei ihr stand, sich ihre Bedingungen anhörte und dazu Kommentare abgab, die vor Verständnis und Rücksichtnahme nur so trieften. Er wollte sie zweifellos für sich gewinnen, schließlich ging es die ganze Zeit um nichts anderes. Doch nicht mehr sein Bruder oder Daria bestimmten seine Motive. Weder Familienehre noch finanzielle Erwägungen spielten bei dieser Heirat für ihn noch länger eine Rolle. Wäre Cintia das ärmste Mädchen der Stadt und besäße nichts weiter als dieses unförmige Hemd, das sie am Leib trug – er hätte sie auf der Stelle zu der Seinen gemacht. Vielleicht sogar noch lieber als unter den gegebenen Umständen, denn dadurch wäre alles einfacher gewesen. Zumindest hätte er ihr dann nicht – bei dem Gedanken zog er eine reumütige Grimasse – all diese überflüssigen Versprechen geben müssen. Überflüssig insofern, als er jetzt schon wusste, dass er sie alle halten konnte, bis auf das erste, durch das er sich verpflichtete, sie nicht zu bevormunden. Zum Glück war er so vorausschauend gewesen, es auf ein Bemühen zu beschränken, wobei ihn selbst das vermutlich hart ankommen würde angesichts ihres jugendlichen Ungestüms.

Als hätte sie seine Gedanken erraten, meinte sie: »Am besten sage ich dir jetzt schon einiges von dem, was ich will, damit es nachher deswegen gar nicht erst zum Streit kommt.«

»Nur zu«, sagte er, trotz unguter Vorahnungen einen zuversichtlichen Ton anschlagend.

»Ich möchte einem eigenen Haushalt vorstehen. Wenn deine Tante bei uns leben will, kann sie das natürlich tun, aber nur als familiärer Gast, ohne Befehlsgewalt. Das Gesinde untersteht allein dir und mir, wir sind Herr und Herrin unseres ehelichen Heims.«

»Willst du im Haus deiner Eltern wohnen?«

Als sie zustimmend nickte, zuckte er die Achseln. »Ich sehe nicht, was Daria dagegen einwenden sollte. Vermutlich wird sie es ohnehin vorziehen, hierzubleiben. Casparo würde jedoch mit uns kommen, ich möchte ihn aus dieser Umgebung hier heraushaben.«

»Wird es sie nicht kränken, dass ich meinen eigenen Haushalt führen will, ohne ihre Einmischung?«

Paolo dachte kurz nach, vermochte aber die Frage nicht mit Sicherheit zu beantworten. Bestenfalls konnte er Mutmaßungen anstellen.

»Falls sie dazu abweichende Vorstellungen haben sollte, ist das nicht maßgeblich, denn deine Wünsche gehen in jedem Falle vor.« Immerhin diese Meinung konnte er mit voller Überzeugung äußern. Er sah den Ausdruck von Erleichterung in Cintias Gesicht, offenbar war die Haushaltsfrage ihr vordringlichstes Anliegen gewesen.

Doch sie war noch nicht fertig. »Ich will eine Magd einstellen.«

»Nur eine?«, neckte er sie. »Das finde ich recht bescheiden.«

»Nein, ich meine eine bestimmte. Imelda. Ich erzählte dir von ihr. Ich weiß, sie ist schon ziemlich alt, aber sie kann ...«

»Noch gut mit dem Bratspieß umgehen?«, ergänzte er trocken.

Cintia wandte ihm ihr Gesicht zu. Sie lächelte nicht, aber sie wirkte auch bei Weitem nicht so abweisend wie noch vor wenigen Minuten. Ihre Augen schimmerten im Kerzenlicht, und er hätte gern die Hand ausgestreckt, um ihre Wange zu berühren, doch er fürchtete, sie damit zu verschrecken, nachdem er eben erst so großmütig Zurückhaltung gelobt hatte.

»Wird es schwierig werden mit der Heirat?«, fragte sie.

307

»Du meinst den amtlichen Teil, weil du eine Waise bist und vormundschaftlicher Zustimmung bedarfst?«

Als sie nickte, hob er die Schultern. »Man kann meiner Stiefmutter vieles nachsagen, aber Schicksalsergebenheit gehört nicht zu ihren Eigenschaften, wenn sie erst ein Ziel vor Augen hat. Sie hat diese Sache in die Hand genommen und sich um alles gekümmert. Für alles und jedes gibt es in Venedig Gesetze und zu jedem Gesetz einen passenden Amtsträger, der auf die Einhaltung achtet. Aber ebenso viele Möglichkeiten gibt es, eben jene Amtsträger zu einer … nun, sagen wir, angemessenen Auslegung der Vorschriften zu bewegen.« Mit einem schwachen Versuch zu scherzen fügte er hinzu: »Daria hat fabelhafte Kontakte zu den zuständigen Stellen.«

Anschließend verfielen sie beide in Schweigen; fast war es so, als hätten sie alles gesagt, obwohl Paolo, seit er Cintia kannte, kaum einen Augenblick erlebt hatte, in dem ihm die Zukunft so unwägbar erschienen war wie gerade in diesem.

In diesem Moment erlosch die Kerze, und nur noch das schwache Licht der Fackeln unten am Kanalufer durchdrang die Nacht. Die Dunkelheit, die sich über den Portego gesenkt hatte, war nicht vollständig, doch man musste die Augen anstrengen, um noch einzelne Umrisse zu erkennen.

»Willst du mir deine Hand geben, damit ich dich nach unten bringen kann?«, fragte er.

Sie zögerte, doch dann folgte sie seinem Vorschlag. Er ergriff ihre Hand und hielt sie fest, während sie gemeinsam Schritt um Schritt durch die Dunkelheit des leeren Saals nach draußen gingen.

Teil 4

Venedig, Februar 1511

Der Lärm auf der Piazza war ohrenbetäubend, man verstand kaum sein eigenes Wort. Cintia atmete tief durch und blickte sich um. Vor ihr befand sich eine gewaltige Menschenmenge, doch sie hatte einen guten Ausblick auf den Platz vor dem Campanile, wo gleich das angekündigte Schauspiel der fallenden Schweine stattfinden würde. Paolo hatte Plätze auf einer der Tribünen ergattert, die man zwischen Dogenpalast, Glockenturm und Basilika aufgebaut hatte. Hier zu sitzen, auf Bänken und unter schützenden Holzdächern, war das Privileg der Reichen und Adligen, während das Volk sich auf dem Pflaster drängte, ein unüberschaubares Gewimmel kostümierter und maskierter Gestalten. Es regnete seit Stunden, weshalb die meisten Feiernden bereits kläglich durchnässt waren, als das für diesen Tag angekündigte Spektakel endlich begann und das Quieken der aufgescheuchten Schweine zu hören war. Das miserable Wetter focht indessen kaum jemanden an, die Stimmung der Menschen hätte nicht besser sein können. Immer wieder brandeten Gelächter und Gesang auf, während Musiker Tanzweisen schmetterten. Grölend bewegten sich die Zuschauer zur Musik, tanzten trunken umher, einzeln oder in geselligen Gruppen, Wein und Schnaps mit derselben Begeisterung zusprechend wie den Speisen, die es an Ständen und Bauchläden zu kaufen gab.

Grund zur Fröhlichkeit gab es genug, nicht nur, weil Karneval war. Die Kämpfe zwischen Venedig und den Mächten der

Liga von Cambrai waren vor Kurzem ausgesetzt worden, und in Mantua hatten sich die Gesandten zu Friedensverhandlungen zusammengefunden. Endlich konnten die von Krieg, Pest und Handelsblockaden gebeutelten Venezianer aufatmen, was sich in diesem Frühjahr vor allem bei den Karnevalsfeierlichkeiten bemerkbar machte. Schon lange nicht mehr war der Karneval in Venedig von so viel überschäumender Lebensfreude bestimmt wie in diesem Jahr, jedenfalls hörte Cintia das mehrfach sagen. Sie selbst vermochte nicht zu beurteilen, ob es stimmte, da sie ihn nie aus nächster Nähe miterlebt hatte. Alles, was sie bislang davon mitbekommen hatte, beschränkte sich auf den Ausblick von ihrer Kammer auf den Canalezzo, wo sie früher oft in der Karnevalswoche die bunt geschmückten, vor Menschen überquellenden Boote hatte vorbeiziehen sehen, während Gesang und Musik sowohl tagsüber als auch nachts über das Wasser schallten.

In einer Karnevalsnacht hatten sie und Lucietta vor einigen Jahren einmal im Fackellicht gesehen, wie ein Pärchen auf einem der Boote ungeniert und auf handgreifliche Weise Zärtlichkeiten austauschte, doch Monna Barozzi hatte rasch zu verhindern gewusst, dass die Mädchen es länger beobachten konnten als ein paar Augenblicke. Wie so oft hatte sie eine Art hellseherischen Sinn, sobald Cintia und Lucietta sich über Verbote hinwegsetzten, und in jener Nacht kam sie wie ein Racheengel genau im spannendsten Moment in Cintias Kammer geschwebt, wo sie auf der Stelle die Läden schloss. Von dem anschließenden Donnerwetter hatten Cintia noch Tage später die Ohren geklingelt.

Dabei hatten ihre Eltern sie keineswegs von jeglicher Geselligkeit ausgeschlossen. Hin und wieder durfte sie an einem der Bankette teilnehmen, die in der Ca' Barozzi veranstaltet wurden. Man hatte ihr gestattet, sittsam gekleidet und frisiert mit bei Tisch zu sitzen, doch sobald die Tafeln abgedeckt waren und die Stimmung unter den Gästen ausgelassener wurde, hatte sie zu Bett gehen müssen. Nicht dass sie hätte schlafen können.

312

Mit angehaltenem Atem hatte sie nach unten gelauscht, in der Hoffnung, mehr zu hören als nur ein paar Fetzen Musik und Gelächter. Zu den Kostümbällen während der Faschingswoche hatte sie hingegen nie erscheinen dürfen, und auch die Schweine hatte sie noch nicht vom Campanile fallen sehen; ihre Eltern hatten sie immer wieder darauf vertröstet, dass sie ja bald erwachsen wäre und es dann jedes Jahr erleben dürfe. *Erwachsen*, das war ein Zauberwort gewesen, dessen Magie in jenen Nächten ihre Träume beflügelt hatte. Erwachsen, so hatte Lucietta ihr erklärt, wäre sie als verheiratete Frau, womöglich bereits als Verlobte. Oder, wenn es nach Messèr Barozzis Gutdünken ging, unabhängig vom Ehestand vielleicht mit zwanzig, denn in diesem Alter hatte Lucietta zum ersten Mal an einem Maskenball teilnehmen dürfen, zu dem die Barozzis geladen waren. Allerdings hatte sie die Gesellschaft bereits vor Mitternacht wieder verlassen müssen und konnte Cintia daher nicht von irgendwelchen wilden Ausschweifungen berichten, von denen die Mädchen häufig munkeln hörten.

Nun, da ihre Eltern tot waren, konnten sie ihr nicht mehr verbieten, sich selbst einen Eindruck zu verschaffen, was es mit dem Karneval auf sich hatte. Dieser Gedanke rief in Cintia einen Anflug von schlechtem Gewissen hervor; es war fast, als wolle sie auf Kosten ihrer Eltern feiern. Da half auch die Gewissheit wenig, dass sie es, wenn all das Schreckliche nicht geschehen wäre, ohnehin gedurft hätte, weil sie nun tatsächlich eine verheiratete Frau war, nur dass sie an diesem *Giovedì grasso* nicht mit Gregorio, sondern mit Paolo auf die Piazza gekommen war.

Auf der Loggia des Dogenpalastes drängten sich an der Brüstung die Zuschauer, die meisten von ihnen maskiert, so wie die Menschen unten auf dem Markusplatz. Cintia meinte sogar, unter ihnen den Dogen zu sehen, ohne Maske, dafür aber angetan mit dem *Corno Ducale*, der mit einem Kronenreif verzierten Kappe aus Goldbrokat, die zu einem nach hinten aufstrebenden Horn geformt war. Cintia wusste, dass ihr Mann entfernt mit dem Dogen verwandt war, doch waren diese familiären Bande

313

bei Weitem nicht so eng, dass Leonardo Loredan je von ihnen Notiz genommen hätte.

»Es geht los«, sagte Paolo.

Gebannt sah Cintia zu, als das erste Schwein von der Aussichtsplattform des Campanile herabfiel und mit dumpfem Klatschen unten auf dem Pflaster innerhalb der abgesperrten Fläche aufschlug. Johlend klatschten die Umstehenden Beifall, doch Cintia schloss schaudernd die Augen, als kurz darauf das nächste Schwein vom Turm stürzte. Sie verstand sich selbst nicht mehr. Wie hatte sie sich auf ein derart abstoßendes Spektakel freuen können? Am liebsten hätte sie sich auch die Ohren zugehalten, um das markerschütternde Schreien der armen Tiere nicht hören zu müssen. Noch bevor das Schauspiel zu Ende war, bat sie Paolo, sie fortzubringen. Er folgte ihrem Wunsch und führte sie kommentarlos zur Mole, wo ihre Gondel lag.

Das, was unterhalb seiner schwarzen Halbmaske von seinem Gesicht zu sehen war, ließ sich wie üblich nicht deuten, was sie auf unbestimmte Weise aufbrachte.

»Verschafft es dir Genugtuung, dass ich diesen Brauch scheußlich finde?«, fragte sie gereizt.

»Nun, du warst diejenige, die es unbedingt sehen wollte. Ich hätte dir vorhersagen können, dass du es nicht mögen würdest.«

»Eben! Du hättest es mir sagen sollen!«

»Es dir zu sagen wäre eine Bevormundung gewesen, die du dir verbeten hättest, so wie bisher noch jeden Einwand, den ich je gegen deine Unternehmungen vorgebracht habe.« Er deutete zum Campanile. »Willst du mir nun vorwerfen, dass ich dir diesen besonderen Zeitvertreib nicht ausgeredet habe, obwohl du doch selbst danach verlangt hast?«

Als sie schwieg, fuhr er fort: »Solange du der Meinung bist, dass guter Rat dir nicht teuer, sondern lästig ist, musst du auch nach dem Grundsatz leben, dass nur Erfahrung klüger macht.«

Seine gelassene Reaktion schürte ihren Ärger eher, als ihn zu besänftigen, doch sie enthielt sich weiterer Äußerungen, zumal sie erkannte, dass ihre Vorwürfe fehl am Platze waren. Er hatte völlig recht, auch wenn es ihr widerstrebte, das zuzugeben. Hätte er nämlich versucht, ihr diesen Besuch auf der Piazza San Marco auszureden, so hätte sie erst recht darauf bestanden, hinzugehen. Auch was das betraf, stimmte seine Einschätzung: Erst durch die Erfahrung war sie klüger geworden. Noch einmal würde diese blutige Darbietung für sie nicht infrage kommen.

Paolo führte sie am Arm durch das Gedränge. Ein mit einer Strohperücke als Frau verkleideter Betrunkener legte Cintia den Arm um die Schultern und versuchte, sie ins Getümmel der Feiernden zu ziehen, was ihm Paolo mit ein paar gut gezielten Fausthieben austrieb. Als der verhinderte Galan sich lallend beschwerte und seine Bemühungen fortsetzte, schickte Paolo ihn mit einem weiteren, diesmal deutlich härteren Schlag zu Boden und stieg anschließend gleichmütig über ihn hinweg, während er Cintia mit sich zog.

Trotz der immer noch vorherrschenden Kälte schienen die Flächen zwischen den Wein- und Essensständen förmlich zu brodeln von all den Menschen, die sich dort drängten. Mehrmals war kaum ein Durchkommen möglich, und Cintia musste hin und wieder die Luft anhalten, weil die schweren Gerüche ihr den Atem verschlugen. Der Gestank von Erbrochenem, ungewaschenen Leibern und billigem Fusel mischte sich mit den Düften von Grillfisch, Brathuhn und heißem Zuckergebäck, sodass kaum festzustellen war, ob es scheußlich oder angenehm roch. Das Menschengewühl war an manchen Stellen undurchdringlich, eine einzige Masse, von der Dampf aufstieg wie von einem kochenden Kessel. Sie mussten über einige am Boden liegende berauschte Zecher hinwegsteigen und etlichen herumtorkelnden Maskierten ausweichen, bis sie endlich die Piazzetta und die angrenzende Mole erreicht hatten.

Paolo steuerte zielsicher auf ihre Gondel zu, die dort in einer schier endlos scheinenden Reihe anderer Boote vertäut lag. Er half Cintia beim Einsteigen und löste die Leine.

Cintia raffte ihre Röcke und setzte sich in die Felze, ließ aber trotz des Regens den Vorhang offen, um freie Sicht auf Paolo zu behalten. Der Wind fuhr ihr feuchtkalt ins Gesicht und unter den Umhang, doch sie dachte keinen Moment daran, sich hinter der schützenden Stoffabdeckung zu verbergen, solange Paolo nur wenige Schritte von ihr entfernt stand und ruderte. Die Maske hatte er, ebenso wie sie selbst, inzwischen abgenommen. Breitbeinig balancierte er auf den Planken und tauchte ein ums andere Mal die lange Ruderstange ein, mit gleichmäßigen, scheinbar mühelosen Bewegungen, wodurch sich die Kraft seines Körpers auf eine Weise zeigte, die eine fast magische Anziehungskraft auf Cintia ausübte.

Anfangs war es ihr nicht leichtgefallen, es sich einzugestehen, doch inzwischen machte sie sich in diesem Punkt nichts mehr vor: Sie sah ihn gerne an. Ob er nun, so wie jetzt, das Ruder betätigte oder bei Tisch mit ihr aß, oder ob er sich versunken über seine Schiffsbaupläne beugte – ihn bei alltäglichen Verrichtungen zu beobachten faszinierte sie immer wieder. Stundenlang hätte sie seine oft so grüblerisch wirkenden Züge betrachten können, nur um nicht den Moment zu verpassen, wenn seine Miene unvermittelt weich wurde, etwa wenn er eine Lösung für ein kompliziertes Problem gefunden hatte oder auch wenn ihm eine Mahlzeit besonders gut schmeckte oder wenn er mit seinem Bruder scherzte und dabei eines seiner seltenen Lächeln sehen ließ.

Es gab Augenblicke, so wie vorhin auf der Piazza, in denen sie seine beherrschte, manchmal fast kühle Überlegenheit unerträglich fand. Immer dann dachte sie darüber nach, wie es wohl wäre, ihn einmal außer sich zu erleben, sei es vor Zorn oder vor Leidenschaft.

Leidenschaft ... Auch das war ein Thema, über das sie oft nachsann, so wie jetzt, da er im Regen vor ihr stand und ruderte. Nebelschwaden trieben über den Kanal und erschwerten die Sicht; sie verdichteten sich zu einem diesigen Einerlei, bis auf die Fackeln, die hier und da als funkelnde Schemen aus dem Grau auftauchten.

Gegen ihren Willen musste sie daran denken, wie die Kurtisane vor ihm gekniet hatte, die Hände zwischen seinen Schenkeln, ihn dort reibend, während ihr Mund …

Cintia versuchte, die Erinnerung zu verdrängen, denn sie rief nicht nur Wut und Verlegenheit in ihr wach, fast im selben Maße wie damals, als sie es unmittelbar mit angesehen hatte, sondern verstärkte auch das Gefühl sündiger Begehrlichkeit.

Er hatte ihr sein Wort gegeben, sie nicht zu bedrängen, bis sie selbst den Wunsch nach fleischlicher Vereinigung äußerte. An dieses Versprechen hielt er sich getreulich, aber auf eine Art, die ihr selbst bei jeder Gelegenheit ihr eigenes schändliches Verlangen vor Augen führte. Es bedurfte dazu nicht mehr, als ihn rudern oder lachen zu sehen, und manchmal argwöhnte sie, dass er es wusste und sich insgeheim über sie lustig machte.

Dabei zweifelte sie nicht, dass er sie ebenfalls begehrte, womöglich noch mehr als sie ihn, denn die Anzeichen waren ebenso vielfältig wie eindeutig. Der Hunger in seinen Augen, wenn er glaubte, sie sehe gerade nicht zu ihm hin. Der Rhythmus seines Atems, wenn sie ihm nah war, etwa wenn er sie beim Arm nahm oder um die Mitte fasste, um ihr ins Boot oder auf die Fondamenta zu helfen.

Manchmal stand sie zu ihrer Beschämung ganz dicht davor, nachzugeben und ihm den Sieg zu überlassen. Heimlich des Nachts in seine Kammer zu schleichen, in sein Bett zu schlüpfen. Wortlos ihre Lippen auf seinen Mund zu drücken und ihn damit dazu zu bringen, die Beherrschung zu verlieren. Er sollte nach Luft ringen und sinnlose Worte stammeln, sich in wilder Lust verlieren, so wie die Männer in Darias Bordell. Nur dass *sie* es sein wollte, die ihn dazu brachte. Nicht Esmeralda und auch sonst keine andere Frau.

Ein Ruck traf das Boot und riss Cintia aus ihren Gedanken. Die Gondel trieb gegen die Kaimauer vor ihrem Haus.

»Wir sind angekommen«, sagte Paolo. »Du allerdings siehst aus, als wärst du meilenweit fort.« Er half ihr aus dem Boot und schlang die Leine um den Anlegesteg. »Heute bekam ich eine

Einladung«, berichtete er. »Zu einem Kostümfest, das am Montag stattfinden soll.«

»Ach, ich glaube, darauf kann ich verzichten.«

»Ich habe bereits unser Kommen zugesagt und würde es daher schätzen, wenn du mich begleitest.«

Augenblicklich erwachte Cintias Trotz, weil Paolo über ihre Zeit gebot, ohne sie zu fragen.

Rasch kam er ihrem Widerspruch zuvor. »Ich konnte schlecht ablehnen, weil es Ammiraglio Tassini persönlich war, der mich einlud. Wie es scheint, sollte ich diese Einladung als besondere Gefälligkeit meines Vorgesetzten betrachten.« Paolo zögerte kurz und verzog dabei das Gesicht. »Ich hasse diese Art von Opportunismus, aber manchmal muss man wohl Zugeständnisse machen.«

»Es geht um dein neues Schiffsmodell, nicht wahr?« Erfreut blickte sie zu ihm auf. »Du wirst es endlich vorführen können! Das ist wundervoll! Ach, wie gern wäre ich dabei, um es ebenfalls sehen zu können!«

»Möchtest du das wirklich?«

»Aber ja!«, rief sie impulsiv aus. »Das wünsche ich mir so sehr!«

Seine Augen leuchteten auf, ihm war anzumerken, dass ihr Interesse an seiner Arbeit ihm guttat. »Ich werde versuchen, es einzurichten«, versprach er.

»Ich kann es kaum erwarten!« Das war nichts weiter als die Wahrheit. Er hatte schon einmal auf ihre Bitte hin versucht, ihr seine Zeichnungen zu erklären, und sie hatte sich bemüht, zumindest einen Teil davon zu begreifen, doch ihre Vorstellungskraft hatte nicht ausgereicht, sich beim Anblick von kryptischen mathematischen Symbolen, merkwürdigen Linien und schraffierten Flächen ein richtiges Schiff vorzustellen. Das von ihm entworfene und inzwischen fertiggestellte Modell in der Realität betrachten zu können wäre jedoch etwas völlig anderes.

»Zeigst du mir auch das Arsenal?«, fragte sie eifrig. Sie wusste, dass der Zutritt zu der großen Werft reglementiert war, doch da sie die Frau eines Protomastro war, würde sie ihn vielleicht doch einmal zu einem Rundgang begleiten können.

»Auch das lässt sich bestimmt ermöglichen«, meinte er.

Sie musste an sich halten, ihre Begeisterung nicht allzu offen zu zeigen, sonst hielt er sie am Ende wieder für ein schwärmerisches, unreifes Kind, weshalb sie nicht nachließ in ihrem Bestreben, sich bei jeder Gelegenheit als möglichst erwachsen zu erweisen.

So auch gleich darauf beim Betreten des Hauses, wo sie den Diener anwies, die Köchin zu ihr in den Portego zu schicken. Zu Paolo sagte sie geschäftig: »Ich muss mit der Köchin den Speiseplan für die kommende Woche durchgehen. Ferner will ich die Zeiten festlegen, zu denen das Gesinde in den nächsten Tagen Ausgang hat.«

»Ich bin überzeugt, dass du wie immer alle Fragen der Haushaltsführung mit höchster Kompetenz lösen wirst.«

Sie meinte, milden Spott aus dieser Bemerkung herauszuhören, doch er nahm ihr den Wind aus den Segeln, indem er die Hand ausstreckte und einen geknickten Strohhalm aus ihrem Haar pflückte.

»Das hat dir offenbar der Betrunkene auf der Piazza als Andenken hinterlassen«, sagte Paolo.

»Oh, wirklich«, gab sie atemlos zurück. »Danke für deine Aufmerksamkeit.« Die kurze Berührung seiner Hand setzte ihr Gesicht in Flammen, und hastig zog sie sich zur Treppe zurück, um nach oben zu eilen.

Im Portego brannten Feuer in beiden Kaminen, so wie sie es angeordnet hatte. In ihrer Schlafkammer hatte die Magd ebenfalls eingeheizt, sodass eine angenehme Wärme in dem Raum herrschte. Auf der Pestinsel hatten Cintia und Lucietta oft gefroren, als der Sommer in den Herbst überging, vor allem in den Nächten, als sie ohne Kaminfeuer, Kohlenpfanne oder wärmende Decken in der zugigen Kammer hatten ausharren müssen. Der allgegenwärtige Dreck und der Gestank waren schlimm genug gewesen, doch besonders die Kälte hatte ihre Widerstandskraft auf eine harte Probe gestellt. Damals hatte Cintia sich geschworen, nie wieder zu frieren, falls sie es je schaffte, nach Hause zu kommen. Kälte, so hatte sie in jenen Wochen begriffen, setzte dem Gemüt schlimmer zu als sterbende Pestkranke, mit denen man eine Kammer teilte, zumindest auf Dauer. An manche Dinge konnte man sich gewöhnen, an andere niemals. Noch schlimmer als die Kälte war jedoch der Hunger gewesen, weshalb sie immer noch großen Wert darauf legte, täglich ordentliche Mahlzeiten auf den Tisch zu bekommen, seit sie ihrem eigenen Haushalt vorstand.

Mit der neuen Köchin war Cintia mehr als zufrieden. Sie hieß Sabina und war dreiundzwanzig, eine rundliche Blondine und Ehefrau des Hausdieners, mit dem sie zwei Kammern im Dachgeschoss bewohnte. Cintia ging mit ihr die Speisenfolge für die kommenden Tage durch.

»Wir wollen zum Mittag Lammbraten essen«, sagte sie. »Dazu glasierte Möhren und gedünsteten Kohl, aber gib reichlich Butter dazu, damit der Geschmack milder wird. Außerdem hätte ich gern Mandelpudding, so wie du ihn neulich gemacht hast, nur diesmal mit mehr Zucker.«

Bis zum Aschermittwoch würde es noch reichlich Fleisch und süße Speisen geben, während für die nachfolgende Fastenzeit ein etwas schlichterer Speiseplan vorgesehen war, vornehmlich mit Gemüse und Fisch und ungesüßtem Brei. Ihre Eltern waren stets den Geboten der Kirche gefolgt; vom Aschermittwoch bis zum Karfreitag wurde nur einfache, fleischlose Kost aufgetischt, und so gedachte Cintia es ebenfalls zu halten. Was indessen die Menge anging, wollte sie nicht sparen. Niemals wurde sie die Sorge ganz los, sich nicht richtig satt essen zu können, weshalb sie der Köchin auch diesmal wieder auftrug, von allem stets reichlich zu kochen. Nach kurzem Zögern beschloss sie darüber hinaus, dass es an den Sonntagen auch weiterhin süßen Kuchen geben sollte, zumindest ein Stück für jeden. Sofern es überhaupt eine Sünde war, während der Fastenzeit Süßes zu essen, dann gewiss nur eine lässliche. Außerdem musste sie zusehen, Casparo ordentlich satt zu bekommen, denn er war noch im Wachstum begriffen. Seit er bei ihnen lebte, war er bestimmt um eine halbe Handbreit in die Höhe geschossen, und ein Ende schien nicht so bald in Sicht.

Die Köchin nahm alle Anweisungen entgegen und knickste, bevor sie sich wieder zurückzog. Cintia dachte bei sich, dass sie es mit dem Gesinde wirklich gut getroffen hatten. Die frühere Köchin der Familie war ebenso an der Pest gestorben wie Vicenzo, der Gondoliere, und von all den anderen, die in jener unsäglichen Nacht fortgelaufen waren, war niemand zurückgekehrt. Dank der Empfehlungen von Daria, die Gott und die Welt in Venedig kannte, war es Cintia jedoch gelungen, recht schnell eine zuverlässige Schar neuer Bediensteter einzustellen. In der Ca' Barozzi gab es nun wieder einen Gondoliere, einen Hausdiener, eine Köchin, zwei Küchen- und zwei Scheuermägde sowie eine Zofe, die sich um Wäsche und Kleidung kümmerte, sowie schließlich die alte Imelda, die überall dort anpackte, wo zusätzliche Hilfe gebraucht wurde. Ferner stand in ihrem Salär noch der Hauslehrer, der Casparo unterrichtete. In den letzten Wochen kam er nicht mehr so häufig, weil die Schulausbildung des Jungen fast abgeschlossen war. Stattdessen ließ Casparo keine Gelegenheit aus, Zeit in der Seidenmanufaktur zu verbringen, um dort alles zu erlernen, was es über das Gewerbe zu wissen gab. Messèr Memmo, der Verwalter, hatte Cintia von den Fortschritten Casparos berichtet. Seiner Meinung nach eignete sich der Junge sehr gut für dieses Geschäft. Sogar Niccolò, vor dessen kritischen Augen kaum ein Fehler unbemerkt blieb, befürwortete eine Ausbildung Casparos in der Seidenweberei, wozu allerdings seiner Ansicht nach neben dem Handwerklichen und Künstlerischen auch das Kaufmännische gehörte.

Über all die Veränderungen nachsinnend, die sich im Laufe der letzten Monate in ihrem Leben ergeben hatten, blickte Cintia ins Kaminfeuer. Inmitten der züngelnden Flammen meinte sie mit einem Mal, ihre Mutter auftauchen zu sehen, freundlich lächelnd wie zu der Zeit, als sie noch gelebt hatte. Für einen Moment kam es Cintia so vor, als wolle ihre Mutter sie dafür beglückwünschen, dass sie es geschafft hatte, alle Probleme zu lösen und wieder neu Fuß zu fassen. Gleich darauf zuckten die Flammen wie unter einem Windstoß, und die flüchtige Empfindung war ebenso dahin wie die vage Erscheinung ihrer Mutter. Wie immer in solchen Augenblicken der Erinnerung blieben die Trauer und der Schmerz über den Verlust ihrer Eltern, nicht mehr ganz so schneidend wie im vergangenen Jahr, aber immer noch zu deutlich, um zu verblassen.

Cintia klingelte nach der Zofe und ging anschließend in ihre Kammer, um sich umzukleiden. Umhang und Kleid waren im Regen nass geworden; sogar das Unterkleid klebte feucht und klamm auf ihrer Haut. Während sie sich mithilfe der Zofe vor dem Kamin auszog, gingen ihre Gedanken zur Seidenmanufaktur.

Niccolò erschien dort regelmäßig, vor allem aber, wenn sie auch zugegen war, denn er legte Wert darauf, sich nicht nur mit Agostino Memmo abzustimmen, wenn es um anstehende geschäftliche Entscheidungen ging, sondern auch mit ihr, der Erbin des Eigentümers.

Paolo hatte gleich zu Beginn ihrer Ehe klargestellt, dass ihm nicht daran lag, sich in die Unternehmungen der Compagnia Barozzi einzumischen, und so überließ er die Geschäftsführung weiterhin dem Verwalter. Anderenfalls hätte er, was ihm fernlag, seine Arbeit im Arsenal aufgeben müssen.

»Manche Leute weben Stoffe und verkaufen sie, andere Leute konstruieren Schiffe und bauen sie«, hatte er dazu mit seinem üblichen Pragmatismus bemerkt.

Damit hatte er zugleich klargestellt, dass er gegen Niccolòs Mitwirkung in der Seidenmanufaktur nichts einzuwenden hatte, im Gegenteil. »Ich bin der sicheren Überzeugung, dass er sein Bestes für das Geschäft deines Vaters tut. Er ist mit Herzblut bei der Sache und für Messèr Memmo mittlerweile unentbehrlich.« Dessen hatte er sich bei Messèr Memmo versichert und daher keinen Anlass gesehen, etwas zu ändern.

Cintia bedankte sich bei der Zofe und schickte sie fort; anschließend ging sie nach oben, um nach Lucietta zu sehen. Ihre Cousine hatte sich nicht wohlgefühlt und daher davon Abstand genommen, sie und Paolo zur Piazza San Marco zu begleiten, obwohl sie schon seit Wochen davon geschwärmt hatte, sich endlich das berühmte Spektakel am Giovedì grasso ansehen zu dürfen, nachdem Cintias Eltern es die Jahre davor stets untersagt hatten, weil sie das Schauspiel für behütete junge Frauen zu grausam fanden. Es drängte Cintia danach, Lucietta zu berichten, dass ihre Eltern recht gehabt hatten.

Als sie Lucietta in deren Zimmer nicht vorfand, erkundigte sie sich bei der Köchin nach ihrem Verbleib.

»Eure Cousine ist ausgegangen«, sagte Sabina.

Cintia runzelte die Stirn. »Erwähnte sie, wo sie hingeht?«

»Zum Karneval«, meinte Sabina. »Ich nahm an, sie wolle Euch und Eurem Gatten folgen.«

»Sagte sie das?«

Sabina dachte nach und schüttelte den Kopf. »Nein, ich vermutete es lediglich, weil sie meinte, sie wolle zum Karneval gehen.«

»Ging sie ohne Begleitung?«

»Nein, sie wurde von einem maskierten Herrn abgeholt, der sie in seiner Gondel mitnahm.«

Cintia ging eine Weile unruhig auf und ab und beschloss dann, Paolo um Rat zu fragen. Er hielt sich in seinem Gemach auf, das sich gegenüber von dem ihrem befand und wie alle Wohnräume im Piano nobile vom Portego abging. Dass sie getrennte Räume hatten, war für einen Patrizierhaushalt nicht unüblich, sodass beim Gesinde deswegen kein Getuschel aufkommen konnte. Bislang wusste niemand, dass sie wie Bruder und Schwester lebten, bis auf Lucietta.

Cintia fand Paolo wie erwartet über seine Zeichnungen

gebeugt. Er hatte das Wams abgelegt und achtlos über einen Stuhl geworfen. Die Stiefel lagen in einer Ecke, er war barfuß und stand versunken an seinem Zeichentisch, ein paar störende Locken hinter die Ohren gestrichen. Das Hemd bauschte sich um seinen Oberkörper, während die eng anliegenden Beinlinge die Konturen seiner Schenkel und Waden nachzeichneten. Im Kamin flackerte ein Feuer und erleuchtete die Schatten in dem weiträumigen Gemach. Das Licht der Flammen ließ Paolos Gesicht düster erscheinen, doch als er ihrer ansichtig wurde, lächelte er, was Cintia in schon fast gewohnter Weise irritierte.

»Ich muss mit dir über Lucietta sprechen«, sagte sie hastig.

»Komm doch herein und nimm Platz.« Er wies auf den Lehnsessel beim Feuer. Zögernd betrat sie seine Kammer und setzte sich, mit steif angewinkelten Beinen und durchgedrücktem Rücken. »Wein?« Er deutete auf die Karaffe, die auf einem Tischchen beim Kamin stand, und als Cintia nickte, schenkte er einen Becher voll und reichte ihn ihr.

»Geht es Lucietta denn noch nicht besser?«, fragte Paolo, während er ihr gegenüber auf einem Stuhl Platz nahm und die Beine von sich streckte, die Brauen fragend hochgezogen.

»Sie ist gar nicht da«, sagte Cintia. »Sie ließ sich von einem maskierten Fremden abholen, nachdem sie Sabina mitgeteilt hatte, sie wolle zum Karneval gehen.«

»Hatte sie nicht zu dir vorher gesagt, sie hätte furchtbares Kopfweh?« Trocken fuhr Paolo fort: »Entweder ist sie überraschend schnell von diesem Leiden genesen, oder es war von Anfang an nur vorgeschützt.«

»Natürlich hatte sie kein Kopfweh. Sie wollte sich einfach mit diesem Mann treffen!«

»Nun, sie ist eine erwachsene Frau und Herrin ihrer Entscheidungen.«

Cintia presste die Lippen zusammen, denn er hatte dieselben Worte gewählt, mit denen sie selbst ihm gegenüber ihre Rechte eingefordert hatte, als sie zugestimmt hatte, seine Frau zu werden. Argwöhnisch suchte sie in seiner Miene nach Anzeichen dafür, dass er sich womöglich über sie lustig machte, doch sie fand nichts außer mildem Interesse.

»Warum machst du dir Sorgen um sie?«, wollte er sachlich wissen. »Ist sie nicht alt genug, um zu wissen, was gut für sie ist?«

»Mich stört diese Geheimniskrämerei«, sagte Cintia. »Allein die Tatsache, dass sie Ausflüchte erfindet, um einen Mann zu treffen, gibt mir zu denken.«

»Vermutlich hat sie aus eben diesem Grund Ausflüchte erfunden«, sagte Paolo. Diesmal klang seine Stimme deutlich amüsiert. »Was darauf schließen lässt, dass es sich nicht um einen ehrenwerten Herrn handelt, zumindest nicht um einen mit ernsthaften Absichten. Desgleichen scheint auch sie keine solchen zu haben, sonst hätte sie dich zweifellos über ihre Zusammenkünfte mit ihm ins Bild gesetzt.«

Cintia schwieg beklommen. Schließlich nahm sie einen Schluck von dem Wein, was indessen auch nicht zu ihrer Beruhigung beitrug. »Du meinst, sie ist ... eine Liebschaft eingegangen?«, fragte sie, um einen gelassenen Ton bemüht.

Paolo zuckte die Achseln. »Nach Lage der Dinge kann es nicht ausgeschlossen werden.«

Der Anflug eines Lächelns zuckte in Paolos Mundwinkeln auf. »Ich glaube, du weißt ziemlich genau, mit wem sie unterwegs ist.«

»Da du es ja offenbar ebenfalls weißt, kann ich es mir wohl ersparen, seinen Namen zu nennen«, versetzte Cintia gereizt.

Paolo hob angelegentlich eine Braue. »Giacomo Pellegrini ist vielleicht nicht unbedingt der ehrenwerte Galan, den du deiner Cousine gern an die Seite stellen würdest, aber es gibt Männer mit schlechterem Charakter. Auf seine Art ist er ein anständiger Kerl.«

»Er ist der Geliebte von Esmeralda!«

»Zurzeit vermutlich eher nicht, das würde deine Cousine nicht nur bemerken, sondern es auch gewiss nicht dulden. Er hat die Favoritin gewechselt, dergleichen kommt vor.«

»Nur mit dem Unterschied, dass Lucietta keine Kurtisane ist!«

»Bist du dessen so sicher?«

»Wie kannst du das sagen!« Entrüstet sprang Cintia auf. »Das ist eine gemeine Unterstellung! Niemals würde sie so tief sinken!«

»Wie tief muss man denn sinken, um eine Kurtisane zu sein?«, fragte Paolo ruhig. »Ist eine Frau schon eine, wenn sie Geld oder Geschenke nimmt? Oder erst dann, wenn sie mehr als einem Verehrer ihre Gunst gewährt?«

Cintia dachte nicht daran, auf diese Frage einzugehen.

Hastig stand sie auf. »Danke, dass du mir deine Zeit geopfert hast. Ich werde überlegen, was zu tun ist.« Mit höflichem Nicken ging sie zur Tür, sich der Blicke bewusst, die er ihr nachsandte. Als sie sich vor dem Verlassen des Raums noch einmal zu ihm umwandte, war seine Miene so unergründlich wie eh und je.


In der Nacht horchte Cintia immer wieder durch das offene Fenster nach draußen, doch es dauerte bis zum Morgengrauen, als sie endlich die Gondel anlegen hörte, mit der Lucietta zurückkehrte. Cintia beugte sich über die Brüstung des *Liagò* nach draußen, nicht so weit, dass sie gesehen werden konnte, aber so, dass sie die unten auf der Fondamenta geführte Unterhaltung in allen Einzelheiten mithören konnte.

»Ich verzehre mich nach dir, Liebster!«, sagte Lucietta mit schwankender Stimme. »Lass mich nicht zu lange warten bis zum nächsten Wiedersehen!«

»Gewiss nicht, meine kostbare Blume, aber du weißt, dass wir vorsichtig sein müssen. Meine Frau darf keinen Verdacht schöpfen, sonst bekomme ich gewaltigen Ärger.«

»Verflucht seien deine Eltern, die dich mit dieser lieblosen und zänkischen Person verheiratet haben, nur weil sie zufällig eine reiche Erbin ist!«, entfuhr es Lucietta.

»Nicht so laut, man könnte es hören«, kam es besorgt von ihrem Verehrer.

»Ich möchte es so laut herausschreien, dass es von allen Fassaden widerhallt«, sagte Lucietta leidenschaftlich.

»Schrei lieber wieder, wenn wir das nächste Mal zusammen im Bett sind«, empfahl ihr Galan mit gedämpfter Stimme. »Und nun muss ich fort, es ist furchtbar spät!«

»Noch einen Kuss, Giacomo!«, verlangte Lucietta.

Es herrschte Schweigen, das hin und wieder von sehnsüchtigen Seufzern unterbrochen wurde, dann war ein Schluchzen zu hören.

»O mein Gott, du wirst doch jetzt nicht schon wieder weinen!« Giacomos Stimme klang teils entsetzt, teils bekümmert. »Deine Tränen zerreißen mir das Herz! Fasse dich bitte, Geliebte! Ich verspreche dir, beim nächsten Treffen sorge ich dafür, dass du all deinen Kummer vergisst! Ich werde dir etwas mitbringen, das deine Augen zum Leuchten bringt!« Gleich darauf ertönten Geräusche einer weiteren leidenschaftlichen Umarmung und dann ein Plätschern, das anzeigte, dass die Gondel ablegte. Cintia streckte vorsichtig den Kopf ein wenig weiter vor und sah das Boot davongleiten. Luciettas Schluchzen verebbte, und Cintia hörte, wie ihre Cousine ins Haus kam. Sie eilte zur Treppe, um Lucietta dort abzufangen.

Im Licht der Stundenkerze, die vor dem Portikus brannte, sah sie die von einem Umhang umhüllte Gestalt nach oben huschen.

»Lucietta!«, rief sie leise.

Ihre Cousine fuhr mit einem schwachen Aufschrei herum, die Hand gegen das Herz gepresst. »Himmel, wie kannst du mich so erschrecken!«

»Ich habe dich gehört. Dich und deinen Liebhaber. Deinen *verheirateten* Liebhaber.«

Trotz der dürftigen Lichtverhältnisse war zu sehen, wie Luciettas Miene einen feindseligen Ausdruck annahm. »Was willst du jetzt tun? Mir Vorwürfe machen? Mir den Umgang mit Giacomo verbieten?« Mit dramatischer Gebärde breitete sie die

Arme aus und brachte damit das Windlicht, das sie trug, beinahe zum Verlöschen. »Dann nimm ein Messer und bohre es mir in die Brust! Töte mich! Denn eher will ich tot sein, als mir Giacomo aus dem Herzen zu reißen! Mein Leben ist nichts ohne ihn!«

»Ich will es dir doch gar nicht verbieten! Nur mit dir darüber reden!«

Lucietta atmete auf. »Reden … Nun ja, reden kann man immer.«

Cintia begleitete ihre Cousine ins zweite Obergeschoss. In den letzten Monaten war sie nicht häufig dort oben gewesen. Die Erinnerungen an jene Tage und Nächte, die sie im vergangenen Sommer eingesperrt in diesen Räumen verbracht hatte, waren immer noch verstörend. Ähnlich verhielt es sich beim Schlafgemach ihrer Eltern; sie hatte es vollständig ausräumen lassen und konnte es inzwischen auch wieder betreten, hielt sich aber nicht weiter darin auf. Es gab keine Pläne, es wieder zu nutzen, und da das Haus genug Räumlichkeiten bot, bestand auch keine Notwendigkeit dafür.

Cintia folgte Lucietta in die Kammer, in der sie bis zum letzten Sommer selbst genächtigt hatte. Rastlos schritt sie vor dem geschlossenen Fenster auf und ab, die Arme vor der Brust verschränkt, während Lucietta den Umhang abstreifte, die Schuhe auszog und sich auf die Bettkante setzte, um ihre Strümpfe von den Beinen zu rollen.

»Sprich«, sagte Lucietta ohne aufzublicken. »Wenn du mir Vorhaltungen machen willst, bring es hinter dich!«

»Ich habe Angst um dich!«, sagte Cintia. Das war nichts weiter als die Wahrheit. Hätte sie eine Möglichkeit gesehen, ihrer Cousine den Umgang mit diesem Mann zu verbieten, so hätte sie es tatsächlich getan, auch wenn sie Lucietta damit gegen sich aufgebracht hätte. Doch schon vor Luciettas Gefühlsausbruch vorhin auf der Treppe war ihr klar gewesen, dass sie gegen eine Wand reden würde. Falls sie Lucietta unter Druck setzte, würde diese zweifellos das Naheliegende tun und Knall auf Fall zu Daria ziehen. Sie hatte schon im letzten Herbst durchblicken lassen, wie wohl sie sich im Haus der Kurtisane fühlte. Nicht im dortigen Mezzà, sondern im zweiten Obergeschoss. Seit Casparos Auszug, so hatte Cintia gehört, wohnten im Zwischengeschoss nur noch Bedienstete, während Daria und ihr Leibwächter in den großen Räumen beidseits des Portego im Prunkgeschoss lebten. Lucietta hatte es vor Kurzem beiläufig erwähnt, und als Cintia fragte, woher sie das wisse, hatte Lucietta behauptet, Daria hätte es beim letzten Besuch zwischen Tür und Angel erzählt. Cintia argwöhnte indessen, dass Lucietta es in Erfahrung gebracht hatte, weil sie selbst dort gewesen war, womöglich mehr als einmal.

»Versteh doch meine Besorgnis«, sagte Cintia. »Wenn es sich herumspricht, dass du eine Affäre mit einem verheirateten Mann hast, machst du dich unmöglich! Dein Ruf wäre restlos ruiniert!«

»Was schert mich mein guter Ruf! Ich liebe Giacomo mehr als mein Leben, und er mich genauso. Das, was uns verbindet, braucht weder einen Ehering noch die Erlaubnis von Behörden oder Kirche.« Lucietta redete sich immer mehr in Rage. »Ich habe gebeichtet!«, rief sie aus, während sie sich das Kleid vom Leib zerrte und ins Bett stieg. »Wieder und wieder habe ich meine Sünden offenbart, haarklein musste ich Pater Enzo alles aufzählen! Er vergibt mir ja, aber vorher will er alles so genau wissen, dass es mir jedes Mal die Schamröte ins Gesicht treibt! Du ahnst nicht, was er immer wiederholt haben will!«

Cintia ahnte es durchaus. Sie hatten nach wie vor denselben Beichtvater, und sie erinnerte sich nur zu gut an jene Tage im letzten Herbst, als sie nach ihrer Rückkehr vom Lido gebeichtet hatte, dass sie einen Mann umgebracht und ihn, ebenso wie zwei andere Männer, ohne geistlichen Beistand in der Erde verscharrt hatte. Mehr als einmal hatte sie Pater Enzo die Ereignisse schildern müssen, die dem tödlichen Dolchstoß ins Auge jenes Mannes vorausgegangen waren. Ihr Instinkt hatte ihr gesagt, dass ihr Beichtvater ein unziemliches Interesse für die Einzelheiten an den Tag legte. Warum war es für die Vergebung

329

ihrer Sünden von Bedeutung, auf welche Weise Todaro Lucietta angefasst hatte, oder an welchen Körperteilen der Mann, dem sie das Auge ausgestoßen hatte, sie berührt und was er dabei gesprochen hatte?

»Wisse, mein Kind«, hatte Pater Enzo zu ihrem Verdruss gesagt, als er ihr die Buße auferlegt hatte, »nicht alle Schuld trifft den Mann, sondern sühnen muss auch das Weib, welches durch lockere Gesinnung und unzüchtige Kleidung zu solcherlei Missetaten herausfordert.«

Hauptsache war jedoch, dass Pater Enzo ihr im Namen Gottes alle Sünden vergeben hatte, auch wenn sie dafür so viele Psalter hatte beten müssen, dass ihr noch Stunden später die Beine vom Knien geschmerzt hatten.

An die Worte von Pater Enzo musste Cintia denken, als sie Lucietta auf dem Bett liegen sah, nur mit einem dünnen Hemd bekleidet, das bis über die Schenkel hochgerutscht war. Ihre Beine waren weiß und glatt wie Seide, im Kerzenlicht schimmernd wie poliert, und Cintia konnte sehen, dass kein Härchen auf ihnen spross.

Genau wie bei Darias Kurtisanen, durchfuhr es Cintia. Esmeralda hatte davon erzählt. Es war Brauch unter den Mädchen, die bei Daria wohnten, sich die Haare abzuschaben. Unter den Achseln, an den Beinen, sogar an der Scham.

Hin- und hergerissen zwischen Besorgnis, Ärger und einem eher undefinierbaren Gefühl, das mit ihren eigenen Befindlichkeiten zusammenhing, genauer gesagt, mit ihrer immer noch nicht vollzogenen Ehe, blieb Cintia vor dem Bett stehen, in dem sie bis zum vergangenen Sommer noch selbst geschlafen hatte. Zögernd setzte sie sich auf den Bettrand und legte Lucietta die Hand auf den Arm. »Ich will dir keine Vorschriften machen. Ich habe einfach nur Angst um dich!«

»Wie kann es dich ängstigen, dass ich glücklich bin?«, stieß Lucietta hervor. »Liegt es daran, dass ich in den Armen eines geliebten Mannes Leidenschaft erfahre, während dein eigenes Leben kalt und leer ist?«

Cintia fuhr zurück »Was sagst du da?«

»Gib es doch zu! Du bist nur neidisch! Ich erfahre mit Giacomo die Freuden des Fleisches, und was hast du? Nichts weiter als den kalten Schein einer lieblosen Ehe! Zur Wahrung offizieller Interessen und zur Erhaltung von Ruf und Vermögen. Ohne jedes Gefühl, ohne Lust und Leidenschaft. Ist es das, was du von mir willst? Dass ich das Leben einer ausgetrockneten alten Jungfer führe, so wie du es dir offenbar vorgenommen hast?«

Cintia merkte, wie Hitze in ihre Wangen stieg. »Das ist … wie kannst du so was sagen!«

»Ich sage es, weil es die Wahrheit ist! Gott weiß, dass Giacomo und ich auf der Stelle heiraten würden, der Himmel ist mein Zeuge! Wir lieben uns, wie sich zwei Menschen nur lieben können!« Ihre Nasenflügel bebten, und ihre Lider flatterten. »Und wir begehren einander! Die Lust überkommt mich, wenn ich nur an ihn denke!«

»Oh«, sagte Cintia töricht.

»Ja!«, rief Lucietta aus. »Er ist der Mann meines Lebens! Er sollte mir allein gehören, für immer! Doch er wurde schon mit achtzehn Jahren vermählt, der arme Mensch! Was sollte er denn dagegen tun? Seine Eltern hatten all ihr Geld verloren, als die Banken vor zehn Jahren zusammenbrachen, er war der Einzige, der durch eine passende Ehe die Familie vor dem Ruin bewahren konnte. Folglich musste er diese flachbrüstige, hasenzähnige Marietta heiraten. Du kennst sie doch auch! Hässlich wie die Nacht, das ist sie! Was für eine Zumutung für den wunderbaren Giacomo!«

»Ich gebe zu, sie ist sehr unscheinbar, aber vielleicht liebt sie ihn und ist schrecklich unglücklich über das, was er tut!« Unwillkürlich dachte Cintia an jenen unsäglichen Moment, als sie Paolo mit Esmeralda zusammen ertappt hatte. Ja, *sie* war unglücklich deswegen gewesen. So schmerzvoll und beschämend, wie dieser Anblick gewesen war, würde sie ihn gewiss nicht so schnell vergessen!

»Unglücklich? Die doch nicht! Eher dankt sie dem Herrn

auf Knien dafür, dass sie selbst davon verschont bleibt!« Verächtlich setzte Lucietta hinzu: »Sie hat noch mehr Angst vor dem Ehebett als du. Weißt du, was sie tut, wenn Giacomo sich ihr zwecks Erfüllung seiner ehelichen Pflichten nähert? Sie fängt an zu beten. Laut und mit gefalteten Händen.«

Cintias Gesicht brannte vor Scham und Ärger, doch zugleich fühlte sie eine absurde Aufwallung von Heiterkeit. Bei der Vorstellung, wie Marietta Pellegrini lauthals betend die Avancen ihres Gatten erduldete, musste sie ein Kichern unterdrücken.

»Du kannst dir denken, dass er es bald aufgegeben hat«, fuhr Lucietta fort. »Er wollte den obligatorischen Sohn und Nachfolger zeugen, doch ihr Leib war trocken und leer wie eine Wüste. Sie hat ein Jahr lang nicht empfangen, und er hat es nicht weiter versucht.« Sie setzte sich auf und strich mit beiden Händen ihr aufgelöstes Haar zurück.

Verdrossen überlegte Cintia, dass diese Unterredung mit ihrer Cousine zu nichts weiter führte, als dass sie sich selbst lächerlich machte.

Einen Punkt gab es jedoch noch, den sie nicht angesprochen hatte. Lucietta hatte indessen gewissermaßen selbst die Rede darauf gebracht. Cintia räusperte sich. »Marietta Pellegrini mag unfruchtbar sein. Aber *du* könntest ein Kind bekommen – was dann?«

Luciettas gelassene Miene zeigte sofort, dass dieses Problem bereits bedacht worden war. »Keine Sorge«, sagte Lucietta gönnerhaft. »Ich sehe mich vor. Esmeralda hat mir gezeigt, wie es geht.«

Cintia hatte nicht den Hauch einer Ahnung, wovon Lucietta redete. »Ach so.« Sie nickte und kam sich dabei einfältig vor. Davon abgesehen merkte sie auf einmal, wie müde sie war. Nachdem sie die ganze Nacht aufgeblieben war, um auf Lucietta zu warten, forderte jetzt die Erschöpfung ihr Recht. Während des Karnevals war es normal, untertags zu ruhen und dafür die Nächte durchzufeiern, doch sie war am Vortag zur Terz aufgestanden und hatte seither nicht geschlafen.

332

»Glaub mir«, beteuerte Lucietta mit funkelnden Augen. »Ich bin so glücklich, wie es eine Frau nur sein kann! Ich wäre wohl gern mit Giacomo verheiratet, das ist wahr. Aber dann müsste ich bei ihm leben und dort tagtäglich die Nörgeleien seiner Mutter und seiner Großmutter ertragen. Beide erfreuen sich bester Gesundheit, und sie machen ihm, gemeinsam mit Marietta, das Leben zur Hölle. Ich dagegen erfahre nur die schönen Dinge, die das Leben mit ihm bietet. Er hat zwei entzückende Zimmer an einem verschwiegenen Seitenkanal für uns gemietet, da können wir kommen und gehen, wie wir wollen. Wir haben nur wunderbare Stunden miteinander, es ist das vollkommene Glück!«

»Du kannst tun und lassen, was du willst«, sagte Cintia ergeben, während sie sich bereits zur Tür wandte. »Ich wollte nur ... Du sollst wissen, dass du mir am Herzen liegst.«

Lucietta sprang vom Bett auf und kam ihr nachgelaufen. »Oh, mein Lämmchen, mein liebes, liebes Mädchen! Auch du liegst mir so sehr am Herzen, und wie innig wünsche ich dir, dass du endlich glücklich wirst! Lass dich in die Arme nehmen! Du liebenswürdigstes, selbstlosestes aller Geschöpfe! Ich bin deiner Liebe nicht würdig!« Und schon fühlte Cintia sich in eine warme, überschwängliche Umarmung gezogen. An den fülligen Busen ihrer Ziehschwester gedrückt, erkannte Cintia die Aussichtslosigkeit ihrer Bemühungen. Sie war nicht die Richtige, Lucietta einen anderen Weg zu weisen, zumal sie nicht sicher war, ob sie überhaupt einen besseren wusste. Nach Lage der Dinge hatte Lucietta wohl recht. Sie sollte sich lieber um ihre eigenen Probleme kümmern statt um diejenigen derer, die vollkommen glücklich waren.

»Juana, ich möchte zu dem Kostümball am Montag als Artemis verkleidet gehen«, sagte Cintia zu ihrer Zofe. Juana verstand sich nicht nur aufs Nähen, sondern war in allen Kleiderbelangen nie um Ideen verlegen. Tand und Putz waren sozusagen ihre Leidenschaft, ob es nun um die Auswahl des passenden Gewandes, einer Kopfbedeckung oder auch um ein Kostüm für einen Karnevalsball ging.

»Ein klassisches Artemis-Kostüm«, sagte Juana begeistert. »Das geht leicht, dafür brauche ich nur ein schönes Stück weiße Seide. Habt Ihr dafür dieser Tage den Stoff mitgebracht?«

»Ganz recht.« Cintia holte den Stoff und breitete ihn aus. Die weiße Bahn leuchtete in der Morgensonne, auf eine Art, die nur fein gewirkter Seide zu eigen war. »Dieses Stück müsste reichen, was meinst du?«

»Das ist mehr als genug«, bestätigte Juana. »Es gibt eine bestimmte Wickeltechnik für solche Gewänder. Im Orient tragen Frauen vielfach ihre Kleidung auf diese Art. Es ist schlicht, aber sehr effektvoll.«

»Es freut mich, dass du dich darum kümmerst.«

Juana strahlte. »*Ich* freue mich, dass ich mich darum kümmern darf, das wisst Ihr!«

Das Mädchen war erst sechzehn, doch sie hatte in ihrem Leben schon so viel erfahren und mitgemacht, dass Cintia es manchmal kaum glauben mochte. Juana stammte aus Portugal, war aber bereits im Alter von acht Jahren bei einem Piratenüberfall verschleppt worden. Daraufhin hatte sie drei Jahre bei einem Händler in Alexandria gelebt, eine Zeit, über die sie nicht sprechen wollte. Sie blickte zur Seite und sagte kein Wort mehr, wenn jemand den Namen der Stadt auch nur erwähnte. Nur einmal hatte sie Cintia gegenüber verlauten lassen, dass der Händler sie an einen durchreisenden Osmanen verkauft hatte, der sie mit nach Konstantinopel genommen hatte. Über die Jahre, die sie anschließend dort verbracht hatte, wusste sie nur Gutes zu berichten. Der Osmane, in dessen Haushalt sie lebte und arbeitete, hatte sie anständig behandelt. In seinem Haus hatte sie nicht nur die fremde Sprache gelernt, sondern auch weibliche Fertigkeiten wie Nähen, Singen und Tanzen. Juana hatte auch sein Bett teilen müssen, daraus machte sie keinen Hehl, doch er hatte sie stets freundlich und liebevoll behandelt.

Allerdings war er, wie sie einmal erwähnt hatte, schon recht alt gewesen, Ende der dreißig. Als sie selbst vierzehn Jahre alt gewesen war, hatte sie sich in einen jungen venezianischen Kaufmann verliebt und war mit ihm durchgebrannt. Der Venezianer brachte sie als seine Geliebte im Dienstbotenbereich seines Palazzo unter, starb aber nur wenige Monate später an einem Fieber. Seine Gattin, der das Arrangement von Anfang an ein Dorn im Auge gewesen war, mischte Juana noch am Tag der Beerdigung Gift ins Essen, jedenfalls schwor Juana, dass es so gewesen sein müsse. Sie sei, so meinte sie, an den Bauchkrämpfen fast gestorben. Eine mitleidige Seele schaffte sie in ein Hospital und empfahl ihr später, sich an Daria zu wenden, die sie bereitwillig aufgenommen hatte. Juana war nicht nur von jener glutäugigen, olivenhäutigen Schönheit, die für viele Frauen der iberischen Halbinsel typisch war, sondern sie verfügte auch über Erfahrungen, die eine gefragte Kurtisane auszeichneten.

Daria hatte jedoch rasch bemerkt, dass Juana nicht mit dem Herzen bei der Sache war. Im Unterschied zu den anderen Mädchen vermochte sie für diese Art zu leben keine Begeisterung aufbringen, wie Daria Cintia berichtet hatte. Als diese nach einer neuen Zofe suchte, hatte Daria sofort Juana ins Spiel gebracht, und Cintia war ihr dafür immer noch dankbar. Eine bessere Zofe hätte sie nicht finden können.

Juana strich mit der Hand vorsichtig über den glatten Stoff. »Die Seide – sie stammt aus der Manufaktur Eures Vaters, nicht wahr? Nirgends sah ich bisher so feines Gewebe. Und Ihr könnt mir glauben, ich sah schon viele Stoffe.«

Der Osmane, bei dem sie in Konstantinopel gelebt hatte, war Tuchhändler gewesen, wie Cintia wusste. Ihr kam ein Gedanke. »Wenn du möchtest, nehme ich dich einmal mit in unsere Weberei. Dort kannst du dir ansehen, wie venezianische Seide entsteht.«

»Oh, ja, das würde ich zu gern!« Juana lächelte begeistert. »Vielleicht kann mich Euer junger Schwager herumführen. Er hat schon gesagt, dass er mir gern alles zeigen würde.«

»Dann ist es ausgemacht. Du darfst dir ein Stück Stoff aussuchen, aus dem du dir ein Kleid nähen kannst. Niemand näht
so schön wie du!«

Juana strahlte noch mehr, und Cintia freute sich, dass die
Kleine glücklich war. »Habt Ihr denn einen Bogen?«, fragte Juana.

Cintia runzelte die Stirn. »Was für einen Bogen?«

»Na, zum Schießen.« Juana lächelte. »Und einen Köcher mit
Pfeilen braucht Ihr natürlich auch. Was wäre eine Jagdgöttin
ohne Pfeil und Bogen!«


»Nein, dergleichen besitze ich nicht«, sagte Casparo, als
Cintia ihn wenig später in seiner Kammer aufsuchte. »Ich
war nie sonderlich kriegerisch veranlagt, und da mein Vater
starb, bevor ich laufen konnte, war er auch nicht mehr in der
Lage, mir das Waffenhandwerk beizubringen.« Zufrieden deutete er auf die Stoffmuster, Leinwände und Farbtöpfe, die in
buntem Durcheinander in seiner Kammer verteilt waren. »Alles, was ich beherrsche, sind die Waffen der Kunst.« Stirnrunzelnd fügte er hinzu: »Falls ich je in den Krieg ziehen muss,
sollte ich vielleicht vorher noch fechten lernen, was meinst du?
Und auf alle Fälle müsste ich eine Arkebuse mitnehmen, damit
kann ich die Gegner schon aus der Ferne besiegen.«

»Ich glaube kaum, dass du in den Krieg ziehst«, erklärte Cintia. »Schon gar nicht jetzt, da Waffenruhe herrscht und Frie-
denspläne geschmiedet werden.«

Der Junge wirkte erleichtert, doch zugleich war ihm anzumerken, dass er keineswegs als Feigling gelten wollte. »Ich wäre
ein tapferer Kämpfer«, sagte er entschieden.

»Natürlich wärst du das.«

Sein Zimmer befand sich gegenüber den von Lucietta bewohnten Räumen im zweiten Obergeschoss und war zum Kanal
hin gelegen, weil dort das beste Tageslicht zur Verfügung stand.
Für seine Arbeit brauchte er viel Licht, wie er bekundet hatte.
Indessen galt sein Hauptinteresse nun nicht mehr der Porträt-

malerei, sondern dem Entwerfen neuer Muster für Seidenstoffe, und in diesem Metier, darin waren sich alle Mitglieder der Familie völlig einig, war Casparo höchst talentiert. Blumig, großflächig und auf verwegene Weise farbenfroh – seine Musterentwürfe waren durchweg geeignet, die Barozzi-Seidenstoffe, vor allem solche für Draperien und Überwürfe, in unverwechselbare Kunstwerke zu verwandeln.

»Übrigens will ich das nächste Mal Juana zur Manufaktur mitnehmen. Du könntest ihr alles zeigen, sie hat darum gebeten.«

»Oh«, stieß der Junge abgehackt hervor. »Natürlich! Ich meine, natürlich zeige ich ihr alles.« Seine Ohren färbten sich rosig, und Cintia unterdrückte ein Lächeln. Sie wusste, dass Casparo die kleine Portugiesin aus der Ferne glühend verehrte.

»Ob Paolo wohl Pfeil und Bogen besitzt?«, fragte sie ihren jungen Schwager.

»Ganz bestimmt«, antwortete Casparo geistesabwesend, in Gedanken vermutlich schon damit befasst, Juana durch die Manufaktur zu führen. Er war nicht so oft dort wie Cintia, wusste aber mittlerweile über sämtliche Herstellungsprozesse Bescheid. Cintia war froh über sein Interesse, auch darüber, dass er sie häufig begleitete, da dann ihr eigenes Erscheinen in der Weberei mit weniger Befremden aufgenommen wurde. Der Einzige, der ihre Besuche dort begrüßte, war Niccolò, auf dessen unerschütterliche Freundschaft sie stets würde bauen können. Messèr Memmo, der Verwalter, betrachtete ihr häufiges Auftauchen mit väterlicher Nachsicht, doch ihm war oft anzumerken, dass es ihm lieber gewesen wäre, sie würde sich fernhalten, statt diejenigen zu stören, die mehr von Handwerk und Handel verstanden: die Männer.

»Gewiss besitze ich einen Bogen, und auch einen Köcher mit Pfeilen«, sagte Paolo, den Cintia als Nächstes aufsuchte. »Willst du auf die Jagd gehen?«

»Nur zum Schein.« Cintia lachte. »Als Göttin des Karnevals.

Eine Artemis ohne Pfeil und Bogen, so ließ ich mir sagen, entspreche nicht den Anforderungen.«

Er musterte sie, und sie widerstand nur mühsam dem Drang, verlegen zur Seite zu schauen. Sie wusste, dass sie hübsch aussah, dessen hatte sie sich, bevor sie an seine Tür geklopft hatte, im Portego durch einen Blick in den Spiegel vergewissert. Juana hatte ihr das Haar auf eine neue Art geflochten; es lag wie eine Krone um ihren Kopf, bis auf wenige Löckchen, die aussahen, als seien sie zufällig der Frisur entwichen, in Wahrheit aber sorgsam herausgezupft waren. Im Gegensatz zu früher fand sie in jüngerer Zeit großen Gefallen an ihrer Erscheinung; sie *wollte* schön sein, und sie fühlte sich gut, weil sie es ohne große Mühen war.

Mit gesenkten Lidern wartete sie, während Paolo eine seiner Truhen öffnete, um nach dem Bogen zu suchen.

»Es ist lange her, dass ich damit geschossen habe«, sagte er. »Ich muss zwölf oder dreizehn gewesen sein, höchstens. Danach lernte ich das Armbrustschießen, und der Bogen kam in die Truhe.«

»Hat dein Vater dich das Bogenschießen gelehrt?«

»Ja, ich lernte es bei ihm, genau wie das Fechten. Den Umgang mit der Armbrust brachte mir aber mein späterer Waffenlehrer bei, da war Vater schon tot.« Er kramte in der Truhe herum. »Ist alles noch da, sogar mein erster Bogen, den ich mit fünf oder sechs bekam.« Er lachte. »Der wäre sogar für Karnevalszwecke zu klein.« Schließlich brachte er einen Bogen von mittlerer Größe zum Vorschein, ebenso wie einen schmucklosen, schmalen Köcher mit einer Anzahl von Pfeilen.

Probehalber zupfte er am Bogen. »Die Sehne ist schlaff, ich ziehe sie neu auf. Und dann zeige ich dir, wie man richtig schießt.«

Cintia kicherte. »Wen soll ich damit treffen?«

Er deutete auf seine Herzgegend. »Vielleicht mich?«

»Ich kostümiere mich als Artemis, nicht als Amor«, sagte sie, immer noch kichernd. Dann sah sie den Ausdruck in seinen

Augen und wurde ernst. In seinem Blick stand so unverhohlenes Begehren, dass ihr die Luft in dem Gemach wie aufgeladen schien, von einer fremden, machtvollen Energie, die in ihrem Körper Ströme von Feuer freisetzte.

Er holte tief Luft, als fiele ihm das Atmen ebenso schwer wie ihr. »Ich will es dir zeigen, weil es Spaß macht. Den Bogen zu spannen, das Ziel anzuvisieren und schließlich den Pfeil ins Ziel zu lenken – es ist viel mehr als nur eine beliebige Spielerei. Es ist ein Gefühl von Macht und zugleich von Freiheit und mit keinem anderen Waffengang zu vergleichen. Es ist ... eine besondere Herausforderung.«

Sie spürte das Zucken ihres Pulses an ihrer Kehle, und als sie merkte, dass er seinen Blick dorthin lenkte, erkannte sie, dass er zwar vom Bogenschießen gesprochen hatte, seinen Worten aber absichtlich eine doppelte Bedeutung verliehen hatte.

»Cintia«, sagte er. Seine Stimme klang rau.

»Ja?«, stieß sie hervor.

»Ich weiß, dass wir eine Abmachung haben und dass ich mich dir nicht aufdrängen wollte. Ich würde es auch niemals tun. Aber ich will dir nicht verschweigen, dass ich dich begehre. Es macht mich wahnsinnig, dich zu sehen und dich nicht zu berühren. Ich brenne vor Verlangen nach dir, und das ist so, seit ich dich kenne.«

Atemlos hob sie den Blick und schaute ihn an, die Fingerspitzen gegen den jagenden Puls an ihrem Hals gelegt. Stumm wartete sie, was er als Nächstes sagen würde, gelähmt von dem Ausdruck in seinen Augen. Halb hoffte, halb bangte sie, dass er sie in die Arme nahm. Hoffend, weil sie endlich wissen wollte, wie es sich anfühlte, und bangend, weil sie Angst davor hatte, die Kontrolle zu verlieren.

Doch er bewegte sich nicht und schien auch nicht vorzuhaben, weiterzusprechen. Nur seine Blicke bannten und zwangen sie, ebenfalls reglos stehen zu bleiben für die Dauer eines ruckartigen Atemzuges, der sie aus der Erstarrung riss und ihr half, die Füße zu bewegen, zögernd zunächst, doch dann immer schneller, bis sie endlich die rettende Tür erreicht hatte und fluchtartig den Raum verließ.

Nach einigem Hin und Her gab Imelda zu, dass sie diejenige gewesen war, die Lucietta in der Nacht die Pforte geöffnet hatte, und auf weiteres Befragen räumte sie auch ein, dass sie von Anfang an in Luciettas Geheimnis eingeweiht war und sie beim Arrangement der jeweiligen Verabredungen tatkräftig unterstützte. Bevor Cintia zu Vorwürfen ansetzen konnte, wartete Imelda mit einer Erklärung auf, die derjenigen ähnelte, die auch Lucietta parat gehabt hatte.

»Du musst deiner Cousine dieses Glück gönnen, denn es wird vielleicht das einzige bleiben, das sie je erfahren wird.«

»Wie kannst du das sagen? In einen verheirateten Mann vernarrt zu sein wird ihr auf Dauer kein Glück und keine Zufriedenheit bescheren!«

»Du machst einen Fehler, wenn du Glück und Zufriedenheit auf eine Stufe stellst«, belehrte Imelda sie mit ihrem typischen zahnlosen Lispeln. »Zufriedenheit ist nur zu oft der Feind des Glücks, während das Leid sein nächster Freund ist. Glück und Leid sind zwei Seiten derselben Münze. Beides erlebt man wie im Rausch. Zufriedenheit ist ein gänzlich anderes Gefühl. Es ist das, was *ich* habe.« Sie zählte es an ihren gichtigen Fingern auf. »Satt zu essen, saubere Gewänder, eine warme Behausung im Winter und mindestens einmal die Woche ein gottgefälliger Kirchgang. Dasselbe hätte Lucietta ohne ihren Verehrer auch, aber verschafft ihr das etwa Zufriedenheit? Nein, sie hätte davon nur eine immerwährende Entbehrung. Sie will lieber die Münze mit den beiden Seiten, eine hell, die andere dunkel. Hell in der Nacht, wenn sie ihren Geliebten sieht und trunken ist vor Glück, dunkel bei Tage, da sie Qualen erduldet, weil er bei seiner Frau ist und den Schein wahrt.«

Cintia betrachtete die Alte nachdenklich, und schließlich nickte sie, teils widerstrebend, teils belustigt. »Mir scheint, du hast es trotz aller Bedenken treffend beschrieben. Du bist manchmal eine richtige Philosophin, Imelda, weißt du das?«

»Ich bin nur eine alte Närrin, die dir dankbar für viele gute Mahlzeiten und ein Dach über dem Kopf ist. Und für dieses schöne Kleid hier, das die Schneiderin heute brachte.« Sie trug eines der neuen Gewänder, mit denen Cintia sie ausgestattet hatte, auf ihr Bitten hin genauso schwarz wie alle Stücke ihrer Garderobe. Von Schmutz und Gestank war keine Spur mehr an der Alten, doch Cintia kam es so vor, als habe sich Imelda seit ihrer Aufnahme in diesem Haushalt nicht verändert. Etwas Ewiges, Unzerstörbares schien ihr anzuhaften und auf eigenartige Weise in der runzligen Haut, den backpflaumenartigen Gesichtszügen und der gebeugten Gestalt Ausdruck zu finden. Cintia fragte sich, ob sie noch unter dem Verlust ihrer Familie litt, oder ob sie mithilfe dessen, was sie Zufriedenheit nannte, über das furchtbare Leid, das sie im letzten Jahr erfahren hatte, hinweggekommen war.

»Und was ist mit dir?«, wollte die Alte von Cintia wissen.

Aus ihren Gedanken gerissen, wusste Cintia zuerst nicht, was Imelda meinte. »Was soll mit mir sein?«, fragte sie zurück.

»Bist du glücklich? Oder nur zufrieden?«

»Ich bin glücklich«, behauptete Cintia sofort. »Ich habe alles, was ich brauche, warum also sollte ich nicht glücklich sein?«

»Weil die Leute darüber reden, deshalb.«

Cintia erschrak. »Über mich?«

»Über dich und deinen Gatten. Man sagt euch nach, dass eure Ehe von Zweckdenken und Gleichgültigkeit geprägt ist.«

»Das ist nicht wahr!«, rief Cintia empört aus. »Ich … wir sind einander keineswegs gleichgültig!«

»Es heißt, dass eine glückliche Ehefrau es nicht nötig hätte, ihre Zeit den Geschäften ihres Vaters zu widmen statt dem Wohlergehen ihres Gatten.«

Diese Bemerkung entlockte Cintia ein wütendes Schnauben. »Wohlergehen! Ha! Man kann sich denken, was die Leute damit meinen! Lass sie nur reden, wen schert es!«

Den zweifelnden Blick der Alten ignorierend, schützte sie wichtige Pflichten vor und verließ den Gesindebereich des Hauses so rasch wie möglich.

Niccolò musterte seine Erscheinung im Spiegel und fand, dass er lächerlich aussah. Als Kriegsgott machte er keine gute Figur, woran auch der polierte Harnisch und das einschüchternd breite Schwertgehenk nichts zu ändern vermochten. Helm, Schwert und Harnisch entstammten einer echten Ritterausrüstung; er hatte sie eigens bei einem Händler erworben, um bei dem Ball eine gute Figur zu machen. Die Sachen waren alt, aber gut gepflegt. Der Händler hatte behauptet, sein Großvater hätte damit in der Schlacht von Otranto gekämpft. Niccolò vermutete, dass der Mann lediglich den Preis hatte hochtreiben wollen, doch das spielte keine Rolle. Er hatte sich das Kostüm des Ares in den Kopf gesetzt und fand, dass ein großes Schwert besser zu ihm passte als ein Speer. Zudem konnte er das Schwert am Gürtel tragen, während er den Speer stets in der Hand hätte halten müssen, was sich auf einer Feier eher umständlich ausnahm. Zumindest hatte er sich all das so gedacht, aber nur so lange, bis er das Schwert zum ersten Mal umgürtete.

Erbittert betrachtete Niccolò das Ergebnis seiner Mühen. Zu einem Mann wie Paolo Loredan hätte das Schwert vermutlich perfekt gepasst, doch für ihn selbst war es schlicht zu lang. Die Spitze schleifte am Boden, egal wie hoch er den Gurt auch schnallte. Er hätte ihn schon unter den Achseln befestigen müssen, damit das Schwert beim Gehen nicht auf dem Boden aufstieß, doch natürlich hätte er dann erst recht wie die Karikatur eines Ritters ausgesehen.

Unwillig nahm er das Schwert ab, doch anstatt es zur Seite zu legen, schwang er es durch die Luft, als wollte er sich selbst im Spiegel enthaupten. Im Geiste führte er jedoch die Waffe gegen seinen Widersacher, Paolo Loredan, schlug ihm Arme und Beine und zuletzt den Kopf ab, stellte sich das sprudelnde

342

Blut vor, das aus der tödlichen Wunde schoss. Begierig lauschte er dem klingenden Sirren nach, das die scharf geschliffene Schneide im Luftzug erzeugte. Seine Arme waren kräftig genug, diese Waffe zu beherrschen, das merkte er sofort bei diesem Scheingefecht gegen sein Spiegelbild. In seinen Bewegungen war nichts Schwerfälliges; sie waren rasch und präzise und von Geschick ebenso bestimmt wie von Muskelkraft. Er hatte viel exerziert im letzten halben Jahr, beinahe täglich, und mindestens einmal in der Woche auch mit einem Fechtmeister. In seinem Bedürfnis, seinen Körper zu stählen und seine Ausdauer zu vervollkommnen, war er unermüdlich, fast so sehr wie in seinem Bestreben, kaufmännische Erfahrungen zu sammeln. Es war, als müsse er um jeden Preis gleichziehen mit dem Mann, der *sie* gewonnen hatte. Mit jedem Hieb, den Niccolò tat, erinnerte er sich an jenen Tag, als ihn die Nachricht von Cintias Vermählung erreicht hatte. Wie er gewütet und geweint hatte, im Schutz dieser Kammer, hinter verriegelter Tür, bemüht, dabei keinen einzigen Laut von sich zu geben, weil ihn andernfalls sein Vater oder das Gesinde gehört hätten. Drei Tage hatte es gedauert, bis die Vernunft und sein kühler Verstand es ihm ermöglicht hatten, neue Pläne zu schmieden. Pläne, von denen jeder einzelne nur ein Ziel hatte: das Schicksal zu seinen Gunsten zu beeinflussen und zu ändern. Am Ende war er davon überzeugt, dass es ihm gelingen würde, sobald die Zeit dafür gekommen war, sei es mit List oder durch offenen Kampf.

Das vermaledeite Schwert! Wenn es nur nicht so lang wäre! Wütend stach er mit der Spitze in die Wand, sodass es eindrang und zitternd stecken blieb, als er es losließ. Spontan beschloss er, sich ein neues Schwert schmieden zu lassen, eines, das seiner Körpergröße genau entsprach und das er am Gurt tragen konnte, ohne Gefahr zu laufen, darüberzustolpern. Neben seinem Rapier und dem Kurzschwert hätte er dann eine richtig schwere Waffe, an der er sich versuchen konnte. Der souveräne Umgang mit dem Langschwert erforderte große Körperkraft, doch in Niccolòs Augen war es die männlichste aller

Fechtwaffen. Zugleich verschaffte es ihm eine gewisse Befriedigung, dass sich weder sein Vater noch sein Bruder in der Waffenkunst mit ihm messen konnten. Beide exerzierten schon lange nicht mehr. Eduardo, der früher ein wendiger und guter Fechter gewesen war, ging zusehends in die Breite, und was er nicht durch das Alter und die Körperfülle an Geschicklichkeit eingebüßt hatte, ging mehr und mehr durch den häufigen Weingenuss verloren. Er sprach immer noch reichlich dem Alkohol zu, wenn auch nicht mehr in jenem erschreckenden Ausmaß wie in den Wochen der Pest.

Gregorio, der nur langsam aus seiner tiefen Trauer ins Leben zurückfand, war immer noch melancholisch. Von seinem früheren Elan war kaum noch etwas zu spüren, wenn auch die Augenblicke, in denen er lächelte, in letzter Zeit wieder ein wenig häufiger geworden waren. Die meiste Zeit blieb er still und in sich gekehrt, brütete über Büchern oder verfasste Notationen zu Musikstücken, die er indessen niemals spielte. Früher hatten oft Flötentöne oder der Klang des Virginals das Haus erfüllt, doch seit dem Tod Lucias und seines kleinen Sohnes blieb es in Gregorios Kammer still. Hin und wieder ging er mit seinem Vater und seinem Bruder ins Kontor der Compagnia sowie zu geschäftlichen Verhandlungen, doch mit dem Herzen war er nicht dabei.

Eduardo wiederum betonte immer wieder, dass sich Gregorios Schwermut geben werde und er in nicht allzu ferner Zukunft wieder ganz der Alte wäre. Launig überging er Gregorios Schweigsamkeit und überdeckte die Zurückhaltung seines ältesten Sohnes mit lärmender Betriebsamkeit und zahlreichen Witzchen, die er, wie auch früher schon, zumeist auf Niccolòs Kosten machte. Zugleich sah Eduardo jedoch mittlerweile davon ab, seinen jüngeren Sohn in offener Konfrontation zu verletzen. Böse Worte oder Beleidigungen waren aus seinem Mund nur noch selten zu hören, was Niccolò bisweilen zu der verächtlichen Schlussfolgerung brachte, dass sein Vater ein Opportunist reinsten Wassers war. Für den Fall, dass Gregorio sich trotz aller Bemühungen doch nicht als würdiger Nachfolger für das Familiengeschäft entpuppte, wollte Eduardo es sich mit Niccolò nicht vollends verscherzen.

Diesen focht das alles nicht mehr an. Er hatte eine ebenso erfreuliche wie erregende Entdeckung gemacht: Um ein erfolgreicher Kaufmann zu werden, brauchte er seinen Vater nicht mehr. Er hatte angefangen, eigene Geschäfte zu machen, auf eigene Rechnung und eigenes Risiko, und siehe da, er hatte Glück gehabt. Alle drei Wolllieferungen, an denen er sich beteiligt hatte, waren gewinnbringend an die ihnen zugedachten Abnehmer gelangt, und auch die Seide, die er zu einem ehrlichen Preis von Messèr Memmo aus der Manufaktur Barozzi bezogen hatte, war Gegenstand eines höchst einträglichen Handels gewesen. Das Geschäft mit der Barozzi-Seide hatte sich nicht nur vielversprechend angelassen, sondern bot auch die Option auf weitere rentable Handelsmöglichkeiten. Messèr Memmo war unzufrieden mit dem Großhändler, der bisher fast alle Fertigwaren abgenommen hatte; dieser zahlte oft nur schleppend, und er drückte den Preis bei jeder Gelegenheit, etwa wenn sich schlechte Neuigkeiten verbreiteten, wozu oft schon ein Gerücht ausreichte, das Durchreisende in die Lagune trugen. Memmo hatte Niccolò anvertraut, dass er gern mit einem weiteren Händler zusammenarbeiten würde, jemandem, der solide und vertrauenswürdig war, sofort bei Abnahme zahlte und die überragende Qualität der Barozzi-Seide auch sonst in jeder Beziehung zu schätzen wusste. Niccolò hatte spontan erklärt, dafür der Richtige zu sein. Für das erste Geschäft hatte er den Rest des Goldes benutzt, das er seinem Vater gestohlen hatte, das zweite und dritte hatte er bereits mit den Gewinnen aus dem ersten finanzieren können, und wenn sich alles weiterhin so günstig entwickelte wie bisher, würde er sich keine Gedanken mehr darüber machen müssen, was sein Vater und sein Bruder taten. Ein Jahr noch, vielleicht zwei – er würde seinem Vater nicht nur stolz die Stirn bieten, sondern ihm auch, sofern ihm danach war, einfach den Rücken kehren können.

Entschlossen streifte Niccolò Helm und Harnisch ab. Mit einem Mal lag ihm nicht mehr daran, als kämpferischer Held auf einem Kostümball zu erscheinen. Ob er Cintia tatsächlich damit hätte beeindrucken können, war ohnehin höchst fraglich, denn wenn jemand als Schwertträger eine unleugbar gute Figur machte, so war es ihr Mann. Niccolò hatte ihn bereits mit dem Fechtmeister üben sehen und weder Neid noch Hass unterdrücken können. Inzwischen hatte er jedoch gelernt, dass man auf manche Siege warten musste. Geduld, so viel hatte er begriffen, war unter den Waffen des Geistes eine der stärksten, während Rage nicht nur blind machte, sondern vor allem angreifbar.

Frustriert starrte Niccolò sich im Spiegel an, bevor er dem am Boden liegenden Harnisch einen Tritt versetzte.

Er rief Eufemia zu sich, und als sie kurz darauf erschien, war ihm von seinem Ärger nichts mehr anzumerken, wie er mit einem letzten Blick in den Spiegel feststellte. Seine alte Amme lächelte ihn an, mit jener unverbrüchlichen Zuneigung, die Niccolò wohltat und ihm zugleich deutlich machte, wie wenig er sonst an freundlichen Gesten erfuhr. Nur Eufemia schien in der Lage, ihn aufrichtig zu lieben, geradeso, als wäre er ihr eigener Sohn. Die Köchin und das übrige Gesinde, das sein Vater seit Gregorios Rückkehr nach und nach wieder eingestellt hatte, behandelten ihn mit ausgesuchter Ehrerbietung, doch es gab niemanden, der ihm mit echter Wärme begegnete. Hätte Eufemia die Familie wieder verlassen, so wie Eduardo Guardi es zunächst verlangt hatte, wäre die menschliche Kälte in diesem Haus vollständig gewesen. Niccolò hatte darauf bestanden, dass sie blieb, und er war letztlich froh gewesen, dass sein Vater ohne große Auseinandersetzungen nachgegeben hatte – vermutlich in Anbetracht der Tatsache, dass Niccolò sich bereit erklärt hatte, für ihren Unterhalt zu sorgen.

»Was kann ich für dich tun?«, fragte Eufemia. Sie verwendete ihm gegenüber nach wie vor die vertrauliche Anrede, so wie früher, als er ein kleiner Junge gewesen war. Es kam Niccolò nicht in den Sinn, sie deswegen zurechtzuweisen, so wenig, wie er es bei seiner eigenen Mutter getan hätte, die er nie kennengelernt hatte.

»Morgen ist dieser Kostümball bei Ammiraglio Tassini«, sagte er.

Er bemerkte den wissenden Ausdruck in ihren Augen und fragte sich, wie viel sie von den Qualen ahnte, die ihn nach wie vor wegen Cintia umtrieben.

Erneut versetzte er dem Harnisch einen Tritt. »Ich wollte dieses Zeug anziehen, doch es passt mir nicht. Es wäre jedoch unhöflich, unkostümiert zu erscheinen. Was würdest du mir raten?«

Eufemia dachte angestrengt nach, bis ihr faltiges Gesicht sich aufhellte. »Ich war neulich mit der Köchin im Theater, bei einer Truppe, die aus Padua kommt. Sie gaben eine Komödie, über die wir lachten, bis uns die Seiten wehtaten. Die Schauspieler waren fast alle maskiert, auf eine bestimmte Art, die in der letzten Zeit in Mode zu kommen scheint. Jede Rolle verkörpert einen speziellen Charakter, zu dem wiederum eine besondere Maske gehört. Es sind nicht die üblichen Halb- oder Vollmasken, wie jedermann sie zum Karneval trägt, sondern eigenwillige Kreationen. Eine Figur hat es mir besonders angetan, ein spanischer *Capitano*.« Sie deutete auf die kriegerischen Utensilien zu Niccolòs Füßen. »Du kannst diese Sachen sogar dafür verwenden. Das Schwert dieses Capitano ist auch zu lang, er schleppt es immer unter allerlei Getöse mit sich. Er trägt einen prächtig geschmückten Helm sowie eine Maske mit dickem Schnurrbart und großer Nase.«

»Ein regelrechter Angeber«, kommentierte Niccolò trocken.

»Jemand, über den es sich trefflich lachen lässt, der aber zugleich ein großer Held und Frauenliebling ist«, widersprach Eufemia.

Niccolò hob die Brauen. »Ist das so? Ich sollte wohl auch einmal ins Theater gehen.«

»Sie gastieren nur noch bis zum Aschermittwoch in der Stadt«, erklärte Eufemia. »Aber es gibt andere Truppen mit ähnlichen Kostümen; ich sage ja, es wird zu einer Mode. Wenn du willst, mache ich dir ein Kostüm wie das des spanischen Capitano.«

Niccolò war nicht restlos von der Idee überzeugt, aber für den Moment wollte ihm nichts Besseres einfallen. Er drückte Eufemia einige Münzen in die Hand und trug ihr auf, sich ans Werk zu machen. Ob mit Kostüm oder ohne, auf diesem Ball würde er *sie* endlich wiedersehen, das erste Mal im Beisein ihres Mannes. Er wusste, dass es ihm nichts als Leid bescheren würde, doch der Drang, den Stand ihrer Beziehung zu ihrem Mann auszuloten, war viel stärker als die Furcht vor jener beschämenden Eifersucht, die schon damals ihr hässliches Haupt erhoben hatte, als sie mit Loredan so plötzlich hier aufgetaucht war, um Gregorio zu besuchen. Egal um welchen Preis – er musste in Erfahrung bringen, wie sie wirklich zu ihrem Gatten stand. Sofern es dabei half, dass er sich als spanischer Aufschneider kostümierte, würde er es tun.

Probehalber setzte er erneut den Helm auf und ergriff das Schwert. »Achtung«, schnarrte er mit gekünstelter Stimme und mit spanischem Akzent sein Spiegelbild an. »Seht euch vor dem tapferen Capitano vor!«

Zu seinem Verdruss ging in diesem Moment sein Vater an der Tür vorbei, die Eufemia beim Verlassen der Kammer unseligerweise offen gelassen hatte.

Eduardo blieb mit hochgezogenen Brauen stehen, dann grinste er breit und kam herein. »Wie ich sehe, kleidest du dich bereits für den Kostümball ein.«

In einer Mischung aus Ergebenheit und Ärger wartete Niccolò auf vernichtende Kommentare, doch zu seinem Erstaunen kamen keine. Der Blick, mit dem sein Vater ihn bedachte, war lediglich abwägend, vielleicht eine Spur berechnend, doch eine kränkende Absicht konnte Niccolò auf Anhieb nicht erkennen. Ein Grund mehr, misstrauisch zu bleiben, denn sein Vater hatte ein Anliegen, das war nicht zu übersehen.

»Es war ein hartes Stück Arbeit, diese Einladung zu erhalten«, sagte Eduardo Guardi. »Aber am Ende klappte es doch noch. Und es trifft sich gut, dass du mitgehst.«

Hätte nicht Cintia vor wenigen Tagen bei ihrem letzten Zusammentreffen in der Seidenmanufaktur arglos erwähnt, dass sie ebenfalls zu diesem Ball erscheinen würde, wäre Niccolò gar nicht erst auf den Gedanken verfallen, seinen Vater dorthin zu begleiten. Er mochte derlei Aktivitäten nicht, denn die Vergnügungen des Karnevals waren ihm von jeher suspekt, gingen sie doch für gewöhnlich mit übermäßigem Alkoholgenuss einher, dem er noch nie etwas hatte abgewinnen können.

»Was war der Grund dafür, dass man dich bei der Einladung zunächst übergangen hat?«, fragte Niccolò mit widerwilligem Interesse.

Obwohl Eduardo Guardi im vergangenen Jahr fast bankrott gegangen wäre, gehörte er immer noch zu den Vornehmsten und Edelsten im venezianischen Patriziat, und mittlerweile verdiente er auch wieder gutes Geld bei seinen Handelsgeschäften. Gleichwohl war nicht von der Hand zu weisen, dass er nicht mehr so viele Einladungen erhielt wie früher.

Sein Vater verzog das Gesicht. »Ich habe im letzten Sommer versucht, diese Schlampe Daria Loredan umzubringen.«

Damit gewann er Niccolòs ungeteilte Aufmerksamkeit. »Du hast *was*?«

»Ich war betrunken. Außerdem war ich damals außer mir vor Wut und Trauer. Gregorio war fortgezogen, und in meinen Augen war diese *Putana* daran schuld. Ich bin heute noch davon überzeugt, aber es war ein Fehler, sie zu bedrohen. Dieses Weib hat Macht in Venedig, man glaubt es kaum.«

Niccolò glaubte es sehr wohl; inzwischen hatte er mehr über die Familie des Paolo Loredan in Erfahrung gebracht und wusste, welchen Einfluss Daria Loredan in gewissen Kreisen ausübte. Nur ihr hatte ihr Stiefsohn es zu verdanken, dass er seinerzeit so problemlos Cintia hatte ehelichen können.

In Venedig waren alle wichtigen Ämter von Patriziern besetzt, die wiederum die Geschicke in der Handelswelt bestimm-

349

ten, sei es durch eigene Geschäfte oder durch die Anwendung der Vorschriften, von denen ständig und in großer Zahl neue erlassen wurden. Wer etwas werden wollte im Geschäftsleben, musste in den amtlichen Gremien die richtigen und wichtigen Leute kennen. Und sich mit ihnen gut stellen.

»Warum lag dir an dieser Einladung?«, wollte Niccolò wissen. »Und was hast du getan, um sie letztlich doch noch zu erlangen?«

»Um an die Einladung zu kommen, habe ich mich in aller Form sowie im Beisein ihres Stiefsohns und ein paar einflussreicher Zeugen für mein kopfloses Verhalten entschuldigt. Ihr blieb nichts anderes übrig, als mir huldreich zu vergeben.« Gelassen zuckte Eduardo die Achseln. »Inzwischen ist alles wieder in Ordnung. Sie grüßt mich sogar, wenn wir einander zufällig begegnen.«

»Damit ist noch nicht die Frage beantwortet, warum du unbedingt dieses Fest besuchen willst.«

»Es kommt jemand dorthin, dem mein geschäftliches Interesse gilt.«

Niccolò betrachtete seinen Vater mit wachsendem Argwohn. »Da du das ausgerechnet mir erzählst, vermute ich, dass du dafür meine Hilfe brauchst. Es muss sich also um jemanden handeln, den wir beide kennen.« Er verengte die Augen. »Cintia. Du willst dich an Cintia heranmachen!«

»Um mit ihrer Seide gute Geschäfte zu machen, meinst du?« Eduardo lächelte mit schmalen Lippen. »So wie du es neuerdings tust?«

»Das geht dich nichts an«, sagte Niccolò, doch er konnte nicht verhindern, dass Unbehagen in ihm aufstieg. Er hatte keine Angst mehr vor seinem Vater, aber er hatte zu oft unter dessen Jähzorn leiden müssen, als dass er hätte sorglos werden können.

»Es ist dein gutes Recht, dir eigene Geschäftsbereiche zu erschließen«, räumte Eduardo sofort ein. »Du bist ein aufstrebender Kaufmann, das entgeht mir keineswegs, und ich wäre der Letzte, der dir Steine in den Weg legt. Schließlich habe ich es

früher, bevor ich die Compagnia von deinem Großvater übernahm, ähnlich gehalten. Ein junger Händler muss sich beweisen können. Außerdem hast du monatelang ohne finanzielle Interessen in der Barozzi-Manufaktur geschuftet, bis du als rechte
Hand von Memmo unverzichtbar warst. Sollte solche Mühe
nicht belohnt werden? Warum sollst du mit der Barozzi-Seide
keine guten Geschäfte machen?« Seine Stimme klang eine Spur
zu glatt, als dass Niccolò ihm diese neue Verbindlichkeit abgenommen hätte.

Humorlos blickte er seinen Vater an. »Vielleicht, weil du der
Meinung bist, dass dir selbst dieses Geschäft besser zupass käme
als deinem untauglichen, verkrüppelten Sohn.«

Eduardo lachte wie über einen guten Witz. »Du wirst doch
einem alten Mann nicht nachtragen, dass er mit seinen väterlichen Scherzen manchmal ein wenig übers Ziel hinausgeschos-
sen ist?« Er klopfte Niccolò auf die Schulter, was diesen dazu
veranlasste, einen Schritt zurückzutreten.

Niccolò wurde sich bewusst, dass er immer noch das Schwert
in der Hand hatte, keineswegs locker und beiläufig wie einen
beliebigen Gegenstand, sondern fest umklammert, als müsse er
sich jeden Augenblick zum Zustoßen bereitmachen.

»Was willst du?«, fragte er. Seine Stimme klang kalt, und er
gab sich keine Mühe, freundlicher zu sprechen. »Was willst du
von Cintia?«

»Eigentlich sollte die Frage doch eher lauten, was *du* von ihr
willst, oder?« Eduardo war offensichtlich nicht länger bestrebt,
seine Absichten mit Leutseligkeit zu kaschieren. Ein harter
Ausdruck war auf sein Gesicht getreten. »Die Antwort auf diese
Frage wäre sicherlich höchst interessant. Doch lassen wir das
einstweilen beiseite, denn es geht mir nicht um das Mädchen.
Auch ihre Seide interessiert mich nicht, mach du nur Gewinne
damit.«

Erstaunt und immer noch wachsam fragte Niccolò: »Wessen
Geschäfte könnten sonst für dich von Interesse sein?«

»Du magst einiges gelernt haben im Laufe des letzten halben

Jahres, aber einige wichtige Erkenntnisse fehlen dir ganz sicher noch. Unter anderem jene, dass es außer den bekannten Waren, die man auf Karren oder Boote laden kann, noch andere Güter gibt, mit denen man gewinnbringend handeln kann.« Ein Grinsen trat auf sein Gesicht, und diesmal war es nicht gekünstelt, sondern von echter Heiterkeit bestimmt. »Nehmen wir nur einmal die allerwichtigste Ware: Was verschafft dir wirklich Macht über deine Gegner und deine Konkurrenten? Richtig, ich sehe dir an, dass dir die Antwort soeben eingefallen ist.« Eduardo lächelte triumphierend. »Es sind die Informationen, die du der Konkurrenz voraushast! Das Wissen über bestimmte Entwicklungen und Abläufe, aus denen du Schlüsse ziehen und nach denen du handeln kannst. Nur das bringt dich auf Dauer wirklich vorwärts. Folglich ist die Information genau wie jede andere Ware ein handelbares Gut.«

»Dem würde ich zustimmen«, sagte Niccolò ungeduldig. »Doch was tut das zur Sache? Worum geht es dir wirklich?«

»Um Schiffe«, sagte Eduardo. »Genauer, um den Bau derselben.«

»Also ist es dir um den Kontakt zu Ammiraglio Tassini selbst getan«, folgerte Niccolò. »Deswegen willst du auf dieses Fest.«

»Sicher, ohne Tassini geht es nicht, aber vornehmlich gilt mein Interesse seinem hoch angesehenen Protomastro, dem Schiffsbaumeister Paolo Loredan. Wie ich hörte, hat er ein bemerkenswertes neues Galeerenmodell gebaut, das nach dem Ende des Karnevals den Provveditori vorgeführt werden soll.«

Es überraschte Niccolò, dass sein Vater sich mit solchen Fragen befasste. »Welche Möglichkeit siehst du, dich am Galeerenbau zu bereichern? Wie alle Welt weiß, steht das Arsenal unter staatlicher Aufsicht, und dementsprechend liegt das Monopol für den Schiffsbau bei der Signoria, zumindest was die großen Handelsgaleeren betrifft.«

»Möglichkeiten, aus vielversprechenden Neuerungen Profit zu schlagen, gibt es immer«, meinte sein Vater unbestimmt. »Man muss nur erst herausfinden, welche es sind.«

»Und was habe ich damit zu tun?«

»Irgendwann vielleicht mehr, als du jetzt schon denkst«, sagte Eduardo. Allem Anschein nach war er nicht bereit, seine Pläne näher zu erläutern. Das Gespräch schien ihn allmählich zu langweilen. »Ich will dich nicht länger bei deiner Kostümprobe aufhalten«, sagte er. »Es geht mir außerdem nur im weitesten Sinne um deine Mitwirkung. Ich weiß, dass du einen freundschaftlichen Kontakt zu Cintia unterhältst, aus welchen Gründen auch immer.«

»Als Erbin der Barozzi-Manufaktur hält sie sich nun einmal häufig in der Seidenweberei auf, sodass wir uns dort zwangsläufig begegnen«, sagte Niccolò in abwehrendem Tonfall.

»Sei es, wie es will, Hauptsache, es ist uns von Nutzen. Ich bringe jemanden zu dem Fest mit, den ich Loredan vorstellen will, während du die gute Cintia in eine nette Unterhaltung verstrickst. Dann ist der Anfang gemacht, und alles Weitere ergibt sich wie von allein.«

»Was zum Teufel heckst du aus?«, entfuhr es Niccolò.

Sein Vater lächelte dünn. »Es wird auch dir zum Vorteil gereichen, das magst du mir einstweilen glauben oder nicht. Ansonsten empfehle ich dir, es einfach auf dich zukommen zu lassen.«

Paolo fragte sich, was ihm bevorstand, als Cintia nach kurzem Anklopfen seine Kammer betrat. Mitten im Raum blieb sie mit gesenkten Augen stehen, die Wangen gerötet vor Aufregung, die Hände ineinander verschlungen. Ihr war anzumerken, welche Überwindung es sie gekostet hatte, herzukommen. »Wir haben schon lange keinen gemeinsamen Ausflug mehr gemacht«, sagte sie. Hastig fügte sie hinzu: »Die Veranstaltung mit den Schweinen am letzten Donnerstag rechne ich nicht mit, weil wir so schnell wieder von dort aufgebrochen sind, da es mir nicht gefiel. Nun überlege ich mir, wie schön es wäre, wenn wir wieder einmal etwas zusammen unternehmen würden, so wie es Ehegatten zuweilen tun. Wollen wir das Bogenschießen nicht irgendwo im Freien üben, wo es genug Platz dafür gibt?«

Ihm lag es auf der Zunge, sie zu fragen, woher dieser plötzliche Sinnesumschwung stammte, nachdem sie ihm die letzten Monate mehr oder weniger aus dem Weg gegangen war und es, bis auf die gemeinsamen Kirchgänge sowie die täglichen Mahlzeiten, eher vermied, sich in seiner Gegenwart aufzuhalten. Ob sein Geständnis, dass er sie begehrte, die Situation verändert hatte?

Er holte Luft. »Nun, ich habe die Sehne neu gespannt«, sagte er. Die Frage, warum sie sich das Bogenschießen von ihm zeigen lassen wollte, war mit einem Mal zweitrangig. Er würde es schon noch herausfinden. »Wir können mit dem Boot hinausfahren, zu einem Stück Brachland, wo ein schlecht gezielter Pfeilschuss niemanden umbringt.«

Ein flüchtiges Lächeln ließ ein Grübchen in ihrer rechten Wange aufblitzen. »Ich werde mich bemühen, dir keine Schande zu machen.«

Paolo suchte nach einer witzigen und zugleich galanten Antwort, doch ihm wollte nichts einfallen. Er kam sich vor wie ein törichter Junge, weil er aufgeregt war wie vor seiner ersten Verabredung. Immerhin war er alt genug, um sich nichts davon anmerken zu lassen, jedenfalls hoffte er das inständig, während er den Bogen und den Köcher mitsamt Pfeilen in ein Tuch schlug und den Gondoliere beauftragte, das Boot klarzumachen.

Es war zu albern, schließlich war er kein Knabe mehr, doch sobald er neben Cintia in der Felze saß, füllte sie seine Gedanken so nachhaltig aus, als hätte er nie etwas anderes im Kopf gehabt als sie. Obwohl sie von Kopf bis Fuß von einem pelzgefütterten Umhang umhüllt war, stieg ihm ihr sanfter Duft in die Nase, der, wie er wusste, nicht irgendwelchen Parfümwässerchen entstammte, sondern pure Natur war. Er versuchte sich abzulenken, indem er über mathematische Konstruktionsformeln nachsann, etwas, das ihm seit seiner Jugend noch leichter gefallen war als das Fechten oder Armbrustschießen, doch Cintias Nähe reichte, ihm jeden Gedanken an Schiffsbaupläne sofort aus dem Kopf zu treiben. Wäre diese Ehe eine richtige gewesen, hätte er nicht gezögert, Cintia im Schutz der Felze in seine Arme zu ziehen und sie zu küssen, bis ihr schwindlig wurde. Und sich vielleicht noch ein oder zwei Dinge mehr herauszunehmen, schließlich war er nicht nur ihr Mann, sondern es war auch Karneval. Überall in den Gassen und auf den Campi feierten die Leute ausgelassen den letzten Sonntag vor den beiden wildesten Tagen, die den Höhepunkt der schon seit Wochen andauernden Vergnügungen bilden würden. Nur wenige Menschen arbeiteten zwischen dem Giovedì grasso und dem *Ceneri*, allenthalben wurde rund um die Uhr gesungen, getanzt und gelacht. Zuweilen machten die Leute sich nicht einmal die Mühe, nach Hause zu gehen, sondern suchten sich einfach ein geschütztes Eckchen, um ihren Rausch auszuschlafen. Hier und dort waren in Booten oder in Hauseingängen zusammengesunkene Gestalten zu sehen, die es nicht mehr in die eigenen vier Wände geschafft hatten.

Die Verkäufer an den *Ombretta*- und Imbiss-Ständen auf der Piazza hatten bereits um diese Tageszeit alle Hände voll zu tun, ebenso wie die Schankwirte und die Huren. Ganz Venedig schien auf den Beinen während der Karnevalstage. Die Kais waren dicht bevölkert von Feiernden, die bester Stimmung waren. Auch die Wasserstraßen waren überfüllt, Boote schoben sich teilweise gefährlich nah aneinander vorbei, auf ihnen vorwiegend maskierte und häufig angetrunkene Menschen, unterwegs zu irgendeiner Feier. Der Gondoliere musste sein ganzes Geschick aufwenden, um das Boot sicher durch das Gewimmel zu steuern. Gelegentlich fluchte er verhalten, ruderte schneller und dann wieder langsamer, je nachdem, wie der Bootsverkehr es erforderte.

»Eigentlich wollte ich nur mit dir allein sein«, sagte Cintia.

Unvermittelt aus seinen Betrachtungen gerissen, fuhr Paolo zu ihr herum. Verblüfft schaute er sie an. Auf den ersten Blick

355

wirkte ihr Gesichtsausdruck gelassen, aber Paolo hatte inzwischen gelernt, ihr Mienenspiel zu deuten. Sie war in höchstem Maße verlegen und zugleich aufgeregt, so sehr, dass er sogar im Schatten der Felze die Röte sehen konnte, die ihr in die Wangen gestiegen war.

»Es geht mir nicht so sehr ums Bogenschießen«, fuhr sie fort. »Ich wollte nur … Ich wollte nicht im Haus darüber sprechen. Es kommt mir immer so vor, als hätten die Wände Ohren.«

»Die Wände sind recht dick.«

Sie errötete noch mehr. »Manchmal scheint mir, als könnten meine Eltern alles hören, was ich sage. Oft denke ich, dass sie nicht gänzlich von mir gegangen sind, und dann meine ich, ihre Gegenwart zu spüren.« Sie unterbrach sich und schüttelte den Kopf. »Du musst mich für schrecklich albern halten.«

»Nein«, sagte er ernst. »Ich kenne dieses Gefühl. Ich hatte es auch, viele Monate lang, nachdem mein Vater gestorben war. Genau so lange, wie die Trauer vorhielt. Was dich betrifft, so ist es ein Zeichen, dass deine Trauer noch stark ist.«

»Das ist sie tatsächlich.« Mit gesenktem Kopf blickte sie auf ihre Hände. »Es gibt immer noch Tage, an denen ich alles noch einmal durchlebe. Ich weine dann, aber es hilft immer nur bis zum nächsten Mal.«

»Ich weiß«, sagte er einfach. Gern hätte er ihre Hand genommen und sie gedrückt, so wie er sie immer dann, wenn er merkte, dass sie geweint hatte, gern in die Arme genommen hätte. Er versagte es sich nur deswegen, weil er fürchtete, sie könne es ihm als unangebrachte Zudringlichkeit auslegen.

»Das Leid um den Verlust der Eltern braucht seine Zeit«, fuhr er fort. »Es wird besser, aber nur allmählich.«

»Was passiert mit dem Schmerz? Hört er irgendwann ganz auf?«

»Er wird zu Wehmut, und dann, im Laufe der Zeit, zu Dankbarkeit. Dankbarkeit über die gemeinsame Zeit, die man hatte. Und über die Erinnerungen, die einem bleiben.«

»Dein Vater ...« Sie zögerte. »Ist er nur noch eine Erinnerung für dich?«

»Manchmal kommt es mir noch so vor, als wäre er in meiner Nähe. Ich fühle, dass er da ist, irgendwie. Das geschieht nur noch sehr selten, aber vermutlich hört es nie ganz auf. Nicht, wenn man Menschen verloren hat, die man sehr liebte.«

»Dann ist es bei dir wohl so ähnlich wie bei mir. Ich habe meine Eltern geliebt, und oft scheint es mir, als wären sie nur ein paar Schritte entfernt.« Sie holte Luft. »Das, was ich mit dir bereden will, ist ... frivol. Deshalb wollte ich das Haus verlassen.«

Er schwieg abwartend, obwohl ihm die naheliegende Frage auf der Zunge brannte. Als sie zögerte, weiterzusprechen, konnte er jedoch nicht an sich halten und platzte damit heraus. »Hat es damit zu tun, was ich dir neulich sagte? Dass ich dich begehre?«

Sie hielt die Luft an, senkte dann den Kopf und atmete langsam wieder aus. Schließlich nickte sie kaum merklich.

Sofort meinte er, sich verteidigen zu müssen. »Ich hatte dir ausdrücklich versprochen, dir niemals zu nahezutreten, und daran werde ich mich getreulich ...«

Sie hob die Hand, um ihn zu unterbrechen. »Das ist es ja«, sagte sie mit flammenden Wangen. »Wenn du dich auf ewig getreulich von mir fernhältst, werde ich niemals ...« Sie hielt inne und fuhr dann entschlossen fort: »Dann werden die Leute schlecht über uns reden.«

Verdattert versuchte Paolo sich zu erinnern, ob ihm je irgendwelches Gerede über seine Ehe zu Ohren gekommen wäre, doch abgesehen von dem üblichen Geschwätz, welches darauf zielte, dass armer Adel und reiches Bürgertum sich zu beiderseitigem Nutzen vermählt hatten, fiel ihm nichts ein, das auch nur entfernt in die Richtung deutete, die Cintia eben angesprochen hatte.

»Du meinst, du willst ... Du möchtest, dass wir ...« Der Satz wollte ihm nicht über die Lippen kommen. Sich räuspernd suchte er nach einer möglichst unverfänglichen Formulierung. »Liege ich richtig mit der Annahme, dass dich das Gerede der Leute stört?«

Abermals nickte sie, diesmal nachdrücklicher.

»Und du willst dem entgegenwirken, indem du … wir …«
Erneut räusperte er sich, diesmal so heftig, dass der Gondoliere
mit Rudern innehielt und besorgt herüberrief: »Fühlt Ihr Euch
nicht wohl, Domine?«

»Alles in Ordnung!«, rief Paolo. Seine Verblüffung verwandelte sich zusehends in Ärger. Sich wieder an Cintia wendend,
fuhr er fort: »Was genau hast du im Sinn? Eine Art Scharade für
die Leute? Etwa, indem ich dir in der Öffentlichkeit, beispielsweise auf dem morgendlichen Fest, liebevolle Gesten angedeihen lasse? Vielleicht einen Kuss hier, eine beiläufige Berührung
dort?« Es klang sarkastisch. Der Ausflug, der so vielversprechend angefangen hatte, entwickelte sich zu einer frustrieren-
den Angelegenheit, und die Erregung, die ihn vorhin bei ihren
ersten Worten gepackt hatte, war ebenso schnell verflogen, wie
sie gekommen war. »Ist dir daran gelegen, dass wir wie verliebte
Turteltauben auftreten, um die Bedenken aller zu zerstreuen?«

Cintia blickte ihn verwirrt an, dann schüttelte sie hastig den
Kopf. »Nein! Wenn du das annimmst, irrst du! Ich meinte …«
Sie schwieg mit gesenkten Blicken, doch schließlich blickte sie
ihn geradeheraus an. »Ich … will es auch. Die Leute sind mir im
Grunde egal, das habe ich nur so dahingesagt. Die Wahrheit ist,
dass ich fürchte, in meinem Leben etwas Wichtiges zu versäumen.«

Ihre Worte verschlugen ihm die Sprache.

»Was ist?«, fragte Cintia. Es klang unsicher, aber auch eine
Spur herausfordernd. »Hatten wir es nicht so ausgemacht?«

»Ausgemacht?«, wiederholte er mit heiserer Stimme.

Sie nickte ungeduldig. »Dass ich es sage, wenn ich es will.
Nun, hiermit tue ich es.«

Abwartend blickte sie ihn an, und ihm wurde klar, dass er
entweder etwas sagen oder etwas tun musste, um der Situation
die unerträgliche Spannung zu nehmen. Er verfluchte ihre Idee,
ihm ihren Wunsch ausgerechnet in einer Gondel mitzuteilen,
die gerade eben zu allem Überfluss am Kai vor der Piazzetta vor-

beifuhr, nur wenige Schritte von der Menschenmenge entfernt, die sich in ausgelassener Karnevalsstimmung dort drängte.

»Bring uns auf dem kürzesten Weg zurück«, befahl Paolo dem Gondoliere. »Das Bogenschießen kann ich meiner Gattin auch zu Hause zeigen.«

Während der Rückfahrt war sie, wenn irgend möglich, noch nervöser als vorher beim Verlassen des Hauses. Sie merkte, wie ihre Knie zitterten, fast so sehr wie ihre Hände, doch es war nicht die Kälte, die sie erschauern ließ. Zu dieser Unruhe gesellte sich akute Atemnot, als Paolo, sobald sie in den Rio di Palazzo eingebogen waren, den Vorhang vor die Felze zog, damit sie gegen neugierige Blicke abgeschirmt waren.

»Nachdem wir nun festgestellt haben, dass wir einander begehren ... Dürfte ich dich vielleicht küssen?«

Im Zwielicht der Felze nickte sie, beide Hände ineinander verkrampft, als könnte sie so die Spannung von ihrem Körper fernhalten.

Seine Berührung war sanft, beinahe zögernd. Seine Hand legte sich auf ihre Wange, die Finger warm und ein wenig schwielig, doch so vorsichtig, als hätte er Sorge, sie zu verletzen, und als sie merkte, dass auch er zitterte, erleichterte und erregte es sie gleichermaßen. Trotz des Dämmerlichts konnte sie das Leuchten in seinen Augen sehen. Sein Gesicht war dicht vor ihr, so vertraut mit der gebrochenen und schief zusammengewachsenen Nase – ihr fiel ein, dass sie ihn immer noch nicht gefragt hatte, wann das geschehen war –, dem gekerbten Kinn, den dichten schwarzen Brauen. Und der Mund, der sich dem ihren näherte, ebenso wie der Hauch seines Atems, der dabei ihre Lippen traf und den sie instinktiv einsog, als könne sie ihn damit bereits zu einem Teil von sich selbst machen.

Dann war sein Mund auf dem ihren und öffnete ihn zu einem zuerst betörend sachten, dann immer leidenschaftlicheren Kuss. Die bis dahin unbekannte Intimität trieb sie in einen

Strudel wilder Gefühle. Kurz kam ihr in den Sinn, dass sie früher als junges Mädchen so oft davon geträumt hatte, diesen besonderen Moment mit Gregorio zu erleben, und wie schmerzhaft sie sich danach verzehrt hatte, in seinen Armen zu liegen. Zugleich fand sie diesen Gedanken im Rückblick ebenso absurd, wie es ihr folgerichtig erschien, dass es nicht Gregorio war, sondern Paolo, der sie nun auf diese Weise umarmte. Ihr Mann … Bis in ihre tiefste Seele fühlte sie, wie richtig das war. So und nicht anders hatte es kommen müssen. Paolo war der Mann, der ihr Herz zum Rasen brachte, der ihr ganzes Inneres in Aufruhr versetzte. Der sie daran hinderte, ausreichend Atem zu schöpfen, sodass es sie schwindelte, bis sie glaubte, zu schweben und bei der leisesten Berührung davonzuwirbeln. Seine Hände fuhren über ihren Körper, tasteten, suchten, während sein Mund den ihren förmlich verschlang. Ohne zu zögern ergab sie sich diesem hitzigen Angriff, zuerst unsicher, dann jedoch mit wachsender Begeisterung, während reine Sinnenlust sie lähmte und zugleich belebte wie ein machtvoller Zauber.

Erst als Paolo sich ruckartig und mit tiefem Keuchen von ihr löste, wurde ihr bewusst, wie weit sie in diesem ersten Rausch der Leidenschaft beinahe gegangen waren. Ihr Umhang war ihr von den Schultern gerutscht und lag in einem Knäuel hinter ihr auf der Bank, die Verschnürung des Kleides über ihrem Busen war gelöst, ihr Unterkleid hing überall in weißen Zipfeln heraus. Das Haar fiel ihr in wirren Strähnen über den Oberkörper, und die Gamurra war bis über die Knie hochgeschoben.

»Verzeih!«, stieß Paolo hervor. »Ich benehme mich wie ein Tier! Fast hätte ich dich hier in der Gondel genommen wie eine …« Er hielt inne und versuchte mit fahrigen Bewegungen, ihr Gewand zu richten. »Wir sind gleich da«, sagte er rau.

Bestürzt und zugleich beschämt über die unziemliche Situation rückte sie ein Stück von ihm weg und brachte mit fliegenden Fingern ihr Äußeres in Ordnung. Sie schlang den Umhang um sich, stopfte ihr Haar unter die Kapuze und hoffte, dass sie nach ihrer Ankunft auf dem Weg vom Wassersaal bis zur Treppe niemandem über den Weg laufen würden.

Die Gondel hatte den Seitenkanal verlassen und bog unweit der Rialtobrücke in den Canal Grande ein. Paolo hatte den Vorhang der Felze zur Hälfte geöffnet und schob seinen Kopf hinaus. »Es hat angefangen zu regnen«, sagte er.

»Dann wäre unser Ausflug sowieso ins Wasser gefallen«, erwiderte sie.

»Es ist auch kälter geworden, seit die Sonne weg ist.«

»Gut, dass wir uns zu Hause am Feuer aufwärmen können.« Cintia lauschte ihrer eigenen Stimme nach und konnte nicht fassen, dass sie es tatsächlich schafften, sich in einem Ton größtmöglicher Belanglosigkeit zu unterhalten, als wäre es völlig normal, dass sie im einen Moment verzehrende Küsse und im nächsten banale Nichtigkeiten austauschten. Nach einem tiefen Atemzug entwich ihr ein zittriges Kichern, worauf Paolo sich zu ihr umdrehte, sie kurz anblickte und dann breit lächelte. Dieses Lächeln veränderte ihn völlig, es machte auf einen Schlag aus dem ernsten, erwachsenen Mann einen übermütigen Jungen, der sich den Tag mit Späßen vertrieb. Fasziniert betrachtete Cintia ihn, um diese Verwandlung bis zur Neige auszukosten, und mit einem Mal spürte sie, wie etwas in ihrer Herzgegend zu flattern begann, eine Gefühlsregung, die über das, was sie bisher ihm gegenüber empfunden hatte, hinausging. Impulsiv streckte sie die Hand aus und legte sie an seine Wange. Zum ersten Mal berührte sie ihn auf diese Weise, bewusst und aus klarem Willen heraus, weil sie dieses Gefühl der Nähe erhalten wollte, das sie so unvermittelt zu ihm hinzog. Er legte seine Hand über die ihre und hielt sie einen Moment lang an seinem Gesicht fest, sodass sie das schwache Kribbeln seiner Bartstoppeln an ihren Fingerspitzen fühlte und darunter die Wärme seiner Haut.

Im Wassersaal der Ca' Barozzi half Paolo ihr beim Aussteigen und führte sie an der Hand durch den Andron und das Mezzanin zur Innentreppe – wo das geschah, was Cintia zuvor befürchtet hatte. Imelda trat ihnen in den Weg. Die dunklen Augen in dem verschrumpelten Gesicht verengten sich bei Cintias Anblick, und ein Lächeln entblößte die zahnlosen Kiefer.

»Du bist ganz nass geworden«, sagte sie. »Es muss wohl regnen.«

Cintia spürte glühende Hitze in ihre Wangen schießen, und es wurde nicht besser dadurch, dass Paolo einen Schritt nach vorn machte, als wolle er sie vor weiteren Blicken oder Bemerkungen schützen. »Warum hältst du uns auf? Liegt etwas Bestimmtes an?« Es klang barsch, doch Imelda ließ sich nicht einschüchtern. Gleichmütig hob sie eine Karaffe an, die sie in der Hand hielt. »Ich wollte gerade Wein hinaufbringen. Es ist Besuch gekommen. Eure Frau Stiefmutter ist da.«

Sie saß in Paolos Kammer, wo sie sich einen Lehnstuhl an den Kamin gezogen hatte und die Hände gegen die wärmenden Flammen streckte. Als Paolo den Raum betrat, blickte sie lächelnd auf. »Ah, da bist du ja. Hoffentlich verübelst du es mir nicht, dass ich ohne Anmeldung erschienen bin, aber ich wollte Casparo so gern sehen. Doch er ist in der Weberei. Ich habe Giulio geschickt, ihn zu holen, damit mein Kommen nicht vergeblich war.« Ein Schatten glitt über ihr Gesicht. »Er fehlt mir, weißt du.«

»Und *du* weißt, dass du immer willkommen bist, Daria.« Paolo bemühte sich um Höflichkeit, konnte aber nicht verhindern, dass eine Spur von Ärger in seiner Stimme mitschwang. Für ihren Besuch hätte sie sich keinen ungünstigeren Zeitpunkt aussuchen können. Hatte er vorhin noch wie ein liebestoller Jüngling dem ersten Schäferstündchen mit seiner eigenen Frau entgegengefiebert, musste er sich jetzt fragen, ob heute noch etwas aus diesem Vorhaben werden würde. Cintia hatte mit hochroten Wangen die Flucht ins zweite Obergeschoss ergriffen, vermutlich, um sich dort bei ihrer Cousine zu verkriechen.

Daria erhob sich mit einer geschmeidigen Bewegung. »Mir

entgeht nicht, dass ich ungelegen komme, folglich werde ich mich empfehlen. Ich werde unten auf Giulio warten und Casparo an einem anderen Tag besuchen.«

Als Paolo den halbherzigen Versuch unternahm, ihr zu widersprechen, hob sie nur lächelnd die Hand. »Nicht doch. Das fehlte noch – die lästige Stiefmutter, die sich der jungen Familie aufdrängt!«

Sie zog ihre Handschuhe an und legte ihren Umhang über die Schultern. »Geht ihr eigentlich nicht zum Karneval aus, du und Cintia? Es heißt, man sieht euch nie auf den üblichen Bällen.«

»Wir wollen am Montag zu Tassinis Kostümball gehen.«

»Oh, wirklich! Das freut mich, denn dann sehen wir uns dort. Übrigens, ich hörte, es werde ein Gast erwartet, der über die Karnevalstage zu Besuch in der Stadt weilt, eine hochgestellte Persönlichkeit aus der Ägäis, irgendein wichtiger Verwandter eines wichtigen Statthalters, der sich dem Schiffsbau verschrieben hat und dem es ein Anliegen ist, vor seiner Weiterreise Tassinis besten Protomastro kennenzulernen.« Daria lächelte. »Wie es scheint, bist du bereits bis in die letzten Kolonien hinein berühmt. Gelegenheit für dich, in höchster Gesellschaft eine glänzende Figur zu machen, wie es einem Loredan geziemt.« Sie musterte ihn prüfend. »Du wirkst aufgeregt. Nein, erhitzt trifft es besser. Da ich weiß, dass es nicht meine Anwesenheit ist, die dich in diese Stimmung versetzt hat, möchte ich meinen, dass es an deiner Frau liegt. Ist es dir gelungen, eure Ehe inzwischen auf eine … vertraulichere Ebene zu bringen? Sind etwa bestimmte Gerüchte ganz gegenstandslos?«

»Welche Gerüchte?«, entfuhr es ihm.

Anstelle einer Erwiderung bedachte sie ihn mit einem perlenden Lachen, was er mit grimmigem Schweigen quittierte.

Daria hörte auf zu lachen. »Es liegt an Esmeralda, genauer gesagt, an der intimen kleinen Szene, bei der Cintia euch ertappte. Deswegen hat meine Nichte dich seither auf kleiner Flamme schmoren lassen.«

»Ich weiß nicht, wovon du sprichst.«

»Ach, mein Junge, wir wissen es beide, und halb Venedig dazu. Aber es war nicht dein Fehler, sondern meiner. Zum einen hatte ich dich an jenem Abend eingeladen, und zum anderen habe ich versäumt, darauf zu achten, dass meine werte Nichte hübsch in ihrer eigenen Kammer blieb.« Erneut trat ein amüsierter Ausdruck auf ihr Gesicht, während sie mit raschelnden Röcken zur Tür ging. »Ich hoffe, sie bestraft dich nicht mehr allzu lange.«

Darauf sparte er sich eine Antwort. Erleichtert, dass sie endlich aufbrach, geleitete er sie hinunter ins Mezzà, wo sie auf ihren Leibwächter warten wollte. Als er zurückging, stieß er auf Imelda, die ihm wortlos einen Weinkrug hinhielt. »Vielleicht möchtet Ihr das selbst mit hinaufnehmen«, sagte sie lispelnd. »Ein sehr guter Roter, wie mir die Köchin sagte. Soll selbst die kältesten Glieder aufs Angenehmste erwärmen.«

Im Halbdämmer des Treppenaufgangs funkelten ihre Augen auf eine Weise, die ihn erröten ließ. Von dem Wein schwappte etwas über, während er hastig die Treppe hinauflief. Oben im Portego blieb er stehen, unschlüssig, was als Nächstes zu tun sei. Die Tür zu Cintias Gemach stand offen, und im Kamin brannte ein Feuer, doch wie erwartet war sie nicht da. Den Krug in der Hand überlegte Paolo, ob er nach oben gehen sollte, doch die Vorstellung, in Luciettas Räumen vorstellig zu werden, um seine Frau herunterzubitten, war nicht gerade dazu angetan, sein Begehren anzufachen. Grollend stellte er den Krug auf einem Tischchen ab und schickte sich an, in seine Kammer zurückzukehren.

In diesem Moment kam Cintia durch den Portikus. Beinahe hätte Paolo das Tischchen umgestoßen, weil er instinktiv einen Schritt auf sie zutat. Mit raschem Griff bewahrte er den Krug vorm Herabfallen, während er seine Frau anstarrte, als würde er sie zum ersten Mal sehen. Ihr Haar, gelöst und gebürstet, floss wie schwarze Seide über Schultern und Arme, und ihre Augen strahlten im schwachen Licht des schwindenden Tages. Sie trug ein anderes Kleid als vorhin, weniger formell und tiefer ausgeschnitten, sodass die weißen Wölbungen ihrer Brüste oberhalb der Schnürung zu sehen waren. Die Wangen sanft gerötet und den Mund zu einem unbewussten Lächeln verzogen, wirkte sie auf ihn wie der Inbegriff einer Sagengestalt von beinahe unwirklichem Liebreiz. Dann hatte sie ihn erreicht und blickte auf den Krug, den er mit beiden Händen umklammert hielt wie einen Rettungsanker. Sie beugte sich ein wenig vor, um hineinzublicken, und dabei stieg ihm ihr sanfter Duft in die Nase, ein Hauch von Jasmin, der sich mit dem schweren, würzigen Aroma des Rotweins mischte. »Das ist ein anderer Wein als der, den Imelda vorhin meiner Tante kredenzen wollte.«

Ihm fiel nichts weiter ein, als töricht zu nicken.

Sie lächelte ihn an, und als er sah, dass ihre Lippen vor Aufregung ein wenig zitterten, erleichterte ihn das auf angenehme Weise, denn es war ein Zeichen dafür, dass es ihr nicht viel anders erging als ihm. Sie war mindestens so aufgeregt wie er selbst. Nein, vermutlich mehr, denn für sie war es das erste Mal. Dennoch kam es ihm so vor, als habe auch er dergleichen noch nie erlebt, denn er spürte, dass sich die winzigen Härchen in seinem Nacken aufrichteten und das Herz gegen seine Rippen schlug, als wollte es sich einen Weg ins Freie bahnen.

Mit rauer Stimme sagte er: »Es scheint ein guter Tropfen zu sein, vermutlich von Kreta. In meiner Kammer sind Becher, dort können wir trinken.« Er reichte ihr mit formvollendeter Höflichkeit seinen Arm, als wollte er sie zu Tisch geleiten, und sie nahm ihn mit einer Grazie, die fast über das Beben ihrer Hand hinweggetäuscht hätte. Er schaffte es tatsächlich, mit genau bemessenen Bewegungen zwei Becher vollzuschenken und ihr einen davon zu reichen. Sie trank rasch und mit gesenkten Lidern, doch er selbst brachte kaum zwei Züge herunter, ohne sich zu verschlucken. Schließlich stellte er den Becher weg und streckte die Hand aus. »Komm.«

Sie ergriff seine Hand, und er zog sie an sich, nicht so stürmisch wie vorher in der Gondel, sondern sanft, bemüht, sie nicht durch seine Berührungen zu verschrecken. Doch sie überraschte ihn, indem sie sich gegen ihn drängte und ihm ihre Lippen entgegenhob, begierig, ihn zu küssen. Sofort begriff er, dass sie keine Rücksichtnahme wollte, sondern darauf brannte, dort weiterzumachen, wo sie bei ihrer ersten Umarmung aufgehört hatten.

Als er sie an sich presste und zum Bett drängte, entwich ihr ein Stöhnen. Erschrocken hielt er inne, bevor er erkannte, dass es sich um ein Geräusch der Zustimmung handelte. Mit seiner Beherrschung war es schlagartig vorbei, und als sie einen Herzschlag später in einer wilden Umarmung verstrickt auf dem Bett niedersanken, gab es keine Bedenken mehr, nur noch sie beide und diese hitzige Flut, die ihn in einem rauschhaften Sog mit sich riss.

Als sie erwachte, war sie zunächst ohne Orientierung, doch das dauerte nicht länger, als sie brauchte, um den schweren Männerarm zu spüren, der quer über ihrer Brust lag. Ihr Kopf ruhte in der Beuge des anderen Arms und die dazugehörige Hand auf ihrer Hüfte. Sie war so dicht an ihn geschmiegt, dass sie sich beinahe mit ihm verwachsen fühlte, und auf gewisse Weise war sie es nun auch tatsächlich. Sie wusste nicht, wie viele Stunden vergangen waren, seit er sie auf dieses Bett gezogen hatte, doch die meiste Zeit davon hatte sie ganz sicher nicht geschlafen. Unter ihrer linken Hand spürte sie das Heben und Senken seines Brustkorbs. Er lag auf der Seite, ihr halb zugewandt, ein Bein über ihre Schenkel geschoben und den Arm auf ihrem Oberkörper, fast so, als wolle er sie auf diese Art festhalten, um zu verhindern, dass sie sich von ihm entfernte. Dabei wollte sie alles andere als das, denn diese neue Nähe nach dem Liebesakt erfüllte sie nicht nur mit wohliger Entspannung, sondern mit einem so tiefen Frieden, wie sie ihn im Laufe ihres Lebens noch nie erlebt hatte. Ihr war, als sei sie nach einer langen Reise angekommen.

Paolo bewegte sich und erwachte schließlich. Träge hob er den Arm von ihrer Brust und fuhr ihr mit der Hand durchs Haar. »Du bist wach«, murmelte er. »Habe ich lange geschlafen?«

»Ich weiß nicht. Ich bin auch erst eben aufgewacht.«

Sie drehte den Kopf und blickte zur Stundenkerze, die neben dem Bett brannte. »Lange haben wir nicht geschlafen, vielleicht zwei Stunden. Aber das Feuer im Kamin ist ausgegangen.«

»Ist dir kalt?«

Sie schüttelte den Kopf. »Wie kann ich frieren? Du bist heißer als ein Backofen.«

Erst als er leise lachte, ging ihr der Doppelsinn ihrer Bemerkung auf. Sie kicherte verlegen und knuffte ihn in die Seite. »So meinte ich es nicht!«

»Ich betrachte es trotzdem als Kompliment«, versetzte er mit gespieltem Ernst. »Es sollte immer eines der wichtigsten Anliegen eines Mannes sein, sein Eheweib warm zu halten.« Er zog sie fester an sich und rieb ihren Rücken, als wollte er die Kälte vertreiben. Sie kicherte lauter, weil es kitzelte, und gleich darauf war eine kleine Rangelei im Gange, die rasch zu intimeren Berührungen führte. Cintia wand sich unter ihm und stöhnte, hin- und hergerissen zwischen Lust und Schmerz. Bevor sie eingeschlafen waren, hatte er sie zwei Mal genommen. Während das erste Mal wehgetan und sie mit einem Gefühl zurückgelassen hatte, als hätte sie um Haaresbreite ein lange ersehntes Ziel verfehlt, war sie bei der zweiten Vereinigung von einer Woge der Lust davongetragen worden, bis sie geglaubt hatte, sterben zu müssen. Doch dies war nicht der Augenblick gewesen, als ihre Seele sich ihm völlig geöffnet hatte, sondern das geschah danach, als er sie, noch nach Luft ringend, an sich gepresst hatte und sie das wilde Jagen seines Herzens an dem ihren spüren konnte. In diesem Moment hatte sie sich völlig eins mit ihm gefühlt, und so war es immer noch. Nicht nur ihren Leib hatte er in Besitz genommen, sondern ihr ganzes Wesen, und ihr Glück darüber war vollkommen. Was ihren Körper leider nicht daran hinderte, an gewissen Stellen zu schmerzen.

»Au!«, stöhnte sie.

Die forschenden Finger zwischen ihren Schenkeln hielten inne, und er hob den Kopf von ihrer Brust. »Tue ich dir weh?«, fragte er besorgt.

»Nicht sehr, aber ... doch, ja.« Sie lächelte kläglich. »Mir fehlt die Übung.«

»Die wirst du kriegen, aber nicht mehr heute Nacht.« Er küsste sie auf die Schläfe und schwang sich aus dem Bett, um sich vor dem Kamin niederzuknien und das Feuer neu zu entzünden. Fasziniert betrachtete sie ihn, als er sich vorbeugte, um frische Scheite nachzulegen und dann mit dem Zündbesteck eine Flamme entfachte. Es dauerte eine Weile, bis das Holz richtig brannte, und während dieser Zeit warf das aufflackernde Feuer ein bewegtes Muster aus Schatten und Licht auf sein Gesicht. In seiner Miene war nichts von der sonst üblichen Strenge und Düsterkeit zu erkennen. Seine Züge waren entspannt; seine ganze Haltung wirkte gelöst, und Cintia hätte schwören mögen, dass er glücklich war, genauso wie sie selbst. Zufrieden seufzend stützte sie sich auf dem Ellbogen auf, damit ihr keine seiner Bewegungen entging.

Endlich brannte das Feuer richtig, und er wandte den Kopf, um sie anzusehen. Um seine Lippen spielte ein Lächeln, während sich aufrichtete und in unbefangener Nacktheit vor dem Kamin stehen blieb. »Finde ich deine Zustimmung?«

Unwillkürlich betrachtete sie die athletischen Linien seiner Schultern und seines Rückens sowie die ausgeprägte Muskulatur seiner Oberschenkel, Ergebnis der harten körperlichen Arbeit, die er seit vielen Jahren verrichtete. »Du bist ... sehr ansehnlich. Aber das weißt du sicher.«

Er lachte, und in diesem Moment war sie tatsächlich davon überzeugt, noch nie einen schöneren Menschen gesehen zu haben als ihn. »Du solltest öfter lachen«, sagte sie spontan. »Wenn du lachst, bist du ganz anders, weißt du das?«

»Anders als wann?«, fragte er belustigt zurück.

»Anders, als wenn du ernst bist.« Sie setzte sich auf und

schlang die Arme um ihre angezogenen Beine. »Dein Leben war wohl oft nicht einfach, oder?«

»Es gab ein paar schlimme Tage, aber ich kenne viele Leute, die es viel schwerer hatten als ich – du zum Beispiel. Eigentlich habe ich wenig Grund, unglücklich zu sein. Wenn ich ernst wirke, so liegt es in meinem Wesen, nicht an einer schweren Kindheit.« Er ging zu dem Tisch, auf dem der Weinkrug und die Becher standen. »In meinem Leben musste ich noch nie hungern, und ich wurde nie verprügelt.« Er verzog das Gesicht. »Abgesehen von den Schlägen, mit denen mein Übungsmeister mich traktierte, wenn ich mich beim Fechten oder Schießen dumm anstellte. Es gab Zeiten, in denen ich mich einsam fühlte, vor allem nach dem Tod meines Vaters. Aber als ich mit dem Schiffsbau anfing, war ich zufrieden und bin es noch.« Er füllte die Becher und kam zurück zum Bett, wo er sich neben sie setzte und den Arm um sie legte. »Du bist ein fröhlicher Mensch«, sagte er. »Ich liebe es, wenn du lachst oder kicherst. Um genau zu sein, ich kann nicht genug davon bekommen.« Er legte seinen Kopf gegen ihren und drückte sie an sich. »Du hast dir dein Lachen bewahrt, obwohl du durch die Hölle gegangen bist. Das erkenne ich als Zeichen dafür, dass Wesenszüge wie Frohsinn oder Schwerblütigkeit angeboren sein müssen.«

Cintia grinste verschmitzt. »Schwerblütig bist du gewiss nicht. Mittlerweile weiß ich, dass die Lebensfreude bei dir nur einen Kuss weit entfernt ist, und dieses Wissen finde ich sehr nützlich.«

Gemeinsam schauten sie in die züngelnden Flammen, und Cintia genoss die Wärme, sowohl die vom Feuer als auch die von Paolos Körper. Sie hatte ein Laken um sich gerafft, denn anders als er konnte sie sich ihm nicht frei von Scham nackt zeigen, doch er hatte gemeint, sie werde es bald lernen.

Sie tranken einträchtig von dem Wein, der tatsächlich köstlich war, wie sie übereinstimmend fanden. Vorher hatten sie beide nicht viel Sinn dafür gehabt, die ausgesuchte Qualität zu beurteilen. Wie Cintia wusste, stammte der Wein aus den Beständen ihres Vaters. Er hatte einige Fässer in einem der Magazine verwahrt, die neben dem Wassersaal lagen. Dort hatte er auch einen Teil der Seide aufgehoben. Als Cintia gemeinsam mit Paolo das Haus wenige Tage nach ihrer Heirat im letzten Herbst das erste Mal wieder betreten hatte, war sie verwundert gewesen, dass nichts gestohlen oder sonstwie in fremde Hände gekommen war. Der behördliche Verwalter, der seit dem Tod ihrer Eltern die Verantwortung für den Nachlass trug, hatte seine Sache gut gemacht. Alles war sorgsam verschlossen gewesen, an den Türen waren zusätzliche Riegel angebracht worden, und hin und wieder hatten Militi auf Patrouillengängen nach dem Rechten geschaut, sodass bis zu Cintias Rückkehr alle Lagerbestände vollzählig erhalten geblieben waren, so wie ihr Vater sie in den Warenbüchern verzeichnet hatte. Später hatte Cintia erfahren, dass das nicht zuletzt auf die Umsicht ihrer Tante zurückzuführen war, da diese eine Weile geglaubt hatte, selbst alles zu erben, und bei den Ämtern um entsprechende Vorkehrungen nachgesucht hatte, bis die Nachlassansprüche von den Behörden geregelt waren. Obwohl Cintia wusste, dass sie Daria deswegen eigentlich dankbar sein sollte, empfand sie deren Verhalten im Nachhinein eher als anmaßend denn als fürsorglich, und hin und wieder überlegte sie, ob Daria ihr wohl grollte, weil sie sich um den ganzen Reichtum gebracht sah. Mittlerweile war ihr das Ganze jedoch gleichgültig, obwohl sie bei manchen Gelegenheiten – so etwa bei dem gestrigen unverhofften Auftauchen ihrer Tante – immer noch daran denken musste.

Dennoch gab es eine Sache, für die sie Daria wirklich dankbar war, ohne jede Einschränkung und gänzlich ohne Vorbehalte. Hätte Daria nicht mit jeder erdenklichen List darauf hingearbeitet, wäre es nicht zu dieser Ehe gekommen.

Ich sollte es ihr sagen, dachte Cintia. Zugleich fasste sie den festen Entschluss, es tatsächlich zu tun. Sie würde ihrer Tante für das Zustandebringen der Heirat danken. Wenn sie auch vorher nie verwandtschaftliche Kontakte zu dieser Frau unterhalten hatte und bis heute keine besonders innige Zuneigung zu spüren war, so gehörte Daria doch zur Familie.

»Ich wollte dich schon immer etwas fragen«, meinte sie unvermittelt. »Was hat Daria eigentlich in ihren jungen Jahren dazu gebracht, von zu Hause fortzulaufen und dieses ... Leben zu führen?«

»Genaues weiß ich nicht. Was das anging, war sie nie sonderlich redselig. Irgendwann sprach sie davon, dass sie sich wie in einem Gefängnis gefühlt hat.«

Cintia nickte nachdenklich. Diese Empfindung konnte sie leicht nachvollziehen. Auch sie hatte sich trotz ihres luxuriösen Elternhauses wie eine Gefangene gefühlt und sich danach gesehnt, der Enge zu entfliehen. Allerdings wäre sie nie auf den Gedanken gekommen, anstelle ihres früheren Lebens das einer Kurtisane zu wählen. Doch dann dachte Cintia an Lucietta und das Leuchten, das sich stets in deren Miene spiegelte, wenn sie von den Freuden und Freiheiten sprach, die besser gestellte Kurtisanen genossen. Sicher war Daria von ähnlichen Gedankengängen beseelt gewesen, als sie sich für dieses Leben entschieden hatte. Ob sie sich wie Lucietta in einen verheirateten Mann verliebt hatte?

Cintia fragte Paolo danach, doch er wusste es nicht. »Sie hat nie viel über die Vergangenheit gesprochen«, meinte er. »Ich wusste, dass Ippolito Barozzi ihr Bruder war, aber das war auch schon alles. Warum es sie von zu Hause fortgezogen hat, weiß ich nicht. Dass ihr Vater und ihr Bruder nichts mehr mit ihr zu tun haben wollten, lässt sich wohl auf ihre Lebensweise zurückführen.«

Cintia nickte; das leuchtete ihr ein. Ihre Eltern hatten ein gesittetes Leben geführt. Es hatte zwar viele Feste in der Ca' Barozzi gegeben, doch Dekadenz oder gar Verruchtheit wie bei Daria waren dabei nie im Spiel gewesen.

»Welcher Art waren eigentlich genau deine Angelegenheiten mit meinem Vater? Du sagtest einmal, du hättest geschäftlich mit ihm zu tun gehabt, aber inzwischen weiß ich, dass du dich allein dem Schiffsbau verschrieben hast. Allerdings ist mir nicht bekannt, dass mein Vater je im Schiffsbau zu tun gehabt hätte.«

Paolo wirkte ein wenig schuldbewusst. »Geschäfte im engeren Sinne gab es keine«, bekannte er. »Ich sprach wegen meines Bruders bei ihm vor.«

»Warum?«

»Immerhin war dein Vater sein Onkel, ein naher Verwandter also. Und ein überaus geschäftstüchtiger dazu. Ich wollte die Möglichkeiten ausloten, die es für ein Fortkommen Casparos im Seidengewerbe gab. Es war an der Zeit, eine Ausbildung für meinen Bruder ins Auge zu fassen.« Er seufzte. »Als Sohn eines Patriziers wäre er sonst unweigerlich beim Heer oder der Marine gelandet, eine Aussicht, die mir nicht sonderlich gefiel. Also wandte ich mich an deinen Vater und bat ihn, Casparo zum Kaufmann auszubilden.«

»Was sagte er dazu?«

»Er wollte darüber nachdenken, aber ich hatte den Eindruck, dass er meinem Ansinnen nicht gänzlich ablehnend gegenüberstand. Bevor es allerdings zu einer Entscheidung kommen konnte, starb er.«

Schmerzliche Erinnerungen hinderten Cintia zunächst an weiteren Fragen. Eine Weile saß sie einfach nur stumm und gedankenverloren da. Schließlich sagte sie leise: »In der Nacht, als er krank wurde, hatte er mit meiner Mutter gesprochen. Jetzt erkenne ich, dass es dabei um Casparo ging. Mein Vater fühlte sich ihm verpflichtet, er hätte also zugestimmt. Nun ist auf Umwegen am Ende doch alles so gekommen, wie du es damals wolltest. Dein Bruder lernt jetzt, was man über das Seidengewerbe wissen muss. Er macht seine Sache gut, und er hat Freude daran. Darüber wäre mein Vater sicher froh gewesen.«

Eine Weile schwiegen sie beide und tranken von dem Wein, bis Paolo ihr den Becher aus der Hand nahm und ihn wegstellte. Er stand vom Bett auf und nahm ihre Hand. »Komm.«

»Wohin?« Sie protestierte lachend, als er sie vom Bett zog und zur Tür strebte. »Nicht doch! Was hast du vor?!«

»Ein Versprechen halten. Ich zeige dir das Bogenschießen.«

»Aber ich habe nichts an!«

»Ich auch nicht, also sind wir einander ebenbürtig.«

»Du bist verrückt.« Cintia kicherte. »So können wir nicht aus dem Haus gehen!«

»Keine Sorge, in dem Fall tut es der Portego.«

Sie bestand darauf, ihr Unterkleid überzuziehen, obwohl der Ausdruck von fröhlichem Übermut auf seinem Gesicht sie um ein Haar dazu verleitet hätte, ihre Schamgefühle zu vergessen und nackt mit ihm in den großen Saal zu gehen. Doch die Sorge, dass jemand im Haus wach werden und sie beide unbekleidet erwischen könnte, vertrieb derart kühne Anwandlungen rasch.

Paolo streifte ebenfalls ein Hemd über, damit war dem Anstand wenigstens halbwegs Genüge getan. Im Saal zündete er einige Talglichter an und stellte eines davon an einer Längswand zwischen zwei Spiegeln auf.

»Das ist unser Ziel«, erklärte er.

Sie nahmen Aufstellung an der gegenüberliegenden Wand, und Paolo ergriff den Bogen sowie einen der gefiederten Pfeile. »Es ist nicht so einfach, wie es aussieht, aber mit etwas Mühe und Zeitaufwand kann es jeder meistern. Am schwierigsten ist zunächst das Spannen, dafür braucht es einige Kraft, und auch die Haltung von Armen und Schultern will gelernt sein.« Er spannte den Bogen mühelos und ließ den Pfeil davonschnellen, der zischend oberhalb der Kerzenflamme in die Wand fuhr und in der Lederbespannung stecken blieb.

Mit einem zweiten Pfeil versuchte Cintia ihr Glück, nachdem sie seine Zielgenauigkeit gebührend gelobt hatte. Paolo zeigte ihr den Punkt, wo sie den Pfeil aufstecken musste, und er umwickelte ihren Arm mit einem Stück Leinen. »Ohne Armschutz kann es bei einem ungeübten Schützen zu schmerzhaften Verletzungen kommen, weil die Sehne dicht am Körper vorbeischnellt«, erklärte er.

Was die nötige Kraft beim Spannen betraf, so hatte er nicht übertrieben, wie Cintia rasch bemerkte. Es fiel ihr schwer, die Sehne weit genug durchzuziehen, um den Pfeil überhaupt abschießen zu können. Bei den ersten drei Versuchen fiel er nur wenige Schritte von ihr entfernt kraftlos zu Boden, und erst beim vierten Mal gelang ihr ein halbwegs ordentlicher Schuss, der bis zur gegenüberliegenden Wand reichte. Dem Pfeil fehlte allerdings die Durchschlagskraft; er blieb nicht in der Wand stecken. Sie versuchte noch einige Male ihr Glück, denn zu ihrer Überraschung stellte sie fest, dass es großen Spaß machte. Paolo lächelte, als sie ihm mitteilte, dass sie es demnächst wieder probieren wolle.

»Es ist wie bei fast jedem Zeitvertreib«, sagte er. »Nur die Übung macht den Meister.«

Sie verbrachte die Nacht in seinen Armen und wachte beim Terzläuten dicht an ihn geschmiegt auf, was umgehend dazu führte, dass sich beide gleich darauf in einer leidenschaftlichen Umarmung wiederfanden. Paolo küsste sie heftig, und bis zu einer weiteren körperlichen Vereinigung hätte es nicht mehr lange gedauert, wäre nicht zeitgleich mit dem letzten Glockenschlag Casparo ins Zimmer geplatzt.

»Guten Morgen, Bruder, ich wollte fragen, ob …« Er erblickte das sich umarmende Paar und stolperte über seine eigenen Füße in dem unmöglichen Versuch, noch während des Vorwärtsgehens den Rückzug anzutreten. »Oh!«, stammelte er mit hochrotem Gesicht. »Ich wollte nicht … Ich ahnte nicht …«

»Raus!«, brummte Paolo.

Immer noch stolpernd verschwand Casparo, die Tür hinter sich zuschlagend.

Cintia wusste nicht ein noch aus vor Verlegenheit. Hastig sprang sie aus dem Bett und schlüpfte in ihr Gewand. »Wir hätten abschließen sollen«, sagte sie mit abgewandtem Gesicht.

»Wozu? Wir sind verheiratet. Man erwartet von uns, dass

wir gemeinsam schlafen.« Zufrieden fügte er hinzu: »Was wirklich höchste Zeit war. Komm zurück ins Bett.«

Sie schüttelte den Kopf. »Es ist spät«, murmelte sie, schon auf dem Weg zur Tür, das Gesicht glühend vor Verlegenheit. Als sie sich jedoch später in ihrer Kammer im Spiegel betrachtete, erkannte sie, dass die Röte nicht von der peinlichen Situation herrührte, sondern den borstig sprießenden Bartstoppeln ihres Mannes zu verdanken war. Beim Küssen hatte sich das Kratzen wunderbar angefühlt, doch ihre Haut sah an Wangen und Kinn aus, als hätte sie Stunden in der prallen Sonne zugebracht. Es schien beinahe, als hätte er ihr ein Zeichen aufgedrückt. Überzeugt, dass jeder ihr die leidenschaftlichen Exzesse der vergangenen Nacht ansehen müsse, schaffte Cintia es kaum, den übrigen Hausbewohnern gegenüber unbefangen aufzutreten. Imelda, Sabina und Juana musterten sie allesamt auf eine Weise, die keinen Zweifel daran ließ, dass sie im Bilde waren.

Lucietta kam bei der nächstbesten Gelegenheit in Cintias Kammer gestürzt und wollte alles genau wissen.

»Habt ihr es getan? Hat es dir gefallen? Tat es weh?«

Cintia rang nach Worten und brachte schließlich nichts weiter heraus als ein gedrucktes *Ja*.

»Ja was?«

»Es hat es mir gefallen«, sagte sie peinlich berührt.

»Wie mich das freut!« Lucietta strahlte sie an. »So war es bei mir auch! Ach, ich liebe das so!« Hastig fügte sie hinzu: »Und natürlich liebe ich auch Giacomo!« Sie legte den Kopf auf die Seite. »Ich werde übrigens heute Abend mitkommen.«

»Zu dem Kostümball von Messèr Tassini?«

Lucietta nickte. »Giacomo geht auch hin, er erzählte mir gestern davon.«

Cintia runzelte die Stirn. »Du willst dich in aller Öffentlichkeit mit ihm zeigen?«

Grimm stand in Luciettas Miene. »Er nimmt seine Frau mit. Diese unsägliche Marietta hat auf seiner Begleitung bestanden.«

»Hin und wieder müssen sie gemeinsame gesellschaftliche Verpflichtungen erfüllen«, meinte Cintia diplomatisch.

»Mitnichten! Sie will ihn unter Druck setzen!«, rief Lucietta wütend aus. »Er soll von mir lassen und sich mehr um sie kümmern, genau darum geht es ihr, und aus diesem Grund schleppt sie ihn zu Festen oder drängt sich ihm auf, möglichst immer, wenn er ankündigt, auszugehen! Sie will sogar neuerdings von ihm beschlafen werden, stell dir das vor!«

»Sie ist seine Frau.«

Dieser Einwand verfing nicht bei Lucietta. Ärgerlich schnaubend schritt sie auf und ab. »Ich werde nicht zusehen, wie die beiden miteinander feiern und sich amüsieren! Er hat gesagt, er liebt mich! Nur mich!«

»Es ist nicht gesagt, dass sie sich amüsieren. Bestimmt ist es für ihn nur eine lästige Pflichterfüllung, umso mehr wird er sich freuen, danach wieder mit dir zusammen zu sein.«

»Meinst du?«, fragte Lucietta zaghaft, nur um gleich darauf zornig den Kopf zu schütteln. »Nein, er wird es bestimmt genießen!« In ihren Augen sammelten sich Tränen, als sei es die schlimmste Kränkung, dass ihr Galan sich ohne sie vergnügen wollte. »Dieses Fest ist sehr begehrt, denn alles, was Rang und Namen hat, nimmt daran teil, das weiß ich! Man erzählt überall, wie wunderbar die Bankette des Ammiraglio sind, wie erlesen die Weine und wie glanzvoll das Orchester!« Sie schaute Cintia auf eine Weise an, die klarmachte, dass sie keinen Widerspruch duldete. »Ich gehe mit! Aber keine Sorge, ich werde weder dich noch Paolo bloßstellen. Ich halte mich nicht nur im Hintergrund, sondern bin selbstverständlich auch maskiert und kostümiert. Niemand wird mich erkennen, nicht einmal Giacomo.«

Dieser Behauptung misstraute Cintia, doch ihr fehlte die Energie, deswegen mit Lucietta herumzustreiten, zumal offensichtlich war, dass Lucietta sich nicht umstimmen lassen würde.

Seufzend und wider besseres Wissen erklärte sie daher ihr Einverständnis. Der Tag hatte verheißungsvoll begonnen, doch dem Abend sah sie mit gemischten Gefühlen entgegen.

»Ihr seid wunderschön, Herrin!«, erklärte Juana begeistert, während sie um Cintia herumging und da und dort eine Falte des Gewandes zurechtzupfte oder glatt strich.

»Das Kostüm ist dir gut gelungen«, bestätigte Cintia bereitwillig, wenngleich es von beklagenswerter Offensichtlichkeit war, dass sie mit ihren immer noch unziemlich roten Wangen nicht viel Ähnlichkeit mit einer Jagdgöttin aufwies. Im Laufe des Tages war die Rötung verflogen, doch dann war am späten Nachmittag Paolo in ihr Gemach gekommen und hatte sie geküsst, als sei er ein Verhungernder und sie die lange ersehnte Mahlzeit. Sie selbst hatte ähnlich empfunden, doch wenig später, beim Anblick ihres Spiegelbildes, waren ihr ernstliche Zweifel gekommen, ob sie so zu dem Fest erscheinen konnte, denn sie sah schlimmer aus als am Morgen. Juana hatte mit einem Blick auf ihre dunkelroten Wangen bemerkt, es sei besser, wenn sich Messèr Paolo künftig zwei Mal täglich den Bart schabte.

»Ihr könntet es mit Bleiweiß kaschieren«, meinte Juana. »Ich würde Euch so schminken, dass Eure Haut wie feinster Marmor aussieht.«

Das lehnte Cintia ab, denn bei ihrem ersten Schminkversuch vor einigen Monaten hatte sie die Erfahrung machen müssen, dass sie das Bleiweiß nicht vertrug, weil ihr davon Augen und Nase zuschwollen.

Lucietta kannte indessen solche Probleme nicht. Als sie sich Cintia vor ihrem Aufbruch in ihrem Kostüm präsentierte, trug sie zusätzlich zu ihrer mit Federn besetzten Halbmaske eine dicke Schicht der weißen Schminke und war darunter tatsächlich auf den ersten Blick nicht zu erkennen, es sei denn an ihren drallen Körperformen. Ihr Busen hob sich über dem eng geschnürten, schreiend gelben Gewand zu einem enormen Dekolleté, und ihre Hüften schwangen beim Gehen in der ihr eigenen, unverwechselbaren Weise. Cintia fand, dass ihre Cousine in dieser Kostümierung alles andere als unauffällig wirkte, doch die kämpferische Haltung, in der Lucietta vor ihr paradierte, legte nahe, dass jede Diskussion darüber zwecklos war.

377

»Sehe ich gut aus?«, fragte Lucietta, die Hände in die Seiten gestemmt.

»Sehr gut«, versicherte Cintia.

»Begehrenswert?«

»Ähm … ja.«

»Wirklich?«

»Ich bin kein Mann, aber wäre ich einer, würde ich mich fragen, wer wohl diese … betörende Frau ist«, erklärte Cintia in möglichst überzeugendem Ton.

»Ich finde dich sehr schön«, sagte Casparo. Er stand in der offenen Tür und trat von einem Fuß auf den anderen.

»Danke, mein lieber Junge«, meinte Lucietta, der offenbar nicht auffiel, dass Casparo nicht sie, sondern Juana anschaute. »Man merkt, dass ein Mann aus dir geworden ist!« Geschmeichelt lächelte sie ihn an, doch er hatte keinen Blick für sie, sondern starrte anbetend die junge Zofe an.

Die Lider gesenkt, musterte Juana ihn mit kokettem Lächeln. »Aus ihm ist ganz gewiss ein Mann geworden«, meinte sie.

Wenn irgend möglich, errötete Casparo noch stärker und zog sich mit einer gemurmelten Entschuldigung zurück.

Es kam Cintia so vor, als hätte er zunächst etwas fragen wollen, was ihm dann jedoch beim Anblick der Frauen, besonders dem von Juana, schlagartig wieder entfallen war. Besorgt fragte sie sich, ob sich womöglich zwischen den beiden bereits eine heimliche Liebelei angebahnt hatte. Sie nahm sich vor, Juana darauf anzusprechen, doch bis zu ihrem Aufbruch ergab sich keine Gelegenheit mehr für eine ungestörte Unterredung.

Nachdem zuerst Juana und später Lucietta ihr Gemach verlassen hatten, tauchte kurz darauf Paolo auf, unter dem Vorwand, ihr seine Kostümierung vorzuführen, in Wahrheit jedoch, um sie abermals zu küssen. Er stieß die Tür mit dem Fuß ins Schloss, betrachtete Cintia kurz und sagte knapp: »Du siehst aus wie eine Göttin.«

Ihr Lachen erstickte rasch unter seiner wilden Umarmung. Cintias Begierde stand der seinen um nichts nach, und als er sie endlich widerwillig losließ, stöhnte er verhalten. »Ich würde lieber zu Hause bleiben und die Nacht mit dir verbringen statt mit einem Haufen intriganter Maskenträger!«

»Nächte haben wir noch viele, Bälle am *Lunedì grasso* gibt es nur einmal im Jahr. Außerdem ist das unser erstes gemeinsames Karnevalsfest. Ich habe mir schon als kleines Mädchen ausgemalt, mit dem Mann meiner Träume zu einem solchen Fest zu gehen.« Vielsagend setzte sie hinzu: »Ein Fest, auf dem wir dumme Gerüchte zum Verstummen bringen können, indem wir zeigen, dass uns mehr verbindet als nur eine übereinstimmende Kostümierung.« Tatsächlich hatte er sich, passend zu ihrer eigenen Gewandung, als Kriegsgott verkleidet, wobei das Schwert, das er umgegürtet hatte, durchaus martialisch wirkte, während bei ihr der mitsamt dem Bogen umgehängte Köcher eher dekorativ anmutete.

»Bin ich das denn?«, fragte er, während er sich neben sie stellte, sodass sie sich beide vom Kopf bis zur Hüfte in dem großen, goldgerahmten Spiegel aus Muranoglas betrachten konnten.

»Bist du was?«, fragte sie zurück, atemlos gebannt von ihrer beider Anblick im Spiegel.

»Der Mann deiner Träume.«

»Das wäre viel zu profan, denn heute bist du eher ein Gott als ein Mann«, sagte sie leichthin, während sie ihm im Spiegel in die Augen blickte. Tatsächlich wirkten sie wie zwei Sagengestalten, mythisch entrückt im Geflacker der Kerzen, die Augen wie durchscheinende Juwelen, das glatt gekämmte Haar schwarzes Feuer vor dem Widerschein der zu Togen gewickelten Seidengewänder.

Cintia hatte den vagen Eindruck, dass ihre Antwort nicht das war, was Paolo gern hatte hören wollen. In ihrem Inneren spürte sie ihre Liebe für ihn, doch eine merkwürdige Scheu hielt sie davon ab, das Gefühl in Worte zu fassen. Sie versuchte, es ihm mit den Augen mitzuteilen, doch sein Blick hatte sich gesenkt, und in seine Züge hatte sich wieder eine Spur der ihm sonst eigenen Düsterkeit geschlichen. Rasch nahm sie seine Hand und drückte sie. »Ich bin glücklich«, sagte sie leise. »Alle meine Träume haben sich durch dich mehr als erfüllt.«

Bei ihren Worten schaute er auf und zwinkerte ihr zu, und mit einem Mal wünschte sie sich nichts sehnlicher, als für den Rest ihres Lebens so bei ihm zu stehen und ihn lächeln zu sehen. Sie drückte seine Hand fester, als könnte sie damit ihren Anspruch auf den Erhalt des unwiederbringlichen Augenblicks bekräftigen.

Im nächsten Moment tat sich die Tür auf, und Lucietta stürmte herein, den Umhang bereits um die Schultern gelegt und das sorgsam arrangierte Lockengeriesel unter einem Schleier versteckt. »Ihr Lieben, es wird höchste Zeit zum Aufbruch! Wir wollen doch nicht die Letzten sein!«

An diese Worte dachte Paolo, als im Prunksaal des Ammiraglio inmitten schwerer Parfümwolken eine scheinbar endlose Parade von Gästen an ihm und Cintia vorüberzog, während sie selbst sich ebenfalls durch den Raum bewegten, schlendernd, kreisend, da und dort verharrend und dann wieder weiterziehend, langsam und ziellos wie grasende Schafe auf der Weide. Die Geräuschkulisse war von beträchtlicher Lautstärke. Das Stimmengewirr wurde von der Musik des Orchesters überlagert, das in routinierter Qualität aufspielte, aber immer, wenn die Instrumente für einen Moment verstummten, tönten die Stimmen so laut, dass man kaum sein eigenes Wort verstehen konnte.

Obwohl Paolo sich unter seinesgleichen befand, kam er sich wie ein Fremder vor. Ungeachtet seines adligen Standes ging er nur selten zu den Sitzungen des Großen Rates und niemals zu den Treffpunkten der angesehenen Kaufleute am Rialto oder bei den Prokuratien, weshalb er nicht allzu viele der geladenen Gäste auf Anhieb erkannte. Bei anderen Gelegenheiten, etwa beim Kirchgang oder einer Andata, wäre es nicht weiter schwie-

380

rig gewesen, doch an diesem Abend war es schlichtweg unmöglich, da fast alle Besucher sich maskiert hatten. Wer keine Maske trug, war zumeist bis zur Unkenntlichkeit geschminkt.

Er selbst hatte außer dem Ares-Kostüm auf jegliche Maskerade verzichtet, worüber er schon deswegen froh war, weil der Saal, obwohl von gewaltiger Größe, rettungslos überheizt war. In allen Kaminen loderten Feuer, und an den Säulen und Wänden standen zusätzlich Kohlepfannen und verströmten Hitze. Die zugrunde liegende Absicht des Gastgebers war nachvollziehbar; es war sicherzustellen, dass bei der herrschenden Februarkälte niemand fror, gleichgültig, wie spärlich seine Gäste bekleidet waren.

Im Licht der überall brennenden Kerzen war gut zu sehen, wie dünn manche Seidengewänder waren und wie tief ausgeschnitten die meisten Dekolletés. Cintias Aufmachung bildete leider keine Ausnahme, und Paolo juckte es mehr als einmal in den Fingern, an ihrer Toga herumzuzupfen, um ihren Busen vor fremden Blicken zu verstecken.

Vor dem Aufbruch hatte er noch stumm vor Bewunderung ihre hinreißende Erscheinung bestaunt, doch die Tatsache, dass hier auf dem Fest jeder vorbeikommende Mann dasselbe tat, erregte Paolos Zorn. Zum ersten Mal in seinem Leben spürte er Eifersucht, obwohl sich in dem herrschenden Gedränge niemand etwas anderes herausnehmen konnte als einen Blick im Vorübergehen. Um jedoch allen Zweifeln und Gerüchten endgültig den Nährboden zu entziehen, legte Paolo möglichst oft und mit deutlich besitzergreifender Geste den Arm um Cintia. Bei jeder Begrüßung durch einen weiteren Neuankömmling zog er sie dicht an sich und stellte damit unmissverständlich klar, wie sie zueinander standen.

»Messèr Loredan, wie schön, Euch einmal in geselliger Runde wiederzusehen!« Ein beleibter Maskenträger blieb mitsamt seiner mit Pfauenfedern verzierten Gattin vor ihm stehen und lächelte breit. Paolo grüßte höflich zurück, obwohl er keine Ahnung hatte, wer der Mann war.

»Und wie reizend Eure junge Gattin ist!« Anscheinend erwartete der Mann, vorgestellt zu werden, doch den Gefallen konnte Paolo ihm nicht tun.

»Ja, sie ist in der Tat reizend«, sagte er stattdessen, die Hand in Cintias Nacken, um sie ohne jede Scheu zu streicheln.

»Wie verliebt er ist«, raunte die gefiederte Frau im Weitergehen ihrem Mann zu.

»Wärst du nur halb so reich wie die kleine Barozzi, wäre ich auch in dich verliebt«, gab ihr Gatte launig zurück.

Paolo merkte, dass Cintia es mitbekommen hatte. Sie reckte das Kinn und presste die Lippen zusammen, untrügliches Zeichen ihrer Verstimmung.

»Wir hätten uns nicht von Lucietta drängen lassen sollen«, meinte er lapidar. »Wären wir nur eine Stunde später aufgebrochen, hätten wir die Gäste schon gehörig beschwipst vorgefunden oder beim Schlemmen, und wir hätten das ganze lästige Begrüßungsgeschwätz ausfallen lassen können.«

Cintia kicherte unterdrückt, und er war froh, dass sie ihren allgegenwärtigen Humor nicht verloren hatte. Zufrieden registrierte er, wie sie sich an ihn schmiegte, als wolle sie sich nichts von seiner Zärtlichkeit entgehen lassen. Rasch beugte er sich zu ihr hinunter und flüsterte ihr eine kleine Unanständigkeit ins Ohr, was sie auf zauberhafte Weise verlegen machte, ihr aber zugleich ein schelmisches Lächeln entlockte, während sie ihrerseits mit einer Bemerkung konterte, die unversehens seine Begierde anstachelte. Wäre es nach ihm gegangen, hätten sie sich nur allzu bald wieder empfohlen.

Doch bisher hatte er – bis auf eine flüchtige Begrüßung gleich nach der Ankunft – noch kein Wort mit seinem Gastgeber gewechselt.

Ein weiterer Besucher blieb vor ihnen stehen, und diesen erkannte Paolo sofort, weil er einer von Darias Stammfreiern war, ein verwitweter Kaufmann namens Calergi, der sein Leben in vollen Zügen genoss und keinen Hehl daraus machte. Das letzte Mal hatte Paolo ihn in jener unseligen Nacht gesehen, als er Cintia für eines von Darias leichten Mädchen gehalten hatte.

»Loredan, mein Guter«, sagte Calergi leutselig. »Wieder mal unter Leuten?« Er lachte wiehernd. »Und sogar in göttlicher Gesellschaft!« Mit beifälligem Blick auf Cintia fügte er hinzu: »Wie nett, Eure reizende Gattin wiederzusehen. Passt gut auf dieses Kleinod auf, Loredan, sonst kommt am Ende einer auf die Idee, sie Euch wegzuschnappen.«

»Wer das versucht, wird anschließend nicht mehr lange genug leben, um die Beute zu würdigen.« Paolo wurde gewahr, dass er bei dieser Erwiderung seine Hand an den Schwertknauf gelegt hatte, und er kam sich zunehmend albern vor wegen seiner Eifersucht.

Calergi grinste beschwichtigend, offenbar erinnerte er sich noch sehr gut an seine blutige Nase. Suchend blickte er sich um. »Vorhin sah ich noch Eure Frau Stiefmutter, wo ist sie hin? Meine kostbare Blume Daria!« Mit nicht mehr ganz sicheren Schritten verschwand er in der Menge.

Paolo bemühte sich, seinen Ärger nicht zu zeigen, doch ohne großen Erfolg.

»Es muss dir nicht peinlich sein«, sagte Cintia sanft. »Mir war es auch nicht unangenehm, und daher sollte es auch dir egal sein.«

»*Mir* ist es völlig egal«, sagte Paolo wahrheitsgemäß. »Es geht mir dabei nur um dich. Vielleicht noch um Casparo. Wenn dich das Gerede von solchen Männern wie Calergi nicht kränkt, berührt es mich ebenso wenig. Casparo stört sich auch nicht mehr daran, das weiß ich. Er ist erwachsen und fühlt sich uns zugehörig. Wir sind alle zufrieden mit der Situation, wir leben unser Leben. Und Daria das ihre.«

»Ich glaube, *sie* ist unzufrieden mit der Situation.«

Überrascht über diese Einschätzung, blickte er Cintia an. »Wie kommst du darauf?«

Sie hob die Schultern. »Es ist nur so ein Gefühl.«

Ihre Antwort stimmte ihn nachdenklich. Daria hatte sich

damals sofort und widerspruchslos mit Cintias Wunsch nach einem eigenen Hausstand abgefunden, und sie hatte auch keine Einwände gegen Casparos Umzug zu seinem Bruder erhoben.

Paolo hatte ihr eine jährliche Rente aussetzen wollen, damit sie ein ehrbares Leben führen konnte, doch das hatte Daria abgelehnt. Sie hatte ganz einfach weitergemacht wie immer und behauptet, etwas anderes passe nicht zu ihr; zudem sei eine Veränderung nicht nötig, nun, da ihr Sohn nicht mehr mit ihr unter einem Dach lebe und eine solide Ausbildung erfahre. Dass sie gleichwohl unzufrieden mit dieser Entwicklung der Dinge sein könnte, hatte Paolo bisher nicht in Erwägung gezogen.

Bevor er weiter darüber nachdenken konnte, erblickte er in der Menge einen Mann, bei dessen Anblick seine Laune sich rapide verschlechterte. Eduardo Guardi hatte ihn ebenfalls gesehen. Ein breites Lächeln trat auf sein Gesicht, als er sich in Bewegung setzte und mit ausgreifenden Schritten näher kam.

Niccolò folgte seinem Vater auf dem Fuße, während dieser auf Paolo und Cintia zusteuerte, gemeinsam mit Vito Farsetti, dem Schiffsbauer, von dem es hieß, er sei ein Schwager von Herzog Crispo, dem venezianischen Statthalter auf Naxos. In früheren Zeiten hatte der Name noch einen guten Ruf genossen, doch in den letzten Jahrzehnten hatte das Herzogtum Archipelagos stark an Bedeutung verloren. Immer mehr Inseln waren an Feinde Venedigs gefallen, entweder an die Genuesen oder an die Osmanen, und mittlerweile umfasste das venezianische Herrschaftsgebiet in der Ägäis nur noch einen Teil der ehemals griechischen Inseln.

Die Familie der Crispi schien indessen von diesem Niedergang nicht persönlich betroffen, obwohl Niccolò gehört hatte, dass der Herzog schon vor Jahren abgesetzt worden war und mittlerweile im Gefängnis von Candia schmachtete. Es hieß, sein Sohn solle in Kürze die Regentschaft weiterführen. Niccolò war das alles herzlich gleichgültig, doch seit er mitbekommen hatte, mit welcher Dringlichkeit sich dieser Verwandte des Herzogs für Cintias Ehemann interessierte und dafür auch Eduardo Guardi einspannte, war seine Neugier geweckt.

Der Mann war in den Dreißigern und fast so breit wie hoch, mit einem Gesicht, das durch den rund geschnittenen Bart einem freundlichen Vollmond glich. In der Stadt, so hieß es, warf er mit dem Geld nur so um sich. Er hatte eine Etage in einem der neueren Palazzi am Canal Grande gemietet, wo er teure Feste veranstaltete, und er hatte eigens eine Gondel mitsamt einem schwarzen Sklaven angeschafft, von dem er sich durch die Kanäle rudern ließ. Auch seine äußere Aufmachung zeugte von erlesenem Geschmack und Reichtum. Seine Gewänder waren aus kostbaren Stoffen geschneidert und aufwendig verarbeitet. Seit Niccolò sich mit dem Seiden- und Tuchhandel befasste, konnte er den Wert einzelner Kleidungsstücke auf den ersten Blick genau einschätzen. Sogar die Karnevalskostümierung Farsettis war aus allerfeinster Seide, reich bestickt und sorgfältig genäht, obwohl der Schnitt den ausladenden Bauch kaum zu kaschieren vermochte. Er hatte sich, was gut zu seiner olivfarbenen Haut passte, als Osmane verkleidet, mit voluminösem Turban, Pluderhosen und einem Krummsäbel an der Seite.

Im nächsten Augenblick hatte Niccolò nur noch Augen für Cintia. Er hatte sie schon bei ihrem Eintreffen erspäht, weil er ständig den Portikus im Auge behalten hatte, doch er hatte bislang keine Möglichkeit gefunden, unauffällig in ihre Nähe zu gelangen, da sie und ihr Mann von Besuchern umlagert waren, die darauf brannten, endlich das Paar, dessen Vermählung im vorigen Jahr für reichlich Gerede gesorgt hatte, von Nahem zu begutachten.

Es wurde gemunkelt, die beiden hätten einander nicht viel zu sagen, und Cintia Barozzi hätte sich, tatkräftig unterstützt durch ihre Tante, die Kurtisane, nur deswegen Hals über Kopf in diese Ehe geflüchtet, um der Schande nach der Zurückweisung durch Gregorio Guardi zu entgehen.

Es war Niccolò gelungen, Cintia und Paolo einige Male beim Kirchgang zu beobachten, und ein oder zwei Mal hatte er sie auch zusammen auf einer Andata gesehen. Tatsächlich hatten die beiden dabei nicht gerade wie ein frisch vermähltes Paar gewirkt; es hatte weder Blicke noch Berührungen gegeben, die auf Liebe oder gar Leidenschaft hingedeutet hätten. Auch wenn er Cintia bei ihren Besuchen in der Manufaktur ihres Vaters getroffen hatte, war sie ihm nicht sonderlich glücklich erschienen. Bei Niccolò hatte das – in Verbindung mit den Gerüchten – die Vorstellung genährt, sie sei in ihrer Ehe unzufrieden.

Seit Monaten hatte er zäh an der Hoffnung festgehalten, die Gerüchte mögen wahr sein, doch beim ersten Blick auf das Paar begriff er nun, wie sehr er sich getäuscht hatte. Zwischen den beiden sprühte es nur so vor erotischer Anziehung. Wann immer sich Gelegenheit dazu bot, tauschten sie intime Blicke, fassten sich bei den Händen oder schmiegten ihre Körper aneinander. Niemandem konnte die Leidenschaft zwischen ihnen entgehen.

Niccolò fühlte sich wie nach einem Hieb in den Magen. Ihm war übel, und er merkte, wie ihm der eben genossene Wein sauer aufstieß. Sein Bein, das ihm in der letzten Zeit weit weniger häufig zu schaffen machte als früher, schmerzte auf einmal mit einer Heftigkeit, dass er fast aufgestöhnt hätte. Um Konzentration ringend, trat er einen Schritt näher heran, sodass er neben seinem Vater stand – und zugleich unmittelbar vor Cintia, von Angesicht zu Angesicht.

»Guten Abend, Cintia«, sagte er. Er nickte ihrem Mann höflich zu, der, wie Niccolò zu seinem Verdruss bemerkte, als Ares kostümiert war. Paolo achtete indessen nicht weiter auf ihn, sondern bedachte Eduardo mit argwöhnischen Blicken. Seine Rechte lag am Schwertknauf, als sei er bereit, beim ersten falschen Wort Eduardos blankzuziehen.

»Heute komme ich in friedlicher Mission«, rief Guardi launig aus. »Ich hoffe doch sehr, dass Ihr meine Entschuldigung über mein unverzeihliches Benehmen noch in Erinnerung habt, Loredan! Darf ich Euch mit einem guten Freund aus der Ägäis bekannt machen? Er baut Schiffe, und zwar, wie ich hörte, die allerbesten! Von den Euren natürlich abgesehen. Er brennt darauf, sich mit Euch über irgendwelche Fragen zu Spanten und Duchten und Ruderlängen auszutauschen.« Er wandte sich an Farsetti. »Werter Freund, hier ist der Mann, von dem Ihr meintet, sein Ruhm sei ihm bereits bis zum fernen Archipelagos vorausgeeilt.«

Gleich darauf verneigte er sich vor Cintia. »Mein gutes Kind, wie schön du bist! Sei gegrüßt von einem Mann, der untröstlich ist, dass du nicht Mitglied seiner Familie geworden bist.«

Cintia nickte höflich, aber unbeeindruckt. Dagegen strahlte sie Niccolò an, augenscheinlich erfreut, ihn zu sehen. »Niccolò! Wie schön, dass du auch da bist!«

Während Farsetti und Paolo eine Unterhaltung begannen und Guardi davonschlenderte, trat sie näher zu Niccolò und wies mit dem Kinn in die Runde. »Es sind so wenige vertraute Gesichter hier.«

»Ohne die Masken würdest du viele sofort erkennen.« Er musterte sie. »Du siehst sehr hübsch in dem Kostüm aus. Als Jagdgöttin machst du eine gute Figur. Der Bogen scheint eine echte Waffe zu sein.«

»Ich habe sogar geübt.« Sie lachte ein wenig verlegen, bevor sie auf seine Kostümierung deutete. »Das ist eine vortreffliche Verkleidung! Es ist das Gewand des Capitano, nicht wahr?«

»Du kennst es?« Er war erfreut und geschmeichelt.

Sie nickte. »Kürzlich war ich mit meinem Schwager und Lucietta bei einer Theateraufführung, dort sah ich es. Wir haben herzlich über die Figur gelacht, der Capitano war der Liebling aller. Er hat sich selbst nicht ganz ernst genommen, obwohl er sich wie ein Angeber aufführte. Und den Frauen hat er den Kopf verdreht.«

Das entlockte Niccolò ein kurzes Lachen, und mit einem raschen Blick vergewisserte er sich, dass außer ihr niemand zuhörte. »Zum Frauenverführer tauge ich nicht, ob mit oder ohne Kostüm.«

Sie betrachtete ihn aufmerksam. »Oh, aber du bist ein gut aussehender Mann, weißt du das denn nicht?«

Er fühlte, wie Röte in seine Wangen stieg. »Ein gut aussehender Krüppel vielleicht.«

»Niccolò, wie kannst du dein Bein zum Maßstab deiner Persönlichkeit machen?« Sie wirkte tatsächlich verärgert. »Glaubst du nicht, dass es Frauen gibt, die darüber hinwegsehen und erkennen, wie du wirklich bist? So tapfer und stark und klug?«

Bei aller Verlegenheit über ihre Worte fühlte er Stolz. »Meinst du das wirklich?«

»Es liegt mir fern, dir Honig um den Bart zu schmieren. Dafür solltest du mich zu gut kennen.«

Er nickte langsam. Mit halbem Ohr lauschte er auf die Unterhaltung zwischen Loredan und Farsetti, die sich einige Schritte entfernt hatten und über den Schiffsbau sprachen. Niccolò hörte, wie Paolo und Farsetti lebhaft miteinander fachsimpelten, und ohne zu zögern nutzte er die Gelegenheit. »Es trifft sich gut, dass dein Mann anderweitig beschäftigt ist«, sagte er sachlich. »Ich muss etwas mit dir besprechen.«

Fragend wandte sie sich zu ihm um, und in ihrem Blick erkannte er die Sorge, er könne an Angelegenheiten rühren, von denen sie nichts hören wollte. Eilig stieß er sogleich zum Kern seines Anliegens vor, das ihm tatsächlich am Herzen lag und zu dem er ihre Meinung einholen wollte.

»Es geht um den Seidenhandel«, sagte er. »Ich habe einen Plan, über den Messèr Memmo nicht sonderlich begeistert ist, aber ich persönlich bin von den Aussichten, die sich daraus ergeben könnten, mehr als überzeugt. Ich hätte es spätestens bei deinem nächsten Besuch in der Manufaktur mit dir beredet, aber da wir uns nun schon hier treffen, kann ich es gleich zur Sprache bringen. Ich möchte für den Seidenhandel deiner Compagnia andere Absatzgebiete erschließen.«

»Nun, das Bestimmungsrecht über alle Handelsgeschäfte der Compagnia Barozzi …«

»Obliegt *de iure* deinem Mann, ich weiß«, unterbrach er sie. »Aber *de facto* regelt es Messèr Memmo, und der wiederum überlässt die wichtigen Entscheidungen im Verkauf nur allzu gerne mir. Der einzige Mensch, der sich wirklich und ernsthaft für die Belange des Handels interessiert, bist du.« Er hob die Hand, als sie zu einem Einwand ansetzte. »Ich weiß, dass du nicht vollständig mit kaufmännischen Gepflogenheiten vertraut bist, aber mir ist nicht entgangen, wie viel du in den wenigen Monaten schon dazugelernt hast. Niemand hat mich je so viel gefragt wie du.« Lächelnd fügte er hinzu: »Und niemandem habe ich es je so gern erklärt wie dir.«

»Ich kam mir manchmal ziemlich dumm vor«, bekannte sie.

»Und ich kenne niemanden, auf den die Bezeichnung *dumm* weniger zuträfe als auf dich.«

»Welcher Art sind deine Pläne, und warum will Messèr Memmo nichts davon wissen?«

»Weil sie nicht ganz ohne Risiko sind«, räumte Niccolò ein. »Ich möchte zusammen mit einem französischen Gewährsmann ein Handelskontor in Paris eröffnen. In der letzten Zeit habe ich mit vielen Kaufleuten gesprochen, darunter zwei oder drei, die dort schon Handel getrieben haben, und alle sagen übereinstimmend, dass Seide in Frankreich reißenden Absatz findet. Offenbar sind die Frauen dort höchst erpicht auf modische Kleider, und vor allem der Bedarf an feinen Stoffen ist enorm groß.«

»Und die beste Seide kommt bekanntlich aus Venedig«, sagte Cintia. »Warum also unsere Seide nur auf der Terraferma oder in Oberitalien verkaufen?« Es klang ebenso eifrig wie stolz, und Niccolò war auf absurde Weise bewegt, weil ihre Empfindungen seinen eigenen entsprachen.

»Nun, wir verkaufen sie auch nach England«, sagte Niccolò. »Aber der Markt in Frankreich ist wesentlich gewinnträchtiger. Das zeigt sich auch bei allen anderen Luxusgütern, etwa beim Glas. Es scheint fast, als hätten die Franzosen einen besonderen Hang zu schönen Dingen.«

»Warum bringen wir dann nicht unsere Seide nach Frankreich? Der Krieg ist doch vorbei!«

»Das ist der springende Punkt«, erklärte Niccolò. »In Wahrheit ruhen lediglich die Waffen. Man verhandelt in Mantua über den Frieden, aber die Herrscher sind nach wie vor zerstritten. Ob Papst, Franzosenkönig, Kaiser oder Abgesandte des Großen Rats – sie alle können womöglich bei nächster Gelegenheit befehlen, wieder zu Felde zu ziehen.«

»Ist Messèr Memmo deshalb gegen einen Handel mit den Franzosen? Weil sie dann wieder unsere Feinde wären?«

»Er versteht viel von der Seide, aber in Geschäftsdingen ist er ein Hasenfuß«, sagte Niccolò nüchtern. »So, wie ich es vorhabe, wäre es so sicher wie nur irgend möglich. Mein Gewährsmann ist ein Händler von untadeligem Ruf, alle Banken zeichnen unbesehen seine Wechsel. In Frankreich genießt er ebenfalls höchstes Vertrauen – er ist Hoflieferant. Die Leute dort werden venezianische Seide kaufen, auch wenn Frankreich mit der Serenissima im Krieg liegt, so viel ist sicher.«

»Ich werde mit Messèr Memmo reden«, sagte Cintia impulsiv. »Bestimmt wird er sich davon überzeugen lassen, wie gut deine Idee ist!« Ihre Augen funkelten, sie war unleugbar von seinem Plan angetan.

»Risiken kann man vorbeugen«, meinte er. »Ich werde deshalb selbst nach Paris reisen und mich dort umtun. Eine erste Lieferung dorthin begleiten und über den Verkauf wachen, bevor ein endgültiges Handelsabkommen getroffen wird.«

»Du bist sehr umsichtig. Und mutig obendrein.«

»Warum mutig?«

»Nun, ich denke, es braucht Mut, um in ein fremdes Land zu reisen.«

»Es wird höchste Zeit für mich«, widersprach er. »Welcher venezianische Kaufmann von Rang und Namen hat heutzutage keine Erfahrungen im Ausland gesammelt? Sogar Gregorio war schon zwei Mal fort, einmal in London und einmal in Amsterdam.«

Gleich darauf bereute er es, den Namen seines Bruders erwähnt zu haben, denn damit hatte er sofort Cintias Interesse auf Gregorio gelenkt.

»Wie geht es ihm?«, wollte sie wissen. Ihr besorgter Gesichtsausdruck zeigte, dass sie immer noch großen Anteil am Schicksal seines Bruders nahm.

»Er ist nicht mehr so schwermütig wie noch Ende des letzten Jahres«, sagte Niccolò widerstrebend. »Hin und wieder begleitet er Vater auch wieder ins Kontor oder zu Verhandlungen. Zu geselligen Anlässen geht er allerdings nicht aus dem Haus, deshalb ist er auch heute Abend nicht hier.«

»Ich hoffe, dass er bald wieder ganz der Alte ist, so fröhlich und lustig wie früher! Sagst du ihm das?«

»Sicher, wenn du es möchtest. Du bist ihm nicht mehr gram?«

»Nicht doch!« Sie strahlte ihn an. »Wie sollte ich auch! Ich bin glücklich! Es ist fast, als hätte es das Schicksal so gefügt, dass Gregorio und ich nicht zusammenkamen, damit ich für Paolo frei bleiben konnte. Die Trauer um meine Eltern schmerzt noch oft, doch dafür gibt es so viel Freude und Liebe in meinem Leben, dass es alles aufwiegt.«

»Liebst du ihn denn?« Er hasste sich selbst, weil er sich diese Frage nicht versagen konnte, ganz zu schweigen von dem krächzenden Ton in seiner Stimme, der nur zu deutlich erkennen ließ, welcher Aufruhr in ihm herrschte.

Sie zögerte den Bruchteil eines Augenblicks, aber in ihren Augen lag ein weicher Schimmer, der Bände sprach. Seine Frage beantwortete sie mit einem kaum merklichen Nicken, das er jedoch mit solcher Intensität wahrnahm, als hätte sie weithin hörbar *Ja* gerufen.

Wieder schmerzte sein Bein, als wäre er eine weite Strecke gelaufen, ohne es zu schonen, von dem Brennen in seiner Herzgegend ganz zu schweigen.

»Ich gönne dir, dass du glücklich bist«, sagte er leise, und als er anschließend in sich hineinhorchte, glaubte er es beinahe selbst.

Daria schritt durch die Menge wie eine Königin, und tatsächlich fühlte sie sich zum ersten Mal seit langer Zeit wieder wie eine anerkannte Patrizierin, geachtet und bewundert auch von denen, die sie wegen ihres lockeren Lebenswandels ablehnten. Sie wusste, dass es am Karneval lag und dass sich spätestens am Aschermittwoch beim Gang zur Kirche wieder die altbekannten Moralapostel unter den ehrwürdigen Nobili hervortun und sie und ihre Mädchen mit scheelen Blicken verfolgen würden, nur um dann in einer der folgenden Nächte wieder den Kitzel verbotener Lust in den Gemächern der Kurtisane zu erleben. Je bigotter das Benehmen bei Tage, desto skrupelloser die Begierden bei Nacht, jedenfalls war das die Erfahrung, aus der Daria schöpfte, und das half ihr dabei, den maskierten Festbesuchern ins Gesicht zu lachen, trunken von ihrer eigenen Schönheit, die ihr die reihum hängenden Spiegel bei jedem Blick bestätigten. Sie sah die perlweiße Vollkommenheit ihrer Haut, den lockenden Schimmer ihrer Augen inmitten der perlenbestickten Halbmaske, die perfekte Wölbung ihrer Brüste über der scharlachroten Seide. Bis auf die Maske war sie nicht kostümiert, sondern sie war als das gekommen, was sie war: die schönste und begehrenswerteste Kurtisane der Stadt.

Hier und dort blieb sie stehen und redete, hauptsächlich mit Männern, die sie kannte, aber auch mit solchen, die sie bald besser kennen würde, was sie an den Blicken merkte, die ihr folgten. Begehrliches Starren und beifälliges Gemurmel begleiteten jeden ihrer Schritte, es war fast, als führte ihr Weg sie durch ein endloses Spalier von Verehrern.

Hinter ihr hielt sich wie ein zu groß geratener Schatten ihr Leibwächter. Giulio, in martialischer Aufmachung, von der Filzkappe bis zum Säbel einem waschechten Janitscharen verblüffend ähnlich, blieb stoisch in ihrer Nähe, egal wohin sie ihre Schritte wandte. Von einem Gefühl warmer Dankbarkeit durchströmt, legte sie eine Hand auf seinen Unterarm und fühlte seine tröstliche Stärke, die sich nicht nur in den harten Muskeln zeigte, sondern tiefer lag, in seinem Wesen. In seinem

Inneren war er wie Stahl, aber es gab eine einzige weiche, verwundbare Stelle, und das war sie, Daria.

»Sag, Giulio, siehst du Guardi irgendwo?« Sie lachte, atemlos und ein wenig schrill, und sie wusste, dass sie zu viel plapperte und dass ihr Lächeln nur ihrer aufgedrehten Laune, nicht aber echter Heiterkeit entsprang, doch es war ihr gleichgültig, solange sie nur diese strahlend schöne Frau in allen Spiegeln sehen konnte.

»Ist er gegangen, oder ist er noch da?«

»Er ist hier im Saal, in der Nähe des Orchesters«, sagte Giulio. »Soll ich dich hinführen?«

Sie schüttelte den Kopf. »Mit ihm habe ich nichts zu bereden. Nicht hier und nicht jetzt.«

Sein glatt rasiertes Gesicht war ausdruckslos wie immer, doch in seinen Augen blitzte eine Spur von Neugier auf. »Was wird dieses Treffen zwischen Paolo und diesem Griechen wohl erbringen?«

Sie zuckte die Schultern. »Wer weiß das schon. Das ist ja das Spannende an diesem Spiel. Es ist bis zum Schluss offen, wie es ausgeht.«

Sie reckte den Kopf und schnupperte. »Mir scheint, die ersten Speisen werden aufgetragen. Höchste Zeit, denn ich könnte einen ganzen Ochsen verschlingen.« Mit einem letzten Blick in einen der kostbaren Spiegel hängte sie sich bei ihrem Leibwächter ein und ließ sich von ihm zur Tafel führen.

Die Nacht war frisch und sternklar, als Cintia und Paolo das Fest schließlich irgendwann nach dem Matutin-Läuten verließen. Nach dem vorzüglichen Bankett hatten sie die Feier erst richtig genossen; Cintia schwindelte es immer noch von dem letzten Tanz, einer ausgelassenen Galliarde inmitten einer Schar übermütiger Gäste, von denen niemand sich daran stieß, dass mit fortschreitender Stunde die Tanzfiguren unbeholfener und die Schritte unsicherer wurden. So war es nicht

393

weiter aufgefallen, dass Cintia und Paolo sich vorher noch nie in dieser Kunst geübt hatten.

Eduardo Guardi hatte sie nach der Begrüßung nicht mehr gesehen, worüber sie froh war, denn der Gedanke, dass er in die Ermordung ihrer Eltern verstrickt sein könnte, war ihr seit damals nie ganz aus dem Kopf gegangen. Ihm gegenüberzustehen hatte massives Unbehagen in ihr wachgerufen.

Hin und wieder hatte sie Niccolò im Gedränge ausgemacht, und auch bei dem Bankett hatte er in ihrer Nähe an der Tafel gesessen. Ein oder zwei Mal hatte er ihr und Paolo zugeprostet und dabei auf seltsame Weise ernst und über seine Jahre hinaus erwachsen ausgesehen. Überhaupt, so fand sie, war an ihm nichts Jugendliches mehr. Hatte er noch vor weniger als einem Jahr wie ein Knabe auf sie gewirkt, war er jetzt eindeutig ein Mann. Nicht einmal die Verkleidung mit dem übertrieben großen Schnurrbart, der künstlichen Nase und dem mit einem albernen Federbusch geschmückten Helm hatte seine Souveränität beeinträchtigt. Später hatte sie ihn dann aus den Augen verloren und sich nur noch an dem Fest gefreut.

Alles in allem, so fand Cintia, war die erste gemeinsame Karnevalsfeier mit ihrem Mann vergnüglich gewesen, und sie freute sich bereits auf die nächste gesellige Veranstaltung, zu der man sie einladen würde.

Summend ließ sie sich von Paolo in die Gondel helfen. Lucietta, reichlich angeheitert, folgte mit unsicheren Bewegungen und sank zufrieden seufzend neben Cintia auf die Bank. Im Licht der Bootslampe war zu sehen, dass sie bester Laune war, obwohl sie sich anfangs nicht für die Feier hatte begeistern können, weil Giacomo Pellegrini auf Schritt und Tritt von seiner Frau verfolgt worden war. Dann aber war es ihm gelungen, sich im Gedränge davonzustehlen und Lucietta ein Zeichen zu geben, und zusammen waren sie ins Dachgeschoss verschwunden, wo sie in einer unbenutzten Kammer Zärtlichkeiten ausgetauscht hatten. Cintia vermutete, dass es nicht dabei geblieben war, denn Lucietta war anschließend über alle Maßen aufge-

394

kratzt gewesen, und sie hatte ein neues Armband getragen, das ihr Galan ihr verehrt hatte. Dass er es bei sich gehabt hatte, ließ aus Luciettas Sicht darauf schließen, dass das frivole Zwischenspiel geplant war. Und dass Lucietta seine *einzige, wahre Liebe war, jetzt und für alle Zeiten*, wie sie es ausdrückte. An Letzterem hegte Cintia beträchtliche Zweifel, denn inzwischen wusste sie, dass Lucietta nur die bisher letzte Mätresse in einer langen Reihe von vielen war, die Giacomo Pellegrini seit seiner Verheiratung beglückt hatte, und ebenso sicher war, dass er zusätzliche Abwechslung keineswegs verschmähte, da er nach wie vor Darias Kurtisanenhaus aufsuchte. Cintia hatte es von Juana erfahren, die stets über jeden delikaten Klatsch in der Stadt informiert war und außerdem beste Kontakte zu Darias Mädchen pflegte. Ob Lucietta selbst von den munteren Eskapaden ihres Giacomos wusste, war nicht ersichtlich, und Cintia hütete sich, das Thema von sich aus zur Sprache zu bringen.

Paolo, der zu ihrer Rechten saß, drückte sie an sich. »Es war eine schöne Feier«, sagte er aufgeräumt.

»Das war es«, stimmte sie zu, während sie sich bereitwillig an ihn schmiegte. »Hast du dich gut mit diesem Griechen unterhalten?«

»Vito Farsetti ist zwar auf Lesbos geboren, aber er lebt seit seiner Jugend auf Naxos und ist somit streng genommen eher ein Venezianer. Zudem ist er ein naher Verwandter des Statthalters von Archipelagos. Und unterhalten habe ich mich bestens mit ihm, denn er ist ein Experte im Schiffsbau. Auf Naxos steht er einer Werft vor, wo man sich an ähnlichen Ideen versucht wie ich. Farsetti will in Kürze einmal im Arsenal vorbeischauen und mein Modell ansehen.« Paolo war anzumerken, wie sehr ihn das Interesse des Mannes freute.

»Mich wundert es nicht, dass deine Fähigkeiten sich auch schon außerhalb der Lagune herumgesprochen haben«, sagte Cintia zufrieden. »Ein Grund mehr, warum man dir beim Bau deiner neuen Galeere bald keine Steine mehr in den Weg legen wird.«

Die restliche Fahrt legten sie in einträchtigem Schweigen zurück. Das Wasser des Kanals leuchtete im Widerschein der Lampe ölig grün in der nächtlichen Dunkelheit. Weiter voraus erhoben sich im Fackellicht die Umrisse der Rialtobrücke, ein hölzerner Schatten vor der nächsten Kanalbiegung.

Cintia drehte den Kopf und schaute zum Ufer; es kam ihr vor, als würde jemand sie beobachten.

Auf den Kais und in den angrenzenden Gassen waren Menschen unterwegs, größtenteils Zecher, die wie üblich in der wildesten Karnevalswoche die Nacht zum Tag machten. Sie schwankten über das Pflaster, manche noch in fröhlicher Feierlaune, andere bereits ermattet vom ausgiebigen Gelage. Unter ihnen gab es eine Gestalt, die sich rascher und geschickter bewegte als die übrigen. Geschmeidig lief der Mann am Ufer entlang, zwischendurch verharrend und dem Kanal zugewandt, in ihre Richtung starrend.

»Da ist jemand«, flüsterte Cintia.

»Was meinst du?« Paolo blickte zum Ufer. »Da sind einige Nachtschwärmer, was ist daran Besonderes?«

Die Gestalt verschwand zwischen den Häuserwänden, doch das Gefühl, beobachtet zu werden, blieb. Fröstelnd zog Cintia ihren Umhang fester um sich, erleichtert, als sie bald darauf die Ca' Barozzi erreichten. Nur zu gerne folgte sie Paolo in seine Kammer und ließ sich in der Dunkelheit von ihm in die Arme nehmen. Ihr war kalt, doch die Wärme seines Körpers teilte sich ihr rasch mit und verwandelte die angenehme Schläfrigkeit in hitziges Verlangen.

»Du musst mir sagen, wenn du zu müde bist«, murmelte er an ihrem Hals.

»Ich bin furchtbar müde, aber mir scheint, du bist mehr als bereit, mich wach zu halten.« Bereitwillig ergab sie sich seinem Drängen und erwiderte es mit derselben Inbrunst, bis sie beide in einem stürmischen Akt ihre Erfüllung fanden. Der anschließende Schlaf war tief wie eine Ohnmacht, doch mit der Morgendämmerung kamen die Träume. Blutige Bilder regten sich in ihrem Inneren und trieben an die Oberfläche ihres Bewusstseins, wo sie Gestalt annahmen, ohne jedoch die Grenze zum Erwachen zu durchstoßen. Auf diese Weise wurde der Albdruck immer quälender, bis Cintia sich stöhnend hin und her warf und am Ende sogar entsetzt aufschrie. Von diesem Schrei wurde sie schließlich wach, und auch Paolo fuhr hoch. Er fasste sie bei den Schultern, während sie zitternd und keuchend um Fassung rang.

»Cintia, was ist mit dir? Hast du schlecht geträumt?«

Würgend nickte sie, die Hand gegen das rasende Pochen in ihrer Kehle gepresst. Das Gefühl, ersticken zu müssen, war übermächtig, und sie war davon überzeugt, den widerwärtigen Geschmack von Erde und Sand noch im Mund zu haben.

Es war derselbe Traum gewesen wie immer. Sie hatte in dem Grab gelegen, inmitten von Pesttoten, deren verwesende Glieder sie unter und neben sich spürte und deren grauenhaften Geruch sie einatmete. Oben am Rand der Grube stand Todaro, höhnisch grinsend, während er mit Schwung den Dreck auf sie schaufelte.

Die sandigen Brocken schienen überall an ihr zu haften; der Eindruck war so real, dass sie unwillkürlich die Hände hob, um den eingebildeten Schmutz abzuwischen und schließlich sogar ausspuckte, um den modrigen Geschmack loszuwerden.

Ungeachtet ihrer Nacktheit schlüpfte sie aus dem Bett und eilte ans Fenster, um den Laden zu öffnen. In tiefen Zügen sog sie die Luft ein, bis sie endlich wieder frei durchatmen konnte.

Erste fahle Lichtstreifen des nahenden Morgens durchzogen die Dämmerung. Paolo trat neben sie und hüllte ihren Körper in ein Laken. »Du wirst dich erkälten«, sagte er leise, während er sie mit beiden Armen umschlang.

Dankbar für seine Fürsorglichkeit legte sie den Kopf an seine Schulter, doch dann erstarrte sie. Am gegenüberliegenden Ufer sah sie jemanden stehen, und sie wusste sofort, dass es derselbe Mann war, der sie bereits in der Nacht während ihrer Heimkehr beobachtet hatte.

»Was ist denn?«, wollte Paolo wissen.

»Siehst du den Mann?«

»Den Kerl da drüben? Wer ist das? Kennst du ihn?«

Wie betäubt nickte sie. Paolo hatte ihn auch gesehen, also war er kein Trugbild.

Gestalt und Gesicht waren kaum erkennbar im schwachen Morgenlicht, doch Cintia wusste ohne jeden Zweifel, dass er derselbe war, den sie vorhin noch im Traum gesehen hatte, genauso wie in der Realität im vergangenen Jahr, als seine im Tod erschlaffte Fratze unter einer Schaufel voll Erde verschwunden war. Nur, dass er gar nicht tot war. Oder er *war* tot, doch die Hölle hatte ihn ausgespien, um die Schrecken der Vergangenheit und damit zugleich ihren schlimmsten Albtraum zum Leben zu erwecken. Dort drüben stand der Mann, den sie und Lucietta in einem Massengrab verscharrt hatten – Todaro von der Insel der Verdammten.

Venedig, März 1511

Die Kälte des Winters schien in diesem Jahr ungewöhnlich lange nachzuwirken, jedenfalls kam es Cintia so vor, obwohl sich sonst niemand über das Wetter beklagte. Alle Welt freute sich des Lebens, denn immer noch herrschte Frieden, ein Zustand, den die Menschen zu schätzen wussten nach den bedrückenden Jahren des Krieges. Noch lagen Truppen im Feld, doch ein Teil der Soldaten kehrte in diesem Frühling nach Venedig zurück, sodass es in der Stadt nur so von ihnen wimmelte; zumeist waren es verwegene, abgerissene Gestalten von der Levante oder aus Dalmatien, wo die Serenissima ihre Fußtruppen rekrutierte. Die Männer suchten nach den aufreibenden Kriegsjahren in der Stadt ihr Vergnügen, und sie fanden es in den unzähligen Schänken oder bei den Kurtisanen, von denen es in der Stadt Tausende gab.

Auch Matrosen streiften in großer Zahl durch Venedig. Die meisten Kriegsgaleeren lagen mitsamt ihren Rudermannschaften im Seehafen vor Anker, doch ein Teil der Schiffe befand sich zur Überholung in den Trockendocks des Arsenals, sodass Paolo in diesen Tagen alle Hände voll zu tun hatte. Die Pläne für den Bau eines neuen, verbesserten Galeerentyps lagen einstweilen auf Eis. Infolge der Verzögerung hatte er sein Modell noch immer nicht den Provveditori vorführen können, doch sein Verdruss darüber hielt sich in Grenzen, weil er mit Cintia eine überaus glückliche Zeit erlebte. Wenn er mit dem frühen Läuten der Marangona aufstehen und zur Arbeit gehen musste, ließ sie ihn

401

nur ungern ziehen. Manchmal sagte sie lachend zu ihm, dass er es als vermögender Mann nicht mehr nötig habe, Schiffe zu bauen, schon gar nicht zu nachtschlafender Zeit, und tatsächlich gab es Tage, an denen er dazu neigte, ihr zuzustimmen, weil das Bett so warm und ihr Körper gar zu verlockend war. Diese Anwandlungen von Dekadenz bekämpfte er, indem er sich mit eiskaltem Wasser wusch und eigenhändig zum Arsenal ruderte, statt sich wie sonst vom Gondoliere hinfahren zu lassen. Wenn die Glocke zum Arbeitsende läutete, hatte er es jedoch stets eilig, nach Hause zu kommen, und dieser Eifer war für die Zimmerleute, die unter ihm arbeiteten, ein Quell der Belustigung, war er früher doch immer der Letzte gewesen, der die Werfthalle verlassen hatte. Sobald er nach der Arbeit heimkam, wusch er sich als Erstes Schweiß und Sägestaub ab und nahm sich auch jedes Mal die Zeit, sorgfältig die Bartstoppeln abzurasieren, damit er seiner Frau nicht das Gesicht zerkratzte, wozu es sonst unweigerlich gekommen wäre: Nahezu täglich gaben sie sich den körperlichen Freuden hin, die ihre Ehe seit dem Karneval mit sich brachte, und Nacht für Nacht schliefen sie eng umschlungen ein.

Das Leben verlief in geordneten Bahnen. Was Todaro betraf, so versuchte Cintia, sich einzureden, dass nicht er dort am Kanal gestanden hatte, sondern irgendwer, der Ähnlichkeit mit ihm hatte, doch tief im Inneren wusste sie, das ihre Augen sie nicht getrogen hatten, und wenn sie, was sich nicht immer vermeiden ließ, an ihn dachte, lähmten Furcht und Entsetzen ihre Gedanken. Sie und Lucietta hatten ihn lebendig begraben! Der Albtraum, der sie selbst in vielen Nächten quälte – *er* hatte ihn am eigenen Leib erlebt! Ob verdient oder nicht, ihm war Furchtbares widerfahren, und Cintia zweifelte nicht daran, dass er auf blutige Rache sann.

Paolo hatte nicht gezögert, entsprechende Vorkehrungen zu treffen. Mehrere Männer suchten in seinem Auftrag nach Todaro, und ein Leibwächter begleitete Cintia und Lucietta auf allen Wegen in der Stadt; sogar beim Kirchgang blieb er immer in ihrer Nähe.

Tagelang hatte Cintia sich überhaupt nicht aus dem Haus getraut, und erst als das Gefühl, wie eine Gefangene zu leben, übermächtig wurde, zwang sie sich dazu, ihre Furcht zu überwinden. Zu ihrer Erleichterung klappte es besser, als sie gedacht hatte, und schon nach kurzer Zeit wurde aus der allgegenwärtigen Bedrohung ein schwaches und nur sporadisch auftretendes Unbehagen, bis sie bereit war zu glauben, dass Todaro es nicht wagen würde, sich ihr zu nähern, geschweige denn, sie anzugreifen.

Den Leibwächter hatte Paolo in der Schar der Soldaten entdeckt, die sich in der Stadt aufhielten, ein Mann um die vierzig namens Giovanni, der unter dem Namen Johannes in Sachsen geboren, aber mit seinem Vater, einem Kaufmann, schon in seiner Kindheit nach Florenz gezogen war. Dort hatte er zunächst als Söldner für die Medici gekämpft, um später, als Karl VIII. in Florenz einzog, die Fahnen zu wechseln und dem Franzosenkönig zu dienen. Als auch dessen Kriegsglück schwand und Truppenteile aufgelöst wurden, schlug Giovanni sich auf die Seite des Papstes und kämpfte in dessen Reiterei, um schließlich in der Zeit, als die Liga von Cambrai zerbrach und der Vatikan wieder mit Venedig paktierte, zum Landheer der Serenissima zu wechseln. Er hatte die Schlacht von Agnadello ebenso überlebt wie den Sturm auf Padua, und zuletzt hatte er im Küstengebiet nördlich der Lagune gegen die einfallenden Franzosen gekämpft, unter deren Fahne er einst geritten war.

Sein Motto lautete, dass es sich stets am besten unter jenen dienen ließ, die regelmäßig Sold und Kost gewährten, und solange beides der Fall war, blieb er in seiner Loyalität unerschütterlich. Da seit Beginn der Friedensverhandlungen nicht mehr alle Soldaten der Serenissima entlohnt wurden, hatte er nicht gezögert, sich anderweitig zu verdingen, weshalb ihm Paolos Angebot gerade recht kam.

Giovanni war groß gewachsen und sehnig; mit dem speckigen, metallbeschlagenen Lederharnisch, der sein bevorzugtes Kleidungsstück darstellte, bot er eine furchterregende Erscheinung. Das Auffälligste an ihm war jedoch sein rotes Haar, das wie Stroh vom Kopf abstand, sobald er den Helm abnahm, den er im Freien für gewöhnlich trug. Cintia fühlte sich in seiner Gegenwart stets sicher, ebenso wie Lucietta, die seinen Begleitschutz vorwiegend bei Nacht in Anspruch nahm, wenn sie zu ihren Schäferstündchen mit Giacomo Pellegrini verschwand.

Cintia war guter Dinge, als sie an einem Vormittag Ende März in Begleitung ihres Leibwächters und ihrer Zofe zur Seidenmanufaktur aufbrach. Während der Gondelfahrt hielt sie ihr Gesicht in die Sonne, wobei es ihr gleichgültig war, dass ihr Teint dadurch Farbe annahm und sie die vornehme Blässe verlieren würde. Auch Juana war bestens gelaunt; Cintia hatte mehrfach den Eindruck, dass sie mit Giovanni schäkerte, obwohl der Leibwächter alt genug war, um ihr Vater zu sein. Der Sachse nahm das schelmische Lächeln, mit dem die junge Zofe ihn bedachte, in einer Mischung aus Gutmütigkeit und Stoizismus zur Kenntnis.

Sie erreichten das Gelände der größten Barozzi-Manufaktur, die sich unweit der Zattere an der Südseite von Dorsoduro befand. Das Gebäude war vor einigen Jahren neu erbaut worden, als Ippolito Barozzi die Werkstätten, die sich ursprünglich auf der Giudecca befunden hatten, nach einer Erweiterung der Manufaktur verlegt hatte. Zusätzlich zu der eigentlichen Weberei beherbergten die Betriebsräume nun auch Bereiche, in denen gehaspelt, entbastet, gezwirnt und gesponnen wurde. Nur das Bleichen und Färben der Rohseide wurde von einem anderen Handwerksbetrieb durchgeführt, aber Niccolò hatte bereits vorgeschlagen, auch diese Arbeitsgänge auf absehbare Zeit zu integrieren. Zu dem Zweck hatte er schon Verhandlungen mit einem Färber aufgenommen, der seine Werkstatt in der Nähe unterhielt und sich bald zur Ruhe setzen wollte.

Wie immer, wenn Cintia die Manufaktur aufsuchte, ging sie

durch alle Räume und schaute nach dem Rechten, so wie ihr Vater es früher getan hatte. Die Arbeiter hatten sich längst an ihr häufiges Erscheinen gewöhnt und begegneten ihr nach anfänglicher Skepsis mit Ehrerbietung. Überall, wo man ihrer ansichtig wurde, neigten sich die Köpfe der Frauen, und die Männer nahmen rasch ihre Kappen ab.

In dem Raum, wo gehaspelt wurde, stank es wie üblich nach dem aufgelösten Seidenleim der Kokons, obwohl die Türen zum Kanal hin weit offen standen. Dampf vernebelte die Sicht, denn über zwei offenen Feuerstellen wurde in großen Kesseln beständig Wasser heiß gehalten, in denen zu Dutzenden die Kokons einweichten, von denen die Flockseide abgezogen und dann die feinen Seidenfäden gekämmt und auf Holz gewickelt wurden. Arbeiterinnen bewegten sich durch die Dampfschwaden und haspelten mit gleichmäßigen und zügigen Bewegungen die Kokons ab, um anschließend die so entstandene Rohseide zum Zwirnen zu bringen. Hier traf Cintia den Verwalter an und begrüßte ihn.

»Messèr Memmo, wie ich hörte, ist schon alles für den Transport vorbereitet?«

»Ganz recht, Madonna. Die Kisten sind gepackt, die Karren stehen bereit.«

Niccolò plante, bereits in wenigen Tagen eine Lieferung Seide nach Paris zu transportieren, so wie er es ihr auf Tassinis Fest bereits erläutert hatte. Memmo war immer noch nicht restlos von den Erfolgsaussichten dieses Plans überzeugt, hatte aber in Anbetracht dessen, dass Niccolò schon mehrfach mit Änderungsvorschlägen seine Geschäftstüchtigkeit unter Beweis gestellt hatte, von weiterem Widerspruch abgesehen.

Nachdem Cintia ihre Unterredung mit Memmo beendet hatte, ging sie in die Weberei, wo sie wie erwartet Niccolò vorfand. Er war damit beschäftigt, eine Stoffbahn zu begutachten. Als er Cintia sah, lächelte er erfreut und ließ eilig die Seide zurück auf den Mustertisch gleiten.

»Wie schön, dass du noch einmal vor meiner Abreise herkommst!« Er nahm ihre Hände in seine und drückte sie, eine Vertraulichkeit, die sie gern erwiderte.

»Das versteht sich von selbst«, sagte sie. »Wie kann ich dich ohne Abschied einfach in ein fremdes Land ziehen lassen?« Ein warmes Gefühl durchflutete sie, als sie merkte, dass er bei ihren Worten errötete, und wieder einmal sagte sie sich, welches Glück sie hatte, ihn zum Freund zu haben.

Beide mussten ihre Stimme erheben, um einander zu verstehen, denn der Lärm der Webstühle war aus nächster Nähe ohrenbetäubend. Ein gleichmäßiges Klappern erfüllte den Raum, in dem an einem runden Dutzend Webstühlen gearbeitet wurde. Es gab noch drei weitere Geräte, die indessen an diesem Tag nicht in Betrieb waren, da sie repariert werden mussten. Eine Faustregel, die Ippolito Barozzi früh an seine Tochter weitergegeben hatte, bestand darin, dass man möglichst mehr Webstühle besitzen sollte, als man betreiben wollte. »An einem von dreien ist ständig etwas zu richten«, hatte er erklärt.

An den Stühlen arbeiteten Männer und Frauen, die mit konzentrierter Miene Pedale und Schiffchen bedienten. Ihre Hände flitzten nur so über die hölzernen Apparaturen und ließen Stück um Stück des feinen Gewebes wachsen. So schnell, dass das Auge teilweise kaum zu folgen vermochte, bewegten sich die Schnüre und legten sich in ständigem Wechsel zu Kett- und Schussfäden über- und ineinander, wobei in regelmäßigen, sorgfältig bestimmten Abständen Fäden übersprungen wurden, um das vorgegebene Stoffmuster zu erzielen.

An einem der Webstühle entstand unter den Händen einer erfahrenen Weberin eine Brokatbahn mit einem derzeit sehr begehrten Muster in einer strahlend roten Granatapfelornamentik, ein schwerer, aufwendig gewirkter Stoff, für den die Reichen ein Vermögen zahlten, um damit ihre Möbel, Wände und Fenster zu drapieren.

Die Frau blickte kurz von der Arbeit auf und lächelte Cintia wohlwollend zu. Die meisten Arbeiter, die in der Barozzi-Manufaktur tätig waren, teilten ihre Begeisterung für die Seidenherstellung. »Ein schönes Muster, das Euer Schwager da entworfen hat«, rief die Arbeiterin gegen das Rattern des Webstuhls an.

Cintia nickte. »Er leistet gute Arbeit!«

Niccolò berührte ihre Schulter. »Lass uns nach draußen gehen, da können wir besser reden.« Er führte sie durch die offene Tür auf den Kai hinaus, wo der Sachse mit verschränkten Armen beim Boot wartete.

Niccolò musterte sie forschend. »Ist alles in Ordnung bei dir?«

»Sicher. Warum fragst du?«

Er hob die Schultern. »In der letzten Zeit kam es mir so vor, als hättest du Sorgen.«

Sie war erstaunt, dass er es bemerkt hatte. In der Zeit seit Aschermittwoch hatten sie sich zwei oder drei Mal gesehen, und sie hatte Todaros Auftauchen mit keinem Wort erwähnt, weil sie Niccolò nicht mit ihren Problemen belasten wollte. Er tat ohnehin schon so viel für sie.

Zögernd meinte sie: »Ach, es ist nichts.«

»Ich sehe dir doch an, dass etwas nicht stimmt.« Er deutete auf den gefährlich aussehenden Leibwächter. »Dieser Bursche lässt dich neuerdings nicht aus den Augen. Gibt es einen besonderen Grund dafür? Bitte sag es mir, damit ich dir helfen kann!«

»Du hilfst mir doch sowieso andauernd.« Sie lächelte ein wenig kläglich. »Schon allein, dass du auf diese weite und gefährliche Reise gehst, nur um unsere Seide zu verkaufen!«

»Das tue ich keineswegs nur für dich.« Er lächelte entwaffnend. »Ich habe vor, schönes Geld damit zu verdienen.«

»Das ist ja wohl das Mindeste, alles andere wäre dumm.« Sie beschloss, ihm die Wahrheit zu sagen. »Kannst du dich noch an den hässlichen Kerl erinnern, den du damals auf der Pestinsel bestochen hast, damit er Lucietta und mich besser behandelt?«

Er nickte. »Todaro. Ich sehe ihn noch vor mir. Widerlicher Bursche. Als ich wieder genesen war und feststellte, dass du von der Pestinsel verschwunden warst, schickte ich jemanden zu ihm, weil ich annahm, dass er etwas über deinen Verbleib wusste. Der Mann, den ich damit beauftragt hatte, kam mit der Information zurück, dass Todaro im Sterben liege. Ich ging davon aus, dass ihn auf seine späten Tage doch noch die Pest ereilt hatte. Gegönnt hätte ich es ihm.«

»Er war schwer verwundet.« Sie erzählte ihm von dem Vorfall, der damals zu ihrer überstürzten Flucht von der Pestinsel geführt hatte. Bei ihrer Schilderung des Überfalls und der versuchten Vergewaltigung wurde Niccolò bleich vor Zorn, und als sie ihren Bericht mit dem unvermuteten Auftauchen Todaros schloss, geriet er vor Sorge außer sich. »Ich werde ebenfalls nach diesem Kerl fahnden lassen«, sagte er entschlossen. »Sollte er mir je vor die Augen kommen, stirbt er, das verspreche ich dir!«

»Ach, Niccolò!« Gerührt von seiner Anteilnahme, ergriff sie seine Hände. Für einen winzigen Moment hatte sie dabei den vagen Eindruck, dass er vor ihrer Berührung zurückzuckte, doch gleich darauf drückte er ihre Hände und hielt sie fest, während er ihr eindringlich in die Augen blickte. »Dein Wohlergehen ist mir wichtiger als alles andere, das musst du mir glauben!«

»Oh, aber das tue ich doch.« Sanft löste sie ihre Finger aus den seinen. »Du bist ein so guter Freund!«

Er nickte und schlang die Arme um den Körper, als wäre ihm kalt. Die Verlorenheit seiner Haltung rief ihr Mitgefühl hervor. Spontan sprach sie den erstbesten Gedanken aus, der ihr in den Sinn kam. »Du hast es nie leicht mit deinem Vater gehabt, nicht wahr?«

Er lachte bitter. »Manchmal wundert es mich, dass ich noch in einem Haus mit ihm lebe. Allmählich sollte ich darüber nachdenken, daran etwas zu ändern.«

»Vielleicht würdest du dich dann besser fühlen«, stimmte sie zu. Eigentlich wollte sie nichts mehr sagen, doch dann platzte sie heraus: »Dein Vater hat versucht, meine Tante zu töten. Und … Wir waren lange Zeit nicht sicher, ob er nicht auch seine Hände bei dem Mord an meinen Eltern im Spiel hatte.«

Er senkte den Kopf, doch er konnte nicht verbergen, dass ihn etwas bewegte. Als er wieder aufblickte, waren ihm die

Qualen, die er durchmachte, anzusehen. »Das mit deiner Tante weiß ich, Vater erzählte es mir neulich erst. Er meinte, er sei schwer betrunken gewesen an jenem Tag und außer sich vor Zorn, weil Gregorio fortgegangen war. Soweit ich weiß, hat Vater sich in aller Form entschuldigt, auch bei deinem Mann. Dennoch schäme ich mich, einer Familie anzugehören, deren Oberhaupt sich auf so erbärmliche Weise vergessen konnte. Was deine Eltern angeht – nun, ich war damals dabei, als du sie fandest, und ich war derjenige, der sie hinaustrug, wie du weißt. Mir fiel dabei natürlich auf, dass die Totenstarre eingesetzt hatte und dass daher dieser Einbrecher, den ich erstochen hatte, nicht der Mörder gewesen sein kann. Ich sprach nicht darüber, weil ich dich nicht zusätzlich beunruhigen wollte. Mir kam seither auch schon der Gedanke, dass Vater vielleicht damit zu tun hatte. Er war in einer verzweifelten Lage zu jener Zeit, die Compagnia stand dicht vor dem Ruin, er konnte oft nicht mehr klar denken und war dem Alkohol verfallen.« Kopfschüttelnd schloss er: »Doch welchen Grund hätte er haben können, deine Eltern vor der Unterzeichnung des Ehekontrakts zu töten?«

Darüber hatte sie auch schon viele Male nachgedacht und war zu keiner Lösung gekommen, außer jener, dass der Mörder davon ausging, dass zum Zeitpunkt der geplanten Tat der Ehekontrakt über die Mitgift bereits unterzeichnet wäre. Die Pest war dazwischengekommen, aber zum Zurückrufen der gedungenen Mörder hatte womöglich die Zeit nicht mehr gereicht.

»Ach, ich weiß auch nicht.« Unwillig zuckte Cintia mit den Schultern. »Sie werden nicht wieder lebendig, egal, wie viel ich grüble. Wie oft habe ich schon auf Rache gesonnen und deswegen nachts wach gelegen! Kein Gebet half gegen diesen Hass! Ich wünsche mir immer noch mehr als alles andere, dass der Mörder bestraft wird. Aber es vergiftet mein Leben, wenn ich zulasse, dass mein ganzes Denken nur darum kreist. Letztlich bleibt mir nichts übrig, als auf Gottes Gerechtigkeit zu vertrauen. Und nun lass uns über andere Dinge reden! Ich habe noch tausend Fragen über die bevorstehende Reise.«

Paolo erklomm das Gerüst über dem großen Schiffsleib und spähte am schwankenden Fockmast vorbei in die Tiefe. Brüllend gab er den unten stehenden Arbeitern Kommandos, den Mast auszurichten, der am Lastkran hing. Von Flaschenzügen gehalten, wurde der aus einem einzigen Eichenstamm gehauene Mast zum Rumpf hin geschwenkt und von den Zimmerleuten in Position geschoben, bis er an der passenden Stelle versenkt und arretiert werden konnte. Zufrieden kletterte Paolo über die Gerüstleiter wieder nach unten und klopfte dem Mann, der für die Bedienung des großen Lastkrans verantwortlich war, auf die Schulter.

Jemand rief ihn beim Namen, und er drehte sich um, erfreut lächelnd, als er Farsetti näher kommen sah, mit den für ihn typischen raschen, fast tänzelnden Schritten, die in solch auffälligem Widerspruch zu seiner behäbigen Statur standen. Er wirkte wie eine schwebende dunkelblaue Kugel in seinem tintenfarbigen, weit geschnittenen Gewand. Hatte Paolo auf dem Fest des Ammiraglio noch geglaubt, der Mann hätte sich zum Karneval verkleidet, so hatte er bei dem nächsten Zusammentreffen festgestellt, dass bunte, reich bestickte Seidengewänder auch im Alltag seine bevorzugte Aufmachung waren.

Begleitet wurde Farsetti vom Ammiraglio, der ebenso wie Paolo in wenigen Wochen ein beinahe freundschaftliches Verhältnis zu dem Werftbetreiber aus der Ägäis entwickelt hatte. Wie Paolo inzwischen wusste, wollte Farsetti auf Naxos einen Flottenstützpunkt einrichten, der zugleich Patrouillen- als auch Schutzfunktionen für die venezianischen Kolonien erfüllen sollte. Diesem Vorhaben, so hatte der Ammiraglio nach der letzten Sitzung der Savi agli Ordini berichtet, stand die Flottenkommandatur aufgeschlossen gegenüber, einschließlich des *Capitano generale da mar*. Seit dem Jahr 1503 herrschte zwar Frieden zwischen der Serenissima und der Hohen Pforte, doch in den drei großen Kriegen, die Venedig davor innerhalb weniger Jahrzehnte gegen das Osmanische Reich geführt hatte, waren viele der griechischen Inseln von den Türken erobert worden. Den

Fortbestand der mittlerweile stark dezimierten Kolonialgebiete sowie der Handelsrechte im ägäischen Raum musste sich Venedig seither mit enormen Tributzahlungen erkaufen. Dennoch kam es von beiden Seiten aus laufend zu Piratenüberfällen, ebenso wie es zu Lande ständig kleinere Scharmützel entlang der Grenzgebiete gab. Über kurz oder lang würden diese nicht einzudämmenden Übergriffe erneut zu einem Kriegsausbruch führen, und für diesen Fall konnte es nicht schaden, die äußeren venezianischen Stützpunkte in der Ägäis vor osmanischen Angriffen besser zu schützen und damit die Handelswege im östlichen Mittelmeer zu erhalten.

Aus diesem Grund war Farsetti nach Venedig gekommen.

»Messèr Farsetti«, begrüßte Paolo ihn. »Es freut mich, Euch vor Eurer Abreise noch einmal zu sehen! Ich hörte, dass Ihr in wenigen Tagen wieder in See stechen wollt, also gehe ich davon aus, dass Eure Verhandlungen zu einem zufriedenstellenden Abschluss geführt haben.«

»Noch ist nicht alles spruchreif«, sagte Farsetti. »Aber wir sind auf gutem Wege. Die Schiffe, die gebaut werden sollen, werden nicht nur größer, schneller und besser bewaffnet sein als die üblichen Galeeren des Mittelmeeres, sondern sie werden auch unter der Flagge des Löwen segeln und alle Piraten das Fürchten lehren.« Ein Strahlen trat auf sein bärtiges Mondgesicht. »Was sollte Venedig dagegen einwenden, wenn vom Geld der Crispi Schiffe gebaut werden, die zuverlässig die Türken fernhalten? Aber was stehen wir herum und reden!« An den Ammiraglio gewandt, fuhr er fort: »Ihr habt mir versprochen, dass ich das Modell Eures jungen Meisters noch einmal bewundern darf.« Er nickte Paolo zu und deutete auf die Galeere. »Könnt Ihr diese strahlende Schönheit hier für eine Weile verlassen?«

»Sie wird sicher nicht weglaufen, während ich weg bin«, meinte Paolo belustigt.

Die Männer lachten, und gemeinsam verließen sie das Dock. Über den an der Nordseite der Anlage befindlichen Kai gingen sie an der langen Reihe der Werfthallen vorbei zu dem kleineren der beiden Hafenbecken, die sich innerhalb des Arsenals befanden.

Farsetti deutete auf das riesige Bassin. »Wenn ich zu Hause erzähle, dass dies hier das *kleine* Hafenbecken genannt wird, obwohl es doch zehnmal so groß ist wie das Becken in unserer Werft, wird mir keiner glauben.«

Eingerahmt von Dockhallen und Verwaltungsgebäuden im Westen, dem Hauptportal und dem Kanalzugang im Süden sowie Werkstätten und Magazinen im Osten, bot der Werftbereich mit dem rechtwinklig angelegten Becken tatsächlich einen einschüchternd weitläufigen Anblick, und das, obwohl dieses Gelände nur etwa ein Viertel der Gesamtfläche des Arsenals beanspruchte.

Im Becken lagen mehrere Schiffe und zahlreiche kleinere Boote; zwischen den hoch aufragenden Masten turnten Matrosen in den Wanten, um Leinen und Segel zu bergen. Auch an den Kais herrschte emsige Geschäftigkeit. Arbeiter schleppten Taurollen aus der *Corderia*, andere zogen Karren mit Pechfässern zum Kalfatern, wieder andere transportierten Beschläge, Segeltuch oder Säcke mit Werg zum Ausstopfen der Plankenfugen.

»Was für eine überragende Effizienz!«, sagte Farsetti begeistert. »Wenn man bedenkt, dass dieses perfekte Zusammenspiel täglich neue und makellose Schiffe hervorbringt, packt einen die Ehrfurcht! Tausende von Menschen an tausend verschiedenen Stellen, jeder trägt sein Scherflein durch die ihm zukommenden Handgriffe bei, und das Schiff wird von einer Halle in die nächste geschoben, während es wächst und wächst und schließlich aus der letzten Halle zu Wasser gelassen wird! Ah, die Serenissima – sie trägt zu Recht ihren Namen!«

»Wäret Ihr vor zwei Jahren hier gewesen, hättet Ihr einen trostlosen Anblick vorgefunden«, sagte der Ammiraglio.

»Ich hörte von dem schrecklichen Brand im Arsenal«, meinte Farsetti. »Ein unersetzlicher Schaden, wie es hieß. Es ist ein Wunder, dass alles so schnell wieder aufgebaut werden konnte.«

»Kein Wunder, sondern schiere Notwendigkeit«, sagte Tassini. »Die Schiffe sind Venedigs Lebensblut. Könnten wir keine mehr bauen, würden wir sterben.«

Farsetti nickte, dann wiegte er den Kopf. »Eine der bedauerlichen Tatsachen bei diesem Gewerbe liegt darin begründet, dass die Schiffe aus Holz sind und daher brennen wie Zunder. Eines Tages in der Zukunft werden die Menschen in der Lage sein, Schiffe aus Metall zu bauen.«

»Etwa aus Eisen?« Der Ammiraglio lachte. »Das rostet schneller, als man es zu Wasser lassen kann.«

»Ich hörte von neuen Verfahren beim Schmieden, Eisen vor Rost zu schützen. Denkbar wäre auch eine spezielle Methode beim Kalfatern. Sie müsste nur erst gefunden werden.«

Tassini schüttelte nachsichtig den Kopf. »Selbst wenn man dieses Problem gelöst hätte – ein Eisenschiff würde sofort sinken, schon wegen des Gewichts.«

»Das sagt ein Mann, dessen ganze Heimatstadt im Wasser schwimmt«, versetzte Farsetti lachend.

»Nicht das Gewicht bringt einen Gegenstand zum Sinken, sondern die Form«, mischte Paolo sich ein. Wie immer war er Farsettis Ausführungen mit Interesse und Faszination gefolgt. Der Mann mochte kein geschulter Konstrukteur sein, aber er kannte sich dennoch gut mit dem Schiffsbau aus und hatte, was Paolo am meisten beeindruckte, immer wieder visionäre Vorstellungen künftig zu bauender Schiffsmodelle, mit denen Paolo sich im Stillen auch selbst oft beschäftigte.

Der Ammiraglio nahm den Widerspruch nicht krumm. »Ich sehe schon, Euer Erfindergeist lässt sich nicht zähmen.« Er lächelte. »Schiffe aus Eisen, wer mag das glauben! Eines Tages werdet ihr mir noch erzählen, dass man es schaffen kann, Schiffe zum Fliegen zu bringen!« Belustigt schüttelte er den Kopf. »Messères, ich lasse Euch mit Euren hochtrabenden Ideen allein, denn mich rufen wichtige Geschäfte. Loredan wird Euch das Modell zeigen. Und schaut doch dieser Tage vor Eurer Abreise noch auf ein Glas Wein vorbei.«

»Lieber würde ich an dem Stapellauf dieser strahlenden Schönheit teilnehmen, die wir vorhin betrachtet haben.«

»Aber das könnt Ihr doch!«, meinte Paolo. »In drei Tagen wird das Schiff schon zu Wasser gelassen.«

»Eine Jungfernfahrt! Was für ein hübsches Abschiedsgeschenk!«

»Also abgemacht?« Der Ammiraglio nickte den beiden Männern zu, dann eilte er mit wehendem grauem Haarschopf in Richtung der Verwaltungsgebäude, während Paolo gemeinsam mit Farsetti zu der Stelle ging, an der das Galeerenmodell ankerte. Der Anblick des kleinen Schiffes hatte für einige Heiterkeit unter den *Arsenalotti* gesorgt; mittlerweile hatte sich die Existenz des Modells unter allen Arbeitern herumgesprochen. Häufig kamen sie mit ihren Frauen und Kindern, die größtenteils ebenfalls im Arsenal arbeiteten, zum Hafenbecken, um die *Barchetta*, wie sie das Modell nannten, zu bestaunen.

Irgendwann jedoch, davon war Paolo überzeugt, würden die Menschen es nicht mehr belächeln, sondern sich beim Anblick einer großen Galeere daran erinnern, dass sie dieses Schiff schon einmal gesehen hatten, als verkleinertes Modell im Maßstab von eins zu zehn.

Seit der Fertigstellung des Modells waren die Savi agli Ordini einmal zu ihrer monatlichen Inspektion hier gewesen, kurz nach dem Karneval, doch es hatte an jenem Tag in Strömen geregnet, weshalb sich der Kontrollgang auf die Werkstätten und Docks beschränkt hatte und die Besichtigung des Modells verschoben worden war. In wenigen Tagen stand jedoch die nächste Inspektion auf dem Plan, und Paolo hatte bereits alles für die Vorführung vorbereitet.

Farsetti, der sich das Modell schon bei seinem ersten Besuch im Arsenal angesehen hatte, war auch diesmal wieder voller Bewunderung.

»Man sehe sich diese perfekte kleine Grazie an!« Wie Paolo

schon mehrfach bemerkt hatte, redete Farsetti von Schiffen vorzugsweise in der weiblichen Form und gab ihnen Bezeichnungen, wie sie schönen Frauen gebührt hätten. Aufmerksam ging er am Kai auf und ab, um so viel wie möglich von dem Modell in Augenschein nehmen zu können.

»Eine Grazie mit breiten Hüften!«, fügte Farsetti lächelnd hinzu. Tatsächlich war der Rumpf gegenüber der gebräuchlichen Galeerenbauweise breiter und gedrungener, wenn auch zugleich höher und daher insgesamt um einiges größer, und auch die Formen wirkten geschwungener, wegen der stärker als gewöhnlich gerundeten Spanten.

Farsetti war entzückt, als er die verkleinerten Ruder sah, die von den Duchten über das Schanzkleid ragten.

»Hätten wir eine Mannschaft von Zwergen, könnten wir uns in die Lagune hinausfahren lassen!«

Paolo lachte. »Das wäre eine umständliche Angelegenheit! Aber man kann es segeln, ich habe es ausprobiert. Beim ersten scharfen Wind würde es sicher kentern, doch ich bin damit schon von einem Ende des Beckens bis zum anderen gekommen.«

Farsetti musterte das Modell aufmerksam. »Sie ist hoch gebaut. Höher als eine herkömmliche Galeere und damit schlechter zu entern.«

»Und nicht so schnell zu überspülen.«

Farsetti betrachtete die Masten. »Der Fockmast ist fast so hoch wie der Hauptmast.«

Paolo nickte. »Bis auf fünf Prozent. Und seht Ihr den Besanmast? Auch er ist höher als üblich, zwei Drittel vom Großmast.«

»Ein Besanmast für eine Galeere?«, meinte Farsetti zweifelnd.

»Man muss ihn nicht fahren, kann es aber. Dadurch gewinnt man ganz andere Möglichkeiten zur Betakelung, für weit mehr Segelfläche! Ich überlege sogar, zusätzlich zu den Lateinersegeln einen Bugspriet mit einem quadratischen Blindesegel anzubringen.«

Farsetti stellte im Kopf Berechnungen an. »Die Masten können bei der Höhe nicht aus einem Stück gefertigt werden.«

»Nein, natürlich nicht. Sie werden aus Kanteln zusammengebaut und mit Wulingen gehalten.« Paolo deutete auf den Rumpf. »Seht doch, wie groß sie ist! Oder vielmehr, stellt sie Euch zehnmal so groß vor, dann werdet Ihr noch mehr Unterschiede zur üblichen Galeerenbauweise erkennen!«

»Sie hat keinen Rammsporn«, sagte Farsetti.

»Nein, bei der Höhe würde er im Nahkampf nicht mehr viel taugen.«

»Außerdem hat sie mehr Tiefgang«, konstatierte Farsetti. »Kaum zu rudern.«

»Nun ja, unter Segeln ist sie deutlich schneller«, räumte Paolo ein. »Aber im Hafen lässt sie sich gut rudern, jedenfalls mit dem verbesserten Riemenwerk, mit dem ich sie ausstatten würde. Wie Ihr seht, sind die Ruder länger als üblich, es können bis zu fünf *Galeotti* an einem Riemen sitzen.« Paolo merkte, wie er sich in Eifer redete, doch in Farsetti erkannte er zum ersten Mal seit Jahren eine gleich gesinnte Seele, jemanden, der sich genauso für neue Ideen begeistern konnte wie er selbst. »Um die Ruderkraft zu verstärken, kommt es außerdem auf den idealen Abstand der Apostis von der Außenkante des Rumpfs bis zur *Corsia* an.« Er nannte Zahlen und Proportionen und sprach von der Optimierung der Griffleiste, des Ruderblattes und der Riemenlänge, und Farsetti folgte all seinen Ausführungen mit großer Aufmerksamkeit.

»Und welchen Namen soll das Prachtweib bekommen?«

»Über einen Namen für diesen Schiffstyp habe ich mir noch keine Gedanken gemacht. Ich nenne sie einfach *Galia grossa*, große Galeere. Wen kümmert es, wie man es nennt.«

»Ihr habt recht«, meinte Farsetti schmunzelnd. »Das Beste an einem Schiff ist gewiss nicht die Bezeichnung. Und das Beste an *diesem* Schiff habt Ihr Euch bis zum Schluss aufbewahrt, wie?« Vielsagend deutete er auf die Back und die Stückpforten zwischen den Duchten. »Wenn es das ist, wofür ich es halte, schießt diese Hübsche nach allen Seiten!«

»In der Tat ist das genau der Grund, warum ich hoffe, die

Savi agli Ordini mit meinem Modell überzeugen zu können. Sie ist die erste Galeere, die nicht nur mit einem halben Dutzend schweren Buggeschützen, sondern wegen des zusätzlichen Batteriedecks auch mit Breitseitengeschützen bestückt werden kann.« Paolo hielt inne und fuhr dann einschränkend fort: »Jedenfalls hierzulande. Ich hörte, die Engländer bauen ebenfalls an einem Schiff, das Breitseiten schießen soll.« Er deutete auf sein Modell. »Auch hier bleibt mehr Raum für großkalibrige Drehbassen, so wie auch das ganze Schiff mehr Platz für Kanoniere bietet.« Er deutete hinter sich, in Richtung der Pulverfabrik und Kanonengießerei. »Die Bewaffnung ist, wie Ihr wisst, ein wesentlicher Aspekt bei venezianischen Schiffen.«

Farsetti lachte zustimmend. »Ich hörte davon, dass es sogar eine Schule für Kanoniere hier geben soll.« Er schlug Paolo auf die Schulter. »Mein lieber Junge, gestattet mir, dass ich mich voller Hochachtung vor Euch verneige! Wenn der Rat der Stadt nicht auf der Stelle die Vorzüge dieses meisterlichen Konzepts zu würdigen weiß, will ich unter die Piraten gehen!«

»Nun, leider ist der Enthusiasmus unter den amtlichen Entscheidungsträgern nicht ganz so groß wie der Eure«, meinte Paolo einschränkend. »Dass Euch als Fachmann die Vorzüge der Konstruktion auf Anhieb einleuchten, besagt noch lange nicht, dass die Verantwortlichen dem zustimmen.« Ergeben hob er die Schultern. »Es kostet viel Geld, so ein Schiff zu bauen. *Sehr* viel Geld.«

»Aber das Arsenal bringt jeden Tag neue Galeeren hervor!«

»Nun, die Maße der Schiffe, die sonst hier gebaut werden, sind allesamt genormt. Sämtliche Einzelteile werden auf Vorrat gefertigt, immer nach demselben vorgegebenen Muster, sie werden Stück für Stück zusammengefügt, und immer passt eines zum anderen, weil es bis ins kleinste Teil gleich ist. Dagegen würde es lange dauern, ein Schiff wie dieses zu bauen, mit gänzlich neuen Abmessungen und Vorgaben. Allein die Fertigung des Modells hat Monate in Anspruch genommen. Bis man eine Galeere in den von mir geplanten Ausmaßen und mit all den Änderungen im Vergleich zum üblichen Typus in größerer Stückzahl herstellen könnte, kann es Jahre dauern.«

Farsetti schüttelte den Kopf. »Das kommt dabei heraus, wenn holzköpfige Bürokraten die Fortentwicklung der Technik lähmen und das geistige Genie eines Konstrukteurs von Eurem Kaliber nicht zu würdigen wissen.«

»Große Apparate sind manchmal unbeweglich«, räumte Paolo ein. »Das gilt für Schiffe wie für Verwaltungen. Doch letzten Endes haben sich profitable Neuerungen noch immer durchgesetzt, und darauf baue ich.« Er hob die Hand und tippte höflich an seine Mütze. »Wenn Ihr mich jetzt entschuldigen wollt – auf mich warten noch andere Schiffe. Wir sehen uns hoffentlich bald wieder.«

Farsetti nickte, und als Paolo davonging, winkte er ihm nach. »Auf bald!«


Cintia, die auf einem Schemel neben dem Bett saß und in einem Handspiegel ihr zerkratztes Gesicht musterte, wandte sich zu ihm um und deutete auf ihre Wange. »Sieht es sehr schlimm aus?«

Paolo musterte sie mit reumütiger Miene. »Ich fürchte, ja. Es tut mir leid! Ich hatte solche Sehnsucht nach dir!«

»Genau genommen war es mein Fehler. Ich hätte dir die Zeit zum Rasieren lassen sollen.«

Tatsächlich war sie, als er von der Arbeit gekommen war, ins Mezzà geeilt, um ihn zu begrüßen. Als sie ihn jedoch mit nacktem Oberkörper über den Waschzuber gebeugt angetroffen hatte, war es für jede Zurückhaltung zu spät gewesen, jedenfalls für die nächste halbe Stunde. Schon auf der Treppe nach oben hatte er ihr einen Teil ihrer Kleider ausgezogen, und nicht einmal die Furcht vor zufälliger Entdeckung hatte ihre Erregung dämpfen können. Danach waren sie eingedöst; erst das Vesperläuten weckte sie auf und machte ihnen klar, wie sehr sie sich vergessen hatten.

Aufgestützt auf einen Ellbogen, lag Paolo zwischen den vom Liebesakt zerwühlten Laken und betrachtete seine Frau. »Wenn du so wie jetzt auf einem Schemel sitzt, reicht dein Haar fast bis zum Boden.«

»Ich weiß«, sagte sie lächelnd. »Dabei hätte ich letztes Jahr beinahe die ganze Pracht verloren. Auf der Pestinsel wollten sie mir den Kopf scheren, es hieß, das sei nötig wegen der Läuse.«

»Wie schrecklich! Davon hattest du mir gar nichts erzählt!«

Sie hatte ihm bei Weitem nicht alles erzählt, schon gar nicht solche Nebensächlichkeiten, von denen sie selbst erst später erfahren hatte, da sie zu der Zeit, als sich besagte Ereignisse zugetragen hatten, gar nicht bei Bewusstsein gewesen war. Von dem drohenden Verlust ihres Haars hatte ihr Lucietta erst Tage danach berichtet, ebenso von der Bestechungsaktion, die es erfordert hatte, ihnen beiden die Prozedur des Scherens zu ersparen: Sie hatte einer der Frauen, die für die Wäsche und das Haareschneiden zuständig war, ein Silberstück gegeben, womit der Fall erledigt war.

Cintia strich sich das Haar zurück, und unwillkürlich erinnerte sie sich an die Zeit im letzten Sommer, als sie alles verloren hatte außer ihrem Leben. Gleich darauf berichtigte sie sich in Gedanken selbst, denn nicht alles hatte sie damals verloren, vielmehr das Wichtigste behalten, das jemand in einer so hoffnungslosen Situation nur brauchen konnte: Menschen, die sie liebten und die zu ihr standen. Lucietta war für sie da gewesen, hatte jeden Augenblick des Schreckens mit ihr geteilt, war mit ihr in diesen Orkus der Siechen und Sterbenden hinabgestiegen und nicht von ihrer Seite gewichen. Und auch Niccolò hatte ihr immer wieder beigestanden und ungeachtet aller Gefahren sein Leben für sie aufs Spiel gesetzt, so wie er es schon vorher, als noch alles in ihrem Leben in Ordnung gewesen war, versprochen hatte.

»Woran denkst du?«, fragte Paolo, die Lider halb geschlossen. Der Feuerschein vom Kamin warf züngelndes Licht auf seine Haut und ließ sein lockiges Haar leuchten wie von Kupfer überstäubt.

419

»An früher«, sagte sie gedankenverloren.

»Schlimme Dinge?«

»Schlimme und gute.«

»Komm her, dann will ich dafür sorgen, dass du nur noch an Gutes denkst!«

Sie lachte. »Kann es sein, dass du ein Wüstling bist?«

»Stets zu Euren Diensten, Madonna! Und zwar am liebsten jetzt sofort.«

»Und wenn du mittendrin von Schwäche übermannt wirst? Bedenke, dass du seit dem Mittag nichts gegessen hast!«

»Seit dem Morgen«, bekannte er. »Das Mittagsmahl habe ich ausfallen lassen, um Farsetti mein Modell zu präsentieren.«

»Dann sollten wir zuerst deinen vordringlichen Hunger stillen.«

Er rollte sich im Bett herum und setzte sich auf, damit sie sein erigiertes Glied sehen konnte. »Weib, welches mein vordringlicher Hunger ist, bestimme immer noch ich.«

Sie kicherte. »Lass uns nach dem Essen darüber debattieren, ja? Ich könnte auch etwas vertragen.«

»In diesem Fall wird nicht debattiert, sondern auf der Stelle gespeist«, sagte er mit scherzhafter Großmütigkeit, ein Laken über seine Blöße legend. »Wir sollten uns allerdings das Vespermahl hierher bringen lassen, dann müssen wir uns nicht wieder anziehen.«

Ihr kam in den Sinn, dass sonst immer er derjenige war, der sich über derlei dekadentes Patrizierverhalten mokierte, während sie selbst durchaus die Annehmlichkeiten genoss, die sie seit ihrer frühen Kindheit her kannte. In gewissen Teilbereichen seines Lebens schien er sich allmählich an den Alltag in einem begüterten Haushalt zu gewöhnen, wenngleich sein Eifer, was seine Arbeit im Arsenal betraf, seit ihrer Heirat keinen Deut nachgelassen hatte. Für ihn schien es nach wie vor kaum Wichtigeres als dieses neue Schiff zu geben.

»Hier zu speisen ist ganz in meinem Sinne.« Sie schlüpfte in ihr Hemd und läutete nach der Zofe, die kurz darauf erschien.

»Juana, bring uns Brot und Käse und etwas Wein.«

»Sehr wohl, Herrin.« Die Zofe verneigte sich, und für einen Augenblick hatte Cintia den Eindruck, die junge Frau wolle ihr Gesicht verbergen, doch Juana hatte sich bereits umgedreht und war davongeeilt.

Cintia dachte nach und wandte sich nach einer Weile ihrem Mann zu. »Irgendetwas stimmt nicht mit Juana. In letzter Zeit wirkt sie oft fahrig. Und manchmal kommt es mir so vor, als hätte sie Geheimnisse vor mir.«

Paolo zuckte die Achseln. »Jeder Mensch hat Geheimnisse, wusstest du das nicht?«

»Wirklich?« Sie stemmte die Hände in die Hüften. »Und welche habe ich?«

»Ich kenne sie nicht, denn sie sind ja geheim, das besagt schon der Name. Ich könnte höchstens eine Ahnung äußern.«

»Dann tu es doch.«

»Es würde dich in Verlegenheit bringen, denn es hängt mit geheimen Wünschen zusammen, die du hegst, wenn wir zusammen im Bett sind.«

Cintia merkte, wie ihr das Blut in die Wangen stieg, doch sie zwang sich, seinem Blick standzuhalten. »Du hast recht«, sagte sie herausfordernd. »Ich sprach zwar nie darüber, doch ich habe mich schon oft gefragt, ob das, was Esmeralda damals bei dir tat, wirklich nur Huren machen. Ferner überlegte ich, ob es wohl möglich ist, dass Männer dies auch bei Frauen tun.«

»Komm zurück ins Bett, dann finden wir es gemeinsam heraus.«

Sie war schon auf dem Weg zu ihm, als es an der Tür klopfte: Juana war zurückgekehrt, ein Tablett mit Käse, Brot und Wein balancierend. Cintia nahm es ihr ab und stellte es beiseite, anschließend verschloss sie sorgfältig die Tür und drehte sich zum Bett um. »Das Essen ist serviert.«

Mit geschmeidigen Bewegungen stand er auf und kam zu ihr. Das Licht vom Kaminfeuer flackerte auf seiner nackten

Haut. »Das trifft sich gut«, sagte er rau. »Noch nie hatte ich solchen Hunger.«

Ein Lachen stieg in ihr auf, doch es erstarb sofort, als er sie in die Arme nahm und sie hochhob, so mühelos, als wöge sie nichts. Sein Körper fühlte sich heiß an, und heiß war auch sein Mund, als er sie küsste, bis ihr die Luft wegblieb. Eine seltsame Schwerelosigkeit, gepaart mit hitziger Erregung, bemächtigte sich ihrer, und zugleich war sie erfüllt von dem einzigen, alles beherrschenden Gefühl ihrer Liebe.

Es drängte aus ihr hinaus, die Worte formten sich bereits auf ihren Lippen, doch bevor sie sagen konnte, dass er ihr Leben war, küsste er sie abermals, und alle Bekenntnisse vergingen im Fieber ihrer Lust.


Als sie aufwachte, war sie für einen Augenblick orientierungslos, bevor sie merkte, dass sie mit Paolo im Bett lag. Es war dunkel im Zimmer; der Tag war noch weit entfernt, denn durch die Ritzen der Läden war nicht ein Hauch von Morgenlicht zu sehen.

Als Nächstes wurden ihr die Bewegungen bewusst, die alles um sie herum, ebenso wie ihren Körper, erfasst hatten.

»Paolo!«, schrie sie, auf einen Schlag hellwach.

Sie spürte, wie er neben ihr hochfuhr und nach ihr tastete.

Ein heftiges Vibrieren schien von dem Bett auszugehen, das sich unvermittelt in ein hartes Rütteln verwandelte, als hätte ein vorbeigehender Riese die Bettpfosten gepackt, um sie von der Matratze zu schütteln. Geräusche erfüllten das Schlafgemach, zuerst war ein Knirschen, dann ein Krachen zu hören, als würde in nächster Nähe etwas bersten. Der Lärm reißenden Gebälks erfüllte das Gemach, und gleich darauf das dumpfe Poltern stürzenden Gesteins.

Paolo schob sich an Cintia vorbei aus dem Bett. »Bleib, wo du bist!«, schrie er gegen das Getöse an. Augenblicke später sah sie ihn vor dem offenen Fenster stehen. Er hatte die Läden aufgestoßen, sodass seine Silhouette vor dem Nachthimmel sichtbar wurde, nur schwach erhellt vom Fackellicht der Kanalbeleuchtung. Er kam zum Bett zurückgerannt, wobei er sich auf eigentümliche Weise zu heben und zu senken schien, als hätte der Riese, der das Bett schüttelte, mit geheimnisvollen Kräften auch den Boden zum Wanken gebracht. Für einen Moment war Cintia davon überzeugt, das Jüngste Gericht sei hereingebrochen, und voller Furcht wartete sie auf das Einsetzen der Posaunen, doch außer dem Krachen war nichts zu hören. Gleich darauf erkannte sie, dass das Rütteln längst aufgehört hatte, doch die Kammer schien sich immer noch zu bewegen.

»Gott im Himmel«, brüllte Paolo. »Das Haus stürzt ein! Wir müssen sofort raus!« Er packte ihre Hand und zerrte sie zum Fenster.

Entsetzt merkte Cintia, dass unter ihren nackten Füßen der Boden wegrutschte. Um sie herum fielen Stücke von Mauerwerk und Deckenstuck nieder, ein Brocken traf sie hart an der Schulter, ein weiterer am Kopf. Schwindel erfasste sie, während Paolo sie auf die Brüstung des Liagò hinaufzerrte. »Spring, so weit du kannst!«, schrie er, und gleichzeitig packte er sie um die Mitte und riss sie mit sich in die Tiefe. Gemeinsam landeten sie in dem eisigen Wasser des Canalezzo, das über ihren Köpfen zusammenschlug. Umfangen von Kälte und lichtloser Dunkelheit, war Cintia bereit, ihre Seele dem Schöpfer zu überantworten, als sie, gehalten vom harten Griff ihres Mannes, emporgerissen wurde, bis sie die Oberfläche durchstießen. Keuchend schnappte sie nach Luft, wild strampelnd und doch kaum in der Lage, dem Sog des Wassers zu widerstehen, das sie erneut in die Tiefe ziehen wollte. Hätte Paolo sie nicht unerbittlich festgehalten, wäre sie versunken.

»Hör auf zu zappeln!«, rief er. »Lass dich treiben. Ich halte dich!«

Sie gehorchte, obwohl ihr Instinkt sie zwingen wollte, mit Armen und Beinen um sich zu schlagen. Undeutlich nahm sie wahr, wie überall weitere Gesteinsbrocken und Teile von Mauerwerk ins Wasser klatschten, während Paolo sie durchs Wasser zog, hin zur anderen Seite des Kanals. Leute säumten die Ufer, und von allen Seiten ertönten Schluchzer und angstvolles Geschrei. Ein Hund bellte ohrenbetäubend, ein anderer heulte wie unter großen Schmerzen. Irgendwo in der Nähe stammelte jemand ein Bittgebet.

»Hör auf zu beten, hilf uns lieber!«, hörte Cintia Paolo hervorstoßen.

Sie trieben gegen eine Gondel, und Hände reckten sich ihnen entgegen, die sie über den Dollbord zerrten. Erst als ein stark nach Fisch riechendes Wachstuch über ihren Körper geworfen wurde, begriff Cintia, dass sie splitternackt war.

»Um Himmels willen!«, sagte der Mann, der vorher noch gebetet hatte. »Die arme Frau! Wird sie sterben? Meine Güte, all das Blut!«

»Lass sehen.« Das war Paolos Stimme. Das stinkende Tuch wurde weggezogen, und im Licht der Bootslaterne erkannte sie das besorgte Gesicht ihres Mannes, der sich über sie beugte. Hände tasteten über ihr nasses Haar und ihre Schulter. »Siehst du mich?«, fragte Paolo eindringlich. »Spürst du das?«

Sie stöhnte. »Mir ist schlecht, es dreht sich alles.«

»Cintia?«

Sein Gesicht verschwamm, und dann wurde es dunkel um sie.


Paolo rief einige Male ihren Namen, doch Cintia reagierte nicht, auch nicht, als er vorsichtig abermals ihren Kopf abtastete. Die Platzwunde dort war nicht tief, doch es blutete heftig, und an der Stelle bildete sich bereits eine großflächige Beule. An der Schulter fand er eine weitere Wunde, etwas tiefer als die am Kopf, aber nicht so gefährlich, dass man sie sofort hätte verbinden müssen. Hastig suchte Paolo ihren Körper nach weiteren Verletzungen ab, doch zu seiner Erleichterung fand er keine. Ihr Atem ging flach, aber regelmäßig. Sicher war es ein gutes Zeichen, dass Cintia noch bei sich gewesen war, als sie ins Boot gezogen wurde, jedenfalls sagte Paolo sich das mit aller Inbrunst, derer er fähig war.

»Grundgütiger, war das ein Schauspiel!«, rief der Gondoliere aus. »Wie Ihr mitsamt Eurer Frau aus dem Haus ins Wasser gesprungen seid, während zugleich hinter euch alles zusammenstürzte – unfassbar! Ihr müsst mehr als einen Schutzengel haben!«

Paolo fuhr herum, schlagartig von der Erkenntnis getroffen, dass Casparo noch im Haus war. Inzwischen brannten in der ganzen Umgebung eine Menge Fackeln, und was er in ihrem flackernden Licht sah, ließ ihn aufstöhnen. Dort, wo vorher eine Reihe Häuser gestanden hatte, war nur mehr eine einzige Trümmerhalde.

»Rasch, ans Ufer!«, rief er. »Ich muss nach meinem Bruder suchen.«

»Dort, wo Euer Haus stand? Oje! Ich fürchte, er lebt nicht mehr, wenn er drinnen war! Und was soll derweil mit Eurer Frau geschehen? Wenn sie stirbt, will ich sie nicht in meinem Boot haben. Bedenkt, dass sie nackt ist! Was sollen die Leute denken, vor allem meine Frau?«

»Bring sie zur Ca' Loredan. Weißt du, wo das ist?«

»Natürlich. Aber Ihr müsst mich zuerst entlohnen.«

»Sehe ich vielleicht aus, als hätte ich Geld bei mir?«, fuhr Paolo ihn an. Mühsam beherrscht, fügte er hinzu: »Daria Loredan wird dich bezahlen. Sie ist die Tante meiner Frau. Tu, was ich dir auftrage, und es soll dein Schaden nicht sein.«

Der Gondoliere schaute zweifelnd drein, behielt aber seine Bedenken für sich. Wie geheißen brachte er Paolo zum Kai, wo dieser, nackt wie er war, vom Boot aus die Trümmerberge erklomm und sich verzweifelt umsah. Das Boot zog davon, mitten hinein in den Pulk anderer Gondeln, die sich mittlerweile an der Unglücksstelle zusammengefunden hatten, wie Fliegenschwärme, die von Aas angezogen wurden.

»Casparo!«, brüllte Paolo, über ein Trümmerstück kletternd, das erst beim zweiten Hinsehen als Stützpfosten des Bettes zu erkennen war, in dem er eben noch gelegen hatte. Ein weiterer Gegenstand ragte aus dem Schutt auf, die Platte des Tisches, auf dem er am Vorabend Konstruktionspläne studiert hatte. Teile von geborstenem Mauerwerk, Dachschindeln und Balken bildeten ein wüstes Durcheinander mit zerbrochenem Mobiliar und anderem Hausrat.

An einer Stelle ragte ein bleicher Arm aus den Trümmern, und mit einem Aufschrei kletterte Paolo, so schnell er konnte, über die Hindernisse, die ihn von dem grausigen Fund trennten. Er schämte sich für seine Erleichterung, als er bemerkte, dass der Arm zu einer Frau gehörte, und als er hastig die umgebenden Trümmerstücke zur Seite zerrte, sah er den blutigen blonden Schopf auftauchen und dann das zerschmetterte Gesicht der Köchin. Benommen überlegte er, dass er nicht einmal ihren Namen wusste. In einem anderen Leben hatte er ihn noch gekannt, doch nun war er ihm entfallen. Er stolperte und kletterte weiter, immer wieder den Namen seines Bruders rufend. Jemand berührte sein Bein, und er fuhr herum. Es war Imelda. Wie eine verhutzelte schwarze Krähe hockte sie dort, inmitten der Trümmer ein Anblick eigentümlicher Unversehrtheit, den Rücken an einen zerbrochenen Ofen gelehnt. Bis auf eine blutige Schramme an der Stirn wies sie keine sichtbaren Verletzungen auf.

»Die Herrin«, lispelte sie, die Augen weit vor Furcht. »Wo ist Cintia?«

»In Sicherheit. Ein Boot bringt sie zu meiner Stiefmutter. Mein Bruder? Hast du Casparo gesehen?«

Sie zuckte nur die Achseln und blieb dort sitzen, wo sie war, stumm und reglos.

»Hilf mir suchen!«, schrie er sie an.

»Mein Bein ist gebrochen«, sagte sie. Es klang gleichmütig, als sei das die geringste ihrer Sorgen.

Er taumelte weiter, über Berge von Schutt und zerstörtem Gebälk. Hilfeschreie und Weinen waren zu hören, doch inmitten der Verwüstung war schwer zu erkennen, aus welcher Richtung sie kamen. Auch benachbarte Häuser waren eingestürzt, mindestens vier oder fünf, die nun eine einzige Trümmermasse bildeten, sodass nicht mehr zu sagen war, welcher Teil zur Ca' Barozzi gehört hatte. An manchen Stellen tat sich gluckernd das Wasser des Kanals auf, und einmal wäre Paolo beinahe in einen Spalt gestürzt, der sich unversehens zu seinen Füßen öffnete. Dort, wo das Fundament zerrissen war, ragten aus der Schwärze des Wassers geborstene Stücke der Eichenpfähle empor, die vorher das Haus getragen hatten.

Während seiner Suche wurde Paolo gewahr, dass auch andere Menschen um ihn herum über die Trümmerberge kletterten, doch sie wollten nicht helfen, sondern stehlen. Ein Mann hatte einen Korb im Arm, in den er alle noch brauchbaren Gegenstände hineinstopfte, hier ein Laken, dort eine Bronzefigur, an anderer Stelle einen Kochtopf. Andere taten es ihm gleich; Paolo sah eine Frau, die eines von Cintias Kleidern an sich raffte. Von heillosem Zorn ergriffen, stellte Paolo sich ihr in den Weg und fasste sie grob beim Arm. »Was tust du da?« Er sah, wie jung sie war, fast noch ein Kind. Ihr Gesicht war von Entbehrung gezeichnet, und sie war so mager, als hätte sie sich schon lange nicht mehr richtig satt essen können. Erschrocken blickte sie ihn an, doch er hatte sie bereits losgelassen, um seine Suche fortzusetzen. Er fand einen weiteren Toten, den er nach endlosen Augenblicken des Schreckens als den Hausdiener identifizierte. Hinter dem nächsten Schuttberg stieß er auf eine nackte Frau, die fieberhaft und mit äußerster Kraft an einem Balken zerrte. »Casparo!«, schluchzte sie ein ums andere Mal. »Casparo, halte durch!«

Es war die Zofe Juana, deren Blößen von dem offenen Haar, das in langen Strähnen über ihren Körper hing, nur notdürftig bedeckt wurden.

Halb rutschend, halb kletternd eilte Paolo zu ihr. »Wo ist er? Wo ist mein Bruder?«

Ihr Gesicht war tränenüberströmt und verzerrt vor Panik, als sie zu ihm herumfuhr. »Er ist hier, unter dem Balken!«

Sofort war Paolo an ihrer Seite und sah, eingeklemmt von dem Balken, seinen Bruder liegen. Verkrümmt und mit Mörtelstaub bedeckt, regte er sich nicht, doch ein schwaches Stöhnen zeigte, dass er noch lebte. Der Pfahl berührte Casparo nicht, aber er presste Schutt und Mauerteile gegen seinen Körper und hielt ihn so gefangen.

»Vorhin konnte er noch meinen Namen sagen«, weinte Juana. »Aber dann hat er die Besinnung verloren.«

Mit aller Kraft zog Paolo an dem Balken, nur um sofort zu erkennen, dass er es mit bloßer Muskelkraft nicht schaffen würde, da der Holzpfahl an einem Ende von einem riesigen Trümmerstück blockiert wurde. Fieberhaft sah er sich nach etwas um, das er als Hebel verwenden konnte, während er gleichzeitig Juana befahl, Hilfe zu holen.

»Aber ich bin doch nackt!«, rief sie schluchzend aus.

Er hielt sich nicht länger mit ihr auf, sondern kletterte über einige Trümmer in Richtung Kai, wo er fand, was er suchte: ein Ruder. Er versuchte, es unter das frei liegende Ende des Balkens zu klemmen und diesen damit hochzustemmen, doch das Ruder zerbrach, bevor er nennenswerte Erfolge erzielen konnte. Zitternd und schluchzend hockte Juana derweil neben dem eingeklemmten Casparo, immer wieder seinen Namen und Gebete hervorstoßend. Ab und zu glaubte Paolo, auch Koseworte zu hören, doch in seinem fieberhaften Bestreben, seinen Bruder von dem schweren Balken zu befreien, achtete er nicht weiter darauf. Schließlich fand er eine dickere Holzstange, Teil eines Anlegesteges an der Fondamenta, die er als Hebel benutzte. Als es ihm endlich gelang, den Balken zu bewegen, stöhnte er vor Erleichterung. Keuchend und schwitzend stemmte er seine Schulter gegen die Stange und drückte, bis er glaubte, sein Kopf müsse von der Anstrengung platzen.

»Nimm den Stein da zu deinen Füßen«, wies er Juana mit ächzender Stimme an. »Verkeile ihn so unter dem Balken, dass dieser nicht zurückschnellen kann, wenn ich loslasse.«

Sofort begriff sie, worauf er hinauswollte, und befolgte eilig seinen Befehl, sodass sie sich gleich darauf gemeinsam daranmachen konnten, den Schutt wegzuräumen, unter dem Casparo begraben lag. Nur ein Teil seines Gesichts schaute heraus, die Haut von Staub bedeckt und die Augen geschlossen. Während Paolo fieberhaft scharrend und zerrend den Schutt zur Seite räumte und Stück für Stück den Körpers seines Bruders freilegte, erschienen zwei junge Mönche. Der eine nahm seinen Umhang ab und legte ihn Juana um die Schultern, bevor er sich die Ärmel seiner Kutte hochstreifte und Paolo bei der Arbeit half. Mit leiser Stimme berichtete er, dass in der Nähe eine Kirche eingestürzt sei. Das dazugehörige Kloster sei unversehrt geblieben, ein Zeichen des Herrn für alle Mönche, auf Geheiß des Abtes sofort auszuschwärmen und denen zu helfen, die es schwerer getroffen hatten. Der andere Mönch fügte hinzu, dass der Herr das Schlimmste von den Menschen der Stadt ferngehalten hatte; das Beben hatte vielleicht ein knappes Dutzend Häuser zum Einsturz gebracht, während bei der Mehrzahl der anderen beschädigten Gebäude lediglich Dachsimse, Balkone und Fassadeninkrustationen in Mitleidenschaft gezogen worden seien. Es gab Todesopfer zu beklagen, aber es war kein schweres Beben gewesen, nicht so schlimm wie jenes, von dem Reisende aus dem Orient vor zwei Jahren berichtet hatten und das angeblich ganz Konstantinopel zerstört hatte.

Ein Erdbeben also ... Dumpf ging es Paolo durch den Sinn, dass er sich bis zu der Schilderung des Mönches nicht einmal Gedanken um die Ursache des Unglücks gemacht hatte. Dafür war schlicht keine Zeit gewesen.

Endlich hatten sie Casparo vom Schutt befreit. Reglos lag sein Körper dort, ein Arm in seltsamem Winkel verkrümmt, das Gesicht im dunstigen Licht des aufziehenden Morgens bleich und starr. Hastig beugte Paolo sich über ihn und hielt ein Ohr an die Brust des Jungen.

»So hört Ihr nichts«, sagte einer der Mönche. »Euer eigener Herzschlag wird Euch narren. Man muss auf den Atem lauschen. Lasst mich einmal sehen. Ich habe oft zugeschaut, wie die Ärzte es machen.« Er hielt ein geschlossenes Auge dicht vor Casparos Mund und wartete mit angehaltenem Atem. »Ich spüre einen Luftzug«, sagte er. »Er atmet und lebt. Ihr solltet ihn schnell von hier fortbringen, damit ein Medicus seine Verletzungen untersuchen kann.« Sie banden den gebrochenen Arm am Oberkörper fest und schleppten den Bewusstlosen zu einem der Boote. Paolo machte sich keine Gedanken darüber, wem es gehörte.

Überall irrten weinende Menschen zwischen den Trümmern umher, riefen nach verschütteten Angehörigen oder bargen Hausrat. Manche machten sich mit vollen Körben oder Säcken oder mit beladenen Booten davon, auf eine Weise, die darauf hindeutete, dass es sich um Plünderer handelte.

Einer der Mönche hatte einen Umhang gefunden und ihn um Paolos Schultern gelegt. Damit waren seine äußeren Blößen bedeckt, dennoch fühlte sein Körper sich an wie gefroren. Während er das Ruder durchs Wasser zog und Juana sich neben ihm in inbrünstigen Dankgebeten erging, blickte er auf die reglose Gestalt seines Bruders. Er hatte Casparo lebend aus den Trümmern gezogen, und auch Cintia hatte er retten können, das hätte ihn zuversichtlich stimmen sollen. Doch anstelle von belebender Hoffnung spürte er nur lähmende Furcht, als laste auf seiner Seele schicksalhaft drohendes Unheil.

Als Cintia zu sich kam, hatte sie den metallischen Geschmack von Blut im Mund, und ihr war so übel, dass sie den Kopf zur Seite wandte und sich erbrach.

»Oh, du lieber Himmel, warte, ich wische das weg!«

Sie erkannte die Stimme von Lucietta, die sich über sie beugte, halb schluchzend, halb lachend. »Du bist wieder bei dir! Dem Himmel sei Dank!«

Für einen absurden Moment kam es Cintia so vor, als hätte sie dasselbe schon einmal erlebt, bis ihr gleich darauf klar wurde, dass es stimmte, denn damals auf der Pestinsel, als sie zum ersten Mal aus ihrer Ohnmacht erwacht war, hatte Lucietta eine ähnliche Bemerkung gemacht.

Nach einigen Augenblicken der Orientierungslosigkeit erinnerte sie sich auch an das Geschehene. Das Haus war eingestürzt, und sie war gemeinsam mit Paolo in den Kanal gesprungen ...

»Paolo!«, stieß sie hervor.

»Keine Sorge, es geht ihm gut, nicht einen Kratzer hat er abbekommen. Und du lebst ebenfalls, es ist ein Wunder!« Im Licht der Kerze, die auf dem Tisch neben dem Bett brannte, war zu sehen, dass Luciettas Gesicht tränennass war. »Dieser jüdische Arzt war hier, Simon. Er hat dich untersucht und keine Verletzungen gefunden, nur eine Schramme an der Schulter und diese scheußliche Beule an deinem Kopf. Er meinte, wir müssten abwarten, bis du wach wirst, sonst bliebe nichts zu tun, außer beten.« Lucietta weinte laut vor Ergriffenheit. »Das haben wir getan, wahrhaftig! Meine Finger sind schon ganz wund!« Wie zum Beweis hob sie den Rosenkranz, den sie um ihre Hand geschlungen hatte. »Aber Gott hat ein Einsehen gehabt und dich mir zurückgegeben!«

Cintia versuchte, sich aufzurichten, fiel aber wieder zurück, weil der Schmerz, der ihr dabei durch den Schädel fuhr, schlimmer war als alles, was sie an Kopfweh je erlebt hatte.

Lucietta schaute entsetzt drein. »Beweg dich nicht! Du musst liegen bleiben, hat der Arzt gesagt. Er meinte auch, dir wird der Schädel brummen, sobald du zu dir kommst, aber wenn du dich schön ruhig hältst, kann alles wieder werden.«

»Was ist passiert?«, fragte Cintia mühsam.

»Es hat ein Erdbeben gegeben«, sagte Lucietta. »Nicht nur unser Haus ist eingestürzt, sondern auch ein halbes Dutzend Nachbarhäuser, außerdem eine Kirche, aber ich weiß noch nicht, welche. Du kannst dir vorstellen, welchen Schock ich erlitt, als ich in den frühen Morgenstunden von meinem Stelldichein mit Giacomo zurückkehrte und nur noch eine riesige, halb im Kanal versunkene Schutthalde fand, wo früher unser

Haus gestanden hatte.« Wieder schluchzte sie auf und rieb sich mit einem Zipfel ihres Gewandes das Gesicht ab. »Dein Elternhaus ist völlig zerstört, Cintia! Und nicht nur das! Von unserer Habe ist nichts mehr da! Meine Kleider, mein Schmuck und auch deine Sachen! Die schönen Spiegel, die Gemälde deiner Eltern … einfach alles ist dahin, und was nicht vernichtet war, wurde weggeschleppt! Die Nachbarn haben sich versammelt und graben, doch sobald etwas gefunden wird, verschwindet es sofort. Sie stehlen wie die Raben dort! Als wäre es nicht genug, dass so viele arme Menschen unter den Trümmern zu Tod gekommen sind!«

»Wer …?«, flüsterte Cintia. »Casparo?«

»Er lebt, ist aber ohne Besinnung. Sein Arm ist gebrochen, ebenso etliche seiner Rippen. Und sein Schädel wohl ebenfalls, was dem Arzt die meisten Sorgen macht. Bevor er nicht zu sich kommt, kann man nur bangen und hoffen. Wir beten alle seit Stunden für den armen Jungen, vor allem seine Mutter, die nicht von seiner Seite weicht.«

Jetzt erst wurde Cintia gewahr, wo sie sich befanden. Sie erkannte die Kammer wieder, in der sie nach ihrer Rückkehr von der Pestinsel bis zu ihrer Verheiratung gelebt hatte. Abermals hatte Daria sie und Lucietta aufgenommen, so wie schon einmal, als sie in der Stunde größter Not nicht mehr gewusst hatte, wohin sie sich wenden sollten.

»Imelda?«, fragte sie drängend. »Juana? Giovanni? Sabina und die anderen?«

»Juana hatte Glück, ihr ist nichts geschehen. Sie war diejenige, die Paolo zeigte, wo Casparo verschüttet worden war, sodass er den Jungen befreien konnte. Imelda ist ebenfalls davongekommen, doch ihr Bein ist gebrochen. Dein Leibwächter Giovanni wurde wie durch ein Wunder noch von den Mönchen lebend unter den Trümmern gefunden. Allerdings hat er zahlreiche Knochenbrüche erlitten und liegt jetzt im Spital.« Lucietta hielt inne, um sich die Tränen abzuwischen. »Die anderen sind tot. Sabina wurde erschlagen, ebenso ihr Mann. Der Gondoliere und die Mägde auch.« Schniefend zog sie die Nase hoch. »Giacomo sagte, der Himmel hätte uns beschützt, vor allem mich, aber ich denke anders darüber. Wir haben kein Zuhause mehr! Was soll nur aus uns werden?«

Cintia blickte zum Fenster. Draußen war heller Tag; durch die Ritzen der geschlossenen Läden drangen staubige Streifen von Sonnenlicht in die Kammer.

»Wie lange sind wir schon hier?«

»Seit Tagesanbruch. Vor etwa einer Stunde hat es zur Terz geläutet. Simon sagte, ich solle die Läden schließen, weil das Sonnenlicht dir Schmerzen bereiten würde.«

»Wo ist Paolo?«

»Er war die ganze Zeit bei dir, genau wie ich. Vorhin ist er hinausgegangen, um nach Casparo zu sehen. Sicher kommt er gleich zurück.«

Kaum hatte sie den Satz beendet, als auch schon die Tür aufging und Paolo hereinkam.

Cintia streckte die Hand nach ihm aus, und er gab einen unterdrückten Laut von sich, der ebenso gut ein missglücktes Lachen wie ein Schluchzen hätte sein können. Mit wenigen Schritten war er bei ihr am Bett. Cintia sah, dass Tränen in seinen Augen standen. Schweigend hielt er ihre Hände umklammert, und sie erwiderte den Druck seiner Finger, so fest sie konnte. Es gab nichts, was sie hätten sagen können, ohne dass es banal geklungen hätte. Sie hatten überlebt, und sie konnten einander bei den Händen halten, alles andere war unwichtig.

Daria saß wie festgewachsen in dem Lehnstuhl, den sie sich neben Casparos Bett gezogen hatte, die Hände fest im Schoß verschränkt. Hin und wieder irrte ihr Blick zu der flackernden Stundenkerze, die seit dem frühen Morgen brannte, doch ansonsten blieb sie reglos sitzen. Sie wusste, dass sie sich kämmen und ordentlich ankleiden sollte, doch dazu hätte sie aufstehen und aus dem Zimmer gehen müssen, was für sie nicht infrage kam. Keinen Moment wollte sie ihren Sohn aus den Augen lassen, denn sie war von dem irrationalen Glauben durchdrungen, dass sie ihn allein mit der Macht ihrer Gedanken am Leben erhalten konnte. Es war, als hätte sie einen Pakt mit sich selbst geschlossen: Solange sie hier bei Casparo wachte, würde er atmen und leben, doch sobald sie ihn verließ, würde auch sein Lebenswille ihn verlassen. Seine Brust würde sich nicht mehr mit dem jeweils nächsten Atemzug heben, das gelegentliche Zittern seiner Lider erlahmen und sein ohnehin schon bleiches Gesicht die Blässe des Todes annehmen. Das würde sie nicht zulassen, und wenn sie bis in alle Ewigkeiten hier an seinem Bett sitzen musste. Mit der Kraft ihres Willens wollte sie dafür einstehen, dass dieser Funke Leben nicht erlosch, und sie wollte für alle Zeiten in der Hölle brennen, wenn sie nicht verhinderte, dass er starb.

Sie streckte die Hand aus und berührte den Arm ihres Sohnes, so wie sie es in den vergangenen Stunden unzählige Male getan hatte. Seine Haut war warm, und die zarten Haare unter ihren Fingerspitzen erschienen ihr so weich wie vor vielen Jahren, als er noch ein kleines Kind gewesen war und sich in ihre Arme geschmiegt hatte, wenn er müde oder traurig war. Sie hatte ihn stets gehalten und gewiegt, ihn getröstet und liebkost und auch sonst alles für ihn getan, was eine liebende Mutter für ihr Kind tut.

»Casparo«, flüsterte sie. Fast ebenso oft, wie sie ihn seit dem frühen Morgen berührt hatte, war ihr auch sein Name über die Lippen gekommen. Er sollte spüren, dass sie bei ihm war und über ihn wachte. Auf andere Weise konnte sie ihm nicht helfen, denn Simon hatte ihr nur kläglich wenige Handreichungen genannt, die es ihrem Sohn leichter machten. Hin und wieder ein wenig Wasser zwischen seine Lippen träufeln, das Zimmer abdunkeln, ihn so wenig wie möglich bewegen. Daran hielt sie sich getreulich, auch das eine Mal, als sie ihn mit Giulios Hilfe gewaschen hatte, weil der arme Junge seine Ausscheidungen nicht kontrollieren konnte. Dafür schluckte er stets zuverlässig das Wasser, das sie ihm gab, für sie ein sicheres Zeichen, dass er leben wollte.

Simon hatte ihr erklärt, dass Kopfverletzungen oft tückisch waren. Betroffene konnten sich ebenso gut rasch wieder erholen wie auch lange Zeit an schweren Beeinträchtigungen leiden, und nicht selten starben die Verletzten auch, worüber er sie nicht im Unklaren gelassen hatte. »Manchmal dauert es Stunden, manchmal Tage, bis sie aus ihrer Ohnmacht erwachen, aber manchmal schlafen sie auch für immer ein.«

Sie hätte Hoffnung daraus schöpfen können, dass Cintia noch vor dem Mittag das Bewusstsein wiedererlangt hatte, und eine Zeit lang hatte sie es tatsächlich als gutes Zeichen genommen und darauf vertraut, dass auch ihr Sohn binnen kurzer Zeit wieder zu sich käme. Seither waren jedoch die Stunden verstrichen, eine nach der anderen, bis sich allmählich wieder die Dunkelheit des Abends herabgesenkt hatte und Casparo immer noch reglos in seinem Bett lag.

Mit trockenen Augen starrte Daria ihren Sohn an, während sie spürte, wie sie von Ungeduld erfasst wurde. Simon sollte eigentlich längst wieder da sein; er hatte versprochen, im Laufe des Abends noch einmal vorbeizuschauen, schließlich gab es genug Verletzte in diesem Haus. Nicht nur Casparo war betroffen, sondern auch ihre Nichte sowie die alte Frau, die in deren Diensten stand. Das Bein der Alten war gebrochen, und Simon hatte ihr etwas gegen die Schmerzen bringen wollen. Auch Juana war verletzt, das dumme Ding. Sie hatte eine böse Quetschung am Bein, die Simon mit Salbenwickeln versorgt hatte. Bei dem Gedanken daran wurde Daria von einer Welle des Zorns ergriffen. Inzwischen wusste sie, dass Juana sich in Casparos Kammer aufgehalten hatte, als das Unglück geschah. Vermutlich hatte sie sogar in seinem Bett gelegen!

Wie aus weiter Ferne nahm Daria wahr, dass Giulio sich in der Kammer zu schaffen machte. Er legte Feuerholz nach und schürte die Flammen, um für die Nacht einzuheizen. Casparo war völlig ausgekühlt gewesen, als Paolo ihn hergebracht hatte, und die Vorstellung, dass ihr Junge weiß Gott wie lange nackt unter den kalten Steinen gelegen hatte, wollte ihr noch nachträglich den Verstand rauben.

Giulio reichte ihr einen Teller, den sie verständnislos betrachtete. »Was ist das?«, fragte sie.

»Brot und eine Handvoll Oliven«, antwortete er geduldig.

»Das sehe ich. Tu es weg!«

»Du musst etwas essen. Den ganzen Tag hast du noch keinen Bissen zu dir genommen.«

»Mein Sohn hat auch nichts gegessen. Warum sollte ich essen, wenn er es nicht kann?«

»Weil es ihm nichts nützt, wenn du schwach wirst vor Hunger. Es kommt die Stunde, da er dich vielleicht braucht, weil du ihn aufrichten und stützen und umbetten musst. Das kannst du nur, wenn du bei Kräften bleibst, und dafür musst du essen.«

Sie sah ein, dass er recht hatte. Hastig stopfte sie von dem Brot und den Oliven in sich hinein, was sie eben noch hinunterbringen konnte, ohne vor Widerwillen zu würgen. Zwischen ihrem Stuhl und dem Feuer wartete Giulio, die massiv gebaute Gestalt wie eine dunkle, von flackerndem Licht umrissene Wand. Als er die Hand ausstreckte und sie ihr sanft auf die Schulter legte, duldete sie es, zunächst in verkrampfter Haltung, dann mit zunehmender Dankbarkeit, und sie widersprach auch nicht, als er nach einer Weile hinter sie trat, um ihr die Schultern zu massieren. Unter seinen kundigen Griffen löste sich ein Teil ihrer Verspannung, und auch die Angst um Casparo kam ihr nicht mehr ganz so unerträglich vor.

Erleichterung durchströmte sie, als es kurz darauf klopfte und Paolo eintrat, auf dem Fuße gefolgt von Simon, der mit ernster Miene näher trat.

»Endlich!« Daria sprang von dem Stuhl auf und ließ dabei den Teller fallen, an den sie nicht mehr gedacht hatte. Giulio hob ihn rasch auf und wich in den Hintergrund zurück, so wie es seine Art war, wenn Daria Besuch empfing, gleichviel ob dieser wichtig war oder nicht. Nie würde er sie unaufgefordert ver-

436

lassen, und so blieb er auch diesmal stehen, um auf Anweisungen zu warten – oder einfach nur darauf, dass die Männer wieder gingen.

Paolo beugte sich über seinen Bruder. »Er sieht unverändert aus.« An seine Stiefmutter gewandt, fuhr er fort: »Hat er sich bewegt?«

Sie schüttelte stumm den Kopf, den Blick ängstlich auf Simon gerichtet, der sich an ihrem Sohn zu schaffen machte. Der jüdische Arzt bat mit einem Handzeichen um Ruhe, worauf alle im Raum schwiegen, während Simon sein Ohr gegen Casparos Brust drückte und aufmerksam lauschte. Anschließend horchte er eine Weile auf die Atemzüge des Jungen, und dann tat er etwas, was Daria zusammenzucken ließ: Er stach Casparo mit einer Nadel in Schenkel und Arme, wobei er keineswegs zimperlich zu Werke ging. Anschließend zog er die Lider des Jungen hoch und leuchtete vorsichtig unter Zuhilfenahme der Kerze in die Augen.

Seine ernste Miene rief rasch wachsende Panik bei Daria hervor.

»Was ist, Dottore?« Obwohl Daria sich um einen gemäßigten Ton bemühte, konnte sie nicht verhindern, dass ihre Stimme sich überschlug wie bei einem entsetzten Kind.

Die Hände in die Aufschläge seiner weiten Ärmel geschoben, richtete Simon sich von dem Bett des Jungen auf und räusperte sich. »Wie ich feststellen konnte, funktionieren seine Reflexe. Er beugte die Extremitäten beim Stich meiner Nadel, was beweist, dass keine Lähmung vorliegt. Auch die Lunge ist in Ordnung, ich höre keine Geräusche, die darauf hindeuten, dass sie von den gebrochenen Rippen durchbohrt wäre. Die Bandage um seinen Oberkörper hat gut gehalten. Allerdings ist die Atmung unregelmäßig, was mit seinem allgemeinen Zustand zusammenhängt.«

Daria ahnte, dass er nun zum schlimmeren Teil seiner Diagnose kam. Mit angehaltenem Atem wartete sie auf seine nächsten Worte, obwohl sie ihn am liebsten angebrüllt hätte, ihr endlich alles zu sagen. Auch Paolo stand starr vor Anspannung, die Hände zu Fäusten geballt. Um seine Beherrschung war es offenbar nicht besser bestellt als um die ihre. »Dottore?«, entfuhr es ihm.

»Seine rechte Pupille ist stark erweitert«, sagte der Arzt sorgenvoll.

»Was bedeutet das?«

»Dass sein Hirn angeschwollen ist.«

»Davon habt Ihr am Morgen nichts gesagt«, rief Daria, außer sich vor Zorn und Angst.

»Weil am Morgen davon noch nichts zu sehen war. Es kommt häufig bei Kopfverletzungen vor, dass erst Stunden oder Tage später durch den erlittenen Schlag das Hirn schwillt oder zu bluten beginnt. Sicheres Anzeichen dafür ist die erweiterte Pupille. Es tut mir leid, dass ich keine beruhigendere Diagnose stellen kann.«

»Wenn wir nur geduldig warten, wird es doch wieder aufhören, oder?«, fragte Paolo. »Cintias Zustand ist auch von Stunde zu Stunde besser geworden, warum nicht bei Casparo?«

Der Arzt schüttelte ernst den Kopf. »Ich sagte heute früh schon, dass solche Verletzungen tückisch sind. Der eine Patient erholt sich von Kopfverletzungen schnell, der andere …« Er hielt inne, während das unausgesprochene Ende wie eine entsetzliche Drohung in der Luft hing.

»Aber es muss doch Möglichkeiten geben, ihm zu helfen!« Daria gab sich keine Mühe mehr, ihre Stimme zu dämpfen. Sie schrie so laut, dass sie selbst unter dem Ton ihres anklagenden Ausrufs zusammenfuhr.

Abermals räusperte der Arzt sich. »Es gibt eine Sache, die ich tun kann. Ich habe es einige Male in meiner Laufbahn ausgeführt, immer nur als letzte Notmaßnahme. Manchmal half es, manchmal war es vergebens. Doch eines ist sicher: Wenn ich nichts tue, stirbt er.«

»Dann tut es«, sagte Paolo sofort.

»Ja, tut es!«, rief Daria. Hilflos vor Zorn starrte sie Simon

an. »Wieso steht Ihr noch herum, statt endlich damit anzufangen!«

»Vielleicht nehmt Ihr Abstand von dieser Möglichkeit der
Behandlung, wenn Ihr erst hört, worin sie besteht«, versetzte
der Arzt ruhig. An dem breiten Gürtel nestelnd, der sein wei-
tes Gewand zusammenhielt und mit zahlreichen ärztlichen Instrumenten bestückt war, förderte er ein längliches metalle-
nes Gerät zutage. Daria betrachtete es verständnislos, während
Paolo scharf die Luft zwischen den Zähnen einsog.

»Ist es das, wofür ich es halte?«, fragte er tonlos.

Simon nickte, die Stirn in tiefe Sorgenfalten gelegt.

»*Ich* weiß nicht, was es ist!«, schrie Daria. »Was wollt Ihr mit
diesem Ding tun?«

Paolo legte ihr schwer die Hand auf die Schulter, als könnte
er ihr auf diese Weise Halt und Beruhigung vermitteln. Dennoch erschütterten sie seine nächsten Worte so sehr, dass sie in
den Knien einknickte und sich am Stuhl festklammern musste,
um nicht zu fallen.

»Er wird Casparo den Schädel öffnen.«


Venedig, April 1511


Cintia wandte sich zu Paolo um, als dieser das Zimmer
betrat. Er machte einen aufgeräumten Eindruck, und sie
richtete sich gespannt auf. »Gibt es Neuigkeiten von deinem
Bruder?«

»Er kann essen«, sagte Paolo, während er auf sie zueilte und sie
rasch küsste. Seine Umarmung war vorsichtig, weil sie immer
noch ruhen musste. Hin und wieder stand sie auf, aber nur, wenn
sie den Nachtstuhl benutzen musste; in den beiden ersten Tagen
nach dem Unglück war es für sie – neben den hämmernden Kopf-

439

schmerzen – die schlimmste Beeinträchtigung gewesen, sich für ihre Notdurft eine Bettpfanne unterschieben zu lassen. Mittlerweile durfte sie mit ärztlicher Genehmigung selbst zum Topf gehen, und auch die Kopfschmerzen hatten deutlich nachgelassen, obwohl hastige Bewegungen immer noch wehtaten.

Simon hatte erklärt, dass sich das bei entsprechender Ruhe bald legen würde; auch die Beule am Kopf war weitgehend abgeschwollen. Nach Lage der Dinge hatte sie großes Glück gehabt, weit mehr zumindest als Casparo, dem der Arzt ein Loch durch die Schädeldecke hatte bohren müssen, da er anderenfalls gestorben wäre.

»Er kann essen?«, rief Cintia aus. »Heißt das, er ist bei sich?«

Paolo schüttelte den Kopf. »Er ist nach wie vor ohne Besinnung. Doch er schluckt endlich den Brei, wenn man ihm den Löffel zwischen die Lippen schiebt.«

»Wenn er isst, wird er zumindest nicht verhungern.« Cintia wusste, dass das in den letzten Tagen Darias größte Sorge gewesen war. Paolo hatte ihr berichtet, dass man unablässig versucht hatte, dem Jungen Nahrung einzuflößen, und dass es nun endlich klappte, gab zu Hoffnung Anlass.

»Es ist auf jeden Fall eine Veränderung zum Guten«, befand Cintia. »Simon hat gesagt, dass er wieder aufwachen kann.«

»Irgendwann«, schränkte Paolo ein. »Er hat *irgendwann* gesagt. Wir dürfen nicht zu viel erwarten und müssen geduldig sein.«

»Wenn wir alle beten, kann *irgendwann* schon morgen sein.«

»Gebete werden in diesem Haus vermutlich derzeit in einer Anzahl gesprochen, wie sonst in allen Kirchen des Sestiere zusammengerechnet nicht«, sagte Paolo trocken. »Einstweilen bin ich dennoch glücklich über dieses kleine Zeichen einer Besserung.«

»Wie geht es Imelda?«

»Der Arzt ist zufrieden. Für ihr Alter ist sie erstaunlich zäh, meinte Simon. Wörtlich sagte er: Dieses Weib ist ein Faszinosum.«

»Das ist sie wirklich.« Cintia lächelte beim Gedanken an die Alte. Lucietta hatte ihr erzählt, dass Imelda bereits versuchte, mithilfe von Krücken umherzuhinken.

»Ich gehe heute wieder zur Arbeit«, meinte Paolo unvermittelt.

Erstaunt blickte sie zu ihm auf. Nun erst registrierte sie, dass er Arbeitskleidung angezogen hatte. »Aber dein Bruder …«

»Dass er nun Brei schlucken kann, ist ein Zeichen, dass sein Lebenswille fortbesteht. Sein Befinden ist stabil, es ändert sich nichts dadurch, dass ich alle naselang nach ihm schaue. Es reicht, dass seine Mutter ständig an seinem Bett sitzt. Und wenn sie schläft, wacht entweder Giulio oder jemand vom Gesinde bei ihm. Er ist keinen Moment ohne Aufsicht und Gesellschaft. Und was dich angeht …« Er streckte die Hand aus und strich ihr über die Wange. »Du bist auf dem besten Wege, wieder ganz gesund zu werden. Von Juana hörte ich, dass du bereits nach den Musterheften mit Entwürfen für neue Brokatstoffe verlangt hast.«

»Du ahnst nicht, wie langweilig es ist, wenn man den ganzen Tag im Bett liegen muss«, verteidigte Cintia sich. »Man wird schwermütig davon, und mit der Zeit fühlt der Verstand sich an wie ein löchriger Schwamm.«

»Wenn du schon so empfindest, wirst du mir nachfühlen können, dass ich nicht den ganzen Tag im Haus herumhocken kann.«

Sie hätte ihn darauf hinweisen können, dass er das mitnichten tat, da er sich in den vergangenen Tagen um die Bergung von Hausrat aus den Ruinen ihres Elternhauses und die Bestattung der toten Bediensteten gekümmert hatte, doch es lag ihr fern, ihm sein Vorhaben ausreden zu wollen. Die Arbeit im Arsenal war sicher die beste Methode, um ihn von den Sorgen um seinen Bruder abzulenken.

Ihr war klar, dass er sich Vorwürfe machte, weil er Casparo nicht schnell genug gefunden hatte, obwohl das Unfug war. Wäre er nicht so rasch zur Stelle gewesen, hätte dem Jungen

441

vermutlich niemand mehr helfen können. Alle wussten das, und insbesondere Juana wurde nicht müde, Paolos Geistesgegenwart und Tatkraft zu preisen, doch Paolo selbst dachte anders darüber. Stumm ertrug er die unausgesprochenen, aber stets deutlich spürbaren Vorwürfe, die aus Darias Blicken sprachen und die sie zu umschweben schienen wie ein Gewand, in das sie sich gehüllt hatte. Nur zwei Mal war Daria seit dem Unglück in Cintias Kammer gewesen, doch beide Male hatte der Ausdruck in ihrem Gesicht keine Fragen offen gelassen. *Warum mein Sohn, warum nicht ihr?*, hatten ihre Blicke gesagt. Mühelos hatte Cintia in den Augen ihrer Tante lesen können, wer nach Darias Empfinden für Casparos Zustand verantwortlich war. Kein Zweifel, Daria Loredan haderte nicht nur mit der göttlichen Fügung, sondern auch mit ihrem Stiefsohn und ihrer Nichte. Dem Jungen wäre nichts geschehen, wäre er nicht mit seinem Bruder und dessen Frau in ein anderes Haus gezogen. In ein Unglückshaus, wo schon andere Mitglieder der Familie ein schreckliches Schicksal ereilt hatte.

»Es ist sicher gut, wenn du wieder zur Arbeit gehst«, sagte Cintia mit fester Stimme.

»Ich hätte sonst noch ein paar Tage damit warten können, aber am Morgen kam ein Bote von Tassini und berichtete mir, dass heute endlich die Besichtigung des Modells stattfinden soll.«

»Wie wundervoll!« Cintia lächelte erfreut. »Das wird dich auf andere Gedanken bringen! Ich wünsche dir viel Glück!«

Er erwiderte ihr Lächeln und ging zur Tür.

»Warte«, sagte sie. »Hast du nicht etwas Wichtiges vergessen?«

Verunsichert blieb er stehen, die Hand schon am Türknauf.

Sie kicherte verhalten. »So wichtig ist es nun doch nicht. Aber trotzdem könntest du mich zum Abschied küssen.«

Als er an der Schlafkammer seines Bruders vorbeikam, tönten laute Stimmen auf den Gang hinaus. Die Tür stand halb offen, sodass Paolo beim Näherkommen sehen konnte, wer dort miteinander stritt.

Daria hatte sich vor Juana aufgebaut, die Arme vor der Brust verschränkt und einen unheilvollen Ausdruck im Gesicht. »Ich habe dir nicht gestattet, hereinzukommen!«

»Ich möchte ihn nur ganz kurz sehen!« Das Mädchen hatte rebellisch das Kinn gehoben, doch in ihren Augen standen Tränen.

»Du hast hier nichts verloren. Verschwinde, aber schnell, sonst könnte ich auf den Gedanken kommen, dich ganz hinauszuwerfen.«

»Tat ich nicht immer, was Ihr von mir verlangt habt?«, begehrte die junge Zofe auf. »Jede Woche habe ich Euch Bericht erstattet, so wie Ihr es befohlen habt!«

»Dafür hast du Geld bekommen, oder nicht? Und das, obwohl du rein gar nichts zu erzählen hattest. Zumindest die wirklich wichtigen Sachen hast du für dich behalten. Zum Beispiel, dass du mit meinem Sohn das Bett geteilt hast, du kleine Schlampe!«

»Ich liebe ihn! Er ist mir teurer als mein Leben!«

Daria hob die Hand und ließ sie klatschend im Gesicht des Mädchens landen. »Du bist nichts weiter als eine Hure, vergiss das nicht.«

»Und was seid dann Ihr?« Juana hielt sich die Wange, war aber offenbar nicht bereit, das Feld zu räumen. »Ihr sucht Euch die Freier aus, aber macht mir zum Vorwurf, wenn ich dasselbe versuche!«

»Du redest von meinem Sohn als deinem Freier?« Wut und Fassungslosigkeit verzerrten Darias Miene. Gleich darauf glitt ihr Blick zum Bett, als sei ihr eben bewusst geworden, dass Casparo womöglich den Streit hören konnte. Ein wenig leiser fuhr sie fort: »Raus, oder ich hole den Stock. Und dann wirst du dir wünschen, nie geboren worden zu sein.«

443

»Ist das der Dank für meine Dienste? Stand ich nicht immer treu zu Euch? Spionierte ich nicht für Euch den Haushalt Eures Stiefsohns und Eurer Nichte aus? Und davor? Gab ich mich nicht immer klaglos allen widerlichen Kerlen hin, die Ihr mir ins Bett legtet?«

Daria, eben noch außer sich vor Wut, wirkte mit einem Mal erheitert. »Mein liebes Kind, weswegen jammerst du eigentlich? Wenn es in Venedig irgendwelche jungen Frauen gibt, die ein freizügigeres und angenehmeres Leben führen als die Mädchen in meinem Haus, so müssen sie erst geboren werden. Und hörte ich dich nicht darüber klagen, wie langweilig es im Hause meiner werten Nichte doch sei und wie lästig der Dienst, den ich dir dort aufgetragen habe? Von Esmeralda weiß ich, wie gern du zu mir zurückwillst, zu deinen früheren ... *Aufgaben*.« Abermals trat Wut auf Darias Züge. »Aber das war natürlich, bevor du meinen Sohn verführt hast, du Flittchen!«

Sie blickte auf und sah Paolo in der Tür stehen. Widerstreitende Empfindungen zeigten sich in ihrer Miene, die von Erschrecken über Trotz bis hin zu Herablassung reichten.

Mit beherrschter Stimme sagte sie schließlich zu ihm: »Es kann dir nicht verborgen geblieben sein, dass sie sich an deinen Bruder herangemacht hat.«

»Vielleicht nicht«, gab er zurück. »Doch dass du dieses Mädchen als Spionin bei uns eingeschleust hast, ist eine andere Sache.«

»Spionin? Ist es nicht mein gutes Recht, alles zu erfahren, was meinen eigenen Sohn angeht?«

»Du hättest jederzeit kommen und selbst nachsehen können!«

Sie lachte auf. »Wirklich? Was hast du denn erwartet, wie ich es handhabe? Dass ich jede Woche als lästige Besucherin auftauche, bei deren Anblick deine Frau die Augen verdreht?«

»Wie kommst du dazu, so über Cintia zu reden? Für sie bist du ein geschätztes Familienmitglied!« Er gab sich redlich Mühe, überzeugend zu klingen, doch er merkte selbst, wie wenig es ihm gelang. Steif meinte er: »Darüber reden wir noch. Einfach hinnehmen kann ich das keineswegs. Es ist schlechterdings eine Unverschämtheit, dass du Juana unter falschen Vorspiegelungen in mein Haus gesandt hast.«

»*Dein* Haus?«, spottete Daria. »Du meinst wohl das Haus deiner kleinen Frau! Oder das Haus meines Bruders, um genau zu sein. Ach nein, wir wollen noch präziser sein: das Haus, von dem außer Trümmern nichts mehr übrig ist, sodass du froh sein kannst, bei mir wieder Obdach zu finden!«

»Bei dir?« Er maß sie voller Zorn und Unverständnis. »Dieses Haus hier gehört nicht dir, sondern als dem ältesten Sohn meines Vaters allein mir, und das weißt du sehr genau. Ich habe nie Anspruch auf den Besitz erhoben und werde es zeitlebens gewiss nicht tun, doch dein Verhalten ist an Impertinenz nicht zu überbieten!« Bevor sie etwas darauf entgegnen konnte, fuhr er in grobem Ton fort: »Wir reden später über alles.« Ohne ein weiteres Wort ließ er sie stehen.

Im Arsenal erwartete ihn ein Gehilfe des Ammiraglio mit der Nachricht, dass die Besichtigung wie geplant nach der Mittagszeit stattfinden sollte. Augenblicklich traten für Paolo die Sorgen und Ängste, die in den vergangenen Tagen sein Leben bestimmt hatten, in den Hintergrund; sogar der jüngste Ärger über seine Stiefmutter geriet vorübergehend in Vergessenheit.

Rasch inspizierte er mit zwei Marangoni ein letztes Mal das Modell und prüfte seine Funktionstüchtigkeit. Nacheinander ließ er auch die Segel aufziehen, eine Tätigkeit, bei der er durch eine bekannte Stimme gestört wurde.

»Wenn das nicht der junge Loredan ist«, kam es launig von Farsetti, der sich über den Kai des Hafenbeckens näherte. »Und ganz unversehrt, wie ich sehe, trotz des schrecklichen Unglücks in der letzten Woche!« Er klopfte Paolo auf die Schulter und zeigte sich auch sonst überaus erfreut, Paolo anzutreffen. Nach dem Beben hatte er gehört, was geschehen war und Paolo durch einen Boten seiner Anteilnahme versichert.

»Ich hatte gehofft, dass ich Euch vor meiner Abreise noch sehe, und wie es scheint, habe ich Glück!« Er deutete hinüber zu den Galeerendocks. »Ich kann sogar noch an einem Stapellauf teilnehmen. Kommt Ihr mit? Bis zu Eurer Besichtigung dauert es noch Stunden. Zeit genug für eine kleine Ausfahrt in den Hafen, oder nicht?«

Dagegen ließ sich nicht viel sagen. An dem Modell gab es nichts mehr zu tun, und die Wartezeit ließ sich kaum angenehmer vertreiben als mit einer Jungfernfahrt. Mit einem letzten Blick über die Schulter ließ er das Galeerenmodell im kleinen Hafenbecken zurück und ging zusammen mit Farsetti zu den Docks an der Hafeneinfahrt. Das Schiff war bereits für den Stapellauf vorbereitet, vom langen Bugspriet bis zum gerundeten Heck eine schlanke Silhouette, der Anstrich makellos rot, die hochragenden Masten mit Wimpeln geschmückt. Schanzkleid und Heckaufbauten spiegelten förmlich die Sonne, sichtbarer Beweis, dass noch kein salziger Seewind gegen das Holz der Planken gefahren und noch keine Woge das Deck überspült hatte.

Obwohl er den Vorgang schon so häufig beobachtet hatte, war Paolo wie immer bewegt von dem Anblick. Kaum etwas vermochte dieses Gefühl von Stolz und Freude zu übertreffen, nichts war mehr wichtig, sobald eines dieser herrlichen Meisterwerke der Schiffsbaukunst vom Stapel lief.

Tassini befand sich an Deck, um die Vollständigkeit der Ausrüstung zu überprüfen. Als Ammiraglio war er für die Ausstattung aller großen Schiffe zuständig, angefangen von den Geschützen bis hin zu laufendem Gut wie Tauwerk und Takelage sowie Spieren und Werkzeug. Er hakte alle Posten auf einer mitgeführten Liste ab und winkte, als er Paolo und Farsetti näher kommen sah. Unter den lauten Rufen der Galeotti und Arsenalotti wurde die Galeere über Rollen zu Wasser gelassen. Schleppboote beförderten sie in den Ausgangskanal bis zur Rudermanufaktur, wo durch eigens dafür vorgesehene Öffnungen den Galeotti die Riemen zugeschoben wurden, direkt in die Duchten.

Während Paolo und Farsetti sich zu Tassini aufs Achterdeck gesellten, erteilte der Sopracomito dem Oberaufseher in der Corsia den Ruderbefehl. Auf das Kommando des Aufsehers hin beugten sich die Ruderer vor und zurück, legten sich in die griffbewehrten Riemen und zogen sie im Takt der Trommel kraftvoll an den Körper, um sie bei der nächsten Bewegung wieder nach vorn zu stoßen und dann das Ganze in gleichmäßigem, nie abreißendem Rhythmus stetig zu wiederholen.

Neben dem Sopracomito stand achtern ein prächtig gekleideter Mann, der offensichtlich nicht aus der Lagune stammte, wie unschwer an der fremdländischen Kleidung und der dunklen Hautfarbe zu erkennen war. Sein Gesicht unter dem Seidenturban hatte den Ton von dunklem Holz, und sein Kaftan war reich mit orientalischen Mustern bestickt. Seine Haltung war die eines Kriegers, ein Eindruck, der durch den mit Dolch und Krummsäbel bestückten Waffengurt um seine Taille bestätigt wurde.

Farsetti eilte auf ihn zu und begrüßte ihn wie einen alten Freund. Nachdem er in einer Sprache, die Paolo nicht kannte, einige fröhlich klingende Bemerkungen mit dem Mann ausgetauscht hatte, stellte er ihn Paolo vor.

»Das ist Mahmut Sinan, Diplomat aus Konstantinopel. Mahmut, das ist Paolo Loredan, der begabte junge Schiffsbauer, von dem ich bereits erzählte.«

Der Mann begrüßte Paolo mit freundlichem Interesse und in leidlich gutem Venezianisch; gleich darauf hielt er sich ein parfümiertes Tuch vor die Nase, als der Wind stechenden Gestank heranwehte. Auch Paolo rümpfte die Nase, denn er würde sich nie daran gewöhnen, obwohl es für ihn nichts Besonderes mehr war – es war sozusagen auf Schritt und Tritt zu riechen, sobald man sich einer in Gebrauch befindlichen Galeere näherte, es sei denn, sie war frisch und gründlich gereinigt oder brandneu. In diesem Fall entstammten die widerlichen Dünste einer Trireme, die das jungfräuliche Schiff gerade in engem Abstand auf dem Kanal zur Hafenöffnung passierte. Auf den Ruderbänken mussten bis vor Kurzem noch die Galeotti gesessen haben – anderenfalls hätte es nicht so bestialisch gestunken.

»Wie alle Jauchegruben und Abtritte der Stadt zusammen«, kommentierte der Ammiraglio, als müsse er sich vor dem Diplomaten rechtfertigen.

Der Gestank auf den Galeeren war eine Begleiterscheinung, an der sich nichts ändern ließ. Ruderer mussten sich an Ort und Stelle erleichtern, wann immer sie der Drang danach überkam, denn bei laufendem Riemenbetrieb konnte niemand einfach aufstehen und sich eine stille Ecke suchen, weil jede Bewegung jedes Ruderpaares streng aufeinander abgestimmt war und die kleinste Unregelmäßigkeit eine Abweichung vom Kurs bewirken konnte.

Die Folge davon war, dass die Galeotti bei der Arbeit zumeist nackt waren, denn ihr mitgeführter Kleidervorrat war ebenso begrenzt wie der Platz zum Ausruhen: Zum Schlafen mussten sich die Ruderer auf oder unter die Bänke legen, die sich besser von verkrusteten Exkrementen säubern ließen als Hemden und Beinlinge.

Der Diplomat sagte etwas in seiner Sprache, worauf Farsetti lachend antwortete und sich dann an Paolo und Tassini wandte. »Tatsächlich frage ich mich gerade dasselbe wie mein Freund Mahmut: Wie bringt Ihr freie Männer dazu, solche Arbeit zu tun?«

»Es wird immer schwieriger«, sagte der Sopracomito lapidar. »Die meisten kommen aus den Kolonien. Dalmatiner, Albaner, Griechen – sie stellen inzwischen auf venezianischen Schiffen mindestens ein Drittel der Besatzung.« Er wies auf die Duchten. »Mit zwei Galeotti pro Bank rudern wir los und nehmen auf Handelsfahrt unterwegs an den Küsten einen dritten auf, anders funktioniert es nicht.«

»Warum lasst Ihr keine Sklaven rudern?«, fragte der Orientale.

»Das verbietet das Gesetz«, erklärte der Sopracomito lakonisch. »Vor allem das der Kirche, denn Christenmenschen dürfen keine Sklaven halten. Aber Ihr habt zweifellos recht. Rentabler wäre es allemal, zumal sich ohnehin nur noch allerlei Gelichter für die Riemen finden lässt. Vielleicht machen wir es irgendwann wie die Franzosen und nehmen Sträflinge. Wozu gutes Material in den Gefängnissen verrotten lassen oder kräftige Hände abschlagen, die ebenso gut ein Ruder führen können?«

Paolo empfand einen Anflug von Widerwillen. Nur die Anwesenheit der hochgestellten Persönlichkeiten hielt ihn davon ab, dem Sopracomito, einem ebenso fetten wie selbstgerechten Nobile, offen die Meinung zu sagen. Als Galeerenkapitän stammte der Mann aus reichem Hause, sonst hätte ihm der Rat diese Aufgabe nicht übertragen. Das Amt des Schiffsführers war nicht nur eine Ehre, sondern brachte auch hohe Auslagen mit sich, da der Sopracomito die Besatzung aus eigenen Mitteln einstellen und entlohnen musste. Wie fast alle Adligen, die zu Wasser und zu Lande Geschäfte machten, war auch dieser Patrizier hauptsächlich auf eines bedacht: seinen Gewinn. Die wenigsten Sopracomiti waren willens, ihre Einnahmen freiwillig zu schmälern, indem sie den Galeotti längere Ruhepausen oder bessere Verpflegung gönnten.

Schweigend blickte Paolo auf die nass geschwitzten Rücken der Männer, die paarweise die Riemen bedienten. Wohl sprach Kraft aus ihren Bewegungen, nicht aber Stolz oder gar Freude. Brachte vor hundert Jahren der Beruf des Ruderers noch Ansehen und Auskommen, taugte er nun höchstens noch dazu, Mitleid zu erwecken. Niemand fragte die Galeotti je, ob sie im Sommer unter der sengenden Sonne oder im Winter unter den eisigen Windböen litten, während die über ein Gerüst gespannte Schutzplane am Heck den höher gestellten Besatzungsmitgliedern vorbehalten blieb.

Nicht nur die gewaltigen Muskelstränge unter der sonnenverbrannten Haut der Galeotti fielen Paolo auf, sondern hier und da auch Spuren der Peitsche, die der Ruderführer am Gürtel trug und zur Unterstützung seiner Kommandos allem Anschein nach öfter zum Einsatz brachte. Beim Anblick dieser zum Teil nur schlecht verheilten Narben und frischen Striemen überkam Paolo eine noch nie erlebte Klarsichtigkeit, und unvermittelt begriff er, auf welch hässliche und verdrehte Weise der Sopracomito recht hatte: In nicht mehr allzu ferner Zukunft würde kein freier Mann mehr diese Arbeit auf sich nehmen. Und irgendwann, davon war Paolo überzeugt, könnte man diese Schinderei nicht einmal mehr Kettensträflingen zumuten. Kein Mann konnte es auf Dauer verkraften, ohne schützendes Dach über dem Kopf immer an derselben Stelle zu hocken und mit äußerster Kraft zu pullen, gleich neben sich die Speigatten, durch die bei Seegang pausenlos Wasser strömte und die Füße umspülte, und zum Ausruhen nichts weiter als die kotverschmierten Duchten.

Die neue Galeere nahm rasch Fahrt auf, ließ ihre stinkende Schwester hinter sich und passierte mit rhythmischem Riemenschlag die Hafenausfahrt, während Paolo die Reling umklammerte und über das Wasser der Lagune in die Ferne starrte.

»Woran denkt Ihr, junger Freund?«

Farsetti war an seine Seite getreten und blickte ihn fragend an.

»An den Wandel der Zeit, speziell im Schiffsbau.«

»Ein hochinteressantes Thema. Wir werden uns hoffentlich noch oft darüber austauschen können. Was meint Ihr, wäre das nicht auch in Eurem Sinne?«

Paolo hob geistesabwesend die Schultern. »Wann immer wir uns wiedersehen.«

Vor San Pietro di Castello ließ der Sopracomito unterschiedliche Rudermanöver durchführen und anschließend Segel hissen. Matrosen erklommen die Wanten, und knatternd entfaltete sich Tuch im Wind, bis sich die Lateinersegel zu voller Größe blähten. Die Riemen wurden eingezogen, nur das Steuerruder blieb in Betrieb und brachte das Schiff hart gegen den Wind, bis das Schanzkleid auf den Wellen tanzte und Gischt über das Achterkastell sprühte.

Paolo ließ sich den Wind um die Nase wehen und genoss die Ausfahrt. In diesem Moment gelang es ihm sogar fast, die Sorge um seinen Bruder zu verdrängen, dessen unveränderter Zustand die ganze Familie bekümmerte. Am liebsten wäre er noch stundenlang weitergesegelt, doch um die Mittagsstunde gab der Sopracomito Befehl zur Rückkehr ins Arsenal. In wenigen Tagen bereits würde er die Galeere mit Waren, Proviant und Geschützen bestücken und sich im Auftrag eines Konsortiums weiterer Kaufleute auf Handelsfahrt begeben.

Paolo verabschiedete sich von Farsetti und dem osmanischen Gesandten, die mit dem Ammiraglio an der Laufplanke standen und über die politische Lage am Bosporus sowie die Friedensverhandlungen der Ligamächte fachsimpelten.

»Geht schon voraus, Loredan, ich komme gleich nach«, rief Tassini ihm nach, als er an Land ging.

Paolo beeilte sich, zu seinem Modell zu kommen. Das Hafenbecken erstreckte sich vor ihm in der Sonne, während er mit ausgreifenden Schritten den Kai entlangschritt, die Gedanken bereits auf die anstehende Vorführung gerichtet. Im Geiste formulierte er, wie er den Provveditori alles erklären würde. Etliche wohlgesetzte Worte ersinnend und sie ebenso schnell wieder als ungeeignet verwerfend, passierte Paolo gerade eine Reihe von Geräteschuppen, als jemand von hinten seinen Namen rief.

»Paolo Loredan?«

Er wandte sich um. Vor der offenen Tür eines Schuppens stand ein Mann, der ihn anblickte. »Ihr seid doch Paolo Loredan, oder?«

»Der bin ich. Was wollt Ihr?«

Der Mann hielt einen Zettel hoch. »Ich habe hier eine Nachricht für Euch. Von Eurer Frau. Es ist sehr dringend, sagt sie. Ich soll es Euch sofort übergeben.«

451

»Cintia?« Von jähem Schreck erfasst, ging Paolo auf ihn zu. »Sagte sie dir, was geschehen ist? Geht es ihr gut?«

»Ich habe nur den Brief hier, nichts weiter.« Der Mann, ein abgerissen aussehender Bursche mit rötlich verfärbten Zähnen und buschigen Brauen, kratzte sich unter der Achsel.

Stoisch blieb er stehen und wartete, während Paolo auf ihn zueilte, um die Nachricht in Empfang zu nehmen.

Aus den Augenwinkeln registrierte er den Schatten, der aus der Schuppentür auf ihn zuschoss. Am Gesicht des Mannes vor ihm erkannte er, dass er in eine Falle gelaufen war, doch zum Ausweichen war es zu spät. Ihm blieb nicht einmal Zeit, sich umzuwenden, um zu sehen, wer der Angreifer war. Hart traf ihn ein Schlag am Hinterkopf und löschte alle weiteren Wahrnehmungen aus.

Als er zu sich kam, konnte er nichts sehen. Es machte sich jemand an ihm zu schaffen: Männer rissen an seiner Kleidung, und hin und wieder versetzte ihm jemand einen Fußtritt. Es war nicht völlig dunkel; durch grobes Gewebe vor seinen Augen fiel schwaches Tageslicht. Der kratzige Stoff an seinem Gesicht ließ darauf schließen, dass man ihm einen Sack über den Kopf gezogen hatte, dem Geruch von Öl und Schwarzpulver zufolge einen, in dem sich vorher Rüstzeug für Geschützschlangen befunden hatte. Seine Hände waren hinterm Rücken gefesselt, seine Handgelenke schmerzten abscheulich. Außerdem hatte man ihn geknebelt. In seinem Mund steckte ein Knäuel faseriges Gewebe, das ebenso widerlich schmeckte, wie der Sack roch.

Unterdessen zerrte man weiter an ihm herum. Unterdrückte Flüche begleiteten die Bemühungen der Männer, und Paolo hörte zwei unterschiedliche Stimmen, von denen er eine dem Kerl mit den roten Zähnen zuordnete. Der andere war vermutlich derjenige, der ihn niedergeschlagen hatte. Mit rüder Gewalt riss der Mann ihm die Wappenkette von der Brust. Während Paolo sich fragte, ob sie es auf sein Geld abgesehen hatten, fingen sie an, ihn auszuziehen. Nachdem sie ihm die Beinlinge abgestreift hatten, nestelten sie an seinem Wams herum, bis sie ihm auch dieses vom Leib gezogen hatten.

»Das Hemd auch?«, fragte Rotzahn.

»Auf jeden Fall«, versetzte der andere. »Er muss splitterfasernackt sein. Und nimm ihm auch den Ring ab!«

Strampelnd versuchte Paolo, sich zu befreien, was den Rotzähnigen zu der Bemerkung veranlasste, dass das Opfer zu sich käme.

»Das sehe ich selbst, du Tölpel. Hau halt noch mal drauf.«

Schlagartig lag Paolo still, doch zu spät: Ein weiterer Hieb traf ihn am Schädel und ließ ihn die Besinnung verlieren.

Irgendwann kam er erneut zu sich, ohne zu erkennen, wie viel Zeit vergangen war. Es war jedoch deutlich dunkler als zuvor, durch den Sack drang kaum noch Helligkeit. Er war immer noch gefesselt und geknebelt. Zugluft strich ihm über den Leib und machte ihm bewusst, dass er nackt war. Ganz in der Nähe blubberte es, und an dem Geräusch sowie dem Geruch, der in der Luft lag, erkannte Paolo, woher die Wärme der Umgebung kam: Es stank durchdringend nach siedendem Pech. Von dem Knebel und dem Gestank musste er würgen, und es drängte ihn, weitere Befreiungsversuche zu unternehmen, doch er blieb angespannt lauschend liegen, während er versuchte, das schmerzhafte Pochen in seinem Schädel zu ignorieren.

»Jetzt können wir loslegen«, sagte einer der Männer, die ihn entkleidet hatten. »Wurde auch Zeit.«

»Ich sagte dir doch, dass es lange dauert, bis das verdammte Zeug kocht.«

»Ist alles andere bereit? Der Flaschenzug? Die Karre? Das Boot?«

»Ja doch, Mann. Jetzt schaff den Kerl endlich her, damit wir es erledigen können. Bis der Aufseher das nächste Mal hier seine Runde dreht, kann es nicht mehr lange dauern!«

»Himmel noch mal, unser Sackgesicht ist schon wieder zu sich gekommen!«

»Du Hornochse, das ist deine Schuld! Du hast einen Schlag wie ein Mädchen. Warte, ich zeig dir mal, wie man das richtig macht!«

Schritte näherten sich, und Paolo versuchte, sich zur Seite zu rollen, doch es gab kein Entrinnen. Abermals traf ihn ein Schlag, diesmal mit einer Wucht, welche die vorangegangenen Hiebe in den Schatten stellte. Schwärze wallte auf und hüllte ihn völlig ein, und in diesem einen kurzen Augenblick schien ihm, als sollte seine Seele für immer der Vergessenheit anheimfallen.


Der Ammiraglio erschien mitten in der Nacht persönlich in der Ca' Loredan, um die schreckliche Nachricht zu überbringen. Da die Herrin des Hauses sich zum ersten Mal seit Tagen zur Ruhe in ihr eigenes Bett begeben hatte und der Leibwächter untersagte, sie zu stören, wusste sich die schockierte Zofe nicht anders zu helfen, als den Besucher zu der Person zu führen, die unmittelbar von dem grauenhaften Unglück betroffen war. Juana bat ihn, kurz auf dem Gang zu warten, während sie in Cintias Kammer eilte und ihr in Windeseile eine Stola umlegte, damit sie sich nicht im Hemd präsentieren musste.

Cintia musterte das kreidebleiche Mädchen. »Was ist geschehen? Du siehst aus wie der leibhaftige Tod! Casparo …?«

»Nein, bei ihm ist alles unverändert«, stieß Juana hervor, bevor sie hastig zur Tür rannte und sie öffnete. »Ihr könnt nun hereinkommen, Domine.«

»Danke, Juana.«

Der Besucher sprach mit der Zofe, als wäre sie ihm bekannt. Der grauhaarige Herr, der soeben ihr Gemach betrat, befand sich demnach nicht zum ersten Mal in diesem Hause, wenngleich Cintia vermutete, dass seine bisherigen Besuche sich auf das obere Stockwerk beschränkt hatten.

Er blieb in der offenen Tür stehen und verneigte sich, das Barett an die Brust gepresst. Seine Kleidung wies ihn als angesehenen Bürger aus, und an den aufgestickten Emblemen sah Cintia, dass sie es mit einem Mitglied der Admiralität zu tun hatte.

Erst als er sich wieder aufrichtete, fiel ihr Blick auf sein Gesicht, und sie erkannte ihn.

»Messèr Tassini!« Ohne auf ihren Aufzug zu achten, sprang sie aus dem Bett. Blankes Entsetzen bemächtigte sich ihrer, als sie den Kummer in seiner Miene sah. Sein Blick sprach Bände.

»Paolo ...« Sie murmelte es mit steifen Lippen, ohne sich bewusst zu sein, dass sie überhaupt einen Ton von sich gegeben hatte.

Er musste nichts sagen, sie begriff es auch so. Sie hatte gedacht, dass Paolo einfach nur länger gearbeitet hätte, so wie er es oft tat, und dass er sie aus Rücksicht auf ihren Zustand so spät nicht mehr hatte stören wollen. Mit einem vagen Gefühl von Sorge war sie eingeschlafen, und nun erfuhr sie von seinem Tod. Schwarze Wirbel breiteten sich vor ihren Augen aus, und zugleich war es ihr, als flösse alles Leben aus ihrem Körper.

Rasch trat Tassini einen Schritt vor, als hätte er gewusst, dass sie in den Knien einknicken und zu Boden sinken würde.

»Madonna!« Er umfasste sie und bewahrte sie vor dem Hinfallen. Cintia fühlte sich von starken Armen emporgehoben und auf ihr Bett gelegt. Der Ammiraglio blickte auf sie herab. In seinen Augen stand Mitgefühl. »Es tut mir so leid, Madonna. Nach all dem Unglück, das Ihr erlitten habt, jetzt auch das noch durchmachen zu müssen ... Der Herr hat Euch wahrlich ein hartes Los zugedacht. Doch auch im Arsenal sind wir alle tief betroffen! Unser Entsetzen ist groß und unsere Trauer um diesen guten Mann nicht minder. Er hatte eine so glänzende Zukunft vor sich, und dann ...« Hilflos schüttelte er den Kopf. »Die Wege Gottes sind manchmal unergründlich, und sich Seinem Willen zu beugen zuweilen unerträglich. Dennoch bleibt uns nichts weiter, als zu beten, auf dass er die Seele Eures Gatten gnädig aufnehme.«

455

Cintia presste die geballten Fäuste gegen die Schläfen, als könnte sie so das Hämmern in ihrem Kopf zum Schweigen bringen, ebenso wie das Grauen, das so unvermittelt über sie hereingebrochen war. Abgehacktes Schluchzen drang an ihr Ohr, und erst nach einer Weile erkannte sie, dass sie selbst es war, die weinte. Juana, von der Trauer ihrer Herrin angesteckt, brach ebenfalls in Tränen aus, desgleichen Lucietta, deren Wehklagen das ganze Haus zu erfüllen schien. Davon aufgescheucht, kam auch Daria aus ihrer Kammer gestürzt, gefolgt von ihrem Leibwächter. Als sie hörte, dass ihr Schwiegersohn durch einen Unfall im Arsenal ums Leben gekommen war, vergrub sie das Gesicht in den Händen.

Der Ammiraglio hatte die ganze Zeit über im Hintergrund gewartet, die Schultern gebeugt und einen Ausdruck tiefer Erschütterung im Gesicht. Wie durch einen Schleier sah Cintia, dass er sein Barett an die Brust presste und ansetzte, etwas zu sagen, es dann aber vorzog, schweigend zur Tür zu gehen. Ruckartig setzte sie sich auf, den Schmerz missachtend, der ihr beinahe den Kopf zum Platzen brachte und gleichzeitig ihr Herz in einen steinernen Klumpen verwandelte.

»Wartet!«, rief sie aus.

Er wandte sich um. »Madonna?«

Seine Stimme ging im Schluchzen von Lucietta und der Zofe unter.

»Zum Teufel, hört mit dem Geflenne auf!«, schrie Cintia.

Die eigenen Tränen schluckte sie mit Macht hinunter und rieb sich mit einem Zipfel des Lakens die Augen trocken. »Bitte berichtet mir genau, was geschehen ist.«

Sichtlich verstört von diesem Ansinnen, wandte er sich Hilfe suchend an Daria, die ihn jedoch lediglich bohrend ansah. »Ja«, sagte sie. »Berichte, Enrico.«

»Aber … Die jungen Frauen … Es ist gar so schrecklich, nichts für empfindliche Ohren …«

»Ist vielleicht eine Todesnachricht etwas für empfindliche Ohren?«, versetzte Daria. »Was ist passiert? Wir erfahren es ja doch. Es wäre nur recht, wenn du es uns erzählst, bevor Dritte es uns zutragen müssen.«

»Einer der Nachtwächter fand ihn während des Kontrollgangs.« Der Ammiraglio wandte das Gesicht zur Seite, das Reden fiel ihm schwer. »Es hatte einen Unfall gegeben. Nach unseren Rekonstruktionen ist ihm das Gewicht von einem schadhaften Flaschenzug auf den Kopf gefallen. Er muss sofort tot gewesen sein.«

Cintia saß wie erstarrt im Bett, beide Arme um die angezogenen Beine geschlungen, den eigenen Herzschlag wie ein hartes Trommeln in den Ohren. Sie wollte sich verkriechen, am liebsten ganz verschwinden, sodass niemand mehr sie sehen konnte. Vielleicht konnte dann auch sie nichts mehr sehen, nicht diese schrecklichen Bilder, die ihr Paolo zeigten, mit blutig zerschmettertem Schädel.

»Wo ist er? Habt Ihr ihn schon zur Kirche bringen lassen? Ich will bei ihm wachen.«

Ich muss ihm sagen, dass ich ihn liebe, durchfuhr es sie. Nie habe ich es ihm sagen können, obwohl ich es doch so sehr wollte!

Sogar noch am Morgen, bevor er zum letzten Mal fortging, war ihr das Herz übergeströmt vor Liebe, und sie hatte so dicht davorgestanden, sich ihm zu offenbaren, nur um dann doch wieder davor zurückzuscheuen. Aus Furcht, er könne weniger für sie empfinden als sie für ihn, hatte sie sich diesen letzten Liebesbeweis stets versagt und stattdessen versucht, es ihm mit Worten und Berührungen mitzuteilen, mit ihren Küssen und Liebkosungen, doch war das genug gewesen? Nein, schrie es in ihr. Sie hatte ihm nicht gegeben, was ihm zukam, hatte alle Gelegenheiten vertan in ihrer dummen Sorge, ihr Inneres zu sehr zu entblößen! Nicht einmal an seinem Todestag hatte sie die entscheidenden Worte aussprechen können!

»Ich will mich für die Totenwache ankleiden.« Ihre Stimme war tonlos, ihre Bewegungen fahrig, doch nichts würde sie davon abbringen können, die kommende Nacht an der Seite ihres

457

Gatten zu verbringen. Es drängte sie mit solcher Macht danach, seine Hand zu halten und ihn ein letztes Mal in die Arme zu nehmen, dass sie um ein Haar aufschrie unter der Wucht dieser Gefühle. Mit zitternden Fingern zerrte sie ein Gewand aus ihrer Truhe und machte Anstalten, dieses über ihr Hemd zu ziehen. Während Juana ihr zur Hand ging, brach Lucietta, die ihr Schluchzen so sehr gedämpft hatte, wie es ihr irgend möglich war, abermals in lautes Geheul aus. »Mein Lämmchen! Mein armes Lämmchen! Ich gehe mit dir! Diesen grausamen Gang lasse ich dich nicht allein antreten!«

Daria stand von dem Stuhl auf und hob die Hand. »Wartet, Kinder. Da ist noch was, das merke ich. Enrico?«

Der Ammiraglio wand sich unter ihrem forschenden Blick. »Er ... ist nicht in der Kirche. Nicht in diesem ... Zustand.«

Cintia stieß Juanas Hände von den Schnüren der Gamurra fort und starrte Tassini an. »Was für ein Zustand?« Ihre Stimme kippte über. »Ist er entstellt?«

»Leider ja.«

»Das ist mir egal«, behauptete sie, obwohl der Schmerz sie förmlich zerreißen wollte.

Der Ammiraglio zuckte unbehaglich mit den Schultern. »Es ist schlimmer, als Ihr meint. Es passierte ein weiteres ... hm, Missgeschick. Nachdem ihn das Eisenstück vom Flaschenzug erschlagen hatte, stürzte Euer Gatte in einen Kessel mit siedendem Pech, der unseligerweise gleich in der Nähe des Unfallortes stand. Kopf, Brust, Arme ...«

»Verbrannt«, flüsterte Cintia. »Wollt Ihr sagen, dass sein Körper verbrannt ist?«

»Er war schon vorher tot!«, beteuerte Tassini hastig. »Allerdings, die Totenwache ... Wisst Ihr, der Anblick und der Geruch – es geht nicht. Keinesfalls kann ich zulassen, dass Euch das angetan wird.« Er straffte sich. »Im Einvernehmen mit der übrigen Admiralität und den Zunftvorstehern haben wir ihn bereits einsargen und auf den Friedhof verbringen lassen. Morgen früh findet die Seelenmesse statt.« Zögernd hielt er inne, bevor er hinzusetzte: »Euer Gatte hätte das selbst so gewollt. Er ... sprach einmal mit mir darüber, wie sehr ihn die Totenwache bei seinem entstellten Vater belastet hat.«

»Das ist richtig«, stimmte Daria zu. Ihr Gesicht war bleich, doch ihre Stimme klang fest und ruhig. »Das war die furchtbarste Nacht meines Lebens, und sicher war sie für Paolo noch viel schlimmer. Es wäre sein Wunsch gewesen, seiner Frau das zu ersparen.«

Der Ammiraglio griff in den Beutel an seinem Gürtel. »Seinen Ehering habe ich mitgebracht, desgleichen die Wappenkette und ebenso die Geldstücke, die er bei sich trug.« Da Cintia keine Anstalten machte, die Gegenstände zu nehmen, sondern mit fest um den Oberkörper geschlungenen Armen stehen blieb, reichte er Daria die Habseligkeiten des Verstorbenen. »In den kommenden Tagen lasse ich auch seinen Gürtel bringen, Silberbeschläge und Dolch erschienen mir zu wertvoll, um mit bestattet zu werden.« Er räusperte sich und blickte Cintia teilnahmsvoll an. »Falls ich Euch in irgendeiner Weise zu Diensten sein kann, könnt Ihr auf mich zählen, Madonna. Gestattet, dass ich mich nun empfehle. So Gott will, sehen wir uns morgen zur Seelenmesse.« Mit einer Verneigung zog er sich zurück.

Als er ging, kam es Cintia so vor, als sei mit ihm ihre letzte Verbindung zu ihrem Mann verschwunden, und alles, was sie im letzten halben Jahr mit Paolo erlebt hatte, schien ihr mit einem Mal so flüchtig wie Rauch im Wind. Voller Furcht konnte sie auf einmal nur daran denken, dass sie vielleicht eines Tages nicht mehr wissen würde, wie er aussah. Schon jetzt hatte sie manchmal Schwierigkeiten, sich an die Gesichter ihrer Eltern zu erinnern, weshalb sie oft die Miniaturporträts betrachtet hatte, die ein Kunstmaler vor einigen Jahren von den beiden angefertigt hatte. Auch von Paolo hatte sie ein kleines Porträt besessen, er hatte es ihr kürzlich erst zu ihrer großen Freude geschenkt. Doch nun gab es keine Miniaturen mehr, sie waren verschwunden. Verschüttet, vernichtet oder gestohlen, so wie das meiste ihrer Habe, das sie, ebenso wie ihr Elternhaus, bei dem Beben verloren hatte. Es existierte kein einziges Bild mehr, das sie betrachten konnte. Irgendwann würde sie nicht mehr wissen, wie ihr Mann ausgesehen hatte! Erstarrt ließ sie zu, dass Lucietta sie in die Arme nahm und an ihren weichen Busen presste, sie wiegte und streichelte wie ein Kleinkind und dabei unablässig ihre Tränen über sie ergoss. Juana ging im Zimmer umher und räumte auf, während Daria und ihr großer Leibwächter, der während der ganzen Zeit stumm im Hintergrund gewartet hatte, die Kammer verließen. Nach einer Weile verschwand auch die Zofe, und Cintia war allein mit Lucietta, genau wie im vergangenen Sommer, gefangen von den Schrecken des Todes.

Mare Nostrum, April 1511

Als er das nächste Mal zu sich kam, wusste er sofort, dass er sich an Bord eines Schiffes befand. Die schwankende Bewegung um ihn herum, das Rauschen von Wasser, das von einem Kiel durchschnitten wird – kein Sack über dem Kopf hätte ihn auch nur einen Augenblick über seine Umgebung täuschen können.

Den Sack hatte man indessen entfernt, aber sehen konnte er trotzdem nicht viel. Auch die Fesseln hatte man ihm abgenommen, sodass er sich aufstützen und, nachdem er seiner Benommenheit Herr geworden war, auch aufstehen konnte. Dass er sich im Bauch des Schiffes befand, wurde ihm nach den ersten tastenden Bewegungen klar. Die Kajüte hatte kaum Stehhöhe, was auf geringen Tiefgang schließen ließ. Mit den Händen stieß er gegen das Ankertau, das üblicherweise ebenso wie die Draggen im Rumpf unter der Back verstaut war und Aufschluss darüber gab, wo man ihn eingesperrt hatte – im Bug. Kaum sichtbare Lichtfäden, die durch einige winzige Ritzen der

Decksplanken drangen, ließen bei scharfem Hinsehen weitere Einzelheiten erkennen. Paolo machte ein paar Handpumpen aus, eine Ladewinde, einen Stapel Reservetaue, drei oder vier sorgfältig in Werg gelagerte Geschützschlangen sowie einen Korb mit Kanonenkugeln. An einer Wand befanden sich zwei Kojen übereinander, darunter eine Truhe und ein paar grob gezimmerte Kisten.

Rudergeräusche hörte er nicht, also fuhr das Schiff unter Segeln, dem Brausen des Windes zufolge mit hoher Geschwindigkeit.

Nachdem er auf diese Weise alle unmittelbar zur Verfügung stehenden Fakten aufgenommen hatte, die seine Umgebung betrafen, wandte er sich seinen eigenen Befindlichkeiten zu. Er war immer noch nackt, wenngleich er, als er vorhin erwacht war, mit einer stinkenden Decke zugedeckt gewesen war und nicht auf den nackten Planken, sondern einem Stück Segeltuch gelegen hatte. Wer immer ihn hierher verfrachtet hatte, wollte nicht, dass er sich durch das Bilgenwasser erkältete, geschweige denn starb. Sein Kopf schmerzte scheußlich von den Schlägen, die man ihm verpasst hatte, doch Spuren weiterer Misshandlungen konnte er nicht an sich entdecken; an seinem Körper gab es bis auf einige Abschürfungen keine Blessuren.

Durch die Planken drangen Fetzen einer Unterhaltung, und hier und da waren Ausrufe zu hören, die wie Segelkommandos klangen. Trotz gespitzter Ohren verstand Paolo davon kein Wort, was ihm zu der Erkenntnis verhalf, dass die Besatzung des Schiffes nicht aus Venezianern bestand. Unschlüssig blieb er bei der Leiter stehen, die zur Luke hochführte, doch dann konnte er der Versuchung nicht widerstehen und kletterte ein Stück hinauf. Vorsichtig drückte er gegen das rissige Holz und stellte zu seiner Überraschung fest, dass sich die Luke hob. Er war nicht eingesperrt!

Allerdings erfuhr seine Erleichterung darüber nach kurzem Nachdenken einen empfindlichen Dämpfer. Wozu sollte man ihn einsperren, wenn er sowieso nicht weglaufen konnte?

Schließlich befand er sich auf einem Schiff, und dieses wiederum war vermutlich meilenweit vom nächsten Hafen entfernt, was sicher auch der Grund war, weshalb man ihm die Fesseln abgenommen hatte.

Irgendjemand musste bemerkt haben, dass er sich an der Luke zu schaffen gemacht hatte. Von oben ertönte eine fragende Stimme, und gleich darauf wurde der Durchstieg aufgerissen. Geblendet von der plötzlichen Helligkeit stürzte Paolo beinahe von der Leiter. Es gelang ihm gerade noch, sich zu fangen und dann mit einem raschen Satz wieder nach unten zu springen, während der Mann, der ihn vom Deck aus angesprochen hatte, sich anschickte, zu ihm herabzusteigen.

Es handelte sich um einen kleingewachsenen, älteren Mann mit einem zottigen grauen Bart und listig-verschmitztem Gesichtsausdruck, der Paolo an ein greises Äffchen erinnerte. Gekleidet war er in einen schmierigen Burnus und zerschlissene Sandalen. Er lächelte Paolo gewinnend an und zeigte dabei überraschend gut erhaltene Zähne.

»Herr aufgewacht«, stellte er fest.

»Wo bin ich?«

»Auf Schiff«, erklärte der Mann hilfreich.

»Wohin fahren wir?«

Der Mann zuckte die Achseln. »Kapitän fragen, später. Du will Wein? Haben Hunger?«

Da das durchaus freundlich klang, sah Paolo keinen Anlass, nicht darauf einzugehen. Tatsächlich hatte er brennenden Durst, wie er schon beim Aufwachen bemerkt hatte.

»Etwas zu trinken wäre nicht schlecht«, sagte er höflich.

»Wein holen gehen«, sagte der kleine Bursche eifrig. »Gleich wiederkommen.« Er deutete auf die Truhe unter der Koje. »Da Sachen für Herr. Du nehmen, anziehen.« Er sprach mit gutturalem Zungenschlag in einem drollig gebrochenen Idiom, das wie eine Mischung aus Venezianisch und Latein klang, mit Einsprengseln, die aus dem Arabischen oder Türkischen stammen mussten.

Als er Anstalten machte, wieder an Deck zu klettern, hielt Paolo ihn zurück.

»Warte!«, rief er. »Wie heißt du?«

Der Burnusträger drehte sich um und lächelte verbindlich. »Abbas.«

»Bist du Araber?«

Abbas nickte fröhlich. Gleich darauf verschwand er durch die Luke, ließ die Klappe aber offen. Kaum war er draußen, zeigten sich in der Öffnung mehrere Gesichter, von denen Paolo keines bekannt vorkam. Es handelte sich um bärtige Gesellen mit orientalischen Kopfbedeckungen, die in einer ihm unbekannten Sprache miteinander flüsterten und mit dunklen Augen zu ihm herabstarrten, während Paolo hastig in der Truhe nach Kleidungsstücken kramte. Er fand ein Gewand, das dem Burnus von Abbas ähnelte, leider auch, was den Grad der Verschmutzung betraf. In Ermangelung anderer Möglichkeiten, seine Blößen zu bedecken, streifte er es über und zerrte an dem Saum, da es kaum bis über die Knie reichte. Ganz offensichtlich hatte es vorher ein kleinerer Mann getragen, möglicherweise sogar dieser Abbas. Die Männer lachten, und ihre Heiterkeit steigerte sich noch, als Paolo die Sandalen anprobierte, die er ebenfalls in der Truhe entdeckte, die sich aber als mindestens eine Handbreit zu klein erwiesen.

Kurz darauf wurden sie von Abbas auseinandergescheucht, der mit einem Krug und einem Korb, in dem Paolo Essen vermutete, wieder in der Luke auftauchte.

Er schnalzte belustigt mit der Zunge, als er Paolo mit den Sandalen in der Hand bei der Truhe stehen sah. »Bald richtige Schuhe«, meinte er tröstend, während er Paolo den Krug reichte. Darin befand sich mit Wasser verdünnter Wein, der überraschend frisch und sogar leidlich kühl war. Paolo trank in durstigen Zügen, ohne darauf zu achten, dass er dabei die gesamte Vorderseite des eben erst angelegten Gewandes durchfeuchtete.

In dem von Abbas mitgebrachten Esskorb befanden sich der

463

unvermeidliche Schiffszwieback, aber auch ein paar Brocken Hartkäse und ein Stück Pökelfisch. Ohne zu zögern, griff Paolo zu und verschlang alles bis auf den letzten Krümel, ohne groß auf den Geschmack zu achten. Auf Schiffen durfte man, was die Ernährung betraf, nicht wählerisch sein. Solange das Brot nicht madig war und der Käse nicht schimmelig, bedeutete das bereits gehobene Qualität. Er hatte schon mit Matrosen gesprochen, die sich mit Bilgenwasser und fauligem Zwieback über Wochen hinweg nur mühsam am Leben gehalten hatten, etwa wenn auf See Flaute herrschte oder ein Hafen wegen Seuchengefahr oder kriegerischer Auseinandersetzungen gesperrt war, was überall und jederzeit vorkommen konnte.

Den letzten Bissen spülte er mit Wein hinunter und wischte sich den Mund ab. »Danke«, sagte er höflich. »Kann ich jetzt mit dem Kapitän sprechen?«

»Später«, sagte Abbas. »Er noch schlafen. Du auch jetzt ausruhen, ist besser.«

Ohne weitere Erklärungen verschwand er durch die Luke nach oben und ließ die Klappe zufallen, sodass die enge Kajüte schlagartig wieder in Dunkelheit getaucht war. Als Paolo von unten gegen die Luke drückte, fand er sie verriegelt.

Nach seinem Zeitgefühl vergingen bis zum nächsten Auftauchen des kleinen Arabers mehrere Stunden, in denen er immer wieder eindöste, während seine Kopfschmerzen von der stickigen, feuchten Enge und dem allgegenwärtigen Gestank eher schlimmer statt besser wurden. Unentwegt sann er darüber nach, warum man ausgerechnet ihn verschleppt hatte. Vom Unwesen der Menschenräuber hatte er schon viel gehört, doch meist fielen solchen Entführungen junge Mädchen zum Opfer, die wegen ihrer besonderen Schönheit den Sklavenjägern ins Auge stachen. In einem unbeobachteten Moment wurden sie betäubt und auf eines der vielen Schiffe verschleppt, von denen in Venedig täglich Hunderte ein- und ausliefen. Meist landeten diese bedauernswerten jungen Geschöpfe in den Harems orientalischer Potentaten, wo sie von verfetteten Eunuchen bewacht wurden und ihr Dasein fortan nur noch dem Zweck widmen mussten, dem jeweiligen Herrscher sexuell gefällig zu sein. Jedenfalls kursierten allenthalben Gerüchte dieser Art; ob und wie viel man davon glauben konnte, war eine andere Sache. So hieß es etwa, dass der Sultan sich Hunderte von Frauen hielt und jede Nacht eine andere begattete, wobei dieses Gerede nach Paolos Dafürhalten eher von Neid als von Abscheu bestimmt war.

Auch erzählte man sich in Venedig Schauergeschichten von Jünglingen, die von denselben Menschenhändlern geraubt und anschließend noch auf See kastriert wurden, damit man sie als Eunuchen einsetzen konnte. Nur Männer ohne Geschlechtsteile durften im Harem Dienst tun, so lautete das osmanische Gesetz. Die Prozedur, so hieß es, war ebenso grausam wie blutig, denn man schnitt den armen Teufeln bei vollem Bewusstsein die Hoden ab. Bei dem Gedanken durchfuhr Paolo ein Schaudern, und unwillkürlich griff er sich zwischen die Beine, wie um zu prüfen, ob noch alles an Ort und Stelle war. Gleich darauf schalt er sich einen Narren. Noch nie war ihm zu Ohren gekommen, dass Osmanen gestandene Männer entführten, um sie für den Eunuchendienst zu missbrauchen. Dasselbe galt für die Verwendung von Christen beim türkischen Militär – auch hierfür wurden von den Osmanen nur Jungen ausgewählt. Der Sultan schickte dazu scharenweise Häscher durch sein Reich, sogar über die Grenzen hinaus, und jedes Dorf, jede Stadt musste eine festgelegte Anzahl Jungen ausliefern, wenn die übrigen Bewohner weiterleben wollten. Paolo hatte gehört, dass man diese Rekrutierung *Knabenlese* nannte, wobei es den davon betroffenen Jungen, im Vergleich zu den übrigen Entführungsopfern, vermutlich in ihrem späteren Leben noch am besten erging. Sie behielten nicht nur ihre Würde und ihre Männlichkeit, sondern wurden auch zu hervorragenden Kriegern und Kämpfern ausgebildet, die im Sultanat eine eigene Kaste mit besonderen Rechten bildeten – die Janitscharen.

Endlich öffnete sich die Luke wieder, und Paolo sprang von der Koje, auf der er es sich in den vergangenen Stunden halbwegs bequem gemacht hatte.

»Du hierbleiben, bis wir ankommen«, beschied ihn Abbas durch die Öffnung. »Kapitän mit dir sprechen, wenn dort.«

Damit begann eine Reihe von Tagen, die in eintöniger Langeweile verstrichen und deren einziger Lichtblick jeweils darin bestand, dass Abbas ihm Wein und Essen in die Kajüte brachte. Der Kübel, in den Paolo seine Notdurft verrichtete, wurde zwei Mal täglich entgegengenommen und leer wieder herabgereicht. Das war alles an menschlichen Kontakten, die ihm während seiner Gefangenschaft unter Deck zuteil wurden. Paolo hätte alles um einen Skizzenblock, einen Stechzirkel und ein paar Zeichenstifte gegeben, doch als er Abbas einmal danach fragte, musterte ihn dieser nur verständnislos, als hätte er nie gehört, dass dergleichen existierte. Auch auf alle anderen Fragen erntete Paolo bestenfalls ein fröhliches Lächeln oder ausweichende Bemerkungen; meist tat Abbas einfach so, als würde er ihn nicht richtig verstehen. Mangels anderer Möglichkeiten zum Zeitvertreib hing Paolo daher seinen Gedanken nach, die sich hauptsächlich um seine Frau drehten, aber immer wieder auch zu seinem Bruder gingen und zu dem Unglück, vor dem er ihn nicht hatte bewahren können. Paolo hoffte inständig, dass der Junge sich allmählich erholte, und sooft er daran dachte, sandte er deswegen Bittgebete gen Himmel.

Häufig stellte er sich auch vor, wie er, sobald dieses Schiff anlegte, auf der Stelle die Flucht ergriff. Mochte der Hafen auch in noch so weiter Ferne liegen – auf der ganzen Welt gab es Venezianer, und er würde schon jemanden finden, der ihm half.

Die meiste Zeit aber beherrschte Cintia seine Gedanken. Immer wieder stellte er sich vor, wie er sie liebte, malte sich in allen Einzelheiten aus, was er, sobald er sie wiedersah, im Bett mit ihr anstellen würde, und weil sein Körper mit entsprechender Anteilnahme auf diese Fantasien reagierte, konnte er nicht anders, als sich die unausweichliche Erleichterung selbst zu verschaffen. Seine Scham über die Häufigkeit dieser Aktion hielt sich in Grenzen, denn in der einsamen Langeweile seines Kerkers war das – außer den Mahlzeiten, die sich in erster Linie durch die Abwesenheit jeglicher kulinarischen Finesse auszeichneten – die einzige Abwechslung.

Immerhin herrschte die ganze Zeit über ein beachtlicher Wind, sodass sie ihr Ziel, wo immer es lag, einige Tage später erreichten.

Die Luke tat sich auf, und Abbas rief: »Wir bald da! Du jetzt raufkommen, *Effendi*!«

Paolo beeilte sich, die Leiter hinaufzuklettern, bevor der Araber sich anders besann.

An Deck angekommen, schöpfte er in tiefen Zügen Atem und genoss den frischen Wind, bevor er sich umsah. Er befand sich auf einer Dhau mit weit ausfallendem Bug, die beiden Masten mit der für diesen Schiffstyp üblichen Vorwärtsneigung und betakelt mit arabischen Trapezsegeln. Ein paar von den Männern, die ihn durch die Luke beim Anziehen beobachtet hatten, traf er bei Decksarbeiten an, andere hockten dösend auf den Planken. Ein Matrose, nackt bis auf ein Lendentuch, kletterte in den Wanten umher und richtete das Tauwerk, während ein Befehlshaber, von Kopf bis Fuß in Schwarz gekleidet, ihm von unten Kommandos zubrüllte.

Die Sonne stand tief, es musste die Zeit um die Stunde der Vesper sein. Paolo beschattete die Augen mit der flachen Hand und betrachtete das Land, das sich am Horizont abzeichnete, ein Streifen sonnenverbrannter Erde, im Hintergrund aufragende Berge. Überwältigt von dem Eindruck unendlicher Weite, begriff er, wie wenig er von der Welt jenseits der Lagune wusste. Alles kannte er nur vom Hörensagen, von Berichten Reisender, aus Büchern oder von Karten, obwohl doch er derjenige war, der dazu beitrug, dass all die fremden Länder bereist und erkundet werden konnten. Bisher hatte er den heimatlichen Boden nie verlassen, hatte keine rechte Vorstellung davon gehabt, wie die Welt jenseits des venezianischen Golfs aussehen mochte.

Wenigstens wusste er, dass sie sich weit südlich von Venedig befinden mussten, immerhin das hatte er unterwegs berechnet, nach dem Lauf der Sonne, deren Bahn er durch die dünnen Lichtritzen in den Decksplanken hatte verfolgen können, sowie nach ihrem Stand beim täglichen Öffnen der Luke.

Afrika, dachte er benommen. Das musste Afrika sein!

Die Dhau näherte sich dem Land, die Trapezsegel prall vom Wind, und dann tauchte in der Ferne eine gigantisch anmutende Festung auf, mit hoch aufragenden Wehrmauern und Wachtürmen. Den Hang hinauf erstreckten sich in großer Zahl schachtelförmige, weiß gekalkte Häuser. Der Hafen, der dieser Stadt vorgelagert war, wimmelte nur so von Schiffen. Ganze Wälder von Masten ragten vor der Mole auf, und auch in der Bucht davor drängten sich zahlreiche Schiffe unterschiedlicher Bauart, Galeeren ebenso wie Dhaus, Fustas oder Karavellen, auf denen Menschen aus aller Herren Länder zu sehen waren. Dazwischen tanzten kleinere Boote auf den Wellen, Lastkähne und Segler. An den meisten Masten flatterte der Wimpel mit dem Halbmond der Muslime.

Fasziniert von der maritimen Szenerie vor der majestätischen Weite der fremdartig anmutenden Landschaft, wandte Paolo sich an Abbas. »Wie heißt dieser Ort?«

»Al Djesaïr«, sagte Abbas. »Barbareskenland.«

Viel wusste Paolo nicht über dieses Gebiet, nur dass es seit zwei Jahren offiziell unter spanischer Herrschaft stand, dabei aber ständigen Piratenattacken sowie Überfällen von Berberstämmen aus dem Landesinneren ausgesetzt war. Als Handelsort stand dieses von Fehden heimgesuchte nordafrikanische Stück Erde nicht gerade in venezianischer Gunst – es war zu gefährlich.

Warum hatte man ihn hierher gebracht?

## Algier, April 1511

Die Dhau ging im Hafen vor Anker. Paolo, der erwartet hatte, vorher mit dem Kapitän sprechen zu können, sah sich ein weiteres Mal getäuscht. Er wurde von Abbas über das Fallreep in ein Beiboot gescheucht, das von zwei schweigsamen Burschen ein Stück die Mole entlanggerudert wurde, bis es an einem Steg anlegte, wo bei Weitem nicht so viel Betrieb herrschte wie am Kai vor der Festung.

Bei den Menschen, die dort unterwegs waren, handelte es sich, der Kleidung nach zu urteilen, überwiegend um Berber. Manche von ihnen beförderten Lasten zu den Schiffen, andere hockten nur müßig herum. Zwei Frauen, von Kopf bis Fuß in Tücher gehüllt und die Gesichter verschleiert, trieben einen Esel vor sich her, eine Schar lärmender Kinder im Schlepptau.

Als Paolo hinter Abbas aus dem Beiboot stieg, blieben sie stehen und musterten ihn neugierig. In ihrer gutturalen Sprache rief ihm ein Knabe ein paar Worte zu, die Paolo nicht verstand, die aber verächtlich klangen und von einem Ausspucken begleitet wurden.

»Was hat er gesagt?«, wollte er von Abbas wissen.

Der kleine Araber zuckte die Achseln. »Sie glauben, du Spanier. Sie nicht mögen.« Er deutete auf die Festung. »Spanier dort in *Kasbah*, aber nicht viele. Auch Schiffe nicht so viele.« Mit einer ausholenden Bewegung erfasste er das Rund des Hafens. Hier und da machte Paolo eine spanische Flagge aus, und in der Nähe der Festung sah er eine waffenstarrende kastilische Karacke liegen, doch allzu beeindruckend schien die militärische Präsenz der Spanier an diesem Stück der afrikanischen Küste tatsächlich nicht zu sein. Zu verstreut waren inzwischen die Länder, auf die sie ihren Herrschaftsanspruch erhoben, und die Gebiete, die sie in Besitz genommen hatten, waren immer weiter von Spanien entfernt, etwa jene, die erst vor wenigen Jahren jenseits der großen Meere entdeckt worden waren und von denen man sich erzählte, sie seien von unermesslicher Größe, fast so groß wie der ganze afrikanische Kontinent.

Paolo fand, es sei Zeit, sein Heil in der Flucht zu suchen. Er blickte hinüber zu dem Hafenareal, wo der meiste Betrieb herrschte. Dort lagen mehr Schiffe, als er auf Anhieb zählen konnte, darunter auch Handelsschiffe. Zwar besaß er nichts weiter als das schmuddelige, viel zu kurze Gewand, das er am Leibe trug, und zu allem Überfluss war er barfuß wie der ärmste Bettler, doch er war davon überzeugt, dass er sich schon würde durchschlagen können.

Bemüht, sich seine Anspannung nicht anmerken zu lassen, bewegte er sich betont langsam und schützte mit seiner gesamten Haltung Trägheit und Desinteresse vor, nur um das Überraschungsmoment besser ausnutzen zu können, das er sich zu verschaffen gedachte. Wenn er im richtigen Moment einen Haken schlug und losspurtete …

Als hätte Abbas seine Gedanken gelesen, trat er ihm in den Weg und lächelte. »Du besser bleiben«, sagte er freundlich. »Du hören, was Khalid dir sagt, dann entscheiden, ob gehen. Dir nichts passieren, wenn mitgehen. Du mein Wort.« Er hob die Hand wie zum Schwur und lächelte dabei abermals, mit aller Treuherzigkeit, die seine Miene hergab.

Nachdruck erhielt sein Vorschlag durch die beiden Matrosen, die wortlos neben den kleinen Araber traten, die Hände an den Dolchen. Es waren große, kräftige Burschen, ihrem Aussehen nach Männer vom Maghreb, in jahrelangem Schiffsdienst gestählt und vermutlich bar aller Skrupel. Auf den leisesten Wink des kleinen Kerls würden sie ihn niederstechen, wenn sie ihn zu fassen kriegten.

Paolo wog seine Möglichkeiten ab. Die Chancen, sich seinen Bewachern durch einen schnellen Lauf zu entziehen, schätzte er als recht gut ein, doch die Frage war, wie weit er danach käme. Ein flüchtender Mann in abgerissener Kleidung wirkte auf niemanden sonderlich vertrauenerweckend, folglich würde es nicht lange dauern, bis jemand ihn aufhielt. Vielleicht würde ihm sogar einer von den Knaben, die ihn vorhin so verächtlich angeblickt hatten, ein Bein stellen. Oder einer von den mit Lanzen bewaffneten Soldaten vor der Festung würde ihn ohne großes Federlesen aufspießen. Mit einem Mal erschien ihm eine Flucht entlang der Hafenmole nicht mehr als sonderlich günstige Option.

»Wo ist dieser Khalid überhaupt?«, wollte er wissen.

»Da oben in *Medina*.« Abbas zeigte in das Gassengeflecht, das sich zwischen den Häusern erstreckte. »Du gehen mit und reden.«

Zögernd wippte Paolo auf den Fußballen, doch dann betrachtete er die verschachtelten, engen Gassen, über die sich allmählich die Dämmerung herabsenkte, und er kam zu dem Schluss, dass sich dort bessere Möglichkeiten für eine Flucht boten, gegebenenfalls erst nachdem er wusste, wozu er hier war. Immerhin war nicht von der Hand zu weisen, dass bisher niemand etwas unternommen hatte, um ihm ernstlich zu schaden. Gemessen an den Behandlungsmethoden, welche die Muslime, nach allem, was er gehört hatte, anderen christlichen Gefangenen angedeihen ließen, hatte man ihn sogar regelrecht verwöhnt.

»Ich gehe mit«, sagte er.

Abbas wirkte zufrieden und erleichtert und ging mit beschwingten Schritten voraus. Paolo folgte, um einiges vorsichtiger, weil er keine Schuhe trug und der Boden außerhalb der gemauerten Mole aus festgestampften Lehm bestand, auf dem nicht wenige Steinchen und diverser Unrat herumlagen. Flankiert von den beiden Matrosen folgte er Abbas in das Gassenviertel hügelaufwärts. Das verwinkelte Gewirr erinnerte ihn an Venedig, wo es ebenfalls Gassen gab, die so schmal waren, dass man mit seitlich ausgestreckten Armen rechts und links die Häuser berühren konnte, nur mit dem Unterschied, dass hier die Gebäude kleiner und schlichter waren, zumeist aus einfachen Lehmziegeln, teilweise auch nur aus Holz erbaut, mit wenigen Scharten als Fensteröffnungen und Stroh als Dacheinde-

471

ckung. Aus manchen Häusern war das Meckern von Ziegen oder das Blöken von Lämmern zu hören, und der Gestank nach Hühnermist und anderem Tierdung drang mit jedem Luftzug ins Freie.

Männer in den landestypischen wallenden Gewändern standen hier und da beisammen und palaverten. Ab und zu tauchten verschleierte Frauen auf, und an allen Ecken fanden sich spielende Kinder. Einmal kreuzte eine Gruppe spanischer Soldaten ihren Weg, zweifellos unterwegs zu irgendwelchen Vergnügungen, denn an ihrem Lachen und dem Alkoholdunst, den sie im Vorübergehen verbreiteten, war ihre Feierlaune zu erkennen.

An einem Verkaufsstand wurde Gemüse feilgeboten, an einem anderen gebratenes Fleisch. Der Geruch ließ Paolo das Wasser im Mund zusammenlaufen. Nach mehreren Wochen ohne warme Mahlzeit hätte er alles für ein ordentliches Stück Braten gegeben. Auch nach frischem Obst und Gemüse gelüstete es ihn, am liebsten wäre er bei den Ständen stehen geblieben, um sich den Bauch vollzuschlagen.

»Du Hunger?«, fragte Abbas, die hungrigen Blicke seines Gefangenen zutreffend deutend.

Paolo nickte mit knurrendem Magen, woraufhin Abbas zu einem der Stände zurückging. Nach erbittertem Feilschen mit der alten Frau, die den Stand betrieb, kaufte er ein Stück Fleisch, ließ es sich von der Frau mit Fladenbrot umwickeln und reichte es Paolo. Der schlug, ohne zu zögern, die Zähne hinein und biss ab. Gierig kauend und schlingend bezwang er nur mühsam den Drang, vor Behagen zu stöhnen. Falls er je vorher in seinem Leben etwas so Schmackhaftes gegessen hatte, erinnerte er sich nicht mehr daran.

Den restlichen Teil der Mahlzeit musste er im Gehen zu sich nehmen, denn Abbas eilte sogleich weiter, während einer der Matrosen Paolo in den Rücken knuffte, zum Zeichen, dass es keine Pause gab.

In die rotgoldene Dämmerung mischte sich allmählich Dunkelheit, zuerst als graublaue Schatten zwischen den Häusern, hinter denen die Umrisse der Gassen verschwammen, und schließlich bildeten sich lichtlose Winkel, die unheimlich wirkten, weil man nicht sah, was in ihnen lauerte. Auch die Geräusche schienen matter zu werden und sich dem Abend anzupassen. Der Kinderlärm verstummte, stattdessen ertönten aus der Ferne die Klänge einer Flöte, und ganz in der Nähe war das kehlige Lachen einer Frau zu hören. Die Hitze des Tages hatte sich in milde Wärme verwandelt, die angenehm war, aber immer noch ungewohnt für einen Venezianer, der bestenfalls im Hochsommer solche Abendtemperaturen erlebte.

In den Schatten vor ihnen tauchten Lichtfetzen auf, hier und da wurden Talgleuchten entzündet. Weiter voraus war ein Haus zu sehen, an dem Fackeln brannten. Aus solidem Stein erbaut und von einer Mauer umgeben, hob es sich von den benachbarten Gebäuden ab. Vor der Pforte standen zwei bewaffnete Männer Wache, deren Kleidung deutlich auf ihre osmanische Herkunft schließen ließ.

Auf Abbas' Wink hin öffneten sie das Tor und verneigten sich stumm, als er, gefolgt von Paolo, den Innenhof betrat. Über einen gepflasterten Weg ging der kleine Araber voraus, während Paolo sich neugierig umschaute. Durch eine von Säulen gestützte Vorhalle gelangten sie in das Innere des Gebäudes, in einen weitläufigen, von Öllampen erhellten Raum, auf dessen Boden Teppiche lagen, denen auf den ersten Blick anzusehen war, dass sie von hohem Wert waren. Auch die in den Ecken aufgestapelten Kissen waren alles andere als schlicht. Im Schein der Lampen entfalteten sie den Schimmer teurer Seide.

In einem Bogendurchgang erschien ein riesenhaft gewachsener schwarzer Diener, der sich verneigte, als er Abbas sah. Gleich darauf verschwand er und kam wenig später mit einem beleibten, in einen Seidenkaftan gekleideten Mann zurück, bei dessen Anblick Paolo einen Freudenschrei ausstieß. Vor ihm stand Vito Farsetti, der Schiffsbauer von Naxos.

473

In seiner ersten überschwänglichen Erleichterung rief Paolo ihn laut beim Namen. »Messèr Farsetti! Dem Himmel sei Dank!« Mit ausgestreckten Händen eilte Paolo auf den Mann zu. Kaum einen Herzschlag später begriff er seinen Irrtum und erstarrte mitten im Schritt, die Hände immer noch zur Begrüßung ausgestreckt, als müssten sie erst unabhängig von seinem Verstand die Wahrheit erkennen. Kein noch so absurder Zufall hätte sie beide hier an diesem Ort zusammenführen können! Ganz ohne Frage handelte es sich um eine geplante Begegnung, und niemand anderer als Farsetti war dafür verantwortlich, dass er im Bauch eines Schiffes nach Afrika verschleppt worden war.

Voller Wut blieb er stehen, während er dem Mann seine Anklage entgegenschleuderte. »Das war Euer Werk! Was habe ich Euch getan, dass ich so übel behandelt wurde?«

»Ah, wie schade, dass Eure Begrüßungsfreude so rasch verflogen ist«, sagte Farsetti bedauernd. »In den wenigen Stunden, die ich vor Euch hier ankam, hatte ich unserem Treffen schon mit solcher Begeisterung entgegengefiebert!« Zwischen seinen Brauen erschien eine Falte. »Wenn Ihr wirklich übel behandelt worden seid, so sollt Ihr dafür Genugtuung erfahren.« Er winkte den schwarzen Diener herbei und deutete auf Abbas. »Zehn Stockhiebe, sofort.«

Abbas fiel jammernd auf die Knie und rang in einer Erbarmen heischenden Geste die Hände. Der große Schwarze packte ihn und zerrte ihn an den Säulen vorbei in den Innenhof, während Abbas lauthals protestierte. Ohne auf das flehende Gestammel zu achten, warf der Schwarze ihn nieder und prügelte mit einem langen Stock auf ihn ein. Nach dem dritten Hieb, der den Kopf traf, verstummten die Schreie, und Abbas blieb reglos liegen, während der Schwarze mit unverminderter Kraft weiter auf ihn eindrosch.

Entsetzt und ungläubig beobachtete Paolo die brutale Prozedur, aber bevor er sich endlich so weit fassen konnte, gegen die ungerechte Strafe zu protestieren, war sie auch schon vollstreckt, und der schwarze Diener zerrte den schlaffen Körper außer Sicht, eine Blutspur hinterlassend, deren Anblick bei Paolo fast ebenso viel Übelkeit hervorrief wie die vorangegangenen sinnlosen Prügel.

Er schluckte mühsam. »Das war überflüssig und brutal. Die Art, wie Abbas mich behandelt hat, war nach Lage der Dinge kaum zu beanstanden.«

Farsetti schnalzte mit der Zunge. »Zu spät. Ihr hättet es kurz erwähnen sollen, bevor Ihr Euch über seine üble Behandlung beschwert habt.«

»Übel war daran lediglich, dass ich verschleppt und eingesperrt wurde, und mir scheint, dass dafür nicht Abbas verantwortlich war.«

»Es waren nicht seine ersten Prügel«, meinte Farsetti leichthin. »Er hat schon ganz andere Dinge überlebt, und nicht wenige davon habe ich selbst ihm zugefügt. Meist zu Recht, dessen könnt Ihr sicher sein. Die zehn Stockhiebe waren noch vergleichsweise harmlos. Als Trost werde ich ihm allerdings jeden heutigen Hieb vergolden, nur damit Ihr seht, dass ich ein gerechter Mann bin.«

»Wenn das Eure Art von Gerechtigkeit ist, sollte mich wohl auch die Tatsache meiner Entführung nicht weiter wundern.« Um Beherrschung ringend, fügte Paolo hinzu: »Was, um alles in der Welt, wollt Ihr von mir?«

Farsetti schob die Hände in die Aufschläge seines Seidenkaftans. »Das ist nicht schwer zu erraten, mein tüchtiger Freund. Ich brauche Euch für eine Sache, die auch die Eure ist. Für unsere größte gemeinsame Leidenschaft.« Er lächelte Paolo an. »Ihr sollt mir Schiffe bauen.«

Venedig, April 1511

In den ersten Tagen der lähmenden Trauer verließ Cintia nur selten ihre Kammer. Die meiste Zeit war Lucietta bei ihr, und regelmäßig erschien auch Juana, um Zofendienste zu verrichten. Starr ließ Cintia alle Bemühungen über sich ergehen; ob das Mädchen ihr nun das Haar kämmte, das Kleid schnürte oder Waschwasser brachte – sie nahm es nur am Rande wahr. Dazu trug bei, dass Juana alle Aufgaben schweigend ausführte, während Lucietta sich weniger Zurückhaltung auferlegte. Sie weinte häufig und unüberhörbar, wobei schwer zu sagen war, ob sie eher den Verlust des Hauses betrauerte oder das frühe Hinscheiden von Paolo Loredan.

Die Beisetzung, eine stille und wenig pompöse Angelegenheit, verlief bei alledem noch in gnädiger Eile, zumindest empfand Cintia es im Rückblick so. Am Morgen der Seelenmesse und der Bestattung war sie kaum imstande gewesen, überhaupt etwas wahrzunehmen, so sehr war ihr Inneres erstarrt vor Schock und Trauer. Schlimmer wurde es erst danach, wobei es ihr vorkam, als steigere sich die Qual von Tag zu Tag. Sie weinte oft, fast ebenso häufig wie Lucietta, was auch der Grund war, weshalb sie ihre Cousine deswegen nicht mehr ausschalt.

Zwei Mal hatte sie in der Woche nach Paolos Tod die Messe besucht und anschließend an seinem Grab gebetet. Pater Enzo, vor dem sie die Beichte ablegte, hatte ihr keinen Trost spenden können; vielmehr verstieg er sich zu der wiederholt geäußerten Auffassung, dass ein allzu leichtherziges Leben die gerechte Strafe des Herrn herausfordere. Danach beschloss Cintia, ihn nie wieder aufzusuchen, sondern stattdessen künftig bei einem Priester in der Contrada ihres verstorbenen Mannes zu beichten und auch dort zur Messe zu gehen. Dieser Entschluss war die erste bewusste Entscheidung nach Paolos Tod, wie ihr später klar wurde.

Eine Woche nach der Beisetzung wurde sie aus ihrer apathischen Untätigkeit gerissen, als Lucietta außer sich vor Entrüstung zu ihr in die Kammer gestürzt kam. »Stell dir vor, was deine Tante von uns verlangt! Sie will, dass wir für unseren Lebenserhalt arbeiten und ihr Geld zahlen! Sie sagt, sie kann es sich auf Dauer nicht leisten, überflüssige Esser durchzufüttern!«

Cintia, die lethargisch auf dem Bett gelegen hatte, setzte sich auf. Ihr Gesicht war noch nass von den zuletzt geweinten Tränen, und ihre Augen waren so stark geschwollen, dass die Umgebung verschwamm. Wie durch einen Schleier sah sie ihre Cousine auf und ab gehen, während diese sich immer mehr ereiferte. »Du bist ihr Fleisch und Blut, doch sie sagt, sie schulde keinem Barozzi auch nur einen Soldo. Im Gegenteil, sagt sie. Im *Gegenteil*!« Lucietta warf die Hände empor. »Der Himmel weiß, was sie damit meint, vor allem die Sache mit den Barozzi, zumal sie doch eigentlich selbst eine ist! Aber wie dem auch sei, ihr Befehl ist unmissverständlich. *Bezahlen oder raus*, das waren ihre Worte. Woher wir das Geld nehmen, ist ihr egal, sagt sie. Ihr zweites Obergeschoss stellt sie uns jederzeit zur Verfügung, aber nicht zum Faulenzen auf ihre Kosten.« Lucietta schrie beinahe. »Verstehst du? Sie will, dass wir es mit Männern treiben und damit unser Essen verdienen! Diese geldgierige, verdorbene Kupplerin!«

»Du musst dich irren«, murmelte Cintia. »Wahrscheinlich hast du dich verhört. Habt ihr gestritten?«

»Von Streit kann keine Rede sein«, verteidigte sich Lucietta. Die hochroten Wangen straften ihre Worte Lügen. »Ich habe lediglich erwähnt, dass uns nicht jeden Tag der Sinn nach langweiligen Milchspeisen oder Pökelfleisch steht und dass die Köchin ruhig wieder einmal einen Kuchen backen könnte. Außerdem habe ich seit dem vermaledeiten Erdbeben nichts mehr zum Anziehen! Soll ich immerzu nur in demselben Kleid herumlaufen?« Empört deutete sie auf Cintia. »Und du erst! Trägst tagein, tagaus dieses schwarze Krähenkleid von Imelda! Als deine Tante könnte Daria dir durchaus einmal ein neues Trauergewand bestellen, schließlich hat sie dich auch als Lockvogel für Paolo herausgeputzt, damals, mit diesem frivolen blauen Nichts! Nun, da du seine Witwe bist, steht dir ja wohl erst recht ein ordentliches Gewand zu!«

»Dadurch würde meine Trauer nicht geringer«, sagte Cintia geistesabwesend. Während sie vom Bett kletterte, merkte sie, wie ihre Lethargie handfestem Unbehagen wich. »Wahrscheinlich hat Daria sich nur über dich geärgert und all diese Dinge so dahergesagt, damit du still bist.«

»Nein«, sagte Lucietta. »Es war ihr völlig ernst!« Ihr Gesicht verzog sich zu einem weinerlichen Ausdruck. »Was soll jetzt aus uns werden? Haben wir denn wirklich alles verloren?«

Cintia trat vor den Spiegel und tränkte ein Tuch in der Waschschüssel, um sich das Gesicht zu kühlen. Ihr stand nicht der Sinn danach, Streitigkeiten zwischen Daria und Lucietta zu schlichten, zumal sie ihre Cousine seit früher Jugend kannte und genau wusste, wie nervenaufreibend diese zuweilen mit ihren Forderungen sein konnte. Dagegen war Daria in aller Regel die Selbstbeherrschung in Person, doch kein Mensch konnte ihr verdenken, dass sie in diesen Tagen und Wochen von Sinnen war vor Angst um Casparos Gesundheit. An seinem Zustand hatte sich nicht viel geändert; er lag mit halb offenen Augen in seinem Bett, doch ob er wirklich jemanden sah oder anderweitigen Anteil an seiner Umgebung nahm, war höchst fraglich. Simon hatte vor wenigen Tagen zum ersten Mal eingeräumt, dass ihm Fälle bekannt seien, in welchen solche Patienten nie mehr erwachten, sondern in unabänderlicher Reglosigkeit den Rest ihres Lebens dahindämmerten.

Sollte Daria tatsächlich ausfallend geworden sein, so war dies in Anbetracht ihrer strapazierten Nerven nur verständlich.

»Wir sind keine armen Schlucker«, sagte Cintia, um Lucietta zu beruhigen. »Meine Eltern waren reich, und ich bin ihre einzige Erbin. Auf die eine oder andere Weise werde ich uns schon noch die nötigen Geldmittel beschaffen, auch wenn es vielleicht seine Zeit braucht.«

478

»Aber was nützt uns das! Daria will *jetzt* für Essen und Kleidung Bares von uns haben, woher sollen wir das nehmen?«

Cintia war davon überzeugt, dass alles nur ein Missverständnis war, doch offenbar war Lucietta gegen jedes Argument taub. Ihr kam ein Gedanke, wie die Angelegenheit fürs Erste zu regeln war. »Was ist mit Giacomo? Kann er dir nicht Kleider kaufen oder Geld für besseres Essen geben, bis ich meine finanziellen Dinge geklärt habe? Du kannst Juana beauftragen, alles zu besorgen, was du brauchst. Sie wird Stoff bestellen und dir ein Kleid nähen, und auf den Markt gehen und Kuchen holen kann sie auch.«

Lucietta ließ ein wütendes Schnauben hören. »Rede mir nicht von Giacomo!«

Cintia legte das nasse Tuch zur Seite und zupfte an den Falten von Imeldas Gamurra. Lucietta hatte recht, durch seine Passform bestach das Kleid wahrlich nicht. Im Grunde war es nichts weiter als ein schwarzer Sack und nur deshalb nicht unter den Trümmern begraben oder von Dieben mitgenommen worden, weil es eine Angewohnheit von Imelda war, immer zwei Kleider übereinanderzutragen, sogar während des Nachtschlafs. Ihre lapidare Erklärung dafür hatte gelautet, dass jederzeit wieder die Pest über sie hereinbrechen konnte. Oder, wie in diesem Fall, anderes Unglück.

»Was ist mit Giacomo?«, fragte Cintia notgedrungen, weil Lucietta es von ihr erwartete. »Wieso soll ich nicht über ihn reden?«

»Weil er ein Schurke ist!«, entfuhr es Lucietta. »Er meldet sich nicht und reagiert auf keine meiner Botschaften!«

»Vielleicht ist er krank. Oder auf Reisen.«

»Weder das eine noch das andere.« Lucietta knirschte mit den Zähnen. »Er erfreut sich bester Gesundheit und tändelt mit einem Luder namens Sibilla herum. Er hat sie in dem Haus einquartiert, wo er sonst immer mich getroffen hat!«

»Das ist bestimmt nur ein Gerücht«, sagte Cintia mit wenig Überzeugungskraft.

479

»Nein! Es ist wahr, denn ich höre es von allen Seiten! Esmeralda hat es mir erzählt, und sogar deine Tante! Sie rieb es mir voller Schadenfreude unter die Nase!« Mit Luciettas Beherrschung war es endgültig vorbei, sie fing an zu schluchzen. »Sie ist erst siebzehn! Und was bin ich? Eine alte Frau! Alt und verbraucht und hässlich!«

»Das ist doch Unsinn.«

Cintias Einwand war für Lucietta kein Trost. Schluchzend warf sie sich aufs Bett. »Wir werden es mit lauter alten Kerlen tun müssen, damit wir nicht verhungern!«

»Das ist erst recht Unsinn.« Cintia fuhr sich mit den Fingern durch das vom langen Liegen strohige Haar. Müde betrachtete sie ihr Gesicht im Spiegel und fand, dass sie so aussah, wie ihre Cousine gerade sich selbst beschrieben hatte. Hohlwangig und verhärmt, wie sie war, ähnelte sie eher einer in die Jahre gekommenen Witwe als einer kaum achtzehnjährigen jungen Frau. Doch wen scherte schon ihr Anblick. Sie selbst ganz gewiss nicht.

»Ich werde mit Daria reden«, sagte sie.


Wie erwartet traf sie ihre Tante in Casparos Kammer an. Daria saß in dem Lehnstuhl am Bett ihres Sohnes und betrachtete versunken seine reglos daliegende Gestalt. Als Cintia eintrat und sie mit einem bemühten Lächeln bedachte, nickte sie nur gleichmütig.

»Findest du nicht, dass er aussieht, als würde er nur nachdenken?«, meinte Daria, ohne Cintia anzusehen und in beiläufigem Gesprächston, als würde sie über das Wetter reden. »Manchmal glaube ich sogar, er schaut mich an, und dann beuge ich mich ganz dicht vor ihn, sodass ich ihm in die Augen blicken kann. Für einen Moment ist es dann so, als könnte ich ihn erreichen, als würde ich direkt in seine Seele sehen, doch dann wieder kommt es mir so vor, als wäre es nur eine Täuschung gewesen, denn ich merke, dass er ins Leere schaut oder die Augen hin und her rollt, als wäre ich gar nicht da.« Sie schwieg kurz und setzte dann mit plötzlicher Wut hinzu: »Aber ich kann nicht sicher sein. Ich kann es nicht! Denn dieser eine Moment, in dem ich glaube, er sieht mich – den bilde ich mir nicht ein!« Unvermittelt fuhr sie zu ihrer Nichte herum. »Oder denkst du, dass es Einbildung ist?«

»Nein«, versicherte Cintia hastig, obwohl sie nicht im Mindesten wusste, ob und was ihre Tante sich einbildete. Was Casparo betraf, kam es ihr selbst so vor, als sei sein Geist völlig umnachtet, denn tatsächlich richtete sich sein Blick unverwandt in eine unsichtbare Ferne, als sie zu ihm trat und sanft seine Hand berührte. Seine Finger waren nach innen gebogen, als wollten sie eine Klaue bilden; Cintia war sicher, dass das beim letzten Mal, als sie hier gewesen war, noch nicht der Fall gewesen war. Daria bemerkte ihre Erschütterung und schob ihre Hand weg. »Ich massiere ihm die Finger«, sagte sie im selben wütenden Ton wie zuvor. »Ich werde nicht zulassen, dass sie zu Krüppelhänden werden. Giulio hilft mir, ihn zu bewegen, er beugt und streckt ihm Arme und Beine, damit Casparos Kraft erhalten bleibt.« In ihrer Stimme schwang ein leises Zittern mit. »Er kann mich hören, wenn ich in die Hände klatsche, stell dir vor! Er zuckt bei dem Geräusch zusammen. Also sieht er mich auch, und er erkennt mich. Mich, seine Mutter! Das weiß ich genau!«

Unwillkürlich fragte sich Cintia, ob der Zeitpunkt für ein Gespräch günstig genug war. Tatsächlich befand Daria sich in einem Zustand, in dem sie für vernünftige Argumente kaum zugänglich war.

Sie räusperte sich. »Vorhin kam Lucietta zu mir in die Kammer und erzählte irgendwelchen Unsinn über Geld.«

Daria blickte auf, und über ihr eben noch von Emotionen verzerrtes Gesicht glitt eine Maske der Gleichgültigkeit. Mit einer geschmeidigen Bewegung stand sie auf und ging zur Tür. »Wir reden draußen weiter.«

Rasch ging sie voraus, durch den Gang hinaus in den Innenhof, und Cintia folgte ihr notgedrungen, bis ihre Tante schließlich bei der Außentreppe stehen blieb und weitersprach, als hätte es keine Gesprächspause gegeben.

»Von Unsinn kann keine Rede sein«, erklärte Daria in geschäftsmäßigem Ton. »Ich habe jedes Wort völlig ernst gemeint. Ich betreibe weder eine Armenküche noch eine Bettlerherberge. Wenn ihr hierbleiben wollt, dann nur unter denselben Bedingungen wie alle anderen weiblichen Wesen in diesem Haus – indem ihr für euer Essen und euer Quartier zahlt. Sei es durch Arbeit, sei es mit Geld.« Sie zuckte die Achseln. »Weiteres Gesinde brauche ich gewiss nicht, sie treten einander ja schon gegenseitig auf die Füße. Während der Pest konnten sie nicht eilig genug verschwinden, danach waren sie schneller wieder da, als man sie brauchte.« Kühl blickte sie ihre Nichte an. »Bleibt also für dich und die Deinen der Bordellbetrieb. Du und deine Cousine, ihr seid hübsche und ansehnliche Frauen. Jedenfalls warst du es, bevor du aufgehört hast, vernünftig zu essen, dich zu kämmen und zu waschen. Das müsstest du vorher in Ordnung bringen. Danach steht deinem Einsatz oben nichts mehr im Wege. Dasselbe gilt für Juana, sie kennt es ja schon von früher. Lucietta hat es ebenfalls schon getan, wenn auch nur mit einigen wenigen. Aber sie wird ihren Eifer sicher mühelos auf andere Interessenten ausweiten. Die Alte muss allerdings verschwinden, für einen zahnlosen Krüppel wie sie habe ich keine Verwendung.«

Cintia konnte ihre Tante nur fassungslos anstarren. Mit einem Mal kam ihr Daria wie eine bösartige Fremde vor.

»Ich sehe schon, du denkst, man könne es dir in deiner Trauer nicht zumuten.« Daria lächelte mit schmalen Lippen. »Glaub mir, man kann. Andere mussten sich auch ihrer Trauer entledigen und sich für Brot und Bett verkaufen, kaum dass der Leichnam des Gatten kalt war. Sieh nur mich an, ich konnte es auch. Es hat mich sogar von meinem Elend abgelenkt, und dir wird es genauso ergehen. Im Grunde tue ich dir also nur etwas Gutes, du solltest mir dankbar sein.«

Cintia blieb bei diesen ungeheuerlichen Sätzen die Luft

weg. Um Beherrschung ringend, brachte sie schließlich unter Mühen hervor: »Du scherzt!«

»Sehe ich aus, als würde ich scherzen?«

Entsetzt suchte Cintia in Darias Gesicht nach Anzeichen dafür, dass alles nur ein Irrtum war, doch sie fand nichts außer Ablehnung. Bei näherem Hinsehen meinte sie gar, in den Augen ihrer Tante schwelenden Hass zu erkennen.

Ihr schien plötzlich, als sähe sie diese Frau mit dem glatten Gesicht und den katzenartigen Augen zum ersten Mal. Hatte sie wirklich je geglaubt, ihre Tante sei ihr zugeneigt und wolle nur ihr Bestes? Auf einmal erinnerte sie sich wieder an jene Nacht im vergangenen Sommer, als Daria in verschwörerischer Weise mit ihrem Leibwächter gesprochen hatte, genau an dieser Stelle, wo sie nun stand, während sie selbst, oben hinter der Balustrade versteckt, das Gespräch in allen beschämenden Einzelheiten belauscht hatte. Cintia rief es sich wieder ins Gedächtnis, jeden Satz, jedes Wort, mit einer Deutlichkeit, die körperlich wehtat.

*... das Geld meines Bruders wird ihm dazu verhelfen, diesen ihm angestammten Platz einzunehmen, so wahr ich hier vor dir stehe. Dafür würde ich alles verkaufen, sogar meine Seele. Auf jeden Fall aber diese Göre ...*

Schlagartig begriff Cintia, dass es immer nur einen Menschen gegeben hatte, der ihrer Tante am Herzen lag, und das war Casparo. Daria hatte sich Cintias Reichtum zunutze machen wollen, um ihm zu einer besseren Stellung in der Gesellschaft zu verhelfen. Nun, da er ein bettlägeriger Krüppel war, nützte ihm alles Geld der Welt nichts mehr. Folglich hatte Cintia für ihre Tante ihren Zweck eingebüßt. Paolo gab es nicht mehr, somit war auch dieses Bindeglied zu Casparo verloren. Für Casparo konnte nun ohnehin niemand mehr etwas tun, außer Gott, und ob das je geschah, war mehr als zweifelhaft. Das Blatt hatte sich mit einer Gründlichkeit gewendet, die für geheuchelte Sympathien von Darias Seite aus keinen Raum mehr ließ.

»Was habe ich dir denn getan?«, fragte Cintia erschüttert. »Wir sind doch vom selben Blut! Mein Vater war dein Bruder!«

In Darias Zügen zeigte sich unverhüllter Zorn. »Der Mann, der sich mein Bruder nannte, war ein Feigling und Verräter!« Hatte sie vorher noch mit gedämpfter Stimme gesprochen, wurde sie nun immer lauter, bis sie beinahe schrie. »Er ließ sich für sein Schweigen bezahlen und wurde dadurch reich!«

»Wovon sprichst du?«

»Willst du wirklich von der Schande und der Sünde hören? Von den unaussprechlichen Dingen aus der Vergangenheit unserer Familie?« Daria lachte schrill. »Nun, warum eigentlich nicht! Du solltest ruhig erfahren, welche Skrupellosigkeit die Wurzel für den Reichtum deines Vaters bildete – meines werten Bruders.« Die letzten Worte spie Daria förmlich hervor. Aus ihren Wangen war die Farbe gewichen, ihre Haut war so weiß wie die gekalkten Mauern vom Treppenaufgang hinter ihr. Ihre Stimme überschlug sich. »Der Mensch, der sich mein Vater nannte und der auch der Vater deines Vaters und somit dein Großvater war, verging sich an mir, seit ich zehn Jahre alt war. Es geschah stets im Schutze der Nacht, und immer kam er zu mir in die Kammer und weckte mich, wenn ich schlief. Es passierte wieder und wieder, egal wie sehr ich ihn anflehte, mich in Ruhe zu lassen. Er sagte, wenn ich darüber spräche, müsste ich die ewigen Höllenqualen des Fegefeuers ertragen.« Sie lachte kurz auf, ein schauriger Laut. »Er beschrieb mir die brennende Hitze der Verdammnis so genau, dass ich jedes Wort für wahr hielt.«

»Herr im Himmel!«, flüsterte Cintia.

In Darias Augen glomm das Feuer alten Hasses. »Der Mann, der sich mein Bruder nannte, war sieben Jahre älter als ich. Ich sagte mir, dass ich nicht viel zu verlieren hätte. Ich glaubte, dass Ippolito mich lieb hatte, so wie ich ihn. Unsere Mutter war damals schon seit Jahren tot, sie konnte mir nicht helfen. Doch Ippolito, so dachte ich, könnte mich vielleicht vor dem beschützen, das mir ständig widerfuhr. Also fasste ich mir

484

eines Tages ein Herz und sagte es ihm. Er wollte es nicht glauben, aber ich schwor, es sei wahr. Da stellte er den Mann, der sich mein Vater nannte, zur Rede. Dieser wiederum lachte und erklärte, ich litte unter der Hysterie, von der man wisse, dass sie heranwachsende Mädchen häufig befalle. Ich schrie und weinte, wurde wirklich hysterisch. Ging mit dem Messer auf ihn los, doch er schlug mich, sodass ich blutend zu Boden fiel. Anschließend wandte er sich mit ernster Miene an den Mann, der sich mein Bruder nannte, und erklärte ihm, er solle sich den Vorfall für sein späteres Leben merken und sich eine Frau mit gemäßigtem Gemüt suchen, nicht eine mit krankem, verdorbenem Temperament wie seine Schwester.«

Wie gelähmt hörte Cintia der Schilderung ihrer Tante zu, unfähig, auch nur eine Hand zu bewegen. Mit großer Anstrengung fragte sie schließlich: »Was geschah dann?«

»Ippolito ging wenig später fort, auf die Giudecca, wo er mit Geld, das mein Schänder ihm gab, seine erste Weberei gründete. Ich sah ihn seither nur noch von ferne und sprach nie wieder mit ihm. Ich musste die Heimsuchungen noch ein Jahr ertragen, dann lief ich weg. Fortan verdiente ich mit dem, was ich zuvor gezwungenermaßen hatte lernen müssen, wenigstens Geld. Ich merkte rasch, dass ich mir die Männer aussuchen konnte, mit denen ich es tat, und ich nahm nur die hübschen und reichen. Eine Zeit lang lebte ich auf der Straße, aber bald darauf kam ich in ein sauberes Haus, fast so gut wie dieses hier. Die Bordellwirtin war freundlich zu mir, ich hatte ein erträgliches Leben. Ein paar Jahre später lernte ich Casparos Vater kennen, der mich hierher brachte.« Ein verlorener Ausdruck trat auf ihr Gesicht. »Wir hatten eine gute Zeit.«

»Und dein Va ... mein Großvater?«

»Er starb.« Ein Lächeln spielte um Darias Lippen. Mit einem Mal sah sie so heiter und gelassen aus, dass es Cintia unwillkürlich schauderte.

»Natürlich nicht sofort, das wäre zu einfach gewesen«, fuhr Daria fort. »Es dauerte Jahre. Jahre, in denen ich das Vergnügen hatte, es aus sicherer Entfernung zu beobachten. Für ihn und den Mann, der sich mein Bruder nannte, war ich nichts weiter als eine stadtbekannte Hure, jemand, von dem man sich fernhielt. Aber die ganze Zeit verfaulte er, Stück für Stück, und ich wusste es und freute mich daran. Denn ich war diejenige, die dafür die Ursache gesetzt hatte.«

»Was meinst du mit Ursache?«, fragte Cintia vorsichtig. »Hast du ihn … vergiftet?«

Daria lachte. »So könnte man beinahe sagen. Aber wirklich nur beinahe. Ich schickte ihm eine Freundin. Eine ganz besondere. Sie war jung, eigentlich noch ein Mädchen. Geradeso, wie er seine Frauen mochte. Und sie brachte ihm ein ganz besonderes Geschenk mit. Die Lues.« Sie kicherte. »Es wirkte rasch, so wie ich es erhofft hatte. Ihm ist die Nase abgefault, er wurde blind, sein Schwanz war nur noch rohes Fleisch, und am Ende schrie er vor Schmerzen wie ein tollwütiges Tier.« Ein Lächeln verklärte ihr Antlitz. »An seinem letzten Tag ging ich zu ihm und erzählte ihm von meinem Geschenk. Das war der Moment, in dem er anfing zu schreien und damit nicht mehr aufhörte, bis er tot war.«

Fröstelnd schlang Cintia die Arme um sich. Sie erinnerte sich kaum an die wenigen Male, die ihr Vater von seinem Vater gesprochen hatte; im Nachhinein begriff sie, warum so selten von dem Mann die Rede gewesen war. Einmal, das wusste sie noch, hatte ihr Vater kurz erwähnt, ihr Großvater sei an Siechtum gestorben, lange vor ihrer eigenen Geburt.

»Ich verstehe«, sagte sie langsam, und das tat sie wirklich. Daria hatte sich zu Casparos Nutzen nicht einfach nur opportunistisch verhalten, sondern um seinetwillen mit äußerster Kraft Aversionen unterdrückt, die seit ihrer Kindheit auf ihr lasteten. Jedes Mal, wenn sie Cintia gegenüberstand, war sie wieder mit den Schrecken von damals konfrontiert. Ihrem Sohn zuliebe hatte sie sich den belastenden Gefühlen gestellt, doch mittlerweile existierten keinerlei Gründe mehr, die eine solche Rücksichtnahme erfordert hätten. Daria konnte nun ganz sie selbst sein, sich so verhalten, wie es ihrem Wesen gemäß war – und ihrer Vergangenheit, die keine Vergebung und kein Vergessen zuließ, sondern immer noch nach Vergeltung schrie.

Cintia kam es vor, als würde ihr Inneres sich langsam mit Eis füllen. Abermals fröstelte sie, doch sie zögerte nicht, sich die Konsequenzen dessen, was sie eben gehört hatte, ohne Beschönigungen klarzumachen.

In diesem Haus war für sie kein Platz mehr.


Daria zog sich in ihr Schlafgemach zurück und ignorierte die erregten Stimmen, die aus der benachbarten Kammer drangen. Keine Frage, die beiden Überbleibsel aus der Familie des Mannes, der sich ihr Bruder genannt hatte, machten sich daran, ihre Verhältnisse zu analysieren und ihre Zukunft zu überdenken. Daria wusste, wie es für die zwei weiterging, sie waren durchsichtig wie Glas und würden genau das tun, was nahelag. Auch das, was danach geschehen würde, war ihr bekannt, denn schon frühzeitig hatte der Prokurator, mit dem sie befreundet war, sie von der geänderten Sachlage informiert. Indessen hatte er ihr damit nichts Neues berichtet, denn es war lediglich das geschehen, was sie erwartet hatte. Alles hätte in ihrem Sinne verlaufen können, wenn nicht …

Ihr Gedankenfluss riss wie immer an dieser Stelle ab, und sie musste sich beherrschen, um nicht laut aufzuschreien und das Schicksal zu verfluchen und Gott gleich mit dazu, weil er auf eine Weise ihre Pläne durchkreuzt hatte, die furchtbarer nicht hätte sein können. Konzentriert lauschte sie nach nebenan, diesmal zur anderen Seite ihres Gemachs, doch natürlich war nichts zu hören, denn ihr einziges Kind hatte kaum mehr Leben in sich als eine Pflanze.

Wieder entstand in ihr der verhasste Drang, zu beten, zu beichten und Buße zu tun für ihre Sünden, und nur mit Mühe gelang es ihr, dieses sinnlose, dumme Gefühl zu bannen. Gott hatte ihr schon damals nicht geholfen, hatte sich ihren unzähligen Gebeten verschlossen und sie bestraft, Nacht für Nacht, jahrelang. Was immer es in ihrem Leben zu büßen gab – durch das Leid, das Gott ihr während ihrer Kindheit auferlegt hatte, waren all ihre Sünden bereits gebüßt. Keine Missetat, die sie später begangen hatte und künftig noch begehen würde, konnte so schwer wiegen, um nicht durch jene Jahre ihrer Kindheit längst für alle Zeiten und im Voraus abgegolten zu sein.

Ein Glockenschlag riss sie aus ihrer Versunkenheit. Es läutete zur Non, und vage wurde ihr bewusst, dass es Sonntag war und sie wieder die Messe versäumt hatte, obwohl das in früheren Jahren selten vorgekommen war. Ein Teil von ihr glaubte immer noch daran, dass der Kirchgang ihrem Seelenheil nützte, ebenso wie die Ablassbriefe, die sie hin und wieder kaufte und sich damit die Last einer Beichte sparte.

Unwillkürlich gingen ihre Gedanken zu Geremio, der nun schon so lange tot war, der einzige Mann, der sie je glücklich gemacht hatte, obwohl er kaum mehr Geld besessen hatte, als nötig war, um die Waffen zu bezahlen, deren Besitz ihm immer so viel bedeutet hatte.

Von Unruhe getrieben, stand sie von dem Lehnstuhl auf und ging zum Spiegel, doch diesmal wollte sich der trügerische Trost, den der Anblick ihrer Erscheinung ihr sonst immer vermittelte, nicht einstellen. Ein gehetzter Ausdruck stand in ihrem Gesicht, und ihr Haar wirkte trotz sorgfältiger Pflege anders als sonst. Argwöhnisch beugte sie sich vor, um es genauer zu betrachten, und gleich darauf unterdrückte sie einen Schrei, als sie die dünnen weißen Fäden an den Schläfen bemerkte. Sie war im Begriff, zu ergrauen! Ein Schluchzen stieg in ihr auf, während sie sich abwandte und zur Tür rannte. Widersprüchliche Empfindungen erfüllten sie, und sie wusste nicht, welche davon schlimmer war, das Entsetzen über die Zeichen drohenden Verfalls oder der Ekel vor sich selbst, weil sie ihrem Aussehen überhaupt eine – wie auch immer geartete – Bedeutung einräumte, während ihr Sohn bar jeder Wahrnehmungsfähigkeit in seinem Bett verkümmerte. Der Drang, bei ihm zu sein, wurde übermächtig, und in ihrer Eile, zu ihm zu gelangen, stolperte sie und fiel hin. Als sie sich ungeduldig wieder aufrappelte, fand sie sich Auge in Auge mit Juana wieder. Die kleine Portugiesin machte keine Anstalten, ihr aus dem Weg zu gehen.

»Was willst du?«, fuhr Daria sie an. »Falls du vorhast, für Cintia ein gutes Wort einzulegen – vergiss es. Ihr verschwindet, und zwar alle, ohne Ausnahme!«

Juana reckte das Kinn. »Ich will bei Casparo bleiben«, sagte sie mit ihrer weichen Stimme, die Daria mit Abneigung erfüllte, weil sie so melodiös und jung und dabei zugleich unangestrengt erotisch klang. »Er und ich – wir gehören zusammen. Ich verlasse ihn nicht.«

Daria lachte. »Du bist verrückt! Falls du wirklich hierbleiben willst, dann höchstens oben. Ins Mezzà wirst du keinen Schritt mehr setzen, genauso wenig wie die anderen Mädchen. Und jetzt scher dich weg!«

»Aber ich liebe ihn! Und ich möchte mich um ihn kümmern! Das dürft Ihr mir nicht versagen!«

»Dass du ihn in dein Bett gelockt hast, gibt dir kein Recht, in meinem Haus zu schmarotzen.«

»Ich erwarte ein Kind.«

Daria fuhr zurück. »Behaupte nicht, es wäre von meinem Sohn!«

»Doch«, sagte Juana trotzig. »Kein Mann außer ihm hat mich berührt, seit Ihr mich als Zofe zu Monna Cintia geschickt habt.«

»Du lügst!«

»Ich schwöre bei der heiligen Muttergottes, dass ich die Wahrheit sage!«

Daria schloss die Augen und presste die Fingerspitzen an die Schläfen, als könne sie auf diese Weise ihre Gedanken daran hindern, wie aufgescheuchte Fliegen durcheinanderzusummen. »Geh!«, befahl sie. Als sie die Augen wieder öffnete, war das Mädchen verschwunden.

Später, im Zimmer ihres Sohnes, saß sie schweigend da, die Hand auf seinem Kopf, dort, wo Simon ein Silberplättchen unter die Schädelhaut genäht hatte, um das Loch in der knöchernen Schale abzudecken. Es war gut verheilt, jedenfalls hatte Simon das gesagt, und sie fand es bestätigt, jedes Mal, wenn sie vorsichtig mit den Fingern über den harten Wulst inmitten der störrischen Haare fuhr, die nach der Rasur langsam wieder nachwuchsen.

Wie immer blickte Casparo ins Leere, mit halb geöffneten Augen, in denen kein bewusster Blick zu erkennen war. Seine Arme lagen schlaff neben seinem Körper, erschreckend in ihrer Magerkeit. Von seiner jugendlichen Straffheit war nichts geblieben, er sah aus wie eine Karikatur des energiegeladenen Jünglings, der er noch im vergangenen Monat gewesen war.

»Mein Junge«, flüsterte sie. »Mein geliebter Junge!«

Sie stellte sich vor, dass Juana vielleicht die Wahrheit sagte. Dass sie Leben in sich trug, welches ihr Sohn gezeugt hatte. Möglicherweise würde sich herausstellen, dass das Kind Casparo ähnlich sah, so wie er selbst ein Ebenbild seines Vaters war. In diesem Fall sollte sie ihre ablehnende Haltung überdenken. Ein Kind ihres Kindes … ihr Enkelkind …

Ihre Grübeleien nahmen kein Ende, und sie fühlte sich erst besser, als Giulio die Kammer betrat, fast geräuschlos und darauf bedacht, sie nicht zu erschrecken. Wie immer staunte sie darüber, dass ein solcher Koloss von einem Mann auf so leisen Sohlen gehen konnte, wie ein Raubtier, das sich anschlich.

Die Assoziation verstörte sie, und abermals presste sie die Fingerspitzen gegen die Schläfen, um unerwünschte Regungen fernzuhalten, doch es wollte ihr nicht gelingen. Entspannung fand sie erst, als Giulio hinter sie trat, die Hände auf ihre Schultern legte und sie sanft zu massieren begann, so wie sie es liebte.

Sie seufzte tief, als ihre Muskelverspannung unter dem kundigen Druck seiner Finger allmählich nachließ. »Ach, was wäre ich, wenn ich dich nicht hätte!«

»Ich könnte mehr für dich tun, wenn du mich ließest. Nur ein Wort, und alles würde so geschehen, wie du es willst. Du weißt, was ich meine.«

490

»Du meinst, dass es darauf nun auch nicht mehr ankäme? Weil ich sowieso in der Hölle brennen werde?«

Sein Atem streifte ihre Schläfe, als er sich zu ihr herabbeugte und in ihr Ohr flüsterte: »Solange wir nur zusammen brennen können.«

Seine Worte riefen unbestimmten Ärger in ihr wach, doch auch eine seltsame Hilflosigkeit, der sie nur auf eine Weise begegnen konnte. Sie schob seine Hände von seinen Schultern, doch nicht, um ihn fernzuhalten, sondern um aufstehen zu können. Als sie sich zu ihm umdrehte, sah sie seine Erregung, so wie sie es vorher schon gerochen hatte, jenen unverkennbaren Moschusgeruch männlicher Bereitschaft. Rasch stellte sie sich auf die Zehenspitzen, um ihn auf den Mund zu küssen, dann ging sie wortlos voraus zur Tür, und ohne zu zögern folgte er ihr in ihr Gemach. Während Giulio sie in die Arme nahm und zum Bett drängte, lauschte sie abermals nach nebenan, doch dort war nichts außer der Stille.

Marmarameer, April 1511

Paolo hatte sich daran gewöhnt, die meiste Zeit an Deck zu verbringen. Der April neigte sich dem Ende zu, und es kam ihm vor, als würde die Reise ewig dauern, obwohl sie in Wahrheit, die Aufenthalte in diversen Häfen mitgerechnet, seit kaum drei Wochen unterwegs waren. An der Nordküste Afrikas entlang, zwischen Kreta und der Peloponnes hindurch, führte der Weg auf halber Strecke mitten hinein in venezianisches Herrschaftsgebiet − die von zahlreichen Inseln gesprenkelte Ägäis. Dort sann er zuweilen darüber nach, wie greifbar nah die Freiheit war, höchstens eine kurze Ruderstrecke vom Schiff aus bis zur nächsten Insel. Dennoch dachte er niemals ernsthaft an

Flucht, und je weiter das Schiff segelte, in Richtung der von Osmanen besetzten Inseln der Nordägäis, umso bedeutungsloser wurde die Territorialität der ihn umgebenden Gewässer. Als sie schließlich die Dardanellen durchstießen, änderte sich seine ohnehin ständig im Wechsel begriffene Gemütslage; die Phasen der Wut und das Gefühl der Ausweglosigkeit wichen nun häufiger einer vagen Neugierde, und gegen seinen Willen begann er sich vorzustellen, was seiner in der Stadt, von der er schon vieles gehört hatte, wohl harren mochte.

Nach wie vor empfand er jedoch Angst vor der Zukunft, vor allem aber lähmte ihn die Sorge um Cintia, und die Zweifel daran, dass er sie überhaupt je wiedersehen würde, bestimmten die meiste Zeit über sein Denken, vor allem, wenn er sich klarmachte, wie lange diese Prüfung noch dauern würde. Fünf Jahre mochten schnell vergehen, zumindest dann, wenn man glücklich war, doch als gestohlene Lebenszeit erschien ihm diese Spanne von ungeheuerlicher Länge.

»Fünf Jahre«, hatte Farsetti erklärt. »Fünf Jahre Eures Lebens für mich und meine Schiffe, und Ihr könnt in Ehren und als reicher Mann in Eure Heimat zu Eurem Weib zurückkehren. Da ich ein Mann bin, der immer sein Wort hält, sollte es nicht allzu schrecklich für Euch werden.«

Farsetti, der in Wahrheit Khalid hieß, hatte das nicht als Angebot gemeint. Die Alternative hatte er Paolo mit derselben grausamen Schnelligkeit vor Augen geführt, mit der er Abbas zuvor die Stockhiebe hatte angedeihen lassen.

Paolo hatte lediglich eine Frage gestellt, die er später tausendfach bereute.

»Was geschieht, wenn ich *Nein* sage?«

Die schwarzhaarige junge Sklavin hatte Cintia zum Verwechseln ähnlich gesehen, offenbar hatte Khalid sie eigens deswegen heranschaffen lassen. In seinen nächtlichen Albträumen sah Paolo immer noch das Blut spritzen, so wie in dem Moment, als Khalid das Mädchen vor seinen Augen von dem großen Schwarzen enthaupten ließ, blitzartig und ohne Vorwarnung, ausschließlich zum Zwecke der Demonstration. Anschließend hatte er den davonrollenden Kopf aufgehoben und ihn an den langen Haaren hochgehalten, um Paolo das verzerrte Gesicht mit den im Tod aufgerissenen Augen zu zeigen, die ihn in blickloser Anklage anstarrten.

»Es wird *das* hier geschehen – mit Eurer Frau. Falls Ihr flieht oder Euch weigert, kostet es die schöne Cintia den Kopf. Erwähnte ich schon, dass ich ein Mann bin, der immer sein Wort hält?«

Danach hatte es keine Fragen mehr gegeben.

Als sich aus der dunstigen Bläue des Marmarameeres in nordöstlicher Richtung die hügelige Landmasse herausschälte, die das Ziel dieser Reise war, verspürte Paolo zum ersten Mal seit dem Aufbruch im Hafen von Algier den Wunsch, mit jemandem zu reden, und er sah sich nach der einzigen Person um, die dafür zur Verfügung stand, da sonst niemand seine Sprache beherrschte. Abbas war jedoch nirgends zu sehen, folglich wandte sich Paolo an einen der Matrosen, der eben aus den Wanten herabgeklettert kam. »Wo ist Abbas?«

Der Mann, nackt bis auf einen mit Stricken befestigten Lendenschurz, verneigte sich eilfertig und gab ein Zeichen, dass er Abbas holen wolle.

Sämtliche Besatzungsmitglieder behandelten den Venezianer ungeachtet der Verständigungsprobleme mit ausgesuchter Höflichkeit, und auch der Kapitän verhielt sich stets freundlich, obwohl sein Gesichtsausdruck gelegentlich darauf schließen ließ, dass er ihn als Plage empfand und lieber ein Schiff geführt hätte, auf dem nicht ständig ein neugieriger Fremdling an Deck herumlungerte und bei jeder Gelegenheit den Besatzungsmitgliedern über die Schultern schaute. Häufig trug es Paolo argwöhnische Blicke ein, wenn er mit Schritten Entfernungen und Winkel abmaß und mit einem Kohlestift das Papier bekritzelte, das man ihm zur Verfügung gestellt hatte.

Als Abbas nach einer Weile auftauchte, stand Paolo an der Bugreling und blickte voraus aufs Meer, während hinter ihm der

Wind in den Segeln brauste. Die Ruderer dösten auf ihren Bänken; bis der Oberaufseher wieder die Trommel zum Einsatz der Riemen schlagen würde, mochte es noch einige Stunden dauern, wenn Paolo die Entfernung bis zur Küste richtig einschätzte. Seit einer Weile umkreisten lärmende Möwen das Schiff, ein Zeichen dafür, dass sie sich dem Land näherten.

Paolo dachte an Cintia, wie so oft in den vergangenen Tagen und Wochen, und er fragte sich, wie tief ihre Trauer wohl ging. Manchmal war er fest davon überzeugt, dass sie ihn wirklich geliebt hatte, so sehr wie er sie, doch dann wieder meinte er sich zu erinnern, dass die Zweckbindung ihrer Ehe für sie im Vordergrund gestanden hatte und die Seide ihres Vaters ihr wichtiger gewesen war als alles andere, mehr sogar noch als ihm seine Schiffe.

Anfangs, in den ersten Tagen nach seiner Entführung, hatte er sich der wilden Hoffnung hingegeben, sie werde nichts unversucht lassen, ihn wiederzufinden und für die Fahndung Himmel und Hölle in Bewegung setzen. Natürlich hatte er dabei nicht bedacht, wie raffiniert Khalid zu Werke gehen würde. Der Korsar hatte sogar eine passende Leiche hinterlassen; Abbas hatte vor Lachen über so viel Einfallsreichtum gegluckst, als er Paolo davon berichtet hatte.

»*Effendi*«, sagte Abbas, während er neben Paolo an die Reling trat. »Ihr habt mich rufen lassen.«

»Ich wollte mit dir reden.«

»Wenn es Euch auch heute wieder gefällt, mit mir unwürdigem Wurm Worte zu wechseln, stehe ich Euch gern zur Verfügung.«

Die geschraubten Worte des kleinen Arabers entlockten Paolo ein schwaches Lächeln. Inzwischen war er so weit, dass es ihn amüsierte, Abbas so reden zu hören, während es ihn zu Beginn ziemlich verärgert hatte, als ihm aufgegangen war, dass die Sprachkenntnisse des Mannes keineswegs so dürftig waren, wie er Paolo auf der Reise von Venedig nach Algier glauben gemacht hatte – ein einfaches Mittel, um sich nicht mit lästigen

Fragen seines unfreiwilligen Gasts herumschlagen zu müssen. Abbas sprach nicht nur glänzend Latein und Venezianisch, sondern auch – außer Arabisch und Türkisch – mindestens noch vier andere Sprachen, darunter Französisch und Spanisch.

»Wie geht es dir heute?«, fragte Paolo.

»Gut«, behauptete Abbas. Sein Gesicht war noch bläulichrot verschwollen von den Stockhieben, und wenn er ging, bewegte er sich humpelnd und vorsichtig, um die schmerzenden Gliedmaßen zu schonen. Obwohl Paolo wusste, dass es absurd war, fühlte er sich für das Leiden des Mannes verantwortlich.

»Hat dieser Khalid eigentlich sein Versprechen wahr gemacht und dir Gold gegeben?«

Abbas klopfte auf seinen Gürtel. »Er hält immer sein Wort.«

Die Antwort verfehlte ihre Wirkung nicht; auf tröstliche Weise fühlte Paolo sich beruhigt, wenngleich er argwöhnte, dass es ein fataler Fehler war, einem Mann zu vertrauen, der alle Welt, einschließlich der venezianischen Räte, an der Nase herumgeführt hatte. Inzwischen hatte er von Abbas mehr über Farsetti alias Khalid erfahren, genug jedenfalls, um eine Vorstellung zu gewinnen, mit was für einer schillernden Gestalt er es hier zu tun hatte.

An der Legende, die Khalid während seines Venedig-Aufenthalts um sich selbst gewoben hatte, war im Grunde kaum etwas erlogen. Er hatte lediglich einen falschen Namen angegeben und vom Rest wohlweislich das meiste verschwiegen.

Tatsächlich war er auf Lesbos geboren und hatte auch eine Zeit lang auf Naxos gelebt; desgleichen war er durch die Heirat einer seiner Schwestern mit dem dortigen venezianischen Statthalter verwandt. Damit endete jedoch die Wahrheit auch schon. Als Sohn eines griechischstämmigen Janitscharen war Khalid schon früh im Geiste des Sultanats erzogen worden.

Vor allem aber war er ein Pirat, ein Korsar mit einer eigenen Flotte von Schiffen, die er von Stützpunkten in Nordafrika aus befehligte, mit Stammsitz in Algier, wo er unbehelligt von den örtlichen Machthabern sein Unwesen treiben konnte. Paolos

495

Frage, wie Khalid es seit Jahren schaffte, sich der Verfolgung durch das Gesetz zu entziehen, hatte Abbas mit einem universell verständlichen Handzeichen für Geld beantwortet. »Er schmiert sogar die Spanier«, hatte er lapidar gemeint.

Wie es schien, war Khalid ein höchst erfolgreicher Korsar; wenn man Abbas glauben konnte, handelte es sich um einen der reichsten Männer der bekannten Welt. Für Paolo gab es keinen Anlass, daran zu zweifeln, denn schon Khalids Auftritt in Venedig hatte darauf schließen lassen, dass der Mann über ausreichend Mittel gebot, um sogar dem Großen Rat die Idee schmackhaft zu machen, zusätzliche Galeeren in den Archipel zu entsenden – wo die von Khalid befehligten Seeräuber schon auf sie warten würden. Vielleicht stimmte es, dass er ein Mann war, der sein Wort hielt, doch ein einzelnes Leben bedeutete ihm nichts.

Sein Lebenstraum und unverrückbares Ziel, so hatte er selbst Paolo vor dessen Abreise mit leidenschaftlichen Worten versichert, sei der Bau einer schlagkräftigen Flotte, lauter Schiffe einer neuen Generation, ebenso seetüchtig wie kampfstark, in denen sich die beste und neueste Technik zu Schönheit und Funktionalität verband – Schiffe, wie sie auch Paolo bauen wollte. Das war die Schnittstelle, an der sich ihrer beider Interessen kreuzten, und Khalid hatte nicht gezögert, an ebendieser Stelle das Schicksal zu beeinflussen und nicht nur Paolos Fähigkeiten für sich einzufordern, sondern zu diesem Zweck gleich sein ganzes Leben auf den Kopf zu stellen und ihm fünf lange Jahre zu stehlen.

Die dadurch bei Paolo hervorgerufenen Gefühle waren indessen zwiespältig, was ihn mit Zerrissenheit und Verdruss erfüllte. Immer wieder ergründete er seine Empfindungen, strengte sich an, dahinterzukommen, warum nicht allein Hass und Wut wegen der erlittenen Heimtücke sein Denken erfüllten, sondern darüber hinaus sein Verlangen wuchs, den Ort kennenzulernen, wo ihm das geboten werden sollte, wonach er immer gestrebt hatte. Ihm war elend zumute, war doch jener Teil, der ihn begierig auf das Kommende sein ließ, Verrat an allem, was man ihm genommen hatte. Cintia, Casparo, Venedig, das Arsenal.

»Was immer Ihr an Geld und Leuten zum Bau dieses Schiffes braucht, Ihr sollt es bekommen«, hatte Khalid erklärt, und Abbas hatte später dazu gemeint, dass das mit Sicherheit keine leeren Worte gewesen seien.

»Weißt du, was ich mich gerade frage?«, meinte Paolo sinnend, die Hände auf die umlaufende Holzverstrebung oberhalb des Schanzkleides gestützt.

»Nein«, sagte Abbas höflich.

Den Blick in die Ferne gerichtet, fuhr Paolo fort: »Warum hätte er mich nicht einfach bitten können? Ich meine, als wir uns kennenlernten, in Venedig. Vielleicht wäre ich ja mitgegangen, zusammen mit Cintia.«

»Ihr hättet abgelehnt«, stellte der kleine Araber schlicht fest. Sein schmuddeliger Burnus flatterte im Wind, desgleichen sein dünner Bart. Die Nase, hakenartig wie der Schnabel eines Vogels, hatte an der Stelle, wo der Stock sie getroffen hatte, einen blauschwarzen Höcker, wodurch seine Stimme nasaler klang als vor den Prügeln.

»Wozu hättet Ihr eine so wunderbare Stadt verlassen sollen? Gut, Euer Haus war zerstört, aber Eure Frau ist reich, Ihr hättet rasch ein neues bekommen. Im Arsenal wart Ihr geehrt und geachtet, auch wenn es vielleicht noch eine Weile gedauert hätte, bis man Euch zum Bau eines besseren Schiffes mehr Freiheiten gewährt hätte.« Abbas schüttelte den Kopf. »Nein, Ihr wärt nicht freiwillig fortgegangen. Khalid hat in seiner unübertrefflichen Weisheit die richtige Entscheidung getroffen.«

»Wie kann es die richtige Entscheidung sein, einen freien Menschen in die Fremde zu verschleppen?«

»Die Stadt wird Euch nicht lange fremd bleiben. Ich sage voraus, dass Ihr sie lieben lernt. Venedig mag prächtig sein, doch die Perle am Bosporus berührt mehr Sinne, als ein Mann des Abendlandes es sich vorzustellen vermag.« Ein betrübter Ausdruck trat auf Abbas' Gesicht. »Nun ja, nach dem Großen

Beben vor zwei Jahren hat die Perle an manchen Stellen den Glanz verloren, doch bis Eure Zeit dort um ist, wird alles wieder in alter Herrlichkeit erstrahlen, dessen bin ich sicher.«

»Wer war sie?«, fragte Paolo unvermittelt.

Abbas wusste offenbar genau, wen Paolo meinte. »Er hat sie gleich nach seiner Ankunft einem umherziehenden Händler abgekauft, keiner kannte sie. Sie ging schon durch zahlreiche Hände, ihr Leben hatte keinen Wert.«

»Sie war ein Mensch und zudem kaum älter als ein Kind.«

Abbas blickte ihn an, und sein Gesichtsausdruck ließ darauf schließen, dass er Paolos Anschauung nicht nachvollziehen konnte. »Sklaven sind keine richtigen Menschen.«

»Und was bin dann ich? Bin ich nicht genauso unfrei wie der niederste Sklave?«

Abbas wirkte erstaunt. »Ihr seid kein Sklave!« Er deutete auf die Galeerenruderer, von denen manche mit Ketten an die Bänke gefesselt waren, darunter geschundene, hohlwangige Kreaturen, die kaum den Sommer überleben würden. »Seht Ihr die unwürdigen Hunde dort? *Das* sind Sklaven. Ihr dagegen könnt aufrechten Ganges durch jede beliebige Menschenmenge schreiten, und die Leute würden Euch Platz machen und Euch mit Ehrfurcht betrachten.«

Verstimmt begriff Paolo, wie sinnlos es war, mit jemandem über unterschiedliche Auffassungen von Freiheit zu debattieren, der nur in äußeren Merkmalen denken konnte. Doch der kleine Araber schaffte es, ihn mit seinen nächsten Worten zu überraschen.

»Wenn man es genau nimmt, sind wohl viele auf gewisse Weise unfrei«, bemerkte Abbas nachdenklich. »Man könnte sogar sagen, dass jeder Mensch der Sklave seiner Verhältnisse ist. Nehmt nur Khalid selbst. Erscheint er Euch nicht als allmächtiger Tyrann? Und doch ist er weit von jeder Freiheit entfernt. Als Korsar ist er der Schrecken der christlichen Seefahrt, wird verfolgt und geächtet, jedes Wohlwollen muss er sich mit viel Geld erkaufen. Seinem Traum von einer großen Flotte opfert er alles, seine Zeit, seinen Reichtum – und eben auch Menschen, wenn es anders nicht geht.« Abbas wies auf seine lädierte Nase. »Oder nehmt als Beispiel eines unfreien Lebens mich, der ich im Grunde ebenfalls nur ein Knecht bin, ohne die Möglichkeit, mein Leben nach meinem eigenen Gutdünken zu gestalten.«

»Erpresst er auch dich, für ihn zu arbeiten?«

Mit einem Grinsen berührte Abbas die Geldkatze an seinem Gürtel. »Nun ja, es ist eher die Art von Erpressung, die man gemeinhin *Bezahlung* nennt.« Großmütig setzte er hinzu: »Die paar Schläge dann und wann betrachte ich als Zulage, sie bringen meist reichlich zusätzliches Gold.« Seufzend hielt er inne. »Dennoch bin ich mindestens ebenso ein Gefangener wie Ihr, Effendi. Mir ist es nicht beschieden, in Ruhe meinen Lebensabend in meiner geliebten Heimat zu verbringen, da meine Dienste für Khalid unverzichtbar sind. Als Diener eines räuberischen Piraten der Meere bin ich nicht frei, höchstens vogelfrei …«

»Wie alt bist du eigentlich?«, unterbrach Paolo den kleinen Araber, bevor dieser sich weiter in sein Selbstmitleid hineinsteigern konnte.

Abbas dachte nach. »Ich stehe in meinem fünfzigsten Jahr«, sagte er schließlich.

»Dann ist es bis zu deinem Lebensabend noch eine Weile hin.«

Abbas wiegte den Kopf. »Unter der Sonne meiner Heimat vergehen die Lebensjahre schneller.«

»Und unter der Sonne welchen Landes bist du geboren?«

»Meine Wiege stand in Dschidda.«

Paolo wusste nicht viel von den arabischen Ländern, nur das wenige, das ihm aus Reiseberichten bekannt war. Er hatte gehört, dass Dschidda an der Küste des Roten Meeres lag, nur wenige Tagesreisen entfernt von Mekka, jener Stadt, die den Anhängern Allahs als heilig galt. Zu erreichen war diese Küste mit dem Schiff nur, indem man ganz Afrika umsegelte, was Paolo daran erinnerte, dass im Arsenal schon vor Jahren diskutiert

499

worden war, westlich von Kairo einen Kanal anzulegen, um eine Verbindung zwischen den Meeren zu schaffen.

Wenn er an die endlos scheinende Strecke dachte, die sie in den letzten Wochen zurückgelegt hatten, und wenn er, was immer häufiger geschah, ebendiese Strecke ins Verhältnis zu den Entfernungen der ihm bekannten Weltkarten setzte, begriff er, wie unermesslich groß die Meere tatsächlich waren. Im Vergleich dazu war das Stück, das sie besegelt hatten, wie das Glied eines Fingers, während der ganze Körper den riesigen, größtenteils noch unerforschten Rest darstellte. Bei diesem Gedanken wurde er sich zunehmend der Winzigkeit seiner eigenen Existenz bewusst, ebenso wie der kläglichen Unzulänglichkeit seines Strebens nach einem universaltauglichen Schiff.

»Seht, Effendi«, sagte Abbas, mit ausgestreckter Hand zum Horizont deutend. »Die Stadt!«

Es ging ein scharfer Wind, der sie rasch der Küste näher brachte. In der Ferne schimmerte es vereinzelt, und bald sah Paolo, dass das Leuchten von vergoldeten Kuppeln kam, versprenkelte Juwelen auf den Hügeln, an denen sich die Stadt hinaufzog. Minarette ragten hier und dort wie spitze Finger empor, und trotz der großen Entfernung erkannte Paolo die Umrisse der Hagia Sophia, von der er bereits Zeichnungen gesehen hatte, jene legendäre Hauptkirche aus byzantinischer Zeit, die nun den Osmanen als Moschee diente. Gewaltige Mauern schirmten den Ort zur See hin ab und ließen die Mitte frei, wo eine breite Wasserscheide nicht nur die Stadt, sondern zugleich auch Europa von Asien teilte – die Meerenge des Bosporus. Vor der Küste wimmelte es nur so von Booten; das Tanzen der hellen Segel auf den Wellen war auch von ferne gut zu erkennen.

Sie hatten ihr Ziel erreicht. Vor ihnen in der Mittagssonne lag Konstantinopel.

## Venedig, Mai 1511

In Venedig waren die Ostertage und das Fest des heiligen Markus vergangen, ohne dass Cintia dem sonderliche Beachtung beigemessen hätte. Im Hause ihrer Tante war die Atmosphäre seit der Auseinandersetzung in der vergangenen Woche angespannt. Cintia konnte diese Ablehnung kaum ertragen, zumal sie sich infolge ihrer Trauer um Paolo schon am Rande ihrer Kräfte befand. In besonders schlimmen Momenten wurde sie von Weinkrämpfen geschüttelt, neben denen sich die üblichen Heulanfälle von Lucietta wie leichte Verstimmungen ausnahmen.

Rasch hatte sie begriffen, dass sie, den nötigen Neubeginn betreffend, auf Anteilnahme oder gar Hilfe aus ihrem näheren Umfeld kaum zählen konnte. Aus nachvollziehbaren Gründen mied sie ihre Tante ebenso wie deren Leibwächter und das übrige Gesinde, von dem die meisten ihr ohnehin mit Gleichgültigkeit begegneten.

Von Juana, der Zofe, hatte Cintia in den letzten Tagen nicht viel gesehen. Lucietta wusste zu berichten, dass das Mädchen häufig bei Casparo saß und ansonsten Daria zur Hand ging.

»Wes' Brot ich ess, des' Lied ich sing«, hatte Lucietta diesen Gesinnungswechsel lakonisch kommentiert. Cintia war es gleichgültig, sie hatte genug andere Sorgen. Überdies war sie nach den entbehrungsreichen Wochen auf der Pestinsel und der Giudecca durchaus in der Lage, ohne Zofe auszukommen.

Imelda war Cintia zwar immer noch loyal ergeben, hatte sich aber noch nicht wieder von dem Beinbruch erholt; bestenfalls schaffte sie es, mithilfe einer Krücke von einem Ende des Ganges bis zum anderen zu humpeln. Giovanni, der sächsische Leibwächter, den Paolo vor dem Unglück angeheuert hatte, war zwar mittlerweile aus dem Spital entlassen worden, doch er war noch nicht so weit genesen, seine Dienste wieder aufzunehmen. Durch einen Boten hatte er Cintia in Kenntnis gesetzt, dass er einstweilen nicht zur Verfügung stehe.

Nur auf Lucietta war wie eh und je Verlass, sie würde, wie sie Cintia bereits mehrfach inbrünstig versichert hatte, mit ihr bis ans Ende der Welt ziehen und notfalls auch in Ruinen hausen.

Indessen war Cintia keineswegs gewillt, sich in ärmlichen Verhältnissen niederzulassen. Die Ca' Barozzi hatte nur einen Teil ihres Vermögens ausgemacht, das wusste sie genau, da sie oft genug die Unterhaltungen ihrer Eltern verfolgt und auch mit Paolo schon darüber geredet hatte. Ihr Vater hatte Gold und Anleihen bei einem der großen Bankhäuser Venedigs deponiert, und die Warenmagazine waren reichlich bestückt. Darüber hinaus – und darin bestand der eigentliche Reichtum der Barozzis – wurde in den Webereien täglich in großer Menge neue Seide erzeugt, mit der in ganz Europa Handel getrieben wurde.

Bei dem Gedanken verwünschte Cintia den Umstand, dass Niccolò noch nicht wieder aus dem Ausland zurück war. Seine Reise sollte planmäßig mindestens noch bis zum Ende des Monats dauern, doch insgeheim hatte Cintia gehofft, er werde früher heimkehren, zumal seit Tagen erschreckende Neuigkeiten in der Stadt kursierten: In den letzten Tagen des April waren die Kämpfe zwischen den venezianischen Truppen und den Franzosen wieder aufgeflammt. Die Friedensverhandlungen in Mantua waren fehlgeschlagen, die Serenissima lag abermals im Krieg. In der Stadt war es bereits zu merken; alles wurde schlagartig teurer, angefangen bei den Nahrungsmitteln. Noch bekamen Cintia und die Ihren bei Daria zu essen, doch die Köchin hatte ihre Portionen geschmälert, mit der Behauptung, daran sei der Krieg schuld. Lucietta hatte jedoch gesehen, welche Mengen an gutem Wein, weißem Brot und Braten das Küchengesinde ins zweite Obergeschoss hinaufschaffte, sodass rasch klar wurde, welche Absicht wirklich hinter der eingeschränkten Beköstigung stand: Ganz offensichtlich konnte Daria sie gar nicht schnell genug loswerden, für Cintia ein Grund mehr, erst recht die Initiative zu ergreifen, um so rasch wie möglich das ungastliche Haus zu verlassen.

Der erste Versuch war indessen nicht gerade zu ihrer Zufriedenheit verlaufen. Der Bankier ihres Vaters hatte ihr kein Geld geben wollen. Es sei zwar unbestritten, dass sie aus eigenem Recht Eigentümerin aller Güter sei, aber ohne das Einverständnis eines Vormunds könne sie auch als Witwe nicht frei über ihr Vermögen verfügen, da sie viel zu jung sei und daher einstweilen behördlicher Aufsicht unterstehe. Solange sie nicht fünfundzwanzig Jahre zähle oder wieder verheiratet sei, werde sich an diesem Zustand nichts ändern. Bis zu ihrer Großjährigkeit könne sie nicht an ihr Geld heran, so lange würden es andere für sie verwalten. Trotz der gedrechselten Höflichkeit seiner Worte war er unerbittlich geblieben, sogar als sie ihrem Zorn unverhohlen Luft gemacht hatte.

»Mir ist zu Ohren gekommen, dass die zuständige Behörde bis zu Eurer Großjährigkeit oder Wiederverheiratung eine dauerhafte Vormundschaftsregelung anstrebt. Entsprechende Gesuche liegen bei den *Giudici di petizione* vor, heißt es.«

Mehr wusste er zu Cintias Verdruss nicht darüber, sodass zu all ihrem Leid und den übrigen Unannehmlichkeiten wegen der unerträglichen Wohnsituation nun noch die Ungewissheit über ihre Zukunft kam. Offenbar war es einer Witwe jugendlichen Alters ebenso wenig gestattet, frei über ihr Vermögen zu verfügen, wie einer Waise. Wie Cintia es auch immer drehte und wendete – ihre Situation erschien ihr ausweglos. Möglicherweise könnten sie und Lucietta sich Arbeit suchen, doch außer niederen Hilfsdiensten würde sich kaum etwas finden lassen, und selbst wenn es ihnen gelänge, würde sich das als problematisch gestalten – sie hatten ja nichts von dem gelernt, womit sich Frauen in Venedig ihr Geld verdienen konnten. Über die Erfahrungen, die Lucietta in Darias Bordell gesammelt hatte, wollte Cintia in diesem Zusammenhang keinesfalls nachdenken.

Sie besaßen nichts bis auf ein paar Münzen, die Lucietta bei einem Pfandleiher für ein goldenes Armband bekommen hatte, das sie in der Nacht des Erdbebens getragen hatte.

Alle Grübeleien schienen ins Leere zu führen. Schließlich

unternahm Cintia einen letzten Versuch, ihre Lage zu verbessern. Sie suchte den Sachwalter ihres verstorbenen Vaters auf, Agostino Memmo.

Auf dem Weg zur Weberei fühlte Cintia sich verfolgt. Obwohl sie in einer Gondel saß und Lucietta bei ihr war, konnte sie sich kaum auf ihr Vorhaben konzentrieren, sondern wähnte sich von jeder Ecke aus beobachtet. Immer wieder glaubte sie, die geduckte Gestalt Todaros auftauchen zu sehen, doch jedes Mal, wenn sie genauer hinschaute, war dort niemand, sodass sie am Ende nicht sicher sein konnte, ob sie nicht einfach ein Opfer ihrer Ängste war.

»Was ist los mit dir?«, fragte Lucietta.

»Ich weiß nicht. Es ... Gerade kam es mir so vor, als hätte ich ihn wieder gesehen.«

»Das würde er nicht wagen. Nicht am helllichten Tag.«

Luciettas Widerspruch klang entschieden, doch zugleich blickte sie beunruhigt in die von Cintia angepeilte Richtung. Sie hatte sich für den Besuch in der Manufaktur aufgetakelt wie für eine Feier; auf ihren Wangen lag ein Hauch weißlicher Schminke, und ihre Augen waren mit Khol betont. Das Haar unter dem bestickten Schleier war offen, sodass man die glänzenden Wellen sehen konnte. Cintia hatte diese Aufmachung nicht weiter kommentiert. Lucietta hatte sie noch nie zur Weberei begleitet; der Himmel mochte wissen, was sie sich dort an geselliger Abwechslung vorstellte.

Dann erstarrte sie. Ihre Ahnung hatte sie nicht getrogen! Leibhaftig stand er am Rand des Kanals, kaum ein Dutzend Schritte von ihnen entfernt, und starrte sie an wie der Jäger das Wild.

»O Gott!« Lucietta hatte ihn auch gesehen und fasste nach Cintias Hand. »Da ist Todaro! Er wird uns töten!«

Das Boot glitt an der Stelle vorbei, wo er stand, und gleich darauf geriet er außer Sicht.

Cintia fasste sich mühsam. »Wir werden sofort mit Messèr Memmo sprechen, dann wird er für unseren Schutz sorgen.« Das Zittern in ihrer Stimme strafte ihren gelassenen Ton Lügen. Offenbar sah man ihr den Schrecken an, denn als sie kurz darauf Agostino Memmo in der Manufaktur begrüßten, musterte er sie besorgt.

»Madonna, Ihr seht aus, als wärt Ihr dem Leibhaftigen begegnet!«

Cintia zögerte nicht, ihn über die Wahrheit ins Bild zu setzen, und sie schilderte ihm auch mit schonungsloser Offenheit ihre derzeitige Situation im Haus ihrer Tante.

»Ihr werdet verfolgt und seid ohne männliche Begleitung hergekommen?« Memmo runzelte die Stirn. »Und seid im Haus Eurer Tante nicht mehr willkommen? Das wusste ich alles gar nicht! Wie fürchterlich!«

»Nicht wahr?« Für Cintia war es eine Erlösung, bei ihm auf solches Verständnis zu stoßen. Sie hatte ihn seit Paolos Beisetzung nicht mehr gesehen, und auch dort war er nur kurz erschienen, um ihr sein Beileid auszusprechen. Es war ihr vorgekommen, als sei ihre Trauer für ihn zu beklemmend, um mehr als ein paar Worte mit ihr zu wechseln. Doch nun schien er bemüht, auf sie einzugehen, was ihr augenblicklich Auftrieb gab.

»Ich wusste es!«, sagte sie erleichtert. »Ihr werdet mir helfen, zu meinem Recht zu kommen! Zuallererst brauche ich genügend Geldmittel, um ein Haus oder eine vernünftige Wohnung anmieten zu können. Und dann muss bei den Behörden erreicht werden, dass dieser Unfug mit der Vormundschaft ein Ende hat.«

Das laute Rattern der Webstühle im Hintergrund klang ihr mit einem Mal wie Musik in den Ohren, und der Gestank aus dem Haspelraum war willkommener als jeder Wohlgeruch. Memmo versprach ihr, für ihren Schutz zu sorgen und sie vor weiteren Gefahren zu bewahren. Danach brach er auf, um die Angelegenheit zu ihrer Zufriedenheit zu regeln. Er versprach, nicht ohne eine passende Lösung zurückzukehren. Cintia und

Lucietta blieben derweil in der Manufaktur, und Lucietta ließ sich von Cintia die Räume zeigen. »Er ist viel älter, als ich dachte«, zischte sie Cintia zwischendurch ins Ohr, worauf Cintia begriff, weshalb ihre Cousine sich für diesen Ausflug besonders hübsch gemacht hatte. Zweifellos hatte Lucietta sich wieder daran erinnert, dass Memmo verwitwet war. Irgendwann hatte Cintia es ihr gegenüber einmal erwähnt. Wäre die derzeitige Situation nicht so verfahren gewesen, hätte sie es vielleicht sogar komisch finden können.

Gut zwei Stunden später, als sie und Lucietta bereits ungeduldig auf Memmos Rückkehr warteten, erkannte sie, dass ihr zum Lachen noch weniger Grund blieb, als sie angenommen hatte. Agostino Memmo kam zurück, gefolgt von zwei Behördendienern in Amtstracht sowie einem Mann, bei dessen Anblick es Cintia übel wurde, weil sie begreifen musste, dass das Maß ihres Unglücks noch nicht ausgeschöpft war. Bislang hatte sie ihn erst ein einziges Mal getroffen, damals auf der Pestinsel, wo er sich als ihr Onkel vorgestellt hatte. Keine Frage, er hatte seine Pläne, ihr Vormund zu werden, im selben Moment wieder aktiviert, als er vom Tod ihres Mannes gehört hatte. Vor ihr stand Tommaso Flangini.

## Konstantinopel, Juli 1511

Paolo stand auf dem Achterdeck des Kaiks und klopfte die Faust im Takt der Schläge gegen den Aufbau, während im Laufgang der Aufseher die Trommel bediente und dabei langsam, so wie Paolo es vorher mit ihm geübt hatte, das Tempo steigerte. Die Rücken der Männer auf den Ruderbänken spannten sich, bogen sich durch, glänzten vor Schweiß wie öliges Holz, während die Riemen in exaktem Rhythmus ins Wasser glitten und wieder hinaus. Hinein, hinaus, abgezirkelt und in einer Linie, keine Abweichungen vom Gleichmaß, nicht einmal bei schärfstem Hinsehen. Paolo war zufrieden: Der Sieg war sein.

Das zweite Kaik, gleichauf mit dem von ihm geführten gestartet, war bereits um eine volle Bootslänge zurückgefallen, das dritte anderthalb, und mit jedem Schlag vergrößerte sich der Abstand. Bevor sie die Spitze des Serails erreicht hatten, lagen beide Gegner schon so weit achtern, dass man die Gesichter der Männer an Bord der beiden Kaiks nicht mehr erkennen konnte und ihre Gestalten nur noch als winzige Figuren zu sehen waren.

Abbas, der neben Paolo stand, lachte begeistert.

»Wir gewinnen!«, schrie er gegen das Brausen des Windes an.

Sein Burnus umflatterte ihn, schlug hoch und traf Paolo im Gesicht, der darauf mit gutmütigem Lächeln den Stoff beiseitewischte. Immerhin war das Gewand, anders noch als bei ihrer Ankunft vor mehr als zwei Monaten, von fleckenfreier Sauberkeit, so wie sich auch der ganze Mann erstaunlich gewandelt hatte, seit sie die Stadt betreten hatten. Dort hatte Abbas aufgehört, Paolo *Effendi* zu nennen. Den Grund dafür hatte Paolo rasch erkannt: Abbas war zwar auf Reisen als armer, dummer Schlucker aufgetreten, doch das hatte nur seine Unauffälligkeit gewährleisten sollen. In Wahrheit war er nicht nur wohlhabend und überaus klug, sondern auch geachtet; wo er auftauchte, verneigten sich die Menschen vor ihm und bezeugten ihm ihre Ehrerbietung. Offenbar war sein Einfluss in der politischen Hierarchie der Osmanen alles andere als gering; zuweilen empfing er Besuch von amtlichen Würdenträgern, die ihm mit erkennbarer Achtung begegneten. Von den Unterhaltungen hatte Paolo zwar bis auf wenige Bruchstücke kein Wort verstanden, doch die Stimmung war deutlich: Man gab etwas auf die Meinung von Abbas Ibn Moujalin, wie er sich mit vollem Namen nannte.

Die Ehrerbietung, die Abbas zuteil wurde, verdeutlichte wiederum die – weit bedeutsamere – Macht von Khalid, dessen Befehlen sich der kleine Araber bereitwillig unterwarf und dessen Misshandlungen er klaglos hingenommen hatte. Eines Tages, so hatte Abbas erklärt, werde Khalid *richtig* mächtig sein, nicht nur als Piratenherrscher im Barbareskenland, sondern als politische Figur, als schlagende Hand des Sultans persönlich, eine Entwicklung, die Abbas nicht als möglich, sondern als absolut sicher darstellte. Vielleicht, so Abbas' Prognose, könne es Khalid sogar irgendwann bis zum *Kapudan Pascha* bringen, dem Befehlshaber der osmanischen Flotte.

Dessen Macht war in der Tat beeindruckend, wie Paolo inzwischen wusste. Vor nicht allzu langer Zeit war der Marinekommandeur der Osmanen zum ersten Mal persönlich in der Werft erschienen, um ihn herum ein Tross von Dienern, darunter zwei, die ihm die Insignien in Form glänzend gebürsteter Rossschweife voraustrugen.

Schockiert hatte Paolo in ihm sofort den Mann erkannt, den er auf der Jungfernfahrt vor seiner Entführung als angeblichen

510

Diplomaten kennengelernt hatte – Mahmut Sinan. Offenbar war die ganze Intrige von höchster Stelle nicht nur abgesegnet, sondern auch mitgetragen.

Prunkvoll gewandet und den Kopf hoheitsvoll erhoben, schritt der Kapudan Pascha inmitten seines Gefolges an den Docks vorbei, was alle Arbeiter augenblicklich dazu brachte, sich niederzuwerfen und mit der Stirn den Boden zu berühren. Zu verdattert, um es ihnen gleichzutun, war Paolo einfach stehen geblieben, was der Kapudan Pascha indessen mit Gleichmut hinnahm; er schob einfach seine Bediensteten beiseite, um Paolo herablassend, aber durchaus freundlich zu begrüßen und sich die Konstruktionszeichnungen erläutern zu lassen, die Paolo seit seiner Ankunft gefertigt hatte. Der Pascha hatte beifällig genickt – und ohne weitere Umstände Tag und Stunde für eine Regatta festgesetzt, bei der Paolo die Vorzüge einer anderen Anordnung der Duchten sowie eines neuen Riemensystems unter Beweis stellen sollte: drei Ruderer an einem – vergrößerten – Riemen statt wie bei der herkömmlichen Kaikbesatzung von einem Mann pro Riemen, und das alles bei einem Drittel weniger Duchten.

Daraufhin war in der Werft hektische Betriebsamkeit ausgebrochen, und den Bemerkungen der Werftarbeiter, vom Dolmetscher mit ängstlicher Miene übersetzt, hatte Paolo entnommen, dass für den Fall des Versagens mit schrecklichen Strafen gerechnet werden musste; der Kapudan Pascha, so hieß es, sei zwar gerecht, aber auch für seine unerbittliche Effizienz bekannt.

Der Tag der Bewährungsprobe war nun gekommen, und es sah ganz danach aus, als würden seine Männer, die alles gegeben hatten, um die neuen Pläne in die Tat umzusetzen, statt Strafe eine ordentliche Belohnung verdienen: Der Sieg war zum Greifen nah, Paolo sah bereits den Tross des Kapudan Pascha vor den Mauern des *Yeni Sarayi*, so die Bezeichnung der Osmanen für den Sultanspalast an der Spitze der Halbinsel, die an der Einmündung des Goldenen Horns ins Meer ragte.

Das Kaik jagte nur so über das Wasser des Bosporus, Gischt spritzte hoch und nässte die Männer, die sich mit lachenden Gesichtern in die Riemen warfen, vor und zurück, immer wieder, im stetigen Takt der Trommel. Nicht die Peitsche nötigte den Ruderern mehr Leistung ab, sondern der eigene Wille zum Sieg. Paolo hatte sich jede Züchtigung verbeten und auch die Ketten von Bord verbannt, mit der Begründung, sie verringerten die Hebelkraft. Seit Wochen hatte er die Rudersklaven mit größeren Essensrationen versorgen lassen und sie so zusätzlich für sich eingenommen. Einen Teil ihres Einsatzes erbrachten sie nur für ihn, das wusste er genau, denn er sah es in den ihm zugewandten Gesichtern und hörte es an ihrem Jubel. Mochten sie auch den Pascha fürchten und die Hiebe des Aufsehers, die sie trafen, wenn Paolo nicht zur Stelle war, um es zu verhindern, doch zum überwältigenden Erfolg dieses Tages hatte sie weder die Peitsche noch die Angst vor Strafe getrieben, sondern der Mann aus Venedig, der ihren und seinen Sieg mit Freudenschreien würdigte, während er in den Laufgang stürmte und jedem Einzelnen von ihnen begeistert auf die Schulter schlug.

Außer Atem hielt er schließlich inne. Mit der Hand die Augen gegen die Sonne abschirmend, blickte er in Richtung Serail. Drüben vor den Festungsmauern sah er den Kapudan Pascha huldvoll winken.

»Du bist der Sieger!«, rief Abbas strahlend, als Paolo wieder nach achtern kam. »Mit diesem Meisterstück hast du dir neue Wege geebnet.«

Paolo nickte, erwiderte jedoch nichts, und er blieb auch stumm, als der Kapitän auftakeln ließ und sie den Weg zur Werft unter Segeln zurücklegten. Hin und wieder ging sein Blick zu den Ruderern; sie hatten sich bis zum Letzten verausgabt und waren entsprechend erschöpft. Manchen bluteten die Hände, andere massierten sich mit schmerzverzerrter Miene

Schultern und Oberarme. Es würde ein paar Tage dauern, bis sie wieder an die Riemen gehen konnten. Auch Paolo fühlte sich verspannt, doch weniger vor körperlicher Anstrengung als vor Frustration. Wie so oft in den letzten Wochen fragte er sich, wann es ihm endlich gelingen würde, den Kassiber abzusetzen, den er schon in der Woche seiner Ankunft vorbereitet hatte. Seine Abmachung mit Khalid bezog sich allein auf die Zeit, die der Korsar ihm abgerungen hatte. Fünf Jahre in dessen Diensten, keinen Tag mehr und keinen weniger. Falls er gegen die Vereinbarung verstieß und flüchtete, würde es Cintia den Kopf kosten, aber niemand hatte ihm untersagt, ihr eine Botschaft zu übermitteln. Die Vorstellung, dass sie ihn für tot hielt, quälte ihn nach all den Wochen mehr denn je, und erst recht entsetzte ihn die Aussicht, dass sich nur zu bald andere Männer an sie heranmachen würden, um den Platz an ihrer Seite einzunehmen. Als begüterte Witwe war sie eine begehrte Partie; womöglich erschien ihr eine erneute Heirat gar als opportuner Weg, um sich nicht als Mündel der Prokuratoren behördlichen Weisungen unterwerfen zu müssen. In seinen Vorstellungen sah Paolo sie mehr als einmal in die Falle der Bigamie laufen, und bei dem Gedanken hätte er aufheulen mögen vor Wut.

Wie erwartet hatte man ihn bald nach seinem Einzug in Abbas' Haus mit Materialien zum Zeichnen ausgestattet, damit er Konstruktionspläne fertigen konnte, und so fiel es nicht weiter auf, dass er einen Bogen Papier abzweigte und bei Nacht, als alles schlief, eine Nachricht an seine Frau verfasste. Seither verwahrte er das fest zusammengerollte Stück Papier immer am Körper, manchmal im Schuh, manchmal unter dem Gurt, der sein Gewand hielt, zuletzt in dem Lederbeutel, den Abbas ihm in der vergangenen Woche übergeben hatte, gefüllt mit ein paar Münzen *für seine Bedürfnisse*. Bei dieser Formulierung hatte der kleine Araber auf unzweideutige Weise gezwinkert und hinzugefügt, dass er einen Diener abstellen wolle, der Paolo zu einem gewissen Haus begleiten würde, wo man eben jene Bedürfnisse zur höchsten Zufriedenheit erfüllen könne.

513

Seit einer Weile überlegte Paolo, ob er von dem Angebot Gebrauch machen sollte. Nicht dass er es nicht anders ausgehalten hätte; die Hand eines Mannes, so fand er, war in Krisenzeiten wie dieser immer ein zuverlässiger Helfer. Um jedoch für die Nachricht an Cintia einen passenden Boten zu finden, musste er es nicht nur in ein anderes Stadtviertel schaffen, sondern sich auch eine Zeit lang der allgegenwärtigen Bewachung entziehen. Umgeben von ständig wechselnden Aufpassern, die Abbas ihm von früh bis spät zur Seite stellte, konnte er keinen Schritt tun, ohne genauestens beobachtet zu werden. Nur in der nächtlichen Stille seiner Kammer war er allein, wenngleich keineswegs unbewacht: Im Gang vor der Tür sowie draußen vorm Fenster hielt sich auch während der Schlafenszeit immer einer von Abbas' Männern auf.

Das Kaik segelte am Galataturm vorbei, der sich wie ein steinernes Mahnmal vor der breiten Landzunge erhob, die auf der dem Serail gegenüberliegenden Uferseite in die Mündung des Goldenen Horns ragte. Dahinter befand sich jener Teil der Stadt, der für Paolo verboten war – Pera, das Viertel, in dem seine Landsleute lebten.

In früheren Jahren, während christlicher Herrschaft, hatten sich dort zuerst die Genuesen angesiedelt, die auch den Turm erbaut hatten, und später waren die Venezianer gekommen. In Pera befand sich nicht nur die Residenz des *Bailò*, des venezianischen Botschafters, sondern dort lagen auch die Paläste der Kaufleute und reichen Händler der Serenissima, die sich in der Stadt am Bosporus niedergelassen hatten und von hier aus ihre Geschäfte tätigten. Venedig zahlte jährlich einen hohen Tribut an den Sultan, um sicherzustellen, dass die Handelsenklave innerhalb Konstantinopels unbehelligt blieb, allen über die Jahre immer wieder aufflackernden Feindseligkeiten zum Trotz.

All das war Paolo bekannt, doch es half ihm nicht, dem ins Auge gefassten Ziel näher zu kommen. Mehr als Ausblicke vom Wasser aus waren ihm seit seiner Ankunft in Konstantinopel nicht vergönnt gewesen. Pera war nur eine kurze Bootsfahrt von Abbas' Haus entfernt, doch es hätte ebenso gut auf dem Mond liegen können.

Mit verengten Augen betrachtete Paolo das Nobelviertel, als könnte er so die Möglichkeiten ergründen, sich Zutritt zu verschaffen. Durch das Erdbeben, das im Jahre 1509 die Stadt in weiten Teilen verwüstet hatte, war auch Pera in Mitleidenschaft gezogen worden; vielerorts, das war vom Schiff aus zu sehen, herrschte rege Bautätigkeit. Indessen wurde der erkennbare Eindruck von solidem Wohlstand durch die noch sichtbaren Schäden kaum beeinträchtigt; Paolo konnte leicht nachvollziehen, warum die Venezianer diesen Stadtteil *Communità Magnifica* nannten.

Irgendwie musste er dorthin gelangen und einem Venezianer die Botschaft übergeben.

Die Sonne stand tief, als er, begleitet vom Dolmetscher und einem Aufpasser, zu Abbas' Haus zurückkehrte. Es lag oben auf einem Hügel, und außerhalb der Mauern, die es umgaben, hatte man freie Sicht auf das Marmarameer. Wie ein mit Rubinen bestreuter Spiegel funkelte die Wasserfläche in der Abendsonne, nur unterbrochen von den Erhebungen der Inseln, die der Küste vorgelagert waren. Der schwere Geruch von Pinienharz erfüllte die aufkommende Dämmerung und mischte sich mit den Düften des Essens, das in der Küche garte. Wie immer würde Paolo mit Abbas und seiner Tochter speisen, ein Zugeständnis an seine westliche Lebensart, wie ihm der Araber versichert hatte, da Frauen für gewöhnlich nicht mit Männern, die nicht zur Familie gehörten, gemeinsam das Essen einnahmen. Doch seine Tochter Tamina war alles andere als gewöhnlich, wie Abbas bei jeder passenden Gelegenheit erklärte und wovon Paolo sich auch bereits selbst ein Bild hatte machen können. Während ihr Vater klein gewachsen und hässlich wie ein Affe war, zog sie mit ihrer makellosen Schönheit alle Blicke auf

515

sich. Mit ihrer anmutigen Gestalt und ihren ebenmäßigen Gesichtszügen ähnelte sie einer von Bellini gemalten Göttin.

Manchmal beobachtete Paolo von der Mauer aus, die den Garten von Abbas Anwesen umschloss, wie Tamina, begleitet von einem Leibwächter und einer Dienerin, zum Meer hinunterging und außerhalb der Wehren den Strand entlanglief. Das Haar flatterte dann offen hinter ihr her wie ein dunkles Banner, und das Gesicht hielt sie in die Sonne, sich unbekümmert der Sommerhitze aussetzend.

Mit sechzehn vermählt und zwei Jahre später verwitwet, lebte Tamina, die mittlerweile zweiundzwanzig war, seit dem frühen Verlust ihres Ehemannes wieder bei ihrem Vater, der sie vergötterte und daraus keinen Hehl machte. Abbas nannte sie seinen Edelstein und erlaubte ihr mehr, als andere Muslime ihren Töchtern gestattet hätten. Sie durfte nicht nur ohne Schleier an den Strand gehen, sondern sie las und malte und züchtete bunte Vögel, und häufig hörte man sie auch singen. Wenn Paolo abends ihrer melodischen Stimme lauschte, stellte er sich vor, es wäre Cintia, die dort sänge. Niemals hatte er seine Frau singen gehört, und er fragte sich, ob sie es wohl gelegentlich tat, wenn sie allein war.

Einmal, zu später Stunde, hatte er Tamina im Garten unter den Eukalyptusbäumen tanzen sehen, die Haut verschwitzt, der Körper von dünnen Schleiern umweht und das Haar offen bis zur Hüfte. Ein entrückter Glanz stand in ihren Augen, und als sie bei einer Drehung unvermittelt anhielt, traf ihr Blick den seinen.

»Sie ist wie der Wind«, sagte Abbas zu Paolo. »Den Wind kann man nicht lenken oder aufhalten.«

Häufig begleitete Tamina Abbas auf seinen Fahrten, zumindest dann, wenn er nicht gerade in riskanten oder verdeckten Missionen unterwegs war, so wie es ihm zuweilen von Khalid aufgetragen wurde. In erster Linie war Abbas jedoch ein gewöhnlicher Geschäftsmann, und seine Ware war von der Sorte, die jeglichen Handel in Bewegung hielt: Geld. Als Bankier genoss er hohes Ansehen in Konstantinopel, alle Türen standen ihm offen, er kam weit herum. Er finanzierte den Handel mit Weizen ebenso wie den mit Luxusgütern, und es dauerte nicht lange, bis Paolo begriff, dass sein Gastgeber Khalids Geld ebenso wenig gebraucht hätte wie er selbst ein neues Wirkungsfeld im Schiffsbau. Als er Abbas einmal auf diese Ungereimtheit ansprach, lächelte dieser nur kryptisch. »Auch Khalid ist wie der Wind. Nein, wie ein Sturm. Er fegt über die Meere, und es wird nur noch wenige Jahre dauern, bis er alle Gewässer rund um dieses gewaltige Reich beherrschen wird.«

Am Abend nach der Regatta tanzte Tamina nicht; wie in Melancholie versunken saß sie auf einer steinernen Bank unter dem Kirschbaum, dessen Zweige, schwer von Früchten, nicht nur einen Teils des Gartens beschirmten, sondern auch weit über die Mauer ragten, die das Anwesen zum Tal hin begrenzte.

Bislang hatte Paolo sich stets darauf beschränkt, sie vom Fenster seiner Kammer aus zu beobachten, doch diesmal ging er aus einem Impuls hinaus in den Garten, um sich zu ihr zu gesellen. Das Gefühl, damit etwas Verbotenes zu tun, wurde durch seinen raschen Herzschlag verstärkt, doch er setzte sich darüber hinweg, weil mit einem Mal eine derart überwältigende Sehnsucht in ihm war, dass er es nicht mehr aushielt. Cintia fehlte ihm so sehr, dass ihm die Tränen in die Augen schossen, und ihm war, als presse jemand sein Herz mit harter Faust zusammen. Nicht bei ihr sein zu können tat so weh, dass er am liebsten geschrien hätte, und wäre Khalid in diesem Moment hier gewesen, hätte Paolo ihn mit bloßen Händen töten können.

Es war, als läge ein Zauber auf Tamina, mit dem sie ihn in den Garten lockte. Nicht sie war das Ziel seiner Träume, das konnte nur Cintia sein, aber sie war eine Frau, und die Macht, mit der Paolo sich nach der betörenden Andersartigkeit des weiblichen Geschlechts sehnte, war stärker als alles, was ihn in der letzten Zeit angetrieben hatte.

»Ihr singt heute gar nicht«, sagte er mit belegter Stimme.

Sie blickte zu ihm auf und lächelte auf eine Weise, dass es ihm das Herz zusammenzog. Genauso hatte Cintia oft gelächelt, auf diese unbewusst schelmische Art, liebreizend und lockend zugleich, und er hatte jedes Mal mit jener besonderen Freude darauf reagiert, die wie ein Lichtblitz über einen verliebten Mann kommt und mühelos zum hellsten Moment eines ereignislosen Tages wird.

»Heute singen andere.« Ihre Stimme war wie rauer Samt, ein melodiöses Gemisch aus fehlerfreiem Latein, verständlichem Venezianisch und vereinzelt eingestreuten Brocken Arabisch oder Türkisch. Was ihre Sprachkenntnisse betraf, kam sie ganz nach ihrem Vater; sie lerne jede Sprache mühelos, hatte Abbas erklärt. Ebenso wie er selbst hatte ihr verstorbener Mann ihr einiges von seinem Wissen beigebracht.

Den Kopf zur Seite geneigt, deutete sie in die Büsche, die entlang der Mauern wuchsen und dort während der Blütezeit ihren betäubenden Duft verbreiteten, Rosenlorbeer, Jasmin, Tuberosen.

»Horcht«, sagte sie. »Sie sind sehr laut.«

Tatsächlich veranstalteten die Zikaden wie immer in der Abenddämmerung ihr Konzert, ein ohrenbetäubendes Summen und Zirpen und Rasseln, wie von unzähligen fremdartigen Instrumenten, verborgen im Gartengehölz. Paolo hatte sich in den wenigen Monaten schon so an diese Laute gewöhnt, dass sie für ihn kaum mehr waren als Hintergrundgeräusche, ähnlich wie das Rauschen des Meeres vor den Docks, das stete Hämmern im Arsenal oder das Stimmengewirr auf der Piazza San Marco an Markttagen.

»Wusstet Ihr, dass bei den Zikaden nur die Männchen singen?«, fragte Tamina.

»Nein, das höre ich zum ersten Mal.« Paolo hob die Schultern. »Scheint so, als wäre es umgekehrt zum menschlichen Verhalten.«

Ihr Lächeln wurde breiter. »Schon die alten Griechen wussten das. *Glücklich leben die Zikaden, denn ihre Weiber sind stumm –* so schrieb es einer ihrer Dichter.«

»Ein Ausspruch, der gut zu Sokrates gepasst hätte.«

»In diesem Fall stammt er von Xenarchos, aber Ihr habt recht: Mit einem Weib wie Xanthippe geschlagen zu sein mag zu manch geflügeltem Dichterwort geführt haben.«

Wie schon bei anderen Gelegenheiten staunte er über ihre klassische Bildung, die für eine Frau, gleichviel woher sie stammte, sehr ungewöhnlich war. Es verwirrte ihn, sie so reden zu hören, doch noch mehr stürzte es ihn in Unruhe, sie zu betrachten, den zimtfarbenen Schimmer ihrer Haut, den Ausdruck in ihren Brombeeraugen, das Haar, das dem von Cintia so ähnlich war, üppig, tiefschwarz und mit bläulichen Glanzlichtern, wenn die Sonne darauf fiel. Nun, in der Abenddämmerung, in die sich noch ein Widerschein der versunkenen Glut über dem Meer mischte, war ihre Gestalt wie von einem Hauch kupfrigen Feuers überzogen.

Unfähig, den Blick von ihr zu wenden, betrachtete Paolo sie, und eine unwillkommene Stimme in seinem Inneren begann zu fragen, ob er wohl, wenn er diese Frau nur lange genug ansah, etwas von dem entdeckte, was ihn an Cintia band. Tamina wich seinem Blick nicht aus, ein dunkles Fragen in ihren Augen, und der Moment dehnte sich zu schmerzlicher Endlosigkeit, bis der Zauber mit einem Schlag zerrissen wurde: Vom Haus her ertönte Taminas Name – eine der Dienerinnen rief zum Essen. Eher erleichtert als enttäuscht, trat Paolo einen Schritt zurück, dann einen weiteren.

»Wir sehen uns nachher beim Essen«, sagte er im Weggehen.

Am Eingang des Hauses blieb er stehen und sah kurz zurück zu der Stelle, wo sie saß, den Kopf zur Seite geneigt und in die aufziehende Dunkelheit lauschend, um sie herum der unaufhörliche Gesang der Zikaden.

In der Woche darauf, an einem Abend, als Tamina wegen eines Unwohlseins nicht am Abendessen teilnahm, fasste er sich nach langem inneren Ringen ein Herz und sprach Abbas an.

»Das Geld, das du mir neulich gegeben hast …« Er stockte und suchte nach Worten, die es weniger peinlich klingen ließen, doch zu seiner Erleichterung kam Abbas ihm zuvor.

»Du möchtest es an den Mann bringen«, sagte der kleine Araber. »Oder genauer: an die Frau, nicht wahr?« Ein anzügliches Grinsen zeichnete zahlreiche Knitterfalten in sein Gesicht.

Paolo spürte, wie seine Wangen vor Verlegenheit brannten. »Du hattest es mir angeboten, und ich bin so weit, von diesem Angebot Gebrauch zu machen.«

Abbas nickte mit wissender Miene. »Ich sehe dich oft abends im Garten, zusammen mit Tamina. Sie hat die Sehnsucht in dir geweckt.«

»Sie ist eine Dame«, sagte Paolo ein wenig steif. »Über das, was ich im Sinn habe, ist sie um Welten erhaben.«

Abbas lachte. »Das kannst du nicht wirklich glauben. Du hast sie doch tanzen gesehen. Gibt es eine Frau, die sinnlicher ist als Tamina?«

»Wenn man dich reden hört, könnte man glauben, du wolltest mir deine Tochter anbieten.«

»Tamina bietet man niemandem an. Sie wählt selbst.« Abbas betrachtete ihn abwägend. »Du hast ihr Interesse geweckt.«

Paolo merkte, wie sich die Röte von seinen Wangen bis zu den Ohren ausbreitete. »Ich bin ein verheirateter Mann!«

»Muslime können mehrere Frauen zum Weibe nehmen. Ich selbst vermählte mich drei Mal.« Abbas hielt inne und wiegte den Kopf. »Allerdings war das zu einer Zeit, als ich noch sehr viel jünger war und ein Ausbund an männlicher Kraft.« Sinnend schloss er: »Ah, was waren sie für herrliche Blumen! Dahin, dahin, wie die Blüte meiner Jugend! Nur Tamina ist mir noch geblieben, sie ist die Tochter meiner letzten Frau, die mir bei der Geburt genommen wurde so wie die beiden anderen davor.« Er hob die Brauen. »Du bist jung und voller Kraft. Wer hindert dich, ein zweites Mal zu freien? Möchtest du nicht Söhne zeugen, die deinen Namen tragen?«

»Ich bin Christ und kann nur eine Frau haben.«

»Schon mancher *Kafir* hat hier in dieser Stadt seinem Glauben abgeschworen, weil es die Umstände geboten.«

»Das mag sein, aber zu denen gehöre ich nicht.«

»Meine Tochter wäre es wert.«

»Sie ist eine faszinierende und wunderschöne Frau, aber das ist Cintia auch. Und Cintia ist diejenige, die ich vor Gott zum Weibe genommen habe. Nur der Tod kann uns scheiden, das ist der Grundsatz meines Glaubens. Dem bin ich verpflichtet.«

»Bist du da so sicher?« Abbas hob in schwacher Belustigung die Brauen. »Seit du hier bist, habe ich dich noch nicht beten sehen, noch hast du je von mir verlangt, zur Beichte oder zur Messe zu gehen. In Pera gibt es christliche Kirchen, wusstest du das nicht? Nun ja, es ist dir sicher egal, sonst hättest du gewiss schon vor Monaten danach gefragt.«

»Und du hättest mich einfach so zur Beichte gehen lassen«, meinte Paolo ironisch.

»Nun ja, vielleicht nicht unbedingt«, räumte Abbas ein.

»Tja, das dachte ich mir. Davon abgesehen – wenn ich nicht nach einer Kirche frage, heißt das noch lange nicht, dass ich mich meinem Glauben entfremde, schon gar nicht, indem ich Vielweiberei betreibe. Außerdem bindet mich nicht nur mein Ehegelöbnis an Cintia, ich liebe sie auch sehr.«

Das entlockte Abbas ein mildes Feixen. »Selbstverständlich tust du das. Deshalb willst du ihr auch treu bleiben bis zum Tod, was?«

Paolo hatte den Eindruck, sich verteidigen zu müssen. »Wenn ich zu einer Hure gehe, ist das etwas völlig anderes. Das hat mit Cintia oder meiner Ehe nichts zu tun. Es ist … eine Art Geschäft.«

Abbas seufzte. »Natürlich. Verzeih meine Einmischung. Es ist dein gutes Recht, und immerhin gab ich selbst dir das Geld dafür. Du wärst kein Mann, wenn du nicht danach verlangtest. Ich fragte mich schon die ganze Zeit, wann es wohl so weit wäre, nach all den Monaten der Abstinenz. Sofort rufe ich Murat, er wird dich begleiten.« Abbas zwinkerte auf eindeutige Weise. »Er kennt die besten Häuser.«

»Warte«, sagte Paolo. »Ich habe noch eine Bedingung. Es muss eine Hure sein, die meine Sprache versteht. Am besten eine Venezianerin.«

»Warum das, um alles in der Welt?«, wollte Abbas erstaunt wissen.

Mit flammenden Wangen rang Paolo sich zu der vorher zurechtgelegten und ausgesprochen demütigenden Lüge durch: »Ich will ... will mir beim Akt vorstellen können, sie wäre meine Frau. Deshalb möchte ich mit ihr sprechen können wie mit jemandem, den ich kenne und der mir vertraut ist.«

Abbas runzelte die Stirn. »Tatsächlich? Na so was!« Er schüttelte den Kopf. »Ein schwatzhaftes Weib beim Beischlaf war nie mein Geschmack. Aber nun gut, Männer haben die unterschiedlichsten Bedürfnisse.« Abermals bedachte er Paolo mit einem Zwinkern. »Vielleicht soll sie dir ja ganz bestimmte Dinge sagen, wie? Murat wird dir weiterhelfen, er kennt alle Weiber am Bosporus, egal woher sie stammen und worin ihre Spezialitäten bestehen.« Abbas erhob sich von dem Kissen, auf dem er gesessen hatte. Auf dem niedrigen Tisch davor standen noch die Schalen und Teller mit den Resten des Abendessens, über offenem Feuer gerösteter Lammrücken, in Kräutern gesottener Fisch, dazu Reiskugeln, Fladenbrot und in Koriander gedünstetes Gemüse. Paolo hatte sich rasch an die orientalische Küche gewöhnt und fand sie ausgezeichnet. In Ermangelung von Tafelbesteck nahm er wie die Einheimischen die Speisen mit der bloßen Hand zu sich, was ihn, abgesehen von einem kurzen Zaudern bei seiner ersten Mahlzeit an diesem Tisch, nicht daran hinderte, die ungewohnten, aber köstlichen Aromen zu genießen und stets herzhaft zuzulangen.

Als besonders angenehm empfand er, dass Abbas – als einziges Zugeständnis an die Tischsitten seines Gastes – zum Essen Wein auftragen ließ. Der Araber selbst machte sich nichts aus dem Getränk, doch ein edler Tropfen, so fand er, falle nur dann unter das Alkoholverbot des Korans, wenn er zum Herbeiführen eines Rausches getrunken werde.

Dementsprechend verfuhr Paolo beim Genuss des kredenzten Weines ebenso, wie er es früher auch in Venedig gehalten hatte: Er beließ es bei einem Becher zum Essen, obwohl er sich gerade in den ersten Wochen gern mehr gegönnt hätte, um mit einem ordentlichen Rausch das Gefühl von Ausweglosigkeit und Bedrückung zu dämpfen.

Der von Abbas herbeibefohlene Diener erschien, ein schweigsamer Muskelprotz, zum Kämpfen ebenso ausgebildet wie zum Töten, wie alle bewaffneten Wächter, die in Abbas' Diensten standen.

Zu Paolos Verdruss machte Murat keine Anstalten, mit ihm nach Pera überzusetzen, sondern führte ihn vom Hügel hinunter in Richtung des Basars, der unterhalb der Mauern des *Eski Sarayi* lag, dem alten Sultanspalast. Dort zeigte sich das Stadtbild von einer prächtigen Seite, mit großen, in Windungen hügelan führenden Treppen, steinernen Kolonnaden und gepflasterten Straßen, in denen zur Abendstunde noch reger Betrieb herrschte. Hier unterhielten die Händler ihre Läden und Stände, wo alles zu haben war, was das Herz begehrte. Für die Hungrigen gab es geröstetes Fleisch frisch vom Feuer oder fetttriefendes, in Honig getunktes Gebäck, doch es wurden auch Käufer fündig, die nach Brokatstoffen aus Italien suchten oder denen der Sinn nach filigranen Glaspokalen von Murano stand.

Unter lauten Rufen priesen Teppichhändler ihre Waren an, schimmernde Brücken aus Bagdad oder Damaskus, während andere Verkäufer Goldschmuck und Zierrat aus Silber feilboten. An jeder Ecke wurde hitzig gefeilscht.

Die hereinbrechende Nacht war von Gewürzdüften, schweren Essensaromen und dem Gestank nach Abfällen erfüllt, und über allem lag noch die Schwüle des sinkenden Tages. Eine Kakophonie von Geräuschen schallte durch die Gassen, untermalt vom Brummen der Fliegen, die das Fleisch an den Brätereien umschwärmten, und vom Flattern und aufgeregten Zwitschern der Singvögel, die in lackierten Käfigen vor den Passanten geschwenkt wurden.

Das Gewimmel der Menschen war ebenso vielfältig und farbenfroh wie die überall ausliegenden Waren. Einheimische Türken mit weißen Kopfbedeckungen, Griechen mit blauen, Juden mit gelben, Levantiner mit roten – es herrschte ein buchstäblich buntes Durcheinander.

Durch einen Torbogen gelangten sie in den Innenhof eines Hauses, wo nach dem Lärm der vollgestopften Gassen wohltuende Ruhe herrschte. In der Mitte des kleinen Hofs plätscherte ein Springbrunnen, und an den Wänden der Mauern wuchsen Geißblatt und Heckenrose.

Auf Murats Klopfen hin wurde die Tür von einem lächelnden Mädchen geöffnet, das die Männer ins Haus führte. Als sie vorausging, war im Licht einer Öllampe zu sehen, dass sie unter ihrem dünnen Seidengewand nackt war.

Im Haus war es weniger ruhig als draußen; durch die nächstliegende geschlossene Tür tönten laute Geräusche der Lust, weibliches Stöhnen und durchdringendes männliches Keuchen, begleitet vom Aneinanderklatschen kopulierender Körper. Paolo wurde gegen seinen Willen von Erregung erfasst, eine Empfindung, die von der Anspannung wegen des Kassibers in seinem Schuh noch verstärkt wurde.

Nach einer kurzen Verhandlung zwischen Murat und dem Mädchen fand sich Paolo wenig später in einem mit Seide und Pfauenfedern geschmückten Gemach wieder, das mit einem breiten Diwan und hölzernen Truhen möbliert war. In dem nur dürftig von einer Kerze erhellten Zimmer war es schwül, die Luft geschwängert von Parfüm- und Schweißgeruch. Durch das angelehnte Fenster waren Flötenklänge zu hören, und irgendwo sang eine Nachtigall, während das Paar im Nebenzimmer unter gedämpften Schreien den Akt fortsetzte, der gleich darauf mit einem erlösten Ächzen des Mannes ein Ende fand.

Murat wirkte unbeeindruckt. Er war in der offenen Tür stehen geblieben und wartete mit stoischer Miene und vor der Brust verschränkten Armen.

Im nächsten Moment erschien ein Mädchen, ebenso leicht gekleidet wie das andere. Sie schob sich an Murat vorbei ins Zimmer und blickte den großen Mann fragend an.

Murat sagte etwas zu ihr, das nach Paolos Empfinden wie eine Drohung klang, dann zog er sich auf den Gang zurück, und das Mädchen schloss die Tür.

Mit einer geschmeidigen Bewegung wandte sie sich zu Paolo um, dem es für einen Moment so vorkam, als sei sie bei seinem Anblick überrascht. Gleich darauf trat ein verbindliches Lächeln auf ihr Gesicht.

»Willkommen, Domine«, sagte sie in akzentfreiem Venezianisch. »Wie schön, einen Mann aus meiner Heimat hier zu empfangen!«

Erfreut und erleichtert machte er einen Schritt auf sie zu, um sie aus der Nähe zu mustern. Sie mochte Mitte der zwanzig sein und war trotz des künstlichen Wangenrots und der Kajalschminke um ihre Augen recht hübsch, mit gefälligen, mädchenhaften Zügen und langen, dunkelblonden Locken.

»Du stammst aus Venedig?«, fragte er.

Mit leicht amüsierter Miene nickte sie. »Mir wurde gesagt, dass Wert auf die venezianische Sprache gelegt wird. Und da bin ich.«

»Wie heißt du?«

»Aylin. So lautet mein Name in dieser Stadt. Früher, als ich noch in der Lagunenstadt lebte, nannte man mich Anna.« Sie grinste flüchtig. »So kann ich hier nicht heißen, es wäre dem türkischen Wort für *Mutter* zu ähnlich.«

»Bist du schon lange in Konstantinopel? Dein Türkisch klingt ganz so, als wärst du sehr vertraut mit der Sprache.«

»Nun, das bin ich wohl, denn ich lebe seit zehn Jahren hier.«

525

»Wie bist du in diese Stadt geraten?«

»Meine Eltern und Geschwister starben an einem Fieber. Mich steckte man in ein Kloster, wo ich hauptsächlich Latrinen schrubben und Hühnerställe ausmisten musste. Das wurde mir auf die Dauer zu öde und anstrengend, deshalb lief ich weg und verlegte mich aufs Bettgewerbe. Einer von meinen gut zahlenden Kunden fragte mich, ob ich mit ihm nach Konstantinopel ziehen wolle, er hätte hier ein Handelskontor. Er beschrieb mir die Stadt in so glühenden Farben, dass ich mit ihm ging.« Sie hob die Schultern. »Nach einer Weile hatte er von mir die Nase voll, und so kam ich von Pera hierher in diese *Mahalle*, wo es allerdings auch nicht schlecht ist.«

»Du hast in Pera gewohnt?«, fragte Paolo, darauf bedacht, es nicht allzu aufgeregt klingen zu lassen.

Aylin nickte und streifte sich mit raschen Griffen das seidene Gewand vom Körper. Paolo schluckte, als er ihre vollen Brüste mit den korallenfarbenen Spitzen sah. Als sie ein wenig die Beine spreizte, konnte er sehen, dass ihre Scham rasiert war. Auffordernd lächelte sie ihn an. »Was ist, schöner Venezianer? Komm schon, du willst mich doch. Das sehe ich.«

Im Stillen verfluchte er die Pluderhosen, die seiner Erregung nichts entgegensetzten, sondern sein erigiertes Glied deutlich hervortreten ließen. Gleichwohl gab er sich betont gelassen, als er fragte: »Triffst du dich gelegentlich noch mit Kunden aus Pera? Kennst du andere Venezianer?«

»Manchmal kommt der eine oder andere.« Mit einer lockenden Geste wand sie eine Haarsträhne um ihre Finger und strich mit der fransigen Spitze über eine Brustwarze, die sich unter der Berührung aufstellte.

Paolo atmete scharf ein. »Lass mich dir zuerst das Geld geben«, sagte er hastig. »Bei uns in Venedig bezahlen die Männer vorher für ihr Vergnügen.«

»Hier in Konstantinopel auch«, versetzte Aylin grinsend.

Er holte den Beutel mit den Münzen hervor und zählte die Summe ab, die sie ihm nannte. Als sie das Geld entgegennahm, hielt er ihre Hand fest und schloss sie um die Münzen. »Ich habe noch mehr Münzen«, flüsterte er, den Blick auf die Tür gerichtet und dabei die möglicherweise gar nicht so absurde Vorstellung im Kopf, dass auf der anderen Seite Murat sein Ohr gegen das Holz presste, um sich nichts entgehen zu lassen.

Paolo zog das Mädchen zum anderen Ende des Gemachs, blieb dicht neben dem Diwan stehen und legte sich den Finger auf die Lippen. »Du könntest mir einen Gefallen tun, Aylin.«

»Murat hat mir gesagt, dass du so was versuchen würdest«, sagte Aylin leise. »Dass du mir eine Botschaft geben könntest, für jemanden in Venedig.«

Von jäher Enttäuschung erfasst, unterdrückte Paolo nur mit Mühe einen zornigen Laut. Die Faust um den Beutel mit den nun nutzlosen Münzen gekrampft, trat er einen Schritt von dem Mädchen zurück.

»Vergiss es einfach«, sagte er beherrscht.

»Wirklich?« Aylin blickte ihn von unten herauf an. »Ich kenne dich, Venezianer. Vor vielen Jahren habe ich dich einmal gesehen, im Haus von Daria, der Kurtisane.«

»Du kennst Daria?«, entfuhr es ihm. Verblüfft starrte er das Mädchen an.

»Kennen ist übertrieben, es blieb bei einem einzigen Gespräch. Damals ging ich zu ihr, weil ich gehört hatte, dass die Mädchen in ihrem Haus es besser haben als anderswo. Mindestens jede zweite Hure, die ich in den Gassen der Stadt traf, erklärte, dass es sich nirgends so gut leben ließe wie bei Daria. Die Stellen bei ihr waren heiß begehrt.« Sie zuckte die Achseln. »Vermutlich erinnerst du dich nicht, denn du hast mich nicht angesehen. Wir standen im Innenhof und palaverten, und da kamst du aus dem Mezzà und gingst an uns vorbei zur Pforte. Damals musst du ungefähr siebzehn oder achtzehn gewesen sein, und du sahst so umwerfend aus, dass mir das Wort im Hals stecken blieb.« Abermals hob sie die Schultern. »Sie schickte mich fort. Meine Haut war ihr zu unrein.« Sie kicherte. »Damals war ich vierzehn. Dort, wo ich danach arbeitete, störte es keinen, die meisten Kerle waren sowieso besoffen. Der eine, der mich mit nach Konstantinopel nahm, war schon über sechzig, ihm waren meine Hautunreinheiten egal, zumal er nicht mehr besonders gut sah.« Sie bedachte Paolo mit einem rätselhaften Lächeln. »Ob du es glaubst oder nicht, ich dachte nach dieser einen Begegnung noch oft an dich. Ich stellte mir häufig vor, du wärst derjenige, der mit mir schlief. Anstelle all der versoffenen, alten und stinkenden Grobiane, mit denen ich es Tag für Tag tun musste.«

Darauf fiel Paolo keine Erwiderung ein. Peinlich berührt scharrte er mit dem Fuß auf den Holzbohlen des Fußbodens herum, wobei er die kleine Pergamentrolle an seinen Zehen spürte, was ihn prompt an sein Versagen erinnerte. Die Wut darüber war zwar verraucht, aber es blieb eine tiefe Niedergeschlagenheit – und das Gefühl, hier gründlich fehl am Platze zu sein. Er schickte sich an, zu gehen.

Aylin trat ihm in den Weg. »Was tatest du in ihrem Haus?«, fragte sie neugierig. »Warst du ihr Liebhaber?«

»Sie ist meine Stiefmutter. Ich lebte bei ihr.«

»Ach«, sagte Aylin überrascht. »Dann willst du sicher deine Botschaft an *sie* senden. Wohnt sie noch in demselben Haus wie damals?«

Paolo nickte.

»Gib her«, sagte sie.

»Was?«, fragte er perplex. »Die Botschaft?«

»Ja doch. Gib sie mir.«

Zögernd blickte er zur Tür.

»Murat wird nichts erfahren«, versicherte Aylin. »Er ist dumm wie Stroh, ich kenne ihn. Was immer ich ihm nachher erzähle, er wird es schlucken. Ich verstehe mich aufs Flunkern, fast so gut wie auf die Spiele im Bett.«

Wortlos zog Paolo den Zettel aus seinem Schuh und reichte ihn Aylin, die ihn rasch in einer der Truhen zwischen Wäschestücken verschwinden ließ.

Als er ihr das restliche Geld geben wollte, schob sie seine Hand weg. »Du hast mich schon bezahlt.«

»Aber ...«

Sie ergriff seine andere Hand und legte sie auf ihre nackte Brust. »Das gibt es als Dreingabe.«

Schweigend starrte er sie an, machtlos gegen sein Begehren und zugleich überrumpelt von der Launenhaftigkeit des Schicksals, das ihm diese Frau über den Weg geführt hatte, einmal in der Vergangenheit und nun wieder an diesem Tag, da sie ihm gegenüberstand, als wolle sie eine alte Schuld einfordern und gleichzeitig neue, beiderseitige Verbindlichkeiten besiegeln. Er roch die moschusartige Ausdünstung ihrer Erregung und spürte die Hitze ihrer Haut wie Flammen unter seiner Hand, und seine Begierde entzündete sich so mühelos an diesem Feuer, dass alles andere egal war.

Flüchtig innehaltend, lauschte Paolo nach draußen. Im Hof vor dem Fenster wurde die Flötenmusik lauter, und von irgendwoher ertönte das helle Lachen einer Frau. Auch die Nachtigall sang noch, doch dann verstummten alle Geräusche binnen weniger Augenblicke, bis er nichts mehr hören konnte außer dem Rauschen seines Blutes.

Venedig, Juli 1511

Durch die Gitterstäbe vor dem Fenster konnte Cintia an klaren Tagen weit über das Wasser blicken. Das Zimmer, in dem sie eingesperrt war, lag zum offenen Meer hin. Das Haus der Flanginis war nicht weit vom Strand entfernt; jenseits der Mauern, die das Anwesen umgaben, trennte nur ein breiter Streifen Schlick mit einigen verstreuten Salztümpeln das Grundstück von der südwärts gelegenen Sandküste.

Das Rauschen der Wellen, die an den Strand schlugen, und das Kreischen der Möwen waren an Sonn- und Feiertagen die einzigen Geräusche, die von draußen durch das Fenster in ihre Kammer drangen, abgesehen von dem Geschnatter und Gefluche Lodovicas, die immer einen Anlass zum Schimpfen fand, sei es mit ihrem Mann Tommaso oder dem *fetten Nichtsnutz*, wie sie ihren Sohn Anselmo nannte. Hin und wieder zeigte ein Gepolter an, dass Lodovica etwas nach ihrem Sohn warf, und jedes schmerzerfüllte Stöhnen war ein Zeichen dafür, dass sie getroffen hatte.

Bei der ersten Begegnung mit dieser Frau hatte Cintia vergeblich nach Familienähnlichkeiten gesucht. Wenn Lodovica Flangini tatsächlich mit ihrer Mutter verwandt war, so konnte man es beim besten Willen nicht am Äußeren erkennen.

Monna Barozzi war eine bildschöne Frau gewesen, während Lodovica mit dem feisten Doppelkinn und ihrer kurzbeinigen, stämmigen Gestalt von stumpfer Hässlichkeit war. Auch von dem liebenswürdigen Wesen, das Cintias Mutter zu eigen gewesen war, ließ sich an Lodovica nichts entdecken. Launisch und von boshaftem Temperament ließ sie ihrem Zorn regelmäßig freien Lauf, brüllte herum, warf mit Gegenständen um sich und machte reichlich Gebrauch vom Stock. Niemand vom Gesinde oder der Familie blieb von ihren Attacken verschont, vor allem nicht Cintia. Nachdem Lodovica schon am ersten Tag wegen angeblicher Unbotmäßigkeit auf sie eingeprügelt und Cintia gleich darauf versucht hatte, aus dem Haus zu fliehen, hatte man sie kurzerhand in diese Kammer gesperrt, wo sie nach drei Monaten immer noch hockte – als Mündel Flanginis. Dank eines amtlichen Vormundschaftsbeschlusses war das Recht auf seiner Seite; das jedenfalls hatte er ihr mit falscher Freundlichkeit beteuert, als er sie im Beisein Memmos und zweier Behördenvertreter auf sein Boot gedrängt hatte. Ihre und Luciettas wortreichen Proteste waren schlicht überhört worden.

Die nachträgliche Einsicht, dass sie aus dem Boot gesprungen wäre, wenn sie nur geahnt hätte, was ihr bevorstand, half ihr in ihrer derzeitigen Situation wenig. Die zurückliegenden Ereignisse erschienen Cintia immer noch seltsam surreal; sooft sie auch den Hergang, der zu ihrer derzeitigen Lage geführt hatte, überdachte und hinterfragte – es kam ihr alles so unfassbar verdreht und unglaublich vor, dass sie manchmal kurz davorstand, den Kopf gegen die Wand zu schlagen oder sich mit wütendem Gebrüll Luft zu machen.

Zu Anfang hatte sie es tatsächlich mit Lärm und Schreien versucht, und nicht einmal die höhnische Versicherung Lodovicas, dass sie sich ruhig die Lunge aus dem Hals brüllen könne, da sowieso niemand sie hören könne außer den Knechten und Mägden, hatte Cintia davon abhalten können, sich auf diese Weise Gehör zu verschaffen. Zu ihrer Beschämung hatte sie es nicht lange durchgehalten, denn Lodovica strafte sie mit Essens- und Wasserentzug, wenn sie mitbekam, dass Cintia um Hilfe schrie.

Direkt unterhalb der Kammer lag der Hof der Gerberei, die Flangini betrieb, und Cintia hatte bisher ingesamt vier Männer gezählt, die dort arbeiteten, Anselmo eingeschlossen. Hin und wieder, wenn sie wusste, dass die Flanginis außer Haus waren, versuchte sie immer noch, sich durch lautes Rufen bemerkbar zu machen, sobald sie einen von den Arbeitern unten vorm Fenster auftauchen sah.

Die Männer hörten sie natürlich, reagierten aber höchstens mit flüchtigen Blicken, bevor sie sich wieder ihrer Arbeit zuwandten. Cintia erfuhr bald den Grund für diese Gleichgültigkeit, denn Lodovica machte sich einen Spaß daraus, es ihr unter die Nase zu reiben: Flangini hatte den Männern erzählt, seine Nichte sei nach dem grausamen Tod ihres Gatten wahnsinnig geworden und litte unter Zwangsvorstellungen und Todessehnsucht. Sobald man sie aus der Kammer ließe, werde sie versuchen, ins Wasser zu gehen.

In den ersten Wochen hatte sie, gelähmt von der Trauer um Paolo, tatsächlich manchmal daran gedacht, sich das Leben zu nehmen, doch dann hatte sie eine Entdeckung gemacht, die ihren Kampfgeist neu geweckt hatte. Sie weinte immer noch jeden Tag um ihren Mann und glaubte, vor Schmerz vergehen zu müssen, weil sie ihn so sehr vermisste, aber mittlerweile war sie weit davon entfernt, lebensmüde zu sein, auch wenn der äußere Anschein zweifelsohne anderes vermuten ließ: Cintia wusste, dass sie wie ein Zerrbild ihres früheren Selbst aussah. Dazu brauchte sie keinen Spiegel; das zerraufte, verfilzte Haar konnte sie betasten ebenso wie die vom Weinen geschwollenen Augen, die Striemen von den Stockhieben und die von der Hungerkost hervorstehenden Rippen. Wasser bekam sie in ausreichender Menge nur zum Trinken, nicht zum Waschen, und Kleidung zum Wechseln erhielt sie ebenfalls keine. Sie besaß weder Kamm noch Handspiegel, und an manchen Tagen, wenn Lodovica wieder einmal übler Laune war, musste Cintia sogar darum betteln, dass man endlich den Nachttopf aus der Kammer holte und leerte. Den Inhalt aus dem Fenster zu schütten wagte sie nicht mehr, nachdem der erste Versuch ihr derart heftige Schläge mit dem Stock eingetragen hatte, dass sie sich tagelang vor Schmerzen kaum hatte rühren können und befürchtete, an inneren Verletzungen zu sterben. Indessen war ein Tag dem nächsten gefolgt, und sie lebte immer noch, hungrig und geschwächt, aber von wilder Entschlossenheit erfüllt, all dem Schrecklichen baldmöglichst ein Ende zu machen. Sie hatte die furchtbaren Wochen auf der Pestinsel überlebt und würde auch diese Prüfung durchstehen.

Ingesamt drei Mal war Lucietta vor dem Haus der Flanginis aufgetaucht und hatte verlangt, ihre Cousine zu besuchen. Die beiden ersten Male hatte Cintia verschlafen, erst bei dem dritten Versuch hatte sie mitbekommen, wie Lodovica mit Lucietta stritt und wie Lucietta dabei erwähnte, dass sie sich diesmal, anders als bei ihren beiden vorherigen Besuchen, nicht fortschicken ließe. Sie hatte laut nach Cintia gerufen, und diese hatte verzweifelt und ebenso laut geantwortet, dass man sie gefangen hielte, worauf Lodovica die Hunde auf Lucietta hetzte und sie auf diese Weise zum Aufgeben zwang. Das war vor zwei Tagen gewesen.

Im Laufe der letzten Wochen war Cintia das Zeitgefühl abhanden gekommen; sie wusste lediglich, dass es inzwischen Juli sein musste, denn vor ein paar Tagen hatte sie Flangini und seine Frau darüber sprechen hören, dass man noch in dieser Woche zur *Andata a Santa Marina* in die Stadt segeln wolle. Das Fest der heiligen Marina fiel auf den 17. Juli, und an diesem Tag wurde auch die Rückeroberung von Padua gefeiert, die zwei Jahre zuvor stattgefunden hatte.

Tatsächlich brachen die Flanginis einige Tage später am frühen Morgen auf. Cintia sah Tommaso und Anselmo im Sonntagsstaat über den Hof stolzieren, die dürre Gestalt des Alten in lächerlichem Gegensatz zur Fettleibigkeit seines Sohnes.

Unterdessen kam Lodovica zu Cintia in die Kammer und brachte Brot, Käse und einen Krug Wasser. Cintia, die sich beim Geräusch des zurückgleitenden Riegels rasch auf den Strohsack gelegt hatte, der ihr als Lager diente, sah auf den ersten Blick, dass das Brot steinalt und der Käse bereits von Schimmel überzogen war, doch sie ließ sich nichts anmerken und tat so, als könne sie vor Schwäche nicht aufstehen.

Auf die barsche Frage Lodovicas, was mit ihr los sei, antwortete Cintia, sie litte unter Kopfschmerzen und fühle sich fiebrig, was Lodovica veranlasste, rasch zur Tür zurückzugehen. Dort wandte sie sich um und betrachtete Cintia eindringlich. »Du könntest das alles hier von einem Tag auf den anderen hinter dir lassen, das weißt du.«

»Es geht nicht«, versetzte Cintia mit erschöpfter Stimme. »Ich kann deinen Sohn nicht heiraten. Wie denn auch, nachdem ich erst vor so kurzer Zeit Witwe geworden bin?«

»Der Priester würde es genehmigen, ich habe mich erkundigt. Deine Trauer kannst du auch in einer neuen Ehe überwinden. Im Übrigen könnte dir Schlimmeres widerfahren. Der fette Nichtsnutz würde dich wenigstens in Ruhe lassen.« Verachtung klang aus Lodovicas Stimme. Im Haus war es ein offenes Geheimnis, dass Anselmo sich zu Männern hingezogen fühlte.

»Ich kann nicht«, wiederholte Cintia.

»Du wirst dich noch besinnen. Und zwar bald, denn sonst bist du vielleicht vorher tot, entweder verhungert oder erschlagen.«

533

»Dann wäre ein unnützer Esser weniger in diesem Haus.«
Cintia konnte sich die Stichelei nicht verkneifen. »Vor allem
aber wäre eure ganze Mühe mit mir umsonst gewesen, denn gewiss werdet nicht ihr mein Vermögen erben, sondern meine
Tante Daria und mein Vetter Casparo, die meine nächsten Verwandten sind. Mein Leben ist sozusagen mein Pfand.«

»Wenn du dich da nur nicht täuschst.« Hass verzerrte Lodovicas feistes Gesicht. »Wie dem auch sei: Wir kommen auch so
an unser Ziel. Es wird nicht mehr lange dauern, dann ist die
Angelegenheit behördlich entschieden, und Tommaso kann die
Verwaltung deiner Güter übernehmen. Man wird sein Gesuch
bewilligen, so wie man ihm auch die Aufsicht über dich überlassen hat.«

Dass man sie als Mündel der Aufsicht Flanginis unterstellt
hatte, war, wie Cintia wusste, nur eine vorläufige Entscheidung
der Prokuratoren, darüber hatte sie Tommaso und Lodovica in
der Kammer unter der ihren lamentieren hören − ebenso wie
über manches andere, denn durch den von Ritzen durchzogenen
Fußboden drang nahezu jedes Wort nach oben. Zum großen
Ärger der beiden war das behördliche Verfahren zur Übernahme
der Vermögenssorge ins Stocken geraten, was sie einesteils auf
den wieder ausgebrochenen Krieg schoben, andererseits auf die
träge Arbeitsweise der Amtsträger.

Vor ein paar Tagen hatten die beiden darüber debattiert, ob
es aussichtsreich sei, wenn Anselmo Cintia schwängerte, damit
sie auf diese Weise gezwungen wäre, ihn zu heiraten, wodurch
ihm als Ehemann per Gesetz alle Rechte zufallen würden, auf
die sie so versessen waren.

»Sie würde ihn nicht an sich heranlassen«, hatte Tommaso
eingewandt.

»Er müsste es mit Gewalt machen.«

Dem hatte Tommaso energisch widersprochen, doch bevor
Cintia deswegen Dankbarkeit empfinden konnte, hatte er im
nächsten Satz vorgeschlagen, Cintia vorher zu betäuben. Für
die Aktion, so hatte er ausgeführt, müsse Cintia außerdem zu-

vor gebadet und gekämmt werden, denn so, wie sie aussah und roch, werde ein Mann ganz sicher nicht von entsprechendem Verlangen erfasst, erst recht keiner mit der Veranlagung Anselmos.

»Übrigens habe ich eine gute Nachricht für dich«, sagte Lodovica über die Schulter, die Hand bereits am Türknauf. »Morgen darfst du ein heißes Bad nehmen. Dir wird ein Zuber aufs Zimmer gebracht, außerdem Seife und ein Kamm. Du siehst aus wie eine verkommene Bettlerin, und du stinkst schlimmer als jede Gerberlauge.«

Cintia, die bereits die Hand nach dem Wasserkrug ausgestreckt hatte, hielt abrupt inne, und während der Riegel an der Tür vorgeschoben wurde und gleich darauf das Knarren der Stiege unter Lodovicas Schritten zu hören war, überlegte sie fieberhaft, wie sie es den ganzen Tag ohne Wasser aushalten sollte. Auf das Essen würde sie eine Weile verzichten können, keinesfalls aber aufs Trinken. Gleich darauf begriff sie jedoch, dass sich in dem Wasser, das Lodovica ihr vorhin gebracht hatte, kein Schlafmittel befinden konnte, denn sie sollte ja erst morgen baden; folglich würde man ihr vorher nichts ins Trinkwasser mischen.

Durstig trank sie aus dem Krug, und obwohl sie wusste, dass weder das Brot noch der Käse schmecken würden, schlang sie beides hinunter, als wäre es ihre letzte Mahlzeit. Sie hatte gelernt, keinen Krümel übrig zu lassen, denn sie wollte überleben. Geistesabwesend kratzte sie sich unter dem Arm, wo sich seit einer Weile ein Geschwür befand, entweder Folge der miserablen Ernährung oder des unbeschreiblichen Schmutzes, in dem man sie zu leben zwang. Seit Monaten trug sie dasselbe Hemd und lag auf demselben Laken; nur hin und wieder gestattete sie es sich, von ihrem Trinkwasser eine winzige Menge abzuzweigen und damit an ihrem Körper einzelne Stellen zu reinigen, wo es am schlimmsten juckte und brannte.

Im Haus war es still; die Flanginis waren zur Andata aufgebrochen, und auch vom Gesinde war nichts zu hören. Lodovica

535

hatte im Gespräch mit Tommaso erwähnt, dass die Bediensteten an diesem Feiertag frei hatten, also hatten sie vermutlich ebenfalls das Anwesen verlassen. Damit war die erste richtige Gelegenheit gekommen, einen ernsthaften Fluchtversuch zu unternehmen. Cintia holte den Nachttopf, entleerte ihn mit Schwung aus dem Fenster und zertrümmerte ihn an der Wand. Die Scherben des Steinguts fielen ihr vor die Füße; eine davon war groß und scharfkantig genug für ihre Zwecke. Cintia schützte ihre Hand mit einem Stück des Lakens, ergriff die Scherbe und machte sich daran, das Fenstergitter zu bearbeiten. Die Stäbe waren nicht besonders fest im Mauerwerk eingelassen; der Putz war alt und bröckelte, wovon sich Cintia schon vor Wochen vergewissert hatte. Immer wieder hatte sie am Gitter gerüttelt und dabei den Eindruck gewonnen, dass es sich allmählich lockerte. Sie hatte nur noch auf eine passende Gelegenheit warten müssen, und diese war nun gekommen.

Ihre Bemühungen waren nach kurzer Zeit erfolgreich. Es gelang ihr, mit der Tonscherbe Stück für Stück von dem Mörtel um einen der Stäbe herauszukratzen, bis sie diesen schließlich mit einiger Kraftanstrengung endgültig aus der Verankerung herausreißen konnte und damit eine ausreichend breite Lücke schuf, durch die ein schmaler Mensch hinauskriechen konnte. Zwar würde sie danach immer noch gut das Doppelte ihrer Körperlänge vom Erdboden trennen, doch das erschien ihr angesichts dessen, was sie am nächsten Tag zu erwarten hatte, als nebensächlich.

Ohne zu zögern schickte sie sich an, aus dem Fenster zu klettern, doch dann hörte sie die Schritte auf der Stiege und erstarrte. Die Flanginis hatten etwas vergessen! Die Alte und ihr Mann hatten ihre Schlafkammer ebenfalls im Obergeschoss des Hauses, während Anselmo unten neben der Küche schlief; es konnten daher nur Lodovica oder Tommaso sein. Hastig schob Cintia den Gitterstab wieder an Ort und Stelle, scharrte die restlichen Scherben unter den Strohsack und ließ sich darauf fallen, gerade noch rechtzeitig, bevor die Tür aufging. Sie

536

drehte sich zur Wand und tat so, als würde sie schlafen – was sich gleich darauf als schrecklicher Fehler herausstellen sollte, denn weil sie nicht hinsah, war sie nicht darauf vorbereitet, dass derjenige, der die Kammer betrat, niemand von den Flanginis war, sondern der Schrecken aus ihren Albträumen.

Eine harte Hand legte sich auf ihren Mund, und ein Knie drückte sich in ihr Kreuz, während der Angreifer zugleich versuchte, ihr Gesicht in den Strohsack zu pressen. Gelähmt vor Todesangst konnte Cintia sich im ersten Augenblick nicht rühren. Der Angreifer hatte sich mit seinem ganzen Gewicht auf sie geworfen und drohte sie zu ersticken, und völlig außerstande, den Kopf auch nur einen Fingerbreit zur Seite zu bewegen, merkte sie, wie ihr die Luft ausging. So ist das also, wenn man sterben muss, dachte sie zusammenhanglos. Von Schwäche übermannt, spürte sie ihre Glieder erschlaffen, und vielleicht hätte sie sich wehrlos in ihr Schicksal ergeben, wenn Todaro nicht angefangen hätte, zu reden.

»Hab ich dich endlich, du Flittchen!« Er lachte wiehernd. »So sieht man sich wieder!«

Schon beim ersten Wort hatte Cintia begonnen, sich erbittert gegen seinen brutalen Klammergriff zu sträuben. Mit ruckartigen Bewegungen bäumte sie sich auf, versuchte, sich von dem Strohlager wegzustemmen, und tatsächlich gelang es ihr, für einen winzigen Moment das Gesicht aus den Falten des stinkenden Lakens zu befreien und nach Luft zu schnappen. Nur ein Atemzug war ihr vergönnt, bevor Todaro sie erneut nach unten presste, bis ihr Kopf wieder in den fauligen Tiefen des Strohsacks vergraben war. Zugleich drückte er ihr von hinten mit den Knien die Luft aus den Lungen, bis Cintia nur noch wenige Herzschläge von der Besinnungslosigkeit entfernt war.

Obwohl sie kaum noch zu einer Wahrnehmung fähig war, hörte sie weiterhin seine höhnische Stimme; dicht neben ihrem Ohr erklärte er ihr keuchend, was er alles mit ihr tun würde.

»Warte nur, gleich bin ich so weit! Gleich kann ich!«

Abermals ließ er kurz locker, es reichte für einen weiteren

knappen Atemzug, doch sofort drückte er sie wieder ins Stroh. Zugleich zerrte er ihr Hemd hoch und drängte ihr von hinten die Beine auseinander.

»Ja, jetzt geht es gleich!«, schrie er.

Etwas in ihr zog sich zusammen, als würden die losen Enden dessen, was sie einst zu einem lebenstüchtigen Menschen gemacht hatte, sich verbinden und zu einem Strick verknüpfen, an dem sie sich festhalten und aus dem schwarzen Nichts hervorziehen konnte, in dem sie zu versinken drohte. Mit einer letzten Kraftanstrengung bäumte sie sich auf, um ihren Peiniger abzuwerfen, und tatsächlich wich die Last im nächsten Moment von ihrem Rücken – sie war frei. Mühsam hob sie den Kopf und drehte ihr Gesicht zur Seite, nach Luft schnappend wie ein gestrandeter Fisch. Ihre Atemzüge klangen in ihren Ohren wie das Keuchen und Ziehen eines löchrigen Blasebalgs, während sie ein ums andere Mal die Luft einsog, um wieder zu sich zu kommen.

Dann erst schaffte sie es, sich auf den Rücken zu wälzen, sodass sie tiefer atmen konnte.

Auf den ersten Blick sah sie, dass Todaro verschwunden war. An seiner Stelle stand jemand anderer neben ihr, doch sie konnte nicht erkennen, wer es war. Ihre Augen brannten von dem Sackleinen des Strohsacks, und ihr ganzes Gesicht fühlte sich an wie in Feuer getaucht, weil der grobe Stoff ihr die Haut abgeschürft hatte. Blinzelnd setzte sie sich auf und rieb sich die Augen, bis sie sah, wer ihr geholfen hatte: Es war Anselmo.

In sichtlicher Furcht rang er die Hände. »Grundgütiger!«, stammelte er. »Der Himmel sei uns gnädig!«

»Wo ist er hin?«, fragte Cintia mit krächzender Stimme.

Anselmo zuckte die Achseln. »Verschwunden. Kaum sah er mich, sprang er auf und rannte davon.«

Also hatte Anselmo nicht Hand angelegt, um Todaro zu vertreiben. Nur der glückliche Umstand, dass er unverhofft zurückgekommen war, hatte den Mörder veranlasst, das Weite zu suchen.

»Warum bist du nicht mit nach Venedig gefahren?«, fragte sie.

»Wir hatten schon abgelegt, mussten aber noch einmal umkehren. Mutter hat ihre Perlen und die Goldketten vergessen. Zur Andata will sie den Schmuck tragen. Ich wollte ihn nur rasch für sie holen.«

»Nun kannst du stattdessen die Ordnungshüter holen. Immerhin wollte der Kerl mich umbringen.«

»Für mich sah es so aus, als wollte er was anderes mit dir tun.« Ein lauernder Ausdruck trat in seine Augen. »Vielleicht hat es dir ja sogar gefallen. Ich weiß, dass viele Frauen das mögen. Mutter sagt, du wärst so eine.«

»Bist du wahnsinnig?« Empört starrte Cintia ihn an. »Das kann nicht dein Ernst sein!«

Anselmo zuckte zusammen, und sein schwammiges Gesicht nahm einen ablehnenden Ausdruck an. Bevor er etwas sagen konnte, tauchte hinter ihm seine Mutter im Türrahmen auf. »Was um alles in der Welt …« Sie erstarrte, als sie den zerrissenen Strohsack und die Scherben sah. Argwöhnisch musterte sie ihren Sohn. »Was hat das zu bedeuten, du fetter Nichtsnutz?«

»Ein Mann war bei ihr«, sagte Anselmo wichtigtuerisch. »Er rannte davon, als er mich kommen sah!«

»Diese Küchenschabe wollte mich umbringen«, sagte Cintia. »Er wartete, bis ihr alle fort wart.« Auf die Scherben des Nachttopfs deutend, fügte sie hinzu: »Er hat versucht, mich damit zu erschlagen. Dann wollte er mir Gewalt antun. Und er wollte wissen, wo eure Wertsachen liegen.«

»Warum hast du ihn nicht aufgehalten?«, schrie Lodovica ihren Sohn an. »Vielleicht hat er etwas gestohlen!«

»Ich warf mich ihm in den Weg, aber er drohte mir mit dem Messer!«, rief Anselmo weinerlich.

Auch ohne ihn näher zu kennen, wusste Cintia, dass das nichts weiter als eine Notlüge war. Wie sie den Sprössling der Flanginis einschätzte, war er wie angenagelt stehen geblieben, während Todaro floh. Vielleicht war er auch hurtig zur Seite gesprungen, um den Weg freizuräumen, für den Fall, dass der Eindringling tatsächlich eine Waffe gegen ihn einsetzen wollte.

Dieser Gedanke führte sie zu der Überlegung, welches Glück sie gehabt hatte. Ohne Anselmo und Lodovicas mit Vergesslichkeit gepaarte Eitelkeit wäre sie jetzt tot, aber auch Todaros Versuch, sie vorher noch zu vergewaltigen, hatte zu ihrer Rettung beigetragen. Wie sie inzwischen wusste, war seine Potenz unzureichend, er musste seinem Opfer Gewalt antun, sonst ging es nicht. Statt vorher seine niedrigen Gelüste zu befriedigen, hätte er sie auch einfach erstechen können, dann wäre es schon vorbei gewesen, bevor sie überhaupt merkte, wer in die Kammer eingedrungen war.

»Wo ist Vater?«, fragte Anselmo, der offenbar der Meinung war, Beistand gebrauchen zu können.

»Er wartet auf dem Boot.«

»Sollte er nicht herkommen und sich die Bescherung ansehen? Und müssten wir nicht die Ordnungshüter holen?«

»Wozu denn? Das Luder lebt doch noch, oder?«

»Aber ...«

»Hör auf zu jammern, du fetter Nichtsnutz, hol mir meine Perlen und das Gold. Und dann bringst du dem Luder einen heilen Nachttopf, ich will keine weiteren Sauereien hier in der Kammer. Danach kannst du dich umziehen gehen. Du bleibst heute hier und passt auf, für den Fall, dass der Kerl wiederkommt. Nun mach schon!« Sie hob die Hand, als wolle sie ihm eine Ohrfeige verpassen.

Anselmo zog den Kopf ein und verschwand nach nebenan, offenbar erleichtert, diesmal nicht das Ziel von Wurfgeschossen geworden zu sein. Gleich darauf kam er mit den Perlen sowie einem Nachttopf wieder, dem deutliche Spuren von Benutzung anzusehen waren. Auf Geheiß seiner Mutter kehrte er sodann die Scherben zusammen, und anschließend hastete er, so rasch es seine füllige Gestalt zuließ, über die Stiege nach unten.

»Du da!« Lodovica deutete mit herrischer Miene auf Cintia. »Ab morgen wird sich so manches für dich ändern! Künftig wirst du dich allem fügen, was man dir befiehlt!«

»Ich freue mich schon auf das Bad.« Die Bemerkung war

Cintia entwichen, bevor sie sich zurückhalten konnte. Mit angehaltenem Atem wartete sie, dass Lodovica sie für ihre patzige Antwort bestrafte, doch diese brummelte nur etwas und verriegelte die Tür von außen.

Diesmal wartete Cintia, bis sie sicher sein konnte, dass Lodovica tatsächlich verschwunden war. Nicht weit vom Haus entfernt gab es einen Kanal, dort befand sich die Anlegestelle, an der das Boot der Flanginis lag und von wo aus die beiden abfahren würden. Im Geiste zählte Cintia die Zeit ab, die Lodovica nach ihrem Dafürhalten benötigte, um zur Anlegestelle zu gehen, und dann noch einmal dieselbe Spanne, bis feststand, dass sie nicht erneut zurückkehrte. Um ganz sicherzugehen, betete Cintia anschließend noch einen halben Marienpsalter, mit einer Inbrunst, an der es ihr in den vergangenen Monaten ganz entschieden gefehlt hatte. Tatsächlich hätte sie in der Zeit ihrer Not liebend gern mehr Hoffnung aus ihren Gebeten geschöpft, doch je länger sie in ihrem Gefängnis hockte, desto schlechter war es um ihre Frömmigkeit bestellt. Statt Gebete waren ihr zumeist Rachefantasien in den Sinn gekommen, vor allem aber immer wieder Überlegungen, wie sie ihre Flucht bewerkstelligen konnte. Sie hatte mehr Pläne geschmiedet und verworfen, als sie zählen konnte, die Handlungsabläufe für alle möglichen nur denkbaren Fälle hatte sie gleichsam bereits verinnerlicht – nur um nun festzustellen, dass sich an diesem Tag, da es offenbar endlich so weit war, einen Versuch zu wagen, alles ganz anders entwickelte als vorher bedacht.

Sie beendete das letzte Ave-Maria mit einem gemurmelten Amen, riss den Eisenstab erneut heraus, warf ihn aus dem Fenster und drückte danach unter halblauten Verwünschungen den zerfledderten Strohsack durch die Lücke nach draußen. Anschließend lauschte sie nach unten, doch es war kein Geräusch zu hören. Vermutlich hatte Anselmo sich in seine Kammer zurückgezogen, die auf der anderen Seite des Hauses lag.

Stöhnend stemmte sich Cintia ebenfalls zwischen den Gitterstäben hindurch. Unter schmerzhaften Verrenkungen zwängte sie sich ins Freie, wobei ihr vom vielen Schmutz ohnehin schon brüchiges Hemd vollends zerriss. Diverse Partien ihres Körpers machten Bekanntschaft mit den verwitterten Mauerkanten, teilweise schürfte sie sich die Haut bis aufs Blut auf. Dann war sie endlich draußen und hockte auf dem schmalen Sims, mit einer Hand einen der noch festsitzenden Stäbe umklammernd, sich mit der anderen an der Mauer abstützend. Vom Meer fegte ein Windstoß gegen das Haus und blähte die Reste ihres Hemdes, sodass ihre Nacktheit für jeden sichtbar gewesen wäre, der zufällig des Weges gekommen wäre. Besorgt spähte sie über die Fläche jenseits der Mauer, wo ein Pfad den Strand entlangführte, vorbei an Feldern und Gehöften, zur nächsten Anlegestelle. Wenn Todaro noch irgendwo in der Nähe herumlungerte … Nein, daran wollte sie jetzt nicht denken! Was immer sie als Nächstes tat – zuerst musste sie ohnehin ihr Äußeres so weit in Ordnung bringen, dass sie sich halbwegs unauffällig auf dem Lido bewegen konnte.

Die Entfernung zum Boden abschätzend, stemmte sie sich gegen die Mauer und spannte sich an. Es war doch ein ganzes Stück höher, als sie vorher angenommen hatte, zumindest sah es auf einmal so aus. Ein gebrochener oder nur verstauchter Knöchel, und sie konnte all ihre Pläne begraben! Der Boden unter dem Fenster bestand aus sandigem Lehm, was immerhin besser war als Pflaster oder Kies, und als Puffer würde ihr der ramponierte Strohsack dienen, doch wenn sie unglücklich auftraf …

Gegen ihre Panik ankämpfend, holte sie tief Luft und hangelte sich vom Sims herunter, bis sie, immer noch mit beiden Händen das Gitter umklammernd, lang ausgestreckt an der Wand hing. Nun galt es! Mit zusammengebissenen Zähnen ließ sie los und landete mit einem dumpfen Laut auf dem Stroh. Der Aufprall trieb ihr die Luft aus den Lungen, und ihr Körper war von den Zehenspitzen bis in die Haarwurzeln taub. Nach Atem ringend lag sie am Fuß der Mauer, bewegte nach und nach

542

Arme und Beine, bis sie sicher sein konnte, dass nichts gebrochen oder verrenkt war. Die erste Etappe ihrer Flucht war geglückt!

Bald hatte sie sich so weit gesammelt, dass sie aufstehen, ihre Glieder lockern und schließlich den nächsten Schritt ihres Plans in die Tat umsetzen konnte. Geduckt lief sie am Haus entlang, den Kopf eingezogen, sodass sie von innen durch keines der Fenster gesehen werden konnte. Aufmerksam blickte sie dabei zu den Nachbarhäusern hinüber. Bis auf eine Magd, die gebückt auf einem Rübenacker arbeitete, war niemand zu sehen.

Wie befürchtet, war die Pforte verriegelt; Anselmo mochte ein Tropf sein, doch er war auch Angsthase genug, um ein zweites Erscheinen des Einbrechers für nicht ganz ausgeschlossen zu halten.

Sie hämmerte gegen die Tür. »Aufmachen!«, schrie sie. »Anselmo, mach mir die Tür auf!«

Nach einer Weile wurde tatsächlich der Riegel zurückgeschoben, und ein verdatterter Anselmo öffnete ihr die Tür. Wie von seiner Mutter angewiesen, hatte er den Sonntagsstaat gegen seine Alltagskleidung getauscht, die an Schäbigkeit der seines Vaters in nichts nachstand.

»Was tust du denn hier?«, fragte er, die Augen vor Erstaunen weit aufgerissen, einem erschrockenen Kalb überraschend ähnlich. »Wie kommst du nach draußen?«

»Ich bin aus dem Fenster gesprungen«, sagte Cintia wahrheitsgemäß, nur um gleich darauf die vorbereitete Lüge hinzuzufügen. »In meinem Zimmer ist eine Maus. Ich wäre fast vor Angst gestorben. Hast du nicht meine Schreie gehört?«

Dümmlich schüttelte er den Kopf. Seiner Miene war anzusehen, dass er fieberhaft nachdachte. »Mutter wird toben, wenn sie merkt, dass du die Kammer verlassen hast!« Gleich darauf kam er auf die in seinen Augen einzig vertretbare Lösung des Problems. »Du musst wieder nach oben!«

Entschieden schüttelte sie den Kopf. »Nicht, solange die Maus dort ist! Töte sie, und du kannst mich wieder einsperren.

Du bist ein Mann, du hast sicher nicht so viel Angst vor Mäusen wie ich!«

»Weiber«, murmelte er verächtlich. Er stapfte die Stiege hoch und vergewisserte sich, dass Cintia ihm folgte. Offenbar ging ihm dabei allmählich auf, welches Detail bei ihrem Sprung aus dem Fenster nicht stimmig war.

»Wie bist du durch das Gitter gekommen?«, wollte er misstrauisch wissen.

»Ich warf mich in meiner Panik dagegen, bis es brach«, behauptete sie.

Stirnrunzelnd entriegelte er die Tür zu ihrer Kammer und stieß sie auf. »Wo ist die Maus?«

»Dort.« Cintia deutete auf die Reste des Strohs unter dem Fenster. »Siehst du sie nicht?«

»Nein. Wo soll sie sein?« Anselmo ging zögernd ins Zimmer. Ohne zu zögern, holte Cintia den eisernen Gitterstab unter ihrem zerrissenen Hemd hervor und versetzte Anselmo damit einen harten Schlag in den Nacken. Anders als von ihr erhofft brach er nicht besinnungslos zusammen, sondern drehte sich benommen zu ihr um, die Hand am Hinterkopf. »Du …!«, stieß er hervor. Mit unsicheren Schritten kam er auf sie zu, und Cintia holte ein weiteres Mal mit der Stange aus. Diesen Hieb parierte er jedoch ohne große Mühe, indem er ihr einfach den Eisenstab aus der Hand schlug. Scheppernd landete die kurze Stange in einer Zimmerecke, während Anselmo Cintia mit beiden Händen am Hals packte und sie aus Leibeskräften würgte. Keuchend wand sie sich unter seinem Griff und versuchte, sich zu befreien, doch die Umklammerung war zu fest. Rote Nebel bildeten sich vor ihren Augen, und ihre Glieder drohten sich in Wachs zu verwandeln, doch bevor die Schwäche sie vollends übermannte, entsann sie sich dessen, was Paolo ihr über die männliche Anatomie beigebracht hatte, speziell über die besondere Schmerzempfindlichkeit mancher Körperteile. Ruckartig hob sie das Knie und rammte es Anselmo mit aller Kraft, die ihr noch geblieben war, in die Genitalien. Sofort ließ er sie los und brach ächzend zusammen, die Hände zwischen die Beine gepresst. Cintia hob die Stange auf, versetzte ihm einen weiteren Hieb auf den Hinterkopf und rannte aus der Kammer. Mit zitternden Händen schob sie den Riegel vor und lehnte sich dann schwer atmend mit dem Rücken gegen die Tür, bis sie wieder halbwegs klar denken konnte.

Rasch lief sie in Lodovicas und Tommasos Schlafkammer, wo sie nach brauchbaren Kleidungsstücken suchte. Unterdessen hatte sich Anselmo nebenan bereits wieder so weit erholt, dass er mit beiden Fäusten an die Tür hämmerte. Bevor er auf die nächstliegende Möglichkeit verfiel, nämlich laut aus dem Fenster zu brüllen, eilte Cintia hinüber und schlug mit der Stange gegen die Tür, worauf er seinerseits sein Pochen einstellte, offenbar in der Annahme, sie habe sich besonnen und wolle ihn herauslassen.

»Hör zu«, sagte sie mit kalter Stimme. »Ich will dir erzählen, was passiert, wenn du aus dem Fenster um Hilfe schreist. Irgendwann kommen vielleicht die Nachbarn, aber du wirst den Rest deines Lebens den Moment verfluchen, da sie dich aus dem Zimmer befreien. Es wird herauskommen, dass du dich von einem schwachen kleinen Mädchen, das zehn Jahre jünger ist und nur halb so viel wiegt wie du, hast übertölpeln lassen. Die Leute werden noch in hundert Jahren über dich lachen! Ganz zu schweigen davon, was deine Mutter mit dir anstellen wird, wenn sie hört, was sich zugetragen hat. Wenn sie merkt, wie *dumm* du warst.« Sie ließ das Gesagte kurz nachwirken, bevor sie mit gemäßigter Stimme fortfuhr: »Natürlich gibt es noch eine andere Möglichkeit, die dich wesentlich besser dastehen lässt. Du könntest in aller Ruhe in der Kammer sitzen bleiben, bis deine Eltern am Abend zurückkehren und dich rauslassen. Dann behauptest du, der Einbrecher sei zurückgekehrt und wäre ins Haus eingedrungen, während du gerade nichts ahnend im Hof auf dem Abtritt warst. Bei deiner Rückkehr ins Haus wärst du gerade noch rechtzeitig dazugekommen, um den Kerl zu hindern, mich umzubringen. Leider hat er dich niedergeschlagen und ist verschwunden. Mich hat er verschleppt, was zugleich auch der Grund dafür ist, warum ich nicht mehr da bin.« Sie hielt inne und wartete, was er dazu zu sagen hatte, doch Anselmo tat keinen Mucks. »Ich lasse ein paar Sachen mitgehen, damit es glaubhafter aussieht«, setzte sie hinzu. »Alles, was ich brauche, sind ein paar Stunden Vorsprung. Danach liegt es nur an dir, was die Leute über dich reden oder ob du von deiner Mutter bestraft wirst. Du kannst ein tapferer Held sein – oder eine schwache Memme.«

Ihr ganzer Körper schmerzte, als sie anschließend nach unten ging und sich dort über einem Kübel mit kaltem Wasser reinigte. Überall auf ihrer Haut fand sie Striemen und blaue Flecken, und während sie mit dem rauen, in Wasser getränkten Lappen über die Blessuren fuhr, dachte sie daran, was sie alles bereits überstanden hatte. Sie wunderte sich darüber, dass sie nicht verzweifelter war, und vor allem staunte sie, weil sie so wenig Angst hatte. Es kam ihr beinahe so vor, als hätte sie durch all das, was sie in den letzten Monaten durchgemacht hatte, nur an Stärke gewonnen, statt schwächer zu werden, wie es eigentlich der Logik entsprochen hätte. Doch vielleicht, so sinnierte sie, war es im Plan des Schöpfers nicht für sie vorgesehen, dass Schicksalsschläge sie klein machten. Vielleicht war es so, dass alles Leid, das sie erfahren hatte, so ähnlich war wie heißes Feuer für das Eisen in einer Schmiede. Es machte hart und widerstandsfähig.

In der Kammer neben der Küche, wo sie alle Utensilien für die Reinigung ihres Körpers zusammengetragen hatte, gab es einen halb blinden Spiegel. Ihr Gesicht, oder vielmehr das, was sie davon in der beschlagenen Glasfläche erkennen konnte, war hager und fremd, doch bei genauerem Hinsehen fand sie ein wenig von ihrer früheren Schönheit wieder. Nicht Liebreiz entdeckte sie, sondern einen Ausdruck bezwingender Kraft, bestimmt durch ein seltsam irisierendes Leuchten in ihrem Blick. Woher auch immer diese unerklärliche Kraft rührte – Cintia würde sie sich zunutze machen.

In einem Hemd, das vermutlich in früheren Jahren einmal der Hausherrin gepasst hatte, sowie in einem Gewand, das sicher schon mehr Jahre in der Truhe geruht hatte, als dass es getragen worden war, fühlte Cintia sich halbwegs gerüstet. Beim Kämmen hatte sie außer den verzottelten Knoten etliche Haarsträhnen eingebüßt, doch mit Öl und reichlich Seife war es ihr gelungen, den Schmutz aus den Strähnen zu waschen, und die festen Zöpfe, zu denen sie das nasse Haar anschließend flocht, würden Wochen überdauern, ohne dass es ungepflegt aussah. Für die kommende Zeit, was immer sie ihr brachte, wollte sie gewappnet sein.

Trotz der sommerlichen Hitze zog sie eine zweite Gamurra über die erste, auch diese ein Stück aus Lodovicas Beständen und daher viel zu weit. Cintia hätte zweimal in die Gewänder gepasst, was nach Lage der Dinge alles andere als unpraktisch war – sie konnte einiges an Gegenständen unter der Kleidung unterbringen, etwa alles, was sie an Schmuck in Lodovicas Kammer gefunden hatte, sowie ein Säckchen mit Silbermünzen, das unter der Matratze der Flanginis versteckt gewesen war, ferner einige nützliche Vorräte, etwa einen Ring Wurst, einen kleinen Laib Käse, einige Stücke Brot und einen Beutel verdünnten Weins. All das befestigte sie mit einem Leibgurt unter den Gewändern. Auf diese Weise schwer beladen, fühlte sie sich dennoch hinterher so leicht und frei wie schon seit Ewigkeiten nicht. Bevor sie aufbrach, blieb sie am Fuß der Treppe stehen und horchte nach oben. Anselmo war still geblieben, so wie sie es erhofft und erwartet hatte.

Vom Meer her kam Wind und fuhr ihr über das Gesicht, als sie ins Freie trat und sich auf den Weg machte. Zielstrebig ausschreitend verhielt sie sich so, als sei dies ein Weg, den sie jeden Tag nahm. Sie wusste, in welche Richtung sie gehen musste, desgleichen, wie lange sie ungefähr brauchen würde; nun konnte sie nur darauf bauen, dass sie am Ende auch das vorfand, was sie erhoffte.

Die Wellen schlugen an den Strand, ein tröstliches Geräusch, das nach endloser Weite und Freiheit klang. Nach einer Weile zog Cintia die Sandalen aus und ging dichter am Wasser weiter, dort, wo der Sand fest und feucht war und einen guten Untergrund zum Laufen bot. Auf ihrem Weg schossen ihr Gedanken durch den Kopf, wirr und zerrissen, so wie ihr ganzes Leben in der jüngsten Zeit. Doch je länger sie marschierte, desto klarer sah sie. Ihr Ziel war einfach: einen Schritt nach dem anderen tun, einen Tag in Freiheit schaffen, eine Nacht. Und dann den Rest ihres Lebens.

Venedig, September 1511

Der September des Jahres 1511 neigte sich bereits, und Niccolò Guardi war immer noch nicht nach Venedig zurückgekehrt. In der Ca' Guardi hatte man seit seinem Aufbruch nach Paris nichts von ihm gehört, und als die Monate ins Land zogen, ohne dass Nachricht oder ein sonstiges Lebenszeichen von ihm kam, nahmen sein Vater und sein Bruder allmählich das Schlimmste an. Während es seinen Vater nicht allzu sehr berührte, machte sein Bruder sich Vorwürfe.

»Er war noch so jung«, sagte Gregorio einmal, von Betroffenheit und Mitleid übermannt. »Es war seine erste Reise ins Ausland, wir hätten ihn nicht einfach allein ziehen lassen dürfen!«

»Er war ein sturer Dickkopf und wusste genau, was er wollte«, erwiderte sein Vater verärgert, nur um gleich darauf innezuhalten und die Wand anzustarren. »Er wusste genau, was er wollte«, wiederholte er nach einer Weile langsam, als müsse er über diesen Punkt noch genauer nachdenken. Mit gerunzelter Stirn schloss er: »Er kannte die Risiken, denn dumm war er nicht. Nein, er war ganz und gar nicht dumm.«

Zu Eduardo Guardis Verdruss entwickelten sich die Geschäfte der Compagnia seit Niccolòs Abwesenheit nicht so gut wie erwartet. Mit der Zeit musste Eduardo sich eingestehen, dass Niccolò durch seinen Fleiß und seine Disziplin mehr zum Fortgang der Geschäfte beigetragen hatte, als vorher zu überblicken war.

Sogar Agostino Memmo, der Oberaufseher der Barozzi-Webereien, hatte mehrmals bei ihm vorgesprochen und nachgefragt, ob es wohl Neues von Niccolò gebe und wann mit seiner Rückkehr gerechnet werden könne. Natürlich ging es dem Mann auch um die Waren, die er Niccolò für den Aufbau von Handelsbeziehungen mit Pariser Grossisten anvertraut hatte und die er nun verloren geben musste, doch Eduardo hatte den deutlichen Eindruck, dass Memmo lieber auf die Ladung Seide verzichtet hätte als auf die Hilfe Niccolòs im Kontor.

»Es ist ein Jammer«, meinte Eduardo einmal wütend zu Gregorio. »Gerade jetzt musste er sterben, wo sein größter Wunsch so dicht vor der Erfüllung stand.«

»Was meinst du?«

»Dass der Weg frei gewesen wäre. Zu Cintia Barozzi.« Erzürnt schloss Eduardo: »Du wolltest sie ja nicht.«

Gregorio seufzte. »Vater, bitte wärm doch dieses Thema nicht wieder auf. So gern du sie mit mir verheiratet gesehen hättest – sie und ich, wir waren nie füreinander bestimmt.«

Eduardo verkniff sich weitere Bemerkungen zu der leidigen Angelegenheit, denn genützt hätte es ohnehin nicht viel. Selbst wenn Gregorio sich noch besonnen hätte – und gewiss hätte Eduardo nichts unversucht gelassen, ihn zu überzeugen, wie nutzbringend eine Ehe mit der Erbin des Barozzi-Vermögens für alle Beteiligten sei –, wäre es unmöglich gewesen, den Plan weiterzuverfolgen, denn die junge Frau war wieder einmal spurlos verschwunden. Nachdem sie drei Monate in der Obhut dieses geldgierigen Flangini zugebracht hatte, war sie eines Tages weg gewesen, den offiziellen Verlautbarungen zufolge verschleppt von einem Räuber, der zuvor schon versucht hatte, sie umzubringen. Eduardo hatte an dieser Version berechtigte Zweifel und ließ deshalb heimlich nach Cintia fahnden, doch bisher ohne Ergebnis. Zur Klärung der Hintergründe hatte er auch die Ratte Todaro aufgestöbert und sich den Burschen vorgeknöpft, doch der hatte noch mit dem Messer an der Kehle auf die Heilige Muttergottes geschworen, das Mädchen weder entführt noch getötet zu haben.

»Es ist doch gar nicht gesagt, dass er tot ist«, sagte Gregorio. »Er könnte ... aufgehalten worden sein.« Entschlossen reckte er sich. »Ich habe Pläne. Wenn diesen Monat wieder keine Nachricht von ihm kommt, reise ich selbst und suche nach ihm.«

Eduardo schüttelte den Kopf. Wie naiv Gregorio manchmal war! Wieder spürte er jene Anwandlung von Wut, die ihn in letzter Zeit immer öfter in Gegenwart seines ältesten Sohnes überkam, obwohl er doch eigentlich froh sein sollte, wie alles sich entwickelt hatte. Gregorio arbeitete wieder im Geschäft mit, fast so wie früher, auch wenn er immer noch beklagenswert viel Zeit mit seinen Studien, seinem Virginal und seinen dämlichen Musikkompositionen zubrachte. Sobald Eduardo jedoch über die schlimme Arbeitsbelastung klagte und Hilfe einforderte, war Gregorio sofort widerspruchslos zur Stelle. Er war ein guter Sohn, der beste, den ein Guardi sich nur wünschen konnte.

Immer wieder gab es jedoch Momente, in denen Eduardo von einer seltsamen Unzufriedenheit erfüllt war, und ein oder zwei Mal hatte er selbst schon überlegt, ob es vielleicht sinnvoll sei, jemanden auszuschicken, um nach Niccolò zu suchen. Allerdings hatte er derart sentimentale Anwandlungen immer sofort überwunden. Wozu hätte er sonst all die schwarzen Sünden auf seine Seele laden sollen, wenn nicht dafür, dass alles genauso blieb, wie es war?

Indessen blieb nichts, wie es war. Alles wurde mit einem Schlag anders, als der letzte Tag des September gekommen war.

Niccolòs alte Amme Eufemia kam schluchzend die Treppe heraufgestürzt. »Domini! Domini! Um Christi willen, so kommt doch!«

Eduardo und Gregorio rannten gleichzeitig aus ihren Gemächern in den Portego, beide in der Annahme, dass ein Unglück geschehen sei. In Tränen aufgelöst, brachte Eufemia kein verständliches Wort heraus, nur abgerissenes Gestammel kam über ihre Lippen.

Wieder einmal ärgerte sich Eduardo, dass er sie nicht längst hinausgeworfen hatte, so wie damals, als Niccolò vier Jahre alt gewesen war und mit solcher Liebe zu der Alten aufgeblickt hatte, dass Eduardo nur mit Mühe der Versuchung widerstanden hatte, die Frau einfach zu erwürgen. Warum er sie in den vergangenen Monaten weiterhin hier durchfütterte, obwohl sie mit ihrer Gicht im Haushalt kaum noch von Nutzen war, wusste er beim besten Willen nicht.

Dann sah er die Gestalt, die langsam durch den Portikus in den großen Saal gehumpelt kam. Mit weit aufgerissenen Augen starrte er den jungen Mann an, der sich ihm näherte und dabei unverwandt seinen Blick erwiderte.

Niccolò wirkte zutiefst erschöpft, er war sichtlich abgemagert, und unter seinen Augen lagen dunkle Ringe. So ähnlich hatte er damals nach der Pest ausgesehen, wie ein Schatten seiner selbst, kränklich und schwach. Auch das Hinken war schlimmer, als Eduardo es in Erinnerung hatte; offensichtlich hatte Niccolò Schmerzen beim Gehen.

Doch ohne Frage war sein Wille ungebrochen. Nein, mehr noch, wie Eduardo instinktiv erkannte: Was immer Niccolò in den Monaten seiner Abwesenheit widerfahren war – es hatte ihn nur stärker gemacht. In den Augen seines jüngeren Sohnes schwelte ein dunkles Feuer, wie ein Hauch von jenem Bösen, das Eduardo auch in sich selbst spürte, und mit einem Mal war ihm, als würde sich dieser Teil seines eigenen Wesens mit demjenigen bei Niccolò verbinden, auf eine Art, die ihm unheimlich erschien.

»Sei still, Eufemia«, befahl Niccolò der immer noch schluchzenden Alten, die händeringend neben ihm stehen geblieben war und ihn anblickte, als sei der Erlöser persönlich erschienen.

Wie zur Beruhigung streckte er die Hand aus und legte sie Eufemia auf die Schulter. »Es ist gut«, sagte er sanft. »Geh und koch mir was. Ich habe Hunger.«

Sie nickte und eilte zur Treppe, nicht ohne ihm über die Schulter noch einen anbetenden Blick zuzuwerfen.

Eduardo riss sich aus seiner Erstarrung, doch bevor er ein Wort äußern oder einen Schritt machen konnte, eilte Gregorio mit großen Schritten an ihm vorbei, um seinen Bruder in die Arme zu schließen.

»Dem Himmel sei Dank!«, sagte Gregorio bewegt. »Du bist zurückgekommen! Endlich!« Er fasste Niccolò bei den Schultern und trat einen Schritt zurück. »Unbeschadet, wie ich hoffe. Was, um Gottes willen, hat dich aufgehalten?«

»Der Krieg«, sagte Niccolò. Er blickte seinen Vater an. »Bist du froh, dass ich wieder da bin?«

Eduardo meinte, eine Spur von Spott herauszuhören, und sofort verflog die zaghafte Dankbarkeit über das unvermutete Auftauchen Niccolòs. Stattdessen überkamen ihn wieder all jene Regungen, die ihm im Zusammenhang mit dem Jungen bestens vertraut waren: Abneigung gepaart mit unterdrücktem Zorn. Und einer leisen, kaum merklichen Furcht, von der Eduardo nicht wusste, woher sie kam und wie er damit umgehen sollte. Er entschied sich für die Methode, die ihm geläufig war und bei der er sicher sein konnte, dass es Niccolò treffen würde, sosehr dieser sich auch Mühe geben mochte, es sich nicht anmerken zu lassen.

»Wen schert es, wo du bist«, sagte er gelassen, während er sich auf dem Fuße umdrehte und in seine Kammer zurückkehrte, als ginge ihn all das nichts an. In seinem Inneren tobte jedoch ein Aufruhr, wie er ihn lange nicht gespürt hatte. Trotzig sagte er sich, dass ihm Niccolòs Rückkehr wirklich gleichgültig sei, doch als er die Tür hinter sich schloss, empfand er eine unbestimmte Sehnsucht.

Niccolò blickte auf die zufallende Tür, dann wandte er sich seinem Bruder zu, um ein lebhaftes Lächeln bemüht. »So sehen wir uns also wieder!«

Gregorio strahlte, das Blau des gesamten Himmels in seinen Augen, und seine Miene spiegelte so viel aufrichtige Freude wider, dass Niccolò gegen seinen Willen von Gefühlen ergriffen wurde, die ihn fast zu Tränen rührten.

»Es verging kein Tag, an dem ich nicht an dich dachte«, bekannte Gregorio. »Ich hatte Briefe ausgeschickt und alle mir bekannten Händler gebeten, nach dir zu fragen, wohin auch immer sie reisten. Hätte ich diesen Monat weiterhin kein Lebenszeichen von dir erhalten, wäre ich selbst auf die Suche gegangen. Wo, um alles in der Welt, hast du so lange gesteckt, und was war los?«

»Zuerst in Paris, wie es geplant war. Die Reise dorthin verlief reibungslos, auch wenn es für mich ein wenig ungewohnt war.« Er klopfte auf sein Bein. »Wie du weißt, bin ich nicht sonderlich gut zu Fuß und musste daher den größten Teil des Weges zu Pferde oder auf dem Karren zubringen. Eine im wahrsten Sinne des Wortes harte Angelegenheit.« In Erinnerung an die vielen beschwerlichen Etappen, vor allem solche, die durch Gebirge oder unwegsames Gelände geführt hatten, verzog er das Gesicht, weil er meinte, die Schmerzen immer noch zu spüren. Ihm hatten Muskeln wehgetan, von denen er zuvor nicht geahnt hatte, dass es sie überhaupt gab.

»Warte, bevor du weitererzählst«, sagte Gregorio eifrig. »Komm mit in mein Zimmer, dort setzen wir uns nieder. Eufemia kann uns Essen und Wein servieren, und du kannst deinem Bein die nötige Ruhe gönnen.« Fürsorglich fasste er Niccolò beim Arm und führte ihn in seine Kammer, in der es wie immer peinlich sauber und aufgeräumt war. Ein Stapel Bücher und Schriften auf dem Lesetisch war sorgfältig und kantengenau ausgerichtet, ebenso wie Schüssel, Seifenschale, Handspiegel und Kamm auf dem Waschtisch. Nicht einmal die Bettdecke warf Falten, wie Niccolò mit einem raschen Blick feststellte.

Mühsam gegen eine weitere unerwünschte Aufwallung von Zuneigung ankämpfend, hinkte er rasch zu einem der Lehnstühle und ließ sich hineinfallen. Ihm war unerfindlich, wieso er sich auf einmal so bereitwillig von dieser warmen Empfindung umfangen lassen wollte, während ihm dergleichen doch sonst stets so verhasst war. Vielleicht, so überlegte er, lag es daran, dass er von Gregorios Seite noch nie Abneigung erfahren hatte, während er bei seinem Vater stets auf der Hut sein musste, vor allem dann, wenn dieser sich freundlich zeigte. Sein Vater ... Hass bemächtigte sich seiner, quoll wie Gift aus den Tiefen seiner Seele, doch rasch bezwang Niccolò diese Regung wieder, denn er hatte sich geschworen, kühl zu bleiben. Nur mit innerer Kälte, so hatte er in den letzten Monaten erfahren, konnte man Herr seiner selbst bleiben und gegen Feinde bestehen. Und noch etwas hatte er gelernt: Nicht an ihm lag es, ob jemand sein Widersacher war, sondern ganz allein bei dem Betreffenden. Nur dieser entschied, ob er Gegner oder Freund sein wollte. Lange hatte Niccolò nicht gewusst, wofür sein Vater sich zuletzt entscheiden würde. Bis vorhin, als die Tür hinter Eduardo Guardi ins Schloss gefallen war.

»Nun berichte!«, bat Gregorio. »Ich platze vor Neugier, wie es dir ergangen ist und was du in der ganzen Zeit erlebt hast!«

Niccolò sammelte sich kurz und fing an zu erzählen, begann mit einer knappen Zusammenfassung der Reise nach Paris und wurde dann in seinen Schilderungen ein wenig ausführlicher, als er auf die Stadt zu sprechen kam. Er berichtete von der für ihn neuen und aufregenden Vielfalt der französischen Lebensart, von Palästen und Plätzen, goldbehängten Aristokraten und verlaustem Straßengesindel – samt und sonders Aspekte, in denen Paris sich von Venedig weniger unterschied, als er vorher erwartet hatte. Venedig, so schloss er, sei in beinahe allen Punkten der französischen Hauptstadt vorzuziehen, auf jeden Fall aber in einem: Schmutz und Unrat in den Pariser Gassen türmten sich in teilweise unvorstellbarem Ausmaß und verbreiteten einen Gestank, dass man nur mit parfümierten Tüchern vor dem Gesicht vorbeigehen konnte. Unbekümmert schütteten die Menschen dort den Inhalt ihrer Nachttöpfe aus dem Fenster auf die Straße, ließen Hunde, Pferde und Schweine in die Gosse koten, warfen täglich all ihren Kehricht dazu, ohne sich sonderlich darum zu bemühen, die Kloaken, die sich im Laufe der Zeit überall bildeten, zu beseitigen. Venedig dagegen, mit den ungezählten Kanälen und dem angrenzenden Meer, konnte sich die Segnungen von Ebbe und Flut zunutze machen, dank derer Unrat und Abwässer einfach fortgeschwemmt wurden.

Weiter berichtete Niccolò von den Händlern, die er in Paris getroffen hatte. Mithilfe seines dortigen Kontaktmannes sowie des venezianischen Gesandten war es ihm gelungen, mit den für ihn wichtigen Kaufleuten ins Gespräch zu kommen. Schneller als erwartet hatte er nicht nur für die Zukunft vielversprechende Geschäftsbeziehungen knüpfen können, sondern auch sehr bald die mitgebrachte Ware verkauft, und das zu einem Preis, der um einiges über dem lag, was er erhofft hatte. Der rasche Preisanstieg für Seide verdankte sich hauptsächlich dem Umstand, dass der Krieg wieder ausgebrochen war. Venedig und Frankreich lagen offiziell erneut in Fehde, was indessen die Pariser Händler nicht daran hinderte, jeden Zipfel Seide, den Niccolò anbot, sofort aufzukaufen. Hinterher hörte er, dass sie für den Weiterverkauf Gewinne einstrichen, die geradezu monströs waren, doch statt sich zu ärgern, weil er den Handel nicht noch eine Weile hinausgezögert hatte, packte Niccolò sein Bündel und beeilte sich, die Heimreise anzutreten, um frische Ware zu besorgen.

Während er seinem Bruder berichtete, gingen seine Gedanken zu der Reise zurück, und er erinnerte sich an gewisse Empfindungen, die er indessen für sich behielt. Etwa dass er sich oft bei der Rückreise ausgemalt hatte, wie Cintia auf den glücklichen Abschluss seiner Geschäfte reagieren würde. Jedes Lächeln, jedes Leuchten ihrer Augen hatte er so deutlich vor sich gesehen, als ob sie bei ihm wäre, und manchmal, in den Nächten, bevor er einschlief, stellte er sich vor, dass sie in den Armen hielt. Mehr als Küsse hatte er sich in diesen Fantasien

555

nicht gestattet, doch allein diese Vorstellung erregte ihn über alle Maßen. Einmal hatte er seine Begierde so sehr mit Tagträumen aufgeheizt, dass er in einer grenznahen Stadt, wo der Handelszug rastete, zu einer Hure ging. Eine zu finden war wesentlich einfacher, als er angenommen hatte: Er fragte einen der Reiter aus dem bewaffneten Geleitschutz, einen narbengesichtigen, wilden Burschen, der häufig mit den Frauenbekanntschaften prahlte, die er in ganz Europa unterhielt. Dieser nannte Niccolò sofort ein Haus, in dem es willige Mädchen gab. Niccolò überwand zunächst seine Abneigung gegen Alkohol und trank sich ausreichend Mut an, bevor er sich gewappnet fühlte, das Dirnenhaus aufzusuchen. Die unwürdigen Umstände, die dort dazu geführt hatten, dass er zuerst beraubt und dann eingekerkert wurde, beschämten ihn im Nachhinein immer noch so sehr, dass er, als er seinem Bruder davon berichtete, diesen Teil seiner Erlebnisse auf ein erträgliches Maß zusammenstrich und bagatellisierte.

»Einer der Kerle aus dem Tross, mit dem ich reiste, bekam mit, dass ich eine Menge Gold mit mir führte. In einem Dorf, wo wir rasteten, lockte er mich in einen Hinterhalt. Er schlug mich nieder und nahm mir alles ab. Anschließend ließ er mich in einem Schweinekoben liegen, vermutlich in der Annahme, ich sei tot. Weil in dem Stall auch ein Sack mit Diebesgut lag, dachte man, ich hätte lange Finger gemacht, und so kam ich hinter Gitter.«

Gregorio gab einen Laut des Entsetzens von sich, doch Niccolò zuckte nur unbehaglich die Schultern, im Wissen darum, dass es sich in Wahrheit ein wenig anders zugetragen hatte. Tatsächlich hatte ihm die Hure ein Schlafmittel eingeflößt, mit der Behauptung, es handle sich um ein anregendes Mittel, welches ihm helfen werde, seine Scheu vor dem ersten Mal zu überwinden. Ihm war zwar schleierhaft, woher sie überhaupt gewusst hatte, dass er vorher noch nie bei einer Frau gelegen hatte, doch in dem Moment hatte er einfach angenommen, Weiber wie sie hätten dafür einen untrüglichen Blick. Daher hatte er auch gemeint, ihr vertrauen zu können, und hatte den Trank geschluckt, den sie ihm reichte. Als er wieder aufwachte, lag er tatsächlich im Schweinekoben, nackt und ohne seine Habe, und der Handelstross war längst weitergezogen. Die Büttel, die ihn aus dem Stall zerrten, fanden einen Beutel bei ihm, in dem einige Habseligkeiten der Hure steckten, die ihn scheinheilig des Diebstahls bezichtigt hatte. Ohne großes Federlesen wurde er trotz aller Beteuerungen, das Opfer einer Intrige zu sein, ins örtliche Gefängnis verfrachtet, wo er vermutlich immer noch hocken würde, wäre nicht nach einer Weile, die ihm wie die Ewigkeit vorkam, ein Händler aufgetaucht, den er aus Paris kannte und der für ihn bürgte.

»Ich hatte noch Glück im Unglück«, berichtete Niccolò. »Der Kaufmann, der mit seiner Aussage für mich einstand, lieh mir genug Geld, damit ich mir Pferd und Proviant beschaffen und mit einem der nächsten Handelszüge weiterreisen konnte.«

Gregorio betrachtete ihn mitfühlend. »Sicher hat es dich schwer getroffen, das Gold aus dem Parisgeschäft zu verlieren, aber dein Leben ist allemal mehr wert. Gold lässt sich ersetzen, das Leben niemals.«

»Oh, das Gold habe ich wieder«, sagte Niccolò gelassen.

»Wie das? Hast du den Gauner aufgespürt, der es dir raubte?«

Niccolò nickte. »Auf Umwegen, sozusagen. Zuerst stieß ich auf den Handelszug, oder genauer, ich hörte die Geschichten, welche die Leute darüber erzählten. Der Tross geriet bei Mailand in ein Scharmützel mit Marodeuren und wurde aufgerieben, mehr als dreißig Mann wurden niedergemetzelt. Reittiere, Handelsware, Wertsachen – es wurde alles geraubt, nur die Toten ließen sie zurück.«

Ungläubig blickte Gregorio ihn an. »Dann war es ja förmlich ein Glück, dass du unterdessen im Gefängnis saßest! Im Grunde müsstest du diesem Räuber dankbar sein!« Stirnrunzelnd fuhr er fort: »Aber wie bist du dann wieder an dein Geld gekommen?«

»Ich fand heraus, dass der Kerl gar nicht mit dem Tross wei-

557

tergezogen war, sondern allein. Ein paar Dörfer weiter entdeckte ich ihn in einer Schenke.«

»Und hast dir mithilfe der örtlichen Ordnungshüter deinen rechtmäßigen Besitz zurückgeholt!«, rief Gregorio, offensichtlich begeistert über so viel unverhofftes Glück im Unglück.

»Ganz recht«, bestätigte Niccolò leichthin. Über den Ausgang dieses Unternehmens war er tatsächlich immer noch hochzufrieden, und hatte er anfangs noch eine schwache Beklemmung über seine eigene Mordlust empfunden, so war er darüber inzwischen so weit hinausgewachsen, dass er sogar stolz darauf war, wie er es hinbekommen hatte. Manchmal zuckte seine Schwerthand in dem unwillkürlichen Verlangen, den Streich noch einmal ausführen zu dürfen, mit dem er in jener Nacht dem Gauner das Herz durchbohrt hatte, und dann schloss er die Augen und fühlte wieder das warme Blut über seine Hände fließen. Niemand hatte geschrien oder Alarm geschlagen, als er in aller Ruhe das Kurzschwert abgewischt und sich selbst gesäubert hatte, auch nicht die Hure, obwohl sie alles von Anfang an mitbekommen hatte. Sie hatte den ersten Hieb empfangen, doch war dieser, im Gegensatz zu dem Dolchstoß, den er dem Mann versetzt hatte, nicht sofort tödlich gewesen. Röchelnd und beide Hände um den durchstochenen Hals gekrampft, hatte sie mit weit aufgerissenen Augen verfolgt, wie der nächtliche Eindringling den neben ihr im Bett liegenden Gefährten umbrachte und dann mit ernster Miene zu ihr trat, um ihr den Gnadenstoß zu versetzen. Beide hatten entschieden, ihn sich zum Feind zu machen, folglich war ihr Tod die logische Konsequenz.

Von dem Gold hatte nicht viel gefehlt, vermutlich hatten sie nicht gewagt, allzu viel davon auszugeben, um nicht aufzufallen. Genauso verhielt Niccolò sich während der restlichen Heimreise. Er ritt auf einem altersschwachen Esel und kleidete sich in Lumpen, und zum Rasten wählte er nur die primitivsten Herbergen, sodass niemand mehr bei ihm reiche Beute vermuten konnte. Als hinkender, verarmter Flüchtling war er auch besser gegen die Söldner geschützt, mit deren Aufmärschen überall in der Lombardei und weiter westlich gerechnet werden musste, je näher man venezianischem Gebiet kam. Die Soldaten fackelten nicht lange, wenn Handelszüge oder begüterte Reisende ihren Weg kreuzten: Sie beschlagnahmten kurzerhand alles, was ihnen ins Auge stach, ob für Kaiser, Franzosenkönig, Papst oder Dogen.

»Es ist ein Wunder, dass du wieder heimgekehrt bist!«, bekräftigte Gregorio die bereits geäußerte Feststellung. »Dem Herrn sei Dank!«

»Ich danke ihm jeden Tag«, sagte Niccolò, was nur leicht übertrieben war. Er hatte wirklich inbrünstige Dankgebete gesprochen, nachdem alles gut ausgegangen war; in Padua hatte er sogar einen schönen Batzen Geld der Kirche gestiftet, eine Transaktion, bei der er zugleich einen umfassenden Ablassbrief erstanden hatte, was sein Wohlbefinden zwar nicht unbedingt steigerte, aber doch – man wusste ja nie – seinem Seelenheil zuträglich sein mochte.

»Es ist gut, dass du wieder da bist«, sagte Gregorio. »Vater ist nicht in der besten Stimmung, weißt du.«

»Es blieb mir nicht verborgen. Sein Hass auf mich ist unverkennbar.«

Gregorio wirkte überrascht. »Nicht doch! Er hasst dich nicht! Wenn er auf jemanden wütend ist, dann allein auf mich.«

Die Unterhaltung wurde unterbrochen, als Eufemia und die Köchin das Essen auftrugen. Schwitzend und mit strahlenden Gesichtern schleppten sie alles heran, was die Küche in der kurzen Zeit hergegeben hatte. Die Männer ließen sich bedienen und sprachen auch dem Wein zu, den Eufemia ihnen einschenkte.

»Ich habe jeden Tag gebetet, dass du heimkommst«, sagte die alte Frau mit zitternder Stimme. Ihre Wangen waren immer noch nass von ihren Freudentränen.

Niccolò fühlte bei ihrem Anblick stille Dankbarkeit – und Erstaunen, weil sie noch im Haus war. Während seiner Haft hatte er hin und wieder an sie gedacht, davon überzeugt, dass sein Vater nicht gezögert hatte, sie hinauszuwerfen.

Als sie das Gemach wieder verlassen hatte, sprach er seinen Bruder darauf an. »Mich wundert, dass Eufemia noch hier ist. Anscheinend wird Vater auf seine alten Tage noch sentimental.«

Gregorio zuckte die Achseln. »Ich sagte doch, dass er nicht auf dich wütend ist. Oder sagen wir: nicht richtig.« Er schüttelte den Kopf. »Mir scheint manchmal, dass du ihn auf gewisse Weise reizt, ohne dass du es willst. So wie vorhin. Ich hatte den Eindruck, als würde Vater sich freuen, dass du wieder da bist, aber dann ...«

»Brach die alte Abneigung bei ihm wieder durch«, ergänzte Niccolò trocken.

»Nein, ich glaube, du hast ihn lediglich durch dein kühles Auftreten und deine unbeeindruckte Art verstimmt.« Gedankenvoll runzelte Gregorio die Stirn. »Vielleicht ist es das, was ihn immer schon geärgert hat. Deine Stärke. Du bist stärker als er, weißt du. Vielleicht ... fürchtet er deine Überlegenheit.«

»Wen kümmert es«, sagte Niccolò lapidar, und in diesem Augenblick war es ihm wirklich völlig gleichgültig.

Für Gregorio war indessen das Thema noch nicht abgeschlossen. »Falls er wirklich zornig ist, dann nur auf mich.«

»Das sagtest du eben schon, aber wie kommst du darauf?«

Gregorio zuckte die Achseln. »Es ist die alte Geschichte, nur in anderer Variante.«

»Was meinst du?«

»Ach, du kannst es ja noch nicht wissen. Cintias Gatte ist gestorben, und da bildete Vater sich prompt ein, ich könnte ...«

»Was?« Ungestüm sprang Niccolò auf und stieß dabei den Stuhl zurück, der umkippte und krachend auf dem Boden landete. »Paolo Loredan – tot?«

Gregorio nickte. »Der arme Mann hatte einen schrecklichen Unfall im Arsenal, kurze Zeit nachdem du abgereist warst. Ich war bei der Beisetzung, denn ich fand, jemand aus unserer Familie sollte anwesend sein. Das arme Mädchen, sie stand völlig neben sich.«

»Und hinterher wollte Vater, dass du sie heiratest«, sagte Niccolò geistesabwesend.

»Nun ja, das war schon immer seine fixe Idee. Doch ich habe es ihm auch diesmal ausgeredet.« Gregorio zuckte die Achseln. »Selbst wenn ich nachgegeben hätte – es ginge gar nicht mehr. Inzwischen ist sie verschwunden, und kein Mensch weiß, wo sie sich aufhält.«

Lucietta streckte sich träge und drehte sich dann zur Seite, um Giacomo zu betrachten. Im Licht der Kerzen wirkte sein Gesicht entspannt und unschuldig, fast wie das eines Knaben. Er war vor einer Weile eingeschlafen, so wie meist nach dem Geschlechtsakt, und nicht zum ersten Mal fragte Lucietta sich, was Männer dazu brachte, nach der Liebe in Schlaf zu sinken, während sie selbst jedes Mal hellwach und tatendurstig war. Meist hätte sie gern hinterher geredet oder wenigstens in seinen Armen gelegen und sich von ihm streicheln lassen, doch dazu war er regelmäßig zu müde. Kaum dass seine Kraft anschließend noch reichte, sich von ihr herunterzurollen und die Decke über sich zu zerren.

Wie so oft hatte er die Hand zwischen die Beine geschoben, um sein Glied zu bedecken, fast so, als fürchtete er, im Traum entmannt zu werden. Ob er das nur tat, wenn er mit ihr im Bett lag? Lucietta nahm sich vor, Esmeralda zu fragen, die ebenfalls gelegentlich das Bett mit Giacomo teilte. Zuerst hatte Lucietta darunter gelitten und ihm Szenen gemacht, und er hatte versprochen, es sein zu lassen, doch nur zu rasch hatte sie bemerkt, dass seine Beteuerungen nur dazu dienten, sie zu beruhigen, und dass er in Wahrheit immer noch mit Esmeralda schlief. Vermutlich konnte sie schon zufrieden sein, dass er es nicht noch mit anderen trieb, so wie bis vor Kurzem mit dieser Sibilla, die sich inzwischen einem anderen zugewandt hatte, worauf

Giacomo sich prompt wieder hatte blicken lassen und so tat, als hätte es diese Episode nie gegeben.

Grollend überlegte Lucietta, ob sie ihn wecken sollte, damit er sich mit ihr unterhielt. In der letzten Zeit kam er zwar wieder häufiger als noch vor einigen Monaten, doch dafür ging es im Bett auch schneller zur Sache und war rascher vorbei. Danach schlief er, und sobald er aufwachte, wusch er sich ihren Geruch vom Körper und brach auf, um zu seiner langweiligen, faden Frau zurückzukehren. Nie nahm er sich länger als einige Augenblicke, um mit ihr zu reden, obwohl Lucietta ihn häufig darum bat.

»Du hast doch hier genug Frauen um dich, und die reden alle gern, das weiß ich«, hatte er einmal erwidert. Hätte er ihr an diesem Tag nicht ein hübsches Armband geschenkt, hätte sie ihn hinausgeworfen.

Zu ihrem Leidwesen brachte er seltener Geschenke mit als zu Beginn ihrer Beziehung, und sie waren bei Weitem nicht mehr so kostbar. Meist handelte es sich nur noch um Glasschmuck oder Wäsche aus minderwertiger Seide. Lucietta ahnte, dass er in nicht allzu ferner Zukunft vielleicht gar nichts mehr mitbringen würde. Bald musste etwas geschehen, so viel stand fest, denn sie war keinesfalls gewillt, sich anderen Männern hinzugeben. Genau das würde Daria aber von ihr verlangen, wenn Giacomo den Freierlohn schuldig blieb. Im Geiste hatte Lucietta sich bereits mit der zur Verfügung stehenden Auswahl befasst, doch unter all den Männern, die regelmäßig in der Ca' Loredan erschienen, war außer Giacomo niemand akzeptabel. Nicht dass sie nicht schon Angebote bekommen hätte; zwei oder drei der Männer hatten sie bereits umworben und ihr Geschenke versprochen, doch waren sie samt und sonders entweder zu alt oder zu hässlich, da hätte sie gleich einen von den Widerlingen heiraten können, die seinerzeit Cintias Vater für sie ausgesucht hatte.

Beim Gedanken an Cintia wurde Lucietta von Beklommenheit erfasst. Jeden Tag wuchs die Gefahr der Entdeckung, und

Messèr Memmo wurde zunehmend ängstlicher. Er könne nicht ewig seine schützende Hand über sie halten, hatte er kürzlich behauptet, und sich dabei nach allen Seiten umgesehen, als wären die Büttel schon in der Tür, um Cintia fortzuschleppen.

Noch besaß Lucietta etwas Geld, doch ihre Barschaft schmolz langsam, aber sicher zusammen. Dabei hatte sie bisher nicht einmal Cintia etwas zustecken müssen, denn zu Luciettas Beschämung hielt diese sich aus eigener Kraft über Wasser.

Kurzentschlossen zog sie das Laken von Giacomos Körper und rüttelte ihn an der Schulter. Als er lediglich mit einem Brummen reagierte, aber keine Anstalten machte, aufzuwachen, zerrte sie seine Hand von seinem Unterleib weg und kniff ihn in die Hoden. Mit einem Schreckenslaut fuhr er hoch, die Augen weit aufgerissen und die Hände schützend vor sein Gemächt gedrückt.

»Was tust du?«, beschwerte er sich weinerlich, als er merkte, dass ihm keine unmittelbare Gefahr drohte.

»Du schläfst schon seit mindestens einer Stunde«, teilte sie ihm erzürnt mit.

»Aber ich habe doch noch Zeit! Bis zur Vesper ist es noch lange hin!«

»*Zu* lange, wenn du die ganze Zeit nur schlafen willst«, fuhr sie ihn an.

»Aber mein Liebes …«, hob er hilflos an.

Sie schnitt ihm das Wort ab. »Entweder nutzen wir unsere knappe Zeit jetzt aus und reden miteinander, oder du kannst gleich gehen, dann bist du wenigstens noch vor dem Vesperläuten bei deiner faden, hässlichen Marietta!«

Während er noch nach Worten für eine Antwort suchte – von der Lucietta ahnte, dass sie nicht zu ihrer Zufriedenheit ausgefallen wäre –, klopfte es an der Tür, und Esmeralda erschien.

»Du hast Besuch«, sagte sie aufgeregt zu Lucietta. »Ein Mann, der dich unbedingt sprechen will. Er wartet vorn bei der Tür.«

»Hat er seinen Namen genannt?«

Esmeralda warf einen bezeichnenden Blick auf Giacomo, der aus dem Bett gestiegen war und sich nach seinen Sachen bückte. Sie nickte rasch, doch so, dass er es nicht sehen konnte.

Während Lucietta sich rasch ein Gewand überstreifte und ihr loses Haar ordnete, legte Giacomo grummelnd seine Kleidung an und verschwand ohne den üblichen Abschiedskuss. Es versetzte Lucietta einen Stich, als sie ihn so wortlos gehen sah, doch dann sagte sie sich entschlossen, dass es ihr gleichgültig sein konnte. Jemand, der sich derartig rücksichtslos aufführte, verdiente ihre Liebe nicht!

Während sie die Kammer verließ, wurde ihre Verstimmung von Sorge verdrängt. Niemand außer Giacomo pflegte sie hier zu besuchen, und bange fragte sie sich, ob Cintia ihr schlechte Nachrichten sandte. Bereits darauf eingestellt, so schnell wie möglich das Haus zu verlassen und Cintia zu Hilfe zu eilen, betrat sie das Vestibül. Der Mann, der dort auf sie wartete, war jedoch kein Bote, sondern niemand anderer als Niccolò Guardi.

Das Schiffchen lag leicht in Cintias Hand, zarte Fäden verbanden sich unter ihren gleichmäßigen Bewegungen, Schuss und Kette, immer im steten Wechsel, bis die feine Taftbindung des Gewebes zur Fläche wurde. Der Lärm des Webstuhls, die klackernden Holzteile der Mechanik, das surrende Gleiten der Fäden, im Hintergrund hin und wieder das Singen der Frauen – die Geräusche schienen sich ebenso miteinander zu verbinden und zu einem Ganzen zu verwachsen wie der Seidenstoff in der Verspannung.

Dabei verflog die Zeit, ohne dass Cintia es als belastend wahrnahm, ja, mitunter überraschte es sie sogar, dass schon wieder Stunden vergangen waren. Ihr Körper protestierte zuweilen, doch immer erst hinterher, wenn die Arbeit sich dem Ende zuneigte, und dann gingen die Beschwerden mit ein bisschen Dehnen und Strecken stets rasch vorüber.

Die Vorarbeiterin gab das Zeichen zur Pause, und Cintia beugte sich über das fertige Gewebe, das in den letzten Stunden vor ihren Augen wie von Zauberhand entstanden war, aus hauchfeinen roten Fäden, ein Stück herrlich changierender Seide, das im einfallenden Licht leuchtete wie von einem inneren Strahlen erhellt. Nur Seide brachte solch wechselndes Farbenspiel zustande, dieses sanfte Schillern, das jedes Mal anders aussah, je nachdem, wie man den Stoff bewegte, ob man ihn in die Sonne hielt oder vor die sanfte Flamme einer Kerze.

Auf die komplizierteren Brokatmuster verstand sie sich noch nicht, dazu brauchte es mindestens ein Jahr immerwährende Übung, wie Memmo meinte, doch in den beiden Monaten, die sie nun schon am Webstuhl arbeitete, hatte sie nach ihrem Dafürhalten überraschend viel gelernt. Sie war davon ausgegangen, dass sie das Weben schnell beherrschen würde – kannte sie das Handwerk doch, solange sie denken konnte. Aber bald hatte sie eingesehen, dass es seine Zeit brauchte.

Sie nickte der Vorarbeiterin zu und legte den schwarzen Schleier an, bevor sie die Werkstatt für einen Spaziergang verließ, während die anderen Arbeiterinnen sich vor dem Tor der Manufaktur in die Sonne setzten und dort ihr mitgebrachtes Mahl auspackten.

Während der Mittagspausen hatte Cintia meist das Bedürfnis, sich zu bewegen. Am liebsten ging sie ans Meer und schaute über das Wasser, als könnte sie dort, wo der Himmel und die blaue Fläche der Lagune sich trafen, ihre Zukunft sehen. Eine Zukunft, in der alles besser wäre.

Nach Lage der Dinge war sie davon weiter entfernt denn je, zumindest musste sie das bei objektiver Beurteilung sich selbst gegenüber einräumen. Dennoch fand sie, dass sie bereits weit gekommen war. Der erste Schritt – die Flucht. Der zweite – ein sicherer Unterschlupf. Beides hatte sie mit zähem Überlebenswillen erreicht.

Dass Imelda sich in der Kate ihrer Nichte auf dem Lido aufhalten würde, hatte Cintia während ihrer Flucht von Tommasos

Hof zwar erhofft, aber nicht ernsthaft erwartet. Die Alte gleichwohl dort anzutreffen, hatte sie als göttliche Fügung erachtet – und fortan darauf vertraut, dass sie auch alles Weitere schaffen würde.

Dagegen hatte es aller Überredungsgabe bedurft, Agostino Memmo zu überzeugen, ihr Arbeit zu geben. Ihm lag zwar fern, sie den Behörden zu überantworten – davor scheute er nach all dem, was ihr bei den Flanginis widerfahren war, erwartungsgemäß zurück –, doch sein Respekt vor ihrer Stellung sowie vor ihrem verstorbenen Vater machten es ihm schwer, sie als Arbeiterin in der Weberei zu beschäftigen. Nachdem er ihr mit etwas Geld ausgeholfen und ihr in einem halbwegs ordentlichen Mietshaus unweit des Campo dei Mori eine Kammer besorgt hatte, die sie sich mit Imelda teilte, hatte Cintia ihn mehrfach mit ihrem Anliegen bedrängt, bis er schließlich nachgegeben hatte.

»Es gehört ja doch alles Euch, jeder Webstuhl, jedes Stück Seide, sogar das Haus, in dem ich Euch untergebracht habe«, hatte er mit hilfloser Miene gemeint, bevor er ihr endlich erlaubte, in einer Weberei ihres Vaters zu arbeiten. Mit Bedacht hatte sie sich für die eine entschieden, in der sie vorher noch nie gewesen war, sodass sie halbwegs sicher sein konnte, dass niemand sie dort wiedererkannte.

Die Manufaktur war die kleinste von den dreien, die sie von ihrem Vater geerbt hatte. Sie befand sich im Norden Cannaregios, in einer ärmlichen Gegend, wohin es kaum je einen der Reichen aus ihrem alten Sestiere verschlug. Dennoch ging Cintia nur verschleiert nach draußen, in schwarzer Witwentracht, was sie nicht nur als hinreichenden Schutz, sondern auch als eigentümlich tröstlich empfand, denn ihr Bedürfnis, um Paolo zu trauern, bestand fort. Der Schmerz war nicht mehr ganz so schneidend wie unmittelbar nach seinem Tod, doch immer noch wurde sie fast täglich von Verlustgefühlen überwältigt, die so stark waren, dass sie in solchen Momenten in Tränen ausbrach, egal, wo sie sich gerade befand.

Wenn sie zur Beichte oder zur Messe ging, nahm sie den Schleier nicht ab, und sie verwendete stets einen falschen Namen. Während der sonntäglichen Frühmessen in der Kirche Santa Maria dell'Orto, in deren Nähe sie nun wohnte, betete sie stumm für das Seelenheil ihres toten Mannes.

Cintia ging über die Fondamenta dell'Orto an der Kirche vorbei, deren Turm gerade neu errichtet wurde. Das Hämmern der Bauarbeiter hallte über den Platz und den lang gestreckten Kanal, während Cintia in Richtung Sant'Alvise und von dort weiter bis zum Meer spazierte, zu einem von Schilf bewachsenen Strandstück, wo sie sich auf einem hölzernen Anlegesteg niedersetzte, ihre mitgenommene Mahlzeit auspackte und träumend über das Wasser blickte, hinüber zur Isola San Michele und der dahinterliegenden Silhouette von Murano. Noch weiter entfernt, von hier nicht zu sehen, lagen Torcello und Burano, kleine Inseln, doch ausreichend dicht besiedelt, um dort Unterschlupf zu finden, ohne die Gefahr, entdeckt und wieder einer Vormundschaft unterstellt zu werden. Sie wusste, dass es dort ebenfalls Webereien gab, und mithilfe Memmos sollte es ihr gelingen, Arbeit und ein Auskommen zu finden. Als Weberin würde sie sich die Zeitspanne bis zu ihrer Großjährigkeit über Wasser halten, und dann wäre sie endlich für alle Zeiten Herrin ihres Vermögens. Mit fünfundzwanzig Jahren, so bestimmte es das Gesetz, durfte sie als Witwe ihr Vermögen selbst verwalten, dann würde niemand sie mehr daran hindern, ihr Leben frei zu gestalten. Frei ... Sie biss von dem Brot ab, das sie mitgebracht hatte, und kaute langsam, während sie versunken in die Ferne blickte.

»Cintia.«

Die Männerstimme hinter ihr ließ sie zusammenfahren, es war fast so, als hätte ein Hauch aus der Vergangenheit sie gestreift, und einen aberwitzigen Moment lang glaubte sie, Paolo hätte sie angesprochen. Ruckartig drehte sie sich um, und als sie sah, wer dort stand, konnte sie es im ersten Augenblick kaum glauben.

»Niccolò«, schrie sie. »Du bist zurückgekommen!« Sofort sprang sie auf und lief auf ihn zu. Er kam ihr entgegen, die Arme ausgestreckt, und ohne Scheu warf sie sich hinein und ließ sich von ihm umfangen, völlig unbekümmert in ihrer Begeisterung, ihn lebend und wohlauf wiederzusehen. Über seine Schulter sah sie Lucietta, die erhitzt und aufgelöst vom raschen Gehen ein paar Schritte hinter ihm stand, offensichtlich ebenso erfreut wie sie selbst.

Gleichzeitig weinend und lachend, stemmte sich Cintia ein wenig von Niccolò weg, um ihn zu betrachten. Schon auf den ersten Blick war festzustellen, dass er sich verändert hatte. Braun gebrannt und drahtig, schien er ihr stärker und härter als früher, und um seine Augen hatten sich winzige Fältchen eingegraben. Zu ihrer Überraschung sah sie, dass ein schmaler Streifen weißen Haars sich von seiner Schläfe nach hinten zog, als wäre dort ein Maler mit seinem Pinsel vorbeigefahren, um die Stelle zu markieren.

Tiefe Bewegung schwang in ihrer Stimme. »Warum warst du so lange fort? Was ist mit dir geschehen?«

»Ach, ich bin auf der Rückreise von Räubern überfallen und irrtümlich eingesperrt worden. Aber das Gold blieb mir erhalten, ich habe einen gewaltigen Gewinn für dich herausgeholt, dem Krieg sei Dank.« Achselzuckend fügte er hinzu: »Dich gesund wiederzusehen war die ganze Mühsal wert!« Sanft fasste er sie bei den Schultern. »Und was haben sie dir angetan, mein armes Mädchen? Sag nur ein Wort, und ich töte sie alle!«

Im Hintergrund ertönte ein Räuspern. »Ich habe ihm berichtet, wie die Flanginis dich drangsaliert haben«, erklärte Lucietta. Sie trat näher und legte beschützend den Arm um Cintia, so wie sie es immer tat, wenn sie einander trafen. Stets hatte sie das Bedürfnis, Cintia zu umarmen und an sich zu drücken, als wollte sie auf diese Weise ausgleichen, dass sie es nicht über sich brachte, Darias Haus zu verlassen und mit Cintia und Imelda unter ärmlichen Umständen in einer winzigen Kammer zu hausen.

»Hast du ihm alles erzählt?«, wollte Cintia wissen.

»Ähm … nun ja, all das, was ohnehin offenkundig ist«, meinte Lucietta ausweichend. Zu Niccolò sagte sie: »Gestatte mir ein paar Worte allein mit meiner Cousine, ja?«

Er verneigte sich höflich. »Selbstverständlich.« Hinkend zog er sich einige Schritte zurück, bis er außer Hörweite war, ohne jedoch aufzuhören, Cintia anzustrahlen.

Lucietta kämpfte unterdessen mit den Tränen. »Ich bin so glücklich, ich kann es kaum fassen«, meinte sie mit unterdrücktem Schluchzen. »Gott hat meine Gebete erhört und uns Rettung geschickt!«

»Wovon sprichst du? Ah, ich verstehe. Du meinst das Gold. Sicher wird er uns aushelfen, das ist wohl wahr. Das wird uns manches erleichtern, vor allem, wenn wir von hier weggehen, denn dann werden wir es dringend brauchen.«

»Nicht doch, du Dummchen! Er kann viel mehr für uns tun! Er wird dich zur Frau nehmen!«

Cintia starrte ihre Cousine an. »Was?«

»Er wollte es doch schon immer! Von Anfang an wollte er dich heiraten! Jetzt ist es endlich möglich! Und du wirst zustimmen, denn es ist unsere Rettung! Endlich kannst du wieder in Besitz nehmen, was dein ist! Niemand kann es dir dann mehr vorenthalten. Und Niccolò – er wird so gut zu dir sein! Kennst du einen einzigen Menschen auf der Welt, der dich mehr lieben würde als er? Der, ohne zu zögern, sein Leben für dich opfern würde?«

Perplex schüttelte Cintia den Kopf. »Du bist verrückt! Wie kannst du annehmen, ich würde …« Sie brach ab, denn der Gedanke erschien ihr schlicht ungeheuerlich. Mit ungläubigem Lachen wiederholte sie schließlich: »Du bist verrückt.«

»Er wird dich dennoch nehmen«, sagte Lucietta im Brustton der Überzeugung. »Es wird ihn nicht abhalten.« Ein wenig zittrig lächelte sie Niccolò an, der daraufhin mit fragender Miene zurückgehumpelt kam. »Gibt es Schwierigkeiten?«, wollte er wissen.

Cintia entfuhr ein misstönendes Lachen. »Meine Cousine glaubt alles Ernstes, du würdest um mich freien.«

Seine Wangen färbten sich eine Spur dunkler. »Aber das will ich tatsächlich! Du bist Witwe und ohne männlichen Schutz, und du musst dich vor deinen Feinden verstecken, weil niemand dir zur Seite steht. Was wäre ich für ein Freund, würde ich dir nicht die Ehe antragen, zumal es nach Lage der Dinge die einzige Möglichkeit ist, dir aus dieser absurden Klemme herauszuhelfen!« Er hielt inne, bevor er leise hinzufügte: »Außerdem weißt du, wie ich für dich empfinde. Daran hat sich nie etwas geändert, Cintia.«

»Ich lasse euch für eine Weile allein«, meinte Lucietta, hastig den Rückzug antretend, ohne Cintia dabei aus den Augen zu lassen. Bevor sie sich schließlich abwandte, warf sie Cintia einen letzten beschwörenden Blick zu.

Cintia räusperte sich. »Niccolò, bitte, bevor du noch etwas sagst, das dir hinterher sicherlich nur leidtun wird – du kannst mich nicht heiraten. Es wäre nicht richtig. Es wäre …« Sie suchte nach Worten. »Es wäre schlicht und ergreifend eine Zumutung.« Als sie seinen verletzten Blick sah, fuhr sie eilig fort: »Für dich, Niccolò! Für dich!«

Unverwandt schaute er sie an. »Wie kannst du so etwas sagen, wenn es doch alles ist, was ich mir je wünschte!«

»Es geht nicht. Es geht einfach nicht.« Mit diesen Worten schlug sie den leichten schwarzen Umhang auseinander, den sie über ihrer Gamurra trug, damit er die Wölbung ihres Leibes sehen konnte.

Er starrte sie an, und sie merkte, dass es einige Augenblicke dauerte, bis er es begriff. Ein Betrachter merkte es nur, wenn er es wusste, denn sie hatte nicht viel zugenommen. Einesteils lag es daran, dass sie bei den Flanginis nur wenig gegessen hatte, zum anderen daran, dass sie ohnehin von schlanker Statur war.

»Das ist … Du bekommst ein Kind«, stieß Niccolò hervor. Aus seinem Gesicht wich die Farbe. »Ist es … Ich meine, ist es …« Er brachte die Frage nicht heraus, doch das Entsetzen in seinem Blick ließ keinen Zweifel daran, dass er annahm, sie könne noch nicht lange schwanger sein, sodass er davon ausgehen musste, jemand hätte ihr Gewalt angetan.

»Es ist Paolos Kind«, sagte sie ruhig. »Es ist ehelich.«

»Aber …«

»Ich weiß, es sieht nicht so aus, aber ich bin bereits im sechsten Monat.«

Die Hebamme, bei der sie kürzlich zur Untersuchung gewesen war, hatte gemeint, dass schmal gebauten Frauen beim ersten Kind oft in den letzten Wochen vor der Niederkunft erst richtig anzusehen war, dass sie schwanger gingen. Das Kind würde um Weihnachten herum kommen, hatte die Hebamme gemeint, nachdem sie Cintias Leib abgetastet und ihr einige Fragen gestellt hatte. Zu Cintias Erleichterung war mit dem Kind alles in Ordnung; es war von normaler Größe, die dürftige Kost während der Gefangenschaft hatte ihm nach Dafürhalten der Hebamme nicht geschadet.

Sie blickte Niccolò an. »Verstehst du jetzt, warum wir nicht heiraten können?«

Er schüttelte den Kopf, als müsse er einen Spuk vertreiben, bevor er sie eindringlich musterte. »Cintia, begreif doch, dass du jetzt erst recht meine Frau werden musst! Nicht nur du brauchst Schutz, sondern auch das Kind! Wie hast du dir denn vorgestellt, es großzuziehen? Willst du es am Webstuhl gebären?«

»Ich will bis zur Niederkunft arbeiten«, räumte sie ein. »Danach soll Imelda sich um das Kleine kümmern, während ich weiter für unser Einkommen sorgen werde.«

»Hat sie denn Milch für das Kind?«, versetzte er sarkastisch. »Aber zweifellos hast du bereits Vorsorge für eine Amme getroffen.«

Sie fühlte sich ertappt. »Darum hätte ich mich schon rechtzeitig gekümmert«, meinte sie abwehrend. »Und bestimmt hätte Memmo mir für die kommende Zeit ein bisschen Geld …«

Er fiel ihr ins Wort. »Vergiss Memmo. Der Mann ist ein

Feigling, er hat dich schon einmal verraten und ausgeliefert, so wie es auch deine Tante tat.«

»Das bedauert er sehr«, verteidigte Cintia den Verwalter. »Er hat mir geholfen, wo er nur konnte.«

»Wirklich? Hat er in der ganzen Zeit, als du bei den Flanginis warst, etwa ein einziges Mal nach dir gesehen? Lucietta hat mir erzählt, wie oft sie ihn gebeten hat, mit ihr dorthin zu gehen, nachdem sie selbst drei Mal von diesem Flangini oder seiner Frau weggejagt wurde. Sogar die Hunde haben sie auf deine Cousine gehetzt! Hat es Memmo vielleicht gestört? Nein, alles, was er deiner Cousine dazu mitteilte, bestand in der Ausrede, dass die behördlichen Verfügungen bindend seien und er leider keine Handhabe sehe, sich in rechtmäßige Verwaltungsvorgänge einzumischen!« Niccolò war anzusehen, dass er förmlich kochte vor Wut, doch dann bemühte er sich um Mäßigung. »Verzeih meinen Ton.« Er trat dicht vor sie hin und nahm ihre Hände. »Cintia, denk doch einmal nach! Willst du als Tagelöhnerin dein Kind aufziehen, mit kaum genug Geld, um dir im Winter Kohle zum Heizen zu kaufen und die Zutaten für einen dürftigen Steckrübeneintopf? Soll es denn in einer zugigen Kammer hausen und seine Mutter bestenfalls an den Sonntagen einmal sehen? Steht ihm nicht sein rechtmäßiges Erbe zu, so wie dir auch? Soll dir und deinem Kind all das genommen werden, nur weil bösartige Menschen es so wollen, obwohl es doch so leicht verhindert werden kann?« Er zögerte, dann setzte er langsam hinzu: »Würde Paolo das für sein Kind wollen?«

Cintia biss sich auf die Lippen, weil sie kaum den Schmerz ertragen konnte, der sie bei Niccolòs Worten überkam. In ihren Augen brannten Tränen der Wut und der Trauer, während sie ihre Hände aus den seinen zog und einen Schritt zurücktrat.

»Nein«, sagte sie heftig. »Paolo würde das keinesfalls wollen, wäre er noch am Leben. Er würde jeden töten, der mir und seinem Kind all das antäte, womit ich seit Monaten zu kämpfen habe. Zuerst der Hunger und das Elend in diesem Loch bei Flangini. Dann die Freiheit, aber um welchen Preis! Jeden Tag diese Furcht, gefunden und wieder zurückgebracht zu werden! Die Sorge, ob ich alles richtig mache, vor allem für das Kind.« Sie hielt inne. »Das Kind!«, wiederholte sie. »Dafür tue ich das doch alles! Sonst wäre ich längst weit fort, irgendwo, wen würde es kümmern!«

»Mich«, sagte Niccolò leise. »Mich würde es kümmern. Und ich werde genau das für dich tun, was auch dein Mann getan hätte, sei unbesorgt.«

Sie wandte sich ab und ging die wenigen Schritte bis zum Wasser. Die Wellen schlugen vor ihren Füßen gegen das schilfbewachsene Ufer, und einige Spritzer trafen ihre Schuhe. »Alles was ich je in meinem Leben wollte, war, frei zu sein«, sagte sie.

»Was ist schon Freiheit.« Niccolò trat hinter sie, es war zu hören, wie sein verkrüppeltes Bein beim Gehen ein Scharren auf dem Holzsteg verursachte.

»Sie ist nichts für den, der sie hat, aber alles für den, der sie will«, versetzte sie. »Willst du denn nicht frei sein?« Sie drehte sich zu ihm um und sah, dass er nachdachte. Achselzuckend meinte er schließlich: »Nun, ich gebe zu, dass ich im Gefängnis sehr oft darüber nachgedacht habe. Natürlich wollte ich da nichts mehr als die Freiheit.« Stirnrunzelnd hielt er inne. »Ja, und früher, noch im letzten Jahr, da wollte ich wirtschaftliche Freiheit. Eigenes Geld verdienen, von Vater unabhängig sein. Er könnte mich auch heute noch unterdrücken, das weiß ich wohl, denn im Rechtssinne ist er das Familienoberhaupt. Doch er wagt nicht mehr, es darauf anzulegen. Ich habe Geld und bin mein eigener Herr, und bald habe ich auch mein eigenes Zuhause, dann hat er mir nichts mehr zu sagen.«

»Also bist du frei. Ähnliches will ich für mich, denn ich begehre nicht mehr und nicht weniger, als dorthin gehen zu dürfen, wohin ich möchte. Dinge zu tun, nach denen mir der Sinn steht, ohne vorher jemanden um Erlaubnis zu fragen.« Sie deutete auf den Schleier, der lose um ihr Gesicht wehte. »Ohne mich zu verstecken.«

»Die Art von Freiheit, die du meinst, ist die eines Mannes.«

Überrascht blickte sie ihn an. Sofort erkannte sie, dass er recht hatte. Nur Männern war es möglich, auf jene Art frei zu sein, die sie meinte. Männer konnten vieles tun und entscheiden, was Frauen verwehrt blieb, sogar, wenn sie jung waren.

»Ich würde es auch allein schaffen«, sagte sie eigensinnig. »Ich hatte mir alles genau zurechtgelegt. Willst du etwa behaupten, ich wäre gescheitert?« Sie ballte die Fäuste. »Es liegt nur daran, dass ich zu jung bin! Doch die fehlenden Jahre hätte ich es durchgehalten, ich hätte es geschafft!« Die letzten Worte schrie sie beinahe.

Niccolò blickte sie nur schweigend an. Nach einer Weile meinte er leise: »Ja, du hättest es geschafft, Cintia. Daran habe ich nicht den geringsten Zweifel. Ich wüsste kaum einen Menschen, der stärker ist als du. Wenn jemand dem Schicksal die Stirn bieten kann, dann bist du es. Du könntest nach der Geburt deines Kindes von hier fortziehen, nur mit dieser Alten als Hilfe, und mit der Kraft deiner Hände und deinem Geist hättest du dein Leben gemeistert. Und anschließend wärst du noch stärker gewesen als jetzt.«

Sie wich seinem Blick nicht aus. »Aber es wäre eine Stärke, die durch das Leid kommt, nicht wahr? Das ist es, was du mir sagen willst, oder?« Sie klopfte sich auf die Brust. »Diese Stärke, die ich in mir schon fühle – sie kommt allein durch das Leid.«

Er streckte die Hand aus und fing ihre Faust ein, um sie gegen seine eigene Brust zu drücken. »Die Stärke, die da drin ist, kommt ebenfalls durch Leid«, sagte er einfach. »Es ist wohl die Voraussetzung dafür, richtig frei zu sein, jedenfalls glaube ich das.«

»Dann werde ich diesen Weg gehen«, sagte sie entschlossen.

»Cintia, ich kann dir bieten, an meiner Seite so frei zu sein, wie es nur irgend geht«, widersprach er. »Wir haben schon vorher zusammengearbeitet, du hast gesehen, dass es klappt. Wir beide, wir wären das ideale Gespann! Die Seidenweberei und alles, was dazugehört, mitsamt der Führung des Kontors und den Geschäftsgesprächen – ich weiß doch, wie wichtig es dir ist, und all das ist doch auch mein Anliegen! Wir könnten an dem Punkt weitermachen, an dem wir vor meiner Abreise aufgehört hatten, nur unter anderen, sicheren Bedingungen. Zusammen könnten wir den venezianischen Seidenhandel beherrschen! Ihm ein unvergängliches Siegel einprägen, so wie dein Vater es getan hätte, wäre nicht die Pest ausgebrochen! Es gehört alles dir, warum um Himmels willen solltest du warten, bis du es endlich in Besitz nimmst?«

»Ja, es gehört mir!«, rief Cintia mit unterdrückter Wut aus. Mit seinen Worten drückte er ihre Sehnsüchte so unmittelbar aus, dass sie am liebsten laut aufgeschrien hatte. Es war nicht recht, dass sie dies ertragen musste! Die Seidenweberei war alles, was sie noch hatte, und wenn sie an die Monate dachte, während der sie sich gemeinsam mit Niccolò um die Geschäfte gekümmert und so viel darüber gelernt hatte, war der Wunsch, das wieder zu besitzen, stärker als alle anderen Gefühle.

»Du kannst deine Ziele erreichen, ohne den Umweg über ein jahrelanges hartes Leben bis zu deiner Großjährigkeit auf dich nehmen zu müssen«, fuhr Niccolò eindringlich fort. »Niemand wird dir an meiner Seite deine Freiheit nehmen, im Gegenteil. Du kannst mit mir so frei und so stark sein, wie du es immer wolltest. Ich würde dir nichts befehlen, dich nicht gängeln.«

»Und dich mir nicht aufzwingen«, murmelte sie, in jäher Erinnerung an ein anderes Gespräch, das ihr mit einem Mal wieder so gegenwärtig war, als stünde Paolo und nicht Niccolò vor ihr.

Niccolò war blutrot geworden. »Natürlich täte ich das nie!«, stammelte er. »Dafür achte ich dich viel zu sehr!« Rasch wechselte er das Thema. »Du hättest die freie Verfügung über dein Geld, und wenn du ohne Schleier durch die Straßen laufen willst, so kannst du auch das jederzeit tun.« Nach kurzem Innehalten meinte er einschränkend: »Natürlich nur unter männlichem Schutz, da du ja selbst keine Waffe trägst, um dich zu verteidigen.« Er schluckte. »Und ich wäre deinem Kind ein guter Vater. Ich werde es lieben und hegen, als wäre es mein eige-

575

nes, und es mit meinem Leben schützen bis ans Ende meiner Tage. Und du selbst wirst mir immer das Teuerste auf der Welt sein, das schwöre ich. Alles, was ich habe, alles, was ich bin – es ist allein für dich.«

Seine Umrisse verschwammen vor ihren Augen, weil sie die Tränen nicht zurückhalten konnte. Der Verlust von Paolo tat mit einem Mal so weh, dass sie ihren Kummer um ein Haar laut herausgeschrien hätte. Trotz aller Beherrschung stieg ein wildes Schluchzen aus ihrer Kehle, und sie schlang beide Arme um sich, als könne sie auf diese Weise Trost erfahren.

»Cintia«, sagte Niccolò hilflos. »Wäre es denn so schrecklich für dich, meine Frau zu sein? Ich weiß, dass du mich zum jetzigen Zeitpunkt nicht lieben kannst, aber eines Tages lernst du es vielleicht. Und bis dahin habe ich genug Liebe für uns beide in mir.« Zögernd umfasste er zuerst ihre Schultern und zog sie dann an sich, um sie schließlich, als sie sich nicht wehrte, fest in seine Arme zu nehmen und sie tröstend zu wiegen.

»Er fehlt mir so«, weinte sie. »Manchmal möchte ich sterben, weil er nicht mehr bei mir ist, und trüge ich nicht sein Kind, hätte ich schon längst mein Leben in Gottes Hand befohlen.«

»So darfst du nicht reden!«, widersprach er beschwörend. »Du hättest niemals aufgegeben, Cintia. Nicht du! Du bist stark, vergiss das nicht. Als ich vorhin herkam und dir in die Augen sah, wusste ich sofort, dass alles Leid dich nicht hat brechen können.«

Seine Worte rührten etwas in ihr an. Ähnliches hatte einst Imelda zu ihr gesagt, in der Nacht vor ihrem Aufbruch vom Lido, damals, als sie um ihre Eltern geweint hatte.

*Du hast den Himmel in deinen Augen.* Der Himmel … Unwillkürlich hob sie ihren Blick und schaute nach oben, in die blendende Bläue, die sich über der Lagune bis zum Horizont spannte. War sie im Begriff, aufzugeben? Oder nahm sie nur einen Umweg?

Zu ihren Füßen plätscherten die Wellen in einem sanften,

beruhigenden Rhythmus, fast genau wie der, in dem Niccolò sie wiegte. An ihrer Brust spürte sie seinen Herzschlag, zuerst schwach, dann immer deutlicher, und mit einem Mal hasste sie ihn, hasste ihr Bedürfnis, sich hineinfallen zu lassen in diese warme Geborgenheit, dem Wunsch nachzugeben, jemand anderen für sie selbst stark sein zu lassen.

Du hättest es allein geschafft, flüsterte eine trotzige Stimme in ihr. Sie hätte die nächsten Jahre überwunden, bis das Recht auf ihrer Seite gewesen wäre und sie ihren Besitz vor aller Welt hätte einfordern können. Was waren schon ein paar Jahre!

Eine Ewigkeit. Eine Ewigkeit, während der sie sich mit ihrem Kind verstecken musste. Zumindest das Kind hatte mehr verdient, als sie ihm aus eigener Kraft bieten konnte. Niccolò hatte recht. Warum sollte sie nicht schon vorher frei sein? Und dann ließ sie sich doch gefangen nehmen vom gleichförmigen Klang der Wellen und dem beruhigenden Klopfen seines Herzens.

Venedig, Oktober 1511

Daria schob Casparo den letzten Löffel Brei zwischen die Lippen und wischte ihm dann vorsichtig das Gesicht ab. Anschließend wusch sie ihm die Hände, obwohl diese die ganze Zeit unbeweglich auf der Decke über seiner Brust gelegen hatten, und wie so oft in der letzten Zeit hatte sie den Eindruck, er würde ihre Aufmerksamkeit wahrnehmen. Seine Augen bewegten sich häufiger, wenn sie ihn an den Händen berührte, und manchmal kam es ihr so vor, als würde er den Mund schon öffnen, bevor der Löffel über seine Lippen streifte. Sie führte es darauf zurück, dass sie ihm so oft wie möglich das Kind brachte. Sobald der Kleine auf seiner Brust lag, strampelnd und die brabbelnden Geräusche eines Säuglings von sich gebend, verlor Casparo einen Teil seiner Katatonie, davon war Daria überzeugt. Sie hatte Simon gebeten, es sich anzusehen, und der alte Arzt hatte den Kopf gewiegt und gemeint, dass es mehr Dinge auf Erden gebe, als der Mensch sich vorstellen könne, und letztlich läge es allein an Gott, ob Casparo je wieder erwachen würde.

»Das Kind ist auf jeden Fall gut für ihn«, meinte er. »Ein wahrer Segen. Vielleicht solltet Ihr es als Zeichen Gottes nehmen, möglicherweise ist es deswegen auf die Welt gesandt worden.«

Wäre es nach Daria gegangen, hätte der Kleine mehr Zeit mit seinem Vater verbracht, doch Juana, das dumme Ding, behauptete neuerdings, für das Kind wäre es unnatürlich, so oft und so lange im Bett eines Gelähmten zu liegen. Dabei gab es nicht einmal einen Grund, warum stattdessen unbedingt sie das Kind bei sich haben sollte. Schon bald nach der Geburt war ihr die Milch versiegt, und Daria hatte eine Amme einstellen müssen. Der war es egal, wo sie herumhockte, solange sie ihren Lohn erhielt. Oft genug war sie ohnehin in Casparos Kammer, denn sie verstand sich auch auf die Krankenpflege und war dabei sanftmütig und geduldig. Zu ihrer eigenen Überraschung hatte Daria die Frau gern, obwohl sie sonst wenig von hässlichen Menschen hielt. Sie hätte schwören können, dass das unansehnliche Antlitz der Amme sich immer dann, wenn sie sich über das Kind oder über Casparo beugte, in eigenartiger Schönheit verklärte, fast wie bei einem Engel.

Im Gegensatz dazu war Juana mittlerweile von größtmöglicher Nutzlosigkeit. Als Mutter von Casparos Sohn weigerte sie sich, weiter Hurendienste zu verrichten oder sonstwie für ihren Lebensunterhalt aufzukommen. Mit vollkommener Selbstverständlichkeit aß und schlief sie unter Darias Dach, als sei es ihr angestammtes Recht, und Daria, die unter normalen Umständen nicht gezögert hätte, das Mädchen hinauszuwerfen, sah sich in einem Dilemma, zu dessen Lösung sie einige Zeit gebraucht hatte. Besonders glücklich war sie nicht dabei, doch es fehlte die Alternative, es sei denn, man hätte alles so hingenommen, wie es war, und Daria war nicht der Mensch, der Dinge hinnahm, sobald sie lästig wurden, jedenfalls nicht solche, die man sich leicht vom Hals schaffen konnte.

Das eigentliche Problem bestand darin, dass sie in diesem Fall gezwungenermaßen vorausplanen musste, denn niemand würde Juana daran hindern können, eines Tages einfach mit dem Kind zu verschwinden, sobald ihr danach war. Und allein diese Möglichkeit brachte Daria um den Schlaf.

Sie stellte den Napf zur Seite und beugte sich über ihren Sohn. »Ich hole dir dein Kind«, murmelte sie. »Gleich bin ich wieder da.«

Bevor sie zu Juanas Kammer ging, holte sie die Schale mit den Leckereien aus der Küche.

Wie so häufig in der letzten Zeit lag die junge Frau im Bett, und wieder empfand Daria bei ihrem Anblick eine Spur von schlechtem Gewissen, doch die Skrupel waren bei Weitem nicht so schlimm wie manche andere, die sie schon hatte überwinden müssen.

Die Amme saß in einem Lehnstuhl und wiegte den Knaben in den Armen. Auf ihrem stumpfen Gesicht lag ein Lächeln, während sie Daria zunickte.

»Wie geht es dir heute?«, fragte Daria gewollt munter in Juanas Richtung, während sie die Fensterläden aufstieß, damit frische Luft ins Zimmer kam. Es ging nicht an, dass das Kind nicht richtig atmen konnte, nur weil seine Mutter lichtempfindlich war.

»Nicht gut«, murmelte Juana, den Kopf zur Seite drehend. Sie war so bleich wie die Kissen unter ihr, und ihr Haar stand in wirren Büscheln ab. Unter ihren Augen lagen dunkle Ringe, als hätte sie wochenlang schlecht geschlafen.

»Komm, setz dich auf und trink etwas, dann wirst du dich besser fühlen. Und iss von den Süßigkeiten, das tut dir gut und stärkt die Lebensgeister.«

»Ach, ich habe keinen Hunger«, sagte Juana matt.

»Dann isst du eben später.« Daria stellte die Schale neben Juanas Bett.

»Hast du Durst?«

»Schrecklichen Durst!«

Daria schenkte einen Becher voll, den sie Juana reichte. Die junge Frau stürzte den mit Wasser verdünnten Wein gierig hinunter. Während sie anschließend die Lippen abwischte, blickte sie zu Daria auf. »Warum schaust du mich so an?«

»Um mich zu vergewissern, dass es dir besser geht«, meinte Daria leichthin.

Juana sank in die Kissen zurück. »Ich weiß nicht. Es kommt mir so vor, als würde ich täglich schwächer. Und das Bauchweh geht auch nicht weg.« Sie wandte sich zur Amme. »Gib ihn mir, ich will ihn halten.«

»Das verschieben wir auf später«, sagte Daria rasch. »Ich wollte ihn gerade zu Casparo bringen.«

»Schon wieder?«, murmelte Juana. »Wozu soll es gut sein, das arme Kind einem lebenden Toten auf die Brust zu legen?«

In diesem Moment hasste Daria das Mädchen mit solcher Inbrunst, dass sie beinahe darüber erschrak. Zugleich freute es sie, denn es bestärkte sie darin, dass alles, was sie tat, richtig war.

»Ich will das nicht mehr«, sagte Juana widerspenstig. »Das Kind soll bei mir bleiben. Es ist meines.« Sie versuchte, sich wieder aufzurichten. »Du kannst mir nicht vorwerfen, dass ich eine Hure bin, falls du das vorhattest. Denn du bist auch eine, und auch du liebst deinen Sohn über alles.«

»Niemand macht dir Vorwürfe«, sagte Daria beschwichtigend. »Aber liebst auch du Casparo? Du hast es die ganze Zeit behauptet, während du schwanger gingst. Und nun, da sein Sohn auf der Welt bist, willst du nicht einmal, dass der Kleine bei ihm ist.«

»Ich dachte, er wacht wieder auf«, klagte Juana. »Aber er wird auf ewig in geistiger Umnachtung gefangen bleiben!«

»War deine Liebe so gering, dass du ihn derart leichtherzig aufgibst?« Daria konnte nicht verhindern, dass sich Wut in ihre

Stimme stahl. »Du könntest zu ihm halten und daran glauben, dass er eines Tages wieder ganz bei uns ist. So, wie ich es auch tue!«

»Du bist seine Mutter. Ich bin nur ein Mädchen, das ihn eine Weile gern hatte.«

»Du bist die Mutter seines Sohnes.«

»Das ist nicht dasselbe.« Juana schwieg, bevor sie mit schwacher, aber deutlich entschlossener Stimme hinzufügte: »Und überhaupt, ich möchte bald fortgehen.«

»Wohin denn, Liebes?«, fragte Daria freundlich, während es in ihr tobte.

»Nach Hause. Ich will nach Portugal. Wenn meine Eltern noch leben, werden sie mir vergeben, das weiß ich. Ich habe gebetet, und Gott hat zu mir gesprochen, im Traum. Meine Eltern standen vor mir und sagten: Komm nach Hause, Kind! Und Gott sagte zu mir, Juana, du wirst bald heimgehen.«

»Oh, wirklich?« Daria tat erfreut, während sie gleichzeitig einen leisen Schauder wegen der dem Traum innewohnenden Prophetie unterdrückte. »Schau nur, wie müde du bist«, sagte sie freundlich. »Ich bringe dir das Kind bald zurück. In der Zwischenzeit kannst du ausruhen.«

Sie stellte sich auf Widerspruch ein, doch Juana fehlte die nötige Kraft. Matt drehte sich die junge Frau zur Seite, die Augen geschlossen.

Daria gab der Amme einen Wink, damit diese aufstand und ihr in Casparos Kammer folgte.

Im Gang traf sie auf Lucietta, die ein Bündel unter dem Arm trug und offenbar im Begriff war, das Haus zu verlassen.

»Was hast du vor?«, fragte sie überrascht.

»Ich war auf der Suche nach dir, um Abschied zu nehmen.«

Daria musterte sie abfällig. »Hast du den guten Giacomo doch noch überredet, dir anderweitig Obdach zu gewähren? Dachte ich mir doch schon so etwas, denn die letzten Tage warst du häufig unterwegs und ungemein guter Dinge. Es ist den Mädchen nicht verborgen geblieben, dass du etwas aus-

581

heckst, und damit natürlich mir ebenso wenig. Wie hast du es geschafft, Giacomo umzustimmen? Ich weiß jetzt schon, dass du nach ein paar Wochen wieder jammernd vor meiner Tür stehst. Aber glaub ja nicht, dass du dann noch mal hier einziehen darfst!«

»Das habe ich gewiss nicht vor«, gab Lucietta zurück. Ihre Augen funkelten vor Genugtuung. »Ich ziehe wieder in den Haushalt meiner Cousine.«

Nach außen hin gab Daria sich gelassen, doch die Neuigkeit traf sie wie ein Schlag. »Cintia ist wieder aufgetaucht? Mit anderen Worten, du wusstest die ganze Zeit, wo sie steckt?« Sie merkte, dass ihre Stimme unnatürlich schrill klang, was Luciettas Schadenfreude fraglos noch steigerte, denn auf dem rundlichen Gesicht der jungen Frau zeigte sich ein triumphierendes Lächeln.

»Natürlich wusste ich es. Aber wie du dir vorstellen kannst, sah ich keinen Anlass, es dir zu verraten. Schließlich hast du sie schon einmal an diesen widerlichen Flangini ausgeliefert. Nachdem du ihr klargemacht hattest, dass du nichts mehr mit ihr zu tun haben willst.«

»Du hast dein Wissen gut verborgen.«

»Was blieb mir übrig, wenn ich weiter hierbleiben wollte?« Bitterkeit zeigte sich in Luciettas Zügen. »Ich konnte ja sonst nirgends hin.«

»Warum bist du nicht zu ihr gegangen, nachdem sie von den Flanginis geflohen war?«, fragte Daria höhnisch. »Oder ging es ihr so gut, dass sie keinen familiären Beistand brauchte?«

»Die Verhältnisse waren noch nicht passend dafür«, sagte Lucietta widerwillig. Ärgerlich fügte sie hinzu: »Außerdem hätte ich damit zweifellos die Gefahr erhöht, dass man sie entdeckt und wieder irgendwelchen widerwärtigen Vormundschaftsmaßnahmen unterstellt.«

»Ich hätte dich gleich mit ihr zusammen rauswerfen sollen«, sagte Daria.

»Du hast mich zweifellos nur deshalb weiterhin bei dir woh-

nen lassen, damit dir nicht entgeht, wann Cintia wieder auftaucht. Was glaubst du, warum ich die letzten Monate so an
mich gehalten habe, damit man mir nichts anmerkt?«

»Na so was. Du bist anscheinend eine richtig gute Schau-
spielerin.«

»Wenn es auf Leben und Tod geht, war ich das schon immer.«

»Und jetzt, so meinst du, besteht keine Gefahr mehr, dass sie
erneut Flanginis Obhut unterstellt wird?«, erkundigte Daria
sich spöttisch.

»Nein«, sagte Lucietta lapidar.

Daria schwieg. Schwelender Zorn hatte sich ihrer bemächtigt, und am meisten brachte es sie auf, dass sie diese Entwicklung nicht hatte kommen sehen. Sonst wusste sie immer lange
vor allen anderen, was sich in ihrer Umgebung tat, doch diesmal
war eine entscheidende Änderung unentdeckt an ihr vorüberge-
gangen.

Ob es mit dem jungen Guardi zusammenhing, der kürzlich
ins Haus gekommen war, offensichtlich auf der Suche nach seiner Angebeteten? Sie hatte ihn für verschollen oder tot gehalten, genau wie sein Vater und alle anderen, die ihn kannten.

Er war, wie man sie unterrichtet hatte, nach kurzem Getuschel mit Lucietta wieder gegangen. Nichts Besonderes war danach geschehen, außer dass Lucietta in den letzten Tagen ein
paar Mal mehr als sonst außer Haus ging, was Daria jedoch darauf zurückführte, dass Giacomo Pellegrini nicht mehr kam –
sie war davon ausgegangen, dass Lucietta ihn, wie früher auch
schon, woanders traf. Dafür hatte Daria mehr Geld von Lucietta verlangt, was diese auch, ohne mit der Wimper zu zucken,
bezahlt hatte. Heimtückisches Ding!

Hinter ihr greinte der Säugling in den Armen der Amme,
und mit einem Mal fühlte Daria sich über die Maßen erschöpft,
als wären all die Sünden, die sie auf sich geladen hatte, nicht nur
zu viel für ihre Seele, sondern auch für ihren Körper. Die Schultern sackten ihr herab. »Ich nehme an, du wirst mir auch nicht

verraten, wo sich der neue Haushalt deiner Cousine befindet? Und wer sich zu ihrem Beschützer erkoren hat?«

»Warum nicht?« Lucietta lächelte wieder. »Du wirst es ohnehin erfahren, denn sie heiratet bald. Sie wird Niccolò Guardis Frau.«

Daria starrte sie perplex an. Wie hatte sich diese unerhörte Entwicklung von ihr unbemerkt bloß anbahnen können? Vielleicht, so dachte sie, wurde sie alt. Oder sie hatte sich zu sehr auf die elementaren Probleme konzentriert, die sich aus der Situation mit Casparo, Juana und dem Kind ergaben.

Der Säugling fing an zu schreien. »Er muss trinken«, sagte die Amme.

Gereizt fuhr Daria zu ihr herum. »Dann geh voraus und gib ihm die Brust! Ich komme gleich nach.« Sie wandte sich wieder zu Lucietta um, die barsche Anweisung auf den Lippen, dass sie sich fortscheren und nie wiederkommen solle. Doch die junge Frau war bereits gegangen. Wütend lief Daria hinter ihr her, entschlossen, sie ein letztes Mal wegen ihrer falschen Art zurechtzuweisen. Tief im Inneren wusste sie, dass ihre Reaktion ebenso anmaßend wie absurd war. Ausgerechnet sie wollte sich wegen der Intrigen anderer beschweren! Allerdings war diese Einsicht zu nebulös, um ihren Zorn zu dämpfen. Der musste einfach aus ihr heraus! Niemand ließ sie einfach so stehen, schon gar nicht in ihrem eigenen Haus!

Im Hof vor der Pforte holte sie Lucietta ein, als diese gerade die Tür öffnete. Die anklagenden Worte blieben Daria im Hals stecken, als unversehens ein Fremder auftauchte.

»Finde ich hier eine Daria Loredan?«, fragte der Mann, der Kleidung nach ein Kaufmann.

»Ich bin Daria Loredan«, meinte Daria, während Lucietta, die zweifellos ahnte, dass ihr noch ein Donnerwetter blühte, rasch eine im Kanal vor dem Haus liegende Gondel bestieg und dem Bootsführer Befehl gab, abzulegen.

»Was wollt Ihr?«, fragte Daria missmutig den Fremden.

Dieser nestelte einen Brief aus seiner Gürteltasche. »Ich

habe eine Botschaft für Euch, die ich aus Konstantinopel mitbrachte. Ein gewisser Paolo Loredan ließ sie mir zukommen, mit der Anweisung, sie schnellstmöglich zu Euch zu bringen.«

Daria starrte ihn an. »Paolo? Paolo Loredan? Seid Ihr ganz sicher?«

Der Mann nickte. »So heißt er, sagte man mir.«

»Zeigt her.« Sie wollte ihm den Brief aus der Hand nehmen, doch er trat einen Schritt zurück. »Die Reise war lang und beschwerlich«, hob er an, doch sie fiel ihm sofort ins Wort.

»Ich verstehe. Wartet einen Moment.« Sie lief ins Haus und holte ein paar Geldstücke aus ihrer Schatulle. »Das muss reichen«, sagte sie. »Ich wette, Ihr seid schon vorher entlohnt worden.«

Er beäugte die Silbermünzen, um sie gleich darauf achselzuckend entgegenzunehmen und rasch einzustecken, bevor er ihr den Brief in die Hand drückte. Als er abwartend stehen blieb, schlug sie ihm die Tür vor der Nase zu, brach das Siegelwachs auf und faltete hastig das Papierstück auseinander. Nachdem sie die Zeilen überflogen hatte, zerknüllte sie den Bogen und barg ihn in der hohlen Hand.

Ein Geräusch ließ Daria herumfahren. In der Tür zum Mezzanin stand Giulio und sah sie mit unergründlicher Miene an.

Venedig, November 1511

Niccolò vergewisserte sich fast täglich persönlich, dass es Cintia an nichts mangelte, obwohl sie keinen Augenblick ohne Obhut war. Sie hatte darauf bestanden, dass Imelda bei ihr blieb, und er hatte nicht einen Moment daran gedacht, diese Entscheidung infrage zu stellen; nur zu gut verstand er diese Art von Loyalität, denn auch ihm wäre es nie in den Sinn gekommen, Eufemia, die auch nicht viel jünger war als Imelda, aus seinen Diensten zu entlassen.

In der Folgezeit stattete er Cintia mit Mitteln für Kleidung und andere Habseligkeiten aus, und er stöberte sogar den Leibwächter auf, der ihr bis zu dem Erdbeben gedient hatte, den rothaarigen Sachsen Johannes, der sich Giovanni nannte. Falls Todaro sich noch irgendwo in der Stadt herumtrieb, würde ihm jedenfalls keine Gelegenheit mehr gegeben werden, sich Cintia auch nur zu nähern.

Darauf reagierte sie mit Erstaunen und Rührung und versicherte ihm mehrmals, wie sehr sie seine Fürsorge zu schätzen wisse und dass es niemanden auf der Welt gebe, bei dem sie sich so sicher fühle wie bei ihm. Das wiederum versetzte Niccolò, der ohnehin schon die ganze Zeit das Gefühl hatte, auf Wolken zu schweben, in schiere Euphorie. Endlich war er am Ziel all seiner Wünsche angekommen, und täglich betete er zu Gott, dass ihm dieses Glück unangetastet erhalten blieb.

Die Wohnung, in der er Cintia, Lucietta und Imelda untergebracht hatte, lag in unmittelbarer Nähe seines Elternhauses. Er hatte eine komplette Etage eines alten, aber halbwegs ordentlich erhaltenen Palazzo angemietet, mit einem eigenen Aufgang, nur über eine einzige Treppe zugänglich, aber dafür mit Fenstern und Loggien, die zum Canalezzo hin ausgerichtet waren. Er wusste, dass Cintia den Ausblick über den Kanal über alles liebte.

Bei allen erforderlichen Maßnahmen zur Regelung dieser ganzen Angelegenheit hatte sein Vater sich unerwartet kooperativ gezeigt. Niccolò, anfangs auf langwierige Auseinandersetzungen eingestellt, war förmlich überwältigt von dem Eifer, mit dem Eduardo Guardi ihm zur Seite stand. Sein Vater übernahm alle Verhandlungen, die zur Erwirkung einer vormundschaftlichen Interimslösung nötig waren; von amtlicher Seite war zu hören, dass Tommaso Flangini einer Rückgängigmachung der ihm gewährten Befugnisse bereits energisch widersprochen hatte, doch war das eine Sache, die Niccolò nicht bekümmerte, denn diesem Problem würde er bald abhelfen. Einstweilen hatte der zuständige Prokurator nach den Aussagen Cintias sowie der Guardis ohnehin verfügt, dass Cintia Loredan bis zum Erlass einer endgültigen Entscheidung über ihre Unterbringung und Regelung ihrer Vermögensverhältnisse unter Aufsicht ihres zukünftigen Schwiegervaters stehen solle, während Memmo weiterhin alles Geschäftliche zu überwachen hatte, womit sowohl Niccolò als auch sein Vater zufrieden waren.

Die Vermählung sollte baldmöglichst nach der Geburt des Kindes stattfinden. Niccolò hätte Cintia am liebsten auf der Stelle geheiratet, doch Cintia bestand darauf, das Trauerjahr einzuhalten, zumal ihre Schwangerschaft inzwischen für alle Welt deutlich sichtbar fortgeschritten war.

In diesen Wochen, da ihre Niederkunft näher rückte, war er so glücklich wie nie zuvor in seinem Leben. Bei seinen täglichen Besuchen war sie immer für ihn zu sprechen; meist saßen sie ihm Wohnraum neben dem schmalen, von Kräuterduft erfüllten Portego beisammen, ein Feuer im Kamin und Würzwein gegen die Kälte. Cintia hatte sich mit Lucietta und Imelda im zweiten Stockwerk des Hauses eingerichtet, ein mindestens zweihundert Jahre altes Gemäuer, von dessen ehemaligem Glanz immer noch die byzantinischen Fassadenverzierungen zeugten. Im Portego zog es erbärmlich, und auch die Fenster in den angrenzenden Kammern hielten nicht die zunehmende Kälte ab, doch die Wohnung war die beste und nächstliegende, die sein Vater in der kurzen Zeit hatte finden können. Eduardo Guardi hatte angeboten, Cintia in seinem Haus unterzubringen, doch das hatte sie entschieden abgelehnt, sehr zu Niccolòs Erleichterung. Auch die Vorstellung, künftig mit ihr als seiner Ehefrau im Haus seines Vaters zu leben, widerstrebte ihm, und so schmiedete er bereits Pläne, die andere Möglichkeiten vorsahen. Cintia dachte wie er; sie hatte bereits angekündigt, ihr zerstörtes Elternhaus an Ort und Stelle wieder aufbauen zu lassen.

Die erforderlichen Mittel dazu waren mehr als reichlich vorhanden. Die anhaltenden Kriegshandlungen auf der Terraferma verschlechterten zwar die Versorgungslage in Venedig, und der Rat ließ daher unzählige Schiffsladungen an Getreide von Kreta und aus dem Archipel importieren. Dennoch verlief der Handel mit Luxusgütern nach wie vor zufriedenstellend, so auch der Seidenhandel der Barozzi-Webereien. Unter Memmos fachkundiger Geschäftsführung, an der Niccolò sich seit seiner Rückkehr wieder beteiligte, vermehrte sich Cintias Vermögen beständig.

Obwohl sie wegen ihres wachsenden Leibesumfangs zunehmend schwerfälliger wurde, suchte sie immer noch mehrmals in der Woche gemeinsam mit Niccolò die Hauptmanufaktur ihres Vaters auf, um dort mit Memmo und Niccolò über die Geschäfte zu reden, vor allem aber, um den Frauen bei der Arbeit zuzuschauen und sich selbst an ihr bis dahin noch unbekannten Webtechniken zu versuchen. Eines Tages überraschte sie Niccolò mit einem ungewöhnlichen Wunsch.

»Ich möchte daheim einen Webstuhl haben, nur für mich. In den folgenden Wochen werde ich nicht mehr oft aus dem Haus können, und wenn das Kind erst da ist, vermutlich noch seltener, jedenfalls nicht in der ersten Zeit.« Ihre Miene drückte Entschlossenheit aus. »Mein Plan war, das Weben perfekt zu beherrschen, und das will ich immer noch.«

»Für den Fall, dass eines Tages wieder dein Überleben davon abhängt?« Niccolòs Frage war nur halb scherzhaft gemeint, und doch erschrak er, als sie weder lächelnd noch sonstwie launig darauf reagierte, sondern ihn nur mit einem Blick bedachte, in dem so viel dunkles Leid stand, dass es ihn schauderte. Ohne weiter darüber zu reden, beschaffte er ihr den gewünschten Webstuhl und ließ ihn mit Memmos Hilfe im Portego aufbauen. Der Lärm beim Weben würde außer Lucietta oder Imelda niemanden stören; die Eigentümerin des Hauses, eine alte Witwe, die das Piano nobile bewohnte, war extrem schwerhörig.

An einem frühen Nachmittag Ende November fand Niccolò Cintia am Webstuhl vor. Sie saß aufgerichtet auf einem Sche-

588

mel, den Rücken durchgedrückt, der Bauch eine Kugel unter ihrem fließenden Gewand. Ihre Füße bedienten die Pedale zum Betätigen der Schäfte, und auch ihre Finger bewegten sich unablässig. Unter ihren Händen entstand aus bunten Fäden ein mehrfarbiges Muster, wie an dem bereits fertigen Stück Stoff in der Verspannung der Lade zu erkennen war. Es leuchtete bunt wie ein herbstlicher Laubwald auf der Terraferma, in Orange, Rostrot und kupfrigem Braun. In den wenigen Wochen hatte sie viel dazugelernt, wie Niccolò sofort erkannte. Hin und wieder kam eine der besten Weberinnen mit Genehmigung Memmos hierher, um Cintia zu unterrichten.

Ihr Haar hing in lose geflochtenen Zöpfen über ihren Rücken, und im glimmenden Widerschein der Kohlepfanne, die neben ihr brannte, übte sie eine solche Anziehungskraft auf Niccolò aus, dass er die Luft anhielt. Er wagte kaum, näher zu treten, weil er fürchtete, den Zauber dieses Augenblicks zu zerstören, doch sie hatte ihn schon nach den ersten Schritten gehört und wandte sich zu ihm um. Stumm verfluchte er sein Hinken, das ihn immer daran hindern würde, sich jemandem lautlos zu nähern, egal wie glatt der Boden und wie weich seine Schuhe wären. Lächelnd ging er auf sie zu.

»Bring uns Würzwein«, sagte Cintia zu Imelda, während sie sich von dem Schemel erhob. »Und bring Giovanni auch einen Becher nach unten, sicher kann er eine Stärkung vertragen.«

Im Innenhof hinter der Pforte befand sich ein Lagerschuppen, der für den Leibwächter zum Wachhäuschen umfunktioniert worden war. In den Nächten bereitete er sein Lager oben im Vestibül, doch tagsüber sorgte er dafür, dass niemand unbemerkt das Haus betreten konnte. Die Pforte wurde immer nur unter seiner Aufsicht geöffnet.

Imelda kam mit dem heißen Wein zurück, und Niccolò und Cintia tranken schweigend.

Seufzend streckte sie sich schließlich und blickte aus dem Fenster. »Die Sonne tut so gut!«

»Nach dem miserablen Wetter der letzten Zeit ist es wirklich eine erfreuliche Abwechslung«, stimmte Niccolò zu. »Man sollte jeden Sonnenstrahl genießen.«

»Du hast recht«, sagte Cintia. »Ich war seit Tagen nicht draußen. Lass uns ausfahren, ja?« Sie lächelte. »Hast du Zeit?«

»Selbstverständlich, sonst wäre ich ja nicht hier.«

»Ich hole nur rasch meinen Umhang, dann kann es auch schon losgehen.«

Niccolò strahlte sie an, während ihm das Herz auf alberne Weise schneller schlug. »Ich warte hier«, sagte er ein wenig atemlos.

Während sie ihren Umhang holen ging, trat er an eines der Fenster, die zum Kanal wiesen und blickte hinaus. Sonnenlicht funkelte wie Diamantstaub auf dem Wasser und zeichnete die Silhouetten der gegenüberliegenden Häuser mit schimmernden Linien nach. Der Winter lag bereits in der Luft, es war kühl und der Wind nicht gerade angenehm, doch der Sonnenschein war nach den nebelerfüllten und nassen Wochen eine wahre Wohltat. Der Herbst war bislang grau und düster gewesen, in mehrfacher Hinsicht. Der Krieg lastete nach wie vor auf Venedig und schien jegliche Tatkraft zu lähmen; nicht nur die Furcht vor den Franzosen sorgte für allseits gedrückte Stimmung, sondern auch die ständig drohenden Versorgungslücken infolge der brisanten Lage auf der Terraferma, von der kaum noch eine Weizenlieferung durchkam. Immer mehr Schiffe liefen aus dem Golf von Venedig aus, um das nötige Getreide für fast zweihunderttausend Menschen auf dem Seeweg hereinzubringen, und weil das Korn für das tägliche Brot erst gemahlen werden musste, wuchsen überall entlang der großen Kanäle hölzerne Wassermühlen in die Höhe, wie Pilze, die über Nacht aus dem Boden sprossen. Der Rat hatte die Versorgungslage halbwegs im Griff; noch musste niemand richtig hungern, aber die Preise für besseres Essen waren enorm gestiegen. Niccolò hatte schon vor Wochen einige sehr gewinnträchtige Geschäfte eingefädelt und seinen Besitz damit auf erfreuliche Weise vermehrt; sein Vater, der ihm, wie zuvor auch schon für die Belange der Compagnia Guardi, in allen Dingen freie Hand ließ, reagierte auf all seine Fortschritte mit offenem Wohlwollen, ein Zustand, der Niccolò immer noch mit Unglauben und leisem Argwohn erfüllte, obwohl er inzwischen gelernt hatte, es mit einer gewissen Gelassenheit zu registrieren.

Cintia kam aus ihrer Kammer, in einem Umhang aus dickem Samt, dessen Seidenfutter die Farbe ihrer Augen unterstrich, dieses beinahe unwirklich strahlende Lapislazuliblau. Als er den Seidenballen vor einigen Wochen mitgebracht und ihn Cintia geschenkt hatte, war sie hingerissen gewesen – und verblüfft. »Was ist das für ein Stoff? Was für eine unglaubliche Farbe! In der Weberei habe ich davon bisher nichts gesehen!«

»Es sollte eine Überraschung werden. Ein Experiment mit einem neuen Farbstoff in der Färberei, und hineingewebt wurde ein ganz feiner Silberfaden. Ich wollte einen Stoff, der genau zu deinen Augen passt.«

Sie hatte sich den Umhang daraus schneidern lassen, was er nicht nur als Anerkennung, sondern auch als Dank für seine Mühe empfand.

Auf der Treppe nach unten hielt er sie vorsorglich beim Arm, obwohl sie sich trotz der in wenigen Wochen erwarteten Niederkunft noch leichtfüßig und mühelos bewegte. Sie zu umhegen und zu beschützen war ihm mittlerweile zur zweiten Natur geworden.

Unten bei der Pforte trat Giovanni aus dem Wachhäuschen, das Gesicht noch vernarbter und die Statur nicht mehr ganz so gewaltig wie zu der Zeit, da er erstmals in Cintias Dienste getreten war. Sein rotes Haar war stellenweise ergraut, doch von den Verletzungen, die er bei dem Erdbeben erlitten hatte, war er vollständig wieder genesen. Sein geölter Lederharnisch schimmerte in der Sonne ebenso wie die Schwertscheide an seiner Hüfte. »Wollt Ihr ausgehen, Madonna? Soll ich Euch begleiten?«

»Wir nehmen meine Gondel«, sagte Niccolò. »Du musst nicht mitkommen, ich werde persönlich Acht geben.« Er klopfte

591

auf seine Waffe, die er sich erst vor Kurzem hatte machen lassen, ein maßgefertigtes Stück Schmiedekunst. Das Schwert, mit dem er nach Frankreich gereist war, hatte man ihm zusammen mit dem Geld gestohlen. Doch da er Letzteres wieder an sich gebracht hatte, focht ihn der Verlust seiner Waffe nicht allzu sehr an. Das neue Schwert war sogar noch besser, denn es war leichter und schmaler und ließ sich schneller handhaben. Mit tödlicher Präzision fand diese neuartige Klinge ihr Ziel, bevor ein mit einem herkömmlichen Schwert bewaffneter Gegner überhaupt erst richtig ausholen konnte. Das Breitschwert, so Niccolòs Einschätzung, würde bald allenthalben von dieser eleganteren, in Frankreich entwickelten Waffe, *Rapière* genannt, verdrängt werden.

Sie nahmen in der Felze Platz, und der Gondoliere ruderte auf Geheiß Niccolòs durch die Kanäle von San Polo, ohne besonderes Ziel, über den Rio di San Cassiano in den Rio della Madonetta und von dort weiter zum Rio di San Polo. Kurz darauf bat Cintia darum, anzuhalten. Niccolò half Cintia aus der Gondel. »Willst du dir ein bisschen die Füße vertreten?«

Sie gab keine Antwort, und in ihm keimte Besorgnis auf, als er ihr ernstes Gesicht sah. Wieder stand dieser Ausdruck in ihren Augen, den er hasste, weil es ihn jedes Mal in quälende Ungewissheit stürzte. Über eine nahe gelegene Brücke erreichten sie den Campo dei Frari, und Cintia blickte mit starrer Miene zu der gewaltigen Backsteinkirche auf.

»Was ist?«, fragte Niccolò beklommen. »Was hast du?«

»Hier war ich schon lange nicht mehr«, flüsterte sie.

Da begriff er. »*Er* war mit dir hier«, stieß er hervor. »Dein Mann!« Der Satz war ihm entwichen, bevor er nachdenken konnte, und augenblicklich verfluchte er sich dafür, dass er nicht hatte an sich halten können. Doch seine Impulsivität schien Cintia nicht zu stören, im Gegenteil, es war fast so, als hätte sie darauf gewartet. Sie blickte ihn voll an. »Ich kann mir nicht vorstellen, dass ich jemals aufhören kann, ihn zu lieben. Wenn ich an ihn denke, zerreißt es mir das Herz.« Sie legte die Hände an den runden Leib. »Wenn sich sein Kind in mir bewegt, fühle ich, dass noch ein Stück von ihm hier ist. Er mag fortgegangen sein, aber ein Teil seiner Seele wird immer bei mir bleiben. Niccolò, du wirst damit leben oder mich lassen müssen. Kannst du das?«

Er starrte sie an, und ihm war, als wühlten Messer in seinen Eingeweiden. Liebe wollte ihm schier die Brust sprengen, doch da war auch etwas anderes, Dunkles, das mit derselben Macht von ihm Besitz ergreifen wollte. Bedenkenlos hätte er jeden getötet, der es gewagt hätte, sich einer Ehe mit ihr in den Weg zu stellen, doch war er auch in der Lage, jene zu akzeptieren, die längst tot waren, aber immer zwischen ihnen stehen würden? Konnte er Dämonen besiegen, die nicht in seiner Seele wohnten, sondern in der ihren? Konnte er sich seine Liebe bewahren, auch wenn er wusste, dass sie vielleicht nie erwidert würde? Wenn sie sich ihm niemals hingeben würde, so wie es Frauen aus Lust und Freude taten? Konnte er sie lieben, obwohl er sie eigentlich hätte hassen müssen, weil er vor ihr so nackt und verwundbar war wie ein willenloser Wurm? Was würde sie ihm denn geben können? Er gab alles von sich, nicht weniger als sich selbst. Und sie ... nichts.

In seinem Inneren formte sich ein Schrei, der von dort bis zum Himmel gereicht hätte, wäre er je ausgestoßen worden. Doch mit der eisernen Kraft seines Willens zwang Niccolò diesen Schrei dahin zurück, von wo er aufsteigen wollte – in die tiefsten Abgründe seiner Seele. Der Moment des Haderns war verflogen, bevor er länger hätte andauern können als einen oder zwei Herzschläge. An seine Stelle trat reine Zuversicht.

Niccolò nahm Cintias Hände in die seinen. »Ich kann alles! Ich kann dich lieben und achten und bei dir sein, während du in Gedanken weit weg bist. Noch trauerst du, aber diese Zeit wird vergehen, und dann bin ich immer noch da. Und eines Tages, darauf vertraue ich, wirst du mich lieben.«

Konstantinopel, Dezember 1511

Winterwinde fuhren über die Hügel Konstantinopels und überzogen die Kuppeln des Sultanspalastes und die spitzen Türme der Minarette mit einem Hauch von Eis. Die Anzahl der im Marmarameer und im Bosporus kreuzenden Schiffe war gegenüber dem Sommer deutlich niedriger, ihr Tempo behäbiger, so wie die gesamte Stadt während der kalten Jahreszeit in einen gemächlicheren Rhythmus verfallen war. Die Märkte, den Sommer über so bunt und vielfältig, endeten nun früh am Tage, denn die Leute blieben in ihren Häusern, statt die Plätze und Treppen zu bevölkern.

In der Werft wurde dagegen nach wie vor hart gearbeitet, und Paolo erlebte die rasante Verwirklichung seiner Pläne manchmal wie einen Rausch. In einem vorher nie gekannten Tempo brachte er das Schiff seiner Träume Stück für Stück zur Entstehung, ohne dass es den Fortgang allzu sehr beeinträchtigte, wenn ein Teil sich als unbrauchbar erwies, etwa weil seine Überlegungen zu Statik und Belastbarkeit zu kühn waren oder weil die vorgesehenen Materialien nicht die nötige Stabilität besaßen. Ohne Befehle oder sonstige Vorgaben durfte er Zeichnungen erstellen, einzelne Bauabschnitte realisieren – und sie nötigenfalls anschließend wieder verwerfen. Gearbeitet wurde immer an mehreren Schiffen gleichzeitig, damit jeweils unterschiedliche Konzepte umgesetzt werden konnten, etwa was Anzahl und Breite der Duchten, die Abmessung der Corsia und der Masten oder das Verhältnis zwischen Breite und Länge der Galeere anging.

Es erregte Paolos Zorn, wenn etwas nicht so funktionierte, wie er es sich vorgestellt hatte, doch er hatte keine Angst mehr wie zu Beginn, als ihm zum ersten Mal etwas schiefgegangen war. Im Sommer war ihm ein Mast gebrochen, dessen mehrteilige Konstruktion sich als unzureichend herausgestellt hatte, und nur wenige Tage später hatte sich die Kraweel-Beplankung an einem anderen Schiff als instabil erwiesen – der Rumpf des betreffenden Schiffes war unter der eigenen Spannung auseinandergebrochen. Als noch am selben Tag der Kapudan Pascha in der Werft erschienen war, hatte Paolo den Atem angehalten.

»Ich hörte, Ihr gebt Euch große Mühe«, sagte Mahmut Sinan, während sich die Arbeiter rings um ihn in den Staub warfen und Paolo demütig den Kopf gesenkt hielt. Sein Herz raste, und er wagte nicht, aufzublicken, von Furcht um Cintia erfüllt, die nach wie vor das Unterpfand für seinen bedingungslosen Einsatz war.

»Nicht alle Pläne lassen sich stets ohne Schwierigkeiten in die Tat umsetzen«, sagte Paolo, bemüht, nicht auf den Plankenberg im benachbarten Dock zu schielen, Beweis seiner jüngsten Fehlkonstruktion. »Manchmal geht trotz aller Anstrengungen etwas daneben«, fügte er mit einer Spur von Trotz hinzu. »Und es ist keine Absicht, darauf schwöre ich tausend Eide. Ich gebe mein Bestes.«

»Darüber sind wir uns im Klaren«, sagte der Kapudan Pascha. »Und Ihr sollt wissen, dass Ihr so weitermachen sollt. Weil uns diese Einstellung zusagt. Und weil wir ein besonderes, ein neuartiges Schiff wollen. Eines, das noch niemand hat.« Ein letzter durchdringender Blick traf Paolo, dann verschwand Mahmut Sinan wieder im Schatten der ihm vorausgetragenen Rossschweife.

Der Dolmetscher überreichte Paolo anschließend mit widerwilliger Miene eine große, schwere Schatulle. »Der Kapudan Pascha lässt Euch das im Auftrag unseres großmächtigen und gnädigen Sultans für Eure guten Dienste überreichen.«

Verblüfft wog Paolo die mit Intarsien verzierte Kiste in beiden Händen. Ein kurzer Blick hinein verschaffte ihm Gewissheit: Der Inhalt bestand aus Goldstücken, ein Gutteil davon venezianische Dukaten, aber auch deutsche Gulden und spanische Dublonen. Eine derartige Menge an Geld hatte Paolo noch nie auf einmal gesehen, geschweige denn besessen.

Indessen erkannte er auch die Botschaft dahinter. Er musste seinen Part erfüllen, damit die anderen dasselbe taten.

Im Herbst hatte er noch zwei weitere Male die Kurtisane Aylin aufgesucht, die ihm glaubhaft versichert hatte, seine Nachricht sei nach Venedig gelangt. Der Kaufmann, dem sie den Brief mitgegeben hatte, sei nach seiner Rückkehr bei ihr gewesen und habe beteuert, den Brief auftragsgemäß abgeliefert zu haben. Damit musste Paolo sich wohl oder übel zufriedengeben.

Er arbeitete wie ein Wilder, jedenfalls war das die Ansicht von Abbas, der Paolos Einsatz zwar grundsätzlich mit Wohlwollen, zuweilen aber auch mit Besorgnis betrachtete. »Niemand verlangt von dir, dass du mehr tust als vereinbart«, sagte er einmal.

»Weiß ich denn, was vereinbart ist?«, gab Paolo sarkastisch zurück. »Muss ich um den Kopf meiner Frau nicht nur fürchten, wenn ich zu wenig leiste, sondern etwa auch, wenn es zu viel ist?«

»Du musst kein besseres Schiff bauen, als du es in Venedig getan hättest«, erklärte Abbas entschieden. »Nur dasselbe.«

»Wer hat das gesagt? Khalid? *Mir* hat er dergleichen nicht mitgeteilt.« Bitterkeit erfüllte Paolo, während er sich an die schaurige Enthauptung der jungen Sklavin in Algier erinnerte. Und er dachte an das Geld. Menschen, die zu solchen Extremen fähig waren, waren unberechenbar.

Abbas zuckte die Achseln. »Du kannst dessen gewiss sein: Kein Mensch verlangt, dass du von Sonnenaufgang bis Sonnenuntergang in der Werft schuftest. Sogar die Arbeiter murren schon, dass kein Meister sie je so angetrieben hätte wie du.«

»Das ist nicht wahr«, sagte Paolo im Brustton der Überzeugung. Ihm war klar, dass er den Zimmerleuten und den übrigen Werftarbeitern, die ihm unterstellt waren, mehr zumutete, als sie vor seiner Ankunft hatten bewältigen müssen, doch er wusste sehr gut, wie ergeben ihm diese Leute mittlerweile waren. Er merkte es daran, wie ihre Augen bei jedem Lob leuchteten, und an ihrer Beflissenheit, seinen Anweisungen Folge zu leisten. »Wenn jemand behauptet, die Arbeiter murren, dann kann das nur der Übersetzer sein.«

Abbas seufzte. »Ja, der sagte kürzlich so etwas. Wahrscheinlich hat er selbst keine Lust, so lange zu arbeiten. Soll ich dir einen anderen Dolmetscher besorgen?«

»Das wäre mir sehr recht«, stimmte Paolo, ohne zu zögern, zu. »Vieles übersetzt er schlicht falsch. Ich lerne jeden Tag dazu, eure Sprache ist mir keineswegs mehr fremd, das scheint er aber nicht zu bedenken. Einmal habe ich ihn erwischt, wie er in meinem Namen einen Tadel aussprach, den ich nicht geäußert hatte. Und im Übrigen glaube ich, dass er mich nicht leiden kann. Ja, besorg mir einen anderen Dolmetscher.«

»Gut. Wenn du mir versprichst, dann nicht mehr so hart zu arbeiten und wenigstens an einem Tag in der Woche überhaupt nicht. Wie wäre es mit sonntags? Das würde doch deinem Glauben entsprechen.«

»Du hast vergessen, dass ich es mit dem Glauben nicht mehr so genau nehme«, versetzte Paolo spöttisch.

»Es tut mir leid, dass du nicht zur Messe gehen kannst.« Abbas gab sich zerknirscht, aber in seiner Stimme lag die Unbeugsamkeit, die er, was diese Frage betraf, beibehalten würde. »Doch sterben wirst du gewiss nicht daran, und auch dein Seelenheil wird sich davon wieder erholen. Ich habe dir überdies angeboten, einen eurer Priester herzuschaffen, der vor dir die Messe lesen und dir auch die Beichte abnehmen könnte.«

»Nachdem du ihn ordentlich geschmiert hast, wie?« Paolo schüttelte den Kopf. »Darauf verzichte ich. Du hast recht, mein Glaube wird das verkraften, ich bin kein besonders frommer Mensch, und Gott hat für diese … widrigen Umstände zweifellos Verständnis. Auch dafür, dass ich an den Sonntagen lieber arbeite, statt träge herumzusitzen. Alle anderen arbeiten hier ebenfalls am Sonntag. Warum soll ich mich als Einziger im Haus langweilen?«

»Ah, es geht dir um die Langeweile.« Abbas nickte, als hätte er es vorher gewusst. »Ich sehe schon, dem muss abgeholfen werden. Du brauchst mehr Entspannung, denn nur so kann dein Geist zur Ruhe kommen. Der Körper wiederum muss Kraft sammeln, damit der Geist Gutes leisten kann.«

Seine Tochter Tamina drückte es drastischer aus. »Ihr schindet Euch wie ein Sklave, Loredan. Wenn ihr Euch nicht etwas mehr schont, werdet Ihr die Zeit Eurer Rückkehr in Eure Heimat nicht mehr erleben. Der Mensch ist nicht nur zum Arbeiten gemacht, daran solltet Ihr gelegentlich denken.« Während sie das sagte, musterte sie ihn mit ihren dunklen Schlehenaugen auf eine Weise, die ihm deutlich machte, dass sie mehr wusste, als ihm lieb war. Er hasste sich selbst dafür, dass er Aylin nach dem ersten Treffen abermals aufgesucht hatte und dass es jeweils nicht beim Reden geblieben war, obwohl er sich fest vorgenommen hatte, es nicht wieder so weit kommen zu lassen. Die Einsamkeit und der Hunger nach weiblichen Berührungen hatten alle guten Vorsätze über den Haufen geworfen, und die Vorstellung, dass Tamina von seinem Ehebruch wusste, frustrierte ihn zusätzlich. Er sagte sich, dass es sie nichts anginge, denn schließlich war sie nichts weiter als eine junge Witwe, die zufällig die Tochter seines Gastgebers war, welcher wiederum mit seinem Entführer unter einer Decke steckte. Er schuldete ihr – außer Höflichkeit – nicht das Geringste.

Unterdessen musste er sich eingestehen, dass er sich hauptsächlich ihretwegen mit solch übertriebenem Eifer in die Arbeit stürzte. Solange er sich in der Werft aufhielt, war er nicht in Abbas' Haus und konnte folglich auch Tamina nicht begegnen. Je früher am Morgen er aufbrach und je länger er am Abend die Heimkehr hinauszögerte, desto seltener sah er sie. Er hielt es für besser, nicht mit ihr allein zu sein.

Als die Tage immer kälter wurden, machte Abbas ihn mit den Gepflogenheiten der osmanischen Badekultur bekannt. Schon vorher hatte Paolo gehört, dass die Türken es schätzten, häufig in die Badehäuser zu gehen, die sie *Hammams* nannten und von denen es, verteilt über die ganze Stadt, Hunderte gab. Wie Abbas sie ihm beschrieb, kamen sie Paolo als Gipfel orientalischer Dekadenz vor, wenngleich er aufgrund der Bildung, die er von seinem Hauslehrer erhalten hatte, sehr wohl wusste, dass bereits die Römer Badehäuser aufgesucht hatten.

Der türkische Hammam war römischen Badehäusern nicht unähnlich, wie Abbas zu berichten wusste, denn schließlich hatten die Römer diese Kultur nach Byzanz gebracht, wo sie später, nach der Eroberung im vergangenen Jahrhundert, von den Osmanen übernommen wurde. In diesen Badehäusern wurden nicht nur die steinernen Fußböden, sondern auch offene Marmorbecken von unten her durch Feuer erhitzt, wodurch Dampf aufstieg und die im Raum weilenden Menschen einhüllte und erwärmte, damit die Haut besser gereinigt und der Körper erfrischt werden konnte.

Dank dieser Schilderungen hatte Paolo eine gewisse Vorstellung davon. Dennoch brachte der erste Besuch in einem Hammam so viele neue und unerwartete Eindrücke, dass er schon beim Betreten des Hauses davon überwältigt war. In der Vorhalle legten Abbas und er die Kleider ab, die von einem Diener in Empfang genommen wurden. Vom selben Diener erhielten sie auch blaue Leinentücher, die sie sich um die Hüften wanden, so wie die anderen Männer, die mit ihnen ins Bad strebten. Abgesehen von diesen Lendentüchern sowie den Holzsandalen, die ihnen ebenfalls der Diener aushändigte, blieben sie unbekleidet, genau wie die übrigen Besucher. Scham schien keiner der dort Anwesenden zu kennen, jeder trat ganz unbefangen auf.

Frauen waren in dem Bad nirgends zu sehen. Diese, so erklärte Abbas, hätten eigene Hammams, die sich ebenso regen Zulaufs erfreuten wie die der Männer.

In der eigentlichen Badestube wallte der Dampf über den

heißen Wasserstellen, neben denen man auf erwärmten Marmorbänken Platz nehmen konnte. Paolo zuckte zusammen, als ein spärlich bekleideter Mann auf ihn zutrat und ihn bei den Schultern fasste. Er war drauf und dran, den Burschen wegzustoßen, als er bemerkte, dass ein anderer Mann mit Abbas auf dieselbe Weise verfuhr. Offenbar war dies Bestandteil des Baderituals. Abbas hatte sich bereits lang ausgestreckt und ließ sich von dem Mann massieren und mit einem borstigen Handschuh abreiben, während der Dampf unablässig neben ihnen aus dem Wasserbecken stieg und ihre Haut benetzte und erhitzte. Mit leichtem Zögern ergab Paolo sich den Bemühungen des zweiten Badedieners und stellte nach wenigen Atemzügen fest, wie wohltuend und entspannend die Behandlung war. Die angenehme Hitze, der weiche Dampf, die energisch zupackenden Hände des Dieners, die seine Rückenmuskulatur lockerten und zugleich mit dem Bürstenhandschuh die Durchblutung seiner Haut anregten – all das verband sich rasch zu einer an milden Reizen reichen Wohltat, die nicht nur den Körper entspannte, sondern auch den Geist träge und gelassen machte.

Nach einer Weile wurde die Hitze mit einem Guss kalten Wassers weggespült, ein Schock nach der Wärme, die den Steinen unter ihm entströmte. Dann begann die ganze Behandlung von vorn, und Paolo genoss sie in vollen Zügen.

Ihm war nun auch klar, warum die meisten Menschen in dieser Stadt deutlich besser rochen als die Venezianer. In Venedig war es keineswegs üblich, dass man sich täglich wusch oder häufig badete; manche Menschen glaubten gar, es sei ungesund, den ganzen Körper von Kopf bis Fuß auf einmal mit Wasser in Berührung zu bringen. Daria und die Mädchen in ihrem Haushalt badeten zwar häufig, was indessen in erster Linie ihrem Gewerbe geschuldet war sowie ihrem damit einhergehenden Bedürfnis nach vermehrter Sauberkeit.

Er selbst hatte von klein auf gelernt, sich sauber zu halten und mindestens einmal in der Woche zu baden; zum einen, weil es ihm von Daria vorgelebt wurde, die von einem schon fast übertriebenen Drang beseelt war, ihren Körper zu reinigen, zum anderen, weil er sich einfach wohler fühlte, wenn er nach einem harten Arbeitstag Schweiß und Sägestaub abwaschen konnte und anschließend in Kleidung zu schlüpfen, die ebenso frisch war wie er selbst. Allerdings war seine Haut noch nie wie in diesem Hammam abgeschrubbt worden. Auch sein Haar erfuhr eine gründliche Reinigung, mitsamt ausdauernder Massage der Kopfhaut. Sauberer hatte Paolo sich in seinem ganzen Leben noch nicht gefühlt.

Zwischendurch kam ihm in den Sinn, wie sehr Cintia so ein Badehaus gefallen würde – nur um bei diesem Gedanken sofort von Verlustgefühlen und Zorn übermannt zu werden. Man hatte ihm sein Leben genommen, und mochte auch das, was er im Gegenzug bisher dafür bekommen hatte, wesentlich besser sein als Kerker oder gar der Tod, so war es nicht dasselbe. Es konnte niemals dasselbe sein!

Eine Hand legte sich auf seine Schulter, und er öffnete die Augen, weil sich die Berührung anders anfühlte als die des Badedieners. Als er sah, wer neben ihm stand, sprang er von der Bank und duckte sich wie zum Angriff, gleich einem Raubtier, das aus der Deckung gescheucht wird. Es spielte keine Rolle, dass sein Gegenüber genauso spärlich bekleidet war wie er selbst und darüber hinaus gänzlich unbewaffnet; hätte er in diesem Moment einen Dolch oder eine beliebige andere Waffe zur Verfügung gehabt, hätte er den Mann vermutlich umgebracht.

Vito Farsetti alias Khalid blickte ihn mit amüsierter Miene an, offenbar nicht im Mindesten beunruhigt wegen Paolos unverhohlener Aggression. Gleich darauf war zu sehen, worauf seine Gelassenheit gründete: Nur wenige Schritte von ihnen entfernt hatten sich zwei riesige Leibwächter aufgebaut, ebenfalls entkleidet und unbewaffnet, aber zweifellos in der Lage, jeden Angreifer mit bloßen Händen zu töten.

»Was wollt Ihr?«, brachte Paolo mühsam hervor, während er gleichzeitig fieberhaft überlegte, ob er mit irgendeiner Handlung gegen die sogenannte Vereinbarung verstoßen haben könnte. Außer dem Kassiber fiel ihm nichts ein, und was das anging, war er sehr vorsichtig gewesen. Doch als er Khalid ins Gesicht sah, war ihm augenblicklich klar, dass der andere Bescheid wusste. Ein gewisses Lauern im Blick des Mannes sagte ihm alles – Paolo hatte im Laufe des letzten Jahres gelernt, in Gesichtern und Augen zu lesen, weil er die Sprache nur bruchstückhaft verstand. Eine Welle aus Angst und wilder Wut schwappte über ihn hinweg, doch er hielt an sich und wartete, was der andere zu sagen hatte, bevor er sich selbst durch eine unbedachte Bemerkung verriet.

»Nun, mein Freund, wie ich sehe, habt Ihr es gut angetroffen«, sagte Khalid launig. »Gestattet, dass ich mich auch ein wenig kneten und säubern lasse. Und setzt Euch doch derweil zu mir, damit wir reden können.« Er ließ sich auf der Marmorbank nieder und winkte den Badediener heran, der sich sofort beflissen näherte und dem neuen Gast die übliche Behandlung angedeihen ließ. Khalid, auf dem Bauch liegend, hatte den Kopf auf die verschränkten Arme gelegt und das Gesicht Paolo zugewandt, der sich vorsichtig drei Schritte entfernt auf die Kante der Steinbank gesetzt hatte. Dampf waberte aus den Becken und umhüllte die Gestalten der Leibwächter. Abbas und sämtliche andere Gäste hatten den Raum verlassen, und nur noch das Klatschen der Hände des Badedieners auf Khalids Rücken verursachte Geräusche in dem von warmem Dunst erfüllten Gelass.

»Wollt Ihr Euch nur davon überzeugen, dass es mir gut geht?« Paolo betrachtete scharf das feiste, schweißbedeckte Gesicht mit den zufrieden geschlossenen Augen. »Oder seid Ihr gar der Ansicht, es ginge mir *zu* gut und ich würde vielleicht deswegen übermütig?«

»Zweifellos spielt Ihr auf diesen dummen Brief an, den Ihr über die Hure aus der Stadt nach Venedig geschmuggelt habt«, erwiderte Khalid, während er ein Auge einen Spaltbreit öffnete.

Paolo sog heftig die Luft ein. Der heiße Dampf brannte ihm in den Lungen. Hatte er bis eben noch gehofft, seine Ahnung möge sich als trügerisch erweisen, so war er nun eines Besseren belehrt.

605

Khalid zuckte mit einer fetten Schulter. »Wenn Ihr meint, uns entginge etwas, das Ihr tut, so müsste man Euch eigentlich für dumm halten. Da Ihr das aber nicht seid, vermute ich hinter Eurem Handeln familiäre Verantwortung, gepaart mit einer gewissen Verzweiflung. Der Inhalt Eures Briefs hat meine Annahme bestätigt.«

»Ihr habt ihn vernichtet«, stellte Paolo fest. Furcht erfasste ihn und verdrängte jeden Zorn. Cintia! Sie war diejenige, die von den schrecklichen Folgen seines Regelverstoßes getroffen würde, nicht er! Ihn würde man lediglich weiterhin zwingen, für den Sultan Schiffe zu bauen.

»Was …?«, stieß er hervor, außerstande, eine vollständige Frage zu bilden.

»Eurem reizenden jungen Weib ist nichts geschehen, jedenfalls nicht von meiner Seite aus«, versetzte Khalid gelassen. »Bei allem Leichtsinn habt Ihr, den Inhalt dieser Botschaft betreffend, ausreichend Sorgfalt walten lassen, sodass ich nach Rücksprache mit dem Kapudan Pascha entschieden habe, hier Gnade für angebracht zu halten und Euer Weib zu schonen.«

Langsam ließ Paolo den angehaltenen Atem entweichen und sprach ein stummes Dankgebet, weil er damals beim Abfassen des Briefes an Daria einer inneren Stimme gefolgt war und nichts von der Erpressung erwähnt hatte. *Ich bin nicht tot, es geht mir gut. Die Leiche im Arsenal war nur ein Ablenkungsmanöver, um frei von behördlichen Repressalien oder langwierigen Rechtfertigungen weggehen zu können. Es war eine Gelegenheit, die ich ausnutzen musste. Aufgrund eines freiwilligen Paktes bleibe ich für fünf Jahre in Konstantinopel, wo ich erwarte, als Schiffsbauer zu viel Geld zu kommen, um nicht länger von Cintias Vermögen leben zu müssen. Antworte nicht und forsche nicht nach mir, denn ich werde unter keinen Umständen vor Ablauf der vertraglich vereinbarten fünf Jahre zurückkehren. Doch sag Cintia, dass ich sie liebe!*

»Überdies fanden wir es gerecht, die Botschaft übermitteln zu lassen, damit die Euren aufhören können, um Euch zu trauern«, sagte Khalid.

Die salbungsvolle Güte in seiner Stimme weckte Wut in Paolo, doch er war zu erleichtert, um seinem Ärger nachzugeben. Er rang sich sogar ein paar gemurmelte Dankesworte ab.

»Höchst bemerkenswert fand ich die Tatsache, dass Ihr Euch als geldgieriger, heimlichtuerischer Vaterlandsverräter dargestellt habt. Man bedenke nur, welche Konsequenzen das bei Eurer Rückkehr für Euch gehabt hätte, wäre die Nachricht in falsche Hände geraten!«

»Ein überschaubares Risiko.«

»Welches Ihr bewusst auf Euch nehmt, nur damit Euer Weib auf Euch wartet.« Khalid blinzelte gegen den tröpfelnden Dampf an. »Wie groß muss Eure Liebe sein! Und wie groß Euer Vertrauen!«

»Für mich gibt es keinen Grund, meiner Frau zu misstrauen«, widersprach Paolo.

»Ah, aber ich sprach vom Vertrauen in mich! In den Kapudan Pascha und den Sultan!«

»Was meint Ihr?«, wollte Paolo argwöhnisch wissen. »Ihr sagtet selbst, Ihr hättet entschieden, meine Frau zu schonen!«

»Nun, ich spielte auf den Abschnitt mit dem vielen Geld an.« Khalid grinste. »Ein bisschen was habt Ihr schon bekommen, wie? Und das war erst der Anfang. Euer Brief war gewissermaßen prophetisch, wenn Ihr so wollt. In fünf Jahren seid Ihr reich. Reicher als Eure Frau. Genau, wie Ihr es Euch erträumt.«

Fassungslos starrte Paolo den Mann an. »Ihr habt mir das Gold zukommen lassen, nur weil ich diese Lüge erdachte?«

Khalid lachte. »Das ist es ja eben, es war keine Lüge! Das, was Ihr geschrieben habt, drückt Eure wahre Sehnsucht aus. Es ist ein Dorn in Eurem Fleisch, dass Euer Weib reich ist, während Ihr nur über die Kraft Eurer Hände und Eures – zugegeben strahlenden – Geistes gebietet. Euch wäre lieber, sie wäre arm gewesen. Stattdessen wart *Ihr* der arme Schlucker. Wollt Ihr wissen, welche Habe von Euch zurückblieb, damals, bei Eurem vermeintlichen Tod?«

Khalid brauchte es ihm nicht zu sagen, Paolo wusste es sehr

genau. Da waren seine Waffen, gute Stücke, aber nichts von besonderem Wert. Seine Kleidung, darunter zwei Samtwämser und einige ordentliche Beinkleider, sowie wenig getragene Stiefel für Festtage. Ein kleiner Sack mit Münzen, vielleicht das Einkommen von einigen Monaten, das er über die Jahre hatte sparen können. Ein schmaler Ring, den seine Mutter ihm vererbt hatte, stumpf und unansehnlich von den vielen Jahren, die er ihn bei sich getragen hatte. Der andere Ring, den sein Vater ihm vermacht hatte, ebenso wenig von Wert wie der seiner Mutter. Ein Stapel Zeichnungen, kühne, hochfliegende Konstruktionsgedanken in Papierform, mit denen vermutlich niemand außer ihm selbst etwas anfangen konnte. Nein, er hatte nichts hinterlassen, das für einen objektiven Betrachter auch nur von geringstem Wert gewesen wäre. Bitter erkannte er, dass es stimmte, was Khalid sagte. Er wäre gern reich gewesen, um Cintia ebenbürtig zu sein. Das Gold hatte er in Abbas' Verwahrung gegeben, und es zu besitzen verschaffte ihm ein Gefühl von Stolz und Freude – Freude, als reicher Mann zurückkehren zu können.

Listig kniff Khalid ein Auge zu. »Natürlich ging nur eine Abschrift Eures Briefs nach Venedig. Das Original befindet sich in meinem Besitz. Als kleines Unterpfand Eurer Treue und Verschwiegenheit.«

»Ich könnte das Gold in den Bosporus werfen und behaupten, Ihr hättet mich zum Abfassen des Briefes gezwungen.«

Khalid hob den Kopf und stimmte ein brüllendes Gelächter an. »Einen erzwungenen Brief würde Euer Gönner Enrico Tassini Euch zweifellos glauben, aber nur, wenn Ihr ohne Gold zurückkehrt. Das werdet Ihr aber nicht, weil Ihr den Reichtum wollt und braucht. Und der Brief, das schwöre ich, wird niemals in falsche Hände kommen, es sei denn, Ihr fordert es heraus.« Er drehte sich auf den Rücken, damit der Badediener die Vorderseite seiner Oberschenkel bearbeiten konnte. Sein Bauch ragte kugelartig in die Luft, und seine Brust war so dicht mit Haaren bewachsen, dass es aussah, als trüge er ein schwarzes Hemd. Nachlässig wandte er den Kopf in Paolos Richtung. »Eure

Stiefmutter – besitzt sie Euer Vertrauen? Es wäre natürlich fatal, wenn *sie* den Brief in falsche Hände bringt.«

»Daria würde ich jederzeit mein Leben anvertrauen. Sie rettete es mir bereits mehr als einmal.«

Khalid lächelte ihn durch wogende Dampfschwaden an. »Mein junger Freund, mir scheint, Ihr müsst über Frauen noch einiges lernen.«

»Was meint Ihr damit?«, wollte Paolo misstrauisch wissen.

»Das war eher eine allgemeine Äußerung.« Khalid beäugte ihn neugierig. »Welche Ausrede habt Ihr Euch eigentlich zurechtgelegt?«

»Ihr meint die Ausrede, mit der ich in viereinhalb Jahren begründen soll, warum ich nicht nur lebendig, sondern auch als reicher Mann nach Venedig zurückkehre?« Paolo zuckte die Achseln. »Das weiß allein der Himmel. Aber ich habe ja noch genug Zeit, mir etwas auszudenken, nicht wahr?«

»Wer weiß, ob Ihr das überhaupt noch wollt«, sagte Khalid. »In Venedig wart Ihr ein Schiffsbauer unter vielen. Der Beste von allen, das mit Sicherheit, aber das wussten nur wenige, und die hatten nicht das Sagen und werden es auch nie haben, denn zu viele bestimmen das Geschick Eurer Flotte und wollen dabei mitreden. Ihr hättet dort zeitlebens geschuftet, gegen ehrgeizige Konkurrenten, nur auf die vage Aussicht hin, vielleicht eines Tages die Anerkennung zu erfahren, die Ihr verdient, und bekommen hättet Ihr dafür niemals mehr als einen Hungerlohn. Hier dagegen, in der Stadt aller Städte, wird Euch diese Anerkennung immer zuteilwerden. Ich lege Sie Euch für den Rest Eures Lebens zu Füßen, zusammen mit Gold und Ehre.« Der Korsar hielt inne, bevor er leise fortfuhr: »Vielleicht wollt Ihr ja, wenn es so weit ist, gar nicht mehr zurück.«

Einige Wochen später erfuhr Paolo von den politischen Unruhen. Selim, ein Sohn Bayezids, der nicht für die Nachfolge vorgesehen war, hatte einen Teil des türkischen

Heeres auf seine Seite gebracht und sich gegen seinen Vater, den Sultan, erhoben. Angestachelt hatte ihn dazu offenbar die unersprießliche Aussicht, im Zuge der üblichen Erbfolge das Schicksal anderer nachgeborener Brüder des Thronfolgers zu teilen und im Interesse eines gedeihlichen Machtübergangs sein Leben zu verlieren.

Der Sultan hatte die aufständischen Truppen niederwerfen können, doch der Konflikt mit seinem Sohn war noch nicht bereinigt. Selim hatte sich mitsamt seiner Truppen in die Berge zurückgezogen und wartete auf eine neue Gelegenheit.

Unterdessen wurde Paolo von dem Kapudan Pascha aufgetragen, die türkische Flotte weiterhin nachhaltig zu verstärken. Es gab Pläne Khalids, zu diesem Zweck ein neues Arsenal zu bauen, groß und stark befestigt, vielleicht sogar nach dem Muster des venezianischen, und Paolo sollte, wie Abbas ihm erzählte, hierzu eingehend gehört werden, weil Khalid auf seine Meinung setzte. Die an der Südküste Konstantinopels am Marmarameer gelegene Werft, in der Paolo derzeit arbeitete, war Bestandteil einer alten Hafenanlage aus griechischer Zeit, die nach der türkischen Eroberung vom damaligen Sultan ausgebaut und mit Festungstürmen versehen worden war, aber nicht Khalids Vorstellungen von einer modernen, großen Werft entsprach. Nach seinen Plänen sollte ein größerer und besser geschützter Hafen im Goldenen Horn entstehen, mit den besten Schiffen der Welt – die Paolo bauen sollte.

Manchmal sann Paolo darüber nach, wann er wohl angefangen hatte, darauf stolz zu sein. Anfangs hatte er versucht, diesen Stolz zu leugnen, sich einzureden, dass Khalid nichts weiter sei als ein Opportunist und Mörder, der ihn skrupellos erpresste und ausnutzte. Doch das war nur ein Teil der Wahrheit, die wie so oft auch hier mehrere Gesichter hatte. Eines davon bestand darin, dass einem venezianischen Schiffsbauer in Konstantinopel die Ehre und Hochachtung widerfuhr, auf die er in seiner eigenen Heimatstadt wohl noch viele Jahre mühsam hätte hinarbeiten müssen, sofern er sie dort überhaupt jemals erfahren hätte. Allein der Kampf, den es gekostet hatte, jenen Prototyp bauen zu dürfen! Der nun vermutlich im Hafenbecken verrottete, weil keiner damit etwas anzufangen wusste – und weil die anderen Obermeister lieber ihre eigenen, nicht minder ehrgeizigen Pläne umsetzten. Wie lange hatte Paolo zuvor bereits versucht, sie alle zu überflügeln, beseelt von der Sehnsucht, seine Träume in Holz vor sich erstehen zu sehen, ihnen mit Ruder, Mast und Segel Kraft und Gestalt zu verleihen, während ihm die Verantwortlichen dafür Beifall zollten, dass er all das für Venedig geschaffen hatte.

Stattdessen saß er nun hier in Konstantinopel und mehrte nicht Macht und Pracht Venedigs, sondern der Osmanen.

In der Vorweihnachtszeit ging er abends oft von dem Hügel, auf dem Abbas' Haus stand, über den steilen Pfad zum Strand hinunter und blickte über das Meer in westliche Richtung. Er versuchte, sich Cintias Gesicht vorzustellen, doch ihre Züge wollten oft nur zögerlich in seinem Geist Gestalt annehmen. Das irisierende Blau ihrer Augen und das Ebenholzschwarz ihres Haars waren immer abrufbar, desgleichen der Klang ihres Lachens und ihr leidenschaftliches Seufzen, wenn er sie liebte, doch mehr wollte sich kaum fassen lassen.

Das Rauschen der Wellen in den Ohren, stand er allein am Wasser und lauschte seinen Erinnerungen nach. Mittlerweile gab es keine Bewacher und keine Aufpasser mehr, die ihm auf Schritt und Tritt folgten. Wie aus einer unausgesprochenen Übereinkunft heraus schienen seit seinem Gespräch mit Khalid im Hammam alle Beteiligten davon auszugehen, dass er nicht vor Ablauf der festgelegten Zeit fliehen oder weitere Nachrichten hinausschmuggeln würde. Ihm war mittlerweile sogar gestattet, eine der christlichen Kirchen in Pera zu besuchen, falls ihm der Sinn danach stand, doch bisher hatte er keinen Gebrauch davon gemacht. Irgendwann hatte er erkannt, dass er nicht von seinen Landsleuten gesehen werden wollte, das genaue Gegenteil von dem, worauf er noch vor einer Weile so erpicht gewesen war. Doch es gab nun den Brief, und es gab das

Gold. Und vor allem gab es die Schiffe, die unter seinen wachsamen Augen entstanden, prächtiger und vollkommener, als er es sich je vorher hatte ausmalen können. Das, was mit einer ersten Regatta nach einer einfachen Umgestaltung von Duchten und Riemenwerk angefangen hatte, war inzwischen der Keim einer neuen Flottenbasis. Khalid, der Korsar und Mörder, hatte eine Vision, und Paolo, der venezianische Schiffsbaumeister, hatte begonnen, diese zu verwirklichen – und sie zu teilen.

Der Wind brauste an diesem kalten Dezembertag lauter als die Brandung. Gischt spritzte hoch und benetzte sein Gesicht, sodass er nicht wusste, ob die Nässe auf seinen Wangen von Tränen oder vom Meerwasser herrührte. Der Schrei jedoch, den er ausstieß, kam aus seiner tiefsten Seele, nur hörte ihn niemand, außer ihm selbst und vielleicht ein paar Möwen. Nach einer Weile ging er zurück den Hügel hinauf, frierend bis in sein Innerstes. Er war zu einem Gefangenen seiner eigenen Wünsche geworden.

Venedig, Dezember 1511

In diesem Winter verschärften sich in Venedig die Versorgungsprobleme weiter. Auf dem Festland nördlich der Lagune nahmen die Kampfhandlungen trotz der schlechten Witterung zu, und dem Großen Rat gelang es nur noch unter Mühen, die Soldaten und die Bevölkerung mit dem nötigen Getreide zu versorgen. Unter schwerer Bewaffnung liefen unzählige Schiffe ein, die von Süden her neuen Weizen brachten, doch es reichte nicht, um die fehlenden Lieferungen, die vor dem Krieg in der benötigten Menge von der Terraferma gekommen war, auszugleichen. Überall wurde das Essen knapp und zudem immer teurer, sodass die Signoria der Stadt dazu überging, Schiffszwieback aus den Bäckereien der Marinarezza an die Bedürftigen verteilen zu lassen, um dem aufkommenden Murren der Bevölkerung Einhalt zu gebieten.

Cintia und die Menschen, die in ihrem Haushalt lebten, bekamen indessen von dem Mangel nicht viel mit. Niccolò half ihr dabei, sich ausreichend mit Nahrung und auch sonst allem zu versorgen, was zur Aufrechterhaltung einer geordneten Lebensführung nötig war, sei es warme Kleidung oder gutes Essen.

Trotz seiner Hilfsbereitschaft wollte Cintia sich keinesfalls allein auf den Beistand von Niccolò verlassen. Die Entbehrungen, die sie sowohl auf der Pestinsel als auch bei den Flanginis erduldet hatte, waren ihr noch zu stark in Erinnerung und hatten sie gelehrt, wie fatal es sein konnte, sich vollständig von anderen abhängig zu machen, weshalb sie sich – ohne Rücksicht auf ihre unmittelbar bevorstehende Niederkunft – unermüdlich damit befasste, die Grundlagen für eine sichere Zukunft zu schaffen. Wie eine Besessene stürzte sie sich in die Arbeit am Webstuhl; inzwischen gab es kein noch so kompliziertes Muster, das sie nicht beherrschte. Daneben ließ sie es sich nicht mehr nehmen, häufig die Hauptmanufaktur zu besuchen und dort mit Memmo zu sprechen, um über alle Abläufe informiert zu bleiben.

Niccolò versuchte gar nicht erst, sie von dem einmal eingeschlagenen Pfad abzubringen. Mit seinem stillschweigenden Einverständnis signalisierte er, dass er ihre Beweggründe verstand. Davon abgesehen tat er alles, um sie in ihrem Bemühen um wirtschaftliche Unabhängigkeit zu unterstützen, was Cintia so sehr für ihn einnahm, dass sie keinen Hehl daraus machte.

»Niccolò, dass du keine Versuche unternimmst, mir einzureden, dass all das sich nicht für eine Frau schickt, macht dich noch achtenswerter, als du es ohnehin für mich schon bist«, sagte sie zu ihm. »Das bedeutet mir mehr, als du dir vorstellen kannst.«

»Ich *kann* es mir vorstellen«, lautete seine Erwiderung. »Du bist nicht irgendeine Frau, Cintia. Ich kenne dich besser als jeder andere Mensch, und daher weiß ich, was du brauchst.«

Die Ernsthaftigkeit, mit der er diese Worte vorbrachte, verursachte ein schwaches Unbehagen bei ihr, das sie jedoch rasch verdrängte. Alle Weichen waren gestellt, sie hatte ihre Entscheidung getroffen. Dass die Behörde einstweilen keine neuen Vormundschaftsweisungen erteilte, stand unter dem Vorbehalt, dass sie bald ein Mitglied des Hauses Guardi und damit unter männlicher Aufsicht wäre. Niccolò, das war ihr klar, war der einzige Mensch, der Verständnis für ihre Lage aufbrachte und auf Dauer ihre Vorstellungen von persönlicher Freiheit unterstützen konnte.

Tatsächlich war ihr Verlangen nach Eigenständigkeit ebenso unerschütterlich wie ihr Wunsch, sich die Besitztümer ihres Vaters zu eigen zu machen. Niemand würde mehr wagen, sie zu bevormunden, dahin ging ihr Ehrgeiz, und wie es schien, war sie auf dem besten Wege, dieses Ziel zu verwirklichen. Bald gewöhnte sogar Memmo sich an, sie vor wichtigen Entscheidungen zu informieren. »Ihr seid wie Euer Vater, Madonna«, sagte der Verwalter einmal zu ihr. »Mit Leib und Seele im Geschäft.«

Als der Dezember sich neigte, wurde sie ruheloser. War ihr Schlaf in den letzten Monaten fast immer tief und friedvoll gewesen, kehrten beim Näherrücken ihrer Niederkunft die Albträume zurück. Wieder wachte sie in den Nächten schreiend auf, sich von Sand und Erde verschüttet wähnend, gefangen im Massengrab auf der Pestinsel. Irgendwo, das wusste sie genau, lauerte Todaro immer noch darauf, blutige Rache an ihr zu nehmen, weil sie ihn lebendig begraben hatte.

Am Stephanstag spürte sie morgens nach dem Aufstehen ein starkes Ziehen unten im Kreuz, und wenig später ging ein wenig blutiger Schleim ab. Nach allem, was die Hebamme ihr vorher erzählt hatte, war das ein Zeichen der beginnenden Geburt. Noch hatten die Wehen nicht eingesetzt, aber Cintias Rastlosigkeit war an diesem Morgen so stark, dass sie vor Bedrängnis kaum atmen konnte. In der Nacht hatte sie wieder davon geträumt, im Pestgrab zu ersticken, und ihr war, als müsse sie immer noch ständig nach Luft ringen, um nicht ohnmächtig zu werden.

Auf ihr Geheiß öffnete Imelda alle Fenster, und während von draußen die eisige Winterluft hereinströmte, begannen schließlich die Schmerzen. Zuerst waren sie erträglich und dauerten jeweils nur so lange, wie sie brauchte, um ein Ave-Maria zu beten, doch dann kamen sie häufiger und wurden mit der Zeit so heftig, dass sie sich unter der Wucht der Wehen krümmte und laut aufstöhnte.

Lucietta, die sich zuerst beschwert hatte, wie kalt es wegen der offenen Fenster in der Wohnung sei, flatterte wie ein aufgescheuchtes Huhn um Cintia herum, während ihr die Furcht ins Gesicht geschrieben stand.

Für Cintia war Luciettas Anwesenheit keine Ermutigung, weshalb sie nach einer Weile ihre Cousine aus der Kammer schickte, eine Anweisung, der Lucietta sich nur zu gern fügte.

»Du kannst mich aber jederzeit rufen«, beteuerte sie. »Ich bin ja nur ein Zimmer weit entfernt, und bestimmt kommt auch Niccolò gleich! Einen tatkräftigen und klugen Mann wie ihn in der Nähe zu wissen wird dich bestimmt beruhigen!«

Lucietta hatte bei Beginn der Wehen nach Niccolò schicken lassen, weil dieser sich ausgebeten hatte, während der Geburt in der Nähe zu sein, und Cintia, die fest damit gerechnet hatte, dass er sich schnellstens einfinden würde, war überrascht, als der Bote mit der Nachricht zurückkehrte, der junge Messèr Guardi sei in Geschäften unterwegs. Enttäuschung bemächtigte sich ihrer, obwohl von Anfang an klar gewesen war, dass die Schicklichkeit es verbot, ihn während der Wehen in ihren Räumen zu empfangen. Doch zumindest hätte sie ihm kurz zuwinken und ihm versichern können, dass es ihr gut ging, während er unten im Torhaus hätte warten können, bis alles vorüber war.

Momentan jedoch kam es ihr so vor, als würde es niemals aufhören. Die Wehen wurden immer schlimmer, bis es sie schließlich nicht mehr auf den Beinen hielt. Imelda hatte sie ermutigt, so lange auf und ab zu laufen, wie es irgend ging, weil das, so die Alte, den Fortgang der Geburt beschleunigte und die Schmerzen linderte. An ihren Worten musste etwas Wahres sein, wie Cintia bald darauf erkannte, denn erst, als sie sich ins Bett legte, weil sie die Krämpfe im Stehen nicht mehr ertragen konnte, wurden die Wehen so schlimm, dass Cintia sicher war, daran sterben zu müssen.

Auf einer anderen Ebene ihres Bewusstseins war ihr durchaus klar, dass alle Frauen bei der Geburt diese Schmerzen zu erdulden hatten; jedenfalls war es beim ersten Kind so, wie es allgemein hieß. Doch das trug nicht zu ihrer Beruhigung bei, erst recht nicht, als endlich die herbeigerufene Hebamme erschien und nach einer flüchtigen Tastuntersuchung behauptete, es würde noch Stunden dauern. Cintia wälzte sich auf dem Lager herum, schwitzend und stöhnend und fluchend, während die Hebamme sämtliche gotteslästerlichen Äußerungen mit Gelassenheit überging.

Auch Imelda, die weiterhin stumm und reglos wie eine schwarze Krähe in der Zimmerecke hockte, fand die Flüche der Kreißenden keiner Beachtung wert, während die junge Zofe, ein vierzehnjähriges Mädchen, das zum ersten Mal bei einer Geburt anwesend war, auf die Ausbrüche ihrer Herrin mit gemurmelten Gebeten und verstohlenen Kreuzzeichen reagierte.

In den Abendstunden wuchs Cintias Verzweiflung, doch nicht die seit bald zehn Stunden wiederkehrenden Wehen waren dafür die Ursache, sondern die Trauer um Paolo. Sie war im Begriff, einem Kind das Leben zu schenken, einem Teil von Paolo, doch er war nicht bei ihr, um daran teilzuhaben. Ihr Leid wegen dieses Verlustes war mit einem Mal so umfassend, dass die Wirklichkeit mitsamt der Wehen jede Bedeutung verlor. Es blieb nur noch diese stumme, rabenschwarze Verlorenheit, die keine anderen Gefühle mehr zuließ, nicht einmal Schmerzen.

Am Rande ihrer Wahrnehmung merkte sie, dass Imelda aus ihrer Ecke gekommen war. Besorgnis zeigte sich in den runzligen Zügen, während die Alte an Cintias Bett trat. »Sie schreit nicht«, sagte sie zur Hebamme. »Haben die Wehen aufgehört? Ist die Geburt zum Stillstand gekommen? Soll ich besser den Medicus holen?«

»Kein Arzt bei meinen Entbindungen!«, widersprach die Hebamme verärgert. »Ärzte sind bei der Geburt so nutzlos wie ein Kropf am Hals. Sie bringen es fertig, die Kreißende zur Ader zu lassen oder sie mit Mohnsaft zu betäuben, sodass dann gar nichts mehr geht. Nein, nein, hier ist alles in bester Ordnung. Seht, jetzt kommt wieder eine Wehe! Der Leib spannt sich, das Kind wird bald da sein.«

»Wie kann sie diese schreckliche Pein so lautlos ertragen?«, hörte Cintia wie aus weiter Ferne Imelda sagen.

»Das gibt es manchmal«, sagte die Hebamme. »Dass eine Frau die Wehenschmerzen nicht mehr spürt. Wenn die Schmerzen wegen etwas anderem schlimmer sind. Aber das Kind wird kommen, so oder so, das ist der Lauf der Welt.«


Die Geschäfte, in denen Niccolò unterwegs war, gehörten nicht gerade zu jenen, mit denen er sich sonst befasste. Seit Wochen hatte er Pläne für diesen Tag geschmiedet, hatte bis ins Detail erwogen, wie er es anstellen würde, hatte sich Vorsichtsmaßnahmen für den Fall des Scheiterns überlegt und sich vor allem ingrimmig ausgemalt, wie es sich anfühlte, wenn er es endlich tat.

Natürlich hätte er es schon vorher versuchen können, doch dabei wäre das Risiko größer gewesen. Es hatte ihn in den Fingern gejuckt, es gleich zu erledigen, sofort, nachdem er haarklein von Lucietta erfahren hatte, was diese Flanginis sich Cintia gegenüber herausgenommen hatten, doch außer Rachsucht gab es keinen Grund, sein Vorhaben übers Knie zu brechen. Die Flanginis liefen ihm nicht weg, und die Gesuche des Mannes bei den Behörden lagen einstweilen auf Eis, dafür hatte Eduardo Guardi gesorgt, der immer noch gute Beziehungen zum einen oder anderen Prokurator unterhielt. Doch für Niccolò stand seit seiner Rückkehr außer Frage, dass das, was Flangini blühte, nur aufgeschoben war, keinesfalls aufgehoben.

Der Stephanstag war der ideale Zeitpunkt, den Plan endlich

auszuführen, denn ab diesem Tag war es den Venezianern laut behördlicher Verfügung gestattet, Masken zu tragen, weil an Sankt Stephan offiziell die Zeit des Karnevals begann. Nicht alle hielten sich an diese Einschränkung, in der Stadt wurde es immer mehr Mode, auch außerhalb der erlaubten Zeiten maskiert zu Bällen und Vergnügungen zu gehen, doch auf dem Lido wäre ein maskierter Besucher, der zudem noch hinkend unterwegs war, ohne Zweifel aufgefallen. Am Stephanstag jedoch fanden in der ganzen Stadt und auch auf dem Lido Feste statt, mit denen die Leute den Beginn der närrischen Zeit feierten. Kostümiert und maskiert zechten sie bis in die Morgenstunden, in denen sich oftmals kaum noch jemand erinnerte, was er getan oder gesehen hatte.

Für diesen Tag hatte Niccolò sich vorbereitet. Das Kostüm eines bocksfüßigen Satyrs, mit einem Fell über der Schulter, einem hölzernen Pferdehuf und der Maske eines bärtigen, trunkenen Mannes half ihm, in der Menge der Feiernden unterzutauchen und einer von vielen Zechern zu werden, die von der Nacht verschluckt und am nächsten Morgen wieder ausgespien wurden, ohne dass ein Hahn danach krähte.

Den ganzen Tag über waren mehr Boote als sonst auf den Kanälen der Stadt unterwegs, geschmückt und bemalt und berstend von fröhlichen Menschen, die den Eröffnungstag des Karnevals genossen, schon deshalb, weil er eine willkommene Abwechslung in diesen von Krieg und Entbehrung geprägten Winter brachte.

Überall war Musik zu hören, ebenso launiger Gesang, der von den Häuserwänden widerhallte. Die Ordnungshüter drückten ein Auge zu, auch wenn sich vor ihren Blicken so mancher Schabernack abspielte. Niccolò sah im Vorbeifahren vom Boot aus, wie sich zwei offensichtlich volltrunkene Männer eine Verfolgungsjagd über die Riva degli Schiavoni lieferten – beide waren sie trotz der Kälte fast nackt. Ihr wildes Spiel gipfelte darin, dass sie jauchzend ins Hafenbecken stürzten, nur um unter dem johlenden Gelächter der Zuschauer anschließend kleinlaut und

blau gefroren wieder auf den Kai zu klettern. Ähnlich unge-
zwungen ging es an vielen Stellen der Stadt zu, und auch auf
dem Lido, wo Niccolò nach einer ereignislosen Überfahrt an
Land ging, herrschte Feierlaune, wenn auch nicht so ausgeprägt
wie in San Marco. In der Nähe von Flanginis Haus fand in einer
Schänke ein Fest statt, wie unschwer an dem ausgelassenen Kreischen und dem misstönenden Flötenklang zu erkennen war, der
nach draußen schallte und weithin über den Strand zu hören
war. Darauf hatte Niccolò nicht nur gehofft, sondern sich vorher vergewissert, dass es so sein würde. Einer der Männer, die er
im letzten Jahr dafür bezahlt hatte, nach Cintia zu fahnden, hatte
ihm davon berichtet. Am Stephanstag kamen in der Schänke,
bei der er ausgestiegen war, Menschen aus der Gegend zusammen, um gemeinsam zu feiern, denn der Schankwirt war ein
eingefleischter Liebhaber des Karnevals und ließ kaum eine Gelegenheit aus, mit entsprechenden Festivitäten Geld daran zu
verdienen.

»Zu dieser Feier hat mein Liebchen mich eingeladen«, behauptete Niccolò gegenüber dem Bootsführer, den er für die
Überfahrt im Voraus entlohnt hatte und der ihn von Anfang an
nur maskiert gesehen hatte. »Mache ich mich gut als Satyr?«,
fügte er fragend hinzu, wobei er, genau wie vorher, sorgfältig darauf achtete, mit verstellter Stimme zu sprechen, als wäre er seit
Stunden betrunken und nicht mehr vollständig Herr seiner
Wahrnehmungen. Auf dem Anlegesteg ging er ein paar Schritte
auf und ab und spreizte sich wie ein Pfau, das Fell hin und her
schwingend und übertrieben humpelnd, sodass sein umgebun-
dener Holzhuf bei jedem Schritt auf den Bohlen knallte.

»Ihr seht aus wie der Leibhaftige«, versicherte der Bootsführer gelangweilt. »Sogar Euer Hinken wirkt echt.«

»Sehr gut«, gab Niccolò lallend zurück. »Du wartest hier, wie
ausgemacht. Eine Stunde, oder zwei, je nachdem, wie lange es
eben dauert, bis ich mein Liebchen herumgekriegt habe.« Er
humpelte eilig davon und betrat die Schänke, aus der ihm weinseliger Radau entgegenschlug. In trunkener Runde hatten sich

619

Bewohner vom Lido versammelt und feierten, was das Zeug hielt. Viele von ihnen waren maskiert und verkleidet, genau wie er es erwartet hatte. Keiner schenkte ihm einen zweiten Blick, als er mit gespieltem Torkeln durch die Schankstube spazierte. Niccolò hielt sich nicht damit auf, sich der Gesellschaft anzuschließen, sondern sah zu, dass er so schnell wie möglich das Haus durch den Hinterausgang verließ. Von der Rückseite des Gebäudes führte ein Pfad an stinkenden Schweineställen und ein paar verlottert wirkenden Gemüsebeeten vorbei in Richtung der Gerberei. Der widerwärtige Geruch faulender Häute und ätzender Lauge überdeckte bald den Viehgestank aus den Ställen, und je näher Niccolò dem Anwesen der Flanginis kam, desto abscheulicher wurde für ihn die Vorstellung, dass Cintia diesen Geruch über Wochen hinweg hatte aushalten müssen – und dass das bei Weitem nicht das Schlimmste an ihrer Gefangenschaft gewesen war. Als er sie einmal gefragt hatte, was sie in der ganzen Zeit am schwersten hatte aushalten können, hatte sie freimütig geantwortet, es sei der Hunger gewesen, genau wie in jenen Wochen auf der Pestinsel. Alles könne man erdulden, so ihre Worte, egal ob Schmutz oder Gestank oder Ungeziefer, sogar Schläge und gemeine Worte. Aber niemals und unter keinen Umständen den Hunger. Der Hunger, so Cintia, war die entscheidende Antriebsfeder gewesen, auszubrechen und dabei keine eigenen Lügen und Bösartigkeiten zu scheuen, zumal sie es in diesem Fall nicht nur für sich allein getan hatte, sondern für ihr Kind. Paolos Kind …

Niccolò hielt kurz inne. Meist verdrängte er recht erfolgreich den Gedanken, dass sie ein Kind von einem anderen Mann austrug und es lieben und hegen würde, ohne dass dieses etwas dafür tun musste, außer einfach auf der Welt zu sein, während er selbst sich noch so sehr ins Zeug legen konnte, ohne dabei mehr zu erreichen als ihren Respekt und ihre Anerkennung. Er hatte ihr gegenüber behauptet, dass sie lernen werde, ihn zu lieben, und er glaubte immer noch daran, denn wenn er damit aufhörte, wäre alles umsonst gewesen. Indessen wurde der Glaube schwieriger, je näher der Tag der Niederkunft rückte, und er fürchtete, dass ihm die schlimmste Prüfung noch bevorstand, wenn erst das Kind da wäre. Bis dahin jedoch würde er alles tun, um sich Cintia gewogen zu stimmen, nicht etwa aus jenem Opportunismus heraus, der das Handeln seines Vaters bestimmte, sondern aus dem echten, tief empfundenen Bedürfnis, sich ihrer Liebe würdig zu erweisen.

Hinter der Gesindekate beim Anwesen der Flanginis herrschte Lärm; ein betrunkener Knecht jagte stolpernd einem Hund hinterher, der ihn kläffend umsprang, während der Mann ein ums andere Mal brüllte, ihn totschlagen zu wollen, wobei seinen Worten zu entnehmen war, dass der Hund offenbar eine Wurst gestohlen hatte. Als Niccolò vorbeihumpelte, blickte der Knecht nicht einmal auf.

Nach kurzem Klopfen wurde die Tür des Haupthauses geöffnet. Eine dicke Frau in mittleren Jahren stand Niccolò gegenüber, und als sie seiner Maskerade ansichtig wurde, verzog ihre Miene sich missfällig.

Mit verwaschener Stimme erkundigte Niccolò sich nach der Schankstube, worauf ihm die Frau die Tür vor der Nase zuschlagen wollte. Niccolò verhinderte es, indem er sich wie unabsichtlich mit der Schulter dagegenstemmte.

»Was zum Teufel …«, lallte er hinter der Maske. »Wo bin ich? Seid Ihr nicht die Wirtin?«

»Ich bin die Gattin des Gerbers Flangini«, fuhr die Dicke ihn an. »Die Schänke ist zweihundert Schritte von hier!« Erbost zeigte sie mit ausgestrecktem Arm in die Richtung, aus der er gekommen war. Niccolò zog seinen Dolch, trat auf sie zu und stieß ihr das Messer zuerst in den Leib und dann in die Kehle. Blut spritzte ihr aus dem Hals, während sie mit aufgerissenen Augen zusammenbrach. Er packte sie bei den Schultern und zerrte sie von der Tür weg, und anschließend stieg er achtlos über ihren immer noch zuckenden Körper hinweg, nach allen Richtungen lauschend. Draußen bellte immer noch der Hund, verfolgt von den wütenden Tiraden des Knechtes, während

Niccolò die nächstgelegene Tür aufstieß. Auf einem Bett lag ein schlafender Mann, dem Alter und der Beschreibung nach der Sohn des Gerbers. Seinem offen stehenden Mund entwich noch ein einziger Atemzug, bevor er das Schicksal seiner Mutter teilte. Niccolò schaute reglos zu, wie der Mann röchelnd hochfuhr und zuerst den Eindringling, dann das viele Blut anstarrte und schließlich begriff, was mit ihm geschehen war, um gleich darauf mit brechendem Blick zurückzusinken.

Ein Poltern, das von der Treppe herkam, ließ Niccolò herumfahren. Mit zwei raschen Schritten war er bei der Tür der Kammer und verbarg sich dahinter, während aus der Wohnstube ein entsetztes Aufkeuchen zu hören war. »Lodovica! Was …?« Ein trockenes Würgen folgte, anschließend ein klagender Schrei. »O Himmel, was ist geschehen!« Gleich darauf erschien Flangini in der offenen Tür der Kammer seines Sohnes, wo er sich mit einem einzigen Blick davon überzeugen konnte, dass seine Frau nicht die Einzige war, die an diesem Abend eines gewaltsamen Todes gestorben war. Bevor er erneut aufschreien konnte, hatte Niccolò ihn von hinten beim Haar gepackt und ihm den Dolch an die Kehle gesetzt.

»Mir war wichtig, dass du das siehst«, sagte er kalt. »Weil ich annahm, dass dir der Anblick vielleicht die Zunge lockert. Jetzt hast du die Wahl. Du kannst sterben wie die beiden, oder du kannst mir die Wahrheit sagen. Und lass dir bloß nicht einfallen, zu schreien. Oder dich zu mir umzudrehen. Dann bist du sofort tot.«

Ein Schlottern überlief den hageren Gerber, der starr vor Todesangst war und keine Anstalten machte, sich aus Niccolòs Griff zu winden. Flangini gab keinen Laut von sich. Kraftlos schwankte er hin und her, und Niccolò hatte Mühe, ihn aufrecht zu halten. Der Mann war im Hemd und barfuß, und seinem ungewaschenen Leib entstieg ein betäubender Gestank von ranzigem Körperfett und frischem Angstschweiß. Niccolò hielt angeekelt die Luft an und drückte die Schneide des Messers fester gegen den Hals des Mannes.

622

»Sag mir, wo dieses Schwein Todaro sich aufhält!«

»Das weiß ich nicht!«, stammelte Flangini.

»Erzähl mir nichts!« Das Messer grub sich tiefer in die Haut des Gerbers, und Niccolò spürte, wie Blut hervorlief. »Du steckst doch mit dem Kerl unter einer Decke! Als alles nichts half, um sie gefügig zu machen, wolltest du sie umbringen lassen!«

»Er sollte sie nur schänden!«, keuchte Flangini. »Aber nicht richtig, nur ein Versuch! Eigentlich hätte mein Sohn es tun sollen, aber er traute sich nicht.« Er blickte zu seinem toten Sohn hinüber und schluchzte laut auf. »Es war doch alles nicht meine Idee!« Flanginis Körper zitterte haltlos. »Auch nicht, dass ich sie einsperre und schlecht behandle! Und erst recht nicht, dass Todaro sie hier überfällt! Nicht mal den Antrag auf Vormundschaft habe ich aus eigenem Antrieb gestellt, jedenfalls nicht beim zweiten Mal, als sie schon Witwe war!«

Fassungslos hörte Niccolò diese Worte, zunächst außerstande, die Bedeutung dessen, was der Mann sagte, richtig einzuordnen. »Du meinst, das alles war gar nicht auf deinem Mist gewachsen?«

»Das sage ich doch!«, wimmerte Flangini. »Es war nicht mein Plan, wirklich nicht!«

»Wessen dann?«, presste Niccolò zwischen zusammengebissenen Zähnen hervor. »Sag es, oder du stirbst!«

»Ein Patrizier gab mir den Auftrag! Für alles, was ich tat! Ein Mann namens Guardi!«

Niccolò zuckte zusammen. »Eduardo Guardi?«, vergewisserte er sich ungläubig.

»Ja! Ja, das ist sein Name!«

»Erzähl mir alles«, befahl ihm Niccolò mit bebender Stimme, nur mühsam seine Wut und seinen Hass im Zaum haltend. Seine Hand jedoch, mit der er den Dolch gegen den Hals des Mannes gedrückt hielt, bewegte sich nicht.

Stotternd und von erstickten Schluchzern unterbrochen, beantwortete Flangini alle Fragen über die rabenschwarzen Untaten, die er auf Geheiß von Eduardo Guardi verrichtet hatte, und auf entsprechenden Druck mit dem Messer verriet er auch, wie viel Geld er dafür bekommen hatte und wo dieses versteckt lag.

»Das ist aber noch nicht alles«, sagte Niccolò wütend, als Flangini schließlich zitternd innehielt. »Du hast nebenher dein eigenes Süppchen kochen wollen und versucht, Cintia zu erpressen, deinen Sohn zu heiraten, um auf diese Weise doch noch an ihr Vermögen zu kommen!«

»Das war der Plan meiner Frau!«, greinte der Gerber sofort. »Ich selbst war ganz und gar dagegen!«

»Nun, wie dem auch sei, deine Frau hat ihre Strafe. Und du wirst ihr folgen.«

Ein blitzschneller Stoß mit dem Dolch, und es war getan. Mit hämmerndem Herzschlag beobachtete Niccolò durch die Sehschlitze der Maske, wie der Mann niedersank und liegen blieb.

Für das, was Flangini Cintia angetan hatte, war diese schnelle Todesart viel zu gnädig, befand Niccolò, doch der wilde Triumph, den er sich vorher ausgemalt hatte, stellte sich nicht ein. Vergällt wurde ihm die Rache durch die bittere Tatsache, dass sein Vater in die ganze Sache verstrickt war, und zwar auf eine Weise, die er keinesfalls hinnehmen konnte.

In dem Kellerversteck, das der Gerber ihm genannt hatte, fand er das Geld und nahm es an sich, und er nahm auch alle anderen Wertsachen mit, die er fand, bevor er das Haus verließ. Von Anfang an hatte er vorgehabt, es wie einen Raub aussehen zu lassen.

Draußen war es still; Knecht und Hund hatten sich verzogen, vermutlich wegen des einsetzenden Regens. Bevor Niccolò denselben Weg zur Schänke zurückging, den er gekommen war, reinigte er seine blutverschmierten Hände am Ziehbrunnen im Hof. Alles Weitere verlief wie geplant, sowohl die Rückkehr zur Schänke und von dort aus zu dem wartenden Boot als auch die anschließende Fahrt zurück zur Stadt. Eigentlich hätte er zufrieden sein können, doch davon war er weit entfernt, denn die Ereignisse hatten eine Wende genommen, die er nicht erwartet hatte.

Noch ehe der Tag vorbei war, würde er die ganze Wahrheit herausfinden.

Kurz nach dem Vesperläuten nahmen die Wehen an Häufigkeit und Stärke immer mehr zu, bis sie schließlich so dicht aufeinanderfolgten, dass Cintia kaum noch auseinanderhalten konnte, wann die eine endete und die nächste anfing. Die Phase der Teilnahmslosigkeit hatte, wie schon von der Hebamme vorausgesehen, nicht lange gedauert, denn das Kind forderte sein Recht und zwang ihren Körper zum Mitmachen – mit einem Pressdrang, der so gewaltig war, dass keine noch so tiefe Trauer die brutale Realität dieses Vorgangs hätte mildern können.

Während Cintia Wehe um Wehe nach den Anweisungen der Hebamme das Kind herauspresste, saß Imelda wie ein dunkler Schatten neben ihrem Bett und sprach Gebete, vielleicht waren es auch einfach nur sinnlose Satzfetzen, denn Cintia verstand kein Wort. Doch der leise Fluss der brüchigen Stimme war auf unerfindliche Weise beruhigend, sodass Cintia sofort widersprach, als die Hebamme, offenbar gestört durch das unaufhörliche Gemurmel, die Alte hinausschicken wollte.

Auch Lucietta hatte sich wieder eingefunden, tapfer entschlossen, Cintia in ihrer schwersten Stunde beizustehen. Standhaft weigerte sie sich, das Zimmer erneut zu verlassen.

»Was wäre, wenn du stirbst?«, fragte sie in emphatischem Ton. »Viele Frauen sterben bei der Geburt, das weiß jeder! Niemals würde ich mir verzeihen, einfach nur tatenlos im Nebenzimmer gesessen zu haben, während der liebste Mensch der Welt in Gottes Himmelreich gerufen wird!«

Ihre Beteuerung übertönte das tadelnde Schnalzen der Hebamme, doch noch lauter war der wilde Fluch, den Cintia bei der nächsten Wehe herausschrie und der die Zofe erröten ließ, die

625

händeringend bei der Tür auf neue Anweisungen wartete – am liebsten auf solche, mit denen die Hebamme sie in die Küche oder andere Orte im Haus schickte, um von dort frische Tücher oder heißes Wasser zu beschaffen, was wiederum den Vorteil hatte, dass sie für eine Weile die Gotteslästerungen nicht ertragen musste.

Als die Hebamme ihr befahl, Wasser zu holen, eilte sie mit erleichtertem Seufzen davon. Gleich darauf kehrte sie mit erschrockener Miene zurück. »Es ist jemand gekommen, der sich nicht abweisen lässt!«

»Niccolò?«, stieß Cintia mit schmerzvoll gepresster Stimme hervor.

Die Zofe schüttelte den Kopf. »Nein, Madonna. Ein kahler, großer Mann, der eine Kranke hergebracht hat. Er sagt, sie gehöre hierher, weil sie Eure Zofe sei und Eurer Hilfe bedürfe.« Sie dachte kurz nach. »Aber *ich* bin doch Eure Zofe!«

Cintia konnte nicht antworten, weil die nächste Wehe sie fest in den Klauen hatte. Ihr Fluch mündete in einen lang gezogenen Schrei, der Lucietta dazu brachte, fluchtartig aus dem Zimmer zu stürzen. »Ich gehe nachsehen, wer gekommen ist!«, rief sie über die Schulter zurück. »Aber keine Sorge, ich bin gleich wieder da, mein Lämmchen!«

»Ich komme mit und helfe Euch, die Kranke hereinzubringen«, erklärte die Zofe.

Cintia hörte es wohl, doch die Stimmen waren so weit entfernt, als kämen sie aus einer anderen Welt. Ihr ganzer Körper bestand nur noch aus Qualen, die über alle nur vorstellbaren Schmerzen in einem Maß hinausgingen, dass es jeder Beschreibung spottete. Vage formte sich der Gedanke, dass der Tod in diesem Moment wirklich eine Erlösung wäre. Ob deswegen so viele Frauen beim Gebären starben?

»Das Kind kommt«, verkündete die Hebamme. »Und zwar genau jetzt. Gebt alles, was Ihr könnt!«

Mit einem urtümlichen Ächzen presste Cintia ein letztes Mal, und sie spürte, wie das Kind aus ihr herausglitt, langsam, wie ein Schiff, das unter mühseligem Schieben vom Stapel läuft, und da war sie wieder, die tiefe Verbindung zu ihrem toten Mann, doch diesmal tat es nicht weh. Aller Schmerz war von einem Augenblick auf den nächsten so nachhaltig vergangen, dass er bereits unwirklich schien. Überschäumende Freude erfüllte ihren Geist und belebte ihren eben noch von Pein zerrissenen Körper, sodass es ihr mühelos gelang, sich aufzurichten, und das Wunder zu bestaunen, das blutverschmiert und zappelnd in den Händen der Hebamme lag.

»Ein Mädchen«, sagte die Hebamme lächelnd. »Ein schönes und gesundes Kind!«

Cintia starrte es an und konnte nichts sagen. Schlagartig löste sich gleich darauf ihre Anspannung, gleichzeitig schluchzend und lachend verlangte sie, das Neugeborene näher anzusehen. Die Hebamme reichte es ihr, nachdem sie die Nachgeburt überwacht sowie die Nabelschnur durchtrennt und abgebunden hatte, und stumm betrachtete Cintia das verknautschte Gesichtchen und die winzigen Fäustchen. Das Kind schrie nicht, sondern schmatzte nur ein wenig, bis die Hebamme es Cintia wieder fortnahm und es abrieb – eine Prozedur, die das Neugeborene dazu brachte, laut zu quäken und erst wieder aufzuhören, als die Hebamme es behutsam in ein Tuch einschlug und wiegte.

Cintia blickte in die Runde und sah, dass alle sie anstrahlten – die Hebamme mit dem Kind in den Armen, die Zofe, Imelda und auch Lucietta, die in der Tür stand, ein glückseliges Leuchten im Gesicht. »Stell dir vor, unten war Giulio, Darias Leibwächter. Er hat Juana hier abgeladen, es sei nun an dir, sich um sie kümmern, sagte er.« Ihre Worte kamen in einem einzigen, aufgeregten Schwall. »Ich habe sie von Giovanni in eine der Dachkammern tragen lassen. Aber darüber reden wir noch, wenn du wieder bei Kräften bist.« Ihr Geplapper versiegte Wort für Wort, bis ihre Lippen nur noch stumme, sinnlose Worte formten, während ihr trotz des breiten Lächelns unablässig die Tränen über die Wangen rannen und sie zögernd einen Schritt um den anderen näher kam.

»Du hast es geschafft«, flüsterte Lucietta. »Jetzt wird alles gut! Du hast ein Kind, und bald wirst du auch einen guten Gatten haben, dann erfüllen sich all unsere Träume, für immer!«

Daran hätte Cintia selbst gern geglaubt, und einen Moment lang tat sie es tatsächlich, aufgeputscht von der Euphorie der glücklich verlaufenen Geburt. Dann jedoch dachte sie an die bevorstehende Eheschließung, und aus unerklärlichen Gründen verlor die Freude an Glanz. Grübelnd lehnte Cintia sich zurück in die Kissen und lag still, während die Hebamme sie wusch und ihr gleich darauf das Kind wieder fortnahm, um es zu baden und zu wickeln. Alle anderen hatten den Raum verlassen, nachdem die Hebamme sie dazu aufgefordert hatte, da die junge Mutter nun Ruhe benötige.

Warum hatte Darias Leibwächter Juana hergebracht? Was war los mit der Portugiesin? Und hatte diese nicht kürzlich ebenfalls ein Kind geboren, einen Sohn, dessen Vater Casparo war? Lauter Fragen, die auf einmal unheilvoll im Raum schwebten.

Die Hebamme hatte das Kind fertig gewickelt. Sehnsüchtig streckte Cintia die Arme nach der Kleinen aus und nahm sie in Empfang. Sanft fuhr sie mit der Fingerspitze über das zarte Köpfchen und atmete den Geruch ihrer neugeborenen Tochter ein, bis er ihr Denken völlig ausfüllte und nichts anderes mehr von Bedeutung war.

Nach seiner Rückkehr traf Niccolò seinen Vater nicht an, was ihm Gelegenheit gab, während der Wartezeit seine schwelende Wut unter Kontrolle zu bringen.

»Hat er gesagt, wo er hingeht?«, fragte er Eufemia.

Die alte Amme errötete. »Nein, das nicht. Aber vermutlich ist es wieder dasselbe wie immer in der letzten Zeit.«

Niccolò schürzte verächtlich die Lippen. Sein Vater führte sich neuerdings auf wie ein junger Hengst. War Eduardo Guardi sonst immer ins Bordell gegangen, hatte er sich seit Kurzem darauf verlegt, ein bestimmtes Mädchen mit nach Hause zu bringen. Irgendwie hatte diese Esmeralda es geschafft, den alternden Nobile für sich einzunehmen, und Niccolò hatte durchaus eine Vorstellung davon, wie es ihr gelungen war. Über ihre speziellen Fertigkeiten kursierten einige Gerüchte, ebenso darüber, dass sie danach strebte, aus dem Haus der Daria Loredan, wo sie arbeitete, auszuziehen und sich von einem einzigen Gönner ein gutes Leben ausrichten zu lassen. Möglicherweise versuchte sie sogar, Eduardo Guardi zu einer Heirat zu überreden, etwa indem sie ihm ein Kind unterschob. Nichts war ausgeschlossen. Niccolò hatte nach dem, was ihm während der Rückreise von Paris widerfahren war, seine eigene Vorstellung von der Tücke der Huren.

Unruhig ging er eine Weile im Portego auf und ab und versuchte, seine Ungeduld zu zügeln. Er brannte darauf, seinen Vater zur Rede zu stellen.

»Möchtest du etwas essen?«, fragte Eufemia eifrig. »Ich kann dir rasch ein paar Bissen herrichten!«

Niccolò verneinte. Er schickte Eufemia fort und ließ sich auf einem hochlehnigen Sofa nieder, einem eher prätentiösen als bequemen Möbelstück, doch immerhin entlastete er damit sein Bein, dem er heute schon zu viel zugemutet hatte.

»Wie war es auf der Feier?« Die Frage kam von Gregorio, der aus seiner Kammer in den Portego trat, um seinen Bruder zu begrüßen.

Niccolò wusste im ersten Moment nicht, was Gregorio meinte; dann erst fiel ihm ein, dass er sich heute mit der Lüge abgemeldet hatte, eine Feier zur Eröffnung des Karnevals besuchen zu wollen. Das Kostüm, den hölzernen Bocksfuß und die Maske hatte er gleich nach seiner Rückkehr unauffällig im nächstbesten Kanal versenkt.

»Es war anders als erwartet«, sagte er unbestimmt, während vor seinem inneren Auge Bilder vorbeizogen, auf denen er die Flanginis verbluten sah. »Eine Feier von der Sorte, auf die man sich freut, die sich dann aber als schal und abstoßend herausstellt.«

629

»Die nächste Feier wird eher in deinem Sinne sein«, sagte Gregorio lächelnd. »Sie wird gewiss genau deinen Vorstellungen entsprechen.«

Er sprach von Niccolòs Hochzeit mit Cintia. Der Termin war bereits festgelegt, denn bald jährte sich der Todestag ihres Mannes, womit das Trauerjahr zu Ende war: Schon am Markustag wären sie verheiratet.

»Bist du glücklich?«, fragte Gregorio mit weicher Stimme. »Du hast sie immer geliebt, nicht wahr?«

Niccolò zuckte unbehaglich mit den Schultern.

»Wenn ich es früher gewusst hätte, wäre manches anders gekommen«, versicherte Gregorio. »Hättest du damals nur ein Wort gesagt …«

»Vater hätte mich totgeschlagen«, sagte Niccolò lapidar. »Zu jener Zeit hatte ich noch zu viel Angst vor ihm.«

»Wirst du Cintia hierher bringen?«

»Du meinst, als meine Ehefrau?« Niccolò schüttelte den Kopf. »Ganz bestimmt nicht.«

»Das kann ich verstehen«, sagte Gregorio. »Die Gesellschaft, die Vater neuerdings hierher holt …«

Fast hätte Niccolò gelacht. Cintia hatte bereits einige Zeit in Esmeraldas Gesellschaft verbracht, es dürfte ihr kaum etwas ausmachen, der Kurtisane hin und wieder über den Weg zu laufen. Zudem war der Palazzo der Guardis mehr als geräumig und bot gut und gerne drei großen Familien Platz.

Nein, der Grund, warum er Cintia keinesfalls hierher bringen würde, lag allein bei Gregorio. Dieser groß gewachsene, betörend schöne Mann mit seinen veilchenblauen Augen, dem elegischen Zug um den Mund und dem freundlichen Wesen war der letzte Mensch, den Niccolò in Cintias Nähe haben wollte. Nur zu rasch würde sie auf den Gedanken kommen, dass sein älterer Bruder als Ehemann viel mehr hergab als ein grüblerischer Krüppel. Zu allem Überfluss war Gregorio ihre Jugendliebe, und den Spruch *Alte Liebe rostet nicht* hatte Niccolò schon zu oft gehört, um ihn leichtfertig abzutun.

630

»Warum sitzt du überhaupt hier im kalten Portego?«, wollte Gregorio wissen.

»Ich warte auf Vater«, sagte Niccolò düster. »In meiner Kammer höre ich es vielleicht nicht, wenn er heimkehrt.«

»Mir scheint, du bist nicht gut auf ihn zu sprechen«, meinte Gregorio. »Dann lasse ich euch besser allein bei eurer Unterredung. Er kommt nämlich gerade nach Hause – in der üblichen Begleitung.«

Von der Treppe her waren Schritte und unterdrücktes Gelächter zu hören. Gregorio zog sich nach einem prüfenden Blick auf Niccolòs Gesicht eilig in seine Kammer zurück, und Niccolò stand auf, um seinem Vater entgegenzutreten.

Gemeinsam mit Esmeralda kam Eduardo durch den Portikus, während er lachend die ledernen Handschuhe abstreifte und Esmeralda sich kichernd an seinem Arm festhielt. Beide waren sichtlich angetrunken. Es war schon weit nach Mitternacht, aber wie Niccolò nach den Erfahrungen der letzten Zeit wusste, fing die Nacht für die zwei nun erst richtig an. Sein Vater lebte seinen zweiten Frühling nach Kräften aus, und die aufgeputzte junge Kurtisane tat alles, um sich seine Gunst zu erhalten. Mit Erfolg, wie Niccolò mit einem scharfen Blick auf ihr Handgelenk feststellte. Ihr Armband sah neu und teuer aus, genau wie die Kette, die sie letzten Monat von ihrem Gönner bekommen hatte. Anscheinend gab sein Vater im Vorgriff auf den bald zu erwartenden Zuwachs des Familienvermögens bereits Geld aus, das er unter normalen Umständen lieber in laufende Geschäfte investiert hätte.

»Schick sie fort«, sagte er barsch zu seinem Vater. »Ich habe mit dir zu reden.«

»Lässt du zu, dass er in solchem Ton mit dir spricht?«, fragte Esmeralda mit schmollender Miene. »Wir wollten doch unseren Spaß haben! Lass dir das nur nicht von ihm verderben! Er ist dein Sohn, und er muss *dir* gehorchen! Wenn einer fortgeschickt wird, dann er!«

»Ich war heute auf einer Feier, und dabei traf ich einen Gerber«, sagte Niccolò beiläufig. »Ein Kunde des Hauses Guardi, wie er mir erzählte.«

»Liebes, geh ruhig schon vor und zünde ein Feuer im Kamin an«, sagte Eduardo rasch. »Ich komme gleich nach. Lass mich nur eben ein paar langweilige Geschäfte mit Niccolò bereden.«

»Ist das denn so wichtig?«, maulte Esmeralda. Sie zog den Umhang von den Schultern und entblößte ein großflächiges Dekolleté. Niccolò versuchte, sie mit den Augen seines Vaters zu betrachten: Die Schminke auf ihrem rundlichen Gesicht tat ihrer Schönheit keinen Abbruch. Ihre dralle Gestalt steckte in einem hautengen, purpurfarbenen Kleid, das mit allerlei Flitter bestickt war, und ihre Bewegungen zeugten von kaum verhüllter Erotik.

Auf ihre gewöhnliche Art war sie der Fleisch gewordene Traum vieler Männer, vor allem, wenn diese wie Eduardo gesetzten Alters und unbeweibt waren.

»Ja, es ist wichtig«, beantwortete Niccolò ihre Frage. Der Tonfall in seiner Stimme ließ sie zusammenzucken, und mit einem Achselzucken entfernte sie sich. Eduardos Kammer befand sich wie die von Niccolò und Gregorio im Piano nobile, doch sie war ganz am Ende des langen Saals gelegen, mit repräsentativem Blick auf den Canal Grande.

Niccolò wartete, bis die Tür von Eduardos Schlafgemach hinter Esmeralda zugefallen war, dann sagte er mit schneidender Stimme: »Es ist Zeit für die Wahrheit, Vater.«

Eduardo warf ihm einen abwägenden Blick zu. »Was hat Flangini dir erzählt?«

»Alles«, versetzte Niccolò knapp. »Bis auf eines: Wo dieser Mistkerl Todaro steckt. Das will ich nun von dir wissen.«

Eduardo betrachtete ihn lauernd. »Um ihn zu töten?«

»Und wenn – was würde es dich kümmern?« Niccolò sah seinen Vater bohrend an. »Oder hast du Angst, auch er könnte zu viel reden?«

»Er gehört zu den Kerlen, die sowieso ständig lügen«, sagte Eduardo leichthin.

632

»Du hast ihn dafür bezahlt, Cintia zu schänden!«, entfuhr es Niccolò. »Versuch nur nicht, es abzustreiten!«

»Er sollte ihr nur etwas Angst machen«, widersprach Eduardo.

Niccolò nahm den Einwand nicht zur Kenntnis. »Allein die ungeheuerliche Tatsache, dass du Flangini beauftragt hast, sie gefangen zu setzen und sie hungern und in ihrem eigenen Dreck verrotten zu lassen, während sie ein Kind trug! Ich sollte dich auf der Stelle fordern! Wärst du nicht mein Vater, täte ich es!«

»Du solltest dich nicht so aufblasen.« Eduardo grinste verhalten. »Sei mir lieber dankbar, denn du profitierst schließlich in vollem Umfang von meinen Mühen. Ich gebe zu, es war nicht für dich gedacht, denn du warst ja verschollen. Gregorio war derjenige, der den Nutzen aus alledem hätte ziehen sollen. Mein Plan stand kurz davor, aufzugehen, weißt du. Ich wäre mit Gregorio persönlich bei Flangini aufmarschiert …«

Ungläubig fiel Niccolò ihm ins Wort. »Soll das heißen, du hast diesen perfiden Plan gemeinsam mit Gregorio ausgeheckt?«

»Nicht doch. Du solltest deinen Bruder besser kennen. Würdest du ihm je irgendeine Gemeinheit zutrauen?« Eduardo lachte leise. »Seine Ahnungslosigkeit war ja gerade der geniale Schachzug an der Idee. Er hätte sich mit eigenen Augen von dem schrecklichen Los der armen Cintia überzeugen können, und da ich ihm vorher als gegebene Tatsache vermittelt habe, dass nur eine sofortige Heirat das arme Mädchen vor weiterer Drangsal dieses fürchterlichen Vormunds retten könnte, hätte er ihr dank seiner ritterlichen Art sofort den Ehestand angetragen. Und sie hätte freudig Ja gesagt, um ihrem grausamen Los zu entgehen. Gregorio und Cintia hätten einfach beide noch einmal von vorne angefangen, nichts weiter.«

»Nichts weiter«, echote Niccolò tonlos.

»Dann geschahen zwei Dinge, beide unvorhersehbar«, fuhr Eduardo gelassen fort. »Cintia konnte fliehen, und du bist wieder aufgetaucht.« Er zuckte die Schultern. »Gregorio sah danach nicht mehr die Notwendigkeit, als rettender Ritter aufzutreten, da inzwischen *du* das voller Begeisterung übernommen hattest. Ich habe zwar kein gutes Gefühl bei alledem, aber sei's drum. Das Geld der Barozzis wird so oder so in der Familie bleiben.« Er lachte abermals, diesmal boshaft. »In unserer. Da, wo es von Anfang an hingehörte.«

Niccolò merkte, wie seine Hand zuckte vor instinktivem Verlangen, den Dolch zu ziehen. Mit Mühe riss er sich zusammen, um Eduardo endlich das mitzuteilen, was an dem ganzen Gespräch das einzig Wichtige war. »Falls dir zur Vervollkommnung deiner Pläne vorgeschwebt haben sollte, Cintia etwas anzutun, sobald sie meine Frau ist ...« Er ließ den Satz ausklingen und beobachtete seinen Vater dabei, sah zu, wie diesem verräterische Röte ins Gesicht stieg, die nicht vom Schnaps kam. »Du hattest es vor!«, schrie er fassungslos auf. »Sie und ihr Kind nach der Heirat aus dem Weg zu räumen, damit mir ihr Erbe zufällt! Du wolltest es wirklich tun! Nicht einmal vor der letzten und schlimmsten Untat würdest du zurückschrecken!« Nun zog er doch den Dolch, hielt ihn ungelenk umkrampft, unschlüssig, was er als Nächstes tun sollte.

Eduardo gab sich erschrocken. »Wie könnte ich die Frau töten wollen, die du liebst! Was denkst du von mir!!«

»Das Schlimmste«, sagte Niccolò. Außer sich starrte er seinen Vater an, versuchte, den Ausdruck in dessen Miene zu ergründen, darin zu lesen, was der andere dachte und plante. Und mit einem Mal erkannte er in diesen zur Seite gewandten Blicken eine weitere Wahrheit, eine, die viel schrecklicher war als der Rest. »Du hast es schon einmal getan!«, rief er schockiert aus. »Du hast Lucia umgebracht! Und ihren kleinen Sohn. Gregorios Sohn!« Er schluckte, und die Hand, die den Dolch hielt, zitterte heftig. »Du hast es sogar selbst getan, nicht wahr? Ihnen mit eigener Hand die Kehle durchgeschnitten!«

Sein Vater wand sich, doch ihm stand ins Gesicht geschrieben, dass er sich durchschaut fühlte. Schließlich flüchtete er sich in Zorn. »Sie war nur ein kleines Flittchen! Eine Hure, die für jeden die Beine breit gemacht hat!« Hochrot im Gesicht stieß er hervor: »Sie hat Gregorios ganzes Leben ruiniert! Alles, was je aus ihm hätte werden können, hat sie verhindert! Was sollte ich denn anderes tun?!«

Voller Entsetzen blickte Niccolò seinen Vater an, und in hilfloser Abscheu fragte er sich, wie viel von dessen dunklem Wesen er wohl geerbt hatte. Eduardos Blut floss auch in seinen Adern, angesichts der Mordtaten, die er selbst begangen hatte, eine himmelschreiende Tatsache, die ihm vor Ekel und Abneigung die Luft abschnürte, so sehr, dass ihm davon übel wurde. War er wirklich besser als sein Vater?

Fahrig und immer noch zitternd steckte er den Dolch wieder in die Scheide.

Ein Geräusch ließ ihn herumfahren. Gregorio stand dort, vor der offenen Tür seiner Kammer, die Arme schlaff herabhängend, das Gesicht im Schein der Kerzen unnatürlich bleich. Es gab nicht den geringsten Zweifel, dass er jedes Wort gehört hatte. Blankes Grauen stand in seinen Zügen, und seine Lippen bewegten sich, als wolle er etwas sagen. Doch es kam kein einziges Wort heraus.

»Gregorio!« Eduardos Stimme klang beschwörend. »Ich tat es allein für dich! Es war nur zu deinem Vorteil! *Alles* war nur zu deinem Vorteil!«

Wie eine Marionette setzte Gregorio sich rückwärtsgehend in Bewegung. Zuerst tat er einen Schritt, dann einen weiteren, und schließlich drehte er sich um und rannte davon, quer durch den Saal, dann durch den Portikus zur Treppe. Als Letztes sah Niccolò den flatternden Zipfel des weißen Hemdes verschwinden. Gregorio liebte es, weiße Hemden zu tragen, fleckenlos und frisch geplättet ... Der absurde, nutzlose Gedanke kam und verging, bevor Niccolò sich die Tragweite des Geschehenen richtig klarmachen konnte. Dann jedoch zückte er seinen Dolch und stellte sich seinem Vater in den Weg, als dieser sich anschickte, Gregorio zu folgen. »Besser, du lässt ihn in Ruhe. Glaub mir, er würde dich töten, wenn du heute Nacht in seine

Nähe kommst. Und ich, ich würde danach beim Leib Christi schwören, dass es Notwehr war.« Niccolòs Stimme war dunkel vor Hass. »Und solltest du je versuchen, in *Cintias* Nähe zu kommen, werde *ich* dich töten.« Er hob den Dolch, sodass sich der funkelnde Schein einer Kerze an der Klinge brach, auf der noch das Blut der Flanginis klebte.

Am Ende des Portego ging eine Tür auf. »Wo bleibst du denn?«, rief Esmeralda quengelnd durch den langen Saal. »Ich warte schon die ganze Zeit!«

»Ja«, zischte Niccolò. »Geh und beschlaf deine Hure. Und vergiss all deine Pläne, wenn du leben willst.«

Eduardo starrte den Dolch an, und Niccolò erkannte, dass sein Vater das Blut bemerkt hatte. Mit einem Mal perlte Angstschweiß auf Eduardo Guardis Stirn, und stolpernd wich er einige Schritte von Niccolò zurück. Heftig schluckend bewegte er fahrig die Hände und wischte sie sich schließlich am Wams ab, fast so, als wäre an seinen Fingern noch das Blut, das er einst vergossen hatte, um Gregorio zu halten – nur, um ihn nun für alle Zeiten verloren geben zu müssen.

Wankend blieb er stehen und sah Niccolò an, der seinen Blick unverwandt erwiderte, bis sich Eduardo mit einem Mal straffte und tief durchatmete.

Bevor er sich abwandte, schaute er kurz über die Schulter zu Niccolò zurück.

Wir sind von einem Blut, einem Wesen – wir beide sind gleich!, sagte dieser Blick, irrlichternd und so abgrundtief böse, dass es Niccolò bis in die Seele hinein schauderte.

## Venedig, Februar 1512

Der Kleine quengelte und jammerte, denn er mochte nicht auf der Brust seines Vaters liegen bleiben. Mittlerweile war er über ein halbes Jahr alt und wollte die Welt auf eigene Art entdecken. Er rollte sich herum, oder er stemmte sich wie ein kleiner Käfer auf Knie und Hände und versuchte, sich vorwärtszuschieben. Daria hätte ihn am liebsten angefleht, doch noch ein bisschen auszuharren und nicht so zu strampeln, doch Marino hätte sie natürlich nicht verstanden.

Enttäuscht hob sie ihn vom Bett und reichte ihn der Amme, die ihn schützend an sich drückte und ihn dabei wiegte, als wolle sie ihn wegen eines Leides trösten, das ihm widerfahren war. Das Verhalten der Amme trug nicht dazu bei, Darias gereizte Stimmung zu besänftigen, im Gegenteil.

Mit geballten Fäusten fuhr sie zum Bett herum und holte tief Luft, um sich zu beruhigen. Vielleicht lag es an ihr selbst! Sie verlangte zu viel! Niemand konnte ihr das geben, was sie sich so sehnlich wünschte, egal wie sie es anstellte, ob sie dabei ruhig und besonnen blieb oder aufbrausend und ungerecht war. Wenn doch nur …

Aber alles ging so langsam! Casparo lag nach wie vor in seinem Bett, still und mit geöffneten Augen, leise und gleichmäßig atmend, als wäre er zwar wach, aber für den Moment zu zerstreut, um richtig zuzuhören.

Dabei war Daria fest davon überzeugt, dass er nicht mehr weit vom wirklichen Aufwachen entfernt war, denn seit das Kind auf der Welt war, verbesserte sich sein Befinden stetig und unaufhaltsam. Mittlerweile bemerkten es alle, die mit ihm zu tun hatten. Seine Gliedmaßen reagierten auf Druck und Bewegungen, sein Blick, der in den ersten Wochen immer nur ziellos hin und her gewandert war, konnte sich auf Gegenstände richten und sie fokussieren, und er gab Laute des Wohlbehagens von sich, wenn ihm das Essen schmeckte oder wenn man ihm auf einer Flöte vorspielte. All das war nach und nach gekommen, so langsam, dass es zuerst niemand richtig registrieren wollte – außer ihr selbst, die ihn kaum je aus den Augen ließ. Doch seit es Marino gab, hatte er die entscheidende Verbindung zur Außenwelt hergestellt: Er brauchte das Kind. Daria hätte schwören können, dass Casparo sich freute, wenn man ihm den Kleinen ins Bett legte. Nein, sie *wusste* es ganz einfach! Je lebhafter und beweglicher Marino wurde, desto stärker schien Casparo die Reize zu empfinden, die ihm durch dieses Beisammensein zuteilwurden. Er bewegte sich, wandte den Kopf, versuchte die Hände zu heben, den Blick zu konzentrieren. Ähnlich verhielt er sich auch, wenn sie sich zu ihm ans Bett setzte, mit ihm redete, ihn berührte, doch weit stärker reagierte er auf seinen kleinen Sohn. Keine Frage, Marino half seinem Vater, ohne es zu wissen, doch leider war er noch zu klein, um zu begreifen, wie unschätzbar wertvoll diese Hilfe war. Inzwischen war es so weit gekommen, dass er überhaupt nicht mehr zu Casparo ins Bett gelegt werden wollte – ja, er jammerte sogar oft schon, wenn die Amme ihn nur ins Zimmer brachte, und ein paar Mal hatte er sich so lange gewunden und dabei angefangen zu kreischen, dass Daria der Amme befehlen musste, ihn rasch hinauszutragen.

»Vielleicht liegt es daran, dass der Kleine es als Zwang empfindet«, meinte die Amme. »Ihr wollt zu viel von ihm. Er soll stillliegen, und er soll auch wach sein – aber beides zusammen geht bei Säuglingen in diesem Alter nicht. Es ist unmöglich. Kleine Kinder haben einen Spiel- und Bewegungsdrang, und bei Marino ist es nicht anders. Wenn man ein waches Kind von sieben Monaten hinlegt, ohne seine Gliedmaßen zu wickeln, bewegt es sich, aber nicht so bedachtsam, wie es ein Erwachsener täte. Es will krabbeln und herumrollen und sich hochstemmen, und wenn man es nicht lässt, weint es.«

»Du musst es mir nicht erklären, ich war schließlich dabei«, versetzte Daria wütend. »Außerdem habe ich selbst einen Sohn großgezogen, ich weiß, wie Kinder sind.«

Der Kleine fing an zu schreien.

»Bring ihn fort«, sagte Daria herrisch. »Hinaus mit dir.«

Mit gesenkten Blicken gehorchte die Frau, und als sie hinausging, entdeckte Daria bei ihr nichts von dem, was dieses unansehnliche Antlitz zu Beginn so liebenswert gemacht hatte.

Eilig ging Daria zum Bett ihres Sohnes zurück und setzte sich zu ihm. Sanft strich sie mit beiden Händen über sein Gesicht, fuhr durch sein weiches Haar, beugte sich über ihn, um ihre Wange an die seine zu legen. »Du bist mein Leben«, flüsterte sie. »Ich liebe dich so! Niemals gebe ich dich auf, hörst du? Alles tue ich für dich, alles! Wenn du nur zu mir zurückkommst!«

Es klopfte an der Tür, und Esmeralda streckte ihren Kopf herein. »Störe ich?«

Daria küsste Casparo noch einmal. »Bis bald, mein Kleiner! Ich komme nachher wieder!« Dann stand sie auf und wandte sich zu Esmeralda um. »Hast du Neuigkeiten?«

»Ja, sonst wäre ich nicht so früh zurückgekommen, sondern hätte gemütlich bei Eduardo ausgeschlafen. Ich war gestern bei Cintia und will dir nun darüber berichten.«

»Wir reden oben.« Daria ging mit Esmeralda in den zweiten Stock, wo sie sich ungestört unterhalten konnten. Die übrigen Mädchen schliefen noch, denn in der Nacht hatte Daria eine ausgelassene Karnevalsfeier veranstaltet, bei der sich die Patrizier zu Dutzenden eingefunden hatten.

Hier und da lagen noch schlafende Gäste, einer auf einem Sofa, der andere auf dem nackten Terrazzoboden, wo er in volltrunkenem Zustand gelandet war. Aus den offen stehenden Türen der Kammern drang vereinzeltes Schnarchen, und in der Luft hing ein schaler Geruch nach Parfüm, Schweiß und rußenden Kerzen. Durch die Fenster vor der Loggia fiel mattes Licht in den langen, mit rotem Samt ausgehängten und zahlreichen Spiegeln geschmückten Saal und erzeugte eine Stimmung von malerischer, sündiger Dekadenz.

Davon, dass in der letzten Zeit wegen des ständig erneut

aufflackernden Krieges wieder einmal das Geld knapp wurde, war hier noch nichts zu spüren. Daria hoffte, dass sie in den nächsten Wochen, in denen der Karneval seinem Höhepunkt entgegensteuerte, mithilfe der anstehenden Feiern wieder halbwegs ihre Finanzen konsolidieren konnte, auch wenn sie sich nicht zu viel davon versprach. Die Freier waren in Zeiten des Krieges zwar liebebedürftiger, doch nicht mehr so leichtherzig mit dem Geld bei der Hand wie sonst – der Staat schröpfte jeden, wo es nur ging, sogar bei ihr hatten die Steuereintreiber schon angeklopft und ihr Anleihen aufgedrängt – die bekanntlich das Papier nicht wert waren, auf denen sie standen, da alles Geld, das der Rat dadurch hereinbekam, entweder für Waffen oder für Weizenimporte ausgegeben werden musste, beides so kurzlebig, dass es zum Weinen war. Manchmal dachte Daria, es könne nicht schaden, wenn die Franzosen kämen. Vielleicht würde dann endlich alles besser. Außerdem sagte man ihnen eine freizügige, elegante Lebensart nach, sicherlich waren sie ebenso aufs Feiern versessen wie die Venezianer. Kurtisanen wurden jedenfalls immer gebraucht.

Daria ging mit Esmeralda in deren Kammer und hörte ihren Bericht an, während das Mädchen einige Kleidungstücke zur Seite räumte und ein Feuer im Kamin anzündete.

»Cintia steckt in den Hochzeitsvorbereitungen, aber viel ist nicht zu tun, denn sie will keine große Feier, nur eine schlichte Zeremonie und anschließend ein Essen im Kreis der Familie.«

»Familie?«, wiederholte Daria ironisch.

»Ja, in der Tat. Sie will dich einladen. Sie sagte, man solle endlich alte Zwistigkeiten begraben. Und das ist nun die Neuigkeit, weswegen ich mich beeilte, so früh hier einzutreffen, statt in Eduardos Bett auszuschlafen: Sie will heute noch persönlich bei dir erscheinen.«

»Ich nehme es zur Kenntnis.« Daria wusste nicht, was sie davon halten sollte. »Erzähl weiter. Was gibt es sonst noch?«

»Nicht viel Neues, seit ich sie das letzte Mal besuchte. Cintia ist zufrieden mit der Amme und geht schon wieder oft aus dem

Haus, hauptsächlich zur Manufaktur, jedes Mal in Begleitung ihres rothaarigen Leibwächters.«

»Also wissen sie immer noch nicht, wo dieser Kerl von der Pestinsel sich aufhält.«

»Ich glaube, Eduardo weiß es, aber er tut so, als hätte er keine Ahnung.«

»Das Kind?«, fragte Daria.

»Es wächst und gedeiht, schläft viel und ist ein Sonnenschein. Jedenfalls behauptet Lucietta das, die ist absolut närrisch mit der Kleinen. Schleppt sie den ganzen Tag herum und tut auch sonst ganz so, als wäre es ihr eigenes.«

Daria biss sich auf die Lippen, weil dieser Punkt sie zu der nächsten Frage brachte, die für sie wichtig war. »Juana?«

»Ach ja, Juana. Du hast lange nicht nach ihr gefragt.« Esmeraldas Stimme klang schläfrig. »Du wirst es nicht glauben, aber sie erholt sich immer mehr. Niemand hätte das gedacht, bei ihrem schlimmen Zustand, als sie zu Cintia kam. Da glaubten alle, sie würden binnen Wochen an Auszehrung und Schwäche sterben. Doch es geht aufwärts mit ihr. Vielleicht liegt es an der besonderen Kur.«

»Welche Kur?«

»Die der Jude ihr verordnet hat.«

»Hat Cintia Simon kommen lassen?«, fragte Daria voller Unbehagen.

»Ja, und er hat empfohlen, dass Juana viel trinken soll. Kannenweise Kamillensud, verteilt über den Tag, damit die zähen Hemmnisse des Gallenflusses aus dem Körper geschwemmt werden. Es scheint zu helfen. Sie kann wieder jeden Tag für mehrere Stunden aufstehen. Gestern sprach ich mit ihr. Sie sagte, bald sei sie wieder gesund genug, sich selbst um ihr Kind zu kümmern.« Esmeralda räkelte sich verschlafen. »Ich bin so müde ...«

Daria stand auf und verließ wortlos den Raum.

Unten bei der Treppe stand Giulio, die breite Gestalt ein massiver Schatten im Halbdämmer hinter der Wendeltreppe. Fast war es, als hätte er ihre Unruhe und ihre Sorgen gespürt und wartete hier, um ihr beizustehen. Sie zögerte nicht, zu ihm zu gehen, und er wiederum streckte sofort die Arme aus und zog sie an sich. Dankbar ließ sie sich in seine tröstliche Wärme sinken.

»Es ist gekommen, wie ich befürchtet hatte«, murmelte sie. »Juana geht es wieder besser, und sie will das Kind wiederhaben. Nun geschieht das, wovor ich Angst hatte. Bald werde ich bereuen, dass ich dir auftrug, sie wegzubringen.«

»Du hast mich beauftragt, sie vor dir in Sicherheit zu bringen«, korrigierte Giulio sie. Belustigt fügte er hinzu: »Gerade noch rechtzeitig, wie mir scheint. Sie war fast tot.«

»Warum ich der Liste meiner Übeltaten nicht ausgerechnet diese eine noch hinzufügen konnte, wird mir auf ewig ein Rätsel bleiben«, sagte sie sarkastisch. »Giftmord liegt mir anscheinend nicht.«

»Hm, es hängt wohl eher damit zusammen, worum es bei einem Mord überhaupt geht.«

»Was meinst du mit: Worum es geht?«, wollte sie wissen.

»Welches der Beweggrund dafür ist. Nehmen wir Rache und Gerechtigkeit als Beispiel: Manche Wunden sind so tief, dass man sie nur heilen kann, wenn derjenige, der sie geschlagen hat, selbst stirbt, und sei es auch durch Mord. Oder nehmen wir die Liebe – auch das ist ein starker Beweggrund für einen Mord, und ein verständlicher obendrein. In anderen Fällen dagegen, in denen es vielleicht nur darum geht, eine Unbequemlichkeit aus der Welt zu schaffen, kann Mord eher Last als Lösung sein, weil man damit zu viel verspielt.«

»Wegen der Gefahr, erwischt zu werden?«

»Nein, wegen der Gefahr, seine Menschlichkeit zu verlieren.«

Seine Worte hallten in ihr nach, und wie schon so oft fand sie es erstaunlich, wie gelassen, ja fast philosophisch er in manchen Fällen urteilte. »Für meine Menschlichkeit zahle ich vielleicht einen hohen Preis. Sie wird uns Ärger machen, weil sie das Kind zurückhaben will. Aber Casparo braucht seinen Sohn! Der Kleine ist wie Medizin für ihn!«

»Das war vielleicht für eine Weile so, aber in den letzten Wochen waren diese von dir angeordneten Zusammenkünfte zwischen Vater und Kind wenig sinnvoll, für alle Seiten.«

Auch damit hatte er recht, wie sie zugeben musste. Im Rückblick war sie froh, dass sie rechtzeitig von ihrem ursprünglichen Plan abgerückt war. Letztlich war es besser, für ihren Seelenfrieden, für den kleinen Marino. Und zumindest mittelbar auch für Casparo, überlegte sie selbstironisch, denn so konnte sie weiterhin mit gutem Gewissen an seinem Bett sitzen.

»Es ist kalt hier draußen«, sagte Daria. »Lass uns reingehen. Ich habe Casparo versprochen, gleich wieder da zu sein.«

»Deine Nacht war kurz. Vielleicht solltest du dich noch ein Stündchen hinlegen.«

»Mit dir?« Daria lachte. »Eine Versuchung, keine Frage. Aber meine bemerkenswerte Nichte kommt heute, da möchte ich auf keinen Fall verschlafen aussehen.«

Ein Freier kam die Wendeltreppe herunter und erbrach sich geräuschvoll im Innenhof, bevor er singend zur Pforte taumelte und sich in Richtung Gasse empfahl. Daria rief die Scheuermagd zum Aufwischen, und Giulio schloss das Tor hinter dem Zecher, bevor er Daria ins Haus folgte.


»Meine Güte, da kommt Juana!« Lucietta, die den Säugling in den Armen hielt, trat einen Schritt vor, während Cintia von dem Mustertisch, an dem sie arbeitete, herumfuhr.

Juana war es gelungen, sich ohne fremde Hilfe in Cintias Gemach zu schleppen. Keuchend von der Anstrengung, aber stolz auf die vollbrachte Leistung, blieb sie stehen. »Es geht jeden Tag besser«, sagte sie glücklich.

»Du sollst doch noch ruhen«, widersprach Cintia, aber sie lächelte dabei, denn Juanas Freude war ansteckend. Eilig stand

643

Cintia auf und ging zu ihr, um sie zu stützen und ihr in den Lehnstuhl beim Kamin zu helfen, wo sonst immer die Amme das Kind stillte. »Was treibt dich überhaupt aus dem Bett?«, wollte sie wissen.

»Ich wollte unbedingt noch mit Euch sprechen, bevor Ihr zu Monna Daria geht«, sagte Juana. Sehnsüchtig betrachtete sie das Kind in Luciettas Armen. »Ich möchte Euch bitten, den kleinen Marino mitzubringen.«

Lucietta mischte sich ein. »Juana, du weißt, dass du dafür noch zu schwach bist. Du kannst dich noch nicht selbst um ihn kümmern.«

»Nur zu Besuch«, bettelte Juana. »Ich will ihn nur eine Weile halten und ihn ansehen. Mich wieder mit ihm vertraut machen! Bedenkt doch, ich habe ihn über zwei Monate nicht gesehen, am Ende wird er mich überhaupt nicht wiedererkennen, wenn er zu mir zurückkommt.«

Cintia dachte bei sich, dass es noch längst nicht erwiesen war, ob Daria überhaupt bereit wäre, den Kleinen herauszugeben. Sie war seine Großmutter, und Juana lediglich eine abtrünnige Zofe. Mochte Daria auch einem verruchten Haushalt vorstehen, so war sie doch von Adel und damit wesentlich einflussreicher als eine einfache, halbfreie Frau aus dem Gesinde. Andererseits konnte Cintia Juanas Sehnsucht nur zu gut nachempfinden, denn ihr war das Bedürfnis, das eigene Kind bei sich zu haben, sehr vertraut. Länger als einen halben Tag hielt sie es ohne Anna schlecht aus.

»Ich will sehen, was ich erreichen kann«, versprach sie.

»Im Augenblick hat Daria die besseren Möglichkeiten, das Kind zu versorgen«, erklärte Lucietta, sich energisch an Juana wendend. »Sie hat eine Amme und viel mehr Platz.« Mit einer ausholenden Bewegung wies sie auf den Raum und die umliegende Etage. »Wir haben nur einen zugigen, engen Portego mit einem großen klappernden Webstuhl, diese Kammer hier, die vor Seidenmustern überquillt und in der Cintia und ich und die Kleine kaum noch Platz zum Schlafen finden …«

»Du sagtest, es mache dir nichts aus«, unterbrach Cintia ihre Cousine amüsiert.

»Es kommt darauf an, wie viele Musterkisten du gerade hierher schleppst. Im Augenblick sind es sehr viele.« Ein resignierter Ausdruck zeigte sich auf Luciettas Gesicht, bevor sie sich wieder Juana zuwandte. »Daneben haben wir nur noch eine einzige Kammer, in der du mit Imelda, der Amme und der Zofe haust. Wie, bitte sehr, hattest du es dir vorgestellt, in dem Gedränge noch einen Säugling und eine weitere Amme unterzubringen? Die Alte unter uns hat schon gesagt, dass auf keinen Fall noch mehr Bewohner ins Haus dürfen, weil es ihr sonst zu voll würde, und dem haben wir uns zu fügen, denn sie ist die Eigentümerin.«

»Oben unterm Dach sind doch noch leere Kammern!«

»Das Dach ist undicht, es regnet dort oben ständig hinein. Das weißt du genau, denn du warst ja zuerst oben, bevor wir dich umquartiert haben.«

Juana brach in Tränen aus. Ihr ausgemergelter Körper wurde von Schluchzern geschüttelt, und Lucietta, eben noch eine Bastion in Sachen Entschiedenheit, blickte Cintia hilflos an.

Cintia dachte, dass es vermutlich nicht allzu schwierig wäre, der Besitzerin eine weitere Kammer abzuschwatzen. Das Dach hätte man notdürftig abdichten können, für ein paar Wochen würde es sicher gehen.

»Ich werde mit meiner Tante reden«, sagte sie. »Du bist die Mutter und hast ein Recht auf dein Kind. Und nun komm, ich bringe dich wieder zurück in dein Bett.«

Sie half der weinenden jungen Frau auf und brachte sie zurück in die benachbarte Dienstbotenkammer. »Wenn Imelda vom Markt zurückkommt, werde ich sie bitten, dir Suppe zu kochen«, sagte sie. »Simon meinte, sobald du wieder aufstehen und laufen kannst, sollst du Fleischbrühe mit Gemüse essen.«

»Ihr seid so gut zu mir«, heulte Juana. »Und ich habe es Euch auf diese Weise vergolten!«

»Was meinst du?«

»Ach … nichts.«

»Siehst du«, meinte Cintia tröstend. »Es wird alles wieder gut.«

»Seid Ihr da so sicher?« Juana senkte die Stimme. »Diese Frau ist der Teufel in Person! Sie wollte mich sogar töten!«

Cintia erstarrte. »Was redest du da?«

»Ich bin sicher, dass sie mir Gift ins Essen mischte«, flüsterte Juana. »Es ging mir täglich schlechter. Und kaum, dass ich hierher zu Euch kam, fing ich an, mich zu erholen.«

»Das ist Zufall.«

Juana schüttelte eigensinnig den Kopf. »Ich weiß, was ich weiß. Für das, was sie will, würde sie bedenkenlos töten!«

Unbehagen stieg in Cintia auf, während sie die Kammer wieder verließ, doch dann sagte ihr die Vernunft, dass Juana wegen der durchgestandenen Krankheit gemütskrank war. Verfolgungsängste waren in einem solchen Zustand normal. Sie erinnerte sich, wie zerrüttet sie selbst nach der Gefangenschaft bei den Flanginis gewesen war. In den Nächten hatte sie kaum geschlafen vor lauter Albträumen, und tagsüber war sie aus Furcht vor etwaigen Verfolgern nur tief verschleiert ins Freie gegangen.

Vor Todaro hatte sie immer noch Angst, weshalb sie außerhalb des Hauses keinen Schritt ohne ihren Leibwächter Giovanni tat, doch von den Flanginis hatte sie nichts mehr zu befürchten, und darüber war sie ausgesprochen froh. Esmeralda hatte ihr vor ein paar Wochen erzählt, dass die gesamte Familie während der Karnevalsfeierlichkeiten einem Raubmord zum Opfer gefallen sei. Einer der Freier, die regelmäßig Darias Bordell besuchten, hatte davon berichtet, und Esmeralda hatte sich beeilt, Cintia zu informieren.

Cintia wiederum hatte es Niccolò erzählt, der aus seiner grimmigen Genugtuung keinen Hehl machte. Er sagte, es gebe nur wenige Menschen, denen er den Tod von Herzen gönne, und zu diesen hätten die Flanginis gehört.

Cintia hatte Niccolò auch auf das Verhältnis zwischen Esmeralda und seinem Vater angesprochen; zwar hatte Esmeralda ihr gegenüber nichts davon erwähnt, doch über den Dienstbotenklatsch hatte Cintia es dann doch erfahren. Niccolò hatte die Beziehung zwischen Eduardo Guardi und der Kurtisane eingeräumt und es auf das zunehmende Alter seines Vaters geschoben.

»Alte Hütte brennt lichterloh«, hatte er sarkastisch gemeint. »Glaub mir, ich würde es gern unterbinden, um dir das Gerede zu ersparen, aber das halte ich für aussichtslos. Doch da wir nicht mit ihm unter einem Dach leben werden, können wir es vielleicht einfach ignorieren. Mit Vater werde ich nur noch geschäftlich zu tun haben, ausschließlich in Angelegenheiten, für die ich noch seine Zustimmung als Familienoberhaupt brauche.«

Cintia war es herzlich egal, mit wem Eduardo Guardi seine Nächte verbrachte, doch sie hatte Esmeralda mehr Vernunft zugetraut und sagte ihr das bei nächster Gelegenheit.

»Nun, gerade um der Vernunft willen tue ich es ja«, versetzte Esmeralda. »Ich will nicht für immer eine Hure bleiben. Irgendwann muss ich ehrbar werden, und das geht nur über die Ehe mit einem betuchten Mann. Am besten mit einem Patrizier, so wie Eduardo einer ist. Von den Verfügbaren ist er nicht der Schlechteste, weißt du.«

»Was ist denn um Himmels willen gut an ihm?«

»Er ist viel älter als ich«, gab Esmeralda kichernd zurück. »Ich werde, wenn er tot ist, noch ein langes, schönes Leben haben.«

Besonders erheiternd fand Cintia das nicht, vor allem nicht im Zusammenhang mit Eduardo Guardi, dem sie bis zum Beweis des Gegenteils unbesehen die schlimmsten Untaten zutraute. Doch so war Esmeralda nun einmal, dagegen ließ sich nicht viel tun.

In ihrem Schlafgemach war Lucietta damit beschäftigt, die Kleine frisch zu wickeln. Nackt und strampelnd lag das Kind auf den Musterstücken, und Cintia unterdrückte nur mit Mühe einen entsetzten Laut. Sie hatte viele Stunden an den Seidentüchern gewebt, eine besondere Kollektion in herrlichen Farben, die sie noch in dieser Woche einem deutschen Händler vorführen wollte.

Eilig ging sie zum Tisch und nahm die Kleine hoch. »Wickle sie lieber auf dem Bett«, schlug sie vor. »Da macht es nichts, wenn was danebengeht.«

»Deine bunten Lappen sind dir wichtiger als dein Kind«, meinte Lucietta spitz.

Cintia seufzte. »Rede keinen Unsinn. Nichts kann wichtiger sein als Anna. Aber warum sollte ich danebenstehen und zusehen, wie sie auf meine Muster pinkelt, wenn es auch anders geht?« Als sie die Feuchtigkeit an ihrer Vorderseite fühlte, hob sie die Kleine ein Stück von sich weg und lachte kläglich. »Ich glaube, sie hat gehört, was ich gesagt habe. Jetzt sieh dir diese Bescherung an, du kleiner Schelm!«

Ihre Tochter öffnete den Mund zu einem zahnlosen Lächeln. Nackt strampelte sie in Cintias Armen und gluckste fröhlich, als ihre Mutter sie anstrahlte. »Gott, wie schön sie ist!«

»Sie wird frieren, wenn sie nicht gewickelt wird.«

»Sie freut sich, dass sie sich frei bewegen kann«, gab Cintia zurück. Es widerstrebte ihr, dass ihre Tochter tagein, tagaus vom Hals bis zu den Fußspitzen straff in Tücher gewickelt wurde und auf diese Weise gefesselt war. In ihrer Vorstellung sah sie sich zuweilen selbst, eingebunden wie die kleine Anna, unfähig, auch nur eine Hand zu bewegen, und in solchen Augenblicken erfasste sie ein angstvoller Schauder, der sie manchmal dazu trieb, die Kleine aus der Wiege zu nehmen und sie aus ihrem Wickelgefängnis zu befreien, damit sie, bei bullig angeheiztem Ofen und unter einer leichten Decke, eine Weile frei strampeln konnte. Cintia war entzückt, wenn Anna die Händchen vor die Augen hob und sie bestaunte, als hätte sie eine wundersame Entdeckung gemacht, und sich dann die Fingerchen in den Mund schob und mit angestrengter Miene daran nuckelte.

Kichernd drehte Cintia sich mit ihrer Tochter um die eigene

Achse, prustete einen geräuschvollen Kuss auf den runden kleinen Bauch und gab sie dann Lucietta zurück, die teils wohlwollend, teils ungeduldig darauf wartete, ihren Liebling wieder in die Arme zu schließen.

Ihre Cousine hatte sich binnen kürzester Zeit mit Leib und Seele der Säuglingspflege verschrieben; sie ging mit solcher Freude in ihrer neuen Rolle auf, dass sie gleichsam von einem Leuchten umgeben war. Auch sonst sah Lucietta ihrer aller Zukunft in dem rosigsten Licht und redete unablässig von dem vornehmen Haus, das Niccolò bald für sie finden würde, von der Hochzeitsfeier und dem hübschen Kleid, das die Schneiderin bereits zur Anprobe hergebracht hatte, von den angenehmen Verhältnissen, in denen sie alle nach der Heirat leben würden – und von weiteren wunderbaren Kindern, die Cintia im Laufe der Zeit noch bekäme.

Ein merkwürdig ablehnendes Gefühl erfüllte Cintia, wenn Lucietta sich in solchen Schwärmereien erging. Nichts von dem, was ihre Cousine da Tag für Tag so wortreich in glücklichen Zukunftsbildern heraufbeschwor, ersehnte Cintia selbst, jedenfalls nicht so sehr, dass der Gedanke daran sie erfreute. Im Gegenteil, ihr wäre lieber gewesen, Lucietta hätte dergleichen nicht ständig zur Sprache gebracht.

Über die Gründe ihrer inneren Abwehr machte sie sich nichts vor: Es lag an ihr. Oder genauer, an den Umständen, die sie zwangen, Niccolò zu heiraten. Sie mochte ihn wirklich, und er war ihr ein guter Freund, doch sie war außerstande, mehr als brüderliche Empfindungen für ihn aufzubringen, und manchmal fühlte sie einen Anflug von Unbehagen, etwa wenn er sie in seiner besonderen Art von der Seite ansah, immer dann, wenn er meinte, sie merke es nicht. Es war dieser verzehrende Blick, in dem seine ganze Sehnsucht zum Ausdruck kam, aber auch noch etwas anderes, Dunkles, das sie nicht verstand und das sie stets durch aufgesetzte Fröhlichkeit zu mindern suchte, etwa indem sie scherzhafte Bemerkungen machte oder über ihr einziges gemeinsames Lieblingsthema sprach: die Seide.

Darüber hatten sie zum Glück immer viel zu reden, denn ständig gab es im Geschäft wichtige, neue Ereignisse, an denen sie mittlerweile nicht bloß teilhatte, sondern sie mitgestaltete. Etwa welcher neue Webstuhl angeschafft wurde, ob Memmo einen Konstrukteur aus Siena einladen sollte, der angeblich eine verbesserte Methode zur Farbveredelung gefunden hatte, oder wie neuerdings ihr Vorschlag, dass den Frauen, die genau die gleiche Arbeit an den Stühlen leisteten wie die Männer, zwar nicht unbedingt dasselbe, aber doch wenigstens etwas mehr Salär zugebilligt wurde, um der Gerechtigkeit Genüge zu tun. Dagegen wehrte Memmo sich allerdings erbittert, denn er sah für eine derartige Veränderung nicht den geringsten Grund. Gott habe das Weib aus der Rippe des Mannes geschaffen, womit dieses Letzterem an Kraft und Geist deutlich unterlegen sei, was sich auch in der Entlohnung niederschlagen müsse. Cintia hatte ihn ob dieser Äußerung nur wortlos angestarrt, bis er verlegen zur Seite geschaut hatte. In diesem Punkt würde sie ihn wohl nicht einmal mit Niccolòs Hilfe umstimmen können, auch wenn er in vielen anderen Belangen mittlerweile gern auf ihr Wort hörte.

»Ich halte es nicht für richtig, dass du zu Daria gehst, geschweige denn, sie zu deiner Hochzeit einlädst«, sagte Lucietta, während Cintia sich für den geplanten Besuch bei ihrer Tante umkleidete. »Sie hat dir so übel mitgespielt!«

»Sie hat mich hinausgeworfen, nicht mehr und nicht weniger«, versetzte Cintia.

»Das ist ja wohl die Beschönigung des Jahrhunderts! Sie wollte, dass wir Hurendienste tun!«

»Was auf dasselbe hinauskommt, denn sie wusste, dass ich das ablehnen würde.«

»Sie war grausam zu dir!«

»Damals hatte sie viel durchgemacht, sie war nicht mehr sie selbst.«

»Hast du etwa nicht viel durchgemacht?«, empörte sich Lucietta. »Dein Mann war gestorben!«

»Paolo war auch ihr sehr lieb und teuer. Und Casparo, das Kind ihres Herzens, rang um sein Leben. Sie war nicht mehr Herrin ihrer Entscheidungen. Dazu kamen all die Schrecken aus ihrer Vergangenheit, die Grausamkeiten, die mein Großvater ihr zufügte, und ihre Jahre danach in Schimpf und Schande – eine Familienschuld, an der auch mein Vater seinen schlimmen Anteil trug.«

»Aber *du* konntest doch nichts dafür!«

»Die Schuld ist als Erbe auf mich gekommen.« Bei diesen Worten klang Cintias Stimme bitter; jener dunkle Fleck im Leben ihres Vaters quälte sie noch immer, und sie hätte alles, was damit zusammenhing, am liebsten vergessen und verdrängt, so wie er selbst es auch all die Jahre getan hatte.

Entschlossen fuhr sie fort: »Außerdem möchte ich Casparo besuchen. Ich mag ihn gern, und auch er hing sehr an mir, wie du weißt. Esmeralda hat erzählt, dass er bereits wieder Reaktionen zeigt.« Cintia legte einen Samtumhang um und drapierte ihn über ihrem Kleid, beides in Schwarz; das Witwenjahr war noch nicht vorbei.

»Über Esmeralda wollte ich auch die ganze Zeit schon mal ein ernstes Wort mit dir reden«, sagte Lucietta. »Ich verstehe nicht, wieso du zulässt, dass sie uns besuchen kommt.«

»Esmeralda war uns in der Stunde der Not eine gute Freundin und hat uns nach der schlimmen Zeit auf der Pestinsel eine sichere Zuflucht geboten.«

Prüfend betrachtete Cintia ihr Gesicht im Spiegel; sie sah gesund und blühend aus, die Mutterschaft bekam ihr gut.

»Aber Esmeralda und Paolo ... Sie hat ...« Lucietta suchte nach Worten, die es weniger frivol erscheinen ließen, doch Cintia kam ihr zuvor. »Ich weiß, was sie getan hat, schließlich habe ich es selbst gesehen.« Im Spiegel sah sie sich erröten. »Aber das ist lange her und war vor meiner Ehe. Paolo war ein Mann, wenn du verstehst, was ich meine. Ich habe es ihm nicht nachgetragen, warum sollte ich es bei Esmeralda tun?«

Aus einem Impuls heraus nahm sie einige Stoffstücke von

dem Mustertisch und schlug sie in ein Tuch ein, um sie mitzunehmen.

»Hast du vor, noch zur Manufaktur zu gehen?«, fragte Lucietta mit irritiertem Blick auf das Bündel. »Vergiss nicht, dass wir noch gemeinsam zur Anprobe der neuen Schuhe wollten.«

»Keine Sorge, ich bin pünktlich zurück.«

Lucietta umarmte Cintia erneut, als wolle diese auf eine lange Reise gehen. »Gib Acht auf dich, mein Lämmchen!«

»Dafür habe ich Giovanni. Er passt auf mich auf.«

Sie nahmen die Gondel. Während der Fahrt zu Darias Haus zog der große sächsische Leibwächter das Ruder gleichförmig durchs Wasser. Hin und wieder warf er Cintia verstohlene Blicke zu und räusperte sich mehrfach. Ihm war anzusehen, dass ihm etwas auf dem Herzen lag.

»Giovanni, möchtest du etwas sagen?«, fragte Cintia.

»Verzeiht, Madonna, aber ich muss Euch etwas wegen Juana fragen. Sie ist heute aufgestanden, nicht wahr?«

»Ja, das stimmt. Es geht ihr jetzt täglich besser, bald wird sie wieder so gesund wie früher sein.« Ihr kam ein Gedanke. »Was würdest du davon halten, wenn du hin und wieder einmal mit ihr ausfährst? Frische Luft täte ihr sicher gut. Bald kommt der Frühling, und sie war so lange nicht mehr draußen!«

Er wirkte erfreut. »Das täte ich sehr gern.«

Cintia stellte fest, dass der Eindruck, den sie bereits im letzten Jahr von Giovanni und Juana gewonnen hatte, sie nicht getrogen hatte. Die kleine Portugiesin hatte den Sachsen gern, und umgekehrt galt dasselbe. Zwar war der Altersunterschied beträchtlich, doch die Schicksalsschläge, die beide im Laufe des letzten Jahres erlitten hatten, brachten sie offenbar einander näher.

»Und was wolltest du mich ihretwegen fragen?«, erkundigte Cintia sich.

In seinem Gesicht arbeitete es. »Ich habe ein bisschen Geld gespart. Es reicht, um eine gute Kammer in einem sauberen Haus zu mieten und eine kleine Familie zu ernähren.« Er verzog

652

das Gesicht. »Im Krieg kann man ganz gut verdienen, wenn man keine Gefahr scheut und das Schwert ordentlich führen kann. Beides traf auf mich zu, und ich habe viele Schlachten überstanden. Nun bin ich in die Jahre gekommen, da ich mich niederlassen möchte. Mit einer lieben Frau an meiner Seite.«

»Und diese Frau wäre Juana?«

Die narbigen Wangen des Sachsen röteten sich. »Ja, sie soll es sein. Ich bin ihr zugetan und möchte sie glücklich sehen, deshalb will ich, dass sie ihr Kind zurückbekommt. Vorhin habe ich ihr die Ehe angetragen, und sie stimmte zu. Gleich morgen werde ich bei der Contrada um die Heiratserlaubnis nachsuchen. Es gibt keinen Grund, ihr das Kind länger vorzuenthalten.«

»Ich werde mich dafür einsetzen, dass meine Tante keine Schwierigkeiten macht«, versprach Cintia.

Giovannis Miene umwölkte sich. »Sollte sie es wagen, gehe ich zu den *Avogadori* und erhebe Anklage. Ihr müsst wissen, dass ich Juana voll und ganz Glauben schenke.«

»Du meinst ihre Vermutung, dass meine Tante …?« Sie hielt inne, weil es ihr schwerfiel, das Unsägliche auszusprechen.

Doch er verstand auch so und nickte ernst, worauf Cintia nichts zu erwidern wusste, weshalb sie in bedrücktes Schweigen verfiel und erst nach einer Weile leise sagte: »Ich werde mit ihr sprechen. Bestimmt wird es keine Probleme geben.«

Vor Aufregung klopfte ihr das Herz schneller, als sie vor der Pforte der Ca' Loredan stand und darauf wartete, dass ihr aufgetan wurde. Seit jenem unseligen Tag, an dem man sie von der Weberei weg zu den Flanginis verschleppt hatte, war sie nicht mehr hier gewesen. Man hatte sie nicht einmal mehr ihre Sachen abholen lassen, die hatte Lucietta für sie zusammenpacken und einem Boten übergeben müssen. Nichts von der ohnehin spärlichen Habe hatte Cintia je wiedergesehen, vermutlich hatten die Flanginis alles verkauft.

Jedes Wort der letzten schrecklichen Unterhaltung mit ihrer Tante hatte sich in Cintias Gedächtnis eingebrannt, und bange fragte sie sich, ob ihr Streben nach Versöhnung nicht gänzlich aussichtslos war, ebenso wie ihr Wunsch nach einem Neuanfang, für den sie so gern die alten Wunden heilen und die Familienbande fester knüpfen wollte.

Als das Tor sich öffnete, wappnete sie sich und setzte ein freundliches Lächeln auf – welches in diesem Fall lediglich Giulio zuteilwurde, der ihr mit unbewegter Miene entgegenblickte, sie aber zu ihrer Erleichterung sofort einließ und durch den Innenhof zur Treppe führte. Daria lebte, wie Cintia wusste, mittlerweile im repräsentativen Piano nobile, dem ersten Obergeschoss des Palazzo. Sie empfing Cintia auf eine Weise, die deutlich werden ließ, dass sie diesen Besuch erwartet hatte. Damit hatte Cintia gerechnet, denn sie war davon ausgegangen, dass Esmeralda es ihrer Herrin schnellstens mitteilen würde. Ihre einzige Befürchtung hatte darin bestanden, bereits an der Pforte abgewiesen zu werden, doch dazu war es nicht gekommen, womit die erste Hürde genommen war.

Daria war strahlend schön, fast noch hübscher, als Cintia sie in Erinnerung hatte. Ihre Tante war wie so häufig rot gekleidet; sie trug ein körpernah geschnittenes Gewand in sattem Scharlach, dessen Oberteil von einer raffinierten Schnürung gehalten wurde. Keine Stickerei und keine goldene Applikation störte den schlichten Schnitt des Kleides, das allein durch seine Farbe wirkte – und den kostbaren Stoff, der aus changierender Seide bestand. Ohne lange hinzusehen, konnte Cintia sofort die wichtigsten Eigenschaften des Stoffes klassifizieren. Die Herkunft des Garns, die Werkstatt, in der es gefärbt worden war, die Bindung der Webart, den Preis für die Elle – und die Tatsache, dass sie aus der Barozzi-Manufaktur stammte.

»Gefällt es dir?«, fragte Daria ironisch.

Verlegen blickte Cintia auf. »Wie bitte?«

»Mein Kleid. Du starrst es an, als würde es beißen.«

»Verzeih! Ich bin unhöflich! Sei begrüßt, Tante. Ich bin glücklich, dich wohlbehalten anzutreffen, und darüber hinaus dankbar, dass du mich empfängst.«

»Nicht so förmlich. Lass dich umarmen, Kind.« Mit einer Bewegung, die ebenso graziös wie flüchtig war, zog Daria ihre Nichte kurz an sich und hauchte ihr einen Kuss auf die Stirn. Cintia roch ihr Parfüm und den Duft ihres sauberen Körpers, dann war Daria auch schon wieder zurückgetreten, das makellose Gesicht eine glatte Maske der Verbindlichkeit.

Cintia räusperte sich. »Sicher hat Esmeralda dich unterrichtet, dass ich kommen wollte, und wahrscheinlich hat sie dich auch über den Grund informiert.«

»Sie sprach von einer Einladung zu deiner anstehenden Hochzeit mit dem jungen Guardi.«

»Unsere Vermählung soll am Tag des heiligen Isidoro stattfinden. Es soll keine große Feier werden, nur eine schlichte Familienzusammenkunft im Rahmen der Zeremonie. Ich würde mich sehr freuen, wenn du dein Erscheinen in Erwägung ziehst. Mir ist bewusst, dass Eduardo Guardi dir verhasst ist, immerhin hat er dir reichlich Grund dafür gegeben. Auch mit mir hattest du deine Schwierigkeiten, das haben wir sicher beide nicht vergessen. Niemand von uns kann all das ungeschehen machen, aber vielleicht können wir anlässlich dieser Hochzeit wieder zusammenfinden.« Cintia holte Luft, um ihre vorbereitete Rede zu Ende zu führen. »Ich habe eine Tochter bekommen, sie heißt Anna. Paolo wäre sicher glücklich, wenn du die Zuneigung, die du ihm stets gewährt hast, auch seinem Kind zukommen lassen könntest.«

Daria, die sich alles mit unbewegter Miene angehört hatte, nickte langsam. »Nun, warum soll ich nicht wenigstens darüber nachdenken? Momentan bin ich durchaus in der Stimmung, alte Feindschaften infrage zu stellen. Warum nicht sogar die mit Eduardo? Und was dich betrifft – die grausamen Ereignisse meiner Kindheit haben mich verleitet, die Schuld dafür dir zuzuschieben. Ich habe dich schlecht behandelt. Das war nicht recht.«

Erleichtert atmete Cintia auf. Alles ging viel einfacher, als sie gehofft hatte. Ein warmes Gefühl von Zufriedenheit erfüllte sie, während sie ihre Tante anlächelte. »Ich bin so glücklich, dass wir einander nicht grollen!«, sagte sie mit tief empfundener Herzlichkeit.

»Du bist ein Mensch, dem man nur schwer grollen kann.« Daria lächelte ebenfalls, aber für einen winzigen Moment des Unbehagens kam es Cintia so vor, als reichte dieses Lächeln nicht bis zu den Augen. Daria hatte sich jedoch bereits abgewandt und deutete auf eine offene Tür. »Komm, wir wollen uns niedersetzen, in meiner Kammer ist es wärmer.« Sie führte Cintia in ihr Gemach, einen verschwenderisch eingerichteten Raum voller Samtdraperien, Spiegel und kostbarer Statuetten auf kleinen Tischen. Der Lehnstuhl, auf dem Cintia Platz nahm, war dick gepolstert und mit aufwendig geschmiedeten Beschlägen versehen. Jeder Winkel des Zimmers kündete vom Luxus. Cintia dachte bei sich, wie groß die Liebe dieser Frau zu ihrem Sohn sein musste, dass sie sich all die Jahre auf die engen und wenig ansprechenden Räumlichkeiten im Mezzà beschränkt und diese Prachtgemächer im Piano Nobile hatte leer stehen lassen, nur um Casparo eine möglichst behütete Jugend zu bieten. Nun, da er ans Bett gefesselt war und von seiner Umgebung nicht mehr viel wahrnahm, konnte sie endlich auch nach außen hin das prunkvolle Leben führen, das ihr zukam. Und das ihr vielleicht half, die Schrecken ihrer Jugend zu vergessen.

Tiefes Mitleid erfasste Cintia. Ihre eigene Kindheit mochte langweilig und ereignislos gewesen sein, doch im Rückblick erkannte sie, wie unbeschwert sie aufgewachsen war, wie liebevoll und behütet. Dieses familiäre Glück glich einem festen Fundament, das auch die nachfolgenden schlimmen Schicksalsschläge nicht hatten zerstören können und aus dem sie stets neue Kraft zum Weitermachen gewinnen konnte.

Woraus wohl ihre Tante ihren Glauben an die Zukunft schöpfte? Gewiss nicht aus dem Trost der Religion; Cintia wusste, dass Daria nicht sonderlich fromm war. Wohl eher aus der Macht der Liebe – zu dem einzigen Menschen, der ihr immer mehr bedeutet hatte als sie selbst. Casparo.

Spontan sprach Cintia aus, was ihr auf dem Herzen lag. »Ich würde gern meinen Cousin besuchen. All die Monate musste ich sehr viel an ihn denken. Esmeralda berichtete mir, dass sein Befinden sich Schritt für Schritt verbessert hat. Vielleicht freut er sich, wenn er mich sieht.« Eifrig hielt sie den mitgebrachten Beutel hoch. »Ich habe ein Geschenk für ihn.«

Daria verzog das Gesicht, und diesmal war deutlich zu erkennen, dass es sich bestenfalls um die Karikatur eines Lächelns handelte. »Er ist nicht in der Verfassung, jemanden zu erkennen. Geschweige denn, sich zu freuen, sei es über einen Besucher oder ein Geschenk. Aber es soll mir recht sein, dass du ihn besuchst, denn ich weiß, dass er dich sehr gern hatte.«

Sie führte Cintia durch eine Verbindungstür in den benachbarten Raum, der von einem breiten Bett beherrscht wurde. Casparo saß mehr darin, als dass er lag, aufrecht gehalten von großen Damastkissen in seinem Rücken.

Cintia war darauf vorbereitet, dass er sich stark verändert hatte; schließlich war er seit zehn Monaten in diesem Zustand. Doch zu ihrem Erstaunen sah er aus wie vor dem schrecklichen Unfall. Sein Haar, das man ihm vor der Trepanation geschoren hatte, war wieder nachgewachsen und ringelte sich in ungebärdigen Locken um das schmale Gesicht. Er war blass, aber die Wangen wirkten nicht eingesunken, und auch die übrige Gestalt war zwar mager, aber nicht ausgemergelt. Daria setzte sich zu ihm auf die Bettkante und nahm seine Hand. Als hätte sie die Bewegung schon ungezählte Male ausgeführt, beugte und streckte sie zuerst die Finger und dann seinen Arm und sprach dabei mit ihm, als wäre es das Normalste von der Welt. »Mein Junge, ich habe dir Besuch mitgebracht. Ein neues Gesicht unter den bekannten, die du alle Tage siehst.«

Befangen trat Cintia ans Bett, den Beutel mit den Seidentüchern umklammernd.

»Casparo«, sagte sie zögernd. »Ich bin es, Cintia.«

Zu ihrer Freude wandte er ihr sofort das Gesicht zu, und sie sah, dass seine Augen sie zu fixieren versuchten. »Ich habe dich lange nicht gesehen, aber heute ist es endlich so weit! Ich freue mich so, bei dir zu sein!« Ihre Stimme zitterte vor Aufregung, während sie den Beutel aufnestelte und eines der Tücher hervorzog. »Ich habe dir ein besonderes Geschenk mitgebracht, ein Stück Seide. Ich habe es selbst gewebt, um neue Farbtöne auszuprobieren und ein bestimmtes Muster. *Dein* Muster, Casparo. Ich habe es aus deinem Musterbuch nachgewebt!« Sie entfaltete das Tuch vor seinen Augen, und in diesem Moment brach draußen vor dem Fenster die Sonne durch und sandte ihre Strahlen in die Kammer. Das helle Licht fing sich in den Farben, ließ die Seide strahlen wie ein Geschmeide, in jenem herrlichen Blumenmuster, das Casparo einst ersonnen und gemalt hatte.

Cintia hörte ihre Tante an der anderen Seite des Bettes scharf einatmen, doch sie hatte nur Augen für Casparo. »Sieh nur!«, sagte sie. »Ist das nicht wundervoll? Das hast *du* gemacht!« Sie nahm seine Hand und führte sie an die Seide, ließ ihn die Textur des Gewebes spüren und das Tuch über seine Finger gleiten. Noch mehr Sonnenlicht kam herein und entzündete ein Feuerwerk der Farben, so schillernd und bunt, dass der Blick gebannt wurde von der Intensität der Leuchtkraft. »Casparo, das ist dein Werk. Erkennst du deine wunderbaren Muster wieder?«

Bestürzt wurde Cintia gewahr, wie sich der Gesichtsausdruck Casparos veränderte. In seiner Miene schien es zu arbeiten, seine Augen waren aufgerissen, und seine Lippen bewegten sich. Ein Stöhnen kam aus seinem Mund, und mit einem Mal wurde sein ganzer Körper von einem Zittern erfasst. Die Hand, die Cintia auf das Tuch gelegt hatte, krampfte sich zusammen und packte den Stoff, zog ihn weg, hin zu seinem Gesicht, das er hineingrub und dabei weiterstöhnte, als hätte er Schmerzen. Vorsichtig nahm Cintia es ihm weg.

»Casparo?«, fragte sie verängstigt. »Bitte, ich …«

Sein Blick irrte herum und fand ihr Gesicht. Sein Mund bewegte sich weiter, und das Stöhnen hörte nicht auf, doch auf einmal klang es anders als vorher, und schockiert gewahrte Cintia, dass das, was sie da hörte, ihr Name war.

»C... nt... iaaa...«

Daria war in die Knie gesunken. Sie schluchzte und stammelte zusammenhanglose Worte.

»Casparo!«, rief Cintia. »Du hast mich erkannt!« Lachend und weinend zugleich ließ sie sich neben ihm am Bettrand nieder, fasste seine beiden Hände und brachte ihr Gesicht ganz dicht vor seines und strahlte ihn an. »Casparo, ich freue mich so! Das ist wunderbar!«

Und wieder änderte sich sein Gesichtsausdruck, formten die Bewegungen seiner Mimik etwas Neues, und beinahe war es, als leuchte es aus seinem Mienenspiel von innen heraus, weil etwas hinaus und sich zeigen wollte, was lange verborgen war.

»Gott im Himmel«, flüsterte Daria.

Gebannt schaute Cintia den Jungen an, der ihren Blick erwiderte. Zuerst zuckte es in seinen Mundwinkeln, dann zog es sich über das ganze Gesicht, bis hin zu den Augen, alles war in Bewegung, zögernd, suchend, fast so, als müsse es sich an einen unbekannten Platz schieben. Bis sich schließlich alles zusammenfügte – zu einem flüchtigen, nur angedeuteten, aber erkennbaren Lächeln.

Konstantinopel, April 1512

Im Frühjahr gab es wieder Kämpfe zwischen dem Sultan und seinem abtrünnigen Sohn Selim. Die Hauptstadt geriet in Aufruhr, obwohl die Auseinandersetzungen zwischen den Sultanstruppen und aufständischen Soldaten Selims außerhalb der Tore Konstantinopels stattfanden. Die allgemeine Unruhe war überall in der Stadt zu spüren; die Menschen versammelten sich auf Basaren und öffentlichen Plätzen und palaverten über die politische Lage, und nahezu täglich ließ der Großwesir Pamphlete verlesen, die zur Staatstreue aufriefen.

Bei der Arbeit in der Werft war von den Auswirkungen der Machtkämpfe noch nichts zu spüren. Der Bau der neuen Schiffe ging zügig voran; drei von ihnen standen vor der Fertigstellung und sollten im Mai vom Stapel laufen. Für die Jungfernfahrt war eine große Zeremonie geplant, zu der sogar der Sultan, Bayezid II., persönlich erscheinen wollte, womit demonstriert werden sollte, dass seine Macht ungebrochen war und dass zugleich für die türkische Flotte eine neue Ära anbrach.

Bislang hatte nichts die überlegene Seeherrschaft der Serenissima erschüttern können. Venedig hatte in den zurückliegenden Jahrhunderten die besten Schiffe gebaut und sich mit Ruder und Segel zur größten Weltmacht auf den Meeren entwickelt. Im Vergleich dazu war das Osmanenreich trotz seiner gewaltigen geografischen Ausdehnung noch weit von der angestrebten Vormachtstellung entfernt. Indessen waren die ersten Schritte nun getan, um das zu ändern, und weitere Schritte würden folgen, ganz nach Khalids Vorstellungen. Eine neue Werft, noch mehr Schiffe nach Paolos Entwürfen, eine stetig erstarkende Flotte … Bei dem Gedanken daran, dass man vielleicht in einigen Jahren zurückblicken und ihn, den venezianischen Schiffsbauer, als Mitbegründer dieses Umschwungs benennen würde, hatte Paolo zwiespältige Gefühle. Er empfand Scham und Selbsthass, doch auch eine Spur Stolz darüber, dass einst womöglich *sein* Lebenswerk im ganzen Morgenland als herausragend und richtungsweisend anerkannt werden würde.

Im April ließ sich nach Monaten der Abwesenheit auch Khalid wieder in Konstantinopel blicken. Ohne Voranmeldung erschien er eines Morgens in der Werft und überraschte Paolo mit der Ankündigung, ihm den Platz für das neue Arsenal zeigen zu wollen. Gemeinsam segelten sie von der Küste des Marmarameers um das Serail herum, hinein ins Goldene Horn, wo in der Nähe eines Ortes namens Denize nach Khalids Vorstel-

660

lungen das neue Schiffsbauzentrum Konstantinopels entstehen sollte. Er erläuterte Paolo in allen Einzelheiten die Pläne, die er, wie er sagte, schon seit Jahren mit sich herumtrug.

An einem der Schuppen, die das Gelände säumten, blieben sie stehen und ließen sich den Wind um die Nase wehen. Boote kreuzten auf dem Wasser, die Segel blitzende helle Flecken vor der Bläue des Meeres. Der Ort eignete sich sehr gut für eine befestigte Werft und eine große Schiffsbasis, wie Paolo sofort erkannt hatte. Khalids Vorhaben hatte Hand und Fuß – vorausgesetzt, es würde sich ungestört in die Tat umsetzen lassen.

»Was geschieht mit all Euren Plänen, wenn Selim die Macht an sich reißt? Der Sultan ist Euer Gönner, desgleichen der Kapudan Pascha, doch wird das auch für den Nachfolger gelten? Ich habe gehört, dass man mit unliebsamen Amtsträgern in Konstantinopel nicht gerade zimperlich umgeht.«

Das war noch gelinde ausgedrückt. Mittlerweile konnte Paolo genug Türkisch, um manche Erzählungen, die unter den Arbeitern der Werft kursierten, zumindest dem Sinn nach zu verstehen. Es hieß, der Sultan befehlige Mördertruppen, taubstumme Sklaven, die sich auf die Kunst des schnellen Tötens besser verstanden als jeder andere Mensch. Ihr Werkzeug war eine Würgeschlinge, die dem Opfer binnen Augenblicken zuerst das Bewusstsein und dann das Leben raubte. Oft wussten die zum Tod Verurteilten gar nicht, wie ihnen geschah, denn eine kurze Laune ihres Herrschers genügte, um die Meuchelmörder in Marsch zu setzen. Manchmal, so hatte Paolo gehört, ließ er auch einen seiner Leibgardisten einen unliebsamen Untergebenen enthaupten, direkt vor den Augen derjenigen, die zufällig anwesend waren, und niemand fand etwas dabei.

»Könnt Ihr mir garantieren, dass ich meine Arbeit hier ungefährdet weiterführen kann?«, wollte Paolo wissen.

Khalids rundliches Gesicht verzog sich zu dem gewohnt verbindlichen Lächeln. »Warum fragt Ihr das, mein junger venezianischer Freund? Habt Ihr Angst, ein neuer Sultan könne Euch nicht gewogen sein?«

»Nehmen wir an, es wäre so. Was dann?«

»Oh, ich bin sicher, ich werde ihn für mich und meine Pläne einnehmen können. Man sagt ihm großen Ehrgeiz nach – den er im Übrigen schon seit letztem Jahr beeindruckend unter Beweis stellt. Sicher hat er ein genauso großes Interesse an den Neuerungen im Schiffsbau wie sein Vater.«

»Was ist mit unserer Vereinbarung, falls das Bedürfnis eines neuen *Padischah* dahin ginge, die Pläne seines Vaters zu sabotieren und stattdessen eigene, neue zu schmieden? Und zu diesem Zweck eigene, neue Gefolgsleute zu etablieren, unter anderem auch im Schiffsbau?«

»Warum sollte Selim das tun?«

»Warum sollte er es *nicht* tun! Sein Vater fordert dieser Tage etliche Treueschwüre ein, öffentliche Loyalität gegen seinen aufständischen Sohn. Falls Selim die Macht an sich reißt, wird er mit denen, die vorher so willfährig seinem Vater die Treue gelobten und öffentlich den Aufstand des Sohnes verurteilten, kurzen Prozess machen.«

»Das liegt in Allahs Hand.« Khalid hob die fetten Schultern. »Mehr als abwarten können wir nicht.«

»Abwarten und den Kopf hinhalten? *Ihr* könnt wieder zurück zu Eurem Korsarenstützpunkt nach Algier segeln und dort in Ruhe abwarten, was mit Euren Plänen und denen des Kapudan Pascha geschieht. Könnt Eure Wünsche und Ziele danach ausrichten, wie sich hier die politischen Verhältnisse entwickeln. Was aber geschieht mit mir? Die Überlegung muss mir gestattet sein.«

»Mein Freund, bislang habe ich Euch Vieles gestattet«, sagte Khalid mit amüsiertem Unterton.

»Das beantwortet nicht meine Frage«, stellte Paolo fest.

Khalid nickte langsam. »Ihr verkauftet mir fünf Jahre, nicht Euren Hals. Wollt Ihr darauf hinaus?«

»Es kommt dem, was mir durch den Sinn geht, schon sehr nahe.«

»Was genau verlangt Ihr von mir?«, fragte Khalid gedehnt.

»Eine Option. Wenn es mir an den Kragen geht, ist unsere Vereinbarung in allen Punkten hinfällig.«

Khalid dachte nach, dann wiegte er den Kopf. »Dieses Ansinnen scheint mir ein wenig vorschnell.«

»Ich habe Euch drei große Schiffe gebaut«, hob Paolo hervor. »Nach Konstruktionsplänen, die Euch vorliegen. Im Grunde habt Ihr damit alles, was Ihr braucht, um Euer Vorhaben allein weiterzuführen.« Abwägend blickte er den Korsaren an. »Mein Wort werde ich dennoch halten, werde Euch auch die vier übrigen Jahre dienen. Unter der Voraussetzung, dass sich das Schicksal in Gestalt des Sultanssohnes nicht gegen uns wendet.«

Khalid grinste. »Allein, dass Ihr das Wort *uns* verwendet, zeigt mir, wie gut Ihr all das hier versteht.« Mit einer ausholenden Gebärde deutete er auf das Gelände, das er für die neue Werft vorgesehen hatte. »Zusammen werden wir groß und mächtig werden, mein Freund. Vor unserer Flotte wird die ganze Welt erzittern. Wir werden die Meere beherrschen, von Horizont zu Horizont.« Der Wind verstärkte sich, zerzauste seinen Backenbart und brachte seine mit Luchspelz verbrämte Jacke zum Flattern. Das Gesicht unter dem sorgfältig gewickelten Turban war gerötet vor Begeisterung, und in seinen Augen leuchtete die Kraft seiner Visionen. »Wisst Ihr, dass das, was uns beflügelt, uns über die Grenzen des Glaubens hinweg eint? Und wisst Ihr auch, worum es sich dabei handelt? Es ist genau das, was die Seele ausmacht.« Er legte sich die Hand auf die Brust. »Der Wille und die Kraft, das Beste zu finden. Größe zu schaffen. Unsterblichkeit im Geiste.«

Paolo erwiderte nichts, denn das Pathos, mit dem Khalid über seine hochfliegenden Pläne sprach, ohne ihm konkrete Schutzzusagen für den Fall des Machtwechsels zu gewähren, stieß ihn ab.

»Habe ich Euer Wort, dass unsere Vereinbarung vorzeitig endet, wenn der Umsturz unsere Pläne zunichtemacht?«, fragte er drängend.

»Das wird nicht geschehen.«

»Was geschieht, bestimmt allein Gott. Ich will nichts weiter als Euer Wort.«

Khalid zögerte, sein Blick war nicht zu deuten. »Ihr habt es«, sagte er schließlich langsam. »Und Ihr werdet sehen, dass alles gut ausgeht.«

»*Inschallah*«, lautete Paolos Antwort, ein arabisches Wort, das er schon oft von Abbas gehört hatte und das seinen Willen besser zum Ausdruck brachte als jedes andere.

Langsam nickte der Korsar und erwiderte leise: »Inschallah.«

Was immer geschah, es lag in Gottes Hand.

An einem der darauffolgenden Tage ging wie ein Lauffeuer die Nachricht durch die Stadt, dass Selim seinen Vater im Serail festgesetzt hatte. Der Padischah stand unter Bewachung. Die Janitscharen, so hieß es, durften nicht mehr zu ihm, um seine Befehle entgegenzunehmen, und vonseiten der Leibgardisten gab es keinerlei Versuche, zu ihm vorzudringen und ihn zu befreien. Konstantinopel brodelte vor Gerüchten und Mutmaßungen, an jeder Straßenecke steckten Leute die Köpfe zusammen und redeten über die neue Situation, bis sie von den Soldaten der Aufständischen auseinandergetrieben wurden.

Tagelang herrschte lähmende Ungewissheit über das Kommende. Paolo ging zur Werft wie immer, doch die allgemeine Unruhe hatte sich auch auf die Arbeiter übertragen. Den Zimmerleuten unterliefen Fehler beim Errichten der Decksaufbauten, die zur Fertigstellung der Galeeren noch fehlten, und bei einem der Schiffe brach ein Mast, als der Arbeiter, der für den Kran verantwortlich war, eine Seilwinde falsch bediente. Der Vorfall warf die Planung um mindestens eine Woche zurück, doch Paolo hatte Ausfälle einkalkuliert, weshalb er mit Nachsicht reagierte. Der Kapudan Pascha jedoch, der an diesem Tag zu einem Inspektionsgang in die Werft kam, zeigte weniger Gnade. Als Mahmut Sinan hörte, was geschehen war, ließ er den Arbeiter vor Paolos Augen mit Stöcken bewusstlos schlagen. Kurz darauf starb der Mann an den Folgen der Misshandlung.

Schockiert und angewidert verließ Paolo noch in derselben Stunde die Werft, unter dem Vorwand, noch Zeichnungen aus Abbas' Haus holen zu müssen. Wenig später traf dort ein Bote mit einer Nachricht ein, die mit allerlei blumigen Wendungen erklärte, dass unter den *geänderten Umständen* viele Menschen nicht mehr Herr ihrer Entscheidungen seien – womit der Kapudan Pascha offenbar sein Bedauern über seine jähzornige Reaktion zum Ausdruck bringen wollte, zugleich aber auch deutlich machte, dass er selbst ebenfalls Opfer jener geänderten Umstände sei. Vermutlich war er, wie die meisten Männer, mit denen Paolo in der letzten Zeit zu tun hatte, das reinste Nervenbündel. Paolo wünschte sich aus tiefstem Herzen, dass der neue Sultan, wann immer er endgültig die Macht übernahm, Mahmut Sinan zum Teufel schicken möge.

Während er noch in seiner Kammer saß und mit seiner Wut kämpfte, kam Abbas herein und bat Paolo, ihn zum *Bedesten* zu begleiten, einer überkuppelten Einkaufsstraße innerhalb des großen Basars unweit der Hafenanlagen.

Im Bedesten, der Tuchhalle, wurden kostbare Güter gehandelt, die besonders gegen Diebstahl gesichert werden mussten, weshalb sich dort verschließbare und bewachte Magazine befanden. Vornehmlich war der Bedesten Umschlagplatz für teure Stoffe wie Seide und Wolle, aber auch für wertvolle Waffen, rare Gewürze sowie feine Teppiche, Leder, Schmuck und sonstigen Zierrat.

Abbas wollte für seine Tochter ein größeres Geschenk kaufen: ein Schmuckstück, eine kunstvolle Schnitzerei, vielleicht auch eine vergoldete Vase oder feinen Seidenstoff.

»Ich bin in diesen Dingen nicht sonderlich gut«, sagte Abbas, das verknautschte, affenartige Gesicht in gespielter Verzweiflung verzogen. »Ich hatte gehofft, dass Ihr mit Eurem guten Auge für Proportion und Ebenmaß einem alten Mann helfen könnt, seinem einzigen Kind etwas Schönes zu kaufen.«

Paolo stimmte, ohne zu zögern, zu. Noch vor Monaten hätte er sich gedrückt, weil er vermeiden wollte, von venezianischen Kaufleuten gesehen zu werden, da er keinen Wert auf Komplikationen legte – alles, was seinem Handel mit Khalid zuwiderlief, gefährdete letztlich nur Cintia. Aus demselben Grund hätte auch Abbas von ihm früher nie dergleichen erbeten. Nun schien es jedoch, als wären wegen des Umsturzes alle Vorbehalte außer Kraft gesetzt.

Noch war Bayezid der Herrscher der Osmanen, doch für Paolo stand außer Frage, dass der Sultan keinesfalls zu der geplanten Zeremonie anlässlich des Stapellaufs im folgenden Monat kommen würde. Überhaupt war zweifelhaft, ob eine solche noch stattfand, und wenn ja, unter wessen Ägide. Der Kapudan Pascha als Oberbefehlshaber der türkischen Flotte hatte vor Kurzem noch öffentlich für Bayezid Stellung bezogen, indem er mit seinem Gefolge vor der Werft aufmarschiert war und eine Proklamation hatte verlesen lassen, derzufolge alle Aufwiegler aus den Reihen der Marine des sofortigen Todes seien. Wer sich auf die Seite Selims schlage, werde seinen Kopf auf einer der Stangen vor dem *Orta Kapi* wiederfinden.

Ohne Frage war diese Proklamation auf den Befehl Bayezids zurückzuführen, doch vermutlich hatte Mahmut Sinan damit zugleich sein eigenes Grab geschaufelt – und Paolo wusste nicht, ob er sich deswegen fürchten oder Genugtuung empfinden sollte.

Auf dem Weg zum Bedesten befragte Paolo Abbas nach dessen Einschätzung der Lage.

»Was wird aus Männern wie Mahmut Sinan?«, wollte er wissen.

»Der Sultan möchte offenbar nicht allein untergehen«, sagte der Alte lakonisch. »Eine für ihn tröstliche, aber für seine Gefolgsleute eher missliche Situation. Fast wie bei den Pharaonen im historischen Ägypten, die sich nach ihrem Tod mit ihrem ganzen Hofstaat einmauern ließen.«

Aus dieser Äußerung schloss Paolo, dass die Tage des Marinekommandeurs gezählt waren.

»Und wie schätzt Ihr Eure eigenen Aussichten bei einem Machtwechsel ein?«

»Besser«, sagte Abbas lapidar. »Geld wird immer gebraucht. Ich hoffe auf die Vernunft des künftigen Herrschers.«

»Ihr hofft, aber Ihr wisst es nicht?«

»Deshalb baut der kluge Mann stets vor.«

Nach dieser kryptischen Äußerung wechselte Abbas das Thema, aber ihm war anzusehen, wie bedrückt er war.

Im Bedesten, einem kurz nach der osmanischen Eroberung der Stadt vor rund fünfzig Jahren errichteten Kuppelbau, herrschte reges Markttreiben. Im Zentrum des Basarviertels gelegen, ragte die straßenförmige Halle über die umliegenden Gebäude hinaus. Paolo nutzte die Gelegenheit und betrachtete aufmerksam die Kuppelkonstruktionen und die verschließbaren Magazine des Handelszentrums, wobei ihm durch den Sinn ging, dass so ein zentraler, gesicherter Umschlagplatz für teure Handelsgüter auch in Venedig sinnvoll wäre. Die einzelnen Händler könnten jeweils viel Geld für die Bewachung einsparen, indem sie sich, so wie hier, eine Anlage teilten. Ein ähnliches Prinzip wurde schließlich auch beim Seehandel angewendet, wo sich die Kaufleute den Frachtraum der Schiffe sowie deren Versicherung teilten.

Während sie die lange Reihe der einzelnen Läden innerhalb des Bedesten abschritten, wandte Paolo sich an Abbas. »Gibt es einen besonderen Anlass, Eurer Tochter ein Geschenk zu kaufen?«

Abbas seufzte. »Nun ja, der Anlass ist der, dass es möglicherweise der letzte sein könnte. Ab morgen können die Verhältnisse in der Stadt schon gänzlich andere sein als heute.«

»Habt Ihr deswegen die Wachen verstärkt, bevor wir vorhin aufbrachen?«

»Allerdings«, bestätigte Abbas. »Mir wurde vor einer Stunde eine Nachricht von einem meiner Kontaktleute im Serail übermittelt. Es heißt, Bayezid liege im Sterben. Da er sonst immer sehr gesund war, werden wohl bald die ersten Gerüchte über Vatermord auftauchen. Möglicherweise kommt es zum Aufruhr. Sicherheitshalber werde ich Tamina in den nächsten Tagen für eine Weile aufs Land bringen.« Er deutete auf die umliegenden Läden mit ihren teuren Auslagen. »Ich möchte, dass meine Tochter bis dahin noch eine schöne Zeit erlebt. Nichts liegt mir so sehr am Herzen wie Taminas Glück.« Er deutete auf eine Schatulle mit Glasdeckel, unter der eine doppelreihige Perlenkette funkelte. »Was haltet Ihr von der hier?«

Paolo schaute nicht hin. Er war vor dem benachbarten Laden stehen geblieben, wo es Seide zu kaufen gab. In dicken Ballen lag sie auf den Tischen; hier und da waren Musterstücke ausgebreitet, an denen Farbspiel, Webart und Qualität zu erkennen waren. Er nahm eines der Stoffstücke und rieb es zwischen den Fingern, während er es versunken betrachtete. An den Händler gewandt, fragte er in gebrochenem Türkisch: »Woher kommt die Seide?«

»Venedig«, sagte dieser beflissen. »Die Venezianer machen die beste Seide! Bestes Glas, beste Schiffe.« Schwärmerisch setzte er hinzu: »*Bellissima*!«

Paolo ließ das Seidenstück fallen, als hätte er sich verbrannt.

Bereits am Abend tuschelten die Leute, der Sultan sei von seinem Sohn vergiftet worden. Vereinzelt kam es in der Stadt zu Ausschreitungen, die von Selims Anhängern blutig niedergeschlagen wurden. Die Janitscharen griffen zu keinem Zeitpunkt ein, Zeichen dafür, dass niemand von Rang und Einfluss sich der bevorstehenden Machtübernahme widersetzte. Die Stimmung war dennoch gereizt, die Ungewissheit bedrückend.

Abbas ließ Taminas Sachen packen; er wollte sie am nächsten Morgen aus der Stadt bringen, zu Verwandten ihres verstorbenen Mannes in den Istranca-Bergen.

»Seht Euch vor, wenn Ihr morgen zur Werft geht«, sagte er zu Paolo. »Der Kapudan Pascha steht seit dem Nachmittag unter Bewachung, im Gegensatz zu mir kann er die Stadt nicht verlassen. Sobald Selim sich zum Sultan ausrufen lässt, wird Mahmut Sinans Kopf rollen. Es ist nur noch eine Frage von kurzer Zeit.«

Er übergab Paolo die Schatulle mit dem Gold, die er für ihn aufbewahrt hatte. »Passt auf Euch auf, mein Junge. Und nun lasst uns gemeinsam essen, es ist alles vorbereitet, Tamina wartet bereits.«

Das Abendessen verlief nach außen hin wie sonst auch, ruhig und in scheinbar entspannter Atmosphäre, doch Paolo brauchte nicht lange, um zu erkennen, dass alles anders war als vorher. Es handelte sich um ein Abschiedsessen, vielleicht saßen sie alle das letzte Mal beieinander. Abbas war ungewöhnlich still, während Tamina zu oft und zu laut lachte, die Hand an der glänzenden neuen Perlenkette.

Sie war festlich gekleidet, in ein Gewand aus weißer Seide, das die Formen ihres Körpers betonte. Einige ihrer Locken fielen unter dem golddurchwirkten Schleier hervor, den sie über dem Haar trug, und im Licht der Kerzen hatten ihre Augen den Schimmer von Opalen. Ihre ganze Haltung drückte unterschwellige Verzweiflung aus.

Irgendwo spielte jemand auf einer Flöte, ein sanftes, trauriges Lied, während Diener das Essen auftrugen, Lammragout mit Kichererbsenbrei, gebackene Feigen, Gänsebraten mit einer roten Traubensoße, Safranreis und Huhn, gegrillter Fisch und Gemüse, karamellisierte Früchte – die Speisefolge schien unendlich, es war fast, als wolle Abbas seinem Gast ein großes Festmahl zum Abschied ausrichten. Der dazu servierte Wein war schwer und süß, und zu Paolos Erstaunen tranken auch Abbas und Tamina davon.

»Euch zu Ehren«, sagte Abbas, seinen Becher zum Trinkspruch hebend.

Nach dem Essen fand Paolo keinen Schlaf. Lange Zeit ging er in seiner Kammer auf und ab und starrte durch das offene Fenster in den Garten, der mondbeschienen vor ihm lag, erfüllt von Eukalyptusduft. Dann sah er zwischen den Schatten der Bäume die weiße Gestalt, und gleich darauf setzte der Gesang ein, ein leises Lied voller Wehmut und Verlorenheit.

Ohne nachzudenken ging er hinaus zu ihr. Als sie ihn kommen sah, verstummte ihr Gesang.

Sie saß unter dem Kirschbaum auf der Bank, die Haare offen und nicht von einem Schleier bedeckt, die Füße barfuß. Im Mondlicht war ihr Gesicht geheimnisvoll und fremd, doch zugleich auf schmerzhafte Weise vertraut. Mit einem Mal war eine Sehnsucht in ihm, die er weder fassen noch benennen konnte, doch ihm war, als zerrisse sie sein Herz.

Nachtwind strich durch die Bäume und fächelte ihr Haar, das sie zur Seite strich, während sie zu ihm aufblickte. »Paolo«, sagte sie leise. Zum ersten Mal sprach sie seinen Namen aus.

»Warum hast du aufgehört zu singen?«, fragte er mit rauer Stimme.

»Weil ich mein Lied verloren habe, so wie ich dich verlieren werde.«

*Aber wir hatten einander nie!*, wollte er hervorstoßen, doch dann begriff er, dass das, was sie meinte, sich auf eine Zukunft bezog, die am nächsten Tag begann. Erst nach dieser Nacht, die noch nicht zu Ende war. Das Rasen seines Herzens mischte sich mit dem Rauschen des Windes und dem Wissen um die Unausweichlichkeit dessen, was geschehen würde – nur ein einziges Mal und dann nie mehr, denn er würde sie nicht wiedersehen. Mondlicht war in ihrem Haar, die bittere Süße des nahenden Abschieds in ihren Augen, als sie aufstand und seine Hand nahm. Ohne ein Wort gingen sie gemeinsam ins Haus.

Venedig, April 1512

Die Hochzeit fand in der Woche vor dem Markusfest statt, und für Cintia war es kein Freudentag. Den ganzen Tag über ging ihr Paolo nicht aus dem Kopf, schon beim Aufwachen sah sie ihn im Geiste vor sich und fragte sich ein ums andere Mal, was er wohl zu alledem sagen würde. Manchmal stimmte er in ihrer Vorstellung der erneuten Eheschließung zu, weil er die Notwendigkeit erkannte und wie sie selbst begriff, dass es keine vernünftige andere Möglichkeit gab, ihr Ziel zu erreichen, das sie mittlerweile sehr viel klarer vor Augen hatte als noch bei ihrer ersten Hochzeit. Damals war es ihr nur darum gegangen, Sicherheit zu gewinnen, sich frei zu fühlen. Am Tag ihrer zweiten Heirat waren ihre Bedürfnisse wesentlich klarer umrissen, denn das Schicksal hatte ihr zwischenzeitlich gezeigt, um was es ihr wirklich ging: Herrin der Seidenwebereien ihres Vaters zu werden.

Nur das, so hatte sie erkannt, befähigte sie, über ihre Geschicke selbst zu bestimmen, ohne Zwänge und Gefahren. Mit Niccolò, der sie in alledem unterstützte, konnte sie dieses Ziel erreichen, während ihre Zukunft ohne seinen Beistand im Ungewissen läge.

Sie stellte sich vor, Paolo sähe es genauso und hieße es gut, dass sie aus diesen pragmatischen Gründen wieder heiratete. Manchmal bildete sie sich aber auch ein, ihn sagen zu hören, dass es ein Fehler sei. Ausgerechnet Niccolò!, schien er auszurufen, jenen düsteren Ausdruck in den Augen, der so charakteristisch für ihn gewesen war.

In ihren Gedanken wuchs sich dieses widersprüchliche Empfinden zu einem Dilemma aus, das sie in Niedergeschlagenheit versinken ließ. Um sie herum herrschte eitel Freude und Erwartung, alles lachte und schnatterte aufgeregt durcheinander, sogar die kleine Anna strahlte, wann immer man sie ansah. Die Frauen ihres Haushalts hatten sich alle miteinander prächtig herausgeputzt, auch Juana, die wieder gut laufen konnte und unbedingt mit in die Kirche wollte.

Cintia trug ihr Hochzeitskleid, ein schmuckes Gewand aus dunkelgrauer Seide, und auch der Schleier auf ihrem fest geflochtenen Haar war grau. Die gedeckte Farbe war ein Zugeständnis an ihre Witwenschaft; venezianische Frauen, die verheiratet waren oder gar schon einen Mann verloren hatten, waren angehalten, sich dunkel zu kleiden, auch bei einer zweiten Hochzeit. Dennoch wusste sie, dass sie schön war, ein Blick in die erwartungsfrohen Gesichter ihrer Hausgenossinnen bestätigte ihr das.

»Du siehst wundervoll aus!«, rief Lucietta voller Emphase aus. »Schön wie ein Engel!«

Wie ein gefallener Engel, dachte Cintia, denn im Spiegel hatte sie nach dem Ankleiden gesehen, dass ihre Schönheit nicht strahlend, sondern elegisch war, ihr Gesicht von durchgeistigter Blässe, der Blick verfinstert, die Miene ausdruckslos. Lucietta bemerkte es wohl, schob es aber auf die Aufregung, die eine bevorstehende Hochzeit mit sich brachte. Sie fragte gar nicht erst, ob Cintia sich freute, sondern behauptete mit einem raschen Seitenblick, dass das Glück in der Ehe von allein käme.

Unterdessen wünschte Cintia sich, es bald hinter sich zu haben, um das, was Niccolò die ganze Zeit als *unser gemeinsames Leben* bezeichnet hatte, in Angriff nehmen zu können – vor allem, um endlich die nagende Furcht davor zu verlieren, die daraus resultierte, dass sie keine klare Vorstellung davon hatte. Lediglich bestimmte Eckpunkte standen bereits fest, etwa der, dass er keinen Vollzug der Ehe einfordern würde, solange sie es nicht wollte, ebenso wie der Umstand, dass sie gemeinsam mit ihm die Geschäfte führen würde – und schließlich der Ort, wo sie leben würden. Vorläufig würden sie weiterhin zur Miete wohnen, allerdings in einem besseren und größeren Haus als bisher. Mit Darias Hilfe hatten sie die weitläufige zweite Etage in einem Haus gegenüber von Santo Stefano gemietet und eingerichtet. Einen Kanalzugang besaß das Haus nicht, doch das betrachtete Cintia nicht als Manko. Ihr war in erster Linie wichtig, dass sie ein eigenes Gemach hatte, mit ausreichend großen Fenstern und gutem Lichteinfall, weil sie weiterhin zu Hause weben und mit neuen Stoffmustern experimentieren wollte.

Was die Auswahl und den Erwerb von Einrichtungsgegenständen anging, hatte ihr Daria mit Rat und Tat zur Seite gestanden, wofür Cintia dankbar war – nicht nur, weil ihre Tante seit dem Vorfall in Casparos Krankenzimmer wie ausgewechselt war und nur so strahlte vor Freundlichkeit, sondern weil sie selbst sich nicht gern damit befasste: Jede Anschaffung für die Wohnung verstärkte in ihr das Gefühl, sich in eine ausweglose Lage zu begeben, weshalb sie alle Gedanken, die mit dem neuen Zuhause zusammenhingen, vorläufig verdrängte und alles Nötige so weit als möglich Lucietta und Daria überließ.

Die Abläufe des Tages waren weitgehend festgelegt. Wie schon bei ihrer Heirat mit Paolo würde es nur eine Feier im engen Kreis werden, zu der lediglich die Mitglieder der Familie und die ihnen nahestehenden Bediensteten erscheinen sollten. Von Anfang an erfüllte es Cintia mit Unbehagen, dass auch Eduardo Guardi anwesend war, und mehr als einmal ging ihr durch den Sinn, dass er, wäre die Pest nicht dazwischengekommen, schon viel früher ihr Schwiegervater geworden wäre. Gewissermaßen auf Umwegen wurde er es an diesem Tag nun doch noch, wobei ihr diese unabänderliche Tatsache um ein Vielfaches unangenehmer war als damals. Dass Esmeralda neben ihm in die Runde lächelte, als sei sie selbst die glückliche Braut, machte die ganze Sache nicht besser.

Die *Transductio* als Bestandteil der Hochzeitszeremonie war ein eher symbolischer Akt, weil Cintias Eltern nicht mehr lebten und sie nicht das erste Mal heiratete, folglich geriet der Vorgang zu einer nüchternen Angelegenheit. Der behördliche Vormund und Daria als einzige ältere Verwandte geleiteten die Braut mitsamt dem Gefolge zur künftigen Wohnung, wo der Amtsvormund ein paar gestelzte Worte sprach und dann verschwand.

Auch die *Visitatio* ging rasch und ohne Gepränge vonstatten. Man versammelte sich wortlos in der Kirche, und die Orgel blieb stumm. Außer den wenigen geladenen Gästen waren nur eine Handvoll Besucher zugegen, ein paar Mönche, einige alte Frauen aus der Nachbarschaft, zwei abgerissene Bettler, die vermutlich auf die Spendierfreudigkeit der Hochzeitsgäste hofften.

Die *Benedictio* mit den weihevollen Worten des Priesters wurde für Cintia zum schwierigsten Teil der Zeremonie. Beim Überreichen der Ringe sah sie, wie Niccolòs Hände zitterten, und als sie aufblickte, sah sie das glückliche Leuchten auf seinem Gesicht.

So wie er jetzt habe ich mich bei meiner ersten Hochzeit auch gefühlt, schoss es ihr durch den Kopf. So aufgeregt, so voll freudiger Erwartung! Damals, das wusste sie mittlerweile, hatte sie Paolo bereits geliebt, auch wenn es ihr zu jener Zeit noch nicht restlos klar gewesen war. Doch ihr Herz hatte gerast, und ihr Magen hatte verrückt gespielt, als der Priester den Segen über sie gesprochen und sie als Paolos Frau die Kirche verlassen hatte.

Unwillkürlich blickte sie nach oben, zur Kirchendecke, die aussah wie ein umgedrehter Schiffsrumpf. An diesem Dachstuhl hatte einst Paolo mitgearbeitet, und allein bei der Vorstellung hatte sie Mühe, nicht in Tränen auszubrechen.

Nach dem Ende der Liturgie schritt sie als die Frau eines anderen über die Schwelle ins Freie, und sie fühlte sich leblos und leer.

Niccolò blickte in ihr Gesicht, das bei allem Liebreiz so blass und kühl war, als hätte kein Sonnenstrahl es je erreicht. Nie war sie ihm ferner erschienen, es war, als hätte die Ehezeremonie sie einander entfremdet, statt sie zu verbinden. Seine eben noch überschäumende Freude erlosch, langsam, als würde Regen die Glut eines Feuers ersticken. Der Wärme in seinem Inneren nachspürend, versuchte er zugleich, sie zu erhalten, indem er Cintias Hand ergriff und sie festhielt. Als sie den Händedruck erwiderte, bekam die Flamme der Freude wieder Nahrung und hielt sich während der nächsten Stunden, in denen sie gemeinsam in der *Sàla* der neuen Wohnung das vorbereitete Hochzeitsmahl zu sich nahmen.

Als sie an der langen Tafel saßen, ließ er den Blick in die Runde schweifen. Vorsorglich hatten sie eine Sitzordnung vorgesehen, bei welcher sein Vater und Daria Loredan so weit wie möglich voneinander entfernt saßen, doch anders als erwartet schossen keine giftigen Blicke hin und her; die zwei beachteten einander überhaupt nicht. Beide benahmen sich, als fänden sie Gefallen an der kleinen Feier; sie sprachen den Speisen und dem Wein mit Genuss zu und ergingen sich in freundlichen Kommentaren zum Aussehen des Brautpaares und des Kindes.

Während Niccolò sich selbst in dem anthrazitfarbenen Hochzeitswams, dem vielfach gefältelten Hemd und den steifen neuen Stiefeln eher unbehaglich fühlte, dachte er bei sich, dass alle Komplimente, die Cintia und der Kleinen zugedacht waren, in jedem Fall zutrafen. Cintia war ohnehin wie immer so schön, dass es wehtat, sie nur anzuschauen, aber die Kleine war ein Fall für sich.

Früher hätte Niccolò sich nie vorstellen können, ein Kind derart gern haben zu können. Es war fast so, als könnte er alle Zuneigung, die er für Cintia empfand, ganz leicht auf die kleine Anna übertragen. Ihm kam gar nicht in den Sinn, daran Anstoß zu nehmen, dass sie nicht nur Cintias, sondern auch Paolos Tochter war; von Beginn an spielte das nicht die geringste Rolle.

Die helle Haut, das dunkle flaumige Haar, die Augen, in denen sich die Farbe des Himmels widerzuspiegeln schien – er war verzaubert von der Kleinen und sehnte die seltenen Momente herbei, in denen er sie halten durfte.

Lucietta, die sich mit der Amme darin abwechselte, das Kind zu verzärteln und es sogar herumzutragen, wenn es schlief, hatte nur zögernd dem Ansinnen Cintias zugestimmt, es doch auch einmal dem künftigen Ziehvater in die Arme zu legen. Seither nutzte er jede Gelegenheit, das Kind zu wiegen und es zu betrachten; er verfolgte das Mienenspiel der Kleinen und lachte glücklich, wenn sie ihn anlächelte, und er freute sich, wenn sie mit seiner Unterstützung aufstieß – man hatte ihm gesagt, dass das wichtig für Kinder in dem Alter sei –, aber das Schönste war, sie einfach lieb haben zu können, ohne Vorbehalte und ohne Sorgen, denn sie konnte nicht anders, als ihn wiederzulieben. Sie war so vertrauensvoll und unbefangen, wenn sie in seine Augen schaute und dabei in seine Seele zu blicken schien. Dort, das spürte er instinktiv, sah sie nur das Gute. Sie sah nicht das Blut an seinen Händen und den verkrüppelten Fuß, sondern ihn, den Menschen, der ihren warmen kleinen Körper hielt und hütete und sie vor allem Bösen in der Welt mit seinem Leben beschützen würde.

Niccolò spürte die Blicke seines Vaters auf sich, und auch ohne hinzusehen, wusste er, welcher Ausdruck in dessen Augen stand. Eduardo Guardi machte sich über seinen Sohn lustig, weil er dieses Kind liebte.

»Du musst dafür sorgen, dass du eigene Kinder bekommst«, hatte er ihm noch vor wenigen Tagen befohlen. »Einen Sohn.«

Damit hatte er einen Punkt angesprochen, der Niccolò stärker belastete als alles andere. War er noch vor Wochen davon überzeugt gewesen, dass der körperliche Aspekt der Ehe zwischen ihm und Cintia keine Rolle spielen würde, wusste er mittlerweile genau, welcher Zündstoff in diesem Dilemma steckte. Immerhin war sie keine ängstliche Jungfrau mehr, bei der ein solches Gebaren nachvollziehbar gewesen wäre. Sie hatte sich ihrem ersten Mann hingegeben, und zwar in Leidenschaft. Niccolò erinnerte sich an jene Karnevalsfeier bei dem Ammiraglio, als wäre es gestern gewesen. An die Blicke, die zwischen Cintia und Paolo hin und her gegangen waren, an die unterschwellige Erotik ihrer Gesten.

Hatte er als ihr zweiter Mann nicht ein Recht auf dieselbe Leidenschaft? Beinahe trotzig wandte er sich ihr zu, um abermals in ihrem Blick nach dem zu suchen, was er täglich zu finden hoffte.

Doch sie sah zur gegenüberliegenden Seite der Tafel, wo man ihren Vetter in einen Lehnstuhl gesetzt hatte, an den Seiten mit Kissen gestützt, damit er nicht umsinken konnte.

»Gefällt es dir?« Cintia strahlte Casparo an. »Geht es dir gut?«

»Gu… gut«, brachte der Junge stammelnd hervor.

Niccolò fand es abstoßend und hätte gern auf diesen Ehrengast verzichtet, doch es machte Cintia glücklich, sonst zählte nichts.

Über den kraftlosen Beinen lag trotz der frühlingshaften Wärme eine Decke, doch man hatte ihn zum Anlass der Hochzeit elegant herausgeputzt, mit einem seidenen Wams über einem schneeweißen Hemd. In seinem Gesicht arbeitete es fortwährend, teilweise sinnlose Grimassen mit offenem Mund und zuckendes Augenrollen, doch es waren auch viele Momente dabei, in denen er glücklich dreinschaute und ersichtlich Anteil an seiner Umgebung nahm. Sprach man ihn an, wandte er sich der Stimme zu und suchte den Blick des Sprechers, und bei einfachen Fragen verstand er den Sinn und lächelte oder gab diese kurzen, stockenden Antworten. Er bewegte die Hände zielgerichtet und konnte sogar mithilfe seiner neben ihm sitzenden Mutter ein Stück Brot zum Mund führen, um davon abzubeißen. Es hieß, dass sein Befinden sich täglich weiter verbesserte und dass er sogar bereits versuche, mithilfe der anderen wieder aufzustehen.

Alle sagten, es sei ein Wunder, und dass Gott es durch Cintias Hände bewirkt habe. Niccolò war manchmal geneigt, es zu glauben, denn hatte sie nicht auch an ihm ein Wunder bewirkt? Zeitlebens, das wusste er, hätte er ohne sie niemals lieben können. Diesen warmen, übersprudelnden Quell reiner Freude in sich selbst hätte er von allein vermutlich bis zu seinem Tod nicht gefunden. Daraus zu schöpfen fiel ihm bei Cintia so leicht, dass es nur ein Wunder sein konnte. Wie sehr er sie und das Kind vergötterte! Manchmal schien es ihm, dass es allein diese Liebe war, die ihn zum Menschen erhob.

Warum konnte sie ihren Vetter mit solcher Liebe in den Augen ansehen? Warum nicht ihn, den sie zum Mann genommen hatte und dem sie teurer war als alles andere auf der Welt? Hatte er es nicht ebenso verdient?

Als hätte Daria Loredan seine Gedanken gelesen, schaute sie ihn über ihren Teller hinweg an und ließ das gebratene Hühnerbein, von dem sie soeben hatte abbeißen wollen, gemächlich sinken. Ihre Blicke bohrten sich in die seinen, bis er hastig wegschaute. Für einen Augenblick war es ihm so vorgekommen, als hätte sie ihn genauso angesehen wie damals Cintias Mutter. Ganz so, als würde sie auf den Grund seiner Seele blicken und dort all das Schlechte erkennen, das Böse, dessen er fähig war. Einen absurden Moment lang schien es ihm sogar, als würde sie es gleich hinausschreien, um alle anderen zu warnen, vor allem aber Cintia.

Doch diese dumme Gefühlsaufwallung verging. Er war vorsichtig genug gewesen, niemand hatte ihn beobachtet, zu keinem Zeitpunkt war auch nur der geringste Verdacht auf ihn gefallen. Zudem war das, was er getan hatte, durch seine Liebe geheiligt. Er hätte es jederzeit wieder getan, daher bereute er nichts. Eines Tages, wenn er vor seinen Schöpfer hintrat, drohte ihm gewiss das Höllenfeuer, doch bis dahin lag noch ein langes Leben vor ihm. Beinahe wütend schaute er wieder hoch, und diesmal wich er Daria Loredans Blicken nicht aus.

Er fuhr zusammen, als Cintia seine Hand berührte, und erst mit Verzögerung bemerkte er, dass sie ihm eine Frage gestellt hatte. »Was sagtest du?«, fragte er peinlich berührt.

»Ich fragte dich nur, ob es nicht wundervoll ist, wie sehr sich Casparos Zustand gebessert hat.« In ihren Augen stand Begeisterung. »Wir wollen ihn nächste Woche einmal in die Weberei bringen und ihm die neuen Stoffe zeigen.«

»Oh, ja, warum nicht«, sagte Niccolò, bemüht, seiner Stimme einen enthusiastischen Tonfall zu verleihen.

Er merkte sofort, dass Daria Loredan sich nicht täuschen ließ. In ihren Augen glaubte er auf einmal etwas zu sehen, das ihn erschreckte – Ablehnung, gepaart mit höhnischer Schadenfreude. In jäher Sorge fragte er sich, ob sie wohl etwas wusste.

Konstantinopel, April 1512

Seit Tagen fühlte Paolo sich wie jemand, dem Stück für Stück der sichere Boden unter den Füßen weggezogen wird. Tagsüber arbeitete er weiterhin im Arsenal, wo alles wie immer verlief, bis auf den Umstand, dass ständig Mutmaßungen angestellt wurden, ob der Kapudan Pascha als treuer Anhänger des Sultans überhaupt noch die Befehlsgewalt über die Marine innehatte. Man sah und hörte nichts von Mahmut Sinan.

Unter Paolos Aufsicht hämmerten und sägten die Arbeiter an den letzten Aufbauten, und die Seiler bereiteten alles für das Aufziehen der Takelage vor. Die drei Schiffe, die bei der Zeremonie vorgeführt werden sollten, wuchsen ihrer Vollendung entgegen. Paolo führte auf einer herkömmlichen Galeere Übungsmanöver mit den Ruderern durch, damit sie sich an die längeren Riemen und den Mehrfacheinsatz an einem Ruder gewöhnten, und zwischendurch brütete er über seinen Zeichnungen, um weitere Verbesserungen zu ersinnen. Bevor man den Kapudan Pascha festgesetzt hatte, war von Plänen die Rede gewesen, die Bugkonstruktion künftiger Schiffe zu verstärken, um stärkeren Geschützstellungen Platz zu bieten – ein Problem der Statik, das bald zu der Überlegung geführt hatte, leichtere Kanonen zu entwickeln. Khalid hatte vor seinem Verschwinden erklärt, einen Experten für Waffenbau nach Konstantinopel holen zu wollen, eine Ankündigung, die bei Paolo zwangsläufig zu der

Frage führte, ob dieses *Holen* ähnlich verlaufen würde wie beim ihm selbst.

Doch dann war Khalid ohne Abschied verschwunden, der Kapudan Pascha tauchte ebenfalls nicht mehr auf, und nun waren auch Abbas und Tamina weg, sodass sich alle gewohnten Strukturen, in denen Paolo sich während des vergangenen Jahres eingerichtet hatte, in nichts auflösten.

Die einsamen Abende verbrachte er in seiner Kammer oder in dem von Blütenduft gesättigten Garten, den Kopf schwer von Gedanken und quälenden Erinnerungen. Die Nacht mit Tamina brannte noch in seinem Gedächtnis; jedes Mal, wenn er an sie dachte, geriet er in einen Strudel widerstreitender Gefühle, die meist in der Erkenntnis gipfelten, dass es ein Fehler gewesen war, ein viel größerer Fehler als die paar Besuche bei Aylin, bei der, anders als bei Tamina, sein Herz unbeteiligt geblieben war.

Dabei hatte seine Zusammenkunft mit Tamina kaum länger gedauert als das Lied, das sie vorher im Garten gesungen hatte, denn seine Erregung war zu groß gewesen, ebenso wie seine Scham hinterher, die ihn dazu gebracht hatte, anschließend sofort in seine eigene Kammer zurückzukehren. Am nächsten Morgen war sie fort, mit ihrem Vater unterwegs zu ihren Verwandten, wo sie bleiben sollte, bis sich die Verhältnisse in der Stadt wieder beruhigt hatten. Den größten Teil der Dienerschaft hatten sie mitgenommen; geblieben war nur eine Magd, der Übersetzer und der Aufpasser Murat, der Paolo weiterhin auf allen Wegen begleitete, dabei aber keinerlei Wachsamkeit mehr an den Tag legte. Bald erkannte Paolo, dass seine Vermutung zutraf: Er konnte gehen, wohin er wollte. Niemand würde ihn daran hindern, einfach zu verschwinden. Nur sein Wort hielt ihn noch in der Stadt, trieb ihn Tag für Tag zur Arbeit und zwang ihn, weiterhin sein Bestes zu geben. Manchmal fühlte er sich beobachtet, als wäre da jemand, der ihn kontrollierte und sicherstellte, dass er alles unternahm, um seine Frau nicht zu gefährden. Sobald er sich jedoch in diesen Momenten umdrehte, sah er niemanden außer den vertrauten Werftarbeitern. Natürlich konnte es auch einer von denen sein, wer wusste das schon, und so behielt Paolo in grimmiger Entschlossenheit alle gewohnten Abläufe bei, obwohl sich das Gefühl von Sinnlosigkeit immer mehr verstärkte.

Als er eines Morgens wie immer zur Werft ging, begleitet von dem Dolmetscher und Murat, kamen ihnen unterwegs berittene Soldaten entgegen, die auf dem Weg zum Serail waren. Die Menschen, an denen sie vorbeikamen, gerieten in Aufruhr und scharten sich zu Pulks zusammen, um zu debattieren. Paolo blieb stehen, um zu hören, worüber geredet wurde. Mehrfach fiel ein Satz, der die seit Wochen anhaltende Ungewissheit beendete: Der Sultan war tot! Sein Sohn Selim hatte endgültig die Macht übernommen. Die Osmanen hatten einen neuen Herrscher.

Die Erregung der Menschen wurde stärker, die Unterhaltungen mündeten in Geschrei, die Versammlung geriet zu einem Tumult. Weitere Soldaten tauchten auf, mit erhobenen Krummsäbeln in die Menge reitend und die Leute auseinandertreibend.

Paolo wurde von Murat am Arm gepackt und weitergezogen, in Richtung Werft, während der Dolmetscher es nach einem kurzen Wortwechsel mit Murat vorzog, im Gedränge zu verschwinden.

Murat machte eine verächtliche Bemerkung, der zu entnehmen war, dass der Dolmetscher sich davor fürchtete, mit ihnen gesehen zu werden, da Marineangehörige als Anhänger des Kapudan Pascha galten, der wiederum dem alten Sultan Treue bis in den Tod geschworen hatte.

Beim Betreten der Werft spürte Paolo wachsendes Unbehagen, das gleich darauf in Entsetzen umschlug. Janitscharen waren auf das Gelände vorgedrungen und trieben dort unter Gebrüll Arbeiter und Aufseher zusammen – offenbar hatte der Dolmetscher recht mit seiner schlimmen Prognose; vermutlich gebot er über Informationen aus erster Hand, von denen Paolo seit Abbas' Abreise gänzlich abgeschnitten war.

Murat stieß einen Schrei aus und deutete auf die Docks, wo die neuen Schiffe lagen. Rauch stieg über einer der Hallen auf und quoll zwischen den Stützbalken hervor, und gleich darauf waren auch die Flammen zu sehen, die aus einem der großen Tore schlugen. In den Docks brannte es!

Ohne zu zögern rannte Paolo los, ohne auf das Getümmel der Soldaten und Werftarbeiter zu achten. Aus den Augenwinkeln sah er, dass eine Gruppe von drei Janitscharen ihn verfolgten, doch er hatte nur Augen für das Feuer, das sich mit rasender Geschwindigkeit ausbreitete. Zwei der drei Schiffe standen bereits in hellen Flammen, schwarze Gerippe in wogendem Orange, nichts und niemand würde sie mehr retten können. Schon griff das Feuer auf das dritte Schiff über und entzündete die dort liegenden Taurollen und Riemen.

Verzweifelt wandte Paolo sich um, seine Arbeiter zum Löschen aufrufend. Wenn man sofort alles mit Wasser tränkte, könnte das letzte Schiff den Brand vielleicht überstehen!

Doch hinter ihm waren nur die näher rückenden Janitscharen. Murat war verschwunden, vermutlich ebenso geflohen wie vorher der Dolmetscher. Einer der drei Soldaten rief ihn an, den Krummsäbel in drohender Gebärde erhoben, und auch die anderen sahen aus, als wollten sie kurzen Prozess mit ihm machen.

Eine Gestalt bewegte sich in der Halle zwischen den brennenden Schiffen, huschte hin und her und wurde schließlich für einen Augenblick sichtbar: Es war der Kapudan Pascha, der eine Fackel schwenkte. Als sein Blick auf Paolo fiel, brüllte er wie ein in die Enge getriebenes Raubtier. »Es war *unser* Plan, unser Werk! Unsere Schiffe für eine neue Flotte! Für den erhabenen Padischah, für Bayezid! Niemals für den Vatermörder Selim! Keine Schiffe für Selim! Mein Leben für Bayezid!« Abermals schreiend warf er die Fackel auf das letzte Schiff und überantwortete es endgültig dem Feuer. Mit gezogenem Säbel stürzte er sodann auf die Janitscharen los, dicht an Paolo vorbei, um sich den Soldaten entgegenzuwerfen.

Es gelang ihm, einem von ihnen einen Streich zu versetzen und ihn kampfunfähig zu machen, doch die anderen rückten sofort nach und nahmen ihn in die Zange. Mahmut Sinan holte zu einem gewaltigen Hieb aus und schrie dabei über die Schulter in Paolos Richtung: »Lauf!«

Ohne nachzudenken sprintete Paolo los, mitten hinein in das Flammenmeer der Docks. Als er einen letzten Blick zurückwarf, sah er den Kapudan Pascha fallen und noch im Liegen weiterkämpfen. Dann umschloss ihn die Hitze des Feuers, und er rannte und rannte, wich einem niedersausenden Balken aus, setzte über brennende Seilrollen hinweg und erreichte schließlich das gegenüberliegende Ende der Halle, wo sich das Tor zum Wasserbecken befand. Hier lagen mehrere Boote am Kai, mit denen Paolo selbst schon häufig gefahren war, und er sprang auf den nächstbesten Einhandsegler und löste die Leinen, bevor er sich wie ein Rasender in die Riemen legte, um so schnell wie möglich in Fahrwasser zu kommen.

Von den Janitscharen war nichts zu sehen; Paolo hoffte inständig, dass sie annahmen, er wäre in den Flammen umgekommen. Die hölzerne Halle über den Docks brannte nun lichterloh; überall stürzten Wände ein, und berstende Feuerwolken stiegen gen Himmel. Über dem Tosen war das Geschrei von Menschen zu hören, doch keiner von ihnen machte Anstalten, den Brand zu löschen. Das Arsenal war verloren und mit ihm die Docks, die angrenzenden Schuppen – alles. Auch seine Schiffe.

In Paolos Augen brannte es schmerzhaft, doch es kam nicht vom Feuer. Nach einer Weile merkte er, dass ihm unablässig die Tränen übers Gesicht liefen.

Mit äußerster Kraftanstrengung ruderte Paolo, bis er weit genug vom Ufer entfernt war, um Segel setzen zu können. Endlich füllte sich unter Knattern das Leinen, und das Boot nahm zögernd Fahrt auf.

Gerade als er glaubte, entronnen zu sein, pfiff etwas an seinem Ohr vorbei und schlug ein Loch in das Segel – man schoss auf ihn! Er fuhr herum und sah den Schützen vor der Flammenwand am Kai stehen. Ein zweiter kam dazu und hob die Arkebuse, um auf den Flüchtenden anzulegen, doch auch dieser Schuss ging daneben. Danach waren die Männer mit Nachladen beschäftigt, was Paolo Gelegenheit gab, den Abstand zum Ufer weiter zu vergrößern. Einer der Soldaten gab einen zweiten Schuss ab, ohne dass jedoch die Kugel auch nur in die Nähe des Bootes gelangte. Der Wind nahm zu, fachte die Flammen an und erschwerte den Soldaten die Sicht, während gleichzeitig das Boot rascher vorankam, sodass die Werft bald nur ein in Rauch gehüllter Fleck am Horizont war.

Paolo kreuzte den ganzen Tag in Küstennähe. Erst als es dunkel wurde, wagte er es, am Strandstück unterhalb von Abbas Haus anzulegen und den Hügel hinaufzuschleichen. Nach allen Seiten lauschend, kletterte er über die Mauer, jederzeit darauf gefasst, wieder die Flucht ergreifen zu müssen, doch im Garten war es still bis auf die Zikaden, die in der Dämmerung ihr Lied sangen. Im Haus traf er auf die Magd, die ihm kommentarlos zunickte und auf seine Bitte hin in die Küche eilte, um ihm Proviant einzupacken, während er seine Habseligkeiten zusammensuchte und rasch sein Aussehen mit persönlichen Utensilien seines Gastgebers so weit veränderte, dass niemand ihn mehr als Christ erkennen konnte. Angetan mit Turban und Burnus verließ er schließlich im Schutze der Nacht das Haus.

Venedig, Mai 1512

»Ich nehme sie jetzt wieder«, sagte Lucietta. »Sie muss schlafen.«
»Lass sie mich noch eine Weile halten«, widersprach Niccolò. »Sie kann auch schlafen, wenn ich sie trage.«

»Das ist ungesund für ein so kleines Kind«, behauptete Lucietta, energisch die Arme nach der Kleinen ausstreckend.

»Du trägst sie doch auch umher, wenn sie schläft«, meinte Niccolò mit einer Spur von Gereiztheit in der Stimme. Das Kind schien seinen Ärger zu spüren, das eben noch so friedlich entspannte Gesichtchen verzog sich weinerlich.

»Siehst du, sie wird gleich schreien, wenn wir sie nicht in die Wiege legen«, erklärte Lucietta in unheilvollem Ton. Widerstrebend reichte Niccolò ihr das Kind und verschränkte anschließend die Hände hinter dem Rücken, um sie dort zu Fäusten zu ballen. Cintia, die den Hergang des Geschehens beobachtet hatte, sah es und wandte sich rasch wieder ihrer Arbeit am Webstuhl zu. Eben noch belustigt über die kleine Debatte zwischen ihrem Gatten und ihrer Cousine, spürte sie mit einem Mal wieder dieses schwache Unbehagen, das sie mitunter in Niccolòs Gegenwart überkam und von dem sie nicht sagen konnte, woher es rührte. An seinem Benehmen ihnen gegenüber konnte es nicht liegen, er behandelte sie alle miteinander vorbildlich, mit ausgesuchter Freundlichkeit und Großmut. Das Kind vergötterte er förmlich und überhäufte es mit Geschenken. »Für später«, sagte er jedes Mal, wenn Cintia ihn lachend darauf hinwies, dass die Kleine mit all dem Tand doch gar nichts anfangen könne.

Er erzählte, dass er selbst als Kind nie ein Geschenk bekommen hatte. »Ich sah bei anderen Kindern, dass sie Spielsachen bekamen, doch Vater hielt nichts davon. Eines Tages – ich muss fünf oder sechs gewesen sein, so genau weiß ich es nicht mehr – bekam ich von Eufemia eine Holzpuppe. Sie hatte sie für mich machen lassen. Ich …« Er schluckte, weil die Erinnerung ihm zu schaffen machte. »Ich freute mich unglaublich darüber. Es war nur ein Stück Holz, aber ich fühlte mich wie der reichste Junge der Welt. Das war das einzige Spielzeug, das ich je hatte. Die Puppe gibt es immer noch, Eufemia hat sie für mich aufbewahrt.«

Der kleinen Anna dagegen, darauf bestand er, sollte es niemals an weltlicher Habe mangeln. Und so sammelten sich in der Truhe für die Aussteuer bereits jetzt kostbare Spiegel und Kämme, seltene Goldmünzen und Juwelenarmbänder, geschnitzte Jadefiguren und sogar eine kleine Uhr, die ein Federwerk zum Aufziehen und einen Stundenzeiger besaß, eine Rarität aus Deutschland, für die Niccolò ein Vermögen ausgegeben hatte.

An Geld mangelte es nicht; Niccolò meinte, sie sei mittlerweile beinahe so reich, wie ihr Vater es vor Ausbruch der Pest gewesen war. Der durch Krieg und Erdbeben eingetretene Verlust sei so gut wie wettgemacht, weil die Handelsbeziehungen, die Memmo und er zu neuen ausländischen Abnehmern aufgebaut hatten, für rasch wachsende Nachfrage sorgten. Auch die neuen Stoffe mit den floralen Mustern erfreuten sich zunehmender Beliebtheit, sowohl in Venedig als auch bei den eingereisten ausländischen Großhändlern. Cintia sann ständig über Möglichkeiten nach, Abwechslung in das Angebot zu bringen. In den Manufakturen ließ sie die unterschiedlichsten Entwürfe nachweben, seien es neue Farbmuster oder ausgewählte Motive.

Derzeit beschäftigte sie sich viel mit chinesischer Seidenweberei. Überrascht hatte sie zur Kenntnis genommen, wie alt die fernöstliche Textilkultur war, man sprach von fast zweitausend Jahren vollendeter Webkunst. Verbürgt war der Handel auf jeden Fall bereits für die vorchristliche Zeit, denn schon die Römer, so hatte ihr kürzlich Memmo erzählt, hätten gewaltige Mengen Gold für chinesische Seide ausgegeben.

Oft fanden Grabsucher beredte Zeugnisse dieses uralten Handwerks, überliefert in Form einzelner Stofffetzen, kostbare Artefakte, deren Farben leuchteten wie von eigenem Leben erfüllt.

Cintia hielt eines dieser Stücke vors Fenster und betrachtete es im einfallenden Sonnenlicht, um es dann mit ihrem eigenen Entwurf in der Verspannung des Webstuhls zu vergleichen.

»Was ist das?« Niccolò trat hinter sie und schaute ihr fasziniert über die Schulter.

»Ein Stück von der alten chinesischen Seide, die mir Memmo neulich gab. Er hat sie von einem Händler aus dem Orient, dem sie auf einem Karawanenzug in die Hände fiel. Sicher stammt sie aus einem dieser mehr als tausend Jahre alten Gräber, von denen man manchmal hört.«

»Sie sieht aus wie neu«, sagte Niccolò bewundernd.

»Ich habe sie vorsichtig gereinigt.«

»Herrliche Farben! Und diese Textur! Bist du sicher, dass sie alt ist?«

»Uralt«, bestätigte Cintia. »Bei Aldo Manutio erstand Memmo neulich auf meine Bitte hin eine Abhandlung über die antiken Seiden aus dem Orient. Es gab dort Herrscherdynastien, die jeweils Jahrhunderte währten, wobei jeder von ihnen andere Zeichen und Muster zugeordnet waren. Jede Epoche hatte ihre Besonderheiten. Diese Seide hier stammt aus der Zeit um Christi Geburt, und die verschlungenen Muster sollen fliegende Wildenten und Tiger darstellen. Die Linien dazwischen sind chinesische Schriftzeichen, sie stehen für Glückssymbole. Jedenfalls hat das der Händler gesagt, der Memmo die Seide gab. Mir gefällt das fremdartige Muster sehr, ich will es ein wenig abwandeln und dann nacharbeiten. Siehst du?« Sie zeigte auf das Stück, das sie bereits gewebt hatte. »Vor allem die Farben sind bemerkenswert. Gold, Rubin, Jade …«

»Ein Muster von eigenartiger Schönheit.« Aus seiner Stimme klang so viel Begeisterung, dass Cintia strahlend zu ihm aufblickte.

»Ja, genau«, sagte sie inbrünstig, während sie seinen Blick festhielt. In solchen Momenten fragte sie sich, warum sie ihn nicht ganz einfach lieben konnte, denn wenn sie über Seide sprachen, waren ihre Seelen einander so nah, wie sie es nur sein konnten. Dann war es fast so, als seien sie zwei Saiten an einem Instrument, die im selben Rhythmus schwangen.

Die vier Wochen, die ihre Ehe nun bereits währte, waren wie im Flug verstrichen, und jeder Tag davon war angenehm gewesen, frei von Misstönen und Unverträglichkeiten, und gäbe es nicht manchmal diese winzigen Irritationen, so wie vorhin, hätte alles perfekt sein können.

Allmählich zog Cintia sogar in Erwägung, sich Niccolò hinzugeben, denn seine körperliche Nähe wurde ihr von Tag zu Tag vertrauter, und sein Gesicht sowie sein Geruch waren ihr zu keiner Zeit unangenehm. Lucietta schnitt das Thema gelegentlich an und sprach davon, dass Niccolò das Recht auf einen Sohn hätte und dass Cintia ihm dies auf Dauer nicht verwehren dürfe.

Stirnrunzelnd versuchte Cintia, sich mit dem Gedanken anzufreunden, während sie das brüchige Seidenfragment durch die Finger gleiten ließ.

»Gehst du mit zu Memmo?«, fragte Niccolò. »Er erwartet nachher einen Händler aus London. Es heißt, der Mann handelt im Auftrag des englischen Hofes.«

»Oh, unbedingt! Ich wollte sowieso mit ihm über die Fortführung meines Plans sprechen, Brokat mit mehr Samtanteilen herzustellen. Die Nachfrage nach den edleren Stoffen ist deutlich gestiegen, vor allem nach *Velluto alto basso*.«

»Richtig, Memmo redete kürzlich davon. Aber kämen wir bei einer deutlichen Produktionssteigerung nicht der Zunft der *Veluderi* in die Quere?«

»Nicht, solange wir weiterhin vornehmlich Seidendrap und Lampas weben, darüber habe ich schon mit Memmo gesprochen. Er hält es grundsätzlich für angebracht, mehr Stoffe in *Allucciolato*-Manier zu weben, mit zusätzlichen broschierten Schussfäden in Gold.«

Niccolò nickte nachdenklich. »Die Auftragsbücher deuten tatsächlich darauf hin, dass sich diese Entwicklung fortsetzen könnte. Erst letzte Woche hat der Kämmerer des Patriarchen neue Messgewänder mit dieser Webart bestellt. Wie es scheint, verstärkt sich der Hang zum Luxus immer mehr. Und bei einer Vorführung entsprechender Muster wird sich auch die übrige Kundschaft bald dafür begeistern, darauf möchte ich wetten. Vielleicht sollten wir schon heute mit diesem Engländer darüber reden.«

»Das ist eine ausgezeichnete Idee«, stimmte Cintia zu. Sie stand vom Webstuhl auf und streckte sich. Es war heiß im Raum, und sie hatte bei der Arbeit geschwitzt. »Gestatte, dass ich mich vor unserem Aufbruch umkleide.«

»Wenn du mir gestattest, dass ich dir vorher noch etwas gebe.«

»Was denn?«, fragte sie erstaunt.

Er nahm ihre Hände. »Ein Geschenk. Du hast von mir noch nichts zu unserer Hochzeit bekommen.«

»Aber Niccolò, du hast mir schon so viel gegeben! Die Wohnung, unsere ganzen Habseligkeiten ...«

»Die allesamt vom Vermögen deines Vaters bezahlt sind«, sagte er trocken. »Das, was ich dir schenken will, habe ich mit meinem eigenen Geld erstanden, ebenso wie die Geschenke für unsere Tochter.« Das Wort *unsere* kam ihm mit großer Selbstverständlichkeit von den Lippen, als stehe es für ihn außer Frage, dass Anna zu ihm gehörte wie ein eigenes Kind. »Du hättest es schon früher bekommen, aber es hat eine Weile gedauert, es machen zu lassen. Heute wurde es fertig, und ich brenne darauf, es dir zu geben. Warte, ich will es rasch holen.« Auf dem Weg zur Tür lächelte er sie ein wenig unsicher, aber mit leuchtenden Augen an, und in diesem Moment strömte Cintia das Herz über vor Zuneigung. Er war so liebevoll, so bemüht!

Unvermittelt beschloss sie, ihm das zu geben, was er sich so sehnlich wünschte. Am Anfang mochte es ihr schwerfallen, doch konnten sie auf Dauer bestimmt besser und nachhaltiger zusammenfinden, wenn sie einander auch körperlich nahe kamen, das sollte es ihr wert sein. *Er* sollte es ihr wert sein!

Mit angehaltenem Atem wartete sie darauf, dass er zurückkam.

Cattaldo trug die lederne, schnabelartige Maske und die unvermeidlichen Handschuhe, wie immer, wenn er es mit Kranken zu tun hatte, die möglicherweise die Pest hatten. Als er das Schiff betrat, schwitzte er unter dem schweren Umhang, der ebenso wie die anderen Utensilien das Eindringen giftiger Dünste in seinen Körpers verhindern sollte. Allein der bewusste und stets gleichbleibend sorgfältige Umgang mit der Ansteckungsgefahr hatte ihn bislang vor der Pest bewahrt, so seine innere Überzeugung. Sein Bruder, der zehn Jahre älter als er gewesen und vor gut einem Dutzend Jahren am Schlagfluss gestorben war, hatte zwar zeitlebens immer behauptet, er habe die Pest als Kleinkind durchlitten und sei daher immun, doch Cattaldo war nicht so leichtgläubig, derart unqualifizierten Aussagen zu trauen. Schließlich gab es unzählige Krankheiten, die leicht mit der Pest zu verwechseln waren, zumindest in ihrem Anfangsstadium. Schon oft war er auf Schiffe gerufen worden, die wegen Seuchenverdachts vor der Vigna Murata ankern mussten, aber nach seinem Besuch weiterfahren und den regulären Hafen anlaufen durften, weil keine Fälle von Pest zu entdecken waren.

»Dottore Cattaldo?« Ein schmutziges, stinkendes Individuum trat ihm in den Weg, und erst auf den zweiten Blick erkannte der Arzt durch die Sehschlitze seiner Maske die Embleme am Wams des Mannes, die ihn als Offizier auswiesen. »Ihr seid doch der Pestarzt, den die Signoria uns schickt, oder?«

»Der bin ich«, bestätigte Cattaldo, sich nach allen Seiten umschauend. An Deck gab es keine Kranken, von daher war immerhin die erste und wichtigste aller Weisungen befolgt worden, die darin bestand, die Seuchenträger abzuschotten, damit kein Wind den schädlichen Brodem übers Meer in die Stadt treiben konnte.

»Wo sind die verdächtigen Fälle?«

»Nun ja, unter Deck, wie es uns befohlen wurde«, sagte der Offizier. »Als Sopracomito kenne ich meine Pflichten. Außerdem ist es nur ein Fall, und es steht fest, dass es ihm bereits besser geht.« Er seufzte frustriert. »Hätten wir gewusst, dass er sich so rasch erholt, hätten wir es nicht gemeldet.«

Cattaldo gab die für solche Situationen übliche Antwort. »Lieber einen Fall zu viel gemeldet als einen zu wenig.«

»Kommt es oft vor? Ich meine, dass ein Verdacht sich als unbegründet erweist?«

»Andauernd.« Cattaldo wies auf die umliegenden Schiffe. »Zählt sie nur, dann habt Ihr eine Vorstellung. Es ist der Preis, den die Schifffahrt für die Seuchenabwehr zahlen muss.«

Der Sopracomito führte den Arzt zwischen den Ruderbänken hindurch zu einem mittschiffs gelegenen Niedergang. Während sie die Stiege in den Bauch der Galeere hinabkletterten, erzählte er von den Symptomen des Kranken. »Zuerst bekam er Schmerzen und Fieber, dann übergab er sich, und dann bekam er gewaltige Schwellungen beidseits des Halses.«

»Beulen an anderen Körperteilen? Schwarze Flecken?«

»Weder noch«, sagte der Sopracomito. »Er schwor außerdem Stein und Bein, dass er die Pest schon gehabt hätte, aber Ihr könnt Euch vorstellen, was man darauf als Befehlshaber eines Schiffes gibt.«

»Korrekterweise nichts«, antwortete Cattaldo.

»Hätten wir allerdings gewusst …«

»Das sagtet Ihr bereits.«

»Nein«, sagte der Sopracomito verärgert. »Ich erwähnte bislang noch nicht, dass wir seit einer geschlagenen Woche hier vor Anker liegen, während der vermeintlich Pestkranke schon längst wieder gesund ist. So gesund, dass er wie ein Tier im Käfig in der Kabine herumläuft und Drohungen ausstößt, weil wir ihn eingesperrt haben. Ihn hat nicht einmal beruhigt, dass es mir ebenfalls zuwider ist, hier festzuliegen!« Anklagend schloss er: »Ich habe täglich einen Boten mit einer Eingabe geschickt, ohne dass ein Arzt gekommen ist, wie es mir bei der ersten Meldung zugesichert wurde.«

»Die Fälle werden nach der Reihenfolge untersucht, wie sie gemeldet werden. Empfahl ich Euch nicht vorhin, die umliegenden Schiffe zu zählen? Es dauert nun einmal so lange, wie es dauert, und meine Tätigkeit für die Signoria nimmt nur einen festgelegten Teil meiner Arbeitszeit in Anspruch.« Er musterte den Offizier mit milder Herablassung. »Es gibt viele

691

andere kranke Menschen, die meiner Dienste sonst verlustig gingen.«

»Aber meine Botschaften …«

»Nachrichten von den verdächtigen Schiffen werden in einer Sammelstelle aufbewahrt«, unterbrach ihn der Arzt. »Solche Botschaften könnten verseucht sein. Bei den Epidemien, die ich in den vergangenen Jahrzehnten erlebte, habe ich Erhebungen zu dem Thema durchgeführt, ob der Pesthauch sich an Gegenstände heften kann …«

Diesmal schnitt der Sopracomito dem Arzt das Wort ab. »Es ist mir einerlei, welche Gegenstände verseucht sind. Dieses Schiff ist es jedenfalls nicht. Daher will ich nun nichts weiter, als dass Ihr Euch diesen Mann anseht, ihn für gesund erklärt und mir die amtliche Bestätigung erteilt, dass das Schiff den regulären Hafen anlaufen kann.« Erbittert fügte er hinzu: »Vorausgesetzt, der arrogante Magazinverwalter dieses Seuchenhafens rückt schnellstmöglich unsere Ladung wieder heraus.«

Der Arzt hätte ihm erläutern können, dass es mit der Aushändigung der vorübergehend konfiszierten Ladungen zuweilen Probleme gab, weil in den Magazinen der Vigna Murata gestohlen wurde wie sonst nirgends in der Lagune, doch die Laune des Offiziers befand sich ohnehin schon auf dem Tiefpunkt.

In dem engen Gang vor der Kabine trat der Arzt einen Schritt zurück und wartete, bis der Sopracomito den Riegel geöffnet hatte. Mantel, Maske und Handschuhe hatte er schon vorher abgelegt. Jemand, der seit Tagen eingesperrt werden musste, um nicht fortzulaufen, konnte nicht pestkrank sein. Als der Sopracomito die Tür in die Kabine aufstieß, fand er seine Einschätzung bestätigt: Der Patient kam ihm sofort entgegengestürmt. »Seid Ihr der Arzt?«

Dottore Cattaldo nickte. »Der bin ich. Seid gegrüßt.«

Der Mann war jung, vielleicht Mitte der zwanzig, und nicht nur zornig, sondern überaus ungepflegt. Ein wild wuchernder, schwarzer Bart bedeckte die untere Hälfte seines Gesichts.

Auch das Haar war struppig und stand nach allen Seiten vom Kopf ab. Das Gewand, das er trug, verdiente kaum den Namen. Es handelte sich um ein schmutzstarres, leinenes Etwas, das vor Wochen vielleicht noch ein sauberer weißer Burnus gewesen war.

Cattaldo rümpfte die Nase. Der Mann war schmutzig und stank, aber er hatte definitiv nicht die Pest oder sonstige schwere Krankheiten.

»Darf ich nun endlich weiterfahren?«, fragte der Sopracomito wütend.

»Darf ich nun endlich gehen?«, wollte im selben Moment der ungepflegte Kabineninsasse in ähnlich aufgebrachtem Ton wissen.

Der Arzt beantwortete beide Fragen zugleich. »Ja, natürlich.«

Während er oben an Deck die nötige Unbedenklichkeitsbescheinigung ausfertigte, sah er, wie der Mann das Schiff verließ, seinen Gepäcksack über die Schulter geworfen und einen teils erwartungsvollen, teils besorgten Ausdruck im Gesicht. Er sprang von der Landungsbrücke auf den Kai und strebte mit riesigen Schritten davon.

»Wer ist der Bursche?«, wollte er von dem Sopracomito wissen.

»Ein Mensch namens Loredan. Hat eine Weile in Konstantinopel gelebt, wo er an Bord gekommen ist. Wenn man ihn so laufen sieht, denkt man nicht, dass er noch vor einer Woche wie ein Toter in seiner Koje lag, wie? Ich frage mich, welche Krankheit er wohl hatte.«

Der Arzt vermutete, dass es Mumps war, doch das spielte keine Rolle mehr, deshalb zuckte er nur die Achseln. Außerdem hatte der Mann ausgesehen, als wäre die Krankheit lediglich eines seiner geringeren Probleme.

Der kahlköpfige Riese öffnete Paolo die Tür und starrte ihn an. Bis auf ein schwaches Zucken an seiner Kinnmuskulatur war dem Leibwächter keine Überraschung anzumerken. Kein Aufschrei, kein Bekreuzigen, nichts von dem, was als Reaktion angemessen gewesen wäre. Immerhin musste es auf den ersten Blick so aussehen, als wäre er von den Toten wiederauferstanden. Man hatte seinen vermeintlichen Leichnam begraben, ihn betrauert und seiner Witwe das Beileid ausgesprochen.

Paolo kannte Giulios phänomenale Selbstbeherrschung, doch selbst die hätte den Leibwächter nicht in die Lage versetzt, sich derartig gefasst zu geben.

Die Botschaft war also doch angekommen. Die ganze Zeit hatte Paolo hin und her überlegt, was damit geschehen war, und immer wieder hatte er den Schluss gezogen, dass der Kaufmann, dem Aylin sie damals mitgegeben hatte, gelogen haben musste, als er ihr später erzählte, den Brief bestimmungsgemäß abgeliefert zu haben. Nun schien es ganz so, als hätte der Mann doch die Wahrheit gesagt.

Grußlos stürmte Paolo an Giulio vorbei ins Haus und stieß die Tür zu Darias Kammer auf. Der schrille Aufschrei einer Magd empfing ihn. Es war das Hausmädchen, das in der Küche aushalf und offenbar inzwischen hier Quartier bezogen hatte. Sie starrte ihn an, brauchte eine Weile, um den abgerissenen, bärtigen Eindringling zu erkennen. Dann jedoch wurde Paolo die Reaktion zuteil, die zu seiner Wiederauferstehung passte: Sie schrie aus voller Kehle und sank gleich darauf ohnmächtig nieder. Er beugte sich über sie und versetzte ihr einige leichte Ohrfeigen, bis sie stöhnend zu sich kam und sich mit seiner Hilfe hastig aufrappelte. Sich bekreuzigend stieß sie hervor: »Ihr seid nicht in Wirklichkeit hier! Ihr seid tot! Ihr seid tot!«

»Ich bin nicht tot«, unterbrach er sie.

»Was wollt Ihr, o Geist?«, stammelte sie, auf die Knie niedersinkend und die Hände zum Gebet gefaltet. »Kehrt Ihr wieder und wandelt auf Erden, um uns alle zu prüfen?«

»Rede keinen Unsinn. Wo ist meine Stiefmutter?«

»Oben.« Sie bekreuzigte sich abermals. »Sie wohnt nun im Piano nobile.«

»Und meine Frau?«

»O Herr im Himmel!«, schrie die Magd. »Es ist *doch* eine Prüfung!«

Kälte breitete sich in ihm aus. »Ist sie tot?«

»Oh, nein, das ist sie nicht!«, beteuerte die Magd hastig. »Sie … ist bloß fortgezogen, sie lebt nicht mehr hier im Haus. Am besten fragt Ihr Eure Stiefmutter, wo sie jetzt wohnt, ich weiß es nicht genau.«

Oben im ersten Stock kam Daria ihm bereits im Portego entgegen, die Arme ausgebreitet, das Gesicht strahlend vor Freude. »Mein Junge!«, sagte sie atemlos, ihn mit beiden Armen umschlingend. »Ich wollte es nicht glauben, als Giulio es mir eben erzählte! Du bist einem Trugbild aufgesessen, sagte ich zu ihm! Aber da bist du wirklich, am Leben und wohlauf! Du ahnst nicht, wie grausam es war, dich für tot halten zu müssen! Wer dafür verantwortlich ist, verdient selbst den Tod!«

Darauf ging Paolo nicht ein. Er löste sich aus ihrer Umarmung. »Hast du meine Botschaft erhalten?«

Daria trat einen Schritt zurück. »Wenn du dieses ominöse Schreiben meinst, das im letzten Jahr hier ankam … Ich nahm es nicht ernst, Paolo. Ich dachte, jemand will uns quälen, deshalb warf ich es weg.« Bevor er etwas erwidern konnte, fuhr sie rasch fort: »Ich *musste* annehmen, dass es eine Fälschung war, denn es war nicht deine Handschrift!«

Gegen diese Rechtfertigung ließ sich nicht viel einwenden, denn sie beruhte auf einer Tatsache. Khalid selbst hatte ihm damals im Dampfbad erzählt, dass er die Originalbotschaft als Druckmittel behalten und nur eine Abschrift zur Übermittlung freigegeben hatte.

Paolo wollte ihr glauben, doch er konnte es nicht. Ein Gefühl sagte ihm, dass mehr dahintersteckte, als sich auf den ersten Blick erkennen ließ. Eindringlich musterte er seine Stiefmutter, forschte in ihren Zügen nach einer Spur von Unaufrichtigkeit oder Berechnung, doch ihr Gesicht zeigte nur reine Rechtschaffenheit.

Doch dann sah er es, dieses kleine, unstete Flackern in ihrem Blick, eine winzige Abweichung, die sie nicht hatte kontrollieren können, und plötzlich wusste er, dass sie log.

Paolo wollte sie anschreien, die Wahrheit aus ihr herausprügeln, doch Giulio, der neben ihr stand wie ein Fels, hätte schon den Dolch gezogen, bevor er auch nur die Hand gehoben hätte. So blieb ihm nur, auch diese Abrechnung hinauszuschieben, bis die Zeit günstiger war.

»Wo ist Cintia?«, fragte er drängend.

»Mein lieber Junge«, sagte sie sanft. »Du musst jetzt sehr stark sein.«

Nun verlor er endgültig die Beherrschung. »Sag mir, wo sie ist!«, brüllte er.

Giulio machte eine Bewegung zu seinem Dolchgurt hin, doch Daria hob die Hand und gebot ihm Einhalt.

»Natürlich sage ich es dir. Es geht ihr gut, um ihre Gesundheit musst du dir keine Sorgen machen.« Ihr Lächeln wirkte sanft und traurig, doch es war gespielt, denn es erreichte nicht ihre Augen. »Sie dachte, du seist tot, mein lieber Junge.«

»Was ist mit ihr? Was hat sie getan?« Er schrie es heraus, so wie die vorhergegangene Frage.

Daria bedachte ihn mit mitleidigen Blicken. »Sie hat sich wieder verheiratet, Paolo. Sie ist jetzt die Ehefrau von Niccolò Guardi.«

Er ließ sie stehen und rannte einfach los, blindlings und ohne Vorstellung, was er als Nächstes tun sollte. Schwitzend und keuchend hetzte er durch Gassen, über Brücken und Plätze, irrte durch das gesamte Sestiere, bis er am Schluss dort hinkam, wo alle Wege in Venedig hinführten: zum Meer. Zitternd und keuchend blieb er auf der Piazzetta stehen, zwischen den Säulen, genau an der Stelle, wo die zum Tod Verurteilten das Beil des Scharfrichters zu spüren bekamen. Die Symbolik des Ortes ging ihm erst auf, als ein Passant einen Witz darüber machte: »Der Kerl da drüben sieht aus, als würde er auf den Henker warten.«

»Stimmt«, sagte sein Begleiter belustigt. »Und seinem verlotterten Äußeren nach hat er es verdient.«

Rüdes Gelächter begleitete die Worte, während die beiden weitergingen. Paolo setzte sich in Bewegung, legte die noch fehlenden Schritte bis zur Kaimauer zurück und schaute über das Hafenbecken. Vor ihm glitzerte das Wasser des Canale di San Marco, von Booten und Schiffen übersät.

Beim Betrachten der vertrauten Szenerie wurde sein Geist allmählich klarer. Stück für Stück ordnete er seine Gedanken, bis er sich so weit gefasst hatte, dass er seine folgenden Handlungen planen konnte. Rasch ging er zurück zu den Arkaden der Prokuratie und fragte den erstbesten Kaufmann nach Niccolò Guardi.

Der Mann musterte ihn neugierig und mit weniger Verachtung, als Paolo angesichts seiner heruntergekommenen Aufmachung erwartet hatte. »Ich hörte, dass Niccolò Guardi sich kürzlich vermählt hat«, meinte der Kaufmann. »Doch wo er wohnt, kann ich nicht sagen.« Er zeigte mit dem Daumen über die Schulter. »Vielleicht fragt Ihr einfach seinen Vater, ich sah ihn eben noch drüben beim Uhrturm stehen.«

Paolo ging in die angegebene Richtung, und bald darauf fand er tatsächlich Eduardo Guardi im Gespräch mit einem schwarz gekleideten Amtsträger.

»So sieht man sich wieder, Guardi«, sagte er kalt.

Eduardo Guardi fuhr herum und starrte ihn an. Seine Miene drückte Verständnislosigkeit aus, doch gleich darauf glitt ein Ausdruck über sein Gesicht, der keinen Zweifel ließ, dass er Paolo trotz des wuchernden Bartes und der verlotterten Aufmachung erkannt hatte. Fassungslosigkeit stand in seinem Blick, und sein Mund klappte auf, als wolle er etwas sagen, aber er brachte keinen Ton hervor.

»Mir scheint, dir ist die Sprache weggeblieben«, sagte Paolo hasserfüllt.

»Wer seid Ihr, dass Ihr solche Reden führt?«, fragte der Amtsträger verärgert. Paolo erkannte in ihm einen Zehnerrat, der sich mit Außenhandel und Rechtsfragen befasste.

»Das, mein Freund, ist Paolo Loredan, den wir letztes Jahr alle für tot hielten«, sagte Guardi. Seiner Stimme war der Schreck noch anzuhören, doch davon abgesehen bewahrte er Haltung. Mit gedehnter Stimme fuhr er fort: »Der Mann, dessen Witwe neulich meinen Sohn ehelichte.«

»Bei den Heiligen!«, rief der Zehnerrat aus. »Er ist es tatsächlich!« Schockiert starrte er Paolo an. »Ihr galtet als tot! Was um alles in der Welt ist geschehen?«

»Für Erklärungen ist später Zeit«, beschied Paolo ihn knapp. »Jetzt will ich nur eines.«

Bei seinen Worten zuckte Guardis Rechte zum Griff seines Kurzschwerts, und Paolo ließ seinen schweren Gepäcksack fallen und spannte sich in Abwehrhaltung, während der Zehnerrat bestürzt ausrief: »Natürlich! Ihr müsst diese unselige Doppelehe aus der Welt schaffen!«

»Ganz recht«, sagte Paolo, die Hand immer noch an seinem Gürtel, in dem jedoch weder Messer noch Schwert steckten. In Konstantinopel hatte er sich vor seiner Abreise bewaffnet, doch auf dem Schiff hatten sie ihm Dolch und Degen abgenommen, und in seiner Eile, endlich aufzubrechen, hatte er nicht daran gedacht, beides zurückzuverlangen. »Dazu muss ich nur noch wissen, wo meine Frau jetzt wohnt.«

»Das kann ich Euch sagen«, meinte der Zehnerrat. »In einem Haus gleich gegenüber der Kirche Santo Stefano.« Er wandte sich an Guardi. »Was für eine verzwickte Situation!« Zu Paolo sagte er: »Diese neue Ehe ist natürlich nicht gültig, sie muss nicht einmal annulliert werden. *De iure* ist sie überhaupt nicht geschlossen worden. Es gilt allein Eure eigene Ehe.« Er strahlte, als hätte er Paolo eine Freudenbotschaft verkündet, doch dieser war bereits im Weggehen begriffen.

»Vielleicht solltet Ihr ihn begleiten«, hörte er den Zehner-rat zu Guardi sagen. »Für Euren Sohn wird es ein schlimmer Schock sein!«

»Das wird ihn nur stärker machen«, lautete Guardis gelassene Erwiderung. »Er hat immer schon von seinen Niederlagen profitiert. Während sich das bei diesem Loredan erst erweisen muss.« Er sagte noch mehr, was Paolo indessen wegen der Entfernung nicht mehr verstehen konnte.

Übelkeit stieg in ihm auf, und er schwor sich, es allen heimzuzahlen, die ihm das angetan hatten. Den Seesack geschultert, rannte er durch das Gassengewirr, bis seine Rippen schmerzten. Die Truhe, die in dem Sack steckte, schlug mit jedem Schritt gegen seinen Rücken.

Nach kurzer Zeit hatte er Santo Stefano erreicht, und dann sah er das Haus. Es gab keinen Zweifel, dass es das richtige war, denn genau in dem Moment, als er keuchend stehen blieb, traten Niccolò und Cintia vor die Tür.

Kein Zweifel, es war Paolo Loredan. Für Niccolò war es wie ein Tritt in den Magen. Die Luft blieb ihm weg, und sein Herzschlag setzte stolpernd aus, um dann mit der Wucht eines Schmiedehammers weiterzudröhnen.

Er hatte den Mann sofort erkannt. Vielleicht war es so einfach, weil Paolo wie der Geist aussah, für den ihn jeder Gottesfürchtige in diesem Moment halten musste, in diesem zerlumpten, verdreckten Gewand von der Art, wie es die Osmanen trugen. Das Haar war lang und ungepflegt, und das Gesicht schmutzig, jedenfalls der Teil, der oberhalb des schwarzen Bartgestrüpps zu sehen war. In den Augen des Mannes stand ein Ausdruck unverhüllten Hasses, doch Niccolò nahm darin auch etwas anderes wahr, etwas, womit er sich selbst sehr gut auskannte: Verzweiflung und Sehnsucht.

Für einen kurzen Moment überlegte er, ob er sich noch einmal zu Cintia umdrehen sollte. Sie stand schräg hinter ihm, möglicherweise hatte sie ihren Mann noch gar nicht gesehen. Vielleicht konnte er noch einmal diesen Blick von ihr sehen, so wie vorhin, als er ihr das Geschenk überreicht hatte. Zuneigung hatte aus ihren Augen geleuchtet, und ein Versprechen. Dieses Versprechen hatte ihn bewogen, sie in die Arme zu nehmen, und sie hatte die Umarmung erwidert. Zögernd zuerst, aber dann voller Entschlossenheit. Wäre Lucietta in diesem Moment nicht hereingekommen, hätte er Cintia geküsst, nicht weil sie es dulden würde, sondern weil sie es wünschte. Das *wusste* er einfach, und deswegen war er so froh gestimmt wie lange nicht mehr, als sie vorhin das Haus verlassen hatten.

Nun stand dort drüben ihr Mann, von den Toten zurückgekehrt, irgendwie. Doch natürlich hatte er die ganze Zeit gelebt; der Himmel allein wusste, wessen Leichnam man letztes Jahr begraben hatte. Nein, nicht nur der Himmel wusste es, wahrscheinlich viel eher sein Vater. Eduardo Guardi, der Säufer und Hurenbock. Der Intrigant, der Mörder.

All das schoss Niccolò durch den Kopf, während er wie gelähmt dastand, den Atem angehalten und das Herz pumpend wie ein Blasebalg. Es tat so weh, dass er davon überzeugt war, an dem Schmerz sterben zu müssen. Es war ein Schmerz, der weit über alles Körperliche hinausging, denn er sah sein Leben vorüberziehen, während er zugleich fühlte, wie es aus ihm herausströmte. Lauter Bilder in einem wilden Durcheinander, sich zum Teil überlagernd und gegenseitig auslöschend, bis alles zu einem bedeutungslosen Einerlei wurde.

Umsonst, dachte er. Er hatte umsonst gelebt.

Dann hörte er den kurzen Schreckenslaut hinter sich. Sie hatte ihren Mann gesehen und ihn erkannt.

Niccolò begriff, dass ihm nur eines zu tun blieb.

Stumm und ohne sich noch einmal zu ihr umzudrehen, hinkte er davon.

Der Beutel mit den Musterstücken, den sie mit in die Manufaktur hatte nehmen wollen, fiel ihr aus der Hand. Sie wurde gewahr, dass sie schwankte und dass sie fallen würde, wenn sie sich nicht irgendwo festhalten konnte, doch schließlich gelang es ihr, stehen zu bleiben. Das Blut strömte aus ihren Gliedern zu ihrem Herzen, sie merkte es daran, dass ihre Finger und Füße taub waren, ebenso wie ihre Lippen, die seinen Namen formen wollten, sich aber nicht bewegen konnten. Der Moment des Begreifens zog sich dahin wie eine Ewigkeit, fast so, als hätte eine höhere Macht mit einem einzigen Fingerzeig die Zeit angehalten, vielleicht sogar für immer.

Ihr kam der Gedanke, dass sie tot sein könnte und dass sie ihn deshalb sah. Sie waren beide gestorben und trafen einander nun im Jenseits wieder, Verlorene in einer anderen Welt, irgendwo zwischen Himmel und Hölle.

Doch dann sah sie aus den Augenwinkeln die Frau des Krämers an der Ecke und hörte den Gruß, den diese ihr zurief, und auf ihren Wangen spürte sie den Wind, der ihr den Geruch von Fisch in die Nase trieb.

Sie sah die Schmutzflecken an Paolos Füßen, die in fremdartigen, hässlichen Sandalen steckten, sah das fest verschnürte Bündel von seiner Schulter hängen, sah sein Gesicht, das so düster war und voller Leid. Und sie sah die Tränen, die über seine Wangen strömten.

Und mit einem Mal gehorchte ihr die Stimme wieder, und auch über ihre Gliedmaßen konnte sie wieder gebieten. Steifbeinig und unsicher ging sie auf ihn zu, seinen Namen flüsternd. Als sie die Hand ausstreckte und ihn berührte, war seine Haut unter ihren Fingern warm.

Venedig, Juli 1512

 Lucietta rollte sich auf die Seite und knuffte Giacomo, damit er nicht wieder einschlief.

»Ich will mit dir reden!«, sagte sie, allerdings in friedfertigem Ton, denn im Augenblick war sie guter Stimmung. Sie hätte nicht erwartet, dass es ihr so viel Freude machen würde, ihn wiederzusehen, nachdem sie ihn all die Monate gemieden hatte und ursprünglich fest entschlossen war, ihn für immer aus ihrem Gedächtnis zu streichen. Hinzu kam, dass er eine wirklich luxuriöse Umgebung gefunden hatte, um sie zu empfangen, ein verschwenderisch mit Seidendraperien und Spiegeln ausgestattetes Gemach in einem hübschen neuen Haus in der Salizada Greci, mit einer Loggia, die auf einen zauberhaften Garten wies.

Diese erste Begegnung nach all den Monaten war von feuriger Leidenschaft bestimmt, aber auch von tiefer Zärtlichkeit. Lucietta genoss Giacomos Zuwendung in vollen Zügen und erlebte in seinen Armen ungeahnte Höhepunkte der Lust, was sie zu der Erkenntnis bewog, dass sie nicht zur Enthaltsamkeit bestimmt war. Könnte sie nur ein Mittel finden, ihn fester an sich zu binden!

Das Beste an dieser Zusammenkunft aber war, dass er ihr versichert hatte, wie sehr er sie vermisst habe. Sie kannte ihn gut genug und wusste, dass er es nicht nur so dahinsagte. Vermutlich hatte es ihrer Beziehung gutgetan, dass sie ihm nicht hinterhergelaufen war und seither seine zahlreichen Botschaften mit Bitten um ein Stelldichein ignoriert hatte – bis auf die letzte. Zu stark war ihr Bedürfnis gewesen, sich einem Menschen anzuvertrauen, der nicht unmittelbar in die ganze unselige Geschichte verwickelt war.

Abermals rüttelte sie an seiner Schulter, weil sie sich mit ihm unterhalten wollte. Giacomo Pellegrini öffnete verschlafen ein Auge und dehnte halbherzig seinen nackten Körper. »Warum musst du immer reden, wenn wir zusammen sind? Es liegt in der Natur der Sache, nach dem Akt zu schlafen! Wir haben uns eine ganze Stunde lang geliebt, es war sehr anstrengend.« Als er ihren Gesichtsausdruck sah, fügte er eilig hinzu: »Sehr erfüllend natürlich auch.« Nach einer winzigen Pause schloss er: »Anstrengend aber ebenfalls. Warum soll man sich hinterher nicht ein kleines Nickerchen gönnen?«

»Muss *ich* vielleicht schlafen?«, gab sie verärgert zurück.

Er seufzte. »Nein, du hast recht. Bei Frauen gelten andere Naturgesetze.«

»Dann lass uns reden. Ich habe dich so lange nicht gesehen, und wir haben uns viel zu erzählen. Außerdem bist du der Einzige, mit dem ich wirklich sprechen kann. Ich *muss* einfach mit jemandem reden, sonst werde ich noch verrückt!«

Mit einem erneuten Seufzen gab er nach. »Nun gut, meine kostbare Blume. Was hast du auf dem Herzen? Erzähl mir alles, was dich bedrückt!«

»Du hast sicher gehört, dass Paolo wieder da ist.«

Giacomo zuckte die Achseln. »Wer hat es nicht gehört? *Der* Skandal schlechthin! Tagelang wurde über nichts anderes geredet als über diesen Fall von Bigamie, egal wohin man kam. Immer noch schwirren die wildesten Gerüchte durch die Stadt.« Interessiert blickte er sie an. »Du weißt vermutlich aus erster Hand, welche davon stimmen, oder?«

»Viel erzählt er nicht darüber, daher weiß ich nur das, was alle wissen. Dass man ihn mitten aus dem Arsenal heraus entführt und nach Konstantinopel verschleppt hat, wo ihn die Osmanen gezwungen haben, Schiffe für ihre Flotte zu bauen.« Abscheu und Mitleid stritten in ihr, als sie das in ihren Augen verwerflichste Geschehen beschrieb. »Zuvor hat man vor seinen Augen eine junge Sklavin enthauptet, die fast noch ein Kind war und aussah wie Cintia. Man drohte ihm, dasselbe mit Cintia zu tun, falls er nicht zufriedenstellend arbeite. Fünf Jahre lang.«

»Das mit der Sklavin wusste ich nicht«, sagte Giacomo. »Was für eine grauenhafte Vorstellung! Hätte er nicht einfach fliehen können?«

»Er stand unter schwerer Bewachung. Erst als es wegen der Entmachtung des alten Sultans einen Aufruhr gab, konnte er sich absetzen.«

»Es wird den Savi agli Ordini nicht gefallen, dass er Schiffe für die Osmanen gebaut hat«, meinte Giacomo nachdenklich. »Machen sie ihm keine Schwierigkeiten deswegen?«

»Doch! Und wie! Sie setzen ihm furchtbar zu!« Lucietta machte aus ihrer Empörung keinen Hehl. »Ständig beordern sie ihn zum Arsenal und verhören ihn immer wieder! Als würde er ihnen Informationen verschweigen! Er hat doch unter Zwang gehandelt, der arme Mensch!«

»Trotzdem hat er den Osmanen Schiffe gebaut«, gab Giacomo zu bedenken. »Das kann sich auf die Machtverhältnisse im Seehandel auswirken. Und vor allem auf diejenigen im nächsten Krieg.«

»Er hat alle Schiffe, die er gebaut hat, eigenhändig verbrannt!«, rief Lucietta aus.

»Oh, das tat er wirklich?« Giacomo staunte. »Donnerwetter!«

»Deshalb verstehe ich nicht, warum man ihn immer wieder drangsaliert!« Ihre Stimme bebte ebenso wie ihr ganzer Körper vor Entrüstung, wie immer, wenn sie daran dachte. »Ist es nicht eine ungeheure Niedertracht, dass Paolo sich wieder und wieder solchen Vernehmungen unterziehen muss, obwohl er vor seiner Flucht unter Einsatz seines eigenen Lebens dafür Sorge getragen hat, dass sein ganzes Werk in Flammen aufging?«

»Hm, eigentlich sollte das wirklich ein anderes Licht auf die Sache werfen, nicht wahr?« Giacomo dachte nach und wiegte den Kopf. »Es sei denn, sie glauben ihm nicht.«

»Paolo nach allem, was er durchgemacht hat, noch der Lüge zu bezichtigen, ist der Gipfel«, sagte Lucietta erzürnt.

»Du hast recht«, lenkte Giacomo ein. »Der arme Bursche hätte mehr Rücksichtnahme verdient. Schon wegen der familiären Umstände. Kommt nach einem Jahr Gefangenschaft heim und findet seine Frau in Bigamie lebend in den Armen eines anderen.«

»So war es keineswegs!«, widersprach Lucietta sofort vehement.

»Aber Liebes, sie hat sich doch wiederverheiratet, kaum, dass das Trauerjahr vorbei war!«

»Es war eine reine Zweckehe!«

»Wirklich?«, meinte Giacomo zweifelnd.

»Wirklich!«, gab Lucietta gereizt zurück. »Tu nicht so, als gäbe es dergleichen nicht! Führst nicht du mit deiner öden Frau auch eine solche Ehe?«

»Da muss ich dir zustimmen.«

»Weißt du, was das Schlimme ist?« Bedrückt fasste Lucietta sodann in Worte, was sie als Kern aller Probleme ansah. »Obwohl nie etwas war zwischen Niccolò und Cintia, macht Paolo seit seiner Rückkehr um sie einen Bogen.«

»Wirklich?« Wieder staunte Giacomo, und wieder dachte er nach, um zu einem ähnlichen Ergebnis zu kommen wie zuvor. »Vielleicht glaubt er ihr nicht.«

»Warum sollte er ihr nicht glauben?« Lucietta merkte, dass ihr Einwand eine Spur zu heftig klang, fast so, als könne sie auf diese Weise die Szene auslöschen, der sie am Tage von Paolos Heimkehr ansichtig geworden war, unmittelbar bevor er zurückgekommen war. Es war purer Zufall, dass sie ausgerechnet in jenem Moment ins Zimmer geplatzt war, als Niccolò Anstalten machte, Cintia zu küssen. Die beiden waren mit hochroten Köpfen auseinandergefahren, weshalb Lucietta der festen Überzeugung war, dass es zum ersten Mal geschehen war. Sie erinnerte sich an die Freude, die sie bei dem Anblick empfunden hatte, denn es war ihr ein Anliegen, dass die beiden endlich eine richtige Ehe führten. Cintia sollte mit ihm glücklich werden und noch viele Kinder bekommen.

Beim Anblick des neuen Halsschmucks, den Cintia trug, erfuhr Luciettas Freude angesichts dieser ebenso eindeutigen wie vielversprechenden Entwicklung weiteren Auftrieb.

Mit einer gemurmelten Entschuldigung hatte sie sich zurückziehen wollen, doch offenbar war der Zauber des Augenblicks zerstört, denn Cintia machte sich sogleich für den Aufbruch fertig, desgleichen Niccolò, dessen Wangen immer noch vor Verlegenheit glühten. Und dann waren sie nach draußen gegangen ...

Ihr abgrundtiefes Seufzen bewog Giacomo dazu, die Arme um sie zu schlingen. »Bist du traurig, mein Liebes?«

»Ach, es ist alles so vertrackt«, sagte sie niedergeschlagen. »Und dabei könnte es so einfach sein! Doch es ist kompliziert wie noch nie! Beide sind sie so schweigsam und düster, und nie reden sie miteinander!«

»Reden wird zuweilen überschätzt«, wagte Giacomo einzuwerfen.

Lucietta beachtete es nicht. »Vor seiner Verschleppung waren sie wie die Turteltauben, doch seit seiner Rückkehr verhalten sie sich, als seien sie Fremde füreinander!«

»Sicher werden sie bald wieder zueinanderfinden«, meinte Giacomo tröstend, genießerisch sein Gesicht an ihren nackten Busen drückend. »Mhm, du riechst gut!«

Geistesabwesend erwiderte sie seine Liebkosungen. »Wie sollen sie zueinanderfinden, wenn sie in getrennten Kammern schlafen? Und wenn sie nie miteinander reden außer über das Allernötigste?«

»Könnte nicht das Kind ein Bindeglied sein?«, fragte Giacomo eifrig, augenscheinlich angetan von seinem Geistesblitz.

»Als er Anna das erste Mal sah, war er schockiert«, klagte Lucietta.

»Vermutlich nahm er an, sie wäre nicht von ihm.« Giacomo fühlte sich bemüßigt, für seinen Geschlechtsgenossen eine

Lanze zu brechen. »Wenn Männer lange fort sind und ihr Weib bei der Rückkehr neu verheiratet vorfinden, liegt es nahe, ein zwischenzeitlich geborenes Kind für die Frucht fremder Lenden zu halten.«

»Das tat er nur im ersten Augenblick«, räumte Lucietta ein. »Als er erfuhr, wann Anna geboren wurde, war ihm klar, dass sie seine Tochter ist.«

»Dann sollte er sie doch wohl gern haben, oder nicht?«

»Das tut er«, gab Lucietta zögernd zu. »Er nimmt sie sogar auf den Arm. Aber meist nur dann, wenn Cintia nicht da ist. Fast so, als hätte er Sorge, zu viel Gefühl zu zeigen.«

»Vielleicht hat er Gründe dafür«, sagte Giacomo dumpf, den Kopf zwischen ihren Brüsten vergraben.

»Bist du etwa schon wieder müde?«, fragte sie argwöhnisch.

Er hob den Kopf, während er sich auffordernd an ihrer Hüfte rieb. »Nicht doch. Mache ich einen müden Eindruck?«

»Willst du etwa heute ein zweites Mal?«, wollte sie überrascht und erfreut wissen.

Blinzelnd grinste er sie an. »Wenn ich dabei nicht reden muss ...«

Venedig, August 1512

Sonnenlicht fiel in die Kammer und überzog das Gesicht des kleinen Mädchens mit flimmerndem Glanz. Fasziniert sah Paolo zu, wie seine Tochter das Näschen verzog, den Mund öffnete und im nächsten Augenblick heftig nieste. Gleich darauf entfuhr ihr ein weiteres Niesen, und er lachte, weil es so drollig aussah.

Die Kleine war eine Miniaturausgabe ihrer Mutter, eine zauberhafte Elfe mit ihrem dunklen Haar, das sich an den Spitzen zu locken begann, und den von dichten Wimpern umkränzten blauen Augen. Die Haut der Kleinen war hell und blütenzart, ihre Wangen pfirsichartig.

Anna war nun fast acht Monate alt, sie konnte sitzen und versuchte sogar bereits, sich aufzustellen. Setzte man sie auf eine Decke, ging sie auf alle viere und krabbelte wie ein Käfer, meist bis zum erstbesten Gegenstand, der ihre Aufmerksamkeit auf sich zog und den sie, sofern er nur das passende Format aufwies, unweigerlich ergriff, ihn betrachtete und dann in den Mund steckte.

»Sieh mal, was ich heute für dich habe«, sagte er, die Kleine vor sich auf seinen Knien und sie mit einer Hand im Rücken abstützend. Aufmerksam schaute sie zu, wie er das neue Spielzeug aus der Tasche holte und ihr feierlich überreichte.

»Dada«, machte sie überrascht, nahm das Geschenk, beäugte es fragend – und schob es in den Mund, um eifrig darauf herumzubeißen.

Paolo lachte abermals und küsste sie auf die Stirn, um anschließend kurz sein Gesicht an dem zarten Nacken zu vergraben und den Duft dieses kleinen Menschen einzuatmen, der ihm anfangs so fremd vorgekommen war. Mittlerweile fragte er sich, wie jemand sie nicht auf Anhieb lieben konnte, und er schämte sich für das Entsetzen, das er empfunden hatte, als er – völlig unvorbereitet – die Kleine zum ersten Mal erblickt hatte. Lucietta war mit ihr ins Freie getreten, die Miene starr vor Schreck, nachdem sie ihn vom Fenster aus gesehen hatte.

Er hatte sofort gewusst, dass das Kind von Cintia stammte, die Ähnlichkeit war frappierend. Nur wer der Vater war, ließ sich nicht auf den ersten Blick erkennen.

Der Schock war ihm wohl anzusehen, denn Lucietta erklärte auf der Stelle, dass dies seine Tochter sei, geboren am Stephanstag, doch Paolo hatte nicht gewusst, was er denken sollte.

Sie hatten ihn umschwirrt und ins Haus geführt, hatten ein Bad bereitet und ihm saubere, vom Leibwächter geborgte Kleidung gegeben. Vor allem aber hatten sie ihn mit Fragen bestürmt, die er indessen auf so einsilbige Weise beantwortet hatte, dass rasch klar wurde, wie wenig er in der Lage war, einfach an den Status quo anzuknüpfen, der vor seiner Verschleppung bestanden hatte. Daraufhin hatte Cintia sich zurückgezogen und verhielt sich seither ebenso reserviert wie er: Höflich und darauf bedacht, einander immer nur im Beisein von anderen zu begegnen. Nur noch wenige Male hatte sie den Versuch gemacht, eine Unterhaltung in Gang zu bringen, und er hatte diese Bemühungen jeweils mit wortkargen Reaktionen unterbunden.

Das Kind hingegen stellte keine Fragen, sondern lachte ihn an, sobald es seiner ansichtig wurde. Anfangs hatte Anna das Gesichtchen weinerlich verzogen, als die Amme sie ihm das erste Mal auf Cintias Geheiß reichte, und er hatte die Kleine rasch seiner Frau gegeben, weil er fürchtete, seiner Tochter Angst einzujagen. Doch Cintia hatte ihm erklärt, dass Anna in der letzten Zeit Fremden gegenüber ein wenig scheu sei, das werde sich bald geben.

Ihre Bemerkung hatte ihn wie ein Schlag getroffen, vor allem jenes eine Wort. Fremd. Genau das war er, vor allem bezogen auf seine eigenen Empfindungen: Er war unfähig, sich heimisch zu fühlen. Seine Seele war zerrissen. Ein Teil davon war in Konstantinopel geblieben und dort in Flammen aufgegangen. Ein anderer Teil bestand aus Erinnerungen an einen mondlichterfüllten Garten und Schlehenaugen und dem Gesang von Zikaden, alles Eindrücke, die sich bereits im Nebel des Vergänglichen verloren. Der dritte Teil schließlich trieb ziellos und verwundet im Hier und Jetzt, unfähig, sich neu zu verwurzeln.

Vielleicht wäre es einfacher gewesen, wenn Cintia nicht wieder geheiratet hätte. Sie hatte mehrfach angesetzt, es ihm zu erklären, und auch Lucietta wurde nicht müde, ihm ungefragt immer wieder in Form beiläufig eingestreuter Bemerkungen ausführlich Cintias missliche Lage zu schildern, die zu dieser Ehe geführt hatten.

Rein vernunftmäßig war es kein Problem, all das einzusehen, und doch war er außerstande, die Tatsache jener Heirat so pragmatisch zu beurteilen, wie es zweifellos angemessen gewesen wäre. Er versuchte es gar nicht erst, denn er konnte es nicht.

Vielleicht lag es an der Röte, die in Cintias Wangen gestiegen war, als Lucietta gleich bei seinem ersten Betreten des Hauses eine Spur zu laut beteuert hatte, dass es sich nur um eine Zweckehe handle, in der es niemals zu körperlichen Vertraulichkeiten gekommen sei. Vielleicht aber auch an der Halskette, die Cintia trug und die sie immer wieder berührte, als wäre sie ihr unangenehm, bis sie beinahe sogar daran zerrte, als würde sie ihr die Haut verbrennen. Es war eine bemerkenswert schöne Kette, die sofort den Blick auf sich zog, besetzt mit leuchtenden Lapislazulisteinen von der Farbe ihrer Augen.

Ob sie nun seine Blicke bemerkte oder aber andere Gründe hatte – jedenfalls verschwand sie in ihrer Kammer, und als sie gleich darauf wieder erschien, hatte sie die Kette abgelegt und sie seither nie wieder getragen.

Möglicherweise lagen seine Vorbehalte auch darin begründet, dass Cintia diese eigenartige Scheu zeigte, wann immer die Rede auf Niccolò Guardi kam, jene Art von Verlegenheit, wie sie nur von schlechtem Gewissen herrührt. Damit kannte er sich aus, denn dasselbe Gefühl trug auch er mit sich herum, wenngleich sein Ehebruch ihm aus unerfindlichen Gründen weniger schwerwiegend vorkam als Cintias Bigamie. Dabei war ihm durchaus klar, wie ungerecht und unvernünftig es war, hier mit zweierlei Maß zu messen oder ein wie auch immer geartetes Fehlverhalten Cintias nur deshalb stärker zu gewichten, weil es mit einem – ohnehin unwirksamen – Ehegelöbnis einhergegangen war.

Vom Verstand her wusste er das alles und fand seine eigenen Gefühle in dieser Angelegenheit kindisch und dumm, doch er konnte nicht aus seiner Haut.

Hauptursache für seine emotionale Unzugänglichkeit war jedoch – im Vergleich zu den übrigen, eher irrationalen Erwägungen – die Vernichtung seiner beruflichen Existenz. Er fühlte sich vollständig von all dem abgeschnitten, was je außerhalb der Familie für ihn wichtig gewesen war.

Sein Lebenswerk, daran bestand für ihn kein Zweifel, war zerstört. In Konstantinopel war nicht nur die Arbeit eines ganzen Jahres verbrannt, sondern sehr viel mehr, denn für alles, was er dort mit umfassender Unterstützung der Machthaber geschaffen hatte, hätte er hier unendlich viel länger benötigt, es vielleicht sogar niemals zuwege gebracht. Binnen kürzester Zeit hatte er drei große, seetüchtige Schiffe gebaut, während er in einem vergleichbaren Zeitraum in Venedig nur einen lächerlich kleinen Prototyp hervorgebracht hatte. Und nicht einmal dieser existierte noch; Saboteure hatten ihn bald nach seinem vermeintlichen Unfall zerstört – vermutlich dieselben Leute, die seinen Tod inszeniert hatten.

Verschwunden waren auch all seine Konstruktionszeichnungen, soweit sie nicht schon bei dem Erdbeben vernichtet worden waren. Von dem, was den Schiffsbauer Paolo Loredan ausgemacht hatte, war nichts mehr geblieben, bis auf das, was an Wissen und Fertigkeiten in seinem Kopf steckte. Und selbst das war nicht viel wert, denn arbeiten ließ man ihn nicht. Vielleicht würde er sogar nie wieder das Arsenal betreten dürfen, abgesehen von seinen Besuchen in den Amtsräumen der Werftverwaltung, wo er auf Geheiß der Behörde mindestens einmal wöchentlich erscheinen und Rechenschaft ablegen musste, vor wechselnden Gremien, die immer wieder dieselben Fragen stellten. Fragen, die darauf hindeuteten, dass man ahnte, wie lückenhaft seine Einlassungen waren. Nach Lage der Dinge konnte er nur froh sein, dass man ihn nicht inhaftierte – wozu es vielleicht schon längst gekommen wäre, hätte sich nicht Tassini, der bei fast allen Verhören zugegen war, so unermüdlich für ihn verwendet.

Seine Tochter riss ihn aus seinen Grübeleien. Sie patschte mit ihren Händchen gegen seine Unterarme und gab dabei verärgerte Laute von sich. Das Holzspielzeug, an dem sie eben noch so hingebungsvoll genuckelt hatte, war ihr hinuntergefallen.

»Willst du es wiederhaben?«, neckte er sie, während er es aus den Falten seines Hemdes fischte und ihr reichte, worauf sie ihm ein entzücktes, sabberndes Lächeln schenkte.

Das Herz ging ihm auf vor Liebe, und er merkte, wie seine Kehle eng wurde. Sie so halten zu dürfen und sich an ihrem Lächeln erfreuen zu können beschämte ihn mit einem Mal, und er begriff in diesem Moment erst richtig, wie viel ihm für das, was man ihm genommen hatte, an anderer Stelle gegeben worden war. Er war Vater geworden, hatte eine Tochter! Allein diese schlichte Tatsache erschien ihm mit einem Mal so unfassbar bedeutungsvoll, dass es ihn förmlich überwältigte. Das, was er empfand, ging über alles ihm bisher Bekannte hinaus, barg weit mehr als nur Zuneigung oder Beschützerdrang. Es waren Gefühle von solcher Kompromisslosigkeit, von einer derart umfassenden Allmacht und Urgewalt, wie er sie noch nie erlebt hatte.

Von jähem Bedürfnis nach körperlicher Nähe erfasst, drückte er die Kleine behutsam an seine Brust und küsste das Köpfchen. Etwas von der Wärme des zarten Körpers schien in ihn hineinzuströmen und seine inneren Qualen zu lindern. Das Kind entspannte sich in seinen Armen und rollte sich zu einer schläfrigen Kugel zusammen, die Beinchen an den Bauch gezogen, die Händchen mitsamt dem neuen Spielzeug an die Wangen geschmiegt.

»Was für ein Glück, dich zu haben«, murmelte er an dem winzigen Ohr. »Was für ein Wunder!« Er sprach leise, damit die Amme, die im Hintergrund auf einem Stuhl saß und Flickarbeiten erledigte, ihn nicht hören konnte. Lange konnte er ohnehin nicht mehr im Säuglingszimmer bleiben, denn sicher würden bald entweder Cintia oder Lucietta nach Hause zurückkehren.

Er wartete, bis die Kleine eingeschlafen war, dann stand er vorsichtig auf, um sie in ihr Bettchen zu legen. In diesem Moment kam Cintia ins Zimmer.

715

Sie sah ihn dort stehen, die große, kraftvolle Gestalt, in den Armen geborgen das Kind, und im Licht der einfallenden Sonne erschien ihr dieses Bild wie der Inbegriff eines Idylls väterlicher Liebe. Das Einzige, was nicht daran stimmte, war der Ausdruck von Schuldbewusstsein und Trotz, mit dem er ihren Blicken auswich, und wieder einmal wurde ihr klar, wie sehr es ihm widerstrebte, in irgendeiner Form Gefühle zu zeigen.

Er liebte die Kleine mittlerweile über alle Maßen, das war von unleugbarer Offensichtlichkeit, auch wenn er fürchtete, man könne es ihm vielleicht als Schwäche auslegen.

Cintia sah das neue Spielzeug, das Anna noch im Schlaf umklammerte, eine kleine Puppe, aus einem Stück Holz geschnitzt, glatt gefeilt und fein poliert. Er musste stundenlang daran gearbeitet haben.

»Ich muss fort, zum Arsenal«, sagte er, als wolle er jedem Versuch, ihn in ein Gespräch zu verwickeln, vorbeugen. »Ein Bote kam vor einer Stunde. Man will mich erneut befragen.«

Sanft legte er das Kind in die Wiege. Mit höflichem Nicken ging er an Cintia vorbei und hinüber in seine Kammer. Sie folgte ihm auf dem Fuße, weil sie es satthatte, sich ständig wie einen lästigen Gegenstand beiseiteschieben zu lassen.

»Ich muss mit dir reden«, sagte sie.

Seine Miene war wieder unergründlich, so wie fast immer, wenn sie einander gegenüberstanden, und Cintia fragte sich, ob das noch derselbe Mann war, den sie so geliebt hatte. Doch dann, kurz bevor er sich abwandte, um Wams und Schuhe überzuziehen, bemerkte sie den Ausdruck von Verzweiflung und Hilflosigkeit in seinen Augen.

Sie räusperte sich. »Du weißt selbst, dass es so nicht weitergehen kann. Ich fühle mich schuldig, obwohl es keinen wirklichen Grund dafür gibt. Bis auf einen.« Sie holte Luft. »Ich habe beschlossen, mich endlich dazu zu äußern, denn ich glaube, das allein steht zwischen uns.«

Sie sah sein Erstaunen, das er jedoch zu verbergen versuchte, während er so tat, als seien die Knebelverschlüsse seines Wamses von vorrangiger Bedeutung.

Mühsam fuhr Cintia fort: »Es geht um die Kette. Die Kette mit den Lapislazulisteinen.«

Nun blickte er auf, und diesmal unternahm er nichts, um seine Überraschung und seinen Argwohn zu verstecken. Er fragte auch gar nicht, welche Kette sie meinte, was ihr wiederum zu der bestürzenden Einsicht verhalf, dass er vielleicht bereits wusste, was es mit der Kette auf sich hatte und sich deshalb so vor ihr verschloss. Ihre Nervosität wuchs, und sie musste sich zusammenreißen, um in normalem Tonfall weitersprechen zu können.

»Die Kette hat mir Niccolò geschenkt, an dem Tag, als du heimgekommen bist.«

Als sie den Namen aussprach, zuckte er zusammen, doch das war eine Sache, die sie nicht ändern konnte, wenn sie darüber sprechen wollte – und das wollte sie. Sie hatte es lange genug vor sich hergeschoben.

Mit ihren nächsten Worten kam sie endlich zu dem schwierigsten Teil. »Ich hatte ihn, genau wie dich damals, unter der Bedingung geheiratet, dass die Ehe nicht vollzogen werden darf. Am Tag deiner Heimkehr hatte ich überlegt, dass es an der Zeit sei, das zu ändern. Ich wollte Niccolò eine richtige Frau sein. Ich … hatte ihn gern.« Sie hielt inne, weil sie merkte, dass er das vielleicht missverstehen konnte. Eilig fuhr sie fort: »Es war keine Liebe! Bei Weitem nicht! Es war nur … Er tat mir leid. Und er gab sich immer solche Mühe, gut zu uns zu sein. Er hat unglaublich viel für uns getan, und er liebte die Kleine so sehr …«

In seiner Miene arbeitete es, offenbar hatte sie damit einen weiteren wunden Punkt berührt. Indessen konnte sie auch das nicht ändern, wenn sie Klarheit zwischen ihnen beiden schaffen wollte. »Ich hatte es also beschlossen«, sagte sie tapfer. »Und dann kam er mit dieser Kette, die er eigens für mich hatte machen lassen. Weil sie die Farbe meiner Augen hatte, wie er sagte. Er legte sie mir um, und dann umarmte er mich, und ich gestattete es, obwohl ich es mir in dem Augenblick gern wieder anders

717

überlegt hätte. Bevor er mich küssen konnte, kam Lucietta ins Zimmer. Das ist alles. Mehr war nie zwischen ihm und mir. Keine einzige Berührung, kein einziges liebes Wort. Wir waren wie Bruder und Schwester, und nur so fühlte ich für ihn, wenn überhaupt. Daran hat sich bis zum Schluss nichts geändert, auch nicht, als ich über einen Vollzug der Ehe nachdachte. Und sogar dann gingen meine Gedanken eher dahin, ob ich es ertragen könnte, denn ich vermisste dich immer noch so sehr, dass es mich jeden Tag schmerzte. Meine Verfehlung, jedenfalls soweit ich mir selbst eine vorwerfen kann, besteht allein darin, dass ich etwas überlegte, nicht, dass ich es tat.« Sie dachte kurz nach, weil ihr mögliche Gegenargumente in den Sinn kamen, die zu entkräften waren. »Natürlich könnte man sagen, allein der Wille sei schon tadelnswert und strafwürdig, doch dann müsste wohl ganz Venedig am Schandpfahl stehen.«

Überrascht und hoffnungsvoll sah sie, wie ein Anflug von Heiterkeit über sein sonst so ernstes Gesicht huschte. Und dann trat etwas anderes an die Stelle dieser flüchtigen Belustigung, etwas, das wilde Hoffnung in ihr aufkeimen ließ.

In seiner Miene erkannte sie den verzweifelten Wunsch, ihr zu glauben.

Unverwandt sah sie ihn an, zwang ihn auf diese Weise, in ihren Augen zu lesen, damit er dort die Wahrheit erkenne.

Er schien ihr bis auf den Grund ihrer Seele zu schauen, hielt ihren Blick fest und gab ihn zurück. Sie erkannte genau den Augenblick, in dem die Last von ihm fiel, denn seine Schultern sackten merklich nach unten, und er atmete tief aus.

Jubel erfüllte sie, und am liebsten hätte sie vor Erleichterung und Freude geweint. »Die Kette will ich verkaufen«, fuhr sie hastig fort. »Aber ich möchte mich nicht daran bereichern und werde deshalb den Erlös stiften.«

»Nein«, sagte Paolo ruhig. »Du wirst sie aufbewahren. Und wenn er eines Tages wiederkommt, gibst du sie ihm zurück.«

»Oh.« Sie war überrascht. »Dieser Gedanke kam mir noch nicht. Ob er wirklich irgendwann zurückkommt?«

»Das ist so sicher wie das Amen in der Kirche. Die Hoffnung auf dich wird er erst begraben, wenn er selber tot ist.« Düsterkeit schwang in seiner Stimme mit, und ein Schauer überlief sie bei seinen Worten. Niemand wusste, wo Niccolò sich aufhielt, seit er überstürzt die Stadt verlassen hatte. Manchmal fragte Cintia sich voller Sorge, was aus ihm geworden war, doch meist verdrängte sie solche Gedanken rasch wieder, weil sie zu beklemmend waren.

Impulsiv trat sie auf Paolo zu, um ein hervorstehendes Fädchen von seinem Hemd zu zupfen, den Sitz des Wamses zurechtzuziehen und anschließend den Stoff glatt zu streichen, so wie sie es früher häufig getan hatte, bevor er aus dem Haus ging. All das geschah ohne Kalkül, aus einer spontanen Aufwallung heraus, einfach, weil es sie so schmerzlich danach verlangte, ihn zu berühren und die vertraute Normalität zwischen ihnen wiederherzustellen.

Er machte keine Anstalten, sich ihr zu entziehen. War er ihr die ganze Zeit seit seiner Rückkehr ausgewichen, kam er nun einen Schritt auf sie zu, sodass sie dicht an dicht standen und ihre Körper einander beinahe berührten. Zögernd hob sie die Hand und legte sie an seine Wange. Sie schloss die Augen und spürte die Wärme seiner Haut, die Stoppeln unter ihren Fingerspitzen. Er hatte sich am Morgen rasiert, doch in den wenigen Stunden, die seither vergangen waren, hatte sich sein Bartwuchs bereits wieder verselbstständigt. Wie oft hatte ihr Gesicht wie Feuer gebrannt, nachdem sie sich geküsst hatten …

Langsam öffnete sie die Augen – und sah den Hunger in seinem Blick. Sein Atem hatte sich beschleunigt, die Lippen waren leicht geöffnet – sie erkannte die Anzeichen seiner Erregung genauso mühelos wie ihre eigenen.

Dann betrat Lucietta die Wohnung und kam an der offenen Tür vorbei.

Hastig trat Cintia einen Schritt von Paolo zurück, als sei es unschicklich, was sie beide vermutlich jetzt täten, wäre nicht die

719

Tür offen geblieben und Lucietta nicht dummerweise in diesem Augenblick aufgetaucht.

Unsicher blickte sie zu Paolo, doch ihre verlegene Reaktion schien ihn eher zu belustigen als zu kränken.

»Wird Zeit, dass ich mich auf den Weg mache.« Er verzog das Gesicht. »Die amtlichen Ermittler warten nicht gerne.« Im Vorbeigehen hob er die Hand und fuhr ihr sacht mit den Fingerknöcheln über die Wange. Die zärtliche kleine Geste brachte Cintias Puls zum Flattern, und atemlos presste sie beide Hände an die glühenden Wangen.

»Ich bete zu Gott, dass sie bald ein Einsehen haben und dich endlich wieder Schiffe bauen lassen«, sagte Cintia, während er zur Tür ging.

Er blickte über die Schulter zurück. »Danke. Vielleicht hilft es. Brauchen kann ich es allemal.«

»Ja, dafür bete auch ich!«, rief Lucietta ihm nach. Sie wartete, bis seine Schritte auf der Treppe verklungen waren, bevor sie Cintia mit ihren Fragen bestürmte. »Hast du ihm gut zugeredet? Sieht er endlich ein, wie unmöglich er sich benimmt?«

Cintia nickte, von Euphorie erfüllt. »Ich hätte es schon früher versuchen sollen. Es war dumm, dass ich mich davor gefürchtet habe.« Sie spürte, wie sie errötete. »Mein schlechtes Gewissen hat mich davon abgehalten.«

Lucietta schüttelte verärgert den Kopf. »Er hätte ebenso gut von sich aus das Gespräch mit dir suchen können. Und wer weiß, ob sein eigenes Gewissen so rein ist.«

Cintia runzelte die Stirn. »Was meinst du damit?«

Lucietta bedachte sie mit einem abgeklärten Lächeln. »Mein liebes Kind, er war ein ganzes Jahr in der Fremde.«

»Du willst doch nicht etwa sagen, dass er mit anderen Frauen …« Cintia hielt inne, um die empörende Tragweite dessen, was Lucietta da unterstellen wollte, zu erfassen. »Das ist absurd! Er war dort nicht mehr als ein Sklave!«

»Wenn du das wirklich glaubst, hast du noch nicht in die Kassette geschaut, die unter seinem Bett steht.«

»Wie kannst du in seinen Sachen herumschnüffeln!«

»Weil er dasselbe mit den deinen tut! Die Amme erzählte mir erst vorgestern, dass er in unserer Abwesenheit in deiner Kammer war und deine Schmuckschatulle geöffnet hat. Er nahm die Kette heraus und starrte sie an. Eine Ewigkeit, hat die Amme gesagt.«

»Oh.« Cintia schluckte. »Das hat ... besondere Gründe. Das habe ich vorhin mit ihm geklärt. Die Kette hat keine Bedeutung mehr.«

»Die Kassette unter seinem Bett aber dafür umso mehr. Dir werden die Augen übergehen!« Lucietta trat ins Zimmer und schloss die Tür hinter sich. Eilig kniete sie sich vors Bett und zog die schwere Holzkassette hervor, die Paolo bei seiner Rückkehr mitgebracht hatte.

Cintia wollte protestieren, doch ihre Neugier war zu groß.

»Natürlich ist sie immer abgeschlossen«, sagte Lucietta. »Aber Männer sind so berechenbar! Er hat den Schlüssel genau dort, wo er zu vermuten ist – in seinen Stiefeln.«

Sie schüttelte die Sonntagsstiefel von Paolo, und Cintia verfolgte verblüfft, wie tatsächlich ein Schlüssel herausfiel.

Triumphierend hielt Lucietta ihn hoch. »Weißt du, Giacomo hat mich darauf gebracht.«

Cintia wusste, dass Lucietta sich wieder mit ihm traf, doch dass der Bursche von ihren familiären Geheimnissen erfuhr, ging zu weit. »Hast du ihm etwa davon erzählt?«, wollte sie entrüstet wissen.

»Nicht doch. Ich klagte ihm lediglich mein Leid, weil die Behörden Paolo so übel mitspielen und ihn immer wieder vernehmen. Und da meinte Giacomo, dass man sich dabei zweifellos etwas denke, weil man vermutlich der Ansicht sei, dass Paolo nicht alles über seine Zeit in Konstantinopel offenbart habe. Als er mir das sagte, fiel es mir wie Schuppen von den Augen, denn mit einem Mal erinnerte ich mich wieder daran, wie sehr Paolo am Tag seiner Heimkehr auf diese Kassette Acht gab. Sogar als er in den Badezuber stieg, mochte er sie nicht aus den Augen

721

lassen. Giovanni wollte sein Gepäck in die Schlafkammer bringen, doch Paolo befahl ihm, die Kassette stehen zu lassen.«
Flink schloss Lucietta die Kiste auf. »Ich denke, wir sollten uns den Schlüssel nachmachen lassen. Irgendwer erzählte mir mal, dass man dazu nur einen Abdruck in heißem Wachs machen muss. Falls wir wieder irgendwann in Not geraten, könnten wir es gut brauchen.«

»Was könnten wir gut brauchen?«

»Den Inhalt. Schau nur! Das habe ich gestern entdeckt! Ich wollte es dir schon früher erzählen, aber Paolo war die ganze Zeit im Haus, daher geht es erst jetzt.« Lucietta schob ihr die offene Schatulle hin.

Der Anblick des Goldes verschlug Cintia die Sprache. Lucietta wühlte mit beiden Händen in den Münzen. »Sieh dir das an! Das ist ein Vermögen! Ich habe versucht, es zu zählen, aber es sind zu viele Stücke, sodass ich immer wieder durcheinanderkomme.« Mit erhitzten Wangen setzte sie hinzu: »Ich wette, es sind mehrere Tausend Münzen, und alle sind sie aus purem Gold! Glaubst du vielleicht, ein Sklave wird in Konstantinopel mit so viel Gold überschüttet?«

Cintia war völlig durcheinander. Krampfhaft versuchte sie, die neuen Informationen in einen nachvollziehbaren Zusammenhang zu bringen, doch in ihrem Kopf summte es wie in einem Bienenschwarm.

»Paolo ist als reicher Mann zurückgekommen«, stellte Lucietta fest, während sie die Schatulle wieder verschloss und den Schlüssel in einem der Stiefel verschwinden ließ. »Willst du es mir da verdenken, dass ich sein Gewissen nicht für reiner halte als das deine? Und meine Schlüsse daraus ziehe?« Lucietta senkte die Stimme. »Wer weiß, welche Geheimnisse Paolo Loredan sonst noch mit sich herumträgt!«

»Was meinst du damit?«

Prompt kam Lucietta auf das Thema zurück, das sie vorhin bereits angesprochen hatte. »Man sagt, Konstantinopel sei eine Stadt wüster Ausschreitungen.« Betont langsam schob sie die

Schatulle wieder unters Bett, bevor sie mit sensationslüsterner Miene schloss: »Mit mindestens ebenso vielen willigen Huren wie hier in Venedig. Geld genug hätte er dafür gehabt, und wie wir beide dank Esmeralda wissen, verschmäht er die käufliche Liebe nicht!«

»Hör auf, solchen Unsinn zu reden!« Um Fassung bemüht, fuhr Cintia fort: »Er wird gute Gründe haben, nicht über das Gold zu sprechen! Und solange wir die nicht kennen, werden wir darüber schweigen, verstanden?«

»So viel Scharfsinn darfst du mir schon zutrauen«, versetzte Lucietta beleidigt. »Kein Mensch weiß besser als ich um die Notwendigkeit, pekuniäre Verhältnisse stets unter dem Siegel der Verschwiegenheit zu halten!« Trotzig deutete sie auf ihre voluminöse Brust. »Wer trägt denn immer einen Beutel mit dem Notgroschen auf dem Herzen? Hat uns nicht das Schicksal oft genug mittellos dastehen lassen? Und haben wir nicht im Augenblick schon wieder Verhältnisse, die eher zur Sorge als zur Hoffnung Anlass geben? Vielleicht sperrt man Paolo doch noch ein, dann wäre ich schön dumm, diese goldene Reserve zu gefährden, indem ich vor anderen darüber schwätze!«

Cintia unterdrückte ein Seufzen. Natürlich würde Lucietta über dieses Gold schweigen wie ein Grab, wenn auch aus ganz anderen Beweggründen als sie selbst. »Keine Sorge«, sagte sie. »Ich werde heute noch herausfinden, was die ganze Sache zu bedeuten hat.«


Paolo sah der erneuten Befragung mit Unbehagen entgegen. Ihm war kurz vorher eine Nachricht Tassinis zugegangen. *Seht Euch in der heutigen Vernehmung vor.*

Gab es neue Beweise? Hatten sie Zeugen gefunden, die ihn belasten könnten?

Heute war er bereits zum vierten Mal seit seiner Rückkehr einbestellt worden. Natürlich bezeichnete man das Ganze nicht als Verhör, sondern als zwanglose Befragung. Die offizielle Begründung dafür lautete, dass der Große Rat nach der ungeheuerlich dreisten Entführung und Erpressung eines venezianischen Schiffsbauers und Patriziers genaueste Informationen brauche, um geeignete Maßnahmen zur Vergeltung planen zu können.

»Ein solcher Vorfall *muss* politische und diplomatische Konsequenzen nach sich ziehen«, hatte der vorsitzende Provveditore ihm salbungsvoll erklärt. »Vergesst nicht, dass Ihr nicht nur einer unserer besten Protomastri seid, sondern auch Spross einer unserer ältesten und edelsten Familien! Das, was die Osmanen da getan haben, war ein heimtückischer Stich ins Herz der Serenissima!«

In Wahrheit wollte man haarklein von ihm erfahren, wie es um die osmanische Flotte bestellt war. Kommandantur, Hafenanlagen, Inhalt der Magazine, Schiffsbesatzungen, Geldmittel, Anzahl und Bewaffnung der kriegstüchtigen Galeeren. Sie verteilten die Fragen geschickt auf mehrere Sitzungen, wiederholten sie ständig in abgewandelter Form und versuchten nebenher herauszufinden, was er selbst zur Flottenstärke der Osmanen beigetragen hatte. Das schien sie mehr zu interessieren als die Frage, ob er nach alledem noch als loyal angesehen werden konnte, denn offenbar ging man davon aus, dass er es ohnehin nicht sei. Diese Einschätzung konnte er ihnen nicht verdenken, denn mittlerweile wusste er selbst nicht mehr so recht, ob er für diese inquisitorischen Plagegeister noch Schiffe bauen wollte. Bei seiner Rückkehr wäre er bereit gewesen, jeden geforderten Treueid zu schwören, doch offenbar war daran niemand interessiert.

Tassini hatte ihm bekümmert anvertraut, dass es vermutlich noch eine Weile so weitergehen würde. »Allein der Umstand, dass die Osmanen Euch nicht mit glühenden Zangen gefoltert oder Euch die Haut abgezogen haben, lässt Euch in den Augen mancher wie einen Überläufer aussehen. Wenn wir nur einen Zeugen beibringen könnten, der mit eigenen Augen sah, dass Ihr die von Euch gebauten Schiffe verbrannt habt!«

Mit gemischten Gefühlen näherte Paolo sich über die Riva degli Schiavoni dem weitläufigen Gelände der Marinarezza mit den zum Arsenal gehörenden Verwaltungsgebäuden, in denen die Amtsträger der Stadt, die für den Schiffsbau zuständig waren, ihre Aufgaben verrichteten und ihre internen Sitzungen abhielten.

Den Arbeitsbereich des eigentlichen Werftgeländes durfte er nicht betreten, eine Tatsache, die seine Stimmung jedes Mal ins Bodenlose stürzen ließ. An diesem Tag war seine Laune jedoch entschieden besser als in den vorangegangenen Wochen. Tassinis Warnung beunruhigte ihn zwar, aber ihm ging auch das Gespräch mit Cintia nicht aus dem Sinn. Er schalt sich einen Narren, weil er nicht früher mit ihr über seine Vorbehalte gesprochen hatte. Durch sein grundloses Misstrauen hatte er alles noch viel schlimmer gemacht, denn statt sich mit seinen eigenen Verfehlungen auseinanderzusetzen, hatte er ihr insgeheim die ihren vorgeworfen, die sich am Ende nun auch noch als nicht existent erwiesen hatten. Seine Gewissensbisse, mit denen er die ganze Zeit über gut zurechtgekommen war, verstärkten sich angesichts der geänderten Sachlage enorm. Bereits vorhin beim Verlassen des Hauses hatte er begonnen, dieses Problem im Kopf herumzuwälzen. Er fragte sich, ob es für einen Neuanfang erforderlich war, dass er selbst ebenfalls reinen Tisch machte. Würde er damit nicht alles unnötig komplizieren? Vielleicht sogar alles ruinieren, bevor sie wieder zusammengefunden hatten? Ihm war noch allzu gut ihr Entsetzen in Erinnerung, als sie ihn an jenem unsäglichen Abend in verfänglicher Situation mit Esmeralda erwischt hatte. Wenn sie nun erfuhr, dass er in Konstantinopel nicht nur bei einer Hure gewesen, sondern auch mit der Tochter seines Gastgebers im Bett gelandet war, wäre Cintia zu Recht schockiert, vielleicht so sehr, dass sie sich von ihm abwenden würde. Sollte er nicht einfach dieses Geständnis eine Weile aufschieben? Er konnte sich ihr immer noch offenbaren, wenn sie miteinander wieder völlig im Reinen waren, so wie vor seiner Entführung.

Dieser Gedanke hatte einiges für sich, und mit mehr Zuversicht als zuvor legte er das letzte Wegstück zurück. Er näherte sich dem Ende der Riva degli Schiavoni, auf der reges Treiben herrschte. Fischer und Matrosen bevölkerten den Kai ebenso wie Lastenschlepper, Händler und Arbeiter aus dem nahen Arsenal.

Eine Hand kam wie aus dem Nichts, legte sich auf seine Schulter und zog ihn in einen dunklen Sottoportego, während eine Stimme ihm ins Ohr raunte: »Auf ein Wort, Loredan!« Auch ohne sich umzudrehen, wusste er, mit wem er es zu tun hatte. Den Dolch gezückt, fuhr er herum, bereit, zuzustechen. Fast hätte er es getan, so groß waren sein Zorn und seine Abneigung, und hätte der andere nicht mit leeren, ausgebreiteten Händen und einem entwaffnenden Lächeln vor ihm gestanden, hätte er möglicherweise zum ersten Mal in seinem Leben einen Mann getötet, noch dazu einen, der ihn nicht einmal angriff.

Zu seiner Wut gesellte sich der Schreck wegen des unvermuteten Wiedersehens. »Was um alles in der Welt wollt Ihr von mir?«, fragte er aufgebracht.

»Nur Gutes.« Khalid alias Farsetti schien ihm den scharfen Tonfall nicht übel zu nehmen, denn er zeigte sein übliches mildes Lächeln. Er wirkte auf eine Weise verändert, die vermutlich sogar engere Bekannte von ihm getäuscht hätte. Sein Kopf war kahl geschoren, und auch der Bart war verschwunden. Sein massiger Leib steckte in der einfachen Kleidung eines Hafenarbeiters. So, wie er aussah, konnte er sich unbehelligt in der Stadt bewegen und würde höchstwahrscheinlich nicht einmal Tassini auffallen.

»Ich bin wegen unserer Vereinbarung hier«, sagte Khalid.

»Wir hatten eine neue Vereinbarung.« Paolo machte keine Anstalten, den Dolch wegzustecken. Er traute dem Mann keinen Fingerbreit über den Weg.

»Oh, ganz recht, dagegen habe ich auch überhaupt keine Einwände. Aber wie es aussieht, könntet Ihr vielleicht Interesse daran haben, lieber an unserer alten Vereinbarung anzuknüpfen. Die Dinge haben sich … nun, geändert. Euch betreffend.« Er machte eine unbestimmte Bewegung in Richtung Arsenal.

»Was wisst Ihr über die Gespräche, die ich dort führe?«

»Ich verfolge sie mit größtem Interesse.«

»Wenn das stimmt, muss Euch bekannt sein, dass ich Eure Rolle bei dem unseligen Spiel außen vor gelassen habe. Ich habe den Kapudan Pascha als Drahtzieher benannt. Mahmut Sinan ist tot und kann es nicht mehr krummnehmen.«

»Das weiß ich, mein Junge«, sagte Khalid gelassen. »Damit hatte ich gerechnet.«

»Und ich hatte damit gerechnet, dass Ihr Mittel und Wege findet, Euch auf dem Laufenden zu halten«, gab Paolo verbittert zurück. »Außerdem seid Ihr gewiss rachsüchtig genug, um es mir und den Meinen heimzuzahlen, falls ich Euch als Übeltäter und Spion entlarvt hätte.«

»Das werden wir nun nie erfahren, was?«, meinte Khalid amüsiert. Er wurde ernst. »Heute bin ich hier, um Euch zu warnen. Jemand versucht, Euch in Misskredit zu bringen.«

»Womit?«

Khalid zuckte die Achseln. »Ich bin nicht allwissend. Mir wurde lediglich hinterbracht, dass heute Beweise genannt werden, die geeignet sein könnten, Euch der Kollaboration zu bezichtigen.«

»Und da passt Ihr mich eigens ab, um mich zu warnen?« Paolo betrachtete ihn misstrauisch. »Wäre es nicht sehr in Eurem Sinne, wenn ich endgültig in Ungnade fiele? Berichten aus Konstantinopel zufolge habt Ihr Euch mit dem neuen Sultan gut gestellt.«

»Ah, auch Ihr haltet Euch auf dem Laufenden!«

Das ließ Paolo unkommentiert. »Es heißt, dass Ihr sogar Aussichten habt, zum Pascha ernannt zu werden. Mit anderen Worten, Ihr werdet Eure Werft doch noch bauen können.«

»Mitsamt allen Schiffen, von denen ich träume. Es war dumm und selbstsüchtig von dem Kapudan Pascha, Eure Schiffe gleichsam mit in den Tod zu nehmen. Bayezids Sohn ist durchaus für eine neue Flotte zu begeistern.« Khalid bedachte Paolo mit eindringlichem Blick. »Ich werde Euch nicht mehr erpressen, falls Ihr das befürchtet. Nun, da Ihr wisst, welche Möglichkeiten Euch in Konstantinopel erwarten, wäre das auch völlig überflüssig. Zudem ist nur ein freier Geist zu jenen Höhenflügen imstande, die alle anderen in den Schatten stellen. Ihr sollt nur wissen, dass Ihr jederzeit zurückkommen könnt. Eure Kunst wird dort gebraucht, weit mehr als hier. Man hält Euch ohnedies für einen Verräter. Bevor man Euch wieder Schiffe bauen lässt, schneit es in der Hölle.« Seine Stimme wurde drängend. »Ihr müsst nicht mehr dort hineingehen und Euch demütigen lassen! Man behandelt Euch seit Eurer Rückkehr wie eine beliebige Marionette, an deren Fäden man ziehen kann, nicht wie einen Patrizier, dem Respekt gebührt, geschweige denn wie den begnadeten Schiffsbauer, der Ihr seid! Zieht mein Angebot in Betracht! Sagt ein Wort, und ich bringe Euch zurück nach Konstantinopel, und Eure Familie dazu! Dort erwartet Euch reiche Belohnung!«

In den umliegenden Kirchtürmen setzte Glockengeläut ein, es schlug zur vollen Stunde.

»Denkt darüber nach!« Mit diesen Worten drehte Khalid sich um und verschwand grußlos in den Schatten unter dem Durchgang.


Aufgewühlt blickte Paolo ihm nach, bevor er eilig seinen Weg fortsetzte. Im Gang vor den Amtsräumen wartete Tassini auf ihn, einen besorgten Ausdruck im Gesicht.

»Habt Ihr meine Nachricht erhalten?«

Paolo nickte. »Was liegt gegen mich vor?«

»Das sagte man mir nicht«, bekannte Tassini grimmig. »Offenbar zweifelt man an meiner Unparteilichkeit.«

Paolo wusste genauso gut wie Tassini, dass diesem all das, was sich in Konstantinopel zugetragen hatte, herzlich egal war.

Der Ammiraglio hatte letztlich nur ein Interesse: Er wollte, dass Paolo endlich wieder Schiffe baute. Im Grunde, so überlegte Paolo voller Ironie, hatte Tassini damit dasselbe Anliegen wie Khalid.

Die Savi agli Ordini hingegen interessierten sich eher für die politischen Implikationen der Angelegenheit. Die Entführung eines der besten Schiffsbauer aus dem venezianischen Arsenal war für sie mehr als nur ein versteckter Affront; der Umstand, dass Paolo nach einer höchst abenteuerlichen Flucht unversehrt zurückgekehrt war, weckte zwangsläufig den Argwohn aller Entscheidungsträger im Rat.

»Bisher waren sie hin- und hergerissen«, sagte Tassini leise, während sich die Beamten vor dem Sitzungsraum versammelten. »Aber ich hatte die meisten fast so weit, Euch Eure Stellung wiederzugeben. Venedig kann es sich nicht leisten, seinen besten Schiffsbauer untätig zu Hause herumsitzen zu lassen, nur weil ein paar überängstliche Tintenkleckser aus der Verwaltung fürchten, besagter Schiffsbauer wolle für die Türken spionieren. Oder gar unsere Arbeit sabotieren!« Der Ammiraglio schnaubte verächtlich. »Man stelle sich das vor!«

Einige der Beamten steckten tuschelnd die Köpfe zusammen und blickten ab und zu verstohlen zu Paolo herüber.

»Wie gesagt, die meisten von ihnen waren bereit, es einzusehen. Doch heute ist die Stimmung deutlich gegen Euch.«

Das war Paolo auch bereits aufgefallen. Seine Gedanken überschlugen sich. Hatte jemand von dem Gold erfahren? Er hatte es niemandem gezeigt und nicht darüber gesprochen.

Oder war jemand aufgetaucht, der bezeugen konnte, wer in Wahrheit die Schiffe angezündet hatte? In Grübeleien versunken nahm er seinen Platz in dem Verwaltungszimmer ein. Tassini blieb wie die vorherigen Male an seiner Seite, wofür Paolo dankbar war. Der Ammiraglio war ein einflussreicher Mann und würde für ihn jederzeit die Hand ins Feuer legen, sonst sähe seine Situation sicherlich anders aus. Mit Spionageverdächtigen und anderen politischen Straftätern wurde meist kurzer Prozess

729

gemacht – sie verschwanden oft einfach über Nacht, ohne offizielle Arretierung oder Anklage.

Die Sitzung wurde eröffnet, und es wurde rasch deutlich, wie angespannt die Atmosphäre war. Der Vorsitzende hielt gleich zu Beginn ein neues Beweisstück in die Höhe.

»Uns ist eine Nachricht überreicht worden, die Ihr aus Eurer angeblichen Gefangenschaft an Eure Stiefmutter geschrieben haben sollt«, sagte er.

Paolo erstarrte. Stumm bedachte er Khalid mit allen Flüchen, die ihm einfielen. Der Mann scheute wirklich keine Mittel, ihn wieder in seine Dienste zu zwingen!

Doch es gab noch eine Chance, davonzukommen. »Darf ich diese Nachricht einmal sehen?«, fragte er höflich. »Mir wurde bereits von meiner Stiefmutter mitgeteilt, dass es eine solche Botschaft gegeben habe, doch sie hat es als Fälschung erkannt und fortgeworfen.«

Der Vorsitzende zögerte, winkte aber dann einen Diener heran, der Paolo das Schriftstück brachte. Es war ein zerknittertes Stück Papier, auf dem exakt die Worte standen, die er im vorigen Frühjahr an Daria geschrieben hatte. Doch es handelte sich, wie er sofort erkannte, um eine Abschrift.

»Diese Nachricht stammt nicht aus meiner Feder«, sagte Paolo sachlich. »Es muss das von meiner Stiefmutter erwähnte Schriftstück sein. Dasjenige, das sie fortwarf, weil es nicht von mir stammte. Es ist ganz offensichtlich, dass mir jemand damit schaden will.«

Geflüster entstand, und dann fragte einer der Beamten Paolo: »Gibt es Dokumente mit Eurer Handschrift, die Ihr zum Gegenbeweis vorlegen könnt?«

Tassini meldete sich zu Wort. »Ich selbst habe mehrere eigenhändig verfasste Gesuche von Messèr Loredan entgegengenommen und weitergeleitet.«

»Welche Gesuche?«

»Gesuche an die ehrenwerten Savi agli Ordini«, sagte Tassini mit milder Ironie. »Um mehr Mittel, mehr Arbeiter, mehr Material. Um die Erlaubnis, ein neues Schiff entwickeln zu dürfen. Wenn Ihr Eure Akten durchseht, werdet Ihr sie zweifelsohne finden.« Er blickte auf das Schriftstück. »Es ist nicht seine Handschrift. Das kann ich beeiden.«

Paolo behielt seine steinerne Miene bei, während er angestrengt nachdachte. Es gab zwei Möglichkeiten: Entweder hatte Daria dem Collegio die Nachricht zugespielt, oder es handelte sich um eine weitere Abschrift aus Khalids Besitz – vielleicht als Warnung gedacht, dass jederzeit auch die echte auftauchen könnte, falls er sich gegen das so genannte *Angebot* sperrte. Eine dritte Möglichkeit zog er nicht in Betracht. Dass Daria tatsächlich die Botschaft einfach weggeworfen und jemand sie gefunden hatte, glaubte er keinen Moment lang.

Die Provveditori berieten sich kurz, und die Sitzung ging ergebnislos zu Ende. Wie üblich vertagte man sich und beschloss, weitere Gespräche über die Angelegenheit zu führen.

Der Vorsitzende kam anschließend zu Paolo und Tassini und meinte bedauernd: »Ich habe diesem Wisch von Anfang an nicht getraut.«

»Von wem habt Ihr ihn?«, wollte Paolo wissen.

Die Antwort war nicht überraschend. »Jemand hat das Ding in die *Bocca di Leone* gesteckt. Wir hätten es nicht ernst nehmen sollen. Alles in allem ist es absurd. Wolltet Ihr wirklich gegen reiche Entlohnung für die Türken arbeiten, wäret Ihr dort, nicht hier.« Er schob die Hände in die Aufschläge seiner Amtsrobe und wiegte nachdenklich den Kopf. »Möglicherweise hat Euch dieser Denunziationsversuch sogar mehr genützt als geschadet. Der eine oder andere von uns könnte sich Euch nun angesichts dieser plumpen Fälschung eher verpflichtet fühlen, endlich wieder alles zur gewohnten Ordnung zurückzubringen. Und Euch an Euren angestammten Platz in den Docks.«

Er nickte Paolo und Tassini zu, bevor er sich zu den übrigen Provveditori gesellte, die diskutierend beisammenstanden.

Tassini zeigte sich erleichtert. »Das lief nicht schlecht, mein Junge. Ein Silberstreif am Horizont. Wer immer Euch heute

731

hereinlegen wollte – er hat es nicht geschafft.« Besorgt fuhr er fort: »Habt Ihr jemanden in Verdacht? Könnte Daria ...« Er schüttelte den Kopf. »Nein, ich kenne sie schon viele Jahre. Sie ist Euch von Herzen zugetan.«

Dasselbe dachte ich auch immer, schoss es Paolo durch den Kopf. Bis zu dem Moment, als ich ihr bei meiner Heimkehr in die Augen sah ...

»Wie gesagt, sie hatte den Brief weggeworfen«, meinte er leichthin. »Jeder kann ihn aus dem Kehricht gefischt und ins Löwenmaul gesteckt haben.«

Über die mögliche Wahrheit wollte er lieber nicht nachdenken.


Giulio stützte den Jungen, als dieser zu straucheln drohte, und er half ihm, sich wieder aufzurichten und die Krücken erneut zum Einsatz zu bringen. Daria beobachtete Casparos Gehversuche und hätte fast geweint vor Mitleid, weil er sich so anstrengte und nicht aufgeben wollte, egal wie oft er stolperte. Zugleich wusste sie kaum wohin mit sich vor Freude über seine Fortschritte beim Gehen und Sprechen. Seit jenem schicksalhaften Besuch Cintias sprach er wieder. Zuerst unartikuliert und zusammenhanglos, doch Daria hatte sofort begonnen, mit ihm zu üben. Einfache Worte, immer wiederholt und langsam ausgesprochen, bis er allmählich ein Gefühl für seine eigene Stimme gefunden hatte. Inzwischen konnte er sich mitteilen, nur in abgehackten Sätzen zwar, die zumeist stammelnd und verwaschen klangen, wie bei einem Betrunkenen, doch Daria verstand ihn immer. Er war bei klarem Verstand, wenngleich sein Körper und seine Mimik oft zuckten unter den Spasmen, die ihn befielen, sobald er sich beim Gehen oder beim Sprechen zu viel zumutete.

Alles in allem war es ein Wunder, wie Simon, der sonst immer so pragmatische Arzt, bereits mehrfach geäußert hatte. Seiner Auffassung nach würde Casparo sich weiter erholen, könnte bei entsprechender Übung noch besser sprechen und gehen lernen, sich vielleicht sogar eines Tages wieder ohne Krücken fortbewegen.

Mit dem Malen würde es vermutlich nichts mehr werden, wie Simon bedauernd erklärt hatte. Casparos Hände waren zu solch diffizilen Verrichtungen wie dem Führen eines Pinsels nicht mehr in der Lage. Einen Löffel oder ein Essmesser konnte er wohl halten und bestimmungsgemäß benutzen, desgleichen einen Stift, mit dem er krakelige Buchstaben und Zahlen schreiben konnte, doch für feinere oder gar kunstvoll ausgeführte Bewegungen war er zu unbeholfen.

Immerhin gab es noch das Lesen, eine Beschäftigung, die sich als halbwegs zufriedenstellender Ersatz für das Malen erwiesen hatte, nach einem Rat von Simon, dem Daria gern gefolgt war. Casparo hatte erstaunlich schnell Gefallen daran gefunden, besonders an abenteuerlichen, bebilderten Reisegeschichten. Sie schleppte an Büchern an, was sie auftreiben konnte. Zum Glück hatte sie gute Kunden, die wiederum freundschaftliche Beziehungen zu Aldo Manuzio unterhielten, dem größten venezianischen Drucker und Verleger. Manche ihrer Freier zahlten ohnedies in den letzten Monaten nur noch in Naturalien, weil das Geld immer knapper wurde, und wenn hin und wieder ein Buch dabei war, konnte es ihr nur recht sein. Die Sorgen über die zunehmenden Einschränkungen wegen des Krieges setzten ihr zu, doch die meiste Zeit gelang es ihr, das zu verdrängen. Das Leben würde irgendwie weitergehen, schließlich war es bisher immer so gewesen.

»Das machst du wunderbar!« Sie strahlte ihren Sohn an und streckte die Arme aus, als er mit den Krücken auf sie zugestakst kam, das Gesicht vor Anstrengung verkrampft, aber die Augen leuchtend. Fast war es, als sei er wieder ein Kleinkind, das seine ersten wackligen Schritte übte, in die offenen Arme der erwartungsvollen Mutter. Sie umfing seinen mageren, hoch aufgeschossenen Körper und drückte ihn an sich, darauf bedacht, ihn nicht aus dem Gleichgewicht zu bringen, obwohl wie immer

Giulio bereitstand, um ihn zu halten, falls er ins Taumeln geriete. »Du solltest es nicht übertreiben, mein Junge. Für heute ist es genug!«

»Nicht genug«, sagte er in seiner stammelnden Art. »Will Cintia besuchen. Und P … Paolo.«

»Was meinst du?«, fragte sie alarmiert.

»Lange … nicht gesehen.«

»Oh, aber die beiden waren kürzlich noch hier«, sagte sie rasch. »Weißt du nicht mehr?«

Er furchte grübelnd die Stirn, denn oft hatte er Erinnerungslücken und konnte nicht unterscheiden, ob ein Ereignis einen Tag oder eine Woche zurücklag. Sie hasste es, ihn auf diese Weise anzulügen, doch sie wusste keinen anderen Weg, um bestimmte Probleme von ihm fernzuhalten.

Paolo hatte Lunte gerochen, keine Frage. Bei seinen wenigen Besuchen seit seiner Rückkehr, die allein seinem Bruder gegolten hatten, war er ihr gegenüber höflich gewesen, doch in seinen Augen hatten Kälte und Verachtung gestanden – und eine unbestimmte Drohung, dass es noch eine Abrechnung geben werde. In solchen Momenten fürchtete sie sich vor ihm, weshalb sie erneuten Begegnungen nur zu gern aus dem Weg ging.

»Besuchen«, sagte Casparo eigensinnig. »Nachricht schreiben, dass ich komme. Will auch … M… Marino sehen.«

Fast hätte Daria aufgeschrien vor Wut und Frustration. Hätte sie sich doch in ihrem Überschwang nach Casparos Rückkehr ins Leben nur nicht Cintias Ansinnen gebeugt, den Kleinen Juana zu überlassen! Nun hatte sie keinerlei Handhabe mehr, das Kind zurückzuholen. Juana war die Ehefrau eines ehrbaren Mannes geworden, der Marino an Kindes statt angenommen hatte. Damit war Marino für Casparo so gut wie verloren.

Natürlich durfte Casparo das Kind besuchen, immerhin dafür hatte Cintia sich stark gemacht, doch das Erscheinen der Großmutter war unerwünscht. Cintia hatte nicht ausdrücklich von dem im Raum stehenden Vorwurf des versuchten Giftmordes gesprochen, doch ihre verlegenen Andeutungen waren mehr als ausreichend gewesen.

»Du erinnerst dich doch gar nicht richtig an das Kind«, sagte Daria begütigend zu Casparo. »Im Grunde weißt du nur das, was Cintia und Paolo dir neulich über ihn erzählt haben.«

Auch dafür verfluchte sie die beiden. Hätten sie nur nichts von dem prächtigen Gedeihen des Kleinen erwähnt, wüsste Casparo gar nicht, dass er einen Sohn hatte.

»Ist ... mein Kind. Erinnere mich.«

Das überraschte sie. »Wirklich?«, fragte sie verunsichert. »Du weißt noch Dinge aus der Zeit, als du ... geschlafen hast?«

»Vieles.« Es klang abgehackt, als wäre ihm beim Sprechen seine Zunge im Weg. Er deutete auf seinen Kopf. »Ist hier drin. Wie ein Traum. Du warst da. Immer.« Er schaute sie an, und in seinen Augen war so viel Liebe, dass ihr die Luft wegblieb.

Ja, sie war da gewesen. Und sie würde weiter da sein, solange sie beide lebten.

»Gut«, sagte sie bemüht fröhlich. »Wenn du Cintia und Paolo und den kleinen Marino besuchen möchtest, dann soll es so sein!«


Cintia sagte sich wieder und wieder, dass es für das Gold eine plausible Erklärung geben müsse, etwa die, dass Paolo es in den Wirren des Aufbruchs entwendet hatte. Das Gold von verbrecherischen Entführern und Sklavenhaltern an sich zu bringen war nach Cintias Dafürhalten keine Sünde, sondern nur ein gerechter Ausgleich.

Allen Mutmaßungen zum Trotz wollte ihr Unbehagen jedoch nicht weichen; sie ahnte, dass es möglicherweise nicht so einfach war, wie sie es gern gehabt hätte.

Auch Lucietta wanderte ruhelos umher, immer wieder zur Tür von Paolos Kammer blickend. Wäre es nach ihr gegangen, hätte sie sogleich von dem Schlüssel einen Wachsabdruck gefertigt, nur für alle Fälle, wie sie sagte, doch Cintia hatte es ihr ver-

735

boten. Keine Geheimnisse mehr, hatte sie kategorisch erklärt. Sie wolle Paolo bei seiner Rückkehr zur Rede stellen, und dann werde man weitersehen.

Irgendwann erwachte ihre kleine Tochter aus ihrem Vormittagsschlaf, und beide stürzten sich auf das Kind, wickelten und liebkosten es und trugen es abwechselnd umher, um sich mit dieser vertrauten Beschäftigung von den neuen Sorgen abzulenken.

Dann, aus heiterem Himmel, fing Lucietta an zu weinen. Cintia kannte ihre Cousine und wusste, wie nah diese oft den Tränen war, doch diesmal kam der Gemütsumschwung so unvermittelt, dass sie nicht damit gerechnet hatte. Eben noch hatte Lucietta mit der kleinen Anna gescherzt und das Kind angelacht, und dann, von einem Augenblick auf den nächsten, schluchzte sie laut auf und reichte mit abgewandtem Gesicht die Kleine ihrer Mutter.

Cintia befahl der Amme, den Raum zu verlassen. Beruhigend wiegte sie das Kind, das bei Luciettas Weinen verstört dreinschaute und bedenklich weit die Unterlippe vorschob, als wolle es ebenfalls gleich weinen.

»Was ist denn auf einmal los?«, fragte sie leise. »Hast du Angst vor der Zukunft?«

Lucietta nickte. »Ich glaube, ich erwarte ein Kind. Die ganze Zeit war ich nicht sicher und habe es verdrängt, aber meine Monatsblutung ist jetzt zum zweiten Mal ausgeblieben. Und mir ist morgens übel.«

Cintia starrte ihre Cousine an. »Aber ich dachte …«

»Das dachte ich auch«, unterbrach Lucietta sie. »Doch anscheinend hat es nicht mehr funktioniert.«

Cintia, die schon immer hatte wissen wollen, wie ihre Cousine sich vor einer unerwünschten Empfängnis schützte, setzte zu einer entsprechenden Frage an, doch als Lucietta leise schluchzend das Gesicht in den Händen vergrub, schwieg sie betreten.

Schließlich meinte sie: »Bist du denn ganz sicher?«

Lucietta nickte, ohne die Hände vom Gesicht zu nehmen.

»Es kommt nicht infrage, dass du zu einer Kurpfuscherin

gehst«, sagte Cintia entschieden. In einem Aufruhr der Gefühle drückte sie ihre Tochter an sich. Sie hatte schreckliche Dinge darüber gehört, es hieß, dass daran mehr Frauen starben als im Kindbett. Von Esmeralda beispielsweise wusste sie, dass in der Zeit, seit diese bei Daria lebte und arbeitete, bereits zwei Mädchen bei Abtreibungen ihr Leben gelassen hatten, und auch anderweitig wurde immer wieder über das Thema getuschelt, fast jeder konnte von solchen Fällen berichten.

Außerdem stand für Cintia von jeher fest, dass Lucietta dazu geboren war, Mutter zu sein, dazu musste man nur einmal zusehen, wie sie mit der kleinen Anna herumturtelte.

»Wir müssen einen passenden Mann finden«, sagte sie. »Giacomo scheidet aus, aber es gibt genügend andere, da bin ich sicher.«

Lucietta ließ die Hände sinken und wischte sich die Nase. »Meinst du?« Sie legte den Kopf auf die Seite. »In der letzten Zeit fand ich Agostino nicht mehr ganz so alt, weißt du.«

»Du meinst … Memmo?«, fragte Cintia verdutzt. Sie runzelte die Stirn. Warum eigentlich nicht? Er war wirklich nicht mehr der Jüngste, aber er war immer zuvorkommend, höflich und großzügig. In der Zeit nach ihrer Flucht von den Flanginis hatte er sich als sehr hilfsbereit erwiesen, auch wenn er sich während ihrer Gefangenschaft dort nicht gerade vorbildlich verhalten hatte. Dafür ließ er seither keine Gelegenheit aus, Cintia zu beteuern, wie leid ihm das täte und dass alles ganz anders gekommen wäre, wenn er nur geahnt hätte, wie man sie dort behandelt hatte.

»Er hat ein väterliches Wesen«, meinte Lucietta, bevor sie sich gedankenverloren schnäuzte und ihr Gesicht trockentupfte.

»Hast du es Giacomo schon erzählt?«

»Ich überlege mir noch, ob ich es ihm überhaupt sage«, meinte Lucietta. Ihre Stimme zitterte vor Entrüstung. »Stell dir vor: Er meinte neulich, ich würde fett!«

Cintia lachte und gab ihrer Tochter einen Kuss. »Vielleicht hätte er das nicht gesagt, wenn er die Ursache gekannt hätte.«

»Ich bin sogar *sicher*, dass er es nicht gesagt hätte. Weil er nämlich vorher mit der Geschwindigkeit eines Orkans Reißaus genommen hätte. Was immer er an Charakterstärken aufweisen mag – Verantwortungsbewusstsein gehört nicht dazu.«

»Du wirst Memmo aber reinen Wein einschenken müssen.«

Lucietta wurde rot, und Cintia erkannte, dass ihre Cousine andere Pläne hegte.

»Auf keinen Fall wirst du ihn verführen und ihn dann glauben machen, das Kind wäre von ihm«, sagte sie entschieden. »Er wird dich auch mit Kind nehmen.«

Davon war Cintia tatsächlich überzeugt. Die Art und Weise, wie Memmo Lucietta bei jedem ihrer Besuche in der Manufaktur anschaute, ließ keinen Zweifel offen. Er würde sie mit Freude heiraten, auch wenn sie von einem anderen Mann ein Kind bekam, vorausgesetzt, es würde sich um eine richtige Ehe handeln, und dass Lucietta hierzu bereit war, hatte sie eben bereits zum Ausdruck gebracht.

Ihre Cousine seufzte schwer. »Als junges Mädchen träumte ich immer, die große Liebe meines Lebens zu heiraten. Als ich merkte, dass daraus wohl nichts würde, träumte ich, dass *du* die große Liebe *deines* Lebens heiratest und mich an deinem Glück teilhaben lässt. Nun träume ich nur noch davon, dass wir beide irgendwie über die Runden kommen, ob mit oder ohne Mann.«

»Ja, so gehen unsere Jungmädchenträume dahin«, sagte Cintia lakonisch.

»Da«, sagte ihre Tochter, die Händchen zusammenpatschend. »Dada.«

Cintia lachte die Kleine an. »Du hast eindeutig recht. Dafür sind andere Träume wahr geworden.«

»Du hast gut reden«, sagte Lucietta. »Du *hast* den Mann deines Lebens geheiratet.«

Darauf sparte Cintia sich eine Antwort, denn seitdem neuerdings zu befürchten stand, dass der Mann ihres Lebens ein geheimnisumwitterter Abenteurer war, gab es keinen Grund zu übertriebener Euphorie. Und sie hatte die ungute Ahnung, dass die Erklärung, mit der Paolo die Existenz des Goldes begründen würde, ihr nicht gefiel.

Im Laufe des Tages steigerte sich ihre Nervosität, vor allem nachdem er von dem Gespräch mit dem Ausschuss zurückgekehrt war. Er schien nicht unzufrieden mit dem Ergebnis zu sein, doch es kam ihr so vor, als ob er sich dafür mit neuen Sorgen herumplagte. Unterdessen suchte sie nach einer Gelegenheit, ihn wegen des Goldes anzusprechen, was sich jedoch als schwierig erwies, weil sie dieses Thema mit ihm allein erörtern wollte, aber ständig irgendwer bei ihnen war. Zunächst war es Lucietta, die andauernd um sie herumstrich und ihr auffordernde Blicke zuwarf, worauf Cintia kaum merklich den Kopf schüttelte und mit einer versteckten Geste auf die Amme hinwies, die im Hintergrund herumwuselte und Wäsche zusammenlegte. Wenig später kam dann Imelda von ihren Besorgungen zurück und schickte sich an, das Mittagsmahl vorzubereiten. Die Alte erfreute sich bester Gesundheit; der Beinbruch, der sie nach dem Erdbeben zeitweilig beim Laufen eingeschränkt hatte, war bis auf eine leichte Wetterfühligkeit vollständig wieder ausgeheilt.

Cintias Unruhe entging Imelda nicht; mehrfach sah sich Cintia ihren fragenden Blicken ausgesetzt. Unterdessen brütete Paolo wie gewohnt in seiner Kammer über Konstruktionszeichnungen und Berechnungen und tauchte erst zum Mittagessen wieder auf, das sie gemeinsam mit Lucietta, der Amme und Imelda einnahmen, während die kleine Anna schlief. Die Spannung während der Mahlzeit war fast mit Händen zu greifen, und es dauerte eine Weile, bis Cintia sich klarmachte, dass nur ein Teil davon auf die Frage nach dem Gold oder etwaige neue Probleme mit dem Flottenausschuss zurückzuführen war. Der Hauptgrund für ihre wachsende Aufregung war ein ganz anderer, und er war eindeutig körperlicher Natur. Am Morgen waren sie von Lucietta genau in dem Augenblick gestört worden, als sie dicht davorgestanden hatten, alle Zerwürfnisse auf folgerichtige Weise auszuräumen, und Cintia konnte an nichts anderes denken als daran, wieder mit ihm allein zu sein.

Alles an ihm schien erotische Signale auszusenden: die zielstrebigen Bewegungen seiner Hände, als er das Brot zerriss und zum Mund führte, die markanten Linien seines Gesichts, das düster wie eh und je wirkte, aber auch auf besondere Weise anders als in den vergangenen Wochen.

Seine Miene war nicht mehr verschlossen und ablehnend, und hin und wieder warf er Cintia Seitenblicke zu, die darauf hindeuteten, dass er genauso nervös war wie sie – aus demselben Grund.

Sie saßen nebeneinander, er an der Stirnseite des Tisches, sie übereck, sodass sie einander nicht direkt ansahen, sondern nur aus den Augenwinkeln. Mit jeder Minute steigerte sich Cintias Aufregung, und schließlich schlug ihr das Herz bis zum Hals, sodass sie keinen Bissen mehr herunterbekam. Das Gold unter seinem Bett hatte mit einem Mal beträchtlich an Bedeutung verloren, sie konnte nur noch daran denken, wie angenehm diese fließende Wärme war, die ihren Körper mit so wunderbarer Lebendigkeit erfüllte. Oder daran, wie gern sie jetzt ihre Hand gegen seine Wangen legen würde, so wie am Morgen, um die widerspenstigen Stoppeln unter ihren Fingerspitzen zu fühlen. Mehr als alles andere aber wollte sie wieder mit ihm zusammen sein. Der Wunsch, endlich in seinen Armen zu liegen und seinen Körper zu spüren, war so intensiv, dass es fast wehtat, denn mit einem Schlag war die Erinnerung wieder da. Nicht nur daran, wie sich seine Nähe angefühlt hatte, sondern auch der entsetzliche Schmerz, als sie glaubte, er sei tot. Hätte sie nicht alles darum gegeben, ihn zurückzuhaben? Das Schicksal *hatte* ihn ihr wiedergeschenkt, doch was hatte sie bisher daraus gemacht? Warum hatte sie nicht viel früher und mit Nachdruck alle Vorbehalte beiseitegewischt, seine und ihre, und das einzig Wesentliche über alle Widrigkeiten gestellt? Ihr Herz dehnte sich schmerzhaft vor überströmender Liebe; sie hielt es nicht mehr aus und blickte auf, schaute ihn voll an, und er tat wie auf eine geheime Abrede hin dasselbe. Sein Blick sagte ihr alles, und ruckartig hielt sie den Atem an, weil das Gefühl so überwältigend war. Es fegte alle Hindernisse hinweg und erfüllte sie mit wilder Freude. Nicht ein Hauch von Verlegenheit oder Peinlichkeit war zu spüren, als er aufstand und ihre Hand nahm, wortlos und einvernehmlich, als hätten sie es vorher abgesprochen. Es gab nur noch sie beide, niemand sonst existierte mehr.

Schweigend gingen sie gemeinsam in seine Kammer.

Sorgfältig verriegelte er die Tür, während Cintia mit zitternden Knien neben ihm stehen blieb. Die Mittagssonne flutete durch das offen stehende Fenster und tauchte den Raum in Licht. Wir sollten es schließen, schoss es ihr durch den Kopf. Die Leute unten auf dem Platz würden sie hören können!

Doch dann dachte sie nicht mehr an die Leute, sondern sah benommen zu, wie Paolo hastig die Verschlüsse seines Hemdes aufzog und es achtlos zur Seite warf, während er sich ihr zuwandte. Sein Blick war eindringlich und bannte sie mit einer Kraft, die ihr Angst machte, doch noch stärker empfand sie seine Berührung, als er ihr über das Haar strich, fast so, als fürchte er, die Magie dieses Augenblicks zu beeinträchtigen, falls er mehr täte.

»Cintia«, sagt er rau. Und dann noch einmal: »Cintia.« Es schien, als wolle er den Klang ihres Namens auskosten, wie eine selten genossene Süßigkeit, und er flüsterte ihn abermals, während er sich zu ihr beugte und sacht ihre Schläfe und dann ihren Hals küsste. »Mein Gott, ich habe dich so furchtbar vermisst!«

Sie wollte ihm dasselbe sagen, bekam aber kein Wort heraus, weil ihr die Luft wegblieb vor Erregung.

»Wir hätten das hier schon längst tun sollen«, sagte er mit belegter Stimme. »Wie dumm von uns, so lange zu warten!«

Immerhin darauf brachte sie eine gekrächzte Bejahung hervor, während er ihr Gesicht mit sachten Küssen bedeckte, so flüchtig wie ein Hauch. Sie erschauerte unter seiner Zärtlichkeit und atmete tief ein, immer noch zitternd unter dem Ansturm ihrer Gefühle. Ungeschickt tasteten ihre Hände über seine nackte Brust, glitten über die erhitzte Haut. Der Geruch seines Körpers stieg ihr in die Nase und entlockte ihr ein Keuchen, denn sie erinnerte sich, wie sie manchmal in jenen ersten Wochen nach seinem vermeintlichen Tod eines seiner wenigen Hemden aus der Truhe gekramt und ihre Nase darin vergraben hatte, wenn sie es in den Nächten nicht mehr ausgehalten hatte vor Einsamkeit und Trauer. Ihr fiel ein, dass sie ihm nie ihre Liebe gestanden hatte, und wie sehr sie es bereut hatte. Mit einem Mal überkam sie panische Angst, dass sie es ihm vielleicht wieder nicht würde sagen können. Das Schicksal hatte ihr Leben schon so häufig auf den Kopf gestellt, mit Ereignissen, die so plötzlich gekommen waren, dass keine Zeit mehr geblieben war, an Pläne oder Vorsätze zu denken. Sie musste es ihm sagen, jetzt!

Ihre Stimme zitterte, als sie sich selbst aufgewühlt sagen hörte: »Paolo ... Ich liebe dich so sehr! Ich habe dich von Anfang an geliebt, glaube ich. Als du weg warst ... Das Schlimmste für mich war, dass ich es dir nie vorher gesagt hatte!«

Er murmelte etwas, das sie nicht verstand. Vielleicht hatte er ihr dasselbe gesagt, vielleicht etwas anderes, doch es war ohnehin egal, denn nichts spielte mehr eine Rolle, außer dass er bei ihr war und sie in die Arme nahm. Und dann war es vorbei mit sanften Berührungen oder zärtlichen Worten. Sie fielen förmlich übereinander her, mit zerrenden Händen und unter abgehackten Seufzern entkleideten sie sich, solange sie dafür noch die Geduld aufbrachten, und als es auch um diese geschehen war, stolperten sie halb ausgezogen zum Bett, wo sie niedersanken und augenblicklich zusammenkamen. Er schob sich über sie, drängte ihre Schenkel auseinander, und sie schluchzte wild auf, während er schnell und hart in sie eindrang, den Kopf mit geschlossenen Augen zurückgeworfen, und als er in sie stieß, kam sie fast auf der Stelle zum Höhepunkt. Mit einem unterdrückten Aufschrei warf sie sich ihm entgegen, während er fast gleichzeitig den Gipfel seiner Lust erreichte, um dann mit ihr gemeinsam ermattet liegen zu bleiben, zur Seite gerollt, weil er zu schwer für sie war. Haut an Haut und so heiß, als wären sie von Feuer durchströmt, schmiegten sie sich aneinander.

Ihre Wange lag an seiner Brust, klebrig von ihrem und seinem Schweiß. Sie hielten einander so fest umklammert, dass es Cintia vorkam, als seien sie ein einziges Wesen, mit nur einem Herzschlag, zuerst rasend schnell, dann stetig langsamer, bis ihr Atem sich beruhigt hatte.

Eine Fliege summte über dem Bett und setzte sich mit juckender Lästigkeit auf diverse Körperteile, doch Cintia schaffte es nicht, auch nur einen Finger zu heben, um sie fortzuscheuchen, denn um keinen Preis wollte sie die innige Nähe unterbrechen. Er war immer noch in ihr, eine köstliche Intimität, auch wenn die Empfindung durch das Nachlassen der Spannung und die Nässe nun milder war.

Sein Atem blies gegen ihre Schläfe und bewegte die feinen Löckchen, die sich aus ihrem Zopf gelöst hatten. Sie merkte, dass er im Begriff war, einzudösen, und auch sie war erschöpft, als hätte sie sich in diesem kurzen Akt für alle Zeiten verausgabt.

Der Gedanke, mit ihm über das Gold zu reden, kam ihr zwar kurz in den Sinn, löste sich aber gleich darauf in der trägen Süße des Augenblicks auf. Sie konnte auch später mit ihm darüber sprechen. Irgendwann. Es eilte ja nicht.

Für den Moment gab es nichts, was auch nur annähernd so wichtig gewesen wäre, wie in seinen Armen zu liegen, seinen Atem zu spüren und langsam einzuschlafen.

Die Fliege brummte immer noch um sie herum, landete hier und dort und labte sich am trocknenden Schweiß ihrer Körper. Draußen vor dem offenen Fenster waren die Geräusche des Alltags zu hören; Frauen, die unten auf dem Platz ein

743

Schwätzchen hielten, das Jauchzen eines kleinen Kindes, das Kläffen eines Hundes. All das verband sich mit dem Summen der Fliege und dem Pochen des Herzschlags unter ihrer Wange zu einem beruhigenden Rauschen, das sie einlullte und in den Schlaf begleitete.

Irgendwann wachte sie auf, ohne jedes Zeitgefühl, verschwitzt und immer noch so erschöpft, als könnte sie tagelang nur schlafen. Die Hitze des Hochsommers staute sich in der Kammer, und während Cintia noch überlegte, wie lange sie wohl geschlafen hatte, setzte Glockengeläut ein. Sie zählte die Schläge – es war die Zeit der Non, knapp zwei Stunden waren vergangen.

Paolo schlief noch, das ihr zugewandte Gesicht völlig entspannt. Sein Mund stand ein wenig offen, und seine Unterlippe bewegte sich sanft beim Atmen, was ihm ein erstaunlich sinnliches und zugleich unschuldiges Aussehen verlieh. Spontan schob sie sich näher und küsste ihn auf diese verlockende Lippe, womit sie ihm zuerst ein Stirnrunzeln und dann ein kurzes Seufzen entlockte. Langsam erwachte er aus dem Schlummer und hob die Lider, den Blick zuerst noch umflort vom Schlafen, als sei er nicht sicher, ob er noch träume. Dann klärte sich der Ausdruck in seinen Augen, und er lächelte sie an. Sie küsste ihn abermals und drückte sich an ihn, um die Berührung seines Körpers an dem ihren erneut auszukosten.

»Also war es kein Traum«, murmelte er in ihr Haar. Seine Hand fuhr in ihren Nacken und schob den Zopf zur Seite, damit er sie dort liebkosen konnte. Sie erschauerte, als er die empfindliche Stelle hinter ihrem Ohr fand, und er lachte leise.

»Genau wie früher«, sagte er.

Cintia kicherte. »Die anderen werden uns für schrecklich verrucht halten.«

»Wir sind Mann und Frau. Das ist einer der unschätzbaren Vorteile, wenn man verheiratet ist.«

Befangenheit überkam sie bei diesen Worten, denn unwillkürlich musste sie an Niccolò denken. Auch Paolo schwieg, weshalb sie sicher war, dass es ihm ebenso erging.

In ihren Gedanken sprach sie ein inbrünstiges Dankgebet, weil Paolo nach Hause gekommen war, bevor sie sich dem falschen Mann hatte hingeben können. Sie wollte nicht über die Probleme nachdenken, die dadurch entstanden wären, denn auch so war es schlimm genug gewesen. Doch das alles war nun überwunden, und was Niccolò anging, so hoffte sie inständig, dass er in der Fremde, wo immer er war, bald ein neues Glück finden möge. Wenn er sie nicht mehr sah, konnte er vielleicht schneller alles vergessen. Bekanntlich heilte die Zeit alle Wunden; auch das Getuschel ihretwegen hatte erstaunlich schnell nachgelassen. Als vor zwei Monaten der tot geglaubte Ehemann zurückgekehrt und der fälschlich geheiratete in Windeseile verschwunden war, hatte es unter den Nachbarn heftiges Gerede gegeben, und einige Sonntage lang war jeder Kirchgang zum reinsten Spießrutenlauf geraten, doch wie alle Skandale hatte sich irgendwann auch dieser abgenutzt, und die Leute wandten sich anderen Sensationen zu, von denen es in einer Stadt wie Venedig zum Glück immer genug gab.

Cintia rekelte sich behaglich, die Nase an Paolos muskulöser Brust vergraben und die Finger einer Hand auf seinem flachen Bauch gespreizt. Einen Schenkel hatte sie über seine Knie geschoben, um ihm weiterhin so nah wie möglich zu sein, und sie dachte bei sich, wie recht er doch hatte. Genussvolle körperliche Verbundenheit war ein unschätzbarer Vorteil der Ehe, und wenn, wie in diesem Fall, langer Verzicht vorausgegangen war, erfüllte es einen mit so überschäumendem Glück, dass man glaubte, fast davon zu bersten. Zufrieden seufzend strich sie über seine Lenden sowie die behaarten Oberschenkel und ließ ihre Hand schließlich wieder auf seiner Magengrube zur Ruhe kommen.

»Sie haben dir genug zu essen gegeben in Konstantinopel«, stellte sie fest.

745

»Äh … ja, daran mangelte es mir nicht.«

»Es muss schrecklich für dich gewesen sein, die ganze Zeit Sklavendienste zu verrichten und immerzu nur eingesperrt zu werden!«

Sie sagte es mit echtem Mitgefühl, doch er nahm es nicht mit Dankbarkeit auf, sondern gab einen gequälten Seufzer von sich. Stirnrunzelnd richtete sie sich ein wenig auf und bemerkte sein schlechtes Gewissen.

»Was ist?«, fragte sie alarmiert. »Man hat dich doch wie einen Sklaven behandelt, oder etwa nicht?«

Er atmete durch, dann trat ein entschlossener Ausdruck in sein Gesicht. »Es ist wohl an der Zeit, einige Dinge richtigzustellen.« Er zuckte die Achseln. »Bisher hatten wir genug andere Probleme, da passte es nicht. Aber jetzt … Nun ja. So übel ging es mir nicht in Konstantinopel, man hat mich sogar recht gut behandelt. Ich hatte eine gepflegte Unterkunft, bestes Essen und einen freundlichen Gastgeber. Ich wurde zwar bewacht, aber nicht drangsaliert. Die Leute, die für mich arbeiteten, folgten mir aufs Wort, und ich hatte bei fast allem, was ich in der Werft tat, freie Hand. Man hat meine Arbeit gewürdigt und sie nach Kräften gefördert.« Offenbar spürte er ihre wachsende Irritation, denn er hob die Hand, bevor sie ihn unterbrechen konnte. »Warte, bevor du Fragen stellst, lass mich erst weitererzählen. Wichtig ist: Ich war nicht freiwillig dort, zu keiner Zeit. Die Bedrohung deines Lebens durch meinen Entführer war präsent bis zum Schluss, ich hatte mehr als einmal schreckliche Angst, man könnte dir etwas tun. Vor allem, nachdem ich diese Nachricht abgesetzt hatte.«

»Welche Nachricht?«

»Letzten Sommer gelang es mir, einen Kassiber aus der Stadt zu schmuggeln. Ein venezianischer Kaufmann nahm ihn mit und brachte ihn zu Daria. Sie sollte dir sagen, dass ich in fünf Jahren wieder zurückkomme.«

Cintia setzte sich auf, von Zorn erfüllt. »Sie *wusste*, dass du noch lebst? Und sie hat mir nichts davon gesagt!?«

»Daria behauptet, die Botschaft für den geschmacklosen Scherz eines Unbekannten gehalten und weggeworfen zu haben.«

Fassungslos hörte sie den Rest seines Berichts an, demzufolge nicht auszuschließen war, dass seine eigene Stiefmutter besagte Botschaft nicht nur unterschlagen, sondern sie später auch dazu verwendet hatte, ihn zu denunzieren. Dem Inhalt der Botschaft nach, die er vorsichtshalber absichtlich so abgefasst hatte, dass alle Schuld bei ihm zu suchen war statt bei seinen Entführern, musste er als Kollaborateur gelten. Nur die Tatsache, dass es sich um eine Abschrift handelte, hatte eine drastische Verschlechterung seiner Lage verhindert. Paolo ging, wie er sagte, mittlerweile sogar davon aus, dass Daria mit seinen Entführern gemeinsame Sache gemacht hatte.

»Ich hätte geschworen, Eduardo Guardi steckt dahinter«, sagte Cintia bestürzt. »Dass es in Wahrheit meine Tante sein könnte – daran hätte ich im Traum nicht gedacht!« Grübelnd hielt Cintia inne, bevor sie aufgebracht fortfuhr: »Aber sie hat ja auch tatenlos zugelassen, dass man mich als Mündel zu den Flanginis steckt!«

»In der Tat«, sagte Paolo. Seine Miene hatte sich umwölkt, der Blick, mit dem er sie musterte, war sorgenvoll. »Noch mache ich mir keinen rechten Reim auf mögliche Hintergründe, aber irgendwann bekomme ich alles heraus.«

»Und sie wirkte so glaubwürdig, als wir uns versöhnten!«, rief Cintia empört aus. »Wie dumm bin ich gewesen!«

»Nicht dumm, nur vertrauensselig.«

»Offenbar muss ich noch viel lernen. Künftig werde ich besser darauf achten, ob jemand mir die Wahrheit sagt.«

Paolo räusperte sich. »Das kann nicht schaden«, murmelte er.

Halbwegs besänftigt meinte sie: »Immerhin bist du jetzt wieder da, wohlbehalten und gesund. Und wenn der Ausschuss sich weiterhin auf die Macht der Vernunft besinnt, wirst du bald auch wieder arbeiten können, dann kommt alles ins Lot und wir leben unser Leben wie gehabt. Wir müssen uns weder um meine Tante noch um Eduardo Guardi kümmern, denn wir haben ja uns beide und unser Kind. Die Geschäfte in der Weberei laufen vorzüglich, an Geld mangelt es uns nicht.« Bei diesem Satz erinnerte sie sich notgedrungen an das Gold und fand, es sei höchste Zeit, offen darüber zu sprechen.

»Was ich dich in diesem Zusammenhang noch fragen wollte ...«

Abermals hob er die Hand. »Warte. Ich kann es mir schon denken. Zweifellos hat deine Cousine dir den Inhalt der Truhe gezeigt, die unter diesem Bett steht.«

»Woher weißt du ...«

In seiner Miene zeigte sich eine Spur von Heiterkeit. »Der Schlüssel war im falschen Stiefel.«

»Oh. Ach so.« Cintia räusperte sich verlegen, doch dann straffte sie sich. Immerhin war *er* derjenige, der etwas zu erklären hatte. »Woher hast du das Gold?«

»Der Kapudan Pascha hat es mir geschenkt«, erklärte er lapidar.

»Wer ist das?«

»Der osmanische Flottenkommandant. Man könnte wohl sagen, er hat mich durchschaut. Er hat meine Schwäche auf schlaue Weise ausgenutzt und mich damit zugleich angreifbar gemacht, und ich war nicht stark genug, zu widerstehen. Ich hätte es bei meiner Flucht ohne Weiteres dort lassen können, doch das brachte ich nicht über mich.«

»Oh«, sagte sie erneut, diesmal mit echter Betroffenheit. Rasch wog sie ab, welche Risiken der Besitz des Goldes in Verbindung mit der Nachricht barg, deren Wortlaut er ihr vorhin in groben Zügen wiederholt hatte. Sie erkannte, wie raffiniert dieser Schachzug des Entführers war, und es erfüllte sie mit grimmiger Zufriedenheit, dass der Kerl, der ihm das Gold gegeben hatte, inzwischen tot war.

»Es wäre Unfug gewesen, darauf zu verzichten«, sagte sie. »Du ahnst ja nicht, wie wichtig es in manchen Situationen sein kann, über einen ausreichenden Geldvorrat zu verfügen. Außerdem hast du es dir verdient, allein schon für die schrecklichen Ängste, die du ausgestanden hast. Von der vielen Arbeit ganz zu schweigen.«

»Ein Dilemma bleibt es trotzdem.«

»Wir müssen um jeden Preis geheim halten, dass du dieses Gold besitzt«, sagte sie nachdrücklich. »Wenn es je herauskommt, behaupten wir einfach, du hast es bei deiner Flucht gestohlen!«

»Tatsächlich kam mir diese Ausrede auch schon in den Sinn«, räumte er belustigt ein.

Sie wand sich aus seinen Armen und stand auf.

Paolo rollte sich träge auf die Seite und blickte sie an. »Was hast du vor?«

»Vorbeugen.« Sie kniete sich vor dem Bett hin und zerrte die kleine Truhe hervor. »Derjenige, der deine Botschaft in die Bocca di Leone gesteckt hat, weiß vielleicht auch von dem Gold. Möglicherweise hat der Betreffende sich das als Nächstes ausgesucht, um dich zu denunzieren. Wir müssen es folglich so verstecken, dass es sich nicht finden lässt.«

»Wahrscheinlich hast du schon eine Stelle dafür im Sinn«, sagte er amüsiert.

»Die habe ich, keine Sorge.« Sie hätte ihm erzählen können, dass sie an manchen Tagen ihrer Gefangenschaft bei den Flanginis an nichts anderes gedacht hatte als an mögliche Plätze, wo sie sichere Geldverstecke anlegen könnte, nur für den Fall, dass ihr im späteren Leben wieder einmal solches Ungemach zustoßen sollte. Wie Lucietta war sie der Ansicht, dass eine Frau für derlei Widrigkeiten gerüstet sein müsse. Nach wie vor trug Lucietta immer einen Teil der Notreserve am Körper, einen weiteren Teil hatten sie bei einem jüdischen Geldverleiher deponiert, und einen dritten Teil hatte Niccolò auf ihre Bitte hin in dem kleinen Garten, der zum Haus gehörte, vergraben.

An Niccolò zu denken erfüllte sie immer noch mit bohrendem Unbehagen, das in erster Linie vom schlechten Gewissen herrührte. Dabei hatte sie ihn weder absichtlich gekränkt noch sich in sonstiger Weise ihm gegenüber schlecht verhalten; nicht sie trug Schuld an der misslichen Entwicklung der Ereignisse, es lag allein an den schicksalhaften Umständen. Trotzdem kam es ihr zuweilen so vor, als wäre sie persönlich für das ganze Drama verantwortlich. Oft machte sie sich auch Sorgen um ihn. Immer noch wusste niemand, wo er sich aufhielt und ob es ihm gut ging, und manchmal stellte sie sich auch die bange Frage, ob er überhaupt noch lebte.

Was ihn betraf, so befand sie sich in einem fortgesetzten Zwiespalt. Einerseits wünschte sie sich, er möge gesund und wohlauf sein und baldmöglichst all das Leid, das er zwangsläufig durch sie erfahren hatte, vergessen, indem er ein eigenes Glück fand. Andererseits fürchtete sie, er könne eines Tages zurückkehren und sie durch seine bloße Anwesenheit in der Stadt an die Schande der Bigamie erinnern. Wie Paolo auf eine derartige Situation reagieren würde, mochte sie sich gar nicht erst ausmalen.

»Woran denkst du?«, wollte Paolo wissen, der sie immer noch beobachtete, auf einen Ellbogen aufgestützt. Im Sonnenlicht war sein hageres Gesicht von jener eindringlichen, fast mythischen Schönheit, die sie schon früher immer in ihren Bann geschlagen und mühelos alle Sorgen verscheucht hatte. Mit einem Mal war die Kiste mit dem Gold vergessen; sie würde sich auch später noch darum kümmern können, es zu verstecken.

»An nichts«, sagte sie atemlos, während sie sich aufrichtete und nackt, wie sie war, vor dem Bett stehen blieb.

Er lachte leise. »Dann schlage ich vor, du legst dich noch einmal zu mir, damit ich dir etwas zu denken geben kann. Ich finde, dass wir viel nachzuholen haben.«

Erregung durchflutete sie, als er die Arme nach ihr ausstreckte. Ohne groß nachzudenken, stieg sie wieder zu ihm ins Bett.

An diesem Tag verließ sie die Kammer erst wieder, als alle anderen sich zurückgezogen hatten und es still im Haus geworden war. Draußen war es dunkel geworden, es würde nicht mehr lange bis zum ersten Nachtläuten dauern. Cintia schlich in die Küche, um dort Brot und Käse zu holen, und tatsächlich schaffte sie es, ohne Imelda zu wecken, die ihre Lagerstatt neben dem stets warmen Kochkamin hatte. Sie war bereits wieder auf dem Rückzug, als die Alte sie unvermittelt ansprach.

»Nimm von dem Fleisch da, im Topf am Haken. Ich habe es eigens für dich und deinen Mann gebraten.« Wie immer klang ihre Stimme undeutlich wegen der Zahnlosigkeit, doch Cintia hatte gelernt, sie ohne Nachfragen zu verstehen.

»Das war vorausschauend von dir, besten Dank«, sagte sie, während sie die Kerze abstellte und eine Portion von dem gebratenen Fleisch nahm, eine würzig nach Rosmarin duftende Lammkeule.

»Verzeih ihm«, sagte Imelda leise.

Cintia glaubte zuerst, sich verhört zu haben. »Was meinst du? Ich habe ihm nichts zu verzeihen. Wir haben alles zwischen uns geklärt.«

»Wer weiß. Er war lange fort.«

»Er hat mir alles erzählt.«

»Falls ja, ist es gut. Falls nicht, musst du ihm verzeihen. Er ist der eine, weißt du.«

»Der eine?«

»Der dir den Himmel in die Augen zaubert. Im Leben einer Frau gibt es meist nur einen Mann, der das kann. Wenn man jung ist, macht man sich darüber noch keine Gedanken. Wenn man alt ist, so wie ich, dann weiß man es.«

»Ich bin jung und weiß es trotzdem«, sagte Cintia. »Er ist mein Mann, und ich liebe ihn.«

»Das sind wahre Worte, die du nie vergessen solltest.« Die Alte legte sich bequemer hin, um weiterzuschlafen. Ein wenig befremdet lauschte Cintia ihren Atemzügen, bevor sie, in der einen Hand die Kerze und in der anderen den Teller mit den Speisen, zurück in Paolos Kammer ging. Er kam ihr entgegen und nahm ihr den Teller ab, und während sie beide wieder ins

Bett kletterten, um dort ihr nächtliches Mahl zu sich zu nehmen, musterte sie ihn verstohlen von der Seite.

Ja, vielleicht hatte Imelda recht. Möglicherweise hatte er ihr etwas verschwiegen. Ein Jahr war lang, genug Zeit, um Dinge zu erleben, an denen er sie ungern teilhaben ließ. Er war ein Mann, und Männern fiel es bekanntlich schwer, Verzicht zu üben, vor allem, wenn es um geschlechtliche Gelüste ging. Ihr kam wieder jene Nacht in den Sinn, als sie ihn mit Esmeralda erwischt hatte, zu einer Zeit, als sie einander bereits versprochen waren. Nie wieder hatten sie darüber geredet, aber vergessen konnte sie es dennoch nicht. Ob er auch in Konstantinopel bei einer Frau gewesen war? Lucietta hatte behauptet, dass es dort mindestens so viele Huren gebe wie in Venedig, was schon etwas heißen wollte, denn anderweitig hatte sie reden hören, dass an keinem anderen Ort der Welt – außer vielleicht in Rom – so viele Kurtisanen ihr Geschäft verrichteten wie in der Lagunenstadt.

Sollte sich herausstellen, dass er eine solche Frau aufgesucht hatte, würde sie ihm dann ohne Weiteres verzeihen können, so wie sie ihm den Zwischenfall mit Esmeralda nachgesehen hatte? Damals war er noch nicht ihr Mann gewesen, sie hatten lediglich gemeinsam beschlossen, die Ehe einzugehen. Die Situation war folglich eine grundlegend andere.

Doch hätte man ihm zumuten können, fünf lange Jahre allen Freuden des Fleisches und drängenden männlichen Begierden zu entsagen? Während sie selbst immerhin just zur selben Zeit wieder verheiratet und sogar entschlossen gewesen war, diese zweite Ehe zu vollziehen?

Sie rang mit sich, während sie in ihren Teil der Lammkeule biss und darauf herumkaute, als könne sie damit die fehlende Einsicht hervorzwingen.

»Diesmal geht dir aber gewiss etwas durch den Kopf«, meinte Paolo. Er saß mit untergeschlagenen Beinen neben ihr im Bett, den Teller auf den Schenkeln balancierend und mit den Fingern den Käse zerteilend. Er hielt ihr ein Stück davon hin, und sie biss ab, so mechanisch wie vorhin von dem Braten. »Willst du es mir nicht verraten?«

»Ich würde gern wissen, ob du in Konstantinopel zu einer Hure gegangen bist«, platzte sie heraus.

Mit einem Ruck ließ er den restlichen Käse sinken, und an seinem Gesichtsausdruck erkannte sie sofort, dass ihr Verdacht begründet war. »Du hast es getan«, entfuhr es ihr. »Du hast mich betrogen!«

»Ich dachte, ich sehe dich fünf Jahre lang nicht wieder«, sagte er. »Es tut mir so leid, Cintia. Ich wünschte, ich könnte es ungeschehen machen.«

»Wie oft?«

Im Licht der Stundenkerze sah sie, wie er schluckte und dann Luft holte. »Ich war drei Mal bei ihr.«

»Ist das die Wahrheit? Nicht öfter?«

»Ich schwöre dir, dass ich nur drei Mal dort war.« Er hob in einer um Rechtfertigung heischenden Geste die Hand. »Das erste Mal ging ich nur hin, weil ich die Botschaft aus der Stadt schmuggeln wollte und keinen anderen Weg sah, als sie jemandem zu geben, der unsere Sprache spricht.«

»War sie Venezianerin?«

Er nickte stumm, und Cintia holte Luft, um die niederschmetternde Neuigkeit zu verdauen.

»War sie hübsch?«

Er zuckte mit unbehaglicher Miene die Achseln, was sie augenblicklich veranlasste, weitere Fragen zu stellen, angefangen beim Aussehen und dem Namen der Frau über alles, was er im Bett mit ihr getan und dabei empfunden hatte, bis hin zur Höhe der Bezahlung und der Umgebung, in der es stattgefunden hatte. Es fiel ihr schwer, mit dem Verhör aufzuhören, sogar noch, als er alles ausführlich beantwortet hatte, wobei nicht zu überhören war, dass er trotz seines Bemühens um bereitwillige und verständnisvolle Auskünfte allmählich ungeduldig wurde. Leise Gereiztheit schlich sich in seine Stimme, was das wehe Gefühl und den Zorn in ihrem Inneren eher verstärkte als beschwichtigte. Schließlich stieg sie aus dem Bett und raffte ihr Hemd an sich.

»Was hast du vor?«, fragte er mit betretener Miene.

»Ich gehe in mein eigenes Bett.«

Er versuchte nicht, sie zurückzuhalten.


Paris, September 1512


Niccolò stand kurz davor, die Verhandlungen zu einem zufriedenstellenden Abschluss zu bringen, als wütendes Gezeter durchs offene Fenster in das Kontor drang und eine weitere Unterhaltung unmöglich machte.

»Du kleines Luder, dich werde ich lehren, die Spröde zu spielen!« Das Geräusch mehrerer klatschender Schläge folgte, und unwillkürlich wartete Niccolò auf die Schreie, die eine solche Misshandlung hervorrufen musste. Doch wer immer da geschlagen wurde, muckste sich nicht. Bis auf das fortgesetzte, mit überkippender Stimme herausgebrachte Schimpfen des Mannes, der die Bestrafung ausführte, war nichts zu hören.

»*Mon Dieu*, immer diese Ausländer«, sagte Niccolòs Geschäftspartner mit einem missbilligenden Blick zum Fenster. Er bemerkte Niccolòs Gesichtsausdruck und lächelte bemüht. »Anwesende natürlich ausgenommen, *Monsieur*.« Er lauschte einige Augenblicke dem Gebrüll des Mannes, das offenbar kein Ende nehmen wollte. »Ein Landsmann von Euch, *n'est-ce pas?*«

Niccolò, der sich mehr recht als schlecht die Grundlagen des Französischen angeeignet hatte und stets froh war, wenn seine Gesprächspartner zur Unterstützung ein paar Brocken Latein beisteuern konnten, schüttelte indigniert den Kopf. »Neapel, würde ich sagen.«

»Oh. Hört man das am zornigen Tonfall oder am Dialekt?

Oder vielleicht an den Schlägen?« Der Pariser Kaufmann lachte wie über einen erstklassigen Witz.

Er hatte Papiere vorbereitet, die er Niccolò zur Prüfung und Unterschrift reichte. Zerstreut nahm Niccolò sie entgegen, während er weiter dem Geschrei draußen auf dem Platz lauschte. Die zornige Stimme des Mannes war etwas leiser geworden, als wäre ihm die Puste ausgegangen, doch das Klatschen der Schläge war weiterhin zu hören.

Mit raschen Blicken überflog Niccolò die Dokumente, eine detaillierte Vereinbarung über die Lieferung eines Jahresbedarfs Brokat für den königlichen Hof – ein Geschäft, dessen Abschluss ihn monatelange Vorbereitung und zahlreiche Verhandlungen gekostet hatte, von den Schmiergeldern, die er unterdessen in etliche offene Hände hatte verteilen müssen, ganz zu schweigen. Aber nun war es geschafft: Er hatte diverse Konkurrenten unterboten oder auf andere Weise ausgestochen – einen besonders hartnäckigen hatte er ruiniert, indem er dessen verbotene Neigung zu pädophilen Spielen publik gemacht hatte – und zu guter Letzt mit aussagekräftigen Musterstücken sichergestellt, dass die von ihm beschaffte Ware allein schon durch ihre einzigartige Qualität alle anderen Angebote aus dem Feld schlug. Letzteres war nicht sein Verdienst, sondern der des verstorbenen Ippolito Barozzi – sowie von Cintia, die alles unternahm, dass die Manufakturen ihres Vaters weiterhin den hohen Ansprüchen gerecht wurden, die an erstklassige Seide gestellt wurden. Nach wie vor galt die Barozzi-Seide als Inbegriff feiner Textilkunst.

Da Niccolò die Seide nicht erst über einen Zwischenhändler, sondern direkt von der Manufaktur bezog, konnte er die Preise besser kalkulieren und seine Liefergarantien verlässlicher gestalten als die Konkurrenz. Es hatte nicht lange gedauert, bis es sich in Paris herumgesprochen hatte, dass *Der junge Venezianer,* wie man ihn inzwischen nannte, die beste Seide von allen verkaufte. Von daher war er guten Mutes, dass er auch weiterhin ordentliche Geschäfte mit den Franzosen machen würde, ob nun Krieg herrschte oder nicht.

Schwungvoll unterzeichnete er das Schriftstück, streute Löschsand über die feuchte Tinte und presste seinen Ring in das frische Siegelwachs. Beim Anblick des Wappenabdrucks dachte er flüchtig daran, was wohl sein Vater hierzu sagen würde.

Hohn schlich sich in seine Gedanken. *Hättest du dir das vor drei Jahren vorstellen können, Vater?*

Kaum ein Kaufmann in so jungen Jahren konnte solche Erfolge vorweisen wie er. Nur von einigen wenigen hatte er gehört, etwa vom berühmten Spross der Fugger, der bereits wichtige Handelsgeschäfte in Venedig getätigt hatte, bevor er noch sein zwanzigstes Lebensjahr erreicht hatte, und der inzwischen, wie es hieß, ganze Königreiche finanzierte.

Schwache Belustigung stieg in Niccolò auf, als er sich vorstellte, selbst vielleicht ebenfalls eines Tages so viel Geld zu besitzen.

Dann mischte sich Bitterkeit in diese Überlegungen, denn nach einem Königreich hatte es ihn nie verlangt. Nur eines hatte er sich immer erträumt, und das hatte er am Ende verfehlt, gerade als es zum Greifen nah gewesen war.

Er schob dem Kaufmann die unterzeichneten Dokumente über den Tisch hinweg zu und stand auf, ein wenig ungelenk wegen seines Beins.

»Wie wollen wir den Abschluss feiern?«, fragte sein Gegenüber eifrig. »Mit Wein, Weib und Gesang, *hein*? Auf der Île de la Cité gibt es einen exquisiten Salon, nur saubere Mädchen. Und mit einem wirklich formidablen Roten von der Loire! Soll ich Euch heute Abend jemanden schicken, der Euch abholt und dorthin führt?«

»Warum nicht«, sagte Niccolò höflich, der bereits jetzt wusste, dass er verhindert sein würde. Auf derlei Unterhaltung war er nicht erpicht, schon gar nicht nach der Botschaft, die er am Morgen aus Venedig erhalten hatte, abgefasst von einem geübten Kalligrafen, den die des Schreibens unkundige Eufemia aufgesucht hatte, um ihrem ehemaligen Zögling diese Nachricht zukommen zu lassen.

Die Hure seines Vaters erwartete zu Beginn des kommenden Jahres ein Kind, und falls es ein Sohn wäre, würde Eduardo Guardi sie heiraten.

An dem Hass, der beim Lesen dieser Zeilen in Niccolò aufgestiegen war, würgte er immer noch wie an einem Bissen fauliger Nahrung, sogar der Geschmack auf seiner Zunge war seither oft gallig und widerwärtig, sodass er am liebsten fortwährend ausgespien hätte.

Noch hatte er Zeit, er musste nichts überstürzen. Noch gab es kein Kind und keine Ehe, ihm blieben noch Monate, um zu überlegen und zu planen, was zu tun wäre. Zunächst, so hatte er beschlossen, wollte er herausfinden, wo sein Bruder war. Eufemia hatte ihm dankenswerterweise in ihrem Brief einen Anhaltspunkt übermittelt. Irgendwer hatte von irgendwem gehört, Gregorio halte sich in Mailand auf, wo er sich als Musiklehrer bei frommen Brüdern verdingt habe. Ob es sich um ein Gerücht handelte oder nicht – Niccolò würde der Sache nachgehen.

Gedankenverloren verließ er das Kontor und humpelte mithilfe des silberbeschlagenen Stocks, mit dem er seit einer Weile das würdevolle Erscheinungsbild eines gut situierten jungen Kaufmanns unterstrich und zugleich seine Gehbehinderung linderte, die Treppe hinunter. Als er aus dem Haus trat, führte ein Mann ein Pferd vorbei, das einige Schritte weiter stehen blieb und die Gasse volläpfelte. Auf dem Weg zu seinem eigenen Pferd stieg Niccolò über die dampfende Hinterlassenschaft und überlegte dabei, wie lange der stinkende Dunghaufen wohl dort liegen bleiben würde. Paris gefiel ihm mittlerweile recht gut, vor allem die fröhliche Art zu reden hatte es ihm angetan, ebenso die tiefen, urtümlichen Wälder in der Umgebung und die vielen, über die Stadt verteilten grünen Oasen, idyllische Flecke von Ländlichkeit inmitten lebhafter Urbanität – doch der Unrat, auf den man überall stieß, war höchst gewöhnungsbedürftig. Es gab keine Kanäle, in die man den ganzen Dreck fegen konnte, keine Flut, die alles wegspülte. Und so blieb das meiste einfach liegen, ob Pferdemist oder Hundekot, Kehricht aus den Haushalten, Urinpfützen von den aus den Fenstern entleerten Nachttöpfen, und hin und wieder auch tote Ratten oder Katzen.

Vor dem Stall, wo er sein Pferd angebunden hatte, stand ein windschiefer Krämerwagen, dessen Plane ebenso löchrig war wie die Beinkleider seines Besitzers, ein Mann in mittleren Jahren, dessen fassförmiger Oberkörper in einem speckigen Wams steckte. Das Haar, das unter der nicht minder verdreckten Kappe hervorlugte, war strähnig und ungepflegt. Abgesehen von dem stärkeren Leibesumfang ähnelte der Krämer auf so frappierende Weise dem Pestpfleger Todaro, dass Niccolò kurz stehen blieb, um sich zu vergewissern, dass es sich um jemand anderen handelte. Tatsächlich bedurfte es dazu kaum mehr als eines flüchtigen Blicks. Der Mann hatte zwar ähnlich verrottete Zähne und vom Saufen gerötete Augen, doch er war um einiges größer als Todaro.

Fluchend trat der Kerl nach einem am Wagenrad festgebundenen Hund, bevor er die Trense des mageren Gauls richtete, der so erbärmlich heruntergekommen wirkte, dass es aussah, als könnte er das Gefährt keine zehn Schritte weit ziehen.

Im Vorübergehen sah Niccolò, dass der Krämer nicht seinen Hund getreten hatte, sondern ein menschliches Wesen, das mit den Handgelenken an eine Radspeiche gefesselt war.

Ruckartig blieb er stehen und betrachtete das Geschöpf, das sich bei genauerem Hinsehen als Mädchen entpuppte, vielleicht vierzehn oder fünfzehn, mit völlig zerschlagenem Gesicht, dessen Züge durch die blaugrünen Schwellungen sowie durch eine Mischung aus Dreck, Blut und Tränen bis zur Unkenntlichkeit entstellt waren. Die Augen inmitten dieser Verwüstung wirkten eigentümlich klar, sie waren von einem ungewöhnlich hellen Blau. Das Haar war hellblond und hing in zotteligen Zöpfen herab, und der Körper, der in einer Art schmutzigem Sack steckte, war ebenso mager wie die nackten Beine, die darunter hervorschauten.

Der Kerl in dem Lederwams hatte vorhin dieses Mädchen

verprügelt, das konnte nicht einmal dem Dümmsten entgehen. Was Niccolò dagegen nicht verstand, war die lautlose Duldsamkeit, mit der das Mädchen es ertragen hatte. War sie bewusstlos gewesen? Niccolò betrachtete sie genauer und kam zu dem Schluss, dass sie trotz der üblen Misshandlungen hellwach war. Ihr Blick traf auf den seinen und hielt ihn fest, und eine merkwürdige Regung zwang ihn, auf den schimpfenden Krämer zuzugehen. »Wer ist das? Eure Tochter?«

Der Kerl bespuckte das Mädchen, das daraufhin in einer raschen Bewegung das Gesicht zur Seite wandte. »Was geht es Euch an?«, sagte der Krämer zu Niccolò. »Schert Euch weg, sonst kriegt Ihr auch noch meine Fäuste zu schmecken.«

Er sprach in grobem Neapolitaner Dialekt und unterstrich seine Worte, indem er das Mädchen ein weiteres Mal trat.

Niccolò merkte, wie rasender Zorn in ihm hochkochte. Schon vorhin, als er die Geräusche der Schläge vernommen hatte, war Wut in ihm aufgestiegen, und nicht von ungefähr waren seine Gedanken gleich darauf zu seinem Vater gegangen, der ihn, als er noch ein Knabe gewesen war, öfter verdroschen hatte, als er hatte zählen können.

Er wandte sich an das Mädchen. »Ist er dein Vater?«

Sofort schüttelte sie den Kopf, was den Krämer zu einem wütenden Ausruf und einem weiteren Tritt veranlasste. Letzterer gelangte jedoch nicht mehr zur Ausführung, denn Niccolò hatte sich mit gezücktem Dolch zwischen den Mann und das Mädchen geschoben. Er hielt das Messer so, dass nur der Krämer es sehen konnte. Niemand, der zufällig des Weges kam oder ihn aus einem der umliegenden Häuser heraus beobachtete, würde mehr bemerken als zwei Männer, die einander dicht gegenüberstanden.

»Siehst du das?«, zischte er dem Krämer ins Gesicht. »Willst du, dass ich es in deinen fetten Wanst ramme? Nur zu, tritt sie noch einmal, und du bist mausetot.«

Zögernd ließ der Mann die Fäuste sinken. »Sie ist meine Leibeigene«, sagte er wütend. »Ich kann mit ihr tun, was ich will.«

»Für solche Behandlung muss es dennoch einen Grund geben«, sagte Niccolò, den Dolch immer noch in Tuchfühlung mit dem Nabel seines Gegenübers.

»Sie ist ... widerspenstig. Ein stummes, widerspenstiges Miststück.«

»Meinst du mit stumm, dass sie keine Stimme hat?«

»Ja doch«, sagte der Kerl ungeduldig. »Sie kann nicht reden, konnte es noch nie. Deshalb habe ich sie billig bekommen. Und ich musste sie bestrafen, denn sie hat mich blutig gebissen. Jetzt geht endlich Eurer Wege und lasst einen ehrbaren Mann in Ruhe!«

Unwillkürlich suchte Niccolò am Körper des Krämers nach Bisswunden, doch sowohl die Hände als auch Unterarme des Kerls waren unversehrt. Dann glitt sein Blick tiefer und blieb an der von frischen Blutflecken getränkten Stelle im Schritt des Mannes hängen. Sofort wurde ihm klar, wo und warum das Mädchen ihn gebissen hatte, und Niccolò wurde es speiübel.

»Soll ich die Büttel rufen?«, fragte der Krämer, dessen Mut wieder erstarkte.

Niccolò war darauf vorbereitet, die Taktik zu wechseln. Keinen Moment lang kam ihm in den Sinn, einfach weiterzugehen, diese Möglichkeit hatte er nicht mehr, nachdem das Mädchen ihn vorhin angesehen hatte. Etwas an ihrem Blick erinnerte ihn so stark an Cintia, dass es ihn bis ins tiefste Innere hinein schmerzte, und zugleich glich dieser Kerl, der da vor ihm stand, auf so zerrbildhafte Weise Cintias einstigem Peiniger Todaro, dass es nur eine einzige Möglichkeit gab, die Angelegenheit zu regeln.

»Ich bin ein gerechter Mann«, sagte er. »Als solcher kann ich es nicht dulden, dass ein Menschenkind auf diese Weise geschunden wird.« Er deutete auf seinen Rappen, der vor dem Stall angepflockt war und in der Sonne döste. »Siehst du dieses Pferd? Hast du eine Vorstellung, was es gekostet hat?«

Verblüfft beäugte der Krämer das glänzend schwarze Reittier mit dem silberbeschlagenen Ledersattel und dem sauberen

Zaumzeug. Ihm musste sofort klar sein, dass das Pferd wertvoller war als alles, was er je in seinem Leben besessen hatte.

»Ich merke schon, du erkennst den Wert dieses Prachtstücks. Was hältst du von einem Tausch? Du nimmst das Pferd mitsamt Sattel, ich das Mädchen.«

Der Mann lachte unsicher. »Ihr macht Witze.« Tatsächlich nahm er Niccolòs Worte nicht ernst, denn in seinen verlebten Zügen zeigte sich Wut, in die sich jedoch auch Zweifel mischten. Niccolò hatte es geschafft, seine Gier anzustacheln.

»Ich scherze selten, und niemals übers Geschäft. Nebenbei, der Sattel ist mit echtem Silber beschlagen.« Kalt setzte er hinzu: »Überleg es dir schnell, sonst könnte ich meinen Vorschlag wieder zurückziehen. Eigentlich hänge ich sehr an dem Pferd.«

»Gemacht«, sagte der Krämer hastig. Er band das Mädchen los, zerrte sie auf die Füße und schubste sie in Niccolòs Richtung.

»Wie heißt sie?«, wollte dieser wissen.

»Keine Ahnung. Ich nenne sie Schlampe oder Miststück, sucht Euch selbst was aus.« Der Krämer nahm den Zügel des Tauschobjekts, band ihn hinten an seinem Wagen fest, sprang auf den Kutschbock und trieb den alten Gaul mit einem Schnalzen an. Schleppend setzte sich das marode Gefährt in Bewegung, und der Rappe schritt folgsam hinterher.

Das Mädchen stand zitternd vor Niccolò, und er bemerkte, dass sie im Begriff war, zusammenzubrechen. Hastig ergriff er sie beim Ellbogen, um sie zu stützen, und dabei gewahrte er, wie abgemagert sie war. Außerdem stank sie erbärmlich.

»Ich bringe dich in ein Badehaus«, sagte er zu ihr. »Die Leute dort sind freundlich, ich gehe auch gelegentlich dorthin. Ich werde jemandem Anweisung geben, dir zu helfen, damit all dieser Dreck von dir runterkommt, und frische Sachen zum Anziehen wirst du auch kriegen. Vielleicht haben sie da auch etwas Anständiges zu essen für dich. Wenn nicht, kümmere ich mich hinterher darum, sobald ich dich wieder abhole. Für alles bezahle ich im Voraus, darüber musst du dir keine Gedanken machen.« Er blickte sie aufmerksam an. Aus unmittelbarer Nähe betrachtet, waren die Prellungen im Gesicht noch schrecklicher anzusehen. Ihre Unterlippe war aufgeplatzt und klaffte, und ein Nasenloch war verkrustet von Blut. Ihre Wangenknochen waren so geschwollen, dass die Linie ihrer Jochbeine darunter nicht mehr zu erkennen war. Sie war derart übel zerschlagen, dass sie noch wochenlang unter den Folgen leiden würde.

Dieses arme Wesen so zu betrachten erfüllte ihn gleichwohl mit grimmiger Befriedigung – nicht etwa, weil er mitleidslos gewesen wäre, sondern weil es ihm die Rechtfertigung für das verschaffte, was er heute noch zu tun hatte.

Bis zum Badehaus war es nicht weit, es ging nur um wenige Straßenecken. Nachdem er mit der Frau, die das Bad bewirtschaftete, alles Nötige besprochen und das Pekuniäre geregelt hatte, nahm er vor seinem Aufbruch das Mädchen zur Seite. »Ich muss für ein paar Stunden weg, aber du kannst hierbleiben, bis ich dich abholen komme.« Nach kurzem Innehalten fügte er hinzu: »Oder auch nicht, ganz wie du willst.«

Ein fragender Ausdruck erschien in ihren Augen, doch mit einem Nicken zeigte sie, dass sie verstanden hatte. Er überließ sie der Obhut der Badewirtin und eilte zurück zu dem Stall, wo er gegen Hinterlegung einer horrend hohen Sicherheit ein passendes Pferd mietete und von dort aus der Spur des Krämerwagens folgte. Es dauerte nicht lange, bis er den Wagen in der Ferne ausmachte. Der Kerl tat genau das, was Niccolò erwartet hatte – er verschwand aus der Stadt, weil er fürchtete, die wertvolle Tauschbeute anderenfalls schneller wieder los zu sein, als er sie eingeheimst hatte.

Niccolò trieb das gemietete Pferd zu einer schnelleren Gangart an und ritt auf einem anderen Weg stadtauswärts, um nach einigen Meilen in einem langen Bogen auf die ursprüngliche Route in Richtung Fontainebleau zurückzukehren, sodass er dem Krämer den Weg abschneiden konnte, an einer Stelle, die dieser in etwa einer Stunde passieren würde, weit genug entfernt von der nächsten menschlichen Behausung. Hier suchte Niccolò sich ein Versteck. Das Pferd band er in einiger Entfernung an einen Baum, bevor er sich zwischen mannsgroßen Felsblöcken, die entlang des Weges verstreut waren, auf die Lauer legte und wartete.

Bald darauf kam der Wagen in Sicht, gezogen von der bedauernswerten Mähre und gefolgt von dem Rappen, der die längste Zeit im Besitz des Krämers gewesen war.

Niccolò zielte sorgfältig mit der Armbrust und drückte ab. Der Bolzen traf den Mann an der Schulter und ließ ihn vornübersacken, und bevor er sich wieder aufrichten und dem Gaul die Peitsche geben konnte, war Niccolò beim Wagen und riss den Krämer vom Kutschbock.

Der Mann landete rücklings im Staub, den unversehrten Arm schützend über dem Kopf erhoben. Niccolò packte die Hand, die sein Ziel versperrte, und drückte sie zur Seite, während gleichzeitig sein Dolch vorschnellte und die entblößte Kehle aufschlitzte.

Er musste mehrmals zustechen, denn der Mann wehrte sich und hatte eine kräftige Halsmuskulatur, doch nach einigen erbitterten Messerstößen war es vorbei.

Der Krämer sank zurück, und Niccolò trat einen Schritt zur Seite, damit das hervorschießende Blut ihn nicht befleckte. Er blieb jedoch so stehen, dass der Sterbende ihn sehen und seine Worte verstehen konnte.

»Ich sagte dir, dass ich ein gerechter Mann bin. Das trifft zu, und deshalb lasse ich dir dieses Privileg zuteilwerden.«

Der Krämer blickte röchelnd und mit weit aufgerissenen Augen zu ihm auf, während das Leben aus ihm herausprudelte.

»Das Privileg, einen so schnellen Tod zu sterben«, erläuterte Niccolò gelassen. Mit der Fußspitze berührte er die blutbeschmierte Stelle zwischen den Beinen des Sterbenden. »Eigentlich hatte ich nämlich ernsthaft überlegt, dir vorher die Eier abzuschneiden.«

Die Augen des Mannes brachen, und missgestimmt überlegte Niccolò, dass der Kerl den letzten Satz vielleicht gar nicht mehr gehört hatte.

Einerlei, er war tot, wen scherte es, welche Worte er ins Jenseits mitnahm.

Niccolò holte das Mietpferd aus dem Wald, dann band er sein eigenes Pferd vom Wagen los und saß auf, um nach Paris zurückzureiten. Nach einem kurzen Wegstück besann er sich und kehrte um. Er blieb im Sattel sitzen, während er sein Schwert zog und dem alten Gaul des Krämers den Gnadenstoß versetzte. Anschließend wendete er den Rappen, drückte ihm die Fersen in die Flanken und ritt in scharfem Trab zurück in die Stadt, das gemietete Pferd am Zügel hinter sich herziehend.


Venedig, September 1512


Cintia rieb sich den Rücken, während sie mit Giovannis Hilfe die Gondel bestieg. Er wartete, bis sie in der Felze Platz genommen hatte, bevor er mit geübten Bewegungen das Boot von der Fondamenta wegschob und zu rudern begann.

Sie genoss den frischen Wind und die aufkommende Kühle, die eher herbstlich als sommerlich war. Nach der stickigen Hitze des Augusts war jede Brise eine Wohltat, sodass sie alle sich bietenden Gelegenheiten für eine Ausfahrt gerne wahrnahm, ob es nun nötig war oder nicht.

An diesem Tag hätte sie ebenso gut daheim bleiben und Lucietta bei den Vorbereitungen für den anstehenden Umzug in Memmos Haus helfen können, doch ihre Cousine steckte gerade mitten in einer handfesten Nervenkrise. Sie fürchtete sich vor der Ehe mit Memmo, vor allem aber davor, Giacomo Pellegrini niemals wiederzusehen. Abends weinte sie sich trotz Cintias Zuspruch oft in den Schlaf, und zwei oder drei Mal hatte Cintia sie auch im Traum reden hören, Bruchstücke von Verwünschungen, in denen es um einen möglichst prompten Tod von Marietta Pellegrini ging.

Memmo dagegen schwebte förmlich auf Wolken; es war fast, als hätte er sehnsüchtig darauf gewartet, dass Cintia ihm die Möglichkeit einer solchen Ehe in Aussicht stellte. Dass Lucietta das Kind eines anderen erwartete, störte ihn weniger, als sie vermutet hatten. »Sie kann noch andere Kinder bekommen«, hatte er freudestrahlend gemeint. »Und die sind von mir.«

An diesem Tag hatte Cintia in der Manufaktur zu tun und traf ihn daher bei der Arbeit an.

Er ging lächelnd auf sie zu und begrüßte sie.

»Ihr kommt gerade rechtzeitig, die neue Spindel zu begutachten. Wir haben sie eben in Betrieb genommen!« Seine aufgeräumte Stimmung stand in so deutlichem Zusammenhang mit der für die kommende Woche geplanten Hochzeit, dass Cintia bei dem Gedanken an Luciettas Laune beklommen zumute wurde. Es wäre leicht gewesen, Lucietta zu wünschen, über ihren eigenen Schatten zu springen und diesen Mann einfach so gern zu haben, wie er es verdiente, doch derlei Überlegungen vermied Cintia tunlichst, was damit zusammenhing, dass Lucietta einst haargenau dasselbe für ihre Ehe mit Niccolò ersehnt hatte. Und was sie ihr nun wieder für ihre Beziehung zu Paolo wünschte, mit mehr Nachdruck als je zuvor.

Beim Anblick der neuen Apparatur verdrängte Cintia augenblicklich alle düsteren Gedanken, denn das Gerät übertraf ihre kühnsten Erwartungen. Memmo hatte es in Siena bestellt, wo ein wahrer Künstler seines Fachs diese Spinnräder herstellte. Es hieß, sie liefen geräuschärmer und reibungsfreier als alle anderen bekannten Mechanismen, und Cintia konnte sich auf Anhieb davon überzeugen, dass das zutraf. Die Geschwindigkeit, mit der die Spinnerin das Rad antrieb und gleichzeitig die Rohseide der Spindel zuführte, war beeindruckend. Mit einer Fußbremse konnte der Schwung reduziert und so die Regelmäßigkeit der Verzwirnung positiv beeinflusst werden, kein

Vergleich zur schlichten Handspindel, wie Memmo zufrieden anmerkte. Cintia wusste, dass in manchen Gegenden tatsächlich immer noch Zunftordnungen existierten, die den Betrieb einer solch fortschrittlichen Apparatur verboten, um die angeblich bessere Qualität der auf althergebrachte Weise versponnenen Gewebe zu sichern, wobei Niccolò im Gegensatz dazu die Ansicht vertreten hatte, dass die Verbote nur dem Zweck dienten, unerwünschte Konkurrenz aus dem Feld zu schlagen. Viele Weber fühlten sich infolge der Modernisierung bedroht, weil sie lieber billige Hilfskräfte für sich schuften ließen statt eine teure Apparatur anzuschaffen, mit der sie sich nicht auskannten.

Ihr Vater hatte immer schon mit guten und teuren Spinnrädern gearbeitet, doch dieses hier war bei Weitem das effizienteste, das Cintia je gesehen hatte. Beeindruckt sah sie der Spinnerin bei der Arbeit zu und begutachtete anschließend die feine Glätte des Fadens.

»Das war eine sinnvolle Anschaffung«, sagte sie zu Memmo.

Der nickte strahlend, als hätte er selbst das neue Gerät erfunden, und begleitete sie ins angrenzende Lager, wo sie gemeinsam einige Ballen Brokatseide besichtigten, die nach dem *Alto-basso*-Muster gewebt waren, mit eingearbeiteten Goldfäden, wie sie es im Frühjahr mit Niccolò besprochen hatte – an dem Tag, als er für immer aus ihrem Leben verschwunden war.

Als hätte Memmo ihre Gedanken gelesen, sprach er es aus. »Es war eine gute Entscheidung, mit den broschierten goldenen Schussfäden in *Alucciolato*-Manier zu weben. Wir können uns vor Bestellungen kaum retten.«

Das war Cintia bekannt, denn sie sah sich regelmäßig die Auftragsbücher an, also nickte sie nur stumm, während sie den metallisch glänzenden Brokat betrachtete.

Doch Memmo wollte offenbar auf etwas anderes hinaus. »Messèr Guardi – ich meine, den jungen Messèr Guardi, Niccolò –, kürzlich hörte man von ihm.«

Verdattert blickte Cintia auf. »Wirklich? Auf welche Weise?«

»Ein Händler berichtete mir, ihn in Paris getroffen zu haben. Wie es scheint, macht er dort Geschäfte.«

»Oh, tatsächlich.« Mühsam brachte Cintia die nichtssagende Bemerkung heraus, zu aufgewühlt, um weitere Fragen zu stellen, obwohl ihr unzählige davon auf der Seele brannten.

»Man sagt, er arbeitet in dem Gewerbe, das ihm besonders liegt – dem Seidenhandel.« Memmo lächelte schwach. »Vielleicht sogar mit der Barozzi-Seide, wer weiß.« Sein Gesicht nahm einen fragenden Ausdruck an. »Hättet Ihr etwas dagegen?«

»Dass er mit unserer Seide handelt? Keineswegs! Es wäre mir … eine Freude!«

»Das ist gut zu wissen.«

Cintia nickte geistesabwesend, während sie tief Luft holte, weil ihr vor Aufregung das Atmen schwerfiel. Er lebte, und es ging ihm gut! Ob er sich in Paris wohlfühlte? Schließlich war er schon einmal dort gewesen, die Stadt war ihm also nicht fremd. In Gedanken sprach sie ein Stoßgebet, dass sein Leben sich dort genau so entwickelte, wie er es sich nach Lage der Dinge wünschen konnte. In den letzten Wochen hatte sie wieder häufiger an ihn denken müssen, vor allem deshalb, weil zwischen ihr und Paolo wieder eine ähnliche Distanz herrschte wie vor ihrer kurzlebigen Versöhnung, die gerade einmal einen halben Tag überdauert hatte. Vielleicht war sie einfach nicht fähig, mit einem Mann glücklich zu sein!

»Ist Euch nicht gut?«, fragte Memmo besorgt. »Ihr seid so blass!«

»Ein kurzes Unwohlsein«, sagte sie, und tatsächlich stimmte es, denn sie spürte einen Anflug von Übelkeit. Memmo begleitete sie nach draußen, wo Giovanni auf sie wartete.

»Vielleicht ist das alles einfach zu viel Aufregung für Euch«, mutmaßte Memmo. »Die anstrengenden Hochzeitsvorbereitungen für Lucietta, die kleine Anna, die Weberei …«

»Ach nein, das macht mir alles überhaupt nichts aus«, widersprach Cintia, wiederum wahrheitsgemäß. Sie wusste genau, warum ihr in den letzten Wochen häufiger übel wurde, schließlich hatte sie es schon einmal erlebt, während ihrer Gefangenschaft bei den Flanginis, nur dass sie damals fälschlicherweise anfangs geglaubt hatte, der Wechsel zwischen Hunger und miserablem Essen sei dafür ursächlich.

Sie ließ sich von Giovanni in die Gondel helfen, und während der Rückfahrt dachte sie darüber nach, warum es um ihre Ehe so schlecht bestellt war. Im Grunde hätte längst wieder alles in Ordnung sein können, denn schon recht bald nach dem ersten Schock über Paolos Verfehlung hatte ihre Gekränktheit nachgelassen. Nach einigen Tagen fortgesetzten Grollens hatte sie auf eine reumütige Annäherung seinerseits gewartet, doch zu ihrem Befremden ging er ihr aus dem Weg, so gut es in der häuslichen Umgebung eben möglich war, mit der Folge, dass sie ihn ebenfalls mied. Schließlich hatte *er* etwas wiedergutzumachen, und sie dachte nicht daran, ihm hinterherzulaufen, schon gar nicht unter den geänderten Umständen. Ihr war die Vorstellung verhasst, ihn gleichsam anzubetteln, endlich wieder gut zu ihr zu sein, und noch mehr fürchtete sie, dass er es dann womöglich sogar wäre, aber nur, weil sie sein Kind unter dem Herzen trug.

Zum Teufel noch mal, nicht sie würde es sein, die zu Kreuze kroch, sondern er, und wenn sie über das Warten dick und rund würde!

Erneut rieb sie sich den Rücken und setzte sich ein wenig bequemer hin. Anders als bei der ersten Schwangerschaft hatte sie den Eindruck, dass sie bereits zunahm, zumindest ihre Brüste waren deutlich gewachsen, und sie kam sich ingesamt fülliger vor. Beim ersten Mal hatte sie kaum zugenommen, was zu Beginn der Schwangerschaft an der dürftigen Kost bei den Flanginis gelegen hatte und später, nach ihrer Flucht, an den vielen Sorgen, die ihr oft den Appetit verdorben hatten. Diesmal hatte sie ebenfalls eine Menge Probleme, doch die hinderten sie nicht am Essen. Manchmal schien es ihr, sie müsse fast so viel in sich hineinstopfen wie Lucietta, um halbwegs satt zu werden, und hin und wieder fragte sie sich beklommen, ob sie wohl ähnlich fett werden würde wie ihre Cousine. Luciettas

Kind sollte um Weihnachten herum geboren werden, genau ein Jahr nach Anna also, doch bereits jetzt sah Lucietta aus, als stünde sie kurz vor der Niederkunft. Sie selbst dagegen hatte nach ihren Berechnungen noch Zeit bis zum Mai ...

Cintia merkte, dass ihre Gedanken sich im Kreis drehten. Spontan wandte sie sich an Giovanni und fing ein Gespräch mit ihm an, um sich abzulenken. »Habt ihr euch gut in eurer neuen Wohnung eingelebt? Wie geht es Juana?«

»Mit der Wohnung sind wir zufrieden. Juana geht es sehr gut, danke der Nachfrage. Gesundheitlich ist sie wieder ganz auf der Höhe. Und der Kleine gedeiht prächtig.« Leichte Röte stieg in sein vernarbtes Gesicht. »Es gibt Neuigkeiten. Sie ist guter Hoffnung. Wir sind überglücklich.«

»Oh«, meinte Cintia, mit mehr Begeisterung in der Stimme, als sie tatsächlich spürte. »Ich gratuliere!« Damit waren es, sie selbst mitgerechnet, schon drei Frauen in ihrem näheren Umfeld, die schwanger waren, eigentlich ein Grund, glücklich zu sein, doch von ihnen dreien war es wohl nur Juana.

»Es ist gut, dass Ihr das Thema ansprecht«, sagte Giovanni, eine Spur heftiger rudernd. »Ich wollte ohnehin mit Euch darüber reden.« Sein Gesicht war nun beinahe so rot wie sein Haar, seine Verlegenheit fast mit Händen zu greifen. »Der kleine Marino ist wie ein Sohn für mich, ich könnte ein eigenes Kind nicht mehr lieben. Und auch er betrachtet mich als Vater, jedenfalls nennt er mich so – es war eines seiner ersten Wörter. Und ich denke, er liebt mich auch wie einen Vater.«

»Sicher tut er das.« In Cintia keimte eine ungute Ahnung auf, die sich bei Giovannis folgenden Worten bewahrheitete.

Er holte tief Luft. »Wir – das heißt, Juana und ich – möchten nicht, dass Casparo uns weiter besucht. Es ist ... unerfreulich. Das Kind ist hinterher immer quengelig, und Juana ... Sie kann es schlecht ertragen, den armen Krüppel um sich zu haben und auf diese Weise immer an alle Fehltritte in ihrer Jugend erinnert zu werden. Gerade jetzt in ihrem Zustand ist sie sehr empfindlich.« Er hielt inne und suchte nach Worten, während

Cintia ihn nur anstarren konnte, zu bestürzt, um etwas zu entgegnen.

Ein wenig steif fuhr Giovanni fort: »Ich weiß, für Casparo ist es sicher nicht einfach, weil das Schicksal ihn ohnehin so hart gestraft hat. Aber es ist ja nicht nur er allein, der uns so beunruhigt!« Er begann, sich zu ereifern, und wurde lauter. »In der Zimmerecke steht die ganze Zeit über jedes Mal dieser Kahlkopf und starrt uns unablässig an!«

»Giulio«, sagte Cintia mechanisch. »Casparo braucht ihn, ohne seine Hilfe kann er sich nicht fortbewegen, das weißt du doch.«

»Das mag ja sein. Aber es ist … unangenehm, und irgendwie auch unheimlich.« Abermals hielt der Sachse inne, und diesmal senkte er die Stimme, als fürchte er unerwünschte Lauscher. »Am schlimmsten aber ist, dass *sie* die ganze Zeit draußen in der Gondel sitzt und wartet.« Hart schloss er: »Juana hat Angst vor ihr, und das zu Recht. Ich kann sie beschützen, aber nicht vor ihren eigenen Gefühlen.«

»Vielleicht können wir eine andere Möglichkeit finden …«

»Bemüht Euch nur nicht, es wäre niemandem geholfen.«

Das konnte sie nicht hinnehmen. »Casparo ist nicht *niemand*«, sagte sie heftig. »Er ist der Vater des Jungen, und es wäre unchristlich, ihm zu verwehren, das Kind hin und wieder zu sehen.« Als Giovanni widersprechen wollte, gebot sie ihm mit einer Handbewegung Einhalt. »Ich werde mich darum kümmern, dass diese Treffen unter anderen Bedingungen verlaufen, solche, die auch für dich und Juana erträglich sind, das verspreche ich. Und bis dahin will ich nichts mehr davon hören.« Sie wusste, dass sie die Herrin herauskehrte, was ihr normalerweise nicht besonders lag, doch dieser Situation wusste sie nicht anders zu begegnen.

Den Rest der Fahrt über schwiegen sie beide, und als der Leibwächter anlegte und ihr beim Aussteigen half, hatte ihre schon vorher gedrückte Stimmung endgültig den Tiefpunkt erreicht.

Paolo stand vor der Loggia, als er Cintia in Begleitung des rothaarigen Sachsen quer über den Campo kommen sah.

»Die Kleine wäre jetzt fertig«, erklärte die Amme hinter ihm.

Er wandte sich um und nahm das Kind entgegen, das sie frisch gewindelt hatte.

Heute sage ich es ihr, durchfuhr es ihn. Er konnte einfach nicht so weitermachen, es war ausgeschlossen. Sie war seine Frau, und er liebte sie mit solcher Macht, dass es ihm fast körperlich wehtat, sie nicht umarmen zu können. Das Gefühl, ein gemeiner Betrüger zu sein, wuchs von Tag zu Tag, egal, was er tat. Es verging nicht einmal, wenn er wie jetzt seine kleine Tochter herzte und ihr ein vergnügtes Kichern entlockte, indem er allerlei drollige Grimassen schnitt.

Er hörte seine Frau das Haus betreten und die Treppe heraufkommen. Gleich darauf erschien sie im Portego und sah ihn an der Loggia stehen, doch sofort wandte sie sich nach einem flüchtigen, aber erkennbar sehnsüchtigen Blick auf das Kind ab und beschäftigte sich mit anderen Dingen. Solange er die Kleine hielt, würde Cintia darauf verzichten, das Kind zu begrüßen, so wie sie es sonst immer als Erstes tat, wenn sie von ihren Erledigungen zurückkehrte.

Nach kurzem Überlegen rang er sich dazu durch, den vorhin gefassten Entschluss in die Tat umzusetzen. Wenn er es schon hinter sich bringen wollte, dann gleich. Weiteres Warten würde nur seine Nerven strapazieren, und jetzt war die Gelegenheit gerade günstig, weil Lucietta nicht da war.

Er brachte der Amme das Kind in die Schlafkammer und küsste es auf die Wange, bevor er es der Frau reichte. Die Amme betrachtete ihn scheu. »Ihr seid ein guter Vater«, sagte sie leise. Er hörte den unausgesprochenen Zusatz heraus, etwas in der Art wie *Was immer Ihr Euch auch sonst habt zuschulden kommen lassen* – natürlich war sie im Bilde. Den Frauen in diesem Haushalt blieb nichts von dem verborgen, was den Hausherrn und seine Gattin entzweite. Mit sarkastischem Lächeln

771

machte er sich daran, den schon lange fälligen Bußgang anzutreten.

Cintia stand über ihren Mustertisch gebeugt und begutachtete ein Stück bunte Seide, als enthielte es Verheißungen aus der Offenbarung, doch ihr Interesse an dem Muster war nur gespielt, denn er bemerkte die Anspannung ihrer Haltung, als er näher kam. Es konnte nicht allein an seiner Anwesenheit liegen, wie er sofort erkannte, denn sie war blass und wirkte abgekämpft.

»Was ist los?«, fragte er besorgt.

Sie ließ das Stoffstück sinken und wandte sich ihm zu. »Ist das wirklich von Interesse für dich?«, fragte sie unverhohlen spöttisch.

»Ja«, sagte er einfach.

Sie schluckte und runzelte angestrengt die Stirn, eine Hand auf ihr Herz gelegt, die andere auf ihren Leib. »Juana ist wieder guter Hoffnung. Sie und Giovanni wollen nicht mehr, dass Casparo sie besucht.«

Wut stieg in ihm auf, gepaart mit dem Drang, seinen Bruder vor Kränkungen zu beschützen. »Das können sie nicht machen! Casparo liebt den Kleinen über alles!«

»Mich musst du nicht überzeugen, ich bin derselben Meinung. Die größte Schwierigkeit besteht offenbar darin, dass Giulio jedes Mal bei den Besuchen anwesend ist. Und dass Daria vor dem Haus wartet. Giovanni meinte, es wäre ein Gefühl, als würde sie dort lauern.« Cintia zuckte die Achseln. »Nach allem, dessen wir sie seit dem letzten Jahr verdächtigen, kann ich es offen gestanden nachvollziehen. Trotzdem möchte ich, dass wir etwas unternehmen, damit Casparo das Kind weiterhin sehen kann.«

»Wir finden einen Weg, verlass dich drauf.«

Er wusste noch nicht, wie er es anstellen würde, doch er würde nicht zulassen, dass man seinem Bruder wehtat. Seine Stiefmutter mied er nach Kräften, doch er würde sich überwinden und versuchen, vernünftig mit ihr zu reden. Was immer

Daria verbrochen haben mochte – es durfte sich nicht negativ auf Casparo auswirken.

Manchmal überlegte Paolo, ob sie wirklich zu einem Giftmord fähig war. Oder ob sie tatsächlich ihre Hände im Spiel gehabt hatte, als man ihn nach Konstantinopel verschleppte. Hatte sie ihn nicht früher immer gut behandelt, ihn sogar gern gehabt? Er erinnerte sich, wie glücklich er als Kind gewesen war, dass sie seinen Vater geheiratet hatte. Das Gefühl, zu einer Familie zu gehören, hatte er in den düsteren Jahren nach dem Tod seiner Mutter fast vergessen. Daria hatte es ihm zurückgegeben.

In dem Zusammenhang ging ihm auch oft durch den Kopf, warum er nicht einfach Khalid während jener heimlichen Zwiesprache unter den Torbogen gefragt hatte. Bei der Gelegenheit hätte er endgültig aufklären können, wer ihn verraten hatte, doch er hatte es versäumt, sei es vor Aufregung, sei es, weil er es nicht wirklich hatte wissen wollen.

Cintia schickte sich an, den Arbeitsraum zu verlassen und in ihre Kammer zu gehen, offenbar in der Annahme, alles Nötige sei besprochen.

»Warte«, sagte er. »Ich wollte noch etwas mit dir bereden.«

Erstaunt blickte sie ihn an, als läge ein solches Ansinnen völlig außerhalb jeglicher Erwartung.

Voller Ironie machte er sich klar, dass dies bei Licht betrachtet tatsächlich das längste Gespräch zwischen ihnen in den letzten Wochen gewesen war, wobei diese Distanz eindeutig nicht ihre, sondern seine Schuld war. Natürlich war sie in den ersten Tagen nach seinem Geständnis wütend und verletzt gewesen, doch bald darauf war zu spüren, dass sie auf sein Einlenken hoffte. Es wäre nicht weiter schwierig gewesen, einfach so zu tun, als hätte er ihr alles gebeichtet und dann zum Alltag überzugehen, doch das hatte er nicht über sich gebracht. Schon der erste Versuch hatte ihm das eindringliche Gefühl vermittelt, ein ehrloser Schurke zu sein, weil er nur den bequemen und leichter verzeihlichen Teil seiner Verfehlungen eingeräumt hatte, und das sogar erst, nachdem sie ihm ihren Verdacht direkt auf den Kopf zugesagt hatte.

Dabei wollte er unbedingt von vorn anfangen, nichts ersehnte er sich mehr! Indessen setzte ein ehrlicher und vorbehaltloser Neuanfang voraus, dass er ihr schonungslos die volle Wahrheit gestand, denn anderenfalls stand zu befürchten, dass ihn eines Tages ohne sein Zutun die Vergangenheit einholte und dann alles zwischen ihnen zerstörte, was sie je gehabt hatten und worauf er noch zu hoffen wagte.

Tief durchatmend blickte er sie an. »Cintia, die Situation ist für mich ebenso unerträglich wie für dich, wir können so nicht weiterleben. Ich will das nicht, und du sicher ebenso wenig.«

»Willst du mich verlassen?« Ihre Augen waren vor Schreck geweitet.

Er war bestürzt. »Du lieber Himmel, nein!« Nach kurzem Innehalten fuhr er bedächtig fort: »Ich will dich zurückhaben. Aber noch steht ein Geheimnis zwischen uns, das zuerst offenbart werden muss.«

Er bemerkte ihre Verunsicherung und ihr rasches Erröten, doch als sie ansetzte, etwas zu sagen, hob er die Hand. »Lass mich endlich mein Gewissen von dieser Last befreien und es dir erzählen, vielleicht können wir dann einen neuen Anfang versuchen. Wenn du mir vergeben kannst.«

Verblüffung und Argwohn zeigten sich in ihrer Miene, während sie auf seine nächsten Worte wartete. Der Augenblick dehnte sich zu scheinbarer Endlosigkeit, und Paolo sammelte sich für den entscheidenden Satz, der seine Ehe an den gefürchteten Scheideweg brachte.

»Es gab in Konstantinopel noch eine andere Frau. Sie war die Tochter des Mannes, in dessen Haus ich lebte. Ihr Name war Tamina, sie war verwitwet und zweiundzwanzig Jahre alt. Es geschah nur ein einziges Mal, in der Nacht, bevor ich geflohen bin. Es war anders als bei der Kurtisane. Ich … hatte sie gern.«

Cintia schien vor dieser Äußerung zurückzuprallen, und er konnte in ihrem Gesicht lesen wie in einem offenen Buch.

Schock, Ungläubigkeit und Verletztheit wechselten in rascher Folge, während ihr der Mund offen stand und sie ihn anstarrte, als hätte er sie geschlagen.

»Hast du sie sehr geliebt?«, fragte sie mit dünner Stimme. »Mehr als mich?«

»Nein«, sagte er wahrheitsgemäß. »Meine Liebe bist immer nur du gewesen. Aber ... ich mochte sie sehr, und falls ich dort geblieben wäre, hätte ich vielleicht ... Irgendwann *hätte* ich sie vielleicht geliebt.«

In Cintias Gesicht arbeitete es, und von Schuldgefühlen gepeinigt sah er, dass sich in ihren Augen Tränen sammelten.

»Aber das alles ist vorbei!«, fuhr er beschwörend fort. »Es war schon vorbei, bevor es überhaupt richtig anfangen konnte! Ich will dich wiederhaben. Ich will, dass wir eine richtige Familie sind, du und Anna und ich. Ihr beide – ihr seid mein Leben! *Du* bist mein Leben!«

Der Atem entwich ihm in einem langen Stoß, während er sie unverwandt anschaute.

Offene Qual lag in ihrem Blick, und ihre Lippen zitterten. Er wollte noch etwas sagen, doch ihm fielen keine weiteren Worte ein. Alles, was zu gestehen war, hatte er gesagt. Das Weitere lag bei ihr.

Ihm war klar, dass er nicht zu viel erwarten durfte, trotzdem erschrak er, als sie sich ohne ein Wort abwandte, in ihre Kammer floh und die Tür hinter sich zuschlug. Das Geräusch des Riegels klang wie eine Kriegserklärung.

Es hielt ihn nicht länger in der Wohnung. Mit schleppenden Schritten verließ er das Haus. Unten im Innenhof spielte die Amme mit seiner Tochter. Als Anna ihn sah, streckte sie jauchzend die Arme nach ihm aus. Er drückte die Kleine an sich, voller Angst, dass vielleicht nichts mehr so werden würde wie früher.

775

Cintia glaubte, vor Wut und Kränkung platzen zu müssen. Hatte anfangs noch der Schock über die unerwartete Enthüllung überwogen, wich dieser rasch siedendem Zorn. Als Lucietta von ihren Besorgungen zurückkehrte, fand sie für ihre angestauten Emotionen endlich das nötige Ventil. Sie wartete gar nicht erst ab, dass Lucietta fragte, was los war, sondern verkündete sofort in einem einzigen Wortschwall die unerhörte Neuigkeit, ohne sich in der Lautstärke zu zügeln.

»Er hatte noch eine Frau in Konstantinopel«, brach es aus ihr heraus, als Lucietta die Kammer betrat, ein Bündel mit allerlei Einkäufen unter dem Arm.

Lucietta betrachtete sie ungläubig. »Du meinst – eine zweite?«

»Ja doch! Deswegen war er die ganze Zeit so komisch und schweigsam! Weil er mir nur die eine gestanden hatte!«

Lucietta runzelte die Stirn. »Nun ja, lass es mich so sagen – ist es denn wirklich ein nennenswerter Unterschied, ob es eine oder zwei waren? Nach meinem Dafürhalten wäre es größerer Grund zur Sorge, wenn er immer zu derselben Hure gegangen wäre. Männer entwickeln dann leichter Gefühle, weißt du. Irgendwann können sie die Macht der Gewohnheit sogar mit Liebe verwechseln. Wenn sie schon auf diese Weise Dampf ablassen müssen, halte ich es für zuträglicher, dass sie es mit wechselnden Frauen tun.«

»Er hat es nur einmal mit der zweiten Frau getan«, versetzte Cintia außer sich. »Und es *waren* Gefühle im Spiel! Er mochte sie gern! Er sagte sogar, wenn er länger dort geblieben wäre, hätte er sie vielleicht lieben können!«

»Oh!« Lucietta machte ein betretenes Gesicht und deponierte das Bündel, aus dem ein zusammengelegtes Gewand hervorlugte, auf ihrem Bett. Zweifelnd wandte sie sich Cintia zu. »Liebe? Nach einem einzigen Mal?«

»Natürlich hatte er die Gefühle für diese Frau schon vorher«, sagte Cintia mit wutbebender Stimme. »Sie lebten ja in einem Haus! Es war die Tochter des Kerls, der an seiner Verschleppung beteiligt war.« Mit einem Mal gewannen ihre verletzten Gefühle die Oberhand, und sie brach in Tränen aus.

Lucietta, die sonst immer sofort mitweinte, wenn Cintia auf diese Weise die Fassung verlor, zeigte sich empört. »Dieser Schuft! Wenn ich mir überlege, wie er dich nach seiner Heimkehr wochenlang geschnitten hat, weil dir in höchster Not nichts anderes übrig geblieben war, als Niccolò Guardi zu ehelichen! Dabei hatte er selbst viel Ärgeres auf dem Kerbholz!« Außer Atem hielt sie inne. »Was hast du getan? Ihn hinausgeworfen? Ich hoffe, du hast vorher das Gold an dich gebracht!«

Mit einer heftigen Bewegung wischte sich Cintia die Tränen ab und versuchte, sich zu fassen. »Er ist nur fortgegangen und hat nichts mitgenommen. Sicher kommt er später wieder.«

»Hat er dich um Verzeihung gebeten?«

Cintia dachte nach. Worte der Reue waren, anders als bei seinem Geständnis des ersten Ehebruchs, diesmal nicht gefallen. Doch er hatte etwas geäußert, das er vorher noch nie gesagt hatte, wie ihr jetzt erst klar wurde.

»Er sagte, ich sei sein Leben«, sagte sie gedehnt, mit leisem Erstaunen in der Stimme. »Und dass immer nur ich seine Liebe gewesen sei.«

Verblüfftes Schweigen vonseiten ihrer Cousine folgte dieser Bemerkung. Schließlich meinte Lucietta zögernd: »Nun ja, wenn das so ist …«

»Worauf willst du hinaus?«

»Dass noch etwas zu retten ist«, sagte Lucietta eifrig. »Es war ja auch nur ein einziges Mal!« Sie zögerte. »Oder denkst du, in dem Punkt hat er dich belogen?«

Cintia schüttelte stumm den Kopf. Nein, was das betraf, hatte er die Wahrheit gesagt, davon war sie überzeugt. Ebenso war sie sicher, dass er ihr auch im Übrigen reinen Wein eingeschenkt hatte. Nach seinem Entschluss, klare Verhältnisse zu schaffen, hatte er ihr schonungslos auch die Dinge mitgeteilt, die er genauso gut für sich hätte behalten können, ohne dass es

777

viel geändert hätte. Er hatte sein Gewissen entlasten wollen und hatte es getan.

»Und als er sagte, dass er dich liebt, sprach er sicher ebenfalls die Wahrheit«, erklärte Lucietta im Brustton der Überzeugung. »So gut kenne ich ihn. Ich habe gesehen, mit welchen Blicken er dich die ganze Zeit angesehen hat. Übrigens umgekehrt du ihn auch. Ihr hättet einfach eher darüber reden sollen. Aber ihm war das schlechte Gewissen im Weg, und dir deine Sturheit und dein Stolz.« Sie schüttelte den Kopf. »Wenn zwei Dickköpfe aufeinanderprallen! Ihr liebt einander, und doch könnt ihr nicht zusammenkommen!« Sie seufzte elegisch. »Es ist beinahe so wie bei Giacomo und mir!«

Für einen Moment vergaß Cintia den eigenen Kummer. »Ist es denn so schrecklich für dich, Memmo zu heiraten?«

Lucietta legte die Hand auf ihren gerundeten Leib. »Für mein Kind tue ich alles.«

Das versetzte Cintia einen Stich, denn Luciettas Bemerkung erinnerte sie an das Kind, das sie selbst erwartete. Sowie an den Vater und seine ehebrecherischen Aktivitäten in der Fremde.

Hin- und hergerissen zwischen Wut, Verzweiflung und Sehnsucht ging sie in der Kammer auf und ab, während Lucietta ihre Einkäufe auspackte und wenig später noch einmal aufbrach, um weitere Besorgungen für die Hochzeit zu erledigen.

Eine Zeit lang beschäftigte Cintia sich mit ihrer Tochter, doch es lenkte sie kaum von ihrem Kummer ab. Ständig horchte sie auf Schritte, die anzeigten, dass Paolo wieder nach Hause kam, doch auf der Treppe blieb es still. Schließlich hielt sie es nicht mehr aus und setzte sich an den Webstuhl, bis sie durch das Gleichmaß ihrer Bewegungen, das huschende Gleiten der sich ineinanderfügenden Fäden und das langsam entstehende Stoffmuster ein wenig Ruhe fand.

Paolo überlegte, dass es vermutlich nicht der beste Zeitpunkt war, um ein sachliches Gespräch mit seiner Stiefmutter zu führen. Aufgewühlt, wie er nach der Unterredung mit Cintia war, würde er vielleicht die Beherrschung verlieren, wenn er auf Daria traf, zumal sich alle Verdachtsmomente, die gegen sie sprachen, nach seinem Empfinden verfestigt hatten. Ihm war noch nicht klar, welchen Vorteil sie aus alledem hatte ziehen wollen, doch dahinter würde er noch kommen.

An diesem Tag ging es jedoch zuallererst darum, seinem Bruder zu helfen.

Wie üblich wurde er von Giulio eingelassen, dessen gewohnt stoische Miene nichts von seinen Gedanken ahnen ließ.

Auf dem Weg in den ersten Stock wurde ihm eine Überraschung zuteil: Jemand kam die Treppe herunter, bei dessen Anblick Paolo unwillkürlich zum Schwert griff. Diesmal war er bewaffnet und bereit zu ziehen, und vielleicht hätte er es sogar getan, wenn Eduardo Guardi nicht sichtlich betrunken und zudem in Begleitung von Esmeralda gewesen wäre, die kichernd am Arm des älteren Patriziers hing.

Als sie Paolo sah, blieb sie überrascht stehen. »Was für ein seltener Gast! Du warst ewig nicht hier!«

»Sieh an«, sagte Eduardo mit schwankender Stimme. »Der verlorene Sohn kommt nach Hause! Was man von *meinen* Söhnen nicht sagen kann.« Er lachte grölend. »Vielleicht ist das die Rache des Herrn, wie?«

»Sei still, Eduardo.« Esmeralda zog ihn weiter, nach unten zum Tor.

Angespannt blieb Paolo auf den Stufen der Wendeltreppe stehen und blickte Guardi nach, bis dieser mit Esmeralda den Innenhof durch die Pforte verlassen hatte.

Als er sich wieder dem Haus zuwandte, sah er Daria oben an der offenen Tür zum Piano nobile stehen. Ihre Miene war ebenso undeutbar wie die ihres Leibwächters, der am Fuße der Treppe stand, die Arme vor der Brust verschränkt.

Bei seinem Anblick überlegte Paolo kurz, wann genau Giulio eigentlich in Darias Haushalt gekommen war. Rückblickend schien es ihm fast, als sei der gewaltige Muskelprotz schon immer um sie gewesen, aber natürlich musste es nach dem Tod seines Vaters gewesen sein. Allzu viel Zeit konnte indessen nicht dazwischengelegen haben, wie Paolo sich klarmachte. Zu jener Zeit hatte er jedenfalls noch nicht im Schiffsbau gearbeitet, also war er noch ein Junge gewesen, vielleicht zwölf, höchstens dreizehn Jahre alt. Er erinnerte sich noch gut an die Schwertübungen mit Giulio, ausgeführt auf Anweisung seines Fechtmeisters, der den Leibwächter als wahren Meister dieser Waffe bezeichnet hatte.

Paolo stieg die restlichen Stufen zum Prunkgeschoss des Palazzo hinauf und nickte seiner Stiefmutter mit bemühter Höflichkeit zu. »Ich bin heute gekommen, um mit dir über Casparo zu sprechen.«

Eine Spur von Besorgtheit zeigte sich in ihren Zügen, verschwand jedoch sofort wieder hinter der Maske der lächelnden Ausdruckslosigkeit, deren sie sich immer bediente, wenn sie sich nicht in die Karten schauen lassen wollte. »Was immer du willst, mein lieber Junge. Komm doch bitte herein.«

Gemeinsam gingen sie in den Portego, wo sie ihn zu einem der mit Samt bespannten Lehnstühle geleitete, die in repräsentativer Reihe vor der lederbespannten Längswand standen. Paolo verzichtete jedoch darauf, Platz zu nehmen und ging weiter zur Loggia an der Frontseite des Gebäudes. Beim Anblick der schlanken Säulen packten ihn die bittersüßen Erinnerungen an jene Nacht, als er Cintia hier die Ehe angetragen hatte. So verheißungsvoll hatte die Zukunft damals vor ihnen gelegen …

»Ein wenig Wein?«

Paolo fuhr zusammen, als Daria hinter ihm auftauchte und ihm einen Pokal reichte. Er nahm ihn entgegen und blickte in die blutrote Flüssigkeit.

»Woran denkst du?«, wollte sie wissen.

»Ich überlege gerade, ob du es wohl fertigbringen würdest, mir Gift in den Becher zu mischen.«

Sie lachte, doch ihm entging nicht, wie misstönend es klang, frei von jeder Erheiterung.

»Darf ich daraus schließen, dass dieses dumme Ding dir Märchen erzählt hat?«, fragte sie spöttisch. »Solche Flausen hatte sie schon im Kopf, als sie noch hier lebte und uns allen mit ihrer Krankheit die Ruhe raubte.«

»Juanas Zustand hat sich rapide verbessert, seit sie dieses Haus verlassen hat«, sagte Paolo lapidar. »Es dauerte nicht lange, und sie war wieder kerngesund.« Abwägend blickte er sie an. »Was hatte Eduardo Guardi hier verloren? Als er das letzte Mal hier war, hat er versucht, dich zu töten. Hast du das vergessen?«

»Ach, das war eine dumme Meinungsverschiedenheit, und er war sturzbetrunken.«

»Das war er vorhin auch. Aber du scheinst deine Vorbehalte gegen ihn verloren zu haben. Was tat er, um dein Wohlwollen zurückzugewinnen?«

»Im Moment hat er ziemlich viel Geld«, sagte Daria leichthin. »Die Zeiten sind schlecht, der Krieg nimmt kein Ende, seit die Heilige Liga im Frühjahr den Franzosen bei Ravenna unterlag. Frauen wie ich müssen nehmen, was sie kriegen können. Außerdem ist er in sich gegangen, seit seine Söhne ihn verlassen haben. Sein Leben ist nun viel friedlicher. Ach ja, und es steht zu erwarten, dass er eine neue Familie gründet. Esmeralda ist guter Hoffnung, und Eduardo will sie heiraten, falls es ein Junge wird. Wieder eines meiner Schäfchen, das gut unter die Haube kommt.«

Paolo starrte sie an, fassungslos über das Gehörte. Wann war ihr Charakter so außer Kontrolle geraten? Oder war sie schon immer so gewesen? Wieso hatte er früher eigentlich immer geglaubt, seine Stiefmutter habe ein gutes Herz? Während er den Wein im Pokal kreisen ließ, dachte er kurz über diese Fragen nach und kam zu dem Schluss, dass er Daria deshalb nie etwas Böses unterstellt hatte, weil sie ihn als Kind und Heranwachsenden immer gut behandelt hatte. Sie hatte ihn gepflegt, als er mit dem Tod rang. Sie hatte seinen Vater glücklich gemacht. Sie war Casparo stets eine liebende, aufopferungsbereite Mutter gewesen.

Dieser Gedanke wiederum lenkte Paolo zurück zu dem Anliegen, das ihn hergeführt hatte. »Es gibt Schwierigkeiten mit Casparos Besuchen bei Marino«, erklärte er unverblümt. »Juana und ihr Gatte nehmen vor allem Anstoß an eurer Begleitung – deiner und Giulios.«

Aufbrausend setzte sie zu einer Entgegnung an, die er jedoch sofort unterband. »Mir ist klar, dass Casparo diese Besuche nicht allein bewältigen kann. Deshalb werden wir dafür eine andere Lösung finden. Ich habe bereits darüber nachgedacht. Wir machen es künftig so, dass ich ihn abhole und dorthin bringe.«

Ein Geräusch lenkte ihn ab. Casparo stand in der offenen Tür seiner Kammer, an der Wand abgestützt und sichtlich bemüht, sich aufrecht zu halten.

»Du sollst doch nicht ohne Hilfe aufstehen!« Daria eilte auf ihn zu und ergriff ihn fürsorglich beim Arm. Paolo stellte den Weinpokal ab und fasste ebenfalls mit an, und gemeinsam führten sie Casparo zu einem der Lehnstühle in dem Zimmer.

»Ich danke euch«, sagte Casparo außer Atem, aber mit fester Stimme.

Paolo, der ihn fast drei Wochen nicht gesehen hatte, konnte kaum fassen, welche erneuten Fortschritte Casparo in seiner Sprachentwicklung gemacht hatte. Erstaunt blickte er seine Stiefmutter an, die bewegt nickte. In diesem Moment war ihr Gesicht so offen und verletzlich wie sonst nie. Was Casparo betraf, war sie einfach nicht fähig, sich zu verstellen.

Auch in seinen Bewegungen und seiner Haltung wirkte Casparo stärker und sicherer; jedenfalls war der Junge beim letzten Besuch noch nicht in der Lage gewesen, ohne fremde Hilfe auch nur einen einzigen Schritt zu tun, was er gerade eben jedoch offensichtlich geschafft hatte, auch wenn es nur das kurze Stück bis zur Tür gewesen war.

»Geht es dir gut?«, fragte Paolo besorgt. »Du siehst blass aus.«

»Es geht mir ... gut«, sagte Casparo. »Sehr gut.« Er redete langsam und konzentriert, verschluckte dabei manche Silben oder stotterte andere doppelt heraus. Dennoch war die Verbesserung in seiner Artikulation unglaublich. Paolo sprach im Geiste ein inbrünstiges Dankgebet.

»Will mit dir ... reden, Paolo.« Casparo schaute zu seiner Mutter hoch. »Allein. Bitte, Mama!«

Für Daria kam das offenbar völlig überraschend. Sie suchte Paolos Blick und hielt ihn fest. Er bemerkte die Furcht in ihren Augen, bevor sie die Lider senkte und den Raum verließ.

»Was liegt an, mein Junge?«, fragte Paolo gewollt launig.

»Habe ... gehört, dass ... Darf Marino nicht mehr sehen?« Panik stand in Casparos Blick.

»Das haben wir schon geregelt«, widersprach Paolo. Er legte seinem Bruder die Hand auf die Schulter und spürte eine Aufwallung schmerzlicher Zärtlichkeit, als er die jugendliche Knochigkeit spürte, doch zugleich war er froh, als er die Muskeln unter dem Hemd ertastete. »Du hast geübt, nicht wahr?«, meinte er begeistert. »Deine Stimme und deinen Körper gekräftigt. Es ist unglaublich, wie gut du wieder sprichst! Ich bin stolz auf dich!«

»Jeden Tag geübt«, bestätigte Casparo, angestrengt jedes einzelne Wort akzentuierend. »So gut ich kann. Will bald ... wieder Treppen steigen. Richtig sprechen. Mit Cintia in der Weberei arbeiten. Hat sie mir ... versprochen.« Bittend blickte er Paolo an. »Möchte wieder bei euch wohnen!« Seine Stimme klang immer noch verwaschen, aber die Worte waren klar und deutlich zu verstehen.

»Fühlst du dich nicht mehr wohl bei deiner Mutter? Ist es, weil ...« Paolo brach ab, doch Casparo wusste, worauf er hinauswollte.

»Nur zum Teil«, bestätigte er in seiner mühseligen Sprechweise. »Höre die Freier natürlich. Mutter sagt, ich soll ... besser wieder ins Mezzà. Dort ... einfacher zum Boot, sagt sie. Aber ich ... weiß, was sie wirklich meint.«

»Du bist inzwischen erwachsen. Es sollte dir nicht mehr so viel ausmachen. Ich habe in deinem Alter ebenfalls recht gut damit umgehen können. Deine Mutter führt dieses Geschäft nicht, weil es ihr Freude macht, sondern um dir ein angenehmes Leben zu ermöglichen.«

Casparo machte eine wegwerfende Geste. »Weiß ich. Macht mir … nicht viel aus, dass oben …« Statt den Satz zu beenden, warf er nur einen bezeichnenden Blick hoch zur Decke.

»Was stört dich dann?«

»Mutter … erstickt mich.« Mit einer fahrigen Bewegung umfasste Casparo die saubere, penibel aufgeräumte Kammer mitsamt den vielen Kissen auf dem Bett, dem Tisch mit den ordentlich aufgeschichteten Büchern. »Das hier …« Sein Gesicht verzerrte sich grimassierend, wie es zuweilen vorkam, wenn er nach einem Wort suchte. »Gefängnis. So gern wieder bei euch! Du … fehlst mir! Und Cintia. Bei euch war ich … glücklich.«

Paolo zögerte keinen Augenblick. »Wenn es dein Wille ist, kannst du selbstverständlich wieder in meinem Haushalt wohnen. Lucietta heiratet Memmo und zieht aus, dadurch haben wir mehr Platz. Außerdem wollen wir auf längere Sicht ohnehin umsiedeln, das war schon ausgemacht.« Letzteres war unzutreffend, doch noch während Paolo die Worte aussprach, erkannte er, dass es genau das war, was er seit geraumer Zeit wollte. Es nagte an ihm, in Räumen zu leben, die zuvor der unselige Niccolò Guardi bewohnt und sich dort als Familienvater aufgespielt hatte. Bei seiner – Paolos – Familie! Ganz zu schweigen davon, dass er ihn um ein Haar zum Hahnrei gemacht hatte!

Bisher hatte Paolo solche Gedanken verdrängt, schließlich hatte er genug andere Sorgen, aber durch den Wunsch seines Bruders gewann das Problem erneut an Bedeutung. Spontan beschloss Paolo, es noch in dieser Woche anzugehen, und sein Bruder würde ihm dafür den offiziellen Grund liefern.

Casparo strahlte vor Erleichterung, ihm war anzusehen, dass er gefürchtet hatte, Paolo werde sein Ansinnen ablehnen. »Mache … nicht viel Arbeit. Kann vieles selbst.« Errötend deutete er auf den Wandschirm mit dem Nachttopf dahinter. »Das da. Auch Anziehen. Nur nicht … Treppe.«

»Mach dir darüber keine Gedanken.«

»Paolo?«, fragte Casparo zaghaft. »Sagst du es … Mutter?«

»Hast du Angst, sie könnte es dir verbieten? Das wird sie nicht tun.«

»Ist … schlimm für sie«, meinte Casparo bedrückt. »War damals … auch.«

Paolo dachte nach und kam zu einem Entschluss. »Es ist besser, wenn ich dich gleich mitnehme. Dann erübrigt sich alles Weitere.«

»Nicht … Cintia fragen?«

»Nein, sie wird es begrüßen, wenn du wieder bei uns lebst. Je eher, desto besser.« Tatsächlich hatte Paolo daran nicht den geringsten Zweifel. In manchen Belangen kannte er Cintias Ansichten und Wünsche so gut wie seine eigenen – im Grunde sogar in allen. Zumindest glaubte er das, und deshalb schaffte er es auch, sich an die Überzeugung zu klammern, dass sie ihm seinen Ehebruch vergab.

»Sachen packen.« Casparo stemmte sich mühsam aus dem Lehnstuhl hoch.

»Das übernehme ich. Du bleibst hier sitzen und wartest. Ich bringe zuerst dein Zeug runter, dann dich. Unten miete ich uns eine Gondel.«

Als er wenig später mit einer vollen Kleidertruhe auf der Schulter die Kammer verließ, fand er Daria im Portego wartend vor. Ihr Gesicht war kreideweiß und bar jeden Ausdrucks. Es gab keinen Zweifel, dass sie alles gehört hatte, vermutlich durch die Verbindungstür zu ihrer eigenen Schlafkammer. Für Paolo kam das nicht unerwartet; bereits während des Gesprächs mit seinem Bruder hatte er bemerkt, dass die Tür nur angelehnt war.

Ihre Augen waren wie erloschene Kohle, als sie ihn anblickte. »Ist das die Rache?«, flüsterte sie.

»Die Rache wofür?«, fragte er ebenso leise zurück, damit Casparo es nicht verstehen konnte. »Für meine Verschleppung nach Konstantinopel? Für den versuchten Giftmord an Juana? Für die hinterhältige Zweckentfremdung meines Briefes, den ich dir aus der Gefangenschaft schrieb? Oder dafür, dass du meine Frau den Wölfen zum Fraß vorgeworfen und sie monatelang bei den Flaginis hast verrotten lassen?« Er hielt kurz inne. »Wenn dir die Entscheidung schwerfällt, such dir einfach etwas davon aus. Oder nimm alles, wenn es passt.« Das Gewicht der Truhe auf seiner Schulter verlagernd, hielt er ihrem gequälten Blick stand. »In der Bibel steht, dass jegliches Ding im Leben seine Zeit hat, so auch die Rache. Du magst annehmen, dass nun für meine Rache an dir die Zeit gekommen ist. Aber Gott sagt auch, die Rache sei sein. Dies ist folglich nicht meine Rache, sondern einzig der Wille meines Bruders, den ich liebe und glücklich sehen will und den ich allein aus diesem Grund mit mir nehme.« Mit diesen Worten ließ er sie stehen, um die Kiste nach unten zu tragen. Als er kurz darauf wieder zurückkam und seinen Bruder holte, war Daria nirgends zu sehen.

Von der Gondel, die er gemietet hatte, warf er einen Blick zurück. Er sah sie oben an der Loggia des Piano nobile stehen, die Finger um die steinerne Brüstung gekrampft. Giulio war hinter ihr wie ein Schatten, beide Hände auf ihren Schultern. Sein glatter Schädel leuchtete in der Sonne, doch sein Gesicht war von Darias Kopf verdeckt.

Ihr Gesicht dagegen war nicht länger ausdruckslos, sondern verzerrt von Wut und Leid, und in ihren Augen flackerte es. Keine Frage, Daria Loredan vertrat andere Ansichten von Rache und Vergeltung als jene, die in der Heiligen Schrift zu lesen waren, und irgendwann würde sie vielleicht versuchen, diese in die Tat umzusetzen.


»Weißt du, eigentlich finde ich dich gar nicht zu dick«, sagte Giacomo, das Gesicht zwischen Luciettas Brüsten vergraben. Seine Hand lag auf ihrem gewölbten Bauch, in dem sich träge das Kind bewegte.

»Das liegt daran, dass du jetzt den Grund dafür kennst«, gab Lucietta zurück. Ihre Laune hatte sich entschieden verbessert, denn eine Aussprache mit Giacomo hatte einige Änderungen für ihre Zukunft ergeben, die sie glücklich stimmten. Ursprünglich hatte sie sich an diesem Tag zum letzten Mal mit ihm treffen wollen, um ihn in einer dramatischen Begegnung mit ihrer Schwangerschaft zu konfrontieren und zugleich für immer Abschied von ihm zu nehmen. Doch wie üblich, wenn sie ihn sah, war sie machtlos gegen ihre Gefühle und gegen den Hunger nach körperlicher Nähe und Leidenschaft, der sie jedes Mal in seiner Gegenwart überkam – sie waren augenblicklich im Bett gelandet, und für sie war es so berauschend wie beim ersten Mal gewesen, oder sogar noch besser, wahrscheinlich weil sie glaubte, es nie wieder erleben zu dürfen. Nachdem sie ihr beiderseitiges Begehren gestillt hatten, stellte sich jedoch rasch heraus, dass er längst Bescheid wusste. Die halbe Stadt tuschelte bereits über ihre Schwangerschaft, erklärte er. Die bevorstehende Heirat mit Memmo sei ohnehin kein Geheimnis, daher sei man dem Grund dafür schnell auf die Spur gekommen und Giacomo auf die Schliche. Seine Frau habe ihm bereits eine gewaltige Szene gemacht, ihr Vater habe ihm gedroht, ihn zu entmannen.

»Ganz offensichtlich aus Zorn darüber, weil ich mit deiner Hilfe unter Beweis gestellt habe, dass nicht ich, sondern Marietta Schuld trägt, dass unsere Ehe kinderlos ist«, erklärte Giacomo selbstzufrieden.

Lucietta empfand grimmige Genugtuung über diese Neuigkeiten, wenngleich ihr das wenig half. Heiraten konnte sie Giacomo trotz allem nicht, und auch um das Kind könne er sich nicht kümmern, wie er bedauernd mitteilte. Doch er hatte klargestellt, dass er sie nicht aufgeben wollte.

»Dadurch, dass du Memmo heiratest, wird sogar alles besser werden«, schwärmte er. »Wir haben dann sozusagen gleiche Ausgangspositionen. Du glaubst nicht, wie sehr das die Leidenschaft anstachelt!« Seine Lippen wanderten über ihren Nabel

787

nach unten. »Allein, wenn ich daran denke, könnte ich …« Der Rest seiner Bemerkung blieb unverständlich, doch Lucietta merkte auch so, was er meinte. Erstickt aufkeuchend, wand sie sich unter seinen sündhaften Liebkosungen, für die sie mit Sicherheit dem ewigen Fegefeuer anheimfallen würde. Doch das war ihr in diesem Augenblick egal.

»Agostino wird erwarten, dass ich das Bett mit ihm teile!«, stieß sie zwischendurch hervor.

»Wen kümmert das«, gab er stöhnend zurück.

Der hitzige Akt nahm seinen Fortgang und erreichte ein für Lucietta zutiefst befriedigendes Ende. »Wir müssen es noch geheimer halten als vorher«, murmelte sie anschließend an Giacomos Schulter. »Ich habe Cintia versprochen, dass ich dich heute zum allerletzten Mal treffe. Und auch nur, um Abschied zu nehmen. Nicht, um das zu tun, was wir vorhin getan haben.«

»Und was wir sicher noch einmal tun werden, nachdem ich mich ein bisschen ausgeruht habe.« Erneut bettete er seinen Kopf an ihre Brust, und gleich darauf bestätigte sich ihr aufkeimender Verdacht – schon wieder war er im Begriff, einzuschlafen.

»Ich will mit dir reden!«, sagte sie mit scharfer Stimme.

Giacomo zuckte zusammen und murmelte dann ergeben: »Dein Wille soll mein Wunsch sein. Ich bin ganz Ohr.«

Argwöhnisch darauf achtend, dass seine Augen geöffnet blieben, streichelte sie sein Haar. »Stell dir vor, was herausgekommen ist – Paolo hatte noch eine zweite Frau in Konstantinopel!«

Giacomo zuckte die Achseln. »Männer sind so, das weißt du doch, Liebes.«

»Ja, aber in diese zweite Frau hatte er sich verguckt!«

»Mein Schatz, ich habe mich auch in dich verguckt, obwohl ich ein verheirateter Mann bin. Und du wirst bald ebenfalls den Ring eines anderen tragen, was dich nicht daran hindern wird, mich mehr zu lieben als ihn.«

»Aber Paolo liebt doch Cintia! Er liebt sie über alles!« Mehr denn je regte Lucietta sich über dieses himmelschreiende Dilemma und seine Auswirkungen auf. »Wie konnte er sich nur so vergessen!«

Giacomo zählte die nackten Fakten auf. »Erstens: Er war einsam. Zweitens: Er war in der Fremde. Drittens: Er ist ein Mann ...«

Lucietta versetzte ihm einen Klaps, bevor er albern werden konnte. »Ich selbst kann es ja vielleicht noch nachvollziehen. Zudem dürfen wir nicht vergessen, dass auch sie um ein Haar im Bett eines anderen gelandet wäre. Es war sozusagen nur eine Sache von Stunden, das weiß ich sicher. Sie sollte das berücksichtigen. Wäre er mein Mann und würde ich ihn so lieben wie Cintia ihn, hätte ich ihm schon vergeben. Aber sie tut es nicht.«

»Wann hat sie es denn erfahren?«

»Vor drei Tagen«, sagte Lucietta.

Giacomo lachte. »Gib ihr einen Monat, und sie wird sich besinnen. Marietta braucht immer einen Monat, bis sie wieder freundlich ist.«

»Was meinst du mit *freundlich*?«, wollte Lucietta misstrauisch wissen.

Giacomo räusperte sich. »Dass sie wieder mit mir redet.«

Unter anderen Umständen wäre Lucietta dem genauer auf den Grund gegangen, doch sie war zu sehr von den Gedanken an die Ehe ihrer Cousine erfüllt. »Sie lieben einander so sehr! Nie fand in San Marco ein Paar zusammen, das so sehr verbunden ist wie die beiden! Es ist gleichsam ihr Schicksal, sich zu lieben, weißt du. Es leuchtet aus ihren Blicken und steht in ihren Gesichtern geschrieben, dass sie füreinander bestimmt sind! Warum können sie nicht einfach zusammenkommen?« Sie seufzte und merkte, wie ihre Augen feucht wurden. »Cintia ist wieder schwanger, stell dir vor.«

»Dann gibt es ja bald noch mehr Familienzuwachs«, meinte Giacomo höflich.

»Den gab es schon, wenn man Casparo mitzählt.«

»Wieso, wurde er ebenfalls wieder Vater?«

789

»Sei nicht albern.« Sie knuffte ihn. »Schon gar nicht bei dem Thema. Du weißt doch, dass der arme Junge behindert ist. Nein, er ist zu uns gezogen. Paolo hat ihn im Wachhäuschen untergebracht, so lange, bis ich ausgezogen bin.«

»Wohnt da nicht euer Leibwächter?«

»Nicht mehr. Giovanni hat sich mit Juana eine Wohnung genommen.«

»Und du wirst ebenfalls bald woanders wohnen – bei deinem Gatten. Freust du dich schon darauf?«

»Ja«, behauptete Lucietta. In Wahrheit erfüllte es sie mit Unbehagen, wenngleich die Vorstellung, als Herrin in einem luxuriösen Heim zu residieren, einiges für sich hatte. Memmo bewohnte ein recht komfortables Domizil am Rialto, mit einer Hausmagd und einer Köchin.

»Cintia und Paolo werden ebenfalls umziehen«, berichtete sie. »Paolo hat es bestimmt, er hat vorgestern sogar bereits ein Haus ausgesucht. Cintia war sofort damit einverstanden.« Lucietta dachte kurz nach. »Es war nicht ein einziges Mal die Rede davon, dass sie dagegen ist. Das könnte ein Zeichen für eine bevorstehende Einigung sein, was meinst du?«

Als er nicht gleich antwortete, fuhr sie eifrig fort: »Sicher hast du recht. Sie wird ihm vergeben. Alles andere wäre der pure Unfug.« Sie dachte über weitere Gesprächsthemen nach, die ihr auf der Seele lagen. »Hast du schon gehört, dass Esmeralda ebenfalls guter Hoffnung ist? Fast scheint es, als wäre es ansteckend.« Sie kicherte. »Nur dass sie es mit Bedacht herbeigeführt hat, damit dieser widerliche Guardi sie heiratet.« Bei dem Gedanken verflog ihre Erheiterung auf der Stelle. »Wie sie sich den Kerl aufhalsen konnte, ist mir schleierhaft. Bei dem muss man mit allen Untaten rechnen. Weißt du, Cintia und ich argwöhnen immer noch, dass er damals ihre Eltern hat umbringen lassen, damit Cintia bei der Heirat mit Gregorio nicht nur eine gute Mitgift, sondern gleich das ganze Barozzi-Vermögen mit in die Guardi-Familie bringt.«

Giacomo gab ein undefinierbares Geräusch von sich.

»Sicher, man könnte daran zweifeln«, räumte Lucietta ein.
»Denn sie wurden ja getötet, bevor der Ehekontrakt abgeschlossen war, weil Onkel Ippolito unerwartet krank wurde und die Papiere an jenem Abend nicht mehr unterzeichnen konnte. Doch das wusste der Meuchelmörder nicht. Das mit dem fehlenden Ehekontrakt, meine ich. Und Guardi hatte vielleicht keine Gelegenheit mehr, ihn zurückzurufen. Einmal in Marsch gesetzt, hat der Attentäter daher stur zur vereinbarten Zeit seinen Auftrag ausgeführt.«

Abermals kam ein Geräusch von Giacomo, und diesmal identifizierte Lucietta es auf der Stelle als Schnarchen. Zornig griff sie ihm zwischen die Beine und kniff ihn dort, immer noch die sicherste Methode, ihn zu hellwacher Aufmerksamkeit zu bewegen.

Jammernd fuhr er hoch und umfasste schützend seine Genitalien. »Warum tust du das jedes Mal?«

»Warum schläfst du jedes Mal ein, wenn wir zusammen sind?«, konterte Lucietta empört. »Nie bekommst du die wichtigen Dinge mit, die ich dir zu berichten habe!«

Giacomo rieb sich die Hoden. »Ich habe alles gehört«, verteidigte er sich. »Paolo und Cintia – sie lieben sich und sind vom Schicksal füreinander bestimmt. Und sie ziehen in ein anderes Haus. Esmeralda kriegt ein Kind und Paolos Bruder ist zu euch gezogen.«

»Und weiter? Ich habe noch mehr erzählt. Etwas, das mindestens genauso wichtig war, weil es dabei um Leben und Tod ging.«

Er duckte sich unter ihrem herausfordernden Blick, wusste aber nichts zu erwidern. Mit seinem treuherzigen Gesichtsausdruck und dem jungenhaft zerzausten Haar sah er indessen so unwiderstehlich aus, dass ihr das Herz schmolz. Seufzend schmiegte sie sich in seine Arme und genoss die Nähe und Vertrautheit seines Körpers, während sie sich bange ausmalte, wie es sich wohl anfühlen würde, bei einem alternden Mann wie Agostino zu liegen.

Sie spürte die Bewegungen ihres Kindes, und gleichzeitig hörte sie an dem sanften Schnarchen Giacomos, dass er wieder eingeschlafen war. Diesmal widerstand sie dem Impuls, ihn erneut zu wecken, obwohl sie bereits jetzt wusste, wie der Nachmittag sich nun gestalten würde: Wie üblich würde er erst beim Vesperläuten aufwachen, sich in grantiger Stimmung stumm ankleiden, sie flüchtig küssen und dann nach Hause gehen, zu seiner langweiligen, unfruchtbaren Ehefrau.

Lucietta horchte in sich hinein und fand, dass es sie eigentümlich gleichgültig ließ. Sollte er es doch mit seiner Ehe halten, wie er wollte! Sie würde dasselbe tun – und sich dabei wohlfühlen! Mit einem Mal hatte die Aussicht, bald einem angesehenen und gut situierten Ehemann anzugehören, dessen Achtung und Verehrung ihr sicher waren, etwas Tröstliches und sehr Hilfreiches. Die Dinge im Bett würde sie schon irgendwie erdulden.

Sie merkte, wie sie ebenfalls schläfrig wurde, und gewärmt von ihrem Liebhaber sowie von der ins Zimmer scheinenden Sonne schlief sie schließlich selbst ein.


Unterdessen blieb die Atmosphäre zwischen Cintia und Paolo weiterhin angespannt, wenngleich sie sich beide bemühten, es vor anderen nicht zu zeigen. Cintia grübelte häufig darüber nach, wie tief seine Gefühle für die fremde Frau wohl gegangen waren, doch sie versagte es sich, ihm die Fragen zu stellen, die sie fortwährend plagten. Ihr Groll schmerzte sie zuweilen fast körperlich, und manchmal wurde er so stark, dass sie dachte, Paolo hassen zu müssen. Dann wieder gewann ihre Sehnsucht nach ihm die Oberhand, und sie wünschte nichts weiter, als einfach alles zu vergessen und von ihm in die Arme genommen zu werden. In solchen Augenblicken stand sie dicht davor, ihm von ihrer Schwangerschaft zu erzählen, brachte es aber dann doch nicht fertig.

Nach außen hin führten sie ein normales Familienleben, immerhin dazu konnte Cintia sich mittlerweile durchringen, denn sie wollte nicht, dass ihre Tochter unter dem Zerwürfnis der Eltern litt, und auch an Casparos Seelenfrieden lag ihr viel. Der arme Junge plagte sich ohnehin mit Selbstvorwürfen, weil er es vorzog, bei seinem Bruder und dessen Familie zu leben statt bei seiner Mutter. Jeder, der davon hörte, begrüßte diese Entscheidung, schon wegen der allseits bekannten Tatsache, dass Daria Loredan nun einmal eine Kurtisane war und man es ihrem jüngeren Sohn daher nicht verdenken könne, wenn er woanders wohnen wollte. Dass er den Wechsel letztlich aus ganz anderen Erwägungen heraus angestrebt hatte, interessierte niemanden, zumal es ihm schwerfiel, seine Beweggründe in Worte zu fassen. Cintia hingegen verstand seine Motive auch ohne große Erklärungen, denn sie kannte Daria inzwischen so gut, dass sie mühelos nachempfinden konnte, was Casparo an seiner Situation am meisten bedrückt hatte. Zuneigung konnte ebenso wie Abneigung beengend, ja sogar beängstigend sein, sobald diese Gefühle extreme Formen annahmen. Und Daria verstand sich wahrlich auf solche Extreme.

Aus Rücksicht auf Casparo sowie auf Anna achtete Cintia darauf, so viel Zeit wie möglich im Kreise der Familie zu verbringen. Sie nahmen gemeinsam die Mahlzeiten ein, gingen des Sonntags zusammen zur Messe und unternahmen Ausfahrten mit der Gondel.

Paolo verzichtete ebenfalls auf jede Zurückgezogenheit. Er schäkerte mit der Kleinen, scherzte mit seinem Bruder und bedachte sogar seine Frau hin und wieder mit einem vorsichtigen Lächeln. Cintia nahm diese behutsamen Annäherungsversuche wohl zur Kenntnis, ging aber nicht darauf ein. Stattdessen tat sie jedes Mal so, als hätte sie es nicht bemerkt, auch wenn ihr dieses Verhalten manch missbilligenden Blick von Imelda und Lucietta eintrug, die übereinstimmend der Meinung waren, sie solle aufhören zu schmollen – so die Formulierung Luciettas, die seit zwei Wochen Monna Memmo war und im Haus ihres frisch angetrauten Gatten lebte. Bei ihren Besuchen, die alle paar Tage stattfanden, erweckte sie stets den Eindruck, zufrieden zu sein, wenn sie auch nicht gerade vor Freude überschäumte. Dafür war Memmo bis über die Ohren verliebt in seine junge Frau und machte keinen Hehl daraus, dass er wunschlos glücklich war. Wenn Cintia ihn in der Weberei traf, glühte er förmlich vor Stolz und Euphorie, folglich war wohl davon auszugehen, dass diese Ehe sich weit besser angelassen hatte als vorher von Lucietta erwartet.

An einem Tag Ende September kamen sie von einem Besuch bei Lucietta zurück, die ihnen stolz die neuen Draperien gezeigt hatte, mit denen sie Memmos bis dahin eher männlich karge Einrichtung verschönt hatte. Von dort fuhren sie mit der Gondel weiter zu Giovanni und Juana, wo sie eine etwas formelle halbe Stunde verbrachten und sich mit dem Sachsen und der jungen Portugiesin unterhielten, während Casparo mit seinem kleinen Sohn spielte. Juana wirkte nicht sonderlich glücklich, doch nachdem Giovanni sie einmal kurz zur Seite genommen und leise mit ihr geredet hatte, zeigte sie mehr Gelassenheit. Zum Abschied sagte Giovanni zu Cintia: »Sie wird lernen, es auszuhalten. Und für den armen Kerl ist es ein Segen.«

»Der Himmel wird es euch danken, Giovanni.«

Der Sachse schüttelte den Kopf. »Der Himmel hat damit nichts zu tun. Ihr wart es. Juana verdankt Euch ihr Leben. In ihrer dunkelsten Stunde habt Ihr sie aufgenommen und gesund gepflegt. Und Ihr habt dafür gesorgt, dass sie ihr Kind zurückbekam.« Mit dem Kinn deutete er auf Casparo, dem Paolo gerade in die Gondel half. »Ihn freundlich zu empfangen und ihm hin und wieder eine Begegnung mit seinem Sohn zu ermöglichen ist das Mindeste, was wir tun können.«

Cintia stieg zu den anderen in die Gondel und blickte in die Runde. Das Bild, das sich ihr bot, hätte nicht idyllischer sein können. Ihr Mann hielt ihre kleine Tochter auf dem Arm, sorgsam darauf achtend, dass das Kind nicht zu viel Sonne abbekam, während die Amme danebensaß und müßig dem bunten Treiben am Kanalufer zusah. Auch Casparo betrachtete fasziniert das Menschengewimmel. Sein Gesicht leuchtete vor Vergnügen, ihm war anzumerken, wie viel Freude ihm dieser Ausflug machte. Im letzten Jahr war er kaum herausgekommen, und so hungerte er förmlich nach Abwechslung, eine Empfindung, die Cintia so gut nachfühlen konnte, als wäre es ihre eigene. In den nächsten Tagen wollte sie ihn zum ersten Mal wieder in die Weberei mitnehmen. Solange Paolo bei derartigen Unternehmungen helfend zugegen sein konnte, bereitete es keine Probleme, dass Casparo überall dabei war, zumal der Junge mit jedem Tag geschickter und beweglicher wurde.

Cintia machte ein bekanntes Gesicht in der Menge am Kanalufer aus. »Sieh nur«, sagte sie zu Paolo. »Da ist Messèr Tassini!«

Der Ammiraglio hatte Paolo bereits erspäht und winkte ihm zu. »Kommt herüber, ich habe gute Neuigkeiten!«, rief er quer über den Kanal.

Paolo wies den Gondoliere an, das Ufer anzusteuern, und stieg aus, um mit Tassini zu reden. Cintia bemerkte unterdessen, wie Casparo mit sehnsüchtigen Blicken einen Orangenverkäufer musterte, der seinen Stand vor den Kolonnaden der Markthalle aufgebaut hatte.

»Möchtest du eine Orange essen?«, fragte sie.

Erfreut stimmte er zu, daher stieg sie ebenfalls aus der Gondel und schob sich durch den unaufhörlichen Strom der Passanten, um etwas von dem Obst zu kaufen. Während sie bei dem Händler einige der saftigen Früchte erstand, musste sie an das neue Gesetz denken, das der Rat kürzlich erlassen hatte, um die Arbeit der *Provisori alle pompe* zu unterstützen. Lucietta hatte vor ein paar Tagen davon erzählt, und sie hatten alle herzlich darüber gelacht. Die Vorschrift besagte, dass das Bewerfen von Amtsdienern dieser Behörde mit Orangen verboten war. Offenbar gab es stets genug streitlustige Bürger dieser Stadt, die sich mit den Gesetzen gegen allzu üppigen Luxus nicht anfreunden mochten.

Cintias Vater hatte früher ebenfalls verschiedentlich mit der

Obrigkeit über den Sinn und Zweck solcher Beschränkungen verhandelt, denn es konnte nicht im Interesse eines Seidenhändlers liegen, dass reiche Damen keine prunkvollen Seidenkleider tragen oder Patrizier ihre Wände nicht mit Brokat behängen durften. Seit Jahrhunderten versuchte der venezianische Rat immer wieder, dergleichen zu regeln – meist ohne Erfolg. Die Bedürfnisse der Menschen nach solchen Annehmlichkeiten des Lebens, mit denen sie sich von anderen abheben konnten, waren nicht durch Vorschriften zu unterdrücken.

Cintia schob die erworbenen Orangen in ihren Beutel und machte sich auf den Weg zur Anlegestelle, als sie nach wenigen Schritten am Arm gepackt und in einen Hauseingang gezogen wurde. Unversehens fand sie sich in einer Lagerhalle wieder, in der es feucht und dämmerig war und nach Fisch roch, jedoch nicht so stark, dass sie nicht die wesentlich strengeren Ausdünstungen des Mannes wiedererkannt hätte, der sie vor sich herschubste, bis sie nicht weiterkonnte, weil einige Heringsfässer ihr den Weg versperrten. Sich an einem der Fässer abstützend, gewann Cintia ihr Gleichgewicht zurück und fuhr herum.

Wie eine Ausgeburt der Hölle stand Todaro vor ihr, das Gesicht zu jenem abstoßenden Grinsen verzogen, das sie bis in ihre Albträume verfolgt hatte.

»Sieh an!« Sein fauliger Atem schlug ihr ins Gesicht, während er ihr Haar packte und den Kopf zurückkriss. »Schön wie eh und je! Damals hätte ich dich für ein Techtelmechtel auswählen sollen statt der dickeren Schwester.« Er hielt inne und lachte. »Ach nein, sie ist ja die Cousine. Und jetzt eine ehrbare Ehefrau.«

Sie trat nach ihm, doch er wich geschickt aus und lachte nur noch lauter. »Mein Liebchen, wenn ich dich umbringen wollte, hätte ich es schon gemacht, glaub mir. Doch wie du siehst, bin ich nicht gut bei Kasse und habe daher andere Vorstellungen von unserer Zusammenkunft.«

Tatsächlich war er heruntergekommen wie nie. Sein Körper stank erbärmlich, und seine zerlumpte Kleidung starrte vor Dreck. Was immer er damals an Geld von Niccolò bekommen hatte, um sie auf der Pestinsel besser zu behandeln, war längst ausgegeben.

»Was willst du?«, fragte sie, beide Hände auf ihr jagendes Herz gepresst.

»Ein Geschäft mit dir machen«, sagte er lauernd.

»Mit Mördern und Halsabschneidern mache ich keine Geschäfte.«

»Bist du da so sicher?« Er kicherte, als hätte sie einen guten Witz gemacht. »Übrigens, ich handelte im Auftrag, als ich dich in diesem Loch bei den Flanginis überfallen habe. Hättest du das gedacht?«

Fassungslos starrte sie ihn an. Was redete dieser schmierige Kerl da? »Wer?«, stieß sie hervor.

»Würdest du wohl gern wissen, wie? Das ist das Geschäft, von dem ich rede. Ich sage dir, wer mein Auftraggeber war, und du gibst mir dafür ein bisschen Gold.« Er ließ ihr Haar los und hakte die Daumen hinter den Strick, der ihm als Gürtel diente. Im hinteren Bereich der Lagerhalle waren zwei Frauen aufgetaucht, die Fässer umschichteten und dann ein paar davon auf eine Karre luden. Wären sie vorhin schon auf der Bildfläche erschienen, hätte Cintia laut um ihr Leben gerufen, doch Todaro machte tatsächlich nicht den Eindruck, als sei er auf Mord und Totschlag aus. Und die Äußerung, dass er damals nicht auf eigene Faust gehandelt hatte, als er sie bei den Flanginis überfallen hatte, stachelte sie zu fieberhaften Mutmaßungen an – und zu einem Schuss ins Blaue. »Flangini selbst hat dich bezahlt. Er wollte, dass ich seinen Sohn Anselmo heirate. Vermutlich glaubte er, dass ich auf diese Weise gefügig zu machen bin.«

»Schlau, schlau«, spottete Todaro. »Nur leider ganz falsch.« Mit einem Schritt trat er dicht vor sie hin, und auf einmal hielt er ein Messer in der Hand, die Spitze unter ihr Kinn gepresst, und nun bedauerte Cintia, dass sie nicht um Hilfe gerufen hatte. Die Frauen waren wieder verschwunden, und obwohl sich nur wenige Schritte von ihr entfernt ein Strom von Menschen unter den Arkaden vorbeischob, war sie diesem Monster ausgeliefert.

Bevor sie den ersten Schrei hätte ausstoßen können, läge sie bereits verblutend auf dem mit Sägespänen und Fischabfällen bedeckten Boden, und Todaro hätte sich durch den Hinterausgang davongemacht.

»Keine Sorge, heute töte ich dich nicht. Es sei denn, du weigerst dich weiterhin, Geschäfte mit mir zu machen. Und das wirst du doch nicht, oder?« Sein Mund war an ihrer Wange, seine Lippen streiften ihre Haut. »Ich träume oft von dir, süße Cintia. Von der Insel und von jener Nacht, als du mich begraben hast.« Sein Geruch war so widerwärtig, dass sie würgen musste, was ihn zu erneuter Heiterkeit anregte – und dazu, mit der freien Hand ihre Brüste zu begrabschen. »Vielleicht sollte ich einen kleinen Ritt als Dreingabe zu dem Handel verlangen, den wir heute abschließen.«

Ungeniert befingerte er ihre Brüste, während sich die Spitze seines Dolches fester in die weiche Unterseite ihres Kinns grub. Vor Zorn und Ekel außer sich, konnte sie kaum den Drang unterdrücken, ihm ungeachtet des Messers das Knie in die Weichteile zu rammen. Hasserfüllt funkelte sie ihn an. »Nimm deine Hände von mir, oder es wird nichts aus dem Geschäft!«

Ihm war anzusehen, dass er zwischen Geilheit und Geldgier hin- und hergerissen war – und welche Regung den Sieg davontrug. Spucke spritzte zwischen seinen lückenhaften Zähnen hervor, als er sie anzischte: »Es ist an der Zeit, dass wir uns ein bisschen näher kennenlernen, meine Schöne!« Er ohrfeigte sie hart, dann stieß er sie vorwärts, in eine dunklere Ecke des Lagerraums, wo eine Trennwand einen Bereich abschirmte, in dem Säcke lagerten. »Ein Laut, und du bist tot«, warnte er sie. »Erst wenn ich mit dir fertig bin, reden wir übers Geschäft.«

Er nestelte sich zwischen den Schenkeln herum, doch bevor er dort etwas zutage fördern konnte, ging ein Ruck durch seinen Körper. Die Hand mit dem Dolch sank herab, die Waffe landete scheppernd auf dem Boden. Schlaff fiel Todaro gegen Cintia, die ihn von sich stieß und einen Satz rückwärts tat.

Über dem niedergesunkenen Körper stand Paolo, einen blut-

798

beschmierten Degen in der Faust. Sein Gesicht zeigte einen Ausdruck höchster Konzentration, die sich schlagartig in Sorge verwandelte, als sein Blick zu seiner Frau ging. »Bist du verletzt?«

»Mir ist nichts geschehen.« Sie blickte auf die reglose Gestalt am Boden. Todaro lag in verkrümmter Haltung zwischen zwei Säcken, mit dem Gesicht nach unten. »Ist er tot?«

»Mausetot.«

»Bist du sicher?«

»So sicher, wie man nur sein kann, wenn man einem Mann das Herz durchbohrt hat«, sagte Paolo sachlich. »Schau. Vor dem Burschen musst du nie wieder Angst haben.«

Mit dem Fuß rollte er den leblosen Körper herum, und nun war zu sehen, dass Todaros Augen im Tod gebrochen waren. Weit aufgerissen starrten sie zur Decke, als hätte er im letzten Moment seines Lebens schon den Höllenschlund gesehen, der ihn erwartete.

Die angespannte Beherrschung, die Cintia die ganze Zeit über zu klarem Denken und bedachten Reaktionen befähigt hatte, verschwand innerhalb eines einzigen Atemzugs. Sie kam sich vor wie ein zu hart aufgepumpter Blasebalg, dem schlagartig die Luft entwich. Keuchend taumelte sie einen Schritt zurück, danach noch einen, und dann sank sie zu Boden, als hätte ihr jemand in die Kniekehlen getreten. Paolo war sofort an ihrer Seite und ging vor ihr in die Hocke. »Cintia?«

»Mir ist schlecht«, konnte sie gerade noch stammeln, und dann musste sie sich auch schon übergeben. Dabei versuchte sie noch, ein Stück zurückzuweichen, konnte aber nicht verhindern, dass ein Teil der Bescherung Paolos Schuhe traf. Es schien ihn nicht zu kümmern, denn er hielt ihr den Kopf und wischte ihr anschließend das Gesicht ab, bevor er sie vorsichtig vom Boden hochzog und schützend an sich drückte.

Unterdessen füllte sich der Lagerraum mit Schaulustigen, die über das Geschehen debattierten und mit morbider Neugier den Leichnam begutachteten.

»Ich habe diesen Kerl schon mal gesehen«, sagte jemand. »Ein Mädchen, das ich kenne, wurde von ihm belästigt und bestohlen.«

»Und ich habe mitbekommen, was eben hier passiert ist«, sagte einer eifrig zu den Umstehenden. »Der brave Mann hier suchte seine Frau. Ich wies ihm den Weg, denn ich hatte gesehen, wie sie dort vorn Orangen kaufte und dann von diesem Schmutzfinken unter die Arkaden gezogen wurde. Der Kerl hat die arme Frau mit dem Messer bedroht und wollte ihr die Kleider vom Leib reißen! Ihr Gatte kam gerade noch rechtzeitig hinzu, um sie zu retten!«

»Was für ein dreister Verbrecher!«

»Am helllichten Tag!«

Noch mehr empörte Ausrufe wurden laut, und wenig später bestätigten die Zeugen den eilends herbeigerufenen Militi, dass hier soeben ein gemeiner Raubmörder sein gerechtes Ende gefunden hatte. Paolo durfte, nachdem er den Ordnungshütern seinen Namen und seine Adresse genannt hatte, den Schauplatz gemeinsam mit Cintia verlassen.

Er hob sie auf seine Arme und trug sie durch das Gedränge der Neugierigen zum Boot, wo er den Gondoliere anwies, sie auf schnellstem Wege heimzubringen.


Wie durch wogenden Nebel erlebte sie die Rückkehr nach Hause, wo Paolo alles dirigierte und Befehle erteilte. Er brachte seinen von dem Ausflug erschöpften Bruder in das Wachhäuschen, wies danach die Amme an, das Kind zu Bett zu bringen, und trug Imelda auf, eine stärkende Brühe zu kochen und sich danach um Casparo zu kümmern.

Er nötigte Cintia auf einen Schemel in der Küche und bereitete ihr eigenhändig ein Bad. Immer wieder fragte er sie, ob es ihr auch wirklich gut ginge.

Imelda werkelte an der Feuerstelle, kochte Suppe und reichte Paolo zwischendurch einen Kessel mit heißem Wasser für das Bad. Dampf waberte um die Kochstelle und benetzte Cintias Gesicht, das sie wieder und wieder abwischte, bis sie merkte, dass die Feuchtigkeit nicht von dem Küchendunst herrührte, sondern von Tränen.

»Komm, dein Bad ist fertig.« Mit sanften Bewegungen begann Paolo, sie zu entkleiden, und sie ließ es sich widerstandslos gefallen, als wäre sie ein kleines Kind. Noch nie im Leben hatte sie sich so ausgelaugt und kraftlos gefühlt, außer vielleicht damals in den Tagen der Pest. In ihrem Kopf war es leer und dunkel, es war, als wäre sie an Leib und Seele betäubt. Mit gesenktem Kopf stand sie von dem Schemel auf, damit Paolo ihr auch die Unterkleidung abstreifen konnte. Er berührte sie nicht mehr als nötig, und dort, wo er sie anfasste, fühlten sich seine Hände sacht und leicht an. Als sie im Zuber saß, löste er ihre Zöpfe und wusch ihr das Haar mit gleichmäßigen, kreisenden Bewegungen, bis aus der dumpfen Lethargie in ihrem Inneren wieder ein Hauch von Gefühl emporstieg und sich nach und nach zu normalem Empfinden verdichtete. Sie wurde sich seiner Hände bewusst, die den Schwamm über ihren Körper führten und sie reinigten, und sie roch den Duft der frischen Brühe, die auf dem Herd köchelte. Imelda hatte eine Schale mit der Suppe gefüllt und war wortlos verschwunden. Um sie herum herrschte Stille, nur hin und wieder unterbrochen durch das Knacken eines Scheites im Kochfeuer.

Dann gab es auf einmal nur noch ihn, wie er hier neben dem Badezuber kniete, die Arme bis zu den Ellbogen im Wasser und einen so ernsten, besorgten Ausdruck im Gesicht, dass sich ihr Herz zu nie gekannter Weite auftat. Zugleich flutete der Zorn in einer so machtvollen Welle über sie herein, dass sie wie unter einem Schlag zusammenzuckte.

»Was ist?«, fragte Paolo alarmiert.

Sie stemmte sich in dem Zuber hoch und schleuderte den Schwamm nach ihm. »Du hast unsere Ehe mit Füßen getreten! Nicht nur bei einer Hure hast du gelegen, nein! Du musstest es auch noch mit einer anderen Frau tun, und die obendrein noch lieben!«

»Das ist nicht wahr!«, protestierte er. »Geliebt habe ich nur dich!«

»Du lügst!«

»Ich habe dir das Leben gerettet!«

»Du … du … Hurenbock!« Wütend bewarf sie ihn mit der Seife, die ihn am Kopf traf, was ihn mit raschem Schritt zurücktreten und nach der Stelle greifen ließ, wo ihn das Wurfgeschoss erwischt hatte.

Sie stieg aus der Wanne. »Ich hasse dich!«, entfuhr es ihr.

»Nein, das tust du nicht!«

Anstelle einer Antwort sah sie sich nach weiteren Gegenständen um, mit denen sie ihn bewerfen konnte, doch er kam ihr zuvor und hielt ihre Hände fest, während er sie mit einem Blick maß, in dem sich ebenfalls Zorn spiegelte. »Lass uns doch mal über *deine* Verfehlung reden!«, rief er. »Wäre ich nicht zufällig an jenem Tag nach Hause gekommen, als dieser Hinkefuß dir die Kette geschenkt hat, wärst du mit ihm ins Bett gestiegen! Du hättest dich ihm an den Hals geworfen wie eine beliebige …«

»Sag es nicht!«, fauchte sie ihn an, während sie erfolglos versuchte, sich seinem Griff zu entwinden. »Und nenn Niccolò nicht so! Er ist ein feinfühliger, rücksichtsvoller, großzügiger …«

»Ehemann?«, fiel Paolo ihr schnaubend ins Wort. Helle Wut stand in seinem Gesicht.

Ihr fiel keine passende Erwiderung ein, also beschränkte sie sich auf einen empörten Aufschrei und versuchte weiter, ihm ihre Hände zu entreißen. Als er sie noch fester hielt, begann sie, ihn zu treten, was sich allerdings rasch als unsinniges und zudem schmerzhaftes Unterfangen erwies, weil sie barfuß war und er ziemlich widerstandsfähige Stiefel trug. Ihr wildes Gerangel führte am Ende jedoch dazu, dass Paolo in einer Wasserpfütze ausrutschte und rücklings in den Zuber kippte, und als wäre dies noch nicht genug, riss er Cintia mit sich, sodass sie platschend auf ihm landete, das Gesicht im Wasser neben seiner Schulter, die Beine zwischen seinen.

Heftig strampelnd stemmte sie sich hoch, hustend von dem

Wasser, das ihr in den offenen Mund gedrungen war, weil sie den Fehler begangen hatte, genau in dem Moment zu schreien, als sie untergetaucht war.

Beide Arme um sie geschlungen, setzte Paolo sich auf, Verblüffung im Blick.

»Was zum Teufel …«, sagte er gedehnt. »Ich habe erst heute früh gebadet.«

Ihr Gesicht war keine Handbreit von dem seinen entfernt. Er war ihr so nah wie schon lange nicht mehr, und wie von Zauberhand berührt, spürte sie den Zorn weichen und einer anderen Regung Platz machen, so nachhaltig und vollständig, dass sie sich verwandelt vorkam.

Es dauerte ein paar Augenblicke, bis sie ergründet hatte, was es für eine Empfindung war, die sie so verstörte, doch dann erkannte sie es mit umso stärkerer Eindringlichkeit.

Es war Angst. Sie hatte panische Angst, ihn zu verlieren. Mit unerwarteter Wucht kam ihr die Erkenntnis, dass er ihr jederzeit genommen werden könnte, so wie es schon mehrfach fast geschehen war.

Sie schluchzte laut auf, weil sie erschüttert war von der Macht dieses Gefühls.

»Ist es denn so schlimm?«, fragte Paolo mit einem Unterton von Verzweiflung, immer noch die Arme um sie geschlungen.

»Halt den Mund«, sagte sie grob, packte seinen Kopf mit beiden Händen und küsste ihn hart. Falls ihn diese unerwartete Attacke verschreckte, ließ er es sich jedenfalls nicht anmerken, denn er erwiderte ihren Kuss augenblicklich mit heftigem Ungestüm.

Das Wasser platschte um sie herum und spritzte in Fontänen aus dem viel zu engen Zuber, während sie sich gierig küssten und dabei irgendwie Paolos Kleidung aufrissen, jedenfalls an der Stelle, wo es nötig war, und sie schrien beide auf, als sie mit heftigen, stoßenden Bewegungen zusammenkamen, einander packten und umklammerten, und nach wenigen Augenblicken, als es vorbei war, keuchend erschlafften.

803

»Gott im Himmel«, sagte er hilflos. »Ich glaube nicht, dass ich das gemacht habe.«

Cintia kicherte, die Lippen in der Beuge seines Halses, wo sie seinen Pulsschlag spürte. Sie fühlte sich herrlich frei und leicht. Und gereinigt in jeder Beziehung.

»Wer steigt zuerst aus?«, fragte sie in friedlichem Tonfall. »Du oder ich?«

»Du hast heute mehr durchgemacht«, sagte er. »Deshalb darfst du länger baden.«

Das entlockte ihr ein weiteres Kichern.

Seine Miene wirkte erstaunt und glücklich, als er aus der Wanne stieg und sich tropfnass, wie er war, danebenkniete und ihr in die Augen schaute.

»Ich bin froh«, sagte er leise, während er sich vorbeugte und sie sacht auf die Schwellung an ihrem Wangenknochen küsste, die von Todaros Schlag zurückgeblieben war.

Er zog seine nassen Sachen aus und hängte sie neben dem Kamin auf, bevor er sich rasch abtrocknete. Als er ihr anschließend aus der Wanne half und ihren Körper mit einem sauberen Tuch abrieb, genoss sie es, sich auf diese Weise von ihm verwöhnen zu lassen. Mit einem anderen Tuch trocknete er ihr das Haar und hieß sie, sich an den Tisch zu setzen, damit sie die noch leidlich warme Suppe essen konnte. Sie tat es widerspruchslos und merkte dabei, welchen Hunger sie hatte, obwohl sie noch vor einer Stunde geglaubt hatte, nie wieder essen zu können. Noch während sie die Brühe löffelte, begann er, mit einem Kamm ihre feuchten Haarsträhnen zu entwirren.

Seine Berührungen waren zärtlich, und immer, wenn sein Atem ihren Nacken traf, durchfuhr sie ein Schauer. Schließlich legte sie den Löffel neben die Suppenschale und blieb still sitzen, den Kopf nach vorn gebeugt, während er mit dem Kamm ihr Haar zerteilte, so dicht hinter ihr, dass sie die Wärme seines Körpers auf ihrer nackten Haut spürte.

»Cintia«, sagte er rau, die Hand auf ihren Kopf gelegt. »Ich liebe dich. Und ich schwöre dir, dass ich in Zukunft versuchen werde, immer alles richtig zu machen und dir nie wieder wehzutun.«

Sie wandte sich zu ihm um und stand auf. »Ja«, sagte sie. Mehr nicht, aber in ihrer Stimme lag alles, was sie mit diesem einen Wort ausdrücken wollte.

Schweigend hob er sie auf seine Arme und trug sie in seine Kammer.

Später, als sie im Dämmerlicht des herabsinkenden Abends beieinanderlagen, erzählte sie ihm, was Todaro gesagt hatte. In der Zwischenzeit hatte sie darüber nachgedacht und ihre Schlüsse gezogen.

»Eduardo Guardi könnte dieser Auftraggeber gewesen sein, was auch erklären würde, dass Todaro mich dort nicht tötete. Guardi plante möglicherweise, mir durch diesen Überfall Furcht einzujagen, um sich anschließend als heldenhafter Befreier aufspielen zu können. Und damit zugleich Gregorio meine scheußliche Notlage vor Augen zu führen, um ihn auf diese Weise zu bewegen, mich zu heiraten und mich aus der Hölle dieser Vormundschaft zu retten.«

»Klingt für mich sehr plausibel. Es kam mir von Anfang an so vor, als wollte dieser Kerl dich nicht umbringen, sondern lediglich vergewaltigen.«

»So solltest du nicht vor Lucietta darüber reden«, sagte Cintia trocken. »In ihren Augen ist eine Vergewaltigung durch Todaro nicht unbedingt besser als der Tod.«

»Umso mehr wird es sie freuen, dass er gekriegt hat, was er verdiente.« Paolo hielt seufzend inne. »Was Guardi betrifft – er kennt keine Skrupel, so viel ist sicher, aber ihm ist nichts nachzuweisen. Wenn wir ihm einfach fernbleiben, ist uns vermutlich am besten geholfen.«

»Der Meinung bin ich auch seit einer Weile.« Genau genommen war sie es seit der Zeit, als Eduardo Guardi – vorübergehend – ihr Schwiegervater geworden war, doch das sagte sie nicht, sondern brachte stattdessen ein anderes Problem zur Sprache. »Esmeralda scheint anders darüber zu denken, sonst hätte sie sich nicht in die Höhle dieses Löwen gewagt. Ich mache mir Sorgen um sie, aber was kann man gegen ihre Pläne ausrichten?«

»Nichts«, befand Paolo. »Sie hat eine Menge Erfahrung mit Männern, und vor allem kennt sie Guardi gut genug und weiß um seine Abgründe. Es war ihre Entscheidung, seine Frau und die Mutter seines Kindes zu werden.«

»Ach, übrigens … Eben fällt mir noch etwas sehr Wichtiges ein.« Sie machte eine bedeutungsvolle Pause. »Hier ist zufällig noch eine, die bald Mutter eines Kindes wird. *Deines* Kindes.«

Paolo starrte sie an. Für Cintia war es eine Wonne zu beobachten, welche Begeisterung sich auf seinem Gesicht abzeichnete, als er begriff, was er soeben gehört hatte. Er war außer sich vor Stolz und Freude und küsste sie überschwänglich. »Vielleicht wird es ein Junge! Anna wird bestimmt eine Menge Spaß mit einem Bruder haben!«

»Sie ist nicht mal ein Jahr alt«, versetzte Cintia belustigt. »Und wenn das zweite Kind erst da ist, wird sie immer noch nicht begreifen, was es damit auf sich hat. Vermutlich wird sie es für ein Spielzeug halten. Oder sie wird weinen, weil sie eifersüchtig ist.« Stille folgte ihren Worten, und Cintia meinte förmlich, Paolos Besorgnis zu spüren, was sie dazu brachte, abermals in sich hineinzuhorchen. Nein, es gab keinen Groll mehr. Alle Vorbehalte hatten sich verflüchtigt, zusammen mit dem Dampf ihres Bades. Sie waren weggespült worden von dem Wasser, mit dem er ihr Haar gewaschen hatte, fortgeschwemmt von der Woge der hitzigen Leidenschaft, in der sie einander wiedergefunden hatten.

»Sie wird keinen Grund zur Eifersucht haben«, sagte Paolo leise. »Ich werde dafür sorgen, dass sie niemals vergisst, welchen Platz sie in meinem Herzen hat.«

»Bis das Kind kommt, haben wir noch viel Zeit.« Cintia fand, es könne nicht schaden, ein anderes Thema anzuschneiden. »Was hat dir eigentlich Tassini heute am Rialto erzählt?«

»Oh, das.« Paolo lächelte. »Nächste Woche kann ich wieder in die Docks. Die Savi haben meine Arbeitssperre aufgehoben.«

Cintia stieß einen Freudenschrei aus und umarmte ihren Mann. »Heute ist wirklich ein Glückstag!«

»Das, was heute geschehen ist, nennst du Glück?«, erkundigte er sich mit liebevollem Spott.

»Ja«, erwiderte sie, und es war ihr ernst damit. »Drei Dinge sind geschehen. Erstens: Du hast deine Arbeit zurück, das ist etwas, das dein Leben prägt und ausfüllt. Auf Dauer wärst du ohne deine Schiffe wie ein Baum ohne Regen. Du würdest verdorren.«

»Nicht, solange du mich großzügig mit solchen Zuwendungen wie vorhin überschüttest«, meinte er lächelnd. »Was ist das Zweite?«

»Meine Liebe zu dir. Sie war die ganze Zeit da, aber es war, als wäre sie mit einem Schleier bedeckt. Was heute passiert ist, hat sie befreit. Sie ist stärker als früher, und sie bedeutet mir mehr als je zuvor.«

Wortlos schob er sein Gesicht vor ihres und küsste sie heftig, bis ihr der Atem wegblieb und Kinn und Wangen so sehr unter seinen Bartstoppeln brannten, dass sie davon überzeugt war, sich wochenlang nicht unter Leute wagen zu können.

»Was war das Dritte?«, fragte er schließlich leise.

»Der Mensch, vor dem ich mich am meisten ängstigte, sogar bis in meine Träume hinein, ist tot. Er kann mir nie wieder etwas tun. Sein Schatten ist von mir gewichen.«

»Um frei von diesem Schatten zu sein, bist du mehrfach durch die Hölle gegangen«, sagte Paolo grimmig.

Bedächtig fuhr sie mit den Fingern über seinen Brustkorb. »Kann sein, dass es gerade deshalb ein Glückstag ist«, meinte sie. »Weil wir für die Dinge, die uns heute mit Glück erfüllen, einen so hohen Preis gezahlt haben. Vielleicht ist es nur diese Art von Glück, die wirklich zählt im Leben. Das Glück, das man unter Opfern erringt.«

»Mir reicht auch das kleine, schlichte Glück«, brummte

Paolo. »Das, was es umsonst gibt. Oder sagen wir, fast umsonst.« Er kitzelte sie. »Zum Beispiel dein Lachen.«

Sie wand sich kichernd in seinen Armen und hielt dann still, als er begann, sie zu liebkosen.

»Oder deine Lust.«

Sie keuchte auf, als er sie zwischen den Beinen berührte und dort streichelte.

»Oder mit dir eins zu sein.« Er glitt über sie, spreizte ihre Schenkel und nahm sie mit derselben Mühelosigkeit, mit der er sie von Anfang an zu der Seinen gemacht hatte. Sie liebten sich, als wäre es das erste und das letzte Mal, und als sie schließlich ermattet liegen blieben, schien es Cintia, als seien nicht nur ihre Körper, sondern auch ihre Seelen eins geworden.

Draußen war Wind aufgekommen; er heulte durch die Winkel des Campo und brachte die Fensterläden zum Klappern. Irgendwo schrie ein kleines Kind, doch es war nicht ihres, deshalb konnten sie beruhigt liegen bleiben und an die Zukunft denken.

Irgendwann schliefen sie ein, und in der Nacht kamen die Träume. Diesmal gab es kein Pestgrab und niemanden, der Erde auf sie warf. Sie lag in den Armen ihres Mannes und war in Sicherheit.

Venedig, März 1513

Am 21. Februar des Jahres 1513 starb der Papst, *Il terribile*, wie der jähzornige und machthungrige Herrscher des Vatikanischen Staates genannt wurde. Die Folge davon war, dass in Oberitalien wieder verstärkte Unruhen auftraten. Davor hatten seit dem Spätsommer des Vorjahres die kriegerischen Auseinandersetzungen in diesem Gebiet nachgelassen, vor allem dank der unermüdlichen Kampfbereitschaft von Julius II., dessen Anliegen es bis zuletzt gewesen war, die Franzosen aus dieser Region zu vertreiben. Trotz der vernichtenden Niederlage, die Frankreich den Truppen der Heiligen Liga, der auch Venedig angehörte, im April des Vorjahres zugefügt hatte, schafften die Franzosen es nicht, den errungenen Gebietsgewinn länger als ein paar Monate zu halten, und waren zum Ende des Sommers hin wieder abgezogen. In Venedig fand man unterdessen, dass es sinnvoll sei, abermals die Fronten zu wechseln. Warum nicht mit den Franzosen paktieren, um weiterem Ungemach vorzubeugen? Die Serenissima hatte sich immer schon mehr in diplomatischem Geschick als auf dem Schlachtfeld hervorgetan.

Daria Loredan hatte bei Bekanntwerden des Ablebens von Julius II. einige Würdenträger in ihr Haus geladen, darunter einen Zehnerrat, einen Prior, einen Prokurator und einige Savi und Richter. Alle waren sie gekommen, um mit ihr zu feiern, wobei der Grund keine Rolle spielte, denn, so hatte Daria leichthin bei der Begrüßung erklärt, es sei Karneval, vielleicht gehe morgen schon die Welt unter, und eine Welt ohne Papst sei ein guter Anlass, zu trinken, zu huren und auf Maskenbällen zu tanzen.

Am 11. März 1513 endete das Konklave in Rom, und es begann ein neues Pontifikat. Giovanni Medici, Sohn von Lorenzo dem Prächtigen aus Florenz, wurde die Papstwürde zuteil; als Leo X. stieg er zum neuen Herrscher der Kirche auf. Sonderlich fromm war er nicht, das Leben von Jesus Christus hielt er für eine Fabel, und es hieß, er sei dem Angeln und Jagen sowie anderen Vergnügungen weit mehr zugeneigt als dem Schlachtenlärm, was die Skepsis gegenüber seiner Wehrhaftigkeit sowie seiner Eignung als Bundesgenosse stark erhöhte.

Nur wenige Tage später schloss Venedig mit dem Franzosenkönig ein Bündnis. Für Daria war das ein Grund, abermals zu einem Fest einzuladen, diesmal mit der Begründung, dass vielleicht nie wieder so gute Zeiten kämen wie diese.

In den letzten Monaten hatte sie häufiger solche Anwandlungen von Sarkasmus. Die meisten mochten nach Frieden und politischer Stabilität streben, sie selbst stellte andere Ansprüche an ihr persönliches Glück. Ihr größter Wunsch wäre gewesen, ihren Sohn wieder bei sich zu haben, doch da die Erfüllung dieses Wunsches unvereinbar mit den Wünschen und Interessen Casparos war, versagte sie es sich, darüber auch nur nachzudenken. Eines hatte die Mutterschaft sie gelehrt, nämlich dass wahre Liebe nur völlig frei von Eigennutz existierte. Dass solche Liebe schmerzte, und dass der Schmerz die Liebe noch erhöhte. Wenn ihr Unglück dazu beitrug, ihren Sohn glücklich zu machen, wollte sie leiden. So einfach war das. Und so schwer.

Sie schwebte durch die von zahllosen Kerzen illuminierten Räume, blieb hin und wieder lange genug vor einem der goldgerahmten Spiegel stehen, um ihre Erscheinung zu prüfen, und gesellte sich zu allen, die gute Laune verströmten und ihr das Gefühl vermittelten, noch lebendig zu sein. Die grauen Strähnen in ihrem Haar hatte sie mit einem Pflanzensud zum Verschwinden gebracht, die winzigen Fältchen in den Augen- und

812

Mundwinkeln mit Bleiweiß. Ein Kopfschmuck aus einem mit Glasperlen besticktem Goldnetz zierte ihre kunstvoll aufgesteckte Frisur, dafür zeigte ihr Dekolleté nur weiße, bloße Haut, so samtig und schimmernd wie bei einer Zwanzigjährigen. Ihr Körper hatte nichts an Liebreiz eingebüßt, jedenfalls sagten ihr die Liebhaber das, die sie hin und wieder in ihr Bett mitnahm. Und natürlich Giulio, mit dem sie häufig schlief. Er sagte es ihr nicht mit Worten, sondern mit seinen Blicken. Diese Blicke waren ihr Lebenselixier, denn solange er sie so anschaute, war sie schön, begehrenswert und immer jung.

Manchmal überlegte sie, ob sie ihn liebte, kam dann aber immer zu dem Schluss, dass es wohl weniger als Liebe sein müsse, denn es würde ihr nicht das Herz zerreißen, wenn er von ihr ginge. Würde dagegen Casparo sterben, wäre ihr Leben im selben Augenblick ebenfalls vorbei. Ihr Sohn war von ihrem Blut und daher ein Teil von ihr, vielleicht lag es daran.

Musik und Lachen erfüllten den hallenartigen Raum, vor allem die Klänge des neuen Instruments waren angenehm zu hören. Ein venezianischer Erfinder namens Spinetti hatte es erbaut, und Daria hatte ihn überredet, es für das Fest bei ihr aufzustellen und darauf zu spielen. Kraftvoll und doch leicht tönten die Klänge, untermalt von Streichern und Flöten, und mancher Gast gratulierte Daria zu diesem hervorragenden Orchester. In einem benachbarten Saal bogen sich die Tische unter den Köstlichkeiten, die sie heute hatte auftragen lassen. Etliche Besucher hatten sich schon satt und angeheitert in die dafür vorbereiteten Räume zurückgezogen, um dort intimerem Zeitvertreib zu frönen, während andere gerade von dort kamen und sich wieder zu den Feiernden gesellten.

Angesichts dieses rauschenden Festes überlegte Daria mit einer gewissen Ironie, dass der neue Papst diese Feier ihm zu Ehren sicher gutheißen würde. Vielleicht feierte er an diesem Abend ähnlich ausgelassen wie sie mit ihren Gästen, wenngleich natürlich in anderem Rahmen. Es hieß, die Wohngemächer im Vatikanischen Palast seien an Prunk und Reichtum nicht zu übertreffen und stellten sogar manche Säle im Palazzo Ducale in den Schatten.

Seit Casparo wieder im Haushalt ihres Stiefsohns und ihrer Nichte lebte, hatten Darias Feiern neue Dimensionen angenommen; sie waren großzügiger, kostspieliger und ausgelassener geworden. Und sie trugen auch weit mehr ein. Seit dem Sommer war nach dem Waffenstillstand mit dem Kaiser und dem Abzug der Franzosen die lähmende Belastung durch den Krieg entfallen. Die Gäste kamen zahlreicher, häufiger und ließen mehr Geld da.

Nüchtern betrachtet war aber wohl Casparo der Grund gewesen, warum sie ihre Stellung in der Stadt nie in dem Maße hatte ausbauen können, wie es ihr möglich gewesen wäre. Giulio hatte das kürzlich bemerkt, und sie hatte vehement widersprochen und ihn mit Schimpfnamen bedacht, obwohl sie genau wusste, dass er recht hatte. Seit sie sich bei der Gestaltung ihrer Feste und der Anzahl der Gäste nicht mehr aus Rücksicht auf ihren Sohn beschränken musste, blühte das Geschäft wie nie zuvor; die Exzesse, zu denen es mittlerweile hier gelegentlich kam, genossen schon fast legendären Ruf.

Daria sah Giulio zwischen den anderen Gästen stehen, als würde nichts von alledem ihn berühren – abgesehen von ihr selbst, die stets im Mittelpunkt seiner Aufmerksamkeit stand. Einem spontanen Bedürfnis nach seiner Nähe folgend, ging sie zu ihm hinüber. Er lehnte an einer der Säulen, der kahle Schädel ein Spiegel für den Widerschein der Kerzen, die Miene so ausdruckslos wie eh und je. Nur sie konnte Regungen in dieses Gesicht bringen, so wie jetzt, da sie vor ihm stehen blieb und zu ihm aufschaute. Ein schwaches Lächeln zuckte in seinen Mundwinkeln auf. Er amüsierte sich über die Gäste, ihren Tand, ihr affektiertes Gehabe, ihre Fresslust, die zügellose Unbeherrschtheit, mit der sie sich ihrer Lust hingaben. Manchmal stellte sie sich vor, wie es wohl wäre, mit ihm zu tanzen, doch schon der Gedanke war lächerlich, dass ein so großer, ungeschlachter Mensch wie Giulio, der den Waffengurt nur zum

Schlafen ablegte, sich in höfischer Manier zu den Klängen einer Pavane bewegte.

»Unterhältst du dich gut?«, fragte sie, die Hand auf seinen Arm gelegt und das Gefühl seiner harten Muskeln unter ihren Fingerspitzen genießend. Noch nie hatte sie einen Mann getroffen, dessen Körper so sehr dem eines Kriegers ähnelte.

»Ich würde mich besser unterhalten, wenn er nicht hier wäre.« Mit dem Kinn deutete er auf Eduardo Guardi, der in weinseliger Stimmung mit einer der Kurtisanen schäkerte. »Esmeralda könnte jeden Tag niederkommen, und er hurt herum.«

»Er hurt *deshalb* herum«, sagte Daria nachsichtig. »Es wird besser, wenn das Kind erst da ist und Esmeralda ihm wieder das Bett wärmen kann.« Sie hatte schon zu viele Fälle wie diesen erlebt, um daran Anstoß zu nehmen. Nicht einmal Esmeralda verdross es allzu sehr, wie Daria aus erster Hand wusste. Dass Giulio sich an der Anwesenheit Eduardos störte, lag vermutlich eher daran, dass Eduardo sich nicht entblödet hatte, jenes eine Mal in betrunkenem Zustand seinen Dolch an ihre Kehle zu halten, ausgerechnet zu einem Zeitpunkt, als Giulio wegen der damals grassierenden Pest andere Besorgungen machen musste, statt wie sonst auf sie aufzupassen. Das hatte Giulio weder Eduardo noch sich selbst verzeihen können.

Allerdings hatten die Umstände sich danach geändert; mit manchen Feinden musste man sich notgedrungen zusammentun, um andere, lästigere Bedrohungen aus der Welt zu schaffen.

Zerstreut streichelte sie Giulios Arm, bevor sie ihn stehen ließ, um zwei Kaufleute anzusteuern, die im letzten Jahr durch den Handel mit Alaun zu Reichtum gekommen waren. Es konnte nicht schaden, sich mit ihnen besser bekannt zu machen. Während sie sich ihnen näherte, hörte sie, worüber die beiden Männer redeten, und sie merkte, wie sie vor innerer Abneigung erstarrte. Möglichst unauffällig blieb sie hinter einer Säule stehen, um das Gespräch belauschen zu können, während sie so tat, als müsse sie den Spitzenbesatz an ihrem Ärmel prüfen.

»Es heißt, dass Paolo Loredan nach wie vor bei seiner Arbeit gegängelt wird. Mit anderen Worten, er kann nicht so, wie er möchte. Man lässt ihn kein neues Schiffsmodell mehr entwickeln, nur herkömmliche Galeeren bauen. Anscheinend fürchtet man, dass er seine Konstruktionsgeheimnisse für eine neuartige Galeere an die Türken verrät.«

»Das finde ich widersinnig. Auf diese Weise schneidet sich das Collegio doch selbst alle möglichen Fortentwicklungen ab.«

»Nicht unbedingt, denn es gibt ja noch andere fähige Protomastri, beispielsweise einen gewissen Fausto, der das Collegio mit neuen Plänen für eine Cinquereme beeindruckt.«

»Also ist auch die Konkurrenz unter den Schiffsbauern groß«, meinte der eine Kaufmann lachend. »Ich dachte immer, nur bei uns Händlern wäre es so.«

»Die Konkurrenz im Schiffsbau steht der unsrigen in nichts nach«, gab der andere zurück. »Und wie streitlustig die Arsenalotti sein können, sieht man an den regelmäßigen Prügeleien auf dem Ponte dei pugni.«

»Um seine Rechte zu wahren, muss Paolo Loredan allerdings nicht die Fäuste schwingen«, bemerkte der eine Kaufmann. »Wie man hört, gehen die Geschäfte der Barozzi-Webereien glänzend, der Absatz ist enorm. Sogar die Franzosen sollen sich mit Barozzi-Seide eindecken.«

Sein Gesprächspartner kicherte verhalten. »Tja, nur dumm für einen ehrgeizigen Mann wie Loredan, dass er sich nicht auf Spindel und Faden, sondern nur auf Ruder und Segel versteht. Der zweite Ehemann war dagegen vom Fach, mit ihm war ihr besser gedient.«

»Fragt sich nur, wer es ihr besser besorgt hat.«

Die Männer lachten lauthals, bevor der eine prustend meinte: »Wahrscheinlich der Schiffsbauer, denn sie soll im Mai niederkommen. Zwei Monate zu spät für den jungen Guardi.«

»Nur wenn das Kind nicht früher kommt«, meinte der andere bedeutungsvoll.

»Man wird sehen. Aber ob früher oder später – ist es ein

Sohn, wird dieser irgendwann eines der größten Vermögen der Stadt erben. Ippolito Barozzi war wahrhaftig ein Fuchs. Ein Geschäftsmann, wie es ihn nur selten gab. Aus dem, was sein Vater ihm einst mitgab, hat er das Beste gemacht. Tüchtige Männer, die Barozzis.«

Daria zitterte. Trotz der Wärme, die dank der stark geheizten Kaminöfen im Saal herrschte, war ihr eiskalt. Sie gab ihren Horchposten auf und entfernte sich ohne ein Wort. Erst als sie nach zwei Schritten in Giulio hineinrannte, merkte sie, dass er ihr gefolgt war. Seiner Miene war zu entnehmen, dass er das meiste mit angehört hatte.

Sie stolperte fast in ihrem Bemühen, so schnell wie möglich den Saal zu verlassen.

Er fragte nicht, wohin sie ging, sondern blieb einfach wie ein Schatten hinter ihr. Die Kälte der Nacht traf sie in einem eisigen, von Regen durchfeuchteten Windstoß, als sie ins Freie trat und die Wendeltreppe hinabeilte, in ihr Refugium im Piano nobile. Niemand wohnte hier, nur sie und ihr Leibwächter, sodass sie das tun konnte, wonach es sie vorhin oben schon gedrängt hatte, bei den letzten Sätzen, die sie hatte mit anhören müssen.

Mit geballten Fäusten warf sie den Kopf zurück und stieß einen so lauten Schrei aus, dass ihr anschließend Brust und Kehle schmerzten. Sie tat dies nicht oft, doch manchmal konnte sie sich nicht anders helfen. Das letzte Mal war es geschehen, nachdem sie Cintia hinausgeworfen hatte, nach jenem unsäglichen Disput über ihre gemeinsamen Verwandten. *Tüchtige Männer, die Barozzi.* Männer, die sich Vater und Bruder genannt hatten. Der eine ein Kinderschänder, der andere ein Verräter und Feigling.

Giulio legte die Arme um sie und hielt sie fest, und wie betäubt ließ sie sich in seine Wärme fallen. Ich sollte beichten, dachte sie. All das Schreckliche, das auf mir lastet, das Unverzeihliche. *Vergib mir, denn ich habe gesündigt ...*

Sie drängte sich gegen ihren Beschützer, ließ fieberhaft die Hände über seinen Leib wandern. Er verstand sofort, packte sie, um ihr das Kleid herabzuzerren und sich selbst ebenfalls zu entblößen, weil das, was sie wollte und brauchte, keinen Aufschub duldete. Unter seinen groben Berührungen stöhnte sie auf und blendete alles Denken aus, während er sie hochhob und in ihre Schlafkammer trug, wo er sie aufs Bett legte und in sie eindrang, heftig und ohne Rücksicht darauf, ob sie bereit war. Der Schmerz dieser rüden Inbesitznahme trieb ihr die Tränen in die Augen, doch er brachte sie mit dieser Attacke auch dazu, zum Kern ihres Wesens vorzudringen, dort, wo sie hilflos und klein und nackt war wie das Kind, das sie einst gewesen war. Und genau in dem Moment, wo er sie dort erreichte in ihrem Ausgeliefertsein und in ihren tiefsten, schrecklichsten Abgründen, hielt er inne, um sanft zu werden, zärtlich und voller Güte, so, wie es sein sollte und wie nur er es beherrschte. Er streichelte sie, er hielt sie, und er liebte sie, langsam und mit Bedacht.

Sie kam nicht zum Höhepunkt, das war ihr noch nie zuteilgeworden beim Akt, doch ihre Seele erlangte auf eine Weise Erlösung, die viel tiefer ging. Als sie anschließend in den Armen ihres Liebhabers lag und auf seinen keuchenden Atem lauschte, fand sie für eine kleine Weile ihren Frieden.


»Papa ist da!« Paolo betrat das Kinderzimmer und ging in die Hocke, die Arme ausgestreckt. Anna quietschte bei seinem Anblick vor Vergnügen. Sie saß unter Aufsicht der Amme auf einer Decke beim offenen Fenster. Als sie ihren Vater sah, war allerdings der Holzkegel, den sie gerade benagte, nicht mehr von Interesse. Sie warf ihn beiseite, stemmte sich vom Sitzen auf alle viere, dann hoch zum Stand und wackelte anschließend erstaunlich schnell auf Paolo zu, das Gesichtchen zu einem breiten Lächeln verzogen – ein niedliches Püppchen mit brünetten Löckchen und himmelblauen runden Augen. Er schnappte sich die Kleine, warf sie hoch in die Luft, fing sie wieder auf und drehte sich so schnell mit ihr um die eigene Achse, dass ihm selbst fast schwindlig wurde. Sein Lachen und ihr begeistertes Jauchzen lockten Cintia aus der angrenzenden Kammer, wo sie auf einem Diwan geruht hatte.

Paolo setzte sich die Kleine auf die Hüfte und musterte seine Frau zerknirscht. »Habe ich dich geweckt? Verzeih, das wollte ich nicht.«

»Ich habe nicht geschlafen, sondern gelesen.« Sie lächelte ihn an, beide Hände in den Rücken gedrückt und den Bauch vorgeschoben. Ihr Leibesumfang war gewaltig, Paolo schien es manchmal, als müsse diese große Kugel die zierliche Gestalt nach vorn zwingen und stürzen lassen, doch Cintia versicherte jedes Mal, es lasse sich leicht tragen.

In den letzten Wochen zweifelte er daran jedoch immer mehr, zumal sie inzwischen von sich aus das Haus hütete und so viel Zeit wie möglich im Liegen verbrachte. Die Hebamme hatte dringend dazu geraten, weil schon seit Lichtmess immer wieder leichte Wehen auftraten und mit einer verfrühten Niederkunft gerechnet werden musste.

»Mama«, sagte Anna, die Ärmchen nach ihrer Mutter ausstreckend. »Anna Mama!«

»Das geht nicht, mein Schatz«, erklärte Paolo ihr, während er sich vorbeugte, um seine Frau auf den Mund zu küssen. »Du musst jetzt mit Papa vorliebnehmen. Mama darf dich eine Weile nicht tragen.«

Cintia verdrehte frustriert die Augen. »Es ist so ungerecht! Als ich mit ihr schwanger ging, konnte ich bis zum Schluss alles tun! Und mein Bauch war kaum der Rede wert! Jetzt komme ich mir vor wie im zwölften Monat, und dabei dauert es noch bis Mai! Ich frage mich, wie ich dann aussehen werde – vermutlich wie ein Wal.«

Paolo lachte. »Wenn, dann wie ein sehr hübscher.« Das war keine Galanterie; sie war schöner denn je: Die Schwangerschaft hatte sie aufblühen lassen, ihre Wangen waren rosig durchblutet, die Augen von intensivem Leuchten erfüllt.

Er legte den Arm um sie und führte sie zurück zum Sofa, wo er sich mit ihr und der Kleinen gemeinsam niedersetzte und es für eine Weile einfach nur genoss, die körperliche Nähe der beiden zu spüren. Solche Momente empfand er immer noch als kostbares Geschenk und dankte Gott dafür, dass ihm das nach all den Stolpersteinen, die das Schicksal ihnen in den Weg gelegt hatte, vergönnt war. Möglicherweise hatte Cintia doch recht gehabt, als sie gesagt hatte, dass jenes Glück, welches man unter Opfern erringt, wertvoller und besser zu würdigen war.

Doch nur zu oft überfiel ihn jäh die Furcht, das Gewonnene wieder zu verlieren. Von jeher bedeuteten Schwangerschaft und Geburt für eine Frau unwägbare Risiken, allzu schnell ließen sie dabei ihr Leben. Gelegentlich hörte er Leute darüber reden, dass diese oder jene Frau im Kindbett gestorben sei, und dann wurde er jedes Mal starr vor Entsetzen. Nicht wenige der Männer, die im Arsenal unter ihm arbeiteten, hatten auf diese Weise ihre Ehefrauen verloren. Den furchtbaren Kummer dieser armen Kerle hatte er hautnah miterlebt und daher durchaus eine Vorstellung, was ein derartiger Schicksalsschlag bei den Betroffenen anrichtete. Er selbst würde alles dafür geben, das nicht durchmachen zu müssen.

»Was für trübe Gedanken gehen dir gerade durch den Kopf?« Cintia fuhr mit dem Finger über seine Stirn. »Woher kommt diese Sorgenfalte? Liegt es an den Schiffen, die sie dich nicht bauen lassen?«

Er nahm ihre Hand und küsste die Innenseite. »Die Schiffe sind mir egal. Solange es dich und Anna gibt, bin ich ein glücklicher Mann.«

Das war nichts weiter als die Wahrheit. Dieses Leben mit Cintia und Anna teilen zu können und auch seinen Bruder bei sich zu haben erfüllte ihn mit so viel Freude, wie er es sich früher als jüngerer Mann, der nur für seine Arbeit lebte, kaum hatte vorstellen können. Die Erfüllung, die er aus dem Familienleben schöpfte, half ihm sogar, die Situation im Arsenal mit einer Gelassenheit zu ertragen, die ihn zuweilen selbst erstaunte. Manchmal war er zwar drauf und dran, dort alles hinzuwerfen, schließlich musste er nicht um des Broterwerbs willen arbeiten, doch die Vorstellung, als schmarotzender Kostgänger allein vom Vermögen seiner Frau zu leben, behagte ihm noch weniger als die Reglementierung seiner Arbeit. So versuchte er einfach, das Beste aus dem zu machen, was ihm möglich war, und derweil auf bessere Zeiten zu hoffen. Bis dahin, so hatte Paolo beschlossen, würde er eben lernen, mehr Fatalismus zu entwickeln.

Das Geräusch eines Stocks auf dem Terrazzo des Hauptsaals zeigte Casparos Rückkehr an. Paolo stand auf, um seinem Bruder entgegenzugehen.

Mit der Unbekümmertheit der Jugend strahlte Casparo ihn an, und Paolo konnte nicht anders: Wie in früheren Zeiten zauste er seinem Bruder das Haar. Danach sah Casparo so sehr wie ein unartiger kleiner Junge aus, dass Paolo ihm in einer Aufwallung heftiger Zuneigung den Arm um die Schultern legte und ihn fest an sich drückte.

»Komm, ich helfe dir.« Stützend ergriff er Casparos Arm. »Der Boden ist ziemlich glatt.« Noch immer war er nicht restlos davon überzeugt, dass Casparo sich ganz ohne Hilfe durchs Haus bewegen konnte, obwohl sein Bruder mittlerweile fast alle täglichen Verrichtungen allein bewältigte.

Die linke Körperseite war ein wenig schwächer geblieben als die rechte, weshalb er zum Gehen einen Stock benutzte, doch im Großen und Ganzen kam er hervorragend zurecht. Nach eisern ausgeführten Bewegungsübungen konnte er sogar mittlerweile wieder allein Treppen steigen. Für seine Fahrten zu den Manufakturen benötigte er nur noch den Dienst eines Gondoliere, eine Aufgabe, die inzwischen von einem neuen Diener versehen wurde – der Sachse Giovanni hatte sich anderweitig verdingt, womit angesichts der verzwickten familiären Situation alle mehr als einverstanden waren.

»Wie war es in der Manufaktur?«, wollte Paolo wissen.

»Heute kam ein neuer Webstuhl«, berichtete Casparo voller Eifer und ohne zu stocken. Auch seine Sprache hatte sich weiter gebessert, nur noch selten geriet er ins Stammeln. »Das Gerät mit besserer Kapazität. Fasst mehr Spulen, dadurch … höhere Fadendichte.«

»Klingt sehr gut«, sagte Paolo, der es trotz einiger Anläufe bisher nicht geschafft hatte, sich für die Textilherstellung zu begeistern. Seine Welt waren die Schiffe, auch wenn man ihn derzeit in seinem Entwicklungsdrang bremste. Sobald er jedoch zu Hause in seinen vier Wänden war, konnte er sich an seinen Zeichentisch begeben und seine Träume auf dem Papier ausleben. In seinem Arbeitszimmer stapelten sich auf mehreren Tischen Pläne und Notizen, ohne dass es jemanden störte. Das Haus, das sie nun ihr Eigen nannten, bot genug Raum für alle Bedürfnisse.

Paolo hatte den alten Palazzo, der an einem der langen Kanäle in Cannaregio lag, vergleichsweise günstig erstanden, weil das Dach sowie die meisten Türen vom Holzwurm zerfressen waren und weil er sich ein wenig abseits der teuren Wohngegenden befand. Das Dach hatte er in Eigenarbeit und mithilfe einiger Marangoni aus dem Arsenal erneuert und auch die meisten Sanierungsmaßnahmen im Inneren selbst ausgeführt. Dafür war er für alle Kosten selbst aufgekommen, sowohl was den Kaufpreis als auch die Umbauten betraf. In dem Punkt hatte Cintia sich seinem Wunsch widerspruchslos gefügt, weil sie begriff, wie wichtig es ihm war, dafür die Verantwortung zu übernehmen. Wenigstens in diesem Bereich brauchte er das Gefühl, für die Seinen sorgen zu können.

Zudem waren die Ausgaben für das Haus überschaubar geblieben; von dem Gold, das er von Mahmut Sinan bekommen hatte, war noch ein erklecklicher Teil übrig.

Paolo begleitete seinen Bruder zu Cintia und Anna, was zu einer fröhlichen Begrüßung führte, sowie dazu, dass Casparo wenig später mit Anna auf den Knien auf dem Boden hockte und dort ein Bild für sie malte.

Unterdessen war ein Bote eingetroffen, der Nachricht von Lucietta brachte.

»Sie kann wieder aufstehen!« Cintia lächelte erleichtert, nachdem sie die kurze Botschaft ihrer Cousine gelesen hatte.

»Es geht ihr gut, und dem Kleinen auch. Und sie sehnt sich sehr nach uns!«

Lucietta war vor zwei Wochen von einem gesunden Jungen entbunden worden, und Memmo, obschon nicht der Vater des Kindes, war voller Begeisterung. Die Ehe mit seiner ersten Frau war kinderlos geblieben; mit Freuden ging er in seiner neuen Rolle als Familienvater auf.

Einige Tage nach der Niederkunft hatte sich jedoch bei Lucietta hohes Fieber eingestellt, und eine Zeit lang hatten sie alle um das Leben der jungen Mutter gebangt – auch ein Grund für Paolos zunehmende Sorge um seine eigene Frau –, doch dann hatte sich Luciettas Zustand allmählich wieder gebessert.

»Ich wünschte, ich könnte sie besuchen!«, sagte Cintia. Unwillig schwenkte sie den Brief. »Wenn sie doch nur ein bisschen mehr schreiben könnte! Aber das war noch nie ihre Stärke. Sie bringt kaum einen gescheiten Satz aufs Papier!«

Paolo wusste, dass Lucietta ihr fehlte. Mit einem Menschen auf engstem Raum gemeinsam aufzuwachsen schuf zwangsläufig eine starke Bindung. Es stellte Cintias Nerven auf eine harte Probe, dass sie, die sonst immer nur so sprühte vor Tatendrang, wegen ihres Zustandes zu Hause herumsitzen musste, statt ihrer Cousine den ersehnten Besuch abstatten zu können.

»Wäre ich doch nur nicht so unbeweglich!«

»Warte noch ein paar Tage, dann kann sie *dich* besuchen. Memmo wird es sich nicht nehmen lassen, dir mit Frau und Kind seine Aufwartung zu machen.«

Cintia machte einen niedergeschlagenen Eindruck, fand sich aber mit der Situation ab.

Gleichwohl blieb Paolos Sorge um Cintia bestehen. Ende März setzten bei ihr leichte Blutungen ein, und die eilig herbeigerufene Hebamme verordnete strikte Bettruhe bis zum Markustag. »Nur um den Nachttopf zu benutzen, dürft Ihr noch aufstehen. Ansonsten müsst Ihr liegen bleiben, wenn Ihr keine Frühgeburt riskieren wollt. Das Kind ist sehr lebhaft, ich spüre überall heftige Bewegungen.«

823

»Die spüre ich auch«, sagte Cintia lakonisch. »Und es ist vor allem viel größer als das erste. Mir scheint, es hat jetzt schon kaum noch Platz in meinem Bauch.«

»Umso wichtiger ist es, dass Ihr liegt, denn sobald ihr steht, drückt es von oben auf den Geburtskanal und wird ihn vorzeitig weiten. Die Gefahr ist enorm.«

»Bis zum Markusfest sind es noch fast vier Wochen. Wie soll ich mich sauber halten und umkleiden, wenn ich nicht aufstehen darf?«

»Ich stelle eine Kammerfrau für dich ein«, erklärte Paolo, bevor er sich fragend an die Hebamme wandte. »Was ist mit der Zeit nach dem Markusfest? Muss sie dann nicht mehr liegen?«

»Von da an dauert es höchstens noch zwei oder drei Wochen bis zur Geburt, was bedeutet, dass das Kind dann schon kräftig genug zum Überleben ist. Vorher jedoch auf keinen Fall. Es würde sterben.«

Da die Hebamme ihr Handwerk seit vielen Jahren ausübte, wagte niemand, ihren Rat in Zweifel zu ziehen, und so hütete Cintia fortan notgedrungen das Bett.

Mailand, April 1513

Die Mittagssonne brannte auf das Dach des Reisewagens und verwandelte das Innere in eine Art Backofen. Niccolò schwitzte heftig, obwohl er sich bereits bis an die Grenzen der Schicklichkeit entkleidet hatte. Das Wams hatte er abgelegt und die Ärmel des Hemds aufgekrempelt, doch weitere Freizügigkeiten mochte er sich in Gegenwart einer jungen Frau nicht herausnehmen, obwohl diese seinen Körper durchaus schon in unbekleidetem Zustand gesehen hatte – was nicht ausblieb, wenn ein Mann mit einer Haushälterin unter beengten Umständen zusammenlebte oder, wie jetzt, auf Reisen ging.

Außerdem musste er Rücksicht auf den Geistlichen nehmen, der mit ihnen die Kutsche teilte, einen stark beleibten Dominikanerprior mittleren Alters, der unter seiner Kutte noch stärker schwitzte als Niccolò.

Einzig Maria schien die Hitze nichts auszumachen. Zurückgelehnt saß sie Niccolò gegenüber, die Füße vor der Sitzbank verschränkt und eifrig den Kopf reckend und Ausschau nach allem haltend, was es entlang des Weges zu sehen gab.

Niccolò versuchte, ein wenig zu schlafen, doch wie er schon befürchtet hatte, wurde daraus nichts. Der Mönch litt unter scheußlichen Verdauungsbeschwerden, während er murmelnd in einem zerfledderten Brevier las und dabei so tat, als sei alles in bester Ordnung. Im letzten Dorf hatte er eine mit Zwiebeln gefüllte Schmorpastete zu sich genommen, die ihm offenbar nicht bekommen war und ihn zwang, pausenlos übel riechende Winde fahren zu lassen und dadurch die ohnehin schon drückende Luft im Wagen mit seinen Ausdünstungen zu verpesten. Seine lauten Rülpser und die nicht minder geräuschvollen Fürze ließen Niccolò zusammenzucken, was Maria jedes Mal ein spitzbübisches Lächeln entlockte, bis auch Niccolò nicht anders konnte, als darüber zu grinsen. Als dem Mönch einmal ein besonders lang gezogener, quietschend klingender Furz entwich, verdrehte Maria auf so komische Art die Augen, dass Niccolò nicht an sich halten konnte und in Lachen ausbrach. Der Mönch indes nahm daran keinen Anstoß, was allerdings nur daran lag, dass er das Gelächter nicht hörte, weil sein Furz lauter war. Das Quietschen war in eindeutiges Knattern übergegangen, und in dem Wagen verbreitete sich sofort infernalischer Gestank.

»Oh Gott«, stieß der Mönch hervor, die feisten Wangen dunkelrot angelaufen vor Verlegenheit. »Halt!«, brüllte er dem Kutscher zu. Der hatte kaum die Pferde gezügelt, als der Mönch auch schon die Plane zur Seite schlug und vom Wagen sprang.

825

Mit wehender Kutte lief er zu einem nahen Gebüsch, um sich zu erleichtern.

Als er nach einer Weile zurückkam, stank er immer noch, hatte aber wieder eine normale Gesichtsfarbe. Unter entschuldigendem Gemurmel verschwand er mitsamt seinem Reisesack abermals zwischen den Sträuchern, um seine Kleidung zu wechseln.

Der Kutscher hatte unterdessen auf Geheiß Niccolòs eine Rast eingelegt und tränkte die beiden Zugpferde an einem nahen Bach, während Niccolò und Maria sich die Füße vertraten. Die zwei berittenen Bewaffneten, die ihrer Equipage als Geleitschutz dienten, vertrieben sich die Zeit mit Kartenspielen.

»Es ist alles meine Schuld«, sagte der Mönch kläglich zu Niccolò. »Wir könnten schon fast in Mailand sein, wenn ich nicht diese Pastete gegessen hätte!«

Tatsächlich hatten sie seinetwegen seit dem frühen Morgen mindestens drei Mal zusätzlich rasten müssen, was Niccolòs Auffassung verfestigt hatte, dass das Reisen mit einer Kutsche dem Reiten nicht unbedingt vorzuziehen war, auch wenn neuerdings alle Welt mit diesen neumodischen, gefederten Fuhrwerken unterwegs zu sein schien. Nach dem beschwerlichen Ritt über die Pässe der Schweizer Alpen hatte er jedoch seinem Bein zuliebe sowie aus Rücksicht auf Maria nach einer bequemeren Fortbewegungsmöglichkeit gesucht. Dennoch fühlte Niccolò sich bis auf die Knochen durchgerüttelt, als sie die nordwestlichen Ausläufer der Po-Ebene erreichten.

Müßig auf einem Grashalm kauend, sah er Maria zu, die mit geschürztem Rock barfuß durch den Bach watete, um sich die Füße abzukühlen.

»Seid Ihr geschäftlich nach Mailand unterwegs?«, fragte der Mönch, nach dem Gang in die Büsche offenbar mitteilsamer geworden.

»Ich will meinen Bruder besuchen«, sagte Niccolò. »Ich hörte, er sei in Mailand als Musiklehrer beschäftigt. Allerdings muss ich noch herausfinden, wo.« Er musterte den Ordensmann. »Kennt Ihr Euch in Mailand aus?«

»O ja! Dort befindet sich mein Heimatkloster, Santa Maria delle Grazie.« Lächelnd fügte der Prior hinzu: »Vielleicht kenne ich Euren Bruder. Ich liebe die Musik! Wie ist sein Name? Spielt er ein Instrument?«

»Sein Name ist Gregorio Loredan, und sein Instrument ist das Virginal. Er beherrscht aber auch das Flötenspiel, und er hat eine schöne Stimme.«

Der Prior ließ einen verblüfften Ausruf hören. »Was für ein Zufall! Das mag ich kaum glauben! Euer Bruder – er ist einer der Unseren!«

»Was meint Ihr damit?«, fragte Niccolò fassungslos. »Gregorio ... ein *Mönch*?«

»Nicht ganz«, korrigierte der Prior. »Ein Laienbruder ohne Weihe.« Seine Augen leuchteten. »Er ist ein so guter und frommer Mann! Wenn Ihr mich fragt, wird er sich bald für die Gelübde entscheiden!«

»Aber ... was tut er im Kloster, wenn er kein Mönch ist?«

Der Prior zuckte die Achseln. »Das, was alle dort tun. Sein Tagewerk verrichten, beten.«

»Und sein Tagewerk besteht darin, die übrigen Mönche in Musik zu unterrichten?«, erkundigte sich Niccolò.

Der Prior lachte. »Das wäre ein Leben! Nein, die Musik macht nur einen Teil seiner Arbeit aus. In der übrigen Zeit kümmert er sich um die Geschäfte.«

»Die Geschäfte«, echote Niccolò verständnislos.

»Jedes Kloster braucht tüchtige Geschäftsleute«, erläuterte der Prior freundlich. »Pfründen müssen verwaltet werden, wisst Ihr. Es gehören Ländereien und andere Besitztümer dazu. Acker- und Weinbau, Viehzucht, aber auch der Handel mit Erzeugnissen unterschiedlichster Art.« Leicht amüsiert fügte er hinzu: »Was dachtet Ihr denn, wie Klöster sich erhalten? Nur durch fromme Worte?«

»So in etwa«, gab Niccolò zu. Stirnrunzelnd überlegte er, wie

er diese Neuigkeiten einzuordnen hatte, doch bevor er näher darüber nachdenken konnte, wechselte der Prior das Thema.

»Eure Frau ist sehr still«, sagte er mit Blick auf Maria, die
einen halben Steinwurf weit entfernt mit den Füßen im Bach
herumplantschte, das Gesicht zu dem für sie typischen lautlosen
Lachen verzogen.

»Sie ist stumm«, sagte Niccolò. Dass sie nicht verheiratet
waren, behielt er für sich, denn er hatte keine Lust, neugierige
Fragen zu beantworten. Vor allem seit sie Paris verlassen hatten
und auf Reisen waren, wurde sie öfter für seine Frau gehalten,
und nach anfänglichen Richtigstellungen hatte er sich ange-
wöhnt, es dabei zu belassen, schon deswegen, weil es viel einfacher war, als Ehepaar in Herbergen Logis zu bekommen.

»So ein liebreizendes junges Geschöpf«, sagte der Geistliche
mitleidig. »Hatte sie eine Krankheit?«

»Nein, sie wurde schon so geboren. Hören kann sie gut, nur
nicht sprechen.«

»Wie schrecklich, sich nicht mitteilen zu können!«

»Oh, aber das kann sie. Und wie.« Niccolò lachte fast in Erinnerung an die Zeit, als er dasselbe gedacht hatte wie der
Mönch. Da hatte er noch nicht ahnen können, dass er es bei
Maria mit einer der redseligsten Personen zu tun haben würde,
die er je kennengelernt hatte.

»Scherzt Ihr?«, fragte der Mönch zweifelnd.

»Darüber scherze ich gewiss nicht«, versetzte Niccolò.

Mit angezogenen Beinen hockte er neben dem Prior im
Gras, beide Hände um die Knie geschlungen. »Maria!«, rief er.

Sie drehte sich zu ihm um, den Rock bis zu den Knien hochgezogen, sodass ihre schön geformten Waden zu sehen waren.

Mittels Handzeichen fragte Niccolò sie, ob das Wasser nicht
zu kalt wäre, worauf sie strahlend den Kopf schüttelte und ebenfalls mit Handzeichen antwortete, dass sie es sehr erfrischend
fand und sich am liebsten ganz hineinsetzen würde. Dabei
rutschte ihr versehentlich der Rocksaum aus den Händen und
landete im Wasser, was sie zu einem lautlosen Fluch veranlasste,

828

den Niccolò ihr von den Lippen ablesen konnte. Er lachte vergnügt und wandte sich an den Prior. »Seht Ihr? Soll ich Euch übersetzen, was sie gesagt hat?« Er besann sich und schüttelte den Kopf. »War nicht so wichtig. Ihr seht jedoch, wir verstehen uns auch ohne Worte.«

»Aber nicht jeder beherrscht solche Handzeichen«, gab der Mönch zu bedenken.

Damit hatte er natürlich recht, denn es handelte sich um ein selbst erdachtes Verständigungsmittel, das Maria von ihrer Mutter erlernt hatte. Auch Niccolò hatte Monate gebraucht, um damit zurechtzukommen, und er hatte eisern geübt und ständig nachgefragt, wie einzelne Worte oder Formulierungen darzustellen waren. Angetrieben hatte ihn dabei der Ehrgeiz, mit ihr gleichzuziehen, denn was sie als kleines Kind begriffen hatte, sollte einem erwachsenen Mann erst recht möglich sein.

»Sie kann auch lesen und schreiben«, sagte er. »Nicht perfekt, aber alles, was wichtig ist. Dafür hat sie stets Tafel und Griffel dabei.«

Wie immer rumorte es in ihm, wenn er daran dachte, was sie alles in ihren ungelenken, aber energischen Krakeln auf die Tafel geschrieben hatte, damals, in den ersten Tagen, nachdem er sie in halb verhungertem und zerschlagenem Zustand aufgenommen hatte. Ihr Name war Maria. Immer wieder hatte sie zuerst nur den Namen gekritzelt, bis der Griffel in ihrer Hand zerbrochen war und Niccolò ihr einen neuen besorgen musste.

Dann waren weitere Informationen gekommen. Sie war sechzehn Jahre alt und hatte seit dem Tod ihrer Mutter, die vor fast fünf Jahren gestorben war, Dinge erlebt, gegen die sich seine eigene Kindheit wie ein Aufenthalt im Paradies ausnahm. Ihm wurde schlecht, wenn er an manche ihrer Notizen auch nur dachte. Sie hatte die Gabe, Begebenheiten in kargen Begriffen auf so plastische Weise auszudrücken, dass buchstäblich alles gesagt war. Dort, wo seiner Vorstellungskraft noch Raum blieb, zielten die offenen Fragen in derart dunkle menschliche Abgründe, dass es einen schauderte.

Sie war vor ihrer Zeit mit dem Krämer noch die Leibeigene von zwei anderen, allein umherziehenden Männern gewesen, und nach ihren knappen Beschreibungen dieser Jahre war es ein Wunder, dass sie überhaupt noch lebte.

Dass sie sich darüber hinaus unter all dem Dreck und den Blutergüssen als der Mensch entpuppt hatte, der sie war – nur auf ihr Wesen bezogen, nicht auf ihre äußere Erscheinung –, erfüllte Niccolò mit einer Ungläubigkeit, die nicht nachlassen wollte.

»Sie ist sehr fröhlich«, sagte der Prior, als hätte er Niccolòs Gedanken gelesen.

»Ja«, sagte Niccolò leise. »Ja, das ist sie.«

Am Nachmittag erreichten sie ein Städtchen nördlich des Po, wo sie abermals das Transportmittel wechselten und ein Boot bestiegen, um über einen Seitenfluss des Po sowie einen der *Navigli*, welche die Ebene rund um Mailand durchschnitten, zur Hauptstadt der Lombardei weiterzufahren. Nach dem Gerüttel der Kutschfahrt war es eine Wohltat, nun ruhig auf dem Wasser dahinzugleiten.

»Wisst Ihr, dass ich mit dem Künstler, der einen Teil dieser Kanäle geschaffen hat, persönlich bekannt bin?«, berichtete der Prior stolz. »Er ist nicht nur ein berühmter Konstrukteur, sondern auch ein überragender Maler. Für unser Kloster hat er ein Fresko geschaffen, das in der ganzen Welt nicht seinesgleichen hat. Ihr müsst es Euch unbedingt ansehen, wenn Ihr Euren Bruder besucht!«

Maria zog ihre Tafel hervor und kritzelte etwas, das sie dem Prior zeigte.

»Richtig«, sagte er erstaunt. »Ihr kennt seinen Namen?« An Niccolò gewandt, setzte er hinzu: »Eigentlich kennt ihn ein jeder. Er heißt Leonardo da Vinci.«

»Oh, gewiss«, sagte Niccolò überrascht. »Der Mann hatte auch schon in Venedig für den Dogen zu tun. Und davor für die

Medici in Florenz. Danach für den größenwahnsinnigen Borgia-Sohn, anschließend für den Franzosenkönig.«

»Ja, er hat bereits für mehrere Herrscher gewirkt«, meinte der Prior diplomatisch. »Es heißt, er will bald nach Rom, um für den Papst zu arbeiten.«

Danach ließen sie das Thema ruhen, aber Niccolò dachte bei sich, dass ehrgeizige Künstler es wohl ähnlich hielten wie ehrgeizige Händler. Das, was man zu verkaufen hatte, bot man dem an, der es bezahlen konnte. Nationalgefühle waren da oft nur hinderlicher Luxus.

Berücksichtigte man außerdem, dass oft genug der Krieg die Menschen zwang, ihr Leben nach ihm auszurichten, war es nicht verwunderlich, dass jeder nahm, was er kriegen konnte.

Die Sonne stand tief, als endlich in der Ferne die Stadtmauern und die dahinter aufragenden Kirchtürme sichtbar wurden.

»Ein friedliches Bild«, meinte der Prior mit Blick auf die vor ihnen liegende Stadt. »Wenn man bedenkt, dass vor nicht allzu langer Zeit noch die Schweizer vor den Toren Mailands standen … Und die Franzosen …« Er seufzte. »Es heißt, sie kommen bald wieder, dann werde es eine neue Belagerung geben.«

Niccolò zuckte nur mit den Schultern. Die Franzosen und andere Feinde hatten nicht nur Mailand bestürmt, sondern waren auch schon bis an den Rand der Lagune vorgestoßen, was jederzeit wieder geschehen konnte. Man lebte in unsicheren Zeiten, doch auch und gerade in diesen ließ es sich gut verdienen, das hatte er inzwischen gelernt. Wichtig war nur, zwischen den Fronten seine Interessen zu wahren.

Mailand, seit Jahrzehnten Herrschaftsgebiet der Sforza, hatte auch unter dem Ansturm des Franzosenkönigs Ludwig XII. nichts von seiner aufblühenden Pracht verloren. Allenthalben wurde gebaut, unter anderem am Dom, eine weithin sichtbare, gewaltige Kathedrale aus hellem, spitzenartig durchbrochenem Marmor, deren Größe schwindeln machte.

Der Bau war bereits unter den Visconti begonnen worden,

vor über hundert Jahren, berichtete der Prior, und man hoffe, noch in diesem Jahrhundert die Kirche weihen zu können.

»Es ist der zweitgrößte Dom der Welt«, erklärte der Prior stolz. »Nur eine spanische Kathedrale ist noch gewaltiger.«

Niccolò hatte gehört, dass der neue Petersdom in Rom möglichst noch größer werden sollte, was ihm nun einen Maßstab für den Geltungsdrang des unlängst verstorbenen Papstes vermittelte, der für sein Grabmal einen Ort mit Ewigkeitscharakter hatte schaffen wollen.

Gefolgt von zwei Gepäckträgern, die sie an der Anlegestelle angeheuert hatten, begleitete Niccolò gemeinsam mit Maria den Prior zu dessen Kloster und der dazugehörigen Kirche, die aus roten Ziegeln erbaute Santa Maria delle Grazie mit ihren runden Fassadenfenstern und der säulengeschmückten Apsis.

Der Prior hatte ihnen vorgeschlagen, im Kloster Quartier zu nehmen; für Reisende hielt man dort in bescheidenem Rahmen Unterkünfte zur Verfügung. Dieses Angebot nahm Niccolò gern an, auch wenn er nicht vorhatte, lange zu bleiben. Ursprünglich hatte er schon zum Ende des vergangenen Jahres nach Venedig aufbrechen wollen, doch dann war Maria an einem Fieber erkrankt, was ihn veranlasst hatte, die Reise zu verschieben. Manchmal sann er darüber nach, wie merkwürdig dieser Entschluss war, vor allem in Ansehung der Tatsache, wie sehr es ihn zum Aufbruch gedrängt hatte, um das, was er an offenen Schicksalsfragen in Venedig zurückgelassen hatte, ein für alle Mal zu klären und es dann für immer aus seinem Leben zu streichen. Von Unrast erfüllt hatte er bereits mit dem Packen begonnen – und sofort damit aufgehört, als Maria krank wurde. Keinen Augenblick lang hatte er erwogen, allein zu reisen. Die Frage hatte sich gar nicht erst gestellt.

Zu Beginn des neuen Jahres war er durch wichtige Geschäfte aufgehalten worden, deren Abwicklung sich bis ins Frühjahr hineingezogen hatte. Ende März war dann ein Brief von Eufemia eingetroffen: Sein Vater hatte sich wieder vermählt. Seine neue Gattin hatte kurz zuvor einem Sohn das Leben geschenkt.

Danach hatte Niccolò mit dem Aufbruch nicht länger gezögert, zumal die Umstände für eine lange Reise wie die von Paris nach Venedig nicht günstiger hätten sein können: Die kriegerischen Auseinandersetzungen hatten aufgehört, alle wichtigen Geschäfte waren geregelt, und das Wetter war ideal.

Der Prior zitierte einen Mönch herbei, den er anwies, die Gäste in ihr Quartier zu bringen.

»Euer Bruder ist zu Besorgungen unterwegs, doch er wird heute Abend noch zurückerwartet. Ich lasse ihm Nachricht geben, dass Ihr hier seid.«

Der ihnen zugewiesene Raum war klein und karg eingerichtet; aus jedem Winkel der Zelle sprach noch die strenge Askese, der sich die Dominikaner jahrhundertelang verschrieben hatten, weil ihnen weder Besitz noch feste Einkünfte erlaubt waren. Erst seit etwa vier Jahrzehnten durften sie von Pfründen leben, wie der Prior erklärt hatte.

Dafür war die Kammer peinlich sauber. Der Boden war gründlich gefegt, die Bettstatt mit frischen Laken bezogen. Wie üblich mussten Niccolò und Maria sich eine Matratze teilen, doch damit hatte es noch nie Probleme gegeben. Nicht im Traum wäre er auf den Gedanken verfallen, sich ihr unsittlich zu nähern. Ihm war klar, dass sie, was fleischliche Gelüste anging, Männer für Tiere hielt, und die Vorstellung, von ihr auf ähnliche Weise verabscheut zu werden wie der Krämer und dessen Vorgänger, zwang ihn zu äußerster Zurückhaltung. Streng darauf bedacht, sie niemals mit begehrlichen Blicken zu betrachten oder sie häufiger als nötig zu berühren, verhielt er sich, als sei er ihr Bruder oder sonst jemand ohne jegliche erotische Absichten.

Dabei war es mitnichten so, dass er sie nicht anziehend fand. Seit sie genug zu essen bekam, hatten sich ihre Formen zu einladender Weiblichkeit gerundet. Auch sonst war ihr Liebreiz nicht zu übersehen; mit ihrer keck nach oben gebogenen kleinen Nase, dem stets lachenden Mund und den strahlend blauen Augen war sie eine bezaubernde Erscheinung. Ihr Haar, anfangs noch strohig, glänzte wie Bernstein in der Sonne, und der seidigen Glätte ihrer Haut konnten nicht einmal die Narben etwas anhaben, die hier und da ihren Körper zeichneten.

Sie war um einiges kleiner als er; wenn er vor ihr stand, konnte er bequem über ihren Scheitel hinwegblicken, was seinen Drang, sie zu beschützen, noch verstärkte. Niemals würde er sich herausnehmen, sie zu belästigen, und er würde jeden töten, der es versuchte.

In erster Linie nahm er sie nach Venedig mit, weil es ihm widerstrebte, sie ohne Schutz zurückzulassen, aber ein weiterer Grund war, dass sie es wollte. Von der Lagunenstadt hatte sie schon viel gehört und wünschte sich, sie einmal zu sehen.

Niccolò ließ sich nicht lange bitten, denn es gab noch einen dritten Grund, warum er sie dabeihaben wollte: Sie ahnte zwar nichts davon, aber sie würde ihm helfen, seine wirklichen Absichten und Motive zu verschleiern und jeden Verdacht unlauteren Verhaltens, der sonst vielleicht auf ihn fiele, zu zerstreuen.

Als sie ihn an der Schulter berührte, wandte er sich zu ihr um. Ihre Gesten und ihr Gesichtsausdruck waren fragend. *Hast du Sorgen?*, wollte sie wissen.

*Alles in Ordnung*, bedeutete er ihr, obwohl das nicht stimmte.

Wie so oft verständigte auch er sich stumm mit ihr, obwohl er ja auch einfach hätte sprechen können. Es kam ihm natürlicher und angemessener vor, sich dem anzupassen, was ihr zu Gebote stand. Mittlerweile dachte er kaum noch darüber nach, zumal er die Gebärdensprache, in der sie ihn unterwiesen hatte, immer besser beherrschte.

*Freust du dich auf deinen Bruder?*

Er antwortete mit einer universellen Geste für Stumme und Sprechende – einem Achselzucken. Tatsächlich hatte er keine Ahnung, was er seinem Bruder gegenüber empfand. Manchmal meinte er, Gregorio zu vermissen, dann wieder brach der alte Groll aus jener Zeit in ihm auf, als Gregorio alles gehabt hatte und er selbst nichts. Genau genommen wusste er nicht einmal, was ihn wirklich hergeführt hatte, doch was immer es war –

lange würde es ihn nicht aufhalten. Er würde es hinter sich bringen und dann weiterreisen.

Ein Mönch brachte ihnen Wasser zum Waschen und frische Tücher. Im Refektorium, so erklärte er, würde ihnen anschließend ein Abendessen gereicht. Der Prior wünsche sie dort zu empfangen und wolle gemeinsam mit ihnen speisen.

Nacheinander wuschen sie sich, wobei Niccolò, als Maria an der Reihe war, mit dem Rücken zu ihr stand und aus dem schmalen Fenster in die herabsinkende Dämmerung blickte, bis Maria ihn an der Schulter berührte, zum Zeichen, dass sie fertig war. In ihren hellen Augen stand ein undeutbarer Ausdruck, und anders als sonst erwiderte sie sein Lächeln nur zögernd, fast so, als ahnte sie, dass er etwas im Schilde führte.

Im Gegensatz zu ihm wandte sie sich nicht schamhaft ab, als er seinen Oberkörper entkleidete und sich am Waschtisch säuberte. Sie zündete sogar ein Talglicht an, um für ausreichende Helligkeit im Zimmer zu sorgen. Befangen fragte Niccolò sich, ob er wohl in ihren Augen abstoßend aussah. Immerhin war er jünger als ihre früheren Herren, und er achtete auf Sauberkeit, so gut es ihm eben möglich war. Sein Körper war bis auf das verkrüppelte Bein, das etwas kürzer und schwächer ausgebildet war als das andere, nach seinem Dafürhalten durchaus ansehnlich – drahtig gebaut, mit festen Muskeln, geradem Rücken und straffer Haut. Manchmal, wenn sie ihm beim Baden half oder beim Rasieren, stand er kurz davor, sich mit einem Seitenblick zu vergewissern, dass ihr seine körperliche Nähe bei diesen Verrichtungen nicht zuwider war, doch jedes Mal versagte er es sich, weil er fürchte, in ihrer Miene Widerwillen zu erkennen. Bei solchen Gelegenheiten dachte er oft an Cintia, und die Erinnerungen waren meist ebenso schmerzlich wie bittersüß. Ihnen hatte nur noch ein bisschen gemeinsame Zeit gefehlt ... Zeit, die ihnen der Schiffsbauer nicht gelassen hatte.

Wie immer, wenn Niccolò in Gedanken zu diesem schlimmsten aller Augenblicke zurückkehrte, geriet er in verzweifelte Stimmung.

Er fuhr zusammen, als Maria ihn am Oberarm berührte und auf das Messer in seiner Hand deutete. Erschrocken bemerkte er, wie er es hielt, starr mit der Faust umklammert, wie zum tödlichen Stich erhoben. Hastig ließ er die Hand sinken und setzte sich auf den Schemel, wobei er sich bemühte, möglichst gelassen dreinzuschauen, als sei nichts geschehen.

Er reichte ihr das Messer, das Heft voran, damit sie ihn rasieren konnte, so wie sie es oft tat, wenn kein Spiegel zur Hand war. Im Bartschaben war sie geschickt und flink, sie hatte ihn noch nie geschnitten. Verstohlen beobachtete er sie, während sie mit raschen Bewegungen die Seife anrührte, doch als sie sein Gesicht mit der feuchten Masse bestrich, schloss er hastig die Augen und öffnete sie während der gesamten Prozedur kein einziges Mal.

Die scharfe Klinge glitt mit sanftem Nachdruck über seine Haut, und dann ein nasses Tuch, als Maria mit der Rasur fertig war.

Mit abgewandtem Gesicht stand er auf und zog sich ein frisches Hemd an, während er ihre fragenden Blicke in seinem Rücken spürte.

»Hör zu«, platzte er heraus, sich zu ihr umwendend. »Ich werde dich nachher meinem Bruder als meine Frau vorstellen. So wie wir es immer halten, wenn wir irgendwo einkehren. Nur dass du dich nicht wunderst. Wenn er wirklich unter die Pfaffen gehen will, nimmt er sonst vielleicht Anstoß daran, dass wir zusammen reisen.«

Er hatte es kaum gesagt, als es an der Tür klopfte. Maria öffnete und trat einen Schritt zurück, sodass Niccolò den Besucher sehen konnte – seinen Bruder.

Ein Mönch erschien und räumte die leer gegessenen Teller weg, während Niccolò und Gregorio am Tisch sitzen blieben, um zu reden. Maria stand in einiger Entfernung mit dem Prior zusammen vor einer der Wände des Refektoriums, wo sie immer wieder Fragen auf ihre Schiefertafel kritzelte und sie dem Prior hinhielt, worauf dieser stets eifrig antwortete und dabei erklärend auf die Wand deutete, auf der ein gewaltiges Fresko prangte – *Das Abendmahl* von Leonardo da Vinci. Niccolò hatte es bereits pflichtschuldig bewundert und die Komposition der Farben sowie die detailreiche Inszenierung des Figurentableaus gelobt, doch damit hatte sich sein Enthusiasmus auch schon erschöpft, denn sein Kunstverstand beschränkte sich im Wesentlichen auf die Textilherstellung; außerdem war ihm das Gespräch mit Gregorio wichtiger als das Kolossalbild des berühmten Florentiners.

Die ganze Zeit während des Essens hatte er darauf gewartet, seinem Bruder endlich Bericht zu erstatten, was ihm in Anwesenheit des Priors und Marias nicht möglich gewesen war. Nun, da die beiden das Bild bewunderten, zögerte er nicht, das bisher Versäumte nachzuholen.

Gregorio reagierte auf die jüngste Entwicklung in Venedig weniger bestürzt, als Niccolò erwartet hatte. Er zeigte weder Wut noch Empörung. Die Tatsache, dass sein Vater einen dritten Sohn bekommen und sich wieder vermählt hatte, ließ ihn lediglich in stummes Nachdenken versinken, bis er schließlich aufblickte und Niccolò grübelnd ansah. »Ich betrachte es als Ausgleich und als Chance, weißt du.«

»Ausgleich wofür?«, fragte Niccolò verständnislos.

»Ausgleich für Lucia und meinen kleinen Piero. Vater hat beide getötet, weil er fand, sie stünden den Familieninteressen im Weg. Nun hat Gott ihm diese Frau und einen kleinen Sohn gesandt, um einen Ausgleich für das Verlorene zu schaffen. Und um Vater die Chance zu geben, zu sühnen.«

»Sühnen? Wie denn?«

»Indem er dieser Frau und dem Kind Gutes tut und damit sein vergangenes Unrecht wettmacht.«

Niccolò blieb der Mund offen stehen angesichts dieser philosophisch-verzeihenden Auslegung der Geschehnisse. Sein Verdacht, der ihn schon beim ersten Wiedersehen beschlichen hatte, verstärkte sich: Gregorio war im Begriff, zu einem weltfremden, frömmlerischen Betbruder zu werden. Allein das Tischgebet vorhin hatte er mit solcher Inbrunst gesprochen, dass Niccolò es kaum fassen konnte.

Dabei war an dem, was Gregorio gerade gesagt hatte, durchaus was dran – nur in einer anderen Bedeutung. Komisch eigentlich, dass er nicht selbst auf den Kerngedanken der Idee gekommen war: Ausgleich und Chance ... Im Grunde stimmte es, nur müsste man es umkehren, in *Chance und Ausgleich*.

Die Hure und ihr Sohn boten die Chance, seinem Vater dasselbe zu nehmen, was er Gregorio genommen hatte. Die perfekte Rache für den grausamen Mord an Lucia und dem kleinen Piero. Womit zugleich ein Ausgleich für das scheußliche Unrecht geschaffen wurde, wie man ihn nicht besser hätte ersinnen können. Fast war es, als wolle das Schicksal damit einen Weg aufzeigen, was zu tun sei, um alte Schulden zu bezahlen.

Auge um Auge, Zahn um Zahn, stand es nicht sogar so in der Bibel?

Seinem Vater musste dieser neue Sohn viel bedeuten, sonst hätte er die Hure nicht geheiratet. Schon immer hatte die Erhaltung des Hauses Guardi für Eduardo über allem anderen gestanden. Dafür wollte er offenbar nun selbst Sorge tragen, nachdem sich seine beiden ersten Söhne als untauglich erwiesen hatten: Gregorio hatte es lediglich geschafft, einen wertlosen Bastard in die Welt zu setzen, Niccolò hatte unter schändlichen Umständen die Flucht ergriffen – für Eduardo der zwingende Beweis, dass er, was den Fortbestand der Familie über seine Generation hinaus betraf, auf die Kraft seiner eigenen Lenden angewiesen war.

Beim Gedanken an die Motive seines Vaters knirschte Niccolò mit den Zähnen. Gregorio, dem das anscheinend nicht entging, meinte leise: »Die Zeit und die Kraft der Gebete heilen viele Wunden, Bruder. Für mich war es die einzige Möglichkeit, ein neues Leben zu beginnen. Vielleicht solltest auch du auf die tröstende Liebe zu Gott vertrauen.«

»Vielleicht«, sagte Niccolò höflich, obwohl er Gregorio am liebsten angebrüllt hätte, lieber das Alte Testament zu bemühen, statt in abgeklärter Vergebungsbereitschaft zu schwelgen.

Doch Gregorio hätte es nicht verstanden, er war ersichtlich über jeden Rachegedanken hinausgewachsen, was er auch mit seinen nächsten Worten nochmals untermauerte. »Ich habe meinen Frieden gefunden, Niccolò. Mein Schmerz geht noch tief, ich weine jeden Tag. Meine Liebe zu Lucia und meinem Sohn, der Verrat von Vater und seine furchtbare Tat ... Aber was hätte ich denn tun sollen? Ihn umbringen?« Bitter schüttelte er den Kopf, und zum ersten Mal vermochte Niccolò in den Augen seines Bruders die unermessliche Tiefe seines Leids zu erkennen. »Hätte mich Rache in Form einer Todsünde denn geheilt? Mein Liebstes wieder zum Leben erweckt?« Er verzog das Gesicht wie im Schmerz. »Blut an meinen eigenen Händen kann das vergossene Blut anderer nicht sühnen, Niccolò. Der Schuld von Vater hätte ich nur meine eigene Schuld hinzugefügt, dem Leid, das ich trage, weiteres Leid. Nur mit Gottes Hilfe konnte ich diesem Teufelskreis aus Rachsucht und Qual entkommen.« Er hielt inne, um schließlich zögernd fortzufahren: »Noch habe ich es nicht ganz geschafft. Aber ich ringe in einem fort darum, und eines Tages werde ich die Gnade zu verzeihen ganz erfahren.« Er faltete die Hände wie zum Gebet, und auf seinem Gesicht, früher immer so voller Spannkraft und Frohsinn, lag eine tiefe Müdigkeit. Falten waren dort, wo früher glatte Haut gewesen war, und Stumpfheit hatte den ehemals leuchtenden Blick ausgelöscht. Nichts war mehr übrig von dem hinreißenden jungen Mann von einst. Niccolò erschien er wie ein Fremder, vorzeitig gealtert, hart vom Leben gezeichnet.

Gregorio erwiderte ernst seinen Blick. »Ich werde dem Orden beitreten, Niccolò.«

»Der Prior sagte schon so was«, murmelte Niccolò, außerstande, dem zornigen Aufruhr in seinem Inneren entgegenzuwirken. Er konnte sich das nicht länger anhören, wollte nur noch fort!

839

»Und du?«, fragte Gregorio. »Was hast du als Nächstes vor?«
Niccolò zuckte die Achseln. »Ich fahre mit meiner Frau nach
Venedig. Sie wollte unbedingt meine Heimat kennenlernen.«

»Ich bin froh, dass du dich wieder vermählt hast«, meinte
Gregorio. »Ich hoffe, der Aufenthalt in Venedig gerät zu eurer
Zufriedenheit.« Mit einem Mal wirkte er besorgt. Er streckte
die Hand aus und legte sie auf Niccolòs Rechte. »Tu nichts Un-
überlegtes«, bat er.

»Keine Sorge«, sagte Niccolò, während er langsam seine
Hand unter der seines Bruders hervorzog und sie unter dem
Tisch streckte und ballte, um anschließend nach dem Heft seines Dolches zu tasten, als könne er auf diese Weise die unliebsamen Empfindungen von Wärme, Sehnsucht und Trauer vertreiben, die ihn bei der Berührung seines Bruders überkommen
wollten. »Alles, was ich je tat, war gut überlegt.«


Venedig, April 1513


Mitte April war Paolos Laune auf einem neuen Tiefpunkt
angelangt, jedenfalls soweit es seine Arbeit im Arsenal
betraf. Während zu Hause alles einen zufriedenstellenden Verlauf genommen hatte – Cintia musste zwar nach wie vor liegen,
was sie mit großer Ungeduld erfüllte, doch es war ja ein Ende in
Sicht –, machte er in der Werft einfach keine Fortschritte. Im
Gegenteil, es schien ganz so, als sollten ihm neue Hindernisse in
den Weg gelegt werden.

An diesem Morgen erschien ein amtlicher Bote in den Docks.

»Auf Geheiß der Savi sollt Ihr die Arbeit einstellen«, sagte
der Bote. »Sofort.«

Gründe dafür konnte er nicht benennen, und als er Paolos
unterdrückte Flüche hörte, zog er mit betretener Miene wieder

ab, als wäre er persönlich für die Entscheidung seiner Herren verantwortlich.

Unentschlossen schaute Paolo hinauf zu der Galeere, bei der er bis eben noch die Verankerung des Hauptmastes beaufsichtigt hatte. Der Zimmermann, der auf sein Kommando gewartet hatte, stand an Deck und wich Paolos Blicken aus. Dem pikierten Gesichtsausdruck nach hatte er jedes Wort des Boten gehört. Paolo machte gar nicht erst den Versuch, den Arbeiter in Gewissenskonflikte zu stürzen, indem er weitere Befehle gab. Achselzuckend rief er nach einem Aufseher und teilte ihm mit, dass sich vorläufig ein anderer Vorarbeiter um den Mast kümmern solle. Anschließend machte er sich auf die Suche nach Tassini, den er in dessen Amtsräumen fand und der von der Entscheidung der Savi genauso überrascht war wie Paolo.

»Wartet hier, ich versuche, so schnell wie möglich herauszufinden, was geschehen ist«, sagte der Ammiraglio, bevor er sich eilig auf den Weg machte.

Paolo beschäftigte sich während seiner Abwesenheit mit diversen Konstruktionsplänen, die er auf einem Zeichentisch liegen sah, und zu seinem Verdruss erkannte er die Handschrift von Vettor Fausto, Protomastro wie er selbst, nur offenbar derzeit weit besser angesehen und daher mit größeren Freiheiten bei der Entwicklung neuer Konstruktionen ausgestattet. Der Plan auf dem Tisch enthielt Skizzen für eine Cinquereme, einen enorm schnellen Schiffstyp, womit er sicher die Admiralität nicht wenig beeindruckt hatte. Die Schwerfälligkeit des von Paolo entwickelten Typs einer Galia grossa machte demgegenüber auf den ersten Blick sicher weniger her, zumal sich die Vorzüge gewiss nicht bei einer der von den Savi so sehr geschätzten Regatten erschlossen, bei denen nur die schnellen Schiffe glänzten und aller Augen auf sich zogen.

Nicht zum ersten Mal sehnte Paolo sich danach, mit seinen Ideen jemanden überzeugen zu können, der über genug Macht verfügte, um passende Bedingungen für die Verwirklichung seiner Pläne zu schaffen. Jemand wie Khalid …

Sofort schob er den Gedanken energisch von sich. Khalid träumte vielleicht denselben Traum wie er, doch zum Wohle eines anderen Volkes. Zudem war der Mann ein Mörder und Korsar. Sich ihm zu unterstellen wäre … Ja, was?, fragte Paolo sich unvermittelt mit wütendem Trotz. Was wäre er, wenn er seine Kenntnisse in den Dienst der Osmanen stellte? Ein vaterlandsloser Verräter? Ein opportunistischer Schurke? Oder vielleicht einfach nur jemand, dessen Lebenstraum in Venedig fortwährend mit Füßen getreten wurde, sodass es nur recht und billig war, wenn er sich einen anderen Wirkungskreis suchte?

Bevor er sich weitere rebellische Fragen stellen konnte, kehrte Tassini zurück. Seine Miene wirkte bedrückt und besorgt. »Ihr sollt nicht nur heute aufhören zu arbeiten, sondern seid vorläufig wieder von der Arbeit im Arsenal suspendiert.«

»Mit anderen Worten, ich soll die Werft verlassen und einstweilen nicht wiederkommen?«, erkundigte sich Paolo in trügerisch ruhigem Tonfall, während es in ihm tobte.

Tassini nickte betreten.

»Warum?«, wollte Paolo wissen, kaum noch in der Lage, seinen Zorn zu unterdrücken.

»Einem Mitglied des Collegio ist zu Ohren gekommen, dass Ihr Euch mit einem Spion getroffen habt.«

»Das ist gelogen!«, fuhr Paolo auf.

»Ein Händler von der Riva degli Schiavoni hat zufällig ein Gespräch zwischen Euch und einem Mann angehört, der Euch unter einen Torbogen zog. Dort soll er Euch angeboten haben, Ihr möget für die Türken arbeiten, wofür Ihr reiche Belohnung erhalten solltet.«

Jemand hatte sein Gespräch mit Khalid belauscht! Paolo merkte, wie ihm das Blut in die Wangen stieg. Sein verräterisches Erröten entging auch Tassini nicht, der ihn bestürzt anblickte. »Also ist es wahr!?«

»Es war ganz anders!«, widersprach Paolo, während er fieberhaft nachdachte, mit welchen Argumenten sich dieser neuerliche Verdacht entkräften ließ. Alles hing davon ab, wie viel der unsichtbare Zeuge mitgehört hatte. Offenbar nur den letzten Teil des Gesprächs, sonst säße er sicher schon im Gefängnis.

Hastig überlegte er, ob es ein Fehler war, dass er Tassini die Beteiligung Khalids an seiner Entführung verschwiegen hatte. Von Anfang an hatte er immer nur Mahmut Sinan als den Schuldigen benannt, zumal dieser durch seine Besuche hinreichend im Arsenal bekannt war und seine Motive leicht nachzuvollziehen waren. Außerdem war er tot und konnte sich nicht mehr für seine Bloßstellung rächen, was für Khalid leider nicht galt.

Nein, dachte Paolo, er hatte richtig gehandelt, die Identität des Korsaren geheim zu halten.

»Es stimmt, dass im letzten Sommer ein Osmane auf mich zutrat und mir anbot, ich solle nach Konstantinopel zurückkehren, wofür ich reiche Belohnung erwarten könne«, erklärte Paolo mit erzwungener Gelassenheit. »Wenn der Zeuge aber richtig aufgepasst hat, muss er auch gehört haben, dass ich das Angebot nicht annahm, sondern meinen Dolch zog und damit den Osmanen in die Flucht schlug.«

»Es war nur ein Ohrenzeuge«, sagte Tassini.

»Woran sofort zu erkennen ist, was so einer taugt – nichts.« Paolo verzog spöttisch das Gesicht. »Was sich unschwer auch daran ersehen lässt, dass er ein Dreivierteljahr brauchte, um seine Erkenntnisse an die Verantwortlichen weiterzugeben.«

»Er sagte, er hätte unmittelbar nach dem Vorfall eine längere Schiffsreise angetreten und wäre daher erst nach seiner Rückkehr dazu gekommen, seine Aussage zu machen. Es wurde überprüft, er war tatsächlich die ganze Zeit auf See.«

Immerhin, dachte Paolo niedergeschlagen. Wenigstens ging dieser Zeuge dann nicht auf Khalids Konto. Oder doch?

Wie auch immer, auch so war das Ganze schon schlimm genug.

»Ich schwöre, dass ich dieses Angebot nicht angenommen habe«, sagte er erschöpft. »Wäre ich denn sonst noch hier? Hätte ich all diese Befragungen über mich ergehen lassen? Mich

843

damit abgefunden, dass meine neuen Konstruktionen auf Eis liegen, nur auf die vage Aussicht hin, eines Tages wieder wie früher behandelt zu werden?«

»Das ist ein gewichtiges Argument, das für Euch spricht«, sagte Tassini. Sein Blick war abwägend, seine Skepsis unverkennbar. »Ihr müsst aber verstehen, dass die Verantwortlichen angesichts dieser Sachlage nun erhöhte Wachsamkeit walten lassen.«

»Vermutlich wird es jetzt abermals eine Reihe Untersuchungen, Sitzungen und Befragungen geben«, erwiderte Paolo kühl. »Wobei ich wohl wieder dankbar sein darf, dass ich die Wartezeit nicht im Gefängnis zubringen muss.«

»Es lässt sich nicht ändern«, sagte Tassini bedauernd, aber mit einem Unterton von Härte. Er zuckte die Achseln, bevor er ein wenig zuvorkommender hinzufügte: »Ihr seid ein reicher Mann, oder genauer: Ihr habt ein reiches Weib und seid nicht auf die Einkünfte Eurer Arbeit angewiesen. Außerdem werdet Ihr bald zum zweiten Mal Vater und könnt bei der Familie willkommene Abwechslung finden. Führt einfach ein untadeliges, unauffälliges Leben, alles Weitere wird sich schon finden.«


Eduardo Guardi musterte den Säugling, wie so oft bemüht, Ähnlichkeiten zu seinen ersten beiden Söhnen zu entdecken. Manchmal meinte er, das Kind sehe eher Gregorio gleich, mit seiner hellen Haut und dem blonden Haarflaum, dann wieder meinte er, mehr Ähnlichkeiten mit Niccolò zu finden, vor allem im Wesen, etwa was das häufige, zornige Gebrüll betraf. Während Gregorio schon in seinen ersten Lebensmonaten die Sanftmut in Person gewesen war, hatte Niccolòs Zorn bereits im Säuglingsalter keine Grenzen gekannt.

Möglicherweise war aber sein jüngster Sohn auch nur eine besonders gelungene Mischung aus den beiden ersten, eine Überlegung, an der Eduardo sich gern ergötzte. Das kräftige, hübsche Äußere von Gregorio, gepaart mit der unbezwingbaren

Entschlusskraft Niccolòs – das wäre ein Sohn, wie er ihn sich erträumte!

»Kannst du ihn nicht einmal in Ruhe schlafen lassen, ohne ihn dauernd anzustarren?«, meinte Esmeralda. Missmutig betrachtete sie ihren Mann, während sie sich vor dem Spiegel ankleidete. Eduardo gab ihren Blick mit derselben Verdrießlichkeit zurück. Sie putzte sich heraus wie die Dogaressa persönlich, darauf brennend, endlich offiziell an der Seite ihres Gatten auftreten zu können. Das Markusfest war für einen solchen gesellschaftlichen Auftritt ein willkommener Anlass, von der Morgenmesse in der Basilika über die prunkvolle Prozession auf der Piazza am frühen Abend bis hin zu der glanzvollen Feier, die sie danach in der Ca' Guardi veranstalten wollten, die erste seit ihrer Eheschließung. Die ganzen letzten Wochen hatte Esmeralda diesem Tag entgegengefiebert. Sie hatte sogar gehungert, um wieder in ihre feinen Seidenkleider zu passen. Nur dass es mit der Gewichtsabnahme dann doch nicht geklappt hatte, weshalb sie sich schließlich eine neue Garderobe auf den Leib hatte schneidern lassen, die allem hohnsprach, was andere Patriziergattinnen zu öffentlichen Anlässen trugen.

Vergeblich hatte Eduardo versucht, ihr klarzumachen, dass sie in gedeckten Farben erscheinen müsse. Immerhin hatte er sie zum Schluss überreden können, statt des schreienden Gelbs, das sie ursprünglich gewählt hatte, auf ein etwas sittsameres Blau auszuweichen, doch immer noch sah sie nicht aus wie eine verheiratete Frau und Mutter, schon gar nicht mit dem Ausschnitt, aus dem ihre vollen Brüste fast herauskugelten.

Der Anblick hatte wiederum Eduardos Begierde geweckt, doch sie hatte sich seinen Zärtlichkeiten wie immer seit der Niederkunft entzogen, mit der Begründung, der Wochenfluss habe noch nicht aufgehört. Mittlerweile hatte Eduardo sich umgehört und erfahren, dass es in den seltensten Fällen so lange anhielt. Damit konnte er indessen leben; er würde einfach wieder Darias Haus aufsuchen, wo ihm die Mädchen kostenlos zur

Verfügung standen, Teil der Vereinbarung, die er im vorletzten Jahr mit ihr getroffen hatte.

»Ich bin gleich fertig, von mir aus können wir dann aufbrechen«, erklärte Esmeralda, die vor dem Spiegel noch ein paar Tupfer Bleiweiß unter den Augen verrieb und dann den Sitz ihrer Frisur prüfte, ein aufwendig gelocktes Gebilde mit einer Unzahl bunter Federn darin.

Eduardo seufzte widerwillig und schlüpfte in sein Festtagswams. Verdrossen machte er sich klar, dass sie ein Geschäft miteinander gemacht hatten, er und sie. Sie hatte ihren Part erfüllt, indem sie ihm den Kleinen geboren, und er den seinen, indem er ihr seinen Namen gegeben hatte und ihr gestattete, sich herauszuputzen und auf seine Kosten die adlige Dame zu spielen. Im Grunde war ihm der bessere Teil dieses Handels vergönnt, trotzdem ärgerte er sich in der letzten Zeit so häufig über sie, dass er sich fragte, ob er auf Dauer damit zurechtkommen würde. Das eine oder andere Mal hatte er bereits vage überlegt, ob er sie überhaupt noch brauchte, doch bisher hatte er sich immer wieder rasch besonnen und sich gesagt, dass es der Übeltaten genug seien. Die Gräuel, die er zu verantworten hatte, waren schuld daran, dass seine ersten Söhne für immer fortgegangen waren, dasselbe durfte ihm nicht noch einmal passieren. Sein jüngster Sohn sollte nicht ohne Mutter aufwachsen, sondern so viel Zuneigung wie möglich erfahren und ein ehrbarer, guter Mensch werden. Esmeralda würde mit der Zeit lernen, sich wie die wahre Gattin eines Nobile zu benehmen, und er selbst wollte ein würdiges Leben führen, ohne schwarze Abgründe und frei von den blutigen Schatten der Vergangenheit.

Sein Herz schlug schneller, als er auf die Wiege mit dem schlafenden Säugling hinabsah. Ja, das war sein neues Glück, vielleicht seine letzte Möglichkeit im Leben, etwas richtig zu machen. Etwas zurückzulassen, auf das er wahrlich stolz sein konnte!

Esmeralda verließ den Raum, um die Amme zu holen, während Eduardo ein letztes Mal seinen kleinen Sohn betrachtete.

846

Das Kind lächelte im Schlaf, und eine ebenso unerwartete wie schmerzliche Regung von Liebe überkam Eduardo.

Davon völlig aus der Fassung gebracht, streckte er zaghaft die Hand aus und strich vorsichtig mit dem Finger über das flaumige Köpfchen.

»Na, fühlt er sich gut an? Anders als Gregorio und ich früher?«

Zu Tode erschrocken fuhr Eduardo herum, ein Ächzen auf den Lippen. Niccolò stand in der offenen Tür, und schräg hinter ihm die in Freudentränen aufgelöste Eufemia, die ihn offensichtlich eingelassen hatte. Eduardo schwor sich, sie bei nächster Gelegenheit endlich davonzujagen; er wusste selbst nicht, wieso er sie nicht längst zum Teufel geschickt hatte.

»Was tust du hier?«, stieß er hervor.

»Aber Vater! Sind wir nicht eine Familie? Wie würde es aussehen, wenn ich nach so langen Monaten in der Fremde meinem Vater sowie dessen frisch angetrauter Gattin nicht meine Aufwartung machte! Vor allem aber meinem neuen Bruder. Lass mich ihn doch einmal anschauen!« Niccolòs Miene zeigte leutseliges Interesse, während er in aller Gemütsruhe herangeschlendert kam, das verkrüppelte Bein beim Gehen durch einen silberbeschlagenen Stock entlastend.

Eduardo widerstand nur mühsam dem unerklärlichen Drang, sich schützend zwischen die Wiege und Niccolò zu stellen, während dieser sich über das schlafende Kind beugte und es aufmerksam betrachtete. »Wem er wohl ähnlich sieht? Eher Gregorio oder eher mir? Und wessen Eigenschaften er wohl eines Tages annimmt? Die seiner Brüder oder die seines Vaters?« In lächelndem Gleichmut schüttelte Niccolò den Kopf. »Natürlich sind solche Fragen müßig. Wären sie wirklich von Interesse, hätte man sie sich ja schon bei deinem Enkel stellen müssen. Zugegeben, der kleine Piero war nur ein Bastard, aber das war dieser Kleine hier ja auch, bis du ihn durch die Ehe mit seiner Mutter legitimiert hast. Man hätte damals folglich durchaus überlegen können, wem der kleine Piero glich, ob er vielleicht

847

sogar nach seinem Großvater kam. Aber manche Dinge sind einfach bei kleinen Kindern nicht von Interesse. Schon deshalb nicht, weil so viele von ihnen schrecklich früh sterben. Und ihre jungen Mütter gleich dazu. Du ahnst ja nicht, was Gregorio deswegen durchgemacht hat. Möchtest du gern wissen, wie er sich fühlt?«

Eduardo konnte kaum atmen, ihm war übel. Jähe Stiche in der Herzgegend veranlassten ihn, sich die Brust zu reiben. Gleichwohl tastete er mit der anderen Hand instinktiv nach seinem Dolch, bis ihm aufging, dass er den Messergurt heute gar nicht angelegt hatte.

Ein wütender Aufschrei ertönte von der Tür her. Esmeralda kam in den Raum gefegt, die verschüchterte junge Amme im Schlepptau. »Was tut er hier?«, rief sie schrill. »Schick ihn fort! Wirf ihn raus, Eduardo! Lass ihn ja nicht in die Nähe des Kindes!«

»Aber Mutter!«, sagte Niccolò freundlich. »Ich darf doch *Mutter* zu dir sagen? Schließlich bist du es neuerdings. Sollte ich dir und Vater als Sohn des Hauses nicht willkommener sein?« Nachsichtig schüttelte er den Kopf. »Vermutlich liegt es daran, dass ich unerwartet kam. Beim nächsten Mal wird Vater sicher mit mir rechnen.« Er hob die Brauen. »Rechnest du mit mir, Vater?«

Eduardo konnte nicht antworten. Schnaufend rang er nach Luft, während sein Herz so rasend pumpte, dass er fürchtete, es werde zerspringen. Niccolò maß ihn mit einem letzten unergründlichen Blick, bevor er schweigend den Raum verließ.

Cintia stellte sich auf die Zehenspitzen und versuchte, über die vor ihr stehenden Menschen hinweg einen Blick auf die Prozession zu erhaschen. Paolo hatte für sie einen Platz in der vorderen Reihe ergattert, doch es schoben sich immer wieder neue Schaulustige vor sie und versperrten ihnen die Sicht auf die Abendprozession.

»Ich sehe überhaupt nichts«, klagte Lucietta neben ihr.

Agostino Memmo tätschelte ihr den Arm. »Keine Sorge, mein Liebes, ich werde versuchen, uns einen besseren Platz zu besorgen! Vielleicht sogar oben an einem der Fenster der Prokuratie. Wozu kennt man dort wichtige Amtsträger?« Er lächelte sie aufmunternd an, bevor er im Menschengewimmel unter den Arkaden verschwand.

»Er ist so fürsorglich!«, sagte Lucietta. Zufriedenheit leuchtete aus ihrer Miene, während sie ihrem Gatten nachschaute. Allen anfänglichen Befürchtungen zum Trotz hing sie mit zärtlicher Liebe an Memmo. Cintia konnte immer wieder nur darüber staunen, wie sehr sich für ihre Cousine alles zum Guten entwickelt hatte. Das Kind – an diesem Abend zu Hause von der Amme versorgt – war gesund und gedieh prächtig, und dasselbe galt offenbar für diese Ehe. Sogar der körperliche Aspekt kam nicht zu kurz, wie Lucietta Cintia kürzlich verlegen anvertraut hatte. Ebenso wie ihren festen Entschluss, entgegen früherer Pläne ihren Liebhaber nicht wiederzutreffen. Kleinlaut hatte sie zugegeben, dass sie es vorgehabt hätte, aber angesichts Memmos aufrichtiger Liebe sei ihr die Lust darauf vergangen – zumal sein Einfühlungsvermögen im Ehebett keine Wünsche offenlasse. Und mit dem Kind, so Lucietta, sei er geradezu närrisch, kein Vater hätte sein eigenes Kind mehr lieben können als Memmo den kleinen Jacopo.

Memmo kam zurück, heftig winkend. »Komm hierher, mein Herzblatt! Ich habe Platz für uns gefunden!«

Lucietta stolzierte freudestrahlend zu ihrem Mann hinüber, während Cintia sich zu Casparo umwandte, der dicht hinter ihr stand. »Kannst du genug sehen?«, erkundigte sie sich. »Sonst könntest du noch ein Stück weiter nach vorn gehen.«

Er schüttelte den Kopf, das junge Gesicht strahlend vor guter Laune. »Bin groß genug.«

Tatsächlich war er in der letzten Zeit noch einmal ein Stück gewachsen, was seine Rekonvaleszenz erneut positiv beeinflusst hatte. Sein Gang war noch sicherer geworden, seine Haltung insgesamt kräftiger. Er war nun ein erwachsener Mann mit einer tiefen Stimme, dunklem Bartwuchs und breiten Schultern. Beim Gehen benötigte er nach wie vor einen Stock, wodurch sich Cintia manchmal an Niccolò erinnert fühlte, und beim Führen eines Stifts verkrampfte sich zuweilen noch seine Hand, doch in seinen übrigen Bewegungen war er kaum noch eingeschränkt.

Auch seine Sehnsüchte waren die eines ganz normalen jungen Mannes. Seit er wieder regelmäßig mit zu den Andate ging, übte er sich in dem, was fast alle unverheirateten Männer dort zu tun pflegten: Er ließ seine Blicke wandern, vorzugsweise zu den hübschen jungen Donzelle, die in ihren leuchtend bunten Seidenkleidern aus der Menge hervorstachen und sich kichernd den heiratswilligen Junggesellen präsentierten.

Belustigt hatte Cintia beobachtet, dass bereits die eine oder andere mit verschämtem Augenaufschlag in Casparos Richtung geblinzelt hatte. Dabei kamen ihr wehmütige Erinnerungen daran, wie sie früher auf ähnliche Weise mit Gregorio kokettiert hatte. Wie verliebt sie gewesen war, wie zuversichtlich, ihr einziges Lebensglück mit ihm zu finden! Das alles schien hundert Jahre her zu sein, und sie fragte sich wieder einmal, was wohl aus ihm geworden war. Es ging das Gerücht, dass er in Mailand bei Ordensmännern lebte. Ob er immer noch den Tod seiner Geliebten und seines kleinen Sohnes betrauerte? Oder ob er noch manchmal an *sie* dachte, die naive, verwöhnte Tochter des Seidenwebers, die damals keine Ahnung vom wirklichen Leben und von wirklicher Liebe gehabt hatte?

Längst hatte sie die wahre Liebe gefunden und lebte sie, war erfüllt von ihr wie von einer mächtigen Kraft, die nie endete. Doch diese Liebe war nicht rosig und leicht und freundlich, wie sie es sich in ihren Mädchenjahren erträumt und ausgemalt hatte. So oder ähnlich konnte die Liebe zwar sein, aber häufig war sie auch dunkel und herzzerreißend, brachte Schmerz, Verzweiflung und Wut.

Die ganze Bandbreite dieser Gefühle hatte sie mit ihrem

Mann bereits erlebt, und eines wusste sie nach dieser Zeit sicher: Nie würde sie von ihm lassen können, und er niemals von ihr.

Wie von einem unsichtbaren Magneten gezogen, wandte sie sich ihm zu. Er stand zu ihrer Rechten, ihr kleines Mädchen auf den Schultern, das gebräunte Gesicht in der Sonne, ein breites Lächeln auf den Lippen. Als spürte er, dass sie ihn anblickte, drehte er den Kopf und schaute sie an. Ihre Blicke tauchten ineinander, wie eine Berührung, flüchtig und doch tief, ein kurzes, aber inniges Zusammenfinden. Impulsiv ergriff sie seine Hand und drückte sie, um den kostbaren Augenblick zu verlängern, und mit ihrem Lächeln wollte sie ihm zeigen, wie gut es ihr ging.

Zum ersten Mal seit der vergangenen Woche war er in aufgeräumter Stimmung, und auf keinen Fall wollte sie das verderben, indem sie über ihre Rückenschmerzen oder ihre geschwollenen Beine klagte oder über ihre Angst vor der nahenden Niederkunft.

Ihr heimlicher Zorn wegen der neuerlichen Suspendierung ihres Mannes war indessen grenzenlos, und seit Tagen überlegte sie unablässig, was man gegen die unerträgliche Situation unternehmen könnte. Sobald das Kind geboren und sie danach wieder auf den Beinen war, das hatte sie sich geschworen, würde sie versuchen, an die zuständigen Amtsinhaber heranzukommen. Wozu war sie reich? In Venedig war fast jeder käuflich, schon ihr Vater hatte diese Weisheit bei vielen Gelegenheiten geäußert. Für jedes der unzähligen Gesetze, die bis ins Kleinste alles in dieser Stadt regelten, beschränkten oder verboten, gab es mindestens einen Robenträger, der ein Auge zudrückte, wenn jemand genug dafür zahlte.

»Mama«, sagte Anna aus der luftigen Höhe über Paolos Kopf. »Da!« Sie zeigte begeistert auf den Menschenzug auf der Piazza, der sich in einer Schlange von der Meerseite des Dogenpalastes herkommend in einer Linkskurve um den Campanile wand, dann über die ganze Länge des Markusplatzes in Richtung San Gemigniano, von dort um die Ecke in Richtung Prokuratie, an dieser entlang bis zum Uhrturm, wo der Zug sich schließlich teilte und dann weiter durch die Eingänge der Basilika von San Marco strömte. Zu den Klängen von Fanfaren und Pfeifen schritten die farbenprächtig gewandeten Repräsentanten von Kirche und Staat zu Aberhunderten die Prozessionsstrecke vom Bacino zur größten Kirche Venedigs, begleitet von Trägern mit bunten Standarten, Schilden und anderen Insignien. Inmitten des prachtvollen Zuges schritt majestätisch der Doge einher, bekleidet mit einem goldenen Brokatmantel, dessen Schleppe von vier Männern getragen wurde.

Von den drei Schiffsmasten, die vor der Basilika emporragten, flatterten die Markusbanner. Es ging ein leichter Wind, aber die Luft war für Ende April außergewöhnlich mild. Der herabsinkende Abend tauchte den riesigen, von Menschen überquellenden Platz in ein mattes Licht. In den Dachgesimsen des Dogenpalastes und den Türmchen und Kuppeln der Basilika fingen sich die Strahlen der untergehenden Sonne, bis die Silhouetten der Gebäude aussahen wie in Feuer getaucht. Der goldene Engel, der seit einigen Monaten auf der Spitze des Campanile thronte, gleißte so stark, dass es in den Augen schmerzte.

Die überwältigende Fülle an Reichtum und der Glanz von Macht und Stärke der Serenissima, die Cintia bei solchen Prozessionen früher immer so sehr beeindruckt hatten, ließen sie heute seltsam unbeteiligt zurück. Während die Umstehenden jubelten und winkten, vermochte sie bei sich selbst nichts von ihrem einstigen Entzücken zu entdecken. An dieser Andata zu Ehren des heiligen Markus konnte sie sich kaum ergötzen, obwohl es eine der prächtigsten Prozessionen des Jahres war. Dabei hatte sie sich wochenlang auf diesen Tag gefreut, hatte es kaum erwarten können, endlich wieder aufstehen zu dürfen nach der strengen Bettruhe. Vor der Frühmesse war sie noch voller Tatendurst gewesen, hatte ausgiebig gebadet, sich von Imelda das Haar waschen und frisieren lassen, war sogar recht angetan von dem unförmigen Samtkleid, das sie nicht ganz so sehr wie eine wandelnde Kugel aussehen ließ, sondern den enormen Bauch gefällig umspielte.

Doch schon nach dem Kirchenbesuch hatte ihre Unruhe begonnen und war seither schlimmer geworden. Schmerzen hatte sie kaum, sie horchte ständig in sich hinein, ob vielleicht die Wehen einsetzten, doch bis auf den lästigen Druck und das unangenehme Ziehen unten im Kreuz spürte sie nichts. Es tat zwar hin und wieder weh, war aber auszuhalten, und schließlich wusste sie sehr wohl, wie sich richtige Wehen anfühlten. Die Hebamme hatte behauptet, sobald sie aufstünde und herumliefe, würde das Kind kommen, doch davon war bislang nichts zu merken.

Dennoch war ihre Rastlosigkeit unerträglich, am liebsten hätte sie den Platz verlassen, um ziellos umherzugehen, einfach nur, um ihrem so lange unterdrückten Bedürfnis nach Bewegung Rechnung zu tragen.

»Ich gehe zu Lucietta und Memmo in die Prokuratie«, sagte sie zu Paolo.

»Das ist gut. Ruh dich eine Weile aus. Ich komme gleich nach.«

Cintia bewegte sich mit dem Zug in Richtung Prokuratie und hörte nach einigen Schritten, wie Lucietta nach ihr rief. »Cintia, huhu! Komm rauf zu mir! Die Aussicht ist wunderbar! Und ich habe einen Stuhl für dich!«

Cintia blickte nach oben und sah Lucietta vom ersten Stock der Prokuratie zu ihr herunterwinken.

Vielleicht sollte sie sich wirklich hinsetzen. Das Ziehen in ihrem Kreuz war etwas stärker geworden, und allmählich fragte sie sich, ob es nicht vielleicht doch Wehen waren.

»Ich bin gleich bei dir!«, rief sie und winkte zurück.

Doch sie kam nicht weit. Inmitten der Menge legte sich mit einem Mal eine Hand auf ihre Schulter. »Auf ein Wort, Madonna Cintia«, sagte eine Stimme neben ihrem Ohr. Erstaunt wandte sie sich um und fand sich Auge in Auge mit einem beleibten Mann wieder. Er war in den Dreißigern, hatte dunkle, gemütvolle Augen und bedachte sie mit einem einnehmenden Lächeln.

»Was wollt Ihr?«, fragte sie stirnrunzelnd, während sie sich fragte, wo sie ihn schon gesehen hatte, denn er kam ihr vage bekannt vor. Vielleicht ein Kaufmann, der Geschäfte mit der Weberei machte? Von der Kleidung her würde es passen, er trug das schlichte dunkle Wams der Nobile und ein schmuckloses Barett, unter dem sein freundliches rundes Gesicht im Schatten lag.

Befremdet blickte sie ihn an. »Wer seid Ihr?«

»Ihr saht mich schon und ich Euch auch. Aber vermutlich hat Euer Mann seither nicht von mir gesprochen, weil er auf Ehre hält. Und weil er Euch schützen möchte. Doch solltet Ihr wissen, dass ich Euch niemals Böses getan hätte, damals nicht und heute schon gar nicht. Manchmal macht man Geschäfte mit der Angst, manchmal mit guten Argumenten. Heute möchte ich mit Euch so ein Geschäft machen. Nicht mit der Angst, wohlgemerkt!«, sagte er eilig, weil er offenbar den Eindruck hatte, sie fürchte sich vor ihm, womit er auf jeden Fall richtig lag. Am liebsten wäre sie so schnell wie möglich davongelaufen, doch eine Mischung aus Faszination und bohrender Neugier ließ sie verharren. Angestrengt musterte sie sein Gesicht, und auf einmal erkannte sie ihn. Es war ihr nur deshalb nicht gleich eingefallen, weil er völlig verändert aussah in der schlichten Kleidung, vor allem aber ohne den dicken schwarzen Bart, den er auf jener Karnevalsfeier beim Ammiraglio noch getragen hatte.

»Ihr seid Vito Farsetti! Der Schiffsbauer aus der Ägäis!«

»Das ist eine meiner Legenden«, meinte er lächelnd.

»Wer seid Ihr wirklich?«, wollte sie wissen.

»Ein Mann mit Macht. Ohne zu prahlen, kann ich versichern, mir mittlerweile in der Stadt der Städte eine sichere Entscheidungsbefugnis verschafft zu haben.«

»Mit *Stadt der Städte* meint Ihr vermutlich Konstantinopel.«

»Gewiss.« Offenbar erstaunte es ihn, dass man daran zweifeln konnte. »Der junge Sultan steht meinen Plänen überaus

854

aufgeschlossen gegenüber. Euer Gatte könnte schon morgen in höchster Position alle Schiffe bauen, von denen er je träumte.« Farsetti lächelte breit. »Aber was das Beste ist – ich habe auch an Euch gedacht! Ich weiß, wie sehr Ihr das Weben von Seide schätzt. Am Bosporus verstehen wir uns auch nicht schlecht auf die Seidenweberei, und das, was wir noch nicht beherrschen, könntet Ihr uns lehren. Sagt mir die Zahl der Webstühle, die Ihr Euer Eigen nennen wollt, und Ihr werdet sie bekommen, mitsamt allen Arbeitern, Fachleuten und Materialien, die nötig sind.« Seine Augen blitzten. »Ihr könntet dort die Königin der orientalischen Seide werden! Und Euer Mann der König des Schiffsbaus!«

»Und was wärt dann Ihr?«, fragte sie unumwunden. »Auch ein König?«

»Der König der gesamten osmanischen Flotte«, sagte er, ohne zu zögern. »Noch bin ich es nicht, aber eines Tages werde ich es sein. Man wird mich den Schrecken der Meere nennen und mir dereinst Denkmäler errichten. Ich werde die Ozeane beherrschen und sie meinen Schiffen untertan machen. Das Land des Halbmonds wird dank meiner Kräfte wachsen und blühen, während der alte Löwe hier …« – er machte eine herablassende Handbewegung zum Platz hin – »… mehr und mehr an Glanz und Macht verliert.« Seine Stimme nahm einen bezwingenden Tonfall an. »Ihr und Euer Gatte könntet Herrscher in der Goldenen Stadt sein, mit einem Fingerzeig über Reichtümer gebieten und unangefochten die Stellung einnehmen, die Euch gebührt!« Er beugte sich näher zu ihr, sodass sie die Bartstoppeln auf seinen olivhäutigen Wangen einzeln sah. »Denkt vor allem an Euren Gatten! Soll er denn weiter dieses armselige Leben führen, von allen verkannt und zurückgewiesen, fernab der ihm angestammten Berufung?«

Sie dachte wie rasend nach, bis ihr mit einem Mal ein Gedanke in den Sinn kam, der so verstörend in seiner Folgerichtigkeit war, dass sie sich in ihrem Eifer, die dazu passende Frage zu formulieren, fast verschluckte.

855

»Jemand muss Euch bei der Entführung geholfen haben«, stieß sie hervor, mit erhobener Stimme, um das schmetternde Geräusch einer Fanfare zu übertönen. »Wer hat meinen Mann verraten und an Euch ausgeliefert?« Sie wiederholte die Frage und schrie dabei. »Wer war es?«

Farsetti musterte sie belustigt. »Ihr seid nicht nur unglaublich schön, sondern auch mit seltenem Verhandlungsgeschick gesegnet.« Ein lauernder Ausdruck trat auf seine Miene. »Würdet Ihr es als Zeichen meines guten Willens sehen, wenn ich es Euch verrate? Und würdet Ihr zugleich als Gegenleistung mein Angebot nicht sofort und endgültig verdammen, sondern gehörig darüber nachdenken und es unvoreingenommen prüfen?«

Beklommen blickte sie ihn an. Sie hätte einfach bejahen und dann auf seine Enthüllung warten können, doch mit einem Mal hatte sie das Gefühl, er könne ihr jede Lüge sofort vom Gesicht ablesen.

Sie war völlig durcheinander, doch sie zwang sich zur Ruhe und zum Durchatmen. »Ja«, sagte sie schließlich zögernd. Und dann noch einmal, nun aus Überzeugung heraus, denn mit einem Mal spürte sie wieder dieselbe Wut wie vorhin, als sie überlegt hatte, wen sie schmieren musste, damit Paolo wieder seine Schiffe bauen durfte. »Ja«, sagte sie langsam. »Ich denke darüber nach. Mehr kann ich nicht versprechen, aber das schon.«

Farsetti hob eine Braue. »*Quid pro quo*, Madonna. Ich sage Euch zwei Namen: Daria Loredan und Eduardo Guardi.«

Entsetzt starrte Cintia den Mann an.

Ein forschender Blick wurde ihr zuteil. »Es kann Euch nicht gänzlich unvorbereitet treffen. Ich sehe Euch an, dass es einen Verdacht bestätigt.«

»Aber … wie …« Sie wusste nicht, wie sie die Frage formulieren sollte, doch offenbar ahnte er, was sie wissen wollte.

»Es war die Idee Eurer Tante, und diesen Guardi schickte sie vor, um leichter Kontakt mit mir aufzunehmen. Für den …« – Farsetti unterbrach sich hüstelnd – »… weiteren Ablauf haben sie passende Leute angeheuert. Ich musste nur das Schiff stellen. Und eine ganze Menge Geld natürlich. Beide hatten sie bei der ganzen Sache denselben Anteil, auch am Judaslohn.«

Cintia schüttelte den Kopf, um das Schwindelgefühl zu vertreiben, das sie bei seinen Worten erfasst hatte. Ihre nächste Frage war nur ein Flüstern. »Warum?«

»Warum sie Euren Mann verkauften?« Er zuckte die Achseln. »Manche Dinge weiß der Himmel allein.«

»Cintia!«, ertönte aus ein paar Schritten Entfernung die Stimme ihrer Cousine. »Wo bleibst du denn?«

Lucietta bahnte sich einen Weg durch die Menge auf sie zu. Sie hatte sich offenbar entschieden, herunterzukommen und nachzusehen, was sie aufhielt.

»Hier bin ich!«, rief Cintia zurück, erleichtert, aus dieser surrealen Situation erlöst zu werden. In ihrem Kopf drehte sich alles, sie wusste weder, was sie sagen, noch, was sie denken sollte.

Als sie sich anschließend wieder zu Farsetti umwandte, war dieser verschwunden.

»Da bist du ja!« Lucietta kam näher und musterte sie besorgt. »Was ist los? Du bist so blass.« Suchend blickte sie sich um. »Wo ist Paolo?«

Anstelle einer Antwort fuhr Cintia entsetzt zusammen, denn sie merkte, wie in einem Schwall das Fruchtwasser abging. Die Hebamme hatte sie darauf vorbereitet, dass das überall geschehen konnte, weil viele Entbindungen auf diese Weise anfingen, egal wo die Schwangere sich gerade aufhielt; dennoch versetzte es Cintia einen Schock, ganz abgesehen davon, dass es ihr peinlich war. »Ich muss nach Hause«, sagte sie.

»Mein Lämmchen, ich sagte dir doch gleich, dass es zu viel wäre. So lange liegen, und dann den ganzen Tag umherlaufen – das muss jeden ermüden. Und dich erst recht, bei dem Gewicht, das du zusätzlich zu tragen hast.«

»Du verstehst nicht. Das Kind kommt. Gerade eben ging mein Wasser ab.«

857

Lucietta geriet in Panik. Sie packte Cintia am Arm und winkte hektisch nach oben, hinauf zum ersten Stock der Prokuratie, wo Memmo stand.

»Agostino, zu Hilfe! Komm rasch!« Gleichzeitig drehte sie sich fieberhaft nach allen Seiten um, bis sie endlich Paolo in der Menge entdeckt hatte. Er hatte sich Anna auf die Hüfte gesetzt und kämpfte sich durch das Gewühl, bis er sie erreicht hatte.

»Da bist du ja«, sagte er besorgt. »Was ist denn los?« Er folgte Cintias Blick zu der Pfütze unter ihren Füßen und erfasste die Situation sofort. Wenn möglich, wirkte er mit einem Mal noch verstörter als Lucietta. »Nimm du Anna einstweilen.« Er reichte Lucietta die Kleine. »Und lass Memmo die Hebamme holen.« Kurzerhand hob er Cintia auf die Arme. »So geht es schneller.«

Die Menschen machten Platz und bildeten ein Spalier aus Neugierigen, während Paolo seine Frau durch die Menge und am Prozessionszug vorbei zur nächsten Gondelanlegestelle trug.

Schon im Boot kam die erste Wehe, und Cintia krümmte sich unter der Wucht der Schmerzen.

Paolo fiel vor Schreck fast aus der Gondel und herrschte den Bootsführer an, schneller zu fahren.

»Großer Gott«, ächzte Cintia nach Abebben der Wehe. »Es ist … ich glaube, das Kind kommt gleich schon!« Tatsächlich war der Druck auf ihr Becken, den sie den ganzen Tag über gespürt hatte, so gewaltig, dass sie meinte, gleich müsse das Kind herausfallen. Nur mit äußerster Willensanstrengung widerstand sie dem Drang, aus Leibeskräften zu pressen. Kaum hatte sie Atem geschöpft, kam auch schon die nächste Wehe. Vor unerträglicher Pein schrie sie auf und umklammerte mit beiden Händen die Verstrebungen der Felze, während Paolo abermals den Gondoliere anbrüllte, das Tempo zu steigern. Cintia hörte es kaum, ihre Welt bestand nur noch aus Schmerzen. Wehe folgte auf Wehe, dazwischen blieb kaum Zeit für ein paar Atemzüge. Als das Boot endlich vor ihrem Haus anlegte und

Paolo sie hochhob, um sie ins Haus zu tragen, schrie sie ohne Unterlass. Imelda kam ihnen mit besorgter Miene entgegen. »Es ist alles vorbereitet«, sagte sie. »Ich rechnete jede Stunde damit, dass sie heute niederkommt.«

»Mein Geld!«, hörte Cintia den Gondoliere von draußen wütend rufen, doch Paolo ignorierte ihn. Er rannte mit ihr die Treppe ins Wohngeschoss hinauf, durch den Portego in die Schlafkammer und, ohne innezuhalten, zum Bett, wo er sie keuchend ablegte. »Was soll ich tun?«, schrie er Imelda an. Sein Gesicht war so weiß wie die Laken, auf denen Cintia lag, und sie sah, dass er am ganzen Körper zitterte. Ganz am Rande ihres Bewusstseins schwankten diese Wahrnehmungen, fast so, als wäre es gar nicht sie selbst, die das alles bemerkte, sondern jemand, der außerhalb ihres Körpers stand. Wie schon bei der ersten Geburt entfernte sie sich von Empfindungen wie Qualen und Furcht, es war wie ein Schweben jenseits des eigenen Verstandes, irgendwo in dem grauen Nichts zwischen Leben und Tod.

»Man kann nichts tun, das macht die Natur«, hörte sie Imeldas Lispelstimme aus einer anderen Welt.

Jemand schrie, vielleicht sie selbst. Nein, es war Paolo, der wie ein gefangener Löwe brüllte. »Bei allen Heiligen, da kommt das Kind!«

Sie merkte es selbst, es schlüpfte aus ihr heraus, ganz leicht und mühelos, es ging viel einfacher als beim ersten Mal, doch sie selbst blieb gefangen, tief in diesem von Blutrauschen und Besinnungslosigkeit erfüllten Dunkel.

Imeldas Worte. »Es ist ein Junge.« Ein paar klatschende Geräusche, dann Schweigen: »Er atmet nicht.«

»Tu etwas!«

»Man kann nichts tun. Er ist tot.«

Das Schluchzen ihres Mannes. »Gott, bitte nein!«

»Der Herr gibt, der Herr nimmt«, sagte Imelda. »Betet nun für Euer Weib.«

Paolo schrie wie von Sinnen. »Cintia! Cintia, hörst du mich? Verlass mich nicht!«

Sie vernahm es wohl, aber sie trieb davon, weit weg in einem Meer der Teilnahmslosigkeit.

Jemand beugte sich über sie, tastend, suchend. Aus dem Nebel tauchte das Gesicht der Hebamme auf. »Ihr müsst pressen«, sagte sie. »In Eurem Leib ist ein zweites Kind. Es lebt und bewegt sich. Wenn ihr es haben wollt, müsst Ihr es gebären.«

Im Hintergrund hörte sie ihren Mann weinen. Wie seltsam, noch nie hatte er in ihrem Beisein geweint. Ein zweites Kind … Warum war das erste Kind tot und dieses nicht? Was hatte sie falsch gemacht?

Mit diesem Gedanken kehrte der Schmerz zurück, und der Drang zu pressen setzte mit einer so urtümlichen Gewalt wieder ein, dass die Hebamme sie bremsen musste. »Langsam. Nur ruhig. Jetzt aufhören, sonst geht es zu schnell und Ihr werdet reißen.«

Das zweite Kind glitt aus ihr heraus, und sofort fing es an zu quäken. »Ein Mädchen«, sagte die Hebamme. »Klein, aber gesund.«

Cintia starrte das winzige, blutverschmierte Etwas an, das fuchtelnd Ärmchen und Beinchen bewegte und aus dessen offenem Mund die plärrenden Laute drangen. Sie fühlte sich innerlich zerrissen, wollte es in die Arme nehmen und doch wieder nicht. Tränen der Verzweiflung sprangen aus ihren Augen.

»Zeigt mir meinen Sohn!«, schluchzte sie. »Ich will ihn sehen!«

»Besser nicht. Glaubt mir, Ihr tragt keine Schuld, es kommt vor, gerade bei Zwillingen. Seid froh, dass eines davon lebt.« Mitfühlend beugte sich die Hebamme über sie. »Niemand kann etwas dafür. Was immer Euch durch den Kopf geht deswegen – Ihr habt alles richtig gemacht.«

An der anderen Seite des Bettes stand Paolo, das Gesicht tränenüberströmt. Er stammelte etwas, das sie nicht verstehen konnte, bis auf einzelne Worte. »Dem Himmel sei Dank«, stieß er schließlich als ersten vernehmlichen Satz hervor. In seinem Gesicht arbeitete es, und sein Körper zitterte. Dann trat Staunen in seine Miene, und er beugte sich über das Kind. »Es ist so klein«, flüsterte er.

»Ein bisschen kleiner als die meisten, aber kerngesund«, versicherte die Hebamme.

Erschöpft und zerschlagen betrachtete Cintia das Neugeborene, während die Hebamme es mit geschickten Händen abnabelte, säuberte und einwickelte, um dann das Bündel Cintia in die Armbeuge zu legen. »Seht nur, wie süß sie ist! Noch hübscher als eure erste Kleine, wenn Ihr mich fragt.« Cintia betrachtete flüchtig das kleine rötliche Gesicht, doch dann sah sie aus den Augenwinkeln Imelda zur Tür huschen, ein anderes Bündel vor der Brust.

»Warte«, sagte sie matt, aber entschlossen. »Bring ihn mir.«

Imelda wandte sich zögernd um. Die Hebamme ließ ein Seufzen hören, doch sie nahm das Bündel aus Imeldas Händen und schlug das Tuch zurück. »Er ist viel kleiner als das Mädchen, seht.« Ihre Stimme war leise und sachlich. »Er hatte keine Kraft zum Leben.«

Stumm betrachtete Cintia das winzige, faltige Gesicht und versuchte, sich vorzustellen, wie ihr Sohn wohl ausgesehen hätte, wenn er weiter gewachsen und lebend zur Welt gekommen wäre wie seine Schwester. Sie konnte es nicht, und das war das Schlimme daran. An ihm war nichts Vertrautes. Vielleicht hätte sie es entdecken können, wenn sie länger hinschauen könnte, aber es tat einfach zu weh. Wäre sie doch nur tot gewesen wie er! Sie könnte mit ihm gehen und ihn beschützen und ihm woanders das geben, was er auf dieser Welt nie erfahren würde! Erneut wurde sie von einem Schluchzen geschüttelt. Auch Paolo weinte wieder, es klang rau und abgehackt.

Imelda ging mit dem toten Kind fort, und die Hebamme versorgte das lebende, während Paolo wortlos neben dem Bett stand und nicht aufhörte, mit sachter Hand über Cintias Haar zu streichen, als könne er so den Schmerz zum Verschwinden bringen.

Annas Amme erschien, sie hatte genug Milch für zwei Kinder und sollte auch das Neugeborene nähren. Die Hebamme wollte ihr das Kind reichen, hielt dann aber inne und wandte sich zu Cintia um. »Es gibt etwas, das Ihr tun könnt, um Euer Leid zu lindern und Trost zu finden. Stillt Euer Kind selbst! Ich weiß, die Gattinnen von Patriziern tun es nicht oft. Vielen ist der Zeitaufwand zu lästig, vor allem aber die schlaflosen Nächte. Außerdem tut es anfangs weh und klappt nicht immer sofort. Aber glaubt mir, wenn Ihr es erst ein paar Mal geschafft habt, wollt Ihr es nicht mehr missen. Versucht es einfach!«

Statt der Amme legte sie das Kind wieder der Mutter in die Arme. Cintia blickte auf das schmatzende kleine Wesen, die winzigen Fingerchen, die zusammengekniffenen Augen, das mit Flaum bewachsene Köpfchen. Mit leisem Erstaunen erkannte sie, wie ähnlich die Kleine ihrer ersten Tochter war. Sie sah aus wie Anna nach der Geburt. Nur viel zarter und so leicht, dass ihr Gewicht kaum zu spüren war, wenn man sie in den Armen hielt.

Mit einem Mal war es, als fügte sich in ihr etwas Bedeutsames zusammen, und wie aus dem Nichts war plötzlich die Liebe da. Ein gewaltiger Strom von Emotionen erfasste sie, so wie damals bei Anna, gedämpft zwar durch die Trauer um ihren toten Sohn, doch so unverrückbar fest und für immer in ihrem Herzen, dass es bis ans Ende ihres Lebens nicht aufhören würde. Das Leid war noch lange nicht überwunden, es würde seine Zeit brauchen, das wusste sie, doch dieses Kind würde ihr dabei helfen, so winzig es auch war. Und sie würde ihm helfen. Gott hatte es ihr anvertraut, und sie würde ihm von ihrer Stärke geben, damit es dem Leben die Stirn bieten konnte.

Venedig, Juni 1513

»Ist es nicht unangenehm?«, wollte Lucietta wissen, neugierig Cintias Brust beäugend.

»Nein, überhaupt nicht«, sagte Cintia, während sie ihre Tochter zum Trinken anlegte. »Es hat nur am Anfang wehgetan, nach ein paar Tagen aber nicht mehr.« Zärtlich strich sie über das runde Köpfchen. Die Kleine trank mit konzentriertem und zugleich versunkenem Gesichtsausdruck, ein Fäustchen fest gegen die Wange gedrückt, als wolle es sich vergewissern, dass es wirklich auf der Welt war.

Anna, die an sie geschmiegt mit auf dem Sofa saß, zeigte eifrig auf ihre Schwester und blickte dabei Lucietta an. »Nata«, sagte sie. »Dinkt.«

»Ja, das tut sie. Deine Schwester Donata trinkt.«

Anna drängte ihren Kopf wie eine störrische kleine Ziege gegen den Oberarm ihrer Mutter. »Anna auch«, verlangte sie.

»Soll ich die Amme rufen?«, fragte Lucietta.

»Nein, es ist nicht ihre Zeit. Sie will einfach bei mir sein. Meist reicht es ihr, wenn ich sie ein bisschen in den Arm nehme. Komm her, mein Schatz.« Sie legte den Arm um ihre Älteste und zog sie so an sich, dass die Kleine ihrer trinkenden Schwester aus nächster Nähe ins Gesicht blicken konnte. Anna schien damit zufrieden zu sein. Sie streichelte die winzige Faust des Neugeborenen und gab summende Laute von sich.

Lucietta seufzte. »Ach, wenn ich das so sehe ... Ich glaube, das nächste Kind stille ich auch selbst.«

»Dann wirst du aber für Monate auf deinen ungestörten Nachtschlaf verzichten müssen.«

»Den habe ich sowieso nicht. Du müsstest Agostino schnarchen hören.« Sie kicherte, dann wurde sie ernst. »Ich bin wieder schwanger, Cintia.«

Cintia hob den Kopf. »Das ist doch wunderbar! Gratuliere! Memmo ist sicher völlig aus dem Häuschen!«

863

»Natürlich ist er das.«

»Und du? Freust du dich denn nicht?«

Lucietta hob die Schultern und ging zum Fenster, das zum Kanal hin offen stand. »Gewiss freue ich mich, denn wie du weißt, liebe ich meinen kleinen Sohn zärtlich und habe gegen ein zweites Kind nichts einzuwenden. Ich bin mit Leib und Seele Mutter und fände es schön, auch eine Tochter zu haben. All die hübschen Kleidchen, die ich ihr nähen lassen kann …« Sie hielt inne und kämpfte mit den Tränen. »Ich habe Angst, Cintia. Jeden Tag sage ich mir, es wird schon gut gehen, aber die Angst bleibt.«

»Ich verstehe dich so gut. Und auch ich sage dir: Es wird schon gut gehen. Du musst einfach daran glauben und dafür beten.«

Eine Weile schwiegen sie, während jede von ihnen ihren Gedanken nachhing. Es gab Momente, so wie diesen, da spürte Cintia den Schmerz über den Verlust ihres Kindes so stark, als ob es nicht vor über zwei Monaten, sondern eben erst geschehen wäre. Sie hatte ihren Sohn nicht in den Armen halten können, doch es verging kein Tag, da sie sich nicht vorstellte, wie es gewesen wäre.

Luciettas Äußerungen waren der Beweis dafür, dass dieser Verlust auch bei ihr Spuren hinterlassen hatte – neben dem tiefen Mitgefühl in diesem Fall vor allem die Angst, vom selben Schicksal getroffen zu werden. Es sagte sich so leicht, dass es schon gut gehen würde, doch letztlich lag es allein in Gottes Hand. Er konnte nehmen oder geben – oder, wie bei ihr, beides gleichzeitig. Seiner Gnade hatten Cintia und Paolo zu verdanken, dass es ein zweites Kind gab, und sie hatten ihre Dankbarkeit mit dem Namen ausgedrückt, auf den ihre Tochter getauft war: Donata. Ihr Kind war ein Geschenk des Himmels, und wie ein kostbares Geschenk wurde sie von allen angenommen und geliebt.

Schließlich brach Lucietta das Schweigen. »Wie geht es eigentlich deinem Mann?«, wollte sie wissen. Ihr war anzusehen, dass ihr diese Frage schon eine Weile auf der Seele brannte – eine Frage, mit der Cintia sich in den letzten Wochen oft genug selbst herumgeschlagen hatte.

Grüblerisch blickte Cintia auf ihre beiden Töchter, deren Körper sich im Rhythmus des mütterlichen Atems bewegten. »Die meiste Zeit ist es in Ordnung«, sagte sie schließlich leise. »Wir lieben uns sehr. Wir teilen das Bett und sind uns nah. Die Kinder sind sein Licht und sein Leben, er herzt sie und spielt mit ihnen, und er trägt Donata des Nachts herum, wenn sie nicht schlafen will.«

»Aber?«

Ja, da war dieses *Aber.* Der immense Druck, dem er ausgesetzt war, weil man ihn suspendiert hatte, und die zusätzliche Belastung, weil er dafür auch noch allenthalben schief angesehen wurde. Er versuchte, Souveränität zu demonstrieren, denn er war kein Mann, der jammernd im Schmollwinkel hockte. Einen Teil seiner Arbeit hatte man ihm gestohlen, doch der andere war ihm geblieben, und diesem Teil widmete er sich, so gut er konnte. Stunden um Stunden brütete er über seinen Zeichentischen, warf mit wütenden Strichen seine Skizzen aufs Papier, kritzelte Formeln und Beschreibungen und murmelte dabei Angaben für Maße und Bauteile vor sich hin. Wenn er anschließend zu ihr und den Kindern zurückkehrte, war er oft so erschöpft, als hätte er den ganzen Tag in den Docks geschuftet, doch es lag keine Zufriedenheit in seiner Miene wie früher, sondern Unruhe und Leid; immer wieder war ihm anzumerken, wie sehr ihm seine Schiffe fehlten.

Mit ihren Umarmungen versuchte sie, ihn abzulenken, so wie auch er ihr mit seiner großen Zärtlichkeit über die Totgeburt hinweghalf. In den Nächten liebten sie einander mit verzweifelter Intensität, fast so, als könnten sie am nächsten Tag schon wieder auseinandergerissen werden. Einer trug des anderen Last, so gut es beide vermochten. Doch die bedrückende Lage blieb.

Sie hatte ihm von ihrer Begegnung mit Farsetti erzählt, woraufhin er für eine Weile in Schweigen verfiel, um die Information über Daria und Eduardo Guardi zu verdauen. Anschließend hatte er Cintia alles über den Korsaren berichtet, was sie davor noch nicht gewusst hatte. Kategorisch hatte er ihr verboten, über die Versprechungen des Mannes weiter nachzudenken, doch natürlich tat sie es trotzdem. Das Grauen über die schaurige Enthauptung, mit der Khalid Paolo gefügig gemacht hatte, stand dabei gegen die Möglichkeiten, die er ihm später geboten hatte, sowie gegen die Ehrlichkeit, mit er sich in Konstantinopel an alle weiteren Abmachungen gehalten hatte.

Weit stärker ins Gewicht fiel jedoch dieses neuerliche Angebot, das Cintia bewog, es immer wieder im Geiste von allen Seiten zu beleuchten, als wäre es ein Schmuckstück, von dem sich noch nicht sagen ließ, ob es echt war.

»Im Großen und Ganzen kommt Paolo mit der Situation zurecht«, beantwortete sie schließlich geistesabwesend Luciettas Frage. »Er leidet unter der Entscheidung des Collegio, aber es gibt ja immer irgendein Kreuz, das man zu tragen hat.«

»Da wir gerade von Kreuz sprechen.« Luciettas Augen funkelten sensationslüstern. »Dieser Tage traf ich Esmeralda vor der Kirche, dort unterhielten wir uns kurz. Sie war schrecklich aufgebracht, weil Niccolò immer noch in Venedig ist. Aus unerklärlichen Gründen fürchtet sie, er wolle sie und ihren Sohn umbringen.«

»Es ist lächerlich, Niccolò solche Absichten zu unterstellen«, sagte Cintia verärgert. Zugleich ging ihr durch den Sinn, dass seinem Vater dagegen alles zuzutrauen war, doch sie sprach es nicht aus. Sie hatte Lucietta nichts von ihrer Unterhaltung mit Khalid erzählt, und auch über ihren inzwischen bestätigten Verdacht wegen Darias und Guardis Beteiligung an Paolos Verschleppung hatte Cintia nie mit ihr geredet.

»Ich fand es genauso lächerlich und fragte sie, wie sie darauf kommt, doch dazu fiel ihr nichts ein.« Lucietta schüttelte den Kopf. »Wenn du mich fragst, ärgert sie sich bloß, weil ihr Sohn als Nachgeborener nichts erben wird.«

»Hast du ... Hast du etwas über Niccolò gehört?«, wollte Cintia wissen.

»Nichts Neues. Jedenfalls nichts, worüber wir nicht schon gesprochen hätten.«

Cintia wusste, dass er seit seiner Rückkehr zwei Mal in Memmos Kontor gewesen war, um über Geschäfte zu reden, wofür Memmo ihre ausdrückliche Billigung besaß. Und natürlich hatte es in der Stadt die Runde gemacht, dass der junge Guardi sich in Paris verheiratet hatte, mit einer stummen Frau, von der es hieß, sie sei sehr hübsch. Die beiden hatten eine Wohnung auf der Giudecca bezogen, vorübergehend, wie man sagte, da Niccolò nur einige Monate in der Stadt bleiben wolle.

Bislang hatte Cintia ihn nicht gesehen, doch seit der Niederkunft war sie auch nur selten aus dem Haus gekommen. Das Wochenbett lag zwar hinter ihr, sie war längst wieder in der Lage, stundenweise das Haus zu verlassen, aber Paolo gegenüber hatte sie dabei ein schlechtes Gewissen und beschränkte sich deswegen auf möglichst kurze Ausflüge, nicht öfter als ein oder zwei Mal die Woche. Lange konnte sie ohnehin nicht wegbleiben, weil sie in regelmäßigen Abständen ihr Kind stillen musste.

»Falls du Angst hast, dass er dir über den Weg läuft – ich glaube, er ist höflich genug, dir fernzubleiben.«

»Ich habe immer noch die Kette«, sagte Cintia leise. »Ich sollte sie ihm zurückgeben.«

»Diesen Verlust kann er sicher verschmerzen, bei dem Wohlstand, den man ihm nachsagt.«

Cintia hätte ihr sagen können, dass es nicht um den materiellen Wert der Kette ging, doch sie schwieg lieber. Seit sie von seiner Rückkehr erfahren hatte, wusste sie, dass das Schicksal für sie und Niccolò noch eine offene Rechnung bereithielt.

Niccolò beobachtete sie von der fahrenden Gondel aus, verborgen hinter dem Vorhang der Felze. Sie war in Begleitung ihrer Cousine und ihres Schwagers auf dem Weg zur Kirche, wo sie, wie er wusste, Kerzen für ihre Eltern und ihren tot geborenen Sohn anzünden und beten würde. Sie besuchte dazu immer die Morgenmesse, meist unter der Woche, wenn die Kirche nicht so voll war. Es gab keine Gräber, an denen sie niederknien und der Verstorbenen gedenken konnte, denn ihre Eltern hatte man in irgendeinem Pestloch verscharrt, und das ungetaufte Kind war an einem ähnlich namenlosen Ort verschwunden.

Wegen der Trauer trug sie Schwarz, doch noch dunkler als ihr Kleid war ihr Haar, das offen über ihre Schultern fiel, wie Seide das Sonnenlicht reflektierend, sodass es auf den ersten Blick so aussah, als trüge sie einen Schleier. Ihr madonnenhaftes Gesicht war von sanfter Trauer erfüllt.

Er sagte sich, dass ihr Leid ihn freuen sollte, denn hatte nicht auch er gelitten, bis hin zu dem Wunsch, deswegen sterben zu wollen? Doch solche Gedanken waren ihm in Bezug auf Cintia immer fremd gewesen. Nie hatte er sie anschauen können, ohne sie vorbehaltlos zu lieben, und das war heute so wie damals. Sein Herz raste nicht mehr mit dieser stürmischen Gewalt, wenn er sie betrachtete, doch in seinem Inneren war immer noch dieses Sehnen, das ihn an sie band und ihn wünschen ließ, ihr nur noch einmal nah zu sein.

Vor dem Kirchentor blieb sie stehen, von Sonnenlicht umflossen. Ihr Blick glitt über den Kanal, streifte die Gondel, in der er saß, und für einen Moment schien sie ihn direkt anzuschauen. Obwohl er wusste, dass sie ihn nicht sehen, geschweige denn unter dem ausladenden Barett erkennen konnte, war er versucht, sich rasch zurückzulehnen und so vor ihr zu verstecken. Er widerstand dem Impuls und beobachtete sie weiter, sah ihre weit offenen Augen, blau leuchtend wie Lapislazuli.

Dann drehte sie sich um und ging gemeinsam mit Casparo und Lucietta in die Kirche.

Venedig, August 1513

Manchmal war Paolos Bedürfnis, Schiffe in voller Fahrt zu sehen, so groß, dass er ohne besonderen Grund auf die Piazzetta ging, um von dort aus über den Canale di San Marco zu blicken, wo die Schiffe aus aller Herren Länder vom offenen Meer her einliefen.

Zu Beginn des Sommers war ihm das nicht mehr genug, und er kaufte sich einen kleinen Einhandsegler, mit dem er bei gutem Wind in der Lagune kreuzte, meist in der Nähe des Arsenals.

Cintia ermutigte ihn zu diesem Zeitvertreib, sie war der Meinung, es täte ihm gut und er käme an die frische Luft. Dabei dachte sie wohl auch daran, dass sie dann ihrerseits häufiger in die Weberei gehen könnte, doch diese Beschäftigung gönnte Paolo ihr ohnehin von Herzen und sagte es ihr auch häufig. Für ihn waren diese Segelausflüge eher eine Möglichkeit, mit seinen düsteren Gedanken allein zu sein, statt andere mit seinen Grübeleien zu belasten. Und natürlich verschaffte es ihm Gelegenheit, die großen Galeeren beim Stapellauf zu betrachten, wie sie an San Pietro vorbei zum ersten Mal in See stachen, in strahlenden Farben und makelloser Frische, unangetastet von Wind, Wellen und Salz, verkörperte Hoffnung auf eine neue, wunderbare Zukunft.

Manchmal sah er auch ein Schiff, das gegenüber der herkömmlichen Bauweise veränderte Konstruktionen aufwies, allerdings nur Kleinigkeiten betreffend. Gelegentlich bemerkte er sogar Details, die auf seinen Ideen beruhten, auch solchen, die er schon vor Jahren geäußert hatte, aber damit vertröstet worden war.

Hin und wieder lief ein Schiff vom Stapel, das von der Bauweise her den älteren, kleineren Galeeren ähnelte, jedoch mit dem neuen Riemensystem der Cinquereme des Vettor Fausto ausgestattet war.

Von seinem kleinen Segelboot aus bewunderte Paolo die Eleganz und das Tempo dieses Modells, das pfeilschnell übers Wasser schoss und dank des leichten, schmalen Rumpfes auch voll aufgetakelt alle anderen Schiffe auf kurzen Strecken rasch hinter sich ließ.

Eine Galia grossa hatte er hingegen bisher noch nicht gesehen, obwohl zumindest ein Teil seiner Pläne damals, als man ihn entführt hatte, im Arsenal geblieben war, Anschauungsmaterial für die Provveditori, aufgrund dessen ihm seinerzeit der Bau des Modells erlaubt worden war. Mittlerweile hatte er neue Pläne erstellt, allesamt weiterentwickelt und verbessert gegenüber den früheren, doch es gab niemanden, dem er sie zeigen konnte.

An diesem Tag im Juli fiel sein Ausflug etwas kürzer aus als sonst, weil die Sonne so unerträglich heiß vom Himmel brannte, dass er sich bald nach Schatten und einem Becher kühlen Weins sehnte.

Von der Nordseite des Arsenals aus segelte er am Ufer von Castello entlang nach Cannaregio. Dank eines guten Windes erreichte er rasch sein Ziel; dennoch war er erhitzt und erschöpft, als er schließlich das Boot an der Anlegestelle in der Sacca della Misericordia festmachte, von wo aus es nur wenige Schritte bis zu seinem Zuhause am Rio della Sensa waren.

Ein Stück weit entfernt, unter einem überhängenden Dach, saß ein alter Mann im Schatten. Er hockte auf einer Kiste, und auf dem Schoß hielt er ein Kind.

Etwas an der Haltung des Alten kam Paolo vertraut vor, und instinktiv spürte er, dass der Mann auf ihn wartete. Er ging auf ihn zu, um ihn besser sehen zu können, und im nächsten Moment erkannte er ihn. Vor Schreck stolperte er, fing sich jedoch wieder und rannte die letzten Schritte bis zu der Hauswand.

»Herr im Himmel, Abbas!«, stieß er hervor. »Was zum ...« Sein Blick fiel auf das Kind, das sicher noch kein Jahr alt war. Seine Lippen wollten Worte formen, doch er brachte nichts heraus, konnte nur das Kind in Abbas' Armen anstarren, das mit großen Augen seinen Blick erwiderte.

»Ich sehe, dass dir klar ist, wer er ist.« Abbas lächelte. »Dass er dir wie aus dem Gesicht geschnitten ist, macht alles einfacher. Allerdings meine ich manchmal, dass er auch etwas von Tamina hat. Zumindest ihren Liebreiz und ihr sonniges Gemüt.«

»Tamina …«, flüsterte Paolo. Er wollte nach ihr fragen, konnte es jedoch nicht, denn er ahnte die Antwort.

Ein Schatten glitt über Abbas' Züge. »Sie starb bei der Geburt.«

Paolo schluckte. Für einen flüchtigen Moment erinnerte er sich an die Nacht voller Zikadengesang in dem orientalischen Garten. Ihr Tod schmerzte ihn, doch es war eher Wehmut als Trauer, vor allem bei dem Gedanken daran, dass sie gestorben war, als sie seinem Sohn das Leben schenkte. Er hatte viel mehr von ihr genommen, als er ihr gegeben hatte. Und nun war da dieses Kind …

Unverwandt blickte es ihn an, als könne es bereits verstehen, dass sie auf besondere Weise miteinander verbunden waren.

»Wie heißt er?«, wollte Paolo mit rauer Stimme wissen.

»Tamina hat ihn Azim genannt. Sein venezianischer Name lautet Alessandro.«

Paolo, der die ganze Zeit das Kind nicht aus den Augen gelassen hatte, betrachtete nun zum ersten Mal Abbas genauer, und das, was er sah, war erschreckend. Der Araber wirkte hinfällig, seine einstmals frische Gesichtsfarbe grau. Augen und Wangen waren stark eingesunken, und obwohl er bereits vorher recht dünn gewesen war, hatte er deutlich an Gewicht verloren.

»Du siehst müde aus«, sagte Paolo betroffen.

Abbas lachte, und für einen Moment sah er aus wie früher. »Wenn man *müde* als anderes Wort für *fast tot* nimmt, passt es gut.« In einer Mischung aus Belustigung und Fatalismus hob er die Schultern. »Ich habe nicht mehr lange zu leben, mein Freund. Die Zeit wird gerade noch reichen, nach Dschidda zurückzukehren, damit ich im Land meiner Väter sterben kann.«

»Was redest du da?«, fragte Paolo beklommen.

»Mein Körper ist von Geschwülsten zerfressen. Der beste Medicus von ganz Konstantinopel gab mir noch ein halbes Jahr. Das war vor mehr als vier Monaten.«

Als könne er nun, da er Paolo seinen kränklichen Zustand offenbart hatte, seine Schwäche endlich offen eingestehen, setzte er das Kind zu seinen Füßen ab. Sofort streckte der Kleine mit weinerlicher Miene die Arme nach seinem Großvater aus.

»Nicht doch, Alessandro«, sagte Abbas betont launig, während er auf Paolo deutete. »Es wird Zeit, dass du deinen Vater kennenlernst. Deine Mutter wollte es so. Hab keine Angst, er wird gut zu dir sein.«

Alessandro schaute besorgt drein, um gleich darauf die zitternde Unterlippe vorzuschieben, ein untrügliches Zeichen, dass der Knirps die Grenzen seiner Tapferkeit erreicht hatte und gleich weinen würde. Impulsiv ging Paolo in die Hocke und holte einen Gegenstand aus seiner Gürteltasche, der ihm bislang noch immer geholfen hatte, seine größere Tochter zu erheitern. Es war ein Kreisel aus rotem Glas, den er auf einem seiner Segelausflüge bei einem Krämer auf Murano gekauft und mit dem er Anna schon bei allen möglichen Gelegenheiten entzückt hatte.

»Schau, Alessandro.« Er setzte den Kreisel so auf, dass er das Licht der Sonne einfing, und dann drehte er ihn, darauf achtend, dass der Kleine es genau sehen konnte. Wie erwartet war das Kind sofort fasziniert. Mit runden Augen schaute es hin, die Hand nach dem flirrenden, leuchtend roten Ding ausgestreckt, das da auf dem festgestampften Lehmboden vor ihm tanzte. Beherzt griff der Kleine sich den Kreisel, beäugte ihn von allen Seiten, biss kurz darauf herum und reichte ihn dann Paolo. Der verstand sofort und versetzte den Kreisel erneut in Drehung, und diesmal wartete der Kleine gebannt, bis das Spielzeug von allein langsamer wurde und schließlich umfiel. Abermals ergriff er es und hielt es Paolo hin, der sich nicht lange bitten ließ, den Vorgang zu wiederholen. Aus den Augenwinkeln betrachtete er das Kind, das ihm noch fremd war und doch so schmerzhaft vertraut mit seinen dunklen Löckchen, der zarten bräunlichen Haut und den seidigen Wimpern über den ausdrucksvollen Augen. Er hatte einen Sohn! Ob er ihn von nun an öfter sehen konnte? Und was sollte mit ihm geschehen, wenn sein Großvater starb?

Er wandte sich zu Abbas um, wollte dem Alten unzählige Fragen stellen. Doch der Araber war verschwunden.

Paolo sorgte sich beträchtlich wegen Cintias Reaktion, denn ihm war klar, dass sein Ehebruch ihr lange nachgehangen hatte und dass seine Verfehlung sie immer noch beschäftigte, meist dann, wenn sie sich sowieso gerade über irgendetwas ärgerte. Vergessen würde sie es sicherlich niemals.

Tatsächlich war sie unverkennbar schockiert, als er ihr mit Alessandro auf dem Arm entgegentrat. Beim Anblick des Kleinen erstarrte sie, und ihre erschütterte Miene sprach Bände. »Mein Gott«, flüsterte sie, beide Hände gegen ihr Herz gepresst. »Er kommt aus Konstantinopel, nicht wahr? Wusstest du davon?«

Paolo schüttelte schweigend den Kopf.

»Wo ist seine Mutter?«, wollte sie mit scharfer Stimme wissen, während sie sich hastig umsah, fast so, als fürchte sie, Tamina könne hinter der nächsten Säule hervortreten.

»Sie starb bei der Geburt.«

Cintia wirkte betroffen. »Ich verstehe«, sagte sie leise. »Also brachte ihn sein Großvater her. Nur zu Besuch?«

Paolo schüttelte den Kopf. »Abbas ist krank und wird bald sterben. Er ließ mir den Jungen da und verschwand, als ich gerade nicht hinsah.«

»Einfach so, ohne ein Wort?«

Paolo deutete auf die Kiste, die zu seinen Füßen stand. »Darin ist ein Brief. Und Gold für den Jungen. Weit mehr, als seine Erziehung jemals kosten wird.«

Cintia biss sich auf die Unterlippe, während sie prüfend den Kleinen betrachtete. »Wie alt ist er?«

»Vier Monate älter als Donata. Er wurde Anfang des Jahres geboren.«

Ihrer Miene war abzulesen, dass sie zurückrechnete, und schließlich nickte sie angestrengt, wobei sich ihre Gefühle offen in ihren Zügen widerspiegelten.

»Wie ist sein Name?«

»Azim oder Alessandro.«

Bei diesen Worten Paolos verbarg der Kleine verschüchtert sein Gesicht an Paolos Hals.

»Azim«, sagte Cintia gedehnt. »Das ist ein türkischer Name, oder?«

»Wir nennen ihn wohl besser Alessandro.«

»Wir?«, gab sie zurück, eine Spur Trotz im Blick.

»Cintia, ich weiß, dass es nicht leicht für dich ist. Es muss dir doppelt bitter erscheinen, weil wir unseren gemeinsamen Sohn verloren haben und ich dir nun das Kind einer Fremden als mein eigenes präsentiere. Aber dieser Junge hier – er ist mein Fleisch und Blut. Glaubst du, du könntest …« Er hielt inne, um nach passenden Worten zu suchen. »Wärst du damit einverstanden, wenn er bei uns bleibt?« Im Grunde konnte er es nicht zur Diskussion stellen, aber er wollte sie wenigstens gefragt haben.

»Ach, Paolo!«, brach es aus ihr heraus. »Du weißt doch, dass ich es nicht ablehnen werde, ganz gleich, was ich darüber denke! Was wäre ich denn für ein Mensch, wenn ich verlangte, dass du ihn fortgibst, ein unschuldiges kleines Kind! Außerdem könntest du es nicht tun, ich kenne dich doch.«

»Es täte mir sehr leid, wenn es für dich eine Belastung wäre«, sagte er förmlich, jedoch mit einem deutlichen Unterton von Verzweiflung.

Der Kleine schien die emotional aufgeladene Atmosphäre zu spüren und fing an zu weinen.

»Lieber Himmel, er fürchtet sich!«, sagte Cintia bestürzt. Zaghaft streckte sie die Hand aus und streichelte dem Kind über den Kopf. »Ist schon gut«, sagte sie sanft. »Ist schon gut. Hab keine Angst.«

Sie atmete durch, dann straffte sie sich. »Es ist gut«, wiederholte sie, diesmal an Paolo gerichtet. Zögernd suchte sie den

Blick ihres Mannes und lächelte schwach. »Wie seltsam die Wege des Herrn doch manchmal sind. Noch heute Morgen habe ich in der Kirche die heilige Jungfrau um Beistand ange-fleht, damit mir ein weiterer Sohn geschenkt werde. Und am Nachmittag desselben Tages bekomme ich ihn.« Unvermittelt veränderte sich ihr Gesichtsausdruck, und in ihren Zügen zeigte sich eine Spur von Belustigung. Sie hob eine Braue und meinte leichthin: »Da ich nun seine Mutter bin, sollte ich vielleicht an-fangen, mich bei ihm beliebt zu machen.«

Schwach vor Erleichterung ging Paolo auf den gewollt un-beschwerten Ton ein. »Indem du ihm zu essen und zu trinken gibst?«

»Das natürlich auch. Es ist noch eine gute Portion von dem süßen Brei da, den es heute Mittag gab. Zuvor jedoch werde ich dieses Kind waschen. Dir fällt es vielleicht nicht weiter auf, weil du durch viele stinkende Galeotti abgehärtet bist – aber unser Sohn hat die Hosen voll.«

Der Kleine hörte auf zu weinen, und Paolo schluckte hart, während seine Anspannung nachließ. Er suchte den Blick sei-ner Frau und formte mit den Lippen ein stummes *Ich liebe dich*.

Sie nickte leicht. »Gib mir den Kleinen«, sagte sie leise.

Er holte tief Luft und reichte ihr das Kind. Und legte dann seine Arme um beide.


Venedig, Januar 1514


Niccolò blickte auf den ausgemergelten Körper von Eu-femia, den Frauen von der Contrada für die Totenwache und die nachfolgende Seelenmesse in das beste Kleid der Ver-storbenen gesteckt hatten. Seine alte Amme sah fast aus, als würde sie nur schlafen; man hatte sie sorgfältig gewaschen und gekämmt und ihr ein Polster unter das Kinn geschoben, damit der Mund geschlossen blieb.

Vieles ging ihm durch den Kopf, als er sie dort so liegen sah. Ihr Tod war über Nacht gekommen, ganz unerwartet. Sie war kaum sechzig Jahre alt geworden, wie er zu seiner Überraschung heute von ihrer Schwester gehört hatte, die zur Beisetzung von Murano herübergekommen war. Über Eufemias Alter hatte er sich nie Gedanken gemacht. Ihm war sie immer schon uralt vorgekommen, vielleicht wegen ihrer vielen Falten und dem grauen Haar, doch als er ein kleiner Junge gewesen war, hatte sie ihm die Mutter ersetzt, hatte ihn gestillt und in ihren Armen gewiegt, wenn er weinte oder krank war. Sie hatte ihn während der Pest gepflegt, und sie hatte ihm dieses lächerliche Kostüm für den Maskenball besorgt. Sie hatte nie aufgehört, sich um ihn zu sorgen.

Wut packte ihn, wenn er daran dachte, dass sein Vater Eufemia kurz nach seiner Rückkehr aus dem Haus gejagt hatte, obwohl er zugleich auch dankbar war, dass sie so die letzten Monate ihres Lebens in seinem Haushalt hatte zubringen können.

Maria trat neben ihn und legte ihm die Hand auf die Schulter, mit jener leichten Berührung, die so sanft war, dass man sie kaum spürte. Er hatte gewusst, dass sie das tun würde, so wie er auch wusste, was sie gerade dachte.

Sich zu ihr umwendend, blickte er sie an. »Ja, ich habe sie sehr gern gehabt, denn sie war fast wie eine Mutter für mich«, sagte er, noch bevor sie mithilfe der Gebärden ihre Frage äußern konnte. Sie wirkte verblüfft, aber nur kurz, dann lächelte sie, und es war, als würde ein Strahl der Sonne in das kalte Dämmerlicht der Kapelle fallen, in der vorhin der Priester die Seelenmesse gelesen hatte.

Gleich würden die Totengräber kommen, den Deckel des Sarges schließen und Eufemias Leichnam auf den Friedhof hinter der Kirche bringen, wo bereits das Grab ausgehoben war. Alle anderen waren schon gegangen, bis auf Eufemias Schwester, die stumm auf einer der Bänke hockte und weinte. Viele

876

Trauergäste waren es ohnehin nicht gewesen. Die alte Köchin der Guardis war schon im letzten Jahr gestorben, und die anderen Bediensteten hatten keinen Ausgang bekommen. Drei oder vier Frauen aus der Nachbarschaft hatten sich eingefunden, waren aber nach der Aussegnung rasch wieder verschwunden, denn es war lausig kalt. Auch Niccolò stand nicht der Sinn nach einem Gang auf den Friedhof, weil er wusste, dass Maria darauf bestehen würde, ihn zu begleiten. Ohnehin schon erkältet, würde sie bei der eisigen, nassen Witterung höchstens noch kränker werden, weshalb Niccolò entschieden hatte, sie rasch in die geheizten Räume auf der Giudecca zurückzubringen. Bevor sie die Kirche verließen, prüfte er, ob Maria den Kragen ihres Umhangs gut geschlossen hatte und auch die Kapuze ihre Ohren bedeckte. Sie lachte auf ihre lautlose Art, als er den Samt zurechtzupfte. Mit schiefem Lächeln meinte er: »Du weißt, dass ich mir Sorgen um dich mache.«

Zwei, drei schnelle Bewegungen ihrer Hände: *Ich mache mir Sorgen um dich.*

Forschend blickte er sie an, ebenfalls kurz die Hand zu einer Gebärde hebend. *Warum?*

*Zu lange hier in der Stadt,* antwortete sie. *Venedig ist nicht gut für dich.*

Nachdenklich blieb er unter dem Vordach der Kirche stehen und blickte über den Campo. Es war kaum jemand unterwegs, kein Wunder bei dem Wetter. Als wären Regen und Kälte noch nicht genug, wallte aus den umliegenden Gassen Nebel heran und hüllte die angrenzenden Gebäude und den runden Brunnen in der Mitte des Platzes in einen feinen, grauweißen Schleier.

Ja, dachte er unvermittelt. Maria hatte recht. Ihn hielt nichts mehr hier. Seine Geschäfte waren längst abgeschlossen. Die Wohnung, die er für sich und Maria gemietet hatte und in der auch Eufemia vor ihrem Tod Unterschlupf gefunden hatte, war großräumig und bequem, mit schönem Blick auf den Canale della Giudecca, doch heimisch würde er sich dort nie fühlen können.

877

Es war Zeit, wegzugehen, ob nach Paris oder sonst wohin. Er hatte es schon viel zu lange hinausgeschoben, bis das Warten fast schlimmer geworden war als die Furcht vor dem, was er vor seinem endgültigen Rückzug noch hinter sich bringen musste.

Heute, dachte er. Warum nicht schon heute? Dieser Tag war so gut wie jeder andere, um endlich mit der Vergangenheit abzuschließen.


Der Hausdiener schaute erschrocken drein, als Niccolò am frühen Abend vor der Pforte Einlass in sein Elternhaus begehrte. Durch die Öffnung der Türklappe war zu sehen, dass der Mann mit der Situation haderte und nicht wagte, den Anweisungen der Herrschaft zuwiderzuhandeln.

»Ihr dürft das Haus nicht betreten«, sagte der Mann kleinlaut.

»Wer hat dir verboten, mich einzulassen?«, fragte Niccolò spöttisch. »Mein Vater oder Esmeralda?«

»Es war die Herrin«, flüsterte der Diener peinlich berührt. »Sie fürchtet sich vor Euch.«

»Ist mein Vater da?«

»Nein, er hat im Kontor zu tun. Er sagte aber, dass er gleich zurückkommt, es kann also nicht mehr lange dauern, dann könnt Ihr mit ihm selbst sprechen.«

»Gewiss. Ich warte im Boot auf ihn.« Er nickte dem Diener zu, der ihm erleichtert die Türklappe vor der Nase zuwarf.

Tatsächlich stieg er wieder in die Mietgondel, mit er hergekommen war, doch statt in der Felze Platz zu nehmen, wies er den Gondoliere an, vor das Wassertor zu rudern, das wie erwartet offen war. In solchen Dingen war sein Vater nachlässig, zumal im Andron weder wertvolle Waren noch sonstige Vorräte gelagert wurden; der Raum diente lediglich bei Nacht und den Winter über als Anlegeplatz für die Gondel.

Niccolò befahl dem Bootsführer, in das dunkle, feuchtkalte Gewölbe hineinzufahren. Wasser tropfte von der hohen Decke in sein Haar, als er mithilfe seines Stocks aus dem Boot stieg und im unsteten Licht der Bootslaterne die rutschigen Stufen bis zur Galerie erklomm.

»Fahr weiter zur nächsten Brücke und warte dort«, sagte er zu dem Gondoliere, bevor er zum linksseitigen Treppenaufgang ging, der direkt zum Piano Nobile führte, ohne Umweg über das Mezzà, wo sich die Bediensteten aufhielten.

Oben angekommen stellte er fest, dass auch die Tür zum Portego nicht verschlossen war – vermutlich deshalb nicht, damit Eduardo Guardi sich unbemerkt ins Haus stehlen konnte, wenn er nachts von seinen Bordellbesuchen oder Saufgelagen zurückkehrte. Von drinnen war Esmeraldas Stimme zu hören. Was sie sagte, war nicht zu verstehen, doch dem Tonfall nach kommandierte sie eine Zofe herum.

Niccolò hockte sich auf die oberste Treppenstufe und wartete, dass sein Vater zurückkam.

Paolo schwenkte zuerst seine älteste Tochter, dann seinen Sohn und schließlich seine Jüngste durch die Luft, und er machte dabei Geräusche, die an ein durchgehendes Pferd erinnerten. Die Kinder kreischten vor Vergnügen und verlangten eine Wiederholung nach der anderen, sogar die kleine Donata, die er immer dann, wenn er sich mit den beiden anderen Kindern befasste, auf einer Decke absetzte, wo sie jedes Mal protestierend die Ärmchen nach ihm ausstreckte, und wenn sie dann endlich erneut an die Reihe kam, jauchzte sie vor Begeisterung genauso laut wie ihre Geschwister.

Cintia beobachtete das wilde Treiben von ihrem Webstuhl aus und lachte, obwohl sie ahnte, dass es nachher wieder Gejammer geben würde, wenn die Kinder schlafen sollten. Im Bett zu liegen war für sie deutlich langweiliger, als mit ihrem Vater herumzutollen.

Schließlich sprach Cintia ein Machtwort und rief nach Imelda, damit diese gemeinsam mit der Amme die Kinder zum

Schlafengehen fertig machte. »Auf geht's, es ist Bettzeit!«, rief sie.

Mit einem anzüglichen Lächeln näherte sich Paolo und zog Cintia von ihrem Schemel hoch, um sie in die Arme zu schließen. »Gilt das auch für andere Familienmitglieder?«

Kichernd schmiegte sie sich an ihn. »Höre ich da gewisse Gelüste heraus?«

»Was heißt hier hören? Eigentlich sollte man meinen, du könntest es fühlen.« Er presste sie so an sich, dass ihr nicht entgehen konnte, was er meinte, und während Imelda und die Amme mit den quengelnden Kindern in der Schlafkammer verschwanden, drängte er Cintia gegen die Wand und küsste sie leidenschaftlich. Sofort ergab sie sich seinen stürmischen Zärtlichkeiten und erwiderte sie.

»Gehen wir ins Bett?«, flüsterte er ihr ins Ohr.

Cintia hatte nichts dagegen; es kam öfter vor, dass sie sich dieses Vergnügen des Ehelebens auch tagsüber gönnten, obwohl es ihr manchmal peinlich war, dass die Bediensteten sich ihren Teil dachten, wenn die Herrin des Hauses mit feuerrot zerkratzten Wangen aus dem Schlafgemach auftauchte, gefolgt von einem Gatten, der zufrieden wie ein satter Kater dreinschaute.

Gerade wollten sie Hand in Hand in ihrem Schlafgemach verschwinden, als das einsetzende Vesperläuten Cintia innehalten ließ. »Müsste nicht längst Casparo wieder zu Hause sein?« Besorgt blickte sie aus dem Fenster. »Es ist schon dunkel! Er sagte, dass er auf alle Fälle noch im Hellen heimkommt.«

»Er ist ein Mann.«

»Trotzdem …« Cintia seufzte.

Paolo runzelte die Stirn. »Wieso machst du dir Sorgen um ihn? Du achtest doch sonst nicht auf die Zeit, wenn er ausgeht.«

»Nun ja, sonst ist auch Giuseppe bei ihm, wenn er unterwegs ist. Heute hat er jedoch eine Mietgondel genommen.«

»Warum?«

Cintia wich seinen forschenden Blicken aus. »Er wollte seine Mutter besuchen«, gab sie widerstrebend zu.

»Warum weiß ich davon nichts?«

»Er hat mir verboten, es dir zu sagen, weil es dich vielleicht aufregt.«

Tatsächlich regte sie selbst sich darüber nicht weniger auf, doch darüber sprachen sie nicht mehr. Der Junge wusste nichts von den Übeltaten seiner Mutter, und dabei würde es bleiben.

Paolo und sie hatten allerdings jeglichen Kontakt zu Daria abgebrochen, betonten jedoch Casparo gegenüber stets, dass er jederzeit seine Mutter besuchen könne.

Natürlich hatte er mittlerweile begriffen, dass etwas Ernstes zwischen seiner Mutter und seinem Bruder vorgefallen war, auch wenn darüber Stillschweigen bewahrt wurde. Mit der Zeit hatte das dazu geführt, dass er Daria nur noch selten besuchte, um sich diesem Konflikt so wenig wie möglich auszusetzen.

Anfangs hatte er sich oft schuldig gefühlt, weil er seine Mutter verlassen hatte, doch in der letzten Zeit war er mindestens genauso oft wütend auf sie, weil sie ihr Kurtisanengewerbe intensiver ausübte denn je und ihr Name deswegen in aller Munde war.

Von seinem letzten Besuch war er nicht nur äußerst aufgebracht, sondern auch mit einer blutenden Unterlippe zurückgekommen, weil er sich mit einem Freier geschlagen hatte, der ihm zufällig im Innenhof über den Weg gelaufen war und eine dumme Bemerkung gemacht hatte.

Danach war Casparo zwei Monate nicht mehr dort gewesen – bis zu diesem Tag.

Notgedrungen erzählte Cintia ihrem Mann davon, denn sie fürchtete, dass sich Ähnliches vielleicht wiederholt haben könnte.

Paolos Miene umwölkte sich, als er von der Prügelei hörte. »Es kam mir gleich komisch vor, als er sagte, er wäre auf der Treppe ausgerutscht.« Er schlüpfte in Wams und Stiefel. »Ich sehe nach, wo er bleibt.« Er küsste sie kurz, aber verlangend. »Das mit dem Bett ist nur aufgeschoben.«

Nachdem er das Haus verlassen hatte, ging sie den Kindern

Gute Nacht sagen. Sie betete mit den Kleinen und küsste sie anschließend auf die Stirn, so wie es früher immer ihre Mutter bei ihr und Lucietta getan hatte. Danach blieb sie noch eine Weile bei ihnen sitzen.

Anna und Donata schliefen rasch ein, und auch Alessandro fielen schon die Augen zu. »Mama«, sagte er schläfrig, als wolle er sich vergewissern, dass sie nicht fortging.

»Ich bin hier, Sandro. Gute Nacht, mein Kleiner.« Sie lauschte auf seinen Atem, während sie ihm den Kopf streichelte und wartete, bis auch er eingeschlafen war.

Sie hatte kaum die Schlafkammer der Kinder verlassen, als Giuseppe, Hausdiener und Ruderknecht, in den Portego gestürzt kam. Er riss sich die Kappe vom Kopf und verneigte sich hastig. »Madonna, am Rialto brennt es, zu beiden Seiten des Ufers! Euer Gatte hat von unterwegs einen Boten geschickt, es heißt, das halbe Sestiere steht in Flammen!«

»Um Gottes willen!« Im Laufen griff sich Cintia ihren Umhang und stürzte aus dem Haus. Die Nacht war eiskalt, doch es roch durchdringend nach Rauch, und in südöstlicher Richtung leuchtete der Himmel über den Dächern der Stadt in waberndem Orange.

Paolo war zu Fuß gegangen, vielleicht konnte sie ihn noch aufhalten, wenn sie die Gondel nahm! Doch dann wurde ihr klar, dass er sich nicht davon abbringen lassen würde, seinen Bruder zu holen. Die Ca' Loredan befand sich ganz in der Nähe der Rialtobrücke, vielleicht sogar innerhalb des Flammenmeeres, dessen Widerschein den Himmel erhellte und jeden Turm, jedes Dach wie einen schwarzen Scherenschnitt hervortreten ließ.

Voller Angst um Paolo befahl Cintia Giuseppe, die Gondel klarzumachen. Während er noch die Plane von dem Boot zerrte, sprang sie bereits hinein.

»Rudere, so schnell du kannst!«

Ihm war anzusehen, dass er sich ängstigte, doch er gehorchte. Als sie vom Rio della Sensa in den Verbindungskanal zum Canal Grande einbogen, wurde der Rauch dichter, und als sie schließlich den großen Kanal erreichten, sahen sie den Qualm übers Wasser treiben. Giuseppe ruderte auf Geheiß Cintias weiter, und je näher sie der Kanalkrümmung des Rialto kamen, desto furchterregender wurde das Bild, das sich ihnen bot. Zu beiden Seiten des Ufers brannten zahlreiche Häuser, überall schlugen Flammen hoch, und mancherorts schienen sie alles einzuhüllen. Beim Fischmarkt war das Feuer wie eine riesige, tosende Wand.

Menschen rannten schreiend am Ufer entlang, sprangen in Boote, um sich in Sicherheit zu bringen. Gondeln und Flöße trieben dicht an dicht übers Wasser, streckenweise war kaum ein Durchkommen.

Cintia konnte nur noch an Paolo denken. Sie musste ihn finden, sich vergewissern, dass er wohlauf war!

Dass sie sich dabei selbst in Gefahr brachte, ging ihr erst auf, als von einem einstürzenden Haus brennende Balken ins Wasser schlugen, keine zwei Bootslängen von ihrer Gondel entfernt.

»Das war knapp!«, schrie Giuseppe, das Gesicht im Schein des Feuers gerötet und trotz der Kälte schweißnass.

Sie befahl ihm, trotzdem weiterzurudern, denn es war nicht mehr weit.

Am Ponte di Rialto waren Dutzende von Männern damit beschäftigt, fässerweise Wasser auf die Brücke zu schleppen und Glutnester zu löschen, die sich vereinzelt in der Holzkonstruktion bildeten. Funken fielen vom Himmel wie Regen, und wo sie auftrafen, brannte ihre Hitze sich ein. Mehrmals schlug Cintia mit bloßen Händen glimmende Aschebröckchen von ihrem Umhang und dem Vorhang der Felze, damit das Boot nicht in Brand geriet. Die Luft war zum Schneiden dick, überall wogten Rauchschwaden, an manchen Stellen ließ es sich kaum atmen.

Als sie endlich in den Seitenkanal einbogen, an dem die Ca' Loredan lag, schrie Cintia vor Schreck auf. Auch hier hatten schon einige Häuser Feuer gefangen, und eines davon war das ihrer Tante.

Eduardo Guardi schwitzte, während er mit Riesenschritten durch das Gassengewirr von San Polo rannte, die Hitze des Feuers in seinem Rücken. Rund um San Giacomo brannte alles lichterloh, der Rialto schien ein einziges Flammenmeer. Sogar das Haus der Hure Daria Loredan hatte Feuer gefangen, er hatte es gerade noch in die Stiefel geschafft, bevor sie alle Freier hinausgeworfen hatte. Mittlerweile war das Feuer überall, möglicherweise brannte heute Nacht die ganze verdammte Stadt ab! Eduardo lachte hysterisch, während ihm gleichzeitig die Tränen übers Gesicht liefen. Die Lagerhallen am Rialto mit den Warenbeständen der Compagnia – am nächsten Morgen würde davon nur noch ein Haufen Asche übrig sein. Sein Kontor mit den Wechseln und den Urkunden für die Schiffsfrachten – verloren. Und wenn er Pech hatte, würde das Feuer sich am Ende auch das Haus holen.

Während er rannte und dabei schnaufend nach Luft rang, überlegte er bereits fieberhaft, wie er aus diesem Schlamassel je wieder herauskommen sollte. Bargeld besaß er so gut wie keines, auch keine Golddepots bei der Bank. Esmeralda hatte ihn buchstäblich ausgesaugt bis auf den letzten Tropfen. Die Wertpapiere waren verbrannt und mit ihnen die Optionen auf Gewinne aus einem der Handelskonvois, an denen er sich regelmäßig beteiligte. Blieb noch das Haus. Vielleicht. Aber das konnte er nicht essen, und es zu verkaufen – falls es den Brand überstand – käme niemals infrage. Es war seit zweihundert Jahren der Stammsitz der Guardi.

Niccolò!, durchfuhr es ihn. Der Junge musste helfen, den guten Namen zu retten! Er war reich, jedenfalls sagte das jeder. Hatte gute Geschäfte gemacht im letzten Jahr, mit Seide vor allem, davon verstand der Bengel was.

Japsend blieb Eduardo für eine Weile auf einer Brücke stehen, die Hände in die Rippen gepresst, gepeinigt von Seitenstechen und Atemnot. Er kam sich vor wie ein uralter Mann, und als er endlich weiterstolperte, überlegte er dumpf, ob er nicht tatsächlich längst viel zu alt war, um sich noch über seine Zukunft Gedanken zu machen. Vorhin im Bett der neunzehnjährigen Kurtisane hatte er nicht mehr seinen Mann stehen können, obwohl es an ihrem Äußeren und ihren Fertigkeiten nichts auszusetzen gab.

Aber immerhin hatte er es auf seine späten Tage noch geschafft, einen Sohn zu zeugen! Mit einem Gefühl von Triumph legte Eduardo die letzten Schritte zu seinem Haus zurück. Ja, er würde dafür sorgen, dass der Kleine eines Tages was zu erben hatte! Und Niccolò musste das Seine dazu tun, dass es klappte. Das war er der Familie schuldig!

Einige unbehagliche Augenblicke lang ging es Eduardo durch den Kopf, dass eigentlich Niccolò sein Erbe wäre – jedenfalls, wenn man die richtige Reihenfolge einhielt. Gregorio hatte sich der Kirche verschrieben, den konnte er getrost außer Acht lassen. Aber Niccolò war noch da. Und er hatte das Zeug zum Geschäftsmann. Doch der Kleine ... Er war so ein Sonnenschein, und Eduardo liebte ihn mit solcher Inbrunst, dass er manchmal darüber selbst ganz erschrocken war. Und hatte Niccolò nicht die Hand gegen seinen Vater erhoben und damit Grund zur Enterbung gegeben?

Bei dem Gedanken frohlockte Eduardo. Er war im Recht! Es würde alles dem Kleinen zufallen! Der gute Name, die Compagnia ... was immer Eduardo ihm hinterlassen konnte. Dafür würde er durchhalten und sein Bestes geben!

Zuallererst aber würde er das Kind in Sicherheit bringen. Und Esmeralda notgedrungen auch, denn sie war die Mutter, und das Kind liebte und brauchte sie, zu Eduardos großem Ärger womöglich noch mehr als den Vater.

Er hämmerte an die Pforte, und als der Diener ihm auftat, stürmte er an ihm vorbei zur Haupttreppe. »Pack alle wichtigen Dinge zusammen«, herrschte er ihn über die Schulter an, während er bereits die ersten Stufen nahm.

Oben angekommen lief er unverzüglich weiter in Esmeraldas Gemach, wo ihm seine Frau in heller Aufregung entgegenkam. »Endlich bist du da!«, rief sie. »Am Rialto brennt es!«

»Sag bloß«, gab er zurück, doch sein Sarkasmus verflog sofort wieder, weil Eile geboten war. »Wir müssen packen«, sagte er drängend. »Wenn das Feuer kommt, müssen wir weit genug weg sein.«

»Die neuen Spiegel!«, rief Esmeralda entsetzt. »Um die nach unten zu schleppen, brauchen wir drei starke Männer!«

»Dafür haben wir keine Zeit. Auch nicht für die Möbel. Wo sollen wir sie auch hinbringen?«

»Wenn wir ein Lastfloß hätten ...«

»Vergiss diesen Unsinn. Auf den Kanälen ist die Hölle los. Einen Sack mit Kleidung können wir mitnehmen, mehr nicht. Nur das, was wir tragen können.«

Esmeralda blickte ihn herausfordernd an. »Wohin tragen?«

»Wir gehen nach Westen und besorgen uns ein Zimmer in Santa Croce. Dort warten wir, bis das Feuer aufhört.«

»Und wenn es nicht aufhört?«

»Dann fahren wir mit einem Boot aufs Meer hinaus und warten dort«, versetzte er, verärgert über ihre dummen Fragen. »Also los, fang schon an zu packen. Das Feuer verbreitet sich rasend schnell, und wenn der Wind auffrischt, ist es früher hier, als du glaubst!« Er sah sich suchend um. »Wo ist mein Sohn?«

»Hier bin ich, Vater«, kam es von der Tür.

Mit einem Aufschrei fuhr Eduardo herum und sah sich Niccolò gegenüber.

 »Nur noch ein kleines Stück!«, rief Cintia Giuseppe zu. »Wir sind gleich da!«

Hustend spähte sie durch den Rauch – und stöhnte auf vor Erleichterung, als sie ihren Mann erblickte, der im Kreis weiterer Menschen in der Seitengasse beim Haus stand, zusammen mit Mädchen aus dem Bordell, die sich, beladen mit Bündeln ihrer Habe, fröstelnd dort zusammendrängten. Einige von ihnen weinten, andere schrien aufgeregt durcheinander, keine schien recht zu wissen, was als Nächstes zu geschehen hatte.

886

Cintia rief nach Paolo, der sich, als er ihre Stimme hörte, erschrocken zu ihr umwandte, während Giuseppe die Gondel gegen die Uferstufen vor der Gasse treiben ließ, damit sie aussteigen konnte.

»Was um Himmels willen tust du denn hier?«, rief Paolo.

»Ich habe mir Sorgen um dich gemacht!«

»Es war bodenlos leichtsinnig von dir, herzukommen! Fahr wieder nach Hause, auf der Stelle!«

»Das werde ich nicht«, widersprach sie sofort. »Nicht ohne dich!«

»Das geht nicht. Daria ist noch im Haus.«

»Was ist mit Casparo?«

»Der ist schon weg. Sie ist die Einzige, die noch drinnen ist.«

»Warum kommt sie nicht raus?«

»Keine Ahnung, ich bin ja selbst eben erst eingetroffen. Niemand weiß Genaues, es steht nur fest, dass sie noch nicht rausgekommen ist. Vielleicht ist sie verletzt oder von dem Rauch ohnmächtig geworden. Jedenfalls ist sie noch in ihrem Schlafgemach, alle Mädchen haben es bestätigt. Und jetzt *kann* sie nicht mehr auf normalem Wege runterkommen, denn die ganze Außentreppe steht in Flammen.«

Bestürzt blickte Cintia an der Fassade entlang nach oben, das Gesicht mit der Hand gegen die zunehmende Hitze abschirmend. Die Rückseite oder das Dach mussten zuerst Feuer gefangen haben; der Dachstuhl brannte an der Seite zum Innenhof bereits lichterloh, und hinter dem Haus schlugen die Flammen von der Außentreppe hoch. Der vordere, zum Kanal hin gelegene Teil des Hauses war noch unversehrt, aber die Hitze vom Hof drang bereits durch die Mauern und über die Gasse zum Kanal, und von der hölzernen *Altana* leckten die Flammen mit langen Zungen nach unten.

»Ich muss von außen rein«, sagte Paolo wie zu sich selbst.

»Was meinst du damit?«, fragte Cintia alarmiert.

»Ich steige hoch und hole sie raus.« Noch während er sprach, begann er seine Worte in die Tat umzusetzen und hangelte sich über die Mauervorsprünge und Fassadenverzierungen zum ersten Stock hinauf.

»Um Gottes willen, was tust du denn!«, schrie Cintia.

»Das Klettern ist seine zweite Natur«, meinte eines der Mädchen. »Nur dass er es sonst auf Schiffen tut. Klettern, meine ich.«

Cintia musterte sie argwöhnisch und überlegte dabei, ob es wohl eine von den Frauen war, die Paolo vor ihrer Ehe näher gekannt hatte.

Unten vorm Haus wurde es immer heißer, das Feuer hatte vom Dach auf das zweite Obergeschoss übergegriffen, und es würde nicht lange dauern, bis es auch den ersten Stock erreicht hatte, wo soeben Paolo über die Brüstung stieg.

Angstvoll verfolgte Cintia, wie er ein Fenster einschlug und im Inneren des Hauses verschwand.

Ein paar brennende Schindeln fielen vom Dach und landeten zischend im Kanal, gefolgt von einem Stück Balken.

»Wir sollten allmählich von hier verschwinden«, meinte eines der Mädchen, entweder Cosima oder Marta, Cintia konnte die beiden immer noch nicht auseinanderhalten.

»Aber wohin sollen wir denn gehen?«, fragte eine andere jammervoll.

»Erst mal ins Boot und weg von hier. Wenn es aufgehört hat zu brennen, sehen wir weiter.«

»Aber ich will sehen, ob er sie rettet!«, meinte eine der anderen.

»Bis dahin sind wir vielleicht selbst alle tot.«

»Wo ist eigentlich Casparo hingegangen?«, mischte Cintia sich ein.

»Daria hat Giulio befohlen, ihn nach Hause zu bringen. Also zu Euch.«

»Wieso *bringen*?«

»Weil er verletzt war.«

Cintia erschrak. »Was ist geschehen?«

»Er hat randaliert«, sagte das Mädchen, das den anderen

zum Aufbruch geraten hatte. »Angefangen, zu toben und Daria zu beschimpfen. Da griff Giulio ein, und … Na ja. Er hat vielleicht ein bisschen zu hart zugeschlagen. Jedenfalls verlor Casparo dabei wohl die Besinnung. Aber als Giulio ihn ins Boot lud, kam er schon wieder zu sich.« Sie zuckte die Achseln. »Da hat es auch schon am Rialto gebrannt, es hieß, das Feuer kommt immer näher. Daria wollte, dass Giulio Casparo sicher nach Hause bringt. Das Boot war gerade weg, als Paolo kam. Und gleich danach Ihr. Wir sind alle rausgerannt, nur Daria ist nicht mitgekommen. Sie wollte noch was holen, sagte sie.«

Weitere Schindeln kamen herabgeflogen, und diesmal landeten sie direkt vor ihren Füßen in der Gasse. Das Mädchen schrie erschrocken auf, und wie auf ein Kommando stiegen es und die übrigen in eines der Boote, die vor dem Haus lagen. Unbeholfen ergriff eine der jungen Frauen das Ruder und beeilte sich, unter den anfeuernden Rufen der anderen das Boot aus der Gefahrenzone zu bringen.

Unterdessen behielt Cintia starr vor Angst die Fassadenfenster im ersten Stock im Auge.

»Paolo!«, schrie sie, als könnte sie ihn allein mit der Kraft ihrer Stimme zur Umkehr bewegen.

Höhere Mächte schienen ein Einsehen zu haben, denn im nächsten Augenblick tauchte er auf, die Gestalt flackernd umrissen von dem Flammenschein hinter ihm, das Gesicht schwarz vor Ruß, nur die Augen zwei weiß leuchtende Flecke. In den Armen trug er eine reglose Gestalt.

»Ich werfe sie ins Wasser, anders geht es nicht!«, schrie er zu Giuseppe hinab, der wartend in der Gondel stand. »Du musst sie rausziehen, hörst du?«

Der verstörte Mann nickte und hielt sich bereit. Atemlos sah Cintia von der Gasse aus zu, wie die weiß gekleidete Gestalt von der Loggia fiel und klatschend im Kanal landete und wie Giuseppe hastig die Gondel zu dem im Wasser treibenden Körper stieß, ihn packte und ächzend ins Boot zerrte.

Cintia schrie auf, als gleich darauf Paolo hinterhergesprungen kam und im schwarzen Wasser verschwand, und wie bei einem seltsamen Kaleidoskop überlagerten sich mit einem Mal Vergangenheit und Gegenwart zu einem einzigen Bild, als jäh die grauenvollen Momente des Erdbebens vor ihr erstanden. Ein Stöhnen der Erleichterung entwich ihr, als sie Paolo auftauchen und nach Luft schnappen sah. Mit zwei Schwimmstößen war er bei der Gondel und zog sich mit Giuseppes Hilfe hinein.

Sofort schaute er sich zu Cintia um. »Mach dich bereit, ins Boot zu springen«, schrie er.

Dazu brauchte sie keine besondere Aufforderung. Um sie herum wuchs die Gewalt des Feuers, es hatte sich vom zweiten in den ersten Stock hinabgefressen und arbeitete sich rasch von den rückwärtigen Bereichen des Hauses zur Kanalseite vor. Die von den Mauern ausstrahlende Hitze war inzwischen schier unerträglich, ebenso wie das Atmen in der rauchgeschwängerten Luft, und hätte Cintia nicht im nächsten Augenblick in die vorbeitreibende Gondel springen können, hätte sie ihr Heil sicher im Wasser gesucht. Keuchend landete sie in Paolos Armen, und während er sie an sich presste, sprach sie ein inbrünstiges Dankgebet, weil er lebte und unverletzt war. Obwohl zwischen ihrer Ankunft und dem nachfolgenden Aufbruch kaum so viel Zeit verstrichen war, wie man brauchte, um sich zu kämmen und anzukleiden, kam es ihr vor, als hätte sie stundenlang um ihn bangen müssen.

Der Brand hatte auch auf die benachbarten Häuser übergegriffen, überall sah man schreiende, flüchtende Menschen. Die Nacht war erfüllt von einer schrecklichen Kakophonie aus dem Tosen des Feuers und dem Krachen der einstürzenden Häuser.

Giuseppe führte das Ruder; die Aussicht, endlich ausreichende Distanz zwischen das Boot und das Inferno am Rialto zu legen, beflügelte ihn, sein Letztes zu geben.

Aus Leibeskräften legte er sich ins Zeug, bis sie den nächsten Kanal erreicht hatten und dem Brand entronnen waren.

Niccolò betrachtete seinen Vater aufmerksam. Das feiste, vor Anstrengung gerötete Gesicht, die verrutschte Kleidung, die schlampig sitzenden Beinkleider. Eine Wolke von Schweiß, Schnaps und Parfüm umwehte Eduardo, deutlicher Beweis dafür, dass er nicht im Kontor gewesen war – keine Überraschung für Niccolò, der über alles, was sein Vater im Laufe des letzten Jahres getrieben hatte, hinreichend im Bilde war.

»Was willst du hier?«, rief Esmeralda mit unangenehm schriller Stimme. »Wie bist du hereingekommen? Ich habe verboten …« Sie hielt inne, denn das Kind fing an zu quengeln.

»Mama!«, rief es weinerlich, während es sich in seinem Gitterbettchen aufstellte und die Stäbe umklammerte. Esmeralda lief zu dem Kleinen und nahm ihn auf den Arm, bevor sie sich wieder zu Niccolò umwandte, Wut und Angst im Gesicht. »Eduardo, sag ihm, dass er gehen soll!«

»Halt den Mund!«, fuhr Eduardo sie an. Zu Niccolò sagte er: »Es ist gut, dass du kommst, ich wollte sowieso mit dir sprechen. Ich kann deine Hilfe brauchen. Unser Lager am Rialto ist abgebrannt.«

»*Unser* Lager?«, fragte Niccolò spöttisch. »Du meinst – dein und mein Lager? Oder wie darf ich deine Bemerkung verstehen?«

»Du weißt, was ich meine«, versetzte sein Vater verärgert. »Ich rede von unserer Familie!«

»Er gehört nicht zu unserer Familie!«, rief Esmeralda dazwischen.

»Soll ich deinen Worten entnehmen, dass du Geld willst?«, fragte Niccolò.

Eduardo zuckte die Achseln. »Ich bin dein Vater, es ist deine Pflicht als Sohn, das Familienerbe zu bewahren.« Mit einem aggressiven Lauern im Blick reckte er sich, und für einen Moment sah Niccolò wieder den Eduardo Guardi von früher vor sich stehen. Den, der ihn wegen jeder Kleinigkeit geprügelt und angebrüllt hatte. Der Freundlichkeiten nur um eigener Vorteile willen gewährt hatte. Der ihm genug von seinem schlechten Blut vererbt hatte, um ihm schlaflose Nächte voller mörderischer Träume zu bereiten, die ebenso wie das Böse in ihm erst mit seinem Tod enden würden.

»Wessen Erbe würde ich denn mit meinem Geld bewahren?«, fragte er mit ätzendem Sarkasmus. »Meines oder seines?« Er deutete auf das Kind. »Oder gar das von Gregorio? Wie ich mich überzeugen konnte, erfreut er sich bester Gesundheit, und dass er zum Diener Gottes wurde, besagt noch lange nicht, dass er seines Erbrechts verlustig geht.« Er lachte, doch es klang nicht froh. Am liebsten hätte er geweint, doch das verhinderte der Hass, der heißer in ihm brannte als das Feuer draußen am Rialto.

»Es ist genug!«, fauchte Esmeralda. »Wirf ihn endlich raus, Eduardo! Und dann lass uns sehen, dass wir fortkommen, bevor das Feuer uns holt! Soll der Krüppel doch hier verbrennen, dann fällt dir sein Geld ganz von allein zu!« Mit einem Mal trat ein Glitzern in ihren Blick. »Es wäre wirklich am besten, wenn er tot wäre! Dann kannst du dir das Geld einfach nehmen, denn du bist sein Vater!«

Eduardo runzelte die Stirn, doch seine Irritation wich blitzartig einem Ausdruck spontaner Erleuchtung.

Niccolò beobachtete es, als wäre nicht er selbst es, der die Mordabsicht in den Augen seines Vaters sah, sondern irgendein Außenstehender, der zufällig hier im Zimmer weilte. Ihm war speiübel, und der Drang zu weinen, wurde fast übermächtig.

Unterdessen lachte Eduardo misstönend, als hätte seine Frau einen Witz gemacht. »Für derbe Scherze warst du immer schon zu haben, meine Süße!« Er zwinkerte Niccolò schalkhaft zu. »Sie hat ganz vergessen, dass du noch eine Ehefrau hast. Ich hörte zwar, sie sei stumm, doch wenn es um das Erbe ihres Gatten geht, wird sie sicher Mittel und Wege finden, ein Wörtchen mitzureden.« Abermals lachte er, diesmal aus echter Erheiterung über das aus seiner Sicht gelungene Wortspiel. Und aus Freude darüber, dass es nun einen guten, neuen Plan gab. Niccolò las im Gesicht seines Vaters wie in einem offenen Buch.

Eduardo hatte schon einmal im Namen der Familie gemordet, seinen eigenen Enkel und dessen Mutter auf bestialische Weise umgebracht. Warum sollte er es nicht wieder tun, nachdem ohnehin schon Blut an seinen Händen klebte? Was scherte ihn ein verkrüppelter, hasserfüllter Sohn, nun, da er einen neuen Sprössling aufzog, bei dem er alles besser machen konnte und der es verdiente, den Familiennamen fortzuführen? Wer würde schon um eine stumme junge Frau trauern, die niemand kannte und die morgen nach dem Brand nur eine von vielen namenlosen Toten wäre?

All diese Gedanken spiegelten sich in Eduardos Miene wider, und seine Bemühungen, den Mordplan hinter seinem jovialen Gehabe zu verbergen, waren so plump wie vergeblich.

»Wir haben genug übers Sterben und Erben geredet«, sagte Niccolò kalt. »Leb wohl, Vater. Für immer.«

Er wandte sich zur Tür und hinkte aus dem Raum.

»Lass mich dich wenigstens ein letztes Mal nach unten begleiten, wenn du schon für immer gehen willst!«, rief Eduardo. Im Portego holte er Niccolò ein und legte ihm die Linke auf die Schulter, sich einen halben Schritt hinter ihm haltend. »Es tut mir leid, dass es so enden muss mit uns, mein Junge.«

»Mir tut es auch leid, Vater.« Niccolò fuhr herum und hieb seinem Vater den Dolch in den ungeschützten Hals, so wie bei all seinen bisherigen Mordtaten. Ein rasches Reißen und Schlitzen zum Ohr hin, und es war vollbracht.

Eduardo sackte zu Boden, das zum heimtückischen Stoß gezückte Messer noch in der rechten Faust. Gleich darauf ließ er es fallen, um sich mit beiden Händen an den Hals zu fassen. Blut spritzte zwischen seinen Fingern hervor, während er gurgelnd versuchte, etwas zu sagen.

Aufmerksam lauschte Niccolò und verstand schließlich, was sein Vater mit letzter Kraft röchelte. »Besser … als ich.«

»Nein, Vater, ich bin nicht besser als du. Schneller vielleicht. Aber keinen Deut besser.« Niccolò stand mit hängenden Armen vor dem Sterbenden, während ihm nun ungehindert die Tränen aus den Augen strömten. »Wir sehen uns in der Hölle wieder«, sagte er schluchzend.

Von der offenen Tür des Schlafgemachs kam ein entsetztes Keuchen. Esmeralda stand dort, ihr Kind auf den Armen. Todesangst verzerrte ihr Gesicht.

Blut tropfte von seinem Dolch, als er zu ihr hinüberging.

 Die Gondel glitt durch die Nacht, während in der Ferne die Flammen zum Himmel loderten.

In seinen tropfnassen Sachen war Paolo bis auf die Haut durchgefroren; im Licht der Bootslaterne war zu sehen, dass er heftig zitterte. Obwohl Cintia vehement darauf bestand, dass er sich in ihren Umhang hüllte, lehnte er das Kleidungsstück für sich selbst ab und breitete es stattdessen über Daria, die inzwischen bei Bewusstsein war und unablässig hustete und würgte. Es sah unheimlich aus, wie ihr der Atem in weißen Wolken aus dem Mund quoll, fast so, als wolle sie den vielen Rauch hervorspeien, den sie eingeatmet hatte.

Es dauerte eine Weile, bis Cintia merkte, dass sie etwas sagen wollte. Zögernd beugte sie sich über ihre Tante und schrak zusammen, als diese nach ihrer Hand griff.

»Fehler ... mich zu retten«, stieß Daria hervor. »Wollte ... sterben.«

Paolo, der neben ihr auf den Planken hockte, die Arme um den schlotternden Körper geschlungen, hatte ihre Worte gehört. Aus seiner Miene sprach Zorn. »Das hättest du vielleicht den Mädchen sagen sollen, bevor du sie mit Sack und Pack nach draußen geschickt hast. Dann hätte ich mir das Bad im Kanal sparen können.«

»Dachte ... das Zeug ... wirkt schneller.«

Also hatte sie Gift genommen! Schaudernd blickte Cintia in das weiße, verzerrte Gesicht, und als Daria beim nächsten Hustenanfall Blut spuckte, begriff sie, dass die Atemnot nicht von dem Rauch herrührte.

»Wollte endlich … Schluss machen. Casparo … hat erfahren …« Ihre Stimme verebbte.

»Was hat er erfahren?«, fragte Paolo. »Dass du mit Eduardo gemeinsame Sache gemacht und mich an Khalid verkauft hast?«

»Schlimmer. Juana … Gift …«

Die junge Portugiesin hatte Cintia geschworen, Casparo nichts davon zu sagen, um ihm dieses schreckliche Wissen zu ersparen und weitere Konflikte zu vermeiden. Vermutlich hatte sie es nicht länger durchgehalten. Oder Casparo hatte angefangen, ihr gezielte Fragen zu stellen, bis sie es ihm am Ende doch verraten hatte. Wie auch immer – nachdem es herausgekommen war, hatte das Unheil unweigerlich seinen Lauf genommen.

»Zu viele … Sünden«, flüsterte Daria röchelnd. »Zu viel … Böses.«

»Hast du noch mehr getan?«, fragte Cintia beklommen. Eine eisige Vorahnung ergriff von ihr Besitz, am liebsten hätte sie sich die Ohren zugehalten, um nichts hören zu müssen.

Paolo gebot Giuseppe mit einer Handbewegung, das Rudern einzustellen, damit sie Daria besser verstehen konnten.

»Habe dich … aus dem Haus geworfen … Wusste … was Eduardo plante …«

Cintia spürte Übelkeit in sich aufsteigen, sie konnte nicht sprechen.

»Und mich hast du an die Türken verkauft!«, sagte Paolo erbittert. »Warum nur? Mein Gott, Daria, sag mir, warum?«

»Wollte euch beide … einfach los sein. Habt mir … Casparo weggenommen …«

»Wozu denn die Umstände?«, fiel ihr Paolo zornig ins Wort. »Du hättest mich auch einfach umbringen können!«

»Hatte … dich doch … gern.«

Diese Antwort erschütterte Cintia weit mehr, als wenn Daria gesagt hätte, dass sie auf das Geld für den Verrat aus gewesen sei.

»Warst immer … gut«, fuhr Daria fort. Ihre Worte waren kaum noch zu verstehen. »Hast mir … das Haus gelassen, obwohl … es dir gehörte.«

»Ich weiß«, sagte Paolo erschöpft. Er hielt inne und stöhnte verzweifelt. »Gott im Himmel, ich hatte dich so lieb, als ich ein Junge war!« Mit einem gequälten Laut vergrub er das Gesicht in den Händen.

Eine Weile herrschte lastendes Schweigen, während sie starr vor Kälte und Fassungslosigkeit in der Gondel hockten. Der Himmel über dem Rialto war immer noch glühend rot, und ein eisiger Wind trieb den Geruch von Asche und Vernichtung herüber.

Cintia löste ihre Hand aus der von Daria. Der grauenhafte Gedanke, der in ihr Gestalt annahm, zwang sie zu der nächsten Frage. Ihre Stimme zitterte, sie bekam die Worte kaum heraus, weil die Konfrontation mit der Vergangenheit über ihre Kräfte ging. »Hast du meine Eltern umbringen lassen?«

»Nein«, sagte Daria mühsam. »Das war ...«

»Wer?«, fragten Cintia und Paolo wie aus einem Munde.

»Jemand, der ...« Darias nächste Worte waren nur ein Hauch.

»Sag es noch mal!« Paolo beugte sich mit sichtlicher Überwindung über die Sterbende, bis sein Ohr dicht vor ihren Lippen war. Angestrengt lauschend, schloss er konzentriert die Augen, um sie schließlich mit einem Ausdruck von Verblüffung wieder zu öffnen.

Cintia musterte ihn angespannt. »Was hat sie gesagt?«

»Sie sagte: *Jemand, der es aus Liebe tat.*«

»Was hast du damit gemeint?«, schrie Cintia ihre Tante an, doch Daria konnte sie nicht mehr hören. Ihre Augen waren geschlossen, und aus ihrem Mund kamen keine Atemwolken mehr.

Paolo legte eine Hand auf ihr Herz. »Sie ist tot«, sagte er nach einer Weile.

*Jemand, der es aus Liebe tat ...* Cintia wusste, dass sie und Paolo in diesem Augenblick dasselbe dachten. Es gab nur einen Menschen, der wegen seiner Liebe zu ihr ihre Eltern umgebracht haben könnte. Jemand, der es nicht ertragen konnte, dass sie den falschen Mann heiratete. Jemand, der sie für sich selbst wollte.

Mit einem Mal fügte sich alles zusammen. Sein Auftauchen am nächsten Morgen. Das Hinausschaffen der Leichen, ohne ein Wort darüber, dass wegen der fortgeschrittenen Leichenstarre nicht der Einbrecher den Mord begangen haben konnte.

Sogar der Tod der Flanginis gewann vor diesem Hintergrund eine neue Bedeutung. Monate nach dem Vorfall hatte Cintia erfahren, auf welche Weise sie gestorben waren. Für jemanden, der sie liebte, gab es gute Gründe, die Flanginis zu bestrafen und zugleich sicherzustellen, dass sie keine Gefahr mehr darstellten.

Immer wieder war er da gewesen, wenn sie Hilfe gebraucht hatte. Bereit, ihr zur Seite zu stehen, sie zu beschützen – und sie zu besitzen. Wen auch immer er dafür hatte töten müssen.

Das Grauen hatte sie in ihrer Gewalt, sie konnte nicht sprechen. Auch Paolo schwieg, in sich versunken und reglos, bis auf das anhaltende Zittern wegen der Kälte. Stumm blickten sie in die Dunkelheit. Giuseppe hatte wieder angefangen zu rudern. Das Wasser des Kanals teilte sich ölig glänzend vor dem Bug der Gondel, die stetig durch die Nacht fuhr, begleitet von eisiger Stille.

Ins Haus zu kommen und ihn dort sitzen zu sehen, mit Anna auf dem Schoß, war der schlimmste Schock in Paolos Leben. Ihm war schon vorher kalt gewesen, er klapperte sogar mit den Zähnen, als wolle sein Körper lautstark gegen die Unterkühlung durch das nächtliche Bad im Kanal protestieren. Doch sein Empfinden beim Anblick Niccolòs auf dem Sofa, in den Armen das schläfrige Kind, übertraf alle menschlichen Vorstellungen von Kälte. Das Blut strömte von seinem Herzen ins Nichts und ließ ihn leer und entseelt zurück.

Neben ihm stöhnte Cintia leise, ein Laut, in dem ihre ganze qualvolle Angst zum Ausdruck kam.

»Ich bin nur gekommen, um auf Wiedersehen zu sagen, Cintia«, sagte Niccolò mit ernster Miene. »Dir und der Kleinen. Für immer, weißt du.« Er erhob sich von dem Stuhl, auf dem er gesessen hatte, das Kind auf dem Arm. »Ein letztes *Adieu*, wie die Franzosen sagen.«

Mit sehnsüchtigem Bedauern blickte er auf die Kleine nieder, während er an seinen Gurt griff.

Diese Bewegung reichte, um Paolo aus seiner Erstarrung zu reißen. Mit einem Mal war wieder Leben in ihm, rasendes, blutgieriges Leben. Brüllend stürzte er auf Niccolò los, bereit, ihn mit bloßen Händen zu töten. Doch noch während er losstürmte, gewahrte er, dass er keine zwei Schritte weit kommen würde, denn er rutschte in der Pfütze aus, die er mit seinen nassen Sachen auf dem blanken Terrazzo hinterlassen hatte. Hart fiel er auf den Rücken, es presste ihm den Atem aus den Lungen, und er rang einige Augenblicke nach Luft, bis er sich wieder bewegen konnte. Dann rollte er herum und zog im Aufspringen den Dolch aus der Scheide. Niccolò wartete nicht auf seinen Angriff. Er hatte die Kleine neben dem Stuhl abgesetzt und war zur Tür gerannt. Besinnungslos vor Angst stürzte Paolo zu seinem Kind, zog es hoch, betastete es, um sich zu überzeugen, dass Niccolò keine Zeit mehr gefunden hatte, es zu verletzen. Anna war unversehrt, mehr musste er nicht wissen. Die Angst verwandelte sich in einen alles andere auslöschenden Rausch der Wut, und mit langen Schritten setzte er dem Flüchtenden nach.

Er kam zu spät, Niccolò war bereits in eine Gondel gesprungen, die gerade abgelegt hatte und sich zügig entfernte, am Ruder einer jener zähen, wendigen Burschen, die Tag und Nacht ihre Boote durch die Lagune trieben und dabei selten müde wurden. Die Gondel musste schon vorhin hier vor dem Haus gelegen haben, als sie zurückgekommen waren, doch aus nachvollziehbaren Gründen hatten sie nicht darauf geachtet.

Ohne zu zögern sprang Paolo in seine eigene Gondel, hängte das Ruder in die Forcola und legte ab. Seine Zähne klapperten nicht länger, sondern mahlten knirschend aufeinander, während er mit berserkerhaften Stößen die Gondel durchs Wasser jagte und dabei Stück für Stück aufholte. Er hatte keine Laterne auf dem Boot, Giuseppe hatte sie mit ins Haus genommen, doch solange er den Lichtkegel in der Gondel vor ihm nicht aus den Augen verlor, würde er an Niccolòs Fersen kleben wie das Pech in den Fugen von Schiffsplanken.

Niccolò bemerkte den Verfolger, denn Paolo hörte, wie er dem Gondoliere etwas zurief, worauf dieser sich kurz zu ihm umwandte und dann ebenfalls das Tempo verschärfte. Wenig später hatte die Mietgondel das Ende des Rio della Sensa erreicht und bog in den Verbindungskanal zum Canal Grande ein. Hier war es deutlich heller, denn der Brandherd in San Polo warf eine Lohe aus feurigem Licht, die weithin über den Kanal strahlte, weshalb die Gondel hier nicht so schnell außer Sicht geraten konnte.

Paolo folgte ihr in einer Entfernung von höchstens sechs Bootslängen, doch bereits beim Abbiegen in den Canal Grande merkte er, wie seine Kräfte nachließen und der Abstand größer wurde. Die Rettungsaktion während des Brandes, die Rückfahrt durch die eisige Nacht und die entsetzlichen Dinge, die er seither erlebt hatte, waren mehr, als Geist und Körper ertragen konnten. Trotzdem ruderte er weiter, verbot sich ganz einfach, darüber nachzudenken, ob er es schaffen konnte oder nicht.

Nun erst bemerkte er, dass der Leichnam seiner Stiefmutter noch im Boot lag. Sie sollte am frühen Morgen zur Kirche gebracht und dort aufgebahrt werden. Cintia hatte die Tote nicht im Haus haben wollen, und er selbst ebenso wenig. Notgedrungen musste sie ihn also auf dieser Fahrt begleiten, und Paolo sandte einen Gedanken flüchtiger Dankbarkeit in Richtung ihrer verlorenen Seele, weil sie mit ihren letzten Worten den entscheidenden Hinweis auf den Mörder von Cintias Eltern gegeben hatte.

Er hielt lange durch, noch ein ganzes Stück den Canal Grande entlang, fast bis zur Einmündung des Canale di Cannaregio, und vielleicht hätte er es sogar geschafft, die Entfernung wieder zu verringern, doch dann geschah zweierlei: Ein mit Fässern beladenes Lastfloß trieb ihm vor den Bugspriet und nahm ihm die Sicht, und gleichzeitig legte die verfolgte Gondel ungefähr ein Dutzend Bootslängen voraus an. Als Paolo das Floß endlich umrundet hatte, begleitet von den wüsten Flüchen des Barcaruolo, sah er zwar die Mietgondel an der Kaimauer liegen, doch es befand sich nur noch der Bootsführer darin. Niccolò war verschwunden.

Cintia rannte wie von Sinnen eine Weile auf der Fondamenta vor dem Haus auf und ab, bis ihr bewusst wurde, dass sie damit nichts erreichte. Schließlich hörte sie auf Imelda, die ihr nahelegte, besser drinnen beim Ofen zu warten, denn es wäre niemandem gedient, wenn sie sich in der Kälte den Tod holte.

Sie fühlte sich wie ausgehöhlt, als sie sich endlich nach oben ins Wohngeschoss des Hauses schleppte, um nach den Kindern und Casparo zu sehen. Anna war wieder eingeschlafen, und auch die anderen lagen ruhig unter ihren Decken.

Auch Casparo schlief tief und fest, denn Imelda hatte ihm einen mit Mohnsaat versetzten Schlaftrunk verabreicht, nachdem er in lädiertem und halb ohnmächtigem Zustand von Giulio abgeliefert worden war. Sie hatte berichtet, dass der Leibwächter ihn wie einen Sack Mehl die Treppe hochgeschleppt und in seinem Bett abgeladen hatte, bevor er wortlos wieder verschwunden war.

Die Angst um Paolo schnürte Cintia die Luft ab; sie war so außer sich, dass sie kaum zuhören konnte, als Imelda ihr schilderte, wie kurz darauf Niccolò aufgetaucht war.

»Ich dachte, Ihr seid es, sonst hätte ich ja gar nicht aufgemacht«, meinte sie mit ihrer lispelnden Stimme.

Nachdem er erst im Haus war, habe sie nicht gewusst, was sie tun sollte, zumal er durchaus freundlich gewesen sei. Sie habe nicht einmal Angst vor ihm gehabt, da er schon früher immer gut zu ihr gewesen sei.

»Er wollte sogar wissen, ob ich noch Schmerzen im Bein habe. Da, wo es mir seit dem Bruch noch eine Weile zu schaffen gemacht hatte. Er erzählte, wie wunderbar er es fände, dass ich Euch so treu diene; ich würde ihn an seine Amme Eufemia erinnern, sagte er. Er hätte sie sehr gern gehabt. Aber nun ist sie tot.« Imelda zuckte die Schultern. »Sie ist in der vergangenen Nacht gestorben, er hat sie heute Morgen zur letzten Ruhe gebettet. Und er fragte, wie es Euch geht, ob Ihr viele neue Muster für die Seide ersonnen habt. Und nach der Kleinen fragte er, immer wieder nach der Kleinen. Er hätte sie so furchtbar vermisst, sagte er. Und wie schwer es für ihn wäre, für immer Abschied von Euch und dem Kind zu nehmen. Aber es wäre nun an der Zeit.«

Cintia schüttelte den Kopf, weil sie es nicht ertragen konnte. All das erschien ihr im Lichte dessen, was sie seit heute wusste, so grauenhaft, dass es keine Worte dafür gab. Sie hatte den Mörder ihrer Eltern geheiratet! Um ein Haar hätte er auch ihre Tochter umgebracht und danach vielleicht sie!

Unterdessen sprach Imelda weiter. »Dann wurde die Kleine wach, ausgerechnet. Sie kam aus der Schlafkammer, und er nahm sie auf den Schoß und redete mit ihr. Sie war ganz zutraulich, so wie immer, wenn jemand lieb zu ihr ist. Ich war dabei, die ganze Zeit. Er tat nichts, außer mit ihr zu reden und zu scherzen. Ich argwöhnte nichts Böses, weil ich dachte, er käme mit ehrenhaften Absichten. Und gleich darauf seid ja auch Ihr und Euer Gatte heimgekommen.«

»Schon gut«, unterbrach Cintia die unausgesetzten Rechtfertigungen der Alten, während sie sich erschöpft auf einen Lehnstuhl sinken ließ. »Du hast nichts falsch gemacht. Wenn jemand Fehler begangen hat, dann ich!«

Lauschend wandte sie sich um, weil sie meinte, soeben ein Geräusch gehört zu haben. Gleich darauf ertönte laut und unverkennbar das Pochen des Türklopfers, und Cintia sprang auf,

901

um zur Treppe zu laufen. Giuseppe stand bereits unten bei der Pforte und lugte durch die geöffnete Klappe nach draußen.

»Wer ist da?«, wollte Cintia wissen.

»Ich bin es«, kam es von draußen. »Giulio.«

Sie ging zur Tür und blickte über Giuseppes Schulter hinweg durch die Klappe. Darias hünenhafter Leibwächter stand draußen, der kahle Schädel und das Gesicht von Rußflecken übersät. Seine sonst so unbewegte Miene spiegelte Unruhe, ja fast Verzweiflung wider.

Erschrocken begriff Cintia, was ihn herführte – er war auf der Suche nach Daria!

Seine nächsten Worte bestätigten ihre Befürchtung. »Die Ca' Loredan ist vollständig niedergebrannt, niemand war mehr dort.«

»Ich weiß«, flüsterte Cintia.

»Ich habe das ganze Sestiere abgesucht, bis ich endlich einen von den Nachbarn fand, der gehört hatte, dass Ihr und Paolo dort wart. Er sagte, jemand hätte ihm erzählt, dass Paolo sie aus dem brennenden Haus gerettet und mitgenommen hat. Deshalb bin ich hier.«

Cintia nickte angestrengt. »Komm doch herein. Draußen ist es so kalt, du musst völlig durchgefroren sein.« Mitleid erfasste sie, als sie bemerkte, wie verstört er war, fast so, als ahnte er das Schreckliche bereits.

Sie öffnete die Tür und hieß ihn, die Treppe hinaufzugehen. Wenn er schon die furchtbare Nachricht erfahren musste, sollte er wenigstens Gelegenheit zum Hinsetzen und Aufwärmen haben.

Als sie ihm folgen wollte, sprach Giuseppe sie an. »Madonna, es tut mir leid, dass ich nicht ... Er war so schnell hinausgerannt, sonst hätte ich ... Oder ich hätte ihn zumindest mit Eurem Gatten verfolgen können, aber auch er war so rasch ins Boot gesprungen, da konnte ich nicht mehr ...«

»Ist schon gut. Du hast dich heute bereits mit ganzer Kraft für uns eingesetzt.«

Er reichte ihr einen Gegenstand. »Das fiel ihm vom Gürtel, als er floh.«

Im Halbdunkel des Vestibüls sah es aus wie ein abgenutztes Stück Holz in Handgröße. Ohne es näher anzusehen, nahm sie es mit nach oben ins Wohngeschoss. Dort trug sie Imelda auf, heißen Würzwein zuzubereiten, dann fasste sie sich ein Herz und wandte sich an Giulio, der mit verschränkten Armen auf Erklärungen wartete.

»Sie ist tot, Giulio. Es war nicht das Feuer oder der Rauch. Sie hat Gift genommen, weil sie nicht mehr leben wollte.«

Er starrte sie an, die Augen wie helle Murmeln in dem rußschwarzen Gesicht.

»Sie hat ... sich schuldig gefühlt«, setzte Cintia ihre Erklärung fort, während sie sich inbrünstig wünschte, dieses Gespräch schon hinter sich zu haben, damit sie ihre Gedanken wieder auf Paolo konzentrieren konnte. Immer wieder horchte sie mit einem Ohr zur Tür.

»Verzeih, wenn ich mich dir nicht in dem Maße widme, wie es sich geziemt«, sagte sie mit wachsender Verzweiflung. »Aber ich sorge mich um Paolo ... Er verfolgt einen Mörder!«

»Wo ist sie?«, wollte Giulio wissen. Seine Stimme schwankte, und in seinen Augen flackerte es. Er sah aus, als wäre mit einem Schlag jede Kraft aus seinem gewaltigen Körper gewichen. So hilflos hatte Cintia ihn noch nie gesehen.

»Wo ist sie?«, wiederholte er, diesmal lauter. »Wo ist Daria?«

In ihre Angst um Paolo und ihr Mitgefühl für Giulio mischte sich Verlegenheit, weil ihr aufging, dass die Leiche ihrer Tante noch in der Gondel lag, mit der Paolo die Verfolgung Niccolòs aufgenommen hatte.

Peinlich berührt suchte sie nach Worten, die den Hergang weniger pietätlos wirken ließen.

»Sie ist ... nun ja, sie liegt ... noch in der Gondel ...« Seinen Blicken ausweichend, betastete sie fahrig das Stück Holz, das Giuseppe ihr vorhin gegeben hatte, fühlte die tröstliche Glätte, die kleinen Arme und Beine ... Verständnislos blickte sie nach

903

unten und wurde gewahr, dass sie eine Puppe in der Hand hielt. Eine Puppe ... Das Holzspielzeug war ausgelaugt und abgenutzt, so als hätte ein Kind es innig geliebt und häufig damit gespielt.

*Das fiel ihm vom Gürtel, als er floh ...*

*Die Puppe gibt es noch, Eufemia hat sie für mich aufbewahrt ...*

*Sie ist in der vergangenen Nacht gestorben, er hat sie heute Morgen zur letzten Ruhe gebettet ...*

»O Gott«, flüsterte sie, beide Hände um die Puppe gekrampft. Niccolò war nicht gekommen, um ihr oder Anna etwas anzutun! Er hatte wirklich nur Abschied nehmen und der Kleinen sein einziges Spielzeug schenken wollen!

Wie hatte sie den Fehler begehen können, ihrer Tante zu glauben! Nie und nimmer hätte Niccolò ihre Eltern getötet, nie hätte er dieses Leid über sie gebracht, dafür hatte er sie viel zu sehr geliebt!

Doch Daria hatte auf dem Totenbett all ihre Taten gestanden, warum hätte sie ausgerechnet in dem Punkt lügen sollen?

In ihrer Verzweiflung wusste Cintia nicht ein noch aus, ihre Gedanken wirbelten im Kreis, es schien keine Logik in dem Ganzen zu geben. *Jemand, der es aus Liebe tat ...*

Sie blickte auf und sah Giulio dort stehen, und ungeduldig setzte sie an, ihren angefangenen Satz zu beenden, damit der arme Kerl endlich wusste, woran er war.

Da erkannte sie unvermittelt den Hass in seinen Augen, gewahrte, wie sich seine Hände zu Fäusten ballten, wieder öffneten, erneut ballten.

Mit einem dumpfen Stöhnen entwich Cintia der Atem, und danach breitete sich eisige Stille aus. Daria hatte nicht gelogen. Der *Jemand*, von dem sie gesprochen hatte, war Giulio.

Aus Liebe hatte er gemordet, doch nicht Cintia hatte er geliebt, sondern seine Herrin.

Giulio beobachtete sie scharf. »Nun weißt du es also«, sagte er kalt.

Sie rang nach Luft und hatte Mühe, sich aufrecht zu halten, weil ihre Knie nachzugeben drohten. »War es ihr Plan?«, flüsterte sie.

»Nein, das war allein meine Entscheidung, sie erfuhr es erst später.«

»Warum?«, stieß Cintia hervor. »Warum mussten meine Eltern sterben?«

»Es war höchste Zeit für die endgültige Sühne. Höchste Zeit, dass der Mann, der sich ihr Bruder nannte, für alles zahlte, und zwar bevor ein Guardi durch Heirat die Hände auf das Familienvermögen legen konnte. Der Kerl, dem ich den Auftrag gab, war ein Feigling, er verschwand, als die Pest ausbrach, sodass ich es am Ende selbst tun musste. Wären nicht die Dienstboten dazugekommen, wärest du in jener Nacht ebenfalls gestorben.« Er zuckte die Achseln. »Ich hätte das Versäumnis gern nachgeholt, als du nach der Pest wieder aufgetaucht und bei uns gelandet bist. Aber Daria wollte nichts davon wissen. Was dich und Paolo anging, konnte sie nicht bis zum Ende gehen. Sie hat es nicht mal bei Juana geschafft.« Seine Fingerknöchel knackten, als er abermals die Hände schloss und öffnete. An seinen gewaltigen Schultern spannten sich die Muskeln. »Ich habe solche Bedenken nicht.«

Cintia wich zurück, als er näher kam. »Wenn du mich jetzt umbringst, handelst du gegen ihren Willen!«

»Sie ist tot. Und das wäre ich auch bald, wenn ich dich am Leben ließe.« Sein Gesicht hatte jeden Ausdruck verloren, es wirkte so stoisch wie eh und je.

Cintia setzte zu einem Hilfeschrei an, doch blitzartig war er bei ihr und presste ihr die Hand auf den Mund. Hart stieß er sie gegen die Wand und zog mit der freien Hand den Dolch – um ihn dann mitten in der Bewegung fallen zu lassen, einen erstaunten Ausdruck im Gesicht. Er taumelte zwei Schritte zurück, nach seinem Rücken tastend, während hinter der kolossartigen Gestalt Imelda auftauchte. Cintia sah, wie Giulio an etwas zerrte, das in seinem Rücken steckte, und schließlich zog er es mit einem Ruck heraus, um es ungläubig anzustarren. Es war ein langer Bratspieß, von dem Blut tropfte.

Blut lief auch aus Giulios Mund, während er sich zu der Alten umwandte und mit dem Spieß nach ihr stach. Die Verletzung hatte seine Bewegungen verlangsamt, trotzdem entging die Alte nur knapp dem Stoß, und als er ihr mit einem zornigen Grunzen folgte, ergriff Cintia blindlings den herabgefallenen Dolch und stieß ihn Giulio mit aller Kraft in den Rücken. Er fuhr mit einem Keuchen zusammen, doch er zeigte keine weiteren Anzeichen von Schwäche, sondern warf sich zu ihr herum, packte sie und stieß sie zu Boden. Blut tropfte aus seinem Mund auf ihr Gesicht, und vor Ekel musste sie würgen. Mit dem Spieß ausholend, kniete er über ihr, geriet aber aus dem Gleichgewicht, als sich von hinten Imelda auf ihn warf und seinen Hals umklammerte. Er zerrte an ihren Unterarmen, während Cintia sich aufrappelte und abermals mit dem Messer zustieß, diesmal in den Bauch. Diese neuerliche Attacke setzte ihn immer noch nicht außer Gefecht, denn er hatte noch genug Kraft in sich, Cintia bei den Haaren zu packen und zu sich heranzuziehen, während er, wenn auch mit deutlich vermindertem Schwung, abermals mit dem Spieß ausholte. Ihr Gesicht war höchstens zwei Handlängen von seinem entfernt, als sie ihm mit aller ihr zu Gebote stehenden Kraft den Dolch ins linke Auge stieß.

Der Spieß entglitt seiner Hand, doch er hielt Cintia weiterhin umklammert, sein Gesicht dicht vor ihrem, das blutige, auslaufende Auge ein grauenhafter Anblick. Laut aufschluchzend holte Cintia abermals mit dem Messer aus, doch Imelda kam ihr zuvor. Die Alte hatte den Spieß ergriffen und ihn Giulio in die Seite gerammt.

Der Hüne sackte nun vollends zu Boden, blutend und stöhnend, nicht länger fähig zum Kampf.

Einen Ausdruck von Todesverachtung im Gesicht, stach Imelda noch mehrere Male zu, bis sie sicher sein konnten, dass er nie wieder aufstehen würde.

Cintia beugte sich nach vorn und übergab sich. Die Amme lugte aus der Schlafkammer der Kinder, das Gesicht weiß vor Schrecken. Im Untergeschoss klapperte der Türklopfer, und gleich darauf waren von der Treppe her Schritte zu hören. Cintia, damit beschäftigt, sich hektisch mit einem Zipfel ihres Unterkleides Giulios Blut und ihr Sputum vom Gesicht zu wischen, wandte sich um. Ein Ausruf der Erleichterung entfuhr ihr, als sie sah, dass es Paolo war, erschöpft, blaugefroren und voll grimmiger Enttäuschung, aber unverletzt.

»Er ist mir entwischt«, sagte er – und prallte zurück, als er die hingestreckte, blutbeschmierte Gestalt am Boden sah.

Erschüttert beugte Paolo sich über den Toten. Hastig zog er Cintia in seine Arme und presste sie an sich. Sein Körper war eiskalt und zitterte, dennoch blieben sie lange so dort stehen, während er sein Gesicht in ihren Haaren vergrub und sie einfach nur festhielt.

Sie lag in seinen Armen und konnte nicht aufhören zu weinen, aber nicht, weil sie froh über den Ausgang des Geschehens war, sondern weil ihr das Bild nicht aus dem Kopf ging, wie Niccolò ihrer Tochter die Puppe schenken wollte.


Bei Tagesanbruch waren endlich alle Brände gelöscht; rund um den Rialto war die Stadt ein rauchendes Trümmerfeld, ein einziges Bild der Verwüstung. Nur hier und da waren Gebäude stehen geblieben, die das Feuer verschont hatte. Überall ragten verkohlte Mauern auf, und aus den Schutthaufen stachen die geschwärzten Balken, die einst die Häuser getragen hatten. Auf den Kanälen trieb eine schlierige Ascheschicht; überall stank es stechend nach Qualm, den der Wind nur zögernd vertrieb.

Früh am nächsten Morgen brachte Paolo gemeinsam mit Giuseppe die sorgfältig in Laken geknoteten Toten zur Kirche von Darias Contrada, wo bereits zahlreiche andere Opfer der Nacht aufgebahrt lagen, manche verbrannt oder von Trümmern erschlagen, andere ertrunken oder einfach vor Schreck gestorben. Die meisten Toten waren bereits in Leichentücher gewickelt, nur wenige hatte man für die Totenwache in ihren Sonntagsstaat gekleidet.

Paolo war darauf eingestellt, neugierige Fragen zu beantworten, doch der übernächtigte Priester setzte ihn lediglich schroff in Kenntnis, dass für lange Totenwachen und einzelne Seelenmessen leider keine Zeit sei, weil man mit den vielen Verstorbenen derzeit nicht wisse wohin. Da es sich überdies hier nur um eine Dirne und ihren Leibwächter handle, könne er gewiss keine Ausnahme machen.

»Ihr könnt sie so bestatten, wie sie sind«, sagte Paolo. »Ohne Totenwache und Messe.«

Er bezahlte den Geistlichen großzügig für die Beisetzung und dachte dabei, dass es zweifellos so am besten war.

Beim Verlassen der Totenkammer blieb er ruckartig stehen, denn auf einer Bahre neben der Tür lag der unverhüllte Leichnam von Eduardo Guardi, der Hals eine einzige klaffende Wunde. Eine Aufwallung von Übelkeit unterdrückend, wandte Paolo sich zögernd zu dem Priester um und überlegte, ob er ihn zum Tod Eduardos befragen sollte. Doch der Geistliche stand mit den Totengräbern zusammen und besprach mit ihnen den Tagesablauf; im Übrigen bezweifelte Paolo, dass der Mann Näheres wusste.

Ohne Bedauern wandte er sich um und eilte ins Freie. Fröstelnd schlug er den Kragen gegen die Kälte hoch und machte sich auf den Weg zur Anlegestelle, wo Giuseppe bereits in der Gondel auf ihn wartete. Nach wenigen Schritten stutzte er, als er am Rande des Kirchplatzes Esmeralda erblickte, die, ganz in Schwarz gekleidet, tratschend mit einigen Frauen zusammenstand.

»Nein, ich konnte sein Gesicht nicht erkennen, denn er war ja maskiert«, sagte sie mit weinerlicher Stimme. Unwillkürlich blieb Paolo stehen; er kannte sie lange und gut genug, um zu merken, dass sie schauspielerte. »Er brachte den armen Edu-

908

ardo mit einem einzigen Messerstich um. Zum Glück fand er mich und das Kind nicht, wir hatten uns im Schlafzimmer versteckt.«

Paolo, dem der Widerspruch in ihrer Darstellung nicht entging, wartete darauf, dass eine der Frauen sie fragte, wie sie den Messerstich hatte beobachten können, obwohl sie im Versteck saß. Doch von allen Seiten kamen nur mitfühlende Kommentare.

»Was für ein Glück, dass Niccolò Guardi auftauchte und den Schurken in die Flucht schlug«, sagte eine der Frauen. »Sonst hätte der Kerl dich am Ende vielleicht doch gefunden!«

»Ja, das war wirklich großes Glück«, erklärte Esmeralda in frommem Ton.

»Noch mehr Glück hast du, dass du jetzt eine gut versorgte Witwe bist«, sagte eine andere. »Es war sehr anständig von dem jungen Guardi, dir die Verwaltung des väterlichen Vermögens zu übertragen, bevor er wieder nach Frankreich gereist ist. Dachtest du nicht immer, Niccolò Guardi wolle dir Böses?«

»Ich hatte ihn wohl falsch eingeschätzt.«

Das haben wir alle, dachte Paolo niedergeschlagen. Doch dann erinnerte er sich an die grausam zugerichtete Leiche Eduardos und überlegte, dass man Niccolò vermutlich nur in Teilen Abbitte leisten musste.

»Ja, Niccolò ist ein Mann von Ehre und überaus großzügig«, fuhr Esmeralda seufzend fort. »Viel ist ja nicht mehr da, das Feuer hat fast alles geholt. Aber immerhin habe ich noch das Haus.«

»Und deinen Schmuck und die vielen schönen Möbel«, warf eine Frau ein.

»Ja, das auch.«

»Nach dem Trauerjahr kannst du dich wieder gut verheiraten. Dann wirst du nicht in Armut fallen.«

»Nun, ich könnte auch ein eigenes Geschäft aufmachen«, sagte Esmeralda.

»Was für ein Geschäft?«, fragte die Frau.

»Darüber muss ich noch nachdenken.« Es klang indessen ganz so, als hätte sie das schon längst getan. Wie es aussah, würde Daria in nicht allzu ferner Zukunft eine mit allen Wassern gewaschene Nachfolgerin finden. Vermutlich hätte es ihr gefallen.

Ein schwaches Lächeln auf den Lippen, wandte Paolo sich ab und ging weiter.

*DANACH*

Venedig, Frühling 1515

»Gib Acht, sonst wird er ins Wasser fallen!«, rief Cintia ihrem Mann zu. Paolo hatte für einen Moment seinen Sohn aus den Augen gelassen, der sofort die Gelegenheit nutzte, von den Stufen der Fondamenta nach dem Schiffchen zu hangeln, das sein Vater ihm geschnitzt hatte.

»Hab ihn!«, rief Paolo zurück, mit der Hand den Hosenboden des Kleinen festhaltend. Der Wind fegte durch Alessandros Haar und wirbelte es hoch, ebenso wie das von Paolo, und wie sie beide, Vater und Sohn, dort auf der Kaimauer hockten und lachten, sahen sie einander so ähnlich, dass Cintia unwillkürlich mitlachte. Anna, die Dritte im Bunde, saß auf der anderen Seite neben ihrem Vater, sie spielte gedankenverloren mit einem Stückchen bunter Seide. »Sie kommt ganz nach dir«, hatte Paolo kürzlich erst gesagt. Cintia war geneigt, ihm zuzustimmen, vielleicht weil sie es gern glauben wollte. Die Vorstellung, dass ihre Tochter sich für dieselben Belange begeistern konnte wie sie, hatte etwas Tröstliches; es half dabei, die Vergänglichkeit des eigenen Lebens zu vergessen.

Ihre Jüngste auf der Hüfte, ging sie zu ihrem Mann und den beiden anderen Kindern ans Wasser. Nach dem kalten Winter war es eine Wohltat, wieder die Sonne zu spüren. Im Dezember hatte Eis die Lagune bedeckt und die Kanäle gefrieren lassen, doch der neue Frühling machte diese Zeit vergessen; es war sommerlich warm, und die Luft roch nach Meer und Freiheit.

An diesem Tag hatte sie einen besonderen Grund, zufrieden

913

zu sein, denn endlich war eine Nachricht von Niccolò eingetroffen.

Wieder und wieder hatte sie den Brief gelesen, und mit jedem Mal war ihre Freude gewachsen. Das vergangene Jahr über hatte sie sich oft gefragt, ob er ihren Brief erhalten hatte, den sie bald nach den schrecklichen Ereignissen jenes schicksalhaften Januartages abgeschickt hatte, ohne zu wissen, wo Niccolò sich aufhielt. Sie hatte den Brief einfach einem Kaufmann mitgegeben, der nach Paris reiste. Später hatte sie von anderen Reisenden gehört, dass Niccolò tatsächlich in Paris lebte, mit seiner stummen Frau, und dass die beiden inzwischen einen kleinen Jungen hatten. Sie wusste auch, dass Niccolò weiterhin Barozzi-Seide kaufte und verkaufte. Aber eine Antwort war von ihm nicht gekommen – bis zu diesem Tag.

Ihr Brief habe ihn zwar, wie er schrieb, nach wenigen Wochen erreicht, doch er habe Zeit benötigt, mit sich ins Reine zu kommen und mit seiner Frau Maria einen neuen Anfang zu machen, bevor er zurückschreiben konnte. Nun habe er eine eigene, richtige Familie und sei mit der Vergangenheit versöhnt.

*Die Zeit heilt viele Wunden*, hatte er geschrieben. *Aber noch mehr vermögen es geliebte Menschen.*

Viele Worte hatten sie in ihren Briefen beide nicht gemacht, weder sie noch er. Sie hatte ihn um Verzeihung gebeten, für alles, vor allem aber für ihr und Paolos Verhalten bei jener unheilvollen letzten Begegnung, als sie ihn des Mordes an ihren Eltern verdächtigt hatten.

Seine Antwort darauf nahm den größten Teil seines Briefes ein. Er schrieb, dass es nichts zu verzeihen gebe, da er genug andere Schlechtigkeiten begangen habe, und dass er sein ganzes Leben brauchen werde, um alles wiedergutzumachen. Damit habe er am Abend des Brandes begonnen, und er habe es als Ausgleich und Chance begriffen, um Gregorios willen, vor allem aber für sich. Seither sei er auf einem guten Wege, auch alles Übrige besser zu machen als sein Vater.

Was immer er mit diesen kryptischen Worten meinte – Cintia dachte nicht darüber nach, sondern war erleichtert, dass er sie nicht hasste und eine neue Liebe gefunden hatte.

In ihrem Brief hatte sie ihm auch geschrieben, dass sie Anna seine Puppe gegeben hatte und dass die Kleine das hölzerne Ding liebte. Seine Antwort dazu hatte ihr ins Herz geschnitten: *Das macht mich glücklich. Sie ist meine Tochter und wird es immer bleiben.*

Im letzten Satz ihres Briefes hatte sie ihm ein Geheimnis offenbart, das nicht einmal Paolo kannte – oder, falls er doch davon wusste, es zumindest nie erwähnt hatte.

*Aus der Lapislazulikette habe ich einen Stein herauslösen und neu fassen lassen; ich trage dieses Geschenk von dir um unserer gemeinsamen Zeit willen auf dem Herzen.*

Darauf hatte er mit einem Satz geantwortet, der sie zu Tränen gerührt hatte und immer noch in ihr nachhallte. *Ich habe keinen Stein, nur die Erinnerung an dich, aber diese wird für immer in meiner Seele wohnen.*

Paolo wandte sich lächelnd zu ihr um, unter jedem Arm ein zappelndes, kicherndes Kind. »Du siehst so glücklich aus«, sagte er. »Ist heute ein besonderer Tag?«

Sie rückte Donata auf ihrer Hüfte zurecht und erwiderte sein Lächeln. »Wenn wir zusammen sind, ist immer ein besonderer Tag.«

Dagegen erhob er keine Einwände, sondern beugte sich vor, um sie zu küssen.

Der Wind war stärker geworden; er trieb die Segelboote über das Wasser und brachte die Gondeln zum Tanzen, und in der Ferne waren Schiffe zu sehen, die mit geblähter Takelage das Meer durchpflügten.

»Schiffe!«, krähte Donata mit ausgestrecktem Finger.

»Ja, das sind viele Schiffe, mein Schatz!« Paolo beschirmte mit der Hand die Augen gegen die Sonne und verfolgte die Fahrt einer ungewöhnlich großen Galeere, und Cintia bemerkte den Stolz in seinem Blick. Seit er wieder seiner früheren Arbeit nachgehen durfte, weil man ihm schließlich doch Glauben geschenkt hatte, war er wie ausgewechselt, auch wenn sie den Eindruck hatte, dass er die Zeit, da man ihn ausgeschlossen hatte, niemals würde vergessen können.

Auch sie musste noch oft daran denken, ebenso wie an das Angebot des Korsaren.

*König des Schiffsbaus, Königin der Seide ...*

Die Barozzi-Webereien mehrten ihren Reichtum, doch das war bei den Gedanken, die ihr gelegentlich in den Sinn kamen, nicht entscheidend, ebenso wenig wie die Tatsache, dass man Paolo wieder Schiffe bauen ließ.

Es war dieser Blick, mit dem er zuweilen übers Meer schaute, dorthin, wo die Sonne aufging. Und es war die innere Sehnsucht, von der sie selbst erfüllt war – die Sehnsucht, zu erfahren, wie es hinter dem Horizont aussah.

Es war jenes Gefühl von Verheißung, das der Wind an warmen Tagen wie diesem übers Meer herantrug, die Ahnung, dass dort etwas war, das einem fehlen mochte, und dass dieses flüchtige, kostbare Etwas vielleicht in Reichweite war – wenn man nur die Hand danach ausstreckte.

Vielleicht, dachte sie. Eines Tages ...

»Wollen wir uns auf den Weg machen?«, fragte Paolo.

Verblüfft erwiderte sie seinen Blick, doch gleich darauf lachte sie, weil er nicht den Weg in die Fremde, sondern den Heimweg meinte. Aber dann sah sie den Ernst in seiner Miene und spürte, wie nah er ihr in diesem Augenblick wirklich war, nicht nur körperlich, sondern auch in ihren Gedanken.

»Warum nicht«, sagte sie, um es gleich darauf einzuschränken: »Irgendwann.«

Nun lachten sie beide, und die Magie eines fernen Traums war verflogen, jedenfalls für diesen Tag. Es war Frühling in Venedig, und die Sonne bestrahlte die Lagune, mehr brauchten sie vorläufig nicht zum Glück. Gemeinsam gingen sie mit den Kindern nach Hause, während am Horizont die Schiffe weiter ihre Bahn zogen.

*ENDE*

# NACHWORT

An dieser Stelle bleibt mir wieder nur, mich bei all denen zu bedanken, die mich bei der Entstehung dieses Romans begleitet haben, und obwohl es größtenteils dieselben lieben Menschen sind wie beim letzten Buch, nehme ich mir heraus, sie hier nochmals zu erwähnen.

Insbesondere danke ich
- meiner Mutter, wie immer ruhender Pol und zugleich treibende Kraft in meinem Leben
- meinen Kindern, nie versiegende Quelle meines Glücks
- meiner lieben Freundin und Kollegin Kerstin: Das Autorenleben ist manchmal ein Dschungel, manchmal ein Schlachtfeld, manchmal eine Wüste, und es gibt nichts Tröstlicheres, als sich da nicht allein durchschlagen zu müssen
- meinem Agenten Michael Meller, dem starken Mann an meiner geschäftlichen Seite
- meinen lieben Kolleginnen von DeLiA – ohne die es manchmal sehr einsam hier draußen wäre
- dem Moderatorenteam von Montségur für die vielen offenen Ohren bei allen möglichen Gelegenheiten
- meiner Münchener Lektorin Gisela Günther für die gewohnt souveräne Textredaktion
- meiner Verlagslektorin Dr. Claudia Müller für ihr einfühlsames Lektorat und die arbeitsbegleitende Motivation

- dem ganzen Lübbe-Team für die Begeisterung, das unermüdliche Engagement und die liebevolle Betreuung, die ich dort allenthalben erfahre – ohne seinen Verlag ist ein Schriftsteller nichts.

Die Autorin im November 2008
www.charlottethomas.de

# ZEITTAFEL

| | |
|---|---|
| Frühjahr/ Sommer 1510 | Franzosen- und Kaisertruppen dringen bis zur Lagune vor |
| August 1510 | Papst Julius II. wirft mit seinen Truppen die Franzosen zurück |
| August 1510 | in Venedig bricht die Pest aus |
| Sept./Okt. 1510 | Pestwelle in Venedig erreicht ihren Höhepunkt |
| Jan. – März 1511 | Friedensverhandlungen in Mantua |
| März 1511 | Erdbeben im Friaul und in Venedig |
| April 1511 | Fortführung des Krieges |
| Oktober 1511 | Bündnis Venedigs mit dem Papst und Spanien (Heilige Liga) |
| Winter 1511/12 | Hungerkrise in Venedig, vermehrte Getreideeinfuhr |
| April 1512 | Selim I. setzt seinen Vater ab und wird Osmanenherrscher |
| Februar 1513 | Papst Julius II. stirbt |
| März 1513 | Leo X. wird Papst |
| März 1513 | Bündnis zwischen Venedig und Frankreich |
| Januar 1514 | verheerender Brand im Rialtoviertel |
| Dezember 1514 | Zufrieren der Lagune |

# GLOSSAR

| | |
|---|---|
| ALLUCCIOLATO | Webart (Brokat mit Gold- u. Silberfäden) |
| ALTANA | hölzerne Aussichtsplattform auf dem Dach |
| AMMIRAGLIO | Admiral; Rang des technischen Leiters im Arsenal |
| ANDATA | Prozession |
| ANDRON | Saal im Untergeschoss eines Palazzo oberhalb der Wasserlinie |
| APOSTIS | Auslegerbalken für das Ruder |
| AVOGADORI | Justizbeamte |
| ARSENAL | Werft in Venedig |
| ARSENALOTTI | Arbeiter im Arsenal |
| BARCARUOLO | Bootsführer |
| BARCHETTA | kleines Schiff |
| BOCCA DI LEONE | wie ein Löwenmaul geformter Denunziatonsbriefkasten |
| BUCINTORO | Prachtschiff des Dogen |
| CA' | Kurzform für *casa*, Haus |
| CALZE | eng anliegende Beinkleider für Männer |
| CAMPO | Platz |
| CANALEZZO | venezianische Bezeichnung für den Canal Grande |
| CAPITANO GENE-RALE DA MAR | Flottenkommandant |
| CENERI | Aschermittwoch |

| | |
|---|---|
| CITTADINI | Bürger mit gehobenem Status |
| COLLEGANZA | Geschäftspartnerschaft |
| COMPAGNIA | Handelsgesellschaft |
| CONDOTTIERE | Heerführer |
| CONTRADA | Kirchengemeinde |
| CONSENSUS FACIT NUPTIAS | Übereinkunft schafft die Ehe (kirchenrechtlicher Grundsatz) |
| CORDERIA | Seilerei |
| CORSIA | mittlerer Laufgang auf der Galeere |
| CORTIGIANA | Kurtisane |
| DOMINE | Herr (Anredeform) |
| DONZELLE | heiratsfähige Mädchen |
| EFFENDI | türk.: Herr |
| FARMACISTO | Apotheker |
| FELZE | Kabine mit Verdeck auf der Gondel |
| FIOLERO | Glasmacher |
| FONDAMENTA | befestigtes Ufer; schmale Straße entlang des Wassers |
| FORCOLA | Einhängevorrichtung für das Ruder bei der Gondel |
| GALEOTTI | Galeerenruderer |
| GAMURRA | Frauengewand |
| GASTALDO | Korporationsmeister |
| GIUDICI DI PETIZIONE | Richter in Zivilangelegenheiten, u. a. auch Vormundschaftsfragen |
| KAFIR | abfällige arab. Bezeichnung für Nichtmuslime |
| GIOVEDÌ GRASSO | letzter Donnerstag der Faschingszeit |
| INSCHALLAH | arab.: »So Gott will« |
| KOMPLET | Abendgebet (ca. 20.00 Uhr) |
| LAUDES | Frühmesse (ca. 3.00 Uhr) |
| LAMPAS | schweres, dichtes Damastgewebe |
| LIAGÒ | balkonartiger Vorbau |
| LUNEDÌ GRASSO | Rosenmontag |
| MAHALLE | türk.: Stadtbezirk |

| | |
|---|---|
| MARANGONA | eine der Glocken des Campanile von San Marco |
| MARANGONI | Zimmermänner |
| MARINAREZZA | Gebäudekomplex beim Arsenal |
| MATUTIN | Vigilien, Nachtgottesdienst (ca. 1.00 Uhr) |
| MEDINA | Altstadt nordafrikanischer Städte |
| MESSÈR | venezianische Anrede für den Mann |
| MEZZANIN (ABK. MEZZÀ) | unteres Halbgeschoss im venezianischen Palazzo |
| MILITI | amtliche Ordnungshüter |
| MONNA/ MADONNA | venezianische/italienische Anrede für die Frau |
| NAVIGLI | schiffbare Kanäle |
| NOBILI | Edelleute |
| NON | Gebet zur neunten Stunde (ca. 15.00 Uhr) |
| OFFICIALI AI CATTAVERI | venezianische Finanzbehörde |
| OMBRETTA | Stand oder Schenke, wo Wein in kleinen Mengen serviert wird |
| ORTA KAPI | Tor zum zweiten Hof des Serail in Konstantinopel (Ort der Hinrichtungen) |
| PADISCHAH | persisch: Großherr (auch Titel osmanischer Sultane) |
| PALAZZO | vornehmes venezianisches Stadthaus (Anm: die Bezeichnung ist, dem heutigen Sprachgebrauch folgend, neuzeitlich, da zu Zeiten der Republik nur der Dogenpalast so genannt wurde) |
| PATRON IN BANCA | Amtsträger in der Werftleitung |
| PIANO NOBILE | repräsentatives Stockwerk im venezianischen Palast |
| PIAZZA | großer Platz (in Venedig ist der Markusplatz damit gemeint) |
| PIAZZETTA | Teil des Markusplatzes vor dem Dogenpalast |

| | |
|---|---|
| POPOLANE | Bürger |
| PORTEGO | Hauptsaal eines venezianischen Palazzo |
| PROCURATORI DE CITRA | Prokuratoren von San Marco, Castello und Cannaregio |
| PROTOMASTRO | ranghöchster Handwerksmeister im Arsenal |
| PROVISORI ALLE POMPE | Beamte der Anti-Luxus-Behörde |
| PROVVEDITORE | Aufsichtsbeamter |
| PUTANA | Hure |
| RIO | Kanal |
| RIVA | breite Straße entlang des Wassers |
| SÀLA | Saal |
| SALIZADA | gepflasterte Straße |
| SÀNDOLO | Ruder- oder Segelboot |
| SAVIO DEL COLLEGIO | hoher Amtsträger im Großen Rat |
| SCUOLA | Handwerksgilde, Innung |
| SENSA | traditionelle venezianische Schiffsprozession am Himmelfahrtstag |
| SERENISSIMA REPUBBLICA | allgemein abgekürzt für Venedig: *Serenissima (die Durchlauchtigste)* |
| SESTIERE | venezianische Stadtviertel (genauer: -sechstel) |
| SIGNORIA | Stadtverwaltung |
| SIGNORI DI NOTTE | »Herren der Nacht«; venezianische Kriminalbeamte |
| SOLDO | Münze |
| SOPRACOMITO | Befehlshaber |
| SOTTOPORTEGO | Säulenunterbau eines Gebäudes, der auch Durchgang ist |
| TERRAFERMA | Festland |
| TERZ | Gebet zur dritten Stunde (ca. 9.00 Uhr) |
| TRAGHETTO | Fährboot, Lastschiff |

| VELLUTO ALTO BASSO | Seidensamt mit erhabenem Muster (hochflach gewebt) |
|---|---|
| VELUDERI | Samtweber |
| VESPER | Gebet am späten Nachmittag (ca. 18.00 Uhr) |
| WULINGE | Verbindungsstücke |
| ZÒCCOLI | Holzpantinen |

*Eine wunderschöne Stadt.*
*Eine faszinierende Epoche. Ein mitreißendes*
*Schicksal, meisterhaft erzählt.*

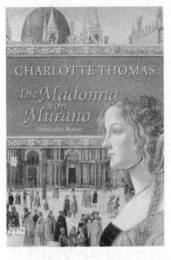

Charlotte Thomas
DIE MADONNA
VON MURANO
Historischer Roman
1.040 Seiten
ISBN 978-3-404-15934-5

Venedig im Jahre 1475: Die Stadt feiert Karneval. In den verwinkelten Gassen der Serenissima versucht eine junge Frau verzweifelt ihren Verfolgern zu entkommen. Sie ist hochschwanger, und sie weiß, die drei maskierten Männer wollen ihren Tod. Die Häscher holen sie ein, doch bevor sie stirbt, bringt sie das Kind zur Welt ... So beginnt das Leben von Sanchia, Ziehtochter des Glasmachers, die schon in ihrer frühen Jugend von der gefährlichen Vergangenheit ihrer Mutter eingeholt wird. Als sie Jahre später mit Lorenzo, dem wohlhabenden Spross eines Patriziers, eine verbotene Affäre beginnt, spitzen sich die Ereignisse auf dramatische Weise zu ...

Bastei Lübbe Taschenbuch

# Werden Sie Teil der Bastei Lübbe Familie

- Lernen Sie Autoren, Verlagsmitarbeiter und andere Leser/innen kennen
- Lesen, hören und rezensieren Sie Bücher und Hörbücher noch vor Erscheinen
- Nehmen Sie an exklusiven Verlosungen teil und gewinnen Sie Buchpakete, signierte Exemplare oder ein Meet & Greet mit unseren Autoren

## Willkommen in unserer Welt:

 www.luebbe.de

 www.facebook.com/BasteiLuebbe

twitter 🐦 www.twitter.com/bastei_luebbe

 www.youtube.com/BasteiLuebbe